明永樂内府本詩傳大全

第一册

明 胡廣等撰

明永樂十三年内府刻本

山東人民出版社·濟南

圖書在版編目（CIP）數據

明永樂内府本詩傳大全 /（明）胡廣等撰 .— 濟南：山東人民出版社，2024.3
（儒典）
ISBN 978-7-209-14305-9

Ⅰ.①明… Ⅱ.①胡… Ⅲ.①《詩經》- 注釋 Ⅳ.①I222.2

中國國家版本館 CIP 數據核字（2024）第 036377 號

項目統籌：胡長青
責任編輯：趙　菲
裝幀設計：武　斌
項目完成：文化藝術編輯室

明永樂内府本詩傳大全
〔明〕胡廣等撰

主管單位　山東出版傳媒股份有限公司
出版發行　山東人民出版社
出 版 人　胡長青
社　　址　濟南市市中區舜耕路517號
郵　　編　250003
電　　話　總編室（0531）82098914
　　　　　市場部（0531）82098027
網　　址　http://www.sd-book.com.cn
印　　裝　山東華立印務有限公司
經　　銷　新華書店

規　　格　16開（160mm×240mm）
印　　張　109
字　　數　872千字
版　　次　2024年3月第1版
印　　次　2024年3月第1次
ISBN 978-7-209-14305-9
定　　價　316.00圓（全六册）

《儒典》選刊工作團隊

學術顧問　杜澤遜　李振聚　徐　泳

項目統籌　胡長青

責任編輯　劉　晨　劉嬌嬌　張艷艷

呂士遠　趙　菲　劉一星

前言

中國是一個文明古國、文化大國，中華文化源遠流長，博大精深。在中國歷史上影響較大的是孔子創立的儒家思想，因此整理儒家經典、注解儒家經典，爲儒家經典的現代化闡釋提供权威、典范、精粹的典籍文本，是推進中華優秀傳統文化創造性轉化、創新性發展的奠基性工作和重要任務。

中國經學史是中國學術史的核心，歷史上創造的文本方面和經解方面的輝煌成果，大量失傳了。西漢是經學的第一個興盛期，除了當時非主流的《詩經》毛傳以外，其他經師的注釋後來全部失傳了。東漢的經解衹有鄭玄、何休等少數人的著作留存下來，其餘也大都失傳了。南北朝至隋朝興盛的義疏之學，其成果僅有皇侃《論語疏》幸存於日本。五代時期精心校刻的《九經》、北宋時期國子監重刻的《九經》以及校刻的單疏本，也全部失傳。南宋國子監刻的單疏本，我國僅存《周易正義》、《爾雅疏》、《春秋公羊疏》（三十卷殘存七卷）、《春秋穀梁疏》（十二卷殘存七卷），日本保存了《尚書正義》、《毛詩正義》、《禮記正義》（七十卷殘存八卷）、《周禮疏》（日本傳抄本）、《春秋公羊疏》（日本傳抄本）、《春秋正義》（日本傳抄本）。南宋兩浙東路茶鹽司刻八行本，我國保存下來的有《周禮疏》、《禮記正義》、《春秋左傳正義》（紹興府刻）、《論語注疏解經》（二十卷殘存十卷）、《孟子注疏解經》（存臺北『故宫』），日本保存有《周易注疏》《尚書正義》（凡兩部，其中一部被清楊守敬購歸）。南宋福建刻十行本，我國僅存《春秋穀梁注疏》、《春秋左傳注疏》（六十卷，一半在大陸，一半在臺灣），日本保存有《毛詩注疏》《春秋左傳注疏》。從這些情況可以看出，經書代表性的早期注釋和早期版本國内失傳嚴重，有的僅保存在東鄰日本。

鑒於這樣的現實，一百多年來我國學術界、出版界努力搜集影印了多種珍貴版本，但是在系統性、全面性和準確性方面都還存在一定的差距。例如唐代開成石經共十二部經典，石碑在明代嘉靖年間地震中受到損害，明代萬曆初年西安府學等學校師生曾把損失的文字補刻在另外的小石上，立於唐碑之旁。近年影印出版唐石經拓本多次，都是以唐代石刻與明代補刻割裂配補的裱本爲底本。由於明代補刻采用的是唐碑的字形，這種配補本難以區分唐刻與明代補刻，不便使用，亟需單獨影印唐碑拓本。

爲把幸存於世的、具有代表性的早期經解成果以及早期經典文本收集起來，系統地影印出版，我們規劃了《儒典》編纂出版項目。

《儒典》出版後受到文化學術界廣泛關注和好評，爲了滿足廣大讀者的需求，現陸續出版平裝單行本。共收録一百十一種元典，共計三百九十七册，收録底本大體可分爲八個系列：經注本（以開成石經、宋刊本爲主。開成石經僅有經文，無注，但它是用經注本删去注文形成的）、經注附釋文本、纂圖互注本、單疏本、八行本、十行本、宋元人經注系列、明清人經注系列。

《儒典》是王志民、杜澤遜先生主編的。本次出版單行本，特請杜澤遜、李振聚、徐泳先生幫助酌定選目。特此説明。

二〇二四年二月二十八日

目録

第一册

第二册

第五册

第六册

詩傳大全凡例

一是經一以朱子集傳爲主。通釋所采諸家之說與朱傳相矛盾者去之。庶無惑於學者。其朱子語類文集暨諸家之論有所發明者。今皆增入

一諸儒之說。不拘世次先後。一以解經爲序。其有郡號者。則加以別之。有不可考者。直書某氏而已

一小序。朱子已辨其得失。通釋以隸各篇之下。今仍爲一編附于卷末。以還其舊

一名物等圖。一依廬陵羅氏所集諸國世次及作詩時世圖。一依安成劉氏。存之以備觀覽

一集傳中所載郡邑間有沿革不同。今謹依
皇朝郡邑志增注于下
一引用先儒姓氏
毛氏萇　鄭氏玄康成
陸氏璣　杜氏預元凱
孔氏穎達仲達　廬陵歐陽氏脩永叔
程子顥伯淳明道頤正叔伊川　張子載子厚橫渠
眉山蘇氏轍子由　臨川王氏安石介甫
南豐曾氏鞏子固　華陽范氏祖禹淳夫
藍田呂氏大鈞和叔大臨與叔　上蔡謝氏顯道良佐

龜山楊氏 時 中立
元城劉氏 安世 器之
永嘉陳氏 鵬飛 少南
山陰陸氏 佃 農師
三山李氏 樗 迂仲
黃氏 櫄 實夫
永嘉鄭氏
長樂王氏
建安胡氏 安國 康侯
長樂劉氏 彝 執中
渤海胡氏 旦
莆田鄭氏 樵 漁仲 夾漈
致堂胡氏 寅 明仲
南軒張氏 栻 敬夫 廣漢
東萊呂氏 祖謙 伯恭 金華
董氏
丘氏
徐氏
三山林氏 之奇 少穎
止齋陳氏 傅良 君舉 永嘉

盧陵李氏如圭寶之　胡氏泳伯量南康

北溪陳氏淳安卿臨漳　慶源輔氏廣漢卿潛庵

覺軒蔡氏模仲覺建安　格庵趙氏順孫括蒼

天台潘氏時舉子善　雙峯饒氏魯伯輿廣信

龍舒王氏日休　潛室陳氏埴器之永嘉

西山眞氏德秀景元建安　曹氏

顔氏達龍江寧　容齋項氏安世平甫江陵

錢氏　華谷嚴氏粲坦叔

濮氏一之斗南　新安王氏炎晦叔

段氏　劉氏

東齋陳氏 大猷　建安熊氏 剛大

疊山謝氏 枋得君直 廣信　勿軒熊氏 禾去非 建安

須溪劉氏 會孟辰翁　建安何氏 士信

竹房張氏 學龍　廬陵彭氏 執中

新安胡氏 一桂庭芳 雙湖　鄱陽董氏 鼎

定宇陳氏 櫟壽翁 新安　東陽許氏 謙益之 白雲

安成劉氏 瑾公瑾　廬陵羅氏 中行

廬陵曹氏 居貞　豐城朱氏 善備萬

一令奉

敕纂脩

翰林院學士兼左春坊大學士奉政大夫臣胡廣
奉政大夫右春坊右庶子兼翰林院侍講臣楊榮
奉直大夫右春坊右諭德兼翰林院侍講臣金幼孜
翰林院脩撰承務郎臣蕭時中
翰林院脩撰承務郎臣陳循
翰林院編脩文林郎臣周述
翰林院編脩文林郎臣陳全
翰林院編脩文林郎臣林誌
翰林院編脩承事郎臣李貞
翰林院編脩承事郎臣陳景著

翰林院檢討從仕郎臣余學夔
翰林院檢討從仕郎臣劉永清
翰林院檢討從仕郎臣黃壽生
翰林院檢討從仕郎臣陳用
翰林院檢討從仕郎臣陳璲
翰林院五經博士迪功郎臣王進
翰林院典籍脩職佐郎臣黃約仲
翰林院庶吉士臣涂順
奉議大夫禮部郎中臣王羽
奉議大夫兵部郎中臣童謨

奉訓大夫禮部員外郎臣吳福

奉直大夫北京刑部員外郎臣吳嘉靜

承直郎禮部主事臣黃裳

承德郎刑部主事臣殷民

承直郎刑部主事臣洪順

承直郎刑部主事臣沈升

承德郎刑部主事臣章敞

承德郎刑部主事臣楊勉

承德郎刑部主事臣周忱

承德郎刑部主事臣吾紳

文林郎廣東道監察御史臣陳道潛
承事郎大理寺評事臣王選
文林郎太常寺博士臣黃福
脩職郎太醫院御醫臣趙友同
迪功佐郎北京國子監博士臣王復原
泉州府儒學教授臣曾振
常州府儒學教授臣廖思敬
蘄州儒學學正臣傅舟
濟陽縣儒學教諭臣杜觀
善化縣儒學教諭臣顔敬守

常州府儒學訓導臣彭子斐
鎮江府儒學訓導臣留季安

詩傳大全凡例畢

詩傳序

或有問於予曰詩何爲而作也予應之曰人生而靜天之性也感於物而動性之欲也朱子曰其未感也純粹至善萬理具焉所謂性也感於物而動則性之欲出焉而善惡於是乎分矣性之欲即所謂情也夫既有欲矣則不能無思既有思矣則不能無言既有言矣則言之所不能盡而發於咨嗟咏歎之餘者必有自然之音響節族（音奏）而不能已焉此詩之所以作也曰然則其所以敎者何也曰詩者人心之感物而形於言之餘也心之所感有邪正故言之所形有是非惟聖人在上則其所感者無不正而其言皆足以爲敎其或感之之雜而所發不能無可擇者則上之人

必思所以自反。而因有以勸懲之。是亦所以爲教也眉山蘇氏曰。其人親被王化之純。發而爲詩則無不善。正詩是也。及其感之雜也。有所憂愁忿怨不得其平。淫泆放蕩不合於禮者矣。變詩是也○安成劉氏曰。此言先王以詩爲教者。詩之言雖有善惡。而皆所以爲教。故因其所言之是非。知其所感之邪正。而於已則益脩其治教。於人則有勸懲之政也昔周盛時。上自郊廟朝廷。而下達於鄉黨閭巷。其言粹然無不出於正者。聖人固已協之聲律。而用之鄉人。用之邦國。以化天下。至於列國之詩。則天子巡守亦必陳而觀之。以行黜陟之典安成劉氏曰。此言先王以詩爲教。於郊廟朝野之正詩。如周頌正雅二南之類則播之音律。於列國之詩。則采而觀其善惡。而於諸侯又有黜陟之政也。聖人蓋指周公。天子。指武成康也降自昭穆而後。寖以陵夷。至於東遷而遂廢不講矣。孔子生於其時。既不得位。無以行勸懲黜陟之政。於是特舉其籍而討論之。去其重複。正其紛亂。而其善之不足以爲法。惡之不足以爲戒者。則亦刊而去之。以從簡約。示久遠。安成劉氏曰。夫子不得行黜陟之政於作詩之侯國。而於詩籍有所去取。則亦可謂黜陟之教也使夫學者即是而有以考其得失。善者師之。而惡者改焉。安成劉氏曰。夫子不得行勸懲之政於作詩之人。而使學詩者有以考其得失。而有所創艾興起。則亦可謂勸懲之教也是以其政雖不足以行於一時。而其教實被於萬世。是則詩之所以爲教者然也。曰。然則國風雅頌之體。其不同若是。何也。曰。吾聞之。凡詩之所謂風者。多出於里巷歌謠之作。所謂男女相與詠歌。各言其情者也。唯周南召南。親被文王之化以成德。而人皆有以得其性情之正。故其發於言者。樂而不過於淫。哀而不及於傷。是以二篇獨爲風詩之正經。自邶而下。則其國之治亂不同。人之賢否亦異。其所感而發者。有邪正是非之不齊。而所謂先王之風者。於此焉變矣。安成劉氏曰。此言國風之體。而有正變也。蓋二南之詩。皆得性情之正。如關雎一篇。樂不淫。哀不傷。全體兼備。他如卷耳。汝墳。草蟲。行露。殷其雷。摽有梅。小星。江有汜之類。亦皆哀而不傷。如樛木。螽斯。桃夭。芣苢。漢廣。羔羊。何彼穠矣之類。又皆樂而不淫。故二篇獨爲正風。其餘自邶至豳十三國之詩。雖亦有得性情之正者。而君臣民庶之間。不能如二南風俗之純。故雖邠風亦不得爲正也。若夫雅頌之篇。則皆成周之世。朝廷郊廟樂歌之詞。其語和而莊。其義寬而密。其作者往往聖人之徒。固所以爲萬世法程而不可易者也。至於雅之變者。亦皆一時賢人君子。閔時病俗之所爲而聖人取之其忠厚惻怛之心。陳善閉邪之意。尤非後世能言之士所能及之朱子曰。大率雅是朝廷之詩。頌是郊廟之詩。變雅亦是變用他腔調耳○安成劉氏曰此言二雅正變。及周頌等篇之體。不兼言商魯頌者。其體異同可類推也。夫正雅周頌諸篇。如常棣文王清廟時邁等詩。皆周公作。公劉泂酌卷阿。皆召公作。則所謂聖人之徒者也。至其變雅之作。則有家父及宜臼之傳。及蘇公衛武公召穆公九伯芮伯之輩。又皆所謂賢人君子者也此詩之爲經。所以人事浹於下。天道備於上。而無一理之不具也朱子曰。詩經全體。大而天道精微。細而人事曲折。無不在其中○安成劉氏曰。通三百篇而論其大義。則其喜不至瀆。怒不至絕。怨不至亂。諫不至訐。天時日星之大。蟲鳥草木之微。人倫綱常之道。風氣土地之宜。神祇祖考之祀。禮樂刑政之施。凡天人相與之理。莫不畢備於一經之中也曰。然則其學之也當奈何。曰。本之二南以求其端。參之列國以盡其變。正之於雅以大其規和之於頌，以要其止。此學詩之大旨也。於是乎章句以綱之，訓詁以紀之，諷詠以昌之，涵濡以體之。（安成劉氏曰：此言學者格物致知之功，知之事也。）察之情性隱微之間，審之言行樞機之始。則脩身及家，平均天下之道，其亦不待他求而得之於此矣。（安成劉氏曰：此言學詩者誠意正心脩齊治平之道，行之事也。）問者唯唯而退。余時方輯詩傳，因悉次是語以冠其篇云。淳熙四年丁酉冬十月戊子，新安朱熹書。

詩傳序 畢

詩傳大全綱領

大序曰詩者志之所之也在心爲志發言爲詩朱子曰舊關雎之序其閒有統論詩之綱領者數條乃詩大序宜引以冠經首使學者得以考焉又曰大序好處多然亦有不滿人意處又曰或者謂補湊而成亦有此理

心之所之謂之志而詩所以言志也孔氏曰詩人志意之所之適蘊藏在心爲志發見於言爲詩○慶源輔氏曰此一節言詩之自出○鄭氏曰詩之興也諒不於上皇之世大庭軒轅逮於高辛其時有亡載籍亦蔑云焉虞書曰詩言志然則詩昉於此乎○黄氏曰自有天地有萬物而詩之理已寓嬰兒之嬉笑童子之謳吟皆有詩之情而未動也桴以蕢鼓以土籥以葦皆有詩之用而未文也康衢順則之謡元首股肱之歌皆詩也故曰詩言志至於五子述大禹之戒相與歌詠傷今而思古則變風變雅已備矣

○情動於中而形於言。言之不足。故嗟嘆之。嗟嘆之不足。故永歌之。永歌之不足。不知手之舞之足之蹈之也。

情者。性之感於物而動者也。喜怒憂懼愛惡欲。謂之七情。形見音現。永長也。黃氏曰。寂然不動者。謂之性。感於物者。謂之情。情之所動。則惡可已。惡可已。則不知手舞足蹈也。○三山李氏曰。永歌未足。盡其情。於是手舞之。足蹈之。而有舞焉。歌詠其聲。舞蹈其容。聲容兩盡。然後喜怒哀樂之情宣導於外。無所湮鬱。此所謂導和之至也

○情發於聲。聲成文。謂之音。治世之音安以樂。其政和。亂世之音怨以怒。其政乖。亡國之音哀以思。其民困。治直吏反。樂音洛。思息吏反

聲不止於言。凡嗟嘆永歌皆是也。成文。謂其清濁高下。

疾徐疏（平聲）數（音朔）之節。相應而和也。然情之所感不同則音之所成亦異矣

慶源輔氏曰。此一節又言嗟歎永歌既發於聲。因以其聲播於八音。諧以律呂。使之相應而和。故謂之音。而即其音而復可得其所感之情。有如是之不同也。○孔氏曰。治世之政事順民。述其安樂之心作歌。故其音亦安樂。百室盈止。婦子寧止。安之極也。厭厭夜飲。不醉無歸。樂之至也。亂世之政乖戾。民述其怨怒之心作歌。故其音亦怨怒。民莫不穀。我獨何害。怨之至也。取彼譖人。投畀豺虎。怒之甚也。國將亡。民遭困厄。哀傷思慕而作歌。故其音亦哀以思。知我如此。不如無生。哀之甚也。睠焉顧之。潸焉出涕。思之篤也。○臨川王氏曰。治亂言世言政。而亡國不言者。世絕而無政也

故正得失。動天地。感鬼神。莫近於詩

事有得失。詩因其實而諷詠之。使人有所創艾（音艾）興起。至其和平怨怒之極。又足以達於陰陽之氣。而致祥召

災。蓋其出於自然而不假人力。是以入人深而見功速。

非他教之所及也 慶源輔氏曰。此一節又結上三節而言詩之用。廣大深切。非他教之所及也。○安成劉氏曰。詠其事之得。則可起人善心。諷其事之失。則可創人逸志。得失於是乎正。其入人之深如此者。蓋以人心同一理也。詠其實而極其和平。則達於陰陽而或致祥。因其實而極於怨怒。則達乎陰陽而或召災。其感動之速如此者。亦以天地神人同一氣也。詩雖出於人爲。而理氣感通。則不假人力也。達字貼動感字陰陽貼天地鬼神字

○先王以是經夫婦。成孝敬。厚人倫。美教化。移風俗。

先王指文武周公成王 慶源輔氏曰。或疑指周公爲先王。先生曰。此無甚害。蓋周公行正事。制禮樂。若止言成王。則失其實矣

是指風雅頌之正經 安成劉氏曰。序者言先王以詩爲教。正綱常而善風化。故知其所指先王與正經如此

經常也。女正乎內。男正

乎外。夫婦之常也。孝者子之所以事父。敬者臣之所以
事君。詩之始作。多發於男女之間。而達於父子君臣之
際。故先王以詩爲教。使人興於善而戒其失。所以道夫
婦之常。而成父子君臣之道也。三綱旣正。則人倫厚。教
化美。而風俗移矣 廬陵彭氏曰。陳君舉云。夫婦之經者孝敬之成也。蓋天下之道只從夫婦中出。而夫婦之道。又只從中正中來。以此氣象事親則成孝。事君則成敬。由是而人倫厚。教化美。風俗移。皆出於詩之功用也。○樂菴李氏曰。惟能美教化。然後可以移風俗。若教化不美。非獨不能移風俗。天下反爲風俗所移矣。如曹風之奢。晉風之儉。不中於禮。皆足以移人。教化之不美。其弊必至於此。○慶源輔氏曰。此一節又言文武周公成王。以風雅頌之正經爲教。而後有此効驗。始於夫婦父子君臣之三綱。而後極於天下之風俗也。○安成劉氏曰。此一節專論正風雅及周頌

○故詩有六義焉。一曰風。二曰賦。三曰比。四曰興。五曰雅。六曰頌。興虛應反後同

此一條本出於周禮大師之官。蓋三百篇之綱領管轄也。慶源輔氏曰。風雅頌者。三百篇之節奏實統於是而無所遺。故曰綱領。賦比興者。三百篇之體製實出於是而不能外。故曰管轄。○安成劉氏曰。詩有六義。如網之有綱。如衣之有領。如車之有管有轄。管與錧同。車轂端鐵也。轄與鎋同。車軸頭鐵也。四者皆機要之所在也。然綱領之用。在網與衣之上。則風雅頌之比也。管轄之用。在車之中。則賦比興之譬也。風雅頌者。聲樂部分之名也。風則十五國風。雅則大小雅。頌則三頌也。賦比興。則所以製作風雅頌之體也。朱子曰。周禮太師掌六詩以教國子。而大序謂之六義。蓋古今聲詩條理無出此者。風則閭巷風土。男女情思之詞。雅則朝會燕享。公卿大夫之作。頌則鬼神宗廟祭祀歌舞之樂。其所以分。

皆以其篇章節奏之異而别之也。賦比興所以分者。又以其屬詞命意之不同而别之也○問風雅與無天子之風之義。曰。鄭漁仲言出於朝廷者爲雅。出於民俗者爲風。文武之時。周召之作者。謂之周召之風。東遷之後。王畿之民作者。謂之王風。似乎大約是如此。亦不敢爲斷然之說。但古人作詩。體自不同。雅自是雅之體。風自是風之體。如今人做詩曲亦自有體製不同者自不可亂。不必說雅之降爲風。今且就詩上理會意義。其不可曉處。不必反倒○詩有是當時朝廷作者。雅頌是也。若國風乃採詩者採之民間。以見四方民情之美惡。二南亦是採民言而被樂章爾。程子必要說周公作以教人。不知是如何。其不敢從○廬陵彭氏曰。李賢良云詩者。古之歌曲。其聲之曲折。氣之高下。作詩之始。或爲風爲小雅。爲大雅。爲頌。風之聲不可以入雅。雅之聲不可以入頌。不待太師與孔子而後分也。風雅頌乃其音。而賦比與乃其體也

賦者。直陳其事。如葛覃卷耳之類是也。比者。以彼狀此。如螽斯綠衣之類是也。興者。託物興詞。如關雎兎罝之類是也。朱子曰。凡直指其名

直敘其事者。賦也。引物爲況者。比也。本要言其事而虛用兩句釣起。因而接續者。興也。○比是以一物比一物。而所指之事。常在言外。興是借彼一物以引起此事。而其事常在下句。○說出那箇物事來是興。不說出那箇物事是比。如南有喬木。只是說漢有游女。奕奕寢廟。君子作之。只說箇他人有心。予忖度之。皆是興體。比體只是從頭比下來。不說破。興比相近。却不同。○如藁砧今何在。何日大刀頭。此是比體。興之爲言起也。言興物而起意。後來古詩猶有此體。如青青源上柏。磊磊澗中石。人生天地間。忽如遠行客。又如高山有厓。林木有枝。憂來無端。人莫之知。皆是也。○興體不一。或借眼前事說起。或別將一物說起。如唐詩尚有此體。如青青河畔草。青青水中蒲。皆是借彼興起其詞。非必有感有見於此物也。有將物之所無。興起自家之所有。有將物之所有。興起自家之所無。前輩都理會這箇不分明。如何說得詩本指

蓋衆作雖多。而其聲音之節。製作之體。不外乎此。故大師之教國子。必使之以是六者。三經而三緯之。則凡詩之節奏指歸。皆將不待

講說。而直可吟咏以得之矣朱子曰。三經是風雅頌。是做詩底骨子。賦比興却是裏面橫串底。都有賦比興。故謂三緯。○周禮說以六詩教國子。其實只是這賦比興三箇物事。風雅頌。詩之標名。理會得那興比賦。詩裏面全不大段費解。今人要細解。不道此說爲是。如奕奕寢廟。不認得意在那他人有心處。只管解那奕奕寢廟。且詩有六義。先儒更不會說得明。却因周禮說豳詩有豳雅。豳頌。即於一詩之中要見六義。思之皆不然。蓋所謂六義者。風雅頌乃是樂章之腔調。如言仲呂調。大石調。越調之類。至比興賦又別立此六義。非特使人知其聲音之所當。又欲使歌者知作詩之法度也。○問豳之所以爲雅爲頌者。恐是可以用雅底腔調。又可用頌底腔調否。曰。恐是如此。其亦不敢如此斷。今只說恐是亡其二。○慶源輔氏曰。聲音之節。謂風雅頌。制作之體。謂賦比興。三經。謂風雅頌之體一定也。三緯。謂賦比興之用不一也。○孔氏曰。風雅頌者。詩篇之異體。賦比興者。詩文之異詞。賦比興是詩之所用。風雅頌是詩之成形。用彼三事。成化三事也。○安成劉氏曰。聲音之節。非風則雅。非雅則頌。其在當時固可吟咏以得其節奏。製作之體。非賦則比。非比則興。其在今日猶可吟咏以得其指歸。蓋古今之作者教者學者。皆不能外夫六義也六者之序。以其篇次。風固爲先。而風則有賦比興矣。故三者次之。而雅頌又次之。蓋亦以是三者爲之也孔氏曰。四始以風爲先。風之所用以賦比興爲辭。故於風之下即次賦比興。然後次以雅頌。既見賦比興於風之下。明雅頌亦用賦比興也。言事之道直陳爲正。故賦在比興之先。比興雖同是託物。比顯而興隱。當先顯而後隱。故比居興先也然比興之中。螽斯專於比。而綠衣兼於興。兔罝專於興。而關雎兼於比。此其例中又自有不同者。學者亦不可以不知也

朱子曰。比興之中各有兩例。興有取所興爲義者。則以上句形容下句之情思。下句指言上句之事實。有全不取義者。則但取一二字相應而已。要之上句全虛。下句常實則同也。比有繼所比而言其事者。有全不言其事者。學者隨文會意可也○詩之比興。舊來以關雎之類爲興。鶴鳴之類爲比。嘗爲之說甚詳。大槩興詩不甚取

義。特以上句引起下句亦有取義者。比詩則全以彼物譬喻此物。有都不說破者。有下文却結在所比之事上者。其體蓋不同也。上蔡言學詩要先識六義而諷詠以得之。此學詩之要。若迂迴穿鑿則便不濟事矣○慶源輔氏曰。此一節則言凡詩聲音之節。製作之體。有此六義。而教詩與學詩者。皆當先辨而識之也。綠衣雖以比妾。又因以興起其詞。雎鳩雖以起興。又以摯而有別比后妃之德也。獨舉二者以例其餘耳○安成劉氏曰。呂氏嘗謂得風之體多者爲風。得雅之體多者爲雅。得頌之體多者爲頌。而朱子亦嘗疑以七月詩變其音節。或爲風。或爲雅。或爲頌。則風雅頌之例中亦恐有不同者。不特比興之例爲然也

○上以風化下。下以風刺上。主文而譎諫。言之者無罪。聞之者足以戒。故曰風風刺之風。福鳳反

風者民俗歌謠之詩。如物被風而有聲。又因其聲以動物也。上以風化下者。詩之美惡。其風皆出於上而被於

下也。下以風刺上者。上之化有不善。則在下之人又歌詠其風之所自以譏其上也。凡以風刺上者。皆不主於政事而主於文詞。不以正諫而託意以諫。若風之被物。彼此無心而能有所動也臨川王氏曰。主文譎諫。有巽入之道。故曰風○慶源輔氏曰。此一節解風之一字有此二義也。上以風化下謂正風也。然變風亦閒有如此者。下以風刺上。則止謂變風耳。風雖有此二義不同。然皆有取於彼此無心而能有所動。故皆曰風也

○至于王道衰。禮義廢。政教失。國異政。家殊俗。而變風變雅作矣

先儒舊說二南二十五篇爲正風。鹿鳴至菁莪二十二篇爲正小雅。文王至卷阿十八篇爲正大雅。皆文武成

王時詩。周公所定樂歌之詞。邶至豳十三國爲變風。六月至何草不黄五十八篇爲變小雅。民勞至召旻十三篇爲變大雅。皆康昭以後所作。故其爲説如此。國異政。家殊俗者。天子不能統諸侯。故國國自爲政。諸侯不能統大夫。故家家自爲俗也。然正變之説。經無明文可考。今姑從之。其可疑者。則具於本篇云

朱子曰。先儒本謂周公制作時所定者爲正風雅。其後以類附見者。爲變風雅耳。固不謂變者。皆非美詩也。大序之文。亦有可疑處。而小雅篇次。尤多不可曉者。此未易考。但聖人之意。使人法其善。戒其惡。此則炳如日星耳。今亦不須問其篇章次序。事實是非之如何。但玩味得聖人垂示勸戒之意。則詩之用在我矣。鄭衛之詩。篇篇如此。乃見其風俗之甚不美。若止載一兩篇。則人以爲是適然耳。大抵聖人之心寬大平易。與今人小小見識。遮前掩後底意思不同 ○ 詩之雅

蓋王道盛時。如成王以上詩是也。自成王以後則爲變雅矣。蓋王政之所由衰。故黍離降而爲國風。則同乎諸侯之詩矣○慶源輔氏曰。此一節言風雅之有變也。然正變之說。詩經無文可據。但其說有合乎理。故且從之。所謂可疑者。蓋指楚茨至車舝十篇之類而言也○安成劉氏曰。詩人各隨當時政教善惡。人事得失而美刺之。未嘗有意於爲正爲變。後人比而觀之。遂有正變之分。所以正風雅。爲文武成王時詩。變風雅爲康昭以後所作。而邠風不可以爲康昭以後之詩也。大抵就各詩論之。以美爲正。以刺爲變。猶之可也。若拘其時世。分其篇帙。則其可疑者多矣

○國史明乎得失之迹。傷人倫之變。哀刑政之苛。吟詠情性以風其上。達於事變而懷其舊俗者也。風福鳳反

詩之作或出於公卿大夫。或出於匹夫匹婦。蓋非一人。而序以爲專出於國史則誤矣。說者欲蓋其失。乃云國

史紬繹詩人之情性而歌詠之以風其上則不唯文理不通而考之周禮太史之屬掌書而不掌詩其誦詩以諫乃大師之屬瞽矇之職也故春秋傳曰史爲書瞽爲詩說者之云兩失之矣朱子曰周禮史官如大史小史內史外史其職不過掌書無掌詩者不知明得失之迹干國史甚事又曰周禮禮記中史並不掌詩左專說自分曉以此見得大序亦未必是聖人做○安成劉氏曰此一節係變風變雅作矣之下冠變風發乎情之上而謂國史傷人倫哀刑政以作詩則序者之意以承上文言變風變雅爲國史所作非以三百篇爲皆作於國史然亦誤矣

○故變風發乎情止乎禮義發乎情民之性也止乎禮義先王之澤也

情者性之動而禮義者性之德也動而不失其德則以

先王之澤入人者深。至是而猶有不忘者也黃氏曰。止乎禮義喜怒哀樂之中節者○臨川王氏曰。此獨言變風者。雅之有變。天子猶有政焉。言變風則通乎無雅之後也。而猶知止乎禮義。則變雅之時可知矣然此言亦其大槩有如此者。其放逸而不止乎禮義者。固已多矣朱子曰。如泉水載馳等詩固止乎禮義。如桑中有甚禮義。大序亦只是總說。亦未盡○慶源輔氏曰。此一節又言變風之亦有止乎禮義者。蓋由先王之澤入人之深且久故也。不及雅者。變風如此。則變雅從可知也

○是以一國之事。繫一人之本。謂之風所謂上以風化下臨川王氏曰。風之本於人君一人之躬行。而其末見於一國之事○慶源輔氏曰。此一小節再釋風之名義。然只反前說上截意

言天下之事。形四方之風。謂之雅。雅者。正也。言王政之所

由廢興也。政有大小。故有小雅焉。有大雅焉

形者。體而象之之謂孔氏曰。言天下之政事。體象四方之風俗。謂之雅也小雅皆王政之小事。大雅則言王政之大體也慶源輔氏曰。此一小節釋雅之名義。與大小雅之別。言天下之事。以體象四方之風俗。而以見王政之所由廢興也。正雅則可見王政之興。變雅則可見王政之廢。○孔氏曰。小雅所陳飲食賞勞燕賜征伐。皆小事也。大雅所陳受命作周。代殷繼伐。荷先王之福禄。尊祖考以配天。醉酒飽德。求賢用士。皆大事也。詩體既異。樂音亦殊。至於變雅。則由音體有小大。而不復由政事之大小矣。○朱子曰。正小雅二十二篇皆政之一事。正大雅十八篇。意不主於一事。大抵皆詠歌先王之功德。申固福禄之辭。而政之大本繫焉。其音節亦不同矣。及其變也。則亦各以其聲而附之也歟○華谷嚴氏曰。以政之小大爲二雅之別。驗之經而不合。竊謂雅之大小。特以其體之不同耳。蓋明白正大。直言其事者。雅之體也。純乎雅之體者爲雅之大。雜乎風之體者爲雅之小。太史公稱國風好色而不淫。小雅怨誹而

不亂。若離騷可謂兼之。言離騷兼國風小雅。而不言兼大雅。見小雅與風騷相類。而大雅不可與風騷並言也

頌者美盛德之形容。以其成功告於神明者也告古毒反

頌。皆天子所制郊廟之樂歌。頌容古字通。故其取義如此

慶源輔氏曰。此一小節釋頌之名義。頌容古字通。故頌爲形容之義○三山李氏曰。頌字訓容。漢書曰。徐生善容。容字作此頌字。顏師古注云。頌字與形容字。古人通用○廬陵彭氏曰。盛德不可見也。故美其形容。成功不可忘也。故告于神明○安成劉氏曰。論頌詩之大體。固是天子郊廟樂歌。而所以美盛德。告成功者也。但驗之三頌諸篇。亦不能盡然也

是謂四始。詩之至也

史記曰。關雎之亂以爲風始 朱子曰。關雎是樂之卒章。故曰關雎之亂。楚辭亦有亂曰是也。自關關雎鳩至鐘鼓樂之皆是亂 鹿鳴爲小雅始。文王爲大雅始。

清廟爲頌始。所謂四始也。臨川王氏曰。風也。二雅也。頌也。雖相因而成。而其序不相襲也。故謂之四始○廬陵彭氏曰。吕博士云。自一國之事以下。備言風雅頌之所因而作。而卒之以是謂四始。詩之作各有攸始也○程子曰。詩有四始而風居首。本乎一人。而成乎國俗謂之風。發於正理而形於天下謂之雅。稱美盛德與告其成功謂之頌。先之家及於政以底成功。其敘然也。詩之所以爲詩者。至是無餘蘊矣。三山李氏曰。四始以下皆詩之至也。後世雖有作者。其孰能加於此乎。邵子曰。删詩之後。世不復有詩矣。蓋謂此也。朱子曰。所謂無詩者。非謂詩不復作也。但謂夫子不取耳。故康節云。自從删後更無詩。蓋伯樂之所不顧。則謂之無馬可矣。夫子之所不取。則謂之無詩可矣。又曰。古人發出意思自好。看看三百篇詩。則後來之詩多不足觀矣○慶源輔氏曰。此二句總結上三節而賛其爲詩之極至也。夫詩之作。其來遠矣。至夫子删詩。則無復餘蘊。後世作者連篇累牘。不爲不多。然學之者。果可以興觀羣怨乎。用之者。果可以正得失。動天地。厚人倫。

美教化乎。後人讀之者，又果可以達於政而專對乎。至於風雲之狀，月露之形，則固無益於事矣。若夫哀淫愁怨，導欲增悲，則又非徒無益也。邵子之言警人深矣

書舜典帝曰：夔，命汝典樂，教胄子，直而温，寬而栗，剛而無虐，簡而無傲

夔，舜臣名。胄子，謂天子至卿大夫子弟。安成劉氏曰：即所謂天子之元子衆子，以至公侯卿大夫元士之適子者也　教之，因其德性之美而防其過。安成劉氏曰：因其性之直而防其過，故欲其温；因其性之寬而防其過，故欲其栗；因其性之剛而防其過，故欲其無虐；因其性之簡而防其過，故欲其無傲。凡所以養其中和之德，救其氣質之偏者，蓋皆樂之功用也

詩言志，歌永言，聲依永，律和聲

聲，謂五聲，宫、商、角、徵、羽。宫最濁而羽極清，所以協歌之

上下。律謂十二律。黃鍾。大呂。大簇（音湊）。夾鍾。姑洗（音跣）。仲呂。蕤賓。林鍾。夷則。南呂。無射（音亦）。應鍾。黃最濁而應極清。又所以旋相爲宫而節其聲之上下

朱子曰。人聲自有高下。聖人制五聲以括之。宫聲洪濁。其次爲商。羽聲輕清。其次爲徵。清濁洪纖之中爲角。此五聲之制。以括人聲之高下。又制十二律。以節五聲。又各有高下。每聲又分十二等。謂如以黃鍾爲宫。則是太簇爲商。姑洗爲角。林鍾爲徵。南呂爲羽。還至無射爲宫。便是黃鍾爲商。太簇爲角。中呂爲徵。林鍾爲羽。然而無射之律。只長四寸八分有奇。而黃鍾長九寸。太簇長八寸。林鍾長六寸。則宫聲槩下面商羽角三聲不過。故有所謂四清聲。夾鍾。大呂。黃鍾。大簇。是也。蓋用其半數。謂如黃鍾九寸。只用四寸半。餘三律亦然。如此。則宫聲可以槩之。其聲和矣。看來十二律皆有清聲只說四者。意其取數之甚多者言之耳。○詩之作本言志而已。方其詩也。未有歌也。及其歌也。未有樂也。以聲依永。以律和聲。則樂乃爲詩而作。非詩爲樂而作也。問詩樂既廢。如何。曰。既無此家具。也只得以義理養其心。

涵泳從容。無斯須不和不樂。便是樂○詩者。樂之章也。故必學樂。然後誦詩。所謂樂者。蓋琴瑟塤篪之類。樂之一物。以漸習之而節夫詩之音律者。然詩本於人之情性。有美刺風喻之旨。其言近而易曉。而從容詠嘆之間。所以漸漬感動於人者。又爲易入。至於聲音之高下。舞蹈之疾徐。所以養其耳目。和其心志。使人淪肌浹髓。而安於仁義禮智之實。又有非思勉之所及者○三代之時。禮樂用於朝廷。而下達於閭巷。學者諷詠其言以求其志。詠其聲。執其器。舞蹈其節以涵養其心。則聲之所助於詩者爲多。然猶曰興於詩。成於樂。其求之固有序矣。是以聖賢言詩。主於聲者少。而發於義者多。仲尼所謂思無邪。孟子所謂以意逆志者。誠以詩之所以作本乎其志之所存。然後詩可得而言也。得其志而不得其聲者有矣。未有不得其志而能通其聲者也。就使得之止其鐘鼓之鏗鏘而已。豈聖人樂云樂云之意乎。況今去孔孟千餘年。古樂散亡無復可考。而欲以聲求詩。則未知古樂之遺聲。今皆可推而得乎。三百五篇皆可協之音律。而被之絃管已乎。誠能得之。則所助於詩多矣。然恐未得爲詩之本也。況未必可得。則今之所講得無有畫餅之譏乎。故愚以爲詩出乎志者也。樂出乎詩者也。然則志者。詩之本而樂者末也。末雖亡。不害本之存。患學者不能平心和氣從容諷詠。以求之情性之中。有得乎此。然後可得而言。顧所得之淺深何如耳。有舜文之文德。則聲爲律而身爲度。簫韶二南之聲。不患其不作。此雖未易言。然其理蓋不誣也。○九峯蔡氏曰。心之所之謂之志。心之所之必形於言。故曰詩言志。既形於言。必有長短之節。故曰歌永言。既有長短。必有高下清濁之殊。故曰聲依永。大抵歌聲長而濁者爲宮。以漸而清且短。則爲商爲角爲徵爲羽。所謂聲依永也。既有長短清濁。則又必以十二律和之。乃能成文而不亂。假令黄鍾爲宮。則太簇爲商。姑洗爲角。林鍾爲徵。南吕爲羽。蓋以三分損益。隔八相生而得之。餘律皆然。即禮運所謂五聲六律十二管還相爲宮者。所謂律和聲也。○安成劉氏曰。黄鍾屬子。大吕丑。太簇寅。夾鍾卯。姑洗辰。仲吕巳。蕤賓午。林鍾未。夷則申。南吕酉。無射戌。應鍾亥。一律一吕。陰陽相間。黄鍾生林鍾。自子至未凡八位。林鍾生太簇。自未至寅亦八位。餘律皆然。所謂隔八者也。黄鍾林鍾太簇南吕姑洗應鍾蕤賓相生。則三律下生三吕。皆三分損一。三吕上生三律。皆三分益一。蕤賓大吕夷則夾鍾無射中吕黄鍾相生。則三律下生三吕。反三分益一。三呂上生三律。反三分損一。通六下六上。而十二律旋相爲宮焉。每律備五聲。則成六十聲。每律加變宮變徵。則成八十四聲矣

八音克諧。無相奪倫。神人以和

八音。金。石。絲。竹。匏。土。革。木也　朱子曰。金。鐘鎛也。石。磬也。絲。琴瑟也。竹。管簫也。匏。笙也。土。塤也。革。鼗鼓也。木。柷敔也。○九峯蔡氏曰。人聲既和。乃以其聲被之八音而爲樂。則無不諧叶。而不相侵亂。失其倫次。可以奏之朝廷郊廟。而神人以和矣

周禮　太師教六詩。曰風。曰賦。曰比。曰興。曰雅。曰頌

說見大序

以六德爲之本

中。和。祗。庸。孝。友　安成劉氏曰。此六者。周禮大司樂謂之樂德。中者。無所偏倚。和者。無所乖戾。祗

者莊敬。庸者。有常。孝者。善事父母。友者。善於兄弟

以六律爲之音

六律。謂黄鍾至無射六陽律也。大吕至應鍾爲六陰律。與之相間。故曰六間。又曰六吕。安成劉氏曰。間者。言其陰陽相間。吕者。言其陰不言六陰律者。陽統陰也。其爲教之本末。猶舜之意也。陽相侶。周禮又謂之六同。慶源輔氏曰。以六德爲本者。無是六德。則雖强聒以六詩無益也。此即舜命夔以樂教胄子。必因其直寛剛簡而使無過之意。以六律爲之音。此即律和聲之意。本謂德性。末謂聲音。○安成劉氏曰。本六德而教六詩。而叶六律。即帝舜命夔自直温而詩歌。自詩歌而聲律之意。○毛氏曰。古者教以詩樂。誦之歌之絃之舞之

禮記 王制。天子五年一巡狩。命大師陳詩以觀民風。鄭氏曰。五年者。虞夏殷之制也。周則十二年一巡狩。陳詩者。采其詩而觀之

論語孔子曰。吾自衛反魯。然後樂正。雅頌各得其所

前漢禮樂志云。王官失業。雅頌相錯。孔子論而定之。故其言如此 朱子曰。魯哀公十一年冬。孔子自衛反魯。是時周禮在魯。然詩樂亦頗殘缺失次。孔子周流四方。參互考訂以知其說。晚知道終不行。故歸而正之。○丹陽洪氏曰。王迹熄而詩亡。其存者謬亂失次。孔子復得之他國以歸。定著爲三百五篇。於是雅頌各得其所

史記云。古者詩本三千餘篇。孔子去其重。取其可施於禮義者三百五篇。孔頴達曰。按書傳所引之詩。見在者多。亡逸者少。則孔子所錄不容十分去九。馬遷之言未可信也。愚按三百五篇。其間亦未必皆可施於禮義。但存其實。以爲鑒戒耳 盧陵歐陽氏曰。周南召南邶鄘衛王鄭齊豳秦魏唐陳鄶曹小雅大雅頌。此孔子未刪之前。周大師樂歌之次第也。

周召邶鄘衛王鄭齊魏唐秦陳檜曹豳。此今詩次第也。周召邶鄘衛檜鄭齊魏唐秦陳曹豳王。此鄭氏詩譜次第也○程子曰。虞之君臣。迭相賡和。始見於書。夏殷之世。雖有作者。其傳鮮矣。至周而益文。人之怨樂必形於言。政之美惡必有刺美。至夫子時所傳者多矣。夫子刪之。得三百篇可以垂世立教○諸國之風先後各有義。周南召南。陳正家之道。人倫之端。王道之本。風之正也。故爲首。二南之風行。則人倫正。朝廷治。及乎周道衰。政教失。風遂變矣。於是諸侯擅相侵伐。衛首幷邶鄘之地。故爲變風之首也。且一國之詩而二其名。得於衛地者爲衛。得於邶鄘者爲邶鄘。所以見其首亂也。刑政不能治天下。諸侯放恣。擅相幷滅。王跡熄矣。故雅亡而爲一國之風。廢法失道。則王畿之内。亦不能保。鄭本畿内之封。因周之衰。遂自爲列國。故次以鄭。君臣上下之分失。則人倫亂而入於禽獸。人君身爲禽獸之行。其風可知。故次以齊。天下之風至於如此。則無不亂之國。無不變之俗。魏舜禹之都。唐帝堯之國。久被聖人之化。漸成美厚之俗。歷二叔之世而遺風尚存。今亦變矣。故因其舊名而謂之唐。所以見唐魏之風且變。則先代之風化。中國之禮義。消亡極矣。是以夷狄强大。天下亦相胥而夷矣。故次以秦。秦之始封秦谷。西戎之地。國亂乃東侵而始大。其俗尚夷。故美其始有車馬禮樂。而刺其未能用周禮也。禮義之俗亡。夷狄之風行。先聖王之流風遺俗盡矣。故次以陳。陳。舜之後也。聖人之都。風化所厚也。聖人之國。典法所存也。王澤竭而風化熄矣。夷道行而典禮亡矣。天下之所以安且治者。聖人之道行也。聖人之道絶。則危亡至矣。人情迫於危亡則思治安。故思治者。亂之極也。檜曹懼於危亡而思周道。故爲亂之終。亂既極。必有治之之道。危既甚。必有安之之理。自昔天下何嘗不拯亂而興治。革危而爲安。國家之先由是道也。其居豳也。趨時務農以厚民主。善政美化。由茲而始。王業之所興也。故次以豳。王業成而爲政於天下。故次以雅。雅者。王者之政也。小之先大。固其敘也。政之衰。則至於亡。詩之亡。王道之亡也。天下之治。始於正。以風風天下。其終也盛德之著。而盛功可以告於神明。始終之義也。故次以頌。頌之有魯。蓋生於不足。王道隆。所歌頌者如是。及其衰也。如魯之事一已足矣。商則頌前代之美。不可廢也。故附其後焉○臨川吳氏曰。風雅頌。乃樂章之名。其音節各異。如今慢詞小令之分。雖欲以彼爲此。以此爲彼而不可得。非編詩者可以己意移易。今若曰。七月本可列於雅。然雅有篤公劉矣。故寘之豳風。生民本可以列於頌。然頌有思文后稷矣。故寘之於雅。如此則是風雅頌初無一定。由人以意安排也。生民乃郊祀之後。飲酒受釐時所歌。施於人而非施於鬼神者。自當爲雅。蓋祭祀之時。歌之於鬼神者。頌詩也。受釐之時。歌之於生人者。雅詩也。況頌詩與雅詩之體製。亦自判然有不同也哉

○子所雅言。詩書執禮。皆雅言也。朱子曰。雅。常也。詩以理情性。書以道政事。禮以謹節文。皆切於日用之實。故常言之。禮獨言執者。以人所執守而言。非徒誦說而已矣

○嘗獨立。鯉趨而過庭。子曰。學詩乎。對曰。未也。不學詩無以言。鯉退而學詩朱子曰。鯉。孔子之子。伯魚也。事理通達。而心氣和平。故能言○慶源輔氏曰。詩本人情該物理。故學之者。事理通達。其爲教溫柔敦厚。使人不狡不詐。故學之者。心氣和平。事理通達。則無昏塞之患。心氣和平。則無躁急之失。此所以能言也

○子曰興於詩

興起也詩本人情其言易曉而諷詠之間優柔浸漬又有以感人而入於其心故誦而習焉則其或邪或正或勸或懲皆有以使人志意油然興起於善而自不能已也

程子曰古之學者必先學詩則誦讀其言美惡是非勸戒有以啓發故曰興○西山眞氏曰三百篇詩雖難曉今諸老先生發明其義了然可知如能反覆涵泳眞可以感發其性情則所謂興於詩者亦未嘗不存也○廣平游氏曰學詩者可以感發人之善心如觀天保之詩則君臣之義脩矣觀常棣之詩則兄弟之愛篤矣觀伐木之詩則朋友之交親矣觀關雎鵲巢之風則夫婦之經正矣昔王裒有至性而弟子至於廢講蓼莪則詩之興發善心於此可見矣

○子曰小子何莫學夫詩詩可以興可以觀可以羣可以

怨。勉齋黃氏曰興羣怨皆指學詩者而言。薛氏則指詩而言。謂考究其人之得失也。然以爲觀己得失。亦通邇之事父遠之事君。朱子曰。人倫之道詩無不備。二者舉重而言多識於鳥獸草木之名。朱子曰其緒餘又足以資多識。○慶源輔氏曰論語之論及詩者多矣。而惟此章爲備。反覆周悉無一或遺學者苟於此而盡心焉。則有以感發其志意而爲善不懈有以考見其得失而於事無惑。和而不流。則得羣居之道。怨而不怒。則盡人情之微。以至事父事君則於人倫之際各盡其道。多識於鳥獸草木之名。則可以爲博物洽聞之君子。○廬陵歐陽氏曰詩述商周。自玄鳥生民上陳稷契。下訖陳靈千五六百年之間。旁及列國君臣世次國地山川封域圖牒鳥獸草木蟲魚之名與其風俗方言訓詁盛衰治亂美刺之由。無所不載

○子曰詩三百一言以蔽之曰思無邪。

凡詩之言善者可以感發人之善心。惡者可以懲創人之逸志其用歸於使人得其情性之正而已。然其言微

婉。且或各因一事而發。求其直指全體而言。則未有若思無邪之切者。故夫子言詩三百篇。而惟此一言足以盡蓋其義。朱子曰。思無邪。只是要正人心。約而言之。三百篇只是一箇思無邪。析而言之。一篇之中。自有一箇思無邪○勉齋黃氏曰。三百篇之詩亦多矣。而一言足以盡蓋其義。所以明思無邪一言之辭約而理盡。微婉者。若言人之善。而託諸車服之盛。親族之貴。之類是也。各因一事者。若刺奢刺貪之類是也。直指全體者。直指則非微婉矣。全體則非一事矣。就人心之思而言其無邪。故曰直指全體也。此其所以能蓋三百篇之義也歟

○南容三去聲復白圭。孔子以其兄之子妻去聲之。白圭。大雅抑之五章也。朱子曰。南容。孔子弟子。居南宮。字子容。抑篇曰。白圭之玷。尚可磨也。斯言之玷。不可爲也。南容一日三復此言。事見家語。蓋深有意於謹言也。故孔子以兄子妻之

○子曰誦詩三百授之以政不達使於四方不能專對雖多亦奚以爲程子曰須是未讀詩者授以政不達使不能專對既讀詩後便達於政便能專對始是讀詩○勉齋黃氏曰詩三百人未有不讀者也而達於政事能專對者何其少邪亦視其所以讀之者如何耳爲人邪爲已邪誦說邪踐行邪鹵莽邪精切邪二者之不同而能不能判矣○胡氏曰詩之作皆原於人情及諷詠其所言則事物之理莫不具載故其情合於事理之正則可以知風俗之盛政治之得其情背於事理之正則可以知風俗之衰政治之失因是而通爲政之方也詩之言温厚不至於薄和平不至於訐能諷詠則人皆易曉因是故能專對也然讀詩者每不能如此豈非誦之而不能熟熟之而不能思思之而不能切歟可不戒哉

○子貢曰貧而無諂富而無驕何如子曰可也未若貧而樂富而好禮者也樂音洛好去聲

子貢蓋自謂能無諂無驕者朱子曰。子貢姓端木。名賜。諂。卑屈也。驕。矜肆也。常人溺於貧富之中。而不知所以自守。故必有二者之病。無諂無驕。則知自守矣。而未能超乎貧富之外也。故以二者質之夫子。夫子以爲二者特隨處用力而免於顯過耳。故但以爲可。蓋僅可而有所未盡之辭也。又言必其理義渾然。全體貫徹。貧則心廣體胖而忘其貧。富則安處善樂循理而不自知其富。然後乃可爲至爾朱子曰。無諂無驕。是就貧富裏用功。比他樂與好禮者自爭一等。蓋樂自不知有貧。好禮自不知有富。魯氏之說亦善。曾氏曰。以貧故無諂。以富故無驕。處貧富之道耳。樂非以貧。好禮非以富。出於情性而貧富不能解也。○慶源輔氏曰。心廣體胖者。指其樂之之象。安處善樂循理者。論其好禮之實。○安成劉氏曰。隨貧富而用力自守。則不能全體貫徹也。無諂無驕。免於顯過。則不能理義渾然也。是蓋爲貧富而自守。囿於貧富之中者也。彼樂與好禮者，則由禮義渾然根於其心，流行發見於日用之間。其貧也，但知自樂而不知今之爲貧；其富也，但知好禮而不知今之爲富。所謂全體貫徹也。是其自始至終，此心之理不爲貧富而增損存亡，乃超乎貧富之外者也。

子貢曰：「詩云：『如切如磋，如琢如磨。』其斯之謂與？」

治骨角者，既切之而復（浮去聲）磋之；治玉石者，既琢之而復磨之。治之之功不已而益精也。子貢因夫子告以無諂無驕不如樂與好禮，而知凡學之不可少得而自足，必當因其所至而益加勉焉，故引此詩以明之。朱子曰：子貢舉詩之意，不是專以此爲貧而樂、富而好禮底工夫，蓋見得一切事皆合如此，不可安於小成而不自勉也。

子曰：「賜也，始可與言詩已矣！告諸往而知來者。」

往者。其所已言者。來者。其所未言者。朱子曰。他說意思闊。非只說貧富。故云告往知來。告其所已言者。謂處貧富之道。而知其所未言者。謂學問之功也。○勉齋黃氏曰。謂告以無諂不如樂。無驕不如好禮。此所已言也。知義理之無窮。學之不可以有得而遽足。此所未言也。夫子論貧富。而子貢悟爲學。是告往而知來。須是見得切磋琢磨。在無諂無驕樂與好禮之外。方曉得所已言。所未言

○子夏問曰。巧笑倩兮。美目盼兮。素以爲絢兮。何謂也。倩七練反。盼普莧反。絢呼縣反

此逸詩也。倩。好口輔也。盼。目黑白分也。素。粉地。畫之質也。絢。采色。畫之飾也。言人有此倩盼之美質。而又加以華采之飾。如有素地而加采色也。子夏疑其反謂以素爲飾。故問之雙峯饒氏曰。讀書須是先理會訓詁。曉得訓詁。便須涵泳其意。不可只滯在訓詁上。

然未有不曉訓詁而能通其意者子夏是未曉得素以爲絢一句訓詁所以問

子曰繪事後素繪胡對反

繪事繪畫之事也後素後於素也考工記曰繪畫之事後素功是也蓋先以粉地爲質而後可施以五采猶人有美質然後可加以文飾

曰禮後乎子曰起予者商也始可與言詩已矣

禮必以忠信爲質猶繪事必以粉素爲先起猶發也起予言能啓發我之志意龜山楊氏曰子曰繪事後素而子夏曰禮後乎可謂能繼其志矣非得於言意之表者能之乎商賜可與言詩者以此若夫玩心於章句之末則其爲詩也固而已矣所謂起予則亦相長之義也○慶源輔氏曰子貢因論好禮與樂之學而知切磋琢磨之詩謂自治益精之意子夏因

論素以爲絢之詩。而知人之學禮。當以質爲先。故皆可與言詩。楊氏之說最明切。讀書者不可泥於章句之中。而學詩者尤貴有得於言意之表。不然。則局於章句訓詁。而詩之教。益於人者鮮矣。○雙峯饒氏曰。夫子稱商賜可與言詩。皆是善其能觸類而長。今學者讀書於見在文意。也未能通解。況敢望其能觸類乎。○三山李氏曰。觀詩者必當得其外意。如衣錦尚絅。但言衣服之盛。而中庸曰。惡其文之著也。推之以爲愼獨之學。巧笑。美目。但言顏色之好。而子曰繪事後素。子夏則推之遂知其禮後之說也。○止齋陳氏曰。六經皆經聖人手。而於詩也。致意蓋詳。論語一書。語詩多於他經。而二南則正色言之。關雎一篇。尤再惓惓。夫子之意深矣。○安成劉氏曰。此引論語言詩凡十章。而皆不仍其先後之次。朱子於此。得無意乎。切以淺見推之。雅頌各得其所一章。首明三百篇之定體也。詩體之音節既定。則可學矣。故次兩章。記夫子常以詩爲教也。既學則必有成效。如所謂興觀羣怨之類是也。故以此二章次之。然學貴乎知要。善讀詩而有得。雖思無邪之一言。白圭之一章。用之有餘。不善讀者。雖三百其篇而無用也。故此二章又次之。若子貢子夏之問答。又皆得詩人意外意者。故以此

二章終焉。但未知朱子之意然否

咸丘蒙問曰詩云普天之下莫非王土率土之濵莫非王臣而舜既爲天子矣敢問瞽瞍之非臣如何孟子曰是詩也非是之謂也勞於王事而不得養父母也曰此莫非王事我獨賢勞也故說詩者不以文害辭不以辭害志以意逆志是爲得之如以辭而已矣雲漢之詩曰周餘黎民靡有孑遺信斯言也是周無遺民也

程子曰。舉一字是文成句是辭愚謂意謂己意志謂詩人之志逆迎之也其至否遲速不敢自必而聽於彼也

朱子曰。普徧也率循也乃作詩者自言天下皆王臣何獨使我以賢才而勞苦乎非謂天子可臣其父也蓋說

詩之法。不可以一字而害一句之義。不可以一句而害設辭之志。當以己意迎取作者之志。乃可得之。若但以其辭而已。則如雲漢所言。是周之民而無遺種矣。惟以意迎之。則知作詩者之志在於憂旱。而非眞無遺民也。又曰。逆。是前去追迎之之意。蓋是將自家意思去前面等候詩人之志來。又曰譬如有一客來。自家去迎他。他來則接之。不來則已。若必去捉他來則不可○

張子曰。知詩莫如孟子。以意逆志。讀詩之法也

程子曰 顥字伯淳。頤字正叔 詩者言之述也。言之不足而長言之。詠歌之所由興也。其發於誠感之深。至於不知手之舞足之蹈。故其入於人也亦深。古之人。幼而聞歌誦之聲。長而識美刺之意。故人之學由詩而興。後世老師宿儒。尚不知詩之義。後學豈能興起乎○又曰。興於詩者。吟詠情性。涵暢道德之中而歆動之。有吾與點也之氣象 慶源輔氏曰。讀詩者。吟咏眞情

性。使人意沉浸紆。伏於道德之中。有所慕樂而動蕩鼓舞之。直與曾點浴沂風雩之氣象一般。方能有益○

又曰。學者不可不看詩。看詩便使人長一格朱子曰。讀詩便長人一格。如今人讀詩何緣會長一格。詩之興最不緊要。然興起人意處正在興。會得詩人之興。便有一格長

張子曰名載字子厚置心平易。然後可以言詩。涵泳從容。則忽不自知而自解頤矣。若以文害辭。以辭害意。則幾何而不爲高叟之固哉問詩如何看。龜山楊氏曰。詩極難卒說。大抵須要人體會。不在推尋文義。在心爲志發言爲詩。情動於中而形於言。言者情之所發也。今觀是詩之言。則必先觀是詩之情如何。不知其情。則雖精窮文義。謂之不知詩可也。子夏問巧笑倩兮。美目盼兮。何謂也。子曰。繪事後素。曰。禮後乎。孔子以爲可與言詩。如此全要體會。惟體會得。故看詩有味。至於有味。則詩之用在我矣○

又曰。求詩者貴平易。不要崎嶇求合。蓋詩人之情性溫厚。平易老成。今以崎

嶇求之。其心先狹隘。無由可見慶源輔氏曰。温厚平易老成六字。説盡詩人情性。温厚。謂和而不流。怨而不怒。平易。謂所言皆眼前事。老成。謂憂深思遠。達於人情事物之變。此等意思。唯平心易氣以逆之。則可有得。○又曰。詩人之志至平易。故無艱險之言。大率所言。皆目前事。而義理存乎其中。以平易求之。則思遠以廣。愈艱險則愈淺近矣慶源輔氏曰。艱險與平易正相反。蓋云目前事。若無義理在其間。是特鄙俚之言耳。唯所言皆目前事而却有義理。此其所以爲詩也。然人能言到此亦甚難。以平易求之。則無窒礙。故其意思廣遠。横渠云。置心平易始知詩。然解悠悠蒼天。此何人哉。却不平易。○黄氏曰。横渠數說此知味之學。觀詩之法也

上蔡謝氏曰名良佐。字顯道學詩須先識得六義體面而諷詠以得之

愚按六義之說見於周禮大序。其辨甚明。其用可識。而自鄭氏以來。諸儒相襲。不唯不能知其所用。反引異說而汩陳之。唯謝氏此說。爲庶幾得其用耳朱子曰。上蔡甚曉得詩。觀此說。是他識得要領處○讀詩之法。只是熟讀涵泳。自然和氣從胷中流出。其妙處不可得而言。不待安排措置。務自立說。只恁平讀著意思自足。須是打疊得這心光蕩蕩地。不立一箇字。只管虛心讀他。少間推來推去。自然推出那箇道理。所以說以此洗心。便是以這道理盡洗出那心裏物事。渾然都是道理。上蔡曰。學詩須先識得六義體面而諷詠以得之。此是讀詩之要法。看來書只是要讀讀得熟時。道理自見。切忌先自布置立說○程子曰。學詩而不分六義。豈能知詩也○慶源輔氏曰。體面蓋言體製體段。言六義各有箇體面。學詩不可不先理會得

古詩即今之歌曲。往往能使人感動。至學詩却無感動與

起處。只爲泥章句故也。明道先生善說詩。未嘗章解句釋。但優游玩味。吟哦上下。便使人有得處。如曰瞻彼日月。悠悠我思。道之云遠。曷云能來。思之切矣。百爾君子。不知德行。不忮不求。何用不臧。歸于正也。（慶源輔氏曰。思之切而不歸于正。便入哀傷淫泆去也）○又曰。明道先生談詩。並不曾下一字訓詁。只轉却一兩字。點（平聲）掇他念過。便教人省悟。（東齋陳氏曰。烝民詩首四句。孔子只就中添四字。滄浪之歌。只換兩斯字。曾不辭費而意味無窮。明道說詩。正得此意）○朱子曰。詩中頭項多。一項是音韻。一項是訓詁名件。一項是文體。若逐一根究。然後討得些道理。則殊不濟事。須是通悟者方看得。○聖人有法度之言。如春秋書禮是也。一字皆有理。如詩亦要逐字將理去讀。便都礙了。○看詩。須是看他詩人意思。好處是如何。不好處是如何。看他風土。看他風俗。又看他人情物態。只看伐檀詩。便見得他一箇清高底意思。看碩鼠詩。便見他一箇暴歛底意思。好底意思是如此。不好底是如彼。好底意思。令自家善意油然感物而興起。看他不好底。自家心下如著槍相似。如此看。方得詩意。詩有說得曲折後好底。有只恁平直說後自好底。如燕燕末後一章。這不要看上文。考下章便知得是恁地。意思自有高遠。自是說得那人著。○看詩且看他大意。如衛諸詩。其中有說時事者固當細考。如鄭之淫亂底詩。苦苦搜求他。有甚意思。一日看五六篇可也。○讀詩且只將做今人做底詩看。或每日令人誦讀。却從旁聽之。其語有未通者。略檢注解看。却時時誦其本文。便見其語脈所在。又曰。念此一詩既已記得其語。却逐箇字將前後一樣字通訓之。令注解中。有一字而兩三義者。如假字有云大者。有云至者。只是隨處旋紐揑耳。非通訓也。又曰。伊川有詩解數篇。說到小雅以後極好。蓋是王公大人。好生地做。都是識道理人言語。故他裏面說得儘有道理。好仔細看。非如國風或出於婦人小子之口。但可觀其大槩也。○學者於詩。須先去了小序。只將本文熟讀玩味。仍不可先看諸家注解。看得久之。自然認得此詩是說箇甚事。謂如拾得箇無題目詩。說此花既白又香。是盛寒開。必是梅花詩也。卷阿召康公戒成王。其始只說箇好意思。如豈弟君子。皆指成王。純嘏爾常之類。皆說優游享福之事。至有馮有翼以下。方說用賢。大抵告人之法。亦當如此。須先令人歆慕此事。則其肯從吾言。必樂為之矣。○讀詩正在於吟咏諷誦。觀其委曲折旋之意。如吾自作此詩。自然足以感發善心。今人讀詩。只是將已意去包籠他。如做時文相似。中間委曲周旋之意。盡不曾理會得。濟甚事。若如此看。只一日便可看盡。何用逐日只睚得數章。而又不曾透徹耶。且如人之城郭。須是逐街坊里巷。屋廬臺榭。車馬人物。一一看過。方是。今人只是外面望見城是如此。便說我都知得了。○詩如今恁地注解了。自是分曉易理會。但須是沉潛諷誦。玩味義理。咀嚼滋味。方有所益。若只草草看過。一部詩只三兩日可了。但不得滋味。也記不得。全不濟事。古人說詩可以興。須是讀了有興起處方是讀詩。若不能興起。便不是讀詩。○讀詩之法。且虛心熟讀尋繹之。不要被舊說粘定。看得不活。伊川解詩。亦說得義理多了。詩本只是恁地說話。一章言了。次章又從而歎詠之。雖別無義而意味深長。不可於名物上尋義理。後人往往見其言。只如此平淡。只管添上義理。却窒塞了他。如一源清水。只管將物事堆積在上。便壅隘了〇讀詩須是讀熟了。文義都曉得了。涵泳讀取百來遍。方見得那好處。那好處方出。方見得精怪。若讀得精熟時。意思自說不得。如人下種子。既下。得種了。須是討水去灌溉他。討糞去培壅他。與他耘鋤。方是下工夫養他處。今却只下得箇種了便休。都無耘治培養工夫。這箇貪多不得。讀得這一篇。恨不得常熟讀此篇。如無那第二篇方好。而今只是貪多。讀第一篇了。便要讀第二篇。讀第二篇了。便要讀第三篇。恁地不成讀書。此便是大不敬。須是殺了那走作底心。方可讀書〇讀詩之法須識得大義。得他滋味。沒要緊處。縱理會得也無益。大凡讀詩多在諷誦中見義理。況詩又全在諷誦之功。所謂清廟之瑟。一唱而三嘆。一人唱之。三人和之。方有意思。又如今詩曲。若只讀過。也無意思。須是歌起來。方見得好處〇讀書須是有自得處。說與人也不得。其舊讀仲氏任只。其心塞淵。終温且惠。淑慎其身。先君之思。以勗寡人。既破我斧。又缺我斨。周公東征。四國是皇。哀我人斯。亦孔之將。如此等處。直爲之廢卷慨想而不能已〇問先生授以詩傳。且教諭之曰。須是熟讀。某嘗熟讀一二篇。未有感發。竊謂古人教人兼以聲歌之。漸漸引迪。故最平易。又疑鄭衛之諸詩皆淫聲。小學之功未成。而遽教以淫聲。恐未能使之知戒。而適以蕩其心志否。抑其聲哀思怨怒。自能令人畏惡。故雖小子門人亦知戒乎。其欲令弟姪輩學詩。尚疑此未敢曉以文義。曰。詩且逐篇旋讀。方能旋通訓詁。豈有不讀而自能盡通訓詁之理乎。讀之多。玩之久。方能漸有感發。豈有讀一二遍而便有感發之理乎。古之學詩者。固有待於聲音之助。然今已亡之。無可奈何。只得熟讀而從容諷咏之耳。若疑鄭衛不可爲法。即且令學者不必深究。而於正當說道理子細消詳。反復玩味。應不枉費工夫也。○讀詩必如三復白圭。方是有味。若是明敏人。不如此看。亦無所補。若是至鈍人。能如此看。雖然有淡薄處。亦隨淺深而有所見也。已上論讀詩。○或問諸章句起於誰。曰。有故言者。是指毛公。無故言者。是指鄭康成也。○詩音韻是自然如此。古人音韻寬。後人分得密。後隔開了。○看詩須并協韻讀。便見得他語自齊整。又更略知協韻所由來甚善。○只要韻相協。好吟哦諷誦。易見道理。亦無甚要緊。今且將七分工夫理會義理。二三分工夫理會這般去處。○協韻乃吳才老所作。某續添之。○或問吳才老協韻何據。曰。他皆有據。泉州有其書。每一字多者引十餘證。少者亦兩三證。然亦有推不去者。因言商須下民有嚴。恊不敢怠遑。吳氏音嚴爲莊。云避漢諱。却無道理。其後讀楚辭天問。見嚴字乃押從莊剛方字去。乃知是叶韻嚴韻作昂也。又此閒鄉音嚴作户剛反。天問才老豈不讀。往往偶然失之。○古人情意溫厚寬和。言語自恁地好。當時恊韻只是要便於諷詠而已。到得後來一向於字韻上嚴切。却無意思。漢不如周。魏晉不如漢。唐不如魏晉。本朝又不如唐。如元微之、劉禹錫之徒。和詩猶自有相重密。本朝和詩便皆不要一字相同。不知却愈壞了詩。○問詩叶韻是當時如此作。是樂歌當如此。曰。當時如此作。古人文字多有如此者。如正考父鼎銘之類。○問先生説詩率皆叶韻。得非詩本樂章。播諸聲詩自然叶韻。方諧律呂。其音節本如是耶。曰。固是如此。然古人文章亦多是叶韻。又曰。周頌多不叶韻。疑自有和底篇相叶。清廟之瑟。朱弦而疏越。一唱而三歎。歎即和聲也。○叶韻恐當以頭一韻爲準。且如華字叶音敷。如有女同車。是第一句。則第二句顔如舜華。當讀作敷字。然後與下文佩玉瓊琚洵美且都皆叶。至如何彼穠矣。唐棣之華。是第一韻。則當依本音讀。而下文王姬之車。却當作尺奢反。如此方是。今只從吳才老舊説。不能又創得此例。然楚辭紛余既有此内美兮又重

之以佾能。能音耐。然後下文紉秋蘭以爲佩叶。若能字
只從本音。則佩字遂無音。如此。則又未可以頭一韻爲
定也○古人作詩皆押韻。與今人歌曲一般。今人信口
讀之。全失古人詠歌之意○詩音韻間有不可曉處。因
說如今所在方言亦自有音韻與古合處。問今陽字却
與唐字通。清字却與青字分之類。亦自不可曉。曰。古人
韻踈。後世韻方嚴密。見某人好考古字。却說青字音自
是親。如此類極多。已上論協韻○漢書傳訓皆與經別
行。三傳之文。不與經連。故石經書公羊傳皆無經文。藝
文志云。毛詩經二十九卷。毛詩詁訓傳三十卷。是毛爲
詁訓。亦不與經連也。馬融爲周禮注。乃云欲省學者兩
讀。故具載本文。然則後漢以來始就經爲注。未審此詩
引經附傳是誰爲之。其毛詩二十九卷。不知併何卷也
○歐陽公有詩本義二十餘篇。煞說得有好處。有詩本
末論。又有論云。何者爲詩之本。何者爲詩之末。詩之本。
不可不理會。詩之末不理會得也無妨。其論甚好。近世
自集注文字出。此等文字都不見了。也害事。如呂伯恭
讀詩記。人只是看這箇。他上面有底便看。無底更不知
看了○某解詩多不依他序。縱解得不好。也不過只是
得罪於作序之人。只依序解而不考本詩上下文意。則

得罪於聖賢。因說學者解詩曰。某舊時看詩數十家之說。一一都從頭記得。初間那裏敢便判斷那說是。那說不是。看熟久之。方見得這說似是。那說似不是。或頭邊是。尾說不相應。或中間數句是。兩頭不是。或尾說是。頭邊不是。然也未敢便判斷。疑恐是如此。又看久之。方審得這說是。那說不是。又熟看久之。方敢決定斷說這說是。那說不是。這一部詩幷諸家解都包在肚裏。公而今只是見已前解詩。便也要注解。更不問道理。只認捉著便據自家意思說。於已無益。於經有害。濟得甚事。凡先儒解經。雖未知道。然其盡一生之力。縱未說得七八分。也有三四分。且須熟讀詳究以審其是非。而爲吾之益。今公纔看著便妄生去取。肆以己意。是發明得箇甚麼道理。公且說人之讀書是要將作甚麼用。所貴乎讀書者。是要理會這箇道理以反之於身爲我之益而已○詩傳中或云姑從。或云且從其說之類。皆未有所考。不免且用其說○詩傳只得如此說。不容更著語。工夫却在讀者已上

論解詩

詩傳大全綱領畢

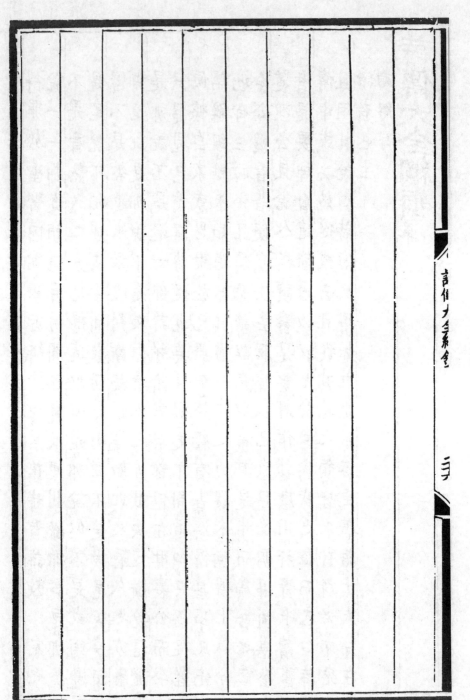

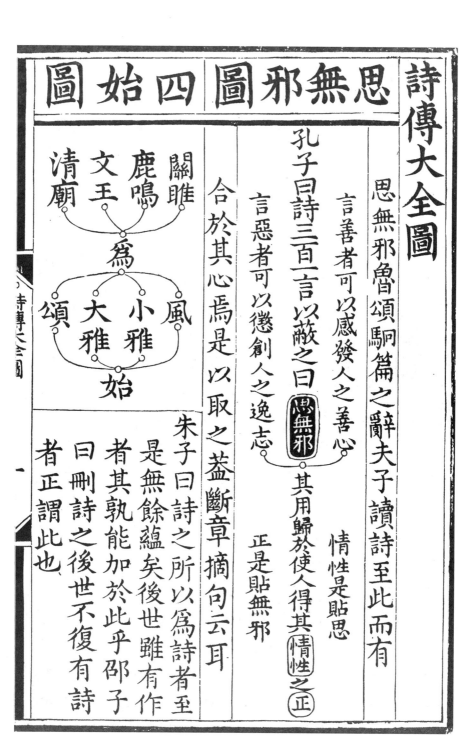

詩傳大全圖

思無邪圖

思無邪魯頌駉篇之辭夫子讀詩至此而有合於其心焉是以取之蓋斷章摘句云耳

孔子曰詩三百一言以蔽之曰思無邪

言善者可以感發人之善心

言惡者可以懲創人之逸志

其用歸於使人得其情性之正

情性是貼思

正是貼無邪

四始圖

關雎　鹿鳴　文王　清廟

爲

風　小雅　大雅　頌

始

朱子曰詩之所以爲詩者至是無餘蘊矣後世雖有作者其孰能加於此乎邵子曰删詩之後世不復有詩者正謂此也

正變風雅之圖

正風	周南 召南	二十五篇
變風	邶至豳 十三國	一百三十五篇
正小雅	鹿鳴至菁莪	二十二篇
變小雅	六月至何草不黃	五十八篇
正大雅	文王至卷阿	一十八篇
變大雅	民勞至召旻	一十三篇

朱子曰先儒正變之說經無明文可考今姑從之其可疑者則具於本篇云

二南爲正風所以用之閨門鄉黨邦國而化天下也

十三國爲變風則亦領在樂官以時存肄觀省而垂鑒戒耳

正小雅燕饗之樂正大雅會朝之樂受釐陳戒之辭也故或歡欣和悅以盡羣下之情或恭敬齊莊以發先王之德詞氣不同音節亦異多周公制作時所定也及其變也則事未必同而各以其聲附之其次序時世則有不可考者矣

詩有六

三經

風

（十五國風）風者如物因風之動以有聲而其聲又足以動物也

雅

（大小二雅）雅者正也正樂之歌也本有大小之殊而先儒說又各有正變之别

頌

（周商魯三頌）頌者美盛德之形容以其成功告於神明者也

三緯

賦

賦者直陳其事如葛覃卷耳之類（語録云）直指其名直叙其事者賦也

比

比者以彼狀此如螽斯綠衣之類（語録）引物爲說者比也

興

興者託物興詞如關雎兎罝之類（語録）本專言其事而虛用兩句鈎起因而接續去者興也

（六義三經三緯）周禮大師教六詩曰風曰賦曰比曰興曰雅曰頌

風雅頌聲樂部分之名賦比興則所以製作風雅頌之體也○太師之教國子必使之以是六者三經而三緯之則凡詩之節奏指歸皆將不待講說而直可吟詠以得之矣

（語録）風雅頌乃是樂中之腔調如言仲呂調大石調越調之類大抵風是民庶所作雅是朝廷之詩頌是宗廟之詩○三經是風雅頌是做詩底骨子賦比興却是裏面横串底故謂之三緯

賦比興兼義之圖

賦而比	賦而興	比而興	興而比	賦而興又比	賦其事以起興
小弁八章	野有蔓草 黍離 氓六章 溱洧 小弁七章	下泉 氓三章 綠衣	關雎 漢廣 椒聊 巧言四章	頍弁	泮水首三章

比興之中盍斯專於比而綠衣兼於興兔罝專於興而關雎兼於比此其例中又自有不同者學者亦不可以不考

語錄說出那箇物事來是興不說出那箇物事來是比如南有喬木只是說漢有游女奕奕寢廟君子作之只是說他人有心予忖度之關雎亦然皆是興體比體只是從頭比下來不說破興比相近却不同

十五國風

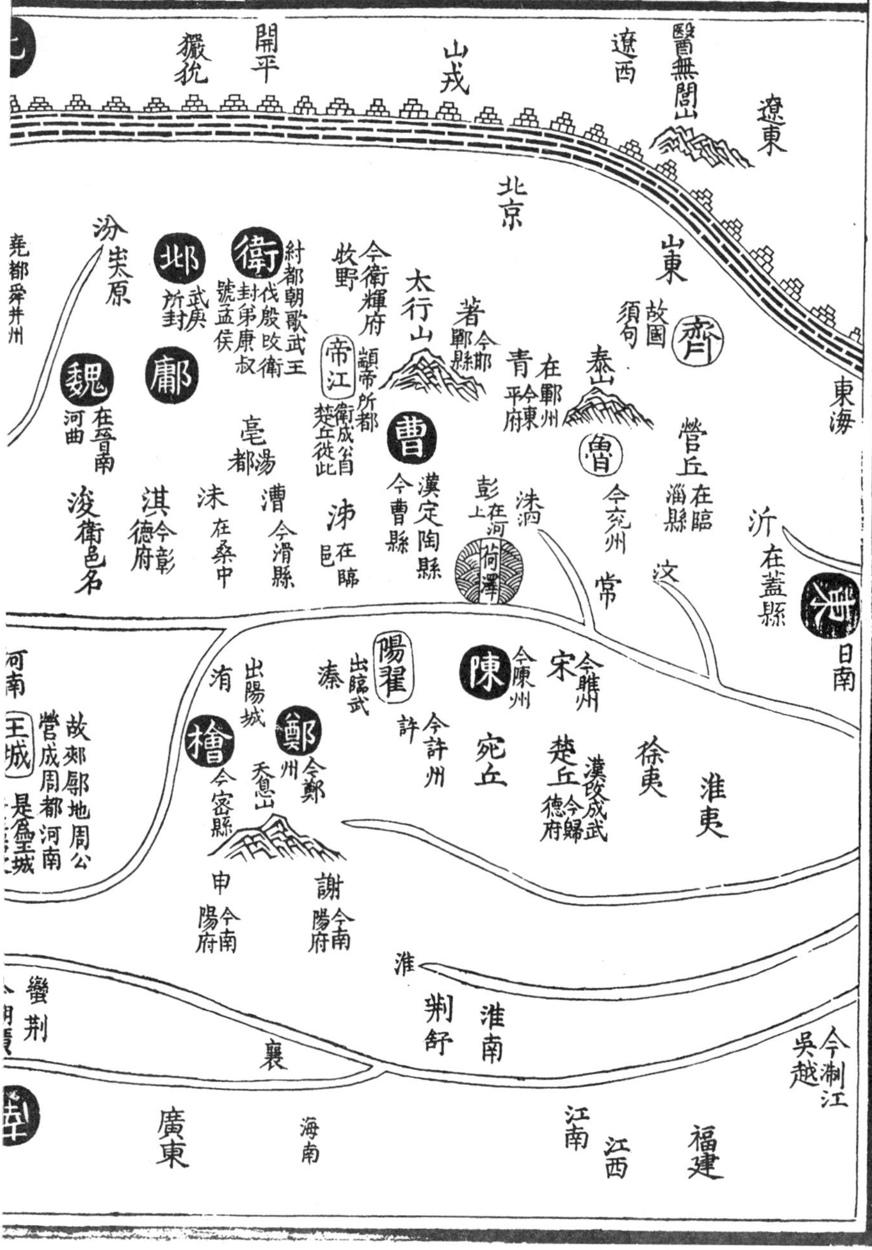
獫狁
開平
山戎
遼西
醫無閭山
遼東
北京
山東
汾
汾原
邶
衛
紂都朝歌武王伐殷改衛封弟康叔號孟侯
武庚所封
今衛輝府
牧野
太行山
著
今鄆縣
青
在鄆州
今東平府
泰山
齊
故國
須句
東海
魏
在晉南河曲
鄘
帝江
顓帝所都
衛成公楚丘從此
亳
湯都
曹
魯
營丘
在臨淄縣
淇
今彰德府
沫
在桑中
漕
今滑縣
泲
在臨邑
漢定陶縣
今曹縣
彭
在河上
菏澤
洙泗
今兖州
沂
在蓋縣
浚
衛邑名
汶
河南
王城
故郟鄏地周公營成周都河南是爲王城
洧
出陽城
檜
鄭
今鄭州
今密縣
秦
陽翟
出臨武
陳
今陳州
宋
今睢州
許
今許州
宛丘
楚丘
漢改成武今歸德府
徐夷
淮夷
日南
申
今南陽府
謝
今南陽府
淮
蠻荊
荊舒
淮南
襄
今浙江
吳越
廣東
海南
江南
江西
福建

地理之圖

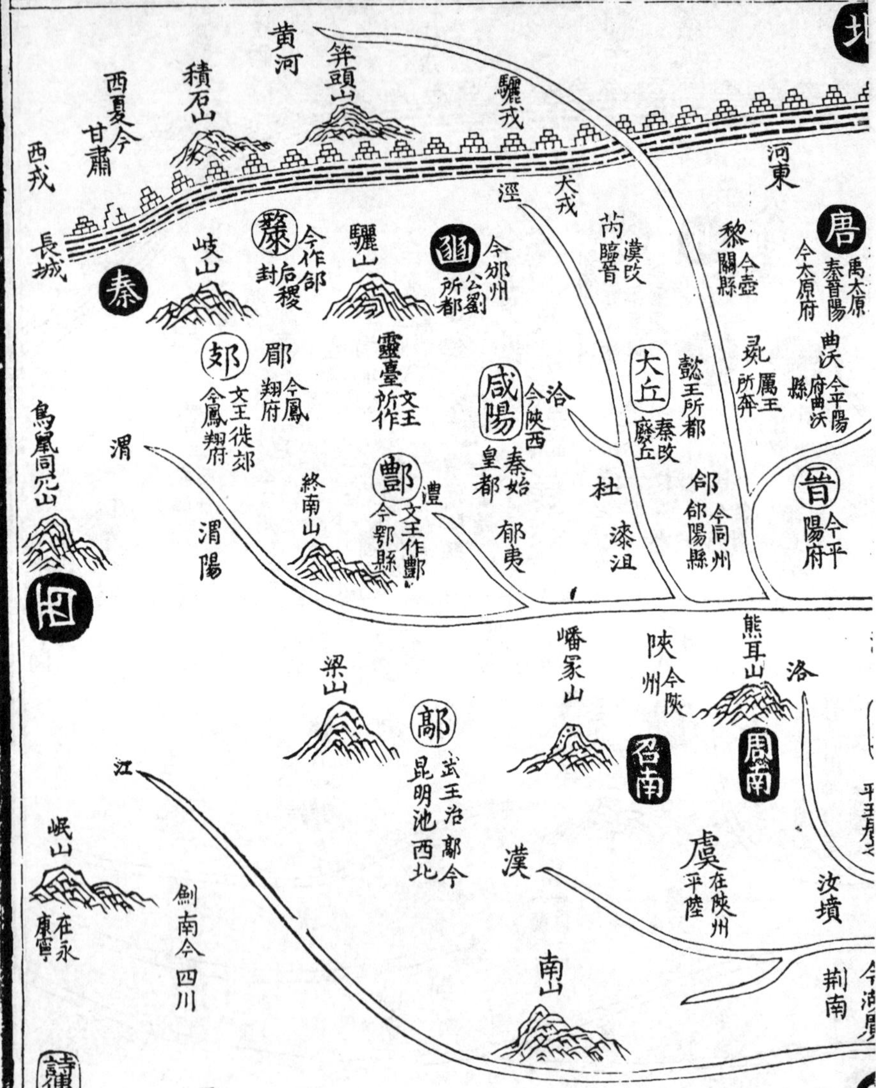

黃河
笄頭山
驪戎
西夏今甘肅
積石山
西戎
長城
秦
岐山
斄 今作郃 后稷封
驪山
豳 今邠州 公劉所都
涇
犬戎
芮 漢改臨晉
黎 今壺關縣
河東
唐 禹太原 今太原府 秦晉陽
曲沃 今平陽府曲沃縣
彘 厲王所奔
大丘 秦改廢丘
懿王所都
郃 今同州郃陽縣
晉 今平陽府
咸陽 今陝西 秦始皇都
洛
杜
漆沮
郁夷
豐 文王作豐 今鄠縣
灃
靈臺 文王所作
郿 今鳳翔府
郊 文王徙郊 今鳳翔府
渭
渭陽
終南山
鳥鼠同穴山
梁山
鎬 武王治鎬 今昆明池西北
嶓冢山
陝 今陝州
熊耳山
洛
召南
周南
虞 在陝州平陸
汝墳
荊南
漢
南山
江
岷山 在永康寧
劍南 今四川
雲南
交趾
廣西

詩傳大全圖三

靈臺辟廱之圖

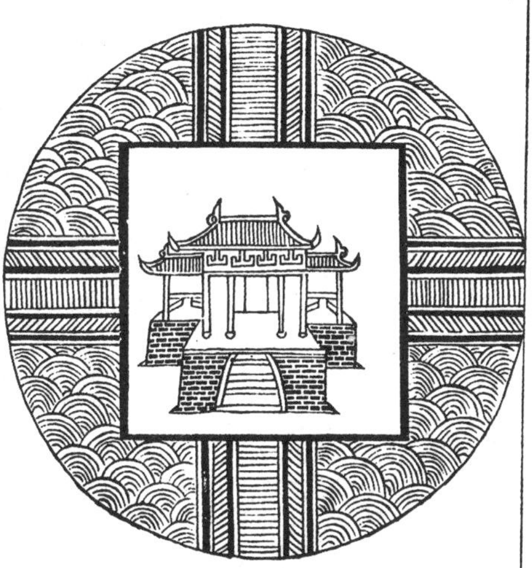

靈臺文王所作所以望氛祲察災祥時觀游節勞佚也

辟廱辟壁通廱澤也天子之學大射行禮之處也水旋丘如壁以節觀者故曰辟廱

朱子初解曰張子云辟廱古無此名則其制蓋始於此及周有天下遂以名天子之學而諸侯不得立焉

臯門應門圖

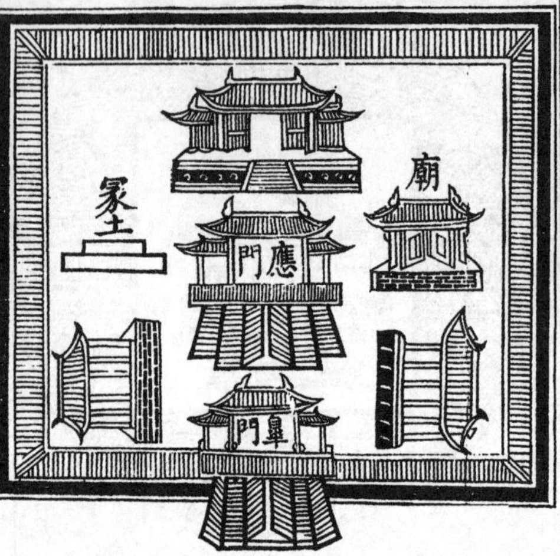

泮宮圖

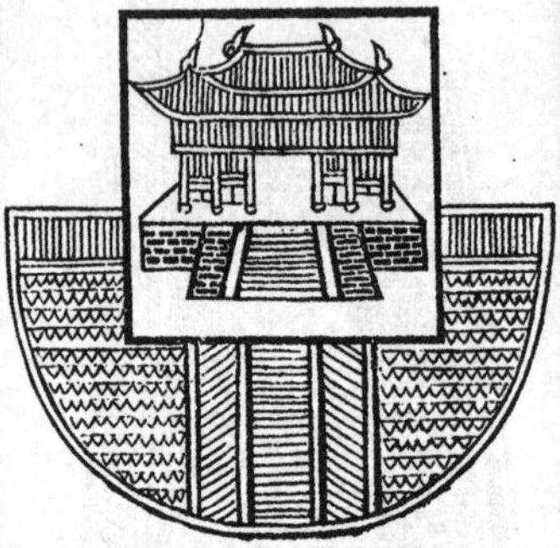

太王遷岐胥宇築室作廟立臯門應門立冢土古公亶父後追稱太王王之郭門曰臯門王之正門曰應門太王之時未有制度作二門如此及周有天下遂尊以爲天子之門而諸侯不得立焉

泮水泮宮之水諸侯之學鄉射之宮謂之泮宮其東西南方有水形如半璧以其半於辟廱故曰泮水而宮亦以名也

大東總星之圖

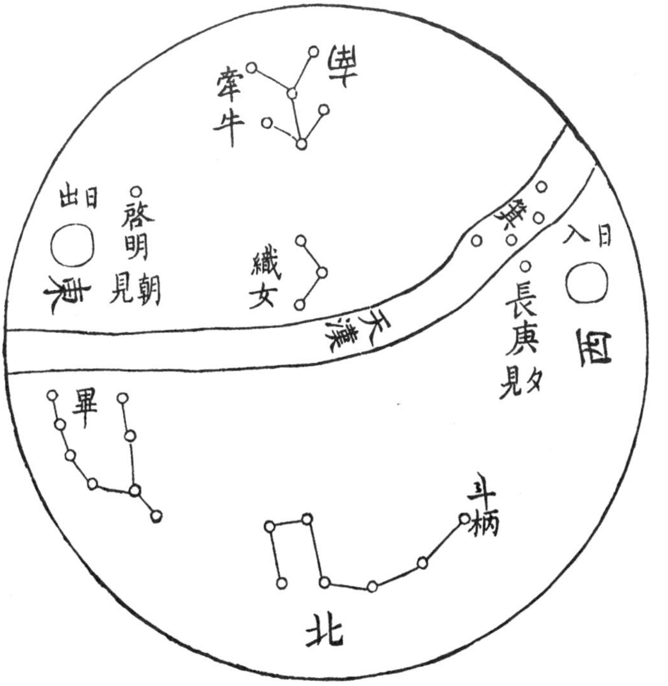

織女天女也牽牛服駕也啓明長庚皆金星也以其先日而出故謂之啓明以其後日而入故謂之長庚天畢畢星也狀如掩兎之畢也箕斗二宿以夏秋之間見於南方云北斗者以其在箕之北也

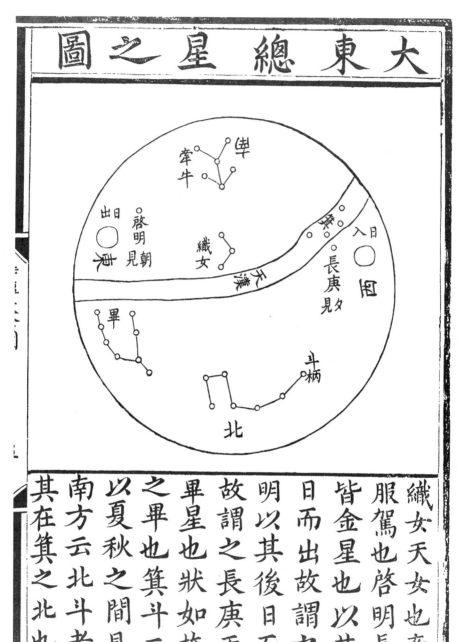

七月流火之圖

火大火心星也以六月之昏加於地之南方至七月之昏則下而西流矣

火伏於九月至十月昏旦並不見唯冬至後旦中至正二三四皆見旦後也

左傳張趯曰火星中而寒暑退服虔注云旦中而寒退昏中而暑退

楚丘定之方中圖

定北方之宿營室星也此星昏而正中夏正十月也建亥之月小雪中氣之時於是時可以營制宮室故謂之營室衛爲狄所滅文公徙居楚丘營立宮室樹八尺之臬而度其日出入之景以定東西又參日中之景以正南北也

公劉相陰陽圖

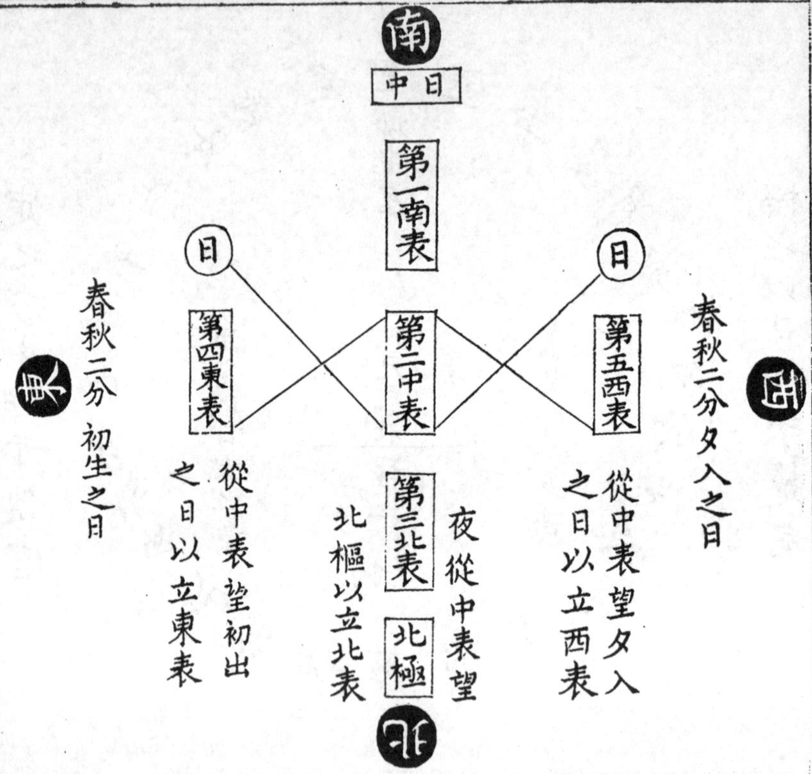

經云既景乃岡又云相其陰陽度其夕陽傳云景測日景以正四方也相視也陰陽向背寒暖之宜也山西曰夕陽嚴氏曰豳在梁山西公劉相此夕陽地以建豳居也今得西山真先生儒家武庫所著公劉相陰陽圖謹按其式作圖如上以備讀詩者考焉

豳公七月

○謹按　朱子集傳所載王氏總論七月之義一段分布爲圖

	一之日	二之日	三之日	四之日		四月
仰觀星日 霜露之變	觱發	栗烈			春日載陽 春日遲遲	
俯察昆虫 草木之化					有鳴倉庚	秀葽
以知天時 以授民事		鑿冰冲冲	納于凌陰		蚕月條桑	
女服事乎內 男服事乎外	于貉	其同 載纘武功	于耜	舉趾	女執筐求柔桑 采繁取斧斯伐遠揚	
上以誠愛下 下以忠利生	取彼狐狸 爲公子裘	言私其豵 獻豣于公				
養老而慈幼 食力而助弱				同我婦子 饁彼南畝		
其祭祀也時 其燕饗也節				其蚤獻羔 祭韭		

風化之圖

五月	六月	七月	八月	九月	十月
		流火		肅霜	
鳴蜩 斯螽動股	莎雞振羽	鳴鵙 在野	萑葦 在宇	在戶	隕蘀 蟋蟀入我牀下
				授衣 築場圖	滌場 穹窒熏鼠 塞向墐戶
			載績 載玄載黃 其穫		穫稻 納禾稼 嗟我農夫 我稼既同
			我朱孔陽 爲公子裳		上入執宮功晝爾于茅宵爾索綯亟其乘屋
	食鬱及薁	食瓜 亨葵及菽	斷壺 剝棗	叔苴 采荼薪樗 食我農夫	嗟我婦子曰爲改歲入此室處爲此春酒以介眉壽
					朋酒斯饗曰殺羔羊躋彼公堂稱彼兕觥萬壽無疆

一之日謂一陽之月二之日謂二陽之月變月言日言是月之日也餘放此○張氏曰七月之詩皆以夏正爲斷曹氏曰公劉正當夏時所用者夏正也○謹按詩中載一歲事獨闕三月嘗觀二章春日載陽至公子同歸及三章蠶月條桑至猗彼女桑並不言何月今摘其辭布於三月四月之間非敢遽以爲三月也特以備見豳風春日之事云

冠服圖

冔

文王

冠名殷曰冔周曰冕黼冔黼裳而冔冠也

臺笠

都人士

臺夫須也即莎草也古注謂以夫須皮爲笠所以禦暑禦雨

弁

淇奥

會弁如星會縫中也王之皮弁縫中每貫結五采玉十二以爲飾武公諸侯則玉用三采

緇撮

都人士

緇布冠也撮者其制小僅可撮其髻也古注云太古冠

衣裳圖

繪龍山華虫火宗彝五章天子之龍一升

九罭 衮衣

一降上公但有降龍龍首卷然故謂之衮

唐羔裘

羔裘豹飾

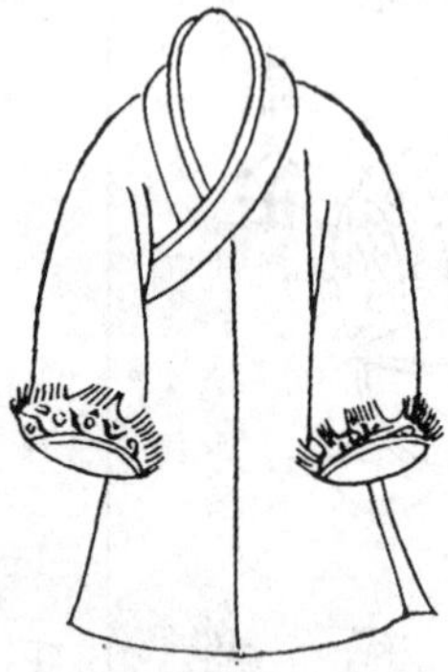

君純羔大夫以豹飾袪褎袪褎皆袂也然袂大而袪袖小

檜羔裘

狐裘

錦衣狐裘朝天子之服蘇氏曰此狐裘狐白裘也

九罭

繡裳

五色備謂之繡前三幅後四幅繡以藻粉朱黼黻四章

君子偕老

瑱

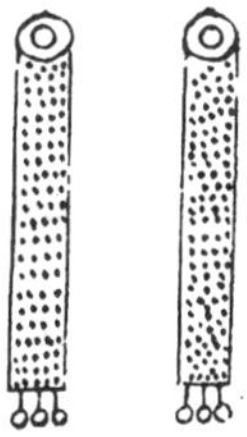

候人采菽

芾韠

素冠

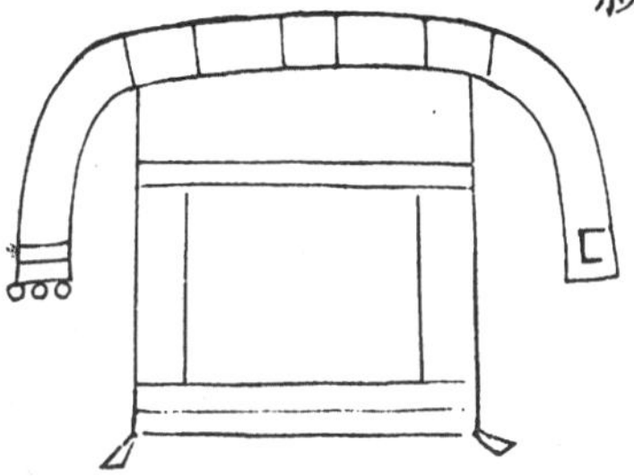

芾太古蔽膝之象字當作韍古字通用冕服謂之芾其他服謂之韠以韋爲之

采菽

邪幅

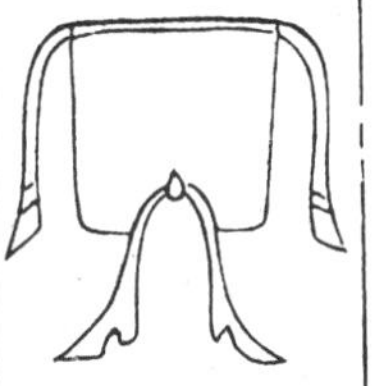

邪幅偪也邪纏於足如今行縢偪束其脛

正義註云瑱塞耳也充耳是已天子以玉諸侯以石充耳以紞懸瑱當耳也紞用絲線織之天子諸侯五色臣三色

君子偕老篇瑱言夫人服飾

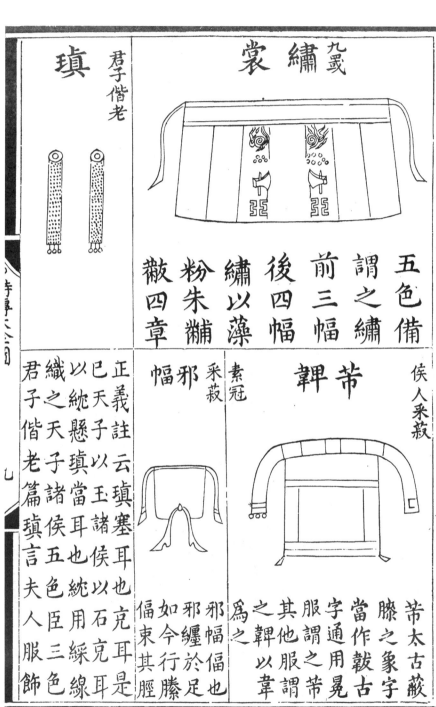

佩用之圖

女曰雞鳴

雜佩

雜佩者左右佩玉也上横曰珩繫三組貫以蠙珠中組之半貫瑀末懸衝牙兩旁組各懸琚璜又兩組交貫於瑀上繫珩下繫璜行則衝牙觸璜而有聲也

芄蘭

觿

狀如錐角以象骨爲之所以解結

芄蘭

韘

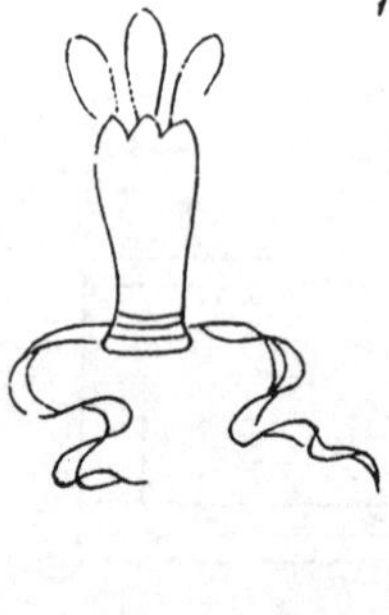

古注云韘沓也以朱韋爲之射以彄沓右手食指將指無名指以遂弦也

禮器圖

縭　東山

爾雅云婦人之褘謂之縭孫氏云褘帨巾也故集傳曰婦人之褘母戒女而爲之施衿結帨也

笄　君子偕老

說文簪也其端刻雞形

籩　伐柯

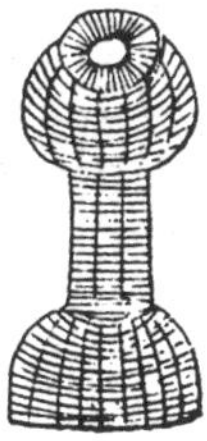

竹爲之以薦果核容四升

帨　野有死麕

禮記婦事舅姑左佩紛帨注紛帨拭手之巾也

揥　君子偕老

揥所以摘髮以象骨爲之若今之篦兒

豆　伐柯

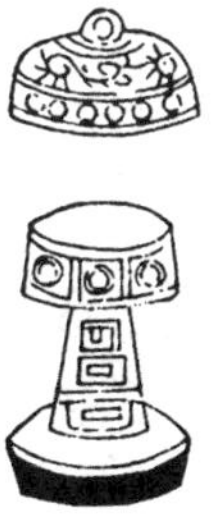

木爲之以薦菹醢容四升

楚茨

俎

木爲之以載牲體〔大房〕半體之俎足下有跗如堂房也

生民

登

瓦器如豆以薦大羹徑尺八寸高二尺四寸

行葦

斝

爵也夏曰醆殷曰斝周曰爵孔氏曰斝畫禾稼

權輿

簠

瓦器以盛黍稷容斗二升方曰簠圓曰簋

簡兮

爵

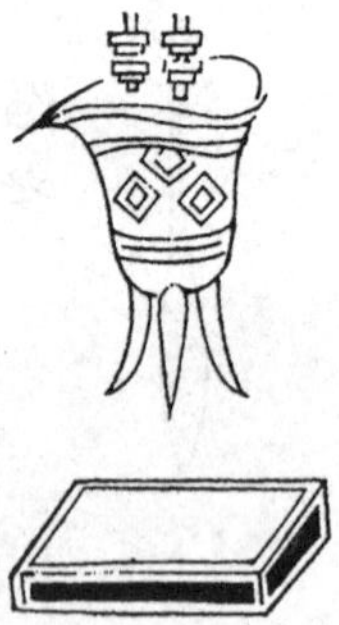

飲器受一升上兩柱取飲不盡之義戒其過也木爵玉爵同制

卷耳

罍

酒器刻爲雲雷之象金罍以金飾之孔氏曰天子玉諸侯金

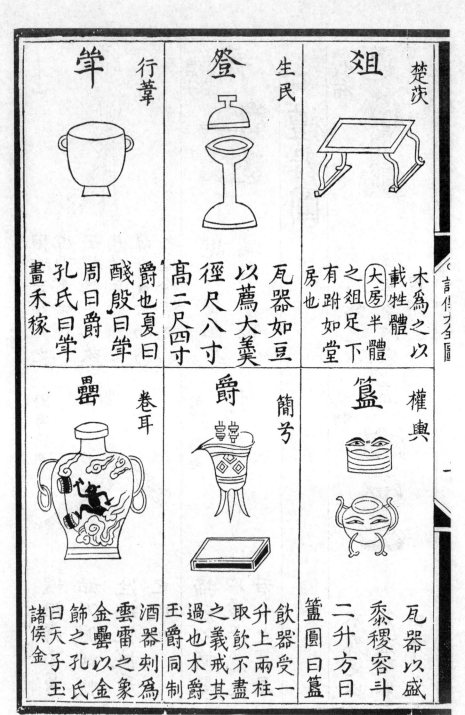

閟宫

犧尊

畫牛於尊腹也或曰尊作牛形鑿其背以受酒也

江漢

秬

秬黑黍也鬱鬱金草也鬯暢也釀秬黍爲酒築鬱金草煮而和之使芬芳條暢酌而祼神也

鬱鬯

鬯

黄流在中鬱鬯也

韓奕

壺

圜器

禮器注壺大一石

江漢

卣

卣中尊孫炎云尊作爲上罍爲下卣居中郭璞云卣受五升

閟宫

楅衡

楅衡施於牛角所以止觸周禮云凡祭飾其牛牲設其楅衡

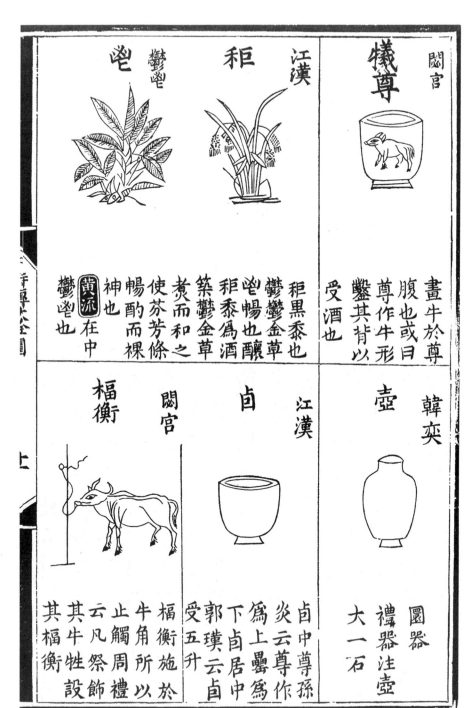

圭

桓圭　信圭　躬圭

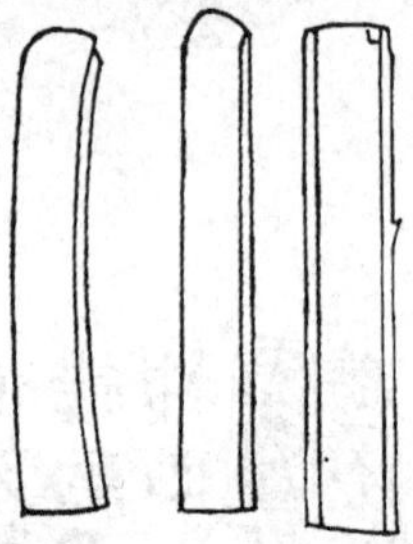

璧

穀璧

蒲璧

圭瓚

旱麓　江漢

璋瓚

棫樸

韓奕介圭諸侯之封圭執之爲贄以合瑞於王也曹氏曰周官典瑞五等諸侯各執其圭璧公執桓圭侯執信圭伯執躬圭子執穀璧男執蒲璧以朝覲宗遇會同于王○雲漢圭璧禮神之玉也孔氏曰大宗伯以蒼璧禮天黃琮禮地青圭禮東方赤璋禮南方白琥禮西方玄璜禮北方圭璧其總稱也

玉瓚圭瓚以圭爲柄黃金爲勺酌鬯以祼也王祼以圭瓚諸臣助之亞祼以璋瓚左右奉之

半圭曰璋以爲瓚柄祭統云君執圭瓚祼尸大宗執璋瓚亞祼

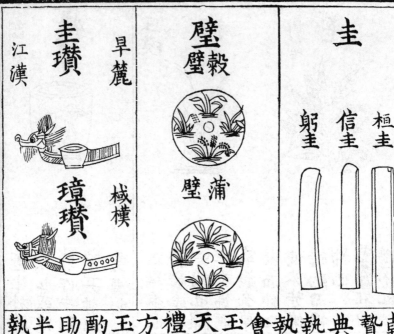

樂器圖

琴

瑟

琴瑟皆絲屬琴長三尺六寸六分五弦後加文武二弦雅瑟長八尺一寸廣一尺八寸二十五弦其常用者十九弦頌瑟長七尺二寸廣二尺八寸廿五弦盡用

笙

簧

簫

有瞽

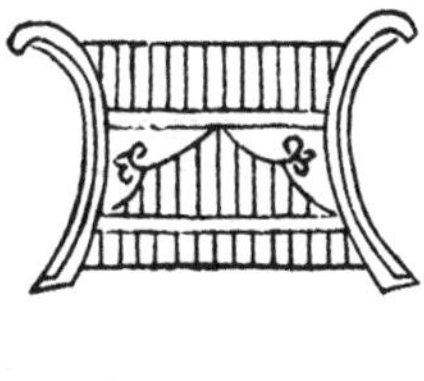

嚴氏曰笙以匏爲之十三管列匏中而施簧管端吹笙則鼓動其簧而發聲禮書云三十六簧大者十九簧小者十三簧

簫編小竹管爲之王氏曰簫大者編二十三管長尺四寸小者十六管長尺二寸參差象鳳翼

管

有瞽

柷

有瞽

圉

管六孔如篴併兩而吹之者也篴今之笛也

柷狀如漆桶以木爲之中有椎連底撞令左右擊以起樂者

圉狀如伏虎背上有二十七鉏鋙刻以木長尺櫟之以止樂者

簫

簡兮

簫如笛而六孔或曰三孔而短主中聲而上下之

塤

何人斯

塤土爲之大如鵝子銳上平底似稱錘六孔

篪

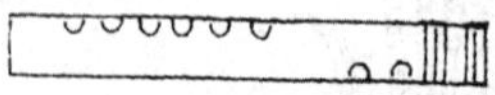

篪以竹爲之長尺四寸圍三寸七孔一孔上出徑三分凡八孔橫吹之

塤篪其竅盡合則爲黃鍾其竅盡開則爲應鍾蓋相應和也

靈臺

鍾金屬**鏞**大鍾也
磬石爲之
鼓革屬**賁鼓**大鼓也長八尺鼓四
尺中圍加三之一**田**亦大鼓也
懸鼓周制也夏后氏足鼓殷楹
鼓周懸鼓**鞉**如鼓小有柄兩耳
持其柄搖之則傍耳還自擊○
何伯善註華黍下**魯鼓****薛鼓**禮
投壺篇鄭氏註魯鼓薛鼓其節
不同○□○○□□○□○
□半○□○□○○○□□○
□○魯鼓○□○○○□□○
□○○□□○□○○□□半
○□○○□□○薛鼓○此魯
鼓薛鼓之節也負者擊鼙方者
擊鼓古者舉事鼓必有節聞其

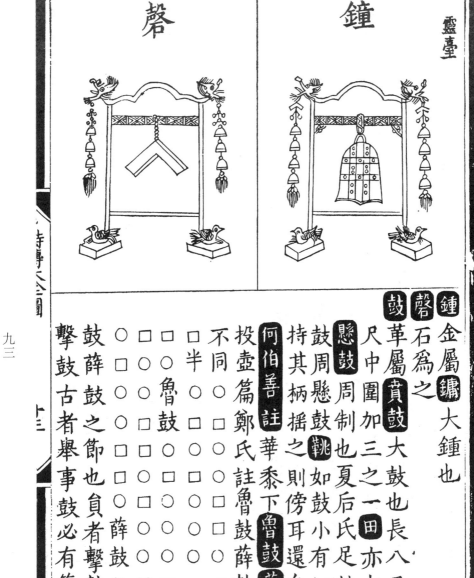

鼓

有瞽

節則知其事矣○取半以下爲投壺禮盡用之爲射禮又一説

魯鼓○□○○□□○○半○
□○□○○○○□○□○薛
鼓○□○○○○□○□○□
○○○□○□○○□半○□
○□○○○○□○此二者記

兩家之異故兼列之

虡

植木以懸鍾磬其横者曰**栒業**有瞽篇孔氏曰植者爲虡横者爲栒大板謂之業所以飾此栒而爲崇牙刻之如鋸齒捷業然故曰業其形卷然可以懸鼓磬樹五采之羽以爲文畫繒爲翣戴以璧樹翣於栒之角也

雜器圖

鼎

緇衣

鼎有牛羊豕三鼎皆以銅爲之三足有鉉

錡

采蘋

釜

有足曰錡

無足曰釜

升

椒聊

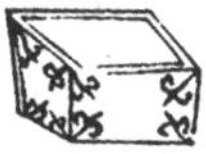

斗

千二百黍爲龠十龠爲合十合爲升十升爲斗

鬵

匪風

釜屬

李解云上大下小曰鬵孫炎曰甑者非

缶

宛丘

瓦器可以節樂又飲器易尊酒簋貳用缶又汲器左氏具綆缶

筐

筥

采蘋

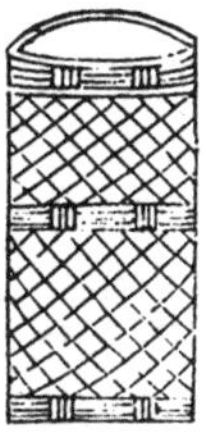

筐筥皆竹器方曰筐圓曰筥

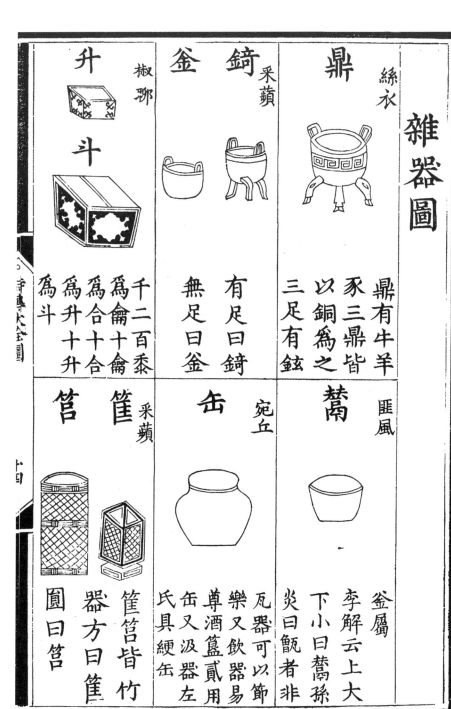

車制之圖

輪 伐檀

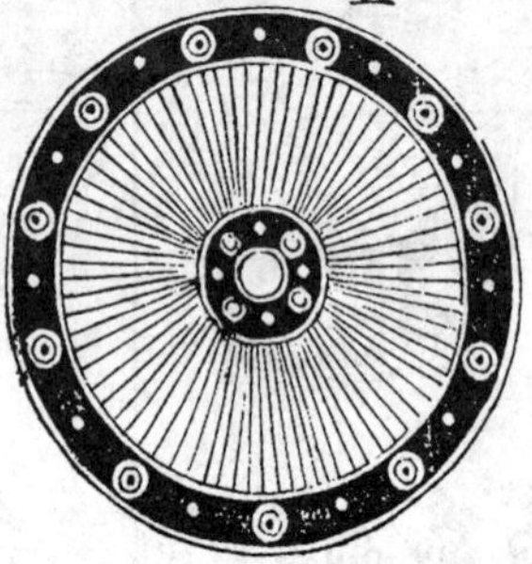

兵車之輪六尺六寸田車之輪六尺三寸在輿之外

輻 伐檀

輻三十以象日月也

轂 小戎

轂在車輪之中外持輻内受軸長三尺二寸徑一尺

輈 小戎

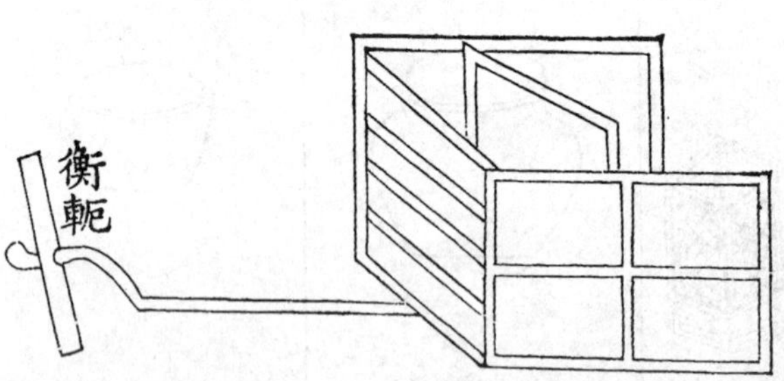

車前曲木上句衡者謂之輈亦曰轅禮記車制圖云輈長一丈四尺四寸亦曰轅通謂之輈

周元戎圖

元戎十乘以先啓行元大也戎戎車先軍之前鋒也元戎甲士三人同載左持弓右持矛中御戈殳戟矛插於輢幟畫鳥隼之章

秦小戎圖

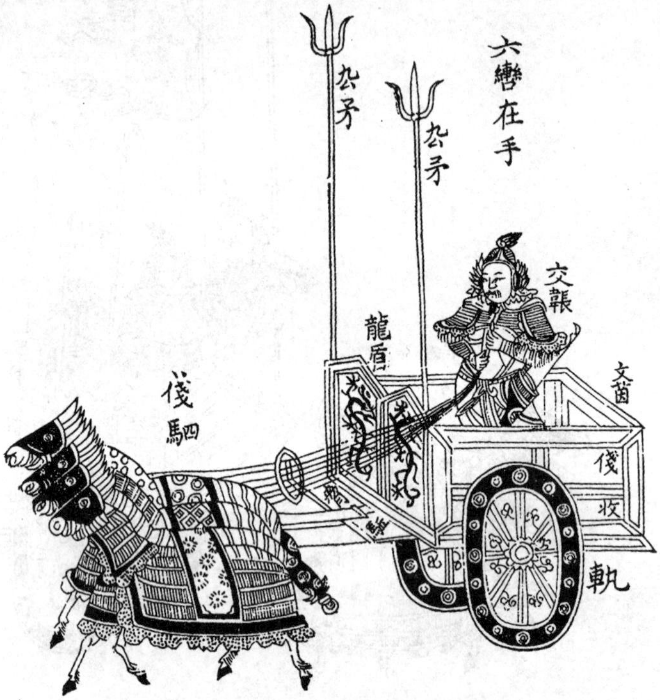

小戎篇云小
戎俴收五楘
梁輈游環脅
驅陰靷鋈續
文茵暢轂駕
我騏馵又云
四牡孔阜六
轡在手龍盾
之合鋈以觼
軜俴駟孔群
厹矛鋈錞虎
韔鏤膺交韔
二弓

兵器服圖

甲

秦無衣

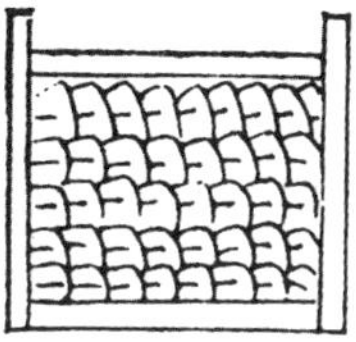

古者三甲以革爲之犀甲壽百年兕甲壽二百年合甲壽三百年後世乃用金耳

冑

閟宮

說文曰冑兜鍪也兜鍪首鎧也

干

公劉

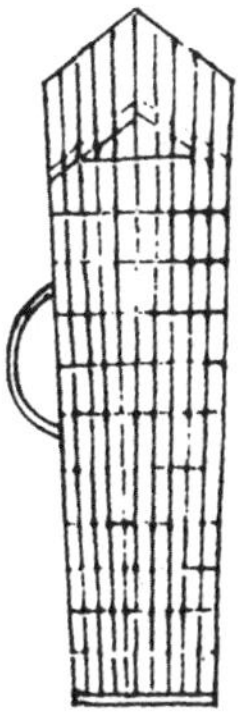

戈

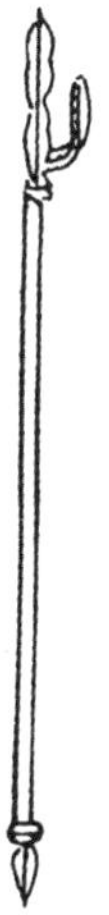

干楯也自關而東或謂之干或謂之楯關西謂之楯

戈柲長六尺有六寸戈主於刺

戚　公劉

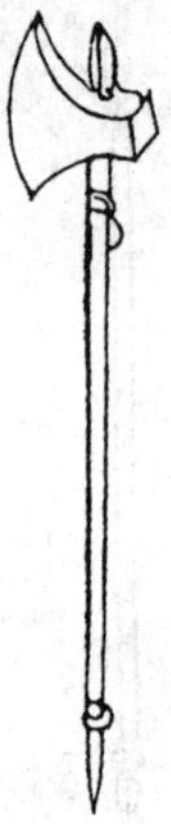

揚

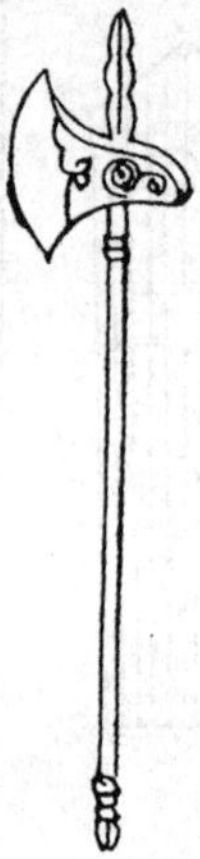

戚揚二者斧鉞之别名

戚爲斧揚爲鉞鉞大斧小

殳　伯兮

殳即祋也長丈二而無刃

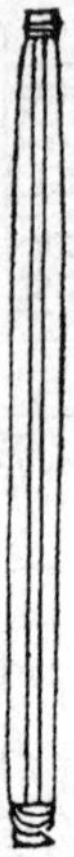

主於擊禮書作八觚形

矛

酋矛長二丈

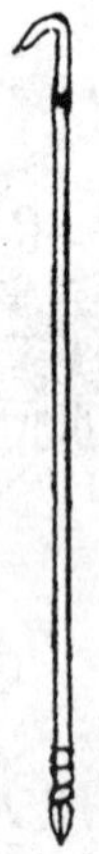

夷矛長二丈四尺

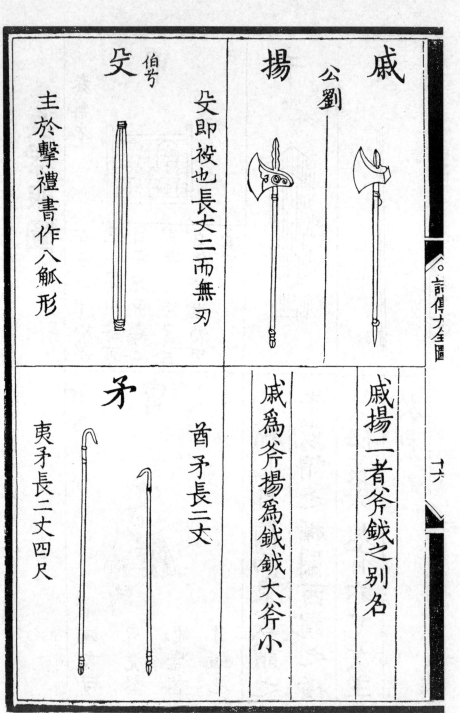

弓 小戎

敦弓天子之弓形弓諸侯之弓弓長六尺六寸謂之上制六尺

三寸謂之中制六尺謂之下制取幹角以膠漆筋絲爲之者也

矢

說文弓弩矢也象鏑括羽之形釋名云矢指也有所指而迅疾

虎韔 車攻

虎韔以虎皮爲弓室也交

韔二弓交二弓於韔中也

魚服

服盛矢器魚獸名其

背皮斑文可爲矢服

旟 出車

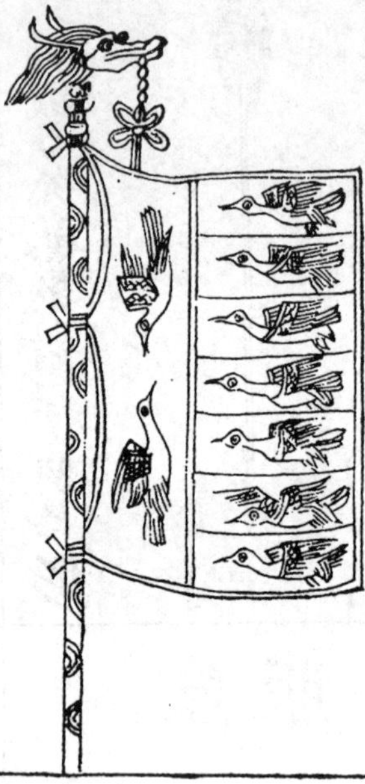

鳥隼曰旟　龜蛇爲旐
曲禮所謂前朱雀而後玄武也

旐

侯 猗嗟

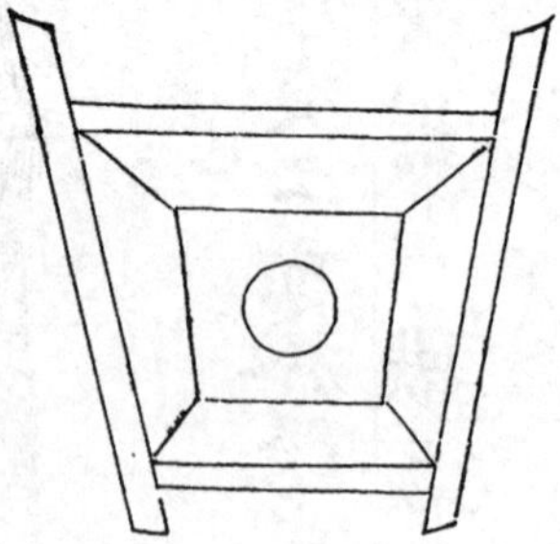

侯張布而射之者也侯中之的曰正大射則張皮侯而設鵠賓射則張布侯而設正

五正之侯中畫朱次白次蒼黃玄居外三正則損玄黃二正則畫朱緑

旂

出車

交龍爲旂所謂左青龍也

旄

干旄

旄以牛尾注於旗干之首

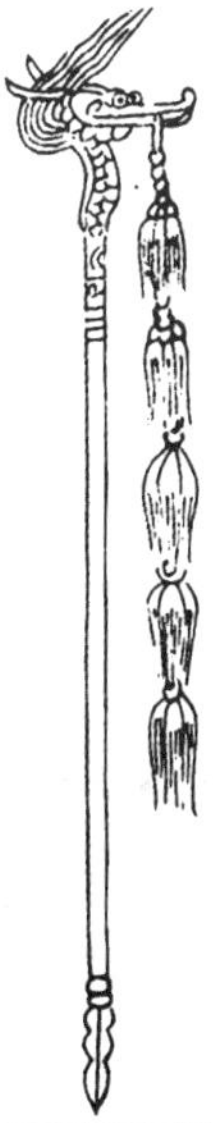

旌

干旄

旌析翟羽設於旗干之首

決

車攻

決著於右手大指所以鉤弦開體

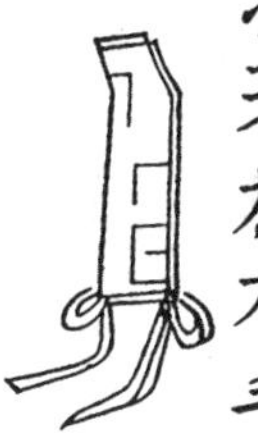

拾

車攻

拾以皮爲之著於左臂以遂弦

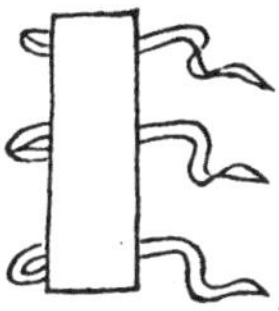

鞞

瞻彼洛矣

鞞琫有珌鞞容刀之鞞今刀鞘也琫上飾珌下飾戎服也

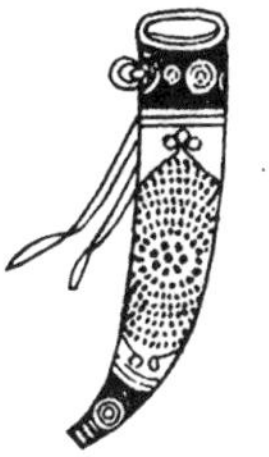

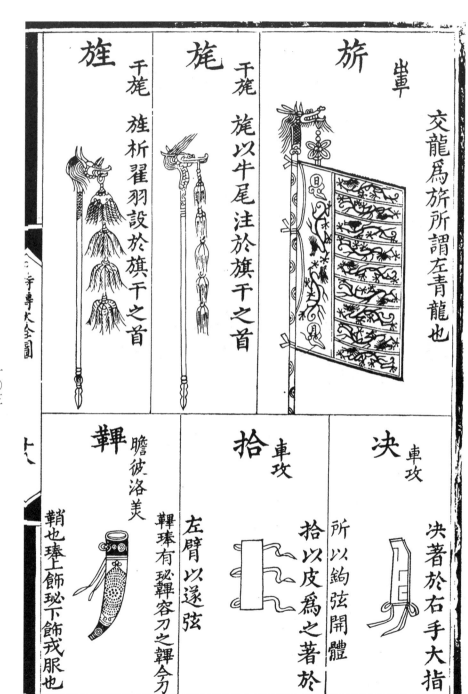

諸國世次圖

商（宋附）

契 昭明 相土 昌若 曹圉

冥 振 微 報丁 報乙

報丙 主壬 主癸 湯 外丙 湯次子

仲壬 外丙弟 太甲 湯嫡孫 沃丁 大庚 沃丁弟 小甲

雍己 小甲弟 太戊 雍己弟 仲丁 外壬 仲丁弟 河亶甲 外壬弟

祖乙 祖辛 沃甲 祖辛弟 祖丁 祖辛子 南庚 沃甲子

陽甲 祖丁子 盤庚 陽甲弟 小辛 盤庚弟 小乙 武丁

祖庚 祖甲 祖庚弟 廩辛 庚丁 廩辛弟 武乙

大丁　帝乙　紂　（宋）微子啓紂庶兄　微仲啓弟
宋公稽　丁公　湣公丁弟　煬公湣弟　厲公湣子
釐公　惠公　哀公　戴公　武公
宣公　穆公宣弟　殤公　莊公穆子　湣公
公子游羣公子　桓公　襄公　成公
昭公　文公昭弟　共公　平公　元公
景公　昭公元曾庶孫　悼公　休公　辟公
剔成　偃

周（豳）附
后稷　不窋　鞠陶　（豳）公劉　慶節

皇僕　差弗　毀隃　公非　高圉
亞圉　公叔祖類　岐周　大王　王季
文王　武王　成王　康王　昭王
穆王　共王　懿王　孝王懿弟　夷王懿子
厲王　宣王　幽王　平王　桓王平孫
莊王　釐王　惠王　襄王　頃王
匡王　定王匡弟　簡王　靈王　景王
悼王　敬王　元王　貞定王　哀王
思王哀弟　考王哀弟　威烈王　安王　烈王
顯王　慎靚王　赧王

周公封魯侯爵

周公 伯禽 考公 煬公考弟 幽公

魏公幽弟 厲公 獻公厲弟 眞 武眞弟

懿 伯御懿弟 孝 惠 隱

桓隱弟 莊 閔 僖閔庶兄 文

宣 成 襄 昭 定昭弟

哀 悼 元 穆 共

康 景 平 傾

召公封燕侯爵

召公九世至 惠侯 釐 頃 哀

鄭 繆 宣 桓 莊公
襄 宣 昭 武 文
懿 惠 悼 共 平
簡 獻 孝 成 滑
釐 桓 文 易王 子噲
昭 惠 武成 孝 王喜

邶
鄘 二國封爵世次未詳

衛 侯爵
康叔 康伯 考伯 嗣伯 疌伯

靖伯　貞伯　頃伯　釐侯　共伯

武公共弟　莊　桓　宣桓弟　惠

黔牟羣公弟　懿　戴公子頑子　文戴弟　成

穆　定　獻　殤定弟　襄獻子

靈　出靈孫　莊出父　班師襄孫　君起靈子

悼出季父　敬　昭　懷羣公子　慎敬孫

聲　成　平侯　嗣君　懷

元　君角

鄭伯爵

桓公　武　莊　厲　昭

子亹（昭弟）　子嬰（亹弟）　文　穆　靈

襄（靈弟）　悼　成（悼弟）　釐　簡

定　獻　聲　哀　共（聲弟）

幽　繻（幽弟）

齊 侯爵

大公　丁　乙　癸　哀

胡（哀弟）　獻（哀弟）　武　厲　文（胡子）

成　莊　釐　襄　桓

孝　昭　懿（孝弟）　惠　頃

靈　莊　景（莊弟）　安孺子　悼（景子）

簡　平（簡弟）　宣　康

魏　畢公高之後封爵世次未詳

唐（晉曲沃）　附侯爵

唐叔（晉）　燮　武侯　成侯　厲

靖　釐　獻　穆　殤（穆弟）

文（穆子）　昭　孝　鄂　哀

小子侯　緡（哀弟）　（曲沃）武公　獻　君卓

惠（卓兄）　懷　文（獻子）　襄　靈

成（襄弟）　景　厲　悼（襄曾孫）　平

昭　頃　定　出　哀（昭曾孫）

幽　烈　孝　靜

秦（伯爵）

非子　秦侯　公伯　秦仲　莊公

襄公　文　寧（文孫）　出子　武（出子兄）

德公（武弟）　宣　成（宣弟）　穆（成弟）　康

共　桓　景　哀　惠（哀孫）

悼　厲共　躁　懷（躁弟）　靈（懷孫）

簡（靈季父）　惠　出　獻（靈子）　孝

惠文王　武王　昭襄（武弟）　孝文　莊襄

始皇　二世　子嬰

陳 侯爵

胡公 申公 相公（申弟） 孝（申子） 慎

幽 釐 武 夷 平（夷弟）

文 桓 厲（桓弟） 莊（厲弟） 宣（莊弟）

穆 共 靈 成 哀

惠（哀孫） 懷 湣

檜 祝融之後封爵世次未詳

曹 伯爵

振鐸 太伯 仲君 宮伯 孝伯

夷伯 幽伯 戴伯 惠伯 石甫

繆公甫弟　桓　莊　釐羣公子　昭

共　文　宣　成　武

平　悼　聲悼弟　隱平弟　靖

伯陽

作詩時世圖

商詩五篇

太甲以後

頌三篇

那　烈祖　長發

祖甲以後

頌二篇

玄鳥　殷武

周詩三百六篇

文王世

正風二十四篇

周南 關雎　葛覃　卷耳　樛木

螽斯　麟之趾　桃夭　芣苢

兔罝並周國詩　漢廣　汝墳並南國詩

召南 鵲巢　采蘩　草蟲　采蘋

甘棠　行露　羔羊　殷其靁

標有梅　小星　江有汜　野有死麕

騶虞並南國詩

武王世

頌二篇

時邁　雝

武王以後

正風一篇

召南　何彼襛矣南國詩

正小雅二十二篇

鹿鳴　四牡　皇皇者華　常棣

伐木　天保　采薇　出車
杕杜　南陔　白華　華黍
魚麗　由庚　南有嘉魚　崇丘
南山有臺　由儀　蓼蕭　湛露
彤弓　菁菁者莪
成王世
變風七篇
豳七月　鴟鴞　東山　破斧
伐柯　九罭　狼跋
正大雅十八篇

頌二十六篇

訪落　敬之　小毖　載芟
良耜　絲衣　酌　桓
賚　般
康王以後
頌二篇
昊天有成命　噫嘻
昭王以後
頌一篇
執競
厲王世

變大雅四篇

民勞　板　蕩　桑柔

厲王以後

變小雅十篇

鴻鴈　庭燎　沔水　鶴鳴

祈父　白駒　黃鳥　我行其野

斯干　無羊

宣王世

變風一篇

鄘 柏舟衛釐侯時

變小雅五篇

六月　采芑　車攻　吉日

黍苗

變大雅六篇

雲漢　崧高　烝民　韓奕

江漢　常武

幽王世

變小雅八篇

節南山　十月之交　小弁　何人斯

巷伯　白華　苕之華　何草不黃

變大雅二篇
瞻卬　召旻
幽王以後
變風二篇
衛淇奥武公時
鄭緇衣桓公武公時
變小雅
正月　雨無正　賓之初筵衛武公詩
平王世
變風十一篇

邶 柏舟　綠衣　日月　終風（並衛莊公時）

衛 碩人（莊公時）

王 黍離　揚之水

鄭 叔于田　大叔于田

唐 揚之水（晉昭公時）

秦 小戎（襄公時）

變大雅

抑（衛武公詩）

平王以後

變風十二篇

王　君子于役　君子陽陽　中谷有蓷　兎爰

葛藟　采葛　大車　丘中有麻

唐　椒聊

秦　車鄰　駟鐵　終南

桓王世

變風六篇

邶　燕燕　擊鼓並衛州吁時　新臺

二子乘舟　式微　旄丘並衛宣公時

桓王以後

變風三篇

鄘　墻有茨　君子偕老　鶉之奔奔（並衛惠公時）

莊王世

變風四篇

齊　南山　敝笱　載驅　猗嗟（並襄公時）

釐王世

變風一篇

唐　無衣（曲沃武公時）

惠王世

變風六篇

鄘　載馳（衛戴公文公時）　定之方中　蝃蝀

相鼠　干旄並衛文公時

鄭　清人文公時

惠王以後

魯頌四篇

駉　有駜　泮水　閟宮僖公時

襄王世

變風四篇

衛　河廣宋襄公時

秦　渭陽穆公時　黃鳥康公時

曹　候人共公時

匡王以後

變風一篇

陳 株林 靈公時

時世未詳

變風七十五篇

邶 凱風　雄雉　匏有苦葉　谷風

簡兮　泉水　北門　靜女

鄘 桑中

衛 考槃　氓　竹竿　芄蘭

伯兮　有狐　木瓜

鄭 將仲子 羔裘 遵大路 女曰鷄鳴
有女同車 山有扶蘇 蘀兮 狡童
褰裳 丰 東門之墠 風雨
子衿 揚之水 出其東門 野有蔓草
溱洧

齊 鷄鳴 還 著 東方之日
東方未明 甫田 盧令

魏 葛屨 汾沮洳 園有桃 陟岵
十畝之間 伐檀 碩鼠

唐 蟋蟀 山有樞 綢繆 杕杜

羔裘　鴇羽　有杕之杜　葛生

采苓

【秦】蒹葭　晨風　無衣　權輿

【陳】宛丘　東門之枌　衡門　東門之池

東門之楊　墓門　防有鵲巢　月出

澤陂

【檜】羔裘　素冠　隰有萇楚　匪風

【曹】蜉蝣　鳲鳩　下泉

變小雅三十二篇

小旻　小宛　巧言　谷風

蓼莪　大東　四月　北山

無將大車　小明　鼓鍾　楚茨

信南山　甫田　大田　瞻彼洛矣

裳裳者華　桑扈　鴛鴦　頍弁

車舝　青蠅　魚藻　采菽

角弓　菀柳　都人士　采緑

隰桑　緜蠻　瓠葉　漸漸之石

詩傳大全圖畢

朱子辨説

詩序之作。説者不同。或以爲孔子。（程子曰。大序是仲尼作）或以爲子夏。（朱子曰。王肅沈重亦云。大序是子夏作。小序子夏毛公合作）或以爲國史。（程子曰。國史明乎得失之跡是也）皆無明文可考。唯後漢書儒林傳以爲衛宏作毛詩序。今傳於世。則序乃宏作明矣。然鄭氏又以爲諸序本自合爲一編。毛公始分以寘諸篇之首。則是毛公之前。其傳已久。宏特增廣而潤色之耳（隋志曰。先儒相承謂毛詩序子夏所創。毛公及衛敬仲更加潤色）故近世諸儒。多以序之首句爲毛公所分。而其下推説云云者爲後人所益。理或有之三山李氏曰。以詩序考之。文辭殽亂。非出一人之手。如詩有六義。至六曰頌。則見於周官。情動於中而形於言至其民困。則見於樂記。鴟鴞之序。則見於金縢。都人士之序。則見於緇衣。清人之序。則見左氏傳。那序則見於國語。措辭引援。往往雜出傳記之文。然則果作之誰乎。實出漢之諸儒也。但今考其首句。則已有不得詩人之本意而肆為妄說者矣。況沿襲云云之誤哉。然計其初。猶必自謂出於臆度之私。非經本文故且自為一編。別附經後朱子曰。古本詩序。別作一處。如易大傳。及班固序傳。並在後。京師舊本楊子注。其序亦總在後○孔氏曰。漢志云。毛詩經二十九卷。詁訓傳三十卷。是毛為詁訓。亦與經別也。自後漢以來。始有就經為注者又以尚有齊魯韓氏之說並傳於世故讀者亦有以知其出於後人之手。不盡信也。及至毛[illegible]經乃不綴篇後而超冠篇端。不為注文而直乎經已亡人爲臆斷而遂爲決辭。其後三家之傳又絶，而毛說孤行，則其牴牾之迹，無復可見。故此序者遂若詩人先所命題，而詩文反爲因序以作。於是讀者傳相尊信，無敢擬議。至於有所不通，則必爲之委曲遷就，穿鑿而附合之，寧使經之本文，繚戾破碎，不成文理，而終不忍明以小序爲出於漢儒也。愚之病此久矣。然猶以其所從來也遠，其間容或真有傳授證驗而不可廢者，故既頗采以附傳中，而復并爲一編，以還其舊。因以論其得失云。

慶源輔氏曰：先儒以詩序爲孔子作，故讀詩記載蘇氏曰：詩序誠出於孔氏也，則序若是詳矣。孔子刪詩而取三百五篇，今其亡者六焉，亡詩之序未嘗詳也。夫詩序之非孔子作，蓋不待此而可知也。然此亦是一驗。又曰釋文載沈重云。案大序是子夏毛公合作。卜商意有未盡。毛更足成之。隋經籍志亦云。先儒相承謂毛詩序。子夏所創。毛公及衛敬仲宏。更加潤色。至於以爲國史作者。則見於大序與王氏說。然皆是臆度懸斷。無所據依。故先生直據後漢儒林傳。而斷以爲衛宏作。又因鄭氏之說。以爲宏特增廣而潤色之。又取近世諸儒之說。以爲序之首句爲毛公所分。而其下推之云云。爲後人所益者。皆曲盡人情事理。至於首句之已有妄說者。則非先生閱理之明。考義之精。不能及也。至論詩序本。自爲一編。別附經後。又以尚有齊魯韓氏之說。並傳於世。故讀者亦有知其出於後人之手。而不盡信。亦得其情。又論毛公引以入經。乃不綴篇後而超冠篇端。不爲注文而直作經字。不爲疑辭而遂爲決辭云者。則可見古人於經。則尊信而不敢易視。於已說。則謙虛退託。不敢自決。而有待於後人者自有深意。若毛公之作。則出於率易不思。遂啓後人穿鑿遷就之失。以至於上誣聖經。而其罪有不可逭者矣。嗚呼。可不戒哉。可不謹哉。或曰。子之責夫毛公者當矣。而晦翁先生又生於數千年後。乃盡廢諸儒之說。而遂斷小序爲不足據[illegible]之學。台於致知格物。而至於解釋經義工夫至矣。必盡取諸儒之說。一一細研窮。一言之善。無有或遺。一字之差。無有能遁。其誦聖人之言。都一似自己言語一般。蓋其學已到至處。能破千古疑。使聖人之經。復明於後世。然細攷其說。則其端緒。又皆本於先儒之所嘗疑而未究者。則亦未嘗自爲臆說也。學者顧第弗深攷耳。觀其終。既已明知小序之出於漢儒。而又以其間。容或真有傳授證驗而不可廢者。故既頗采以附傳中。而復併爲一編以還其舊。因以論其得失云之說。則其意之謹重不苟。亦可見矣。豈可與先儒之穿鑿遷就者同日語哉。先生又嘗曰。予自二十歲時讀詩。便覺小序無意義。及去了小序。只玩味詩辭。却又覺得道理貫徹。當初亦嘗質問諸鄉先生。皆云序不可廢。而某之疑終不能釋。後到三十歲。斷然知小序之出於漢儒所作。其爲繆戾有不可勝言。呂伯恭不合只因序講解。便有許多牽彊處。某嘗與之言。終不肯信從。讀詩記中雖多說序。然有說不行處亦廢之。某因作詩傳。遂成詩序辨說一冊。其他繆戾。辨之頗詳。又曰小序亦間有說得好處。只是杜撰處多。不知先儒何故不虛心子細看這道理。便只恁說。却後人又只依他那箇說去。亦不看詩是有此意無。若說不去處。

又須穿鑿說將去

大序

詩者志之所之也在心爲志發言爲詩○情動於中而形於言言之不足故嗟歎之嗟歎之不足故永歌之永歌之不足不知手之舞之足之蹈之也○情發於聲聲成文謂之音治世之音安以樂其政和亂世之音怨以怒其政乖亡國之音哀以思其民困故正得失動天地感鬼神莫近詩○先王以是經夫婦成孝敬厚人倫美教化移風俗故詩有六義焉一曰風二曰賦三曰比四曰興五曰雅六曰頌○上以風化下下以風刺上主文而譎諫言之者

身聞之者足以戒故曰風○至于王道衰禮義廢政教
國異政家殊俗而變風變雅作矣○國史明乎得失之
傷人倫之變哀刑政之苛吟詠情性以風其上達於事
變而懷其舊俗者也○故變風發乎情止乎禮義發乎情
民之性也止乎禮義先王之澤也○是以一國之事繫一
人之本謂之風言天下之事形四方之風謂之雅雅者正
也言王政之所由廢興也政有小大故有小雅焉有大雅
焉頌者美盛德之形容以其成功告於神明者也是謂四
始詩之至也

小序

周南

關雎后妃之德也

后妃文王之妃大姒也天子之妃曰后近世諸儒多辨文王未嘗稱王則大姒亦未嘗稱后序者蓋追稱之亦未害也（安成劉氏曰大姒之稱后亦如雅頌稱文王之王皆追稱之詞也）但其詩雖若專美大姒而實以深見文王之德序者徒見其詞而不察其意遂壹以后妃爲主而不復知有文王是固已失之矣至於化行國中三分天下亦皆以爲后妃之所致則是禮樂征伐皆出於婦人之手而文王者走擁虛器以爲寄生之君也其失甚矣惟南

豐曾氏之言曰先王之政必自内始故其閨門之治所以施之家人者必爲之師傅保姆之助詩書圖史之戒珩璜琚瑀之節威儀動作之度其教之者有此具然古之君子未嘗不以身化也故家人之義歸於反身二南之業本於文王豈自外至哉世皆知文王之所以興能得内助而不知其所以然者蓋本於文王之躬化故内則后妃有關雎之行外則羣臣有二南之美與之相成其推而及遠則商辛之昏俗江漢之小國兎罝之野人莫不好善而不自知此所謂身脩故國家天下治者也竊謂此説庶幾得之

風之始也

所謂關雎之亂以爲風始是也。蓋謂國風篇章之始亦風化之所由始也孔氏曰。言后妃之有美德。文王風化之始也。文王化行始於其妻。故用此爲風教之始

所以風天下而正夫婦也。故用之鄉人焉。用之邦國焉說見二南總論。邦國。謂諸侯之國。明非獨天子用之也孔氏曰。所以風化天下之民。使皆正夫婦焉。鄉飲酒禮云。乃合樂周南關雎。是用之鄉人。燕禮云。遂歌鄉樂周南關雎。是用之邦國也。○臨川王氏曰。凡詩用於天子者。諸侯不得用。用於諸侯者。大夫不得用。若三家以雍徹。而孔子非之也。此關雎鄉人邦國皆得用者。以之正夫婦也。○三山李氏曰。詩之雅頌惟用於宗廟朝廷。郊祀宴享。非其所用者。不得用也。至於[illegible][illegible]婦之道。自天子達於庶人。未嘗有二道也。

風。風也。教也。風以動之。教以化之

承上文解風字之義。以象言則曰風。以事言則曰教

臨川王氏曰。風之於物。方其鼓舞摇蕩。所謂動之也。及其因形移易。使榮者枯。甲者拆。乃所謂化之也。詩之有風。亦若是也。始於風之而動。終於教之而化○黄氏曰。自其本於一人言之。則謂之風。自其及於一國言之。則謂之教。聞二南之風者。感發其善心。被二南之化者。變易其氣質。動則變。變則化。天下之理也

然則關雎麟趾之化。王者之風。故繫之周公。南言化自北而南也。鵲巢騶虞之德。諸侯之風也。先王之所以教。故繫之召公

說見二南卷首。關雎麟趾言化者。化之所自出也。鵲巢騶虞言德者。被化而成德也。以其被化而後成德

故又曰。先王之所以教。先王。即文王也。舊說以爲大王王季。誤矣。程子曰。周南召南。如乾坤。乾統坤。坤承乾也。朱子曰。乾始萬物。非坤無以代其終。坤終萬物。非乾無以資其始。故乾元統天。萬物所從出。而無不統。周南之化實似之。坤元雖生萬物。而所以生者乃順成天意。以代其終而已。召南之德實似之。楊氏亦曰。二南相須以爲治。蓋一體也。

周南。召南。正始之道。王化之基。

王者之道。始於家。終於天下。而二南正家之事也。王者之化。必至於法度彰。禮樂著。雅頌之聲作。然後可以言成。然無其始。則亦何所因而立哉。基者。堂宇之所因而立者也。程子曰。有關雎麟趾之意。然後可以行周官之法度其爲是歟孔氏曰高以下爲基遠以近爲始文王正其家而及其國是正其始也化南北以成王業是王化之基也季札見歌周南召南曰始基之矣猶未也亦謂二南爲王化基始序意出於彼文也○慶源輔氏曰先生發基字之義先儒皆所未及程子說正是此意先生又嘗曰須是自閨門衽席之微積累到薰蒸洋溢天下無一民一物不被其化然後可以行周官之法不然則爲王莽矣

是以關雎樂得淑女以配君子憂在進賢不淫其色哀窈窕思賢才而無傷善之心焉是關雎之義也

按論語孔子嘗言關雎樂而不淫哀而不傷蓋淫者樂之過傷者哀之過獨爲是詩者得其性情之正是以哀樂中節而不至於過耳而序者乃析哀樂淫傷

各爲一事而不相須則已失其旨矣至於傷爲傷善之心則又大失其旨而全無文理也或曰先儒多以周道衰詩人本諸衽席而關雎作故楊雄以周康之時關雎作爲傷始亂杜欽亦曰佩玉晏鳴關雎歎之說者以爲古者后夫人鷄鳴佩玉去君所周康后不然故詩人歎而傷之此魯詩說也與毛異矣廬陵歐陽氏曰齊魯韓三家皆以爲康王政衰之詩前漢杜欽傳曰佩玉晏鳴關雎歎之贊曰此魯詩也後漢明帝詔曰昔應門失守關雎刺世注薛君韓詩章句曰人君退朝后妃御見有度應門擊柝鼓人上堂今内傾于色故詠關雎說淑女以刺時○東萊呂氏曰魯齊韓毛師讀既異義亦不同關雎正風之首三家者乃以爲刺餘可知矣但以哀而不傷之意推之恐其有此理也曰

此不可知矣。但儀禮以關雎爲鄉樂。又爲房中之樂。則是周公制作之時。已有此詩矣。若如魯說。則儀禮不得爲周公之書。勿軒熊氏曰。按儀禮鄉飲酒鄉射篇有乃合樂周南關雎之文。又燕禮有遂歌鄉樂周南關雎之文。儀禮乃周公相成王。治定功成。經制大備之書。小序所謂用之鄉人者。鄉飲射禮也。用之邦國者。燕禮也。今當據儀禮經文爲定儀禮不爲周公之書。則周之盛時。乃無鄉射燕飲房中之樂。而必有待乎後世之刺詩也。其不然也明矣。且爲人子孫。乃無故而播其先祖之失於天下。如此。而尚可以爲風化之首乎

○葛覃。后妃之本也。后妃在父母家。則志在於女功之

事躬儉節用服澣濯之衣尊敬師傅則可以歸安父母化天下以婦道也

此詩之序首尾皆是但其所謂在父母家者一句爲未安蓋若謂未嫁之時即詩中不應遽以歸寧父母爲言況未嫁之時自當服勤女功不足稱述以爲盛美若謂歸寧之時即詩中先言刈葛而後言歸寧亦不相合且不常爲之於平居之日而暫爲之於歸寧之時亦豈所謂庸行之謹哉序之淺拙大率類此

○卷耳后妃之志也又當輔佐君子求賢審官知臣下之勤勞內有進賢之志而無險詖私謁之心朝夕思念

至於憂勤也

此詩之序首句得之餘皆傅會之鑿說后妃雖知臣下之勤勞而憂之然曰嗟我懷人則其言親暱非后妃之所得施於使臣者矣且首章之我獨爲后妃而後章之我皆爲使臣首尾衡决（東陽許氏曰衡所以爲平有首尾之物决絶也絶則首尾不相照應矣）不相承應亦非文字之體也

○樛木后妃逮下也言能逮下而無嫉妒之心焉

此序稍平後不注者放此

○螽斯后妃子孫衆多也言若螽斯不妬忌則子孫衆多也

螽斯聚處和一。而卵育蕃多。故以爲不妬忌則子孫衆多之比。序者不達此詩之體。故遂以不妬忌者歸之螽斯。其亦誤矣

○桃夭。后妃之所致也。不妬忌則男女以正。婚姻以時。國無鰥民也

序首句非是。其所謂男女以正。婚姻以時。國無鰥民者得之。蓋此以下諸詩。皆言文王風化之盛。由家及國之事。而序者失之。皆以爲后妃之所致。既非所以正男女之位。而於此詩又專以爲不妬忌之功。則其意愈狹而說愈疎矣

○兎罝，后妃之化也。關雎之化行，則莫不好德，賢人衆多也。

此序首句非是，而所謂莫不好德，賢人衆多者得之。

○芣苢，后妃之美也。和平則婦人樂有子矣。孔氏曰：天下亂離，則我躬不閱，豈思子也。今天下和平，於是婦人始樂有子矣。

○漢廣，德廣所及也。文王之道，被于南國，美化行乎江漢之域，無思犯禮，求而不可得也。

此詩以篇內有漢之廣矣一句得名，而序者謬誤，乃以德廣所及爲言，失之遠矣。然其下文復得詩意，而所謂文王之化者，尤可以正前篇之誤。先儒嘗謂序非出於一人之手者此其一驗但首句未必是下文未必非耳蘇氏乃例取首句而去其下文則於此類兩失之矣東萊呂氏曰蘇氏以序爲非一人之詞蓋近之至於止存其首一言而盡去其餘則失之遠矣

○汝墳道化行也文王之化行乎汝墳之國婦人能閔其君子猶勉之以正也臨川王氏曰庶人之妻能勉夫以正而不知爲之者是之謂道化而殷其雷之詩所以未若汝墳之盛也

○麟之趾關雎之應也關雎之化行則天下無犯非禮雖衰世之公子皆仁厚如麟趾之時也

之時二字可刪

召南

鵲巢夫人之德也國君積行累功以致爵位夫人起家而居有之德如鳲鳩乃可以配焉

文王之時關雎之化行於閨門之內而諸侯蒙化以成德者其道亦始於家人故其夫人之德如是而詩人美之也不言所美之人者世遠而不可知也後皆放此

○采蘩夫人不失職也夫人可以奉祭祀則不失職矣

○草蟲大夫妻能以禮自防也

此恐亦是夫人之詩而未見以禮自防之意

○采蘋大夫妻能循法度也。能循法度。則可以承先祖共祭祀矣。臨川王氏曰。自所薦之物。所采之處。所用之器。所奠之地。皆有常而不敢變。所謂能循法度。

○甘棠美召伯也。召伯之教。明於南國。臨川王氏曰。愛之篤。思之至。以其教明也。

○行露召伯聽訟也。衰亂之俗微。貞信之教興。彊暴之男不能侵陵貞女也。黃氏曰。周家貞信之教興。而商人衰亂之俗未殄。此如一陽來復之時。陽雖有當盛之勢。而五陰猶未却以遜陽。則草木之摧敗。猶有所不免。自二南極而王道成。則自復而臨。自臨而泰之時也。

○羔羊鵲巢之功致也。召南之國。化文王之政。在位皆

節儉正直德如羔羊也

此序得之但德如羔羊一句爲衍說耳

○殷其靁勸以義也召南之大夫遠行從政不遑寧處其室家能閔其勤勞勸以義也

按此詩無勸以義之意

○摽有梅男女及時也止齋陳氏曰男女及時之說聖人之慮天下也血氣既壯難盡自檢情竇既開奚顧禮義故昏欲及時者所以全節行於未破之日學欲及時者所以全智慮於未分之時召南之國被文王之化男女得以及時也

此序末句未妥

○小星惠及下也夫人無妬忌之行惠及賤妾進御於

君知其命有貴賤能盡其心矣

○江有汜美媵也勤而無怨嫡能悔過也文王之時江沱之閒有嫡不以其媵備數媵遇勞而無怨嫡亦自悔也

詩中未見勤勞無怨之意朱子曰只看詩中說不我以不我過不我與便自見得不與同去之意安得勤而無怨之意也○安成劉氏曰此詩媵妾所作序之首句恐亦非是

○野有死麕惡無禮也天下大亂彊暴相陵遂成淫風被文王之化雖當亂世猶惡無禮也

此序得之但所謂無禮者言淫亂之非禮耳不謂無聘幣之禮也

○何彼襛矣美王姬也雖則王姬亦下嫁於諸侯車服不繫其夫下王后一等猶執婦道以成肅雝之德也

此詩時世不可知其說已見本篇但序云雖則王姬亦下嫁於諸侯說者多笑其陋然此但讀爲兩句之失耳若讀此十字合爲一句而對下文車服不繫其夫下王后一等爲義則序者之意亦自明白蓋曰王姬雖嫁於諸侯然其車服制度與他國之夫人不同所以甚言其貴盛之極而猶不敢挾貴以驕其夫家也但立文不善終費詞說耳鄭氏曰下王后一等謂車乘厭（音葉）翟（音狄）勒面繢（音繪）總服則褕（音遥）翟（孔氏曰王后五路重

翟爲上。厭翟次之。六服褘衣爲上。褕翟次之。褘音揮○鄭氏曰。厭翟次其羽使相迫也。勒面謂以如玉龍勒之韋爲當面飾也。繢。畫文也。總。著馬勒直兩耳與兩鑣。翟。雉名。江淮而南青質五色皆備成章曰搖。褕翟。畫搖者。然則公侯夫人翟茀者其翟車貝面組總有幄也歟鄭氏曰。翟車不重不厭。以翟羽飾車之側耳。貝面。貝飾勒之當面。有幄則無蓋矣

○騶虞鵲巢之應也。鵲巢之化行。人倫既正。朝廷既治天下純被文王之化。則庶類蕃殖。蒐田以時。仁如騶虞則王道成也永嘉陳氏曰。始於鵲巢之夫婦。而人倫正。中於羔羊之君子。而朝廷治。人倫既正。朝廷既治。使天下皆被文王之化而有騶虞之仁心。則王道成矣

此序得詩之大指。然語意亦不分明。楊氏曰。二南正始之道。王化之基。蓋一體也。王者諸侯之風。相須以爲

治諸侯所以代其終也故召南之終至於仁如騶虞然後王道成焉夫王道成非諸侯之事也然非諸侯有騶虞之德亦何以見王道之成哉孔氏曰王道成者以此篇處末故總之言天下純被文王之化庶類又蒙其澤仁心能如騶虞則王化之道成矣所謂周南召南王化之基也歐陽公曰賈誼新書曰騶者文王之囿名虞者囿之司獸也廬陵歐陽氏曰漢世詩說四家毛最後當毛詩未出之前說者不以騶虞爲獸也文帝時賈誼新書以騶爲文王囿名亦不經見陳氏曰禮記射義云天子以騶虞爲節樂官備也則其爲虞官明矣獵以虞爲主其實嘆文王之仁而不斥言也詩考曰騶虞天子掌鳥獸官名○廬陵歐陽氏曰書言騶虞者多矣如七騶六騶蓋馬御澤虞山虞則山澤之官月令季秋教田獵命僕及七騶咸

焉周官山澤虞皆當田獵則致禽獸易亦有即鹿無虞之說而射義言天子以騶虞爲節樂官備也則騶虞二官田獵之時乃其職事當以多殺爲心今也五豕而一取故詩人曰于嗟乎而能如是乎又曰詩首句言田獵之得時次言君仁不盡殺卒歎虞人之得禮此與舊說不同今存于此

邶

柏舟言仁而不遇也衛頃公之時仁人不遇小人在側

詩之文意事類可以思而得其時世名氏則不可以强而推故凡小序唯詩文明白直指其事如甘棠定中南山株林之屬若證驗的切見於書史如載馳碩人清人黃鳥之類決爲可無疑者其次則詞旨大槩

可知必爲某事而不可知其的爲某時某人者尚多
有之若爲小序者姑以其意推尋探索依約而言則
雖有所不知亦不害其爲不自欺雖有未當人亦當
恕其所不及今乃不然不知其時者必强以爲某王
某公之時不知其人者必强以爲某甲某乙之事於
是傅會書史依託名謚鑿空妄語以誑後人其所以
然者特以恥其有所不知而惟恐人之不見信而已
且如柏舟不知其出於婦人而以爲男子不知其不
得於夫而以爲不遇於君此則失矣然有所不及而
不自欺則亦未至於大害理也今乃斷然以爲衛頃

公之時。則其故爲欺罔。以誤後人之罪。不可揜矣。蓋其偶見此詩冠於三衛變風之首。是以求之春秋之前。而史記所書莊桓以上衛之諸君。事皆無可考者。謚亦無甚惡者。獨頃公有賂王請命之事。其謚又爲甄心動懼之名。如漢諸侯王。必其嘗以罪譴。然後加以此謚。以是意其必有棄賢用佞之失。而遂以此詩予音與之。朱子曰。謚法中如墮廢社稷曰頃。便得柏舟一詩。硬差排爲衛頃公。便云仁人不遇。小人在側。鄭漁仲謂小序只是後人將史傳去揀。并看謚。却附會作小序美刺。若將以衒其多知。而必於取信。不知將有明者從旁觀之。則適所以暴其眞不知。而啓其深不信也。凡小序之失。以此推之什得八九矣。又其爲說，必使詩無一篇不爲美刺時君國政而作，固已不切於情性之自然，而又拘於時世之先後。其或書傳所載當此之時偶無賢君美謚，則雖有詞之美者，亦例以爲陳古而刺今。是使讀者疑於當時之人絕無善則稱君、過則稱己之意，而一不得志，則扼腕切齒，嘻笑冷語以懟其上者，所在而成群。朱子曰：大率古人作詩，與今人一般，其間亦各有感物道情，吟咏情性，幾時盡是譏刺他人。只緣序者立例，篇篇要作美刺說，將詩人意思穿鑿壞了。且如今人見人才做一事，便作一詩歌詠之，或譏刺之，是甚麽道理。如此一似里巷無知之人，胡亂稱頌諛說，把持放鵰，何以爲情性之正。是其輕躁險薄，尤有害於溫柔敦厚之教。故予不可以不

辨朱子曰。温柔敦厚。詩人之教也。使篇篇是譏刺人。安得温柔敦厚

○綠衣。衛莊姜傷已也。妾上僭夫人失位而作是詩也

此詩下至終風四篇序皆以爲莊姜之詩。今姑從之。然雅燕燕一篇詩文略可據耳

○燕燕。衛莊姜送歸妾也

遠送于南一句。可爲送戴嬀之驗

○日月。衛莊姜傷已也。遭州吁之難。傷已不見答於先君以至困窮之詩也

此詩序以爲莊姜之作。今未有以見其不然。但謂遭州吁之難而作則未然耳。蓋詩言寧不我顧。猶有望

之之意。又言德音無良。亦非所宜施於前人者。明是
莊公在時所作。其篇次亦當在燕燕之前也
○終風。衛莊姜傷已也。遭州吁之暴。見侮慢而不能正
也
詳味此詩。有夫婦之情。無母子之意。若果莊姜之詩
則亦當在莊公之世。而列於燕燕之前。序說誤矣須溪
劉氏曰。州吁無戲笑之理。分明是怨莊公也
○擊鼓。怨州吁也。衛州吁用兵暴亂。使公孫文仲將而
平陳與宋。國人怨其勇而無禮也
春秋隱公四年。宋衛陳蔡伐鄭。正州吁自立之時也。

序蓋據詩文平陳與宋而引此爲說恐或然也新安胡氏曰。按四年三月。州吁弑桓公自立。夏將脩先君之怨於鄭。使告宋曰。君若伐鄭以除君害。君爲主。敝邑以賦與陳蔡從。宋許之。於是陳蔡方睦於衛。遂從陳蔡伐鄭。圍其東門五日而還。九月如陳見殺然傳記魯衆仲之言曰。州吁阻兵而安忍。阻兵無衆。安忍無親。衆叛親離。難以濟矣。夫兵猶火也。弗戢將自焚也。夫州吁弑其君。而虐用其民。於是乎不務令德。而欲以亂成。必不免矣。按州吁簒弑之賊。此序但譏其勇而無禮。固爲淺陋。而衆仲之言。亦止於此。蓋君臣之義。不明於天下久矣。春秋其得不作乎

○凱風。美孝子也。衛之淫風流行。雖有七子之母。猶不

能安其室故美七子能盡其孝道以慰其母心而成其志爾

以孟子之說證之序說亦是但此乃七子自責之辭非美七子之作也

○雄雉刺衛宣公也淫亂不恤國事軍旅數起大夫久役男女怨曠國人患之而作是詩

序所謂大夫久役男女怨曠者得之但未有以見其爲宣公之時與淫亂不恤國事之意耳兼此詩亦婦人作非國人之所爲也

○匏有苦葉刺衛宣公也公與夫人並爲淫亂

未有以見其爲刺宣公夫人之詩

○谷風刺夫婦失道也。衛人化其上。淫於新昏而棄其舊室。夫婦離絶。國俗傷敗焉

亦未有以見化其上之意

○式微黎侯寓于衛其臣勸以歸也

詩中無黎侯字。未詳是否。下篇同

○旄丘責衛伯也。狄人迫逐黎侯。黎侯寓于衛。衛不能脩方伯連率音帥之職。黎之臣子以責於衛也

序見詩有伯兮二字。而以爲責衛伯之詞。誤矣○陳氏曰。說者以此爲宣公之詩。然宣公之後百餘年衛

穆公之時。晉滅赤狄潞氏。數之以其奪黎氏地。然則此其穆公之詩乎。不可得而知也安成劉氏曰。以此詩爲作於衛宣公之時。固無可考。但上篇黎臣有勸歸之辭。則此時黎之宗社疑未滅也。豈其後黎侯復國。至衛穆公時。方爲赤狄所滅。故晉人數赤狄之罪。立黎侯而還。以此意之。式微旄丘二詩。雖未有以見其必作於衛宣之時。恐亦未必作於衛穆時也

○簡兮。刺不用賢也。衛之賢者仕於伶官。皆可以承事王者也

此序略得詩意。而詞不足以達之

○泉水。衛女思歸也。嫁於諸侯。父母終。思歸寧而不得。故作是詩以自見也

○北門。刺士不得志也。言衛之忠臣不得其志爾安成劉氏曰。朱子以此序稍平。故不注。然集傳以此詩爲仕者自作。則序意與詩亦微不合

○北風。刺虐也。衛國並爲威虐。百姓不親。莫不相攜持而去焉

衛以淫亂亡國。未聞其有威虐之政。如序所云者。此恐非是程子曰。序謂百姓不親。相攜而去。然考詩之亂。乃君子見幾而作。相招無及於禍患者也

○靜女。刺時也。衛君無道。夫人無德

此序全然不似詩意須溪劉氏曰。只是男女相遺之詩

○新臺。刺衛宣公也。納伋之妻。作新臺于河上而要之。國人惡之。而作是詩也

○二子乘舟思伋壽也衛宣公之二子爭相爲死國人傷而思之作是詩也

二詩說已各見本篇

鄘

柏舟共姜自誓也衛世子共伯蚤死其妻守義父母欲奪而嫁之誓而弗許故作是詩以絕之

此事無所見於他書序者或有所傳今姑從之

○墻有茨衛人刺其上也公子頑通乎君母國人疾之而不可道也

○君子偕老刺衛夫人也夫人淫亂失事君子之道故

陳人君之德服飾之盛宜與君子偕老也
公子頑事見春秋傳。但此詩所以作亦未可考。鶉之
奔奔放此
○桑中。刺奔也。衛之公室淫亂男女相奔。至于世族在
位。相竊妻妾。期於幽遠。政散民流而不可止
此詩乃淫奔者所自作。序之首句。以爲刺奔誤矣。其
下云云者。乃復得之樂記之說。已略見本篇矣。而或
者以爲刺詩之體。固有鋪陳其事。不加一辭。而閔惜
懲創之意。自見於言外者。此類是也。豈必譙讓質責
然後爲刺也哉。此說不然。夫詩之爲刺。固有不加一

辭而意自見者，清人、猗嗟之屬是已。然嘗試玩之，則其賦之之人。猶在所賦之外。而辭意之間。猶有賓主之分也。豈有將欲刺人之惡，乃反自爲彼人之言。以陷其身於所刺之中而不自知也哉。其必不然也明矣。又况此等之人。安於爲惡。其於此等之詩。計其平日固已自其口出而無慚矣。又何待吾之鋪陳。而後始知其所爲之如此。亦豈畏吾之閔惜。而遂幡然遽有懲創之心耶。以是爲刺。不惟無益。殆恐不免於鼓之舞之。而反以勸其惡也。或者又曰。詩三百篇。皆雅樂也。祭祀朝聘之所用也。桑間濮上之音。鄭衛之樂

也。世俗之所用也。雅鄭不同部。其來尚矣。且夫子答
顔淵之問。於鄭聲亟欲放而絶之。豈其刪詩乃録淫
奔者之詞。而使之合奏於雅樂之中乎。亦不然也。雅
者。二雅是也。鄭者。緇衣以下二十一篇是也。衛者。邶
鄘衛三十九篇是也。桑間。衛之一篇。桑中之詩是也。
二南雅頌。祭祀朝聘之所用也。鄭衛桑濮。里巷狎邪
之所歌也。夫子之於鄭衛。蓋深絶其聲於樂以爲法。
而嚴立其詞於詩以爲戒。如聖人固不語亂。而春秋
所記。無非亂臣賊子之事。蓋不如是無以見當時風
俗事變之實。而垂鑒戒於後世。固不得已而存之。所

謂道並行而不相悖者也。今不察此。乃欲爲之諱其鄭衛桑濮之實。而文之以雅樂之名。又欲從而奏之宗廟之中。朝廷之上。則未知其將以薦之何等之鬼神。用之何等之賓客。而於聖人爲邦之法。又豈不爲陽守而陰叛之邪。其亦誤矣。曰。然則大序所謂止乎禮義。夫子所謂思無邪者。又何謂邪。曰。大序指柏舟綠衣泉水竹竿之屬而言。以爲多出於此耳。非謂篇篇皆然。而桑中之類。亦止乎禮儀也。夫子之言。正爲其有邪正美惡之雜。故特言此。以明其皆可以懲惡勸善。而使人得其性情之正耳。非以桑中之類亦以無邪之思作之也。曰。荀卿所謂詩者中聲之所止。太史公亦謂三百篇者。夫子皆絃歌之。以求合於韶武之音。何邪。曰。荀卿之言。固爲正經而發。若史遷之說。則恐亦未足爲據也。豈有哇淫之曲。而可以强合於韶武之音也邪。朱子曰。孔子之稱思無邪。以爲詩三百篇勸善懲惡。雖其要歸皆出於正。然未有若此言之約而盡者耳。非以作詩之人所思皆無邪也。今必曰彼以無邪之思鋪陳淫亂之事。而閔惜懲創之意。自見於言外。則曷若曰彼雖以有邪之思作之。而我以無邪之思讀之。則彼之自伏其醜者。若所以爲戒警恐懼懲創之資耶。而其所爲訓說而求其無邪於彼。不若反而得之於心爲易也。巧爲辨數而歸無邪於彼。不若反而責我之於切也。若夫雅也。鄭也。衛也。求之諸篇。固各有其目矣。是則自衛反魯以來。未之有改。而風雅之篇。說者又有正變之別焉。至於桑中小序。政散民流而不可止之文。與樂記合。則是詩之爲桑間。又不爲無所據者。今必曰三百篇皆雅。而鄭風不爲鄭。邶鄘衛之風不爲衛。桑中不爲桑間亡國之音。則其篇帙惝亂。邪正錯揉。非復孔子之舊矣。且於小序之無稽可笑者篤信之。而於其有據者反不之信。此又何邪。夫二南正風。房中之樂也。鄉樂也。二雅之正。朝廷之樂也。商周之頌。宗廟之樂也。是或見於序文。或出於傳記。皆有可考。至於變雅。則固已無施於事。而變風又特里巷之歌。其頌在樂官者。以爲可以識時變。觀土風。而賢於四夷之樂耳。蓋古者天子巡守。命大師陳詩以觀民風。固不可問其美惡而悉存以訓也。然其與先王雅頌之正篇帙不同。施用亦異。如前所陳。則固不容於厖雜矣。今於雅鄭之實。察之既不詳。於厖雜之名。畏之又太甚。顧乃引夫淫放之鄙辭。而文以風刺之美說。必欲强而置諸先王雅頌之列。是乃反爲厖雜之甚而不自知也。夫以胡樂與鄭衛合奏。猶曰不可。而况强以桑中溱洧爲雅樂。又欲合於鹿鳴文王清廟之什。而奏之宗廟之中。朝廷之上乎。其以二詩爲猶止於中聲者。太史公所謂孔子皆絃歌之。以求合韶武之音。其誤蓋亦如此。然古樂既亡。無所考正。則吾不敢必爲之說。獨以其理與其詞推之。有以知其必不然耳又以爲近於勸百諷一而止乎禮義。則又信大序之過者。夫有所謂諷者。若漢廣知不可而不求。大車有所畏而不敢。則猶有所謂禮義之止也。若桑中溱洧則吾不知其何詞之諷。而何禮義之止乎哉。若曰孔子嘗欲放鄭聲矣。不當於此又收之以備六籍。此則曾南豐於戰國策。劉元城於三不足之論。皆嘗言之。又豈俟吾言而後白也哉。大抵吾說之病。不過得罪於桑間洧外之人。而其力猶足完先王之樂。彼說而善。則二詩之幸。而雅樂之不幸甚矣。抑其於溱洧而取范氏之說。則又似以鄭詩爲鄭聲者。豈理之自然固有不可奪者邪。因讀桑中之說。而惜前論之不及竟。又痛伯恭父之不可作也。因書其後。以爲使伯恭父而聞此。雖未必遽以爲然。亦當爲我逌然而一嘆也。嗚呼悲夫。○安成劉氏曰。上文朱子前後辨說。皆爲東萊而發。觀其序讀詩記曰。某少時淺陋之說。伯恭父誤有取焉。其後歷時既久。自知未安。如雅鄭邪正之云者。未免有所更定。則伯恭父反不能不置疑於其間。方將相與反復其說。以求眞是之歸。而伯恭父已下世矣。嗟乎。東萊朱子。一時同志。皆大有功於

詩經者也。豈固欲相尨哉。因附録于此

〇鶉之奔奔。刺衛宣姜也。衛人以爲宣姜鶉鵲之不若也

見上

〇定之方中。美衛文公也。衛爲狄所滅。東徙渡河野處漕邑。齊桓公攘戎狄而封之。文公徙居楚丘。始建城市而營宫室。得其時制。百姓説之。國家殷富焉

〇蝃蝀。止奔也。衛文公能以道化其民。淫奔之恥。國人不齒也

鄭氏曰。不齒者。不與相長稚〇南軒張氏曰。宣公無道。國人化之。讀桑中之詩無恥如此。文公復國。一以身率下。於是無禮者見惡於相鼠。淫奔者不齒於蝃蝀。下所趨向。係於一人如此

○相鼠刺無禮也衛文公能正其羣臣而刺在位承先君之化無禮儀也

○干旄美好善也衛文公臣子多好善賢者樂告以善道也

定之方中一篇經文明白故序得以不誤蝃蝀以下亦因其在此而以爲文公之詩耳他未有考也

○載馳許穆夫人作也閔其宗國顛覆自傷不能救也衛懿公爲狄人所滅國人分散露於漕邑許穆夫人閔衛之亡傷許之小力不能救思歸唁其兄又義不得故賦是詩也

此亦經明白而序不誤者。又有春秋傳可證

衛

淇澳美武公之德也。有文章。又能聽其規諫。以禮自防。故能入相于周。美而作是詩也

此序疑得之

○考槃刺莊公也。不能繼先公之業。使賢者退而窮處

此爲美賢者窮處而能安其樂之詩。文意甚明。然詩文未有見棄於君之意。則亦不得爲刺莊公矣。序蓋失之。而未有害於義也。至於鄭氏。遂有誓不忘君之惡。誓不過君之朝。誓不告君以善之說。則其害義又

有甚焉。於是程子易其訓詁。以爲陳其不能忘君之意。陳其不得過君之朝。陳其不得告君以善。則其意忠厚而和平矣。然未知鄭氏之失。生於序文之誤。若但直據詩詞。則與其君初不相涉也

○碩人。閔莊姜也。莊公惑於嬖妾。使驕上僭。莊姜賢而不答。終以無子。國人閔而憂之

此序。據春秋傳得之

○氓。刺時也。宣公之時。禮義消亡。淫風大行。男女無別。遂相奔誘。華落色衰。復相棄背。或乃困而自悔。喪其妃耦。故序其事以風焉。美反正。刺淫泆也

此非刺詩。宣公未有考。故序其事以下亦非是。其曰美反正者尤無理

○竹竿衛女思歸也。適異國而不見答。思而能以禮者也

未見不見答之意

○芄蘭刺惠公也。驕而無禮。大夫刺之

此詩不可考。當闕

○河廣宋襄公母歸於衛。思而不止。故作是詩也

○伯兮刺時也。言君子行役。爲王前驅。過時而不反焉

舊說。以詩有爲王前驅之文。遂以此爲春秋所書從

王伐鄭之事。然詩又言自伯之東。則鄭在衛西。不得爲此行矣。序言爲王前驅。蓋用詩文。然似未識其文意也。東萊呂氏曰。爲王前驅。特詩中之一語。非大義也

○有狐。刺時也。衛之男女失時。喪其妃耦焉。古者國有凶荒。則殺禮而多昏。會男女之無夫家者。所以育人民也

男女失時之句未安。其曰殺禮多昏者。周禮大司徒以荒政十有二聚萬民。十曰多昏者是也。序者之意蓋曰衛於此時。不能舉此之政耳。然亦非詩之正意也。長樂劉氏曰。夫婦之禮。雖不可不謹於其始。然民

有細微貧弱者或困於凶荒必待禮而後昏則男女之失時者多無室家之養聖人傷之寧邦典之或違而不忍失其婚嫁之時也故有荒政多昏之禮所以使之相依以爲生而又以育人民也詩不云乎愷悌君子民之父母苟無子育兆庶之心其能若此哉此則周禮之意也

○木瓜美齊桓公也衛國有狄人之敗出處于漕齊桓公救而封之遺之車馬器服焉衛人思之欲厚報之而作是詩也

說見本篇安成劉氏曰桓公封衛以王法律之固爲春秋之罪人自衛人視之則天地再造之

恩也。果如序説。則桓公之德。僅可以於草木之實。而衛人之報者未見。乃遽自儗以重寶。尚爲知恩也哉。序説非詩意矣。集傳固不得從之也

王

黍離閔宗周也。周大夫行役。至于宗周。過故宗廟宫室。盡爲禾黍。閔周室之顛覆。彷徨不忍去。而作是詩也

○君子行役。刺平王也。君子行役無期度。大夫思其危難以風焉

此國人行役。而室家念之之辭。序説誤矣。其曰刺平王。亦未有考

○君子陽陽閔周也。君子遭亂。相招爲禄仕。全身遠害

而已

說同上篇慶源輔氏曰此序得之蓋古之樂官實掌教事如舜命夔典樂教胄子周官大司樂掌教國子可見故賢者多隱於樂工如簡兮詩之類至春秋時如魯太師摯諸人猶知踰河蹈海以去亂不賢者能如是乎使賢者隱於樂工而以全身遠害爲樂則時可知矣

○揚之水刺平王也不撫其民而遠屯戍于毋家周人怨思焉

○中谷有蓷閔周也夫婦日以衰薄凶年饑饉室家相棄爾

○兎爰閔周也桓王失信諸侯背叛搆怨連禍王師傷敗君子不樂其生焉

君子不樂其生一句。得之。餘皆衍說。其指桓王。蓋據春秋傳鄭伯不朝。王以諸侯伐鄭。鄭伯禦之。王卒大敗。祝聃射王中肩之事。然未有以見此詩之爲是而作也

○葛藟王族刺平王也。周室道衰。棄其九族焉

序說未有據。詩意亦不類。說已見本篇

○采葛懼讒也

此淫奔之詩。其篇與大車相屬。其事與采唐采葑采麥相似。其詞與鄭子衿正同。序說誤矣

○大車刺周大夫也。禮儀陵遲。男女淫奔。故陳古以刺

令大夫不能聽男女之訟焉

非刺大夫之詩乃畏大夫之詩

○丘中有麻思賢也莊王不明賢人放逐國人思之而作是詩也

此亦淫奔者之詞其篇上屬大車而語意不莊非望賢之意序亦誤矣

鄭

緇衣美武公也父子並爲周司徒善於其職國人宜之故美其德以明有國善善之功焉

此未有據今姑從之

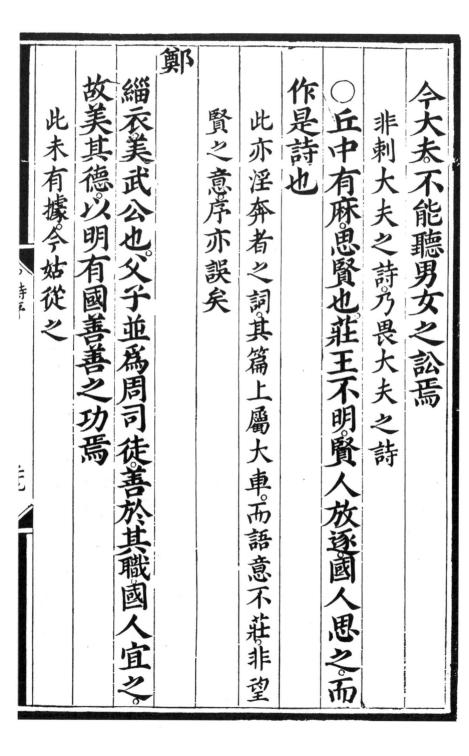

○將仲子。刺莊公也。不勝其母以害其弟。弟叔失道而公弗制。祭仲諫而公弗聽。小不忍以致大亂焉

事見春秋傳見隱公元年。安成劉氏曰。然莆田鄭氏謂此實淫奔之詩。無與於莊公叔段之事。序蓋失之。而說者又從而巧爲之說以實其事。誤益甚矣。今從其說

○叔于田。刺莊公也。叔處于京。繕甲治兵以出于田。國人說而歸之

國人之心貳於叔。而歌其田狩適野之事。初非以刺莊公。亦非說其出于田而後歸之也。或曰。段以國君貴弟。受封大邑。有人民兵甲之衆。不得出居閭巷。下

雜民伍。此詩恐亦民閒男女相說之詞耳

○大叔于田。刺莊公也。叔多才而好勇。不義而得衆也

此詩與上篇意同。非刺莊公也。下兩句得之

○清人。刺文公也。高克好利而不顧其君。文公惡而欲遠之不能。使高克將兵而禦狄于竟。陳其師旅。翺翔河上。久而不召。衆散而歸。高克奔陳。公子素惡高克進之不以禮。文公退之不以道。危國亡師之本。故作是詩也

按此序蓋本春秋傳。而以他說廣之。未詳所據。孔氏正義又據序文。而以是詩爲公子素之作。然則進之當作之進。今文誤也

○羔裘刺朝也言古之君子以風其朝焉

序以變風不應有美故以此爲言古以刺今之詩今詳詩意恐未必然且當時鄭之大夫如子皮子産之徒豈無可以當此詩者但今不可考耳

○遵大路思君子也莊公失道君子去之國人思望焉

此亦淫亂之詩序說誤矣

○女曰雞鳴刺不說德也陳古義以刺今不說德而好色也

此亦未有以見其陳古刺今之意 慶源輔氏曰詩詞正是說德而不昵於色序者意鄭國之風不宜有此故强以爲陳古義以刺今其思窄狹固滯甚矣鄭風雖曰淫亂而天理

民彝。豈容遂殄滅哉。唯其鄭風而有此詩。此聖人之所以錄之也。觀歐陽公於五代史。載逆旅婦人事。則可見矣

○有女同車。刺忽也。鄭人刺忽之不昏于齊。太子忽嘗有功于齊。齊侯請妻之。齊女賢而不取。卒以無大國之助。至於見逐。故國人刺之

按春秋傳。齊侯欲以文姜妻鄭太子忽。忽辭。人問其故。忽曰。人各有耦。齊大。非吾耦也。詩曰。自求多福。在我而已。大國何爲。其後北戎侵齊。鄭伯使忽帥師救之。敗戎師。齊侯又請妻之。忽曰。無事於齊。吾猶不敢。今以君命奔齊之急。而受室以歸。是以師昏也。民其

謂我何。遂辭諸鄭伯。祭仲謂忽曰。君多内寵。子無大援將不立。忽又不聽。及即位。遂爲祭仲所逐。此序文所據以爲說者也。然以今考之。此詩未必爲忽而作。序者但見孟姜二字。遂指以爲齊女。而附之於忽耳。假如其說。則忽之辭昏。未爲不正而可刺。至其失國。則又特以勢孤援寡。不能自定。亦未有可刺之罪也。序乃以爲國人作詩以刺之。其亦誤矣。後之讀者又襲其誤。必欲鍛鍊羅織。文致其罪而不肯赦。徒欲以狥說詩者之謬。而不知其失是非之正。害義理之公。以亂聖經之本指。而壞學者之心術。故予不可以不

辨

○山有扶蘇。刺忽也。所美非美然

此下四詩及揚之水。皆男女戲謔之詞。序之者不得其說。而例以爲刺忽。殊無情理朱子曰。最是鄭忽可憐。凡鄭風中惡詩。皆以爲刺之。東萊又欲主小序。鍛鍊得鄭忽罪不勝誅

○籜兮。刺忽也。君弱臣彊。不倡而和也

見上

○狡童。刺忽也。不能與賢人圖事。權臣擅命也

昭公嘗爲鄭國之君。而不幸失國。非有大惡。使其民疾之如寇讎也。況方刺其不能與賢人圖事。權臣擅

命。則是公猶在位也。豈可忘其君臣之分。而遽以狡童目之耶。且昭公之爲人。柔懦踈闊。不可謂狡。即位之時年已壯大。不可謂童。以是名之。殊不相似。而序於山有扶蘇所謂狡童者。方指昭公之所美。至於此篇。則遂移以指公之身焉。則其舛又甚。而非詩之本指明矣。大抵序者之於鄭詩。凡不得其說者。則舉而歸之於忽。文義一失。而其害於義理。有不可勝言者。一則使昭公無辜而被謗。二則使詩人脫其淫謔之實罪。而麗於訕上悖理之虛惡。三則厚誣聖人删述之意。以爲實賤昭公之守正。而深與詩人之無禮於其君。凡此皆非小失。而後之說者猶或主之。其論愈精。其害愈甚。學者不可以不察也朱子曰。鄭忽之罪。不至巳甚。往往如宋襄這般人。大言無當。有甚狡處。若鄭突却是狡。詩意本不如此。又曰。鄭忽如何做得狡童。若是狡。自會托婚大國而借其助矣。謂之頑童可也。許多鄭風。只是孔子。一言斷了。曰。鄭聲淫。如將仲子自是男女相與之詞。却干祭仲共叔段甚事。如褰裳自是男女相咎之詞。却干忽與突爭國甚事。○華國嚴氏曰。狡童或以爲指忽。或以爲指祭仲。忽爲鄭君。國人不得目爲狡童也。若指祭仲。則祭仲自莊公時已爲卿。且爲莊公取鄧曼而生昭公。當昭公即位。仲已老矣。不應目爲童也。聖人刪詩以垂世教。安得目君爲狡童也○永嘉陳氏曰。說者以衛有雄雉。鄭有狡童。魏有碩鼠。皆以目君。不然也。序文誤耳

○褰裳。思見正也。狂童恣行。國人思大國之正已也

此序之失。蓋本於子太叔韓宣子之言。而不察其斷

章取義之意耳

○丰刺亂也。昏姻之道缺。陽倡而陰不和。男行而女不隨

此淫奔之詩序說誤矣須溪劉氏曰。諸詩。朱氏一以爲淫女之辭。其識甚遠

○東門之墠。刺亂也。男女有不待禮而相奔者也

此序得之

○風雨。思君子也。亂世則思君子不改其度焉

序意甚美。然考詩之詞。輕佻狎暱。非思賢之意也

○子衿。刺學校廢也。亂世則學校不脩焉

疑同上篇。蓋其詞意儇薄。施之學校尤不相似也安成

劉氏曰。朱子白鹿洞賦。有曰廣青衿之疑問。又曰樂菁莪之長育。用此二事。又皆從序說。與集傳不同者。彼蓋斷章取義耳

○揚之水閔無臣也。君子閔忽之無忠臣良士終以死亡而作是詩也

此男女要結之詞序說誤矣

○出其東門閔亂也。公子五爭兵革不息男女相棄民人思保其室家焉

五爭事見春秋傳安成劉氏曰。其事散見左傳。桓公十一年十五年十七年十八年。莊公十四年然非此之謂也。此乃惡淫奔者之詞序誤須溪劉氏曰。舍序讀詩。辭意甚美

○野有蔓草思遇時也君之澤不下流民窮於兵革男女失時思不期而會焉

東萊呂氏曰君之澤不下流迺講師見零露之語從而附益之

○溱洧刺亂也兵革不息男女相棄淫風大行莫之能救焉

鄭俗淫亂乃其風聲氣習流傳已久不爲兵革不息男女相棄而後然也

齊

雞鳴思賢妃也哀公荒淫怠慢故陳賢妃貞女夙夜警

戒相成之道焉

此序得之。但哀公未有所考。豈亦以謚惡而得之歟

〇還刺荒也。哀公好田獵。從禽獸而無厭。國人化之。遂成風俗。習於田獵謂之賢。閑於馳逐謂之好焉

同上

〇著刺時也。時不親迎也

〇東方之日刺衰也。君臣失道。男女淫奔。不能以禮化也

此男女淫奔者所自作。非有刺也。其曰君臣失道者尤無所謂

○東方未明。刺無節也。朝廷興居無節。號令不時。挈壺氏不能掌其職焉

夏官。挈壺氏下士六人。挈縣挈之名。壺盛水器。蓋置壺浮箭。以爲晝夜之節也孔氏曰。挈壺氏以水爲漏準。晝夜共爲百刻。冬夏之間。則有長短。太史立成法。於每歲之間。加減刻數。以一年有二十四氣。一氣之間分爲二通。率七日强半而易一箭。周年而用箭四十八也。曆言晝夜者。以昏明爲限漏刻不明。固可以見其無政。然所以興居無節。號令不時。則未必皆挈壺氏之罪也

○南山。刺襄公也。鳥獸之行。淫乎其妹。大夫遇是惡。作詩而去之孔氏曰。下三章。責魯桓縱恣文姜。序以主刺襄公。故不言魯桓。大夫遇是惡作詩而去之。

言作詩之意。以見君惡之甚。於經無所當也

此序據春秋經傳爲文。説見本篇

○甫田大夫刺襄公也。無禮義而求大功。不修德而求諸侯。志大心勞。所以求者非其道也

未見其爲襄公之詩

○盧令刺荒也。襄公好田獵畢弋而不修民事。百姓苦之。故陳古以風焉

義與還同。序説非是

○敝笱刺文姜也。齊人惡魯桓公微弱。不能防閑文姜。使至淫亂。爲二國患焉

桓當作莊　安成劉氏曰。桓公十八年。不聽申繻之諫。必欲與文姜同如齊。則姜氏此一行。非由桓公不能制而然也。及公薨于齊。而姜氏返魯。莊公嗣位。而姜氏孫于齊。未久復返于魯。自後姜氏之會齊侯者。相望於春秋之策。則防閑之說。屬之桓公乎。屬之莊公乎。故曰桓當作莊

○載驅齊人刺襄公也。無禮義故盛其車服。疾驅於通道大都。與文姜淫播其惡於萬民焉

此亦刺文姜之詩

○猗嗟刺魯莊公也。齊人傷魯莊公有威儀技藝。然而不能以禮防閑其母。失子之道。人以爲齊侯之子焉

此序得之

魏

葛屨刺褊也魏地陿隘其民機巧趨利其君儉嗇褊急而無德以將之

○汾沮洳刺儉也其君儉以能勤刺不得禮也

此未必爲其君而作崔靈恩集注其君作君子義雖稍通然未必序者之本意也

○園有桃刺時也大夫憂其君國小而迫而儉以嗇不能用其民而無德教日以侵削故作是詩也

國小而迫日以侵削者得之餘非是

○陟岵孝子行役思念父母也國迫而數侵削役乎大國父母兄弟離散而作是詩也

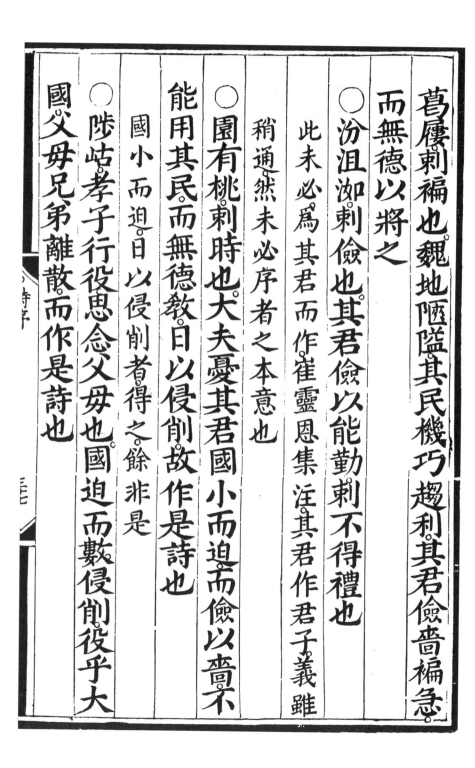

○十畝之間。刺時也。言其國削。小民無所居焉

國削。則其民隨之。序文殊無理。其說已見本篇矣

○伐檀。刺貪也。在位貪鄙。無功而受祿。君子不得進仕

爾

此詩專美君子之不素餐。序言刺貪。失其指矣

○碩鼠。刺重斂也。國人刺其君重斂。蠶食於民。不修其

政。貪而畏人。若大鼠也。孔氏曰。蠶食桑。漸漸以食。使桑盡也。猶重斂漸漸以稅。使民困也。

解頤新語云。蠶食。喻重斂者莫切於此。鼠食物。且食且畏。四顧不寧。喻貪畏者莫切於此

此亦託於碩鼠。以刺其有司之詞。未必直以碩鼠比

其君也

唐

蟋蟀。刺晉僖公也。儉不中禮。故作是詩以閔之。欲其及時以禮自虞樂也。此晉也。而謂之唐。本其風俗憂深思遠。儉而用禮。乃有堯之遺風焉。

河東地瘠民貧。風俗勤儉。乃其風土氣習有以使之。至今猶然。則在三代之時可知矣。序所謂儉不中禮。固當有之。但所謂刺僖公者。蓋特以謚得之。而所謂欲其及時以禮自娛樂者。又與詩意正相反耳。況古今風俗之變。常必由儉以入奢。而其變之漸。又必由上以及下。今謂君之儉反過於初。而民之俗猶知用

禮。則尤恐其無是理也。獨其憂深思遠。有堯之遺風
者。爲得之。然其所以不謂之晉而謂之唐者。又初不
爲此也朱子曰。唐自是未改號晉時國名。序者便牽合謂此晉也而謂之唐乃有堯之遺風。本意豈因此而謂之唐。是皆鑿說。○安成劉氏曰。季札見歌唐。曰。思深哉。其有陶唐氏之遺風乎。不然。何其憂之遠也。意序者據此。遂謂因其有堯遺風而謂之唐。不知犬師特係以始封之號爾。初無與於堯也
○山有樞。刺晉昭公也。不能脩道以正其國。有財不能
用。有鍾鼓不能以自樂。有朝廷不能洒掃。政荒民散。將
以危亡。四隣謀取其國家而不知。國人作詩以刺之也
此詩蓋亦答蟋蟀之意而寛其憂。非臣子所得施於
君父者。序說大誤

○揚之水刺晉昭公也昭公分國以封沃沃盛彊昭公微弱國人將叛而歸沃焉
詩文明白序說不誤
○椒聊刺晉昭公也君子見沃之盛彊能修其政知其蕃衍盛大子孫將有晉國焉
此詩未見其必爲沃而作也
○綢繆刺晉亂也國亂則昏姻不得其時焉
此但爲昏姻者相得而喜之詞未必爲刺晉國之亂也
○杕杜刺時也君不能親其宗族骨肉離散獨居而無

兄弟。將爲沃所并爾
此乃人無兄弟而自歎之詞。未必如序之說也。況曲沃實晉之同姓。其服屬又未遠乎
○羔裘。刺時也。晉人刺其在位不恤其民也
詩中未見此意
○鴇羽。刺時也。昭公之後。大亂五世。君子苦從征役。不得養其父母而作是詩也
序意得之。但其時世則未可知耳
○無衣。美晉武公也。武公始并晉國。其大夫爲之請命乎天子之使而作是詩也

序以史記爲文。詳見本篇。但此詩若非武公自作。以述其賂王請命之意。則詩人所作。以著其事而陰刺之耳。序乃以爲美之。失其旨矣。且武公弑君篡國。大逆不道。乃王法之所必誅而不赦者。雖曰尚知王命之重。而能請之以自安。是亦禦人於白晝大都之中。而自知其罪之甚重。則分薄贓。餌貪吏。以求私有其重寶。而免於刑戮。是乃猾賊之尤耳。以是爲美。吾恐其奬姦誨盜。而非所以爲教也。小序之陋固多。然其顛倒順逆。亂倫悖理。未有如此之甚者。故予特深辯之。以正人心。以誅賊黨意庶幾乎大序所謂正得失者而因以自附於春秋之義云安成劉氏曰晉趙盾亡不越境反不討賊許世子不嘗藥春秋且不少從末減皆結正其弒君之罪況武公篡逆如此而請命之事反可以爲美乎朱子此論足以正人心於千載之後誅賊黨於千載之上矣然則此義行而亂臣賊子懼

○有杕之杜刺晉武公也武公寡特兼其宗族而不求賢以自輔焉

此序全非詩意

○葛生刺晉獻公也好攻戰則國人多喪矣程子曰此詩思存者非悼亡者○朱子說見下序

○采苓刺晉獻公也獻公好聽讒焉

獻公固喜攻戰而好讒佞然未見此二詩之果作於

其時也

秦

車鄰美秦仲也。秦仲始大。有車馬禮樂侍御之好焉

未見其必爲秦仲之詩。大率秦風雅黃鳥渭陽爲有據。其他諸詩皆不可考安成劉氏曰。秦仲但爲宣王大夫。未必得備寺人之官。此詩疑作於平王命襄公爲侯之後

○駟驖美襄公也。始命有田狩之事。園囿之樂焉孔氏曰。有蕃曰園。有墻曰囿。囿者域養禽獸之所也○黃氏曰。田狩之事。園囿之樂。何足爲美。蓋以襄公有功王室始受天子之命。人亦樂予之也○安成劉氏曰。朱子雖以此序稍平。不復辨說。然又謂秦詩時世多不可考。今據詩中言公。乃臣子稱其君之詞。疑此詩亦作於襄公受命爲侯之後也

○小戎美襄公也備其兵甲以討西戎西戎方彊而作伐不休國人則矜其車甲婦人能閔其君子焉

此詩時世未必然而義則得之說見本篇

○蒹葭刺襄公也未能用周禮將無以國其國焉

此詩未詳所謂然序說之鑿則必不然矣

○終南戒襄公也能取周地始爲諸侯受顯服大夫美之故作是詩以戒勸之盧陵歐陽氏曰周雖以岐豐賜秦使自攻取而襄公亦嘗一以兵至岐至文始逐戎而取岐豐之地

○黃鳥哀三良也國人刺穆公以人從死而作是詩也

此序最爲有據

○晨風，刺康公也。忘穆公之業，始棄其賢臣焉。

此婦人念其君子之辭，序說誤矣。

○無衣，刺用兵也。秦人刺其君好攻戰，亟用兵而不與民同欲焉。

序意與詩情不協，說已見本篇矣。

○渭陽，康公念母也。康公之母，晉獻公之女。文公遭麗姬之難，未反而秦姬卒。穆公納文公，康公時爲大子，贈送文公于渭之陽，念母之不見也。我見舅氏，如母存焉。及其即位，思而作是詩也。

此序得之。但我見舅氏如母存焉兩句，若爲康公之辭者。其情哀矣。然無所繫屬。不成文理。蓋此以下又别一手所爲也。及其即位而作是詩。蓋亦但見首句云康公而下云時爲太子。故生此説。其淺暗拘滯。大率如此

○權輿。刺康公也。忘先君之舊臣與賢者。有始而無終也

陳

宛丘。刺幽公也。淫荒昏亂。游蕩無度焉

陳國小無事實。幽公但以謚惡。故得遊蕩無度之詩。未敢信也

○東門之枌疾亂也幽公淫荒風化之所行男女棄其舊業亟會於道路歌舞於市井爾

同上

○衡門誘僖公也愿而無立志故作是詩以誘掖其君也

僖者小心畏忌之名故以爲愿無二志而配以此詩不知其爲賢者自樂而無求之意也

○東門之池刺時也疾其君之淫昏而思賢女以配君子也

此淫奔之詩序說蓋誤

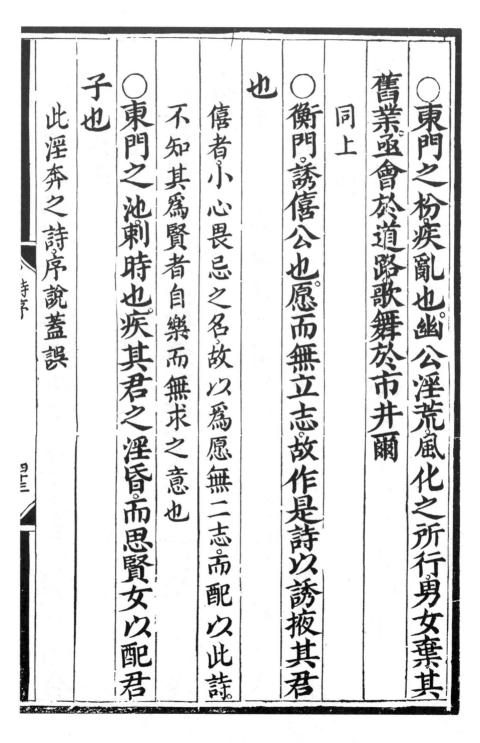

○東門之楊刺時也昏姻失時男女多違親迎女猶有不至者也

同上

○墓門刺陳佗也陳佗無良師傅以至於不義惡加於萬民焉

陳國君臣事無可紀獨陳佗以亂賊被討見書於春秋故以無良之詩與之序之作大抵類此不知其信然否也

○防有鵲巢憂讒賊也宣公多信讒君子憂懼焉

此非刺其君之詩

○月出刺好色也在位不好德而說美色焉

此不得爲刺詩

○株林刺靈公也淫乎夏姬驅馳而往朝夕不休息焉

陳風獨此篇爲有據

○澤陂刺時也言靈公君臣淫於其國男女相說憂思感傷焉

檜

羔裘大夫以道去其君也國小而迫君不用道好潔其衣服逍遥遊燕而不能自强於政治故作是詩也

安成劉氏曰詩中但言豈不爾思亦未有以見去其君之意

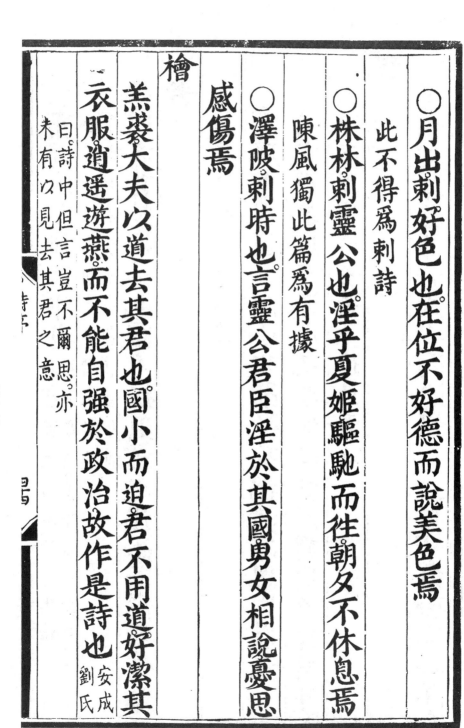

○素冠。刺不能三年也　南豐曾氏曰。不能三年。雖不知爲服歲月。然宰我謂期可已矣。齊宣王曰。爲期之喪。猶愈於已乎。古之不能三年者。意皆如此

○隰有萇楚。疾恣也。國人疾其君之淫恣。而思無情慾者也

此序之誤。說見本篇

○匪風。思周道也。國小政亂。憂及禍難。而思周道焉

詩言周道。但謂適周之路。如四牡所謂周道逶遲耳。序言思周道者。蓋不達此意也

曹

蜉蝣。刺奢也。昭公國小而迫。無法以自守。好奢而任小

人將無所依焉

言昭公未有考孔氏曰昭公班禧公子釋文曰諸本此序多無昭公字

○候人刺近小人也共公遠君子而近小人焉

此詩但以三百赤芾合於左氏所記晉侯入曹之事序遂以爲共公未知然否

○鳲鳩刺不壹也在位無君子用心之不壹也

此美詩非刺詩

○下泉思治也曹人疾共公侵刻下民不得其所憂而思明王賢伯也

曹無他事可考序因候人而遂以爲共公然此乃天

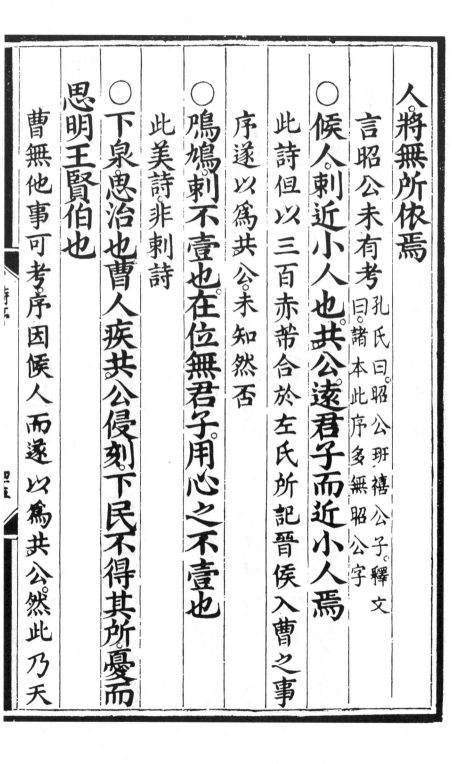

下之大勢非共公之罪也

豳

七月陳王業也周公遭變故陳后稷先公風化之所由致王業之艱難也

董氏曰先儒以七月爲周公居東而作考其詩則陳后稷公劉所以治其國者方風諭而成其德故是未居東也至于鴟鴞則居東而作其在書可知矣

○鴟鴞周公救亂也成王未知周公之志公乃爲詩以遺王名之曰鴟鴞焉

此序以金縢爲文最爲有據

○東山周公東征也周公東征三年而歸勞歸士大夫美之故作是詩也一章言其完也二章言其思也三章言其室家之望女也四章樂男女之得及時也君子之於人序其情而閔其勞所以說也說以使民民忘其死其唯東山乎

此周公勞歸士之詞非大夫美之而作也

○破斧美周公也周大夫以惡四國焉

此歸士美周公之詞非大夫惡四國之詩也且詩所謂四國猶言斬伐四國耳序說以爲管蔡商奄尤無理也

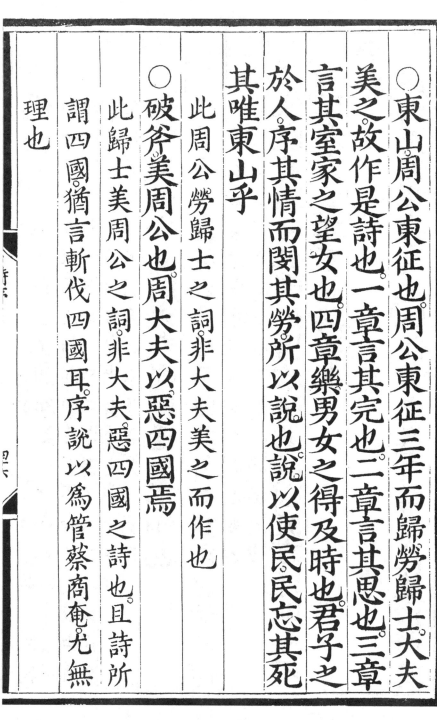

○伐柯美周公也周大夫刺朝廷之不知也新安胡氏曰序云美周公猶未甚失而所謂刺朝廷之不知已是詩中所無之意解者又推求不知二字謂不知所以還周公之道豈非所謂傳之愈失其真也哉朱子辨之當矣○安成劉氏曰朱子說見下篇序

○九罭美周公也周大夫刺朝廷之不知也二詩東人喜周公之至而願其留之詞序說皆非朱子曰寬裕温柔詩教也若知今人說九罭之詩乃責其君之詞何處討寬裕温柔之意

○狼跋美周公也周公攝政遠則四國流言近則王不知周大夫美其不失其聖也

小雅

鹿鳴燕羣臣嘉賓也既飲食之又實幣帛筐篚以將其

厚意。然後忠臣嘉賓得盡其心矣華谷嚴氏曰。古者上下交而爲泰。於鹿鳴諸詩見之

序得詩意。但未盡其用耳。其說已見本篇

〇四牡勞使臣之來也。有功而見知則說矣

首句同上。然其下云云者語踈而義鄙矣

〇皇皇者華君遣使臣也。送之以禮樂言遠而有光華也

首句同上。然詩所謂華者草木之華非光華也

〇常棣燕兄弟也。閔管蔡之失道。故作常棣焉

序得之。但與魚麗之序相矛盾。以詩意考之蓋此得

而彼失也。國語富辰之言。以爲周文公之詩。亦其明驗。但春秋傳爲富辰之言。又以爲召穆公思周德之不類。故糾合宗族于成周而作此詩。二書之言皆出富辰。且其時去召穆公又未遠。不知其說何故如此。孔氏曰。外傳云。周文公之詩曰。兄弟鬩于墻。外禦其侮。則此詩自是周公所作。但召穆公虎。見厲王之時兄弟恩疏。重歌此周公之詩。以親之耳。故鄭氏答趙商云。凡賦詩者。或造篇。或誦古杜預以作詩爲作樂而奏此詩。恐亦非是。

○伐木。燕朋友故舊也。自天子至于庶人。未有不須友以成者。慶源輔氏曰。蓋以朋友爲人倫之一。不可以貴賤尊卑間也親親以睦友賢不棄。不遺故舊。則民德歸厚矣。

○天保下報上也君能下去聲下如字以成其政臣能歸美以報其上焉

序之得失與鹿鳴相似朱子曰臣歌天保詩荅上五詩之燕之說序畧得詩意而古注言鹿鳴至伐木皆君所以下其臣臣亦歸美於上崇君之尊而福禄之以荅其歌却說得尤分明

○采薇遣戍役也文王之時西有昆夷之患北有玁狁之難以天子之命命將率遣戍役以守衛中國故歌采薇以遣之出車以勞還杕杜以勤歸也

此未必文王之詩以天子之命者衍說也

○出車勞還率也

同上詩所謂天子所謂王命皆周王耳

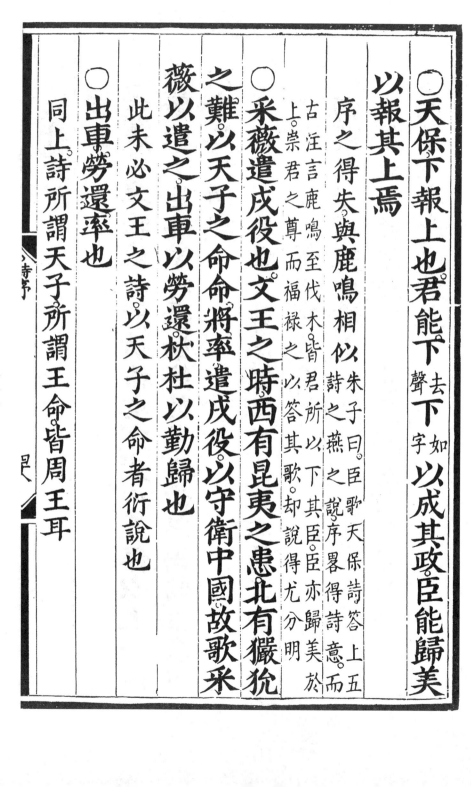

○杕杜。勞還役也

同上

○魚麗美萬物盛多能備禮也。文武以天保以上治內采薇以下治外。始於憂勤終於逸樂故美萬物盛多可以告。於神明矣

此篇以下時世次第序說之失。已見本篇。其內外始終之說。蓋一節之可取云

○南陔。孝子相戒以養也

此笙詩也。譜序篇次名義。及其所用。已見本篇

○白華。孝子之潔白也

同上。此序尤無理

○華黍時和歲豐宜黍稷也。有其義而亡其辭

同上。然所謂有其義者非眞有。所謂亡其辭者乃本無也

○南有嘉魚樂與賢也。太平之君子至誠樂與賢者共之也

序得詩意而不明其用。其曰太平之君子者本無謂。而說者又以專指成王。皆失之矣

○南山有臺樂得賢也。得賢則能爲邦家立太平之基矣

序首句誤詳見本篇朱子曰。看詩便有感發人意思。今讀之無所感發者。正是被諸儒解殺了。死著詩人興起人底意思。如南山有臺之序。蓋見詩中有邦家之基。故如此說。才如此說定。便局了一詩之意

○由庚萬物得由其道也

見南陔

○崇丘萬物得極其高大也

見上

○由儀萬物之生各得其宜也有其義而亡其辭

見上

○蓼蕭澤及四海也

序不知此爲燕諸侯之詩，但見零露之云，即以爲澤及四海，其失與野有蔓草同。臆說淺妄，類如此云。

○湛露，天子燕諸侯也。

○彤弓，天子錫有功諸侯也。

○菁菁者莪，樂育材也。君子能長育人材，則天下喜樂之矣。

此序全失詩意。

○六月，宣王北伐也。

此句得之。

鹿鳴廢則和樂缺矣。四牡廢則君臣缺矣。皇皇者華廢則忠信缺矣。常棣廢則兄弟缺矣。伐木廢則朋友缺矣。天保廢則福祿缺矣。采薇廢則征伐缺矣。出車廢則功力缺矣。杕杜廢則師衆缺矣。魚麗廢則法度缺矣。南陔廢則孝友缺矣。白華廢則廉恥缺矣。華黍廢則蓄積缺矣。由庚廢則陰陽失其道理矣。南有嘉魚廢則賢者不安下不得其所矣。崇丘廢則萬物不遂矣。南山有臺廢則爲國之基隊矣。由儀廢則萬物失其道理矣。蓼蕭廢則恩澤乖矣。湛露廢則萬國離矣。彤弓廢則諸夏衰矣。菁菁者莪廢則無禮儀矣。小雅盡廢則四夷交侵中國微矣

魚麗以下。篇次爲毛公所移。而此序自南陔以下八篇尚仍儀禮次第。獨以鄭譜誤分魚麗爲文武時詩故遂移此序魚麗一句。自華黍之下。而升於南陔之上。此一節與小序同出一手。其得失無足議者。但欲證毛公所移篇次之失。與鄭氏獨移魚麗一句之私故論於此云

○采芑宣王南征也

○車攻宣王復古也。宣王能内脩政事外攘夷狄復文武之竟土。脩車馬備器械復會諸侯於東都因田獵而選車徒焉

○吉日美宣王田也。能愼微接下。無不自盡以奉其上焉

序愼微以下。非詩本意

○鴻鴈美宣王也。萬民離散不安其居。而能勞來還定安集之。至于矜寡無不得其所焉

此以下。時世多不可考

○庭燎美宣王也。因以箴之安成劉氏曰。詩文恐無箴意

○沔水規宣王也。鄭氏曰。規者正圓之器也。春秋傳曰。近臣盡規。○孔氏曰。物有不圓匝者規之使成圓。人行有不周者。規之使周備。是匡諫之名。○安成劉氏曰。詩中但有規其親友止亂之意。恐非規王之詩也

○鶴鳴誨宣王也

○祈父刺宣王也

○白駒大夫刺宣王也朱子曰。宣王始也任賢使能。如申伯山甫韓侯。或爲將。或爲相。或爲諸侯。如方叔召虎。或征蠻荊。或伐玁狁。或平淮夷。至其晚年怠心一生。如虢文公之徒。諫既不行。則小人乘間而用事矣。故觀祈父之詩。則司馬非其人矣。小人在位。則賢者必不得志矣。故白駒之詩。留賢者而不肯留也

○黃鳥刺宣王也

○我行其野刺宣王也

○斯干宣王考室也鄭氏曰。考成也。○孔氏曰。雜記云。路寢成。則考之而不釁。汪曰。設盛食以落之

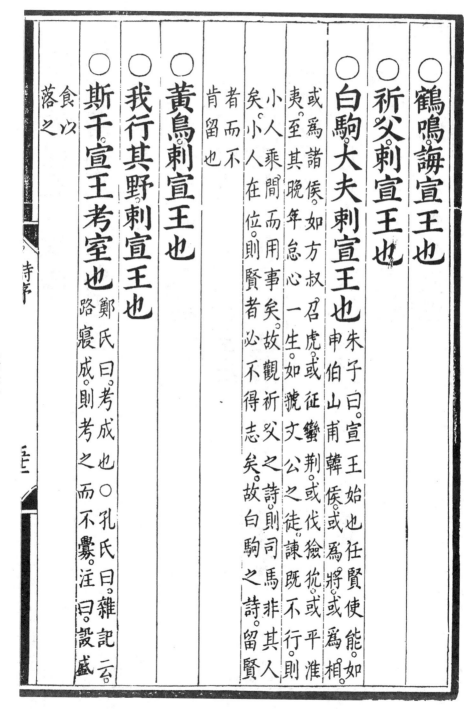

○無羊宣王考牧也

○節南山家父刺幽王也

家父見本篇

○正月大夫刺幽王也

○十月之交大夫刺幽王也

○雨無正大夫刺幽王也雨自上下者也衆多如雨而非所以爲政也

此序尤無義理歐陽公劉氏說已見本篇

○小旻大夫刺幽王也

○小宛大夫刺幽王也

此詩不爲刺王而作但兄弟遭亂畏禍而相戒之詞爾

○小弁刺幽王也太子之傅作焉

此詩明白爲放子之作無疑但未有以見其必爲宜臼耳序又以爲宜臼之傅尤不知其所據也

○巧言刺幽王也大夫傷於讒故作是詩也

○何人斯蘇公刺暴公也暴公爲卿士而譖蘇公焉故蘇公作是詩而絕之

鄭氏曰暴蘇皆畿内國名孔氏曰左傳云蘇忿生以温爲司寇則蘇國在温春秋時蘇稱子此云公者蓋子爵而爲三公者世本云暴辛公作塤蘇成公

作篪。譙周古史考云。古有塤篪尚矣。周幽王時。二公特善其事耳。今按書有司寇蘇公。春秋傳有蘇忿生。戰國及漢時有人姓暴。則固應有此二人矣。但此詩中。只有暴字而無公字及蘇公字。不知序何所據而得此事也。世本說尤紕繆。譙周又從而傅會之。不知適所以章其繆耳（三山李氏曰。世本古史考。見此詩言伯氏吹塤仲氏吹篪。遂爲此說。皆求詩之過也）

○巷伯。刺幽王也。寺人傷於讒。故作是詩也。

○谷風。刺幽王也。天下俗薄。朋友道絕焉。

○蓼莪。刺幽王也。民人勞苦。孝子不得終養爾。

○大東刺亂也。東國困於役而傷於財。譚大夫作是詩以告病焉

譚大夫未有考。不知何據。恐或有傳耳

○四月。大夫刺幽王也。在位貪殘。下國構禍。怨亂並興焉

○北山。大夫刺幽王也。役使不均。已勞於從事。而不得養其父母焉

○無將大車。大夫悔將小人也

此序之誤。由不識興體而誤以爲比也

○小明。大夫悔仕於亂世也

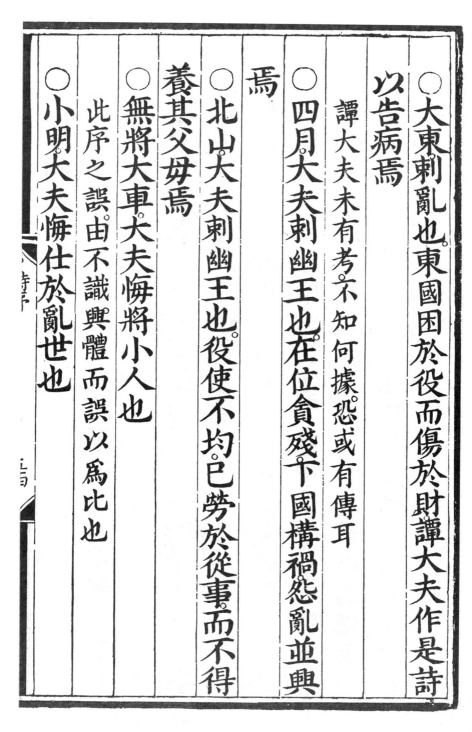

○鼓鍾刺幽王也

此詩文不明故序不敢質其事但隨例爲刺幽王耳實皆未可知也

○楚茨刺幽王也政煩賦重田萊多荒饑饉降喪民卒流亡祭祀不饗故君子思古焉

自此篇至車舝凡十篇似出一手詞氣和平稱述詳雅無風刺之意序以其在變雅中故皆以爲傷今思古之作詩固有如此者然不應十篇相屬而絶無一言以見其爲衰世之意也竊恐正雅之篇有錯脫在此者耳序皆失之朱子曰楚茨之詩精深宏博如何做得變雅○慶源輔氏曰精深宏

博四字。說盡此詩之義。誠敬之至。威儀之敷。鬼神之享。福壽之報。此其所謂精深也。禮樂之備。品物之豐。遠及之徧。施被之遠。此其所謂宏博也。讀者更熟玩而深索之

○信南山刺幽王也。不能脩成王之業。疆理天下。以奉禹功。故君子思古焉

曾孫古者事神之稱。序專以爲成王。則陋矣

○甫田刺幽王也。君子傷今而思古焉

此序專以自古有年一句生說。而不察其下文今適南畝以下亦未嘗不有年也

○大田刺幽王也。言矜寡不能自存焉

此序專以寡婦之利一句生說

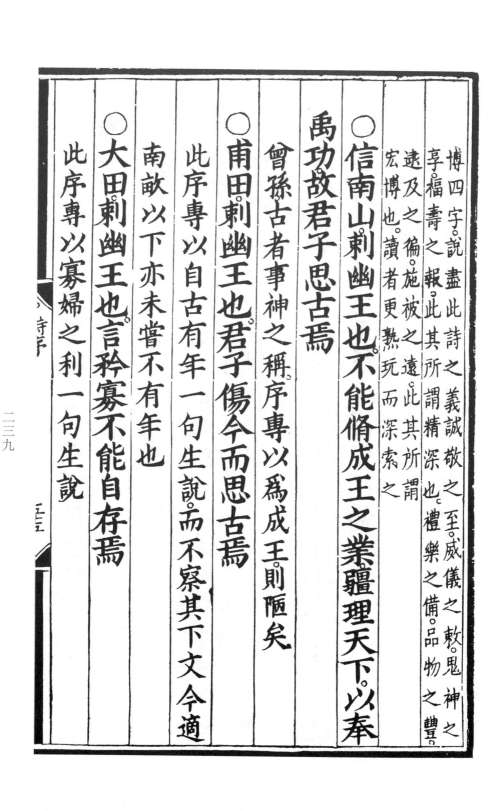

○瞻彼洛矣刺幽王也思古明王能爵命諸侯賞善罰惡焉

此序以命服爲賞善六師爲罰惡然非詩之本意也

濮氏曰洛邑初成成王嘗在受諸侯之朝宣王復命諸侯于此序所謂明王即指此矣安知非當時美之之詩何以別其爲思古歟以君子至止爲諸侯來受爵命以作六師爲使之攝卿士以行軍而因以賞善罰惡稱之何其誕妄而不作也

○裳裳者華刺幽王也古之仕者世祿小人在位則讒諂並進棄賢者之類絕功臣之世焉

此序只用似之二字生說

○桑扈刺幽王也君臣上下動無禮文焉

此序只用彼交匪敖一句生説

○鴛鴦刺幽王也思古明王交於萬物有道自奉養有節焉

此序穿鑿尤爲無理

○頍弁諸公刺幽王也暴戾無親不能宴樂同姓親睦九族孤危將亡故作是詩也

序見詩言死喪無日便謂孤危將亡不知古人勸人燕樂多爲此言如逝者其耋他人是保之類且漢魏以來樂府猶多如此如少壯幾時人生幾何之類是也

○車舝。大夫刺幽王也。褒姒嫉妒。無道並進。讒巧敗國。德澤不加於民。周人思得賢女以配君子。故作是詩也。

以上十篇並已見楚茨篇

○青蠅。大夫刺幽王也

○賓之初筵。衛武公刺時也。幽王荒廢。媟近小人。飲酒無度。天下化之。君臣上下。沈湎淫泆。武公既入而作是詩也

韓詩說。見本篇。此序誤矣

○魚藻。刺幽王也。言萬物失其性。王居鎬京。將不能以自樂。故君子思古之武王焉

此詩意與楚茨等篇相類、

○采菽刺幽王也。侮慢諸侯、諸侯來朝不能錫命以禮數。徵會之而無信義君子見微而思古焉

同上

○角弓父兄刺幽王也。不親九族而好讒佞骨肉相怨故作是詩也 孔氏曰。骨肉。謂族親也。以其父祖上世同稟血氣而生。如骨肉之相附

○菀柳刺幽王也。暴虐無親。而刑罰不中。諸侯皆不欲朝。言王者之不可朝事也

○都人士周人刺衣服無常也。古者長民衣服不貳從容有常以齊其民。則民德歸壹。傷今不復見古人也

此序蓋用緇衣之誤

○采綠刺怨曠也。幽王之時。多怨曠者也

此詩怨曠者所自作。非人刺之。亦非怨曠者有所刺於上也

○黍苗刺幽王也。不能膏潤天下。卿士不能行召伯之職焉

此宣王時美召穆公之詩。非刺幽王也

○隰桑刺幽王也。小人在位。君子在野。思見君子盡心以事之

此亦非刺詩。疑與上篇皆脱簡在此也

○白華周人刺幽后也幽王取申女以爲后又得褒姒而黜申后故下國化之以妾爲妻以孽代宗而王弗能治周人爲之作是詩也

此事有據序蓋得之但幽后字誤當爲申后刺幽王也下國化之以下皆衍說耳又漢書注引此序幽字下有王廢申三字雖非詩意然亦可補序文之缺

○緜蠻微臣刺亂也大臣不用仁心遺忘微賤不肯飲食教載之故作是詩也

此詩未有刺大臣之意蓋方道其心之所欲耳若如序者之言則褊狹之甚無復温柔敦厚之意

○瓠葉大夫刺幽王也上棄禮而不能行雖有牲牢饔餼不肯用也故思古之人不以微薄廢禮焉

序說非是

○漸漸之石下國刺幽王也戎狄叛之荆舒不至乃命將率東征役久病於外故作是詩也鄭氏曰荆謂楚也舒舒鳩舒鄝舒庸之屬

序得詩意但不知果爲何時耳

○苕之華大夫閔時也幽王之時西戎東夷交侵中國師旅並起因之以饑饉君子閔周室之將亡傷已逢之故作是詩也

○何草不黄，下國刺幽王也。四夷交侵，中國背叛，用兵不息，視民如禽獸。君子憂之，故作是詩也。三山李氏曰。文王之民。無不得其所矣。而猶視之如傷。此周之所以興也。幽王之民。愁苦甚矣。而幽王曾不之恤。視民如禽獸。此周之所以亡也。興亡之鑒。豈遠乎哉

大雅

文王，文王受命作周也。

受命，受天命也。作周，造周室也。華谷嚴氏曰。受命作周者。推本之詞也。作造也。造周之王業。猶康誥言肇造區夏也。文王之德，上當天心，下爲天下所歸往，三分天下而有其二，則已受命而作周矣。武王繼之，遂有天下，亦卒文王之功而已。然漢儒惑於

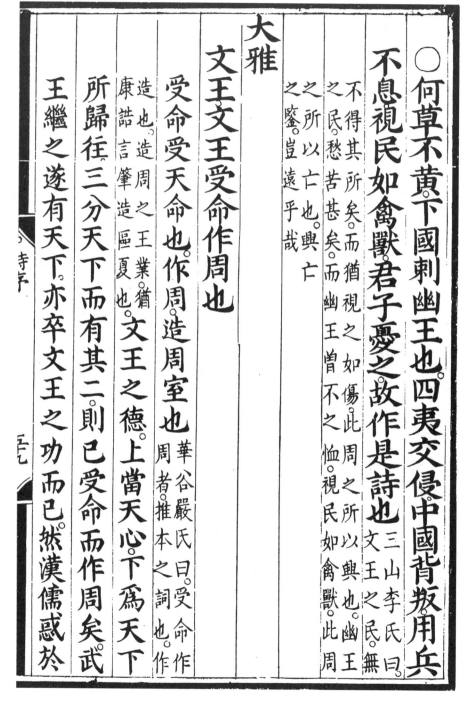

讖緯。始有赤雀丹書之說。又謂文王因此遂稱王而改元孔氏曰。中候云。赤雀銜丹書入豐。止於昌戶。元命苞云。鳳凰銜丹書。西伯得書。於是稱王改正朔。誅崇侯虎○新安胡氏曰。文王以大聖之德。宜王不王。說詩者乃因小序有受命之詞。又見大明云有命既集。有命自天。文王有聲。言文王受命。有此武功。於是直謂文王受命改元稱王。則不勝其誣也。殊不知二詩所言天命文王。文王受命。特不過作配作邑伐崇之事。初未嘗出乎侯伯職分之外也○華谷嚴氏曰。天命歸於文王。文王退然不敢當。故泰誓牧誓猶皆不言受命。至大誥武成。乃曰。我文考文王。誕膺天命。蓋武王既得天下之後。推本言之。中庸曰。武王末受命。武王末年方受命。文王何嘗受命乎。史遷因詩書有文王受命之語。因謂文王受命稱王而斷虞芮之訟。漢儒又雜以讖緯之說。則亦誣矣殊不知所謂天之所以爲天者理而已矣。理之所在衆人之心而已矣。衆人之心。是非向背若出於一。而無一毫私意雜於其間。則是理之自然。而天之所以爲天者不外是矣。今天下之心。既以文王爲歸矣。則天命將安往哉。朱子曰。文王受命。只是天下歸之。書所謂天視自我民視。天聽自我民聽。所謂天聰明自我民聰明。天明畏自我民明威。皆謂此爾。豈必赤雀丹書而稱王改元哉。稱王改元之說。歐陽公蘇氏游氏辨之已詳。廬陵歐陽氏曰。孔子云。三分天下有其二以服事殷。使西伯不稱臣而稱王。安能服事殷乎。夷齊義士也。聞西伯之賢。共往歸之。使西伯稱王。是僭叛之國。二子不以爲非。依之久而不去。至武王伐紂。始以爲非。不非其父而非其子。此豈近於人情耶。秦誓稱十有一年。說者因爲文王受命九年。及武王居喪三年。并數之耳。故以西伯聽虞芮之訟。謂之受命。以爲元年。古者人君即位稱元年。西伯即位久矣。中間不宜改元而又改元。至武王即位。宜改元而反不改元。乃上冒先君之元年。并其居喪稱十一年。及其滅商而得天下。其事大於聽訟遠矣。而又不改元。由是言之。謂文王受命改元。武王冒文王之元年者皆妄也。○游氏曰。君臣之分猶天尊地卑。紂未可去而文王稱王。是二天子也。服事殷之道固如是耶。書所謂九年大統未集者。後世以虞芮質成爲文王受命之始故也。觀武王於泰誓三篇。稱文王爲文考。至武成而柴望。然後稱文考爲文王則可知矣○趙氏曰。按眉山二蘇氏說。與歐陽氏殊不同。朱子所引未知何也。當考○問先儒以爲文王稱王。朱子曰。自太史公以來皆如此說了。但歐陽公力以爲非。東坡亦有一說。但書說惟九年大統未集。予小子其承厥志。却是有這一箇痕瑕。或推泰誓諸篇皆只稱文考。武成方稱王。只是當初三分天下有其二以服事殷。也只是羈縻。那事體自是不同了去此而論。則此序本亦得詩之大旨。而於其曲折之意有所未盡。已論於本篇矣

○大明文王有明德故天復命武王也

此詩言王季太任文王太姒武王皆有明德而天命之非必如序說也

○緜文王之興本由大王也盧陵彭氏曰周之得天自文王之得民始民心之歸周自太王之得民始故序言文王之事本由太王而一詩之意大要主民而言也○曹氏曰書所謂太王肇基王迹是也○定宇陳氏曰王迹肇基於太王而王業漸大於文王此追王所以自太王始而此詩推本文王之受命亦自太王之遷岐始也然言文王受命唯至於虞芮質成者蓋人心所歸即天命所在也

○棫樸文王能官人也

序誤

○旱麓受祖也周之先祖世脩后稷公劉之業太王王

季申以百福干禄焉

序大誤。其曰百福干禄者。尤不成文理

○思齊文王所以聖也華谷嚴氏曰。此詩五章。皆言文王所以爲聖也

○皇矣美周也。天監代殷莫若周。周世世脩德莫若文王

○靈臺民始附也。文王受命而民樂其有靈德以及鳥獸昆蟲焉

文王作靈臺之時。民之歸周也久矣。非至此而始附也其曰有靈德者。亦非命名之本意東萊呂氏曰所以謂之靈者。不過如孟子之說而已

○下武繼文也武王有聖德復受天命能昭先人之功焉

下字恐誤說見本篇

○文王有聲繼伐也武王能廣文王之聲卒其伐功也

鄭譜之誤說見本篇

○生民尊祖也后稷生於姜嫄文武之功起於后稷故推以配天焉

○行葦忠厚也周家忠厚仁及草木故能內睦九族外尊事黃耇養老乞言以成其福祿焉

此詩章句本甚分明但以說者不知比興之體音韻

之節。遂不復得全詩之本意。而碎讀之。逐句自生意義。不暇尋繹血脉。照管前後。但見勿踐行葦。便謂仁及草木。但見戚戚兄弟。便謂親睦九族。但見黄耇台背。便謂養老。但見以祈黄耇。便謂乞言。但見介爾景福。便謂成其福禄。隨文生義。無復倫理。諸序之中。此失尤甚。覽者詳之。朱子曰。詩人假物興辭。大率將上句引下句。如行葦是比兄弟。勿字乃興莫字。此詩自是飲酒會賓之意。序者却牽合。遂以行葦爲仁及草木。如云以祈黄耇。亦是懽洽之時。祝頌之意。序者遂以爲養老乞言。豈知祈字只是頌其高壽。無乞言意也。

（一）既醉。太平也。醉酒飽德。人有士君子之行焉。

序之失。如上篇。蓋亦爲孟子斷章所誤爾。

○鳧鷖守成也。太平之君子能持盈守成。神祇祖考安樂之也

同上

○假樂嘉成王也

慶源輔氏曰。自行葦至假樂四詩。若如序說而不明其所用。則皆奉上之謏辭耳。先生云。大雅爲受釐陳戒之辭。如此四篇。其受釐之辭也歟。然假樂亦有戒意。故先生不敢斷然以爲公尸答鳧鷖之作。但爲疑辭。于首章之末。而又取東萊之說。載于篇終也

假本嘉字。然非。爲嘉成王也

○公劉召康公戒成王也。成王將涖政。戒以民事。美公劉之厚於民而獻是詩也

召康公名奭。成王即位年幼。周公攝政。七年而歸政

焉於是成王始將涖政而召公爲太保周公爲太師
以相之眉山蘇氏曰成王即位不能治事是以周公當國而治事非攝其位盖行其事也其後七年歸政成王於是涖政亦非復其位蓋復其事也然此詩未有以見其爲康
公之作意其傳授或有自來耳後篇召穆公凡伯仍
叔放此

○洞酌召康公戒成王也言皇天親有德饗有道也
序無大失然語意亦踈

○卷阿召康公戒成王也言求賢用吉士也
求賢用吉士本用詩文而言固爲不切然亦未必分
爲兩事後之說者既誤認豈弟君子爲賢人遂分賢

人吉士爲兩等彌失之矣夫泂酌之豈弟君子方爲成王而此詩遽爲所求之賢人何哉

○民勞召穆公刺厲王也

○板凡伯刺厲王也孔氏曰左傳云凡蔣邢茅胙祭周公之胤也凡伯周公之後也入爲王朝卿士春秋書天王使凡伯來聘則凡伯亦其苗裔世爲王臣也

○蕩召穆公傷周室大壞也厲王無道天下蕩蕩無綱紀文章故作是詩也

蘇氏曰蕩之名篇以首句有蕩蕩上帝耳序說云云非詩之本意也

○抑衛武公刺厲王亦以自警也

此詩之序有得有失。蓋其本例以爲非美非刺，則詩無所爲而作。又見此詩之次，適出於宣王之前，故直以爲刺厲王之詩。又以國語有左史之言，故又以爲亦以自警。以詩考之，則其曰刺厲王者失之，而曰自警者得之也。朱子曰：若謂刺王亦以自警，不應一詩既刺人，又有自警之理。夫曰刺厲王之所以爲失者，史記衛武公即位於宣王之三十六年，不與厲王同時，一也。華谷嚴氏曰：今考年表，武公以宣王十六年即位。詩記謂其齒四十餘，是也。疏以爲三十六年，恐誤。詩以小子目其君而爾汝之，無人臣之禮，與其所謂敬威儀、慎出話者自相背戾，二也。厲王無道，貪虐爲甚，詩不以此箴其膏肓，而徒以威儀詞令爲諄切之戒。緩急失宜。三也。詩詞倨慢。雖仁厚之君。有所不能容者。厲王之暴何以堪之。四也。或以史記之年不合。而以爲追刺者。則詩所謂聽用我謀。庶無大悔。非所以望於既往之人。五也。曰自警之所以爲得者。國語左史之言。一也。詩曰謹爾侯度。二也。又曰。曰喪厥國。三也。又曰亦聿既耄。四也。詩意所指。與淇奧所美。賓筵所悔。相表裏。五也。（朱子曰。以爲武公自警。則意味甚長。國語云。武公九十餘歲作此詩。其間亦聿既耄。可以爲據。又如謹爾侯度。則是侯國之度。曰喪厥國。亦是諸侯自謂無疑。蓋武公作此詩。使人日夕諷誦以警已耳。所以有小子告爾之類。皆是箴戒作文之體。自指耳。後漢侯包亦有此說）二說之得失。其佐驗明白如此必先去其失而取其得然後此詩之義明今序者乃欲合而一之則其失者固已失之而其得者亦未足爲全得也然此猶自其詩之外而言之也若但即其詩之本文而各以其一說反復讀之則其訓義之顯晦疏密意味之厚薄淺深可以不待考證而判然於胸中矣此又讀詩之簡要直訣學者不可以不知也

○桑柔芮伯刺厲王也

序與春秋傳合（安成劉氏曰序者之意恐亦據春秋傳而言也）

○雲漢仍叔美宣王也宣王承厲王之烈内有撥亂之

志遇烖而懼側身脩行欲銷去之天下喜於王化復行百姓見憂故作是詩也

此序有理

○崧高尹吉甫美宣王也天下復平能建國親諸侯褒賞申伯焉

此尹吉甫送申伯之詩因可以見宣王中興之業耳非專爲美宣王而作也下三篇放此

○烝民尹吉甫美宣王也任賢使能周室中興焉

同上 永嘉陳氏曰崧高烝民二詩皆尹吉甫贈行之詩而序詩者皆以爲美宣王何也蓋人君委任得人而僚友之間賦詩以相娛樂則人君之美亦可見矣○安成劉氏曰朱子之說則以此詩爲非專爲

美宣王而作也

○韓奕尹吉甫美宣王也。能錫命諸侯

同上。其曰尹吉甫者未有據。下二篇同。其曰能錫命諸侯。則尤淺陋無理矣。既爲天子。錫命諸侯。自其常事。春秋戰國之時。猶有能行之者。亦何足爲美哉

○江漢尹吉甫美宣王也。能興衰撥亂。命召公平淮事

吉甫見上。他說得之

○常武召穆公美宣王也。有常德以立武事。因以爲戒然

召穆公見上。所解名篇之意。未知其果然否。然於理

亦通朱子曰。詩中無常武二字。特名其篇。蓋有二意。有常德以立武則可。以武爲常則不可。以此所以有美而有戒也○段氏曰。詩中摘字名篇。則名未必有意。特立篇名。則名必有意

○瞻卬凡伯刺幽王大壞也

凡伯見上曹氏曰。凡伯作板詩。在厲王末。至幽王大壞之時。七十餘年矣。決非一人。猶家父也

○召旻凡伯刺幽王大壞也。旻閔也。閔天下無如召公之臣也

凡伯見上。旻閔以下。不成文理

周頌

清廟祀文王也。周公既成洛邑。朝諸侯。率以祀文王焉

○維天之命太平告文王也

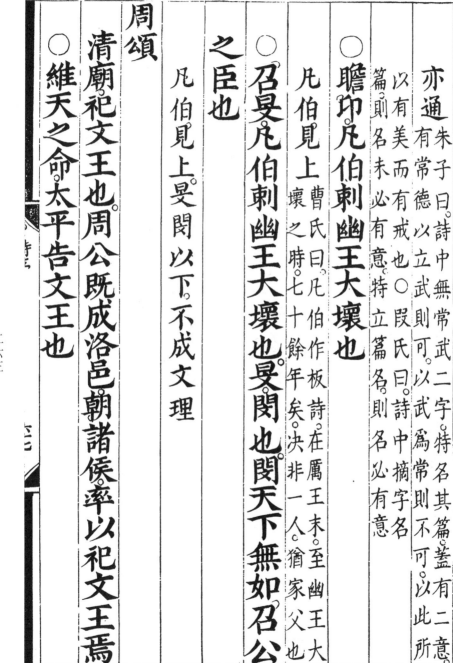

詩中未見告太平之意

○維清奏象舞也

詩中未見奏象舞之意

○烈文成王即政諸侯助祭也

詩中未見即政之意

○天作祀先王先公也新安胡氏曰。詩只稱太王文王。則祀不及先公明也。若祭其人不頌其德可乎。然朱子定以爲祭太王詩。不及文王者。豈以詩不言王季也。若并祭王季。頌其子不頌其父。乃預祭其間。亦非所安也。故只以爲祭太王詩也

○昊天有成命郊祀天地也

此詩詳考經文。而以國語證之。其爲康王以後。祀成

王之詩無疑。而毛鄭舊說定以頌爲成王之時。周公所作。故凡頌中有成王及成康字者。例皆曲爲之說以附已意。其迂滯僻澁。不成文理。甚不難見。而古今諸儒無有覺其謬者。獨歐陽公著時世論以斥之。其辯明矣。然讀者狃於舊聞。亦未遽肯深信也。廬陵歐陽氏曰。此詩言二后者。文武也。則成王者。成王也。當爲康王以後之詩。而毛鄭以頌皆是成王之作。遂以成王爲成此王功。執競曰不顯成康。自彼成康。所謂成康者。成王康王也。猶文王武王謂之文武云耳。然則執競當是昭王以後之詩。而毛以爲成大功而安之。鄭以爲成安祖考之道。皆以爲武王也。噫嘻曰噫嘻成王者。亦成王也。而毛鄭皆以爲武王。由其以頌皆爲成王時作耳。以爲成王康王。豈不簡且直。而於詩文理易通。如毛鄭之說豈不迂而曲。文理亦不完而難通。學者何苦從其迂曲而難通者哉。小序又以此詩篇首有昊天二字。遂定以爲郊祀天地之詩。諸儒往往亦襲其誤。殊不知其首言天命者止於一句。次言文武受之者亦止一句。至於成王以下。然後詳說不敢康寧緝熙安静之意。乃至五句而後已。則其不爲祀天地而爲祀成王無可疑者。又况古昔聖王。制爲祭祀之禮。必以象類。故祀天於南。祭地於北。而其壇壝樂舞器幣之屬。亦各不同。若曰合祭天地於圓丘。則古者未嘗有此瀆亂厖雜之禮。若曰一詩而兩用。如所謂冬薦魚。春獻鮪者。則此詩專言天而不及地。若於澤中方丘奏之。則於義何所取乎。序說之云。反覆推之。皆有不通。其謬無可疑者。故今特上據國語。旁采歐陽。以定其說。庶幾有以不失此詩之本指耳。或曰。國語所謂始於德讓。中於信寬。終於固龢。音和故曰成者。其語成字不爲王誦之謚。而韋昭之注。大畧亦如毛鄭之說矣。此又何耶。曰。叔向蓋言成王之所以爲成。以是三者。正猶子思所謂文王之所以爲文。班固所謂尊號曰昭。不亦宜乎者耳。韋昭何以知其必謂文武以是成其王道。而不爲王誦之謚乎。蓋其爲說。本出毛鄭。而不悟其非者。今欲一滌千古之謬。而不免於以誤而證誤。則亦將何時而已耶。

朱子曰。詩中說成王不敢康。成王只是成王。何須牽合作成王業之王。自小序恁地傳會。便謂周公作此以告成功。便將成王字穿鑿說了。又幾曾是郊祀天地。後來遂生一場多端有南北郊之事。此詩自說昊天有成命。又不曾說地。如何說祭天地之詩。設使合祭亦須幾句說著后土。如漢諸郊祀詩。祭其神便說其事矣

或者又曰。蘇氏最爲不信小序。而於此詩無異詞。且又以爲周公制作所定。後王不容復有改易。成王非創業之主。不應得以基命稱之。此又何耶。眉山蘇氏曰。此詩有成王不敢康。而執競有不顯成康。世或以爲此言成王誦康王釗也。然則周頌有康王子孫之世也。周公制禮。禮之所及。樂必從之。樂之所及。詩必從之。故頌之施於禮樂者備矣。後世無容易之。且詩曰。成王不敢康。夙夜基命宥密。又曰。自彼成康。奄有四方。成王非基命之君。而周之奄有四方。非自成康始也

曰。蘇氏之不信小序。固未嘗見其不可信之實也。

愚於漢廣之篇。已嘗論之。不足援以爲據也。夫周公制作。亦及其當時之事而止耳。若乃後王之廟所奏之樂。自當隨時附益。若商之玄鳥。作於武丁孫子之世。漢之廟樂。亦隨時而更定焉通典曰。漢高廟奏武德舞。孝景采武德舞以爲昭德。以尊太宗廟。孝宣采昭德舞爲盛德。以尊世宗廟。諸帝廟皆奏文始。四時五行之舞。四時舞者。孝文所作也豈有周之後王。乃獨不得裒顯其先王之功德。而必以改周公爲嫌耶。基者。非必造之於始。亦承之於下之謂也濮氏曰。文公采歐陽時世論以斥序之非。而獨表章國語斷其無可疑。今觀基命之語。與洛誥所謂王如弗敢及天基命定命之意合。其爲頌成王審矣。何必委曲謂文武成此王業乎如曰邦家之基。豈必謂太王王季之臣乎。以是爲說亦不得而通矣。況其所以爲此。實未能忘北郊集議之餘忿。今固不得而取也。

○我將祀文王於明堂也

○時邁巡守告祭柴望也　華陽范氏曰。古者天子巡守至方岳以柴望告祭。所以懷柔百神也。後世議禮失其傳而謂之封。禪。非也

○執競祀武王也

此詩并及成康。則序說誤矣。其說已具於昊天有成命之篇。蘇氏以周之奄有四方。不自成康之時。因從小序之說。此亦以辭害意之失。皇矣之詩於王季章中蓋已有此句矣。又豈可以其太蚤而別爲之說耶。

詩人之言，或先或後，要不失爲周有天下之意耳。濮氏曰：諸儒信序之過，往往徒費其詞，而意終不慊，故朱子辨而正之，夫復何疑。

○思文，后稷配天也。三山李氏曰：即孝經所謂郊祀后稷以配天者也。○黄氏曰：后稷配天一事也，而生民爲敘事之辭，此雅頌所以異也。

○臣工，諸侯助祭遣於廟也。

序誤。孔氏曰：頌雖告神爲主，但天下太平，歌頌君德，亦有非祭祀者，臣工、噫嘻、有客、振鷺皆不論神明之事，是頌體不一，不必皆是告神明也。

○噫嘻，春夏祈穀于上帝也。

序誤。

○振鷺，二王之後來助祭也。濮氏曰：疑此微子來朝始至，而王燕勞之，工所奏之

樂歌也。序言二王之後。習於傳聞。亦不見其來助祭之意

○豐年。秋冬報也

序誤

○有瞽。始作樂而合乎祖也

○潛。季冬薦魚。春獻鮪也　孔氏曰。冬言季。春亦季春也。冬月既寒。魚不行。孕性定而肥充。冬則衆魚皆可薦。春惟獻鮪而已

○雝。禘大祖也

祭法。周人禘嚳。又曰。天子七廟。三昭三穆。及大祖之廟而七。周之大祖。即后稷也。禘嚳於后稷之廟而以后稷配之。所謂禘其祖之所自出。以其祖配之者也。

祭法又曰。周祖文王。而春秋家說三年喪畢。致新死者之主于廟。亦謂之吉禘。是祖一號而二廟。禘一名而二祭也。今此序云禘大祖。則宜爲禘嚳於后稷之廟矣。而其詩之詞無及於嚳稷者。若以爲吉禘于文王。則與序已不協。而詩文亦無此意。恐序之誤也。此詩但爲武王祭文王而徹俎之詩。而後通用於他廟耳安成劉氏曰。二廟。太祖后稷及祖文王。二祭。禘其祖之所自出及吉禘也

○載見諸侯始見乎武王廟也

序以載訓始。故云始見。恐未必然也

○有客微子來見祖廟也孔氏曰。來見祖廟。必是助祭。不言所祭之名。不指所在之

廟。無得而知也。○三山李氏曰。有客。乃微子始受命之詩。○濮氏曰。此宋公來朝將去而王燕餞之。與振鷺詩爲首末也。序以爲來見祖廟。則語意不明。商之祖廟。固無由在京師。而周之廟。非助祭於王。何得以見之

○武奏大武也

○閔予小子嗣王朝於廟也 安成劉氏曰。朱子辨說。見小毖序下

○訪落嗣王謀於廟也 安成劉氏曰。朱子辨說見小毖序下篇同

○敬之羣臣進戒嗣王也 新安胡氏曰。詩中不見得是羣臣進戒嗣王。自維予小子以下。則嗣王先自述而後求羣臣之助也。序說恐亦誤矣

○小毖嗣王求助也

此四篇一時之詩。序但各以其意爲說。不能究其本

末也

○載芟春籍田而祈社稷也　安成劉氏曰。朱子辨說見下篇序

○良耜秋報社稷也

兩篇未見其有祈報之異　新安胡氏曰。此二詩誠不見其祈報之異。不過閔其耕種之勞。叙其饋餉之情。論其黍稷茂盛收穫之富。或爲酒醴以祀祖妣。而爲邦家胡考之光寧。或百室盈。婦子寧。殺犉牡。以嗣以續。此皆田家勤勞安逸之事。而非告神之樂歌也。豈與七月楚茨信南山甫田大田等詩同一歌詠其事。以寓其鼓舞神化之道。而堅其樂事赴功之心也邪。若拘拘於祈報。則感發之意微矣○安成劉氏曰。此與載芟詞意相類。但無載芟第一第二第八節之意耳

○絲衣繹賓尸也高子曰靈星之尸也

序誤。高子尤誤　眉山蘇氏曰。絲衣本宗廟之詩。其曰靈星。失矣

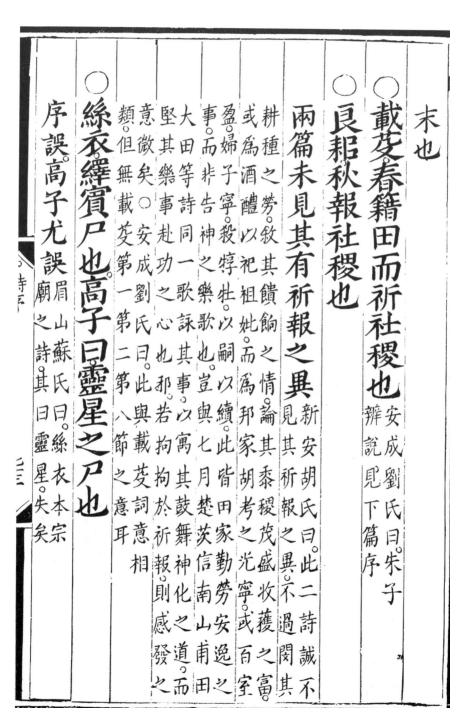

○酌告成大武也言能酌先祖之道以養天下也

詩中無酌字未見酌先祖之道以養天下之意華谷嚴氏曰詩中言遵養非謂養天下也

○桓講武類禡也桓武志也

○賚大封於廟也賚予音與也言所以錫予善人也孔氏曰左傳云武王封兄弟之國十五人姬姓之國四十人武成說武王列爵惟五分土惟三樂記言將帥之士使爲諸侯此皆武王大封之事○三山李氏曰封必於廟蓋歸功於祖宗不敢專也○黃氏曰善人云者見上不長予下不長受孔子曰周有大賚善人是富

○般巡守而祀四岳河海也濮氏曰如序所云宜與時邁相似亦告祭之樂歌也

此二篇說見本篇

魯頌

駉頌僖公也。僖公能遵伯禽之法。儉以足用。寬以愛民。務農重穀。牧于坰野。魯人尊之。於是季孫行父請命于周。而史克作是頌

此序事實皆無可考。詩中亦未見務農重穀之意。序說鑿矣孔氏曰。克於文公時作魯史

○有駜頌僖公君臣之有道也

此但燕飲之詩。未見君臣有道之意也

○泮水頌僖公能脩泮宮也

此亦燕飲落成之詩。不爲頌其能脩也安成劉氏曰。蓋落成泮宮

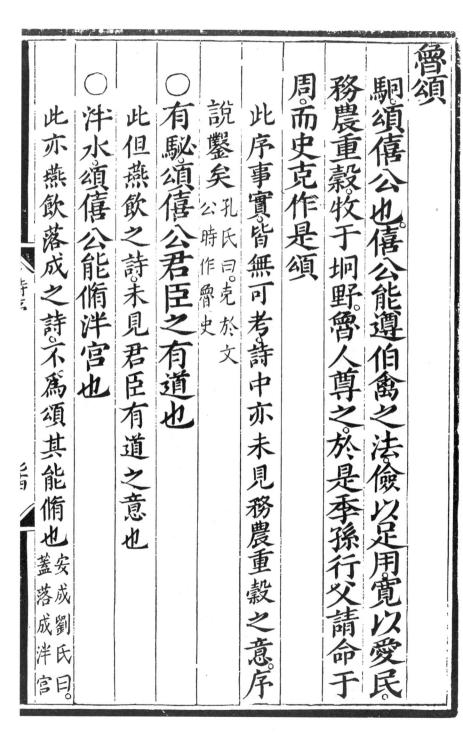

之際。因獻頌禱之詞。亦若斯干之詩也

○閟宮頌僖公能復周公之宇也

此詩言莊公之子。又言新廟奕奕。則爲僖公脩廟之詩明矣。但詩所謂復周公之宇者。祝其能復周公之土宇耳。非謂其能脩周公之屋宇也。序文首句之謬如此。而蘇氏信之。何哉

商頌

那。祀成湯也。微子至于戴公。其閒禮樂廢壞。有正考甫者。得商頌十二篇於周之大師。以那爲首

序以國語爲文

○烈祖祀中宗也

詳此詩未見其爲祀中宗。而末言湯孫則亦祭成湯之詩耳。序但不欲連篇重出。又以中宗商之賢君。不欲遺之耳

○玄鳥祀高宗也臨川王氏曰。祀高宗而上頌其祖。下稱其孫子。蓋上有以紹其祖。下有以貽其子孫。是乃高宗之功美也

詩有武丁孫子之句。故序得以爲據。雖未必然。然必是高宗以後之詩矣

○長發大禘也

疑見本篇

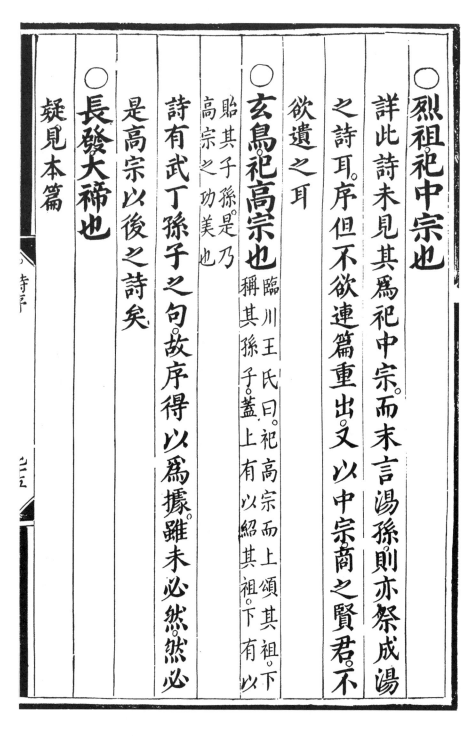

○殷武。祀高宗也

安成劉氏曰。高宗七世親盡而立廟。此詩其作于帝乙之世乎

詩序 畢

明永樂内府本詩傳大全

第二册

明　胡廣等撰

明永樂十三年内府刻本

山東人民出版社·濟南

詩傳大全卷之一

國風一

安成劉氏曰。集傳於國風之下。係以一者。以國風居四詩之首也。下文周南一之一者。周南又居國風中十五國之首也。後倣此

國者。諸侯所封之域。而風者。民俗歌謠之詩也。謂之風者。以其被上之化以有言。而其言又足以感人。如物因風之動以有聲。而其聲又足以動物也。是以諸侯采之。以貢於天子。天子受之。而列於樂官。於以考其俗尚之美惡。而知其政治之得失焉朱子曰。男女相與詠歌以言其情。行人振木鐸狗路采之。何休云。男年六十。女年五十無子者。官衣食之使采詩。邑移於國。國以聞于天子舊說。二南爲正風。所以用之閨門鄉黨邦國。而

化天下也程子曰。二南之詩。爲敎於衽席之上。閨門之內。上下貴賤之所同也。故用之鄉人邦國。而謂之正風十三國爲變風。則亦領在樂官。以時存肄備觀省而垂監戒耳朱子曰。變風多是淫亂之詩。故班固言男女相與歌詠。以言其傷者。聖人存此。亦以見上失其敎。則民欲動情勝。其弊至此。故曰。詩可以觀也○安成劉氏曰。男女亂倫。而邶鄘衛鄭之風變。君臣失道。而王豳之風變。畋遊荒淫。而齊國之風變。儉嗇褊急。而魏國之風變。以至唐風變。而憂傷。秦風變。而武勇。陳風變。而淫遊歌舞。檜曹之風變。而亂極思治。此十三國風之大槩也。然變詩雖不可以風化天下。而亦各有音節。如季札所觀是已。故樂官兼掌其詩。使夫學者時習之。以自省而知所戒。蓋亦莫非所以爲敎也合之凡十五國云

周南一之一召南說附

周。國名。南。南方諸侯之國也。周國本在禹貢雍去聲

州境内。岐山之陽（格庵趙氏曰，岐山，蓋今箭括嶺。山南有周原，周舊國也。）后稷十三世孫。古公亶（多旱反）父。始居其地（安成劉氏曰。棄爲后稷。封於邰。其後公劉。遷豳。至古公。又遷于岐山之下）傳子王季歷。至孫文王昌。辟（音闢）國寖廣。於是徙都于豐。而分岐周故地。以爲周公旦。召（實照反）公奭（音適）之采（音菜。○顏氏曰。采官也。因官食地。故曰采地）邑。且使周公爲政於國中。而召公宣布於諸侯（史記索隱曰。周地本大王所居。以爲公旦采邑。故曰周公。奭食邑於召。故曰召公。蓋文王取岐周故墟。分爵二公也。○孔氏曰。文王若未居豐。則岐邦自爲都邑。明知分賜二公。在作豐之後。且二南文王之詩。而分繫二公。若文王不賜采邑。不使行化。安得以詩係之。故知此時賜之也）於是德化大成於内。而南方諸侯之國。江沱（徒河反）、汝漢之間莫不從化。蓋三分天下。而有其二焉。鄭氏曰。雍梁荆豫徐揚之人。咸被其德而從之。○孔氏曰。其餘冀青兗屬紂。是爲三分有其二也至子武王發。又遷于鎬。遂克商而有天下。武王崩。子成王誦立。周公相之。制作禮樂。乃采文王之世風化所及民俗之詩。被之筦管同弦絃同以爲房中之樂。而又推之以及於鄉黨邦國。所以著明先王風俗之盛。而使天下後世之脩身齊家治平聲國平天下者。皆得以取法焉。蓋其得之國中者。雜以南國之詩。而謂之周南。言自天子之國。而被於諸侯。不但國中而已也。其得之南國者。則宜謂之召南。言自方伯之國。被於南方。而不敢以繫于天子也考索曰。周南召南。樂章之名也。文王之化。自北而南。及於江漢。故作樂者。采自北以南土風。而名之曰南。用爲燕樂。鄉樂。射樂。房中樂。所以章文王之化也○安成劉氏曰。其詩得於國中者。多爲文王后妃而作。故雜以南國。漢廣汝墳二詩。而謂之周南。所謂自天子之國。被於諸侯者。不敢使周公食邑之號。專主其風也。然周公之事。固統於其所尊矣。觀下文復取小序。繫之周公之說。可互見也。若召公則宣化於諸侯。故以侯國之詩繫之。而謂之召南。正以其食邑之號。專主之也。謂召公爲方伯之國。謂豐邑爲天子之國者。皆通乎追王之後。制作之時而言也

岐周在今鳳翔府岐山縣。即今陝西。鳳翔府。岐山縣豐在今京兆府鄠音戶縣。終南山北即今陝西。西安府。鄠縣南方之國。即今興元府京西湖北等路諸州宋興元府諸州。即今陝西四川。所隸保寧府。蓬金等州。廣元巴。及大安縣之地也。京西路

諸州。即今湖廣襄陽府。安陸隨均。等州之地也。湖北等路諸州。即今湖廣武昌德安。漢陽。常德。岳州。辰州等府。澧沅靖荆門。夷陵。沔陽。等州之地也。

鎬在豐東二十五里安成劉氏曰。鎬。亦在今鄠縣。先儒以爲即鎬池之地

小序曰。關雎麟趾之化。王者之風。故繫之周公。南言化自北而南也。鵲巢騶虞之德。諸侯之風也。先王之所以教。故繫之召公。斯言得之矣朱子曰。詩言文王之德者。繫之周公。以周公主內治故也。言諸侯之國。被文王之化。以成德者。繫之召公。以召公長諸侯故也。文王治岐。其東有紂。其西昆夷。其北玁狁。故其化自北而南。先被于江漢之域也。○三山李氏曰。二南皆文王之風化。周南之詩。多爲文王而作。故言王者之風。召南之詩。多爲諸侯而作。故言諸侯之風。雖曰諸侯之風。其實文王教化之所及。故言先王之所以教。先王。即文王也

關關雎七余反鳩在河之洲。窈烏了反窕徒了反淑女君子好逑。音求

興也。關關雌雄相應之和聲也。雎鳩水鳥。一名王雎。狀類鳧鷖。音醫今江淮間有之。生有定偶。而不相亂。偶常並遊。而不相狎。故毛傳以爲摯而有別。列女傳以爲人未嘗見其乘去聲居而匹處上聲者。蓋其性然也朱子曰。嘗見淮人說淮上有之。狀如鳩小差而長。常是雌雄。兩兩相隨。不相失。然亦不曾相近。立處須隔丈來地。所謂摯而有別是也。此說却與列女傳合。乘居是四箇同居○列女傳曲沃負曰。妾聞男女之別。國之大節。故以雎鳩起興。夫雎鳩之鳥。人又未嘗見乘居而匹處也○華谷嚴氏曰。左傳郯子五鳩。備見詩經。雎鳩氏司馬。此雎鳩是也。祝鳩氏司徒。勃鳩也。四牡嘉魚之鵻是也。鳲鳩氏司空。布穀也。曹風之鳲鳩是也。爽鳩氏司寇。大明之鷹是也。鶻鳩氏司

事。鷽鳩也。即小斑鳩。小宛之鳴鳩。與氓食桑葚之鳩是也。左傳雎作鵙。杜預云摯而有別。故爲司馬主法則。鵙音骨。鷽音學。河北方流水之通名。洲。水中可居之地也。窈窕幽閒之意幽深而閒靜也淑善也。女者未嫁之稱。蓋指文王之妃大姒盧陵羅氏曰。有莘國之女。地理攷異。故莘城在汴州陳留縣東北三十五里爲處子時而言也。君子則指文王也。好亦善也。逑匹也。毛傳之摯字與至通。言其情意深至也朱子曰。情雖相與深至而未嘗狎。便見樂而不淫之意。○安成劉氏曰。摯至字古通用。如商書大命不摯。曲禮庶人之摯。亦訓爲至。故鄭氏云摯之言至也。謂鳥雎雄情意至然而有別也○興者。先言他物。以引起所詠之詞也。周之文王。生有聖德。又得聖女。姒氏以爲之配。宮中之人。於其始至。見其有幽閒貞靜之德。故作是詩。言彼關關然之雎鳩則相與和鳴於河洲之上矣此窈窕之淑女則豈非君子之善匹乎言其相與和樂而恭敬亦若雎鳩之情摯而有別也後凡言興者其文意皆放音倣此云

朱子曰興起也引物以起吾意如雎鳩是摯而有別之物引此起興猶不甚遠其他亦有全不相類只借物而起吾意者雖皆是興與此又略不同也○問詩中說興處多近比體者曰然如關雎麟趾相似皆是興而兼比然雖近比其體却只是興且如關關雎鳩本是興起到得下面說窈窕淑女此方是入題說那實事蓋興是以一箇物事貼一箇物事說上文興起下文便接說實事及比則不然便入題了○東萊呂氏曰首章以雎鳩發興後章以荇菜發興至於雎鳩之和靜荇菜之柔順則又取以爲比也興與比相近而難辨興之兼比者徒以爲比則失其意味矣興之不兼比者誤以爲比則失之穿鑿矣

漢匡衡字稚圭漢宣帝朝射策甲科元帝朝遷博士給事中建初三年拜相曰窈窕淑女君子好逑言能致其貞

淑不貳其操情欲之感無介乎容儀宴私之意不形乎動靜夫然後可以配至尊而爲宗廟主此綱紀之首白虎通曰三綱君臣父子夫婦也六紀諸父兄弟族人諸舅師長朋友也綱張也紀理也大綱小紀所以張理上下整齊人道也王教之端也可謂善說詩矣毛氏曰君子后妃之德無不和諧愼固幽深若雎鳩之有別焉然後可以風化天下夫婦有別則父子親父子親則君臣敬君臣敬則朝廷正朝廷正則王化成○豐城朱氏曰淑者善也是女德之至者也凡溫恭慈惠端莊靜一皆在其中矣文王聖人也而詠其德者一言以蔽之不過曰敬而已大姒聖女也而詠其德者一言以蔽之不過曰淑而已蓋能敬則能自強不息純亦不已所以爲乾之健也能淑則足以配至尊奉宗廟所以爲坤之順也故曰窈窕淑女君子好逑言能體坤道之順以承乾也

○參初金反差初宜反荇行猛反菜左右流之窈窕淑女寤寐求

之求之不得。寤寐思服。叶蒲北反 悠哉悠哉。輾哲善反轉反側

興也。參差。長短不齊之貌。荇接余也。根生水底。莖如釵股。上青下白。葉紫赤。圓徑寸餘。浮在水面。陸氏曰。鬻其白莖。以苦酒浸之。脆美可案酒。鬻即煑○三山李氏曰。荇菜是水有之黄花。葉似蓴可爲菹○南軒張氏曰。荇菜。取其柔順芳潔。可薦之意 或左或右。言無方也雙峯饒氏曰。言或左或右。無一定之方也 流順水之流而取之也。或寤或寐。言無時也。服猶懷也。悠長也。輾者轉之半。轉者輾之周。反者輾之過。側者轉之留。皆臥不安席之意慶源輔氏曰。四字之訓。極爲精切。亦可見古人下字之不苟也 ○此章本其未得而言。彼參差之荇菜。則當左右無方。以流之矣。此窈窕之淑女。則當寤寐不忘。以求之矣。蓋此人

此德。世不常有。求之不得。則無以配君子而成其內治之美。故其憂思之深。不能自已。至於如此也。朱子曰。此詩看來是妾媵做。所以形容得寤寐反側之事。外人做不到此

○參差荇菜。左右采叶此禮反之。窈窕淑女。琴瑟友叶羽已反之。參差荇菜。左右芼莫報反叶音邈之。窈窕淑女。鐘鼓樂音洛之

興也。采。取而擇之也。芼。熟而薦之也。眉山蘇氏曰。求得而采。采得而芼。先後之叙也。凡詩之叙類如此。琴。五弦。或七弦。瑟。二十五弦。皆絲屬。樂之小者也。爾雅釋樂曰。琴長三尺六寸六分。五弦。後加文武二弦。雅瑟長八尺一寸。廣一尺八寸。二十五弦。其常用者十九弦。頌瑟長七尺二寸。廣一尺八寸。二十五弦盡用。友者。親愛之意也。慶源輔氏曰。蓋以友。友弟之友言也。鐘。金屬。鼓。革屬。樂之大者也。樂則

和平之極也。○此章据今始得而言。彼參差之荇菜。既得之。則當采擇而亨芼之矣。此窈窕之淑女。既得之。則當親愛而娛樂之矣。蓋此人此德。世不常有。幸而得之。則有以配君子而成內治。故其喜樂尊奉之意。不能自已。又如此云東萊呂氏曰。后妃之德。坤德也。唯天下之至靜。爲能配天下之至健也。萬化之原。一本諸此。未得之也。如之何其勿憂。既得之也。如之何其勿樂。○慶源輔氏曰。此詩皆興而比。首章以關雎起興。因以關雎摯而有別。爲比。二章三章。以荇菜起興。亦以爲比。但先儒皆取於荇菜之潔淨柔順。而集傳不言。只言其不可不求之意者。豈非所謂不可不求者。正以其潔淨與柔順之故乎

關雎三章。一章四句。二章章八句朱子曰。只取篇首二字以名篇。後皆放此。○孔子曰。關雎者。詩篇之名。金縢云。公乃爲詩以貽王。名之曰鴟鴞。然則篇名。皆作者所自名。

名篇之例。多不過五。少纔取一。或偏舉兩字。
或全取一句。亦有捨其篇文。假外理以定稱
孔子曰。關雎樂而不淫。哀而不傷。愚謂此言。爲此
詩者得其性情之正。聲氣之和也問關雎樂而不淫。哀而不傷。是
詩人性情如此。抑詩之詞意如此。朱子曰。是有那
情性。方有那詞氣聲音。又曰。樂止於琴瑟鐘鼓。是
不淫也。若沉湎淫泆。則淫矣。憂止於輾轉反側。是
不傷也。若憂愁哭泣。則傷矣。此是得性情之正○
慶源輔氏曰。哀樂。情之發也。心不宰焉。則流於傷
與淫。而不自知矣。關雎之詩。感於性。發於情。而宰
於心者也。其形於聲詩。播諸音樂。皆得其和且正焉蓋德如雎鳩摯而有別。
則后妃性情之正。固可以見其一端矣。至於寤寐
反側。琴瑟鐘鼓。極其哀樂。而皆不過其則焉。則詩
人性情之正。又可以見其全體也。獨其聲氣之和。

有不可得而聞者。雖若可恨然。學者姑即其詞而玩其理。以養心焉。則亦可以得學詩之本矣。慶源輔氏曰。樂不淫。哀不傷。論語集註。只說作詩者之性情。而此兼言后妃之性情者。蓋并首章言之也。聲氣之和。指其發於言。以至播於八音。以成樂而言也○胡氏曰。觀詩之法。原其情性。審其聲音而已。今聲音不傳。惟詞語可以玩味耳。關雎乃宮中人所作。欲得賢妃。以配文王。方其未得也。寤寐反側。以致其憂。思之深深矣。然未至於悲怨。則不傷也。及其得之也。琴瑟鐘鼓。以宜其和。樂之至矣。然未至於沉湎。則不淫也。因其詞語。即可知其情性。至於播於長言。被之管絃。則聲音亦可以略見矣。○雙峯饒氏曰。一章言文王有聖德。而后妃亦有聖德。可爲之配。二章推言未得大姒之時。求之如此其切。三章言始得后妃之時。喜之如此其至。自他詩觀之。言哀者。易至於悲傷。如澤陂之詩曰。有美一人。傷如之何。寤寐無爲。涕泗滂沱。是也。言樂者。易至於淫泆。如溱洧之詩曰。洧之外。詢訏且樂。惟士與女。伊其相謔。贈之以芍藥。是也。惟此詩得情性之正。故玩其詞。可爲養心之助也。○須溪劉氏曰。夫子自衞反魯。考禮正樂。其時師摯在魯。爲夫子歌周南。故曰。師摯之始。關雎之亂。洋洋乎盈耳哉。又曰。關雎樂而不淫。哀而不傷。嘗謂今世所存之詩。特其詞與義耳。詩之詞未嘗亡也。其聲亡也。○安成劉氏曰。首章取興。見樂而不淫。是后妃性情之一端也。二章三章所言。一哀一樂。皆不過則。是詩人性情之全體也。蓋由后妃與詩人性情之正。如此。故發於詩歌。播之音樂。宜其聲氣之無不和矣。然樂者所以節夫詩之聲。而又音律以養人耳。歌詠以養人心。舞蹈以養血脉。此樂之全體也。古樂既亡。則此詩聲氣之和。所以樂不淫。哀不傷者。固不得聞。而其所以養心者。幸有詩詞之可玩。則亦尚存樂之一端。而可爲學詩之本也。○匡衡曰。妃音配匹之際。慶源輔氏曰。妃匹。猶言匹耦也。生民之始。慶源輔氏曰。有夫婦而後有父子也。萬福之原。婚姻之禮正。然後品物遂。而天命全。孔子論詩。以關

雎爲始。言太上者民之父母。后夫人之行不侔乎天地。則無以奉神靈之統。而理萬物之宜。自上世以來。三代興廢。未有不由此者也

前漢外戚傳曰。自古受命帝王。非獨德茂。亦有外戚之助焉。夏之興也以塗山。而桀之放也。用妹喜。殷之興也以有𡟵。而紂之滅也嬖妲己。周之興也以大任大姒。而幽王之禽也淫褒姒。故易基乾坤。詩首關雎。書美釐降。夫婦之際。人道之大倫也。可不慎歟。𡟵音莘。○朱子曰。讀關雎詩。便使人有齊莊中正意思。所以冠乎三百篇。與記言毋不敬。書言欽明文思皆同。又曰。當時人被文王大姒德化之深。心膽肺腸。一時換了。自然不覺形於歌詠如此。故當作樂之時。引爲篇首。以見一時之盛。爲萬世之法。尤是感人妙處。又曰。讀詩。只是將意想像去看。不如他書。字字要捉縛教定。詩意只是疊疊推上去。因一事上。有一事。一事上。又有一事。如關雎形容后妃之德如此。又當知君子之德如此。又當知詩人形容得意味深長如

此。又當知所以齊家。所以治國。所以平天下。人君則必當如文王。后妃則必當如大姒。其原如此。又曰。關雎一詩。文理深奧。如乾坤卦一般。只可熟讀詳味。不可說。至如葛覃卷耳。其言迫切。主於一事。便不如此了。

葛之覃兮。施以豉反于中谷。維葉萋萋。黃鳥于飛。集于灌木。其鳴喈喈。叶居奚反

賦也。葛。草名。蔓生。可爲絺綌者。覃。延。施。移也。中谷。谷中也。孔氏曰。中谷倒言者。古人語皆然。詩文多類此萋萋。盛貌。黃鳥。鸝也。陸氏曰。黃鳥。黃鸝留也。或謂黃栗留。幽州謂之黃鸎。一名倉庚灌木。叢木也。喈喈。和聲之遠聞也。○賦者。敷陳其事。而直言之者也。蓋后妃既成絺綌而賦其事。追敘初夏之時。葛葉方盛。而有黃鳥鳴於其上也。後凡言賦者放此豐城朱氏曰。黃鳥飛鳴。乃夏初之時。葛方盛。而未可刈也。雖后

妃追敘其事。然此時已可見其勤女工之思。而有念念不忘之意矣

○葛之覃兮。施于中谷。維葉莫莫。是刈魚廢反是濩。胡郭反為絺耻知反為綌。去逆反。叶去略反服之無斁音亦。叶弋灼反

賦也。莫莫。茂密貌。刈。斬。濩。煑也。精曰絺。麤曰綌。斁。厭也。○此言盛夏之時。葛既成矣。於是治以為布。而服之無厭。蓋親執其勞而知其成之不易。所以心誠愛之。雖極垢弊而不忍厭棄也。永嘉陳氏曰。知稼穡之勤者。飲食則念農功。知絲麻之勤者。衣服則思女功。親執其勞。所以心誠愛。而不忍棄也。○華谷嚴氏曰。婦人驕奢之情。何有紀極。苟萌一厭心。雖窮極靡麗。耳目日新。猶以為不足也。味服之無斁一語。可見后妃之德性。○慶源輔氏曰。凡人之於物。易厭而不甚顧惜者。以其得之之苟。而不知其用力之勞。而成就之難也。唯其身親為之。故能愛之而不厭。亦可見后妃既勤

且儉之意

○言告師氏言告言歸薄污我私薄澣（戶管反）我衣害（戶葛反）澣害否（方九反）歸寧父母（莫後反）

賦也言辭也安成劉氏曰如言采言念薄言駕言之類皆語辭也師女師也毛氏曰古者女師教以婦德婦言婦容婦功○孔氏曰昏禮注云婦人五十無子出而不復嫁能以婦道教人者爲姆薄猶少也污煩撋（軟平聲）之以去（上聲）其污猶治亂而曰亂也釋文曰煩撋猶挼莎也挼莎音那梭澣則濯之而已私燕服也衣禮服也安成劉氏曰周禮王后禮服有六文王未嘗稱王則大姒亦未必備此六服但泛言禮服而已害何也寧安也謂問安也○上章旣成絺綌之服矣此章遂告其師氏使告于君子以將歸寧之意且曰盍治其私

服之汚。而澣其禮服之衣乎。何者當澣。而何者可以未澣乎。我將服之。以歸寧於父母矣慶源輔氏曰。薄汚薄澣者。不爲甚飾之辭。害澣害否者。又見其不苟之意。於其薄汚薄澣者。略施其功。而不爲過甚之飾。於其害澣害否者。各隨其宜。而無雜施之苟。則尤見其勤儉之德也○豐城朱氏曰。師氏。導我者也。則必每事而詢訪。見其不敢專也。父母。生我者也。則必及時而問安。見其不敢忘也。君子。宗主我者也。則必因師以致告。見其不敢褻也

葛覃三章。章六句。

此詩后妃所自作。故無贊美之詞。然於此可以見其已貴而能勤。已富而能儉。已長而敬不弛於師傅。已嫁而孝不衰於父母。是皆德之厚。而人所難也。小序以爲后妃之本。庶幾近之南軒張氏曰。后妃之貴。亦必立

師傅以訓之。法家拂士。非惟人主不可一日無。后妃亦然也。周自后稷以農爲務。歷世相傳。其君子則重稼穡之事。其室家。則重織紝之勤。相與服習其艱難。詠歌其勞苦。此實王業之根本也。夫治常生於敬畏。而亂常起於驕肆。使爲國者。每念稼穡之勞。而其后妃。又不忘織紝之事。則心之不存者寡矣。此心常存。則驕矜放恣。何自而生。故誦服之無斁之章。則知周之所以興。誦休其蠶織之章。則知周之所以衰。○慶源輔氏曰。勤儉孝敬。固婦人之懿德。又能不以勢之貴富。時之久遠。而有所變遷焉。則尤見其德厚有常。而人所難及也。○安成劉氏曰。后妃之富貴而勤儉者。二章可見也。長嫁而孝敬者。三章可見也。○豐城朱氏曰。此詩三章首章是未爲絺綌以前事。二章是爲絺綌時事。三章是既爲絺綌以後事。卽爲絺爲綌。而知其能勤卽澣濯無斁。而知其能儉。因其言告師氏。而知其能敬。因其歸寧父母。而知其能孝。關雎之所謂淑指其德之全體言也。此所謂勤儉孝敬。又各就其一事言也。

采采卷上聲耳不盈頃音傾筐嗟我懷人寘彼周行叶戶郎反

賦也。采采非一采也。卷耳枲音洗耳。葉如鼠耳。叢生如盤孔氏曰。亦云胡枲。或曰苓耳。江東呼常枲。葉青白色。似胡荽。白華細莖。蔓生可煑爲茹。四月中生子。如婦人耳璫。或謂耳璫草。○本草卷耳。卽今蒼耳。今人麴蘗中多用之頃。欹也。筐。竹器。懷。思也。人。蓋謂文王也。寘。舍上聲也。周行。大道也。朱子曰。詩有三周行。此及大東者皆道路之道。鹿鳴乃道義之道。○后妃以君子不在。而思念之。故賦此詩。託言方采卷耳。未滿頃筐。鄭氏曰。器之易盈。而不盈者。憂思深也而心適念其君子。故不能復扶又反采。而寘之大道之旁也

問卷耳葛覃同是賦體。又似略不同。蓋葛覃直敘其所嘗經歷之事。卷耳則是託言也。朱子曰。雖不自經歷。而自言我之所懷者如此。則亦是賦體也。○豐城朱氏曰。卷耳。易采也。頃筐。易盈也。然采之又采。而不盈頃筐。何

也。蓋託言其心在乎君子。而不在乎物也。於是舍之而置彼大路之旁焉。其心之專一。而不暇乎他可知也。此詩見后妃之於君子。思之切。憂之深。望之至。然有懇惻至到之意。而無悲愁悽愴之懷。蓋所以憂思者情也。雖憂而不至於傷。雖思而不至於悲者。后妃之所以得其性情之正也

○陟彼崔（祖回反）嵬。（五回反）我馬虺（呼回反）隤。（音頹）我姑酌彼金罍。維以不永懷（叶胡隈反）

賦也。陟。升也。崔嵬。土山之戴石者。虺隤。馬罷（音皮）不能升高之病。姑。且也。罍。酒器。刻爲雲雷之象。以黃金飾之。孔氏曰。名罍。取於雲雷故也。言刻畫則用木矣。永。長也。○此又託言欲登此崔嵬之山。以望所懷之人。而往從之。則馬罷病而不能進於是。且酌金罍之酒。而欲其不至於長以爲念也 慶源輔氏曰。姑

且也。維以。欲其也。曰且。曰欲其。亦可見其託言之意

○陟彼高岡。我馬玄黃。我姑酌彼兕（徐履反）觥。（古橫反。叶古黃反）維以不永傷。

賦也。山脊曰岡。玄黃。玄馬而黃。病極而變色也。兕。野牛。一角。青色。重千斤。觥。爵也。以兕角爲爵也。

○陟彼砠（七餘反）矣。我馬瘏（音塗）矣。我僕痡（音敷）矣。云何吁矣。

賦也。石山戴土曰砠。安成劉氏曰。爾雅石山戴土。謂崔嵬。土山戴石。謂砠。今集傳從毛氏。而不從爾雅者。豈以其書後出也歟。瘏。馬病不能進也。痡。人病不能行也。吁。憂歎也。爾雅注引此作盱。張目望遠也。詳見何人斯篇。慶源輔氏曰。馬病不能進。猶可資於人也。僕病不能行。則斷不能往矣。此亦甚之之辭。至於云何吁矣。則

憂之極。惟有愁歎而已。非酒可得而解也

卷耳四章章四句

此亦后妃所自作可以見其貞靜專一之至矣豈當文王朝會征伐之時羑里（音酉）拘幽之日而作歟。然不可考矣。

慶源輔氏曰。先生又嘗曰。此詩後三章只是承首章之意。欲登高望遠。而往從之。則僕馬皆病。而不得往。故欲酌酒。以自辭其憂傷耳。大意與草蟲詩相似○安成劉氏曰。后妃託言方采卷耳。而適思君子。則遂不能復采。欲望君子。而僕馬不前。則且飲酒解憂。可見其心之貞靜。而不動於邪。情之專一。而不失其常矣。至其自言不永懷傷者。又合所謂哀而不傷之意。乃其性情之正。發見於一端者。參之關雎首章。樂而不淫。則又可備見其情性全體也。又按羑里。先儒以其地在相州鄴都。因羑水得名。昔紂信崇侯虎之譖。囚文王於此。文王因作拘幽操南有樛（居虯反）木，葛藟（力軌反）纍（力追反）之。樂（音洛）只（之氏反）君子，福履綏之。

興也。南，南山也。木下曲曰樛。藟，葛類。孔子曰：一名巨瓜，亦延蔓生。○本草注曰：蔓延木上，葉如葡萄而小，五月開花，七月結實，青黑微赤，即詩云藟也。此藤大者盤薄，又名千歲虆。纍，猶繫也。只，語助辭。君子，自衆妾而指后妃，猶言小君、内子也。朱子曰：夫人稱小君，大夫妻稱内子，妾謂嫡曰女君，則后妃有君子之德，故可以君子目之。○問：君子作后妃，亦無害否？曰：以文義推之，不得不作后妃。若作文王，恐太隔越了。某注詩傳，蓋皆推尋其脉理，以平易求之，不敢用一毫私意。大抵古人道言語，自是不泥著。履，祿。綏，安也。○后妃能逮下而無嫉妒之心，故衆妾樂其德而稱願之曰：南有樛木，則葛藟纍之矣；樂只君子，則福履綏之矣。慶源輔氏曰：此詩雖

是興體。然亦兼比意。與關雎同。故鄭氏以爲木枝以下垂之故。葛藟得纍而蔓之。喻后妃能以惠下逮衆妾。故衆妾得上附而事之也

○南有樛木。葛藟荒之。樂只君子。福履將之。

興也。荒。奄衣檢反也。東萊呂氏曰。芘。覆也。將。猶扶助也。

○南有樛木。葛藟縈烏營反之。樂只君子。福履成之。

興也。縈。旋。成。就也。

樛木三章。章四句。

慶源輔氏曰。曰纍。曰荒。曰縈。曰綏。曰將。曰成。亦皆有淺深。纍。繫也。荒。則奄之也。縈旋。則奄之周也。綏。安也。將。則扶助之也。成。則有終久之意。其美夫人也。無夸辭。其禱夫人也。無佞說。此又可見衆妾性情之正也。○東萊呂氏曰。漢之二趙。隋之獨孤。唐之武后。禍至亡國。樛木后妃。詩人安得不深嘉而屢歎之乎

螽音終斯羽詵詵所巾反兮。宜爾子孫振振音眞兮

比也。螽斯蝗屬（問螽即是春秋所書之螽。切疑斯字只是語辭。朱子曰。詩中固有以斯爲語辭者。如鹿斯之奔。湛湛露斯之類是也。然七月詩乃云斯螽動股。則恐螽斯是名也○孔氏曰。七月斯螽。文雖顛倒。其實一也○釋文曰。郭璞云江東呼爲蚱蜢音窄猛）長而青。長角長股。能以股相切作聲。一生九十九子（永嘉陳氏曰。言羽者。螽斯羽蟲也。無羊之詩羊言角。牛言耳。狀物多如此）詵詵。和集貌。爾指螽斯也。振振盛貌○比者。以彼物比此物也。后妃不妒忌。而子孫衆多。故衆妾以螽斯之羣處上聲和集。而子孫衆多。比之言其有是德而宜有是福也。後凡言比者放此（朱子曰。比便是說實事。如螽斯羽之句。便是說那人了。下便接宜爾子孫。依舊是就螽斯上說。更不用說實事。此所以謂之比。又曰。借螽斯以比后妃之子孫衆多。）

子孫振振。却自是說螽斯之子孫。不是說后妃之子孫也。蓋比詩多不說破這意。然亦有說破者。此前數篇賦比興。皆已備矣。自此推之。今篇篇各有著落乃好

○螽斯羽薨薨兮。宜爾子孫繩繩兮

比也。薨薨羣飛聲。繩繩不絕貌

○螽斯羽揖揖側立反兮。宜爾子孫蟄蟄直立反兮

比也。揖揖會聚也。蟄蟄亦多意 藍田呂氏曰。螽斯始化。其羽詵詵然。比次而起。已化則齊飛。薨薨然有聲。既飛復斂羽揖揖然而聚。歷言衆多之狀。其變如此也

螽斯三章。章四句。朱子曰。不妬忌。是后妃之一節。關雎所論。却是全體。○永嘉鄭氏曰。婦人之德。莫大於不妬忌。蓋功容可勉。而根於情者。難自克也。○南軒張氏曰。后妃多子孫。推本其然。則由不妬忌而已。故繼樛木之後。○考索曰。螽斯。蝗蟲之類耳。而乃取以喻后妃。疑若不倫。是之

不然。詩人亦取其合於德何如耳。如雎鳩亦取其德之合也○安成劉氏曰。管蔡世家云。武王同母兄弟十人。長伯邑考。次武王發。次管叔鮮。次周公旦。次蔡叔度。次曹叔振鐸。次郕叔武。次霍叔處。次康叔封。次冄季載。此其多子之驗。誠后妃之德所致也○豐城朱氏曰。樛木。后妃不妬忌。而衆妾有祝願之誠。螽斯后妃不妬忌。而衆妾美其子孫有衆多之盛。蓋正家之道。始於閨門。尊卑貴賤之分。雖不可以不嚴。然必上無嫉妬之心。則下無怨恨之意。和氣充溢。瑞慶流衍。福履之綏。子孫之衆。自有不期然而然者矣

桃之夭夭於驕反灼灼其華芳無呼瓜二反之子于歸宜其室家古胡古牙二反

興也。桃。木名。華紅實可食。夭夭。少去聲好之貌。灼灼。華之盛也。華谷嚴氏曰。灼灼。鮮明貌。木少則華盛華谷嚴氏曰。夭夭。以桃言。指桃木也。灼灼。以華

言。指桃華也之子。是子也。此指嫁者而言也孔氏曰。之子。桃夭謂嫁者之子。漢廣則貞潔之子。東山言其妻。白華斥幽王。各隨其事而名之婦人謂嫁曰歸。公羊傳注曰。婦人生以父母爲家。嫁以夫爲家。故謂嫁曰歸周禮仲春令去聲會男女。媒氏注曰。陰陽交以成昏禮。順天時也然則桃之有華。正昏姻之時也。宜者和順之意。室謂夫婦所居。家謂一門之內。○文王之化。自家而國。男女以正。婚姻以時。故詩人因所見以起興。而歎其女子之賢。知其必有以宜其室家也慶源輔氏曰。婦人之賢。莫大於宜家。使一家之人相與和順。而無一毫乖戾之心。始可謂之宜矣

○桃之夭夭。有蕡浮雲反其實。之子于歸。宜其家室

興也。蕡。實之盛也。家室。猶室家也

○桃之夭夭，其葉蓁蓁。側巾反 之子于歸，宜其家人。

興也。蓁蓁，葉之盛也。家人，一家之人也。朱子曰：室家、家室、家人，變文以叶韻爾。○東萊呂氏曰：灼灼其華，因時物以發興也。既詠其華，又詠其實，又詠其葉，非有他義，蓋反覆歌詠之耳。

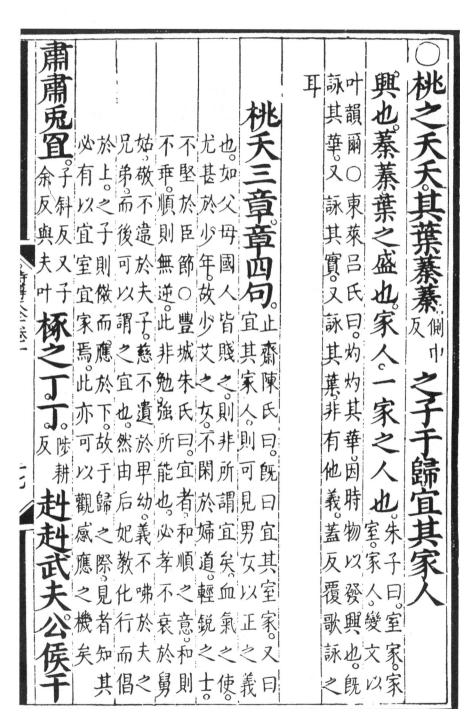

桃夭三章，章四句。止齋陳氏曰：既曰宜其室家，又曰宜其家人，則可見男女以正之義也。如父母國人皆賤之，則非所謂宜矣。血氣之使，尤甚於少年，故少艾之女不閑於婦道，輕銳之士不堅於臣節。○豐城朱氏曰：宜者，和順之意。和則不乖，順則無逆，此非勉强所能也。必孝不衰於舅姑，敬不違於夫子，慈不遺於甲幼，義不咈於夫之兄弟，而後可以謂之宜也。然由后妃教化行而倡於上，之子則傚而應於下，故于歸之際，見者知其必有以宜室宜家焉。此亦可以觀感應之機矣。

肅肅兎罝，子斜反，又子余反，與夫叶 椓之丁丁。陟耕反 赳赳武夫，公侯干

城

興也。肅肅。整飭貌。罝。罟也。丁丁。椓杙音弋聲也。孔氏曰。杙謂橛也。此丁丁。連椓之故知椓杙聲○華谷嚴氏曰椓。伐杙橛之聲○東陽許氏曰。擊橛於地中。張罝其上也赳赳。武貌。干。盾唇上聲也。干城。皆所以扞外。而衛內者○化行俗美。賢才衆多。雖罝兔之野人。而其才之可用猶如此。故詩人因其所事以起興而美之。而文王德化之盛。因可見矣朱子曰。聞椓杙之聲。而視其人甚勇。可爲干城者也。田野之人。皆有可用之才。足以見賢才衆多矣。此詩極其尊稱。不過曰公侯而已。亦文王未嘗稱王之一驗也。凡雅頌稱王者。皆追王後所作爾○問兔罝詩。作賦看得否。曰亦可。但其辭上下相應。恐當爲興然亦是興之賦也○安成劉氏曰。比賦其事。以起興也

○肅肅兔罝。施于中逵。赳赳武夫。公侯好仇叶渠之反

興也。逵。九逵之道孔氏曰。釋宮云。九逵謂之逵。○郭璞曰。四道交出。復有旁通者。○安成劉氏曰。中逵。謂九逵之道中也仇。與逑同。匡衡引關雎亦作仇字。公侯善匹。猶曰聖人之耦。則非特干城而已。歎美之無已也。

下章放此

○肅肅兔罝。施于中林。赳赳武夫。公侯腹心。

興也。中林。林中。腹心。同心同德之謂。則又非特好仇而已也東萊呂氏曰。曰干城。曰好仇。曰腹心。其詞浸重。亦歎美無已之意也

兔罝三章。章四句慶源輔氏曰。文王之時。固多賢者。此特言武夫者。見其無所不備也。且文王於武事尚矣。觀此及棫樸。所謂六師及之者。亦可見當時俗尚之萬一。夫三分天下有其二。雖是德化之盛。而天下歸之。然遏密侵阮。伐崇戡黎之後。其於武事。大略可觀矣。○豐城朱氏曰。兎

罝。肅肅言其敬。赳赳言其勇。曰干城。以其才之著於外者言也。曰好仇。曰腹心。則以其德之藴於中者言也。以武夫之賤。而才可以爲干城。德可以爲好仇爲腹心。是何人才之盛哉。蓋幸而遇聖人之世。又幸而生聖人之國。則其涵濡聖人之化。固宜其成就之若此也。棫樸之詠文王曰。豈弟君子。遐不作人。旱麓之詠文王曰。周王壽考。遐不作人。是人才之作興。固本之文王之德。尤本之文王之壽也。有文王之德。故其造就之也速。有文王之壽。故其涵養之也深。雖以罝兎之野人。而其才德之美若此。則其在官使者。從可知矣

采采芣（音浮）苢（音以）。薄言采（叶此禮反）之。采采芣苢。薄言有（叶羽已反）之

賦也。芣苢。車前也。大葉長穗。好生道旁。（釋文曰。韓詩云。直曰車前。瞿曰芣苢○草木疏曰又名當道）采。始求之也。有。既得之也○化行俗美。家室和平。婦人無事。相與采此芣苢。而賦其事以相樂

也。采之未詳何用。或曰。其子治産難毛氏曰宜懷任焉本草曰。強陰益精。令人有子○慶源輔氏曰。陸璣以爲治難産。而先生獨取之者。蓋以今醫治難産者。用其子故也。毛氏以爲宜懷任者。亦只是陸璣之意。非謂其能治人之無子也

○采采芣苢。薄言掇都奪反之。采采芣苢。薄言捋力活反之

賦也。掇。拾也。捋。取其子也

○采采芣苢。薄言袺音結之。采采芣苢。薄言襭戶結反之

賦也。袺。以衣貯之。而執其衽也。襭。以衣貯之。而扱音插其衽於帶間也。安成劉氏曰。衽者。衣之襟也。帶者。腰之帶也。自采之至襭之。有無多寡之序如此

芣苢三章。章四句。慶源輔氏曰。薄猶少略也。雖薄言采之。而采之之多。以至於袺與襭焉。其形於歌詠。意簡而辭複如此。則又可見其和平之意矣。曰采。曰有。則始求而既得之辭。曰掇。曰

捋則正采而拾取其子之辭。曰袺曰襭則既采而攜以歸之辭。○孔氏曰首章采之據初往至則掇之將之既又袺之襭之。六者本各見其一因相首尾以承其次耳

南有喬木不可休息。吳氏曰韓詩作思。漢有游女不可求思。漢之廣叶古曠反矣不可泳叶于誰反思。江之永叶弋亮反矣不可方叶甫妄反思

興而比也。上竦無枝曰喬。爾雅曰小枝上繚爲喬。注細枝皆翹繚向上思語辭也孔氏曰毛傳先言思辭然後始言漢上游女疑息字作思詩之大體韻在辭上疑休求爲韻二字俱作思○安成劉氏曰集傳既載吳氏之說而於此復先釋思字其下方釋漢水不從經文之次正用毛傳之意也篇內同。漢水出興元府嶓冢山至漢陽軍大別山入江。江漢之俗其女好遊漢魏以後猶然如大堤之曲可見也安成劉氏曰李太白詩注曰大堤漢水之堤大堤曲宋隋王誕爲襄州時作樂府遺音都邑三十四

曲。有大堤曲。古詞云。朝發襄陽城。暮至大堤宿。大堤諸女兒。花艶驚郎目沫。潛行也。江水出

永康軍岷山永康軍。即今成都府灌縣。隸四川東流與漢水合。東北入

海。永。長也東陽許氏曰。漢書廣。謂橫渡也。江曰永。謂沿泝也方。桴音孚也。釋文曰。桴。泭。柎

竝同音。木曰簰。竹曰筏。小筏曰泭。簰音牌。筏音伐○文王之化。自近而遠。先及

於江漢之間。而有以變其淫亂之俗。問文王時紂在河北。故化只行于江

漢。朱子曰。然。北方亦有獫狁○新安胡氏曰。此文王修身齊家之道。美化之行。見諸南國者如此故其

出遊之女。人望見之。而知其端莊靜一。非復去聲前日之

可求矣。因以喬木起興。江漢爲比。而反復入聲詠歎之也

慶源輔氏曰。女者未嫁之稱。未嫁而出游。亦非禮也。故先生引大堤之曲。以見江漢之俗。其女好游甚。當詩人

必以游女爲言者。出游之女猶如此。况於閨閫之内乎。自豐鎬而南。即今與元府。京西湖北等路。皆江漢之所

經由也。此章是其始見之時。知其容貌之端莊。性情之靜一。非復如前日之可求也。○孔氏曰。木所以庇蔭。本有可休之道。今以上竦之故。不可休止。以興女有可求之時。今以貞潔之故。不可求。游女尚不可求。則在室無敢犯禮可知。又言水本有泳方之道。今漢之廣。江之長。則不可濟也。○華谷嚴氏曰。喬竦之木不可休。興高潔之女不可求。漢廣不可泳。江永不可方。以比見其真潔之意。使人暴慢之意不作。○朱子曰。主意只說漢有游女。不可求思兩句。餘六句。是反覆比興說。如奕奕寢廟。至遇犬獲之。上下六句。亦只興出他人有心予忖度之兩句。○安成劉氏曰。上四句。以喬木不可休。對游女不可求而言。故屬興。下四句。但言漢廣不可泳。江永不可方。以比貞女不復可求之意。而不說其所比之事。故屬比。此其興比體製之殊。備見於一章之內。後凡言興與比者。其文意。亦皆倣此章云

○翹翹(祈遥反)錯薪。言刈其楚。之子于歸。言秣其馬。(叶滿補反)漢之廣矣。不可泳思。江之永矣。不可方思

興而比也。翹翹，秀起之貌。錯，雜也。楚，木名，荊屬。之子，指游女也。秣，飼也。音嗣。○以錯薪起興，而欲秣其馬，則悅之至。以江漢爲比，而歎其終不可求，則敬之深。盧陵歐陽氏曰：既願秣其馬，此悅慕之辭，猶古人言雖爲執鞭，猶忻慕焉者也。又陳其情雖可悅而不可求，則見文王之化被人深也。○慶源輔氏曰：悅之至，敬之深，則可見其性情之正也。悅之不敬，則便放佚矣。

○翹翹錯薪，言刈其蔞。音閭。之子于歸，言秣其駒。漢之廣矣，不可泳思。江之永矣，不可方思。

興而比也。蔞，蔞蒿也。葉似艾，青白色，長數寸，生水澤中。陸氏曰：蔞蒿，正月根芽生，旁莖正白，食之香而脆美，葉可蒸爲茹。駒，馬之小者。

漢廣三章，章八句。朱子曰：漢廣、汝墳諸詩，皆是說婦人，豈是文王之化，只化及婦人，不化及男子。只看他意。恁地拘不得。又曰。漢廣游女。求而不可得。行露之男。不能侵陵貞女。豈當時婦人蒙化。而男子則非。亦是偶然有此樣詩。說得一邊耳○慶源輔氏曰。三章之末。皆終之以不可求之意。所謂言之詳。辭之複。所以見其敬慕有不能自已之意也○建安何氏曰。劉氏云。文王教化其民。桃夭。歌其男女以正。漢廣。歌其美化行乎江漢之域。汝墳。歌其婦人能勉其君子以正。苟非防微之道。習以性成。風以成俗。其能然乎○豐城朱氏曰。漢之廣者不可泳。江之永者不可方。以比女德之端莊靜一者。不可求也。言今日之不可求。則知前日之可求矣。前日之可求。衰世之俗也。今日之不可求。聖人之化也。夫觀聖人之化。不於其他。而必於江漢之游女。何也。曰。天下之治。正家爲先。錄一漢廣。以見天下之家正也。天下之家正。而天下治矣。非被聖人之化。而能若是哉

遵彼汝墳。伐其條枚。叶莫悲反未見君子。惄乃歷反如調張留反饑

賦也。遵。循也。汝水。出汝州天息山。徑蔡潁州入淮。汝州。今南

陽府汝州。蔡州。今汝寧府。並隸河南。潁州。今鳳陽府潁州。直隸墳大防也。孔氏曰。墳謂崖岸。狀如墳墓。名大防也。枝曰條。榦曰枚。程子曰。君子從役於外。婦人爲樵薪之事。○華谷嚴氏曰。親伐薪。則庶人之妻惄飢意也。調一作輖。重去聲也。廬陵盧氏曰。惄本訓思。但飢之思食。意有惄然。故傳言飢意。而非飢狀。釋文曰。調。又作輖。廣韻注曰。輖重載也。○汝旁之國。亦先被文王之化者。故婦人喜其君子。行役而歸。因記其未歸之時。思望之情如此。而追賦之也

○遵彼汝墳。伐其條肄。以自反旣見君子。不我遐棄。

賦也。斬而復生曰肄。遐遠也。○伐其枚而又伐其肄。則踰年矣。至是乃見其君子之歸。而喜其不遠棄我也

○魴符方反魚赬勅貞反尾。王室如燬。音毀下同雖則如燬。父母孔

邇

比也。魴魚名。身廣而薄。少力。細鱗陸氏曰。魴。一名魾。江東呼爲鯿。音邊。○山陰陸氏曰。魴。青鯿。細鱗縮頭闊腹。其廣方。其厚褊。故曰魴。亦曰鯿。魴。方也。鯿。褊也赬。赤也。魚勞則尾赤。魴尾本白而今赤。則勞甚矣藍田呂氏曰。鯉尾赤。魴尾白。今亦赤。則勞甚矣王室。指紂所都也。燬。焚也。父母。指文王也。孔。甚。邇。近也。○是時文王三分天下有其二。而率商之叛國以事紂。故汝墳之人。猶以文王之命。供紂之役朱子曰。傳云文王率商叛國以事紂。蓋天下歸文王者六州。唯青兗冀屬紂耳。○南軒張氏曰。玩此詩。則民心雖怨乎紂。而尚以周之故。未至於泮散也。是文王以盛德爲商之方伯。與商室係民心而繼宗社者也。其德可不謂至乎其家人見其勤苦而勞去聲下如字之曰。汝之勞旣如此。而王室之政。方酷烈而未已。雖其酷烈而未已。然文王之德。如父母然。望之甚近。亦可以忘其勞矣。此序所謂婦人能閔其君子。猶勉之以正者。蓋曰。雖其別離之久。思念之深。而其所以相告語者。猶有尊君親上之意。而無情愛狎昵之私。則其德澤之深。風化之美。皆可見矣。安成劉氏曰。婦人之伐枚伐肄。則別其夫之久矣。惄如調饑。則念其夫之深矣。然其久別於行役之勞。宜有怨上之意。相見於深思之餘。宜有情昵之私。今乃有親上之語以相慰。則可見文王德澤之深。而其無情昵之私言。則又可見文王風化之美也。一說。父母甚近。不可以懈於王事而貽其憂。亦通。列女傳曰。妻恐其懈於王事。言國家多難。惟勉強之。無遺父母憂。蓋生於亂世。迫於暴虐故也。○須溪劉氏曰。父母。行役者之父母也

汝墳三章章四句

臨川王氏曰。前二章篤於夫婦之仁。後一章。篤於君臣之義。○止齋陳氏曰。汝墳。是已被先王之化者。江漢。是聞文王之化。而未被其澤者。却有意思。○慶源輔氏曰。未見君子。惄如調饑。思望之情也。既見君子。不我遐棄。喜幸之意也。雖則如燬。父母孔邇。慰勉之辭也。未見而思。既見而喜。發乎情也。終勉之以正。止乎禮義也。此可見其情性之正矣。且以紂之無道。天下離心。而汝墳之民。尚以文王之命。服紂之役。則文王之德。孚於人心者。可見矣。不惟此也。至於婦人。亦知以文王爲父母。而勉其君子以尊君親上之意。則文王之化。爲不可及矣。○豐城朱氏曰。周南十一篇。而南國之詩。僅居其二。何也。曰。漢廣汝墳之間。是非一國也。而其被聖人之化。則一而已矣。不錄。則無以見其風俗之美。盡錄。則又有不勝其可錄者焉。故錄一漢廣。以見其德之端莊。其性之靜一者。非特一女而已也。錄一汝墳。以見其意之忠厚。其志之專愨者。又非特一行役之婦人而已也。是時王化自北而南。故觀於桃夭。而見化之行於國中者如此。觀於漢廣汝墳。而見化之行於

南國者又如此。詩亦何以多爲哉

麟之趾。振振音真公子。叶獎里反于音吁嗟麟兮

興也。麟。麕俱倫反身牛尾馬蹄毛蟲之長上聲也。陸氏曰。麟色黃。圓蹄。王者至仁。乃出趾。足也。麟之足不踐生草。不履生蟲。振振。仁厚貌。于嗟。歎辭。○文王后妃德脩于身而子孫宗族皆化於善。故詩人以麟之趾。興公之子。言麟性仁厚。故其趾亦仁厚。文王后妃仁厚。故其子亦仁厚。然言之不足。故又嗟歎之。言是乃麟也。何必麕身牛尾而馬蹄。然後爲王者之瑞哉問傳以麟興文王后妃。以趾興其子。然則下文于嗟麟兮爲指誰耶。朱子曰。正指公子而言耳○慶源輔氏曰。振振。毛傳以爲信厚。然詩內初無信意。故先生以爲仁厚。麟趾不踐生草。不履生蟲。

有仁厚意也。文王身脩家齊。后妃又有賢德。而子孫宗族。皆化而爲善。則文王雖不王。而不害其爲有王者之道也。有王者之道。則有王者之瑞。故以麟之趾爲興

○麟之定。都佞反 振振公姓。于嗟麟兮

興也。定。額也。麟之額。未聞。或曰。有額而不以抵也。公姓。公孫也。姓之爲言生也

○麟之角。叶盧谷反 振振公族。于嗟麟兮

興也。麟一角。角端有肉。漢終軍傳曰。麟角戴肉。設武備而不爲害。所以爲仁也。公族。公同高祖。祖廟未毁。有服之親鄭氏曰。祖廟。高祖爲君者之廟。有緦麻之親。○安成劉氏曰。公同高祖。與文王同高祖也。蓋亞圉之玄孫。文王之三從兄弟。至武王時。然後亞圉服盡也

麟之趾三章章三句

序以爲關雎之應得之

華谷嚴氏曰。應。效應也。公子生長富貴。宜其驕淫輕佻也。今乃仁厚。豈非關雎風化之效歟。公子猶仁厚。則他人可知○南軒張氏曰。麟出於上古之時。蓋極治之日也。以紂之在上。而周之公子。振振仁厚。不減於極治之日。故詩人歌之。以爲是乃麟也。周公取之。以爲關雎之應○董氏曰。麒麟在郊藪。禮運以爲四靈。孔叢子曰。唐虞之時。麒麟遊於田。蓋古人言治之極。必假此爲應○朱子曰。興。是以一箇物事。貼一箇物事說。如麟之趾。下文便說振振公子。一箇對一箇說。蓋公本是一箇好底人。子也好。孫也好。譬如麟也好。定也好。角也好○慶源輔氏曰。一章言公子。二章言公姓。三章言公族。自近而遠。自狹而廣也○疊山謝氏曰。麟之趾之定之角。美其仁。頌詠其一身之間皆仁也。一章曰趾。二章曰定。三章曰角。自下而至於上也○廬陵彭氏曰。黃氏云。麟之趾不踶。定不抵。角不觸。猶公子宜貴不期驕。富不期侈也。而乃至於仁厚。又曰。或云。關雎之應。雖無麟而若麟之時。春秋之作。雖有麟而非麟之時

周南之國十一篇三十四章百五十九句

按此篇首五詩。皆言后妃之德。關雎。舉其全體而言也。葛覃卷耳。言其志行去聲之在己。樛木螽斯美其德惠之及人。皆指其一事而言也朱子曰。關雎。如易之乾坤。意思恁地無方際。只反覆形容后妃之德。而不指說道甚麼是德。只恁渾淪說。如下面諸篇。却多就一事說其詞雖主於后妃。然其實則皆所以著明文王身脩家齊之效也。至於桃夭兔罝芣苢。則家齊而國治之效。漢廣汝墳。則以南國之詩附焉。而見天下已有可平之漸矣。若麟之趾。則又王者之瑞。有非人力所致而自至者。

故復以是終焉。而序者以爲關雎之應也。夫其所以至此。后妃之德。固不爲無所助矣。然妻道無成。則亦豈得而專之哉。今言詩者。或乃專美后妃。而不本於文王。其亦誤矣

慶源輔氏曰。張子謂今之言詩者。字爲之訓。句爲之釋。未有全得一篇之意者。而先生於詩。非止全得一篇之意者。至於此論。則又全得周公集此二南之旨。句句有事實意味可玩。無一毫穿鑿牽合之私。熟讀之自見。與大學中庸二解同功。是豈拘於序說者所能及哉○安成劉氏曰。已上十一篇詩。原其所以作。皆本於文王之身。蓋關雎至螽斯五篇。則刑于寡妻之效也。桃夭以下六篇。所謂至于兄弟御于家邦者也。后妃之德。固在其中矣。然而妻者陰道也。陰道無成有終。則后妃豈得專成功之名哉。此所以一國之事。係一人之本。而謂之風也

召南一之二

召。地名。召公奭之采（音菜）邑也（釋文曰。召康公也。而燕世家云。與周同姓。又皇甫謐云。文王庶子。勝殷後。封於北燕。留周佐政。食邑於召。輔成王康王。卒諡曰康。長子繼燕。支子繼召。左傳富辰言文之昭十六國。無燕。未詳孰是）舊說。扶風雍（去聲）縣南有召亭。即其地。今雍縣析爲岐山天興二縣。未知召亭的在何縣。餘已見周南篇（史記正義。召亭。齊岐山縣西南）

維鵲有巢。維鳩居（叶姬御反）之。之子于歸。百兩（如字。又音亮）御（五嫁反。叶魚據反）之

興也。鵲鳩皆鳥名。鵲善爲巢。其巢最爲完固（鄭氏曰。冬至架之。春乃成）鳩性拙。不能爲巢。或有居鵲之成巢者（廬陵歐陽氏曰。鳩。拙鳥也。）

不能作巢多在屋瓦間或於樹上架構樹枝初不成巢便以生子往往墜雛鵲作巢甚堅既生雛飛去容有鳩來處彼之巢

之子指夫人也兩一車也一車兩輪故謂之兩御迎也諸侯之子嫁於諸侯送御皆百兩也○南國諸侯被文王之化能正心脩身以齊其家其女子亦被后妃之化而有專靜純一之德故嫁於諸侯而其家人美之曰維鵲有巢則鳩來居之是以之子于歸而百兩迎之也此詩之意猶周南之有關雎也

龜山楊氏曰鵲巢言夫人之德猶關雎之言后妃也蓋自天子至於諸侯大夫刑于家邦無二道也○問關雎言窈窕淑女則是明言后妃之德鵲巢三章皆不言夫人之德如何朱子曰鳩之性靜專無比可借以見夫人之德也○南軒張氏曰惟其能專靜而端然享之是乃夫人之德有所作爲則非婦道矣○慶源輔氏曰專靜純一婦人之庸德也后妃惟有幽閑

貞靜之德。故既得之也。則琴瑟鐘鼓以樂之。夫人唯有專靜純一之德。故其來歸也。則百兩之車以迎之。此詩之意。如周南之有關雎者。說得最好。便見周公當時集此二南詩意。蓋欲人知夫治國平天下之道。自脩身齊家始也

○維鵲有巢。維鳩方之。之子于歸。百兩將之

興也。方有之也。將送也

○維鵲有巢。維鳩盈之。之子于歸。百兩成之

興也。盈滿也。謂衆媵音孕姪音迭。又音秩娣之多。釋文曰。國君夫人。有左右媵。兄弟女曰姪。娣。女弟也。○公羊傳。諸侯娶一國。則二國往媵之。以姪娣從。諸侯一聘九女成。成其禮也。

鵲巢三章章四句

于以采蘩。于沼于沚。于以用之。公侯之事。叶上止反

賦也。于。於也。蘩。白蒿也。本草曰。蓬蒿也。似青蒿而葉麤。上有白毛。從初生至枯。白於衆蒿。頗似細艾。三月採。爾雅所謂皤蒿也。秋香美可生食。又可蒸爲葅。沼。池也。沚。渚也。孔氏曰。蒿非水菜。謂於沼沚之旁采之。○爾雅。小洲曰渚。小渚曰沚。沼。池之曲者。事。祭事也。長樂劉氏曰。尊祭祀。故直謂之事。春秋有事于太廟是也。○南國被文王之化。諸侯夫人。能盡誠敬以奉祭祀。而其家人叙其事以美之也。問采蘋蘩采枲耳。后妃夫人。恐未必親爲之。朱子曰。詩人且是如此說。或曰。蘩。所以生蠶。蓋古者后夫人有親蠶之禮。此詩亦猶周南之有葛覃也。問采蘩只作祭祀說。自是曉然。若作蠶事。雖與葛覃同類。而恐實非也。葛覃是女功。采蘩是婦職。以爲同類。亦無不可。何必以爲蠶事而後同耶。朱子曰。此說亦姑存之而已。又問何故存兩說。曰。如今不見得果是如何。且與兩存。從

來說蘩所以生蠶可以供蠶事何必
抵死說道只爲奉祭祀不爲蠶事

○于以采蘩于澗之中于以用之公侯之宮

賦也山夾水曰澗宮廟也或曰即記所謂公桑蠶室也禮記祭義曰天子諸侯必有公桑蠶室築宮仞有三尺卜三宮夫人世婦之吉者使入蠶于蠶室桑于公桑

○被皮寄反之僮僮音同夙夜在公被之祁祁薄言還歸

賦也被首飾也編偏上聲又如字髮爲之孔氏曰少牢云主婦被裼此周禮所謂次也次第髮長短爲之所謂髲髢也又曰剔刑人賤者髮以被婦人之紒音計爲飾因名髲鬄被裼髲鬄並音被第○華谷嚴氏曰王后六服褖衣爲進朝於王之服首則服次諸侯夫人於其國衣服與王后同夫人祭祀不應服次曹氏謂此在商時與周禮異僮僮竦敬也長樂劉氏曰步雖移而被不動之貌夙早也公公所也朱子曰謂宗廟之中非私室也○疊山謝氏曰齊盧之類祁祁舒遲貌

去事有儀也。祭義曰。及祭之後。陶陶音遥遂遂。如將復音阜入然。鄭氏曰。祭畢思念既深。如覩視將復入也。陶陶遂遂。相隨行之貌不欲遠去。愛敬之無已也。或曰。公即所謂公桑也慶源輔氏曰。此章又極言以形容其誠敬之有終始也。熟玩之。如畫出箇賢婦人來。其意態精神。皆可見。采蘩以供祭。是未祭以前事也。被之僮僮。夙夜在公。是正當祭時事也。被之祁祁。薄言還歸。是既祭畢時事也。夫鋭始而怠終者。常人之情也。事有始終。敬無間斷。此夫人之所以為賢也

采蘩三章章四句止齋陳氏曰。采蘩。其家人之六二乎。无攸遂。在中饋。言婦人無遂事。惟飲食薦享而已。采蘩于沼沚。而用之于祭祀。其未事。則夙夜以致吾力。其既事。則舒遲以言歸而已。〇廬陵彭氏曰。呂氏云。一章二章。言其事也。三章。言其容也

喓喓於遥反草蟲。趯趯託歷反阜螽。未見君子。憂心忡忡敕中反

亦既見止亦既覯止我心則降戶江反叶乎攻反

賦也喓喓聲也草蟲蝗屬奇音青色趯趯躍貌阜螽蠜音樊也孔氏曰釋蟲云草蟲負蠜也郭璞云常羊也又陸璣云大小長短如蝗也○華谷嚴氏曰負螽也蠜也即螽斯也○山陰陸氏曰草蟲鳴阜螽躍而從之故負螽曰蠜草蟲謂之負蠜忡忡猶衝衝也疊山謝氏曰心不寧也止語辭覯遇降下也疊山謝氏曰猶今人云放下心也

○南國被文王之化諸侯大夫行役在外其妻獨居感時物之變而思其君子如此三山李氏曰出車亦是行役之詩故五章述其妻憂思亦如此亦若周南之卷耳也

○陟彼南山言采其蕨未見君子憂心惙惙張劣反亦既見止亦既覯止我心則説音悅

賦也。登山蓋託以望君子。蕨鼈也。初生無葉時可食釋文曰。周秦曰蕨。齊魯曰鼈。初生似鼈脚。故名亦感時物之變也黃氏曰。隨其所感。動其所思。時物之變屢至。大夫之役未還。憂念之情。其可已乎惙憂也慶源輔氏曰。草蟲之鳴。阜螽之躍。蕨薇之生。皆時物之變也。南國諸侯大夫。行役于外。而其妻在家。感時物之變如此。而思念其君子。且曰。使我得見君子。則其心乃自降下矣。此可見其情性之正。是皆文王風化之所及也

〇陟彼南山。言采其薇。未見君子。我心傷悲。亦既見止。亦既覯止。我心則夷。

賦也。薇似蕨而差汪氏音初邁反。較也大。有芒而味苦。山間人食之。謂之迷蕨慶源輔氏曰。蕨薇。皆是山之所有。登山采薇。亦皆託言也。凡詩中所言采掇之事。多是託言胡氏曰。疑即莊子所謂迷陽者。致堂胡氏曰。荊楚之間。有草叢生脩

條。四時發穎。春夏之交。花亦繁麗。條之腴者。大如巨擘。剝而食之甚美。野人呼爲迷陽。疑莊子所謂迷陽迷陽。無傷吾行。即此蕨也。○山陰陸氏曰。薇亦山菜。莖葉皆似小豆。蔓生。其味亦似小豆。今官園種之。以供宗廟祭祀。○容齋項氏曰。薇。今之野豌豆。蜀人謂之巢菜。豌音剜

夷平也

草蟲三章章七句

疊山謝氏曰。惙惙憂之深。不止於忡忡矣。傷則惻然而痛。悲則無聲之哀。不止於惙惙矣。此未見之憂。一節緊一節也。降則心稍放下。悅則喜動于中。夷則心氣和平。此既見之喜。一節深一節也。此詩每有三節。蟲鳴螽躍采蕨采薇之時。是一般意思。忡忡惙惙傷悲之時。是一般意思。則降則悅則夷之時。是一般意思。○豐城朱氏曰。卷耳。后妃之思其君子也。草蟲。大夫妻之思其君子也。曰汝墳。曰殷其雷。又行役者之妻之思其君子也。尊卑之分雖殊。而室家之情則一。然以行役之久。雖有別離之思。而無怨恨之情。所以爲風之正也

于以采蘋。南澗之濱。于以采藻。于彼行潦。音老

賦也。蘋。水上浮萍也。江東人謂之薸華谷嚴氏曰。本草。水萍有三種。大者曰蘋。葉圓。濶寸許。季春始生。可糝蒸爲茹。中者曰荇菜。小者水上浮萍。毛氏以蘋爲大萍。是也。郭璞以蘋爲水上浮萍。是以小萍爲大萍。誤矣。蘋可茹。而萍不可茹。豈有不可茹之藻。而乃用以供祭祀乎濵。厓也。藻。聚藻也。生水底。莖如釵股。葉如蓬蒿陸氏曰。藻生水底。有二種。一葉似鷄蘇。莖大如筯。長四五尺。一莖如釵股。葉似蓬蒿。謂之聚藻。二者皆可食。熟煑挼去腥氣。米麪糝蒸爲茹。佳美。飢荒可充食行潦。流潦也○南國被文王之化。大夫妻能奉祭祀。而其家人敘其事以美之也臨川王氏曰。采蘋必於南澗。采藻必於行潦。言其所薦有常物。所采有常處也○慶源輔氏曰。此詩與采蘩正相類。但采蘩是美諸侯夫人。此詩是美大夫妻。以言奠于宗室而知之也

○于以盛音成之。維筐及筥。居呂反于以湘之。維錡宜綺反及釜

符甫反

賦也。方曰筐。圓曰筥。曹氏曰。皆竹器。湘。烹也。蓋粗熟而淹以爲菹也。慶源輔氏曰。知粗熟而淹以爲菹者。祭祀之禮。主婦主薦豆。而實以菹醢故也。錡。釜屬。有足曰錡。無足曰釜。釋文曰。錡。三足釜也。○此足以見其循序有常。嚴敬整飭之意。臨川王氏曰。所用有常器也。○長樂劉氏曰。誠敬之至。事事必躬也。○慶源輔氏曰。所用有常器。每事必躬親。先後有次序。皆嚴敬者之所爲也。嚴敬則自然整飭如此。○安成劉氏曰。必采而後盛。以筐筥。必盛而後烹。以錡釜。則非循序有常者不能也。曰采。曰盛。曰湘。無一不親。曰筐。曰筥。曰錡。曰釜。無一不具。則非嚴敬整飭者不能也

○于以奠之。宗室牖下。叶後五反誰其尸之。有齊季女。側皆反

賦也。奠。置也。宗室。大宗之廟也。大夫士祭於宗室。安成劉氏

曰。諸侯之庶子爲別子。別子之嫡子爲大宗。即大夫之始祖也。故祭於其廟**牖下。室西南隅。所謂奥也**朱子曰。古人廟堂南向。室在其北。東戶西牖皆南向。室西南隅爲奥。尊者居之。故神主在焉。所謂牖下者也。凡廟皆南向。而主皆東向○廬陵李氏曰。堂屋五架。中脊之架曰棟。次棟之架曰楣。後楣之下。以南爲堂。以北爲室與房。大夫房東室西。相連爲之。室又戶東而牖西。戶不當中而近東。則西南隅最爲深隱。故謂之奥。而祭祀及尊者常處焉。牖穿壁爲交牕。以取明也**尸。主也。齊。敬。季。少也。祭祀之禮。主婦主薦豆實以葅醢**儀禮少牢曰。饋食。主婦薦韭葅醓醢。奠於筵前。葵葅蠃醢。陪設于東○建安熊氏曰。葅。菜茹。醢。肉汁。周禮有七葅七醢。或曰醢。肉醬也。又曰。無骨爲醢**少而能敬。尤見其質之美。而化之所從來者遠矣**華谷嚴氏曰。自后妃。及夫人。及大夫妻。皆文王齊家之化也

采蘋三章章四句東萊呂氏曰。采之盛之湘之奠之。所爲者非一端。所歷者非一所矣。

煩而不厭。久而不懈。循其序而有常。積其誠而益厚。然後祭祀成焉。季女之少。若未足以勝此。而實尸此者。以其有齊敬之心也〇慶源輔氏曰。首章言未祭之前。采蘋藻之事。次章言旣得蘋藻。而治以爲菹之事。三章言祭時獻豆菹之事。如東萊所言。亦說得好。但此詩意。尤在有齊季女一句上。惟敬故無間斷。少而能敬。非質之美而教之豫者不能。非文王之化。所從來者遠。曷能如此哉。采蘩見其始終之敬。采蘋見其少而能敬。左傳曰。苟有明信。澗溪沼沚之毛。蘋蘩薀藻之菜。筐筥錡釜之器。潢汙行潦之水。可薦於鬼神。可羞於王公。風有采蘩采蘋。雅有行葦泂酌。昭忠信也

蔽芾非貴反甘棠。勿翦勿伐。召伯所茇蒲曷反

賦也。蔽芾盛貌。甘棠杜梨也。白者爲棠。赤者爲杜陸氏曰。棠。今棠梨也〇山陰陸氏曰。其子有赤白美惡。白色爲甘棠。赤色澀而酢。俗語澀如杜。是也翦翦其枝葉也。伐伐其條幹也。伯方伯也廬陵羅氏曰。伯。長也。爲諸侯之長也茇草

舍也廬陵羅氏曰。止於其下以自蔽。猶草舍耳。非謂作舍也○召伯循行南國。以布文王之政。或舍甘棠之下長樂王氏曰。召伯觀省風俗。或茇甘棠之下。以受民訟。○元城劉氏曰。憇息甘棠之下耳。說者乃謂。召公不重煩勞百姓。止舍棠下。是爲墨子之道也其後人思其德。故愛其樹而不忍傷也元城劉氏曰。覩其物。思其人。思其人。則愛其樹。得人心之至也

○蔽芾甘棠。勿翦勿敗。叶蒲寐反召伯所憇。起例反

賦也。敗廬陵羅氏曰。必邁反。凡物自毀則如字。毀之必邁反折。憇息也。勿敗。則非特勿伐而已。愛之愈久而愈深也。下章放此慶源輔氏曰。始則不忍翦伐之。既則不忍敗折之。既則又不忍抑屈之。愛之愈久而愈深也。思其人而愛其樹。則其愛之之意廣矣。又至於愈久而愈深。則其愛之之意遠矣。召公之德。其浹洽於人心者如此。而文王之化。從可知矣

〇蔽芾甘棠勿翦勿拜叶變制反召伯所說始銳反

賦也拜屈董氏曰如人之拜小低屈也說舍也勿拜則非特勿敗而已

甘棠三章章三句

史記燕世家曰召公甚得兆民和巡行鄉邑有棠樹決政事其下人思召公懷棠樹不敢伐歌詠之〇孔氏曰括地志云召伯廟在洛州壽安縣西北人懷其德因立廟〇三山李氏曰樂記論武樂曰五成而分周公左召公右則召公爲伯在武王時而此詩稱伯者亦後人追稱之耳〇考索曰周南天子所都周公不得專有其美召公專主諸侯則南國之教得以稱召伯也在易二與四同功而異位二多譽遠也四多懼近也周公近召公遠有詩無詩此其異歟〇慶源輔氏曰蘇氏謂周公在內近於文王雖有德而不見故其詩不作召公在外遠於文王功業明著則詩作於下此理之最明者此其說似可采而詩傳不取者蓋二南皆周公所集其實皆所以明

文王之德化也

厭於葉反浥於及反行露。豈不夙夜。叶羊茹反謂行多露

賦也。厭浥濕意。行。道。夙。早也。○南國之人。遵召伯之教服文王之化。有以革其前日淫亂之俗。故女子有能以禮自守。而不爲強暴所汚者。自述己志。作此詩以絕其人。言道間之露方濕。我豈不欲早夜而行乎。畏多露之沾濡而不敢爾。蓋以女子早夜獨行。或有強暴侵陵之患。故託以行多露。而畏其沾濡也

○誰謂雀無角。叶盧谷反何以穿我屋。誰謂女音汝無家。叶音谷何以速我獄。雖速我獄。室家不足

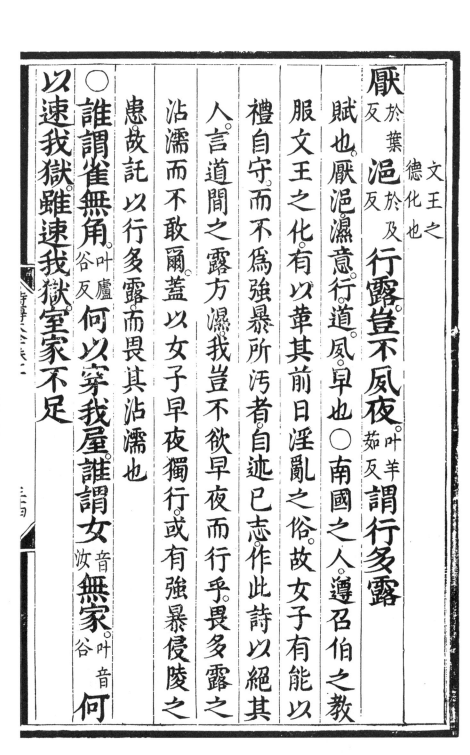

興也。家謂以媒聘求爲室家之禮也。速召致也。○貞女之自守如此。然猶或見訟而召致於獄。因自訴而言。人皆謂雀有角。故能穿我屋。以興人皆謂汝於我嘗有求爲室家之禮。故能致我於獄。然不知汝雖能致我於獄。而求爲室家之禮初未嘗備。如雀雖能穿屋而實未嘗有角也（華谷嚴氏曰。男侵陵女。女不從。遂誣女以有室家之約。而召伯聽其訟。此詩述女子自訴之辭如此。蓋雀之穿屋。實以咮。不以角也。男子之速我獄。乃是侵陵。實無室家之禮也。咮。音晝）

○誰謂鼠無牙。（叶五紅反）何以穿我墉。誰謂女無家。（叶各空反）何以速我訟。（叶祥容反）雖速我訟。亦不女從。

興也。牙。牡齒也。（龜山楊氏曰。鼠無牡齒。○山陰陸氏曰。鼠有齒而無牙）墉。墻也。○

言汝雖能致我於訟。然其求爲室家之禮。有所不足。則我亦終不汝從矣　朱子曰。使貞女之志。得以自伸者。召伯聽訟之明　○慶源輔氏曰。前章室家不足。責之以禮也。此章亦不女從。斷之以義也。貞女之志。守禮執義如此。則被化而成德者深矣。牡齒。謂齒之大者

行露三章一章三句二章章六句　朱子曰。召南非一國。其被化必有淺深。此詩之作。其被化之未純者歟。故未免有強暴侵陵之犯。必待聽之明而後察。若周南則固無是詩。然騶虞純被之後。召南亦不宜有是詩矣　○安成劉氏曰。此詩貞女。乃訟之初六。強暴之男。則訟之九四也。初六陰深不求於訟。而九四以剛不中正應之。貞女自守。非所以召訟。而男子以強暴陵之。然曰室家不足。則初六之辯明矣。曰亦不女從。則九四不克訟矣。所以能然者。以有召伯爲九五之大人也。然以此詩之貞女。猶周南漢廣之貞女也。而彼之出游。人自不犯。此雖早夜自守。而猶有

強暴之訟。是又被化有遠近。作詩有先後。未可遽分優劣也○豐城朱氏曰。行露之女子貞信。而男強暴。豈文王召伯之教化。能行之女而不能行之男耶。蓋當是時。南國之人。染商之惡深。被周之政淺。則或變或不變。固不可以一律齊也。漢廣之游女。歎其終不可求。此被化而先變者也。行露之貞女。見訟而致於獄。此被化而未純者也。文王之化。譬之太陽雖無私。而其照陰崖也獨後。陽春雖無私。而其至陰谷獨遲。其勢則然也

羔羊之皮。叶蒲何反素絲五紽。徒何反退食自公。委於危反蛇。音移叶唐何反委蛇。

賦也。小曰羔。大曰羊。皮所以爲裘。大夫燕居之服。素白也。紽未詳。蓋以絲飾裘之名也。錢氏曰。兩皮之縫不易合。故織白絲爲紃。施之縫中。連屬兩皮。因以爲飾。紃。音馴○曹氏曰。裘必合衆皮而成。故其縫殺不一退食。退朝而食

於家也。自公從公門而出也。委蛇自得之貌○南國化文王之政。在位皆節儉正直。故詩人美其衣服有常而從容自得如此也朱子曰。衣裳有常制。進止有常所。其節儉正直。亦可見矣○慶源輔氏曰。羊裘素飾。可見其節儉。退公委蛇。可見其正直○疊山謝氏曰。召南大夫。有潔白之操。稱潔白之服。中心無愧作。故外貌有威儀。德行可法。故容止可觀。進退可度。委蛇委蛇。此泰然自得之貌也。使胸中微有愧怍。其步趨非躁則急。不遲則速。安能委委蛇蛇哉○南軒張氏曰。重言委蛇。舒泰而有餘裕也。獨賦其退食之際。蓋於此時而然。則其在公之正直可知矣。不然。有愧于中。則其退也。亦且促迫急遽之不暇。寧有委蛇氣象哉

○羔羊之革。叶訖力反素絲五緎。音域委蛇委蛇。自公退食

賦也。革猶皮也孔氏曰。皮去毛曰革。對文則異。散文則通緎裘之縫界也新安胡氏曰。紽緎總。竊意名義微異。縫之突兀謂之紽。有界限。謂之緎。合二爲一。謂之總

○羔羊之縫。符龍反素絲五總。子公反委蛇委蛇。退食自公。

賦也。縫。縫皮合音閤之以爲裘也。總。亦未詳。

羔羊三章章四句 安成劉氏曰。此詩之言賢才。猶周南之有兔罝也。蓋文王作人之效。如春風和氣。所在生輝。故人才之所成就。驗諸在野。則赳赳之武夫。公侯腹心。觀諸在朝。則委蛇之大夫。節儉正直。此文王之化。不可以淺深遠近論者也。

殷音隱其靁。在南山之陽。何斯違斯。莫敢或遑。振振音眞君子。歸哉歸哉。

興也。殷。靁聲也。山南曰陽。何斯。斯此人也。違斯。斯此所也。遑。暇也。振振。信厚也。○南國被文王之化。婦人以其君子從役在外。而思念之。故作此詩。言殷殷然靁聲。則在南山之陽矣。何此君子。獨去此而不敢少暇乎。張子曰。如鸛鳴婦歎之義。將風雨則思念行者。○盧陵彭氏曰。或云。行者遇雨。則思居者之安。居者遇雨。則思行者之勞也。於是又美其德。且冀其早畢事而還歸也。須溪劉氏曰。再言歸哉者。不敢必其即歸也。○慶源輔氏曰。此詩明白。只涵泳便自見。念其勞。美其德。冀其早畢事以還歸。無棘欲。無怨辭。可謂得其情性之正矣。婦人而能如此。文王之化深矣。○豐城朱氏曰。何斯違斯。念其久也。莫敢或遑。閔其勞也。振振君子。美其德也。歸哉歸哉。望其至也。往役者。君子事上之義。思念者。婦人愛夫之情。二者固並行而不相悖也

○殷其靁。在南山之側。叶莊力反何斯違斯。莫敢遑息。振振君子。歸哉歸哉

興也。黃氏曰。南山之陽之側之下。但便韻叶聲耳。不必求異義也息。止也

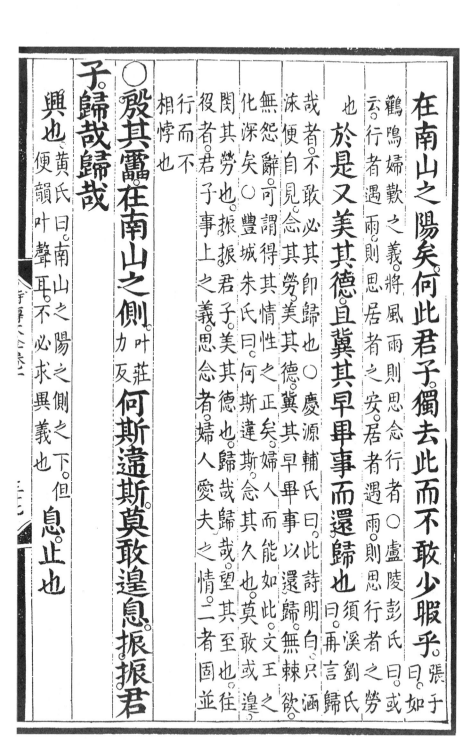

○殷其靁在南山之下叶後五反何斯違斯莫或遑處尺煑反振振君子歸哉歸哉

興也叠山謝氏曰始不敢暇中不敢止終不暇居處一節緊一節此詩人法度也

殷其靁三章章六句問此詩比君子于役之類莫是寬緩和平故入正風朱子曰固然但正變風亦是後人如此分別當時亦只是大約取之聖人之言在春秋易書無一字虛至於詩則發乎情不同○安成劉氏曰此詩之念行役猶周南之有汝墳也然視汝墳獨無尊君親上之意者蓋彼詩作於既見君子之時故得慰其勞而勉以正此詩作於君子未歸之日故但念其行役之勞然而無怨咎之辭則其婦人之賢文王之化亦皆可見矣○豐城朱氏曰二南言振振者凡三螽斯之振振以衆盛言也麟趾之振振以仁厚言也殷其靁之振振以信厚言也自子孫之衆多而言故取其盛自聖化之漸濡而言故取其仁自室家之别離而言故取其信言固各有所指也

摽（婢小反）有梅。其實七兮。求我庶士。迨其吉兮

賦也。摽。落也。梅。木名。華白。實似杏而酢。庶。衆。迨。及也。吉。吉日也。○南國被文王之化。女子知以貞信自守。懼其嫁不及時。而有強暴之辱也。故言梅落而在樹者少。以見時過而太晚矣（安城劉氏曰。周禮。仲春令會男女。梅落之時。則四月矣。故曰時過而太晚）。求我之衆士。其必有及此吉日而來者乎（慶源輔氏曰。先生之說當矣。此乃女子自言其心事之實而已。無隱情。無慝志。非文王之化。其能臻此哉）

○摽有梅。其實三（叶疏簪反）兮。求我庶士。迨其今兮

賦也。梅在樹者三。則落者又多矣。今。今日也。蓋不待吉矣（臨川王氏曰。不暇吉日之擇。迨今可以成昏矣）

○摽有梅頃音傾筐塈許器反之求我庶士迨其謂之

賦也塈取也頃筐取之則落之盡矣謂之則但相告語而約可定矣盧陵歐陽氏曰謂相語也遣媒妁相語以求之也○黃氏曰迨其謂之以爲男女固欲及時而亦必以正必待父母之命媒妁之言也○慶源輔氏曰其辭雖若汲汲然必待夫士之求也懼時之過者情也待士之求者禮也發乎情止乎禮義蓋不獨變風爲然矣

摽有梅三章章四句

或問若以此詩爲女子自作恐不足以爲風之正經朱子曰以爲女子自作亦不害蓋里巷之詩但如此已爲不失正矣○問此詩何以入正風曰當文王與紂之世方變惡入善未可全責備問此詩固出於正只是如此急迫何耶曰此亦是人之情嘗見晉宋間有怨父母之詩讀詩者於此亦欲達男女之情向見東萊麗澤詩有唐人女言兄嫂不以嫁之詩亦自鄙俚可惡後來思之亦自是人之情處爲父母者能於是而察之則必使之及時矣此所謂詩可

以觀女子之情。欲昏姻之及時。視桃夭則少艾矣。行露死麕於漢廣亦然。○東萊呂氏曰。是詩也其詞汲汲。如將失之。豈習亂而喜始治者耶。○安成劉氏曰。此詩懼昏姻之過時。固不若桃夭之樂得及時矣。然召南之有此詩。則猶周南之有桃夭也

嘒（呼惠反）彼小星。三五在東。肅肅宵征。夙夜在公。寔命不同。

興也。嘒。微貌。三五。言其稀。蓋初昏或將旦時也。肅肅。齊（音咨又音齋）遬（音速）貌。（鄭氏曰。齊謙慤貌。遬猶蹙蹙也）宵。夜。征。行也。寔。與實同。命。謂天所賦之分也。○南國夫人承后妃之化。能不妬忌以惠其下。故其衆妾美之如此。蓋衆妾進御於君。不敢當夕。見星而往。見星而還。（安成劉氏曰。見星而往還者。或在昏時。或在旦時也）故因所見以起興。其於義無所取。特取在東在公兩字

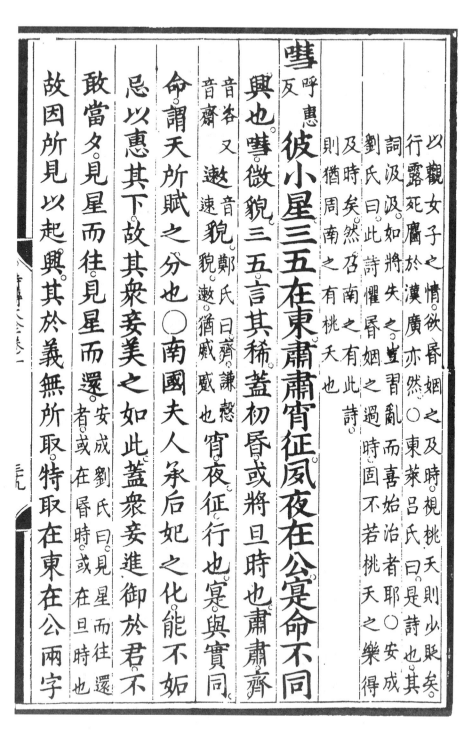

之相應耳。遂言其所以如此者。由其所賦之分。不同於貴者。是以深以得御於君。爲夫人之惠。而不敢致怨於往來之勤也

○嘒彼小星。維參所森反與昴。叶力求反肅肅宵征。抱衾與裯。直留反寔命不猶

興也。參昴。西方二宿之名。孔氏曰。參白虎宿三星直下有三星。銳曰參。昴六星。衾被也。裯。禪音丹被也。興亦取與。昴與裯二字相應。猶亦同也。程子曰。賤妾得御於君。是其僭恣可行。而分限得踰之時也。乃能謹於抱衾與裯。而知命之不猶。則教化至矣

小星二章章五句

呂氏曰。夫人無妬忌之行。而賤妾安於其命。所謂上好仁。而下必好義者也。安成劉氏曰。此爲衆妾美夫人之詩。則亦周南樛木螽斯之類也。

江有汜。音祀叶羊里反之子歸。不我以。不我以。其後也悔。叶虎洧反

興也。水決復音阜入爲汜。爾雅疏曰。凡水之岐流。復還本水者。曰汜。今江陵漢陽安復之間。蓋多有之。朱子曰。夏水自江而別。以通于漢。漢復入江。冬竭夏流。故謂之夏。而其入江處。今名夏口。即所謂江有汜也○宋安州。即今之德安府。復州。今沔陽州。並隷湖廣之子。媵妾指嫡妻而言也。婦人謂嫁曰歸。我。媵自我也。能左右並去聲之曰以。謂挾已而偕行也○是時汜水之旁。媵有待年於國。而嫡不與之偕行者。孔氏曰。古者嫁女。娣姪從。謂之媵○公羊

傳注曰待年父母國也娣人八歲備數十五從嫡二十承事君子其後嫡被后妃夫人之化乃能自悔而迎之故媵見江水之有汜而因以起興言江猶有汜而之子之歸乃不我以雖不我以然其後也亦悔矣

○江有渚之子歸不我與不我與其後也處

興也渚小洲也水岐成渚與猶以也處安也得其所安也

○江有沱徒河反之子歸不我過音戈不我過其嘯也歌

興也沱江之别者爾雅曰水自河出爲灉漢爲潛江爲沱○孔氏曰皆大水别爲小水之名禹貢荊揚皆有沱潛者以水從江漢出者皆曰沱潛故二州皆有也過謂過我而與俱也

嘯蹙口出聲以舒憤懣之氣言其悔時也歌則得其所處而樂也 朱子曰此兼上兩節而言○豐城朱氏曰始而不我以者私欲之害也終而遂能悔者天理之復也江沱之嫡而能自悔則亦可以驗夫聖化行而美俗成矣

江有汜三章章五句 慶源輔氏曰不我以不我與不我過者欲也其後也悔其後也處其嘯也歌者理也從欲者躁急而褊狹復禮者安舒而和樂從欲而悔循理而樂得性情之正也

陳氏曰小星之夫人惠及媵妾而媵妾盡其心江沱之嫡惠不及媵妾而媵妾不怨蓋父雖不慈子不可以不孝各盡其道而已矣 黃氏曰居上者當如小星之夫人居下者當如江汜之媵妾凡爲人子爲人弟爲人臣皆當以此詩爲法○東萊呂氏曰一章曰悔二章曰處三章曰歌始則悔悟中則相安終則相歡言之序也

野有死麕。俱倫反與春叶白茅包叶補苟反之。有女懷春。吉士誘之。

興也。麕。獐也。鹿屬。無角。本草注曰。麞類甚多。麕其總名也懷春。當春而有懷也。華谷嚴氏曰。春者。天地交感。萬物孳生之時。聖人順天地萬物之情。令媒氏以中春會男女。故女之懷昏姻者。謂之懷春吉士。猶美士也。須溪劉氏曰。稱其人曰吉士。厚也。又愧之也○南國被文王之化。女子有貞潔自守。不爲強暴所污者。故詩人因所見以興其事而美之。華谷嚴氏曰。言野有死麕。人欲取其肉。猶以白茅包裹之。有女懷春。汝吉士何不以禮娶之。乃誘之乎。無禮者豈吉士。但美其稱以責之。言汝本善良。何乃如此或曰。賦也。言美士以白茅包其死麕。而誘懷春之女也。朱子曰。野有死麕。潘叔恭謂強暴者。欲以不備之禮。爲侵陵之具。得之

○林有樸蒲木反樕。音速野有死鹿。白茅純徒尊反束。有女如玉。

興也。樸樕。小木也。鹿。獸名。有角。純束。猶包之也。華谷嚴氏曰。純聚而包束之如玉者。美其色也。上三句興下一句也。或曰。賦也。言以樸樕藉死鹿。束以白茅。而誘此如玉之女也。慶源輔氏曰。以、上三句興下一句。此在興體中又是一格。但言有女如玉。而不言所以求之者。蒙上章意也

○舒而脫脫勑外反兮。無感我帨始銳反兮。無使尨美邦反也吠符廢反

賦也。舒。遲緩也。脫脫。舒緩貌。感。動。帨。巾。孔氏曰。內則婦事舅姑。左佩紛帨。注云。拭物之巾尨。犬也。○此章乃述女子拒之之辭。言姑徐徐而來。毋動我之帨。毋驚我之犬。以甚言其不能相及也。其凜然不可犯之意。蓋可見矣。新安胡氏曰。莫動我之帨。拒之使遠其身

也。莫驚我之犬。又拒之使遠其害也。此可見其凜然不可犯矣○慶源輔氏曰。此詩之意。都在此章。不必於前章死字。白字。懷春字。誘字。上巧生意見。才如此。便害了此詩本旨

野有死麕三章二章章四句一章三句

東萊呂氏曰。此詩言惡無禮而拒之。其詞初猶緩而後益切。曰吉士誘之。其詞猶巽也。曰有女如玉。則正言其貞潔不可犯也。至於其末。拒之益切矣○安成劉氏曰。召南有此詩。亦猶周南有漢廣。但漢廣則男女各得其正。而行露死麕二詩方作之時。則女已貞而男未正耳

何彼穠奴容反與雝叶矣。唐棣徒帝反之華。芳無胡瓜二反曷不肅雝。王姬之車斤於尺奢二反

興也。穠盛也。猶曰戎戎也。唐棣栘也。音移似白楊本草曰。枎移樹大十數圍。即唐棣也。亦名栘楊。圓葉弱蒂。微風大搖。一云薁李。華或白或赤。六月熟。大如李子可食肅敬

雝和也。周王之女姬姓。故曰王姬○王姬下嫁於諸侯。車服之盛如此。而不敢挾貴以驕其夫家。故見其車者、知其能敬且和。以執婦道。於是作詩以美之曰。何彼戎戎而盛乎。乃唐棣之華也。此何不肅肅而敬。雝雝而和乎。乃王姬之車也（朱子曰。何彼。曷不。皆設問之詞也）此乃武王以後之詩。不可的知其何王之世。然文王大姒之教。久而不衰。亦可見矣（慶源輔氏曰。東萊曰。不言王姬而曰王姬之車者。不敢指切之也。二南多言后妃夫人大夫妻之美。而此詩乃美王姬下嫁而作。故取而附之。或近或遠。皆所以見文王太姒之教也）

○何彼襛矣。華如桃李。平王之孫。齊侯之子（叶獎里反）

興也。李。木名。華白實可食。舊說平。正也。武王女。文王孫。

適齊侯之子孔氏曰。文。謚之正名也。稱者則隨德不一。以德能平正天下。故稱平王。如書稱寧王
也○皇甫謐曰。武王五男二女。元女妻胡公。王姬宜爲
媵。今何得適齊侯之子。或以尊故命同族爲媵○安成
劉氏曰。二南乃周公制作時所定。則有武王以後之詩。
固無可疑。其稱文王爲平王。猶棫樸之稱爲辟王。文王
有聲之稱爲王后。江漢之稱爲文人。初不拘於謚也。又
如商頌稱湯爲武王。稱契爲玄王。文王有聲稱武王爲
皇王。韓奕稱厲王爲汾王。詩人之詞類如此**或曰平王即平王宜臼。齊侯即**
襄公諸兒。事見春秋莊公十有一年冬。王姬歸于齊。左氏傳曰。齊侯來逆共姬○新安胡
氏曰。以爲東遷之王。齊國之侯。與春秋甚協。然以東周
之詩。得入召南之風。而黃氏所謂周太師編。後經吾夫
子手。不應若此其失倫者。誠爲可疑。豈秦火之餘。漢儒
脩補。不免簡編之雜耶。然則此說只當如集傳作或曰
以附之。俾讀者知其說可也○考索曰。此詩乃是平王
以後事。大抵詩之所載。上起文王。下訖陳靈。則陳靈之
世。詩之篇目。皆未定也。二南雖爲文王之風。而文王之
後。以至陳靈。凡詩之主乎夫婦而言乎人倫。則後世取

而附之二南之末。亦勢之所不免也○安成劉氏曰。集傳疑齊侯爲襄公。則所謂齊侯之子。蓋指桓公小白也。莊公十一年。即莊王十四年。以共姬妻桓公。莊王乃平王曾孫。未知共姬爲何王之女。又按齊襄公爲莊王四年。亦娶王姬。春秋於莊公元年。書王姬歸于齊者是也。若以爲此事。則襄公是僖公子。詩中所指齊侯。又當爲僖公矣

未知孰是 朱子曰。此詩義疑。故兩存之 **以桃李二物興男女二人也** 鄭氏曰。華如桃李。興王姬與齊侯之子。顏色俱盛

○**其釣維何。維絲伊緡。齊侯之子。平王之孫** 叶須倫反

興也。伊。亦維也。緡。綸也。絲之合而爲綸。猶男女之合而爲昏也

何彼襛矣三章章四句 建安胡氏曰。王姬嫁於諸侯。車服不繫其夫。禮亦隆矣。夫陽唱而陰和。夫先而婦從。則雖以王姬之貴。當執婦道。與公侯大夫士庶人之女。何以異哉。故舜爲

匹夫妻帝二女。而曰嬪于虞。王姬嫁於諸侯。而亦成肅雝之德。自秦而後。列侯之尚公主。使男事女。夫屈於婦。人倫悖於上。風俗壞於下。又豈所以爲治也哉。○求嘉陳氏曰。吾於是詩。得君子善善之意。不惟及其身。而又及其親矣。美王姬。則曰平王之孫。齊侯之子。美莊姜。則曰齊侯之子。衛侯之妻。美大任。則曰文王之母。京室之婦。美韓侯取妻。則曰汾王之甥。蹶父之子。美僖公。則曰周公之孫。莊公之子。蓋曰其子如此。以其父母如此也。其孫如此。以其祖父如此也。其妻如此。以其夫如此也。其甥如此。以其舅如此也。君子之善善也周矣

彼茁側劣反者葭。音加壹發五豝。百加反于音吁嗟乎騶虞叶音牙

賦也。茁。生出壯盛之貌。葭。蘆也。亦名葦。華谷嚴氏曰。葭蘆葦。又名華。物四名發。發矢。豝。牡豕也。潛室陳氏曰。毛。傳云。豕牝曰豝。恐牡字當作牝一發五豝。猶言中必疊雙也。騶虞。獸名。白虎黑文。不食生物者

也陸氏曰。騶虞尾長於軀。不食生物。不履生草。○南國諸侯承文王之化。脩身齊家以治其國。而其仁民之餘恩。又有以及於庶類。故其春田之際。草木之茂。禽獸之多。至於如此。而詩人述其事以美之。且歎之曰。此其仁心自然。不由勉強。是即眞所謂騶虞矣朱子曰。於田獵之際。見動植之蕃庶。因以贊詠文王仁澤之所及。而非指田獵之事爲仁也。禮曰無事而不田曰不敬。故此詩彼茁者葭。仁也。仁在壹發之前。壹發五豝。義也。○東萊呂氏曰。彼茁者葭。記蒐田之時。蓋曹子桓所謂句芒司節。和風扇物。草淺獸肥之時也。一發五豝。獸之多也。反三隅而觀之。則天壤之間。和氣充塞。庶類繁殖。而恩足以及禽獸者。皆可見矣。化育之仁。其何以形容。曰于嗟乎騶虞。非騶虞自然不勉之仁。殆不足以形容之也

○彼茁者蓬。壹發五豵。子公反于嗟乎騶虞叶五紅反

賦也。蓬草名。一歲曰豵。亦小豕也豐城朱氏曰。于嗟騶虞之辭。與于嗟麟兮無以異。而彼以爲興。此以爲賦者。于嗟麟兮。此興中之比也。于嗟騶虞。此賦中之比也。公子之仁。無以異於麟趾。所以見家道之成。諸侯之仁。無以異於騶虞。所以見王道之成。由是而法度彰。禮樂著。由是而雅頌之聲作。豈徒曰風而已哉

騶虞二章章三句

文王之化。始於關雎。而至於麟趾。則其化之入人者深矣。形於鵲巢。而及於騶虞。則其澤之及物者廣矣。問麟趾騶虞。莫是當時有此二物出來否。朱子曰。不是。只是取以爲此。即此便是麟趾。便是騶虞○安成劉氏曰。麟趾言公族仁厚。故知其化之入人。騶虞言庶類蕃殖。故知其澤之及物蓋意誠心正之功。不息而久。則其熏蒸透徹。融液

周徧。自有不能已者。非智力之私所能及也。故序以騶虞爲鵲巢之應。而見王道之成。其必有所傳矣

慶源輔氏曰。周南見其化之入人者深。召南見其澤之及物者廣。則文王意誠心正之功。轉移動化。始於家邦。終於四海者。無以復加矣。此義至先生而始明○南軒張氏曰。麟趾言公子仁厚。則在內者無不孚。騶虞言國君蒐田以時。則在外者無不孚也。未有邇之未孚。而可以及遠者也。鵲巢之化。是亦關雎之所達也。然則天下之本在國。國之本在家。家之本在身。其本一而已○安成劉氏曰。此詩之應鵲巢。亦猶麟趾之終周南也。但作詩者非同一人。而皆以仁獸爲喻。皆以于嗟爲詞。皆以三句成章。皆詞簡而意深。豈其同被文王之化。而吟詠情性。亦有同然者歟。編詩者分置二南之末。得無意乎

召南之國十四篇四十章百七十七句

愚按鵲巢至采蘋言夫人大夫妻以見當時國君大夫被文王之化而能脩身以正其家也甘棠以下又見由方伯能布文王之化而國君能脩之家以及其國也其詞雖無及於文王者然文王明德新民之功至是而其所施者溥矣抑所謂其民皥皥而不知爲之者與南軒張氏曰王者之化遠而大涵養斯民由於其道而莫知其所以然故曰皥皥如也唯何彼穠矣之詩爲不可曉當闕所疑耳豐城朱氏曰南方之諸侯固非一國也而國君之夫人有鵲巢之德大夫之妻有采蘩之敬立乎朝廷者無不節儉而正直處乎閨門者無不專靜而純一爲嫡妻者有逮下之仁爲媵妾者有安分之義雖里巷僻遠之處民庶微賤

之家。而其女子之賢。猶以貞信而自守。無強暴之相陵。則推而上之。從可知也。積而至於仁如騶虞。則王道成矣。先儒所謂舉一世而言。固無一人之不仁。舉一人而言。又無一事之不仁者。惟此時爲然。是雖文王意誠心正之功。而召伯循行宣布之力。亦不可誣也

○周南召南二國。凡二十五篇。先儒以爲正風。今姑從之

朱子曰。周南言文王后妃閨門之化。召南言諸侯夫人大夫妻。被文王后妃之化而成德之事。蓋詩之正風也 ○孔叢子曰。吾於周南召南。見周道之所以盛也 ○華谷嚴氏曰。詩首二南。見夫婦之倫焉。見王道之端焉。二南係周召。見君臣之倫焉。見文王心德之微。盛德之至焉 ○眉山蘇氏曰。二南皆出於文王。而有內外之異。內得之深。外得之淺。故召南之詩。不及周南之深也 ○鄭氏曰。二南爲正風則然矣。自後南國諸侯政衰。何以無變風。曰。陳諸侯之詩者。將以知其缺失。省方設教爲黜陟也。時徐及吳楚僭號。不承天子之風。故無其詩也 ○孔

子謂伯魚曰。女爲周南召南矣乎。人而不爲周南召南。其猶正牆面而立也與朱子曰。爲。猶學也。周南召南。所言皆脩身齊家之事。正牆面而立。言即其至近之地。而一物無所見。三步不可行。○南軒張氏曰。天下之事。未有不本於齊家。必如二南所述室家之事。而後爲家齊。由此而達之。則無所不可行。若爲之不從此始。則動有隔礙。雖尺寸不可推而行之。故曰其猶正牆面而立也與。○慶源輔氏曰。二南之詩。於文王齊家之事。則見之矣。至於脩身之事。則未嘗及也。今乃謂所言皆脩身齊家之事。何也。曰身者家之本也。聖人之化。未有不本於身者。文王之化。自內及外如此。則其脩身之事。固在其中矣。○考素曰。孔子告伯魚學詩。必自周南召南始。蓋詩之序。先之以風。而周南召南又爲風之先焉。此皆文王正心誠意。有在於此。故其肅肅雝雝在於閨門之內。而其化行於二南之國○儀禮。鄉飲酒。鄉射。燕禮。皆合樂。

周南關雎葛覃卷耳召南鵲巢采蘩采蘋　廬陵李氏曰。鄉飲酒禮。諸侯之卿大夫三年大比。獻賢能於君。以禮賓之。與之飲酒之禮。鄉射禮。州長春秋以禮會民。而射於州序之禮也。合樂。謂堂上歌瑟。堂下鐘磬。合奏此詩也。燕禮。遂歌鄉樂。諸侯與羣臣燕飲酒之禮。歌者亦與衆音俱作而歌之。鄉飲酒。鄉射。自歌其樂。故言合樂。不言鄉樂也

燕禮又有房中之樂。鄭氏注曰。弦歌周南召南之詩而不用鐘磬。云房中者。后夫人之所諷誦以事其君子　廬陵李氏曰。與四方賓燕則有之　○程子曰。天下之治正家爲先。天下之家正。則天下治矣。二南正家之道也。陳后妃夫人大夫妻之德。推之士庶人之家一也。故使邦國至於鄉黨皆用之。

自朝廷至於委巷莫不謳吟諷誦所以風化天下

黄氏曰。文王后妃之德。始於二南。而極於天下。鵲巢之夫人。草蟲之大夫妻。江漢之游女。莫不被其風化。大用之則大。小用之則小。上自朝廷。下至閭巷。皆可得而用之。此如春風和氣及物則生。不可以大小計也。○南軒張氏曰。二南皆文王時詩。周公取以爲萬世后妃夫人大夫士庶人妻之法。夫刑家之法。雖自於己。而於其配必謹所擇。是蓋禍福之基。所以重宗廟。重其身。正夫婦而爲正家之本也。○慶源輔氏曰。正變之風。雖經無明文。然無害於義。故姑從之。孔子之誨伯魚。但使之學二南。而不言二南之義。今得先生說得二篇之義明白。尤覺孔子之言有意味可玩也。程子云。孔子曰。人而不爲周南召南。其猶正牆面而立。而今人讀了二南詩。果便不面墻而立。方是善讀詩。故先生嘗訓一學者曰。公讀二南了。還能不正牆面而立否。意思都不曾相粘。濟得甚事。此又讀詩者之所當知也。儀禮之說。見古人於二南用之如此其廣

且切。而程子之說。則又所以述二南之用也○龜山楊氏曰。二南爲王道之基本。只爲正家而天下定故也

詩傳大全卷之一

詩傳大全卷之二

邶一之三

邶鄘衛三國名。在禹貢冀州。西阻太行。北逾衡漳。東南跨河。以及兗州桑土之野。及商之季而紂都焉。武王克商。分自紂城朝歌而北謂之邶。南謂之鄘。東謂之衛。以封諸侯。邶鄘不詳其始封。衛則武王弟康叔之國也安成劉氏曰。武王作酒誥戒康叔。而曰明大命于妹邦。妹邦即紂都。則康叔封衛。明在武王時矣。邶鄘之地。豈始爲武庚三叔之封。至成王滅武庚。誅三監。乃復以封他國。而其後又并入於衛也歟衛本都河北。朝歌之東。淇水之北。百泉之南。其後不知何時并得邶鄘之地。至懿公爲狄所滅。戴公東徙渡河。野處漕邑。文公又徙居于楚丘。朝歌故城。在今衛州衛縣西二十二里。所謂殷墟。衛故都。即今衛縣。漕楚丘。皆在滑州。大抵今懷衛澶音蟬相去聲滑濮等州。開封大名府界。皆衛境也。懷州。今懷慶府。衛州。今衛輝府。相州。今彰德府。開封府今仍舊。並隸河南。大名府。今仍舊。澶州。今開州。滑州。今滑縣。並隸北京。濮州。今東昌府。濮州。隸山東但邶鄘地既入衛。其詩皆爲衛事。而猶繫其故國之名。則不可曉。朱子曰。存其舊號者。豈其聲之異歟。又曰。衛有衛音。鄘有鄘音。邶有邶音。故詩有鄘音者係之鄘。有邶音者係之邶。○慶源輔氏曰。先生初說亦疑其爲聲之異。今但以爲不可曉者。蓋此等既不繫詩之大義。又他無所考。不若闕之爲得也。○程子曰。一國之詩而三其名。得於衛地者爲衛。得於邶鄘者爲邶鄘○華谷嚴氏曰。存邶鄘之名。不與衛之滅國也○安成劉氏曰。緑衣燕燕等詩。莊姜自作。共姜作栢舟。桑中言沬鄉。皆正作于衛國。而或係邶。或係鄘。泉水載馳竹竿。皆作於外國。而一係邶。一係鄘。一係衛。意大師各從得詩之地而係之也。其所以必係邶鄘故名者。無乃欲寓興滅繼絕之心。如春秋昭公八年。楚既滅陳。而九年經書陳災。穀梁以爲存陳。亦此意也。是以大師存邶鄘之名。置於衛前。亦如衛風先於唐之例。而舊說以夫子存其名而不削。因其序而不革耳

此下十三國皆爲變風焉華谷嚴氏曰。關雎鵲巢。爲三百篇綱領。風之正也。反乎此者。變也。邶鄘衛。皆衛風也。衛禍機於衽席。覃及宗社。居變風之首。二南之變也○竹房張氏曰。正風以關雎爲首者。得夫婦人倫之至正者也。變風以邶栢舟爲首者。莊姜處夫婦人倫之變者也。次鄘栢舟者。處母子之變者也○眉山蘇氏曰。春秋所見百七十餘國。變風之作。春秋數世矣。而載於大師者。獨十三國。意者列國不皆有詩。其有詩者。雖檜曹之小。邶鄘之亡。而有不能已也

汎芳劒反彼柏舟。亦汎其流。耿耿古幸反不寐。如有隱憂。微我
無酒。以敖五羔反以遊。
比也。汎。流貌。柏。木名。耿耿。小明憂之貌也。朱子曰。耿耿。猶儆儆不寐
貌也○慶源輔氏曰。蓋人有所憂。則其心耿耿然。唯於
憂之一路分明耳。其他固有所不及也。古人下字不苟
如此。唯其心耿耿
然。故不能寐也隱。痛也。微。猶非也○婦人不得於其
夫。故以柏舟自比。問柏舟看來與關雎亦無興。彼何以
爲興。朱子曰。他下面便說淑女。見得
是因彼興此。此詩才說柏舟。下面更無貼意。見得其義
是比○安成劉氏曰。有全章皆比者。如螽斯之類。固專
屬比矣。亦有比意之外。繼陳其事。如此章之類者。今以
集傳賦而比之體反觀之。比而興與興之體例求之。則此類
恐亦可以爲言以柏爲舟。堅緻音稚密也牢實。而不以乘載。
比而賦也
無所依薄。安成劉氏曰。薄字訓附。以說卦雷風相薄証
之。只讀作泊。若以離騷九章。芳不得薄之薄

証之則音爲博而亦訓爲附也但汎然於水中而已華谷嚴氏曰二栢舟用意皆在下句邶栢舟在於亦汎其流鄘栢舟在於在彼中河也故其隱憂之深如此非爲無酒可以敖遊而解之也列女傳以此爲婦人之詩今考其辭氣卑順柔弱且居變風之首而與下篇相類豈亦莊姜之詩也歟新安胡氏曰列女傳以爲衛宣夫人之詩此魯詩說也此詩詞氣誠爲卑弱而末云不能奮飛可見婦人詩何則人臣道不合則去是有可去之義若姜氏則無可去之義矣故曰不能奮飛況以下四篇皆婦人作二南與邶鄘栢舟皆首婦人亦是一證○鄭氏曰莊姜莊公夫人齊女姓姜氏

○我心匪鑒不可以茹如預反亦有兄弟不可以據薄言往愬逢彼之怒

賦也鑒鏡茹度待洛反盧陵羅氏曰量也謀也計也料也忖也惟分寸丈尺引曰五度則也過也

音徒故反。放此類推據依愬告也○言我心既匪鑒而不能度物。雖有兄弟而又不可依以爲重。故往告之而反遭其怒也慶源輔氏曰。內既不得於其夫。外又不得於其兄弟。其情之無聊亦甚矣

○我心匪石。不可轉也。我心匪席。不可卷卷勉反也。威儀棣棣。不可選也

賦也。棣棣富而閑習之貌慶源輔氏曰。富謂富盛也。富盛則全備而無欠缺。閑習則從容而不生也○東萊呂氏曰。言威儀閑習自有常度選簡擇也○言石可轉而我心不可轉。席可卷而我心不可卷。威儀無一不善。又不可得而簡擇取舍。皆自反而無闕之意慶源輔氏曰。心之不可轉不可卷。言其有常也。威儀之不可選。言其皆善也。唯其存諸中者。有常而不可移。故形於外者。皆善而不可揀

也

○憂心悄悄七小反慍于羣小覯古豆反閔既多受侮不少靜言思之寤辟避亦反有摽符小反

賦也悄悄憂貌慍怒意羣小衆妾也言見怒於衆妾也覯見閔病也辟拊心也摽拊心貌孔氏曰寤覺之中拊心而手摽然○慶源輔氏曰此章又言其所憂之事以至於拊心而有摽則其憂極矣

○日居月諸胡迭待結反而微心之憂矣如匪澣戶管反衣靜言思之不能奮飛

比也居諸語辭迭更微虧也華谷嚴氏曰微謂不明也日月食則不明十月之交云彼月而微此日而微匪澣衣謂垢汙不濯之衣奮飛如鳥奮翼

而飛去也○言日當常明，月則有時而虧，猶正嫡當尊，衆妾當卑。今衆妾反勝正嫡，是日月更迭而虧，是以憂之至於煩冤憒古對反。心亂也。眊音冒。目不明也。如衣不澣之衣。恨不能奮起而飛去也

栢舟五章章六句朱子曰。讀詩須當諷味。看他詩人之意。在甚處。如婦人不得於其夫。宜其怨之深矣。而曰。我思古人。實獲我心。又曰。靜言思之。不能奮飛。其詞氣忠厚惻怛。怨而不過如此。所謂止乎禮義。而中喜怒哀樂之節者。所以雖爲變風。而繼二南之後者以此。臣之不得於君。子之不得於父。弟之不得於兄。朋友之不相信。皆當以此爲法。如屈原不忍其憤。懷沙赴水。此賢者之過也。賈誼云。歷九州而相其君兮。何必懷此都也。又失之遠矣。讀詩須合如此看。所謂詩可以興。可以觀。可以羣。可以怨。是詩中大義。不可不理會得○問靜言思之。不能奮飛。猶似未有和平意。曰。也

只是如此說。無過當處。既有可怨之事。亦須還他有些怨底意思。終不成只如平時。却與土木相似。只看舜之號泣于旻天。更有甚於此者。喜怒哀樂。但發之不過其則耳。亦豈可無聖賢處憂危。只要不失其正。如綠衣言我思古人。實獲我心。這般意思。却又分外好。○慶源輔氏曰。首章以栢舟爲比。比其可用乘載也。末章以日月爲比。比其當明而虧。當尊而卑也。所謂詞氣卑順柔弱。全篇固然。末後兩章尤可見。○竹房張氏曰。莊姜處夫婦之變。正靜自守。而不忍斥言其夫。共姜處母子之變。以死誓無他。感動其母。然母之慈愛。猶可回也。故共姜處之易。夫之昏惑。不可移也。故莊姜處之難。所以冠鄘衛居變風之首也。○豐城朱氏曰。莊姜不得志於夫。而無怨夫之意。不見禮於兄弟。而無絶兄弟之情。不見愛於衆妾。而無怒衆妾之心。而所以自反者。惟知心志不可以不專一。威儀不可以不閑習。使惡我者無得而簡擇。怒我者無得而瑕疵。亦可謂善自處矣。此所以居變風之首也歟。又曰。莊姜之憂。憂已之不得於其夫也。已之不得於其夫。似若未害也。而夫婦之道於此乎始虧。嫡妾之分於此乎始亂。事始於閨門。而毒流於一國。怨生於袵席。而禍延於後世。則其憂也。豈惟一人之憂。乃邦國無窮之憂也。而亦何能自已於言乎。夫子錄之。且列於變風之首。固將以垂戒於天下後世也歟。

綠兮衣兮。綠衣黃裏。心之憂矣。曷維其已。

比也。綠。蒼勝黃之間色。黃。中央土之正色。安成劉氏曰。青黃赤白黑五方之正色也。綠紅碧紫緇。五方之間色也。蓋以間色木之青。克土之黃。合青黃而成綠。爲東方之間色。間色賤而以爲衣。正色貴而以爲裏。言皆失其所也。已。止也。

○莊公惑於嬖妾。曹氏曰。莊公揚武公子。左傳謂公子州吁。嬖人之子也。有寵。此所謂妾。或州吁之母歟。夫人莊姜賢而失位。故作此詩。言綠衣黃裏。以比賤妾尊顯。而正嫡幽微。孔氏曰。間色爲衣而見。正色反爲裏而隱。猶妾蒙寵而顯。

夫人反見疎而微也使我憂之不能自已也南軒張氏曰言嫡妾之亂其弊將有不可勝言者憂在宗國也夫豈爲一身之私哉○疊山謝氏曰嫡妾易位尊卑不明家不齊則國不治莊姜之心豈但憂一身哉爲君憂爲君之子憂爲國家後日憂其憂何時能止也

○綠兮衣兮綠衣黃裳心之憂矣曷維其亡

比也上曰衣下曰裳記曰衣正色裳間色今以綠爲衣而黃者自裏轉而爲裳其失所益甚矣孔氏曰間色爲衣而在上正色爲裳而處下猶妾蒙寵而尊夫人反見疎而卑前以表裏喻幽顯此以上下喻尊卑亡之爲言忘也

○綠兮絲兮女音汝所治平聲兮我思古人俾無訧音尤叶于其反兮

比也女指其君子而言也治謂理而織之也俾使訧過

也○言綠方爲絲而女又治之以比妾方少艾而女又嬖之也然則我將如之何哉亦思古人有嘗遭此而善處之者以自勵焉使不至於有過而已慶源輔氏曰彼之所爲自違悖而我之所爲則欲其無過而已此其所以爲賢也

○絺兮綌兮淒七西反其以風叶爲愔反我思古人實獲我心

比也淒寒風也○絺綌而遇寒風猶已之過時而見棄也故思古人之善處此者眞能先得我心之所求也朱子曰古人所爲恰與我合只此便是至善前乎千百世之已往後乎千百世之未來只是此道理孟子所謂若合符節政謂是爾○慶源輔氏曰莊姜始則思法古人以求無過既又因古人之事而知其先得我心之所同然者可不謂之賢乎哉

綠衣四章章四句

莊姜事見春秋傳。此詩無所考。姑從序說。下三篇同左氏傳。隱公三年。初衛莊公娶于齊東宮得臣之妹。曰莊姜。美而無子。戴嬀生桓公。莊姜以爲己子。公子州吁。嬖人之子也。有寵而好兵。公弗禁。莊姜惡之。○華谷嚴氏曰。女子之情饒怨。此詩但刺莊公。不能正嫡妾之分。其詞氣温柔敦厚如此。故曰詩可以怨。○黄氏曰。觀詩至綠衣。然後知先王之風澤深厚。夫以婦人女子。而所知如此。詞氣坦夷。固與氣息茀然者。不可同年語矣。蓋不得已而後言。仁厚積中而然也。○定宇陳氏曰。不得於夫。而不疾其妾。惟思古人以自脩其身。憂而不傷。怨而不怒。孔子謂詩可以怨。其此類也夫

燕燕于飛。差初宜反池其羽。之子于歸。遠送于野。叶上與反瞻望弗及。泣涕如雨。

興也。燕。鳦音壹也。謂之燕燕者。重言之也孔氏曰。古人重言之。漢書童謡燕燕。尾涎涎是也差池。不齊之貌。之子。指戴嬀也。歸。大歸也。盧陵羅氏曰。大歸者。不反之詞。公羊傳註曰。大歸者。廢棄來歸也。○毛氏曰。歸宗也○莊姜無子。以陳女戴嬀之子完爲己子。莊公卒。完卽位。嬖人之子。州吁弑之。故戴嬀大歸于陳。而莊姜送之。作此詩也臨川王氏曰。燕方春時。以其匹至。其羽相與差池。其鳴一上一下。故感以起興。○眉山蘇氏曰。禮婦人送迎不出門。遠送于野。情之所不能已也。○南軒張氏曰。獨言泣涕之情者。蓋家國之事。有不可勝悲者。晉褚太后。批桓溫廢立詔云。未亡人。不幸罹此百憂。感念存没。心焉如割。有合於詩人之情歟。○華谷嚴氏曰。風人含不盡之意。此但叙離別之恨。而子弑國危之戚。皆隱然在不言之中矣

○燕燕于飛。頡戶頡反之頏戶郎反之。之子于歸。遠送于將之。瞻

望弗及。佇立以泣。

興也。飛而上曰頡。飛而下曰頏。將。送也。佇立。久立也。

○燕燕于飛。下上（時掌反）其音。之子于歸。遠送于南。（叶尼心反）瞻望弗及。實勞我心。

興也。鳴而上曰上音。鳴而下曰下音。送于南者。陳在衛南。慶源輔氏曰。泣涕如雨。初别時也。佇立以泣。已别而久立以泣也。實獲我心。旣去而思之不忘也。

○仲氏任（而今反）只。（音紙）其心塞淵。（叶一均反）終溫且惠。淑愼其身。先君之思。以勗寡人。

賦也。仲氏。戴嬀字也。以恩相信曰任。只。語辭。塞。實。淵。深。終。竟。溫。和。惠。順。淑。善也。先君。謂莊公也。勗。勉也。寡人。寡德之人。莊姜自稱也○言戴嬀之賢如此。又以先君之思勉我。使我常念之而不失其守也孔氏曰。言仲氏有德行。其心誠實而深遠。又終能溫和恭順。善自謹愼其身。內外之德既如此。又於將歸之時。以思先君之故。勸勉寡人以禮義也

楊氏曰。州吁之暴。桓公之死。戴嬀之去。皆夫人失位不見答於先君所致也慶源輔氏曰。以恩愛相信。嫡妾相與之情。於是爲至。塞實。不虛妄也。淵深。不淺露也。二者。其本也。溫和惠順。又終竟如此。而無作輟焉。則是得情性之常也。淑。又婦人之美德。而愼則持身之謹也。有是衆德。而又謹於持身。其賢爲可知矣而戴嬀猶以先君之思勉其夫人。眞可謂溫且惠矣或謂戴嬀。不以莊公已死。而勉莊姜以思之。可見溫和惠順而能終也。亦緣他之心塞實淵深。所稟之厚。故能如此。朱子曰。古人文字之美。詞氣溫和。理義精密如此。秦漢以後。無此等語。某讀詩於此數語。讀書至先王肇修人紀。至此惟艱哉。深誦歎之。又曰譬如畫工傳神一般。

直是寫得他精神出

燕燕四章章六句天台潘氏曰。前三章。但見莊姜拳拳於戴嬀。有不能已者。四章。乃見莊姜於戴嬀。非是情愛之私。由其有塞淵溫惠之德。能自淑愼其身。又能以先君之思。勉莊姜以不忘。則見戴嬀平日於莊姜。相勸勉以善者多矣。故於其歸而愛之如此。無非情性之正也○新安胡氏曰。國風雖變。猶有如是之婦人。此所謂先王之澤未泯。而康叔之餘烈猶在也○豐城朱氏曰。余讀是詩。未嘗不歎莊公之狂惑也。使其翻然悔悟。立莊姜以爲之主。俾戴嬀以爲之助。則閨門正矣。立子完以爲之嫡。命石蜡以爲之輔。則國本定矣。若州吁者。可教則姑教之。不可教則去之。夫如是。則衛非今日之衛。即康叔武公之衛矣。顧乃以寵奪正。以孽奪宗。卒貽國家無窮之禍。不謂之狂惑而可乎

日居月諸照臨下土。乃如之人兮。逝不古處。昌呂反胡能有

定寧不我顧。叶果五反

賦也。日居月諸。呼而訴之也。之人。指莊公也。逝。發語辭。古處未詳。或云以古道相處也。長樂王氏曰。不以古夫婦之道處我胡寧。皆何也○莊姜不見答於莊公。故呼日月而訴之。言日月之照臨下土久矣。今乃有如是之人。而不以古道相處慶源輔氏曰。觀綠衣之詩。所謂我思古人。則於此歎莊公。不以古道處已者宜也。自處以古人爲法。而望人以古道處已。莊姜之處已望人。皆有則矣是其心志回惑。亦何能有定哉。而何爲其獨不我顧也。見棄如此。而猶有望之之意焉。此詩之所以爲厚也。安成劉氏曰。每章章末二句。皆有望之之意

○日居月諸。下土是冒。乃如之人兮。逝不相好。呼報反胡能

有定寧不我報

賦也。冒覆也。報答也

○日居月諸出自東方乃如之人兮德音無良胡能有定俾也可忘

賦也。日旦必出東方。月望亦出東方。德音美其辭。無良醜其實也華谷嚴氏曰。此德音無良。及邶谷風德音莫違。皆婦人言其夫待已之意俾也可忘言何獨使我爲可忘者耶

○日居月諸東方自出父兮母兮畜我不卒胡能有定報我不述

賦也。畜養。卒終也。不得其夫。而歎父母養我之不終。蓋

憂戚疾痛之極。必呼父母。人之至情也。安成劉氏曰。日居月諸。呼日月而訴之也。父兮母兮。呼父母而訴之也。猶舜號泣于旻天于父母之意述。循也。言不循義理也。

日月四章章六句慶源輔氏曰。呼日月。而但云照臨下土。尊之之詞也。呼父母。而遂言畜我不卒。親之之詞也。一章云寧不我顧。言不相顧盼也。二章云寧不我報。言不相酬答也。三章云俾也可忘。則掌上句胡字。言何獨使我爲可忘者耶。詞雖緩。而意則切矣。四章言報我不述。則又言莊公。雖有時相報我。而都不循乎義理也。雖爲莊公所棄。而猶有望之之意焉。是其性情之正也。

此詩當在燕燕之前。下篇放此新安胡氏曰。此篇分明作於莊公之時。胡能有定。只是說莊公心志回惑。反覆無定之意。故不我顧。不我報。俾也可忘。而報我不述也○問日月終風二篇。據集傳云當在燕燕之前。以某觀之。終風當在先。日月當次之。蓋詳終風之詞。莊公於姜猶有徃來之時至日月則見公已絕不顧姜而姜不免微怨矣燕燕則莊公薨後送歸妾情不能堪耳以此觀之則終風當先日月當次朱子曰恐或如是○豐城朱氏曰變風之始於莊姜何也曰婦人夫其所天也以夫則狂惑妾其所使也以妾則上僭子其所恃賴以終身也以子則暴而無禮莊姜之處此亦難矣雖遭人倫之變而不失乎天理之常則莊姜亦賢矣哉是可以爲處變者之法矣

終風且暴顧我則笑叶音燥謔詐約反浪笑敖五報反中心是悼

比也終風終日風也暴疾也謔戲言也浪放蕩也悼傷也○莊公之爲人狂蕩暴疾莊姜蓋不忍斥言之故但以終風且暴爲比言雖其狂暴如此然亦有顧我則笑之時但皆出於戲慢之意而無愛敬之誠則又使我不

敢言而心獨傷之耳。蓋莊公暴慢無常。而莊姜正靜自守。所以忤其意。而不見答也

○終風且霾。亡皆反叶音貍惠然肯來。叶如字又陵之反莫往莫來。悠悠我思。叶新才新齎二反

比也。霾。雨去聲土蒙霧音茂又音夢也。爾雅孫炎曰。大風揚塵土從上而下也惠順也。悠悠思之長也○終風且霾。以比莊公之狂惑也。雖云狂惑然亦或惠然而肯來。毛氏曰。時有順心也但又有莫往莫來之時。則使我悠悠而思之。望其君子之深厚之至也

○終風且曀。於計反不日有曀。寤言不寐。願言則嚔都麗反

比也。陰而風曰曀。有又也。蘇氏曰。古有又通不日有曀。言旣曀矣。不旋日而又曀也。亦比人之狂惑暫開。而復蔽也。願。思也。嚏。鼽音仇病寒鼻窒也嚏也。人氣感傷閉鬱。又爲風霧所襲。則有是疾也。慶源輔氏曰。寤則憂而不能寐。思之則感傷氣閉。而成疾。其憂危甚矣

○曀曀其陰。虺虺其靁。寤言不寐。願言則懷。叶胡猥反

比也。曀曀。陰貌。虺虺。靁將發而未震之聲。以比人之狂惑愈深。而未已也。東萊呂氏曰。驟雨迅雷。其止可待。至於曀曀之陰。虺虺之雷。則殊未有開霽之期也懷。思也

終風四章章四句

說見上。安成劉氏曰。一章言莊公狂暴。二章言其狂惑。皆止一句爲比。而莊公猶有顧笑惠

來之時。所謂暴慢無常。狂惑暫開者也。三章。則暫開而復蔽。四章。則愈深而未已。皆是以兩句爲比。若以此詩繼綠衣之後。次日月。次燕燕讀之。尤可備見。姜氏。初作栢舟綠衣。唯自憂歎。而止於和平。未嘗指譏公之爲人也。至於終風。則言其狂惑蔽惛。而猶不忍斥言。及日月。然後極其詞。此豈情之所得已哉

擊鼓其鏜吐當反踊躍用兵叶輔茫反土國城漕。我獨南行叶戶郎反

賦也。鏜。擊鼓聲也。踊躍。坐作擊刺之狀也。兵。謂戈戟之屬。土。土功也。國。國中也。漕。衛邑名華谷嚴氏曰。漕。鄘地也。在河南○衛人從軍者。自言其所爲。因言衛國之民。或役土功於國。或築城於漕。而我獨南行。有鋒兵端也鏑音滴矢鋒也死亡之憂。危苦尤甚也三山李氏曰。土國城漕。非不勞苦。而獨處於境內。今我之在外。死亡未可知也

○鄭氏曰。南行。從軍南行。伐鄭

○從孫子仲。平陳與宋。不我以歸。憂心有忡。敕中反。叶敕衆反

賦也。孫氏子仲字。時軍帥也。平。和也。合二國之好也。鄭氏曰。謂使告宋曰。君爲主。敝邑以賦與陳蔡從。○新安胡氏曰。必先和陳宋。而後進兵也。舊說以此爲春秋隱公四年。州吁自立之時。宋衞陳蔡伐鄭之事。恐或然也。以。猶與也。言不與我而歸也。

○爰居爰處。爰喪息浪反其馬。叶滿補反于以求之。于林之下。叶後五反

賦也。爰。於也。於是居。於是處。於是喪其馬。而求之於林下。見其失伍離次。無鬭志也。

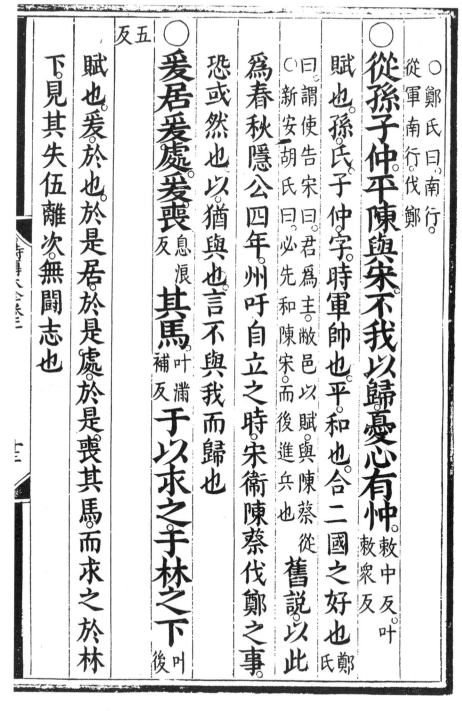

○死生契（苦結反）闊（叶苦劣反）與子成說。執子之手。與子偕老（叶魯吼反）

賦也。契闊隔遠之意。成說謂成其約誓之言○從役者念其室家。因言始爲室家之時。期以死生契闊不相忘棄又相與執手。而期以偕老也

○于（音吁下同）嗟闊（叶苦劣反）兮。不我活（叶戶劣反）兮。于嗟洵（音荀）兮。不我信（師人反）兮

賦也。于嗟歎辭也。闊契闊也。活生也。洵信也。信與申同（釋文曰。即古伸字）○言昔者契闊之約如此。而今不得活。偕老之信如此。而今不得伸。意必死亡。不復得與其室家。遂前

約之信也。

擊鼓五章章四句安成劉氏曰。按左傳。伐鄭。圍其東門。五日而還。出師不爲久。而衛人之怨如此。身犯大逆。衆叛親離。莫肯爲之用爾○豐城朱氏曰。役土功於國者。此民也。築城於漕者。亦此民也。南行而平陳與宋者。又此民也。先王之於民也。不得已而用之。則必先其所急。後其所緩。未聞衆役並興。罷民之力。以逞已之志。若斯之甚者也。是亦可謂忍矣。其卒至於敗亡也。宜哉

凱風自南。叶尼心反吹彼棘心。棘心夭夭。於驕反母氏劬勞。叶音僚

比也。南風謂之凱風。長養萬物者也。孔氏曰。李巡云。萬物喜樂。故曰。凱風。凱。樂也。風性樂養萬物棘。小木。叢生多刺難長。而心又其稚弱。而未成者也。字書。棘如棗而多刺。木堅。色赤。色白爲白棘。實酸爲樲棘夭夭。少好貌。劬勞病苦也。○衛之淫風流行。雖有七子之母。猶不能安

其室。故其子作此詩。以凱風比母。棘心比子之幼時。蓋曰。母生衆子。幼而育之。其劬勞甚矣。華谷嚴氏曰。棘至夏始生。凱風南來。吹彼稚弱之棘心。至於夭夭然少好。則風之爲力多矣。比母以慈愛之情。養我七子之身。至於少長。則母亦當苦矣。母之養子。於少時最勞苦。本其始而言。以起自責之端也

〇凱風自南。吹彼棘薪。母氏聖善。我無令人。

興也。安成劉氏曰。上章言凱風棘心。而下句無應。故屬比。此章言風與棘。而下文以母與子應。故屬興。二章相似。而不同也。聖。叡。令。善也。〇棘可以爲薪。則成矣。然非美材。故以興子之壯大。而無善也。復以聖善稱其母。而自謂無令人。其自責也深矣。長樂劉氏曰。自言七子之中。有一令善之人。則母亦不啻之而去也。

○爰有寒泉。在浚之下。叶後五反有子七人。母氏勞苦。

興也。浚。衛邑。○諸子自責。言寒泉在浚之下。猶能有所滋益於浚。而有子七人。反不能事母。而使母至於勞苦乎。永嘉陳氏曰。寒泉在浚邑。邑人賴之以生養。今子七人。反不能養一母。而使母勞苦求嫁也。○孔氏曰。寒泉有益於浚。浚民得以逸樂。以興七子無益於母。乃寒泉之不如於是乃若微指其事。而痛自刻責。以感動其母心也。母以淫風流行。不能自守。而諸子自責。但以不能事母。使母勞苦爲詞。孔氏曰。母欲嫁者。本爲淫風流行。但七子不可斥言。故言母爲勞苦而思嫁也。上章言母氏劬勞。謂長養七子劬勞也。此謂母今日勞苦思嫁。與上不同也。婉詞幾諫。不顯其親之惡。可謂孝矣。下章放此

○睍胡顯反睆華板反黃鳥載好其音有子七人莫慰母心

興也。睍睆清和圓轉之意新安胡氏曰。黃鳥即黃鸝。其音清和流轉○言黃鳥猶能好其音以悅人。而我七子獨不能慰悅母心哉

孔氏曰。自責言黃鳥之不如也○慶源輔氏曰。三章以無情興有情。四章以無知興有知

凱風四章章四句南豐曾氏曰。凱風盛於夏時。黃鳥鳴於夏木。寒泉亦夏所宜耳。寒泉能使人丼之。有子而使母勞苦。黃鳥能使人悅之。有子而莫慰母心○止齋陳氏曰。瞽瞍日頑。舜則負罪。聖人豈緣飾哉。其心誠曰。吾罪焉而已矣。此詩每曰有子七人。蓋曰。吾屬在此無益也。抑以見一門昆弟皆舜耕歷山氣象○疊山謝氏曰。不怨母而責己。孝之至也○慶源輔氏曰。母之不善。在他人見之則可。自其子觀之。則只見其聖善。而七子之中。自無令人而已。不然。則不足以感悟其母以成其善志也。其曰聖善。過爲歸美之詞耳。此唯子可以施之於母。臣而事君如此。則未安也。韓退

之作羑里操云。臣罪當誅兮。天王聖明。雖程子亦以此言爲得文王之心。而先生常云。看得文王之心。不解如此。蓋聖人之處患難。其樂天知命。尊君親上之意。固自不能無。豈有紂如是無道。而乃強以爲聖明者哉

雄雉于飛泄泄移世反其羽我之懷矣自詒伊阻

興也。雉野雞。雄者有冠長尾身有文采善鬭。泄泄飛之緩也。懷思。詒遺。去聲阻隔也。○婦人以其君子從役于外。故言雄雉之飛。舒緩自得如此。而我之所思者乃從役於外而自遺阻隔也慶源輔氏曰。我之懷矣。指其夫也。自貽伊阻。不以怨人也

○雄雉于飛下上時掌反其音展矣君子實勞我心

興也。下上其音。言其飛鳴自得也。展。誠也。言誠又言實

所以甚言此君子之勞我心也慶源輔氏曰言有盡而意無窮也

○瞻彼日月。悠悠我思。叶新齊反道之云遠。曷云能來。叶陵之反

賦也。悠悠思之長也。見日月之往來。而思其君子從役之久也程子曰。日月取其迭往迭來之意。又日月陰陽相配。又旦暮所見。動人情思。總包意其間。○鄭氏曰。視日月之行。迭往迭來。今君子獨久行役。而不來。使我心悠悠然思之

○百爾君子。不知德行。下孟反。叶戶郎反不忮之豉反不求。何用不臧

賦也。百猶凡也。忮害。求貪。臧善也○言凡爾君子。豈不知德行乎慶源輔氏曰。不知德行之不。與鄴不韡韡之不同若能不忮害。又不貪求。止齋陳氏曰。忮心生於忿怒。求心生於貪慕。故人之恥貧賤患難者。能不忮。則或入於求。能不求。則

或入於忮。故忮者。常生於嫉人。求者常至於枉已。則何所爲而不善哉。憂其遠行之犯患。冀其善處。而得全也。東萊呂氏曰。思其君子之切。而知其未得歸也。於是自解曰。凡百君子。但不忮害。不貪求。則何所用而不善。雖久處軍旅之間。固未害也。○新安胡氏曰。此亦發乎情。止乎禮義之意

雄雉四章章四句上蔡謝氏曰。君子之於詩。非徒誦其言。又將以考其情性。非徒以考其情性。又將以考先王之澤。蓋法度禮樂雖亡。於此猶能併與其深微之意而傳之。故其爲言。率皆樂而不淫。憂而不困。怨而不怒。哀而不傷。如綠衣傷已之詩也。不過曰。我思古人。俾無訧兮。擊鼓怨上之詩也。不過曰。土國城漕。我獨南行。至軍旅數起。大夫久役。止曰。自詒伊阻。行役無期度。思其危難以風焉。不過曰。苟無饑渴而已。作詩者如此。讀詩者。豈可以邪心讀之乎○豐城朱氏曰。雄雉四章。前三章。皆所謂發乎情。後一章。乃所謂止乎禮義。蓋閨門之內。以愛爲主。則雖思之之切。是亦情

之正也。惟其思之也切。故其憂之也深。惟其憂之也深。故其勉之也至。忮求者。皆取禍之道也。必能不忮害。不貪求。乃可以自免於患矣。噫。不忮不求。此孔門克己之術。求仁之方。而行役之婦人能言之。其亦可謂賢也已。此其所以爲先王之遺澤也歟

匏有苦葉。濟有深涉。深則厲。淺則揭。苦例反

比也。匏瓠音護也。埤雅曰。長而瘦上。曰瓠。短頸大腹。曰匏。匏之苦者不可食。特可佩以渡水而已。然今尚有葉。則亦未可用之時也。華谷嚴氏曰。匏經霜。其葉枯落。然後乾之。腰以渡水濟渡處也。行渡水。曰涉。以衣而涉。曰厲。爾雅邢昺疏云。此衣謂褌也。言水深至於褌以上者。而涉渡之。名厲褰音騫衣而涉。曰揭。爾雅。繇膝以上爲涉。繇帶以下爲厲。繇膝以下爲揭◯此刺淫亂之詩。言匏未可用。而渡處方深。行者當量其淺深。而後可渡。以

比男女之際亦當量度禮義而行也毛氏曰遭事制宜如遇水深則厲淺則揭矣男女之際安可無禮義哉○華陽范氏曰深則厲淺則揭宜斟酌也若不顧禮義猶不度水之深淺而欲濟也

○有瀰彌爾反濟盈有鷕以小反雉鳴濟盈不濡軌居美反叶居有反雉鳴求其牡

比也瀰水滿貌鷕雌雉聲軌車轍也竹房張氏曰說文曰軌車轍也從車九軌車軾前也從車凡音犯諸家辨之詳矣然集傳獨從軌蓋以九牡聲之叶也軌聲則難叶矣○廬陵羅氏曰周禮輈人疏轍廣謂之軌轂末亦爲軌韻會曰車軸謂轊頭也轊卽車頭之端貫轂者車輪廣狹高下皆定於軌軌同則轍迹亦同後人因謂車轍亦曰軌曲禮塵不出軌以高下言中庸車同軌以廣狹言蓋車輪崇六尺六寸軌居輪中若濡軌則水涉三尺三寸飛曰雌雄走曰牝牡○夫濟盈

必濡其轍。雉鳴當求其雄。此常理也。今濟盈而曰不濡軌。雉鳴而反求其牡。竹房張氏曰。走曰牝牡。此爾雅釋獸之正例。諸家以牝雞雄狐爲證。言飛走通也。殊不識詩人之意。曰當濡其軌。今乃不濡其轍迹。是大可怪也。當求其雄。今乃求其牝獸。是大異常也。如此歌之。則得詩人之意。知集傳之旨矣以比淫亂之人。不度禮義。非其配耦而犯禮以相求也

○雝雝鳴鴈。叶魚旰反旭許玉反日始旦。士如歸妻。迨冰未泮

賦也。雝雝聲之和也。孔氏曰。生執之以行禮。故言鴈聲鴈。鳥名。似鵝。畏寒。秋南春北。旭。日初出貌。毛氏曰。日始出。謂大昕之時。昕音欣昏禮。盧陵李氏曰。娶妻之禮。以昏爲期。因以名焉。日入二刻半爲昏納采用鴈。孔氏曰。六禮唯納徵用幣。餘皆用鴈。○鄭氏曰。用鴈者。取其順陰陽往來。○程子曰。取其不再偶也。○本草註曰。鴈爲陽鳥。蓋得中和之氣。熱即北。

寒即南。以就和氣。所以爲贄者。一取其信。一取其和也○朱子曰。凡贄用生鴈。左首以生色繒交絡之○安成劉氏曰。集傳但言納采用鴈者。唯舉六禮之始耳**親迎**去聲**以昏而納采請期以旦**鄭氏曰。自納采至請期。皆用昕。親迎用昏○孔氏曰。用昕者。君子行禮貴其始。親迎用昏。鄭氏云。取陰陽往來之義**歸妻以冰泮而納采請期。迨冰未泮之時**○**言古人之於婚姻。其求之不暴而節之以禮如此。以深刺**去聲**淫亂之人也**新安胡氏曰。味士如歸妻之辭。可見是刺淫者。若責之曰。士如欲歸妻。自有婚姻之禮。何得如此淫亂也。若刺宣公。不當以士言○慶源輔氏曰。此章言婚姻之常理。以刺淫亂者之不然也

○**招招**照遥反**舟子。**叶奬里反**人涉卬**五郎反**否。**叶補美反**人涉卬否。卬須我友**叶羽軌反

比也。招招。號音毫召之貌。孔氏曰。王逸云。以手曰招。以口曰召。舟子。舟人主

濟渡者。卬我也○舟人招人以渡。人皆從之。而我獨否者。待我友之招而後從之也。以比男女必待其配耦而相從。而刺此人之不然也

匏有苦葉四章章四句慶源輔氏曰。此詩意雖正。而體製異於諸作。若有不敢正言之意。一章言爲事當有所度量。二章言苟不能度量。則必至於反常而逆理。三章則詔之以婚姻常禮。四章則言人當有可有不可。以刺淫亂之人亂常逆理。而無有不可也○安成劉氏曰。此詩一章二章四章。反覆諷刺。皆以濟涉之事爲比。豈所指淫人居津水之傍歟。抑詩人以一時所見而取譬歟

習習谷風。以陰以雨。黽勉同心。不宜有怒。叶暖五反采葑孚容反采菲。妃鬼反無以下體。德音莫違。及爾同死。叶想止反

比也。習習和舒也。東風謂之谷風毛氏曰。陰陽和而谷風至葑蔓音萬菁音精也。菲似葍。音福莖麤。葉厚而長。有毛。下體根也華谷嚴氏曰。江南有菘。江北有蔓菁。相似而異。春食苗。夏食心。秋食莖。冬食根。菲。葍類。爾雅謂蒠菜。河內謂蓿菜。三月中蒸爲茹。滑美可作羹。根如指正白可啖葑菲根莖皆可食。而其根則有時而美惡。德音美譽也○婦人爲夫所棄。故作此詩。以敘其悲怨之情。言陰陽和而後雨澤降。如夫婦和。而後家道成。故爲夫婦者。當黽勉以同心華谷嚴氏曰。黽勉。猶勉強也。力所不堪。心所不欲。而勉強爲之。皆謂之黽勉而不宜至於有怒。又言采葑菲者。不可以其根之惡。而棄其莖之美。如爲夫婦者。不可以其顏色之衰。而棄其德音之善。但德音之不違。則可以與爾同死矣慶源輔氏曰。上四句。以陰陽之和。比夫婦之和。下四句。以葑菲根比婦人之色。○程子曰。夫婦之道。貴於有終。德音美音也。當期好音無違。至於偕老

○行道遲遲。中心有違。不遠伊邇。薄送我畿。音祈誰謂荼音徒苦。其甘如薺。音泚宴爾新昏。如兄如弟。待禮反

賦而比也。遲遲。舒行貌。違。相背也。畿。門內也。東萊呂氏曰。韓詩云。白石爲門畿。蓋門閫也。韻會捆即閫字。門橛也。即門限兩旁夾木荼。苦菜。蓼屬也。詳見良耜。薺。甘菜。本草曰。薺味甘。人取其葉作菹及羹宴。樂也。新昏。夫所更娶之妻也。○言我之被棄。行於道路。遲遲不進。蓋其足欲前而心有所不忍。如相背然。而故夫之送我。乃不遠而甚邇。亦至其門內而止耳。又言荼雖甚苦。反甘如薺。以

比已之見棄其苦有甚於荼而其夫方且宴樂其新昏如兄如弟而不見恤永嘉陳氏曰物莫苦於荼婦人見棄其情甚苦則荼反甘於薺矣蓋婦人從一而終今雖見棄猶有望夫之情厚之至也安成劉氏曰此章上四句賦其望夫之意而及其夫之薄情下四句則比已之甚苦而歎其夫之方樂賦體與比體相繼成章後凡言賦而比者文意亦放此云

○涇以渭濁湜湜音殖其沚音止宴爾新昏不屑以毋逝我梁毋發我笱古口反我躬不閱遑恤我後胡口反

比也涇渭二水名涇水出今原州百泉縣笄頭山東南至永興軍高陵入渭渭水出渭州渭源縣鳥鼠山至同州馮翊縣入河東萊呂氏曰詩人多述土風此衛詩而遠引涇渭者蓋涇濁渭清天下所共知

如云海鹹河淡也○原州百泉縣。今平凉府鎮原縣。永興軍高陵。今西安府高陵縣。渭州渭源縣。今平凉府渭源縣。同州馮翊縣。今西安府同州地。並隸陜西　湜湜清貌。沚水渚也。屑潔。以與逝之也。梁堰音宴石障水。而空音控其中。以通魚之往來者也。笱。以竹爲器而承梁之空。以取魚者也。閱容也○涇濁渭清。然涇未屬渭之時。雖濁而未甚見。由二水旣合而清濁益分。然其別出之渚。流或稍緩。則猶有清處。婦人以自比其容貌之衰久矣。又以新昏形之。益見憔悴。然其心則固猶有可取者。但以故夫之安於新昏。故不以我爲潔而與之耳。又言毋逝我之梁。毋發我之笱。以比欲戒新昏。毋居我之處。毋行我之事。而又自思我身且不見容。何暇恤我已去之後哉。知不能禁而絕意之辭也。慶源輔氏曰。不忍遂棄其家事者。仁也。知其不能禁而絕意焉者。知也。

○就其深矣。方之舟之。就其淺矣。泳之游之。何有何亡。黽勉求之。凡民有喪。匍音蒲匐蒲卜反救叶居尤反之。

興也。方。桴。舟。船也。潛行曰泳。浮水曰游。安成劉氏曰。泳與游。今俗所謂迷與泅也。匍匐。手足並行。急遽之甚也。孔氏曰。匍匐本小兒未行之狀。其盡力顛蹶似之。故取名。○婦人自陳其治家勤勞之事。言我隨事盡其心力而爲之。深則方舟。淺則泳游。不計其有與亡。而勉強以求之。孔氏曰。隨水深淺。期於必渡。猶隨事難易。期於必成。不問貧富。吾皆盡力求之。○安成劉氏曰。深淺以興有亡。方舟泳游。以興勉求也。又周睦其隣里鄉黨。莫不盡其道也。慶源輔氏曰。勤勞家事。周恤隣里。即首章之所謂德音。下章之所謂我德也。婦人無外事。以勤家睦隣爲德而已。此可見其勤而不怨

○不我能慉。許六反以我爲讎。旣阻我德。賈音古用不售。市救反。叶市周反昔育恐育鞫。居六反及爾顚覆。芳服反旣生旣育。比予于毒。

賦也。慉。養。阻。却。鞫。窮也。○承上章言我於女家勤勞如此。而女旣不我養。而反以我爲仇讎。惟其心旣拒却我之善。故雖勤勞如此。而不見取。如賈之不見售也。程子曰。凡人所以憎而不知其善者。由其心阻絕其善故也。○廣韻注曰。售。謂物出手也因念其昔時相與爲生。惟恐其生理窮盡。而及爾皆至於顚覆。今旣遂

其生矣。乃反比我於毒而棄之乎。張子曰。育恐。謂生於恐懼之中。育鞠。謂生於困窮之際。亦通。三山李氏曰。正所謂將恐將懼。惟予與汝。將安將樂。汝轉棄予。是也○慶源輔氏曰。或問昔育恐育鞠。張子之說固善。然推之下文。及爾顛覆之云。意不甚實。不若前說爲順。先生曰。此姑存異義耳。然舊說亦不甚明白也

○我有旨蓄勑六反亦以御魚呂反。下同冬宴爾新昏。以我御窮。有洸音光有潰戶對反旣詒我肄。羊至反不念昔者。伊余來塈

興也。旨。美。蓄。聚。御。當也。洸。武貌。潰。怒色也。容齋項氏曰。洸。水涌也。其勇如水涌。水之潰者。其勢橫。暴而四出。故怒之盛者爲潰肄。勞。塈。息也。○又言我之所以蓄聚美菜者。蓋欲以禦冬月乏無之時。至於春夏則不食之矣安成劉氏曰。古人塲圃同地。秋杪。則築堅圃地爲塲以納禾稼。至來春。又耕治之以

種菜茹。故蓄菜但以禦冬也今君子安於新昏而厭棄我。是但使我禦其窮苦之時。至於安樂則棄之也。南豐曾氏曰。人之於物。得新可以捐故。然厚者猶有所不忍。夫婦義當偕老。乃姑以禦窮而已。其薄惡可知又言於我極其武怒而盡遺我以勤勞之事。曾不念昔者我之來息時也。追言其始見君子之時。接禮之厚。怨之深也慶源輔氏曰。末二章又可見其怨而不怒、

谷風六章章八句朱子曰。看詩義禮外。更好看他文章。且如谷風。他只是如此說出來。然而序得事曲折先後。皆有次序。而今費盡氣力、去做後尚做得不好○慶源輔氏曰。觀此一詩。比物連類。因事興詞。條理秩然有序。勤而不怨。怨而不怒。玩而味之。可謂賢婦人矣。而見棄於夫者。亦獨何哉○豐城朱氏曰。谷風雖棄婦所作。而觀其自叙有治家之勤。有睦鄰之善。有安貧之志。有周

急之義。皆其節之可取者也。至於見棄矣。而拳拳忠厚之意。猶藹然溢於言辭之表。則是初無可棄之罪也。徒以其夫之安於新昏。不以爲潔而去之耳。然其言之有序而不迫如此。殆庶幾乎夫子所謂可與怨者矣

式微式微。胡不歸。微君之故。胡爲乎中露。

賦也。式。發語辭。微。猶衰也。再言之者。言衰之甚也。鄭氏曰。微乎微者也。○華陽范氏曰。諸侯失國而寄於他國之邑。微莫甚焉。故郭璞註云。言至微也。微。猶非也。安成劉氏曰。此章二微字義不同。中露。露中也。言有霑濡之辱而無所芘覆音皁也。○舊說以爲黎侯失國而寓於衛。釋文曰。杜預云。黎在上黨壺關縣。○鄭氏曰。寓。寄也。黎侯爲狄人所逐。棄其國而寄於衛。其臣勸之曰。衰微甚矣。何不歸哉。我若非以君之故。則亦胡爲而辱於此哉。

孔氏曰。主憂臣勞。主辱臣死。固當不憚淹恤。今言我若無君。何爲處此者。自言已勞以勸君歸也

○式微式微。胡不歸。微君之躬。胡爲乎泥中

賦也。泥中。言有陷溺之難。而不見拯救也

式微二章章四句

此無所考。姑從序說 問式微詩以爲勸耶。戒耶。朱子曰。亦不必如此看。只是隨他當時所作之意如此。可見得有羈旅狼狽之君如此。而方伯連帥。無救恤之意○新安胡氏曰。補傳云。以詩作於衛地。故編之衛風

旄丘之葛叶居謁反兮。何誕徒旱反之節兮。叔兮伯叶音逼兮。何多日也

興也。前高後下曰旄丘。誕。闊也。叔伯。衛之諸臣也。疊山謝氏

曰叔伯字也〇舊說黎之臣子自言久寓於衛時物變矣故登旄丘之上見其葛長大而節疎闊因託以起興曰旄丘之葛何其節之闊也衛之諸臣何其多日而不見救也東萊呂氏曰葛始生其節蹙而密既長其節濶而疎黎人見葛之長感時之久而衛猶未見救爾此詩本責衛君而但斥其臣可見其優柔而不迫也慶源輔氏曰本責衛君而但斥其臣望之雖切而其辭益緩真可見其溫柔寬厚之情也

〇何其處也必有與也何其久叶舉里反也必有以也

賦也處安處也與與國也以他故也〇因上章何多日也而言何其安處而不來意必有與國相俟而俱來耳又言何其久而不來意其或有他故而不得來耳詩之

曲盡人情如此

○狐裘蒙戎。匪車不東。叔兮伯兮。靡所與同

賦也。大夫狐蒼裘。蒙戎。亂貌。言弊也○又自言客久而裘弊矣。豈我之車。不東告於女乎。但叔兮伯兮。不與我同心。雖往告之而不肯來耳。至是始微諷切之。或曰狐裘蒙戎。指衛大夫而譏其憒音會亂之意。匪車不東。言非其車不肯東來救我也。但其人不肯與俱來耳。今按黎國在衛西。前說近是

○瑣素果反兮尾兮。流離之子。叶獎里反叔兮伯兮。褎由救反如充耳

賦也。瑣細。尾末也。流離漂散也。褎多笑貌。充耳塞耳也。耳聾之人恒多笑○言黎之君臣。流離瑣尾。若此其可憐也。而衛之諸臣褎然如塞耳而無聞何哉。至是然後盡其辭焉。流離患難之餘。而其言之有序而不迫如此。其人亦可知矣慶源輔氏曰。褎如充耳。責之也。自緩而疑。自疑而諷。自諷而責。是皆性情之正也

旄丘四章章四句

說同上篇須溪劉氏曰。一章何多日也。未有怨望之意也。二章必有與也。必有以也。有望於衛。未怨也。三章靡所與同。微怨也。四章褎如充耳。不能不怨也○眉山蘇氏曰。諸侯雖異國而相爲救。苟黎亡則衛及矣。柰何靡所與同哉。蓋時衛在河北。黎衛壤地相接。故狄之爲患。黎衛共之○

三山李氏曰。衛不救黎。非惟失穆乃四隣之道。抑亦脣亡齒寒矣。其後衛爲狄所滅。齊侯以管仲之言而救之。觀衛之德齊爲最深。則知黎之怨衛爲最切○黄氏曰。衛失國而齊救之。黎失國而衛不救。此齊之所以伯。而衛之所以不振也

簡兮簡兮。方將萬舞。日之方中。在前上處

賦也。簡簡易不恭之意。萬者舞之總名。武用干戚。文用羽籥也東萊呂氏曰。萬舞。二舞之總名。干舞者。武舞之別名。籥舞者。文舞之別名也。文舞又謂之羽舞○安成劉氏曰。干。盾也。戚。斧也。羽。籥。此詩三章所言者是也。皆舞者所執之物日之方中。在前上處。言當明顯之處○賢者不得志而仕於伶官鄭氏曰。伶氏世掌樂官而善焉。故後世號樂官爲伶官有輕世肆志之心焉。故其言如此須溪劉氏曰。簡兮簡兮。坦坦施施。有慢世玩物之意。味方將字可見若自譽而實自嘲

也。慶源輔氏曰：此章旣自以爲簡易，次章又自以爲碩人，只此便可見其爲不恭也。當明顯之處，公然爲此而不以爲辱，亦是不恭之意，與次章所謂公庭萬舞同。先生謂其若自譽而實自嘲者，深得其旨也。

○碩人俁俁疑矩反，公庭萬舞。有力如虎，執轡如組。音祖

賦也。碩，大也。俁俁，大貌。轡，今之韁也。組，織絲爲之，言其柔也。御能使馬，則轡柔如組矣。○又自譽其才之無所不備，亦上章之意也。安成劉氏曰：旣能樂舞，又善御馬，亦若上章之自譽而實自嘲也。

○左手執籥餘若反，右手秉翟。亭歷反，叶直角反赫如渥於角反赭，音者公言錫爵。叶陟略反

賦也。執籥秉翟者，文舞也。籥，如笛而六孔，或曰三孔。釋文曰：以竹爲籥，長三尺，執之以舞。郭璞云：似笛而小。翟，雉羽也。赫，赤貌。渥，厚漬也。

孔氏曰。渥者。浸潤之名。信南山曰。既優既渥。是也。言漬之久厚而有光澤。故以喻顏色之潤

赭赤色也。言其顏色之充盛也。公言錫爵。即儀禮燕飲而獻工之禮也○燕禮。主人洗升獻工。工不興。一人拜受爵○廬陵李氏曰。詩錫爵。謂此獻工之禮也以碩人而得此。則亦辱矣。程子曰。錫之以爵。勞賤者之道乃反以其賚予音與之親洽爲榮而誇美之。亦玩世不恭之意也慶源輔氏曰。前已言其輕世肆志之心。又言其玩世不恭之意。何也。曰。意雖輕之。是以玩之。志惟肆焉。故不恭也。知其世之不可與有爲。故輕玩之心生焉。於其所不足爲而姑爲之。於其所不足誇而反誇之。是皆不恭之意也。

○山有榛。側巾反隰有苓。音零云誰之思。西方美人。彼美人兮。西方之人兮

興也。安成劉氏曰。楚詞湘夫人歌曰。沅有芷兮澧有蘭。思公子兮未敢言。越人歌曰。山有木兮木有枝。心

悅君兮君不知。秋風辭曰。蘭有秀兮菊有芳。懷佳人兮不能忘。皆與此章起興之例同。故朱子嘗曰。知此則知興體矣

榛似栗而小。下隰曰隰。苓。一名大苦。葉似地黃。即今甘草也。西方美人。託言以指西周之盛王。如離騷亦以美人目其君也離騷經曰。恐美人之遲暮。集註云。言美好之婦人。蓋託辭而寄意於君也。又曰西方之人者。歎其遠而不得見之辭也○賢者不得志於衰世之下國。而思盛際之顯王。故其言如此。而意遠矣竹房張氏曰。榛之實甘美而山有之。苓之莖甘美而隰有之。以興爲人之君而美。好者惟西周有之。所以思之者其人也。思之而不得見之。故重歎之而思之深也。此蓋伶官碩人之辭。其詞甚婉。而實諷衛國之無賢君也。然思盛世之聖明。而不責衰世之幽厲。此詩人之忠厚也。

簡兮四章。三章章四句。一章六句

舊三章章六句。今改定○張子曰。爲祿仕而抱關擊柝。則猶恭其職也。爲伶官。則雜於侏儒俳優之閒。不恭甚矣。其得謂之賢者。雖其迹如此。而其中固有以過人。又能卷而懷之。是亦可以爲賢矣。東方朔似之問如張子之說。是固可以爲賢。然以聖賢出處律之。恐未可以爲盡善。朱子曰。古之伶官亦非甚賤。其所執者。猶是先王之正樂。故獻工之禮。亦與之交酢。但賢者而爲此。則自不得志耳○慶源輔氏曰。朔之所以自譽者。皆所以自嘲。其恢諧類俳優。正與此詩之意相似○三山李氏曰。伶官者賤役耳。今以賢人爲之。正猶君子陽陽之詩。序言君子遭亂相招爲祿仕。全身遠害。屈於賤役也

毖慧位反彼泉水。亦流于淇。有懷于衛。靡日不思。叶新齋反變力轉反

反

彼諸姬。聊與之謀叶謨悲反

興也。毖泉始出之貌。泉水。即今衛州共音恭城之百泉也。淇水出相去聲州林慮音閭縣相州林慮縣。今河南彰德府林縣東流。泉水自西北。而東南來注之孔氏曰。邶鄘衛三國境地相連。故邶云亦流于淇。鄘云送我乎淇之上矣。衛云瞻彼淇澳之類。皆言淇也孌。好貌。諸姬。謂姪娣也○衛女嫁於諸侯。父母終。思歸寧而不得。故作此詩。言毖然之泉水。亦流於淇矣。我之有懷於衛。則亦無日而不思矣。是以即諸姬。而與之謀。爲歸衛之計。如下兩章之云也慶源輔氏曰。讀首章四句。便可見其思歸之心。蓋與泉水日流於衛而不息。此是興體中說得好者。極好玩味。凡人之情。營私背公。故不詢謀。惟恐人之或知也。衛女思歸。博謀於諸姬而無所隱。則其情之正大可知矣

○出宿于泲。子禮反 飲餞音踐于禰。乃禮反 女子有行。遠于萬反父母兄弟。待禮反 問我諸姑。遂及伯姊。叶獎禮反

賦也。泲。地名。飲餞者。古之行者必有祖道之祭。祭畢。處者送之。飲於其側而後行也。孔氏曰。所以祖祭者。重已方有事於道。故祭道之神也。軷祭又名祖。聘禮及詩云出祖是也。又名道。曾子問云道而出是也。皆先軷而飲餞乃出宿者。見飲餞爲出宿而設禰亦地名。皆自衛來時所經之處也。諸姑伯姊即所謂諸姬也安成劉氏曰。夫人之嫁。必有姪娣二人爲媵而同姓二國往媵之。亦有姪娣。皆謂之媵。凡八人。集傳以此詩爲夫人作。而以諸姬爲姪娣。又謂諸姑伯姊即諸姬。然則八人之中。亦有是夫人姑姊輩行者乎○言始嫁來時。則固已遠其父母兄弟矣。況今父母既終。而復可歸哉。是以問於諸姑伯姊。而謀其可否

云耳。鄭氏曰。國君夫人。父母在則歸寧。沒則使大夫寧於兄弟

○出宿于干。叶居焉反 飲餞于言。載脂載舝。胡瞎反。叶下介反 還車音旋言邁。遄市專反 臻于衛。此字本與邁害叶。今讀誤 不瑕有害

賦也。干言。地名。適衛所經之地也。隋志。邢州內丘縣。有干山言山 脂。以脂膏塗其舝。使滑澤也。舝。車軸也。不駕則脫之。設之而後行也 釋文曰。舝。車軸頭金。○華谷嚴氏曰。載脂。謂先以脂塗其舝。其用在脂。故曰載脂。載舝。謂塗畢乃設舝於車。其用在舝。故曰載舝 還。回旋也。旋其嫁來之車也。遄。疾。臻。至也。瑕。何。古音相近。通用。○言如是。則其至衛疾矣。然豈不害於義理乎。疑之而不敢遂之辭也

○我思肥泉。茲之永歎。叶它涓反思須與漕。叶徂侯反我心悠悠。駕言出遊。以寫我憂。

賦也。肥泉。水名。須漕。衛邑也。悠悠。思之長也。寫。除也。○既不敢歸。然其思衛地。不能忘也。安得出遊於彼。而寫其憂哉。鄭氏曰。肥泉。自衛而來所渡水。故思此而長歎。須漕。自衛而來所經邑。故又思之。○問恐此只是因思歸不得。故欲出遊於國以寫其憂否。朱子曰。夫人之遊。亦不可輕出。只是思遊於彼地耳。○慶源輔氏曰。思歸寧者。思之正也。謀及姪娣。謀之正也。恐害義理而卒於不歸。事之正也。始終一出於正。雖賢士且難之。況婦人乎

泉水四章。章六句。

楊氏曰。衛女思歸。發乎情也。其卒也不歸。止乎禮

義也。聖人著之於經以示後世。使知適異國者。父母終無歸寧之義。則能自克者知所處矣新安胡氏曰。一章託泉水起興。而謀於諸姬也。二章述初嫁時宿餞衛郊。旣遠父母。今父母終而欲歸。故以問諸姑伯姊何如耳。三章又欲效初嫁時。宿餞于所嫁國之干言。脂舝歸衛。第未知有害於義理乎。此正謀諸姬之語也。四章旣不可歸。於是但思肥泉。思須漕。以重衛國悠悠之景慕。欲往遊以寫憂而已。所謂發乎情。止乎禮義者也。○止齋陳氏曰。泉水竹竿載馳。皆衛女思歸也。泉水竹竿。歷道欲歸之意。終篇雖欲出遊。以驅吾愁思而已。所謂止乎禮義。載馳之詩。其歸尤急。末章無有愧止之辭。蓋泉水竹竿。作於無事之時。故其辭緩以宛。載馳賦於故國已亡之日。故其辭切以怨。○豐城朱氏曰。禮緣人情而爲之也。夫旣曰緣人情而爲之。則父母其本根也。兄弟其同氣也。皆人情之不可忘者。而何爲其不可以寧兄弟也。曰。人情有出於天理之公者。有出於人欲之私者。聖人制禮。將以全夫天理之正。而節其人欲之流也。據禮女子已嫁而反。兄弟不與同席而坐。不與同器而食。所以厚別也。則閨門之內。所可同坐而共食者。唯母姑姊妹耳。使父母歿而歸寧。則誰與同坐。誰與共食。而孰爲之主乎。聖人於此。寧以義斷恩。不以恩掩義。故制爲父母終。不得歸寧之禮。所以存天理而遏人欲也。以此爲防。猶有禽獸其行。如齊襄魯桓夫人之所爲者。然後知聖人制禮。眞可謂萬世無弊者矣

出自北門。叶眉貧反 憂心殷殷。終窶其矩反 且貧。莫知我艱。叶居銀反 已焉哉。叶將其反下同 天實爲之。謂之何哉

比也。北門。背陽向陰。殷殷。憂也。窶者。貧而無以爲禮也。孔氏曰。窶謂無財可以爲禮。貧謂無財可以自給。然二者皆無財之事。故爾雅貧窶通也 ○ 三山李氏曰。兼言之。以見貧之甚也 ○衛之賢者。處亂世。事暗君。不得其志。故因出北門而賦以自比。問只作賦說如何。朱子曰。當作賦而比。當時必欲出北門而後作此

詩。亦有比意思。○孔氏曰。言出自北門。背明向陰而行。猶居亂世。向暗君而仕也。○張子曰。偶出北門。因有此言

又歎其貧窶。人莫知之。而歸之於天也孔氏曰。我之困苦。天實爲之。使我遭此君。如復柰何哉。君臣道不合則去。今無去心。忠之至也。○鄭氏曰。詩人事君無二志。故自決歸之於天。○慶源輔氏曰。終者。已焉之辭。蓋自以爲無復有望也。故歎之曰已焉哉。天實爲之。謂之何哉。此蓋知其無可柰何而歸之天也。是亦所謂發乎情。止乎禮義者也

○王事適我。政事一埤避支反益我。我入自外。室人交徧讁知革反。叶竹棘反我。已焉哉。天實爲之。謂之何哉

賦也。王事。王命使爲之事也。適。之也。政事。其國之政事也。一。猶皆也。埤。厚。室。家。讁。責也○王事旣適我矣。政事又一切以埤益我。其勞如此。而窶貧又甚。室人至無以

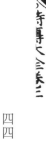

自安。而交徧讁我。則其困於內外極矣。孔氏曰。言非直已貧窶。君政又皆埤已。我自外而歸。則室家之人。更迭而徧來責我。外爲君所困。內爲家人不知。故又自決歸之於天。○華陽范氏曰。關雎之化行。則婦人能閔其君子。至於衰世。則室家日見而有不知其心者。

○王事敦叶都回反我。政事一埤遺唯季反。叶夷回反我。我入自外。室人交徧摧徂回反我。已焉哉。天實爲之。謂之何哉。

賦也。敦。猶投擲也。遺。加。摧。沮也。鄭氏曰。摧者。刺譏之言○慶源輔氏曰。摧謂摧折沮抑之。又甚於讁也。

北門三章。章七句。

楊氏曰。忠信重祿。所以勸士也。衛之忠臣。至於窶貧而莫知其艱。則無勸士之道矣。仕之所以不得志也。先王視臣如手足。豈有以事投遺之而不知其艱哉。然不擇事而安之。無懟憾之辭。知其無可奈何而歸之於天。所以爲忠臣也。疊山謝氏曰。鹿鳴四牡之燕樂。出車杕杜之勞來。一人之勞苦。君無不知。一毫之事功。君無不報。此先王所以體羣臣也。千歲治安根本。蓋在此也。北門之忠臣。至於終窶且貧。祿不足以代耕矣。出則當王事之獨勞。入則當政事之煩。使室人不能忍飢寒而交徧讁之。此人情所難堪者。上不怨其君。下不怨其家。窮而呼天。亦無一毫怨天之辭。此樂天知命之士也。有臣如此。而不能忠信重祿以勸之。衛之所以亡也。○慶源輔氏曰。楊氏之說。其論君臣之道備矣。而衛之忠臣。則處其變而不失其道者。可以爲萬世臣子之法也。

北風其涼。雨（于付反）雪其雱。（普康反）惠而好（呼報反下同）我。攜手同行。（叶户郎反）其虛其邪。（音徐下同）既亟只（音紙下同）且。（子餘反下同）

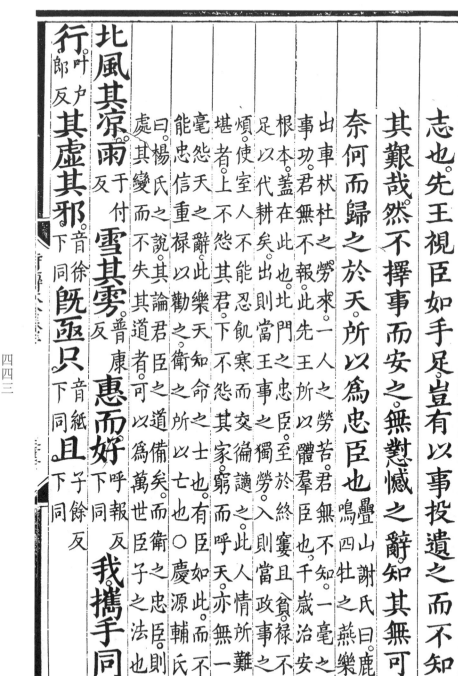

比也。北風寒凉之風也。凉寒氣也。雱雪盛貌。惠愛。行去也。虛寬貌。邪一作徐緩也。釋文曰。爾雅作徐亟急也。只且語助辭。○言北風雨雪。以比國家危亂將至而氣象愁慘也。故欲與其相好之人。去而避之。且曰是尚可以寬徐乎。彼其禍亂之迫已甚。而去不可不速矣。慶源輔氏曰。惠而好我攜手同行。不忘故舊之仁也。其虛其邪。既亟只且。見幾而作之智也

○北風其喈。音皆叶居奚反雨雪其霏。芳非反惠而好我。攜手同歸。其虛其邪。既亟只且。

比也。喈疾聲也。霏雨雪分散之狀。疊山謝氏曰。北風怒而有聲。不止於凉矣。雨雪霏霏而密。不止於雱矣。踰禍害愈急也歸者去而不反之辭也

○莫赤匪狐。莫黑匪烏。惠而好我。攜手同車。其虛其邪。既亟只且。

比也。狐。獸名。似犬。黃赤色。烏。鴉。黑色。皆不祥之物。人所惡見者也。所見無非此物。則國將危亂可知。問。狐與烏。不知此何物。朱子曰。不但皆一物而言。當國將危亂時。凡所見者無非不好底景象也。同行同歸猶賤者也。同車則貴者亦去矣。疊山謝氏曰。一章曰同行。二章曰同歸。三章曰同車。一節急一節。風人之法度也。○慶源輔氏曰。國家將亡。觀其氣象愁慘如北風。雨雪之寒凉。目所見者。無非赤狐烏鴉。不祥之物。亦非有先見者不能然也。作此詩者。其賢可知矣。

北風三章章六句安成劉氏曰。詩中有同車之語。疑此爲仕於衛者所作。其虛其邪。既亟只且。三章三言之。豈果於忘君哉。蓋見幾而作。不俟終日。若國已危。則無可去之義矣。

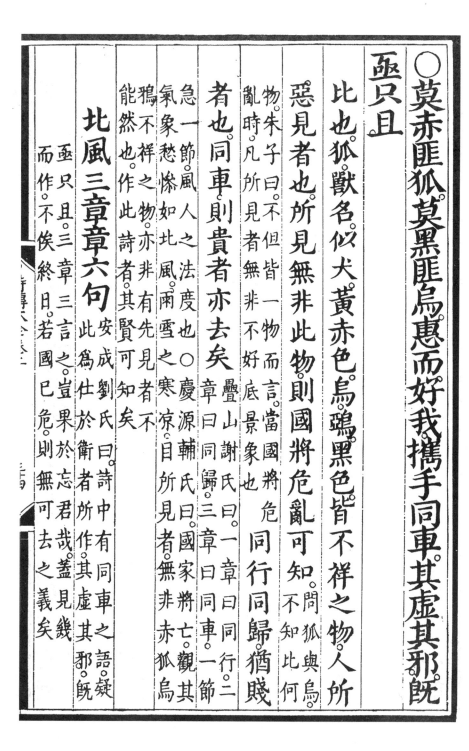

靜女其姝。赤朱反俟我於城隅。愛而不見。搔蘇刀反首踟直知反蹰直誅反

賦也。靜者。閒雅之意。姝。美色也。城隅。幽僻之處。不見者期而不至也。踟蹰。猶躑躅音擲觸行不進貌也。此淫奔期會之詩也。問淫奔之人方相與狎暱。又何取乎閒雅。朱子曰。俟人於城隅。安得謂之閒雅。而此曰靜女者。猶所謂德音無良也。無良則不足以爲德音矣。而曰德音亦愛之之辭也○廬陵歐陽氏曰。衛俗淫亂。幽靜難誘之女且然。則其他可知

○靜女其孌。貽我彤徒冬反管。叶古充反彤管有煒。于鬼反說音悅懌音亦女美

賦也。孌。好貌。於是則見之矣。彤管。未詳何物。廬陵歐陽氏曰。古者

鍼筆皆有管樂器亦有管不知此管是何物但形是色之美者鍼與針同蓋相贈以結殷勤之意耳煒赤貌言既得此物而又悅懌此女之美也

○自牧歸荑徒兮徒計二反洵美且異夷曳二音匪女音汝之爲美美人之貽與異同

賦也牧外野也歸亦貽也荑茅之始生者洵信也女指荑而言也○言靜女又贈我以荑而其荑亦美且異然非此荑之爲美特以美人之所贈故其物亦美耳東陽許氏曰首言城隅末言自牧蓋不特俟於城隅抑且相逐於野矣

靜女三章章四句

新臺有泚此禮反河水瀰瀰莫邇反燕婉之求籧音蘧篨音除不鮮

斯淺反。叶想止反。

賦也。泚。鮮明也。新安胡氏曰。臺在河上曰泚。曰洒。皆從水義瀰瀰。盛也。燕。安。婉。順也。籧篨。不能俯。疾之醜者也。蓋籧篨本竹席之名。人或編以爲囷。其狀如人之擁腫而不能俯者。故又因以名此疾也。鮮。少也。○舊說以爲衛宣公爲其子伋娶於齊。而聞其美。欲自娶之。乃作新臺於河上而要音腰之。國人惡之而作此詩以刺之。言齊女本求與伋爲燕婉之好。而反得宣公醜惡之人也。孔氏曰。宣公。晉桓公子○三山李氏曰。新臺臨河。今澶州遺址尚存○疊山謝氏曰。籧篨乃惡疾。宣公非有此疾。國人惡其無禮義。亂人倫。故以惡疾比之。既無人道。亦非人形也

○新臺有洒。七罪反。叶先典反河水浼浼。每罪反。叶美辨反燕婉之求。籧篨不殄

賦也。洒。高峻也。浼浼。平也。殄。絕也。言其病不已也

○魚網之設。鴻則離之。燕婉之求。得此戚施

興也。鴻。鴈之大者。離。麗也。戚施。不能仰。亦醜疾也東萊呂氏曰。國人惡宣公。而以惡疾指之。不能俯者。籧篨之疾證。不能仰者。戚施之疾證。非於此取義也○言設魚網而反得鴻。以興求燕婉而反得醜疾之人。所得非所求也南豐曾氏曰。籧篨戚施。皆惡疾之人。不能爲人者也。宣公之行。非復人理。尚可謂之人歟。燕婉之求而得此匪人。深惡之之辭也

新臺三章章四句

凡宣姜事首末見春秋傳。然於詩則皆未有考也。諸篇放此

三山李氏曰。聖人存此以垂戒。後世宜懲其轍。而乃有踵其惡者。楚平王納太子建妻。唐明皇納壽王妃。此三君者其惡一也。其後宣公之子伋壽皆爲所殺。惠公奔齊。子懿爲狄所滅。楚平王有鞭尸之禍。唐明皇身竄南蜀。幾失天下。則知淫亂之禍。其報如此。可不戒哉。○安成劉氏曰。宣姜事首末見左氏傳桓公十六年。及閔公二年

二子乘舟。汎汎芳劍反其景。叶舉兩反願言思子。中心養養。以兩反

賦也。二子。謂伋壽也。乘舟。渡河如齊也。景。古影字。葛洪始加彡爲影字養養猶漾漾。憂不知所定之貌。○舊説以爲宣公納伋之妻。是爲宣姜。生壽及朔。朔與宣姜愬伋於公。公令伋之齊。使賊先待於隘而殺之。壽知之以告伋。伋曰。

君命也。不可以逃。壽竊其節而先往。賊殺之。伋至曰。君命殺我。壽有何罪。賊又殺之。國人傷之。而作是詩也。眉山蘇氏曰。國人傷其往而不返。汎汎然徒見其影。故救之不可得。是以思之養養然

○二子乘舟。汎汎其逝。此字本與害叶今讀誤願言思子。不瑕有害

賦也。逝。往也。不瑕。疑辭。義見泉水。此則見其不歸而疑之也。慶源輔氏曰。字義雖與泉水同。泉水所謂害者。害於義也。此所謂害者。害其身而已。故先生謂此則見其不歸而疑之之辭。蓋不忍正言其死。且爲君諱也○定宇陳氏曰。二子之死明矣。猶爲疑辭而不盡言以彰君惡。詩人之厚也

二子乘舟二章章四句

太史公曰。余讀世家言。至於宣公之子以婦見誅

弟壽爭死以相讓。此與晉太子申生不敢明驪姬之過同。俱惡傷父之志。然卒死亡。何其悲也。或父子相殺。兄弟相戮。亦獨何哉朱子曰。太史公之言有所抑揚。謂三人皆惡傷父志而終於死亡。其情則可取。雖於理爲未當然。視夫父子相殺。兄弟相戮者。則大相遠矣。又曰。伋當逃避。使宣公無殺子之事。不陷於惡。乃爲得禮。如不忍去而死之。尚可也。壽無救於兄而重父之過。其死也亦何爲乎。但國人憐而哀之。故聖人錄國人之情。著宣公之過。亦以見二子事親之道有未盡也。○舜之事瞽瞍。烝烝乂。不格姦。欲使之未嘗不在側。索而殺之。未嘗可得。此舜之所以爲法於天下也。○慶源輔氏曰。二子處此。亦不得爲是。而夫子取此詩者。所以著宣公志行之惡。而其禍至於如是之酷。以爲萬世戒爾。故先生嘗謂太史公欠此意。然其言有抑揚。可以感發人。故取之。非便以二子所處爲是也。○豐城朱氏曰。宣公納子之妻以爲妻。則夫婦之倫滅矣。因宣姜而殺二子。則父子之倫滅矣。夫而不夫。父而不父。則君之道以之不立。而君臣之倫亦廢矣。春秋以來。三綱廢。九法斁。未有甚於此時者也。其卒胥爲夷也宜哉

邶十九篇七十二章三百六十三句 安成劉氏曰。衛三十九篇。而邶風才十有九。然觀綠衣。則妾僭嫡矣。燕燕。則臣弒君矣。谷風。則夫婦之道乖。新臺。則男女之倫滅。二子乘舟。則父子之恩絶。旄丘。則無恤隣之義。簡兮。則無尊賢之心。北門。則失勸士之道。亂常敗政。莫甚於此。所以居變風之首歟。於呼。渡河野處已兆矣。不待讀定之方中而后知也

詩傳大全卷之二

詩傳大全卷之三

鄘一之四

說見上篇

汎彼柏舟，在彼中河。髧(徒坎反)彼兩髦(音毛)，實維我儀(叶牛何反)。之死矢靡他(湯河反)。母也天(叶鐵因反)只(音紙，下同)，不諒人只。

興也。中河，中於河也。髧，髮垂貌。兩髦者，翦髮夾囟(音信。廣韻注曰：頭會腦蓋也)，子事父母之飾，親死然後去之。此蓋指共伯也。孔氏曰：夾囟，故兩髦也。士既殯而脫髦，諸侯小斂則脫之。若父母有先死者，於死三日脫之，服闋又著之。共伯，僖侯世子，名餘。共，謚。伯，字。以未成君，故不稱爵。○容齋項氏曰：內則注云，髦象幼時鬌。兒生三月，翦髮爲鬌，男角女羈。夾囟曰角，兩髻也。午達曰羈，三髻也。又曰：髦者以髮作僞髻，垂兩眉之上，如今小兒用一帶連雙髻橫繫額上是也。髻音朶我共姜自我也。釋文曰。共伯之妻也。婦人從夫謚。姜姓也。儀匹。之至。矢。誓。靡無也。只語助辭。諒信也。○舊說以爲衛世子共伯蚤死。其妻共姜守義。父母欲奪而嫁之。故共姜作此以自誓。言柏舟則在彼中河。兩髦則實我之匹。雖至於死。誓無他心。母之於我覆育之恩。如天罔極。而何其不諒我之心乎。不及父者。疑其獨母在。或非父意耳。慶源輔氏曰。實維我匹。一定而決不可易也。之死矢靡他。雖死而誓不敢易也。夫母之欲嫁共姜。想亦不過是惑於愛而慮其終耳。今味共姜自誓之言。其至誠貞固之意如此。則母之惑可解。而慮可釋矣

○汎彼柏舟。在彼河側。髧彼兩髦。實維我特。之死矢靡慝。他得反母也天只。不諒人只

興也。特亦匹也。朱子曰。特有孤特之義。而以爲匹者。古人用字多如此。猶治之謂亂也慝邪也。以是爲慝。則其絶之甚矣

柏舟二章章七句華陽范氏曰。衰亂之世。淫風大行。共姜得禮之正。而能守義。故以首鄘風也。○孔叢子曰。於柏舟見匹婦執志之不可易也。○或問有孤孀貧窮無託者。可再嫁否。程子曰。只是後世怕寒餓死。故有是說。然餓死事極小。失節事極大。○西山眞氏曰。柏舟之不再適。蓋婦人之大節。故孔子列之。使萬世取法爲。程子之論。可爲後世深戒。○定宇陳氏曰。衛之淫風流行。而有共姜特立之節。眞可謂遏人欲之橫流矣。讀此詩者。豈不可以感發人之善心乎

牆有茨。不可埽叶蘇后反也。中冓古侯反之言。不可道叶徒厚反也。所可道也。言之醜也

興也。茨。蒺藜也。蔓生細葉。子有三角刺人本草曰。一名即藜。注云。子

有刺。狀如蔆而小。軍家鑄鐵作之。以布敵路。亦呼蒺藜中冓謂舍之交積材木也東萊呂氏曰。前漢梁王共傳應劭注云。中冓材構在堂之中也。顔師古云。構。謂舍之交積材木也。當從應顔說。蓋闈内隱奧之處也。中冓之言。若曰閨門之言也道言。醜。惡也。○舊說以爲宣公卒惠公幼其庶兄頑烝於宣姜。孔氏曰左傳閔公二年。曰初惠公之即位也少。齊人使昭伯烝於宣姜。不可。強之。生齊子戴公文公宋桓許穆夫人。服虔云。昭伯。宣公之長。庶伋之兄。宣姜。惠公朔之母故詩人作此詩以刺之。言其閨中之事。皆醜惡而不可言。理或然也

○牆有茨不可襄也中冓之言不可詳也所可詳也言之長也

興也。襄。除也。詳。詳言之也。言之長者。不欲言而託以語

長難竟也

○牆有茨不可束也中冓之言不可讀也所可讀也言之辱也

興也束束而去之也讀誦言也辱猶醜也

牆有茨三章章六句

楊氏曰公子頑通乎君母閨中之言至不可讀其汙甚矣聖人何取焉而著之於經也蓋自古淫亂之君自以爲密於閨門之中世無得而知者故自肆而不反聖人所以著之於經使後世爲惡者知雖閨中之言亦無隱而不彰也其爲訓戒深矣慶源

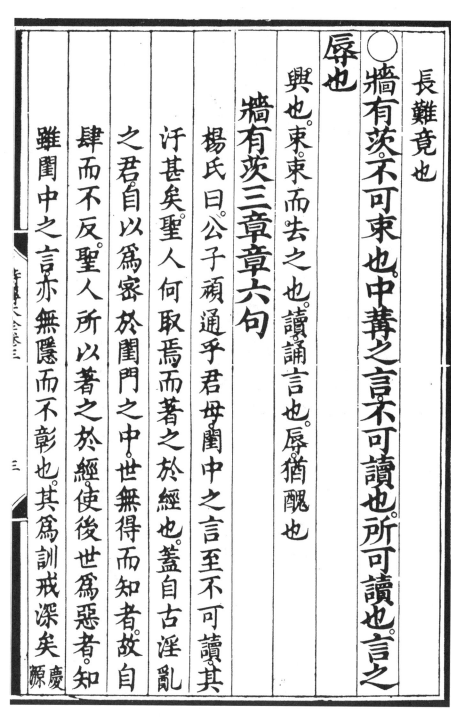

輔氏曰。楊氏之說。蓋不獨爲此篇發。凡聖人所錄淫亂之詩。其意皆如此。即先生所謂惡者可以懲創人之逸志者也。○豐城朱氏曰。宣姜本伋之妻也。一失身於宣公。而爲新臺之薾泚。再失身於公子頑。而爲中冓之不可道。蓋由其節義虧缺於前。是以無所顧藉於後。甘以其身處於汙穢而不辭。則亦無復羞愧悔悟之萌矣

君子偕老。副笄六珈。音加叶居河反委委於危反佗佗。待河反如山如河。象服是宜。叶十何反子之不淑。云如之何

賦也。君子。夫也。偕老。言偕生而偕死也。女子之生。以身事人。則當與之同生。與之同死。故夫死稱未亡人。言亦待死而已。不當復有他適之志也。副。祭服之首飾。編篇上聲。一髮爲之。孔氏曰。副之言覆。所以覆首爲之飾。編列如字髮爲之。他髮爲之。假作紒形加於首上。服之以從

祭祀。紒。音髻笄衡笄也。孔氏曰。衡笄以玉爲之垂于副之兩旁當耳。其下以紞音黕縣瑱。盧陵羅氏曰。紞。織如條。上屬於衡者。瑱以玉爲之。以纊縛之而屬於紞。縣之當耳。縛。音篆。同卷也珈之言加也。以玉加於笄而爲飾也。孔氏曰。必飾之以六委委佗佗。雍容自得之貌。如山。安重也。如河。弘廣也。象服。法度之服也。淑。善也。○言夫人當與君子偕老。故其服飾之盛如此。而雍容自得。安重寬廣。又有以宜其象服。毛氏曰。能與君子偕老。乃宜居尊位而服盛服也今宣姜之不善乃如此。雖有是服。亦將如之何哉。言不稱也。

○玼音此兮玼兮。其之翟叶去聲也。鬒真忍反髮如雲。不屑先結反髢徒帝反也。玉之瑱吐殿反也。象之揥勑帝反也。揚且子餘反之晳

星曆反叶征例反也。胡然而天也。胡然而帝也

賦也。玼鮮盛貌。翟衣。祭服刻繒爲翟雉之形。而彩畫之以爲飾也。孔氏曰。翟。雉名。彩畫爲飾。不用真羽。○華谷嚴氏曰。鄭氏云。江淮而西。青質五色皆備。成章曰揄。揄翟則畫揄雉。衛侯爵夫人服揄翟鬒黑也。如雲。言多而美也。屑。潔也。髢髲音被髢也。人少髮則以髢益之。髮自美則不潔於髢而用之也。瑱。塞耳也。象。象骨也。揥所以摘音剔髮也。華谷嚴氏曰。揥所以摘髮。若今之篦兒也揚眉上廣也。且。助語辭。皙。白也。胡然而天。胡然而帝。言其服飾容貌之美。見者驚猶鬼神也

慶源輔氏曰。其者。指宣姜而言。玼兮玼兮。其之翟也。言服之美也。鬒髮如雲。不屑髢也。言質之美也。足乎已者。無待於外也。玉之瑱也。象之揥也。言飾之美也。揚且之皙也。言色之美也。服飾容貌之美盛。如天如帝然。是豈

可以徒居哉

○瑳七我反兮瑳兮其之展陟戰反叶諸延反也蒙彼縐側救反絺是紲息列反袢薄慢反叶汾乾反也子之清揚揚且之顏叶魚堅反也展如之人兮邦之媛于眷反叶于權反也

賦也。瑳亦鮮盛貌。展衣也。以禮見音現於君及見賓客之服也。毛氏曰。展衣以丹縠爲衣。○鄭氏曰。展衣宜白。禮記作襢音戰。蒙覆音阜也。縐絺。絺之蹙蹙者。當暑之服也。孔氏曰。葛之精者曰絺。其精尤細靡者縐也。言細而縷縐。紲袢束縛意。以展衣蒙絺綌而爲之紲袢。所以自歛飭音勑也。或曰。蒙謂加絺綌於褻衣之上。所謂表而出之也。朱子曰。先著裏衣。表絺綌而出之於外。欲其不見體也。清視清明也。揚眉上廣也。孔氏曰以目視清明。因名爲清。揚者。眉上之美名。因謂眉上眉下皆曰揚。目上目下皆曰清。故野有蔓草傳云。清揚眉目之間。猗嗟傳云。目下爲清顏。額角豐滿也。展。誠也美女曰媛。見其徒有美色。而無人君之德也

君子偕老三章一章七句一章九句一章八句

東萊呂氏曰。首章之末云。子之不淑。云如之何責之也。二章之末云。胡然而天也。胡然而帝也。問之也。三章之末云。展如之人兮。邦之媛也。惜之也。辭益婉而意益深矣慶源輔氏曰。凡人之責人。辭愈多則氣愈暴。氣愈暴則辭愈厲。此則志不帥氣。而氣反動其志者也。君子之責人。則辭愈多而氣愈緩。氣愈緩而辭愈和。此則發乎情止乎禮義也。且心有所忿懥。則不得其正。如此詩之辭益婉而意益深。則心不至於失其正矣。東

萊先生責之問之惜之三字。說盡詩意。極好玩味。○華谷嚴氏曰。此詩唯述夫人服飾之盛。容貌之美。不及淫亂之事。但中間有子之不淑一語。而譏刺之意盡見。○安成劉氏曰。三章皆極言宣姜服飾容貌之盛如此。玩其辭。想其人。有德以稱之。固足以尊其瞻視。享其安榮。苟無其德。不幾於誨淫者乎。惟詩人寬厚。意在言外。故其立言如此。蓋與猗嗟之詩同意

爰采唐矣。沫(音妹)之鄉矣。云誰之思。美孟姜矣。期我乎桑中。(叶諸良反)要(於遙反)我乎上宮。(叶居王反)送我乎淇之上(叶辰羊反)矣

賦也。唐。蒙菜也。一名兔絲。孔氏曰。釋草云。唐蒙名女蘿。女蘿名兔絲。則唐與蒙或并或別。故經直言唐。而毛傳言唐蒙也○本草曰。生田野蔓延草木之上沫。衛邑也。書所謂妹邦者也。孔氏曰。酒誥注妹邦紂所都。朝歌即沫也孟。長也。姜。齊女。言貴族也。桑中。上宮。淇上。又沫鄉之中小地名也。要。猶迎也。○

衛俗淫亂。世族在位。相竊妻妾。故此人自言將采唐於沬。而與其所思之人。相期會迎送如此也

○爰采麥叶訖力反矣。沬之北矣。云誰之思。美孟弋矣。期我乎桑中。要我乎上宮。送我乎淇之上矣

賦也。麥。穀名。秋種夏熟者。白虎通曰。麥金也。金旺而生。火旺而死也弋。春秋或作姒春秋定姒。公穀作定弋蓋杞女。夏后氏之後。亦貴族也

○爰采葑矣。沬之東矣。云誰之思。美孟庸矣。期我乎桑中。要我乎上宮。送我乎淇之上矣

賦也。葑。蔓菁也。庸。未聞。疑亦貴族也長樂劉氏曰。采唐麥葑者。欲適幽遠。行其淫亂。不敢正名。而託以采此也。○安成劉氏曰。孟姜孟弋孟庸。亦託言貴族。以指所私之人。非必當時實

有此三姓之女也

桑中三章章七句

樂記曰。鄭衛之音。亂世之音也。比於慢矣比去聲。猶同也桑間濮上之音。亡國之音也。其政散。其民流。誣上行私而不可止也慶源輔氏曰。誣上。只是欺謾其上之人。大抵行私者皆有此心。桑中之詩。雖肆言無忌。然誣上行私之心自在。此皆緣民情流蕩。無所限節之故。民情所以如此。則又因政散之故。上之人。苟有政事。則何至於此○鄭氏曰。濮水之上。地有桑間者。亡國之音。於此水出也。昔殷紂使師延作靡靡之樂。已而自沉於濮水。後師涓過焉。夜聞而寫之。爲晉平公鼓之。是之謂也按桑間即此篇。故小序亦用樂記之語安成劉氏曰。朱子以桑間即此桑中詩。而證以樂記之語。然則鄭氏謂師涓所聞者。自是濮上之音也

鶉音純之奔奔鵲之彊彊音姜人之無良我以爲兄叶虚王反

興也鶉鵪音諳屬本草曰鶉初生謂之羅鶉至初秋謂之早秋中秋以後謂之白唐一物四名也奔奔彊彊居有常匹飛則相隨之貌人謂公子頑良善也○衛人刺宣姜與頑非匹偶而相從也故爲惠公之言以刺之曰人之無良鶉鵲之不若而我反以爲兄何哉孔氏曰言鶉則鶉自相隨奔奔然鵲則鵲自相隨彊彊然各有常匹不亂其類今宣姜爲母頑則爲子而與之淫亂曾鶉鵲之不如而我反以爲兄也哉

○鵲之彊彊鶉之奔奔叶逋珉反人之無良我以爲君

興也人謂宣姜君小君也孔氏曰夫人對君稱小君以夫妻一體言之亦得曰君襄公九年左傳筮穆姜曰君必速出是也○慶源輔氏曰詩人疾惡宣姜至矣而猶不敢不以爲小君也彼謂狡

童頑鼠爲稱其君者何哉

鶉之奔奔二章章四句

范氏曰宣姜之惡不可勝道也國人疾而刺之或遠言焉或切言焉遠言之者君子偕老是也切言之者鶉之奔奔是也衛詩至此而人道盡天理滅矣中國無以異於夷狄人類無以異於禽獸而國隨以亡矣胡氏曰楊時有言詩載此篇以見衛爲狄所滅之因也故在定之方中之前廬陵彭氏曰陳氏云木必壞然後蠹生焉國必亂然後寇生焉聖人存此詩以爲狄入衛張本使後世知所戒也　因以是說考於歷代凡淫亂者未有不至於殺身敗國

而亡其家者。然後知古詩垂戒之大。而近世有獻議。乞於經筵。不以國風進講者。殊失聖經之旨矣三山李氏曰。淫亂非美事。而不删之者。所以示鑒戒也。亦如春秋亂臣賊子。一一書之。亦所以示戒也。而唐太子弘。受左傳。至於楚世子商臣弑其君顒。而請更受他書。是不知聖人垂訓之意也。近世有建言經筵不進國風。是亦不知聖人垂訓之意也。顒音均

定丁佞反之方中。作于楚宮。揆之以日。作于楚室。樹之榛栗。椅於宜反桐梓漆。爰伐琴瑟

賦也。定。北方之宿。營室星也。此星昏而正中。夏正十月也。於是時可以營制宮室。故謂之營室晉天文志曰。營室二星。一曰玄宮。一曰清廟。又爲土功事。○安成劉氏曰。夏正十月建亥。春秋時十二月也。農事已畢。可以興作。而人君居必

南面。故亥月昏時。見定星當南方之午位。因記此星。爲每歲營作之候。又因號爲營室。此蓋成周以後之制。上考唐虞之時。定星以戌月昏中。歲久而差。至周時。定星始以亥月昏中。下逮今日。此星又以子月昏中矣。

楚宮。楚丘之宮也。鄭志。楚丘在濟河間。**揆度也。樹八尺之臬。**音齧**而度其日之出入之景。以定東西。又參日中之景。以正南北也。**孔氏曰。匠人云。水地以懸。置槷以懸。視以景。爲規。識日出之景。與日入之景。晝參諸日中之景。注云。於四角立植。而懸以水。望其高下。高下既定。乃爲位而平地。於所平之地中央。樹八尺之臬。以懸正之。槷臬同。○安成劉氏曰。彭魯叔云。槷。柱也。縣。垂繩也。柱有四角四中。垂以八繩。繩皆附柱。則其柱正矣。柱正。然後視之以測日景也。又轉筵畫地爲圓規。朝識日景。其端指西。暮識日景。其端指東。兩端長短。必與規齊。測其端則東西正。就其中屈之。則南北亦可正也。又於晝漏午時。參此日中之景。可以正南方之位。因以正北方之位也。此周禮定方制度。衛文公建宮室定四方之法。蓋亦如此。○慶源輔氏曰。古人之作室。上順天時。下正方面。不敢苟也楚室猶楚宮。互文以協韻耳。榛栗。二木。其實榛小栗大。皆可供籩實本草注曰。榛樹高丈許。子如小栗。栗樹高二三丈。花青黃色。實有房彙。大者中子三五。小者子雖一二椅梓實桐皮。桐。梧桐也華谷嚴氏曰。陸璣言有青桐白桐赤桐。此中琴瑟者。白桐也。椅桐梓漆之桐。爲白桐。梧桐生矣之桐。爲青桐。○本草注曰。桐有四種。一種白桐。可斲琴。葉三杈。開白花。不結子。一種茌桐。子可作油。一種梧桐。令人收其子炒作果。一種岡桐。無花。不可作琴。體重。梓。楸之踈理白色而生子者本草注曰。梓似桐而葉小花紫。亦有三種漆木有液黏念平聲黑可飾器物本草注曰。漆樹高三二丈。皮白。葉似椿。花似槐。以斧斲其皮開。以竹筒承之。汁滴則成漆也四木皆琴瑟之材也華谷嚴氏曰。椅桐可爲琴瑟。榛栗可備籩實。梓漆可供器用。但言伐琴瑟者。取成句耳爰於也。○衛爲狄所滅。文公徙居楚丘。營立宮室。國人悅之而作是詩以美之。蘇氏曰種木者求用於十年之後其不求近功凡此類也華陽范氏曰此詩美其新造而志於永久埤雅云言其所植皆能預備禮樂之用語曰一年之計莫如種穀十年之計莫如種木故文公於初作室之時早計如此○安成劉氏曰此章上四句言其得天時地利之宜下三句言其有以遠預備之計所謂悅之美之者皆追述其事如此也

○升彼虛起居反叶起呂反矣以望楚矣望楚與堂景山與京叶居良反降觀于桑卜云其吉終焉允臧

賦也虛故城也孔氏曰故墟高可望猶僖公二十八年晉侯登有莘之虛也楚丘也堂楚丘之旁邑也傅寅羣書百攷曰當是博州堂邑景測景以正方面也與既景迺岡之景同或曰景音璟山名見商頌京高丘也桑木名葉可飼蠶者觀之以察其土宜也安成劉氏曰衛

詩多言桑。如桑中與氓詩及此。皆再三言之。蓋衛地跨冀兖二州。桑者尤其土所宜。而民生之所資也。據楚丘在冀河之東。兖州之境。則文公所觀所說。其桑土之野乎○蔡氏曰。兖地宜桑。如桑間濮上可驗也**允信。臧善也○此章本其始之望**鄭氏曰。望楚丘與旁邑。審其高下所依倚○東萊呂氏曰。升望以領略其天勢**景**安成劉氏曰。建國之制。必先辨方。辨方之法。必考日景。故謂之景。此章景山與京。先審其丘山之方向也。上章揆之以日。復定其宮室之方向也。**觀**眉山蘇氏曰降觀其下。有桑土可以居民○東萊呂氏曰降觀以細察其土宜**卜**三山李氏曰。建國必相土地之宜。土地既善。然後稽之卜筮。文公既有以相土地之宜矣。故其後曰卜云其吉○三山林氏曰。將遷國。必考之卜。如綿詩曰。爰契我龜。楚丘之遷。亦曰卜云其吉是也**而言以至於終而果獲其善也**臨川王氏曰。言今信善如卜所言也○長樂劉氏曰。建國之初。憂民之不得其所。不敢遑寧。曰終焉允臧者。喜其果遂於志願也○慶源輔氏曰。既正其方面也。又覽其形勢也。又察其土宜也。人事盡矣。然後卜之。則始之吉而終之臧。宜矣

○靈雨既零，命彼倌音官人，星言夙駕，說始銳反于桑田。叶徒因反
匪直也人，秉心塞淵。叶一均反騋音來牝三千。叶倉新反
賦也。靈，善。零，落也。倌人，主駕者也。星，見星也。說，舍止也。
秉，操。塞，實。淵，深也。馬七尺以上爲騋。○言方春時雨既
降，而農桑之務作，文公於是命主駕者晨起駕車，亟音棘
往而勞去聲勸之。臨川王氏曰：上章既言城市宮室，於是言其政事。蓋人君先辨方正位，體國經
野，然後可以施政事云。○朱子曰：古人戴星而出，戴星而入，必是身耐勞苦，方能率得人。然非獨此
人所以操其心者誠實而淵深也，蓋其所畜之馬七尺
而牝者亦已至於三千之衆矣。蓋人操心誠實而淵深，
則無所爲而不成，其致此富盛宜矣。疊山謝氏曰：秉心也實，故事事朴實。

不尙高虛之談。秉心也淵。故事事深長。不爲淺近之計、富國強兵。豈談高虛。務淺近者之所能辨哉○眉山蘇氏曰。富強之業。必深厚者爲之。非輕揚淺薄者之所能致也

記曰。問國君之富。數馬以對。今言騋牝之衆如此。則生息之蕃可見。而衛國之富亦可知矣。此章又要其終而言也

慶源輔氏曰。此章乃要其後日之終而言。觀其始之經營其國者。如此其備。繼之勤勞於民者。如此其勤。則其終之善與富亦宜矣○廬陵曹氏曰。人君之一心。萬事之本也。文公之能勤於農桑者此心也。所以致牝馬之多者亦此心也。一心之誠實淵深。則無所爲而不成矣

定之方中三章章七句

按春秋傳。衛懿公九年冬。狄入衛。懿公及狄人戰于熒音螢澤而敗死焉。宋桓公迎衛之遺民。渡河而

南。立宣姜子申以廬於漕是爲戴公。是年卒。立其弟燬是爲文公。於是齊桓公合諸侯以城楚丘而遷衛焉。文公大布之衣。大帛之冠。務材訓農通商惠工。敬教勸學。授方任能。元年革車三十乘。季年乃三百乘

程子曰。一章言建國之事。次章方言相土度地之初。屬文之勢然也。今文首言其事。然後言其初者多矣。既度其可。然後卜以決之。卜洛亦然。人謀臧則龜筮從矣。卒章則敘其勤勞以致殷富○安成劉氏曰。春秋紀事用周月。定星中時。乃周之十二月。衛懿公九年十二月。狄滅衛。戴公立而卒。文公繼立。以次年爲元年。至文公二年歲首之月。齊桓始城楚丘。則詩人所指定星方中。其在文公元年之終。楚丘未城之先歟。然詩言終焉允臧。騋牝三千。則是詩蓋作於文公之季年。而追言其始遷時事耳。故二章以前。皆本其始。二章以後。則要其終也

蝃丁計反蝀都動反在東。莫之敢指。女子有行。遠于萬反父母兄弟叶待里反

比也。蝃蝀。虹也。日與雨交。倏然成質。似有血氣之類。乃陰陽之氣不當交而交者。蓋天地之淫氣也。孔氏曰。雙出色鮮。盛者爲雄。曰虹。暗者爲雌。曰蜺。○須溪劉氏曰。何獨非陰陽之交。而虹獨以不正之氣。著見於野。詩之托物如此在東者。莫音暮虹也。虹隨日所映。故朝西而莫東也安成劉氏曰。虹之爲質。不映日不成。蓋雲薄漏日。日映雨氣則生也。今以水噀日。亦成青紅之暈○此刺淫奔之詩。言蝃蝀在東。而人不敢指。以比淫奔之惡。人不可道。況女子有行。又當遠其父母兄弟。豈可不顧此而冒行乎東萊呂氏曰。女子有行。遠父母兄弟。此詩蓋言女子終當適人。非久在家者。何爲而犯禮也。泉

水竹竿。蓋衛女思家。言女子分當適人。雖欲常在父母兄弟之側。不可得也。一則欲常居家而不可得。一則欲亟去家而不能得。其善惡可見矣

○朝隮子西反于西。崇朝其雨。女子有行。遠兄弟父母叶滿補反

比也。隮。升也。周禮十煇音運九曰隮。注以爲虹。蓋忽然而見。如自下而升也春官注。眡祲掌十煇之法。以觀妖祥。辨吉凶。煇。謂日旁之光氣。一曰祲。陰陽氣相侵。赤雲爲陽。黑雲爲陰。二曰象。如赤烏。三曰鑴。日旁雲氣刺日。四曰監。赤雲在日旁如冠珥。五曰闇。日月食。六曰瞢。日月無光。七曰彌。雲氣貫日而過。八曰敘。雲氣次序如山在日上。九曰隮。虹也。十曰想。雜氣有似可形像。○孔氏曰。隮。虹隮也。由升氣所爲。故號虹隮。日東則見西。日西則見東崇。終也。從旦至食時爲終朝。言方雨而虹見。則其雨終朝而止矣。蓋淫慝之氣。有害於陰陽之和也。今俗謂虹能截雨。信然南軒

張氏曰。蝃蝀見則雨止。初無東西之分。驗之多矣。陰陽和則成雨。陰氣方凝聚。而日氣自他方來感。不以正陰受其感。其正反爲之解散。故雨不能成也。○慶源輔氏曰。淫慝之氣。害陰陽之和。以比淫奔之惡。害人道之正。蓋理所不容也

○乃如之人也。懷昏姻也。大無信叶斯人反也。不知命叶彌并反也。

賦也。乃如之人。指淫奔者而言。婚姻。謂男女之欲。程子曰。女子以不自失爲信。命。正理也。○言此淫奔之人。但知思念男女之欲。是不能自守其貞信之節。而不知天理之正也。程子曰。人雖不能無欲。然當有以制之。無以制之。而惟欲是從。則人道廢而入於禽獸矣。以道制欲。則能順命臨川王氏曰。男女之欲。性也。有命焉。君子不謂性也。○慶源輔氏曰。男女之欲。人所不能

無也。要當有以制之。無以制之。則失其貞信之節。而有害於天理之正。道即是理。理即是命。以道制欲。則能順命。去其人欲。則能循乎天理矣

蝃蝀三章章四句

相息亮反鼠有皮叶蒲何反人而無儀叶牛何反人而無儀不死何爲叶吾何反

興也。相視也。鼠蟲之可賤惡者○言視彼鼠而猶必有皮。可以人而無儀乎。人而無儀則其不死亦何爲哉

○相鼠有齒。人而無止。人而無止不死何俟叶羽已反又音始

興也。止容止也。俟待也

○相鼠有體。人而無禮。人而無禮胡不遄死叶想止反

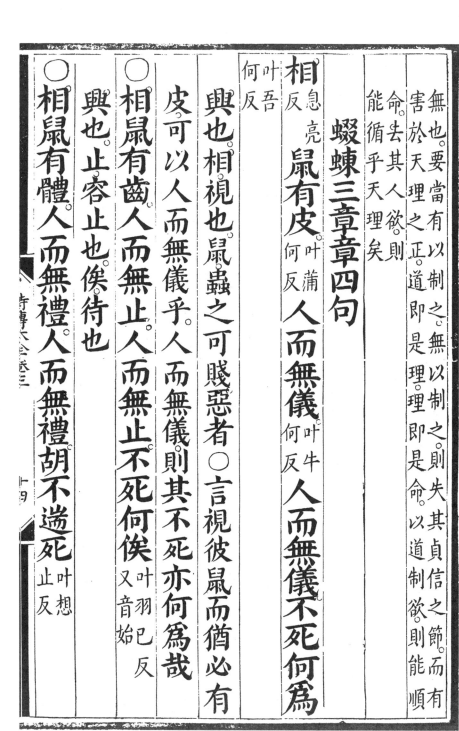

興也。體。支體也。遄。速也。

相鼠三章章四句慶源輔氏曰。每章章末甚疾之之辭。首章言威儀。次章言容止。末章方言禮。自淺以至深。以皮與儀。以齒與止。以體與禮。亦有輕重也。又曰。蝃蝀相鼠二詩。皆文公之化行。而人心去邪反正。見國人之淫奔在位之無禮。爲可惡而作。故其辭意比他詩特爲嚴厲。然亦未嘗不止於禮義也。○華谷嚴氏曰。凡獸皆有皮齒體。獨言鼠。舉卑污可惡之物。以惡人之無禮也。○東萊呂氏曰。相鼠之惡無禮。何其如是之甚也。蓋溺於淫亂之俗。不如是不足以自拔也。疾惡不深。則遷善不力

孑孑居熱反干旄在浚蘇俊反之郊。叶音高素絲紕符至反之。良馬四之。彼姝赤朱反者子。何以畀必寐反之

賦也。孑孑。特出之貌。干旄。以旄牛尾注於旗干之首。而

建之車後也[程子曰注旄干首九旗皆然]浚衛邑名邑外謂之郊紕織組也蓋以素絲織組而維之也四之兩服兩驂凡四馬以載之也[董氏曰馬在車中爲服在車外爲驂]姝美也子指所見之人也畀與也○言衛大夫乘此車馬建此旄旌以見賢者[程子曰旄旟旌皆通言耳謂卿大夫建旟而來親浚之都禮下賢者]彼其所見之賢者將何以畀之而答其禮意之勤乎[朱子曰此是傍人見此人有好善之誠曰彼姝者子何以告之蓋指賢者而言也]

○孑孑干旟在浚之都素絲組[音祖]之良馬五之彼姝者子何以予[音與]之

賦也旟州里所建鳥隼之旗也上設旌旄其下繫斿[音由]

斿下屬音燭縿音衫。旗之體也○孔氏曰。旟亦有旌旄。三章互文也。言旌則有旒縿。言旟則有旌旄矣皆畫鳥隼也周禮司常曰。鳥隼爲旟。考功記曰。鳥旟七斿。以象鶉火。蓋畫朱鳥及隼於斿縿之上也下邑曰都。五之。五馬。言其盛也

○孑孑干旌。在浚之城。素絲祝之。良馬六之。彼姝者子。何以告之姑沃反

賦也。析羽爲旌。干旌。蓋析翟羽設於旗干之首也孔氏曰。孫炎云。析五采羽注旄上。則干之上有旄有羽。又爾雅注。旄首曰旌。則干旄干旌一也城。都城也。祝屬也。六之。六馬。極其盛而言也朱子曰。五之六之。取協韻耳。亦極言其車馬之盛。見其位高勢重而能降屈於賢者如此。非心誠好善不能也

干旌三章章六句

此上三詩。小序皆以爲文公時詩。蓋見其列於定中載馳之間故爾。他無所考也。然衛本以淫亂無禮。不樂善道而亡其國。今破滅之餘。人心危懼。正其有以懲創往事。而興起善端之時也。故其爲詩如此。蓋所謂生於憂患。死於安樂者。小序之言。疑亦有所本云安成劉氏曰。衛俗淫亂無禮。不好善道以致亡國。君臣上下。蓋嘗溺於三者之中而不知矣。逮其滅亡之餘。懲往事而興善念。於是淫亂者有蝃蝀之刺。無禮者有相鼠之惡。樂善道者又有干旄之詩。非文公之更化。何以臻此

載馳載驅。叶祛尤反歸唁衛侯。驅馬悠悠。言至於漕。叶徂侯反大夫跋蒲末反涉。我心則憂

賦也。載。則也。吊失國曰唁。孔氏曰。昭公二十五年。穀梁傳云。吊失國曰唁。若對吊死曰吊。則吊生曰唁悠悠。遠而未至之貌。草行曰跋。水行曰涉。○宣姜之女。爲許穆公夫人。閔衛之亡。馳驅而歸。將以唁衛侯於漕邑。朱子曰。此詩之作。在定之方中之前。則未知其爲戴公時歟。文公時歟。未至。而許之大夫有奔走跋涉而來者。夫人知其必將以不可歸之義來告。故心以爲憂也。既而終不果歸。乃作此詩以自言其意爾。慶源輔氏曰。據此詩所言。則是夫人既歸。而許之大夫。乃追之于路。而告之以不可歸之義。夫許大夫何不告而止之於欲行之時乎。想夫人傷宗國之亡。既請於穆公。而公許之。故遂行焉。既而大夫及國人。皆以爲不可。遂請于穆公追而止之耳。觀夫人見其大夫之至。亦知其必將以不可歸之義來告。而心以爲憂。則夫人之行。亦固知其於義有不可者矣。特以惻怛之情。有不能自止者。故爲是倉卒之行

焉。要知其初必竟是犯不義。但能聞義而自克。爲可取耳

○既不我嘉。不能旋反。視爾不臧。我思不遠。既不我嘉。不能旋濟。視爾不臧。我思不閟

賦也。嘉。臧。皆善也。遠。猶忘也。濟。渡也。自許歸衛。必有所渡之水也。閟。閉也。止也。言思之不止也○言大夫既至而果不以我歸爲善。則我亦不能旋反而濟以至於衛矣。雖視爾不以我爲善。然我之所思。終不能自已也　臨川王氏曰。宗廟顛覆。變之大者。人情之至痛也。夫人致其思如此。然後盡於人心。夫人致其思。大夫致其義。非先王之澤。孰能使人如此○慶源輔氏曰。使許穆夫人知人以已爲不善而竟爲之。則是從欲者也。知人以已爲不善。雖不復爲而情終不能自已。則是發乎情而終乎禮義者也

○陟彼阿丘。言采其蝱。音盲，叶謨郎反女子善懷。亦各有行。叶戶郎反許人尤之。衆稺直吏反且狂

賦也。偏高曰阿。丘蝱貝母。主療鬱結之疾。善懷多憂思也。猶漢書云。岸善崩也。溝洫志曰。引洛水至商顔下。岸善崩行道。尤過也。

○又言以其既不適衛。而思終不止也。故其在塗。或升高以舒憂想之情。或采蝱以療鬱結之疾。蓋女子所以善懷者。亦各有道。而許國之衆人以爲過。則亦少不更事而狂妄之人爾。許人守禮。非稺且狂也。但以其不知已情之切至而言若是爾。然而卒不敢違焉。則亦豈真以爲稺且狂哉

○我行其野芃芃蒲紅反其麥叶訖力反控苦貢反于大邦誰因誰極大夫君子無我有尤叶于其反百爾所思叶新齎反不如我所之

賦也芃芃麥盛長貌控持而告之也因如因魏莊子之因左傳襄公四年無終子使孟樂如晉因魏莊子納虎豹之皮以請和諸戎極至也大夫郎跋涉之大夫君子謂許國之衆人也○又言歸途在野而涉芃芃之麥又自傷許國之小而力不能救故思欲爲之控告于大邦而又未知其將何所因而何所至乎華谷嚴氏曰味詩意夫人蓋欲赴愬於方伯以圖救衛而托歸唁爲詞耳大夫君子無以我爲有過雖爾所以處此百方然不如使我得自盡其心之爲愈也慶源輔氏曰蓋欲其察我之情而憐我之志耳○豐城朱氏曰始之欲往發乎情也終於

不敢往。止乎禮義也。宗國顛覆而不知恤。有人心者宜不若是恝也。然而義有重於亡者。獨宜奈之何哉。宜其思之至切也

載馳四章二章章六句二章章八句

事見春秋傳。見閔公二年 舊說此詩五章。一章六句。二章三章四句。四章六句。五章八句。蘇氏合二章三章以爲一章。按春秋傳叔孫豹賦載馳之四章。而取其控于大邦。誰因誰極之意與蘇說合。今從之。范氏曰。先王制禮。父母沒則不得歸寧者。義也。雖國滅君死。不得往赴焉。義重於亡故也。華谷嚴氏曰。首章婉而未露也。次章欲言而未言也。三章始慨然責之。四章乃言其情欲控于大邦。而求其能救衛者。此

至哀至切之情也。其後齊桓公卒救衛而存之○朱子曰。載馳詩。煞有首尾委曲詳盡。非大叚會底說不得。又曰。聖人錄泉水於前。所以著禮之經。列載馳於後。所以盡事之變。夫宗國覆滅。莫大之變。顧以父母既終而不得歸。則事變之微。於是可知矣。然則許穆夫人亦賢矣哉。又曰宣姜生衛文公。宋桓夫人。許穆夫人。衛壽子。以此觀之。則人生自有秉彝。不係氣類○慶源輔氏曰。宣公宣姜之惡極矣。而其子。如壽如文公。其女。如許穆夫人宋桓夫人。則皆有賢德如是。是何所觀法哉。亦自強於爲善耳。以是知人能自強於善。則惡人不能汙。邪世不能亂也

鄘國十篇二十九章百七十六句

衛一之五

瞻彼淇奥。於六反 綠竹猗猗。於宜反。叶於何反 有匪君子。如切如磋。七何反 如琢如磨。瑟兮僩兮。遐版反 赫兮咺兮。況晚反 有匪君子。

終不可諼况元反。叶况遠反兮

興也。淇，水名。奧，隈也。隈音煨。爾雅曰。厓内爲奧，外爲隈。長樂劉氏曰。水涯灣曲之地。○綠，色也。淇上多竹，漢世猶然，所謂淇園之竹是也。漢志。武帝塞瓠子決河。薪柴少。乃下淇園之竹以爲楗。又寇恂傳。伐淇園之竹爲矢百餘萬。楗音健。猗猗，始生柔弱而美盛也。匪，斐通。文章著見之貌也。君子，指武公也。孔氏曰。武公和。僖侯子。治骨角者，旣切以刀斧，而復磋以鑢鐊；治玉石者，旣琢以槌鑿，而復磨以沙石。言其德之脩飭有進而無已也。雙峰饒氏曰。有匪君子。詳此文勢。是說已做成君子之人。言君子之所以斐然有文者。其初自切磋琢磨中來。○朱子曰。切琢。皆裁物使成形質也。磋磨。皆治物使其滑澤也。切而復磋。琢而復磨。言治之有敘。而益致其精也。瑟，矜莊貌。僩，威嚴貌。咺，宣著貌。諼，忘也。

○衛人美武公之德。而以綠竹始生之美盛。興其學問自脩之進益也安成劉氏曰。此釋章內上五句○慶源輔氏曰。以綠竹始生之美盛。興武公道學自脩之進益。遂言其威儀之盛。而盛德至善民不能忘。則固已極其始終而言之矣大學傳曰。如切如磋者。道學也。如琢如磨者。自脩也朱子曰。道言也。學謂講習討論之事。自脩者。省察克治之功。又曰。既學而猶慮其未至。則復講習討論以求之。猶治骨角者。既切之而復磋之。既脩而猶慮其未至。則又省察克治以終之。猶治玉石者。既琢之而復磨之○問道學自脩。此詩人美武公之本旨邪。曰。武公大段是有學問底人。抑之一詩。義理精密。詩中如此者甚不易得○問大學傳引此詩。而以道學自脩釋之。與論語子貢所引不同。何也。曰。古人引詩。斷章取義。姑以發己之志。或疎或密或同或異。蓋不能同也○北溪陳氏曰。切。是窮究事物之理。逐件分析。有倫有序。磋。是講究到純熟道理瑩徹。所以如切而又磋。琢。是克去物欲之私。使無瑕纇。磨。是磨礱至那十分純粹處。所以如琢而又磨瑟兮僩兮者。

恂音峻慄也。赫兮咺兮者。威儀也。朱子曰。瑟。嚴密貌。僩。武毅貌。赫咺。宣著盛大之貌。恂慄。戰懼也。威。可畏也。儀。可象也。恂慄者。嚴敬之存乎中也。威儀者。光輝之著乎外也。有斐君子。終不可諼兮者。道盛德至善。民之不能忘也。朱子曰。盛德至善。蓋人心之同然。聖人既先得之。而其充盛宣著又如此。是以民皆仰之而不能忘也。盛德。以身之所得而言也。至善。以理之所極而言也。○慶源輔氏曰。觀大學傳。曾子所以解此詩首章後六句之說。字義明白。而旨意詳備。愈讀愈有意味。此方可謂之善說詩。蓋後之說詩者。詳於訓詁。則或略於旨意。泥於旨意。則或遺於訓詁。惟曾子。則於字義旨意兩皆極其至也

○瞻彼淇奧。綠竹青青。子丁反有匪君子。充耳琇瑩。音營會古外反弁如星。瑟兮僩兮。赫兮咺兮。有匪君子。終不可諼兮

興也。青青。堅剛茂盛之貌。充耳瑱音殿也。琇瑩。美石也。天

子玉瑱。諸侯以石。會。縫去聲也。弁。皮弁也。以玉飾皮弁之縫中。如星之明也。孔氏曰。弁師注云。會。縫中也。皮弁之縫中。結玉爲飾。謂之綦。武公諸侯。則玉用三采而綦飾七也。〇以竹之堅剛茂盛。興其服飾之尊嚴。安成劉氏曰。此釋上五句。而見其德之稱也。安成劉氏曰。此釋下四句。

〇瞻彼淇奧。綠竹如簀。音責。叶側歷反有匪君子。如金如錫。如圭如璧。寬兮綽兮。猗於綺反重直恭反較古岳反兮。善戲謔兮。不爲虐兮。

興也。簀。棧潺上聲也。禮記檀弓注曰。簀。謂床第。即床棧也。竹之密比去聲似之。則盛之至也。金錫。言其鍛鍊之精純。圭璧。言其生質之溫潤。孔氏曰。此與首章互文。首章論其學問自脩。如器未成之初。故須切磋琢磨。此論道德之成。如已成之器。故言圭璧金錫寬宏裕也。綽開大也。猗歎辭也。重較卿士之車也。較兩輢音倚上出軾者。謂車兩傍也藍田呂氏曰。古者車箱長四尺四寸三分。前一後二。橫一木下去車床三尺三寸謂之式。又於式上二尺二寸橫一木謂之較。去車床凡五尺五寸。古人立乘。若平常則憑較。若應爲敬。則落手憑下式而頭得俯。善戲謔不爲虐者言其樂易而有節也程子曰。言其樂易而以禮防節。不至於過。是不爲虐也。○慶源輔氏曰。寬廣而自如。則無勉強之意。和易而中節。則有從容自得之意。非盛德者不能如此也。○以竹之至盛與其德之成就安成劉氏曰。此釋上五句。而又言其寬廣而自如。和易而中節也安成劉氏曰。此釋下四句。蓋寬綽無斂束之意。戲謔非莊厲之時。皆常情所忽。而易致過差之地也。然猶可觀而必有節焉。則其動容周旋之間。無適而非禮。亦可見矣安成劉氏曰綠竹自始生猗猗以至盛多如簀則成其生矣武公由學問自脩如金錫之出於鍜鍊如圭璧之成於琢磨則成其德矣興之取義益如此若其寛綽而居重較則自如而猶可觀也戲謔而不爲虐和易而必有節也所以能然者由其德之全備也○定宇陳氏曰充耳會弁則以德之稱其服言重較則以德之稱其車言也禮曰張而不弛文武不能也弛而不張文武不爲也一張一弛文武之道也此之謂也鄭氏曰君子之德有張有弛故不常矜莊而時戲謔○止齋陳氏曰古人張不廢弛屏不廢遲肅肅不廢雝雝僮僮不廢祁祁有所拘者必有所從也○安成劉氏曰前章瑟僩赫咺張之時也此章寛綽戲謔弛之時也

淇奧三章章九句

按國語武公年九十有五猶箴儆于國曰自卿以下至于師長士苟在朝者無謂我老耄而舍我必

恪恭於朝以交戒我遂作懿懿當讀爲抑戒之詩以自警而賓之初筵亦武公悔過之作則其有文章而能聽規諫以禮自防也可知矣衛之他君葢無足以及此者故序以此詩爲美武公而今從之也問武公進德成德之序始終可見一章言如切如磋琢磨則學問自脩之精密如此二章言威儀服飾之盛有諸中而形諸外也三章言如金錫圭璧則鍛鍊已精溫純深粹而德器成矣前二章皆有瑟僩赫咺之辭第三章但言寬綽戲謔而於此可見不事矜持而周旋中禮之意朱子曰說得甚善武公學問之功甚不茍年九十五猶命羣臣使進規諫畢竟他去聖人近氣象自是不同○豐城朱氏曰首章以竹之美盛興其德之進脩卒章以竹之至盛興其德之成就合一章而觀之所以能有是鍛鍊之精純者由其知行之竝進也所以能全其生質之溫潤者由其表裏之相符也寬廣者矜莊之

反。矜莊而又寬廣。則是寬而有制也。和易者威嚴之反。威嚴而又和易。則是嚴而能泰也。此所以爲德之成也。如是。則其謂之睿聖也。亦可以無愧矣

考槃在澗。叶居賢反碩人之寬。叶區權反獨寐寤言。永矢弗諼。況元反

賦也。考成也。槃槃桓之意。言成其隱處之室也。陳氏曰。考扣也。槃器名。蓋扣之以節歌。如鼓盆拊缶之爲樂。音洛也。二說未知孰是。山夾水曰澗。碩大。寬廣。永長。矢誓。諼忘也。○詩人美賢者隱處澗谷之間。而碩大寬廣。無戚戚之意。雖獨寐而寤言。猶自誓其不忘此樂也。華谷嚴氏曰。碩人之寬。易所謂肥遯者也。○永嘉陳氏曰。碩人在澗。考槃樂歌。天子不得而臣。諸侯不得而友。雖寤寐永誓。不忘此樂

○考槃在阿。碩人之邁。苦禾反獨寐寤歌。永矢弗過古禾反

賦也。曲陵曰阿。邁義未詳。或云亦寬大之意也。永矢弗過。自誓所願不踰於此。若將終身之意也慶源輔氏曰。退而窮處。偏仄甚矣。而能寬大自樂若將終身焉。蓋無入而不自得也

○考槃在陸。碩人之軸。獨寐寤宿。永矢弗告姑沃反

賦也。高平曰陸。軸。盤桓不行之意眉山蘇氏曰。盤桓不行。從容自廣之謂也寤宿。已覺而猶臥也。弗告者。不以此樂告人也

考槃三章章四句孔叢子曰。吾於考槃見遯世之士無悶於世○慶源輔氏曰。孔叢子所說。深得詩意○豐城朱氏曰。賢者隱處於澗谷之間。而自誓不忘其樂。蓋其所養之充。所守之正。而不徇乎外物之誘。則天下之樂。亦孰有加於此哉。獨寐寤言。獨寐寤歌。獨寐寤宿。見其無往而不

獨樂也

碩人其頎。其機反衣於既反錦褧苦迥反衣。齊侯之子。衛侯之妻。

東宮之妹。邢侯之姨。譚公維私。息夷反

賦也。碩人。指莊姜也。頎。長貌。孔氏曰。猗嗟云頎而長兮錦。文衣也。褧。

禪單也也。錦衣而加褧焉。爲其文之太著也。朱子曰。褧。儀禮記景。禮記作絅。古註以為禪衣所以襲錦衣者。沈存中謂褧與檾同。是用檾麻織布為之。不知是否○華谷嚴氏曰。褧以縠為之

東宮。太子所居之宮。齊太子得臣也。繫太子言之

者。明與同母。言所生之貴也。女子後生曰妹。妻之姊妹

曰姨。姊妹之夫曰私。邢侯。譚侯。皆莊姜姊妹之夫。互言

之也。眉山蘇氏曰。邢。周公之後。譚。近齊○孔氏曰。春秋譚子奔莒。則譚子爵○東萊呂氏曰。白虎通云。臣

子於其國中。皆褒其君為公諸侯之女。嫁於諸侯。則尊同。故歷言之安成劉氏曰。歷言此者。以見莊姜之姊妹。與莊公之姻婭。其尊皆同也○莊姜事見邶風綠衣等篇。春秋傳曰。莊姜美而無子。衛人爲之賦碩人。即謂此詩。而其首章極稱其族類之貴。以見其爲正嫡小君。所宜親厚。而重歎莊公之昏惑也孔氏曰。其父母兄弟皆正大。如此。君何爲不荅之乎○華谷嚴氏曰。風人不直言莊姜不見荅之事。但首章歷述其親族。欲讀之者。知其爲莊姜。則不見答之事。國人自知之。不待察察言之矣

○手如柔荑。徒兮反膚如凝脂。領如蝤似修反蠐。音齊齒如瓠戶故反螓音秦首蛾我波反眉。巧笑倩七薦反兮。美目盼匹莧反。叶匹見反兮

賦也。茅之始生曰荑。言柔而白也。凝脂，脂寒而凝者。亦言白也。領，頸也。蝤蠐，木蟲之白而長者。本草注曰：郭璞云：腐木根下有之，瘦而白。瓠犀，瓠中之子。方正潔白，而比次整齊也。螓如蟬而小，其額廣而方正。鄭氏曰：螓，蜻蜻。蛾，蠶蛾也。其眉細而長曲。倩，口輔之美也。孔氏曰：服虔云：輔，上頷車也。是牙外之皮膚，頰下之別名也。盼，黑白分明也。○此章言其容貌之美，猶前章之意也。鄭氏曰：言莊姜容貌之美，所宜親幸也。

○碩人敖敖，五刀反。說始鋭反于農郊。叶音高。四牡有驕，起橋反，叶音高。朱幩符云反鑣鑣。衣驕反，叶音褒。翟茀音弗以朝。直遥反，叶直豪反。大夫夙退，無使君勞。

賦也。敖敖，長貌。說，舍也。農郊，近郊也。四牡，車之四馬。驕，壯貌。幩，鑣飾也。鑣者，馬銜外鐵（廬陵羅氏曰：鑣，一名扇汗。又曰排沬。爾雅謂之钀。魚列反）人君以朱纏之也。鑣鑣，盛也（孔氏曰：言以朱飾鑣，而鑣鑣然盛）。翟，翟車也。夫人以翟羽飾車。茀，蔽也。婦人之車前後設蔽。（孔氏曰：婦人不露見，車前後設幛，謂之茀，因以翟羽爲飾）夙，早也。玉藻曰：君日出而視朝（鄭氏曰：朝，內朝。路寢門外之正朝也）退適路寢聽政，使人視大夫，大夫退，然後適小寢釋服（鄭氏曰：小寢，燕寢也。釋服，服玄端。○孔氏曰：君出視朝畢，乃適路寢，以待大夫之所諮決。事之多少，大夫所主，故大夫退，然後罷）○此言莊姜自齊來嫁，舍止近郊，乘是車馬之盛，以入君之朝，國人樂得以爲莊公之配。故謂諸大夫朝於君者，宜早退，無使君勞

於政事。不得與夫人相親而歎今之不然也

○河水洋洋。北流活活古闊反叶戶劣反施罛音孤濊濊呼活反。叶許月反鱣陟連反鮪于軌反發發補末反叶方月反葭音加菼他覽反揭揭居謁反庶姜孽孽魚竭反庶士有朅欺列反

賦也。河在齊西衛東。北流入海。洋洋。盛大貌。活活。流貌。施。設也。罛。魚罟也。濊濊。罟入水聲也說文曰濊礙流也鱣魚似龍。黃色銳頭。口在頷下。背上腹下皆有甲。大者千餘斤孔氏曰。鱣魚體有邪行甲無鱗大者長二三丈。江東呼爲黃魚鮪似鱣而小色青黑孔氏曰。陸璣云。鮪頭小而尖。似鐵兜鍪。口亦在頷下。其甲可以摩薑。大者不過七八尺。一名鮥。肉色味不如鱣也。鍪。音矛發發。盛貌。菼。薍頑去聲也。亦謂之荻。揭揭。長也。庶姜。謂

姪娣。孽孽。盛飾也。庶士。謂媵臣。朅。武貌。○言齊地廣饒。而夫人之來。士女佼好。禮儀盛備如此。亦首章之意也

碩人四章章七句孔氏曰。此詩皆陳莊姜宜於見荅而君不親也○華谷嚴氏曰。此詩無一語及莊姜不見荅之事。但言其姻族之貴。容貌之美。禮儀之備。又言齊地廣饒。士女佼好。以深寓其閔惜之意而巳。惟大夫夙退。無使君勞二句。微見其意。而辭亦深婉。風人之辭大抵然也○新安胡氏曰。黃氏云。綠衣詩。言嬖妾之不當僭而僭。碩人詩。言夫人之宜見荅而不見荅○慶源輔氏曰。觀邶風燕燕等篇。則莊姜之德行文章。皆未易及。而此詩不之言何也。朱子曰。此但指其人所易見者。以刺莊公之昏惑而不知耳。莊姜之美。則固不止此也

氓之蚩蚩。尺之反抱布貿莫豆反絲。叶新齊反匪來貿絲。來即我謀。叶謨悲反送子涉淇。至于頓丘。叶祛奇反匪我愆期。子無良媒。叶謨悲反

將七羊反子無怒秋以爲期

賦也。氓民也。蓋男子而不知其誰何之稱也。朱子曰：始見其來莫知其爲誰何也。既與之謀則爾汝之矣。此言之序也。蚩蚩無知之貌。蓋怨而鄙之也。布幣。孔氏曰：幣者，布帛之名。貿買也。釋文曰：交易也。貿絲蓋初夏之時也。頓丘地名。華谷嚴氏曰：在朝歌之東。漢志陳郡有頓丘縣。師古云：以丘爲縣也。丘一成爲頓丘。謂一頓而成也。愆過也。將願也。請也。○此淫婦爲人所棄而自敘其事以道其悔恨之意。夫既與之謀而不遂往，又責所無以難其事，再爲之約以堅其志，此其計亦狡矣。以御蚩蚩之氓，宜其有餘而不免於見棄。蓋一失其身，人所賤惡。始雖以欲而迷，後必以時而悟，是以無往而不

困耳。士君子立身一敗。而萬事瓦裂者。何以異此。可不戒哉慶源輔氏曰。讀先生之說。令人惕然知戒。不敢有一毫自恕之意也

○乘彼垝俱毁反垣。音袁以望復關。叶圭員反不見復關。泣涕漣漣。音連既見復關。載笑載言。爾卜爾筮。體無咎言。以爾車來。以我賄呼罪反遷

賦也。垝。毁。垣。牆也。復關。男子之所居也。不敢顯言其人。故託言之耳。龜曰卜。蓍曰筮。體。兆卦之體也朱子曰。龜歲久則靈。蓍生百年一本百莖。亦物之靈者。卜筮實問鬼神。以蓍龜神靈之物。故假之以驗其卦兆。卜法以明火爇柴灼龜爲兆。筮法以四十九蓍分掛揲扐。凡十八變而成卦○孔氏曰。兆卦之體。謂龜兆筮卦也。故左傳曰。一薰一蕕。十年尚有臭。是龜之繇。易曰困于石。據于蒺藜。是卦之繇。二者皆有繇詞。繇音宙賄。財。遷。徙也

○與之期矣。故及期而乘垝垣以望之。既見之矣。於是問其卜筮。所得卦兆之體。若無凶咎之言。慶源輔氏曰。此章可見古人之尚卜筮。然使其知易爲君子謀。不爲小人謀。則亦不敢求之卜筮矣○安成劉氏曰。卜筮之法。所以開物成務。定天下之吉凶。成天下之亹亹者。會謂有淫人之瀆問。而尚得無凶咎之言乎。以其猶能自疑而欲決之也。則請以蒙之六三告之。蓋使此氓而知勿用取行不順之戒。此女而知不有躬无攸利之戒。則必各求正應。豈復至於相棄也哉 則以爾之車來迎。當以我之賄往遷也

○桑之未落。其葉沃若。于音吁下同嗟鳩兮。無食桑葚。音甚叶知林反于嗟女兮。無與士耽。叶持林反士之耽兮。猶可說也。女之耽兮。不可說也

比而興也。沃若。潤澤貌。鳩。鶻音骨鳩也。似山雀而小。短尾

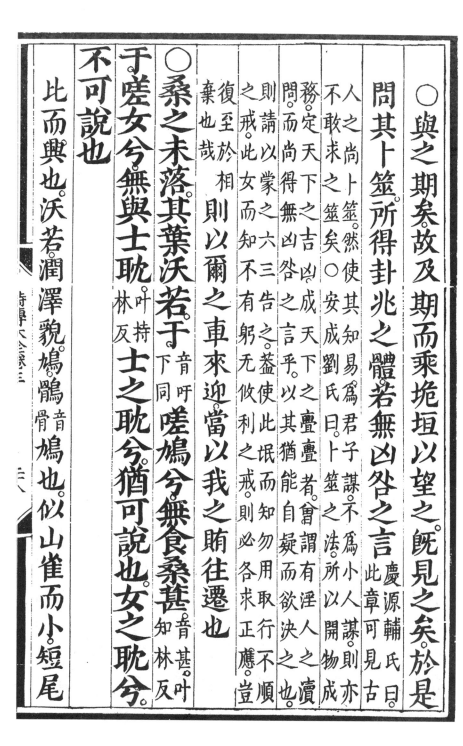

青黑色。多聲華谷嚴氏曰。即莊子所謂鷽鳩也。郭璞云。似山鵲。呼爲鶻鵃。音骨嘲本草曰。鶻鵃尾短。黃色。多聲葚桑實也。鳩食葚多則致醉。耽。相樂也。說。解也。○言桑之潤澤。以比已之容色光麗。然又念其不可恃此而從欲忘反。故遂戒鳩無食桑葚。以興下句戒女無與士耽也安成劉氏曰。此章比自比。興自興。下泉則就以比辭起興。蓋有兩例。後凡言比而興者。各以文意求之可也士猶可說。而女不可說者。婦人被棄之後。深自愧悔之辭。主言婦人無外事。唯以貞信爲節。一失其正。則餘無足觀爾。不可便謂士之耽惑實無所妨也鄭氏曰。士有百行。可以功過相掩。婦人惟以貞信爲節○安成劉氏曰。集傳所謂主言者。蓋以此婦立言之意。專主於言婦人不可一失其節。故其辭意抑揚。重於女而輕於男。非謂男有可耽之理而無所妨。玩詩文猶之一字。

意亦可見讀者當不失性情之正也

○桑之落矣，其黃而隕。叶于貧反 自我徂爾，三歲食貧。淇水湯湯，音傷 漸子廉反 車帷裳。女也不爽，叶師莊反 士貳其行。下孟反，叶戶郎反 士也罔極，二三其德。

比也。隕，落。徂，往也。湯湯，水盛貌。漸，漬也。帷裳，車飾，亦名童容。婦人之車則有之。孔氏曰：以幃障車之傍，如裳以爲容飾，故謂童容。 爽，差。極，至也。○言桑之黃落，以比已之容色凋謝。遂言自我往之爾家，而值爾之貧，於是見棄，復乘車而度水以歸。復自言其過不在此而在彼也。慶源輔氏曰：女也不爽，此但言其誓約之言不差耳，豈不傷其初之失哉。雖云曲不在己，殊不知始既如此，則其終固宜然也。○安成劉氏曰：此婦首稱曰氓，

繼而曰子。繼而曰爾。又繼而謂之士。繼而復曰爾。又復曰士。或鄙之。或親之。或貴之。此所以爲怨婦之辭歟

○三歲爲婦。靡室勞矣。夙興夜寐。靡有朝矣。叶直豪反言既遂矣。至于暴矣。兄弟不知。咥許意反其笑叶音燥矣。靜言思之。躬自悼矣

賦也。靡。不。夙。早。興。起也。咥。笑貌○言我三歲爲婦。盡心竭力。不以室家之務爲勞。早起夜卧。無有朝旦之暇。與爾始相謀約之言既遂。而爾遽以暴戾加我。兄弟見我之歸。不知其然。但咥然其笑而已。蓋淫奔從人。不爲兄弟所齒。故其見棄而歸。亦不爲兄弟所恤。理固有必然者。亦何所歸咎哉。但自痛悼而已

○及爾偕老。老使我怨。淇則有岸。叶魚戰反隰則有泮。音畔叶匹見反總角之宴。言笑晏晏。叶伊佃反信誓旦旦。叶得絹反不思其反。叶孚絢反反是不思。叶新齎反亦已焉哉。叶將黎反

賦而興也。及。與也。泮。涯也。高下之判也。總角。女子未許嫁則未笄。但結髮爲飾也。孔氏曰。但結其髮爲兩角晏晏。和柔也。旦旦。明也。○言我與汝本期偕老。不知老而見棄如此。徒使我怨也。安成劉氏曰。詩言總角之宴。則此女未笄而已奔矣。又言老使我怨。則至老而後見棄也。故前章以桑之黃落自比其色之衰也。所謂三歲爲婦。三歲食貧者。言其在夫家貧勞之歲月耳淇則有岸矣。隰則有泮矣。而我總角之時。與爾宴樂言笑。成此信誓。曾不思其反復以至於此也。此則興也。安成劉氏曰。此

章興在賦外。他章亦有就賦其事以起興。如黍離之類者。蓋亦有兩例也。後凡言賦而興者。當各以其文意求之

既不思其反復而至此矣則亦如之何哉亦已而已矣。傳曰。思其終也。思其復也。思其反之謂也

襄公二十五年注曰。思使終可成。思其可復行也○慶源輔氏曰。靜言思之。躬自悼矣。反是不思。亦已焉哉。皆悔恨之極也。大凡人之處事俱當思其反。不然。鮮有不陷於凶咎者。欲心一縱。則必不能思其反耳

氓六章章十句

長樂劉氏曰。夫婦者。五品之本。匹配雖自於人謀。義理實根於天地。順其道者。足以安於其位。逆其理者。無以保於其生。蓋肇有人倫以來。未有違理犯義終其身而弗悔者。此氓詩之所由作也○慶源輔氏曰。谷風與氓二詩皆怨。然谷風雖怨而責之其辭直。蓋其初以正也。氓之詩則怨而悔之耳。其辭隱。蓋其初之不正也。嘗謂二詩皆出於衛之婦人。其文辭序次雖後世工文之士所不能及。然考其行。則一賢一否。如是之不同。所謂有言者不必有德。豈不信哉○安

成劉氏曰。此詩及邶谷風。皆棄婦所作。故其辭意多同。桑之黃隕。即涇濁之色也。食貧靡勞。即方舟泳游之苦也。至於暴矣。即有洸有潰之意也。偕老而使我怨。即既生育而比予于毒也。然則宴爾新昏。以我御窮。則其過兮在於夫。女之耽兮不可說也。則其過昔在於己。今之過在夫。故可責其不念昔者之來塈。昔之過在己。故終於自悔昔者之不思其反。此詩自悔之深。固不得如谷風歸怨之深也。塈。音戲

籊籊他歷反竹竿。以釣于淇。豈不爾思。遠莫致之。

賦也。籊籊。長而殺去聲也。廬陵羅氏曰。竹竿長而根大。其末漸漸衰小竹。衛物。淇。衛地也。○衛女嫁於諸侯。思歸寧而不可得。故作此詩。言思以竹竿釣于淇水。而遠不可至也。慶源輔氏曰。豈不爾思者。言固不能不思也。遠莫致之者。以義有不可。故託以遠而不能致耳

○泉源在左。淇水在右。叶羽軌反女子有行。遠叶于萬反父母兄弟。叶滿被反

賦也。泉源。即百泉也。在衛之西北。而東南流入淇。故曰在左。淇在衛之西南。而東流與泉源合。故曰在右。新安胡氏曰。以北爲左。南爲右○思二水之在衛。而自歎其不如也。慶源輔氏曰。女子有行。遠父母兄弟。安之之辭

○淇水在右。泉源在左。巧笑之瑳。七可反佩玉之儺。乃可反

賦也。瑳。鮮白色。笑而見齒。其色瑳然。猶所謂粲然。皆笑也。儺。行有度也。○承上章言二水在衛。而自恨其不得笑語遊戲於其間也

○淇水滺滺音由檜楫松舟駕言出遊以寫我憂

賦也滺滺流貌檜木名似柏毛氏曰檜柏葉松身○孔氏曰禹貢栝柏注柏葉松身曰栝與此一也楫所以行舟也○與泉水之卒章同意

竹竿四章章四句眉山蘇氏曰泉水載馳竹竿皆異國詩而在衛者以其聲衛聲歟記云鄭聲好濫淫志衛音促數煩志齊音傲僻驕志蓋諸國之音未有同者衛女思歸而作詩其爲衛音也宜

芄音九蘭之支童子佩觿許規反雖則佩觿能不我知容兮遂兮垂帶悸其季反兮

興也芄蘭草一名蘿摩蔓生斷之有白汁可啖音淡○本草注曰幽州謂之雀瓢○爾雅名雚音黃支枝同董氏曰石經作枝說文同觿錐也以象骨

爲之所以解結成人之佩佩非童子之飾也知猶智也言其才能不足以知於我也容遂舒緩放肆之貌悸帶下垂之貌

○芄蘭之葉童子佩韘（失涉反）雖則佩韘能不我甲（叶古協反）容兮遂兮垂帶悸兮

興也韘決也以象骨爲之著（音斫）右手大指所以鉤弦闓（音開與開同）體鄭氏曰沓（冐也）也即大射所謂朱極三是也以朱韋爲之用以彄（音摳）沓右手食指將（去聲）指無名指也（儀禮大射小射正取決興贊設決朱極三○鄭氏曰極猶放也所以韜指利放弦也三者食指將指無名指）甲長也言其才能不足以長於我也

芄蘭二章章六句

此詩不知所謂不敢強解慶源輔氏曰。牆有茨。傳謂宣公卒。惠公幼。而杜預又謂惠公即位時方十五六。則小序以此詩屬之惠公亦可。但他無所見。而詩文又不明言其所以。故先生直斷以爲不知所謂。不敢強解。此闕疑之義。若必爲刺衛惠公。則便至有依託鑿空之失矣

誰謂河廣。一葦韋鬼反杭戶郎反之。誰謂宋遠。跂丘豉反予望叶武方反之

賦也。葦。蒹葭之屬。杭。度也。衛在河北。宋在河南。○宣姜之女。爲宋桓公夫人。生襄公而出歸于衛。襄公即位。夫人思之。而義不可往。蓋嗣君承父之重。與祖爲體東陽許氏

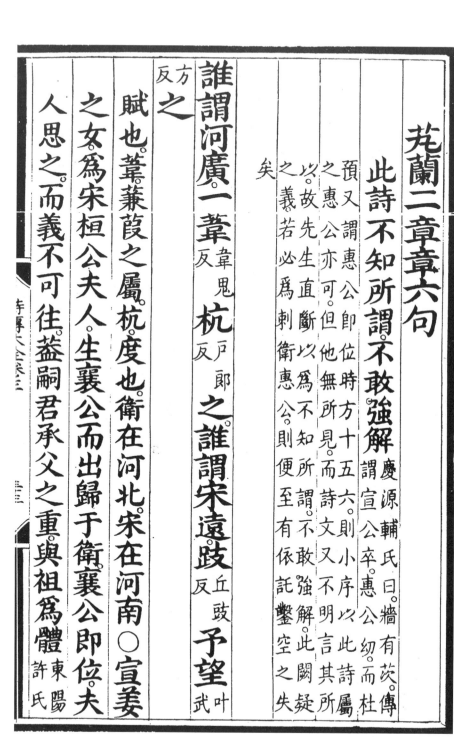

曰。以昭穆言○廬陵羅氏曰。孫爲王父尸母出與廟絶。不可以私反。故作此詩。言誰謂河廣乎。但以一葦加之。則可以渡矣。誰謂宋國遠乎。但一跂足而望。則可以見矣華谷嚴氏曰。跂。舉踵也。脚跟不著地明非宋遠而不可至也。乃義不可而不得往耳華谷嚴氏曰。箋謂宋襄公即位。其母思之而作河廣之詩。孔氏因以爲衛文公時。非也。衛都朝歌在河北。宋都睢陽在河南。自衛適宋必涉河。衛自魯閔公二年狄入之後。戴公始渡河而南。河廣之詩。言誰謂河廣。一葦杭之。則是作於衛未遷之前矣。時宋桓公猶在。襄公方爲世子。衛戴公文公俱未立也。舊說誤矣。孔氏以河廣屬衛風。當爲衛人所作。非宋襄公母所親作。然宋襄公母本衛女。又歸衛而作此詩。不屬之衛。何所屬乎

○誰謂河廣。曾不容刀。誰謂宋遠。曾不崇朝

賦也。小船曰刀。不容刀。言小也。崇。終也。行不終朝而至。

言近也華谷嚴氏曰。刀，舠。古字通用○慶源輔氏曰。但言非河之廣而不可渡。非宋之遠而不可至。以極其情思焉。而終不明言其義之不得往也。此意最可玩。范氏以爲知禮而畏義者得之矣

河廣二章章四句

范氏曰。夫人之不往。義也。天下豈有無母之人歟。有千乘之國而不得養其母則人之不幸也。爲襄公者。將若之何。生則致其孝。沒則盡其禮而已。衛有婦人之詩。自共姜至於宣公之母六人焉盧陵羅氏曰。六人。謂共姜也。莊姜也。許穆夫人也。宋桓夫人也。泉水之女也。竹竿之女也。皆止於禮義而不敢過也。夫以衛之政教淫僻。風俗傷敗。然而女子乃有知禮而畏義如此者。則以先王之化。

猶有存焉。故也慶源輔氏曰。范氏爲襄公處者。得其義矣。所謂先王之化猶有存焉。即大序所謂止乎禮義。先王之澤也。必如此等詩。方可當之○豐城朱氏曰。母出固與廟絶。而母之與子。初無絶道也。爲襄公者。當若之何。曰宗廟之中。不以恩掩義。閨門之內。不以義勝恩。襄公能盡其誠敬於宗廟。則外旣不失乎承重之義。盡其孝養於慈母。則內亦不失乎愛親之仁。庶乎恩義兩全而無憾矣。然則母可以返國乎。曰母之轍雖不可以私返。而子之使。則未嘗不可以私往也。歲時問安之使交錯於道路。而一草一木之微。必先以奉乎親焉。則子之心可以無愧。而母之心亦可以少慰矣

伯兮朅丘列反兮。邦之桀兮。伯也執殳市朱反。爲于僞反王前驅。

賦也。伯。婦人目其夫之字也。朅。武貌。桀。才過人也。殳。長丈二而無刃○婦人以夫久從征役而作是詩。言其君

子之才之美如是。今方執殳而爲王前驅也慶源輔氏曰。先言其君子之才之美如是。而後言方執殳而爲王前驅。則是惜其用之不得其所也

○自伯之東。首如飛蓬。豈無膏沐。誰適都歷反爲容

賦也。蓬。草名。其華如柳絮。聚而飛。如亂髮也。膏。所以澤髮者。沐。滌首去垢也。適。主也○言我髮亂如此。非無膏沐可以爲容。所以不爲者。君子行役。無所主而爲之故也。傳曰。女爲說已容戰國策曰。晉豫讓云。士爲知已者死。女爲悅已者容○慶源輔氏曰。此其眞情也○東萊呂氏曰。膏。所以膏首面。沐。潘盎也。左傳。遺之潘沐。杜預云。潘。米汁。可以沐頭。曾遺展喜以膏沐。勞齊師。則膏非專婦人用也○新安胡氏曰。內則女事父母姑舅。五日燂湯請沐。三日具沐。其間面垢。燂潘請靧。足垢。燂湯請洗。注。潘。淅米汁。靧。洗面

○其雨其雨杲杲古老反出日。願言思伯。甘心首疾

比也。其者。冀其將然之詞○冀其將雨。而杲然日出。以比望其君子之歸而不歸也。是以不堪憂思之苦。而寧甘心於首疾也慶源輔氏曰。冀其歸。復不歸。則其憂思爲尤甚

○焉於虔反得諼況袁反草。言樹之背。音佩願言思伯。使我心痗呼內反

賦也。諼。忘也。諼草。合歡。食之令人忘憂者本草注曰。一名鹿葱。其花名宜男。懷胎婦人佩其花。生男也。萱草味甘。令人好歡樂忘憂背。北堂也。孔氏曰。房室所居之地。總謂之堂。房半以北爲北堂。房半以南爲南堂○廬陵李氏曰。北堂有北階。賈氏云。房與室相連爲之房。無北壁。故得北堂之名○安成劉氏曰。北堂。背南向北。故謂之背痗。病也○言焉得忘憂之

草樹之北堂以忘吾憂乎朱子曰北堂葢古之植花草之處然終不忍忘也是以寧不求此草而但願言思伯雖至於心痗而不辭爾心痗則其病益深非特首疾而已也

伯兮四章章四句

范氏曰居而相離則思期而不至則憂此人之情也文王之遣戍役周公之勞歸士皆敘其室家之情男女之思以閔之故其民悅而忘死聖人能通天下之志是以能成天下之務兵者毒民於死者也孤人之子寡人之妻傷天地之和召水旱之災故聖王重之如不得已而行則告以歸期念其勤

勞。哀傷慘怛不嘗在已。是以治世之詩。則言其君上閔恤之情。亂世之詩。則録其室家怨思之苦。以爲人情不出乎此也慶源輔氏曰。范氏之説。誠足以詔萬世。人君而知此義。則知謹重於用兵矣。至於所謂治世之詩。則述其君上閔恤之情。亂世之詩。則録其室家怨思之苦。以爲人情不出乎此者。又深得聖人録詩之意○三山李氏曰。古者師出不踰時。所以重民力也。春秋時用兵多矣。未有書師還者。獨於莊公八年書之。以見踰時不返也。然采薇之役。踰年而歸。東山之師。三年而至。詩人乃美之者。蓋用之得其道。則民無怨懟之心。不得其道。則踰時之久而人怨矣

有狐綏綏。在彼淇梁。心之憂矣。之子無裳

比也。狐者。妖媚之獸。綏綏。獨行求匹之貌華谷嚴氏曰。狐性淫。又多疑。綏綏然獨行而遲疑。有求匹之意。喻無妻之人也○本草曰。狐鼻尖尾大。善爲妖魅

梁在梁則可以裳矣○國亂民散喪其妃（同配）耦有寡婦見鰥夫而欲嫁之故託言有狐獨行而憂其無裳也

疊山謝氏曰見鰥夫無人縫裳而有憂則其情可知矣因其有言者以探其不言者可以言風人之旨矣

○有狐綏綏在彼淇厲心之憂矣之子無帶（叶丁計反）

比也厲深水可涉處也帶所以申束衣也在厲則可以帶矣

○有狐綏綏在彼淇側心之憂矣之子無服（叶蒲北反）

比也濟乎水則可以服矣

有狐三章章四句

投我以木瓜（叶攻乎反）報之以瓊琚（音居）匪報也永以爲好（呼報反）

也

比也。木瓜。楙(音茂)木也。實如小瓜。酢可食(本草曰。木狀如柰。花生於春末)深紅色。其實大者如瓜。小者如拳。爾雅謂之楙○徐氏曰。瓜有瓜瓞。桃有羊桃。李有雀李。此皆枝蔓也。故言木(瓜木桃木李以別之也)瓊玉之美者。琚佩玉名(盧陵羅氏曰。琚處佩之中。所以貫蠙珠而上繫於珩下維璜衡牙者也)○言人有贈我以微物。我當報之以重寶。而猶未足以爲報也。但欲其長以爲好而不忘耳。疑亦男女相贈答之辭。如靜女之類

○投我以木桃。報之以瓊瑤。匪報也。永以爲好也

比也。瑤。美玉也

○投我以木李。報之以瓊玖(音久。叶舉里反)匪報也。永以爲好也

比也。玖，亦玉名也。説文曰：玖，玉黑色。○孔氏曰：丘中有麻傳云：玖，石次玉者。是玖非全玉也。

木瓜三章，章四句。

衛國十篇，三十四章，二百三句。

張子曰：衛國地濵大河，其地土薄，故其人氣輕浮；其地平下，故其人質柔弱；其地肥饒，不費耕耨，故其人心怠惰。其人情性如此，則其聲音亦淫靡，故聞其樂，使人懈慢而有邪僻之心也。鄭詩放此。慶源輔氏曰：鄭衛之俗淫靡，非獨習俗之弊，蓋亦風土所致。張子發此説，可謂能通天地人矣。○定宇陳氏曰：此説大槩爲淫詩言耳。鄘柏舟、定之方中、淇奧等篇，不在此限。

詩傳大全卷之三

詩傳大全卷之四

王一之六

王謂周東都洛邑王城畿内方六百里之地。孔氏曰。漢志云。周封圻。東西長。南北短。短長相覆千里。按西都方八百里。八八六十四。爲方百里者六十四。東都方六百里。六六三十六。爲方百里者三十六。二都方百里者百。方千里也。在禹貢豫州大華外方之間。北得河陽。漸將廉反冀州之南也。孔氏曰。漸冀南境也。周室之初。文王居豐。武王居鎬。至成王。周公始營洛邑。爲時會諸侯之所。以其土中。四方來者道里均故也。自是謂豐鎬爲西都。而洛邑爲東都也。鄭氏曰。洛邑謂之王城。是爲東都。今河西是也。周公又營成周。今洛陽是也。○東齊陳氏曰。鎬京謂之宗周。以其爲天下所宗也。洛邑謂之東都。又謂之成周。以周道成於此也。洛邑。天下之至中。豐鎬。天下之至險。於洛邑定鼎以朝諸侯。宅土中以涖四海。其示天下也公。於鎬京定都以據形勝。處上游以制六合。其慮天下也遠。漢唐並建兩京。葢亦深識天下形勢之所在。而有得於成王周公之遺意歟

至幽王嬖褒姒。生伯服。廢申后及太子宜臼。宜臼奔申。申侯怒。與犬戎攻宗周。弑幽王于戲

音義○華谷嚴氏曰。戲。驪山下地名。亦水名

晉文侯。鄭武公。迎宜臼于申而立之。是爲平王。徙居東都王城

孔氏曰。鎬京爲西周。王城爲東周。及敬王。去王城而遷成周。自是又謂王城爲西周。成周爲東周

於是王室遂卑。與諸侯無異。故其詩不爲雅而爲風。然其王號未替也。故不曰周而曰王

眉山蘇氏曰。其風及其境內。而不能被天下。與

諸侯比○問王風是他風如此。不是降爲國風。朱子曰。其辭語可見。風多出於在下之人。雅乃士大夫所作。雅雖有刺。而其辭與風異○黄氏曰。黍離之爲國風。以其詩之體爲風也。周室未遷。則其聲天下之正聲也。平王遷而東之。則其音。乃東土之音耳。故曰王國風○孔氏曰。平王地狹於千里。比於列國當言周。而言王。尊之也。其地則今河南府及懷孟等州是也河南府。即今河南府。懷州。今懷慶府。孟州。今孟縣。並隸河南

彼黍離離。彼稷之苗。行邁靡靡。中心搖搖。知我者。謂我心憂。不知我者。謂我何求。悠悠蒼天。叶鐵因反此何人哉

賦而興也。黍。穀名。苗似蘆。高丈餘。穗黑色。實圓重。華谷嚴氏曰。黍似粟而非粟。有二種。米粘者爲秫。可以釀酒。不粘者爲黍○本草注曰。黍有數種。又有丹黑。黑黍。謂之秬。丹黍。皮赤米黄離離。垂貌。稷。亦穀也。一名穄。音祭似黍而小。或曰。

粟也。邁行也。靡靡猶遲遲也。搖搖無所定也。孔氏曰。楚威王曰。寡人心搖搖然如懸旌而無所薄。搖搖。是心憂而無附著之意悠悠遠貌。蒼天者據遠而視之蒼蒼然也。○周旣東遷。大夫行役至于宗周。過故宗廟宮室盡爲禾黍。閔周室之顚覆。彷徨不忍去。故賦其所見黍之離離。與稷之苗。以興行之靡靡。心之搖搖。旣歎時人莫識已意鄭氏曰。怪我久留而不去○慶源輔氏曰。人憂則行遲而心無所定。國家顚覆。在臣子固不能無憂。此詩人憂之得其正者也又傷所以致此者果何人哉。追怨之深也三山李氏曰。呼天而愬曰致此者何人哉。蓋含蓄其辭。不欲指斥其人也

○彼黍離離。彼稷之穗。音遂行邁靡靡。中心如醉。知我者謂我心憂。不知我者謂我何求。悠悠蒼天。此何人哉

賦而興也。穗，秀也。稷穗下垂，如心之醉，故以起興。毛氏曰：中心似醉，醉於憂也。

○彼黍離離，彼稷之實。行邁靡靡，中心如噎。於結反，叶於悉反。知我者謂我心憂，不知我者謂我何求。悠悠蒼天，此何人哉！

賦而興也。噎，憂深不能喘息，如噎之然。孔氏曰：噎，咽喉閉塞之名，言憂深也。稷之實如心之噎，故以起興。

黍離三章，章十句。

元城劉氏曰：常人之情，於憂樂之事，初遇之則其心變焉，次遇之則其變少衰，三遇之則其心如常矣。至於君子忠厚之情則不然，其行役往來固非一見也。初見稷之苗矣。又見稷之穗矣。又見稷之實矣。張子曰。言苗。言穗。言實。作文者須是如此而所感之心。終始如一。不少變而愈深。此則詩人之意也慶源輔氏曰。久而不忘者。天理之常也。暴集旋涸者。人欲之無定也。情得其正。則自然久而不忘矣○疊山謝氏曰。天王而沒於夷狄。天地之大變。中國之大恥。東周臣子之大讎也。文武成康之宗廟。而盡爲禾黍。聞者當流涕矣。心搖搖而不忍去。天悠悠而不我知。能爲閔周之詩者。一行役大夫之外無人也。不知平王而聞此詩也。亦有惻于中否乎。吾觀書至文侯之命。知平王之不足以有爲矣。所以訓戒晉文侯者。惟曰自保其國而已。王室之盛衰。故都之興廢。悉置度外。吾於黍離之詩。重有感也夫○安成劉氏曰。小弁詩曰。踧踧周道。鞫爲茂草。我心憂傷。惄然如擣。正若此詩之意。然則黍離之感慨。有不待於大夫行役之時。而已兆於褒姒母子僭亂之日。大夫追怨之辭。有所歸矣○豐城朱氏曰。宮室所以奉至尊。宗廟所以妥先王。而今乃鞠爲禾黍。徘徊顧瞻。安得而不憂。追思所以致此者。又安得而不怨。雖然。憂之怨之。誠是也。憂之怨之而付之無可奈何。則非也。周之王業。公劉開拓之於豳。太王創造之於岐。文王光大之於豐。武王成就之於鎬。皆在西都八百里之内。其土地則先王之土地。其人民則先王之人民也。爲子孫者正當以死守之而不去。今乃無故舉八百里舊郡棄之而即安於東。平王亦可謂不君矣。行役之大夫。苟無所見則已。既已見之。而且憂之。且追怨之。豈容付之無可奈何而已耶。謂宜請於平王。泣血嘗膽。號令諸侯。整師輯旅。光復舊物。諸侯見王之有志。孰不奔走而服從。當是時。晉之義和。鄭之掘突。既皆王室之舊勳。齊藉太公之故基。魯承周公之遺烈。衛憑康叔之威靈。亦皆足以左右王室。苟有宣王中興之志。則侯國之甲兵。即吾之甲兵。侯國之財賦。即吾之財賦也。而王自棄之。爲之臣者。又寂無一人以爲言。則其偷安忍恥。頽隳委靡。豈特王之罪。亦群臣之罪。噫。周轍之不西。

有由矣夫

君子于役。不知其期。曷至哉。叶將黎反雞棲音西于塒。音時日之夕矣。羊牛下來。叶陵之反君子于役。如之何勿思。叶新齋反

賦也。君子。婦人目其夫之辭。鑿牆而棲曰塒。日夕則羊先歸而牛次之。埤雅曰。羊性畏露。晚出而早歸。常先於牛也○大夫久役于外。其室家思而賦之曰。君子行役。不知其反還之期。且今亦何所至哉。雞則棲于塒矣。日則夕矣。牛羊則下來矣。是則畜音勗產出入。尚有旦暮之節。而行役之君子乃無休息之時。使我如何而不思也哉。慶源輔氏曰。知其歸期。則知其所止也。知其所在。則思有所向也。今也不知其期。則不知其幾時可歸也。曷至哉。則不知其今在何所也。如之何勿思。覩目興思。雖欲自已而有所不能也

○君子于役。不日不月。曷其有佸。戸括反。叶戸劣反 雞棲于桀。日之夕矣。牛羊下括。古活反。叶古劣反 君子于役。苟無飢渴。叶巨列反

賦也。佸。會。桀。杙。音弋 括。至。苟。且也。○君子行役之久。不可計以日月。而又不知其何時可以來會也。亦庶幾其免於飢渴而已矣。此憂之深而思之切也 慶源輔氏曰。可以日月計。則思有節也。知其會期。則思猶有止也。不日不月。則不可計以日月也。曷其有佸。則不知其何時可以來會也。苟無飢渴。則不敢必其歸。而但幸其不至於飢渴而已。其憂思之情益甚矣

君子于役二章章八句 疊山謝氏曰。雨雪霏霏。遣戍役而預言歸期也。卉木萋萋。勞還率而詳言歸期也。四牡之使。寧幾何時。勞之曰我心傷悲。吉甫在鎬。不過千里。勞之曰我行永久。吾觀先王之心。惟恐一人之勞苦。惟恐一人之怨咨。何也。不如是。非所以體羣臣也。本於推己及

物之恕。發而爲序情閔勞之仁。豈有無期度者哉。今君子于役。至于不知其期。仁恕之意泯然矣。文武宣王之治。何時而可復見乎

君子陽陽。左執簧。音黃 右招我由房。其樂音洛 只音止 且。子餘反

賦也。陽陽得志之貌。董氏曰。陽陽者氣充於內。容貌不枯也 簧笙竽管中金葉也。蓋笙竽皆以竹管植於匏中而竅其管底之側以薄金葉障之。吹則鼓之而出聲。所謂簧也。故笙竽皆謂之簧。笙十三簧。或十九簧。竽十六簧也。由從也。房東房也 朱子曰。房。只是人出入處。古人於房前有壁。後無壁。所以通內 ○ 廬陵李氏曰。堂屋次棟之架曰楣。後楣以北。爲室與房。人君左右房。大夫東房西室而已 只且語助辭 ○ 此詩疑亦前篇婦人所作。蓋其夫旣歸。不以行役爲勞。而安於貧

賤以自樂其家人又識其意而深歎美之皆可謂賢矣

豈非先王之澤哉或曰序説亦通宜更詳之慶源輔氏曰謂此詩疑亦前篇婦人所作者蓋兩篇之首皆以君子爲言而又相連屬此固不害於義然亦安知其非偶然而然也故又取或者之説以爲序説亦通宜更詳之蓋欲仍舊也○孔氏曰君子之人陽陽然左手執簧右手招我從房中樂官之位時世衰亂且相與樂此而已天子諸侯皆有房中之樂○新安胡氏曰朱子初解云君子知道之不行爲貧而仕所以辭尊居卑辭富居貧相招爲祿仕雖役于伶官之賤而陽陽自得若誠有樂乎此者其所以全身遠害之計深矣雖非聖賢出處之正然比於不量其力貪利以没身者豈不賢哉

○君子陶陶左執翿徒刀反右招我由敖五刀反其樂只且

賦也陶陶和樂之貌翿舞者所持羽旄之屬敖舞位也

君子陽陽二章章四句

揚之水不流束薪彼其(音記)之子不與我戍申懷(叶胡威切)哉懷哉曷月予還(音旋)歸哉

興也揚悠揚也水緩流之貌彼其之子戍人指其室家而言也戍屯兵以守也申姜姓之國平王之母家也在今鄧州信陽軍之境(鄧州即今鄧州屬南陽府信陽軍今改信陽縣屬汝寧府並隸河南)懷思曷何也○平王以申國近楚數被侵伐故遣畿內之民戍之而戍者怨思作此詩也與取之不二字如小星之例(慶源輔氏曰彼其之子是戍人指其室家而言則不與我戍申云者蓋言不得同其室家以往耳懷哉懷哉言其思念不一而足也曷月予還歸哉言不知何日可以還歸以安其室家也與取之不二字如小星之例此興體之中又別是一例不然則又似比體○安成劉氏曰先儒多以爲水弱不流薪楚喻平王微

弱。不能徵發諸侯。蓋由誤認此詩之體。此詩乃興之不取義者。特取之不二字相應耳。故集傳特指其例以明之

○揚之水。不流束楚。彼其之子。不與我戍甫。懷哉懷哉。曷月予還歸哉。

興也。楚。木也。甫。即呂也。亦姜姓。書呂刑。禮記作甫刑。而孔氏以爲呂侯後爲甫侯是也。當時蓋以申故而幷戍之。今未知其國之所在。計亦不遠於申許也。孔氏曰。言甫與許者。以其俱爲姜姓。既重章以變文。因借甫許以言申。其實不戍許甫也。六國時。秦趙同爲嬴姓。史記漢書多謂秦爲趙。亦此類也。

○揚之水。不流束蒲。叶滂古反彼其之子。不與我戍許。懷哉懷

哉曷月予還歸哉

興也。蒲，蒲柳。春秋傳云。董澤之蒲。杜氏云。蒲，楊柳，可以爲箭者是也。孔氏曰。陸璣云。蒲柳有兩種。皮正青者。曰小楊。其一種皮紅者。曰大楊。其葉皆長廣於柳葉。皆可爲箭幹。故宣公十二年傳曰。董澤之蒲。可勝既乎。○華谷嚴氏曰。毛以爲草。鄭以爲蒲柳。皆通。蒲草見陳澤陂。蒲柳見陳東門之楊

許，國名。亦姜姓。今潁昌府許昌縣是也潁昌府許昌縣。即今河南開封府許州也

揚之水三章章六句

申侯與犬戎攻宗周而弑幽王。則申侯者。王法必誅不赦之賊。而平王與其臣庶。不共戴天之讎也。今平王知有母而不知有父。知其立已爲有德。而

不知其弑父爲可怨，至使復讎討賊之師反爲報施酬恩之舉，則其忘親逆理而得罪於天已甚矣。

安成劉氏曰：小弁詩曰：何辜於天。又曰君子信讒。又曰君子不惠，不舒究之。又曰舍彼有罪，予之佗矣。皆爲怨父之詞。吾意平王所以但知母家之重，而不知弑父之讎者，皆自疇昔怨父一念之差所致也。究其忘親逆理之罪，吾於其傳與有責焉

又况先王之制，諸侯有故，則方伯連師以諸侯之師討之；王室有故，則方伯連師以諸侯之師救之；天子鄉遂之民供貢賦、衛王室而已。今平王不能行其威令於天下，無以保其母家，乃勞天子之民遠爲諸侯戍守，故周人之戍申者又以非其職而怨思焉，則其衰懦微弱而

得罪於民。又可見矣 程子曰。諸侯有患。天子命保衛之。亦宜也。平王獨思其母家耳。非有王者保天下之心。人怨宜也。况天子當使方伯鄰國共保助之。○三山李氏曰。以公存心。則如采薇。以私存心。則如揚之水。遣成則同。而美刺則異也。**嗚呼。詩亡而後春秋作。其不以此也哉** 慶源輔氏曰。忘親逆理。以賊人之秉彝。非法枉道。以使人之勞役。此民之所以怨思也。欲其悉力致死以報其上。難矣哉。所謂民至愚而神。於此可見。先王之所以畏而敬之也。此正平王之詩。故曰詩亡然後春秋作。其不以此也哉。○南軒張氏曰。胡文定公云。按邶鄘而下。多春秋時詩。而謂詩亡然後春秋作。何也。自黍離降爲國風。天下無復有雅。而王者之詩亡。春秋作於隱公。適當雅亡之後。夫黍離所以爲國風者。平王自爲之也。平王亡國。於是王者之迹熄而詩亡。天下貿貿焉日趨於夷狄禽獸之歸。故孔子懼而作春秋。○安成劉氏曰。以上兩節觀之。則王迹所以熄。雅所以亡。而春秋所以作者。皆平王忘親逆理。而衰儒微弱之所致也歟

中谷有蓷（吐雷反）暵（呼但反）其乾矣有女仳（匹指反）離嘅（口愛反）其嘆（土丹反）矣嘅其嘆矣遇人之艱難矣

興也蓷鵻（音錐）也葉似萑（音丸）方莖白華華生節間即今益母草也（本草曰荒蔚一名益母節節生花如鷄冠其子三稜○華谷嚴氏曰據本草荒蔚正生海濱池澤其性宜濕）暵燥仳別也嘅歎聲艱難窮厄也○凶年饑饉室家相棄婦人覽物起興而自述其悲歎之詞也

○中谷有蓷暵其脩（叶式竹反）矣有女仳離條其歗（叶息六反）矣條其歗矣遇人之不淑矣

興也脩長也（永嘉陳氏曰長茂者亦為所暵）或曰乾也如脯之謂脩也條條然歗貌歗蹙口出聲也悲恨之深不止於嘆矣淑

善也。古者謂死喪饑饉皆曰不淑。董氏曰。古人傷死者之詞。曰如何不淑蓋以吉慶爲善事。凶禍爲不善事。雖今人語猶然也○曾氏曰。凶年而遽相棄背。蓋衰薄之甚者。而詩人乃曰遇斯人之艱難。遇斯人之不淑。而無怨懟過甚之詞焉。厚之至也

○中谷有蓷。暵其濕矣。有女仳離。啜張劣反其泣矣。啜其泣矣。何嗟及矣

興也。暵濕者。旱甚。則草之生於濕者。亦不免也孔氏曰。先言乾。次言脩。後言濕。見凶年之淺深也○須溪劉氏曰。乾者已暵。脩者又暵。濕者亦暵。其爲旱勢可勝言哉。旱愈甚。則仳離之愁嘆愈甚矣啜泣貌。何嗟及矣。言事已至此。末如之何。

窮之甚也眉山蘇氏曰。嘆之者。知其不得已也。歗者。怨之深也。泣則窮之甚也○慶源輔氏曰。歎則悲嘆而已。歗則悲而恨焉。泣則悲而至於傷矣。方其歎且恨之時。而曰遇人之艱難。遇人之不淑。而無怨懟過甚之詞。固見其厚矣。及其至於傷而泣也。則亦曰何嗟及矣而已。殆有知其不可奈何。而安於命之意。此尤見其厚也。豈非先王之澤哉

中谷有蓷三章章六句

范氏曰。世治則室家相保者。上之所養也。世亂則室家相棄者。上之所殘也。其使之也勤。其取之也厚。則夫婦日以衰薄。而凶年不免於離散矣。伊尹曰。匹夫匹婦。不獲自盡。民主罔與成厥功。故讀詩者於一物失所。而知王政之惡。一女見棄。而知人

民之困。周之政荒民散。而將無以爲國。於此亦可見矣慶源輔氏曰。范氏之說。其得讀詩之旨。使讀詩者能如此。則詩之爲敎於人大矣○疊山謝氏曰。凶年饑歲。上而王朝。有司徒荒政十二以聚民。下而有司。能以時告其上。發倉廩。開府庫。懋遷化居以賑民。必無夫婦衰薄。室家相棄之事。此詩三章。始暵其乾。中暵其脩。終暵其濕。言物之暵。一節急一節。始一嘅其歎。中條其歗。終啜其泣。民之怨恨者一節深一節。始曰遇人之艱難。憐其窮苦也。中曰遇人之不淑。憐其遭凶禍也。終曰何嗟及矣。夫婦旣已離別。雖怨嗟亦無及也。又曰夫婦。人之大倫也。饑饉而相棄。人道之大變也。婦無一語怨其夫。而有哀矜惻怛之意焉。知其無可奈何而安之若命。此義婦也。與忠臣孝子同道。人不幸而處三綱之變。以此存心。則綽綽然有餘裕矣

有兔爰爰。雉離于羅。我生之初。尚無爲。叶吾和反我生之後。逢此百罹。叶良何反尚寐無吪

比也。兔性陰狡。爰爰。緩意。雉性耿介。離。麗。羅。網。尚。猶。罹。憂也。尚。庶幾也（安成劉氏曰。二尚字義不同）吪。動也○周室衰微。諸侯背叛。君子不樂其生而作此詩。言張羅本以取兔。今兔狡得脫。而雉以耿介。反離于羅。以比小人致亂。而以巧計幸免。君子無辜。而以忠直受禍也（東萊呂氏曰。此因所見爲比也。兔之大以比諸侯。雉之小以自比也。言諸侯之背叛者。恣睢自如。而周人反受其禍也）爲此詩者蓋猶及見西周之盛。故曰方我生之初。天下尚無事。及我生之後。而逢時之多難如此。然旣無如之何。則但庶幾寐而不動以死耳。或曰。興也。以兔爰興無爲。以雉離興百罹也（須溪劉氏曰。有兔爰爰。舒緩而無虞者。此我生之初。承平之人也。雉離于羅。求死不得。此

我生之後。百憂之人也。安得一寐而死。不復見此之爲快哉　下章放此

○有兔爰爰。雉離于罦。音孚。叶步廟反　我生之初。尚無造。我生之後。逢此百憂。叶一笑反　尚寐無覺。居孝反。叶居笑反

比也。罦覆車也。可以掩兔。孔氏曰。釋器云。繴謂之罿。罬也。罬謂之罦。覆車也。郭璞云。今之翻車也。有兩轅。中施罥以捕鳥。繴音壁。罬音拙。罥音絹。造亦爲也。覺寤也

○有兔爰爰。雉離于罿。音衝　我生之初。尚無庸。我生之後。逢此百凶。尚寐無聰

比也。罿罬也。即罦也。或曰。施羅於車上也。庸用。聰聞也。無所聞。則亦死耳

兔爰三章章七句

緜緜葛藟力軌反在河之滸。呼五反終遠于萬反兄弟謂他人父。夫矩反謂他人父。亦莫我顧叶果五反

興也。緜緜長而不絶之貌。岸上曰滸。○世衰民散。有去其鄉里家族。而流離失所者作此詩以自歎。言緜緜葛藟則在河之滸矣。今乃終遠兄弟而謂他人爲己父。己雖謂彼爲父。而彼亦不我顧則其窮也甚矣

○緜緜葛藟在河之涘。音俟。叶矣始二音終遠兄弟謂他人母。叶滿彼反謂他人母。亦莫我有叶羽已反

興也。水涯曰涘。謂他人父者。其妻則母也。有。識廬陵羅氏曰。識。音志。記而不忘也有也。春秋傳曰。不有寡君華谷嚴氏曰。莫我有言視之若無也

○緜緜葛藟。在河之漘。（順春反）終遠兄弟。謂他人昆。（叶古勻反）謂他人昆。亦莫我聞。（叶微勻反）

興也。夷上洒（音跣。猶洗也）下曰漘。漘之爲言脣也。（爾雅注曰。涯上平坦而下水深爲漘。不發聲。○東陽許氏曰。岸上面平夷。而其下爲水洗蕩齧入若脣也）昆。兄也。聞。相聞也

葛藟三章章六句

彼采葛（叶居謁反）兮。一日不見。如三月兮

賦也。采葛。所以爲絺綌。葢淫奔者託以行也。故因以指其人。而言思念之深。未久而似久也

○彼采蕭（叶踈鳩反）兮。一日不見。如三秋兮

賦也。蕭荻也。白葉莖麄科生。有香氣。祭則焫音爇以報氣。故采之孔氏曰。蕭荻。今人謂之荻蒿。可作燭。有香氣。故祭祀以脂爇之也曰三秋。則不止三月矣

○彼采艾兮。一日不見。如三歲本與艾叶兮

賦也。艾。蒿屬。爾雅曰。一名冰臺。注。今艾蒿也乾之可灸。故采之東萊呂氏曰。葛爲絺綌。蕭共祭祀。艾療疾。特訓釋三物。見采之由。不於此取義也曰三歲則不止三秋矣

采葛三章章三句慶源輔氏曰。采葛。采蕭。采艾。其說託言明矣。至於思念之情。流而不止如此。則爲淫奔之辭者。宜哉

大車檻檻。毳尺銳反衣如菼。吐敢反豈不爾思。畏子不敢

賦也。大車。大夫車。檻檻。車行聲也。毳衣。天子大夫之服。臨川王氏曰。王之大夫四命。與子男同服也菼。蘆之始生也。毳衣之屬。衣繪而裳繡。五色皆備。其青者如菼。劉氏曰。毳衣以宗彝爲首。藻畫虎蜼。虎蜼淺毛。故謂毳。蜼音壘胃右○安成劉氏曰。毳衣所畫者三章、宗彝也。藻也。粉米也。裳所繡者二章。黼也。黻也。所畫所繡。皆備五色。所謂以五采彰施于五色者也爾。淫奔者相命之詞也。子。大夫也。不敢。不敢奔也○周衰。大夫猶有能以刑政治其私邑者。故淫奔者畏而歌之如此眉山蘇氏曰。其止之有道。民聞其車聲。而見其衣服。則畏而不敢矣。非待刑之而後已也然其去二南之化則遠矣。此可以觀世變也東萊呂氏曰。此詩雖能止其奔。未能革其心。與行露之詩異矣。亦僅勝於東遷之初而已○慶源輔氏曰。漢廣之遊女。端莊靜一。人見而知其不可求。野有死麕之女子。貞潔自守。人見而知其不可犯。

此所以爲二南之化也。豈至於有淫奔之心。待有所畏而後不敢哉。今觀此詩。則世變之愈下可知矣

○大車啍啍。他敦反毳衣如璊。音門豈不爾思。畏子不奔

賦也。啍啍重遲之貌。璊玉赤色。五色備則有赤 孔氏曰。啍啍行之貌。故爲重遲。上言行有聲。此言行之貌。互相見也。毳衣裳繢繡皆五色。青者如菼。赤者如璊。各舉其一耳

○轂則異室。死則同穴。叶戶橘反謂予不信。有如皦日。古了反

賦也。轂生。穴壙。音曠皦白也 ○民之欲相奔者。畏其大夫。自以終身不得如其志也。故曰生不得相奔以同室。庶幾死得合葬以同穴而已。謂予不信。有如皦日。約誓之辭也 慶源輔氏曰。世變雖下。而大夫能使人畏之如此。亦可謂賢也已。始則不敢奔而已。終則知其雖歿身不得遂其志。則其刑政之效。亦非無常者之所能也

大車三章章四句

丘中有麻。彼留子嗟。彼留子嗟。將〔七羊反〕其來施施〔叶時遮反〕

賦也。麻。穀名。子可食。皮可績爲布者。〔本草曰。一名麻勃。此麻上花勃勃者。麻子味甘平無毒。園圃所蒔。今人織布及履用之〕子嗟。男子之字也。將。願也。施施。喜悅之意。○婦人望其所與私者而不來。故疑丘中有麻之處。復有與之私而留之者。今安得其施施然而來乎

○丘中有麥。彼留子國。彼留子國。將其來食

賦也。子國。亦男子字也。來食。就我而食也

○丘中有李。彼留之子。〔叶奬里反〕彼留之子。貽我佩玖〔叶舉里反〕

賦也。之子，并指前二人也。貽我佩玖，冀其有以贈己也。

丘中有麻三章，章四句

王國十篇，二十八章，百六十二句。慶源輔氏曰：讀詩者可以怨，則詩人固無忿懟過甚之辭。然予讀王風，則見其怨詩尤爲平和，此可見周人之風俗也。

鄭一之七

鄭，邑名。本在西都畿內咸林之地，宣王以封其弟友爲采音菜地。後爲幽王司徒，而死於犬戎之難，是爲桓公。其子武公掘一作滑，並音鶻突，定平王於東都，亦爲司徒，又得虢、檜之地。鄭氏曰：武王取虢、檜、鄢、蔽、補、丹、依、疇、歷、華十邑之地。右洛左濟，前華後河，食溱、洧焉。乃徙其封而施舊號於新邑，是爲

新鄭。咸林。在今華州鄭縣。即今陝西西安府華州 新鄭。即今之鄭州是也。即今河南開封府鄭州 其封域山川。詳見檜風

緇衣之宜兮。敝予又改爲兮。適子之館叶古玩反兮。還予授子之粲兮

賦也。緇。黑色。周禮考工記曰。三入爲纁。五入爲緅。七入爲緇 緇衣。卿大夫居私朝之服也 孔氏曰。緇衣。即士冠禮所云玄冠朝服。緇帶素韠是也。卿士朝於王。服皮弁。不服緇衣。退食私朝。服緇衣。以聽其所朝之政也 宜。稱去聲 改。更平聲 適。之。館。舍 鄭氏曰。卿士之館。如今之諸廬也。○孔氏曰。考工記說王宮之制。外有九室。九卿朝焉。注。外路寢之表九室。如今朝堂諸曹治事之處 粲。餐音孫 也 鄭氏曰。設餐飲食之 或曰。粲。粟之精鑿音作 者。東陽許氏曰。粟一石。得米六斗。爲糲。糲米一石。舂爲八斗。爲鑿 ○舊說鄭桓公武公相繼爲周

司徒。善於其職。周人愛之。故作此詩。言子之服緇衣也甚宜。敝則我將爲子更爲之。且將適子之館。旣還而又授子以粲。言好之無已也慶源輔氏曰。緇衣之宜兮。此美武公之德稱其服也。敝予又改爲兮。欲其服之常新也。還予授子之粲兮。欲其粟之常繼也。旣欲其服之常新。又欲其粟之常繼。發乎情形於歌詠如此。則其好善之誠心。於是爲至也○程子曰。好賢無已之意。當就敝予還予二字上看○華陽范氏曰。適子之館。親之也。授子之粲。又授之以飲食也。旣親之。又授以飲食。此好賢之至也

○緇衣之好兮。敝予又改造叶在早反兮。適子之館兮。還予授子之粲兮。

賦也。好猶宜也

○緇衣之蓆叶祥籥反兮。敝予又改作兮。適子之館兮。還予授

子之粲兮

賦也。蓆大也。程子曰。蓆有安舒之義。服稱其德則安舒也。

緇衣三章章四句

記曰。好賢如緇衣。又曰。於緇衣見好賢之至東萊呂氏曰。孔叢子云。於緇衣見好賢之至。所謂賢即謂武公父子也。○華陽范氏曰。桓公武公上得於君下得於民。君子好之。愈久而愈不厭

將七羊反仲子兮。無踰我里。無折之舌反我樹杞。豈敢愛之。畏我父母。叶蒲彼反仲可懷叶胡威反也。父母之言。亦可畏叶於非反也

賦也。將請也。仲子。男子之字也。我。女子自我也。里。二十

五家所居也。杞。柳屬也。生水傍。樹如柳。葉麤而白色理微赤。蓋里之地域溝樹也。○莆田鄭氏曰。此淫奔者之辭慶源輔氏曰。此雖爲淫奔之詩。然其心猶有所畏。未至於蕩然而無忌也。故列於鄭詩之首。以見其爲風之始變也歟○安成劉氏曰。此女猶能知此畏憚。故其託辭如此。鄭風之中。亦所罕見也

○將仲子兮。無踰我牆。無折我樹桑。豈敢愛之。畏我諸兄。叶虛陽反仲可懷也。諸兄之言。亦可畏也

賦也。牆。垣也。古者樹牆下以桑

○將仲子兮。無踰我園。無折我樹檀。叶徒沿反豈敢愛之。畏人之多言。仲可懷也。人之多言。亦可畏也

賦也。園者。圃之藩。其內可種木也。檀。皮青滑澤。材彊韌

可爲車

將仲子三章章八句新安胡氏曰。三章皆有所畏而不輕身以從其所懷。亦庶幾止乎禮義者也

叔于田。叶地因反巷無居人。豈無居人。不如叔也。洵美且仁

賦也。叔。莊公弟共叔段也。事見春秋隱公元年。夏五月。鄭伯克段于鄢。左傳曰。鄭武公娶于申。曰武姜。生莊公及共叔段田。取禽也孔氏曰。以取禽於田。因名曰田巷。里塗也。孔氏曰。里內之塗洵。信。美。好也。仁。愛人也○段不義而得衆。國人愛之。故作此詩。言叔出而田。則所居之巷。若無居人矣。非實無居人也。雖有。而不如叔之美且仁。是以若無人耳華谷嚴氏曰。叔段豈其美且仁哉。其黨私之之言。猶河朔之人謂安史爲聖也或疑

此亦民間男女相悅之詞也

○叔于狩。叶始九反巷無飲酒。豈無飲酒。不如叔也。洵美且好叶許厚反

賦也。冬獵曰狩杜氏曰。狩。圍守也。冬物畢成。獲則取之無所擇也

○叔適野。叶上與反巷無服馬。叶滿補反豈無服馬。不如叔也。洵美且武

賦也。適之也。郊外曰野。服乘也龜山楊氏曰。仁且有武焉。固宜國人之所悅而歸之也。雖使之一天下。朝諸侯。無不可矣。而詩猶以爲不義得衆。何也。蓋先王之迹微。而禮義消亡。政教不明。而國俗傷敗。故人之好惡。不足以當是非。而毀譽不足以公善惡。則其所譽而好之者。未必誠善也。所毀而惡之者。未必誠惡也。叔段不義而爲衆所悅者。亦以衰俗好惡毀譽不當其實故也。然則所謂仁者。豈誠有仁哉。

所謂武者。亦若此而已。以是觀之。則俗之所好惡可知矣

叔于田三章章五句盧陵彭氏曰。玩味此詩。宛然如見叔段輕遠浮揚之意。如令之貴族輕薄子。閭里少年朋徒。追逐而極口誇美之也。次篇放此

叔于田。乘乘下繩證反馬。叶蒲補反執轡如組。音祖兩驂如舞。叔在藪。素口反。叶素苦反火烈具舉。襢音祖裼素歷反暴虎。獻于公所。將七羊反叔無狃。女九反。叶女古反戒其傷女。音汝

賦也。叔亦段也。車衡車軛也外兩馬曰驂。如舞謂諧和中節。董氏曰。五御之法有舞交衢者。即所謂如舞也。服馬制於衡。不得如舞。其如舞者驂也。○雙峰饒氏曰。如舞者節奏。謂御中節也皆言御之善也。安成劉氏曰。善御其馬。是以轡則柔順如組。驂則諧和如舞也藪。澤也。○盧陵羅氏曰。水鍾曰澤。水希曰藪。釋文曰。韓詩云禽獸居之曰藪火。焚而

射也。曹氏曰。王制云。昆蟲未蟄。不以火田。故爾雅謂火田爲狩。惟冬田乃用火。若夫刈草以爲防。驅禽而納諸防中。然後焚而射焉。則四時之田皆然也烈。熾盛貌。具。俱也。襢裼。肉袒也孔氏曰。李巡云。襢裼。脫衣見體。曰肉袒。孫炎云。襢去裼衣暴。空手搏獸也勉齋黃氏曰。暴。徒搏也。有慢侮欺陵之意公。莊公也孔氏曰。公與之俱田也狃。習也。國人戒之曰。請叔無習此事。恐其或傷汝也。蓋叔多材好勇。而鄭人愛之如此安成劉氏曰。章首四句。所謂才也。次四句。所謂勇也。末二句。則國人愛之之詞也

○叔于田。乘乘黃。兩服上襄。兩驂鴈行。戶郎反叔在藪。火烈具揚。叔善射忌。音記又良御叶魚駕反忌。抑磬苦定反控口貢反忌。抑縱送忌

賦也。乘黃。四馬皆黃也。衡下夾轅兩馬。曰服。襄。駕也。馬

之上者爲上駕猶言上駟也鄭氏曰。上駕言馬之最良也鴈行者驂少次服後。如鴈行也。揚起也。忌抑。皆語助辭。騁馬曰磬。止馬曰控。盧陵羅氏曰。補傳云。磬。謂使之曲折如磬。控。謂控制不逸舍音捨拔音跋○盧陵羅氏曰。括也。矢御弦處曰縱。覆彇盧陵羅氏曰。與簫同。弓弰也。廣韻注云。彇。弓弭。弭。弓末曰送孔氏曰。能磬又能控。能縱又能送。是叔之善射御也○慶源輔氏曰。章末四句。美叔之才藝也

○叔于田。乘乘鴇。音保。叶補苟反兩服齊首。兩驂如手。叔在藪。火烈具阜。符有反叔馬慢叶黄半反忌。叔發罕叶虛旰反忌。抑釋掤音氷忌。抑鬯敕亮反弓叶姑弘反忌。

賦也。驪白雜毛曰鴇。今所謂烏驄也。齊首。如手。兩服並首在前。而兩驂在旁。稍次其後。如人之兩手也。阜。盛。慢。

遲也。發。發矢也。罕。希。釋。解也。掤。矢箙蓋。春秋傳作冰孔氏曰。昭公二十五年。左傳云。公徒執冰而踞。字異義同。服虔云。冰。櫝丸蓋。杜預云。櫝丸是矢箙 ○華谷嚴氏曰。用矢則舉掤以開箙。既用則納矢箙中。釋下掤以覆箙鬯。弓囊也。與韔同孔氏曰。鬯弓。謂弢弓而納諸鬯中。弢音韜言其田事將畢而從容整暇如此鄭氏曰。田事且畢。則馬行遲。發矢希。蓋矢而弢弓亦喜其無傷之詞也安成劉氏曰。上章及此。亦皆言其田獵射御之善。而喜其畢事無傷。皆所謂多材好勇而得衆者也

大叔于田三章章十句

陸氏曰。首章作大于叔田者誤。蘇氏曰。二詩皆曰叔于田。故加大以別之。不知者乃以段有大叔之號而讀曰泰。又加大于首章。失之矣永嘉鄭氏曰。段以國君介

弟之親。京城大叔之貴。而所好者馳騁弋獵也。所矜者禮裼暴虎也。所賢者射御足力也。出而人思之者。飲酒服馬之儔也。氣習到此。而又恃其君母之愛。玩於莊公之惟其所欲而不誰何也。欲不爲亂得乎○豐城朱氏曰。段之爲人。以射則善。以御則良。以容止則甚習。以材力則甚武。如是而甚不仁。夫惟不仁。所以欲殺兄而奪其位也。而國人愛之若此者。豈盡出於公哉。上教不明。人心不古。顛倒是非。混殽黑白。固有不勝其可歎者矣

清人在彭。叶普郎反駟介旁旁。補彭反叶補岡反二矛重直龍反英。叶於良反河上乎翺翔

賦也。清。邑名。清人。清邑之人也。彭。河上地名。駟介。四馬而被甲也。旁旁。馳驅不息之貌。二矛。酋矛夷矛也。英。以朱羽爲矛飾也孔氏曰。魯頌說矛之飾謂朱英。則以朱染爲英飾。蓋絲纏而朱染之酋矛

長二丈。夷矛長二丈四尺。並建於車上。則其英重疊而見。翱翔遊戲之貌。○鄭文公惡高克。使將清邑之兵。禦敵於河上。孔氏曰。文公捷。厲公子。閔公二年冬十二月。狄入衛。衛在河北。鄭在河南。恐其渡河侵鄭。故使高克將清邑之兵於河上禦之久而不召。師散而歸。鄭人爲之賦此詩。言其師出之久。無事而不得歸。但相與遊戲如此。其勢必至於潰散而後已爾永嘉鄭氏曰。夫擁大衆於外而無所事。不爲亂則必潰散耳

○清人在消。駟介麃麃。表驕反二矛重喬。河上乎逍遙

賦也。消。亦河上地名。麃麃。武貌。矛之上句音勾曰喬。所以懸英也。英弊而盡。所存者喬而已

○清人在軸。叶音胄駟介陶陶。叶徒候反左旋右抽。叶敕救反中軍作好叶許候反

賦也。軸。亦河上地名。孔氏曰。彭消軸。皆河上地名。久不得歸。師有遷移。三地亦應不甚相遠陶陶。樂而自適之貌。左。謂御在將軍之左。執轡而御馬者也。旋。還車也。右。謂勇力之士。在將軍之右。執兵以擊刺者也。抽。拔刃也。中軍。謂將在鼓下居車之中。即高克也。孔氏曰。此謂將所乘車。若士卒兵車。則左人持弓。右人持矛而中人御好。謂容好也

○東萊呂氏曰。言師久而不歸。無所聊賴。姑遊戲以自樂。必潰之勢也。不言已潰而言將潰。其詞深。其情危矣

清人三章章四句

事見春秋。（安成劉氏曰。見閔公二年）○胡氏曰。人君擅一國之名寵。生殺予奪。惟我所制耳。使高克不臣之罪已著。按而誅之可也。情狀未明。黜而退之可也。愛惜其才。以禮馭之亦可也。烏可假以兵權。委諸竟上。坐視其離散而莫之卹乎。春秋書曰。鄭棄其師。其責之深矣。

羔裘如濡。（叶而朱而由二反）洵直且侯。（叶洪姑決鉤二反）彼其（音記）之子。舍（音赦）命不渝。（叶容朱容周二反）

賦也。羔裘。大夫服也。如濡。潤澤也。洵。信。直。順。侯。美也。其。語助辭。舍。處。渝。變也。○言此羔裘潤澤。毛順而美。彼服此者當生死之際。又能以身居其所受之理而不可奪。鄭氏曰。謂守死善道。見危授命之節。○華谷嚴氏曰。命者。天所賦予於我者。舍則居之而安也。君子能安於命。臨利害而不變。○慶源輔氏曰。舍命不渝。所包者闊。命有二。有指理而言者。有指氣而言者。此蓋兼之。以理而言。則居其理而不變。以氣而言。則居其分而不渝。理可以兼氣。故集傳止以理言之蓋美其大夫之詞。然不知其所指矣。

○羔裘豹飾。孔武有力。彼其之子。邦之司直。

賦也。飾。緣去聲袖也。禮。君用純物。臣下之。故羔裘而以豹皮爲飾也。孔。甚也。豹甚武而有力。故服其所飾之裘者如之。司。主也

○羔裘晏兮。三英粲兮。彼其之子。邦之彥叶魚肝反兮

賦也。晏。鮮盛也。三英。裘飾也。未詳其制程子曰。若素絲五紽之類。蓋衣服制度之節粲。光明也。彥者。士之美稱。

羔裘三章章四句慶源輔氏曰。首章言其能舍命不渝。次章言其爲邦之司直。末乃以爲邦之彥而結之。然則爲臣之道。主於正直不阿而已。雖孔子之在朝。亦以便便誾誾侃侃爲常。至於柔行巽入。委曲以就事。亦固有時而當用。要之其出於不得已而已。○豐城朱氏曰。舍命不渝。則必不徼倖而苟得。而於守身之道得矣。邦之司直。則必不諛悅以求容。而於事君之道盡矣。既能順命以持身。又能忠直以事上。此所以爲邦之彥也歟。

遵大路兮。摻所覽反執子之祛叶起據反兮。無我惡烏路反兮。不寁市坎反故也。

賦也。遵。循。摻。擥。與攬同擥。持也。祛。袂。孔氏曰。袂是祛之本。祛是袂之末。俱是衣袖。寁。

速故舊也。○淫婦爲人所棄故於其去也擥其袪而留之曰子無惡我而不留故舊不可以遽絕也。宋玉賦有遵大路兮攬子袪之句亦男女相說之詞也

安成劉氏曰宋玉登徒子好色賦曰鄭衛溱洧之間羣女出桑臣觀其麗者因稱詩曰遵大路兮攬子袪贈以芳花詞甚妙注云攬衣袖欲與同歸折芳誦詩以贈遊女也集傳援此爲證者蓋宋玉去此詩之時未遠其所引用當得詩人之本旨彼爲男語女之詞猶此詩爲女語男之詞也

○遵大路兮摻執子之手兮無我魗市由反叶齒九反兮不寁好叶許口反也

賦也魗與醜同欲其不以已爲醜而棄之也好情好也

慶源輔氏曰無我惡兮不寁故也猶假義以責之至於無我魗兮不寁好也則眞情見而詞益哀矣

遵大路二章章四句

女曰雞鳴。士曰昧旦。子興視夜。明星有爛。將翺將翔。弋鳧音符與鴈。

賦也。昧。晦。旦。明也。昧旦。天欲旦。昧晦未辨之際也。東萊呂氏曰。列子云。將旦昧爽之交。日夕昏明之際。明星。啓明之星。先日而出者也。弋。繳音灼射。謂以生絲繫矢而射也。鳧。水鳥。如鴨。青色。背上有文。○此詩人述賢夫婦相警戒之詞。言女曰雞鳴。以警其夫。而士曰昧旦。則不止於雞鳴矣。婦人又語其夫曰。若是。則子可以起而視夜之如何。意者明星已出而爛然。則當翺翔而往。弋取鳧鴈而歸矣。其相與警戒之

言如此。則不留於宴昵之私可知矣

○弋言加叶居之居何二反之。與子宜叶魚奇魚何二反之宜言飲酒。與子偕老。叶呂吼反琴瑟在御。莫不靜好叶許厚反

賦也。加。中去聲也。史記所謂以弱弓微繳加諸鳧鴈之上是也埤雅曰。加與玄鶴加。加雙鴨之加同意。蓋弱弓微矢乘風振之曰弋。故史記謂楚人好以弱弓微矢加諸鳧鴈之上宜。和其所宜也。內則所謂鴈宜麥之屬是也鄭氏曰。言其氣味相成○射者男子之事。而中饋婦人之職。故婦謂其夫既得鳧鴈以歸。則我當爲子和其滋味之所宜。以之飲酒相樂。期於偕老。而琴瑟之在御者。亦莫不安靜而和好。其和樂而不淫可見矣

○知子之來（叶六直反）之。雜佩以贈（叶音則）之。知子之順之。雜佩以問之。知子之好（呼報反）之。雜佩以報之

賦也。來之。致其來者。如所謂修文德以來之。雜佩者。左右佩玉也。上橫曰珩。下繫三組。貫以蠙（步眠反。蚌之別名）珠。中組之半貫一大珠曰瑀。末懸一玉。兩端皆銳。曰衝牙。兩旁組半各懸一玉。長博而方。曰琚。其末各懸一玉。如半璧而內向。曰璜。又以兩組貫珠。上繫珩兩端。下交貫於瑀。而下繫於兩璜。行則衝牙觸璜而有聲也。呂氏曰。非獨玉也。觿（音揮）燧。箴（與針同）管。凡可佩者皆是也。（建安熊氏曰。婦人左佩紛帨。刀礪。小觿。金燧。右佩箴。管。線。纊。大觿。木燧之屬。備尊者使令也。觿。解結。狀如錐。以象骨爲之。燧。取火。箴。

貯以管贈送。順愛。問遺也孔氏曰。曲禮云。凡以苞苴簞笥問人者。左傳衛侯使人以弓問子貢。皆遺人物謂之問○婦又語其夫曰。我苟知子之所致而來。及所親愛者。則當解此雜佩以送遺報答之。蓋不惟治其門內之職。又欲其君子親賢友善。結其驩心。而無所愛於服飾之玩也慶源輔氏曰。一意而三疊之。以見其情之不能自已也。夫勤勞以成業。和樂以宜家。此婦之賢德。然情猶未已也。故無所愛於服飾之玩。而欲其君子之親賢以輔成其德。是又加於人一等矣

女曰雞鳴三章章六句朱子曰。此詩意思甚好。讀之使人有不知手舞足蹈者。○慶源輔氏曰。觀此詩。則鄭國之俗雖曰淫亂。然在下之人。夫婦之間。猶知禮義。勤生業。不昵於宴私。相安於和樂。而又能贊助其君子親賢樂善以輔成其德。此可以觀先王之澤。與民性之善矣

有女同車。顏如舜華。叶芳無反將翱將翔。佩玉瓊琚。彼美孟姜。洵美且都

賦也。舜。木槿也。樹如李。其華朝生暮落。陸氏曰。舜取瞬之義。孟。字。姜。姓。洵。信。都。閑雅也。○此疑亦淫奔之詩。言所與同車之女。其美如此。而又歎之曰。彼美色之孟姜。信美矣而又都也慶源輔氏曰。鄭詩惟此篇爲男悅女之詞

○有女同行。叶戶郎反顏如舜英。叶於良反將翱將翔。佩玉將將。七羊反彼美孟姜。德音不忘

賦也。英。猶華也。將將。聲也。德音不忘。言其賢也臨川王氏曰。於瓊琚言德之容。於將將言德之音。各以其類也。○慶源輔氏曰。所謂德音。是亦日月詩之德音類也。世衰道降。

狥情肆欲。所美非美者多矣

有女同車二章章六句

山有扶蘇。隰有荷華。叶芳無反不見子都。乃見狂且。子餘反

興也。扶蘇。扶胥。踈須二音小木也。荷華。芙蕖也。釋文曰。未開曰菡萏。巳發曰芙蕖子都。男子之美者也。孟子曰。至於子都。天下莫不知其姣者也狂。狂人也。且。語辭也○淫女戲其所私者曰。山則有扶蘇矣。隰則有荷華矣。今乃不見子都。而見此狂人何哉

○山有橋松。隰有游龍。不見子充。乃見狡童

興也。上竦無枝曰橋。亦作喬。游。枝葉放縱也。龍。紅草也。一名馬蓼。葉大而色白。生水澤中。高丈餘。張子曰。龍是紅草。其枝幹

樛屈著土處。便有根如龍也。本草云。葒草一名鴻鷰。如馬蓼而大。即水紅也。詩注云。一名馬蓼。馬蓼自是一種也。鷰音纈子充猶子都也董氏曰。子充不見於書。疑亦以美著也狡童狡獪之小兒也

山有扶蘇二章章四句

蘀他落反兮蘀兮風其吹女音汝叔兮伯兮倡昌亮反予和胡臥反叶戶圭反女

興也。蘀木槁而將落者也。女指蘀而言也。叔伯男子之字也。予女子自予也。女叔伯也。○此淫女之詞。言蘀兮蘀兮則風將吹女矣。叔兮伯兮則盍倡予而予將和女矣

○蘀兮蘀兮。風其漂（匹遥反）女。叔兮伯兮。倡予要（於遥反）女。

興也。漂。飄同。要。成也。慶源輔氏曰。爾能倡予。則予將成汝之志。視前章所謂和女者。其情益急矣。

蘀兮二章。章四句。

彼狡童兮。不與我言兮。維子之故。使我不能餐（七丹反叶七宣反）兮。

賦也。此亦淫女見絶。而戲其人之詞。言悅已者衆。子雖見絶。未至於使我不能餐也。

○彼狡童兮。不與我食兮。維子之故。使我不能息兮。

賦也。息。安也。

狡童二章章四句

子惠思我。褰裳涉溱。側巾反 子不我思。豈無他人。狂童之狂也且。子餘反

賦也。惠愛也。溱鄭水名。狂童猶狂且狡童也。且語辭也。○淫女語其所私者曰。子惠然而思我則將褰裳而涉溱以從子。子不我思則豈無他人之可從而必於子哉。狂童之狂也且。亦謔之之辭

○子惠思我。褰裳涉洧。叶于已反 子不我思。豈無他士。鉏里反 狂童之狂也且

賦也。洧亦鄭水名。前漢地理志曰。洧水出潁州陽城山。東南至長平入潁 士。未娶

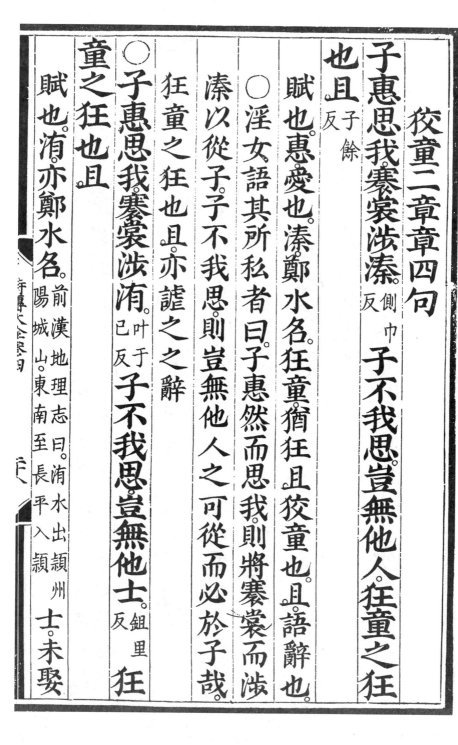

者之稱

褰裳二章章五句慶源輔氏曰。婦人從一而終者也。狡童褰裳之詩。則其縱欲而賊理也甚矣

子之丰芳容反叶芳用反兮。俟我乎巷叶胡貢反兮。悔予不送兮

賦也。丰。豐滿也。巷。門外也。○婦人所期之男子。已俟乎巷。而婦人以有異志不從。既則悔之而作是詩也

○子之昌兮。俟我乎堂兮。悔予不將兮

賦也。昌。盛壯貌。將。亦送也

○衣於既反錦褧苦迥反衣裳錦褧裳。叔兮伯兮。駕予與行叶戶郎反

賦也。褧禪音丹也。鄭氏曰。蓋以禪縠爲之中衣。裳用錦而上加禪縠焉。惡其文之著也叔伯。或人之字也○婦人既悔其始之不送而失此人也。則曰。我之服飾既盛備矣。豈無駕車以迎我而偕行者乎

○裳錦褧裳。衣錦褧衣。叔兮伯兮。駕予與歸

賦也。婦人謂嫁曰歸

丰四章。二章章三句。二章章四句

東門之墠。音善叶上演反茹音如藘力於反在阪。音反。叶孚臠反其室則邇。其人甚遠

賦也。東門。城東門也。墠。除地町町音挺者。孔氏曰。除地去草。故云町町茹藘。茅蒐也。一名茜。倉甸反可以染絳。本草曰。一名地血。葉似棗葉。頭尖下

闊。莖葉俱澁。四五葉對生節間。蔓延草木上。根紫赤色陂音坡者曰阪。孔氏曰。陂陀不平而可種者曰阪門之旁有墠。墠之外有阪。阪之上有草。識音志其所與淫者之居也。室邇人遠者。思之而未得見之詞也

○東門之栗。有踐家室。豈不爾思。子不我即

賦也。踐。行列貌。門之旁有栗。栗之下有成行列之家室。亦識其處也。即。就也。慶源輔氏曰。思之切而冀其亟來就已之辭

東門之墠二章章四句

風雨淒淒。子西反雞鳴喈喈。音皆。叶居奚反既見君子。云胡不夷

賦也。淒淒。寒涼之氣。喈喈。雞鳴之聲。風雨晦冥。蓋淫奔之時。君子。指所期之男子也。夷。平也。○淫奔之女。言當

此之時見其所期之人而心悅也

○風雨瀟瀟。雞鳴膠膠。叶音驕既見君子。云胡不瘳叶憐蕭反

賦也。瀟瀟。風雨之聲。膠膠。猶喈喈也華谷嚴氏曰。羣雞之聲瘳。病愈也。言積思之病。至此而愈也

○風雨如晦。叶呼洧反雞鳴不已。既見君子。云胡不喜

賦也。晦。昏。已。止也東陽許氏曰。喈喈膠膠不已。皆雞聲紛雜之意○慶源輔氏曰。喜甚於瘳。瘳甚於夷。云胡不喜。言如之何而不喜也。葢喜劇之辭

風雨三章章四句

青青子衿。音金悠悠我心。縱我不往。子寧不嗣音

賦也。青青。純音準緣去聲之色。具父母衣純以青。孔氏曰。物色雖一青。

而重言青青者。古人之復言也。如都人士狐裘黃黃。謂狐色黃耳。深衣云。具父母衣純以青。孤子衣純以素

子男子也。衿。領也。悠悠。思之長也。我。女子自我也。嗣音

繼續其聲問也。此亦淫奔之詩

○青青子佩。叶滿眉反悠悠我思。叶新齋反縱我不往子寧不來叶陵之反

賦也。青青組綬禮記玉藻注曰。所以貫佩玉相承受者。組綬一物也之色。佩佩玉

也孔氏曰。禮不佩青玉。而云青青子佩者。佩玉以組綬帶之

○挑他刀反兮達他末反。叶他悅反兮。在城闕兮。一日不見如三月

兮

賦也。挑。輕儇烜平聲跳躍之貌。達。放恣也慶源輔氏曰。此淫女望其所與

私者。既無音問。又不見其來。而極其怨之辭也

子衿三章章四句

揚之水。不流束楚。終鮮。息淺反兄弟。維予與女。女汝同無信人之言。人實迋。居望反女

興也。兄弟。婚姻之稱。爾雅曰。婦之黨爲婚兄弟。壻之黨爲姻兄弟。注云。古人皆謂婚姻爲兄弟禮所謂不得嗣爲兄弟是也禮記曾子問篇。陳櫟解曰。夫婦有兄弟之義。夫唱婦隨。猶兄先弟從。所謂宴爾新昏。如兄如弟是也。陳澔解曰。兄弟者。亦親之之辭也予女。男女自相謂也。人。他人也。迋。與誑同○淫者相謂。言揚之水。則不流束楚矣。終鮮兄弟。則維予與女矣。豈可以他人離間之言而疑之哉。彼人之言。特誑女耳

○揚之水。不流束薪。終鮮兄弟。維予二人。無信人之言。人實不信。叶斯人反

興也

揚之水二章章六句

出其東門。有女如雲。雖則如雲。匪我思存。縞古老反衣綦巨基反巾。聊樂音洛我員。于云反

賦也。如雲。美且衆也。縞。白色。綦。蒼艾色孔氏曰。戰國策云。强弩之餘。不能穿魯縞。則縞是薄繒。不染故色白也。綦。青色之小別。艾。謂青而微白。爲艾草之色。縞衣綦巾。女服之貧陋者。此人自目其室家也。華谷嚴氏曰。猶云荆釵布裙也。員。與云同。語辭也。○人見淫奔之女而作此詩。以爲此女雖

美且衆。而非我思之所存也。如已之室家。雖貧且陋。而聊可以自樂也。是時淫風大行。而其間乃有如此之人。亦可謂能自好而不爲習俗所移矣。羞惡之心。人皆有之。豈不信哉慶源輔氏曰。出其東門。有女如雲。目之所覩。若可美也。雖則如雲。匪我思存。反之於心。而知其非所當慕樂也。縞衣綦巾。聊樂我員。則安分自樂。而不徇俗以忘己也。大序所謂發乎情。止乎禮義。先王之澤。於此可以觀矣

○出其闉音因闍。音都有女如荼。音徒雖則如荼。匪我思且。子餘反縞衣茹藘。聊可與娛

賦也。闉。曲城也。永嘉陳氏曰。門之外有副城。回曲以障門者謂之闉闍。城臺也。孔氏曰。闍是城上之臺。謂當門臺也荼。茅華輕白可愛者也。孔氏曰。釋草有荼苦菜。又有荼

委葉。蝍風荼苦。即苦菜也。周頌荼蓼。即委葉也。此言如荼。乃是茅草秀出之穗。非彼二種荼也。且語助

辭。茹藘。可以染絳。故以名衣服之色。娛。樂也

出其東門二章章六句朱子曰。此詩却是箇識道理人做。鄭詩雖淫亂。然此詩却如此好。女曰雞鳴一詩亦好○慶源輔氏曰。鄭詩唯女曰雞鳴與此詩。爲得夫婦之道。夫子錄之。正以見人性之本善。而先王之澤猶未泯也○南豐曾氏曰。泯以華落色衰而相棄背。谷風以淫於新昏而棄舊室。唯出其東門不然

野有蔓草。零露漙徒端反。叶上兗反兮。有美一人。清揚婉兮。邂逅相遇。適我願兮

賦而興也。蔓。延也。漙。露多貌。清揚。眉目之間。婉然美也

邂逅。不期而會也○男女相遇於野田草露之間。故賦

其所在以起興言野有蔓草則零露漙矣有美一人則
清揚婉矣邂逅相遇則得以適我願矣
○野有蔓草零露瀼瀼有美一人婉如清揚邂逅相遇與
子偕臧
賦而興也瀼瀼亦露多貌臧美也與子偕臧言各得其
所欲也
野有蔓草二章章六句
溱與洧方渙渙叶于元反兮士與女方秉蕑古顏反叶古賢反兮女曰
觀乎士曰既且子餘反且往觀乎洧之外洵訏況于反且樂音洛
維士與女伊其相謔贈之以勺藥

賦而興也。渙渙。春水盛貌。蓋冰解而水散之時也。詩考曰。三月桃花水下之時蕑。蘭也。其莖葉似澤蘭。廣而長節。節中赤。高四五尺。朱子曰。蕑與澤蘭相似。生水旁。紫莖赤節。綠葉光潤。尖長有岐。陰小紫且。語辭。洵。信。訏。大也。勺藥。赤香草也。三月開花。芳色可愛。本草注曰。芍藥有二種。有草芍藥。木芍藥○鄭國之俗。三月上巳之辰。采蘭水上。以祓除不祥。故其女問於士曰。盍往觀乎。士曰。吾既往矣。女復要之曰。且往觀乎。蓋洧水之外。其地信寬大而可樂也。於是士女相與戲謔。且以勺藥為贈。而結恩情之厚也。此詩淫奔者自敘之詞。

○溱與洧。瀏音留其清矣。士與女。殷其盈矣。女曰。觀乎。士曰。

既且。且往觀乎。洧之外。洵訏且樂。維士與女。伊其將謔。贈之以勺藥

賦而興也。瀏深貌。殷衆也。將當作相。聲之誤也

溱洧二章章十二句 慶源輔氏曰。鄭國之土地寬平。人物繁麗。情意駘蕩。風俗淫泆。讀是詩者可以盡得之。詩可以觀。詎不信然

鄭國二十一篇五十三章二百八十三句

鄭衛之樂。皆爲淫聲。然以詩考之。衛詩三十有九。而淫奔之詩才四之一。鄭詩二十有一。而淫奔之詩。已不翅七之五。衛猶爲男悅女之詞。而鄭皆爲女惑男之語。衛人猶多刺譏懲創之意。

而鄭人幾於蕩然無復羞愧悔悟之萌。是則鄭聲之淫。有甚於衛矣。故夫子論爲邦。獨以鄭聲爲戒而不及衛。蓋舉重而言。固自有次第也。詩可以觀。豈不信哉華陽范氏曰。樂之淫者鄭衛。如有王者必放鄭聲。然則亂關雎者莫如鄭衛。故鄭詩終於亂之極焉○詩考曰。公羊疏許氏云。鄭詩二十一篇。說婦人者十九○安成劉氏曰。鄭詩之有緇衣。羔裘。女曰雞鳴。出其東門數篇。乃礫中之玉也。他如大叔于田及清人詩。雖無足尚。猶幸非爲淫奔而作。若叔于田。則亦未免有男女相悅之疑。是其二十一篇之中。曉然不爲淫奔而作者。五六篇而已。故曰淫奔之詩。不翅七之五。然自昔說詩者。惟以東門之墠與溱洧爲淫詩。今朱子乃例以淫奔斥之者。蓋卽其辭而得其情。正以發明放鄭聲之旨。不然。則衛齊陳詩諸篇。非無淫聲。夫子何獨以鄭爲當放哉

詩傳大全卷之四終

明永樂内府本詩傳大全

第三册

明 胡廣等撰

明永樂十三年内府刻本

山東人民出版社·濟南

詩傳大全卷之五

齊一之八

齊國名。本少昊時爽鳩氏所居之地。孔氏曰。爽鳩氏。司寇也。爽鳩。鷹也。鷙故爲司寇主盜賊。少昊以鳥名官。其人之名氏則未聞也。在禹貢爲青州之域。周武王以封太公望。東至于海。西至于河。南至于穆陵。北至于無棣。太公姜姓。本四岳之後。孔氏曰。齊世家云。呂尚者。其先爲四岳。封於呂。姓姜氏。從其封姓。故曰呂尚。西伯獵。遇與語。大悅曰。自吾先君太公曰。當有聖人適周。周國以興。吾太公望子久矣。故號之曰太公望。載歸立爲太師。文王崩。武王平商。封於營丘。既封於齊。通工商之業。便魚鹽之利。民多歸之。故爲大國。勿軒熊氏曰。齊乃東方形勝要害之地。世號爲東西秦。秦得百二。齊亦得十二。蓋可見矣。大抵齊地富强近利。故孔子謂齊變而後至魯也今青齊淄莊持反濰德棣等州是其地也青州。即今青州府。齊州。今為濟南府。淄州。今為淄川縣。濰州。今為濰縣。棣州。今為樂安州。與德州並隸山東

雞既鳴矣。朝音潮既盈矣。匪雞則鳴。蒼蠅之聲

賦也。言古之賢妃御於君所。至於將旦之時。必告君曰。雞既鳴矣。會朝之臣。既已盈矣。欲令君早起而視朝也。然其實非雞之鳴也。乃蒼蠅之聲也。蓋賢妃當夙興之時。心常恐晚。故聞其似者而以為真。非其心存警畏而不留於逸欲。何以能此三山李氏曰。心苟在焉。則聞蒼蠅之聲以為雞鳴。心不在焉。雖雷霆在側而耳不聞焉故詩人敘其事而美之也

○東方明叶謨郎反矣。朝旣昌矣。匪東方則明。同上月出之光。

賦也。東方明。則日將出矣。昌。盛也。此再告也。慶源輔氏曰。一章疑於耳也。二章疑於目也。古之賢妃。進御於君。當其夙興之時。心常恐晚。故於耳目聞見之際。疑其似者而以爲眞。玩繹其辭。則其戰兢警惕。眞有臨深履薄之意。至誠所感。則其爲君。焉有留於宴昵之私者哉。○安成劉氏曰。此章以月光爲東方明。乃目見其似而以爲眞也。如前章則是耳聞其似者而以爲眞也。

○蟲飛薨薨。甘與子同夢。叶莫滕反會且歸矣。無庶予子憎。

賦也。蟲飛。夜將旦而百蟲作也。甘。樂。會。朝也。○此三告也。言當此時。我豈不樂與子同寢而夢哉。然群臣之會於朝者。俟君不出。將散而歸矣。無乃以我之故。而幷以子爲憎乎。臨川王氏曰。甘與子同夢。情也。會且歸矣。無庶予子憎。義也。

雞鳴三章章四句三山李氏曰。自古人君脩身謹行。而無流連荒亡之禍者。非特有忠臣義士。亦由賢妃貞女。夙夜警戒以成其德。周宣之姜后。齊桓之衛姬。楚莊之樊姬。是也。不獨人君爲然。吳許升爲博徒。妻呂榮躬勤家業以養其姑。數勸升脩學。升每爲不義。輒流涕進規。升感激自勵。乃尋師遠學。遂成名。賢女之助如此。○安成劉氏曰。夫爲妻綱。古之人身脩而家齊者。上也。思齊所謂刑于寡妻是也。夫道不足。幸有賢妃助之成德者。次也。此詩所述是也。彼有相與昏淫耽樂。卒以覆亡。如瞻仰所刺幽王褒姒者。無足道矣。○豐城朱氏曰。男女之際。人欲之所存焉。節欲而循乎天理者。賢君之所以治也。縱欲而滅夫天理者。昏君之所以亂也。此詩述賢妃警畏之心如此。蓋天理之所以常存。而人心之所以不死也。其爲君子之助。不亦多乎

子之還音旋兮。遭我乎峱乃刀反之間叶居賢反兮。並驅從兩肩兮。揖我謂我儇許全反兮

賦也。還。便捷之貌。峱。山名也。從。逐也。獸三歲曰肩釋文曰。亦作豜○孔氏曰。獻肩于公。則肩是大獸。故言三歲儇。利也○獵者交錯於道路。且以便捷輕利相稱譽如此。鄭氏曰。俱出獵而相遭也。謂我儇。譽之也。譽之者。以報前言還也而不自知其非也。則其俗之不美可見。而其來亦必有所自矣安成劉氏曰。集傳但言必有所自。蓋不質其爲哀公所致也

○子之茂叶莫口反兮。遭我乎峱之道叶徒厚反兮。並驅從兩牡兮。揖我謂我好叶許厚反兮

賦也。茂。美也

○子之昌兮。遭我乎峱之陽兮。並驅從兩狼兮。揖我謂我臧兮

賦也。昌盛也。山南曰陽。狼似犬。銳頭白頰。高前廣後爾雅曰。狼。牡名貛。牝名狼。貛音歡臧善也

還三章章四句疊山謝氏曰。千萬人之習俗。原於一人之好尚。千百年之敝化。生於一時之放心。齊俗好田如此。爲人上者。可不謹哉○華陽范氏曰。表記云。上之好惡。不可不謹也。是民之表也。國君禽荒。而國人以習於田獵爲賢。閑於馳逐爲好。安於所習而不自知其非。道民之道。可不愼哉

俟我於著直據反叶直居反乎而充耳以素叶孫租反乎而尚之以瓊華叶芳無反乎而

賦也。俟待也。我嫁者自謂也。著門屏之間也孔氏曰。門屏之間謂之宁。門內屏外。人君視朝所宁立處也。著與宁音義同充耳以纊音曠懸瑱音殿所謂

紞（音膽）也（孔氏曰。懸瑱當耳。故謂之塞耳。紞。懸瑱之繩。用雜綵線織之）尚加也。瓊華美石似玉者。即所以爲瑱也（朱子曰。古者五等之爵。朝會祭祀。皆以充耳。不知此詩是說何人。所說尚之以青黃素瓊瑤英。大抵只是押韻。不知古人充耳以瑱。或用玉。或用象。看來是以線穿垂在當耳處）○東萊呂氏曰。昏禮。壻往婦家親迎（去聲）既奠鴈。御（音許）輪而先歸。俟于門外。婦至則揖以入。時齊俗不親迎。故女至壻門。始見其俟已也。

○俟我於庭乎而。充耳以青乎而。尚之以瓊瑩（音榮）乎而

賦也。庭。在大門之內。寢門之外。（廬陵李氏曰。堂下至門謂之庭）瓊瑩。亦美石似玉者。○呂氏曰。此昏禮所謂壻道婦及寢門揖入之時也。

○俟我於堂乎而。充耳以黃乎而。尚之以瓊英乎而。叶於良反

賦也。瓊英亦美石似玉者。孔氏曰。木謂之華。草謂之榮。榮而不實者謂之英。然則瓊英瓊華瓊瑩皆玉石光色○疊山謝氏曰。其充耳。則以素以青以黃。其加飾則瓊華瓊瑩瓊英。脩容盛飾。非不美也。惜乎不知禮耳○呂氏曰。升階而後至堂。此昏禮所謂升自西階之時也東萊呂氏曰。既不親迎。故但行婦至壻家之禮。壻道婦入。故於著於庭於堂。每節皆俟之也

著三章章三句

東方之日兮。彼姝赤朱反者子。在我室兮。在我室兮。履我即兮

興也。履。躡。即。就也。言此女躡我之跡而相就也。廬陵歐陽氏曰。

相邀以奔之詞也

○東方之月兮。彼姝者子。在我闥叶它悅反兮。在我闥兮。履我發叶方月反兮。

興也。闥。門內也。發。行去也。言躡我而行去也

東方之日二章章五句慶源輔氏曰。東方之日。東方之月。恐是因其時以起興。言彼淫奔之女。旦則躡我之跡而來。暮則躡我之跡而去也

東方未明叶謨郎反顛倒都老反衣裳。顛之倒叶都妙反之。自公召之

賦也。自。從也。群臣之朝。別色始入。○此詩人刺其君興居無節。號令不時。言東方未明。而顛倒其衣裳。則既早矣。而又已有從君所而來召之者焉。蓋猶以爲晚也。或

曰。所以然者。以有自公所而召之者故也

○東方未晞。顛倒裳衣。倒之顛（叶典因反）之。自公令（力證反叶力呈反）之

賦也。晞。明之始升也。孔氏曰。晞是日之光氣。湛露云。匪陽不晞。謂見日之光氣而物乾。故以晞爲乾。蒹葭云。白露未晞。言露在朝旦。未言日氣。故以爲乾義。此無取於乾。故言明之始。謂將旦時日之光。氣始升也。令。號令也。

○折（音哲）柳樊圃。（叶博故反）狂夫瞿瞿。（俱具反）不能晨夜。（叶羊茹反）不夙則莫。（音慕）

比也。柳。楊之下垂者。柔脆之木也。樊。藩也。圃。菜園也。孔氏曰。郭璞云。藩。籬也。種菜之地謂之圃。其外藩籬謂之園。故曰圃。菜園也。瞿瞿。驚顧之貌。夙。

早也○折柳樊圃雖不足恃，然狂夫見之猶驚顧而不敢越。以比晨夜之限甚明，人所易知，今乃不能知，而不失之早則失之莫也。程子曰：柳，柔脆易折之物，折之爲藩籬，非堅固也。狂夫亦知其有限，晝夜之限非不明也，乃不能知，而不早則晏，言無節之甚。

東方未明三章，章四句

南山崔崔，子雖反雄狐綏綏。魯道有蕩，齊子由歸。既曰歸止，曷又懷叶胡威反止。

比也。南山，齊南山也。崔崔，高大貌。狐，邪媚之獸。孔氏曰：對文則飛曰雌雄，走曰牝牡，散則可以相通。左傳云：獲其雄狐，亦謂牡爲雄。綏綏，求匹之貌。魯道，適魯之道也。蕩，平易也。齊子，襄公之妹，魯桓公夫人文

姜襄公通焉者也孔氏曰。襄公名諸兒。僖公子。○安成劉氏曰。桓公名軌。一名允。惠公庶子

由。從也。婦人謂嫁曰歸。懷。思也。止。語辭。○言南山有狐。以比襄公。居高位而行邪行。鄭氏曰。雄狐行求匹耦於南山之上。形貌綏綏然。喻襄公居人君之尊。而爲淫泆之行。可耻惡如狐且文姜既從此道。歸于魯矣。襄公何爲而復思之乎

○葛屨五兩。如字。又音亮冠緌如誰反雙。叶所終反止。魯道有蕩。齊子庸止。既曰庸止。曷又從止

比也。兩。二屨也。緌。冠上飾也。屨必兩。緌必雙。物各有耦。不可亂也藍田呂氏曰。屨與屨爲耦。雖五兩各相耦。冠緌之雙。亦自爲耦。襄公文姜非其耦也。○廬陵羅氏曰。複下曰舄。禪下曰屨。下謂底。禮書。二組屬於笄。順頭而下結之謂之纓。纓之垂者謂之緌庸。用

也用此道以嫁于魯也。從，相從也。藍田呂氏曰：此上二章罪襄公，言其理如是而襄公違之，以淫泆者何也？

○蓺麻如之何？衡音横。從子容反。其畝。莫後反。取七喻反。妻如之何？必告工毒反。父母。莫後反。既曰告同上。止，曷又鞠居六反。止？

興也。蓺，樹。鞠，窮也。○欲樹麻者，必先縱横耕治其田畝。毛氏曰：衡獵之，從獵之，種之，然後得麻。○孔氏曰：獵是行步踐履之名。○釋文曰：衡亦作横。韓詩云：東西耕曰横。從，韓詩作由。韓詩云：南北耕曰由。欲娶妻者，必先告其父母。今魯桓公既告父母而娶矣，又曷為使之得窮其欲而至此哉？東萊呂氏曰：納之不正，則容有不敢制者。今魯侯既以正禮納文姜，當早裁制之，曷為又使窮其姦而至於極也？

○析薪如之何？匪斧不克。取妻如之何？匪媒不得。既曰得

止。曷又極止

興也。克。能也。極。亦窮也。藍田呂氏曰。此上二章罪魯桓公。言其理如是。桓公縱之窮極其惡何也

南山四章章六句

春秋桓公十八年。公與夫人姜氏如齊。公薨于齊。武夷胡氏曰。與者。許可之詞。曰與者罪在公也。夫淫亂者文姜。而春秋罪桓公。治其本也傳曰。公將有行。遂與姜氏如齊。申繻音需曰。女有家。男有室。無相瀆也。謂之有禮。易此必敗。公會齊侯于濼。四各反遂及文姜如齊。齊侯通焉。公謫之。以告夏四月。享公。使公子彭生乘公。公薨于車。此詩前一章

刺齊襄。後二章刺曾桓也

無田音佃甫田。維莠羊九反驕驕。叶音高無思遠人。勞心忉忉。音刀

比也。田，謂耕治之也。甫，大也。莠，害苗之草也。驕驕，張王並去聲之意。忉忉，憂勞也。○言無田甫田也，田甫田而力不給，則草盛矣。無思遠人也，思遠人而人不至，則心勞矣。以戒時人厭小而務大，忽近而圖遠，將徒勞而無功也。眉山蘇氏曰：田必自其小者始，小者有餘，而甫田可啓矣。思遠人必自其近者始，近者既服，而遠者自至矣。○慶源輔氏曰：厭小而務大，田甫田者也。妄作者之所爲也。忽近而圖遠，思遠人者也。妄想者之所冀也。妄作則事不遂，妄想則心徒勞。

○無田甫田。維莠桀桀。無思遠人。勞心怛怛。叶旦悅反

比也。桀桀。猶驕驕也。東萊呂氏曰。驕驕。桀桀。皆稂莠侵凌嘉穀之狀。怛怛。猶忉忉。

○婉兮孌叶龍眷反兮。總角丱古患反叶古縣反兮。未幾居豈反見兮。突而弁兮。

比也。婉孌。少好貌。丱。兩角貌。未幾。未多時也。突。忽然高出之貌。釋文曰。卒。相見謂之突。○韻書曰。陀骨反。犬從穴中暫出也。弁。冠名。孔氏曰。弁者。冠之大號也。○言總角之童見之未久而忽然戴弁以出者。非其躐等而強求之也。蓋循其序而勢有必至耳。此又以明小之可大。邇之可遠。能循其序而脩之。則可以忽然而至其極。若躐等而欲速。則反有所不達矣。慶源輔氏曰。末章又以其事之易見而人所共知者爲比以曉之。小之可大。邇之可遠。理固然也。厭小務大。忽近圖遠。則欲之亟也。循其理之自然。而計獲之心不萌。則忽然而造其極有不自知者。徇其欲之所爲則躁亟之意紛然。而終不能有所達矣

甫田三章章四句

或問甫田詩志大心勞。朱子曰。小序說志大心勞。已是說他不好。人若能循序而進。求之以道。則志不爲徒大。心亦何勞之有。人之所期固不可不遠大。然下手做時也須一步斂一步。著實做始得。若徒然心務高遠而不下著實之功。亦何益哉○豐城朱氏曰。田之大者非果不可治也。先小而後大可也。人之遠者非果不可來也。先近而後遠可也。天下之理。可循序而漸致。不可躐等而欲速。果循其序。則總角之童可以忽然而見其弁。是小非不可以爲大。近非不可以爲遠也。果欲躐等則厭小務大而大終不可爲。忽近圖遠而遠終不可至矣。亦何益之有哉

盧令令。音零其人美且仁

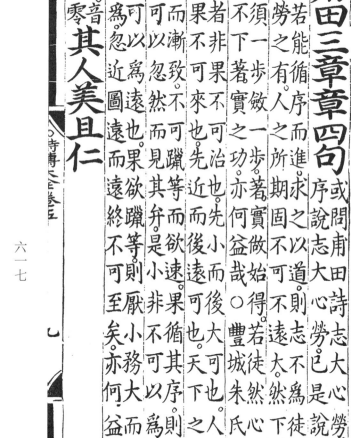

賦也。盧。田犬也。孔氏曰。犬有田犬守犬。戰國策云。韓國盧。天下之駿犬。是盧爲田犬也令犬領下環聲○此詩大意與還略同

○盧重直龍反環。其人美且鬈音權

賦也。重環。子母環也孔氏曰。重環。謂環相重。大環貫一小環也鬈。鬚鬢好貌

○盧重鋂音梅其人美且偲七才反

賦也。鋂。一環貫二也孔氏曰。一大環貫二小環偲。多鬚之貌。慶源輔氏曰。仁則美其德也。鬈與偲則美其貌也春秋傳所謂于思。即此字。古通用耳安成劉氏曰。左傳宣公二年。宋之城者譏華元曰。于思于思。棄甲復來。陸氏曰。思。西才反。多鬚貌。則此思字音顋

盧令三章章二句

敝笱在梁。其魚魴鰥。古頑反叶古倫反 齊子歸止。其從才用反如雲。

比也。敝，壞。笱，罟也。說文曰。曲竹捕魚。魴鰥，大魚也。孔氏曰。孔叢子云。衛人釣得鰥魚。其大盈車。子思問曰。如何得。對曰。吾下釣垂一魴之餌。鰥過而不視。又以豚之半。鰥則吞矣。是則鰥爲大魚也。歸，歸齊也。如雲，言衆也。○齊人以敝笱不能制大魚，比魯莊公不能防閑文姜。渤海胡氏曰。魴鰥鱮。皆魚之可制者也。爲其笱之敝敗而不能制。文姜本可防閑而制之。由魯莊微弱不能防閑也。○朱子曰。防所以止水。閑所以扞物。故防閑有禁制之意。故歸齊而從之者衆也。新安胡氏曰。齊子歸止而有如雲之從。責莊公不能禁之之意在其中矣。

○敝笱在梁。其魚魴鱮。才呂反 齊子歸止。其從如雨。

比也。鱮，似魴，厚而頭大。或謂之鰱。孔氏曰。陸璣云。鱮頭尤大。魚之不美者。故里語曰。罔魚得鰥。不如啗茹。○埤雅曰。鰥性旅行。故其字從鰥。亦謂之鰱也如雨。亦多也龜山楊氏曰。如雲如雨。言從之者衆也。許穆夫人思歸唁其兄。許人尤之。終以義不得而止。若魯莊公剛而有制。使魯人無肯從者。如許人焉。則文姜雖欲適齊。尚可得乎

○敝笱在梁。其魚唯唯。唯癸反齊子歸止。其從如水

比也。唯唯。行出入之貌。如水。亦多也

敝笱三章。章四句

按春秋魯莊公二年。夫人姜氏會齊侯于禚。音灼○杜氏曰。禚齊地。○武夷胡氏曰。婦人無外事。送迎不出門。既嫁從夫。夫死從子。今會齊侯于禚。是莊公不能防閑其母。失子道也。四年。夫人姜氏享齊侯于祝丘。杜氏曰。魯地。○武夷胡氏曰。兩君相見。享于廟中。禮也。非兩君相見。又去其國而享諸侯。甚矣五年。夫

人姜氏如齊師武夷胡氏曰。曰會曰享。猶爲之名也。至是如齊師。羞惡之心亡矣。夫人之行。不可復制矣七年。夫人姜氏會齊侯于防。又會齊侯于穀武夷胡氏曰。防。魯地。穀。齊地。一歲而再會焉。其爲惡益遠矣。○春秋莊公十五年。夫人姜氏如齊。十九年。夫人姜氏如莒。二十年。夫人姜氏如莒。胡氏傳云。禮義者。天下之大防也。其禁亂之所由生。猶坊止水之所自來也。衛女思歸寧而不得。故泉水賦。許穆夫人思唁其兄而阻於義。故載馳作。聖人録於國風。以示後世。使知男女之別也。今夫人如齊。以寧其父母。而父母已終。以寧其兄弟。又義不得往。宗國猶爾。而況如莒乎。婦人從人者也。夫死從子。而莊公失子之道。不能防閑其母。禁亂之所由生。故初會于禚。次享于祝丘。又次如齊師。又次會于防。于穀。又次如齊。又再如莒。此以舊坊爲無所用。而廢之者也。是以至此極。觀春秋所書之去。則知防閑之道矣

載驅薄薄。普各反簟茀朱鞹。苦郭反魯道有蕩。齊子發夕叶祥龠反

賦也。薄。簿。疾驅聲。簟。方文席也。茀。車後戶也孔氏曰。謂以竹爲簟。蔽車之後戶也朱。朱漆也。鞹。獸皮之去毛者。蓋車革質而朱漆也。夕。猶宿也。發夕。謂離於所宿之舍○齊人刺文姜乘此車。而來會襄公也

○四驪力馳反濟濟子禮反垂轡濔濔乃禮反魯道有蕩齊子豈開改反弟叶待禮反

賦也。驪。馬黑色也。濟濟。美貌。濔濔。柔貌。豈弟。樂易也。言無忌憚羞恥之意也

○汶音問水湯湯失章反行人彭彭必七反魯道有蕩齊子翺翔

賦也。汶。水名。在齊南魯北二國之境。湯湯。水盛貌。彭彭。

多貌。言行人之多，亦以見其無恥也。

○汶水滔滔，吐刀反 行人儦儦。表驕反，叶音褒 魯道有蕩，齊子遊敖。

賦也。滔滔，流貌。儦儦，衆貌。遊敖，猶翱翔也。

載驅四章，章四句。 疊山謝氏曰：曰豈弟，曰翱翔，曰遊敖，文姜之情態歡欣快樂如此，無禮義，無羞恥，無忌憚，盡見於此詩矣。詩人鋪敘之詳，形容之巧，刺之深，疾之甚也。

猗嗟昌兮，頎音祈而長兮，抑若揚兮，美目揚兮，巧趨蹌兮，射則臧兮。

賦也。猗嗟，歎詞。昌，盛也。頎，長貌。抑而若揚，美之盛也。慶源輔氏曰：抑若揚兮，所以甚言其美也。雖抑之而猶若揚，揚而況於揚之乎。揚，目之動也。蹌，趨翼如也。臧，善也。○齊人極道魯莊公威儀技藝之美如

此所以刺其不能以禮防閑其母若曰惜乎其獨少此耳安成劉氏曰射則臧不出正舞則選四矢反皆伎藝之美其餘所言皆威儀之美

○猗嗟名兮美目清兮儀既成兮終日射食亦反侯不出正音征兮展我甥兮叶桑經反

賦也名猶稱也言其威儀伎藝之可名也清目清明也儀既成言其終事而禮無違也侯張布而射之者也正設的於侯中而射之者也大射則張皮侯而設鵠賓射則張布侯而設正孔氏曰射皆三番而止云終日射侯者美其久射而能中又曰正者侯中所射之處布侯畫正正大如鵠三分侯廣而正居一焉侯身長一丈八尺者正方六尺侯身一丈四尺者正方四尺六寸大半寸侯身一丈者正方三尺三寸少半寸正以綵畫為之王射五正畫中朱次白次蒼次黃玄居

外。諸侯射三正。損玄黄。孤卿大夫士同射二正。去白蒼
而畫以朱綠。其外之廣。皆居侯中三分之一。而中央之
綵。方二尺也。正之言正也。射者内志正則能中。亦鳥名。
齊魯之間名題肩爲正。鳥之捷黠者。射難中。以中爲儁。
故取名。○周禮。梓人有皮侯采侯獸侯。天子大射用皮
侯。賓射用采侯。燕射用獸侯。鵠以皮爲之。三分侯之一。
似鳥之棲。故曰棲鵠。正則畫布爲之。亦三分其
侯而居一。射義注謂畫布曰正。棲皮曰鵠。是也展。誠也。
姊妹之子曰甥。言稱其爲齊之甥。而又以明非齊侯之
子。此詩人之微詞也。按春秋桓公三年。夫人姜氏至自
齊。六年九月子同生。即莊公也。十八年。桓公乃與夫人
如齊。則莊公誠非齊侯之子矣

○猗嗟孌叶龍眷反兮。清揚婉叶許願反兮。舞則選叶雪戀反兮。射則貫叶扃縣反兮。四矢反叶孚絢反兮。以禦亂叶靈眷反兮。

賦也。孌。好貌。清。目之美也。揚。眉之美也。婉。亦好貌。選。異於衆也。或曰。齊於樂節也。貫。中而貫革也。四矢。禮射每發四矢（鄭氏曰。禮射。謂以禮樂射也。大射賓射燕射是矣。四矢。象有事於四方）反。復也。中皆得其故處也。言莊公射藝之精。可以禦亂。如以金僕姑射南宮長萬。可見矣（華陽范氏曰。射足以禦亂。而禮不足以防淫也○左傳莊公十一年注曰。金僕姑。矢名。南宮長萬。宋大夫）

猗嗟三章章六句

或曰。子可以制母乎。趙子曰。夫死從子。通乎其下。況國君乎。君者。人神之主。風敎之本也。不能正家。如正國何。若莊公者。哀痛以思父。誠敬以事母。威刑以馭下。車馬僕從莫不俟命。夫人徒往乎。夫人之往也。則公哀敬之不至。威命之不行耳慶源輔氏曰。趙子之說。義理之正。聖賢復生。不可易也東萊呂氏曰。此詩三章。譏刺之意。皆在言外。嗟嘆再三。則莊公所大闕者。不言可見矣華谷嚴氏曰。變風之體。意在言外。有全篇首尾皆託之他詞。但中間冷下一二語。自然使人默會。如此詩極言其人。容貌威儀技藝之美。而以嘆息之詞發之。是其人所不足者。必有在於容貌威儀技藝之外矣。中間展我甥兮一句。只是一甥字。便見得是刺魯莊公。只一展字。便見得是人以莊公爲齊侯之子。讀者既默會其意。見得自猗嗟而下。句句是稱美處。節節是歎息不滿處。詞不急迫而意深切矣○疊山謝氏曰。一章射則臧兮。射則善矣。德則未見其善。亦可惜也。二章展我甥兮。莊公誠爲我齊國之甥。今人乃以爲齊侯之子。亦可惜也。三章以禦亂兮。莊公善射。似可以禦亂也。齊侯文姜之淫亂。則無策以禦之。亦可惜也。○三山李氏曰。夫子曰。君子多乎哉。不多也。世人乃專心於此而忘其本。故莊公有威儀技藝之美。而不免猗嗟之刺。昭公習威儀之亟。而不能止乾侯之禍。漢成帝善修容儀。升車正立不內顧。而不能制趙氏之横。雖多才多藝而不能務本。何所補哉

齊國十一篇三十四章一百四十三句

魏一之九

魏。國名。本舜禹故都孔氏曰。舜都蒲坂。禹都平陽。或安邑。皆河東界。魏境内有其都爾。魏不居其墟也在禹貢冀州雷首之北。析城之西。南枕之鴆反河曲。北涉汾水。其地陿隘。而民貧俗儉。蓋有聖賢之遺風焉東萊呂氏曰。水經注。魏國城西南並去大河可二十餘里。北去

首山十餘里。處河山之間。土地迫隘○鄭氏曰。昔舜耕歷山。陶河濱。禹菲飲食。惡衣服。卑宮室。此儉約之化。於是猶存周初以封同姓。後爲晉獻公所滅而取其地。鄭氏曰。魯閔公元年。晉獻公滅之。以其地賜大夫畢萬○安成劉氏曰。先儒以魏所封。爲文王子畢公高之後也今河中府解下買反州。即其地也解州。今隸山西平陽府蘇氏曰。魏地入晉久矣。其詩疑皆爲晉而作。故列於唐風之前。猶邶鄘之於衛也眉山蘇氏曰。檜者。鄭所滅也。檜詩不爲鄭。而邶鄘爲衛。魏爲晉。何也。邶鄘魏之詩作於既滅。其詩所爲者。衛晉也。至於檜詩。未亡而先作矣今按篇中公行戶郎反公路。公族。皆晉官。疑實晉詩。又恐魏亦嘗有此官。蓋不可考矣

糾糾吉黝反葛屨。可以履霜。摻摻所銜反女手。可以縫裳。要於遥

反之襋紀力反之。好人服叶蒲北反之

興也。糾糾。繚戾寒涼之意。夏葛屨。冬皮屨。孔氏曰。夏葛屨猶絺綌所以當暑。特爲便於時耳。非行禮之服。若行禮。雖夏猶當用皮摻摻猶纖纖也。女婦未廟見音現之稱也。娶婦三月廟見。然後執婦功。孔氏曰。三月廟見。謂無舅姑者。婦入三月乃見舅姑之廟。若有舅姑。則士昏禮云。質明贊見婦於舅姑。不待三月也。雖即見舅姑。亦三月乃助祭行。未祭行。亦未成婦也要裳要。襋衣領。好人猶大人也○魏地陿隘。其俗儉嗇而褊急。故以葛屨履霜起興而刺其使女縫裳。慶源輔氏曰。糾糾葛屨本非可以履霜。然自儉嗇者言之。則亦可以履霜矣。以興摻摻女手本未可以縫裳。然自褊急者言之。則亦可使之縫裳矣又使治其要襋而遂服之也。此詩疑即縫裳之女所作

○好人提提。徒兮反宛然左辟。音避佩其象揥。敕帝反維是褊心。是以為刺。叶音砌

賦也。提提。安舒之意。宛然。讓之貌也。華谷嚴氏曰。宛。委曲遜順貌。讓而辟者必左。孔氏曰。不敢當主。故就客位。揥。所以摘音剔髮。用象為之。貴者之飾也。其人如此。若無有可刺矣。所以刺之者。以其褊迫急促。如前章之云耳。慶源輔氏曰。此章則刺其內外表裏之不相副。自其外而觀之。則其進止之安舒。遜讓之有節。服飾之貴盛。宜若無可刺者矣。然其心之褊迫急促如前章之云。是以不能不刺之也

葛屨二章。一章六句。一章五句。

廣漢張氏曰。夫子謂與其奢也寧儉。則儉雖失中。

本非惡德。然而儉之過。則至於吝嗇迫隘。計較分毫之閒。而謀利之心始急矣。葛屨。汾沮洳。園有桃。三詩。皆言急迫瑣碎之意

彼汾扶云反沮子豫反洳如豫反言采其莫音慕彼其音記之子。美無度。美無度。殊異乎公路

興也。汾。水名。出太原晉陽山西南入河。沮洳。水浸處下濕之地。莫。菜也。似柳葉厚而長。有毛刺。可爲羹。孔氏曰。陸璣云莫莖大如箸。赤節。節一葉。今人繅以取繭緒。其味酢而滑。始生又可生食無度。言不可以尺寸量也。公路者。掌公之路車。晉以卿大夫之庶子爲之

○此亦刺儉不中禮之詩。言若此人者。美則美矣。然其

儉嗇褊急之態。殊不似貴人也

○彼汾一方。言采其桑。彼其之子。美如英。叶於良反美如英。殊異乎公行。户郎反

興也。一方。彼一方也。史記。扁鵲視見垣一方人。安成劉氏曰。扁鵲姓秦名越人。長桑君與之藥。使以上池之水。飲藥三十日。視垣見一方人。以此視病。盡見五臟癥結。所謂垣一方者。猶此詩言汾一方。古語皆然也。癥音徵 ○索隱曰。方猶邊也。言能隔墻見彼人也 英華也。公行。即公路也。以其主兵車之行列。故謂之公行也 孔氏曰。公路公行。一也。宣公二年。晉官卿之適爲公族。庶子爲公行

○彼汾一曲。言采其藚。音續彼其之子。美如玉。美如玉。殊異乎公族

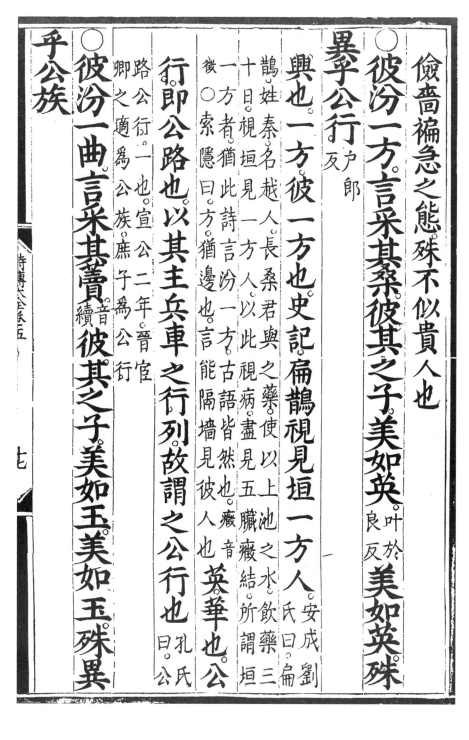

興也。一曲。謂水曲流處。藚。水舃也。音昔葉如車前草。孔氏曰。藚牛脣。水舃也。如續斷。寸寸有節。拔之可復。今澤瀉也。公族。掌公之宗族。晉以卿大夫之適子爲之。孔氏曰。成公十八年左傳曰。晉荀會欒黶韓無忌爲公族大夫。使訓子弟。是公族主君之同姓也。黶音黶

汾沮洳三章。章六句。

園有桃。其實之殽。心之憂矣。我歌且謠。音遥不知我者。謂我士也驕。彼人是哉。叶將黎反子曰何其。音基心之憂矣。其誰知之。其誰知之。蓋亦勿思。叶新齋反

興也。殽。食也。合曲曰歌。徒歌曰謠。孔氏曰。謠既徒歌。則歌不徒矣。歌謠對文如此。散則歌未必合樂也。其語辭。○詩人憂其國小而無政。故作是

詩言園有桃則其實之殽矣心有憂則我歌且謠矣程子曰此詩憂深思遠矣國無政事則亡故憂憂思之深至歌且謠然不知我之心者見其歌謠而反以爲驕且曰彼之所爲已是矣而子之言獨何爲哉蓋舉國之人莫覺其非而反以憂之者爲驕也於是憂者重嗟歎之以爲此之可憂初不難知彼之非我特未之思耳誠思之則將不暇非我而自憂矣

○園有棘其實之食心之憂矣聊以行國叶于逼反不知我者謂我士也罔極彼人是哉子曰何其心之憂矣其誰知之其誰知之蓋亦勿思

興也棘棗之短者埤雅曰大者棗小者棘於文重朿爲棗並朿爲棘蓋棗性重喬棘則低矣

故其制字如此。○本草注。棘有赤白二種。小棗也。叢高三四尺。花葉莖實俱似棗也。聊。且略之辭。歌謠之不足。則出遊於國中。而寫憂也。極。至也。罔極。言其心縱恣無所至極。

園有桃二章章十二句

疊山謝氏曰。使忠臣義士之心略見知於人。通國上下。不群吠而衆惡之。問其所憂者何說。今之所當行者何事。魏侯聞而大悔悟。急爲扶顚持危之謀。晉豈能驟滅其國哉。國雖亡。亦未必如是之速也。嗚呼。惜哉。○慶源輔氏曰。黍離之憂。憂王室之已覆也。園有桃之憂。憂魏國之將亡也。憂其已覆而不我知。則亦已矣。憂其將亡而不我知。則欲其思之者亦宜也。

陟彼岵音戶兮。瞻望父兮。父曰嗟予子行役。夙夜無已。上慎旃哉。猶來無止。

賦也。山無草木曰岵。上。猶尚也。○孝子行役不忘其親。故登山以望其父之所在。因想像其父念己之言曰。嗟予我之子行役。夙夜勤勞。不得止息。又祝之曰。庶幾慎之哉。猶可以來歸。無止於彼而不來也。蓋生則必歸。死則止而不來矣。或曰。止。獲也。言無爲人所獲也

○陟彼屺（音起）兮。瞻望母（叶滿彼反）兮。母曰嗟予季行役。夙夜無寐。上慎旃哉。猶來無棄

賦也。山有草木曰屺。孔氏曰。爾雅釋山云。多草木岵。無草木屺。與傳正反。當是傳寫誤也季。少子也。尤憐愛少子者。婦人之情也。無寐。亦言其勞之甚也。棄。謂死而棄其尸也

○陟彼岡兮。瞻望兄叶虚王反兮。兄曰嗟予弟行役。夙夜必偕。上愼旃叶舉里反哉。猶來無死叶想止反

賦也。山脊曰岡。永嘉陳氏曰。岵也。屺也。岡也。皆山之高處而可以瞻望者。詩人各取其一以叶韻耳必偕。言與其儕同作同止。不得自如也

陟岵三章章六句

慶源輔氏曰。既思其父。又思其母。又思其兄。既想像其念己之言。又想像其祝己之言曰。庶幾其謹之哉。則斯人也。必能以其親之心爲心。亦可謂賢矣○安成劉氏曰。詩人以己之思親。而知親之念己。雖曰設爲親念己之言。實以深寓己念親之心也。章末二語。所以自警。亦所以自悲。可以見其忠孝之心矣

十畝之間叶居賢反兮。桑者閑閑叶胡田反兮。行與子還叶音旋兮

賦也。十畝之間。郊外所受場圃之地也。張子曰。周制。國郛之外。有聽爲

場圃之地者。疑家受十畝以毓草木○東萊呂氏曰。所謂十畝者。特甚言之耳。未可以爲定數也閑閑往來者自得之貌。行猶將也。還猶歸也○政亂國危賢者不樂仕於其朝。而思與其友歸於農圃。故其詞如此慶源輔氏曰。危邦不入。亂邦不居。君子仕止之常法也。使賢者不樂仕於其朝。則其政亂國危可知矣。夫以場圃之採桑者爲自得。而思與其友歸焉。則其不樂仕之意可見矣

○十畝之外叶五墜反兮。桑者泄泄以世反兮。行與子逝兮

賦也。十畝之外。鄰圃也。泄泄。猶閑閑也。逝。往也

十畝之間二章章三句

坎坎伐檀叶徒沿反兮。寘之河之干叶居焉反兮。河水清且漣力廛反漪於宜反。不稼不穡。胡取禾三百廛直連反兮。不狩不獵。胡瞻

爾庭有縣(音玄)貆(音暄)兮。彼君子兮。不素餐(七丹反叶七宣反)兮

賦也。坎坎。用力之聲。檀。木可爲車者。寘。與置同。干。厓也。漣。風行水成文也。猗。與兮同。語詞也。書斷斷猗。大學作兮。莊子亦云而我猶爲人猗。是也。種之曰稼。斂之曰穡。(孔氏曰。以稼穡相對。皆先稼後穡。故知種曰稼。斂曰穡。若散則相通)胡。何也。一夫所居曰廛。(孔氏曰。廛。民居之區域也)狩。亦獵也。貆。貉類。(鄭氏曰。貉子曰貆)素。空。餐。食也。○詩人言有人於此。用力伐檀。將以爲車而行陸也。今乃寘之河干。則河水清漣而無所用。雖欲自食其力而不可得矣。然其志則自以爲不耕則不可以得禾。不獵則不可以得獸。是以甘心窮餓而不悔也。詩人述其

事而歎之以爲是眞能不空食者。慶源輔氏曰。不稼不穡。則不可以得粒食。不狩不獵。則不可以得鮮食。人之所食雖多。而此二者爲大。故舉而言之。所謂甘心窮餓而不悔者。詩中雖無此意。然觀其志之所有如此。而詩人又以爲眞能不素餐者。當有此事矣後世若徐穉之流。非其力不食。其厲志蓋如此安成劉氏曰。後漢徐孺子。家貧常自耕稼。非其力不食。蓋其厲志之勤。必欲服勞而後食。亦若此詩賢者之志也。又如范文正公居官。每計一日飲食奉養之費。與所爲之事相稱。則無復愧恥。苟或不然。終夜不能安寢。亦可謂能厲其志者矣○廬陵曹氏曰。伐檀而寘之河之干。此勞於事而不得以食其力者也。然賢者之心。豈以是一事之不遂而自沮乎其志。蓋以爲不耕則不可以得禾。不獵則不可以食獸。是以寧勞於事。雖窮餓而不悔。故詩人述其事而歎之。以爲是眞能不空食者矣。天下之事。固有爲其事而無其功者。然未有不爲其事而能有其功者矣。君子之心。寧勞而無功。必不肯無功而食人之食。此先難後獲之意也

○坎坎伐輻（音福叶筆力反）兮。寘之河之側（叶莊力反）兮。河水清且直猗。不稼不穡。胡取禾三百億兮。不狩不獵。胡瞻爾庭有縣特兮。彼君子兮。不素食兮

賦也。輻。車輻也。伐木以爲輻也。直。波文之直也。十萬曰億。蓋言禾秉之數也。（孔氏曰。由方百里。於今數爲九百萬畝。而王制云方百里爲田九十億畝。是億爲十萬也。禾秉之數。謂刈禾之把數。）獸三歲曰特

○坎坎伐輪兮。寘之河之漘（順倫反）兮。河水清且淪猗。不稼不穡。胡取禾三百囷（丘倫反）兮。不狩不獵。胡瞻爾庭有縣鶉（音純）兮。彼君子兮。不素飧（素門反叶素倫反）兮

賦也。輪。車輪也。伐木以爲輪也。淪。小風水成文轉如輪

也。困。圓倉也。鶉。鴾屬。熟食曰飧

伐檀三章章九句孔叢子。子曰。於伐檀見賢者之先事後食也○安成劉氏曰。有勞心而得食者。有勞力而得食者。有躬耕而自食者。豈必人人自耕以食哉。但不可無其事而食其食耳。伐檀。君子意正如此。故詩人美其甘貧樂賤。雖不見用。而不苟食也

碩鼠碩鼠。無食我黍。三歲貫古亂反女。音汝莫我肯顧。叶果五反逝將去女。適彼樂音洛下同土。樂土樂土。爰得我所

比也。碩。大也。三歲。言其久也。貫。習。顧。念。逝。往也。樂土。有道之國也。爰。於也○民困於貪殘之政。故託言大鼠害己而去之也慶源輔氏曰。三歲貫女。則民之於上至矣。莫我肯顧。則上之於民甚矣。於是而決去焉。非民之罪也

○碩鼠碩鼠。無食我麥。叶訖力反三歲貫女。莫我肯德。逝將去女。適彼樂國。叶于逼反樂國樂國。爰得我直。

比也。德、歸恩也。華陽范氏曰。莫我肯德者。不以我爲德也。民出力以事上。不以爲德而反蠶食之。所以去也。直。猶宜也

○碩鼠碩鼠。無食我苗。叶音毛三歲貫女。莫我肯勞。逝將去。女。適彼樂郊。叶音高樂郊樂郊。誰之永號。户毛反

比也。疊山謝氏曰。食黍不足而食麥。食麥不足而食苗。苗者。禾方樹而未秀也。食至於此。以比其貪之甚也。勞。勤苦也。謂不以我爲勤勞也。永號。長呼也。言既往樂郊。則無復有害已者。當復爲誰而永號乎

碩鼠三章。章八句南軒張氏曰。碩鼠之詩。聖人所爲取者。以其上失道如此。國人疾之

甚而欲去之。之。猶有所未忍也。故著其情於詩。著其情於詩。乃其所未忍絶也

魏國七篇十八章一百二十八句

華谷嚴氏曰。魏唐無淫詩。蓋猶有先聖之風化焉○慶源輔氏曰。寛裕者其流長。急廹者其志短。魏以地陿而褊急如此。其何以傳世至於長久哉。故變風作於平桓之世。而國遂滅於惠公之十七年。止五六十年間耳。詩人之意。固旁之矣

詩傳大全卷之五

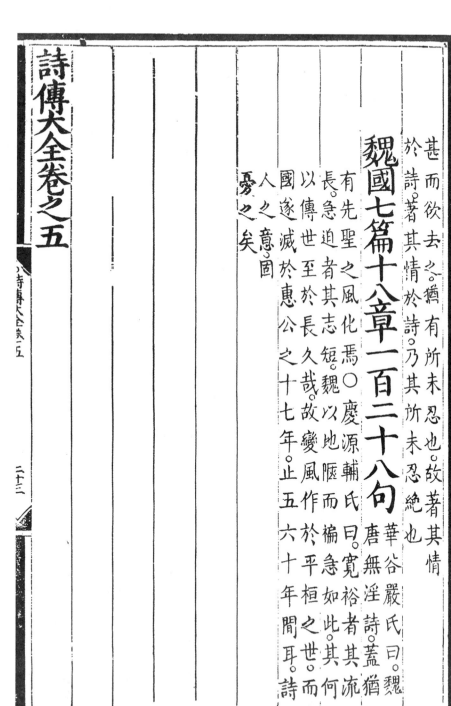

詩傳大全卷之六

唐一之十

唐國名。本帝堯舊都。在禹貢冀州之域。大行恒山之西。大原大岳之野。鄭氏曰。今大原晉陽。是堯始居地。後乃遷河東平陽。周成王以封弟叔虞。爲唐侯。孔氏曰。晉世家云。成王與叔虞戲。削桐葉爲珪。曰。以此封若。於是封叔虞於唐。地名晉陽是也。南有晉水。至子燮乃改國號曰晉。後徙曲沃。又徙居絳。孔氏曰。唐叔生晉侯燮。燮生武侯寧族。族生成侯服人。成侯徙曲沃。穆侯徙絳。昭侯以下又徙翼。及武公幷晉。又都絳也。其地土瘠民貧。勤儉質朴。憂深思遠。有堯之遺風焉。前漢志曰。河東本唐堯所居。有先王遺教。君子深思。小人儉嗇。○南軒張氏曰。堯之遺風。只是儉而用禮一事。亦不必事事稱有遺風也其詩不謂之晉而謂之唐。蓋仍其始封之舊號耳安成劉氏曰。叔虞封唐。燮侯號晉。十七傳至晉侯緡。爲曲沃武公所并。然武公能滅晉之宗。而不能滅唐之號。能冒晉之號。而不能繼唐之統。君子欲絕武公於晉而不可。故總名其詩爲唐以寓意焉。然則晉詩稱唐。見曲沃武公滅宗國之罪。而魏風首晉。又以見曲沃獻公滅同姓之惡。世變如此。春秋欲不作不可也。唐叔所都。在今大原府曲沃及絳。皆在今絳州大原府。即今大原府。曲沃及絳。今平陽府屬縣。並隸山西

蟋蟀在堂。歲聿允橘反其莫。音慕今我不樂。音洛下同日月其除。直慮反

無已大音泰康。職思其居。叶音據好呼報反樂無荒。良士瞿瞿。俱具反

賦也。蟋蟀。蟲名。似蝗而小。正黑有光澤如漆。有角翅。或

謂之促織。陸氏曰。一名蜻蛚。里語云。促織鳴。懶婦驚。九月在堂。聿。遂莫晚。孔氏曰。七月說蟋蟀云。九月在戶。此言在堂。謂在室戶之外。與戶相近。是九月可知。過此月後。則歲遂將暮矣。除。去也。大康。過於樂也。職。主也。瞿瞿。却顧之貌。○唐俗勤儉。故其民間終歲勞苦。不敢少休。及其歲晚務閑之時。乃敢相與燕飲爲樂。而言今蟋蟀在堂。而歲忽已晚矣。當此之時而不爲樂。則日月將舍我而去矣。然其憂深而思遠也。故方燕樂。而又遽相戒曰。今雖不可以不爲樂。然不已過於樂乎。盍亦顧念其職之所居者。使其雖好樂而無荒。若彼良士之長慮而却顧焉。則可以不至於危亡也。慶源輔氏曰。今我不樂。日月其除。張而不弛。文武不能也。無已大康。職思其居。弛而不張。

文武不爲也。好樂無荒。良士瞿瞿。一張一弛。文武之道也。○華谷嚴氏曰。職思其居。啓其憂也。好樂無荒。作其勤也。良士瞿瞿。警其懼也。三言而君國之道盡矣蓋其民俗之厚。而前聖遺風之遠如此安成劉氏曰。自堯而至於周。蓋千餘年矣。而其風化流傳。固結於唐人之心。故其民間質實勤儉之習。親愛和樂之思。警戒忠告之情。備見於詩。此其俗之所以爲厚也

○蟋蟀在堂。歲聿其逝。今我不樂。日月其邁。叶力制反無已大康。職思其外。叶五墜反好樂無荒。良士蹶蹶。俱衛反

賦也。逝邁皆去也。外。餘也。其所治之事。固當思之。而所治之餘。亦不敢忽。蓋其事變或出於平常思慮之所不及。故當過而備之也廬陵歐陽氏曰。職思其外者。廣周慮也蹶蹶。動而敏於事也慶源輔氏曰。人無遠慮。必有近憂。故當思慮在事外也。思之雖周而爲之不敏。則亦無益矣

○蟋蟀在堂。役車其休。今我不樂。日月其慆。吐刀反叶佗侯反無已大康。職思其憂。好樂無荒。良士休休。

賦也。庶人乘役車。歲晚則百工皆休矣。孔氏曰。春官巾車注云。役車。方箱則載任器以供役。收納禾稼。亦用此車。故役車休息。是農工畢也。慆過也。休休安閑之貌。樂而有節。不至於淫。所以安也。慶源輔氏曰。庶人之役車猶休矣。則君子可無一日之樂乎。職思其居。謂所居之職也。職思其外。謂所職之外也。職思其憂。謂思之極而至於憂也。瞿瞿。顧慮周旋之貌。未見於爲也。蹶蹶。則見於爲矣。蹶蹶。動而斂於事之貌。未見其安也。安則瞿瞿蹶蹶之效也。始則瞿瞿然而思。中則蹶蹶然而爲。終則休休然而安。必如是始可以樂而謂之良士尒。其意皆自近而遠。自淺而深。是則所謂憂深而思遠者也

蟋蟀三章章八句定宇陳氏曰。始思其居。則所居處之中。次思其外。則又出於所居之

外。終思其憂。則思之遠而憂之深可見矣○龜山楊氏曰。此詩欲及時自樂也。而卒曰好樂無荒。可謂有禮矣。當是時風雖變。而堯之遺風。未亡也○朱子曰。唐風自是尚有勤儉之意。作是詩。是一箇不敢放懷底人。說今我不樂。便又說無已大康○安成劉氏曰。此詩必曰蟋蟀在堂。而後曰今我不樂。則能不遊于逸矣。既曰今我不樂。又曰無已大康。則能不淫于樂矣。曰職思其外。則儆戒無虞也。曰好樂無荒。則無怠無荒也。以詩人之克勤克儉。所憂所思。雖無唐虞君臣之德業。而其發於詩者。與伯益告戒之辭。同條共貫。信乎前聖遺風之遠也○豐城朱氏曰。勤者。生財之道。儉者。用財之節。聖人教人。不越乎勤儉而已。夫勞苦者。人情之所畏。然而不可以不勉。逸樂者。人情之所喜。然而不可以太過。必也致其勤於三時之久。而享其樂於一時之暫。則其生財不匱。而用財有節矣。猶恐其或過也。又戒之以思其職之所居。夫斯民之職。不在乎他。男子之所當務者。稼穡狩獵而已矣。女子之所當務者。桑麻紡績而已矣。誠使男女各盡其職之所當爲。則廩有餘粟。機有餘布。老者衣帛食

肉。少者不飢不寒。而於仰事俯育之間。可以沛然有餘。雖良士之長慮却顧。亦不過如此而已。豈不可以爲美俗哉

山有樞。烏侯昌朱二反隰有榆。夷周以朱二反子有衣裳弗曳弗婁。力侯力俱二反子有車馬弗馳弗驅。祛尤豳于二反宛於阮反其死矣他人是愉他侯以朱二反

興也。樞。荎音垤也。今刺去聲榆也。榆。白枌也東萊呂氏曰。陸璣云。樞。其針刺如柘。其葉如榆。爲茹美滑於白榆也。榆之皮色白者。名枌。郭璞云。枌榆先生葉。却著莢皮白色婁亦曳也孔氏曰。曳者。衣裳在身。行必曳之。廣韻注曰。曳牽也。又引也馳走驅策也孔氏曰。走馬曰馳。策馬曰驅宛坐見貌。愉樂也。○此詩蓋亦答前篇之意而解其憂。故言山則有樞矣。隰則有榆矣。朱子曰。詩所以能興起人處。全

在興。如山有樞。隰有榆。別無意義。只是興起下面。子有車馬。子有衣裳耳子有衣裳車馬而不服不乘則一旦宛然以死而他人取之以爲已樂矣蓋言不可不及時爲樂然其憂愈深而意愈蹙矣安成劉氏曰。宛其死矣。而衣裳車馬。徒爲他人之樂。是其憂遠及於身後。其意欲盡樂於生時。則雖解前篇深遠之憂。而憂反愈深。雖答前篇爲樂之意。而意則愈蹙矣

○山有栲。音考叶去九反隰有杻。女九反子有廷內弗洒弗埽。叶蘇后反子有鍾鼓弗鼓弗考。叶去九反宛其死矣他人是保。叶補苟反

興也。栲。山樗敕居反也。似樗色小白葉差狹孔氏曰。栲。亦類漆樹。俗語曰。櫄樗栲漆。相似如一杻。檍音億也葉似杏而尖。白色皮正赤。其理多曲少直。材可爲弓弩幹者也陸氏曰。杻。二月中開花。似楝而細蘂正白。蓋樹

今官園種之正名曰萬歲。考擊也。保居有也

○山有漆。音七 隰有栗。子有酒食。何不日鼓瑟。且以喜樂。音洛 且以永日。宛其死矣。他人入室

興也。君子無故琴瑟不離於側。永長也。人多憂則覺日短。飲食作樂可以永長此日也 孔氏曰。曲禮下云。士無故不徹琴瑟。注云。故謂災患喪病。言永日者。人而無事。則日長難度。若飲食作樂。則忘憂愁。可以永長此日

山有樞三章章八句 疊山謝氏曰。始言他人是愉。中言他人是保。末言他人入室。一節悲一節。此亦憂深思遠也。○東萊呂氏曰。前漢地志云。蟋蟀。山有樞。皆思奢儉之中。念死生之慮

揚之水。白石鑿鑿。子洛反 素衣朱襮。音博 從子于沃。叶鬱縛反 既見君子。云何不樂。音洛

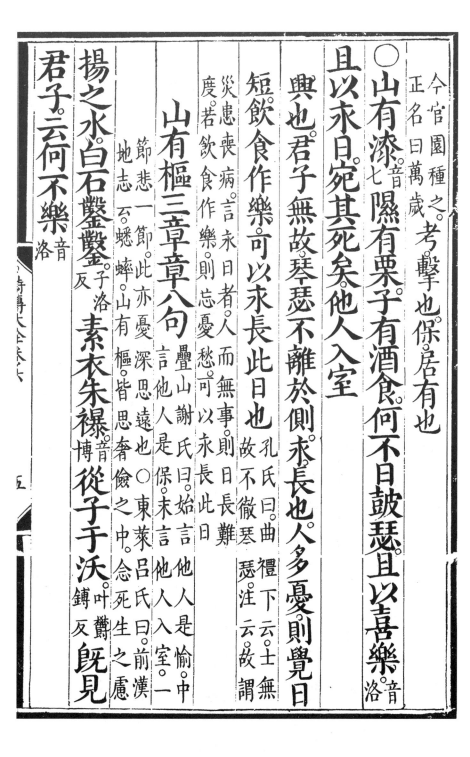

比也。鑿鑿巉巖貌。襮領也。諸侯之服。繡黼領而丹朱純音準也孔氏曰。此諸侯朝服祭服之裏衣也。以素爲衣。丹爲緣。繡黼爲領。刺繡以爲衣。領名爲襮○華谷嚴氏曰。冕服。絲衣也。中衣用素。素絲也。皮弁服朝服玄端。麻衣也。中衣用布。凡服。先以明衣親身。次加中衣。冬則次加裘。裘上加裼衣。衣上加朝服。此以素爲衣。是以絲爲之。謂冕及爵弁之中衣也子。指桓叔也。沃曲沃也○晉昭侯封其叔父成師于曲沃。是爲桓叔。安成劉氏曰。按左傳史記晉穆侯太子曰仇。其弟曰成師。穆侯薨。仇立。是爲文侯。文侯薨。昭侯立。封成師于曲沃。師服諫曰。吾聞國家之立也。本大而末小。是以能固。故天子建國。諸侯立家。今晉甸侯也而建國。本既弱矣。其能久乎。成師卒。謚曰桓叔其後沃盛強而晉微弱。國人將叛而歸之。故作此詩。言水緩弱而石巉巖。以比晉衰而沃盛。故欲以諸侯之服。從桓叔于曲沃。且自喜其見君子而無不樂也廬陵歐陽氏曰。揚之水其力弱。以比昭公微弱。不能制曲沃。而桓叔之強於晉國。如白石鑿鑿然見於水中。爾其民從而樂之。○慶源輔氏曰。晉昭侯非有大無道之事。以自絕於民也。特以其微弱不振。自就萎薾。故國人以爲不足恃賴。而相與離叛。惟沃之強是歸焉。以是知君人者。蓋不必淫刑酷罰。厚賦重歛。爲足以失民心。而威靈氣燄。又有以興起人氣。天下之大。人心之衆。固非奄奄欲盡之氣。所能統屬也

○揚之水。白石皓皓。胡老反叶胡暴反素衣朱繡。叶先妙反從子于鵠。叶居號反既見君子。云何其憂。叶一笑反

比也。朱繡。即朱襮也。鵠。曲沃邑也

○揚之水。白石粼粼。利新反我聞有命。叶弥幷反不敢以告人

比也。粼粼。水清石見之貌。聞其命而不敢以告人者。爲之隱也。桓叔將以傾晉。而民爲之隱。蓋欲其成矣慶源輔氏

曰。民爲桓叔隱而欲其事之成。此可見其情之大可畏也。大禹之訓曰。予臨兆民。懍乎若朽索之馭六馬。爲人上者。柰何弗敬。其旨深哉○李氏曰。古者不軌之臣。欲行其志。必先施小惠以收衆情。然後民翕然從之。田氏之於齊。亦猶是也。故其召公子陽生於魯。國人皆知其已至而不言。所謂我聞有命。不敢以告人也華谷嚴氏曰。命。謂桓叔命其徒以舉事。禍將作矣。我聞其事。不敢以告人也。言不敢告人。乃所以深告昭公

揚之水三章。二章章六句。一章四句

椒聊之實。蕃衍盈升。彼其音記之子。碩大無朋。椒聊且。子餘反遠條且

興而比也。椒。樹似茱萸。有鍼刺。其實味辛而香烈。聊。語

助也朋比也釋文曰比必履反謂無比例也一音毗至反且歎詞遠條長枝也○椒之蕃盛則采之盈升矣彼其之子則碩大而無朋矣椒聊且遠條且歎其枝遠而實益蕃也永嘉陳氏曰是椒也其條遠矣言其益盛也此不知其所指序亦以爲沃也

○椒聊之實蕃衍盈匊九六反彼其之子碩大且篤椒聊且遠條且

興而比也兩手曰匊三山李氏曰陸農師云兩手爲匊兩匊爲升先曰升後曰匊互相備而已篤厚也

椒聊二章章六句華谷嚴氏曰此詩言桓叔之強而不及昭公其意則憂昭公之弱言在此而意在彼也○慶源輔氏曰揚之水椒聊二詩述當時民情棄舊君而樂桓叔也如此則其俗

之薄甚矣。聖人曷取焉。夫民罔常懷。懷于有仁。民之去就。係上之人如何耳。上之無道。而責民之我棄。不可也。是以古之聖人。臨乎民上。懍乎若朽索之馭六馬焉。凡有不得者。皆反求諸已而已。故聖人録此二詩。以見民無常懷。而在上者。不可不强於自治也

綢直留反繆莫侯反束薪。三星在天。叶鐵因反今夕何夕。見此良人。子兮子兮。如此良人何

興也。綢繆。猶纒綿也。孔氏曰。綢繆。是束薪之狀。故云猶纒綿也。三星。心也。廬陵羅氏曰。心。東方蒼龍七宿之第五星在天。昏始見於東方。建辰之月也。鄭氏曰。昏而不見。則嫁之候。今見在天。則三月末。是不得其時。○安成劉氏曰。心宿之象。三星鼎立。故因謂之三星。然。凡三星者。非止心之一宿。而知此詩爲指心宿者。蓋春秋之初。辰月末日在畢。昏時日淪地之酉位。而心宿始見於地之東方。此詩男女既過仲春之月而得成婚。故適見心宿也良人。夫稱也。○國

亂民貧男女有失其時而後得遂其婚姻之禮者詩人敘其婦語夫之詞曰方綢繆以束薪也而仰見三星之在天今夕不知其何夕也而忽見良人之在此既又自謂曰子兮子兮其將奈此良人何哉喜之甚而自慶之詞也慶源輔氏曰婚姻禮之常也及其時行其禮雖曰可嘉然亦常事耳何至喜之甚而自慶如此也惟其失時之久而一旦得遂其禮故喜幸之詞至於不能自勝也誦綢繆之詩則是以知民之情而爲人上者其可不使之得其常哉

○綢繆束芻叶側九反三星在隅叶語口反今夕何夕見此邂戶解反逅胡豆反叶狠口反子兮子兮如此邂逅何

興也隅東南隅也昏見之星至此則夜久矣邂逅相遇

之意。此爲夫婦相語之詞也

○綢繆束楚。三星在戶。侯古反 今夕何夕。見此粲采旦反者。叶章與反 子兮子兮。如此粲者何

興也。戶。室戶也。戶必南出。昏見之星至此則夜分矣。粲。美也。此爲夫語婦之詞也。或曰女三爲粲。一妻二妾也

三山李氏曰。國語雖曰三女爲粲。而又曰粲。美物。是言美女也

綢繆三章。章六句

三山李氏曰。淫泆之禍。生於奢侈。唐之風俗尚儉。婚姻雖不得其時。猶未至於淫奔也。

有杕徒細反之杜。其葉湑湑。私叙反 獨行踽踽。俱禹反 豈無他人。不如我同父。扶雨反 嗟行之人。胡不比毗至反焉。人無兄弟。胡

不佽七利反焉

興也杕特也杜赤棠也孔氏曰陸璣云赤棠與白棠同耳但子有赤白美惡赤棠子澁而酢無味湑湑盛貌踽踽無所親之貌同父兄弟也比輔佽助也○此無兄弟者自傷其孤特而求助於人之詞言杕然之杜其葉猶湑湑然人無兄弟則獨行踽踽曾杜之不如矣然豈無他人之可與同行也哉特以其不如我兄弟是以不免於踽踽耳於是嗟歎行路之人何不閔我之獨行而見親憐我之無兄弟而見助乎

○有杕之杜其葉菁菁子零反獨行睘睘求螢反豈無他人不如我同姓叶桑經反嗟行之人胡不比焉人無兄弟胡不佽焉

興也。菁菁亦盛貌。睘睘無所依貌。華谷嚴氏曰。同姓。亦謂兄弟。變文成章耳

杕杜二章章九句

羔裘豹祛。起居起據二反自我人居居。斤於斤御二反豈無他人。維子之故。攻乎古慕二反

賦也。羔裘。君純羔。大夫以豹飾。祛。袂也。孔氏曰。袂是袖之大名。祛是袖頭之小稱居居未詳

○羔裘豹褎。徐救反自我人究究。豈無他人。維子之好。呼報反叶呼侯反

賦也。褎猶祛也。究究亦未詳

羔裘二章章四句

此詩不知所謂不敢强解

肅肅鴇羽集于苞栩（况禹反）王事靡盬（音古）不能蓺稷黍父母何怙（候古反）悠悠蒼天曷其有所

比也肅肅羽聲鴇鳥名似鴈而大無後趾集止也苞叢生也栩柞櫟也其子爲皂斗殼可以染皂者是也（本草注曰櫟木三四月開黄花八九月結實其實爲皂斗槲櫟皆有斗○爾雅曰櫟其實梂釋曰梂盛實之房也其實橡也有梂彙自裹柞櫟也杼也栩也皆櫟之通名橡斗子煮食可止飢殻堪染皂）盬不攻緻（音稚）也（孔氏曰盬與蠱字異義同左傳於文皿蟲爲蠱穀之飛亦爲蠱然則蟲害器敗穀者皆謂之蠱是盬不攻牢不堅緻之意也○三山李氏曰王事靡盬謂勤於王事而無不攻緻也）蓺樹怙恃也○民從征役而不得養其父母故作此詩言鴇之性不樹止而

今乃飛集于苞栩之上。如民之性本不便於勞苦。今乃久從征役。而不得耕田以供子職也。悠悠蒼天。何時使我得其所乎孔氏曰。鴇連蹄樹止則爲苦。喻今從征役。亦甚危苦。此王家之事。無不攻緻。故盡力爲之。不能復種黍稷。父母當何所怙乎。人窮則反本。困則告天。故訴天而告怨也。○慶源輔氏曰。王事靡盬者。或勤王之事。或敵王之愾。皆不可知。天子不恤侯國。侯國不恤其民。使民久從征役。不得耕耨。父母飢餓。無所恃賴。則其窮亦甚矣。然但呼天而告之。猶冀有時而得所也。雖唐風之厚。然其情之危亦岌岌然矣。惟君子爲能通天下之志。故王道必使斯民養生送死仰事俯育之無憾。不然。則亦何所不至哉

○肅肅鴇翼。集于苞棘。王事靡盬。不能蓺黍稷。父母何食。悠悠蒼天。曷其有極

比也。極。已也

○肅肅鴇行。戶郎反集于苞桑。王事靡盬。不能蓺稻粱。父母何嘗。悠悠蒼天。曷其有常

比也。行。列也。稻。即今南方所食稻米。水生而色白者也本草曰。稻米有粳米。即人常所食。但有白赤大小四五種粱。粟類也。有數色。本草注曰。凡云粱米。皆是粟類。青粱。殼穗有毛。粒青。米亦微青。而細於黃白粱。黃粱。穗大毛長。穀米俱麤於白粱嘗。食也。常。復其常也華陽范氏曰。思得休息以反其常。厭亂之甚也

鴇羽三章。章七句

永嘉陳氏曰。春秋之時。諸侯猶以王命征役。故曰王事靡盬。但調發未必均。故君子苦之。○安成劉氏曰。變風多作於春秋時。斯時也。天下不知有王之時也。而北門云王事適我。伯兮云爲王前驅。此詩亦云王事。而且以靡盬爲言。雖皆怨者之詞。猶幸王命之行於列國。亦可以見君臣之義。根於人心也。亦可以見文武成康之遺澤也

豈曰無衣七兮。不如子之衣。安且吉兮

賦也。侯伯七命。其車旗衣服。皆以七爲節臨川王氏曰。周禮司服所謂侯伯之服。自鷩冕而下如公之服。即典命所謂侯伯七命。衣服以七爲節也○東萊呂氏曰。周禮注。鷩冕七章。衣三章。一曰華蟲。畫以雉。即鷩也。二曰火。三曰宗彝。皆畫爲繢。裳四章。一曰藻。二曰粉米。三曰黼。四曰黻。皆以爲繡鷩音鼈子。天子也○史記。曲沃桓叔之孫武公。三山李氏曰。桓叔生莊伯鱓。鱓生武公稱伐晉滅之。盡以其寶器賂周釐王。釐與禧同王以武公爲晉君。列於諸侯。此詩蓋述其請命之意。言我非無是七章之衣也。而必請命者。蓋以不如天子之命服之爲安且吉也慶源輔氏曰。安謂不梩杌。吉謂無後患。此特以利害言耳。非誠知義命之所在也蓋當是時周室雖衰。典刑猶在。武公既負弑君篡國之罪。則人得討之。而無以自立於天地之間。故賂王請命。而爲說如此。然其倨慢無禮。亦已甚矣。慶源輔氏曰。請命于天子。而敢自謂豈曰無衣。不如子之所命。則其辭之悖慢無禮亦甚矣。大率意得志滿者。其辭多如此。○華谷嚴氏曰。武公有無王之心。而後動於惡。簒弑大惡也。王法之所不容誅也。彼其請命于天子之使。豈真知有王哉。正以人心所不與。非假王靈則終不能定晉也。此正與唐藩鎮戕其主帥而代之。以坐邀旌節者無以異釐王貪其寶玩。而不思天理民彝之不可廢。是以誅討不加。而爵命行焉。則王綱於是乎不振。而人紀或幾乎絶矣。嗚呼。痛哉

○豈曰無衣六兮。不如子之衣。安且燠兮。燠於六反

賦也。天子之卿六命。變七言六者。謙也。不敢以當侯伯

之命。得受六命之服。比於天子之卿。亦幸矣臨川王氏曰。六者。子男之服也。子男之服。以五爲節。而曰六者。天子之卿六命。與子男同服故也燠。煖也。言其可以久也藍田呂氏曰。義理有所未安。雖食不飽。雖衣不煖

無衣二章章三句

華谷嚴氏曰。武公之事。國人所不與也。以晉世家考之。初潘父弑昭侯而迎桓叔。欲入晉。晉人發兵攻桓叔。桓叔敗還歸曲沃。晉人共立昭侯子平。是爲孝侯。此桓叔初舉。而國人不與也。其後曲沃莊伯弑孝侯于翼。晉人又攻莊伯。莊伯復入曲沃。晉人復立孝侯子郄。是爲鄂侯。此莊伯再舉。國人又不與也。及鄂侯卒。莊伯伐晉。晉人立鄂侯子光。是爲哀侯。此莊伯三舉。而國人又不與也。及武公誘小子侯殺之。晉復立哀侯弟緡。此武公四舉。而國人終不與也。最後武公伐晉侯緡滅之。盡以其寶器賂周僖王。王命武公爲諸侯。然後晉人不得已而從之耳。然聖人致嚴於名分之際。陳成子之事。至沐浴而請討。蓋以人倫之大變。天理所不容。人人得而討之。無衣

之詩不删者，所以著世變之窮，傷周之衰也。（東萊呂氏曰：以史記左傳考之，平王二十六年，晉昭侯封成師于曲沃，專封而王不問，一失也。平王三十二年，潘父弒昭侯，欲納成師，而王又不問，二失也。四十七年，曲沃莊伯弒晉孝侯，而王又不問，三失也。桓王二年，曲沃莊伯攻晉，王非特不討，反使尹氏武氏助之，四失也。至是武公篡晉，僖王反受賂命為諸侯，五失也。以此五失觀之，則禮樂征伐移於諸侯，降於大夫，竊於陪臣，其所由來者漸矣。）（安成劉氏曰：春秋之始，魯惠公以其妾仲子為妻，及仲子沒，平王則使宰咺來歸賵。魯桓公以弟弒兄，及沒，莊王則使榮叔來錫命。周之典禮，皆周之自壞也。歲改月化，下愈陵，上愈替，於是武公篡晉，僖王命為侯。三晉又滅武公之祀，亦得以威烈王之命為侯。嗚呼，司馬公之通鑑，固不得不後春秋而作也。然以僖王武公之事觀之，則朱子所謂迷先幾者信矣。

有杕之杜，生于道左。彼君子兮，噬（韓詩作逝）肯適我。中心好（呼報）

反之曷飲於鴆反食音嗣之

比也。左。東也。噬。發語詞。曷。何也○此人好賢而恐不足以致之。故言此杕然之杜生于道左。其蔭不足以休息。如已之寡弱。不足恃賴。則彼君子者。亦安肯顧而適我哉。然其中心好之。則不已也。但無自而得飲食之耳。夫以好賢之心如此。則賢者安有不至。而何寡弱之足患哉

○有杕之杜。生于道周。彼君子兮。噬肯來遊。中心好之。曷飲食之

比也。周。曲也。孔氏曰。言道周遶之。故為曲也

有杕之杜二章章六句慶源輔氏曰。好賢而自恐不足以致之。則凡可以致之者。必無不用也。中心好之而自恐其不得飲食之。則凡可以養之者。必無所吝也。好賢之心如此。則在彼之賢。安有不至。而在我之勢。又曷患於寡弱哉

葛生蒙楚。蘝音廉蔓于野。叶上與反予美亡此。誰與獨處

興也。蘝草名。似栝樓。葉盛而細。蔓延也。予美。婦人指其夫也。○婦人以其夫久從征役而不歸。故言葛生而蒙于楚。蘝生而蔓于野。各有所依託。程子曰。葛之生託於物。蘝之生依於地。與婦人從君子而予之所美者獨不在是。則誰與而獨處於此乎

○葛生蒙棘。蘝蔓于域。予美亡此。誰與獨息

興也。域，塋音營域也。息，止也

○角枕粲兮。錦衾爛兮。予美亡此。誰與獨旦。

賦也。粲爛，華美鮮明之貌。獨旦，獨處至旦也

○夏之日。冬之夜。叶羊茹反百歲之後。歸于其居。叶姬御反

賦也。夏日永。冬夜永。居，墳墓也。○夏日冬夜。獨居憂思。於是爲切。然君子之歸無期。不可得而見矣。要死而相從耳南軒張氏曰。知其死亡之無日矣。則斷之以百歲之後。庶幾得同歸于丘而已。其亦傷之至也鄭氏曰。言此者。婦人專一。義之至。情之盡。蘇氏曰。思之深而無異心。此唐風之厚也

○冬之夜。同上夏之日。百歲之後。叶音戶歸于其室。

賦也。室。壙也

葛生五章章四句慶源輔氏曰。前三章。人情之常也。後二章。唐風之厚也。大序所謂發乎情。民之性也。止乎禮義。先王之澤也者。是詩可以當之矣

采苓采苓。首陽之巔。叶典因反人之爲言。苟亦無信。叶斯人反舍音捨下同旃之然反舍旃舍旃。苟亦無然。人之爲言。胡得焉

比也。首陽。首山之南也孔氏曰。首陽。在河東蒲坂南。○三山李氏曰。亦名雷首山。○安成劉氏曰。集傳以首爲山名。陽爲山之南。春秋傳亦曰。趙宣子田于首山。然此詩下章又云首陽之東。則似首陽二字同爲山名。論語集註亦嘗指首陽爲山名矣。豈泛名其山。則曰首山。主山南而言。則又獨得首陽之稱乎巔。山頂也。旃。之也。○此刺聽讒之詩。言子欲采苓於首陽之巔乎。然人之爲是言以告子者。未可遽以爲信

也。姑舍置之。而無遽以爲然。徐察而審聽之。則造言者無所得。而讒止矣。廬陵彭氏曰。或云。人之爲言不可遽信。則固當舍置。然舍之而不究其實。則讒言猶幸於得中而無所懲。必究其有無之實。則爲言者無所得而自止矣。或曰。興也。下章放此。東萊呂氏曰。采苓。采苦。采葑。不曰郊野。而曰首陽者。興采聽之當遠也。孔子曰。浸潤之譖。膚受之愬。不行焉。可謂遠也已矣。不輕聽易動而徐觀其是非。惟遠者能之。

○采苦采苦。首陽之下。叶後五反人之爲言。苟亦無與。舍旃舍旃。苟亦無然。人之爲言。胡得焉。

比也。苦。苦菜也。生山田及澤中。得霜甜脆而美。孔氏曰。苦。所謂菫荼也。與。許也。

○采葑采葑。首陽之東。人之爲言。苟亦無從。舍旃舍旃。苟

亦無然。人之爲言。胡得焉

比也。從。聽也

采苓三章章八句

埤雅曰。苓生於隰。葑生於圃。則首陽之巔不必有苓。其下不必有苦。其東不必有葑。則理可以無聽從矣○慶源輔氏曰。讒譖之人。不畏人之不聽。而畏人之能審。今雖不聽。彼將浸潤而入之。則異日或不能不聽矣。惟能審察而真有以見其情僞之所以然。則不惟不敢進。而亦無自而進矣。此止讒之法也○豐城朱氏曰。無遽以爲信。則欲其察之詳也。曰舍之而無遽以爲然。則欲其聽之審也。能如是。則雖誑之以理之所有。其計且有所不行。況欲昧之以理之所無。其計果孰得而行哉。小人之爲讒譖。或積小以成大。或飾虛以爲實。其爲害也大矣。患人君不能徐察而審聽之耳。苟徐察而審聽之。則造言者無所遁其情。而彼讒者亦可以免於禍矣

唐國十二篇三十三章二百三句

黃氏曰。鄭衛齊陳之國。皆以世

變多。故有淫奔之風。惟魏晉以聖人所都之故。而淫奔之俗不聞。聖人之化入人深如此也

秦一之十一

秦。國名。其地在禹貢雍州之域。近鳥鼠山。初伯益佐禹治水有功。賜姓嬴氏。孔氏曰。鄭語云。嬴。伯翳之後。地理志云。嬴。伯益之後。則伯益伯翳聲轉字異。猶一人也○問姓氏如何分別。朱子曰。姓是大總腦處。氏是後來次第分別處。如魯本姬姓。其後有孟氏季氏。同爲姬姓而氏不同也其後中音仲潏音決居西戎以保西垂。六世孫大駱生成及非子。非子事周孝王。養馬於汧音牽○地理志曰。汧水出扶風汧縣。西北入于渭渭之閒。馬大繁息。孝王封爲附庸而邑之秦。至宣王時。犬戎滅成之族。宣王遂命非子曾孫秦仲爲大夫。

誅西戎不克見殺。及幽王爲西戎犬戎所殺。平王東遷。秦仲孫襄公以兵送之。王封襄公爲諸侯。曰能逐犬戎。即有岐豐之地。襄公遂有周西都畿内八百里之地。三山李氏曰。史記襄公十二年伐戎至岐而卒。至其子文公遂收周餘民有其地○孔氏曰。周之二都相接爲畿。其地東都横長。西都方八百里也。至玄孫德公又徙於雍。孔氏曰。僖公十三年。左傳云。秦輸粟于晉自雍及絳。昭公元年云。秦后子享晉侯。自雍及絳。是秦自德公已後常居雍也。秦。即今之秦州。雍。今京兆府興平縣是也。秦州。即今鞏昌府秦州。京兆府興平縣。即今西安府興平縣。並隷陝西○豐城朱氏曰。按戎與非子。本兄弟也。戎之族既爲犬戎所滅。而非子之孫秦仲復敗死于西戎。則二戎者。固秦之世讎也。及幽王爲西戎犬戎所殺。則二戎者。又豈非周之世讎歟。使平王而有志焉。則於襄公之封。宜命之糾合侯伯。統率師徒而討之。則王轍可以不東。戎難可以必除。而先王之讎亦可以少報矣。旣不能然。乃曰能逐犬戎。即有岐豐之地。夫岐豐之地。與王之地也。不惟其土地人民之不可棄。抑先王之墳墓在焉。宗廟在焉。宫室之美。官府之富。皆在焉。如之何其可委之而去也。且先王之封國有常制矣。八百里之地。封方百里者八。以開方計之。則又不止於是矣。而一旦舉而畀之於秦。藉曰其地已爲犬戎所侵。令其自取。然秦能取之。王獨不能率諸侯以取之乎。王而少有越句踐之志。則必不若是恝矣。故嘗謂平王之東也。忘先王之仇讎而不報。棄先王之土地人民而不恤。舍先王之宗廟墳墓而不顧。隳先王之典章法度而不守。卒使興王、八百里之地悉歸於秦。則秦之代興不待他日。而其兆已見於此矣。可勝歎哉

有車鄰鄰。有馬白顛。都田反，叶典因反 未見君子。寺人之令。力星反

賦也。鄰鄰。衆車之聲。白顛。額有白毛。今謂之的顙。孔氏曰。的。

白乚。顙。額也。今之戴星馬。臨川王氏曰。白顛。蓋名馬。驊騮盜驪赤兎的顱之稱君子。指秦君。寺人。內小臣也孔氏曰。寺人在內細小之臣。即今內小臣之官也。左傳。齊有寺人貂。晉有寺人披。是諸侯有寺人也○華谷嚴氏曰。寺人。閹宦令。使也○是時秦君始有車馬及此寺人之官。將見者必先使寺人通之。故國人創見而誇美之也眉山蘇氏曰。凡此皆人君之常禮。而秦之先君昔所未嘗有也

○阪音反有漆。隰有栗。既見君子。並坐鼓瑟。今者不樂。音洛逝者其耋田結反叶地一反

興也。八十曰耋○阪則有漆矣。隰則有栗矣。廬陵羅氏曰。陂者曰阪。下濕曰隰既見君子。則並坐鼓瑟矣。失今不樂。則逝者其耋矣須溪劉氏曰。俯仰一時之景。以寫其中之所甚快者。此所以爲興也。朱子每句著則矣字。多得興意

○華谷嚴氏曰。既見君子並坐鼓瑟。簡易相親之俗也。今者不樂逝者其耋。悲壯感歎之氣也。秦之强以此。而止於爲秦亦以此○慶源輔氏曰。未見秦君。而覩其車馬之盛。寺人之令。而誇美之矣。則其既見秦君也。則相與並坐鼓瑟。而又歎以爲苟今時而不作樂。則逝者其耋矣。蓋國家方興。禮義初備。而人情喜樂故至於此

○阪有桑。隰有楊。既見君子。並坐鼓簧。今者不樂。逝者其亡

興也。簧。笙中金葉。吹笙則鼓動之以出聲者也

車鄰三章一章四句二章章六句 華谷嚴氏曰。秦興而帝王之影響盡矣。車鄰其濫觴也。世道升降之機在是歟

駟驖田結反孔阜。符有反六轡在手。公之媚眉冀反子。從公于狩叶始九反

賦也。駟驖四馬皆黒色如鐵也。孔甚也。阜肥大也。六轡者兩服兩驂各兩轡。而驂馬兩轡納之於觖。觖與觼同古穴反故惟六轡在手也。華谷嚴氏曰。馬之有轡。所以制馬使隨人意。在手言把握其轡。能制馬遲速唯手是聽也媚子所親愛之人也。此亦前篇之意也華谷嚴氏曰。駟驖孔阜。言馬之良也。六轡在手。言御之良也。公之媚子從公于狩。見便嬖足使令於前也

○奉時辰牡。辰牡孔碩。叶常灼反公曰左之。舍音捨拔蒲末反則獲叶黃郭反

賦也。時是。辰時也。牡獸之牡者。辰牡者。冬獻狼。夏獻麋。春秋獻鹿豕之類。奉之者。虞人翼以待射音石也孔氏曰。冬獻狼以下。皆天官獸人文。獸人所獻以供膳。虞人無奉獸之文。故引獸人之文以解時牡耳。獸之供食各有時節。故

曰時牡碩肥大也。公曰左之者。命御者使左其車以射獸

之左也。蓋射必中其左。乃爲中殺。五御所謂逐禽左者。

爲是故也。朱子曰。逐禽左逆驅禽獸。使左當人君以射之也○建安何氏曰。公曰左之。御者從左以逐之。君從左以射之。公羊傳解第一殺。第二殺。第三殺。皆自左膘射之達于右。則左當人君之左。指禽獸之左膘而言膘音縹拔矢括也孔氏曰。矢末爲括。以鏃爲首。故拔爲末曰左之而捨拔

無不獲者。言獸之多而射御之善也

○遊于北園。四馬既閑。叶胡田反輶音由車鸞鑣彼驕反載獫力驗反

歇許竭反驕許喬反

賦也。田事已畢。故遊于北園。閑。調習也。輶。輕去聲又如字也。

鸞。鈴也。効鸞鳥之聲。鑣。馬銜也。驅音去又音區逆之車。置鸞

於馬銜之兩旁。孔氏曰。夏官田僕掌設驅逆之車。驅。驅令逐前趨後。逆。御還之使不出圍御音迓○埤雅曰。輶車置鸞於鑣異於乘車者。驅逆之車則尚輕疾故也乘去聲車則鸞在衡和在軾也。獫。歇驕皆田犬名。長喙音諱曰獫。短喙曰歇驕。以車載犬。蓋以休其足力也。韓愈畫記有騎去聲擁田犬者。亦此類

四驖三章章四句慶源輔氏曰。驅驖孔阜。言其馬之盛也。六轡在手。言其御之善也。公之媚子從公于狩。言公有所親愛之人。隨公以田獵。疑即指御者而言也。奉時辰牡。辰牡孔碩。虞人奉翼犬獸以待公之射。禮義之備也。公曰左之。舍拔則獲。射御之精也。遊于北園。因出狩而遊觀也。四馬既閑。車馬皆閑習也。輶車鸞鑣。載獫歇驕。雖田犬而亦處得宜也。此皆昔無而今有。故歷叙其事而誇美之也。秦本保于西戎。自非子爲附庸而邑之秦。遂入于中國。自襄公爲諸侯。盡有周西都畿內岐豐之地。然後

始備中國之禮儀侍御。而詩人美之。然觀其所美者。如此。則其所缺者亦多矣。○豐城朱氏曰。一章言其往而狩。二章言其狩而獲。三章言其獲而息。此皆創見而深喜之之辭也。○南軒張氏曰。讀車鄰駟驖之詩。則知秦之立國。自其始創。則不過盛其車馬奉養之事。競爲射獵之爲而已。蓋不及於用賢制民也。則其流風亦習乎是而已。○前漢地理志曰。天水隴西山多林木。民以板爲室屋。及安定北地上郡西河。皆迫近戎狄。脩習武備。高上氣力。以射獵爲先。故秦詩曰在其板屋。又曰備我甲兵。與子偕行。及車鄰駟驖小戎之篇。皆言車馬田狩之事

小戎俴(錢淺反)收。五楘(音木)梁輈。(陟留反)游環脅驅。(叶俱懼反又居録反)陰靷(音胤)鋈(音沃)續。(叶辭屢反又如字)文茵(音因)暢(敕亮反)轂。(叶又去聲)駕我騏(音其)馵。(之樹反又之録反)言念君子。溫其如玉。在其板屋。亂我心曲。

賦也。小戎。兵車也。(董氏曰。六月言元戎。此天子之車也。諸侯之戎車。謂之小戎宜也)俴。

淺也。收。軫也。謂車前後兩端橫木所以收歛所載者也。凡車之制。廣皆六尺六寸。其平地任載者爲大車。則軫深八尺。兵車則軫深四尺四寸。故曰小戎俴收也。孔氏曰。兵車。當輿之内前軫至後軫。惟深四尺四寸。人之升車自後登之入於車内。故以淺深言之五。五束也。楘歷錄音祿然文章之貌也。梁輈從前軫以前。稍曲而上。至衡則向下鉤之。橫衡於輈下。而輈形穹隆上曲。如屋之梁。又以皮革五處束之。其文章歷録然也。孔氏曰。輈上曲鉤衡。衡者。軛也。○永嘉陳氏曰。輈。車轅也。前駕於服馬之上。衡之後。則承前軫直逼後軫。梁輈。則穹其上以便服馬之進退。車之進退以輈爲主。懼輈之不堅也。故一輈五分其穹。每分以皮束之使堅。是謂之五楘。○安成劉氏曰。梁輈。即所謂軏也游環。靷環也。以皮爲環。當兩服馬之背上游移前却無定處。引兩驂馬之外轡貫其中而執之。所以制驂馬使不得外出。左傳曰。如驂之有靷是也。左傳定公九年注。言如驂馬之隨靳也。〇釋文曰。靳者言無常處。脅驅亦以皮爲之。前係於衡之兩端。後係於軫之兩端。當服馬脅之外。所以驅驂馬使不得內入也。陰。揜軓音範也。廬陵羅氏曰。車軾前曰軓。蓋轄頭也。轄。于歲反。車軸耑。軓在軾前。而以板橫側揜之。以其陰映此軓。故謂之陰也。靷以皮二條。前係驂馬之頸。後係陰版之上也。鋈續。陰版之上有續靷之處。消白金沃灌其環以爲飾也。孔氏曰。鋈。沃也。謂消白金以沃灌靷環。鋈續。則是作環相接。蓋車衡之長。六尺六寸。止容二服。驂馬之頸不當於衡。故別爲二靷以引車。亦謂之靳。盧陵羅氏曰。靳。當胸之皮。驂馬之首當服馬之胸。胸前有靳。靳居覲反左傳曰。兩靷將絶。是也。孔氏曰。驂馬頸不當衡。則爲二靷係陰版上。令驂馬引之。大叔于田云。兩服齊首。兩驂如手。明驂馬首不與服馬齊。左傳襄公十四年。服虔云。靷車軛也。兩邊有馬頸。是一衡之下唯有服馬二頸也。哀公二年云。兩靷將絶。是横軛之前別有驂馬二靷也文茵車中所坐虎皮褥也。暢長也。轂者車輪之中外持輻內受軸者也。大車之轂。一尺有半。兵車之轂長三尺二寸。故兵車曰暢轂。孔氏曰言長於大車之轂騏騏文也孔氏曰。色之青黑者爲綦馬名爲騏。知其色作綦文馬左足白曰馵。君子婦人目其夫也。溫其如玉。美之之詞也。板屋者。西戎之俗。以版爲屋。心曲。心中委曲之處也。〇西戎者。秦之臣子所與不共戴天之讎也。襄公上承天子之命。率其國人往而征之。故其從役者之家人。先誇車甲之盛如此。而後及其私情。蓋以義興師。則雖婦人。亦知勇於赴敵而無所怨矣　朱子曰。襄公報君父之仇。其所以不自已者。豈忮忿之心哉。乃大倫之正。天理之發。以大義驅其人而戰之。此襄公所以能用其人。而秦人所以樂爲之用也○安成劉氏曰。每章前六句誇車甲也。後四句私情也

○四牡孔阜（扶有反）六轡在手。騏駵（音留）是中。（叶諸仍反）騧（古花反）驪是驂。（叶疏簪反）龍盾（順允反）之合。鋈以觼（古穴反）軜。（音納）言念君子。溫其在邑。（叶於合反）方何爲期。胡然我念之

賦也。赤馬黑鬣曰駵。中。兩服馬也。黃馬黑喙曰騧。驪。黑色也。盾。干也。（孔氏曰。盾以木爲之）畫龍於盾。合而載之。以爲車上

之衡。必載二者。備破毀也。觼。環之有舌也。軜。驂內轡也。置觼於軾前以係軜。故謂之觼軜。亦消沃白金以爲飾也孔氏曰。轡所以制馬令隨人意。驂馬欲入。則逼於脅驅。內轡不須牽挽。故知軜驂內轡。係於軾前。其係之處。以白金爲觼也邑西鄙之邑也。方將也。將以何時爲歸期乎。何爲使我思念之極也

○俴駟孔群。厹音求矛鋈錞。徒對反叶朱倫反蒙伐有苑。叶音氳虎韔敕亮反鏤音漏膺交韔。二弓。叶姑弘反竹閉緄古本反縢。直登反言念君子。載寢載興。厭厭於鹽反良人。秩秩德音叶一陵反

賦也。俴駟。四馬皆以淺薄之金爲甲。欲其輕而易於馬之旋習也。孔。甚。群。和也孔氏曰。金甲堅剛。則苦其不和。故美其能甚群。言和調也。物不

和則不得羣聚。故以和爲羣也。厹矛。三隅矛也。鋈錞。以白金沃矛之下端平底者也。孔氏曰。厹矛刃有三角。鋈白金飾其錞。曲禮曰。進戈者前其鐏。進戈戟者前其鐓。是矛之下端者當有錞也。鋭底曰鐏。平底曰鐓。鐏存去聲。蒙。雜也。伐。中干也。盾之别名。苑。文貌。畫雜羽之文於盾上也。虎韔。以虎皮爲弓室也。鏤膺。鏤金以飾馬當胸帶也。交韔。交二弓於韔中。謂顛倒安置之。必二弓以備壞也。閉。弓檠音景也。儀禮作柲。緄。繩。縢。約也。以竹爲閉。而以繩約之於弛弓之裏。檠弓體使正也。孔氏曰。儀禮既夕説明器之弓云有柲。注云。柲。弓檠也。弛則縛之於弓裏。備損壞也。以竹爲之。然則置弓柲裏。以繩係之。○廬陵李氏曰。柲狀如弓。載寢載興。言思之深而起居不寧也。厭厭。安也。秩秩。有序也。三山李氏曰。婦人謂夫乃安靜善人。其德

音又秩秩然有序。今乃從征役。我是以思念之也

小戎三章章十句 慶源輔氏曰。一章主言車。二章主言馬。三章主言兵器。所謂婦人。必其卿大夫爲將帥之妻也。蓋君子。良人。温其如玉。厭厭。秩秩。皆非士卒所能當也。極其憂思。情也。無所怨刺。義也。二者並行而不相悖。此詩所謂板屋者。可見是伐西戎時事。故先生於序下雖以爲時世無所據而未可知。然於詩之首章下復以襄公爲説也

蒹古恬反葭音加蒼蒼。白露爲霜。所謂伊人。在水一方。遡所路反洄音回從之。道阻且長。遡游從之。宛在水中央

賦也。蒹。似萑音丸而細。高數尺。又謂之薕音廉葭。蘆也 華谷嚴氏曰。蒹。一名薕。又名荻。一物而三名。陸璣云。水草。牛食之肥。○山陰陸氏曰。今人以爲簾箔。因以得名。葭。蘆也。葦也。又名華。一物而四名。孔氏云。初生爲葭。長大爲蘆。成則名葦。萑。菼也。又名薍。亦一物而四名。蒹葭萑三物共

十一名　蒹葭未敗。而露始爲霜。秋水時至。百川灌河之時也。伊人。猶言彼人也。一方。彼一方也。遡洄。逆流而上也。遡游。順流而下也。宛然。坐見貌。在水之中央。言近而不可至也。○言秋水方盛之時。所謂彼人者。乃在水之一方。上下求之而皆不可得。然不知其何所指也

○蒹葭凄凄。白露未晞。所謂伊人。在水之湄。遡洄從之道阻且躋。遡游從之。宛在水中坻。直尸反

賦也。凄凄。猶蒼蒼也。晞。乾也。湄。水草之交也。躋。升也。言難至也。小渚曰坻

○蒹葭采采。叶此禮反白露未已。所謂伊人。在水之涘。叶以始二音

遡洄從之道阻且右叶羽軌反遡游從之宛在水中沚

賦也。采采言其盛而可采也。已止也。右不相直音值而出其右也。小渚曰沚。

蒹葭三章章八句

終南何有有條有梅叶莫悲反君子至止錦衣狐裘叶渠之反顔如渥於角反丹其君也哉叶將黎反

興也。終南山名。在今京兆府南。京兆府即今陝西西安府條山楸音秋也。皮葉白色亦白材理好宜爲車版。君子指其君也。至止至終南之下也。錦衣狐裘諸侯之服也。玉藻曰。君衣去聲狐白裘。錦衣以裼之。孔氏曰。玉藻注云。君衣狐白毛之裘。則以素錦爲衣覆之使可裼也。

渥。漬(疾賜反)也(鄭氏曰。渥丹。赤而澤也)其君也哉。言容貌衣服。稱其爲君也。此秦人美其君之詞。亦車鄰駟驖之意也。(須溪劉氏曰。其君也哉。亦似賦其始見也。猶寺人之令也。)

○終南何有。有紀有堂。君子至止。黻(音弗)衣繡裳。佩玉將將(七羊反)壽考不忘。

興也。紀。山之廉角也。堂。山之寬平處也。黻之狀亞。兩己相戾也。繡。刺(七亦反)繡也(孔氏曰。黻皆在裳。言黻衣者。衣大名。與繡裳異其文耳)將將。佩玉聲也。壽考不忘者。欲其居此位。服此服。長久而安寧也。

終南二章。章六句。

交交黃鳥，止于棘。誰從穆公？子車奄息。維此奄息，百夫之特。臨其穴，(叶尸橘反)惴惴其慄。彼蒼者天，(叶鐵因反)殲(子廉反)我良人。如可贖兮，人百其身。

興也。交交，飛而往來之貌。從穆公，從死也。子車，氏。奄息，名。特，傑出之稱。穴，壙也。惴惴，懼貌。慄，懼。殲，盡。良，善。贖，貿(音茂)也。○秦穆公卒，(孔氏曰：穆公名任好。)以子車氏之三子爲殉，(孔氏曰：殺人以葬，環其左右曰殉。)皆秦之良也。國人哀之，爲之賦《黃鳥》。事見《春秋傳》，(見文公六年。)即此詩也。言交交黃鳥，則止于棘矣；誰從穆公，則子車奄息也。蓋以所見起興也。臨穴而惴惴，蓋生納之壙中也。三子皆國之良，而一旦殺之，若可

貿以他人則人皆願百其身以易之矣

○交交黃鳥止于桑誰從穆公子車仲行戸郎反維此仲行百夫之防臨其穴惴惴其慄彼蒼者天殲我良人如可贖兮人百其身

興也防當也東萊呂氏曰訓防爲當者蓋如隄防之防水言一人可以當百夫也

○交交黃鳥止于楚誰從穆公子車鍼其廉反虎維此鍼虎百夫之御臨其穴惴惴其慄彼蒼者天殲我良人如可贖兮人百其身

興也御猶當也

黃鳥三章章十二句

春秋傳曰。君子曰。秦穆公之不爲盟主也宜哉。死而棄民。先王違世。猶貽之法。而況奪之善人乎。今縱無法以遺于醉反後嗣。而又收其良以死。難以在上矣。君子是以知秦之不復東征也。愚按穆公於此。其罪不可逃矣。但或以爲穆公遺命如此。而三子自殺以從。則三子亦不得爲無罪。今觀臨穴惴慄之言。則是康公從父之亂命。迫而納之於壙。其罪有所歸矣。董氏曰。陳乾昔子。魏顆。皆從其治命不以爲殉。君子美之。然則康公得無罪乎。○永嘉陳氏曰。穆公悔過自誓。見於秦誓。舉人之周。用人之一。未易得如穆公者。至從死一事。

說者以爲穆公之命。夫屬纊方亂。未可遽從。帷堂未徹。無所復請。以未可從之命而康公從之。是不孝也。以不可復請之命而康公行之。是不仁也 又按史記。秦武公卒。初以人從才用反死。死者六十六人。至穆公遂用百七十七人。而三良與焉。蓋其初特出於戎狄之俗。而無明王賢伯以討其罪。於是習以爲常。則雖以穆公之賢而不免。論其事者。亦徒閔三良之不幸而歎秦之衰。至於王政不綱。諸侯擅命。殺人不忌。至於如此。則莫知其爲非也。嗚呼。俗之弊也久矣。其後始皇之葬。後宮皆令從死。工匠生閉墓中。尚何怪哉 朱子曰。始皇葬驪山。下錮三泉。令匠作機弩。有穿近者輒射之。上具天文。下具地理。後宮無子者。皆令從死。工匠爲機者。皆閉之墓也○安成劉氏曰。古之葬者有明器。但備物而不可用。如芻靈亦其類也。不幸流俗之弊而至於作俑。又不幸而至於用人。然作俑者。夫子且以爲不仁而謂其無後。況秦武公既用殉。五傳至穆公而又用殉。夫子之言反似無驗。孰知穆公之後二十一傳至莊襄王。而呂氏之子遂絶嬴氏之統。維夫始皇不知所監。驪山葬後未三年。而呂氏之祀又絶。嗚呼。不仁之禍及子孫如此

鴥伊橘反彼晨風。叶乎愔反鬱彼北林。未見君子。憂心欽欽。如何如何。忘我實多

興也。鴥。疾飛貌。晨風。鸇也孔氏曰。陸璣云。似鷂。青黄色。燕頷句喙。嚮風搖翅。乃因風飛急疾。擊鳥雀食之鬱。茂盛貌。君子。指其夫也。欽欽。憂而不忘之貌○婦人以夫不在。而言鴥彼晨風。則歸于鬱然之北

林矣。故我未見君子。而憂心欽欽也。彼君子者。如之何而忘我之多乎。此與扊扅音剡移之歌同意。蓋秦俗也安成劉氏曰。晉獻公滅虞。百里奚亡秦走宛。楚鄙人執之。秦穆公聞其賢。以五羖羊皮贖之。授以國政。後因作樂。所賃澣婦自言知音。呼之。援琴而歌曰。百里奚。五羊皮。臨別時烹伏雌。炊扊扅。今富貴。忘我爲。因問之。乃其妻也伏扶富反禽抱卵

○山有苞櫟。盧狄反叶歷各反隰有六駮。邦角反未見君子。憂心靡樂。音洛如何如何。忘我實多

興也。駮。梓榆也。其皮青白如駮陸氏曰。樹皮青白駮犖。遙視似駮馬。故謂之駮

○山則有苞櫟矣。隰則有六駮矣孔氏曰。王肅云。言六。據所見而言也未見君子。則憂心靡樂矣。靡樂。則憂之甚也

○山有苞棣隰有樹檖未見君子憂心如醉如何如何忘我實多

興也棣唐棣檖赤羅也山陰陸氏曰其文細密如羅又有白羅皆文木實似棃而小酢可食陸氏曰一名山棃一名鹿棃一名鼠棃極有脆美者如醉則憂又甚矣

晨風三章章六句

豈曰無衣與子同袍抱毛反叶步謀反王于興師修我戈矛與子同仇

賦也袍襺音繭也孔氏曰玉藻云纊爲襺縕爲袍純著新綿名爲襺雜用舊絮名爲袍戈長六尺六寸周禮曰戈柲六尺有六寸柲猶柄也柲音祕矛長二丈周禮曰酋矛常有四

尺。注。八尺曰尋。倍尋曰常。常有四尺。是二丈也王于興師以天子之命而興師也○秦俗强悍樂於戰鬪故其人平居而相謂曰豈以子之無衣而與子同袍乎蓋以王于興師則將修我戈矛而與子同仇也其懽愛之心足以相死如此蘇氏曰秦本周地故其民猶思周之盛時而稱先王焉止齋陳氏曰襄公攘西戎救王室之難得列諸侯故秦雖遠處西垂而其民知有王室之尊王事之重東遷之後王室雖微而在於人心者未泯也讀文侯之命者嘆平王之無志其有以哉或曰興也取與子同三字爲義後章放此

○豈曰無衣與子同澤叶徒洛反王于興師修我矛戟叶訖約反與子偕作

賦也。澤裏衣也。以其親膚近於垢澤。故謂之澤。澤即襗古字通

○說文曰。襗。絝也。絝即袴。戟車戟也。長丈六尺。鄭氏曰。車戟。常也

○豈曰無衣。與子同裳。王于興師。修我甲兵。叶晡茫反與子偕行。叶戶郎反

賦也。行。往也

無衣三章章五句

秦人之俗。大抵尚氣槩。先勇力。忘生輕死。故其見於詩如此。然本其初而論之。岐豐之地。文王用之以興二南之化。如彼其忠且厚也。秦人用之未幾而一變其俗至於如此。則已悍然有招音翹。舉也八州。

而朝音潮同列之氣矣。何哉。雍州土厚水深。其民厚重質直。無鄭衛驕惰浮靡之習。以善導之。則易興起而篤於仁義。以猛驅之。則其強毅果敢之資。亦足以彊兵力農而成富彊之業。非山東諸國所及也。嗚呼。後世欲爲定都立國之計者。誠不可不監乎此。而凡爲國者。其於導民之路。尤不可不審其所之也

慶源輔氏曰。先生發秦人厚重質直之意。與夫强悍果敢之資。及周秦所以導之者不同。而皆易於有成。先儒之所未及也。至謂後世之定都立國。當監乎此者。又有感於藝祖皇帝之聖訓焉。亦嘗疑之。堯與文武。皆聖人也。然堯之風歷三代而尚有遺於晉。至文武之風則一變爲秦。而不復有遺者。何哉。蓋堯之時。風氣方開。純朴未散。譬之人。則孩提之時也。至文武時。則其人壯大矣。

今人於孩提之時教之。則雖老大有不忘者。至於年日益壯。雖強聒之。旋得旋失。終不能久而不忘也。○豐山謝氏曰。幽王沒於驪山。此中國之大恥周家萬世不可忘之大讎也。讀文侯之命。可以知諸侯無復讎之志矣。獨無衣一詩。毅然以天下大義爲已任。其心忠而誠。其氣剛而大。其詞壯而直。吾乃知岐豐之地。被文武周公之化最深。雖世降俗末。人心天理不可泯滅者。尚異於列國也。○豐城朱氏曰。與子同袍。恩愛相結於無事之時也。與子同仇。患難相恤於有事之日也。先王之時。居而爲比閭族黨之民。出而爲伍兩軍師之衆。其所以使之相保相愛相扶持者。要非一日之積矣。岐豐之地雖已屬秦。然猶有先王之遺民焉。故其所以相告語者如此。然曰王于興師。則非從其君之私也。誠欲其君奉王命而爲討賊復讎之舉也。惜也周既不能以此而令諸侯。秦復不能以此而迋王室。卒之數傳之後。討賊復讎之志既衰。貪功謀利之心益勝。而其嚚然好戰之習。非復先王之民。真秦之民矣我送舅氏。曰至渭陽。何以贈之。路車乘（繩證反）黄。

賦也。舅氏秦康公之舅晉公子重（平聲）耳也。毛氏曰。母之昆弟曰舅出亡在外。穆公召而納之。時康公爲太子。送之渭陽而作此詩。渭。水名。秦時都雍。至渭陽者。蓋東行送之於咸陽之地也。路車。諸侯之車也。董氏曰。巾車。金路以封同姓。象路以封異姓。革路以封四衛。木路以封蕃國。皆諸侯也。故人君之車曰路車。乘黄四馬皆黄也。華谷嚴氏曰。何以贈舅氏乎。惟路車乘馬而已。歉然猶以爲薄。意有餘也。

○我送舅氏。悠悠我思。（叶新齊反）何以贈之。瓊瑰（古回反）玉佩。（叶蒲眉反）

賦也。悠悠。長也。序以爲時康公之母穆姬已卒。故康公送其舅而念母之不見也華谷嚴氏曰。送舅而有所思。則思母也或曰。穆姬之卒不可考。此但別其舅而懷思耳。瓊瑰石而次玉孔氏曰。瓊者。玉之美名。非玉名也。瑰者。美石之名。瓊。毛氏韻赤玉○曹氏曰。玉佩。珩璜琚瑀之屬○慶源輔氏曰。讀是詩者。見其情意周至。言有盡而意無窮。良心之發。固如是也

渭陽二章章四句

按春秋傳。晉獻公烝於齊姜。生秦穆夫人。太子申生。娶犬戎胡姬生重耳。小戎子生夷吾。驪姬生奚齊。其娣生卓子。驪姬譖申生。申生自殺。又譖二公子。二公子皆出奔。獻公卒。奚齊卓子繼立。皆爲大夫里克所弒。秦穆公納夷吾。是爲惠公。卒。子圉立。

是爲懷公立之明年秦穆公又召重耳而納之是爲文公王氏曰至渭陽者送之遠也悠悠我思者思之長也路車乘黃瓊瑰玉佩者贈之厚也疊山謝氏曰送之遠贈之厚念母之心可見矣廣漢張氏曰康公爲太子送舅氏而念母之不見是固良心也而卒不能自克於令狐之役安成劉氏曰左傳文公七年晉敗秦師于令狐令音伶怨欲害乎良心也使康公知循是心養其端而充之則怨欲可消矣

於我乎夏屋渠渠今也每食無餘于音吁嗟乎不承權輿

賦也夏大也渠渠深廣貌承繼也權輿始也華谷嚴氏曰造衡自

權始。造車自輿始○此言其君始有渠渠之夏屋以待賢者而其後禮意寖衰供億寖薄。杜氏曰。供。給億安也至於賢者每食而無餘。於是嘆之言不能繼其始也

○於我乎。每食四簋。叶己有反今也每食不飽。叶捕苟反于嗟乎。不承權輿

賦也。簋。瓦器容斗二勝。方曰簠。圓曰簋。簠盛稻粱。簋盛黍稷。四簋。禮食之盛也。慶源輔氏曰。夏屋渠渠。無不致其備也。每食無餘。無一致其備也。每食四簋。無不極其至也。每食不飽。無一極其至也。其進鋭者其退速。惟有恒者然後可久也

權輿二章章五句

漢楚元王敬禮申公。白公。穆生。穆生不嗜酒。元王

每置酒，嘗爲穆生設醴。及王戊即位，常設，後忘設焉。穆生退曰：「可以逝矣。醴酒不設，王之意怠。不去，楚人將鉗巨廉反我於市。」遂稱疾。申公、白公强上聲起之，曰：「獨不念先王之德歟？今王一旦失小禮，何足至此？」穆生曰：「先王之所以禮吾三人者，爲去聲道之存故也。今而忽之，是忘道也。忘道之人，胡可與久處？豈爲區區之禮哉？」遂謝病去。亦此詩之意也。慶源輔氏曰：引穆生之事爲證者，推原詩人之心，蓋本於此。不然，則其所計者，不過區區於安居餔歠之事而已，恐非賢者之志也。○疊山謝氏曰：秦君用賢，禮貌衰而不去，至於每食不飽，豈非飢餓免死者乎？其君固可刺，當時號爲賢者，亦爲可恥矣。

秦國十篇二十七章一百八十一句

疊山謝氏曰。中國而純乎人欲。則化爲夷狄。夷狄而知有天理。則化爲中國。秦本戎狄。不得齒中國之會盟。春秋夷之。邑於岐豐。用文武成康之遺民。習文武成康之舊俗。一旦惡人欲而崇天理。其發於詩者。有尊君親上之義。有趨事赴功之勇。故季札聽其樂曰。是謂能夏。能夏始大。大夏其將有中國矣

詩傳大全卷之六

詩傳大全卷之七

陳一之十二

陳國名大皥伏羲氏之墟在禹貢豫州之東其地廣平無名山大川西望外方東不及孟諸周武王時帝舜之胄有虞閼音遏父爲周陶正武王賴其利器用與其神明之後以元女大姬妻其子滿而封之于陳都於宛丘之側與黃帝帝堯之後共爲三恪是爲胡公孔氏曰左傳史趙云胡氏不淫故周賜之姓使祀虞帝則胡公姓嬀武王所賜三恪恪者敬也王者敬先代封其後尊於諸侯卑於二王之後樂記云武王未下車封黃帝後於薊封帝堯後於祝封帝舜後於陳下車乃封夏後於杞封殷後於宋則陳與薊祝是爲三恪大

姬婦人尊貴。好樂（五教反）巫覡（胡狄反）歌舞之事。（廬陵羅氏曰。男曰覡。女曰巫）其民化之。今之陳州。即其地也。（陳州。今隸河南開封府）

子之湯（他郎他浪二反）兮。宛丘之上（辰羊辰亮二反）兮。洵（音荀）有情兮。而無望（武方武放二反）兮

賦也。子。指遊蕩之人也。湯。蕩也。四方高中央下曰宛丘。（濮氏曰。宛丘。因以爲其地之名）洵。信也。望。人所瞻望也。○國人見此人。常遊蕩於宛丘之上。故叙其事以刺之。言雖信有情思而可樂矣。然無威儀可瞻望也。（慶源輔氏曰。遊蕩以爲樂。情也。威儀之可望。禮也。溺於情者。必不足於禮。故詩人譏之曰。洵有情兮。而無望兮。其諷切之者深矣）

○坎其擊鼓。宛丘之下。叶後五反無冬無夏。叶與下同值直置反其鷺羽

賦也。坎。擊鼓聲。值。植也。鷺。舂鉏。今鷺鷥。好而潔白。頭上有長毛十數枚。羽。以其羽爲翳。舞者持以指麾也。孔氏曰。持鷺羽翳身而舞言無時不出遊而鼓舞於是也。三山李氏曰。無冬無夏。但言常舞也。○華陽范氏曰。冬夏。祁寒大暑之時也。人之好樂於是時必少息焉。今也無冬無夏。則其他時可知矣

○坎其擊缶。方有反宛丘之道。叶徒厚反無冬無夏。值其鷺翿。音導。叶殖有反

賦也。缶。瓦器。可以節樂。孔氏曰。易離卦云鼓缶而歌。是樂器。坎卦云樽酒簋貳用缶。又是酒器。左傳襄公九年宋災具綆缶。則又是汲器。然則缶可節樂。若今擊甌。又可盛水盛酒。即今瓦盆也。翿。

翳也

宛丘三章章四句

東門之枌。〔符云反〕宛丘之栩。〔況浦反〕子仲之子。婆娑。〔素何反〕其下〔叶後五反〕

賦也。枌。白楡也。先生葉。卻著莢。皮色白。子仲之子。子仲氏之女也。婆娑。舞貌。○此男女聚會歌舞而賦其事以相樂也

○穀旦于差。〔初佳反。叶七何反〕南方之原。〔無韻未詳〕不績其麻。〔叶謨婆反〕市也婆娑

賦也。穀。善。差。擇也。○既差擇善旦。以會于南方之原。於

是棄其業以舞於市而往會也黄氏曰。邠之風俗。其男耕。其婦饁。其女桑。至於八月載績。則蠶事畢而麻事起。今陳之俗。至於不績其麻。市也婆娑。所謂上有好者。下必有甚也

○穀旦于逝越以鬷子公反邁叶力制反視爾如荍祁饒反貽我握椒

賦也。逝。往。越。於。鬷。衆也。邁。行也。荍。芘音毗芣音浮也。又名荊葵。紫色孔氏曰。一曰蚍衃。水草。多華少葉。又翹起似蕪菁。○濮氏曰。芘芣。紫荊。春時開花。葉未生。花紫色。自根及幹。而上連接甚密。有類蠛蠓。故爾雅名蚍蜉。俗曰火蠛椒。芬芳之物也。○言又以善旦而往。於是以其衆行。而男女相與道其慕悅之詞曰。我視爾顔色之美。如芘芣之華。於是遺我以一握之椒。而交情好也

東門之枌三章章四句龍舒王氏曰陳風多言東門豈此門之外獨甚歟○慶源輔氏曰夫民勞則思思則善心生逸則淫淫則忘善忘善則惡心生理勢之必然也陳國之地廣平又以大姬之化故其俗遊蕩無度已見於宛丘之詩其逸甚矣故繼以東門之枌男女聚會歌舞婦人棄其所業相與慕悅各有所贈以交情好動其淫欲者亦其勢之必然也

衡門之下可以棲音西遲泌悲位反之洋洋可以樂音洛飢

賦也衡門橫木爲門也門之深者有阿塾堂宇廬陵羅氏曰門阿考工記注棟也孔氏云屋脊爾雅云門側之堂謂之塾則堂即塾也屋之基亦曰堂周禮云堂崇三尺堂崇一筵禮記云天子之堂九尺史記云坐不垂堂亦指堂基而言宇說文云屋邊即屋四垂此惟衡木爲之孔氏曰衡古文橫字此橫木爲門言其淺也棲遲遊息也泌泉水也洋洋水流貌○此隱居自樂而無求者之詞言衡門雖淺

陋然亦可以遊息泌水雖不可飽然亦可以玩樂而忘飢也

○豈其食魚必河之魴（音房）豈其取（音娶）妻必齊之姜

賦也山陰陸氏曰里語云洛鯉河魴貴於牛羊則魴鯉乃魚之美者姜齊姓

○豈其食魚必河之鯉豈其取妻必宋之子（叶獎里反）

賦也山陰陸氏曰鯉魚之貴者故爾雅釋魚以鯉冠篇而神農書曰鯉最爲魚之主子宋姓

衡門三章章四句濮氏曰集傳以爲隱居自樂無求於世如衛風考槃者興味深長也○安成劉氏曰能隱居者必能自樂能自樂者必能無求故三者之意備見於一詩之間首章上二句可見其隱居下二句可見其自樂後兩章又可見隨遇而安無求於世也

東門之池可以漚（烏豆反）麻（叶謨婆反）彼美淑姬可與晤（五故反）歌

興也。池。城池也。漚。漬疾賜反也。治麻者。必先以水漬之。孔氏曰。漸漬使之柔忍。晤猶解下介反也○此亦男女會遇之詞。蓋因其會遇之地。所見之物。以起興也

東門之池。可以漚紵。直呂反彼美淑姬。可與晤語

興也。紵。麻屬。陸氏曰。紵。科生數十莖。宿根在地中。至春自生。荆楊間。一歲三收。剝去其皮之表。但得其裹。緝以織布

東門之池。可以漚菅。古顏反。叶居賢反彼美淑姬。可與晤言

興也。菅。葉似茅而滑澤。莖有白粉。柔韌而振反宜爲索也。濮氏曰。左傳云。雖有絲麻。無棄菅蒯。蒯與菅。皆謂茖也。黃華者。俗名黃芒。即蒯也。白華者。俗名白芒。即菅也

東門之池三章章四句

東門之楊。其葉牂牂。子桑反昏以爲期明星煌煌

興也。東門。相期之地也。楊。柳之揚起者也。牂牂。盛貌。明星。啓明也。煌煌。大明貌○此亦男女期會而有負約不至者。故因其所見以起興也

○東門之楊。其葉肺肺。普計反昏以爲期明星晢晢。之世反

興也。肺肺。猶牂牂也。晢晢。猶煌煌也

東門之楊二章章四句慶源輔氏曰。自宛丘而爲東門之枌。自東門之枌而爲東門之池。東門之楊。蓋俗之流。而勢之下也。有國者之於導民。可不謹哉

墓門有棘。斧以斯所宜反之。夫也不良。國人知之。知而不已。誰昔然矣

興也。墓門。凶僻之地。多生荊棘。斯析也。夫。指所刺之人也。誰昔昔也。猶言疇昔也○言墓門有棘。則斧以斯之矣。此人不良。則國人知之矣。國人知之。猶不自改。則自疇昔而已然。非一日之積矣。所謂不良之人。亦不知其何所指也慶源輔氏曰。人之爲惡。初動於隱微之中。猶有懼人之知之心。至於公然形肆於外。則已無所忌憚矣。然猶幸其爲人所規正刺譏。而有改也。今其爲惡。至於國人皆知之。而猶不自改。自疇昔而已然。則非一日之積矣。蓋不可得而救藥之也

○墓門有梅。有鴞萃止。夫也不良。歌以訊叶息悴反之。訊予不顧。叶果五反顛倒思予叶演女反

興也。鴞。惡聲之鳥也陸氏曰。鴞大如班鳩。綠色。入人家凶。賈誼鵩賦是也。今謂之鵂

鶹。亦名怪鴟 ○濮氏曰。漢書云。霍山家鴞數鳴。楚詞注鴟鴞二物。又云。鵬似鴞。本草云。其實一耳。其肉甚美。可爲羹臛。又可爲炙。莊子見彈而求鴞炙是也 臛音壑 萃。集。訊。告也。顛倒。狼狽之狀

○墓門有梅。則有鴞萃之矣。夫也不良。則有歌其惡以訊之者矣。訊之而不予顧。至於顛倒。然後思予。則豈有所及哉。或曰。訊予之予。疑當依前章作而字

墓門二章章六句

防有鵲巢。邛其恭反有旨苕。徒雕反。叶徒刀反 誰侜陟留反予美。心焉忉忉。都勞反

興也。防。人所築以捍水者。邛。丘。旨。美也。苕。苕饒也。莖如勞豆而細。葉似蒺藜而青。其莖葉綠色。可生食。如小豆

䕸也。侜。侜張也。猶鄭風之所謂迋（居望反）也。（濮氏曰。侜謂誑誕。則字與譸同。書云譸張爲幻。然似有裝載增加之意。以其字之從舟也）予美。指所與私者也。忉忉。憂貌。○此男女之有私。而憂或間之之詞。故曰防則有鵲巢矣。邛則有旨苕矣。今此何人。而侜張予之所美。使我憂之而至於忉忉乎

○中唐有甓。（蒲歷反）邛有旨鷊。（五歷反）誰侜予美。心焉惕惕。（吐歷反）

興也。廟中路謂之唐。（孔氏曰。堂下至門之徑也）甓。瓴（音零）甋（音滴）也。（爾雅注曰。㼾甎也音鹿專）鷊。小草。雜色如綬。（安成劉氏曰。埤雅云。鷊本鳥名。亦名綬鳥。咽下有囊。如小綬具五色。此傳所釋鷊草之名。豈因其似鷊鳥而取義乎）惕惕。猶忉忉也

防有鵲巢二章章四句

月出皎兮佼（古卯反）人僚（音了）兮。舒窈（烏了反）糾（已小反）兮。勞心悄（七小反）兮。

興也。皎。月光也。佼人。美人也（三山李氏曰。孟子云。子都之佼。楊雄方言自關之東。河濟之間。謂好爲佼）。僚。好貌。窈。幽遠也。糾。愁結也。悄。憂也（錢氏曰。默憂也）。

○此亦男女相悅而相念之詞。言月出則皎然矣。佼人則僚然矣。安得見之而舒窈糾之情乎。是以爲之勞心而悄然也。

○月出皓（胡老反）兮佼人懰（力久反。叶朗老反）兮。舒懮（於久反）受（叶時倒反）兮。勞心慅（七老反）兮。

興也。懰。好貌。懮受。憂思也。慅。猶悄也（臨川王氏曰。慅。言不安而騷動也）。

○月出照兮佼人燎（力召反）兮舒夭（於表反）紹（實照反）兮勞心慘（當作懆。七弔反）兮

興也。燎明也。夭紹糾緊之意。慘憂也（臨川王氏曰。言不舒而憂愁）

月出三章章四句（東萊呂氏曰。此詩用字聱牙。意者其方言歟。○豐城朱氏曰。月出之詩。其悅之也至矣。其思之也切矣。其憂之也深矣。移是心以好賢。亦將何求而不獲哉。惜乎吾未見好德如好色者也）

胡爲乎株林。從夏（戶雅反）南（叶尼心反。下同）。匪適株林。從夏南

賦也。株林夏氏邑也（三山李氏曰。王氏以爲株邑也。邑外曰郊。郊外曰牧。牧外曰野。野外曰林。據詩中曰株林。又曰株野。又曰株。王氏之言是也）夏南徵舒字也（鄭氏曰。徵舒。字子南。○孔氏曰。以字配氏）○靈公淫於夏徵舒之母。朝夕而往夏氏之

邑。故其民相與語曰。君胡爲乎株林乎。曰從夏南耳。然則非適株林也。特以從夏南故耳。蓋淫乎夏姬不可言也。故以從其子言之。詩人之忠厚如此

○駕我乘(繩證反)馬。(叶滿補反)說(音稅)于株野。(叶上與反)乘(平聲)我乘駒。朝食于株

賦也。說舍也。馬六尺以下曰駒。(鄭氏曰。我國人我君也)

株林二章章四句

春秋傳。夏姬鄭穆公之女也。嫁於陳大夫夏御叔。靈公與其大夫孔寧儀行父通焉。洩冶諫不聽而殺之。(宣公九年傳曰。靈公與孔寧儀行父通於夏姬。皆衷其祖服以戲於朝。洩冶諫曰。公卿宣

淫。民無効焉。公曰。吾能改矣。公告二子。二子請殺之。公弗禁。遂殺洩冶 後卒爲其子徵舒所弒。而徵舒復爲楚莊王所誅 孔氏曰。宣公十年書陳徵舒。弒其君平國。傳曰。靈公與儀行父飲酒於夏氏。公謂行父曰。徵舒似汝。對曰。亦似君。徵舒病之。公出。自其廐。射而殺之○宣公十一年傳曰。楚子爲陳夏氏亂。故遂入陳。殺夏徵舒。轘諸栗門○豐城朱氏曰。衛之亂。至於墻有茨而極。於是有狄入衛之禍。陳之亂。至於株林而極。於是有楚入陳之禍。然則狄非能入衛也。宣姜實召之也。楚非能入陳也。夏姬實召之也。此所謂女戎也。比事以觀。可以爲淫亂者之戒矣

彼澤之陂。叶音波 有蒲與荷。音何 有美一人。傷如之何。寤寐無爲。涕他弟反 泗音四 滂普光反 沱徒何反

興也。陂。澤障也。董氏曰。澤水所鍾也 蒲。水草可爲席者 說文曰。蒲似莞而偏

有脊。滑柔而温　荷芙蕖也（爾雅曰。荷。芙蕖。其莖茄。其葉蕸。其本蔤。其華菡萏。其實蓮。其根藕。晉郭璞曰。荷。別名芙蓉。蔤。莖下白蒻在泥中者。蓮。謂房也　茄音加　蕸音遐　蔤亡筆反　蒻音弱）自目曰涕。自鼻曰泗　○此詩之旨。與月出相類。言彼澤之陂。則有蒲與荷矣。有美一人而不可見。則雖憂傷而如之何哉。寤寐無爲。涕泗滂沱而已矣

○彼澤之陂。有蒲與蕳（古顏反。叶居賢反）有美一人。碩大且卷（其員反）寤寐無爲。中心悁悁（烏玄反）

興也。蕳。蘭也。卷。鬢髮之美也（三山李氏曰。盧令其人美且鬈。字雖不同。其義則一）悁悁。猶悒悒也

○彼澤之陂。有蒲菡（戶感反）萏（大感反。叶待檢反）有美一人。碩大且

儼。魚檢反寤寐無爲輾轉伏枕。叶知險反

興也。菡萏荷華也。儼矜莊貌。輾轉伏枕。臥而不寐。思之深且久也

澤陂三章章六句

陳國十篇二十六章一百二十四句

東萊呂氏曰。變風終於陳靈。其間男女夫婦之詩一何多邪。曰。有天地。然後有萬物。有萬物。然後有男女。有男女。然後有夫婦。有夫婦。然後有父子。有父子。然後有君臣。有君臣。然後有上下。有上下。然後禮義有所錯。七故反男女者。三綱之

本。萬事之先也。正風之所以爲正者。舉其正者以勸之也。變風之所以爲變者。舉其不正者以戒之也。道之升降。時之治亂。俗之汙隆。民之死生。於是乎在。錄之煩悉。篇之重複。亦何疑哉。眉山蘇氏曰。變風終於陳靈。何也。陳靈以後。未嘗無詩。而仲尼有所不取也。○慶源輔氏曰。陳風十篇。男女淫泆之詩。居其太半。此則遊蕩無度。好樂荒淫之所召也。○安成劉氏曰。變風終於陳靈。其閒詩凡一百二十八篇。以集傳考之。男女夫婦之詩。凡六十六篇。不啻居其半也。

檜一之十三

檜。國名。高辛氏火正祝融之墟。孔氏曰。左傳梓慎云。鄭。祝融之墟也。鄭滅檜而處之。故知檜是祝融之境。在禹貢豫州外方之北。滎波之南。廬陵羅氏曰。滎波。孔氏以爲一水。周禮職方云。其川滎雒。其浸波溠。則二水也居溱洧之間。其君妘姓。祝融之後孔氏曰。祝融。重黎也。重黎之弟。吳回。生陸終。陸終生子六人。四曰檜人。案世本。檜人。即檜之祖○釋文曰。王肅云。周武王封祝融之後。於濟洛河潁之間。爲檜子周衰。爲鄭桓公所滅。而遷國焉。今之鄭州。即其地也鄭州。今隸河南開封府蘇氏以爲檜詩皆爲鄭作。如邶鄘之於衛也。未知是否

羔裘逍遥。狐裘以朝。直遥反。叶直勞反豈不爾思。勞心忉忉音刀

賦也。緇衣羔裘。諸侯之朝服。錦衣狐裘。其朝天子之服也華谷嚴氏曰。記。君衣狐白裘。錦衣以裼之。天子以日視朝。諸侯在天子之朝亦服之舊說。檜君好潔其衣服。逍遥遊宴。而不能自强於政治。故詩人憂

之南軒張氏曰。其所事惟在衣服之間。則其不能强於政治可知矣○華谷嚴氏曰。非以羔裘狐裘爲大故。而以逍遥翱翔爲可憂也

○羔裘翱翔。狐裘在堂。豈不爾思。我心憂傷

賦也。翱翔。猶逍遥也。堂。公堂也

○羔裘如膏。古報反 日出有曜。羊照反。叶羊號反 豈不爾思。中心是悼

賦也。膏。脂所漬也。日出有曜。日照之則有光也

羔裘三章章四句 慶源輔氏曰。勞心忉忉。思之也。我心憂傷。悲之也。中心是悼。則知其不復可救也。羔裘如膏。日出有曜。其君之服飾。非不美也。豈不爾思。中心是悼。則其所關者。蓋可知矣。又曰。心無二用。志於大者。必遺於小。溺於小者。則亦無暇於大矣。檜君好潔其衣服。逍遥遊宴如

此。則不能自强於政治也宜矣。然彼方寘行而不覺。而詩人則爲之憂勞傷悼。若不能以一朝居。夫人之心。其初本同。而末流之弊。相去如此遼絶。豈不哀哉

庶見素冠兮。棘人欒欒力端反兮。勞心慱慱徒端反兮。

賦也。庶。幸也。縞冠素紕。音皮既祥之冠也。黑經白緯曰縞。緣邊曰紕。三山李氏曰。其冠用縞。以素爲紕。故謂之素冠棘。急也。喪事欲其總總爾哀遽之狀也。欒欒。瘠貌。慱慱。憂勞之貌。○祥冠。祥則冠之。禫。徒感反則除之。安成劉氏曰。喪禮。再期而大祥。自喪至此不計閏。凡二十五月。大祥之後。中月而禫。中。間也。禫。祭名。澹澹然平安之意。至此不計閏。凡二十七月今人皆不能行三年之喪矣。安得見此服乎。當時賢者庶幾見之。至於憂勞也。三山李氏曰。詩人思見服既祥之素冠。棘人形貌之欒欒者。今無此人。所以此心慱慱而

憂也○慶源輔氏曰言庶見素冠兮而繼之以棘人欒欒兮蓋言情與服之相稱也不然服於外而忘於内則亦何以爲哉

庶見素衣兮我心傷悲兮聊與子同歸兮

賦也素冠則素衣矣與子同歸愛慕之詞也三山李氏曰言庶幾欲見服旣祥之素衣者今無此人故我心悲傷也如有其人則我且與之同歸矣○疊山謝氏曰同歸如書云同歸于治同歸于亂非與之同歸其家也

庶見素韠音畢兮我心蘊於粉反結叶訖力反兮聊與子如一兮

賦也韠蔽膝也以韋爲之孔氏曰古者佃漁而食因衣其皮先知蔽前後知蔽後後王易以布帛而猶存其蔽前者不忘本也冕服謂之韍分勿反其餘曰韠韠從裳色素衣素裳則素韠矣蘊結思之不解也與子如一

甚於同歸矣 慶源輔氏曰。素衣素冠。不祥之服也。常情之所厭見也。檜國之俗。不能行三年之喪。則不復見此旣祥之衣冠矣。而當時賢者。庶幾見之而不可得。則至於憂勞如此。是其心必有大不安者也。幸而得見之。則又爲之愛慕。而欲與同歸爲一焉。是又必有大慊於其心者也。此秉彝之心也。先王之制喪服。亦以是心而已。豈强民而爲之哉

素冠三章章三句

按喪禮。爲父爲君。斬衰三年。 廬陵李氏曰。以布爲衰。綴之於衣。因統名此衣爲衰。先言斬者。斬之而後成衰裳也。不言裁割。而言斬者。取痛甚之意。喪服四制云。其恩厚重者。其服重。故爲父三年。以恩制者也。爲君三年。以義制者也 昔宰予欲短喪。夫子曰。子生三年。然後免於父母之懷。予也有三年之愛於其父母乎。三年之喪。天下之通喪也 慶源輔氏

曰。子生三年。然後免於父母之懷。此君子所以不忍於親。而喪必三年之故。自天子達於庶人也○三山李氏曰。三年之喪。皆出於人情之所同然。聖人因人情而爲節文。練祥與禫。衣冠皆有隆殺。如此。豈聖人爲此以强人哉

傳曰。子夏三年之喪畢。見於夫子。援于元反琴而弦。衎衎苦旦反而樂。作而曰。先王制禮。不敢不及。夫子曰。君子也。閔子騫三年之喪畢。見於夫子。援琴而弦。切切而哀。作而曰。先王制禮。不敢過也。夫子曰。君子也。子路曰。敢問何謂也。夫子曰。子夏哀已盡。能引而致之於禮。故曰君子也。閔子騫哀未盡。能自割以禮。故曰君子也。夫三年之喪。賢者之所輕。不肖者之所勉慶源輔氏曰。子夏閔子騫之事。毛傳所載

如此。與禮記不同。先生併取宰予之事言之。而不加一辭焉。然熟讀而詳玩之。則自有所發。而可以爲情性之正矣。又曰。非以三年之喪。爲足以報其親。所謂喪三年以爲極。亡則弗之忘矣者也。至於聖人既爲之中制。則賢者必當俯而就。不肖者必當跂而及也

隰有萇(丈羊反)楚。猗(於可反)儺(乃可反)其枝。夭(於驕反)之沃沃。(烏毒反)樂(音洛)子之無知

賦也。萇楚。銚(音遙)弋。今羊桃也。子如小麥。亦似桃。陸氏曰。葉如桃而光。尖長而狹。花紫赤色。其枝莖弱。過一尺引蔓于草上。一名業楚。生平澤中。子細如棗核。苗弱不能爲樹猗儺。柔順也。夭。少好貌。沃沃。光澤貌。子。指萇楚也。○政煩賦重。人不堪其苦。嘆其不如草木之無知而無憂也

○隰有萇楚。猗儺其華。(芳無胡瓜二反)夭之沃沃。樂子之無家(古胡反)

古牙二反

賦也。無家。言無累也。

○隰有萇楚。猗儺其實。夭之沃沃。樂子之無室。

賦也。無室。猶無家也。

隰有萇楚三章章四句

慶源輔氏曰。人之有知。所以為萬物之靈也。有家有室。所以異於物也。今也政煩賦重。不堪其苦。反嘆不如物之無知無家焉。則不樂其生甚矣。何為使之至此極哉。為人上者。宜有所覺矣。

匪風發叶方月反兮。匪車偈起竭反兮。顧瞻周道。中心怛都達反叶旦悅反兮。

賦也。發。飄揚貌。偈。疾驅貌。周道。適周之路也。怛。傷也。○

周室衰微。賢人憂嘆而作此詩。言常時風發而車偈。而中心怛然。今非風發也。非車偈也。特顧瞻周道。而思王室之陵遲。故中心爲之怛然耳

○匪風飄符遥反。叶匹妙反兮。匪車嘌符遥反。叶匹妙反兮。顧瞻周道。中心弔兮

賦也。回風旋風也謂之飄。嘌。漂摇不安之貌。弔。亦傷也

○誰能亨魚。溉古愛反之釜符甫反鬵。音尋誰將西歸。懷之好音

興也。溉。滌也。鬵。釜屬說文曰大釜。一曰鼎。大上小下若甑曰鬵。○孔氏曰。孫炎云。關東謂甑爲鬵。亨魚用釜不用甑。以其俱是食。故連言之耳西歸。歸于周也鄭氏曰。檜在周之東。故言西歸○誰能亨魚乎。有則我願爲之溉其釜鬵。誰將西歸

乎有則我願慰以好音以見思之之甚但有西歸之人

即思有以厚之也

匪風三章章四句○黃氏曰周之得民當於此詩觀之慶源輔氏曰王政不綱周室陵遲諸侯放恣無復知有尊王之義者而詩人顧瞻周道而爲之憂傷聞有歸周之人則爲之嘆慕慰勉而不能自已如此熟讀而詳玩之則足以見君臣之彝矣○東萊呂氏曰匪風下泉思周之詩獨作於曹檜何也曰政出天子則强不凌弱各得其所政出諸侯則徵發之煩共億之困征伐之暴唯小國偏受其害所以瞻懷宗周爲獨切也戰國時房喜謂韓王曰大國惡有天子而小國利之以此二詩驗之其理益明

檜國四篇十二章四十五句

曹一之十四

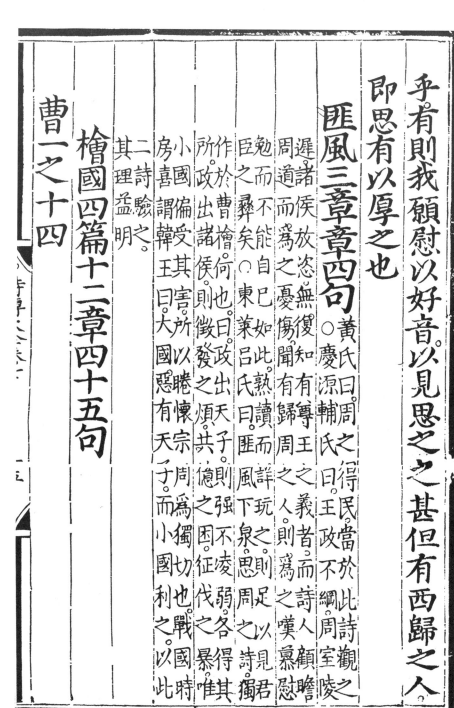

曹國名。其地在禹貢兗州陶丘之北。雷夏菏音歌亦作菏澤之野。周武王以封其弟振鐸。今之曹州即其地也曹州今改爲曹縣。隸山東兗州府。

蜉蝣之羽。衣裳楚楚。叶創舉反心之憂矣。於我歸處

比也。蜉蝣渠略也。似蛣音乞蜣音羌身狹而長角黃黑色朝生暮死。埤雅曰。蟲似天牛而小有甲。角長三四寸。朝生暮殞有浮游之義。故曰蜉蝣也。○孔氏曰。陸璣云。蜉蝣甲下有翅能飛。夏日陰雨時地中出楚楚。鮮明貌。○此詩蓋以時人有玩細娛而忘遠慮者。故以蜉蝣爲比而刺之。言蜉蝣之羽翼。猶衣裳之楚楚可愛也。然其朝生暮死不能久存。故我心憂之。而欲其於我歸處耳。序以爲刺其君。或

然而未有考也慶源輔氏曰。人心之體。上下四方。無不包括。古往今來。無不通貫。可謂大矣。今也玩細娛。忘遠慮。至如蜉蝣之朝生暮死。而不自知。則亦不靈甚矣。此詩人所以憂之。而欲其於我歸處也。所以欲其於我歸處者。蓋思有以警誨之耳。又曰。衣裳楚楚。乃是言蜉蝣之羽耳。故以爲比。若以蜉蝣之羽興衣裳楚楚。則是興體也

○蜉蝣之翼。采采衣服。叶蒲北反心之憂矣。於我歸息

比也。采采。華飾也。息。止也

○蜉蝣掘求勿反閱。麻衣如雪。心之憂矣。於我歸說音稅。叶輸藝反

比也。掘閱。未詳。說。舍息也

蜉蝣三章。章四句東萊呂氏曰。曹之賢者。憂其君危亡。近在旦夕。儻無所依。其於我處乎。蓋欲如楚芋尹申亥舍靈王於家之爲也。彼曹君方潔其衣服。志氣揚揚。而賢者已憫之如亡國

喪家之人。可哀也哉○疊山謝氏曰。此忠臣愛君憂國之眞情。其慮深。其思遠。若禍亡之無日。不自知其辭之痛惻也

彼候人兮何何可反戈與祋都律都外二反彼其音記之子三百赤芾芳勿蒲昧二反

興也。候人。道路迎送賓客之官。何。揭。祋。殳音殊也。孔氏曰。夏官候人。上士六人。下士十有二人。徒百有二十人。身何戈祋。謂候人之屬。非候人之官長也。又曰。戈。鉤矛戟也。如戟而橫安刃。但頭不向上爲鉤。直刃長八寸。橫刃長六寸。刃下接柄處四寸。並廣二寸。戈殳俱是短兵之子。指小人。芾。冕服之韠也華谷嚴氏曰。芾韍古字通用。玉藻云。韠下廣二尺。上廣一尺。長三尺。頸五寸。肩革帶博二寸。芾制同。祭服謂之芾。他服謂之韠。尊祭服也。祭服冕以祭一命縕音温芾黝音酉珩。再命赤芾黝珩。三命赤芾葱珩。大夫以上赤

芾乘軒鄭氏曰。緼。赤黃之間色。珩。佩玉之珩也。黑謂之黝。青謂之葱。周禮云。公侯伯之卿三命。其大夫再命。士一命。○此刺其君遠君子而近小人之詞。言彼侯人而何戈與祋者宜也。彼其之子。而三百赤芾何哉。晉文公入曹。數其不用僖負羈曹賢大夫而乘軒者三百人。其謂是歟杜氏曰。軒。大夫車。言其無德居位者多。○慶源輔氏曰。諸侯之制。大夫五人而已。而曹國之小。赤芾而乘軒者。至三百之衆。此末章所以有薈蔚朝隮之比也。其謂是歟。蓋疑辭。不敢質言也

○維鵜徒低反在梁。不濡其翼。彼其之子。不稱尺證反其服叶蒲北反

興也。鵜洿音烏。又音互澤。水鳥也。俗所謂淘河也孔氏曰。形如鶚而大。喙長尺餘。頷下胡大如數升囊。郭璞云。今之鵜鶘也。好群飛。入水食魚。故名洿澤。○本草曰。如蒼鵝。身是水沫。

惟胷前有兩塊肉如拳云昔爲人竊肉入河化爲此鳥因名逃河

○維鵜在梁不濡其咮（陟救反）彼其之子不遂其媾（古豆反）

興也咮喙遂稱媾寵也遂之曰稱猶今人謂遂意曰稱意

○薈（烏會反）兮蔚（於貴反）兮南山朝隮（子兮反）婉（於阮反）兮孌（力轉反）兮季女斯飢

比也薈蔚草木盛多之貌朝隮雲氣升騰也婉少貌孌好貌○薈蔚朝隮言小人衆多而氣燄盛也季女婉孌自保不妄從人而反飢困言賢者守道而反貧賤也

候人四章章四句

鳲鳩在桑其子七兮淑人君子其儀一兮其儀一兮心如結叶訖力反兮

興也鳲鳩秸音戛鞠音匊也亦名戴勝今之布穀也廬陵羅氏曰爾雅作鴶鵴又名獲穀陸璣又名擊穀又名桑鳩或謂之肩題齊人名擊正○本草曰北人云撥穀似鷂長尾飼音嗣子朝從上下暮從下上平均如一也華谷嚴氏曰郯子所謂鳲鳩氏司空鳲鳩平均故爲司空平水土也如結如物之固結而不散也○詩人美君子之用心均平專一故言鳲鳩在桑則其子七矣淑人君子則其儀一矣其儀一則心如結矣然不知其何所指也陳氏曰君子動容貌斯遠暴慢正顏色斯近信出辭氣斯遠鄙倍其見於威儀動作之間者有常

慶矣。豈固爲是拘拘者哉。蓋和順積中。而英華發外。是以由其威儀一於外。而心如結於內者。從可知也。慶源輔氏曰。陳氏引曾子之言爲說。不惟解得此詩意出。又正得曾子所言之本旨。內外無二理。見其內。可以占其外也

○鳲鳩在桑。其子在梅。叶莫悲反淑人君子。其帶伊絲。叶新齎反其帶伊絲。其弁伊騏。音其

興也。鳲鳩常言在桑。其子每章異木。子自飛去。母常不移也。眉山蘇氏曰。從其在梅。則失其在棘。從其在棘。則失其在榛。居一以俟之。無不及者。帶。大帶也。大帶用素絲。有雜色飾焉。孔氏曰。王藻云雜帶。君朱綠。大夫玄華。是有雜色飾弁皮弁也。騏。馬之青黑色者。弁之色。亦如此也。書云。四人騏弁。今作綦。○言鳲鳩在桑。則其子在梅矣。淑人君

子則其帶伊絲矣其帶伊絲則其弁伊騏矣言有常度不差忒也

○鳲鳩在桑其子在棘淑人君子其儀不忒（它得反）其儀不忒正是四國（叶于逼反）

興也有常度而其心一故儀不忒儀不忒則足以正四國矣大學傳曰其爲父子兄弟足法而後民法之也

○鳲鳩在桑其子在榛（側巾反）淑人君子正是國人正是國人胡不萬年（叶尼因反）

興也儀不忒故能正國人胡不萬年願其壽考之詞也

鳲鳩四章章六句 安成劉氏曰鳲鳩之子雖非一而鳲鳩飼之之心則如一其子之飛

性雖無常。而鳲鳩居以待之則有常。詩人托興之取義者。亦以應接事物之變。四國人民之衆。而君子則度有常。而心如一也。然其言之有序。以爲君子之心如結。是以其儀專一而有常度。有常度。是以其帶與弁亦有常而不差忒。不差忒。是以其儀不忒而可以表正四國。表正四國。則其終也。可以受天之祿。而壽考萬年。是雖祝願之詞。固亦天人感通之理也○定宇陳氏曰。心結而儀一且不忒。表裏一致也。四國國人之皆正。遠邇一致也。由之久而胡不萬年。久近一致也。國人願其年壽之久。豈非欲賴其表正之久哉○豐城朱氏曰。首章即其儀之一。而知其心之誠。二章即其服之盛。而知其德之稱。三章言由其身之脩。故化有以行於國。四章言由其國之治。故福有以裕其身。前三章皆頌美之詞。末章胡不萬年。則祝願之詞也

洌（音列）彼下泉。浸彼苞稂。（音郎）愾（苦愛反）我寤嘆。念彼周京。（叶居良反）

比而興也。洌。寒也。（華谷嚴氏曰。列旁二點者。從氷。寒也）下泉。泉下流者也。

苞。草叢生也。稂。童梁。莠屬也。陸氏曰。禾黍秀爲穗而不成。則嶷然謂之童梁。今人謂之宿田翁。或謂之守田。愾。歎息之聲也。周京。天子所居也。○王室陵夷。而小國困弊。故以寒泉下流。而苞稂見傷爲比。遂興其愾然以念周京也。

○洌彼下泉。浸彼苞蕭。叶疎鳩反愾我寤嘆。念彼京周。

比而興也。蕭。蒿也。陸氏曰。今俗謂之牛尾蒿。京周。猶周京也。

○洌彼下泉。浸彼苞蓍。音尸愾我寤嘆。念彼京師。叶霜夷反

比而興也。蓍。筮草也。陸氏曰。似藾蕭。青色。科生。○本草注曰。其生如蒿。高五六尺。一本多者至三五十莖。生便條直。異於衆蒿。秋後有花出枝端。上紅紫色。形如菊。用其莖爲筮。以知吉凶。故謂之神物。史記云。蓍滿百莖者。其下有神龜守之。上有青雲覆之。京師。猶京周也。孔氏曰。周京。與京周

京師一也。因異章而變文耳詳見大雅公劉篇

○芃芃薄工反黍苗。陰雨膏古報反之。四國有王。郇音荀伯勞力報反之。

比而興也。芃芃。美貌。郇伯。郇侯。文王之後。嘗爲州伯。治諸侯有功孔氏曰。左傳云。富辰稱畢原酆郇。文之昭也○三山李氏曰。郇國。今河中倚氏縣。王制謂二百一十國爲州。州有伯。是九州中有九伯也○言黍苗既芃芃然矣。又有陰雨以膏之。四國既有王矣。而又有郇伯以勞之。傷今之不然也慶源輔氏曰。列彼下泉。浸彼苞稂。則衰薾之意可見。芃芃黍苗。陰雨膏之。則生生之意可見。何詩人之善於形容也

下泉四章章四句

程子曰。易剥之爲卦也。諸陽消剥已盡。獨有上九一爻尚存。如碩大之果不見食。將有復生之理。朱子曰。一陽在上。如碩大之果。人不及食。獨留於上。只不食。便有復生之理上九亦變。則純陰矣。然陽無可盡之理。變於上則生於下。無間可容息也。問變於上則生於下。乃剥復相因之理。畢竟相須。經由坤。坤卦純陰無陽。如此則陽有斷滅也。何以能生於復。朱子曰。凡陰陽之生。一爻當一月。須是滿三十日。方滿得那腔子。做得一畫成。今坤卦非是無陽。始生甚微。做一畫未成。非是坤卦純陰。便無陽也。陰道極盛之時。其亂可知。亂極則自當思治。故衆心願戴於君子。君子得輿也。詩匪風下泉。所以居變風之終也。朱子曰。君子在上。而小人皆戴於下。是君子得輿之象○陳氏曰。亂極而不治。變極而不正。則天理滅矣。人道絶矣。聖人於變風之極。則係之以思治之詩。以示循環之理。以言亂之可治。變之可正也華谷嚴氏曰。匪風思周。而宣王中興。下泉思周。而周不復興。無其人也○慶源輔氏曰。匪風下泉。二詩雖皆思周道之詩。然匪風作於東遷之前。其意尚覬乎周道之復興。故曰誰將西歸。懷之好音。若下泉則作於齊桓之後。不復有覬望之意矣。直嘅嘆想慕之而已。程子因解剥卦。而及匪風下泉二詩居變風之終之說。可謂得聖人之意矣。陳氏所謂以示循環之理。以言亂之可治。變之可正。尤足以補程子之說。故並載之

曹國四篇十五章六十八句

詩傳大全卷之七

詩傳大全卷之八

豳一之十五

豳國名。在禹貢雍州岐山之北。原隰之野。虞夏之際。棄爲后稷而封於邰。及夏之衰。棄稷不務。棄子不窋迤入聲失其官守。而自竄於戎狄之間。孔氏曰。韋昭以爲不窋當太康之時不窋生鞠陶。鞠陶生公劉。能復修后稷之業。民以富實。乃相土地之宜。而立國於豳之谷焉。十世而大王徙居岐山之陽。十二世而文王始受天命。十三世而武王遂爲天子。武王崩。成王立。年幼不能涖阼。鄭氏曰。涖。視也。不能視阼階。行人君之事周公旦以冢宰攝政安成劉氏曰。成王諒陰。周公因攝其政。此謂不能涖阼而周公攝政。則通免喪以後而言也乃述后稷公劉之化。作詩一篇以戒成王。謂之豳風。而後人又取周公所作。及凡爲周公而作之詩以附焉元城劉氏曰。名之爲豳。實周公詩耳。周公作詩意在於豳。而周公其他詩無所可係。故因附之豳也。○新安胡氏曰。詩乃周家之詩。豳。特夏之列國耳。蓋七月惟言豳民之風俗。故得處變風之末。○廬陵彭氏曰。七月公劉。皆言民事。其爲詩一也。然七月之詩。微而及於昆虫草木衣服飲食之末。較之公劉。莫非興王氣象。其體固不同也。○安成劉氏曰。七月而後附以鴟鴞東山者。亦周公所作也。附以伐柯破斧。九罭狼跋者。衆人爲周公而作之詩也豳在今邠州三水縣。邰在今京兆府武功縣邠州。即今邠州。京兆府。即今西安府。並隸陝西七月流火。叶虎委反九月授衣。叶上聲音一之日觱音必發。叶方吠反二之日栗烈。叶力制反無衣無褐。音曷叶許例反何以卒歲。或曰。發烈褐皆如字。而歲讀如雪三之日于耜。叶羊里反四之日舉趾。同我婦子。叶奬里反饁炎輒反彼南畝。叶蒲彼反田畯音俊至喜。

賦也。七月。斗建申之月。夏之七月也。後凡言月者放此安成劉氏曰。凡詩中月數。皆以寅月起數。不特此詩爲然也流。下也。火。大火心星也晉天文志曰。東方三星。天王正位。中星曰明堂天子位。前星爲太子。後星爲庶子以六月之昏。加於地之南方。至七月之昏。則下而西流矣安成劉氏曰。堯典云。日永星火。以正仲夏。蓋堯時仲夏日在鶉火。故昏而大火中。及周公攝政時。凡一千二百四十餘年。歲差當退十六七度。故六月而後。日在鶉火。大火昏中。七月則日在鶉首。而昏時大火西流於地之未位。然此詩上述邠俗乃當夏商之時而言七月流火者蓋據周公時所見而言耳九月霜降始寒而蠶績之功亦成故授人以衣使禦寒也一之日謂斗建子一陽之月二之日謂斗建丑二陽之月也變月言日言是月之日也後凡言日者放此張子曰言月又言日別無義例只是文順蓋周之先公已用此以紀候故周有天下遂以爲一代之正朔也觱發風寒也栗烈氣寒也臨川王氏曰風而寒尚非其至也無風而寒於是爲至褐毛布也孔氏曰褐賤者所服今夷狄作褐皆織毛爲之歲夏正之歲也于往也耜田器也廬陵羅氏曰耜耒下耓也廣五寸耒耜上句木也耜古以木爲之易曰斲木爲耜揉木爲耒亦以金爲之周禮注古者耜一金兩人併發之耓他丁反句音鉤○濮氏曰耜以起土者言之于耜言往修田器也舉趾舉足而耕也我家長自我

也。饁。餉田也。田畯。田大夫。勸農之官也○周公以成王未知稼穡之艱難。故陳后稷公劉風化之所由。使瞽矇朝夕諷誦以教之廬陵羅氏曰。謂閒讀之。不依琴瑟而詠也○西山真氏曰。周家以農事開國。成王幼沖。周公作詩。使瞽矇歌之。庶幾王知小民之依。不敢荒寧。蓋與無逸同一意也此章首言七月暑退將寒程子曰。歲過中而將暮矣。當有卒歲之具。禦寒之備。故以七月流火爲首○張子曰。慮事有豫。常於半年前提掇。故頻舉七月爲言故九月而授衣以禦之。蓋十一月以後。風氣日寒。不如是則無以卒歲也。正月則往修田器。二月則舉趾而耕。少者既皆出而在田。故老者率婦子而餉之。治田早而用力齊。是以田畯至而喜之也廬陵歐陽氏曰。田大夫見其勤農樂業而喜○慶源輔氏曰。無衣無褐。何以卒歲。見其慮事之豫。三之日于耜。四之日舉趾。見其趨事之速。同我婦子。饁彼南畝。見其家人之心一。田畯至喜。見其上下之志通○安成劉氏曰。治田早者。二月而即舉趾也。用力齊者。少壯則在田。家長婦子則致餉也。勸農之道。無非欲其不後於時。不懈於力。邠人乃不待勸而能然。田畯所以喜也

此章前段言衣之始。後段言食之始。二章至五章終前段之意。六章至八章終後段之意

藍田呂氏曰。七月流火。則憂卒歲之無衣。三之日于耜。以備秋成而有食○安成劉氏曰。人情之常。冬寒而始索衣。然所以成衣者。則不始於冬。而始於七月之暑退。秋成而始得食。然所以足食者。則不始於秋。而始於二月之舉趾。故此章前段。以七月言衣褐之所始。二章至五章既終其意。而復言穹窒墐戶之事。後段以三之日言耕食之始。六章至八章既終其意。而幷言蔬果祭享之事。又皆所以廣此章衣食之意也○豐城朱氏曰。七月之詩。以衣食爲急。而衣食所資。以豫備爲貴。必以七月爲首者。三陰之月。陰氣始盛。故於是而豫爲禦寒之備。三陽之月。陽氣始盛。故於是而豫爲治田之備。先衣而後食。故以七月爲首也。大寒之候。在於丑

月而圖之於建申之時收成之候在於酉月而慮之於建寅之日其爲豫備可知若寒至而後索衣飢至而後索食則其爲計亦晚矣

○七月流火九月授衣春日載陽有鳴倉庚叶古郎反女執懿筐遵彼微行叶戶郎反爰求柔桑春日遲遲采蘩祁祁巨之反女心傷悲殆及公子同歸

賦也載始也陽溫和也倉庚黃鸝也懿深美也遵循也微行小徑也柔桑穉桑也遲遲日長而暄也孔氏曰人在陽則舒在陰則慘遇春暄則四體舒泰覺晝景之稍長謂日行遲故以遲遲言之也蘩白蒿也所以生蠶今人猶用之蓋蠶生未齊未可食桑故以此啖音淡之也祁祁衆多也或曰徐也公子豳公之子也○再言

流火授衣者。將言女功之始。故又本於此。遂言春日始和。有鳴倉庚之時。而蠶始生。則執深筐以求穉桑。臨川王氏曰。以九月授衣也。故春日載陽。則求桑而蠶。○鄭氏曰。蠶始生宜穉桑也。然又有生而未齊者。則采蘩者衆。而此治蠶之女。感時而傷悲。毛氏曰。春女悲。秋士悲。感其物化也。蓋是時。公子猶娶於國中。而貴家大族連姻公室者。亦無不力於蠶桑之務。故其許嫁之女。預以將及公子同歸。而遠其父母爲悲也。慶源輔氏曰。周公作此詩。所以體其民之意。至纖至悉。至於女心傷悲。殆及公子同歸。體之至此。則其餘固無不盡也。夫后稷先公之世。去周公亦遠矣。而能體其民如此。則當時之民。痒痾疾痛。周公又豈有不體之者乎。所謂唯君子爲能通天下之志。而聖人之心能合天下爲一體。通古今爲一息者。周公之謂矣。○張子曰。此言重昏嫁。本人情。○安成劉氏曰。同歸者。同親迎之公子而歸也其風俗之厚而上下之情交相忠愛如此後章凡言公子者放此張子曰我朱孔陽則已欲爲公子裳采蘩祁祁則殆及公子同歸民愛邠公待之如家人其愛之深如此○安成劉氏曰後章言爲公子裳爲公子裘者固皆可見其俗之厚而有忠愛公子之情但此章因念及公子同歸而爲離親之悲亦無非忠愛其上之心也

○七月流火八月萑戶官反葦韋鬼反蠶月條它彫反桑取彼斧斨七羊反以伐遠揚猗於宜反彼女桑七月鳴鵙圭覓反八月載績載玄載黃我朱孔陽爲公子裳

賦也萑葦即蒹葭也蠶月治蠶之月臨川王氏曰蠶長非一月故不指言某月也○安成劉氏曰蠶月雖不可指定某月然其既條取大桑復猗彼女桑大約當在建辰之月蠶盛之時先儒或疑此詩獨闕三月蓋已具於蠶月之間矣條桑枝落之采其葉也斧隋

駝妥二音銎音穹斨方銎。釋文曰。隋孔形狹而長。銎斧孔也。○孔氏曰。斨即斧也。唯銎孔異耳遠揚。遠枝揚起者也孔氏曰。長條揚起。手所不及。故枝落之而釆其葉取葉存條曰猗。女桑。小桑也孔氏曰。女是人之弱者。女桑。柔桑也小桑不可條取。故取其葉而存其條猗猗然耳。眉山蘇氏曰。猗。長也。葉盡則條猗猗而長也鵙。伯勞也孔氏曰。夏至來。冬至去。應陰氣之動。其聲鵙鵙。以聲得名○新安胡氏曰。補傳云。仲夏始鳴。七月則鳴之極○朱子曰。鵙以七月鳴。則陰氣至而衆芳歇矣。鴂鵙音相近。服虔陸佃以爲題鴂即鵙也績。緝也。玄。黑而有赤之色。朱。赤色也。廬陵羅氏曰。深纁也。祭服玄衣纁裳陽。明也。○言七月暑退將寒。而是歲禦冬之備。亦庶幾其成矣。又當預擬來歲治蠶之用。故於八月萑葦既成之際。而收蓄之。將以爲曲薄孔氏曰。月令云。季春具曲植筐莒。注。曲。薄也。植。槌也。薄用萑葦爲之至來歲治蠶之月。則采桑以供蠶食。而大小畢取見蠶盛而人力至也。蠶事既備。又於鳴鵙之後麻熟而可績之時。則績其麻以爲布。臨川王氏曰。蠶生於陽氣之淑時。故以倉庚爲候。麻成於陰氣之慝時。故以鵙爲候而凡此蠶績之所成者皆染之。或玄或黃。而其朱者尤爲鮮明。皆以供上而爲公子之裳。言勞於其事而不自愛以奉其上。蓋至誠慘怛之意。上以是施之下。以是報之也。程子曰。爲公子裘。獻豣于公。皆此義也。民之知義如此。則美俗成矣。○安成劉氏曰。至誠慘怛之情。一施一報。即所謂交相忠愛者也以上二章專言蠶績之事。以終首章前段無衣之意。安成劉氏曰。二章三章。雖皆以終首章無衣之意。而其意則益深遠。蓋二章之終。其意者。推言暑退將寒。而授衣。其衣之成。實始於春月之蠶桑。此章又推言暑退

之後。是歲蠶桑之功既成。而來歲蠶桑之備方始。以至預言八月載績。又皆預恐來歲之無衣焉。其慮之遠而備之悉者如此

○四月秀葽。於遙反 五月鳴蜩。徒彫反 八月其穫。戶郭反 十月隕于敏反蘀。音託 一之日于貉。戶各反 取彼狐狸。力之反 為公子裘。叶渠之反 二之日其同。載纘。子管反 武功。言私其豵。子公反 獻豜古年反于公

賦也。不榮而實曰秀。爾雅釋草曰。木謂之華。草謂之榮 葽草名。廬陵羅氏曰。曹氏云。今遠志也。其上謂之小草。劉向云。葽味苦。謂之苦葽。本草云。遠志。又有棘菀。繞葽。細草三名。四月陽氣極於上。而微陰巳受胎於下。葽感之而早秀。蜩。蟬之摠名 蟬也。臨川王氏曰。陽生則言日。陰生則言月。然四月正陽。秀葽言月何也。秀葽以言陰也。四月陰生者。氣之先至也。葽感陰氣而先秀。蜩感陰氣而先鳴。○張

子曰。秀葽者。物成之初。鳴蜩者。歲秋之漸。穫禾之早者可穫也。隕墜。蘀落也。謂草木隕落也。貉。狐貍也。于貉。猶言于耜。謂往取狐貍也。同。竭作以狩也。孔氏曰。獨説冬獵者。以取皮在冬也。纘習而繼之也。孔氏曰。纘繼武事。年常習之。使不忘戰也。豵。一歲豕。豜。三歲豕。○言自四月純陽而歷一陰四陰以至純陰之月。則大寒之候將至。鄭氏曰。秀葽也。鳴蜩也。穫禾也。隕蘀也。四者皆物成而將寒之候。物成自秀葽始。雖蠶桑之功無所不備。猶恐其不足以禦寒。故于貉而取狐貍之皮。以爲公子之裘也。三山李氏曰。采桑采蘩。則其勤於蠶事可謂至矣。又於鳴鵙之候。麻事興焉。至於染玄黄之色。爲公子裳。取狐狸之皮。爲公子裘。凡所以輔蠶事者。無不致力也。○西山真氏曰。上言織薄於秋。求桑於春。躬蠶織之勞以爲衣者。無所不至。猶恐其未足也。于貉爲裘。又有以相之。獸之小者。

私之以為已有而大者則獻之於上亦愛其上之無已也此章專言狩獵以終首章前段無褐之意安成劉氏曰前兩章終無衣之意固有至誠慘怛忠愛其上之情而此章終無褐之意一則曰為公子裘二則曰獻豣于公亦如上章之意焉是則下之憂夫無衣無褐而欲為之備者皆汲汲邠公家人之身而不敢以已之温暖為先非邠公有以施之安能使之若是哉

○五月斯螽音終動股六月莎素和反雞振羽七月在野叶上與反八月在宇九月在户後五反十月蟋蟀入我牀下叶後五反八字一句穹起弓反窒珍悉反熏許云反鼠塞向墐音覲户同上嗟我婦子叶茲五反曰為改歲入此室處

賦也斯螽莎雞蟋蟀一物隨時變化而異其名新安胡氏曰集

傳本伊川說。而三物名色各異動股。始躍而以股鳴也。振羽。能飛而以翅鳴也陸氏曰。斯螽股似玳瑁。五月中兩股相切作聲聞數十步。江東呼蚱蜢。莎雞如蝗。斑色。毛翅數重。其翅正赤。六月中飛而振羽。索索作聲。○華陽范氏曰。五月而陰生。動股振羽。氣使之然也宇。簷下也。暑則在野。寒則依人鄭氏曰。自在野至入我牀下。皆謂蟋蟀也穹。空音孔隙也。窒。塞也。向。北出牖也。墐。塗也。庶人篳戶。冬則塗之三山李氏曰。月令云。孟冬之月。命有司曰。天氣上騰。地氣下降。閉塞而成冬。則以十月爲塞向墐戶之候○孔氏曰。篳序以荊竹織門。以其通風。故泥之也東萊呂氏曰。十月而曰改歲。三正之通於民俗尚矣。周特舉而迭用之耳朱子曰。周歷夏商。其未有天下之時。固用夏商之正朔。然其國僻遠。無純臣之義。又自有私記其時月者。故三正皆曾用也○安成劉氏曰。歲字之義。有以天時一周而言者。有以正朔所紀而言者。天時一周。必始於孟春。而終於季冬。首章所謂二之日何以卒歲是也。正朔所紀。則子丑寅之迭建。與此十月而謂改歲者是也。夫夏書有怠棄三正之語。則自夏以前。已有子丑之正。是三正通于民俗。其來既遠。故邠公創國偏方。亦有十月改歲之俗。及至周有天下。又因以爲一代之正朔。正如公劉徹田爲粮之法。其後亦爲成周之徹法也 ○言覩蟋蟀之依人。則知寒之將至矣。三山李氏曰。自純陽而一陰生。積而至於大冬。其來固有漸也。故記此三物。始而在野。既而在宇在戶。皆自外而之內。自遠而之近。既入于牀下。則近人而寒至矣 ○龜山楊氏曰。堯命羲和以昏中之星正四時。鳥獸氄毛希華之類爲之應。七月所陳。以倉庚鳴鵙爲蠶績之候。以秀葽隕蘀其穫爲取皮之候。以斯螽蟋蟀爲處室之候。皆此意也 於是室中空隙者塞之。熏鼠使不得穴於其中。塞向以當北風。墐戶以禦寒氣。而語其婦子曰。歲將改矣。天既寒而事亦已。可以入此室處矣。此見老者之愛也 前漢食貨志曰。春令民畢出在埜。冬則畢入於邑。曰同我婦子。饁彼

南畝。又曰嗟我婦子。入此室處。所以順陰陽也。○安成劉氏曰。老者之愛其家人如此。亦所謂上以是施之者也

此章亦以終首章前段禦寒之意安成劉氏曰。此章推言室塞墐戶。亦以終首章前段意也。已上三章。皆言所以爲公上禦寒之計。此章然後自言禦寒。可見其君臣之義。尊卑之序矣。○豐城朱氏曰。由動股而至入我牀下。所以感時物之屢變。由穹窒而至於墐戶入室。所以盡人事之當爲。豳民於衣食之奉。必先老而後幼。先貴而後賤。獨於改歲入室。則老幼貴賤同之。所以廣其愛也

○六月食鬱及薁於六反七月亨普庚反葵及菽音叔八月剝普卜反棗叶音走十月穫稻叶徒荀反爲此春酒。以介眉壽叶殖酉反七月食瓜叶音孤八月斷壺。九月叔苴七餘反采荼音徒薪樗敕書反食音嗣我農夫

賦也。鬱。棣屬。薁。蘡薁音纓又音鶯也。孔氏曰。鬱樹高五六尺。實大如李而正赤。食之

甜。本草云。一名雀李。一名車下李。與棣相類。薁。薁李。二者相類。同時熟。○本草注曰。葡萄即蘡薁。生隴西五原山谷**葵菜名**山陰陸氏曰。葵有紫白二種。葵心隨日光所轉。輒低覆其根。○爾雅曰。莖大葉小。花紫黃色。可茹**菽豆也**濮氏曰。菽豆葉謂之藿**剝擊也穫稻以釀酒也**本草注曰。稉糯通名爲稻。糯溫。故以爲酒**介助也介眉壽者須禱之詞也**臨川王氏曰。養氣體以助之也。○孔氏曰。眉壽者年老有毫眉秀出**壺瓠也**長樂劉氏曰。枯者可爲壺。嫩者可供茹**食瓜斷**絕之義。當音短**壺亦去圃爲場之漸也叔拾也苴麻子也**孔氏曰。拾取麻子以供食也**荼苦菜也樗惡木也**孔氏曰。樗唯堪爲薪。故曰惡木○本草注曰。樗木類椿。江東呼爲鬼目。葉脫處有痕如眼目。故得名。其木最無用。莊子所謂大本不中繩墨。小枝不中規矩者也

○自此至卒章皆言農圃飲食祭祀燕樂以終首章後段之意三山李氏曰。于耜舉趾。則其勤於田事可謂至矣。穫稻納禾。則田事之畢。

至於食鬱及薁。亨葵及菽。開冰祭韭。朋酒羔羊。凡所以助飲食者無不至也　而此章果酒嘉蔬。以供老疾。奉賓祭。瓜瓠苴荼以爲常食。少長之義。豐儉之節然也　程子曰。食鬱以下。皆爲老者之具。食瓜以下。皆爲壯者之食。○永嘉陳氏曰。取貑以爲私。取豜以獻公。上下之分著矣。以美者養老。惡者自養。長幼之義明矣。○安成劉氏曰。此章終首章言食之意。而以美者養老。惡者常食。是亦可見其愛敬於上之無已。猶四章終無褐之意也。抑又可見其豐於供老奉賓。而儉於自養也○豐城朱氏曰。此章當看介眉壽食農夫六字。鬱薁之食。葵菽之亨。棗之剝。而春酒之爲。皆介眉壽之事。介有助之之意。則非以爲常食也。瓜之食。壺之斷。苴之叔。荼之采。樗之薪。皆食農夫之事。食有養之之意。固以是爲常矣。然則果酒嘉蔬。非不可以及少也。而供老病奉賓祭之意多。瓜瓠苴荼。老者未必不食也。而不可以爲常。於以見食稻食肉。乃老者之常。而果酒嘉蔬。則又於常食之外。專以此而致其助也。有常食以養之。而又有美味以助之。此豳人之老。所以無凍餒也歟

○九月築場圃（博故反）十月納禾稼（叶古護反）黍稷重（直容反）穋（音六）禾麻菽麥（叶訖力反）嗟我農夫我稼既同上入執宮功（叶六直反）晝爾于茅宵爾索綯（徒刀反）亟（紀力反）其乘屋其始播百穀

賦也。場圃同地。物生之時則耕治以爲圃而種菜茹。物成之際則築堅之以爲場而納禾稼。蓋自田而納之於場也（廬陵彭氏曰築場於圃地。地無遺利也）禾者穀連藁秸（音戛）之總名（說文曰。秸。禾藁去皮）禾之秀實而在野曰稼。先種後熟曰重。後種先熟曰穋。再言禾者稻秫苽粱之屬。皆禾也（廬陵羅氏曰稻。稌也。音杜。秫。音述。糯也。苽。音孤。雕苽也。亦作雕胡。即扳桑所謂安胡飯。○本草注曰。稻米有秔有糯。秫米是粟。秫似黍米而粒小。不堪爲飯。最粘宜作酒。苽又謂之茭白。歲久中心生白臺。謂之菰米。臺中有黑者謂之茭鬱。至後結實）

乃雕胡。黑米粱米。皆是粟類○孔氏曰。麻與菽麥則無禾稱。故於麻麥之上。更言禾字以總諸禾也○東陽許氏曰。麥非納於十月。蓋總言農事畢耳同聚也臨川王氏曰。言所納之備也宮邑居之宅也。古者民受五畝之宅。二畝半爲廬在田。春夏居之。二畝半爲宅在邑。秋冬居之。功。葺治之事也臨川王氏曰。上入執宮功。城中之宅也。中田有廬。田中之廬也。出而作於田。入而休於室。皆授之以時○安成劉氏曰。十月禾稼既同之後。而入治邑居。即蟋蟀入牀下而塞向墐户之時也。或曰。公室官府之役也。古者用民之力。歲不過三日是也。索。綯也。綯。索也。乘。升也○言納於場者無所不備。則我稼同矣。可以上入都邑而執治宮室之事矣三山李氏曰。自田野入都邑。故謂之上故晝往取茅。夜而絞索。亟升其屋而治之。蓋以來歲將復始播百穀。

而不暇於此故也。不待督責而自相警戒。不敢休息如

此。慶源輔氏曰。黍稷重穋。禾麻菽麥。則凡一歲所種者。先後大小皆舉之矣。故後總言之曰我稼既同。謂畢聚也。上入執宫功。觀上之一字。恐當從范氏。董氏說以爲公室官府之役。於其田畝則曰雨我公田。遂及我私。於其居室。則曰上入執宫功。然後索綯以乘屋。周人之忠君親上。發於真誠如此。固不待使之而然也。七月之民。其事則不外於農桑。其心則不忘乎君上。治天下之未能使斯民至於如此。則皆苟道也。○臨川王氏曰。宵可以息矣。而索綯。冬可以息矣。而乘屋。○程子曰。古者功作之事。皆於冬月閑隙之際。如修完屋廬墻垣之類。皆爲來歲計。皆是一歲既終。則復慮其始也。○慶源輔氏曰。詩言民之趨於農功。自然如此其亟。故孟子引之以證其民事不可緩之說。

吕氏曰。此章終始農事。以極憂勤艱難之

意。華陽范氏曰。天運而不息。人勤而不已。故我稼既同。則又將始播殖也。○臨川王氏曰。如易所謂終則有始也。○安成劉氏曰。此章終首章言食之意。而終始農事之艱難。亦猶三章終無衣之意。既終蠶桑之功。復擬

來歲治蠶之用也○豐城朱氏曰。稼之既同。若可以少休也。而即念夫邑居之當修屋之方乘。若可以少緩也。而復念夫農功之當始。於其築而納之也。有以見其歡欣鼓舞之意。於其亟而乘之也。有以見其勸勉戒飭之意。事有始終。而其憂勤艱難。則無間於始終。此所以爲厚也歟

○二之日鑿冰冲冲。三之日納于凌[力證反]陰。[叶於容反]四之日其蚤。[音早]獻羔祭韭。[音九叶已小反]九月肅霜。十月滌[徒力反]場。朋酒斯饗。[叶虛良反]曰殺羔羊。躋[子奚反]彼公堂。稱彼兕觥。[觵彭反。叶古黃反]萬壽無疆

賦也。鑿冰。謂取冰於山也。冲冲。鑿冰之意。周禮正歲十二月令斬冰是也[左傳昭公四年。其藏冰也。深山窮谷。固陰沍寒。於是乎取之。注。沍。閉也。必]取積陰之冰。所以道達其氣使不爲災○孔氏曰。冲冲。非貌非聲。故云鑿冰之意。又曰。周禮凌人十二月斬冰。

則即以其月納之納藏也。藏冰所以備暑也鄭氏曰。上言備寒。此言備暑凌
陰冰室也。凾土寒。多正月風未解凍。故冰猶可藏也。蚤
蚤朝也。韭菜名。獻羔祭韭而後啓之。月令仲春獻羔開
冰。先薦寢廟是也孔氏曰。祭韭者。以時韭新出。故薦之○鄭氏曰。獻羔祭司寒。而出冰薦於
宗廟。乃後賜之蘇氏曰。古者藏冰發冰。以節陽氣之盛。夫陽氣
之在天地。譬如火之著長入聲於物也。故常有以解之。十
二月陽氣蘊伏。錮而未發。其盛在下。則納冰於地中。至
於二月四陽作。蟄蟲起。陽始用事。則亦始啓冰而廟薦
之。至於四月。陽氣畢達。陰氣將絕。則冰於是大發。食肉
之祿。老病喪浴。冰無不及孔氏曰。二月開冰。公始用之。未賜臣也。至於夏初。其出之

也。朝之祿位賓客喪祭。於是乎普用之○杜氏曰。食肉之祿。謂在朝廷治其職事就官食者。老。謂致仕在家者

是以冬無愆陽。夏無伏陰。春無淒風。秋無苦雨。雷出不震。無災霜雹。癘疾不降。民不夭札也杜氏曰。愆。過也。謂冬溫。伏陰。謂夏寒。淒。寒也。苦雨。霖雨為人所患苦。短折為夭。夭死為札胡氏曰。藏冰開冰亦聖人輔相燮調之一事耳。不專恃此以為治也。肅霜。氣肅而霜降也。滌場者。農事畢而掃場地也。兩尊曰朋。鄉飲酒之禮。兩尊壺于房戶間是也廬陵羅氏曰。儀禮鄉飲酒禮尊兩壺于房戶間。士冠禮注。置酒曰尊。許氏云。傳云兩尊壺。恐傳寫之誤○孔氏曰。鄉飲酒有四。一則黨正十二月因大蜡而飲酒也○廬陵李氏曰。房戶間者。房西室戶東。於堂為東西之中。當兩楹間躋。升也。公堂。君之堂也。稱。舉也。疆。竟也○張子曰。此章見民忠愛其君之甚。既

勸趨其藏冰之役。又相戒速畢場功。殺羊以獻于公。舉酒而祝其壽也。問民何以得升君之堂。朱子曰。周初國小。君民相親。其禮樂法制。亦未甚備。而民事艱難。君則盡得以知之。成王之時。禮樂備。法制立。然但知爲君之尊。而未必知爲國之初此等意思也。故周公特作此詩。使之因是以知民事也。○華谷嚴氏曰。補傳云。君民相親。不啻如家人父子。周之王業由於得民。世三十。年八百。基於此歟。國人以朋酒羔羊。自詣公堂。其禮甚野。其意甚真。雖立國之初。庶事草草。然非三代之時。安得此風俗也。○慶源輔氏曰。以介眉壽。祝其親也。萬壽無疆。祝其君也。周之先公。以農桑教民。而使民給足於衣食。然未嘗以爲惠也。周之民亦自力於農桑之事。以樂其生。至於歲終休暇之時。則殺羊爲酒祝君之壽。以致其尊君親上之誠。亦未嘗以爲是足以報其上也。上以誠愛下。下以誠事上。而兩不知其所以然。此所謂皞皞如也。○安成劉氏曰。此章推言冰食飲宴以終言食之意。而見其民忠愛之情。亦猶二章三章四章終言衣褐之意。而見其風俗之厚。上下之情。交相忠愛也。○豐城朱氏曰。鑿冰藏冰。其供上役也爲甚勤。肅霜滌場。其畢農功也。爲甚速。故其開冰也。獻羔祭韭。以薦寢廟。君旣得以致其誠孝於神。其務閑也。殺羊舉酒而祝其壽。民復有以致其忠愛於君。可謂上下相親之甚矣

七月八章章十一句

周禮籥章中（音仲）春晝擊土鼓歈（音吹）豳詩以逆暑中秋夜迎寒亦如之。卽謂此詩也（鄭氏曰。土鼓。以瓦爲匡。以革爲兩面可擊。吹之者。以籥爲之聲。七月言寒暑之事。迎氣歌其類也。迎暑以晝。求諸陽。迎寒以夜。求諸陰）

王氏曰。仰觀星日霜露之變。俯察昆蟲草木之化。以知天時。以授民事。女服事乎內。男服事乎外。上以誠愛下。下以忠利上。父父子子。夫夫婦婦。養老而慈幼。食力而助弱。其祭祀也時。其燕饗也節。此

七月之義也程子曰。七月大意憂思深遠。欲成王知先公致王業之由。民之勞力趨事艱難如此。此詩多陳節物。大要言歲序之遷。人事當及時耳○臨川王氏曰。不作無益也。預備乎田桑之事而已。不貴異物也。致美乎田器而已。人無遺力矣。故事不足治也。地無遺利矣。故物不可勝用也。女不淫而仁也。又有禮焉。士不惰而武也。又有義焉。非道之以政。齊之以刑。所能致也。風化而已○問豳詩本風。而周禮籥章氏。祈年於田祖。則吹豳雅。蜡祭息老物則吹豳頌。不知就豳詩觀之。其孰爲雅。孰爲頌。朱子曰。先儒因此說。而謂風中自有雅自有頌。雖程子亦謂然。似都壞了詩之六義。然有三說。一說謂豳之詩吹之。其調可以爲風。可爲雅。可爲頌。一說謂楚茨大田甫田。是豳之雅。噫嘻載芟豐年諸篇。是豳之頌。謂其言田之事如七月也。如王介甫則謂豳之詩自有雅頌。今皆亡矣。數說皆通。恐其或然。未敢必也○華谷嚴氏曰。七月之詩。一言以蔽之。曰豫而已。凡感節物之變而修人事之備。皆豫爲之謀也○慶源輔氏曰。此詩前三章。皆以暑退將寒爲言。故以七月流火一句爲始。至四章，則以四月秀葽純陽之月爲始。五章則以五月斯螽動股爲始。六章則以六月食鬱及薁爲始。而迄乎九月叔苴。七章則遂以九月築場圃爲始。而繼以十月納禾稼。八章則以十二月正月二月爲始。而終於九月十月。周正之歲終焉。其所舉時月。雖若參差不齊。而細觀之。則亦有次序如此○西山真氏曰。農者。衣食之本。唯其關生民之大命。是以服天下之至勞。今以此詩考之。是其心無一念不在乎農也。一歲之間。無一日不專乎農也。一家之內。無一人不力乎農也。近世張栻入侍經筵。言周公之告成王。見於詩有如七月。見於書有如無逸。欲其知稼穡之艱難。與小人之依帝王所傳心法之要。端在於此。其論最爲墾至

鴟鴞鴟鴞。既取我子。又叶入聲無毀我室。又叶上聲恩斯勤斯。鬻由六反子之閔叶眉貧反斯

比也。爲鳥言以自比也。鴟鴞。鵂鶹。音休留惡鳥。攫俱縛反爪持也

詩傳大全卷八

鳥子而食者也。藍田呂氏曰惡聲之鷙鳥也。有鴞萃止。翩彼飛鴞爲梟爲鴟。蓋梟之類也。室。鳥自名其巢也。恩情愛也。勤篤厚也。鬻養閔憂也。○武王克商使弟管叔鮮蔡叔度監于紂子武庚之國。武王崩成王立。周公相之。而二叔以武庚叛且流言於國曰。周公將不利於孺子。潘子善問周公使管叔監殷。豈非以愛兄之心勝。故不敢疑之耶。朱子曰。若說不敢疑。則也是有可疑者也。蓋周公以管叔是吾之兄。事同一體。今既克商。使之監殷。又何疑焉。非是不敢疑。乃是即無可疑之事也。不知他自差異。周公爲之柰何哉。董叔重因問孟子所謂周公之過不亦宜乎者。正謂此也。曰。然。故周公東征二年。乃得管叔武庚而誅之。而成王猶未知公之意也。公乃作此詩以貽王。託爲鳥之愛巢者。呼鴟鴞而謂之曰。鴟鴞鴟鴞。爾既取我之子矣。

無更毁我之室也。以我情愛之心。篤厚之意。鬻養此子。誠可憐憫。今既取之。其毒甚矣。況又毁我室乎。以比武庚既敗管蔡。不可更毁我王室也廬陵彭氏曰。鴟鴞以比武庚。子以比群叔。室以比王室○或問既取我子。無毁我室。解者以爲武庚既敗管蔡。不可復亂王室。畢竟是當初管蔡挾武庚爲亂。朱子曰。詩人之言只得如此。不成歸怨管蔡○安成劉氏曰。此詩歸罪於武庚。而於三叔則有閔惜之意。蓋爲親者諱也。如書之大誥亦然。此皆兄弟私情見於立言之際。然而公義則不可掩。故史臣於書。既曰管叔及其群弟流言於國。又曰周公位冢宰。群叔流言。乃皆以公義直書之者也。

○迨天之未陰雨。徹彼桑土。音杜。徒古反綢直留反繆莫侯反牖戶。後五反今女音汝下民。或敢侮予叶演女反

比也。迨。及。徹。取也。桑土。桑根也釋文曰。韓詩作杜。方言云。東齊謂根曰杜綢

繆纏綿也。牖巢之通氣處。戶其出入處也○亦爲鳥言。我及天未陰雨之時。而往取桑根。以纏綿巢之隙穴。使之堅固。以備陰雨之患。則此下土之民。誰敢有侮予者。亦以比己深愛王室。而預防其患難之意。故孔子贊之曰。爲此詩者。其知道乎。能治其國家。誰敢侮之南軒張氏曰。鳥於天未陰雨而徹桑土。葺牖戶。是猶於國家安泰之日。而經理備預者也。蓋消息盈虛之相盪。安危治亂之相承。理之常然。非知幾者。孰能審微於未形。而禦變於將來哉○慶源輔氏曰。言己之深愛王室。先事爲備以防禍亂之意。疑當時流言。必以爲周公平日勤勞。皆是自爲己謀。故今攝政。而欲不利於孺子耳。故周公言此以曉成王也

○予手拮音吉据。音居予所捋力活反荼。予所蓄租。子胡反予口卒

瘏音徒。曰予未有室家叶古胡反

比也。拮据，手口共作之貌。捋，取也。荼，萑音丸苕音迢。可藉巢者也。孔氏曰：薍為萑，萑苕謂薍之秀穗也。薍，頑去聲。蓄，積。租，聚也。卒，盡。瘏，病也。慶源輔氏曰：拮据，手口共作之貌。捋荼蓄租，則其所作之事也。先言手之拮据，終言口之卒瘏，亦言之法也。室家，巢也。○亦為鳥言作巢之始，所以拮据以捋荼蓄租，勞苦而至於盡病者。華谷嚴氏曰：手拮据而捋荼，以蓄租而口卒瘏，交錯言之也。以巢之未成也。以比已之前日所以勤勞如此者，以王室之新造而未集故也。

○予羽譙譙在消反。予尾翛翛素彫反。予室翹翹祈消反。風雨所漂匹遙反搖。予維音嘵嘵呼堯反比也。譙譙。殺色界反也。翛翛。敝也。翹翹。危也。嘵嘵。急也。○亦爲鳥言。羽殺尾敝以成其室而未定也。風雨又從而漂搖之。則我之哀鳴安得而不急哉。以比已既勞悴。王室又未安。而多難乘之。則其作詩以喻王。亦不得而不汲汲也。慶源輔氏曰。此詩固是周公赤心血誠。然流言自以周公爲已謀。而周公自以王室爲已之室家無所避也。此又可見其正大之情。○程子曰。此公之詩。所以詞哀而意切也。○安成劉氏曰。上章及此。周公自比其勤勞如此者。蓋公以貴戚大臣。宗社安危。係於其身者非一日矣。成王既惑於流言。則夫自言其勞而不爲誇。謂王室爲予室而不爲嫌。良以嘵嘵之音。出於忠愛之情所不能已也。然而成王之信其勤勞王家。猶有待於他日雷風之變。又以見讒說之易以入人。忠言之難於見信。而惜成王之見。不明且速也。

鴟鴞四章章五句

事見書金縢篇金縢曰。管叔及其群弟。流言於國曰。公將不利於孺子。周公乃告二

公曰。我之弗辟。我無以告我先王。周公居東二年。則罪人斯得。于後公乃爲詩以貽王。名之曰鴟鴞。王亦未敢誚公。蔡氏傳曰。流言。無根之言也。商人兄弟爭立者多。周公攝政。商人固已疑之。又管叔於周公爲兄。尤所覬覦。故武庚管蔡流言於國。以危懼成王而動揺周公也。辟讀爲避。鄭氏詩傳曰。周公辟居東都是也。周公言我不避。則於義有所不盡。無以告先王於地下也。居東。居國之東也。鄭氏謂辟居東都。未知何據。孔氏以居東爲東征。非也。方流言之起。成王未知罪人爲誰。二年之後。王始知罪人之爲管蔡。斯得者。遲之之詞也。誚讓也。按東山詩言自我不見于今三年。則居東之非東征明矣。蓋周公居東二年。成王因風雷之變。既親迎以歸。三叔懷流言之罪。遂脅武庚以叛。成王命周公征之。其東征往返首尾。又自三年也。○朱子曰。弗辟之說。只從鄭氏爲是。向董叔重得書亦辨此。一時信筆答之。謂當從古注說。後來思之不然。三叔方流言。周公處骨肉之間。豈應以片言半語。

遽然興師以征之。聖人氣象大不如此。又成王方疑周公。周公固不應不請而自誅之。若請之於王。亦未必見從。雖曰聖人之心公平正大。區區嫌疑似不必避。但舜避堯之子。禹避舜之子。自是合如此。若居堯之宮。逼堯之子。即爲篡矣。或謂周公居東。不幸成王終不悟。不知周公又如何處。愚謂公亦惟盡其忠誠而已矣。問鴟鴞詩。其詞艱苦深奥不知當時成王。如何便理會得。曰。當時事變在眼前。故讀其詩者。便知其用意所在。自今讀之。既不及見當時事。所以謂其詩難曉。然成王雖得此詩亦只是未敢誚公。其心未必能遂無疑。及至雷風之變。啓金縢之書後。方始釋然開悟○安成劉氏曰。集傳以爲公遭流言。即東征二年而誅管叔武庚。其後乃作此詩。成王得詩。又感風雷之變。迎公以歸。公乃作東山之詩。此蓋用孔氏書註弗辟之說。後來既與九峯辨其不然。以爲當從鄭氏。而於詩傳則未及追改耳。蓋流言之興。而公弗辟居以待成王之察。則其心雖無私。而義有未盡。故曰我無以告我先王。是以避居二年之後。成王既知流言之罪人。而疑慮未釋。乃作鴟鴞以貽之。觀其告鴟鴞。以無毀我室。可見其詩作於武庚未誅之先。自雷風之變。而周公既歸。乃承王命。作大誥東征。一書之中。首言王若曰。繼而屢言王曰。又言冲人。又曰寧考。皆自成王而言。可見公之東征。王實命之。當在王既感悟而迎公以歸之後也

我徂東山。慆慆吐刀反不歸。無韻未詳 我來自東。零雨其濛。我東曰歸。我心西悲。制彼裳衣。勿士行户郎反枚。叶謨悲反 蜎蜎烏玄反者蠋。音蜀 烝在桑野。叶上與反 敦都迴反彼獨宿。亦在車下。叶後五反

賦也。東山。所征之地也。三山李氏曰。周在豐鎬。管蔡三監叛其地在王室之東。周公征之。自西而東。故謂之東征 慆慆。言久也。永嘉陳氏曰。慆。慢也。有流而不止之意 零。落也。濛。雨貌。裳衣。平居之服也。勿士行枚。未詳其義。鄭氏曰。士。事也。行。陣也。枚。如箸遲據反 銜之。有繣音壞。又音畫。徽也 結項

中以止語也鄭氏曰。軍法止語。爲相疑惑蜎蜎動貌。蠋桑蟲如蠶者也。烝發語辭。敦。獨處不移之貌。此則興也。○成王既得鴟鴞之詩。又感雷風之變。始悟而迎周公。於是周公東征已三年矣。既歸因作此詩以勞歸士。鄭氏曰。管蔡流言。周公避居東都。成王既得金縢之書。親迎周公。公歸攝政。三監叛。公乃東伐之。三年而後歸蓋爲之述其意而言曰。我之東征既久。而歸途又有遇雨之勞。董氏曰。我徂東山。記其地也。慆慆不歸。記其久也。我來自東。記其還也。零雨其濛。記其時也。○華陽范氏曰。人之情憚往而樂歸。於其歸猶閔其遇雨。則其往可知矣因追言其在東而言歸之時。心已西嚮而悲。於是制其平居之服。而以爲自今可以勿爲行陳銜枚之事矣東萊呂氏曰。此亦歸士之情也。所謂序其情而閔其勞也及其在塗。則又覩物起興而自嘆曰。彼蜎蜎者蠋。則在彼桑野矣。此敦然而獨宿者。則亦在此車下矣臨川王氏曰。古用車戰。則將卒有所蔽倚。止則爲營衛。與塹柵無以異。兵械衣服。皆可以載其中

○我徂東山。慆慆不歸。我來自東。零雨其濛。果臝力果反之實。亦施羊豉反于宇。伊威在室。蠨音蕭蛸所交反在戶。後五反町他頂反畽他短反鹿場。熠以執反燿以照反宵行。叶戶郎反不可畏叶於非反也伊可懷叶胡威反也

賦也。果臝。栝音括樓也本草曰。栝樓。實名黃瓜。生苗引藤蔓。實在花下。大如拳。九月熟。○孔氏曰。一名天瓜。葉如瓜葉。形兩兩相值。蔓延。青黑色。六月華。七月實。如瓜瓣施。延也。蔓生延施于宇下也。伊威。鼠婦也。室不埽則有之長樂劉氏曰。伊威。壁落間

小蟲也。無人掃則出行于室。○本草曰。鼠婦一名負蟠。多在下濕處及土坎中。常惹著鼠背。故名鼠負。今誤作婦字。所謂濕生蟲也。多足。其色如蚓。背有横文。○孔氏曰。一名委黍。在壁根下甕底木中生。似白魚**蠨蛸。小蜘蛛也。戶無人出入。則結網當之。**陸氏曰。蠨蛸。名長踦。小如蜘蛛而足長。喜結網當户。人觸之則伸前後足如草。使人不疑爲蟲。故名長踦音欺○孔氏曰。小蜘蛛長脚者。俗呼爲蠨子**町疃。舍傍隙地也。**程子曰。盧傍畦壠。○爾雅曰。町畦。林疃之中也**無人焉。故鹿以爲場也。熠燿。明不定貌。宵行。蟲名。如蠶。夜行。喉下有光如螢。**濮氏曰。舊說以熠燿即螢。以宵行爲夜飛。與下章熠燿其羽相戾。當知宵行乃蟲名。○**章首四句。言其往來之勞在外之久。故每章重言見其感念之深。遂言已東征。而室廬荒廢至於如此。亦可畏矣。然豈可畏而不歸哉。亦可懷思而已。此則述其歸未**

至而思家之情也　程子曰。丁夫于役。田事廢而室廬荒。果蠃以下是也。在彼思念其如此也　○華谷嚴氏曰。別家於久住之處。猶或相忘。至於歸心已動。行而未至。則思家之情最切。故序其在途之情以慰勞之

○我徂東山。慆慆不歸。我來自東。零雨其濛。鸛古玩反鳴于垤。田節反。叶地一反　婦嘆于室。洒埽穹窒。我征聿至。叶入聲　有敦都迴反瓜苦。烝在栗薪。自我不見。于今三年。叶尼因反

賦也。鸛。水鳥。似鶴者也　陸氏曰。似鶴而大。長頸赤喙。白身黑尾翅。○本草注曰。頭無丹。項無烏帶。身似鶴。不善唳。但以喙相擊而鳴。亦有二種。白鸛烏鸛　垤。蟻塜也　孔氏曰。蟻輂土爲塜以避濕　穹窒見七月　○將陰雨則穴處者先知。故蟻出垤而鸛就食之。遂鳴于其上也　埤雅曰。鸛知天將雨。俯鳴則陰。仰鳴則晴　○詩攷曰。

巢處知風。穴處知雨。○孔氏曰。將陰雨水泉上潤。故螘避濕而上冢。鸛是好水之鳥。知天將雨。故長鳴而喜也

行者之妻亦思其夫之勞苦而嘆息於家。鄭氏曰。行者於陰雨尤苦。婦念之則嘆於室也於是洒掃穹窒以待其歸。而其夫之行忽已至矣。因見苦瓜繫於栗薪之上。而曰自我之不見此。亦已三年矣。栗。周土所宜木。與苦瓜。皆微物也。見之而喜。則其行久而感深可知矣

○我徂東山。慆慆不歸。我來自東。零雨其濛。倉庚于飛。熠燿其羽。之子于歸。皇駁邦角反其馬。叶蒲補反親結其縭。叶離羅二音九十其儀。叶宜俄二音其新孔嘉叶居宜居何二反其舊如之何叶奚何二音

賦而興也。倉庚飛。昏姻時也。熠燿。鮮明也。安成劉氏曰。上章熠燿。言宵行蟲之光。故以爲明不定貌。此章言倉庚之羽。故以爲鮮明。集傳隨人解義類如此。黃白曰皇。孔氏曰。謂馬色有黃處。有白處。駵音留白曰駁。孔氏曰。謂馬色有駵處。有白處。駵。赤色也。縭。婦人之褘音暉也。母戒女而爲之施衿欽去聲結帨也。爾雅孫炎注。褘帨巾也。郭璞注。衿。衣小帶也。○孔氏曰。昏禮言結帨。此言結縭。則縭當是帨。九其儀。十其儀。言其儀之多也。○賦時物以起興。而言東征之歸士。未有室家者及時而昏姻。旣甚美矣。其舊有室家者。相見而喜。當如何邪。程子曰。言歸而及時成昏姻之禮。人情之所樂也。

東山四章章十二句

序曰。一章言其完也。二章言其思也。三章言其室家之望女也。四章樂男女之得及時也。君子之於人。序其情而閔其勞。所以說也。說以使民。民忘其死。其惟東山乎。愚謂完謂全師而歸。無死傷之苦。思謂未至而思。有愴恨之懷。至於室家望女。男女及時。亦皆其心之所願。而不敢言者。上之人乃先其未發而歌詠以勞苦之。則其歡欣感激之情。爲如何哉。蓋古之勞詩皆如此。其上下之際。情志交孚。雖家人父子之相語。無以過之。此其所以維持鞏固數十百年。而無一旦土崩之患也。三山李氏曰。此詩所以勞歸士也。而得述其懷思之情。蓋載其情於詩。是其情周公知之矣。知其情所以勞之也。○朱子曰。周公是王室至親。諸侯連衡背叛。當國大臣豈有坐視不救之理。帥師征之。乃是正義。周公之志。非爲身謀也。爲先王謀也。非爲先王謀也。以身任天下之重也。又曰。東山詩曲盡人情。方其盛時。則作之於上。東山是也。及其衰世。則作之於下。伯兮是也。○慶源輔氏曰。周公之詩。七月述后稷公劉衣食斯民之事以告成王。見君人之道也。鴟鴞述已之勤勞以悟成王。見爲臣之義也。東山述歸士之意以慰勞之。見用民之宜也。三詩誠足以爲萬世法。非周公其孰能爲之。○安成劉氏曰。古之勞詩如四牡采薇出車杕杜等篇。皆所以交通上下之情。而爲固結人心之本也。○或曰。以周公而誅武庚。猶以千鈞之重而壓乎鳥卵之上。蔑不破矣。而奚俟乎三年之久也。豐城朱氏曰。文武深仁厚澤。其浸漬於西土者雖深。而漸濡於殷邦者猶淺。其頑民染於商辛之舊習未盡變。其賢士懷於先王之遺澤者未盡泯。一旦改商而爲周。其眷眷思念之意固未遽釋然也。況又益之以管蔡之流言。在我者有釁之可乘乎。故周公之東征也。衮衣繡裳舒徐容與於東山之下。諄諄乎反邦之訓誨。懇懇乎雖民之戒飭使人心曉然知逆之不可以犯順邪之不可以干正則自然有以剪其羽翼而披其枝葉將不必斧鉞干戚之用而罪人斯得矣則周公之於庶殷非以力勝之也以德化之也惟其以德服人也故軍士之從公而東者雖有別離之苦而無死亡之患則周公此舉可謂仁之至而義之盡矣

既破我斧又缺我斨七羊反周公東征四國是皇哀我人斯亦孔之將

賦也隋駝妥二音銎音芎曰斧方銎曰斨征伐之用也四國四方之國也皇匡也董氏曰齊詩作四國是匡賈公彥引以為据將大也○從軍之士以前篇周公勞已之勤故言此以荅其意慶源輔氏曰東山之詩周公能得歸士之心也破斧之詩歸士能得周公之心也所謂上下交而其志同者也曰東

征之役旣破我斧而鈌我斨其勞甚矣然周公之爲此舉蓋將使四方莫敢不一於正而後已其哀我人也豈不大哉然則雖有破斧鈌斨之勞而義有所不得辭矣

朱子曰聖人之心詩人眞是形容得出這是荅東山之詩古人苟利國家雖殺身爲之而不辭今人箇箇計較利害看他四國如何不安也得不寧也得只是護我斨斧莫得鈌壞了此詩說出極分明毛氏註却云四國是管蔡商奄詩裏多少處說四國如正是四國之類猶言四海他却不照這例自恁地說又曰須看那周公東征四國是皇見得周公用心始得這箇却是箇好話頭

夫管蔡流言以謗周公而公以六軍之衆往而征之使其心一有出於自私而不在於天下則撫之雖勤勞之雖至而從役之士豈能不怨也哉今觀此詩固足以見周公之心大公至正天下信

其無有一毫自愛之私。抑又以見當是之時。雖被堅執銳之人。亦皆能以周公之心爲心。而不自爲一身一家之計。蓋亦莫非聖人之徒也。學者於此熟玩而有得焉。則其心正大。而天地之情真可見矣。陳安卿問何以謂被堅執銳。皆聖人之徒。朱子曰。不是聖人之徒。便是盜賊之徒。此說大槩是如此。不必恁粘皮帶骨看。不成聖人之徒。便是聖人。且如孳孳爲善。是舜之徒。然孳孳爲善。亦有多少淺深。對曰。只是疑被堅執銳是麤人。曰。有麤底聖人之徒。亦有讀書說義理底是盜賊之徒。又曰。此詩大有好理會處。安卿適來只說那一句沒緊要底。對曰。此詩見得周公之心。分明天地正大之情。只被那一句碍了。曰。只泥那一句。便未見得他意味。○勉齋黃氏曰。詩人洞見聖人之情。以爲破斧缺斨者。蓋欲誅管蔡而正四國也。集傳曰。學者於此熟玩而有得焉。則其心正大而天地之情真可見矣。今人須是存得箇正大之心。不然則是邪小底人。焉得謂之大丈夫

○既破我斧。又缺我錡。巨宜反。叶巨何反 周公東征。四國是吪。五戈反 哀我人斯。亦孔之嘉。叶居何反

賦也。錡。鑿屬。吪。化。嘉。善也

○既破我斧。又缺我銶。音求 周公東征。四國是遒。在羞反 哀我人斯。亦孔之休

賦也。銶。木屬。釋文曰。今之獨頭斧 遒。歛而固之也。休。美也

破斧三章。章六句

范氏曰。象日以殺舜爲事。舜爲天子也。則封之。管蔡啓商以叛周公之爲相也。則誅之。迹雖不同。其道則一也。蓋象之禍及於舜而已。故舜封之。管蔡

流言將危周公。以間王室。得罪於天下。故周公誅之。非周公誅之。天下之所當誅也。周公豈得而私之哉

廣平游氏曰。象之志。不過富貴而已。故舜得以是而全之。周公愛兄宜無不盡者。管叔之事。聖人之不幸也。封之誅之。此天理人倫之至。其用心一也。○慶源輔氏曰。舜與周公皆處聖人之不幸。使其易地而處。則皆然也。此乃是以天理處人倫之極至處。○北溪陳氏曰。周公誅管蔡。自公義言之。其心固正大直截。自私恩言之。則其情終有不自滿處。所以孟子謂周公之過。不亦宜乎。○李堯卿問是時可謂護莫殺否。朱子曰。他已叛。只得殺。如何調護得。蔡叔霍叔性較慢。罪較輕。所以只因于郭鄰。降于庶人。○豐城朱氏曰。戮一人而天下服。則向之不正者。復反於正矣。蓋其匡四國即所以哀我人。匡四國者。以其功言也。哀我人者以其心言也。惟其心即天地生物之心。故其功即天地成物之功也。是詩雖作於軍士。然亦可謂知聖人者矣

伐柯如何。匪斧不克。取七喻反妻如何。匪媒不得。

比也。柯。斧柄也。周禮考工記曰。柯長三尺。博三寸。厚一寸有半。五分其長。以其一爲之首。克。能也。媒。通二姓之言者也。○周公居東之時。東人言此以比平日欲見周公之難

○伐柯伐柯。其則不遠。我遘古豆反之子。籩豆有踐。踐淺反

比也。則。法也。我。東人自我也。之子。指其妻而言也。籩。竹豆也。豆。木豆也濮氏曰。籩豆。禮器。形制相類。竹曰籩。以薦果核。木曰豆。以薦葅醢。其實容四升。故量云容四升曰豆踐。行列之貌。○言伐柯而有斧。則不過即此舊斧之柯。而得其新柯之法。朱子曰。言執柯伐木以爲柯者。彼柯長短之法。在此柯耳娶妻而有媒。則亦不過即此見之而成其同牢之禮

矣。安成劉氏曰。昏禮用特豚。夫婦各一胖。合升于鼎俎。所謂同牢而食也。然其禮有醓醬二豆。菹醢四豆。無設籩之文。讀者不以辭害意可也東人言此。以比今日得見周公之易。深喜之之詞也

伐柯二章章四句

九罭于逼反之魚鱒才損反魴。音房我覯之子。袞古本反衣繡裳

興也。九罭。九囊之網也。爾雅曰。緵罟謂之九罭。魚網也。孫炎云。謂魚之所入有九囊。郭璞云。緵。今之百囊網也鱒。似鯶渾上聲而鱗細眼赤。埤雅曰。鱒魚圓。魴魚方。鱒好獨行。制字從尊。殆以此也。○爾雅翼曰。鱒魚目中赤色一道橫貫瞳。魚之美者魴。已見上。安成劉氏曰。見汝墳皆魚之美者也。我。東人自我也。之子。指周公也。袞衣裳九章。一曰龍。二曰山。三曰華蟲。雉也。四曰火。五曰

宗彝虎蜼壘佑胃三音也。皆繢音繪於衣。六曰藻。七曰粉米。八曰黼。九曰黻。皆繡於裳。九峯蔡氏曰。龍。取其變也。山。取其鎮也。華蟲。取其文也。火。取其明也。宗彝。取其孝也。藻。水草。取其潔也。粉米。白米。取其養也。黼。若斧形。取其斷也。黻。兩巳相戾。取其辨也。天子之龍。一升一降。上公但有降龍。以龍首卷音袞然。故謂之袞也。○此亦周公居東之時。東人喜得見之。而言九罭之網。則有鱒魴之魚矣。我覯之子。則見其袞衣繡裳之服矣。

○鴻飛遵渚。公歸無所。於女音汝信處。

興也。遵。循也。渚。小洲也。女。東人自相女也。再宿曰信。○東人聞成王將迎周公。又自相謂而言鴻飛則遵渚矣。

公歸豈無所乎。今特於女信處而已朱子曰。此章飛歸字。是句腰。亦用韻。詩中亦有此體

○鴻飛遵陸。公歸不復。於女信宿

興也。高平曰陸。不復。言將留相王室。而不復來東也

○是以有袞衣兮。無以我公歸兮。無使我心悲兮

賦也。承上二章言周公信處信宿於此。是以東方有此服袞衣之人。又願其且留於此無遽迎公以歸。歸則將不復來。而使我心悲也豐城朱氏曰。留公者。東人之私情。而迎公者。天下之公論。一人之私情。不足以勝天下之公論。此東人所以拳拳於公。雖欲挽而留之。而卒不可得也

九罭四章一章四句三章章三句朱子曰。此詩分明是東人願其

來。故致願留之意。公歸豈無所。於汝但寓信處耳。
公歸將不復來。於汝但寓信宿耳。是以有衮衣兮。
是以兩字而今都不説。蓋本謂緣公暫至於此。是
以此間有被衮衣之人。其爲東人願留之詩。豈不
甚明白。正緣亭有剌朝廷不知之句。故後之説詩
者。悉委曲附會之。費多少辭語。到底鶻突。某嘗謂
去後千百年。須有人知此意。自看來直是盡得聖
人之心。○安成劉氏曰。周官司服云。凡兵事韋弁
服。蓋用赤色皮爲弁與衣。而素裳白舄。今東人所
見者。乃公之冕服。則此詩其作於周公避居之日。
成王將迎公歸之際乎

狼跋蒲末反其胡載疐丁四反其尾。公孫音遜碩膚。赤舄音昔几几。

興也。跋。躐也。胡。頷下懸肉也。載。則。疐。跲鍼入聲也說文曰跲躓也○孔氏曰。跋。前行曰躐。跲。郤頓曰疐老狼有胡。進而躐其胡。則退而跲其尾。公。周公也。孫。讓。碩。大。膚。美也。赤舄。冕服之舄也鄭氏曰舄

有三等。赤舄爲上。冕服之舄。詩云。王錫韓侯。玄衮赤舄。則諸侯與王同。複下曰舄。禪下曰屨。禪音丹 ○廬陵李氏曰。天子諸侯冕服用舄。他服用屨。几几。安重貌。鄭氏曰。几。人所憑以爲安。故几几安也

周公雖遭疑謗。然所以處之不失其常。故詩人美之。言狼跋其胡。則疐其尾矣。公遭流言之變。而其安肆自得乃如此。蓋其道隆德盛。而安土樂天。有不足言者。所以遭大變而不失其常也朱子曰。此與是反說。亦有些意義略似程子說。但程子說得深。如云狼性貪之類 ○程子曰。周公至公無私。進退以道。無利欲之蔽。故雖危疑之地。安於舒泰。赤舄几几然。安也 ○華谷嚴氏曰。凡人處利害之變。則舉趾不安其常。懼者或至於喪屨。喜者或至於折屐。詩人以赤舄几几見周公之聖。其善觀聖人矣夫公之被毀。以管蔡之流言也。而詩人以爲此非四國之所爲。乃公自讓其大美而不居耳。蓋

不使讒邪之口。得以加乎公之忠聖。此可見其愛公之深。敬公之至。而其立言亦有法矣。問集傳謂詩人以爲非四國所爲乃公自讓其美。看來詩之意也。回護委曲。却太傷巧。朱子曰。自是作詩之體當如此。詩人只得如此說。如春秋公孫于齊。不成說昭公出奔。聖人也只得如此說。自是體當如此。魯昭公分明是爲季氏所逐。春秋却書孫齊。如其自出云耳。○安成劉氏曰。集傳所謂四國。蓋指管蔡商奄。與破斧詩所言四國又不同也

○狼疐其尾。載跋其胡。公孫碩膚。德音不瑕。叶洪孤反

興也。德音。猶令聞也。瑕。疵病也。孔氏曰。瑕者玉病。疵亦玉病○程子曰。周公之處已也。夔夔然存恭畏之心。其存誠也蕩蕩然無顧慮之意。所以不失其聖。而德音不瑕也

狼跋二章章四句

范氏曰。神龍或潛或飛。能大能小。其變化不測。然得而畜之。若犬羊然。有欲故也。唯其可以畜之。是以亦得醢而食之。凡有欲之類。莫不可制焉。唯聖人無欲。故天地萬物不能易也。富貴貧賤死生。如寒暑晝夜相代乎前。吾豈有二其心乎哉。亦順受之而已矣。舜受堯之天下不以爲泰。孔子阨於陳蔡而不以爲戚。周公遠則四國流言。近則王不知。而赤舃几几。德音不瑕。其致一也。龜山楊氏曰。狼跋之詩云。公孫碩膚。赤舃几几。周公之遇謗。何其安閑而不迫也。學詩者不在語言文字。當想其氣味。則詩之意得矣。○慶源輔氏曰。狼跋之詩。首章朱子之說。足以盡作詩者之情。末章程子之說。足以盡周公之德。

篇末范氏之說。足以盡聖賢處窮通之道。自有詩以來。無人說得到此○豐城朱氏曰。聖人之周於德。其進退從容無所往而不宜。蓋臨大難而不懼處大變而不憂。斷大事而不疑。非道隆德盛者。固不足以語此。非常人之所能及也

豳國七篇二十七章二百三句

程元問於文中子曰。敢問豳風何風也。曰。變風也。元曰。周公之際。亦有變風乎。曰。君臣相誚其能正乎。成王終疑周公。則風遂變矣。非周公至誠。其孰卒正之哉。元曰。居變風之末何也。曰。夷王以下。變風不復正矣。夫子蓋傷之也。故終之以豳風。言變之可正也。唯周公能之。故係之以

正變而克正，危而克扶，始終不失其本，其惟周公乎。係之豳，遠矣哉。華陽范氏曰：邠居風雅之間，何也？風之所爲終，而雅之所爲始也。變風終於曹，思明王賢伯之不可得，於是次之以邠，反之於周公，而後至於鹿鳴，言周之所以盛者，由周公也。○籥章龡豳詩以逆暑迎寒，已見於七月之篇矣。鄭氏曰：邠詩，邠風七月也。又曰：祈年于田祖，則龡豳雅以樂田畯。鄭氏曰：祈年，祈豐年也。田祖，始畊田者，謂神農也。田畯，古之先教田者。祭蜡，音作。則龡豳頌以息老物。鄭氏曰：蜡，歲十二月而合聚萬物，索饗之也。蜡之祭也，主先嗇而祭司嗇也。萬物助天成歲事，至此爲其老而勞，乃祀而老息之。則考之於詩，未見其篇章之所在。故鄭氏三分七月之詩以當之，其道情思者爲風正禮節者爲雅。樂成功者爲頌。安成劉氏曰。鄭氏分一章二章爲風。三章四章五章六章之半爲雅。又以六章之半七章八章爲頌。又於籥章注云。豳雅者。以其言男女之正。豳頌者。以其言歲終人功之成。然一篇之詩首尾相應。乃剟音輟取其一節而偏用之。恐無此理。故王氏不取。而但謂本有是詩而亡之。其說近是。或者又疑但以七月全篇。隨事而變其音節。或以爲風。或以爲雅。或以爲頌。則於理爲通。而事亦可行。雙峯饒氏曰。雅有雅之音。頌有頌之音。風有風之音。故豳風亦曰豳雅。亦曰豳頌。蓋一詩而備三體也。如又不然。則雅頌之中。凡爲農事而作者。皆可冠以豳號。其說具於大田良耜諸篇。

讀者擇焉可也

詩傳大全卷八

詩傳大全卷之九

小雅二 大雅說附

雅者正也。正樂之歌也。其篇本有大小之殊。而先儒說又各有正變之別鄭氏曰。小雅大雅。周室居西都之時詩也。小雅自鹿鳴至菁莪十六篇。大雅自文王至卷阿十八篇。爲正經。小雅六月。大雅民勞之後。皆謂之變雅以今考之。正小雅。燕饗之樂也華谷嚴氏曰。正小雅。皆中庸尊賢。親親。體羣臣。柔遠人。懷諸侯之事也正大雅。會朝之樂。受釐音僖陳戒之辭也安成劉氏曰。釐與禧同。祭而受福也○慶源輔氏曰。定正小雅爲燕饗之樂歌。正大雅爲會朝之樂歌。比之大序。政有小大之說。更爲明切故或歡欣和說以盡羣下之情。或恭敬齊莊以發先王之德。詞氣不同。音節亦異朱子曰。小雅施之君臣之間。大雅則止人君可歌○安成劉氏曰。小雅正詩。歌之以燕樂勞饗羣臣。故其辭氣歡欣和悅。以通上下之情。大雅正詩。或歌於會朝之時。如文王大明等篇。或陳於祭祀之後。如生民行葦等篇。或陳於進戒之際。如公劉巻阿等篇。則其辭氣又皆恭敬齊莊。以發先王之德。此其詞之異者。今猶可考。若其音節之異則不可聞矣

多周公制作時所定也朱子曰。周公相成王。定樂歌。每事以詩寫其至誠和樂。而被之音聲。舉是事則奏是詩

及其變也則事未必同而各以其聲附之孔氏曰。王政既衰。變雅兼作。取大雅之音。歌其政之變者。謂之變大雅。取小雅之音。歌其政之變者。謂之變小雅。故變雅皆由音體有大小。不復由政事之有大小也○朱子曰。亦是變用他大雅小雅腔調耳○慶源輔氏曰。至於其變。則不可以例言。但以其聲之有合。故以附焉而已

其次序時世則有不可考者矣安成劉氏曰。其有可考者。則已各見本篇

鹿鳴之什二之一

雅頌無諸國別。故以十篇爲一卷。而謂之什。猶軍法以十人爲十也孔氏曰。風及商魯頌。以當國爲別。詩少。可以同卷。二雅周頌。篇數既多。故分其篇每十爲卷。卷首之篇。則爲什長。以統餘篇之目也

呦呦音幽鹿鳴叶音芒食野之苹叶音旁我有嘉賓鼓瑟吹笙叶師莊反吹笙鼓簧音黃承筐是將人之好呼報反我示我周行叶户郎反

興也。呦呦聲之和也。苹藾音賴蕭也爾雅注曰。今名藾蒿青色白莖如筯陸氏曰。始生香可食。又可蒸食我主人也。賓所燕之客。或本國之臣。或諸侯之使也。瑟笙燕禮所用之樂也儀禮燕禮曰。工四人二瑟。工歌鹿鳴。四牡。皇皇者華。笙入。奏南陔。白華。華黍。又曰。升歌鹿鳴○廬陵李氏曰。鼓瑟。工歌鹿鳴之三是也。吹笙。笙奏南陔以下是也簧笙中之簧也華谷嚴氏曰。笙以匏爲之。十三管列匏中。而施簧管

端。吹笙。則鼓動其簧而發聲承奉也。筐所以盛幣帛者也。將行也。奉筐而行幣帛。飲則以酬賓送酒。食則以侑賓勸飽也安成劉氏曰。儀禮。有饗有食有燕。燕則無幣。食則無獻酒。於饗有酬幣。於食有侑幣。鄭氏謂酬幣。以酬賓勸酒。侑幣以爲食賓殷勤之意。未至。復發幣以侑勸之周行大道也。古者於旅也語。故欲於此聞其言也孔氏曰。鄉射記曰。古者於旅也語。注云。禮成樂備。乃可以言語。先王之道。疾今人言語無節○安成劉氏曰。燕飲至旅酬。正禮已終。然後言語以盡嘉賓之忠告。而明聖人之大道也

○此燕饗賓客之詩也廬陵李氏曰。饗在廟。燕在寢。饗重而燕輕。饗則君親獻。燕則不親獻蓋君臣之分。以嚴爲主。朝廷之禮。以敬爲主。然一於嚴敬。則情或不通。而無以盡其忠告之益。故先王因其飲食聚會。而制爲燕饗之禮。以通上下之情。而其樂歌。

又以鹿鳴起興西山真氏曰。鹿食苹。則相呼呦呦焉而樂。君臣賓主之相樂。亦猶是也而言其禮意之厚如此。庶乎人之好我。而示我以大道也孔氏曰。王肅云。飲食以饗之。琴瑟以樂之。幣帛以將之、則庶乎好愛我。而示我以道矣○疊山謝氏曰。古之聖賢。無一時而忘學問。無一事而非道德。鹿鳴之具樂將幣。人見其和樂而已。不知吾君所望於嘉賓者。有愛我之心。則當示我以至道也。講聖人之道德。談先王之禮樂。皆相示以道也記緇衣篇曰。私惠不歸德。君子不自留焉。蓋其所望於羣臣嘉賓者。唯在於示我以大道。則必不以私惠爲德而自留矣。嗚呼。此其所以和樂而不淫也與慶源輔氏曰。言人若以私意爲惠。而不本歸於德義。則君子不肯自留處也。今其所望於羣臣嘉賓者。唯在於示我以大道。則羣臣嘉賓之受宴也。決非以其私惠而不顧德以自留處也。故曰此其所以和樂而不淫也歟○安成劉氏曰。陳晧云。記言人有私意於我。而不合於德義之

公。君子決不肯自留處也。故引詩言不留私惠之義

○呦呦鹿鳴。食野之蒿。我有嘉賓。德音孔昭。叶則豪反視民不恌。他彫反，叶音祧君子是則是傚。胡教反，叶胡高反我有旨酒。嘉賓式燕以敖。牛刀反

興也。蒿。菣去刃反也。盧陵羅氏曰。荊楚之人。謂蒿爲菣。即青蒿也。本草注曰。春生苗葉。秋開淡黃花。結子如粟米大孔。甚。昭。明也。視。與示同。孔氏曰。古字以目視物。以物示人。同作視字。後世目視物。爲示傍見。示人物。作單示字。由是經傳中。示與視多相亂恌。偷薄也。敖。游也。○言嘉賓之德音甚明。足以示民使不偷薄。而君子所當則傚。則亦不待言語之間。而其所以示我者深矣。程子曰。言嘉賓聞望昭明。示民以厚之之意。使人儀法之

○呦呦鹿鳴。食野之芩。其今反 我有嘉賓。鼓瑟鼓琴。鼓瑟鼓琴。和樂音洛且湛。都南反。叶持林反 我有旨酒。以燕樂嘉賓之心

興也。芩。草名。莖如釵股。葉如竹。蔓生。陸氏曰。生澤中下地鹹處。牛馬喜食之 湛。樂之久也。燕。安也 ○言安樂其心。則非止養其體娛其外而已。蓋所以致其殷勤之厚。而欲其教示之無已也 慶源輔氏曰。此章再言樂之以樂。以見和樂之意永久無斁。有旨酒以燕樂其心。則又不止於養口體。爲觀聽之美而已。其所望於嘉賓教示之意。益深至矣

鹿鳴三章章八句

按序以此爲燕羣臣嘉賓之詩。而燕禮亦云。工歌鹿鳴四牡皇皇者華。即謂此也。鄉飲酒用樂亦然。

而學記言大學始教，宵雅肄三，亦謂此三詩。鄉飲酒注曰：諸侯鄉大夫貢士，而與之飲酒，歌鹿鳴，采其嘉賓，示我以善道，又有明德可則傚也。四牡，采其忠孝之至也。皇華，采其欲諮謀于賢智也。○學記注曰：宵，小也。肄，習也。三，謂鹿鳴、四牡、皇華也。○董氏曰：古宵小同，故謂小人爲宵人。然則又爲上下通用之樂矣。豈本爲燕羣臣嘉賓而作，其後乃推而用之鄉人也歟？朱子曰：上下常用之樂，如鹿鳴三篇，及嘉魚、魚麗、南山有臺三篇，風則是關雎、卷耳、采蘩、采蘋等篇，不知當初何故獨取此數篇也。○安成劉氏曰：先王作此詩，以燕饗賓客，後乃推而用之於諸侯之燕禮，又用於鄉大夫貢士之禮，又用於大學之教習，蓋不專用於天子也。今據大射儀，亦有歌鹿鳴之文，則又通用於諸侯之射禮矣。然考儀禮，凡上下通用之樂，止是小雅、二南諸詩，而無歌大雅者，可見大雅獨爲天子之樂。然於朝曰君臣焉，於燕此二雅大小所以分也曰賓主焉。先王以禮使臣之厚。於此見矣〇范氏曰。食之以禮。樂之以樂。將之以實。求之以誠。此所以得其心也。賢者豈以飲食幣帛爲悅哉。夫婚姻不備。則貞女不行也。禮樂不備。則賢者不處也。賢者不處。則豈得樂而盡其心乎慶源輔氏曰。范氏說破君子豈爲飲食幣帛而悅之。意甚好。然則先王制禮。所以殷勤如此者。亦非以爲媚賢之具也。各盡其道而已〇安成劉氏曰。先王之宴臣下。食之以賓客之禮。樂之以琴瑟之樂。將之以筐篚之實。而其求之之誠則又燕樂其心。而欲其示我以周行。此其多儀之及物。所以爲王公之尊賢也

四牡騑騑。芳非反周道倭遲。於危反豈不懷歸。王事靡盬。音古我心傷悲

賦也。騑騑行不止之貌。周道大路也。倭遲回遠之貌。盬不堅固也。呂氏曰。說文云。煮海爲鹽。煮池爲盬。盬苦而易敗。故傳以不堅訓之。○此勞使臣之詩也。夫君之使臣。臣之事君。禮也。故爲臣者奔走於王事。特以盡其職分之所當爲而已。何敢自以爲勞哉。然君之心。則不敢以是而自安也。故燕饗之際。叙其情而閔其勞。言駕此四牡。而出使於外。其道路之回遠如此。當是時。豈不思歸乎。特以王事不可以不堅固。不敢徇私以廢公。是以內顧而傷悲也。臣勞於事而不自言。君探其情而代之言。上下之間。可謂各盡其道矣。慶源輔氏曰。古之勞詩皆如此。傳曰。思歸者。私恩也。靡盬者。公義也。傷悲者情思也孔氏曰。傷悲出自其情。故曰情思。情思即私恩。正謂念憶父母也無私恩非孝子也。無公義非忠臣也。君子不以私害公。不以家事辭王事。范氏曰。臣之事上也。必先公而後私。君之勞臣也。必先恩而後義

○四牡騑騑。嘽嘽他丹反駱音洛馬。叶滿補反豈不懷歸。王事靡盬。不遑啓處。

賦也。嘽嘽衆盛之貌。白馬黑鬛曰駱。遑暇。啓跪。處居也

容齋項氏曰。古者席地。故有跪有坐。跪起身。居則坐也○華谷嚴氏曰。跪者雙膝著地而直身。坐者雙膝著地而坐也○三山李氏曰。大意謂不遑暇居處耳○慶源輔氏曰。我心傷悲。既述其私恩之不能忘。不遑啓處。又述其公義之不可已。所謂天理人情之至也

〇翩翩（音篇）者鵻，（當作隹，朱惟反）載飛載下，（叶後五反）集于苞栩。（況甫反）王事靡盬，不遑將父。（扶雨反）

興也。翩翩，飛貌。鵻，夫不也。（廬陵羅氏曰：夫，方于反。不，方浮反。又如字也。爾雅作鳺鴀，音同。）今鵓鳩也。凡鳥之短尾者皆隹屬。將，養也。〇翩翩者鵻，猶或飛或下，而集於所安之處。今使人乃勞苦於外，而不遑養其父。此君人者所以不能自安，而深以爲憂也。范氏曰：忠臣孝子之行役，未嘗不念其親。君之使臣，豈待其勞苦而自傷哉？亦憂其憂，如已而已矣。此聖人所以感人心也。（慶源輔氏曰：君之於臣，能體悉之如此，則臣之所以報上者，又當如何哉？古人事君，得以展布四體，而死生以之者，亦以人君感之者無不盡其道也。〇疊山謝氏曰：忠孝不兩全，此人情之

所難也。先王勞使臣。而言之及此。探人情眞切而言之也

○翩翩者鵻。載飛載止。集于苞杞。音起王事靡盬。不遑將母。叶蒲彼反

興也。杞。枸音苟檵音計也。華谷嚴氏曰。本草云。名仙人杖。西王母杖。根名地骨。莖榦三五尺作叢。詩中有三杞。將仲子樹杞。柳屬也。南山有杞。湛露杞棘。山木也。此詩苞杞。四月杞棘。北山言采其杞。枸杞也。○慶源輔氏曰。上兩章旣述其私恩公義矣。故三章四章又述其托物起興。而自道其不遑養親之情

○駕彼四駱。載驟助救反駸駸。侵寢二音豈不懷歸。是用作歌。將母來諗。深審二音

賦也。駸駸。驟貌。諗。告也。以其不獲養父母之情。而來告於君也。非使人作是歌也。設言其情而勞之耳。疊山謝氏曰。聖

人以孝治天下。聞有以養母來告者。安得不俞其請乎。此蓋設言欲使人臣忠孝兩全也○孔氏曰。臣有勞苦患上不知。今君勞臣。言汝曰豈不思歸。作歌來告。是探其情以勞之

獨言將母者。因上章之文也

孔氏曰。母以恩意偏多。故承上章再言之○華陽范氏曰。父至尊也。母至親也。知母之親。則知父之尊矣。卒章再言母。本其恩所起。以教愛也。愛母。則敬父矣。敬父。則尊君矣。未有愛親而不愛其君者也○慶源輔氏曰。三四章既述其不得養親之情矣。此章又言其以是情而告於上。所謂臣下不敢自言。而君上探其情而爲之言者。詳於私恩。而略於公義。君之勞臣當然也○豐城朱氏曰。忠孝非二道。忠於君者。必其能養於親者也。然忠孝不兩立。致其勞於外。則必闕其養於內。又不可以不慮也。爲人臣者。將欲致其力於私養歟。則當官而行。國事固不可以不恤。將欲致其力於王事歟。則子職之不共。又何以爲孝哉。此王者之勞使臣。所以必探其情而代之言。爲人臣者聞之。亦必有以自慰。而益不懈於用力矣

四牡五章章五句

按序言此詩所以勞使臣之來。甚協詩意慶源輔氏曰。或己國使臣之歸。或諸侯使臣之來。皆可用也故春秋傳亦云。而外傳以爲章使臣之勤。所謂使臣。雖叔孫之自稱。亦正合其本事也春秋。魯襄公四年。左氏傳曰。穆叔如晉。晉侯饗之。歌鹿鳴之三。三拜。韓獻子使子員問之。對曰。鹿鳴。君所以嘉寡君也。敢不拜嘉。四牡。君所以勞使臣也。敢不重拜。皇皇者華。君教使臣曰。必諮於周。敢不重拜○外傳魯語曰。叔孫穆子對曰。鹿鳴。君之所以嘉先君之好也。敢不拜嘉。四牡。君所以章使臣之勤也。敢不拜章。皇華。君教使臣曰。每懷靡及。諏謀度詢。必咨於周。敢不拜教但儀禮。又以爲上下通用之樂。疑亦本爲勞使臣而作。其後乃移以他用耳問鹿鳴。四牡。皇華。儀禮皆以爲上下通用之樂不知如君勞使臣王事靡盬之類。庶人安得而用之。朱子曰。鄉飲酒亦用。而大學始教。宵雅肄三言其始也。正謂習此。蓋入學之始。須教它知有君臣之義始得○安成劉氏曰。此詩始作。本爲勞使臣也。其後又與鹿鳴之宴賓。皇華之遣使者。同爲一時通用之樂。而此詩中。以王事爲言。則此三詩。其皆作於武王以後也歟

皇皇者華芳無反與夫叶于彼原隰。駪駪所巾反征夫。每懷靡及

興也。皇皇。猶煌煌也。華。草木之華也。高平曰原。下隰曰隰。駪駪。衆多疾行之貌。征夫。使臣與其屬也孔氏曰。使與上介衆介也懷。思也○此遣使臣之詩也。君之使臣。固欲其宣上德而達下情。而臣之受命。亦惟恐其無以副君之意也慶源輔氏曰。惟恐無以副君之意。此所以每懷靡及也。苟存此意。則諏謀度詢。必咨于周。自不容已也○程子曰。遣使四方。以觀省風俗。采察善惡。訪問疾苦。宣道化於天下。故爲使者惟慮不能宣達也故先王

之遣使臣也。美其行道之勤。而述其心之所懷。曰。彼煌煌之華。則于彼原隰矣。此駪駪然之征夫。則其所懷思常若有所不及矣廬陵歐陽氏曰。言原隰者。其道所經也。每懷靡及者。於事每思唯恐不及也蓋亦因以爲戒。然其辭之婉而不迫如此。詩之忠厚。亦可見矣慶源輔氏曰。以爲戒者。即穆子所謂君教使臣之意。夫欲以爲教戒。而不遂直言之。乃設言其使臣之情自如此。所謂婉而不迫也○豐城朱氏曰。每懷靡及者。每事而思之。則必歉然常若有所不及也。然不曰使臣。而曰征夫。則不特使臣此心。其屬亦此心也。推此心以在外。則者老之在所當問。遺逸之在所當求。鰥寡之在所當恤。廢隆之在所當舉。上德之厚。而欲其無不宣。下情之遠。而欲其無不達。爲使臣者。固唯恐無以副君之意。而爲其屬者。又唯恐無以爲使臣之助。庶可以稱斯職矣。於遣使之時而歌此。固所以勸勉之也

○我馬維駒恭于恭侯二反六轡如濡如朱如由二反載馳載驅虧于虧由二反周爰咨諏子須子侯二反

賦也。如濡。鮮澤也。周。徧。爰。於也。咨。諏。訪問也三山李氏曰。周爰咨諏。徧於其所而詢問之○使臣自以每懷靡及。故廣詢博訪。以補其不及。而盡其職也。程子曰。咨訪。使臣之大務廬陵歐陽氏曰。周詳訪問。以博采廣聞。不徒將一事而出也○慶源輔氏曰。每懷靡及者。心也。諏謀度詢者。事也。有是心。則有是事矣。程子之意。蓋謂人君。正以耳目不得與遠民相接。故遣使以宣已意。而通下情。爲之使者。豈可不咨訪以副君意哉。故後四章。皆述此意而已

○我馬維騏音其六轡如絲叶新齎反載馳載驅。周爰咨謀叶莫悲反

賦也。如絲。調忍音刃直也也。謀。猶諏也。變文以協韻爾。下章

放此盧陵歐陽氏曰。諏謀度詢。但叶韻爾。詩家此類甚多

○我馬維駱。六轡沃若烏毒反。載馳載驅。周爰咨度待洛反

賦也。沃若。猶如濡也。度。猶謀也。安成劉氏曰。沃若有鮮澤之義。故猶二章之如濡

○我馬維駰音因。六轡既均。載馳載驅。周爰咨詢

賦也。陰白雜毛曰駰。爾雅疏曰。陰淺黑色。毛淺黑而白兼雜毛者。今名泥驄。○孔氏曰。雜毛。是體有二種之毛相間雜均。調也。詢。猶度也

皇皇者華五章章四句

按序以此詩爲君遣使臣。春秋內外傳皆云。君教使臣。其說已見前篇。儀禮亦見鹿鳴。疑亦本爲遣使臣而作。其後乃移以他用也。然叔孫穆子所謂

君教使臣曰。每懷靡及。諏謀度詢。必咨于周。敢不拜教。可謂得詩之意矣。范氏曰。王者遣使於四方。教之以咨諏善道。將以廣聰明也。夫臣欲助其君之德。必求賢以自助。故臣能從善。則可以善君矣。臣能聽諫。則可以諫君矣。未有不自治而能正君者也。慶源輔氏曰。范氏說是餘意。夫君臣一體。已不能咨諏善道。則君亦安能聽用已言哉。○眉山蘇氏曰。四牡皇華。先勞而後遣。何也。鹿鳴之三。常施於禮樂。不獨用於勞遣。意者以其聲爲先後歟。○朱子曰。大雅氣象宏闊。小雅雖各指一事。然說得精切至到。古人工歌宵雅之三。將作重事。近令孫子誦之。則見其詩果是懇至。如鹿鳴見得賓主相好之誠。如德音孔昭。以燕樂嘉賓之心。情意懇切。而不失義理之正。四牡古注云。無公義。非忠臣也。無私情。非孝子也。此語甚切當。如既云王事靡盬。又云不遑將父母。皆是人情少不得底。說得懇切。如皇華首云每懷靡及。其後便云咨諏咨詢。看此等詩。不用小序。意義自然明白

常棣之華。鄂五各反不韡韡韋鬼反。凡今之人。莫如兄弟待禮反

興也。常棣。棣也。子如櫻桃可食 三山李氏曰。何彼襛矣。與論語言唐棣之華。則爾雅所謂移也。此常棣。與采薇言維常之華。則爾雅所謂棣也 ○呂氏曰。今玉李也。華鄂相承甚力 鄂鄂然外見之貌。不。猶豈不也。韡韡。光明貌 ○此燕兄弟之樂歌。故云常棣之華。則其鄂然而外見者。豈不韡韡乎。凡今之人。則豈有如兄弟者乎 孔氏曰。毛傳以爲常棣之木。衆華俱發。實韡韡而光明。故以興兄弟 ○華陽范氏曰。凡今之人。言舉世之人也。莫如兄弟。親之至也 ○慶源輔氏曰。只是以豈不韡韡。興豈有如兄弟一句耳

○死喪之威。兄弟孔懷。叶胡威反原隰裒矣。薄侯反兄弟求矣

賦也。威。畏。懷。思。裒。聚也。○言死喪之禍。他人所畏惡。惟兄弟爲相恤耳。至於積尸裒聚於原野之閒。亦惟兄弟爲相求也。此詩蓋周公旣誅管蔡而作。故此章以下。專以死喪急難鬬鬩之事爲言。其志切。其情哀。乃處兄弟之變。如孟子所謂其兄關音彎弓而射之。則已垂涕泣而道之者朱子曰。此詩是制禮作樂時作。這是先被他害。所以當天下平定後。更作此詩。故其詞哀切。不似諸詩和平。○新安胡氏曰。王氏云。文武以來。宴兄弟亦必有詩。然鹿鳴四牡等篇。詞多和平。唯常棣一篇。詞多激切。意若有所懲創。則周公、因管蔡之事。其後更爲此詩無疑序以爲閔管蔡之失道者得之。而又以爲文武之詩。則誤矣。大抵舊說詩之

時世。皆不足信。舉此自相矛盾石十反者。以見其一端。後不能悉辨也慶源輔氏曰。二章至四章。雖是周公處管蔡之變。故以死喪急難鬬鬩之事爲言。然兄弟眞切之情。亦惟於此際。而後見分曉。若於安平之時觀之。則人或以爲朋友與兄弟等耳。先王之制。朋友之服。視兄弟有差。故特言之

○脊井益反令音零在原。兄弟急難。叶泥沿反每有良朋。況也永歎吐丹反叶它涓反

興也。脊令。雝渠。水鳥也陸氏曰。大如鷃雀。長脚長尾尖喙。背上青灰色。腹下白。頸上黑如連錢。杜陽人謂之連錢。○嚴氏曰。雪姑也況。發語詞。或曰當作怳況上聲○脊令飛則鳴。行則搖。有急難之意。故以起興程子曰。脊令首尾相應。急難之際。兄弟相應如是也。○丘氏曰。脊令飛則鳴。行則搖。不少自止。猶兄弟在急難中。其心亦不少自止

○濮氏曰。小宛題彼脊令。載飛載鳴。亦言於兄弟之詩而言當此之時。雖有良朋。不過爲之長歎息而已。力或不能相及也。東萊呂氏曰。疎其所親。而親其所疎。此失其本心者也。故此詩反覆言朋友之不如兄弟。蓋示之以親疎之分。使之反循其本也眉山蘇氏曰。人之急難拊救。不舍斯須如脊令者。唯兄弟也。雖有良朋。其甚者亦不過爲之長嘆息而已。小人好以親爲怨。而樂從其疎。故此詩每以告之本心既得。則由親及疎。秩然有序。兄弟之親既篤。朋友之義亦敦矣。初非薄於朋友也。苟雜施而不孫。雖曰厚於朋友。如無源之水。朝滿夕除。胡可保哉。或曰。人之在難。朋友亦可以坐視與。曰。每有良朋。況也永歎。則非不憂憫。但視兄弟急難爲有差等耳。詩人之詞。容有抑揚三山李氏曰。以天屬之親。故急難之際。能盡其兄弟之恩也。然則朋友之義可廢乎。曰。非也。親疎之義則然。鄉人鬬者。閉戶可也。同室鬬者。被髮纓冠而救之。親疎之義如此然常棣周公作也。聖人之言。小大高下皆宜。而前後左右不相悖

〇兄弟鬩許歷反于牆。外禦其務春秋傳作侮。罔甫反每有良朋。烝之承也無戎叶而主反

賦也。鬩。鬬狠也。禦。禁也。烝。發語聲。戎。助也。〇言兄弟設有不幸鬬狠于內。然有外侮。則同心禦之矣。雖有良朋。豈能有所助乎臨川王氏曰。狠于內。非令兄弟也。然及其禦侮。則雖每有良朋。曾不如不令兄弟之可恃也富辰曰。兄弟雖有小忿。不廢懿親僖公二十四年。左氏傳注

曰。懿。美也。言内雖不和。猶宜外扞異族之侵侮。○國語。富辰諫襄王曰。古人有言曰。兄弟讒閲。侮人百里。注。去閲。狠也。兄弟雖以讒言相違狠。猶禁他人侵侮已者。百里。諭遠也。○慶源輔氏曰。死喪相卹。急難相救。固足以見兄弟之情矣。至於方且鬭閲于内。而忽有外侮。則同心而禁禦之。則尤見其情之不容已者。朋友於此。則豈能如兄弟之相助乎

○喪亂既平。既安且寧。雖有兄弟。不如友生。叶桑經反

賦也。上章言患難之時。兄弟相救。非朋友可比。安成劉氏曰。經文所謂喪亂者。通言二章之死喪。三章之急難。四章之外侮也。集傳所謂非朋友可比者。雖言三章之良朋永歎。四章之良朋無助。然二章之所謂懷與求者。尤非朋友所能及也。此章遂言安寧之後乃有視兄弟不如友生者。悖理之甚也。眉山蘇氏曰。人居喪亂既平之後。不知前日兄弟之可恃。而以至親相責望。則兄弟易以生怨。故有以爲朋友賢於兄弟者

○儐賓胤反爾籩豆飲酒之飫於慮反兄弟既具和樂音洛且孺

賦也。儐陳。飫饜。具俱也。孺小兒之慕父母也。程子曰孺親慕之義小兒親慕父母故謂之孺子。○言陳籩豆以醉飽。而兄弟有不具焉。則無與共享其樂矣。疊山謝氏曰。凡人飲燕待親戚朋友之禮常盛。待兄弟之禮常簡。愛有餘者敬或不足。顏情稔熟者。禮文有時而脫略也。籩豆畢陳。飲酒而至於饜飫。亦可樂矣。何如會集兄弟。不惟和樂其情親義厚。無異於孺子相慕也。孺子之無不愛其親。無不敬其兄者。人欲未萌。天理昭著也。

○妻子好呼報反合。如鼓瑟琴。兄弟既翕許及反和樂且湛荅南反叶持林反

賦也。翕合也。○言妻子好合。如琴瑟之和。而兄弟有不合焉。則無以久其樂矣。疊山謝氏曰。兄弟不和則家庭之間。無非乖氣。雖有妻子之樂

亦不安其樂矣。惟兄弟和樂。則一家之情。無不相宜。妻子之樂。亦可長久。蓋天合者微有乖睽。人合者亦不得康寧也。○三山李氏曰。兄弟既翕。必先於妻子者。人之狀也。各妻其妻。各子其子。兄弟之所以乖爭者。未必不本於此。若不能敦兄弟之愛。則雖家室妻帑。必不能久相樂也。○問六章七章。就他逸樂時。良心發處指出。謂酒食備。而兄弟有不具。則無與共其樂。妻子合。而兄弟有不翕。則無以久其樂。蓋居患難。則人情不期而相親。故天理常易復。處逸樂。多爲物欲所轉移。故天理常隱而難尋。故卒章有是究是圖。亶其然乎之語。反覆玩味。眞能使人孝友之心。油然而生也。朱子曰。此所謂生於憂患。死于逸樂。那二章正是遏人欲。而存天理也。須是恁地看。○慶源輔氏曰。二章至四章。言急難危殆之時。惟兄弟爲能相救。六章七章又言燕樂和平之際。無兄弟則亦無與共享而久安之。反覆而言。則兄弟之情。相與切至而不可解者。自見矣

○**宜爾室家。**叶古胡 **樂爾妻帑。**音奴 **是究是圖。亶其然乎。**就用乎字爲韻

賦也。帑子。究窮。圖謀。亶信也。○宜爾室家者。兄弟具而後樂且孺也。樂爾妻帑者。兄弟翕而後樂且湛也。兄弟於人。其重如此。試以是究而圖之。豈不信其然乎。東萊呂氏曰。告人以兄弟之當親。未有不以爲然者也。苟非是究是圖。實從事於此。則亦未有誠知其然者也。不誠知其然。則所知者特其名而已矣。凡學蓋莫不然。新安王氏曰。人情皆知保其室家。私其妻子。而罕知厚其兄弟。然兄弟不和。以至毁其室家。危其妻子者。有之矣。管蔡是也。今欲室家之相宜。妻子之相樂。豈可獨忘兄弟哉。誠能窮究樂妻子之理。以圖謀好兄弟之事。必以我言爲然。常人思慮不能及遠。以爲兄弟親疏。無甚損益。患其淺陋而不信。故使深思而遠圖之也○慶源輔氏曰。儐爾籩豆。飲酒之飫。然兄弟不具。則雖和樂而無親慕之意。妻子好合。如鼓瑟琴。然兄弟不翕。則雖和樂而無不厭之理。然則兄弟之具俞。是乃所以宜爾室家。樂爾妻帑也。此理固當是究是圖而信其然矣乎。疑辭也。不自以爲然。而使之反求諸心。以見其眞情實理之所在。周公亦可謂善教人者也。又觀周公之言如此。則其所以誅管蔡者。是豈得已者乎。

所謂處聖人之不幸也

常棣八章章四句

此詩首章略言至親莫如兄弟之意。次章乃以意外不測之事言之。以明兄弟之情。其切如此。三章但言急難。則淺於死喪矣。至於四章。則又以其情義之甚薄。而猶有所不能已者言之。其序若曰。不待死喪。然後相收。但有急難。便當相助。言又不幸而至於或有小忿。猶必共禦外侮。其所以言之者。

雖若益輕以約。而所以著夫兄弟之義者。益深且
切矣。慶源輔氏曰。自死喪而急難。自急難而小忿。所謂言之雖若益輕以約也。然所以著夫兄弟之義者。則自厚而至于薄。雖薄而猶有不能自已者焉。則所謂益深且切矣至於五章。
遂言安寧之後。乃謂兄弟不如友生。則是至親反
爲路人。而人道或幾乎息矣。故下兩章。乃復極言
兄弟之恩。異形同氣。死生苦樂。無適而不相須之
意。卒章又申告之。使反復窮極。而驗其信然。可謂
委曲漸次。說盡人情矣。讀者宜深味之程子曰。此詩句少而章多。章多所以極其鄭重。句少則各陳一事故也〇安成劉氏曰。五章言喪亂既平。以結二章三章四章。所言患難相與之意。而繼言安寧之後。兄弟之恩。乃有陳薄者。以起六章七章。所陳兄弟之恩。

無適而不相須之意。卒章又以宜室家。結六章所言。樂妻帑。結七章所言。而復繼言其理之誠然。使人有以考驗之也。詩凡八章。唯卒章無兄弟字。餘章反覆言兄弟者凡八。其言人情之委曲。天倫之厚重者。哀傷激切。故不若其他宴樂兄弟者。樂歌之和平也

伐木丁丁。陟耕反鳥鳴嚶嚶。於耕反出自幽谷。遷于喬木。嚶其鳴矣。求其友聲。相息亮反彼鳥矣。猶求友聲。矧伊人矣。不求友生。叶桑經反神之聽之。終和且平

興也。丁丁。伐木聲。嚶嚶。鳥聲之和也。幽。深。遷。升。喬。高。相。視。矧。況也。○此燕朋友故舊之樂歌。故以伐木之丁丁。興鳥鳴之嚶嚶。而言鳥之求友。遂以鳥之求友。喻人之不可無友也。人能篤朋友之好。則神之聽之。終和且平

矣。永嘉陳氏曰。聞伐木於山中者。其聲丁丁然相應。又聞鳥鳴於山間。嚶嚶然和者。相隨出於幽谷而遷高木。聽其和好之聲。則是以類相求。因起興而曰。相視彼鳥。猶如此。人其可不如乎。○問神之聽之。終和且平。朱子曰。若能盡其道於朋友。雖鬼神亦必聽之相之。而錫之以和平之福。又曰。楊氏云。五品天敘。人之大倫也。明友居一焉。故謂之達道。不由其道。則人倫廢而天理滅。得罪於天矣。其能終和且平乎

○伐木許許。呼古反釃所宜反酒有藇。象呂反既有肥羜。直呂反以速諸父。扶雨反寧適不來。微我弗顧。叶居五反於音烏粲洒所懈反埽。蘇報反。叶蘇吼反陳饋八簋。叶已有反既有肥牡。以速諸舅。其九反寧適不來。微我有咎。其九反

興也。許許。衆人共力之聲。淮南子曰。舉大木者呼邪余遮反許。蓋舉重勸力之歌也。安成劉氏曰。淮南子道應訓章。翟煎對梁惠王曰。夫舉大

木者。前呼邪許。後亦應之○詩考曰。韓詩云。勞者歌其事也釃酒者。或以筐。或以草泲齊上聲之。而去其糟也。禮所謂縮酌用茅是也禮記。郊特牲篇注。謂泲之以茅。縮去滓也○問縮酌用茅。恐茅乃以酹。朱子曰。某亦疑今人用茅縮酒。古人芻狗乃酹酒之物。則茅之縮酒。乃今人醡酒也。想古人不肯用絹帛。故以茅縮酒也藇美貌。羜未成羊也爾雅注曰。俗呼五月羔爲羜速召也。諸父朋友之同姓而尊者也毛氏曰。人君友其賢臣○孔氏曰。稱之以父。親親之辭也。天子呼諸侯。同姓大國。曰伯父。同姓小國。曰叔父微無顧。念也。於。歎辭。粲。鮮明貌。八簋。器之盛也長樂劉氏曰。簋八則籩豆倍之。天子燕禮之數諸舅。朋友之異姓而尊者也孔氏曰。天子呼諸侯。異姓大國。曰伯舅。小國。曰叔舅先諸父而後諸舅者。親疎之殺所界反也。咎過也○言具酒食以樂朋友如此。寧使彼適有故而不來。而無使我恩意之不至也華陽范氏曰。寧適不來。豈必期其至哉。不來在人。弗顧在我。躬自厚而不責於人也孔子曰。所求乎朋友。先施之未能也。此可謂能先施矣慶源輔氏曰。微我弗顧。言無使我恩意之不至。而不顧念夫朋友也。微我有咎。言無使我恩意之不至。而於朋友之意有過失也。夫朋友之隙。常生於遞相責望。故此詩之意。但欲盡其在我者。而不問其彼之於我如何。是誠處朋友之要道也

○伐木于阪。叶孚孌反釃酒有衍。籩豆有踐。在演反兄弟無遠。民之失德。乾餱音侯以愆。叶起淺反有酒湑思呂反我。無酒酤音古我。坎坎鼓我。蹲蹲七旬反舞我。迨音待我暇叶後五反矣。飲此湑矣

興也。衍。多也。踐。陳列貌。兄弟。朋友之同儕者。無遠。皆在也。先諸舅而後兄弟者。尊卑之等也安成劉氏曰。詩言兄弟多矣。鄭風揚

之水。昏姻之黨。唐杕杜。雅常棣。頍弁。斯干。行葦等篇。同氣之親也。此詩則同儕之友也。各隨所指而不同耳。

乾餱。食之薄者也。廬陵羅氏曰。說文云。乾食。徐鍇曰。今人謂乾飯爲餱○華谷嚴氏曰。公劉乃裹餱糧。王制。乾豆。注謂腊之以爲豆實。愆。過也。湑。亦釃也。毛氏曰。以筐曰釃。以藪曰湑○孔氏曰。筐。竹器也。藪。草也。釃酒者或用筐。或用草。於今猶然。酤。買也。坎坎。擊鼓聲。蹲蹲。舞貌。疊山謝氏曰。湑我。我湑之也。酤我。我酤之也。鼓我。我鼓之也。舞我。我舞之也。此八字皆倒下句法。可見古文之妙也。迨。及也○言人之所以至於失朋友之義者。非必有大故。或但以乾餱之薄。不以分人。而至於有愆耳。故我於朋友。不計有無。但及閒暇。則飲酒以相樂也。程子曰。有盛具當以燕樂朋友。無相疎遠。或乾餱不相及。亦人之失德也。故有酒則我湑之。無酒則我酤之。以至鼓舞我爲之。我及暇時。則相與燕飲以篤恩義○眉山蘇氏曰。民之失德。乾餱相譴。故君子於其朋友故舊。

無所愛者。有則湑之。無則酤之。不以有無爲辭也。奏之以鼓。重之以舞。盡其有以樂之也○慶源輔氏曰。民之失德。乾餱以愆。曰民。則自上言下之辭。言細民之相失。或以薄物飲酒不以相分之故。蓋前章既言其厚。故此章又以薄者言之。且乾餱之愆。亦微過耳。於微過而尤不敢不謹。則其大者可知矣

伐木三章章十二句

劉氏曰。此詩每章首輒云伐木。凡三云伐木。故知當爲三章。舊作六章。誤矣。今從其說正之問伐木大意。皆自言待朋友不可不加厚之意。所以感發之也。朱子曰。然

天保定爾。亦孔之固。俾爾單厚。單音丹何福不除。除直慮反俾爾多益。以莫不庶

賦也。保。安也。爾。指君也廬陵歐陽氏曰。詩人爾其君者。蓋稱天以爲言○須溪劉氏曰。

詩人爾君。雖古人爾汝之常。抑非此無以著其親愛諄至之情也固。堅。單。盡也。除。除舊而生新也程子曰。除。更新也。日進之義庶。衆也○人君以鹿鳴以下五詩燕其臣。臣受賜者。歌此詩以答其君。言天之安定我君。使之獲福如此也臨川王氏曰。君恩至重。臣雖有犬馬之勞。不足以上答。唯稱其福祿以報之。此出於驩心。而不强以爲者也○慶源輔氏曰。此章言天之安定我君。亦甚堅固也。使我君無不極其單厚。其於福祉。無不見其除舊而生新矣。使我君多見其悠久之益。以莫不庶。便見其盛大之意。終篇不過是此二意也○安成劉氏曰。鹿鳴以下五詩。所言非同一事。所歌非同一時。所宴非同一臣。而其臣之答之則唯同歌此詩者。蓋凡臣子之祝報其君。唯願其福祿壽考而已。試取前五詩。分而讀之。而各以此詩答之。尤可見其一時君臣相與殷勤忠厚之意

○天保定爾。俾爾戩子淺反穀。罄無不宜。受天百祿。降爾遐

福維日不足

賦也。聞人氏（名滋）曰。戩與翦同。盡也。穀。善也。盡善云者。猶其曰單厚多益也。罄。盡。遐。遠也。爾有以受天之祿矣。而又降爾以福。言天人之際。交相與也。書所謂昭受上帝。天其申命用休。語意正如此。慶源輔氏曰。此章又言天使我君無不盡善。云爲動作。無不宜適。而亦既受天之百祿矣。而天之所以申命其悠久之福者。方且維日不足也。罄無不宜。受天百祿者。已然之事也。降爾遐福。維日不足者。方來之事也○安成劉氏曰。人君之對越上天者。既能有以受百福矣。而天之眷人君者。又降遐福而維日不足。其所以交相與者如此。固與大禹贊舜。所謂昭受申命之意相類。且與嘉樂之詩。所謂宜民宜人。受祿于天。保佑命之。自天申之。語意正同。蓋此詩歌於宴享之際。以答前詩。嘉樂歌於繹祭之日。以答鳧鷖。皆祝願人君之辭也。

○天保定爾。以莫不興。如山如阜。如岡如陵。如川之方至。以莫不增

賦也。興。盛也。高平曰陸。大陸曰阜。大阜曰陵。皆高大之意董氏曰。爾雅云。山脊。曰岡。大阜。曰陵。則岡爲山之高者。陵爲阜之大者川之方至。言其盛長之未可量也廬陵歐陽氏曰。此又欲其國家興盛如山阜岡陵之高大。如川流之浸長。而又增之。○藍田呂氏曰。上章言受百祿。降遐福。其莫不庶也。既庶矣。則欲積累至于崇高。故曰以莫不興。如山阜岡陵。言其興也。既興矣。欲增益而不絕。故曰以莫不增。如川方至。言其增也

○吉蠲古玄反爲饎。尺志反是用孝享。叶虛良反禴餘若反祠烝嘗。于公先王。君曰卜爾。萬壽無疆

賦也。吉。言諏日擇士之善。蠲。言齊戒滌濯之絜。安成劉氏曰。諏

日者。君臣諏謀祭日。於旬有一日之先。至次日。乃卜所諏之日吉否。如少牢饋食。大夫先與有司。諏丁巳之日。至明日。乃筮其日之吉凶也。擇士者。大射於射宮。以選與祭之士。齋戒。謂七日齋三日戒之類。滌濯。謂溉濯祭器。埽除宗廟之類。

饎儀禮有饎爨。注。炊黍稷。曰饎。**酒食也。享獻也。宗廟之祭。春曰祠。夏曰禴。秋曰嘗。冬曰烝。**孔氏曰。自殷以上則禴禘烝嘗。王制文也。周去夏禘。以春禴當之。更名春曰祠。○爾雅注曰。祠之言食。礿。新菜可禴。嘗。嘗新穀。烝。進品物。○須溪劉氏曰。禴祠烝嘗。各倒一字。此音節也。

公。先公也。謂后稷以下。至公叔祖類也。先王。大王以下也。鄭氏曰。先公。謂后稷至諸盩。音綢○史記曰。公叔祖類生古公亶父。索隱云。古公亶父之父。世本作太公組紺。諸盩。三代世表作叔類○孔氏曰。周之所追王。太王以下。太王之前。皆爲先公○問古先追王之禮。武王周公以王業肇於太王王季文王。故追王三王。至于組紺以上。則止祀以先公之禮。朱子曰。然。周禮祀先王以袞冕。祀先公以鷩冕。鷩冕。諸侯之服。但乃是天子祭先公之禮耳

君通謂

先公先王也。卜。猶期也。此尸傳神意以嘏主人之詞。嘏音假○廬陵羅氏曰。祝爲尸致福於主人之詞○孔氏曰。少牢禮云。皇尸命工祝。承致多福無疆于汝孝孫之等。尸傳神辭。嘏主人也○廬陵歐陽氏曰。此章又言非惟天之福我君如此。至于四時。豐絜酒食。祀其先公先王。而神亦降之福○廬陵曹氏曰。臣之愛君。願其祭祀而獲福。謂能誠意以奉其時祭。則神之報以壽考者無窮矣。蓋受福本於祭祀。祭祀莫大於時祭。而曰吉曰蠲。又可見其誠意。天保之詩。皆祝君之福。而此章願其因祭而受福也。文王時周未有曰先王者。此必武王以後所作也。安成劉氏曰。此詩所以答前五篇。然則前五詩亦作於武王以後明矣。

○神之弔都歷反矣。詒以之反爾多福。叶筆力反民之質矣。日用飲食。羣黎百姓。徧爲爾德。

賦也。弔。至也。神之至矣。猶言祖考來格也。詒。遺。質。實也。

言其質實無僞日用飲食而已臨川王氏曰民無所施其智巧也日用飲食而已

羣衆也黎黑也猶秦言黔其淹反黑也首也百姓庶民也

爲爾德者則而象之猶助爾而爲德也廬陵彭氏曰神詒之多福民及百姓皆被及之日用飲食則豐富充足徧爲爾德則孝弟忠信蓋上有多福之君則下受多福之庇也始言民繼言羣黎百姓廣而言之正脩已安人安百姓之意也○華陽范氏曰君所以爲神民之主神則降福民則日用飲食而不知所以然羣黎百姓皆爲君德此君人者之至願也○華谷嚴氏曰此祝君之福而祝君之德歸美之中有責難者寓若盡言福祿則全篇皆容悅之辭豈古者君臣相與之義邪凡詩人頌福多兼德言之又曰德者民心所自得而曰徧爲爾德者民因君而全其天故民之德皆君之德猶曰莫匪爾極也○慶源輔氏曰民之質矣日用飲食則言在下之民由而不知之義以見其君之德存神過化民皆由之而不知但質實無僞日用飲食而已凡動靜作止無不在其君德化之中其所爲者蓋莫非君之德也正如洪範五皇極所謂凡

厥庶民。於汝極錫汝保極之意。鄭氏所謂則而象之。先生所謂猶助爾爲德之意。皆在其中矣○安成劉氏曰。此承上章祭祀而言神之降福。推而至於民之質實。百姓之爲德。莫非君之福也。亦莫非君之德也。所謂德者。其一篇之本領歟

○如月之恒。胡登反如日之升。如南山之壽。不騫起虔反不崩。如松柏之茂。無不爾或承

賦也。恒。弦。升。出也。月上弦而就盈。孔氏曰。八日九月。月體大率正半。昏而中。似弓之張而弦直。謂之上弦也。此取漸進之義。故云上弦。不言望日始出而就明。騫。虧也。承。繼也。言舊葉將落。而新葉已生。相繼而長茂也。問承是繼承相接續之義如何。朱子曰。松柏非是葉不凋。但舊葉凋時。新葉已生○廬陵歐陽氏曰。前既欲其興盛則又欲其永久。故多引長久不壞之物以爲況○藍田呂氏曰。上言神享之矣。民服之矣。福祿無以加矣。又欲

常享是福。有進而無退。有成而無虧。相承而無衰。故以日月南山松栢喻焉〇慶源輔氏曰。此章則又言其進盛悠久。相繼無窮之意而已

天保六章章六句

廬陵歐陽氏曰。六章皆下愛其上之辭。其文甚顯而易明。大抵文意重複。以見其愛上深至如此耳〇程子曰。天保詩。盛陳人君受天之祜。福祿之厚。蒙被臣民。由君德之所致也〇天台潘氏曰。一章至三章。皆人臣頌祝其君之言。然辭頌而不殺者。以其愛君之心無已也。四章則以祭祀先王先公爲言。五章則以徧爲爾德爲言。蓋謂人君之德。必上無愧於祖考。下無愧於斯民。然後福祿愈遠而愈彰。故末章終之以無不爾或承。董叔重云。蓼蕭詩云令德壽豈。亦是此意。蓋人君必有此德。而後可以稱是福也〇豐城朱氏曰。是詩前三章。言天之福吾君。後三章。言神之福吾君。故三章以山阜岡陵。喻其福之興盛。以川之方至。喻其福之盛長。所以終首章而下之意。六章以日月松栢。喻其福之方進而不已。以南山喻其福之有常而不變。所以終四章而下之

意。當是時。君以鹿鳴四牡皇華燕羣臣。以常棣燕兄弟。以伐木燕朋友。而臣之所以答其君者如此。君燕其臣。臣媚其君。此所以上下交。德業成。而均享盛大悠久之福也歟

采薇采薇。薇亦作止。叶則故反曰歸曰歸。歲亦莫音慕止。靡室靡家。叶古乎反玁音險狁音允之故。不遑啓居。玁狁之故。此章作興。莫故叶。薇與歸叶。家又與居叶

興也。薇。菜名。作。生出地也。長樂劉氏曰。謂芽初出土莫。晚。靡。無也。玁狁。北狄也。遑。暇。啓。跪也。○此遣戍役之詩。廬陵彭氏曰。上言遣戍役而不及將帥。何也。四郊多壘。卿大夫之辱也。士大夫以體國為心。固有不待勉者。至於小民之愚。或以為上之苦我。固不可無辭以遣之也。若夫師還之日。皆從而勞之。聖人忠厚之意也以其出戍之時。采薇以食。而念歸期之遠也。故爲其自言。而以采薇起

興曰。采薇采薇。則薇亦作止矣。曰歸曰歸。則歲亦莫止矣。華谷嚴氏曰。雖托爲軍士自計之辭。亦因示歸期以安其心 然凡此所以使我舍其室家而不暇啓居者。非上之人故爲是以苦我也。直以玁狁侵陵之故。有所不得已而然耳。蓋敘其勤苦悲傷之情。而又風以義也 慶源輔氏曰。薇之作。是始出戍時也。歲之莫。是來歲歸時也。此章言其始行之情。故云靡室靡家。不遑啓居。知其爲玁狁之故。則上之遺我者。出於不得已。而我之義。亦有所不容已也。此所謂風之以義。○安成劉氏曰。不遑啓居。則勤苦矣。曰歸曰歸。靡室靡家。則悲傷矣。此所以敘其私情也。一則曰玁狁之故。二則曰玁狁之故。又因風以公義也。一詩之中。唯以私情公義反覆爲言。所以感人者深矣 程子曰。毒民不由其上。則人懷敵愾口溉反。○廬陵羅氏曰。愾怒也。左氏傳云敵王所愾之心矣 慶源輔氏曰。程子此言。萬世用兵之定法。順之則吉。悖之則凶 又曰古者戍役兩朞而還今年春莫行明年夏代者至復留備秋至過十一月而歸又明年中音仲春至春莫遣次戍者每秋與冬初兩番戍者皆在疆圉如今之防秋也東陽許氏曰防秋宋遣戍之名○建安熊氏曰北狄畏暑耐寒又秋氣折膠則弓弩可用故秋冬易爲侵暴每留屯以防之

○采薇采薇薇亦柔止曰歸曰歸心亦憂止憂心烈烈載飢載渴叶巨烈反我戍未定靡使歸聘

興也柔始生而弱也三山李氏曰始遣戍時薇始生其後薇長而柔又其後薇壯而剛以見天時之變爾烈烈憂貌載則也定止聘問也○言戍人念歸期之遠而憂勞之甚眉山蘇氏曰內憂歸期之遠而外爲飢渴之所困亦甚病矣然

戍事未已則無人可使歸而問其室家之安否也慶源輔氏曰此章言其在路之情故曰憂心烈烈載飢載渴凡人在道路時飢渴固有所不免故卒章言其歸路之情亦曰載飢載渴我戍未定靡使歸聘言我行猶未至戍所則固無人可使歸問其室家之安也戍者勤苦之情大槩最切者有四一則有舍其室家之悲二則有不遑啓居之勞三則有載飢載渴之苦四則有不得其家音信之憂故此詩於首兩章備道此四事以慰之○安成劉氏曰此章曰歸而心憂憂載飢復載渴其私情亦甚苦矣然我戍未定而靡使歸聘則公義以爲重也

○采薇采薇薇亦剛止曰歸曰歸歲亦陽止王事靡盬不遑啓處憂心孔疚叶訖力反我行不來叶六直反

興也剛既成而剛也陽十月也時純陰用事嫌於無陽故名之曰陽月也程子曰疑於無陽故謂陽月然何時無陽如日有光之類蓋陰陽之氣有

常存而不移者。有消長而無窮者。○問十月何以爲陽月。朱子曰。剥盡而坤。復則一陽生也。復之一陽。不是頓然便生。乃自坤卦積來。如一月三十日。以復之一陽。分作三十分。從小雪後。一日生一分。到十一月半。一陽始成。以此見天地無休息。○孔氏曰。十月名爲陽。君子愛陽而惡陰也。四月秀葽靡草死。豈無陰乎。明陰陽常兼有也

孔甚疚。病也。來。歸也。此見士之竭力致死。無還心也

長樂劉氏曰。言將帥與役者。勇於報國。而不敢顧其親也。○程子曰。歸期須歲之陽。王事不可監也。故啟處不遑。憂心雖甚病。我行不可歸也。○慶源輔氏曰。憂心孔疚。切於仁也。我行不來。安於義也。情與理。並行不相悖也。○安成劉氏曰。此章後四句。既風以義而敘其情。又敘其情而風以義

○彼爾維何。維常之華。芳無胡瓜二反彼路斯何。君子之車。斤於尺居二反戎車既駕。四牡業業。豈敢定居。一月三捷。

興也。爾。華盛貌。靡麗也常。常棣也。路。戎車也。君子。謂將帥

也孔氏曰。乘路車而稱君子。故知謂將帥得稱路者。左傳鄭子蟜叔孫豹。王賜之大路。是卿車得稱路也

業業。壯也。捷。勝也。○彼爾然而盛者。常棣之華也。彼路車者。君子之車也。戎車既駕。而四牡盛矣。則何敢以定居乎。庶乎一月之間。三戰而三捷矣程子曰。四章五章。皆勸以義也。○慶源輔氏曰。既言其情。又言其義。則體之者切。而風之者深矣。夫所謂風之者。亦非是當時之人。初無此意。而上之人。特爲此以風勵之也。此亦皆戍卒之本情。但聖人能通其志耳。上之人。能通其志如是。則下之人。亦皆以上之心爲心可知矣

○駕彼四牡。四牡騤騤。求龜反君子所依。小人所腓。符非反四牡翼翼。象弭彌氏反魚服。叶蒲北反豈不日戒。叶說力反玁狁孔棘

賦也。騤騤。強也。依。猶乘也。腓。猶芘也。程子曰。腓。隨動也。

如足之腓。足動則隨而動也。問傳曰。腓猶芘也。又引程子曰。腓隨動也。如足之腓。足動則隨而動也。某按易咸傳曰。腓。足肚。行則先動。足乃舉之。非如腓之自動也。易本義亦曰。欲行則先自動。由程子前說觀之。則腓爲隨足以動之物。由後二說觀之。則腓爲先足而動明矣。不當引之以解此詩之義。不若猶芘之得也。生民詩牛羊腓字之傳。亦以腓爲芘。若施於此詩。與上文君子所依意義亦相類也。朱子曰。此非大義所係。今詳兩說誠不合。當刪去。然板本已定。只於補說中說破可也。又百卉具腓。又有宅訓。不知此字竟是何義。翼翼。行列整治之狀。象弭。以象骨飾弓䏢也。帥交反。弓末也。華谷嚴氏曰。左傳云左執鞭弭。曲禮云右手執簫。簫弭頭。即受弦處。以象齒飾之。則弦之上下。不至齟齬也。魚。獸名。似猪。東海有之。其皮背上斑文。腹下純青。可爲弓鞬。居言反。弓衣也。矢服也。戒。警。棘。急也。○言戎車者。將帥之所依乘。戍役之所芘倚。長樂劉氏曰。君子則依之以爲備禦也。小人則腓之以爲進退也。○華谷嚴氏曰。遣將率戍役同歌是詩。故以君子小人兼言之且其行列整治。而器械精好如此。程子曰。器械弭服是也豈不日相警戒乎。玁狁之難甚急。誠不可以忘備也永嘉陳氏曰。玁狁孔棘。宜若倉皇不暇爲計矣。方且優游暇豫。作歌詩以道達其誠心。此所以旌旗變色。士卒生氣也。○安成劉氏曰。此及上章。皆託爲軍士自言車馬器械之盛備。而於章末專以公義爲言。所以美之。所以風之也。○慶源輔氏曰。戎車既爲君子之所依乘。又爲小人之所芘倚。而其行列之整治。器械之精好又如此。則豈可不日相與警戒乎。君子所依。小人所腓。則見上下一心。三軍同力。豈不日戒。玁狁孔棘。則又見其備豫不虞。不以我之强盛。而忽彼之可防也

○昔我往矣。楊柳依依。今我來思。雨于付反雪霏霏。芳菲反行道遲遲。載渴載飢。我心傷悲。莫知我哀。叶於希反

賦也。楊柳。蒲柳也。霏霏。雪盛貌。遲遲。長遠也。○此章又

設爲役人預自道其歸時之事。以見其勤勞之甚也。華谷嚴氏曰。楊柳依依。卽首章采薇之時。雨雪霏霏。卽首章歲亦莫止。首尾申言。亦丁寧以安其心也。○程子曰。春而往。冬而還。行遠而時久。言行道遲遲。則見歸思之切也。○慶源輔氏曰。昔我往矣。楊柳依依。則始去之時二月也。今我來思。雨雪霏霏。則來年得歸之十二月也。路之長遠。身之飢渴。是亦勞苦之甚。而傷悲之極也。莫知我哀。此句尤切。夫上之人。既已述其情之如此。則其知之可謂盡矣。而猶曰莫知我哀。可見其體悉之心。無有窮極也。且於其遣戍之初。而遽言及此。則亦不憂上之人不我知矣。程子曰。此皆極道其勞苦憂傷之情也。上能察其情。則雖勞而不怨。雖憂而能勵矣。新安胡氏曰。王氏云人情所患。莫切於行役之勞。飢渴之害。故中心傷悲而莫有知其哀者。則幾於不得其所而無所告訴。今歌詩遣之。述其勤苦。則人不知其哀而上知之。此君子能盡人之情。故人忘其死也。○三山李氏曰。遣之而謂莫知我哀。則知之者深矣。○安成劉氏曰。此章預道其往。及勞苦憂傷之甚。又

專敘其情以爲終也范氏曰。予於采薇。見先王以人道使人。後世則牛羊而已矣

采薇六章章八句

問首章言征夫之出。蓋以玁狁不可不征。故捨其室家而不遑寧處。二章則既出而不能不念其家。三章則竭力致死而無還心。蓋不復念家矣。四章五章則惟勉於王事。而欲成戰伐之功也。卒章則言事成之後。極陳其勞苦憂傷之情也。其序恐如此。朱子曰。雅者。正也。乃王公大人所作。皆有次序。而文意不苟。極可玩味。風則成於婦人小子之口。故但可觀其大略耳○疊山謝氏曰。采薇一詩。見先王仁厚之至。所謂體羣臣。所謂本人情。所謂說以使民。民忘其勞當以東山詩合觀

我出我車。于彼牧（叶莫狄反）矣。自天子所。謂我來（叶六直反）矣。召彼僕夫。謂之載（叶節力反）矣。王事多難（乃旦反）。維其棘矣

賦也。牧。郊外也。(爾雅曰。邑外謂之郊。郊外謂之牧。匡邑國都也。界各十里。而異其名。)自從也。天子。周王也。僕夫。御夫也。○此勞還率(音帥)之詩。追言其始受命出征之時。出車於郊外。而語其人曰。我受命於天子之所而來。於是乎召僕夫。使之載其車以行。而戒之曰。王事多難。是行也不可以緩矣。(廬陵歐陽氏曰。南仲爲將。始駕戎車。出至于郊。則稱天子之命。使我來將此衆。遂戒其僕夫以趨王事之急難。○疊山謝氏曰。此章有尊敬王命之禮。有憂勤王事之意。有整暇勇決之才。有奔走犯難之忠。○華谷嚴氏曰。一章述其前時之忠敬。以慰勞之也。○慶源輔氏曰。前四句。則所以承乎上者嚴且重矣。後四句。則所以飭乎下者厲且敏矣)

○我出我車。于彼郊矣。(叶音高)設此旐(音兆)矣。建彼旄(音毛)矣。彼旟(音餘)旐斯。胡不旆旆。(叶蒲寐反)憂心悄悄。僕夫況瘁(似醉反)

賦也。郊在牧內。安成劉氏曰。都城外五十里爲近郊。百里爲遠郊也蓋前軍已至牧。而後軍猶在郊也。丘氏曰。將言建旐設旐之事。又本出車言之也設陳也。龜蛇曰旐。建立也。旄注旄於旗干之首也。鳥隼曰旟。鳥隼龜蛇。曲禮所謂前朱雀而後玄武也。周禮圖注曰。考工記云。鳥隼七斿以象鶉火。畫朱雀與隼以示勇捷。○沈氏曰。朱雀莫知何物。但謂鳥而朱者。然天文家朱鳥乃取象於鶉。如鶉首鶉尾鶉火是也。○朱子曰。玄武謂龜蛇也。位在北方。故曰玄。身有鱗甲。故曰武楊氏曰。師之行法。四方之星。各隨其方。以爲左右前後。禮記曲禮曰。前朱雀而後玄武左青龍而右白虎。鄭氏云。以此四獸爲軍陳。象天也進退有度。各司其局。鄭氏曰。度謂伐與步數。局部分也則士無失伍離次矣。旆旆飛揚之貌。悄悄憂貌。況茲也。或云當作怳。況上聲○言出車在郊。建設旗幟。

音織彼旗幟者豈不旆旆而飛揚乎。但將帥方以任大責重爲憂。而僕夫亦爲之恐懼而憔悴耳。朱子曰。胡不。猶言遐不。言豈不旆旆乎。但我自憂心悄悄。而僕夫又況瘁耳。○慶源輔氏曰。兵。陰事也。必如此。然後與陰氣合。而嚴重方整。爲謀必深。圖功必成。不然。輕佻率易。殆同兒戲耳。烏能有所爲哉 東萊呂氏曰。古者出師以喪禮處之。命下之日。士皆泣涕。夫子之言行三軍亦曰臨事而懼。皆此意也 疊山謝氏曰。子行三軍。必也臨事而懼。兵。凶器。戰。危事。不可以易心處之。爲將帥者。憂心則悄悄。爲僕夫者。情況則憔悴。皆臨事而懼。善於用兵也。○勉齋黃氏曰。臨事而懷懼。則有持重謹畏之心。此誠行軍法也。○華谷嚴氏曰。二章述其前時之戒懼。以慰勞之也

○王命南仲。往城于方。出車彭彭。叶鋪郎反 旂旐央央。於良反 天子命我。城彼朔方。赫赫南仲。玁狁于襄

賦也。王周王也。南仲此時大將也。方。朔方。今靈夏等州之地。毛氏曰。近玁狁之國也彭彭。衆盛貌。交龍爲旂。此所謂左青龍也。央央。鮮明也。赫赫。威名光顯也。襄。除也。或曰。上也。與懷山襄陵之襄同。九峯蔡氏曰。襄。駕出其上也言勝之也○東萊呂氏曰。大將傳天子之命。以令軍衆。於是車馬衆盛。旂旐鮮明。威靈氣焰。赫然動人矣。兵事以哀敬爲本。而所尚則威。二章之戒懼。三章之奮揚。並行而不相悖也慶源輔氏曰。言大將傳天子之命以令軍衆。而三軍之衆。亦方知其所以出師之意。在於城朔方以拒玁狁矣。理直義明。故車馬爲之壯盛。旗幟爲之鮮明。而大將南仲之威名。亦隨之顯赫。雖未臨乎朔方。而逆知玁狁之難。於是而可除矣。有前章之戒懼。然後有此章之奮揚。所謂靜翕而動闢。自然之理也程子曰。城朔方而玁狁之難除。禦戎狄之道守備爲本。不以攻戰爲先也。程子曰。此章指元帥之名。以顯其城朔方之功也○安成劉氏曰。此上三章。皆本於公義以勞之也

○昔我往矣。黍稷方華。叶芳無反今我來思。雨于付反雪載塗。王事多難。不遑啓居。豈不懷歸。畏此簡書

賦也。華。盛也。塗。凍釋而泥塗也。孔氏曰。雪落而釋爲泥塗簡書。戒命也。隣國有急。則以簡書相戒命也。或曰。簡書。策命臨遣之詞也問二說。朱子曰。後說爲長。當以後說載前。前說。只據左氏簡書同惡相恤之謂。然此天子之所戒命不得謂之隣國也○孔氏曰。古者無紙。若有事則書之於簡。故謂之簡書○此言其既歸在塗。而本其往時所見與今還時所遺。以見其出之久也。東萊呂氏曰。采薇之所謂往。遣戍時也。此詩之所謂

往。在道時也。采薇之所謂來。戍畢時也。此詩之所謂來。歸而在道時也。新安胡氏曰。王氏云。黍稷方華。季夏時也。雨雪載塗。春凍始釋時也。玁狁在北。昆夷在西。是謂多難。故下章序伐西戎之功。○長樂劉氏曰。王事多難。言玁狁雖衰而西戎又入也。自北而西不遑啓居也。○慶源輔氏曰。此章述其往來時久。啓處不遑之情。且曰。當此時。非不思歸也。畏此簡書而不敢耳。此尤可見其體悉之詳也。○華谷嚴氏曰。此章述南仲北伐還師。又承命西伐之事也。○安成劉氏曰。此章後四句。反覆言公義私情以勞之也

○喓喓於遥反草蟲。他歷反趯趯阜螽。未見君子。憂心忡忡。敕中反既見君子。我心則降。戶江反。叶胡攻反赫赫南仲。薄伐西戎

賦也。此言將帥之出征也。其室家感時物之變而念之。以爲未見而憂之如此。必既見。然後心可降耳。然此南

仲今何在乎方往伐西戎而未歸也豈既却玁狁而還師以伐昆夷也與薄之爲言聊也蓋不勞餘力矣慶源輔氏曰是詩凡言我者皆是設爲將帥之言唯我心則降一句則又是設爲將帥室家之言雖家室之人皆以爲薄伐西戎不勞餘力則王者之師有征而無戰可知也（）安成劉氏曰此承上章述南仲北伐既還又成西伐之功久出而未得歸以見室家此亦述其室家之情以勞之也

○春日遲遲卉許貴反木萋萋七西反倉庚喈喈音皆叶居奚反采蘩祁祁巨移反執訊音信獲醜薄言還音旋歸赫赫南仲玁狁于夷

賦也卉草也萋萋盛貌倉庚黃鸝也喈喈聲之和也訊其魁首當訊問者也醜徒衆也夷平也○歐陽氏曰述其歸時春日暄妍草木榮茂而禽鳥和鳴於此之時執

訊獲醜而歸。豈不樂哉。鄭氏曰。此詩亦伐西戎。獨言平玁狁者。玁狁大。故以爲始以爲終。華谷嚴氏曰。獨言玁狁者。舉出師所主也。○安成劉氏曰。南仲始受命出師。蓋以玁狁之難也。此章述其凱還。而以平玁狁爲言。所以美其事之終。而功之大。此則述其歸日之歡情以勞之也

出車六章章八句程子曰。此詩所賦。自受命至還歸。其事有敘。大要在歸功將帥○慶源輔氏曰。行師之道。始出尚嚴肅。既歸則尚和樂。故出則有誓。而歸曰凱旋。凱。樂也。讀此詩前三章。則如秋霜之肅。後三章。則如春風之和。如此。然後謂之王者之師。且曰玁狁于夷而已。則固不貴乎略地屠城。輿尸蹀血之事也

有杕大計反之杜。有睆華板反其實。王事靡盬。繼嗣我日。日月陽止。女心傷止。征夫遑止

賦也。睆實貌。嗣。續也。陽十月也。遑。暇也 ○此勞還役之詩。故追述其未還之時室家感於時物之變而思之曰。特生之杕。有睆其實。則秋冬之交矣。而征夫以王事出。乃以日繼日。而無休息之期。至于十月。可以歸而猶不至。故女心悲傷。而曰征夫亦可以暇矣。曷爲而不歸哉 慶源輔氏曰。日月陽止。亦謂來年十月將歸時也。述其室家之情。不直言其思之。而必曰王事靡盬焉。則雖其室家亦知義也 ○成安劉氏曰。次年十月。乃戍畢之時。故采薇遣戍之際。預言歲亦陽止以爲歸期。此章之思望征夫者。亦以日月陽止。而知其遑暇也 或曰。興也 董氏曰。因其所感而興耳 下章倣此 安成劉氏曰。指二章而言也

○有杕之杜。其葉萋萋。王事靡盬。我心傷悲。卉木萋止。女

心悲止。征夫歸止

賦也。萋萋盛貌。春將莫之時也。歸止可以歸也藍田呂氏曰。歲暮之期既不至。將至春之暮。猶未歸也〇安成劉氏曰。戍者之還。當以仲春至家。故此章於杕杜萋萋之時。而知征夫之可以歸也〇慶源輔氏曰。王事靡盬者。公義也。我心傷悲者。私情也。雖其室家。亦情義並行而不相悖也

〇陟彼北山。言采其杞。王事靡盬。憂我父母。叶滿洧反檀車幝幝。尺善反四牡痯痯。古緩反。叶古轉反征夫不遠

賦也。檀木堅宜爲車。幝幝敝貌。痯痯罷音皮貌〇登山采杞。則春已暮而杞可食矣。蓋託以望其君子。而念其以王事詒父母之憂也慶源輔氏曰。雖託於登山采杞以望其君子。然又念其以王事詒父

母之憂，則非獨以室家之情而已也。○三山李氏曰：此言王事靡盬，憂我父母，何以異於鴇羽王事靡盬，不能蓺稷黍，父母何怙。然鴇羽下之人自訴其勞苦，此下之人勞苦而上知之。然檀車之堅而敝矣，四牡之壯而罷矣，則征夫之歸亦不遠矣。華陽范氏曰：車幝幝，馬痯痯，若見其將至矣。○安成劉氏曰：杞可采食，而征夫猶未至，則春已暮而愈過期矣，故知其行必不遠矣。

○匪載匪來，叶立直反。憂心孔疚。叶訖力反。期逝不至，叶朱力反。而多爲恤。卜筮偕叶舉里反止，會言近叶渠紀反止，征夫邇止。

賦也。載，裝。疚，病。逝，往。恤，憂。偕，俱。會，合也。○言征夫不裝載而來歸，固已使我念之而甚病矣，況歸期已過而猶不至，則使我多爲憂恤，宜如何哉。毛氏曰：遠行不必如期，室家之情以期望之。○新安胡氏曰：王氏云而多爲恤，飢渴歟，疾病歟，死傷歟，是何期逝不至也。故且卜且筮，廬陵羅氏曰。灼龜曰卜。揲蓍曰筮。揲，實葉反。蓍，升脂反。相襲俱作，合言於繇。直又反○廬陵羅氏曰。著龜之辭也。而皆曰近矣，則征夫其亦邇而將至矣。慶源輔氏曰。征夫不遠，想料之辭也。征夫邇止，決定之辭也。歸期近而思愈切者，人情也。期逝不至，然後憂傷孔疚焉。行者過期而不至，則居者之憂百端矣。范氏曰。以卜筮終之，言思之切，而無所不爲也。

杕杜四章章七句安成劉氏曰。前三章皆述其室家私情，而兼公義爲言。卒章則又專勞之以私情。大槩與四牡、采薇、出車，同本於公私情義以慰之也。

鄭氏曰。遣將帥及戍役，同歌同時，欲其同心也。反而勞之，異歌異日，殊尊卑也。記曰。賜君子小人不同日，此其義也。王氏曰。出而用兵，則均服同食，一衆心也。入而振旅。則殊尊卑。辨貴賤。定衆志也。范氏曰。出車勞率。故美其功。杕杜勞衆。故極其情。先王以己之心爲人之心。故能曲盡其情。使民忘其死。以忠於上也三山李氏曰。其遣也。則預述其懷歸之事。其還歸也。又不忘其行役之勞。故三詩遣勞師役之事雖不同。而敘其往反終始之情則一也○新安胡氏曰。王氏云上之人。能知其下中心委曲之情。而形於歌詠。則下悅之。出車杕杜是也。上之人。不能知而其下自陳其勞苦之狀。悲傷之情。則怨也。揚之水。鴇羽。是也○慶源輔氏曰。鄭王范氏所發之意。皆得詩人之旨。但勞師勞役。體悉其情無所不至。而略不及論功行賞之事者何哉。蓋古者竭誠盡瘁以勤王之事者人臣之義也。君臣各行其事而已。下不以賞而望乎上。上不以賞而夸乎下。此君臣相與之至情也。豈後世所能及哉○安成劉氏曰。集傳鄭氏王氏之說。總論采薇出車杕杜也。范氏之說。兼論出車杕杜二詩也○豐城朱氏曰是詩四章皆述其未至之思而不言其已至之喜蓋未歸之時其思念之切如此則既歸之時其喜樂之深有不言而自喻者矣先王之於戍役敎其情而閔其勞所以恱也恱以使民民忘其死其是之謂乎

南陔

此笙詩也有聲無詞舊在魚麗之後以儀禮考之其篇次當在此慶源輔氏曰已下三篇不綴於皇皇者華之後而附於此者欲以笙詩六篇相次也今正之說見華黍

鹿鳴之什十篇一篇無辭凡四十六章二百九十七句

白華之什二之二

毛公以南陔以下三篇無辭。故升魚麗以足鹿鳴什數。而附笙詩三篇於其後。因以南有嘉魚爲次什之首。今悉依儀禮正之

白華

笙詩也。說見上下篇

華黍

亦笙詩也。鄉飲酒禮。鼓瑟而歌鹿鳴四牡皇皇者華。然後笙入堂下。磬南北面立。樂南陔白華華黍燕禮。亦鼓瑟而歌鹿鳴四牡皇華。然後笙入立于縣中。廬陵李氏曰。諸侯軒縣。縣中者。北縣之南也。鄉飲酒唯有磬。故笙立于磬南奏南

陔白華華黍。南陔以下。今無以考其名篇之義。然曰笙。曰樂。曰奏。而不言歌。則有聲而無詞明矣董氏曰。笙入者。有聲而無詩也。蓋詩有歌有聲。見於詩者。歌也。寓於樂者。聲也。以其用於鄉人邦國。故當時人習其義。是以因其事而識其聲。知其義也。然則亡其辭者。乃本亡之。非失亡也○須溪劉氏曰。雅詩之入歌者今皆在。入笙者獨不存。疑南陔六詩。當時元只有聲。如今之琴譜。本無其詞也。吾甚笑束晳補亡之無謂所以知其篇第在此者。意古經篇題之下。必有譜焉。如投壺魯鼓薛鼓之節。而亡之耳安成劉氏曰。魯鼓薛鼓之節。其譜見禮記投壺篇末。蓋魯薛二國。投壺燕射擊鼓之節也。其圓者擊鼙。其方者擊鼓。其節不同。亦皆有聲而無詞也

魚麗力馳反于罶音柳。與酒叶鱨音常鯊音沙。叶蘇何反君子有酒。旨且多

興也。麗歷也。罶。以曲薄爲笱。而承梁之空音孔者也。鱨揚也。今黃頰魚是也。似燕頭。魚身形厚而長大。頰骨正黃。魚之大而有力解飛者。埤雅曰。今黃鱗魚也。性浮而善飛躍。故一曰揚也。燕頭魚身。頰骨正黃。一名黃揚鯊鮀徒何反也。魚狹而小。常張口吹沙。故又名吹沙。濮氏曰。鯊魚多種。有極大者。其皮如沙。今人以爲刀劒鞘。吹沙。小魚耳○埤雅曰。鯊大如指。狹圓而長。有黑點君子指主人。旨且多。旨而又多也○此燕饗通用之樂歌。即燕饗所薦之羞。而極道其美且多。見主人禮意之勤。以優賓也濮氏曰。言酒則殽隨之。言物則所該者廣○安成劉氏曰。此詩後三章所指物之多矣旨矣有矣。即前之所言酒之且多且旨且有者也。乃樂工極道主人所薦之物如此。以見優賓之意或曰。賦也。下二章放此朱子曰。古人以魚爲重。故魚麗南有嘉魚皆特舉以歌之

○安成劉氏曰。若作賦體。則詩中所言魚。亦是當時所薦之羞也

○魚麗于罶。魴鱧音禮君子有酒。多且旨

興也。鱧。鮦同重二音也。又曰。鯇音晥也新安胡氏曰。嚴氏云。毛郭皆以鱧爲鮦。本草云今黑鯉魚。道家以爲厭者也。○埤雅曰。今玄鱧也。諸魚中唯此魚膽甘可食。其首戴星。夜則北嚮。此詩鱨鯊之美不若魴鱧。魴鱧之美不若鰋鯉。故其序如此

○魚麗于罶。鰋音偃鯉。君子有酒。旨且有叶羽已反

興也。鰋。鮎念平聲也本草注曰。大首方口。背青黑。無鱗多涎。即鯷魚也鯷音題○華谷嚴氏曰。毛以鮎釋鰋。郭璞云。各自一魚。鰋。今偃額白魚也。只當言似鮎耳○埤雅曰。鱨魚黃。魴魚青。鱧魚玄。鰋魚白。鯉魚赤。則五色之魚皆備

有猶多也

○物其多矣。維其嘉叶居何反矣

賦也

○物其旨矣。維其偕（叶舉里反）矣

賦也

○物其有（叶羽已反）矣。維其時（叶上紙反）矣

賦也。蘇氏曰。多則患其不嘉。旨則患其不齊。有則患其不時。今多而能嘉。旨而能齊。有而能時。言曲全也（慶源輔氏曰。後二章。乃重歎前三章多旨有三字耳○定宇陳氏曰。王應之云。後三章衍前三章之辭。前三章多旨有皆以酒言。而衍之之辭皆曰物。以見物之與酒稱也）

魚麗六章三章章四句三章章二句

按儀禮鄉飲酒及燕禮。前樂既畢。皆間歌魚麗笙

由庚。歌南有嘉魚。笙崇丘。歌南山有臺。笙由儀。間代也。言一歌一吹也。然則此六者。蓋一時之詩。而皆爲燕饗賓客。上下通用之樂。朱子曰。魚麗諸篇。皆君臣燕飲之詩。道主人意以譽賓。如今宴飲致語之類。亦有間敘賓客辭者。漢書載客歌驪駒。主人歌客無庸歸。亦此意毛公分魚麗以足前什。而說者不察。遂分魚麗以上爲文武詩。嘉魚以下爲成王詩。其失甚矣

由庚

此亦笙詩。說見魚麗

南有嘉魚。烝之承反然罩罩。張教竹卓二反君子有酒。嘉賓式燕以樂。五教歷各二反

興也。南。謂江漢之間。嘉魚。鯉質。鱒才損反鯽肌。出於沔南之丙穴。山陰陸氏曰。嘉魚。鯉質鱒鱗肌肉美。食乳泉。出於丙穴。先儒謂穴在漢中沔南縣北。穴口向丙。故曰丙也。烝然。發語聲也。罩。籗助角反也。廬陵羅氏曰。爾雅疏。今楚籗也。罩以竹爲之。或以荊。故謂之楚籗。編細竹以罩魚者也。重言罩罩。非一之詞也。○此亦燕饗通用之樂。故其辭曰。南有嘉魚。則必烝然而罩罩之矣。君子有酒。則必與嘉賓共之。而式燕以樂矣。此亦因所薦之物。而道達主人樂賓之意也。安成劉氏曰。詩言燕樂衎綏。既燕而又燕。故知爲道達主人樂賓之意。

○南有嘉魚。烝然汕汕。所諫反君子有酒。嘉賓式燕以衎苦旦反

興也。汕樔並側交反。爾雅作罩。也。以薄汕魚也。鄭氏曰。樔。今之撩罟也。撩療僚潦三

音衎。樂也

○南有樛居虯反木。甘瓠音護纍力追反之。君子有酒嘉賓式燕綏之·

興也。○東萊呂氏曰。瓠有甘有苦。甘瓠則可食者也。樛木下垂而美實纍之。固結而不可解也。愚謂此興之取義者。似比而實興也

○翩翩者鵻之誰反烝然來叶六直陵之二反思。君子有酒嘉賓式燕又叶夷昔反。或如字思

興也。此興之全不取義者也。慶源輔氏曰。詩中興體固有此兩樣。但此二章相比。

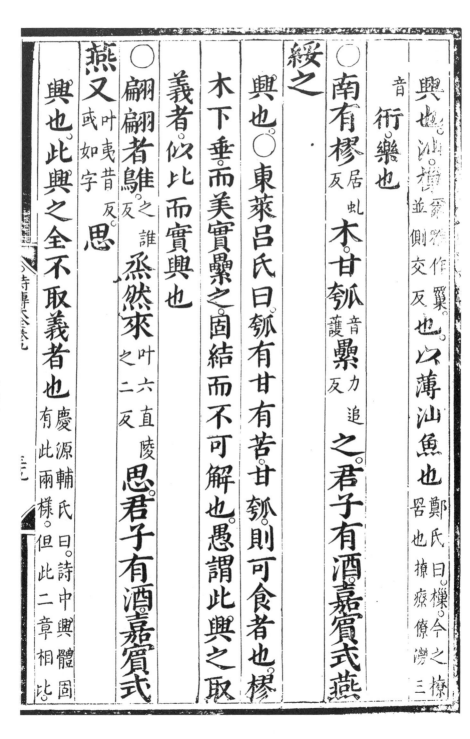

故於此發之也。思語辭也。又。既燕而又燕。以見其至誠有加而無已也。孔氏曰。思。皆爲語辭。嘉賓既來。用此酒與之燕又燕也。頻與之燕。言親之甚也。或曰。又思。言其又思念而不忘也。朱子曰。來思之思。語辭。又思既燕而又思之。以見其至誠有加而無已也。凡思字爲語助者。上字協韻。爲思慮之思者。本字協韻。此章。則來字與末句思字協韻也

南有嘉魚四章章四句

說見魚麗

崇丘

說見魚麗

南山有臺。叶田飴反北山有萊。叶陵之反樂音洛只音紙君子。邦家之基。樂只君子。萬壽無期

興也。臺夫（音符）須。即莎草也（本草曰。其實名香附子）萊草名。葉香可食者也（陸氏曰。兖州人烝以爲茹。謂之萊烝）君子。指賓客也○此亦燕饗通用之樂。故其辭曰。南山則有臺矣。北山則有萊矣。樂只君子。則邦家之基矣。樂只君子。則萬壽無期矣。所以道達主人尊賓之意。美其德而祝其壽也（安成劉氏曰。詩中所謂德音。所謂民之父母。邦家之基與光。皆所以美其德也。所謂壽耇。皆所以祝其壽也。通前魚麗嘉魚兩篇。皆一時樂工所歌。彼爲優賓樂賓。則此詩所以美之祝之者。爲尊賓也。或疑賓客不足以當萬壽之語。愚謂此詩上下通用之樂。當時賓客。容有爵齒俱尊。足當之者。蓋古人簡質。如士冠禮祝辭亦云眉壽萬年。又况古器物銘所謂用蘄萬壽。用蘄眉壽。萬年無疆。俾其眉壽。萬年無疆之類。皆爲自祝之辭。則此詩以萬壽祝賓。庸何傷乎）

○南山有桑。北山有楊。樂只君子。邦家之光。樂只君子。萬

壽無疆

興也。慶源輔氏曰。首章邦家之基。美其可以爲邦家之基本。所謂治生乎君子。賢者爲國之楨幹也。次章言邦家之光。美其可以爲邦家之顯榮。所謂儒者在朝則美政。在位則美俗也。既足以爲邦家之基本。與顯榮。故因祝其壽之無期限而無疆界者也○安成劉氏曰。此章亦美其德而祝其壽也

○南山有杞。北山有李。樂只君子。民之父母。叶滿彼反樂只君子。德音不已

興也。杞。樹如樗。一名狗骨陸氏曰。杞。山木而滑。其子爲木蝱入藥○安成劉氏曰。此章則專美其德也

○南山有栲。音考叶音口北山有杻。女九反樂只君子。遐不眉壽。叶直酉反樂只君子。德音是茂叶莫口反

興也。栲，山樗。杻，檍音億也。遐，何通。眉壽，秀眉也。安成劉氏曰：醫書以眉毛過垂眼下者爲壽長。古人稱高壽者曰眉壽。其以此歟。此章又所以祝其壽而美其德也。

○南山有枸俱甫反，北山有楰音庾。樂只君子，遐不黃耇音苟叶果五反。樂只君子，保艾五蓋反爾後叶下五反。

興也。枸，枳枸，樹高大似白楊，有子著直略反枝端，大如指，長數寸，噉音啗之甘美如飴，八月熟，亦名木蜜。本草曰：木蜜生南方，枝葉皆可噉，亦可煎食如飴。其子一名枳椇，味如蜜。以木作屋，屋中酒則味薄。椇音矩。○問枸。朱子曰：機枸子，建陽謂之皆拱子，俗謂之癩漢指頭，吾鄉呼爲兼勾，味甘而解酒毒。人家左右前後有此木，則醞酒不成。楰，鼠梓，樹葉木理如楸，亦名苦楸。黃，老人髮復黃也。耇，老人面凍梨色，如浮垢也。孔氏曰：髮白而復黃，面如凍梨之色。保，安；艾，養也。

安成劉氏曰。此章又專祝其壽也

南山有臺五章章六句

慶源輔氏曰。後二章言遐不眉壽遐不黃耇。與首章次章末句相應。萬壽無期萬壽無疆者。願之之辭也。遐不眉壽遐不黃耇者。必之之辭也。德音是茂。言不但不已而已。而又愈益茂盛也。保艾爾後。則不但爲今日計。而又願其安養其後世之子孫也。人君得賢。則基圖鞏固。故曰邦家之基。有光華。故曰邦家之光。愛利及民。故曰民之父母。燕及後世。故曰保艾爾後

說見魚麗

由儀

說見魚麗

蓼音六彼蕭斯。零露湑息呂反兮。既見君子。我心寫叶想羽反兮。燕

笑語兮是以有譽處兮

與也蓼長大貌蕭蒿也華谷嚴氏曰。蕭。香蒿也。荻也。牛尾蒿也。湑湑然蕭上露貌君子指諸侯也寫輸寫也燕謂燕飲譽善聲也處安樂也蘇氏曰譽豫通凡詩之譽皆言樂也亦通○諸侯朝于天子天子與之燕以示慈惠安成劉氏曰。左傳晉郤至曰。宴以示慈惠。蓋謂升殽于俎。相與共食。所以示慈愛恩惠也。故歌此詩言蓼彼蕭斯則零露湑然矣既見君子則我心輸寫而無留恨矣是以燕笑語而有譽處也其曰既見蓋於其初燕而歌之也慶源輔氏曰。諸侯來朝天子。天子見之。而得以輸寫其心而無所留隱。相與燕飲語笑和悅。則上下皆可以保有其聲譽與和樂也。苟上之於下也。有所疑而不敢盡其情。下之於上也。有所畏而不敢申其意。則是上下不

交。否之時也。禍端亂萌。皆由於此。尚何能保有其安樂於長久乎

○蓼彼蕭斯。零露瀼瀼。如羊反既見君子。爲龍爲光。其德不爽。叶師莊反壽考不忘

興也。瀼瀼。露蕃貌。龍。寵也。爲龍爲光。喜其德之詞也。爽。差也。其德不爽。則壽考不忘矣。褒美而祝頌之。又因以勸戒之也慶源輔氏曰。使天子以得見諸侯爲寵光。則諸侯之德之美可知矣。故因以戒之曰。其德不爽。壽考不忘。言使其德常如此。而不至於有差爽焉。則當享壽考而永不忘矣○安成劉氏曰。既褒美其德之光寵。而祝頌其壽考安寧。又於褒美之中。寓其勸之戒之之意。若曰德之不爽。然後壽而不忘。德之虧者。壽之虧也

○蓼彼蕭斯。零露泥泥。乃禮反既見君子。孔燕豈弟。宜兄宜

弟。侍禮反令德壽豈。開改反，叶去禮反

興也。泥泥，露濡貌。孔，甚。豈，樂。弟，易也。宜兄宜弟，猶曰宜其家人。蓋諸侯繼世而立，多疑忌其兄弟，如晉詛無畜音勗，養也羣公子。秦鍼音鉗懼選之類。左傳宣公二年曰。初晉驪姬之亂，詛無畜羣公子。自是晉無公族。杜氏注云。詛，盟誓。無公子，故廢公族之官。又昭公元年曰。秦后子有寵於桓，如二君於景。其母曰。弗去懼選。癸卯，鍼適晉。注云，后子，秦桓公子，景公母弟鍼也。選，數也。恐景公數其罪而加戮也。故以宜兄宜弟美之，亦所以警戒之也。壽豈，壽而且樂也。慶源輔氏曰。言既見君子，相與厚爲燕飲，以嘉其樂易之德。則又推言能以是樂易之德，而宜其兄弟焉。則其令德將既壽而且樂矣。○濮氏曰。甚燕而情樂易，則知其宜兄弟而德可久也。○安成劉氏曰。令德壽豈，即上章末二句之意。而宜兄宜弟者，又即不爽其德之本，而所以爲教國人者也。

○蓼彼蕭斯零露濃濃奴同反既見君子鞗徒彫反革冲冲敕弓反和鸞雝雝萬福攸同

興也濃濃厚貌鞗轡也革轡首也馬轡所把之外有餘而垂者也孔氏曰鞗革皮爲之故曰鞗革冲冲垂貌和鸞皆鈴也在軾曰和在鑣曰鸞皆諸侯車馬之飾也建安何氏曰京山程氏云和金口木舌鸞金口金舌鸞在衡上近於馬和在軾上衡是車前橫木駕馬者即軏也軾是車上橫板手所憑伏以致敬者升車則馬動馬動則鸞鳴鸞鳴則和應自然有箇節奏若車行速則不相應行遲則不響若雜然都響皆不合節奏○埤雅曰鸞雌曰和雄曰鸞○安成劉氏曰集傳於駟鐵以爲乘車之鸞在衡則此傳鑣字恐當作衡字庭燎亦以君子目諸侯而稱其鸞旂之美正此類也安成劉氏曰采菽二章文意亦然攸所同聚也

蓼蕭四章章六句 慶源輔氏曰。一章燕笑語兮。是以有譽處兮。通上下而言之。天子與諸侯皆然也。下三章則專美諸侯。二章三章則又因以勸戒而警教之也

湛湛直減反露斯。匪陽不晞。音希厭厭於鹽反夜飲。不醉無歸。

興也。湛湛。露盛貌。陽。日。晞。乾也。厭厭。安也。亦久也。足也。慶源輔氏曰。厭厭二字。具安久足三義。安故久。久故足夜飲。私燕也。燕禮。宵則兩階及庭門皆設大燭焉廬陵歐陽氏曰。燕當以晝。而言夜飲者。燕禮有宵則設燭之禮。是古雖以禮飲酒。有至夜者。以申私燕之恩。盡殷勤之意○儀禮燕禮曰。宵則庶子執燭於阼階上。司宮執燭於西階上。甸人執大燭於庭。閽人爲大燭於門外。燕禮輕。無庭燎。設大燭而巳○此亦天子燕諸侯之詩。言湛湛露斯。非日則不晞。以興厭厭夜飲。不醉則不歸。蓋於其夜飲之終而歌之也燕禮。君曰。無不醉。賓及卿大夫

皆對曰。諾。敢不醉

○湛湛露斯。在彼豐草。厭厭夜飲。在宗載考

興也。豐。茂也。夜飲必於宗室。蓋路寢之屬也。丘氏曰。言在所尊者之室。○華谷嚴氏曰。燕禮云膳宰具官饌于寢東。注云寢。路寢也。考。成也。慶源輔氏曰。燕于路寢之中。所以示親親之意。載考。謂成其禮。既云成其禮。則必無過當之事矣。○安成劉氏曰。在宗室而成燕禮也。

○湛湛露斯。在彼杞棘。顯允君子。莫不令德

興也。顯。明。允。信也。疊山謝氏曰。顯者。其心明。白洞達。允者。其心忠信誠慤。無一毫可疑也。君子。指諸侯爲賓者也。令。善也。令德。謂其飲多而不亂。德足以將之也。東萊呂氏曰。以德將之。不至於亂。中無所主。則爲麴蘖所迷矣。○慶源輔氏曰。莫不令德。言與燕之諸侯。無不有是德也。

○其桐其椅。於宜反 其實離離。豈弟君子。莫不令儀

興也。離離。垂也。令儀。言醉而不喪其威儀也。慶源輔氏曰。莫不令儀。言與燕之諸侯無不有是儀也

湛露四章章四句

春秋傳甯武子曰。諸侯朝正於王。杜氏曰。朝而受正教也 王宴樂之。於是賦湛露。曾氏曰。前兩章言厭厭夜飲。後兩章言令德令儀。雖過三爵。亦可謂不繼以淫矣

問蓼蕭湛露二詩。朱子曰。文義也只如此。却要諷詠實見他至誠和樂之意方好○慶源輔氏曰。顯允。明信也。豈弟。樂易也。明信者。固宜其有德矣。樂易者。則恐其或略于威儀也。樂易君子而威儀無不令焉。此其所以爲成德也。既醉則情或佚焉。在宗。則儀可略矣。然莫不令儀。此其所以爲成

禮也。不醉無歸。見其情之厚也。在宗載考。見其情之親也。莫不令德。見其德之存乎中者善也。莫不令儀。見其儀之見於外者善也。厚而不親。則上之待之者猶未至也。德雖令而儀有闕焉。則臣之持身猶不足也。○豐城朱氏曰。此詩前兩章言厭厭夜飲。所以道其情之相親也。後兩章言令德令儀。又美其德將而無醉也。然則是詩也。其亦褒美之中而寓規戒之意也歟

白華之什十篇五篇無辭凡二十三章一百四句

詩傳大全卷之九

明永樂内府本詩傳大全

第四册

明 胡廣等撰

明永樂十三年内府刻本

山東人民出版社·濟南

詩傳大全卷之十

彤弓之什二之三

彤弓弨尺昭反兮受言藏之我有嘉賓中心貺叶虛王反之鐘鼓既設一朝饗叶虛良反之

賦也彤弓朱弓也孔氏曰弓皆漆之以禦霜露彤弓色赤旅弓色黑賜弓赤一而黑十以赤爲重耳周禮無彤弓之名夏官司弓矢云唐弓大弓以授勞者注往來體若一曰唐弓大弓勞者勤勞王事也弨弛貌孔氏曰說文云弨弓反謂弛之而體反也○華谷嚴氏曰賜弓不張貺與也大飲賓曰饗孔氏曰饗者烹太牢以飲賓殺牲俎豆盛於食燕○此天子燕有功諸侯而錫以弓矢之樂歌也東萊呂氏曰受言藏之言其重也弓人所獻藏之王府以待有功不敢輕與人也中

心貺之。言其誠也。中心實欲貺之。非由外也。一朝饗之。言其速也。以王府寶藏之弓。一朝舉以畀人。未嘗有遲留顧惜之意也慶源輔氏曰。守之者不重。則得之者亦輕。予之而不誠。則其感之也亦淺。畀之而不速。則其視之也。亦玩而不以爲恩矣。然其所以重。所以誠。所以速者。非懼其得之輕。感之淺。視之玩也。盡吾之理而巳後之視府藏爲巳私分。至有以武庫兵賜弄臣者。漢哀帝建平四年。上發武庫兵。送侍中董賢及乳母王阿舍。執金吾毋將隆奏。武庫兵器。天下公用。今便僻弄臣。私恩微妾。而以天下公用。給其私門。非所以示四方也。則與受言藏之者異矣。賞賜非出於利誘。則迫於事勢。至有朝賜鐵券而暮屠戮者。唐德宗興元元年。加李懷光太尉。賜鐵券。懷光尋反。馮燧取長春。懷光縊死。昭宗景福二年。以王行瑜爲太師。號尚父。賜鐵券。後王行瑜舉兵犯闕。李克用克邠州。王行瑜伏誅則與中心貺之者異矣。屯膏廬陵羅氏曰易云屯其膏。謂德澤不下也吝賞功臣解體。至有印刓玩平聲而不忍予者。漢書韓信言項羽之爲人也。見人慈愛。言語嘔嘔。有功當封爵者。印刓敝。忍不能予。此婦人之仁也。嘔凶于反則與一朝饗之者異矣

○彤弓弨兮。受言載叶子利反之。我有嘉賓。中心喜叶去聲之。鐘鼓既設。一朝右音又叶子記反之

賦也。載。抗之也。安成劉氏曰。載彤弓於弓檠。抗弓體使正。言其藏之謹也喜。樂也。右。勸也。尊也孔氏曰。勸。謂勸其功也。○臨川王氏曰。尊而右之也。○疊山謝氏曰。古人以右爲尊也

○彤弓弨兮。受言櫜古刀反叶古號反之。我有嘉賓。中心好呼報反之。鐘鼓既設。一朝醻市由反叶大到反之

賦也。櫜。韜。好。說。醻。報也。飲酒之禮。主人獻賓。賓酢主人。

主人又酬自飲。而遂酬以飲賓。謂之醻。醻。猶厚也。勸也。疊山謝氏曰。主人酌賓。曰獻。賓飲主人。曰酢。一獻一酢。報施足矣。主人又酬賓。謂之醻。所以見其意之厚也。

彤弓三章。章六句。慶源輔氏曰。大抵此詩首章已盡其意。下兩章只是詠歎以加重焉耳。櫜重於載。載重於藏。好誠於喜。喜誠於貺。醻厚於右。右尊於饗。○廬陵曹氏曰。始而藏器以待有功之人。則不敢輕。及其推誠以錫有功之人。則不敢惜。王者於賞功之物。始而不知重其物。則必有輕視之心。而人亦褻之矣。終而不出於誠心。又吝而不果。則人雖得之。亦不以爲恩矣。故未有功之時。則藏之也不敢輕。既有功之時。則誠心與之而無所惜。王者賞功之大權。當如是矣

春秋傳甯武子曰。諸侯敵王所愾。音慨而獻其功。於是乎賜之彤弓一。彤矢百。玈音盧弓矢千。以覺報宴。注曰。愾恨怒也。覺明也。謂諸侯有四夷之功。王賜

之弓矢。又爲歌彤弓。以明報功宴樂。鄭氏曰。凡諸侯賜弓矢。然後專征伐。東萊呂氏曰。所謂專征者。如四夷八邊。臣子簒弑。不容待報者。其它則九伐之法。乃大司馬所職。非諸侯所專也。與後世强臣拜表輒行者異矣周禮大司馬曰。以九伐之法正邦國。馮弱犯寡則眚之。賊賢害民則伐之。暴內凌外則壇之。野荒民散則削之。負固不服則侵之。賊殺其親則正之。放弒其君則殘之。犯令陵政則杜之。外內亂鳥獸行。則滅之。○晉穆帝永和七年。桓溫屢求北伐。詔書不聽。溫拜表輒行。安帝隆興三年。孫恩陷會稽等郡。劉牢之鎮京口。發兵討恩。拜表輒行

菁菁子丁反者莪。五何反在彼中阿。既見君子。樂音洛且有儀。叶五何反

興也菁菁盛貌莪蘿蒿也本草注曰一名莪蒿莖葉如青蒿開淡紅紫花結角子長二寸許微彎○陸氏曰生澤田漸洳之處中阿阿中也大陵曰阿君子指賓客也○此亦燕飲賓客之詩言菁菁者莪則在彼中阿矣既見君子則我心喜樂而有禮儀矣慶源輔氏曰既見君子則我心喜樂而有禮儀夫見賢而樂禮或不足則愛心雖至而敬心不至矣樂且有儀則愛敬之心兩盡矣或曰以菁菁者莪比君子容貌威儀之盛也下章放此

○菁菁者莪在彼中沚音止既見君子我心則喜

興也潛室陳氏曰此篇朱子舊以爲比今改爲興而下文兼存比說矣但二章三章比字皆失改今悉正之中沚沚中也喜樂也

○菁菁者莪在彼中陵既見君子錫我百朋

興也。中陵陵中也。古者貨貝。五貝爲朋。孔氏曰。漢食貨志。以爲大貝。壯貝。么貝。小貝。不成貝。爲五也。鄭因經廣解之。言有五種之貝。其中以相與爲朋。非總五貝爲一朋也錫我百朋者見之而喜。如得重貨之多也

○汎汎芳欽反楊舟。載沉載浮。既見君子。我心則休

比也。楊舟楊木爲舟也。載則也。載沉載浮猶言載清載濁。載馳載驅之類。以比未見君子而心不定也。休者休休然言安定也慶源輔氏曰。此章又追言其未見之時。心之不定。既見之後。則休休然而安定矣。其意味亦深長也

菁菁者莪四章章四句

六月棲棲音西戎車既飭音勅四牡騤騤求龜反載是常服叶蒲北反

玁狁孔熾。尺志反 我是用急。叶音棘 王于出征。以匡王國。叶于逼反

賦也。六月，建未之月也。濮氏曰。詩言六月徂暑。則爲夏正可知。○須溪劉氏曰。以爲未月極是。周以子月爲歲首。而月數未嘗改也 棲棲，猶皇皇不安之貌。戎車，兵車也。東萊呂氏曰。鄭氏云。戎車有五。周禮車僕掌戎路。廣車。闕車。苹車。輕車是也。戎路。王在軍所乘。廣車。横陣之車。闕車。補闕之車。苹。猶屏也。對敵自隱蔽之車。輕車。馳敵致師之車也 飭，整也。騤騤，强貌。常服，戎事之常服。以韎音昧韋爲弁，又以爲衣，而素裳白舄也。周禮司服曰。凡兵事韋弁服。○廬陵李氏曰。皮去毛熟治。曰韋。韎。赤色也。凡衣同冠色。衣韎韋則弁亦韎韋也。皮弁。服素裳白舄。韋弁服亦與之同也 玁狁，即獫狁，北狄也。孔，甚。熾，盛。匡，正也。○成康既没，周室寖衰。八世而厲王胡暴虐。周人逐之，出居于彘。玁狁内侵，逼近京邑。安成劉氏曰。據詩文

至于涇陽而言也王崩子宣王靖即位命尹吉甫帥師伐之有功而歸詩人作歌以序其事如此。疊山謝氏曰戎車曰既飭則車甲器械士卒馬牛無一物不整齊矣四牡曰騤騤則無一馬不精强矣曰載是常服則無一衣一裳不經檢點矣司馬法冬夏不興師今乃六月而出師者以玁狁甚熾其事危急故不得已而王命於是出征以正王國也豐城朱氏曰先王之法夷狄侵中國臣子背君父皆天下之大變諸侯有能討之者許之先發而後聞其急如此所以然者以中國不可一日而不尊天理不可一日而不明也今玁狁內侵不得已而應之雖六月出師而人不以爲暴者知其過之不在於君上蓋以爲所以勞我者乃所以安我也匡之爲言正也夷狄横則中國危攘夷狄固所以正中國也此述其始受命出征之詞也

○比毗志反物四驪閑之維則維此六月既成我服叶蒲北反我

服既成。于三十里。王子出征。以佐天子。叶獎里反

賦也。比物。齊其力也。釋文曰。比。齊同也凡大事。祭祀。朝覲會同。毛馬而頒之。凡軍事。物馬而頒之。毛馬齊其色。物馬齊其力。吉事尚文。武事尚强也。則法也。服。戎服也。三十里。一舍也。古者吉行日五十里。師行日三十里。○既比其物。而曰四驪。則其色又齊。可以見馬之有餘矣。閑習之而皆中法則。又可以見教之有素矣。孔氏曰。戎事尚强而言四驪者。雖以齊力爲主。亦不厭其同色。故曰駟騵彭彭。又曰乘其四騏。田獵齊足。而曰四黃既駕。是皆同色也。無同色者。乃取異毛耳。騏騧是中。騧驪是驂是也。○盧陵彭氏曰。陳氏云。以厲王大亂之餘。而支攘犹之患。意其必倉卒不暇爲計。而今也比物四驪。閑之維則。蓋其車馬之脩。器械之備。非一日也。於是此月之中。即

成我服。既成我服。即日引道。不疾不徐。盡舍而止。又見其應變之速。從事之敏。而不失其常度也安成劉氏曰。六月之中。即成戎服。則應變速矣。我服既成。即日引道。則從事敏矣。雖速雖敏。而軍行止三十里。則不失其常度矣王命於此。而出征。欲其有以敵王所愾。而佐天子耳

○四牡脩廣。其大有顒。玉容反薄伐玁狁。以奏膚公。有嚴有翼。共音恭武之服。叶蒲北反共武之服。以定王國。叶于逼反

賦也。脩。長。廣。大也。顒。大貌。奏。薦。膚。大。公。功。嚴。威。翼。敬也。共。與供同。服。事也。言將帥皆嚴敬。以共武事也疊山謝氏曰。薄伐者。叛則伐之。服則舍之。不窮征遠討也。爲將必嚴。不嚴則軍心不齊。爲帥必敬。不敬則軍事不整。故曰有嚴有翼。○華陽范氏曰。凡兵事莫尚於嚴。莫先於敬。共武之服者。如此。則以定王國也。○慶源輔氏曰。兵陰事也

用之當以嚴敬爲主。不嚴則不整。不敬則不肅。將帥皆嚴敬以共武事。此王國之所以定也。定則不止於匡矣。有車馬爲之用。則足以却玁狁而成大功。以嚴敬爲之主。則足以共武事而定王國。吉甫之行師。眞足以繼南仲之軌迹矣。宜宣王之中興也○豐城朱氏曰。兵事不可以不嚴。尤不可以不敬。書曰。欽承天子威命。敬也。又曰。威克厥愛允濟。嚴也。嚴敬二字。乃用師之要道。夫惟將師皆嚴敬以共武事。所以能定王國也

○玁狁匪茹。如豫反整居焦穫。音護侵鎬胡老反及方。至于涇陽。織音志文鳥章。白旆央央。於良反元戎十乘。繩證反以先啓行。叶戶郎反

賦也。茹。度。整。齊也。焦穫鎬方。皆地名。焦未詳所在。穫郭璞以爲瓠中。則今在耀州三原縣也。耀州三原縣今隸陝西西安府鎬劉向以爲千里之鎬。則非鎬京之鎬矣。亦未詳其所在

也前漢書劉向曰吉甫之歸周厚賜之其詩曰來歸自鎬我行永久千里之鎬猶以爲遠○顏氏曰鎬非豐
鎬之鎬方疑即朔方也安成劉氏曰南仲亦以玁狁之難往城朔方靈夏等州之地則此玁
狁所侵者疑即其地也涇陽涇水之北孔氏曰水北曰陽在豐鎬之西北
豐鎬在今陝西西安府涇陽縣言其深入爲寇也織幟字同鳥章鳥隼
之章也東萊呂氏曰日月爲常交龍爲旂之類皆幟之文也鳥章特其一耳白旆繼旐者
也曹氏曰白帛也白旆以絳帛爲旆也以帛續旐末爲燕尾戰則旆之央央鮮明貌元大
也戎戎車也軍之前鋒也啓開行道也猶言發程也史記
三王世家注曰韓嬰章句云車有大戎十乘謂車縵輪馬被甲衡軛之上盡有劒戟名曰陷軍之車○臨川王
氏曰元戎十乘所謂選鋒也兵法兵無選鋒曰北○疊山謝氏曰兵法所謂堂堂之陣正正之旗也元戎啓行
可以摧鋒破陣左傳所謂先人有奪人之心也○言玁狁不自度量深入爲寇

如此。是以建此旐旗。選鋒銳進。聲其罪而致討焉。直而壯。律而臧。有所不戰。戰必勝矣。安成劉氏曰。左傳云。師直爲壯。曲爲老。今因玁狁爲寇。而聲罪致討。則直而壯矣。易曰。師出以律。否臧凶。今討玁狁而旐旗鮮明。選鋒銳進。則律而臧矣。此所以爲宣王中興之師也歟。○豐城朱氏曰。玁狁惟不自度量。故其大衆整齊。旣盤據於焦穫之間。其輕軍掩襲復時出入乎鎬方之地。且遠及乎涇水之陽焉。其深入爲寇如此。可謂熾矣。於是建旗旐。選鋒銳以攘之。然謂之十乘。則爲馬四十匹。甲士三十人。其爲步卒亦不過七百二十人而止耳。數非加多也。而味其辭意。則玁狁之難也。若不足平矣。所以然者。惟其辭直。故其氣壯。惟其用之以律。故每事而盡善。彼夷狄雖衆且盛。又惡足以敵王者之師哉。

○戎車旣安。叶於連反 如輊竹二反如軒。四牡旣佶。其乙反 旣佶且閑。叶胡田反 薄伐玁狁。至于大音泰原。文武吉甫。萬邦爲憲。叶許言反賦也。輊車之覆而前也。軒車之却而後也。凡車。從後視之如輊。從前視之如軒。然後適調也。朱子曰。凡車之勢。一低一昂。

信壯健貌。疊山謝氏曰。戎車既安矣。必曰如輊如軒。制度工巧。則利於戰鬭也。四牡既强矣。必曰既佶且閑。教訓習熟。則耐於馳驅矣。

大原地名。亦曰大鹵。今在大原府陽曲縣。即今大原府陽曲縣隸山西。

至于大原。言逐出之而已。不窮追也。先王治戎狄之法如此。前漢書嚴尤曰。宣王時。玁狁內侵。命將征之。盡境而還。其視戎狄之侵。譬猶蚉蝱之螫。敺之而已。

吉甫。尹吉甫。此時大將也。憲法也。非文無以附衆。非武無以威敵。能文能武。則萬邦以之爲法矣。慶源輔氏曰。此章則言其車之適調而安穩。馬之壯健而閑習。逐出玁狁至于大原而已。則吉甫之文武兼資。德威並用。進止有度。縱舍有法。可謂全才矣。萬邦安得不以之爲法哉。○疊山謝氏曰。漢唐而下。縉紳介胄。分爲兩途。愚儒武夫。各持一說。不知三代將帥必文武全才。可以爲萬邦之法則者也。○安成劉氏曰。此言吉甫之武。必先之以文。上言吉甫共武之服。必本於嚴翼之德。末言吉甫飲至。必及於孝友之友。文事武備。誠非兩途也。北伐。可見其武。崧高烝民詩。可見其文

○廬陵曹氏曰。夫服遠之道。固在於兵威之盛。而尤在於德望之隆。恃兵威之盛。而有窮黷之心。非所以爲服遠之道也。今吉甫之有文以附衆。有武以威敵。而萬邦皆以之爲法焉。則所謂玁狁者。逐出至于大原而已。亦何恃乎窮追哉。使非有德以服乎人心。則固無以威敵矣。雖窮師黷武。豈能有成功哉

○吉甫燕喜。既多受祉。來歸自鎬。我行永久。叶舉里反飲於鴆反御諸友。叶羽已反炰白交反鼈膾鯉。侯誰在矣。張仲孝友。叶羽已反

賦也。祉。福。御。進。侯。維也。張仲。吉甫之友也。善父母曰孝。善兄弟曰友。○此言吉甫燕飲喜樂。多受福祉。蓋以其

歸自鎬而行永久也。是以飲酒進饌於朋友。濮氏曰。鼈龜屬。俗呼團魚。炰。火熟之名。膾。細切肉也。而孝友之張仲在焉。言其所與宴者之賢。所以賢吉甫而善是燕也。臨川王氏曰。忠也者。移孝以爲之者也。順也者。移友而爲之者也。故言忠順之臣。必及孝友之友。○慶源輔氏曰。吉甫以天子之將。有功而歸。相與宴者。固不一也。後篇謂方叔嘗與伐玁狁者。亦豈得而不與焉。而詩人乃獨舉夫孝友張仲之爲賢。則又可見吉甫之文。而不專以武功爲美矣。然此但爲吉甫既歸。而私自與朋友燕飲而已。非宣王燕之也。○豐城朱氏曰。宣王非吉甫。無以成其功。吉甫非張仲。無以成其德。詩人美吉甫之燕。而并及乎張仲者。正以見宣王之中興。以有吉甫。而吉甫之成功。以有張仲也。苟無孝友之人。朝夕講貫於其素。則文武之德何自成。而脩攘之功何自立哉

六月六章章八句 藍田呂氏曰。上三章。言自治之備。四章言玁狁來侵。從而禦之。五章言治戎有備。車馬安閑。驅之出境。不窮追也。六章言休兵飲至。樂與孝友之臣。同其燕樂。則窮兵黷

武之意消矣。又曰比伐之事。所以自治者。常優暇而有餘。所治於彼者。常簡略而不盡。○疊山謝氏曰。一章曰戎車既飭。四牡騤騤。二章曰比物四驪。三章曰四牡脩廣。五章曰戎車既安。四牡既佶。西北平原廣野。舉目千里。利於車戰。故此詩以車馬爲重

薄言采芑。音起 于彼新田。于此菑。側其反 人。叶每畝。彼反 方叔涖止。音利 其車三千。叶詩止反 師干之試。方叔率止。乘其四騏。四騏翼翼。路車有奭。許力反 簟茀。音弗 魚服。叶蒲北反 鉤膺鞗革。音條 叶訖力反

興也。芑。苦菜也。青白色。摘其葉。有白汁出。肥可生食。亦可蒸爲茹。即今苦藚。音買 菜。宜馬食。軍行采之。人馬皆可食也。田一歲曰菑。二歲曰新田。三歲曰畬。韻會曰。田一歲曰菑。始反 草也。二歲曰畬。漸和柔也。三歲曰新田。已成田而尚新也。四歲則曰田矣。○孔氏曰。菑者。災也。始災殺其草木

也。新田。新成柔田也。畬和也。田舒緩也。今江東呼初耕地。反草爲災是也。方叔宣王卿士受命爲將者也。涖臨也。其車三千。法當用三十萬衆。蓋兵車一乘。甲士三人。步卒七十二人。又二十五人將重車在後。凡百人也。成安劉氏曰。兵車。戰鬭之車駕馬。所謂小車也。重車。輜重之車駕牛。所謂大車也。兵車一乘。則士卒共七十五人。重車一乘。則將之者二十五人。其中炊家子十人。固守衣甲五人。廐養五人。樵汲五人。然此亦極其盛而言。未必實有此數也。朱子曰。孔氏以爲兼起鄉遂之兵。王氏謂會諸侯之師。此皆以辭害意之過。詩人但極其盛而稱之耳。師衆。干扞也。試肄習也。言衆且練也。率總率之也。翼翼順序貌。路車戎車也。奭赤貌。眉山蘇氏曰。路車。金路也。金路赤飾○孔氏曰。瞻彼洛矣。韎韐有奭。彼茅蒐染而爲奭。故知赤貌也。簟笰以方文竹簟爲車蔽也。鉤膺馬婁頷有鉤。而在膺有樊（與鞶同）有纓也。樊馬大帶。纓鞅（央上聲）也。孔氏曰。五路惟金路有鉤。以金爲之。馬頷之飾也。在馬膺之飾。唯有樊纓。故引樊纓以解膺。方叔不乘革路者。以黃路臨陣所乘。○鄭氏曰。樊纓。皆以五采罽飾之。罽音計。織毛爲之 鞗革見蓼蕭篇。○宜王之時。蠻荆背叛。王命方叔南征。軍行采芑而食。故賦其事以起興曰。薄言采芑。則于彼新田。于此菑畝矣。方叔涖止。則其車三千。師干之試矣。又遂言其車馬之美以見軍容之盛也 朱子曰。南征蠻荆。想不甚費力。不曾大段戰鬬。故只盛稱其軍容之盛而已

○薄言采芑。于彼新田。于此中鄉。方叔涖止。其車三千。旂旐央央。方叔率止。約軝（祈支反）錯衡。（叶户郎反）八鸞瑲瑲。（七羊反）服

其命服。朱芾（音弗）斯皇。有瑲葱珩（音衡，叶户郎反）

輿也。中鄉。民居其田尤治。約。束軝。轂也。以皮纏束兵車之轂而朱之也。錯。文也。鈴在鑣曰鸞。馬口兩旁各一。四馬故八也。瑲瑲。聲也（盧陵彭氏曰。荀子云。錯衡以養目。和鸞之聲以養耳。則錯衡八鸞皆以爲耳目之懽也）

命服。天子所命之服也。朱芾。黄朱之芾也（孔氏曰。諸侯黄朱）皇猶煌煌也。瑲。玉聲。葱。蒼色如葱者也。珩。佩首横玉也。禮。三命赤芾葱珩（孔氏曰。三命至九命皆葱珩。非謂方叔唯三命也。○曹氏曰。芾佩非軍服。金路非戎車。和鸞非戎馬。所以然者。方叔克壯其猶。如吳起將戰不帶劒。諸葛武侯不親戎服。羊祜輕裘而盛著威名。杜預身不跨馬。自能制勝。故詩人詠其車服之美而已○盧陵彭氏曰。此與上章言方叔帥兵之時。其精神氣熖。見於旌旗車馬佩服之間。有以聳人觀聽。其勝敵也必矣○慶源輔氏曰。首章其車三千。師干之試。試云者。其車馬之衆盛。與師衆之所以扞禦夫敵者。又練習也。二章其車三千。旂旐央央云者。則言其車馬之衆盛。旗幟之鮮明也。先言涖止而後言率止者。始則臨之。終則率之以行也。首章乘其四騏以下。言方叔所乘之戎路。其飾甚備。二章約軝錯衡以下。又言車馬之盛。命服之美。所以見天子付託之重。錫命之蕃。而方叔之威儀整暇如此。可以決其有成也。其與後世以一勇之夫。爲民之司命者異矣

○鴥（惟必反）彼飛隼。（息允反）其飛戾天。亦集爰止。方叔涖止。其車三千。師干之試。方叔率止。鉦（音征）人伐鼓。陳師鞠（居六反）旅。顯允方叔。伐鼓淵淵。（叶於中反）振旅闐闐。（徒顛反。叶徒隣反）

興也。隼。鷂屬。急疾之鳥也。（埤雅曰。一名雀鷹）戾。至。爰。於也。鉦。鐃也。鐲也。伐。擊也。鉦以靜之。鼓以動之。鉦鼓各有人。而言鉦人伐鼓。互文也。（孔氏曰。說文云。鉦。鐃也。似鈴。又云。鐲。鉦也。則鐲鐃俱得以鉦名之。鐲似小

鐘。鐃似鈴。有大小之異耳。凡軍進退。皆鼓動鉦止。非臨陣獨然。此文在陳師鞠旅之上。是未戰時事也○濮氏曰。周禮云鼓人以金鐲節鼓。以金鐃止鼓。即無鉦名。則鐲鐃通謂之鉦。而節止實用於鼓。故詩云然鞠。告也。二千五百人爲師。五百人爲旅。此言將戰陳其師旅而誓告之也。陳師鞠旅。亦互文耳。淵淵。鼓聲平和不暴怒也。謂戰時進士衆也。振。止。旅。衆也。言戰罷而止其衆以入也。春秋傳曰。出曰治兵。入曰振旅是也孔氏曰治兵。尚威武也振旅。反尊卑也。出則幼賤在前。貴勇力也。入則尊老在前。復常法也闐闐。亦鼓聲也。或曰。盛貌。鄭氏曰戰止。又伐鼓闐闐然○董氏曰。闐闐。衆行聲也程子曰。振旅亦以鼓行金止○言隼飛戾天。而亦集於所止。以興師衆之盛。而進退有節。如下文所云也程子曰。隼之急疾。亦集於所止。興兵雖强。用之有節而不過也○慶源輔氏曰上二章但言其車馬服飾之盛美而已故此章又以鳥之急疾與其猛鷙又以亦集爰止興其進退有節也其進退之有節者蓋以將戰而誓衆有法既戰而鼓聲不暴戰罷振旅而入則又齊一而無先後也

○蠢尺允反爾蠻荆大邦爲讎方叔元老克壯其猶方叔率止執訊音信獲醜叶尺由反戎車嘽嘽吐丹反嘽嘽焞焞吐雷反如霆如雷顯允方叔征伐玁狁蠻荆來威叶音隈

賦也蠢者動而無知之貌蠻荆荆州之蠻也大邦猶言中國也元大猶謀也言方叔雖老而謀則壯也安成劉氏曰方叔以元老而率師則師卦所謂丈人所謂長子也嘽嘽衆也焞焞盛也霆疾雷也爾雅注曰霆雷之急疾者謂霹靂方叔蓋嘗與於北伐之功者是以

蠻荆聞其名而皆來畏服也新安胡氏曰王氏云此章美其成功言以宿將董大衆荆人自服不待戰而屈也

采芑四章章十二句永嘉陳氏曰北伐南征之詩班師時作六月之辭追采芑之辭緩六月以討而定采芑以威而服也○豐城朱氏曰北伐之詩是言行軍之法南征之詩是紀行軍之實不言其法則無以見軍制之復不紀其實則無以見民數之復欲知宣王之復古觀此二詩而可見矣夫豈曰夸云乎哉

我車既攻我馬既同四牡龐龐鹿同反駕言徂東

賦也攻堅同齊也傳曰宗廟齊豪尚純也孔氏曰齊其毫毛尚純也戎事齊力尚强也孔氏曰齊其馬力田獵齊足尚疾也孔氏曰齊其馬足龐龐充實也東東都洛邑也○周公相成王營洛邑

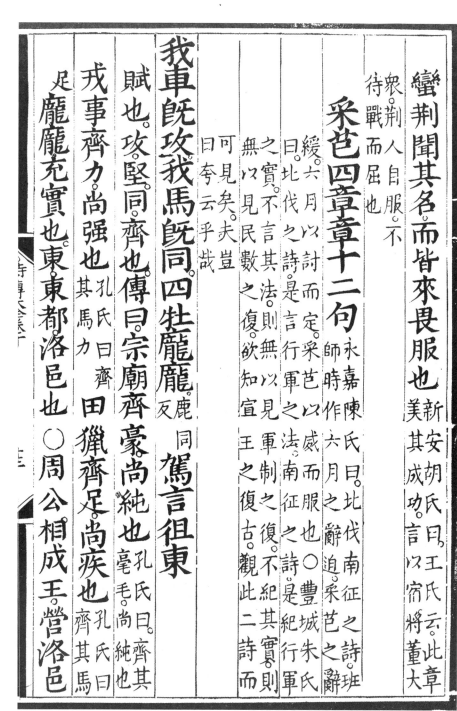

爲東都。以朝諸侯。周室既衰。久廢其禮。至於宣王。內脩政事。外攘夷狄。復文武之境土。脩車馬。備器械。復會諸侯於東都。因田獵而選車徒焉。故詩人作此以美之。朱子曰。好田獵之事。古人亦多刺之。然宣王之田。乃是因此見其車馬之盛。紀律之嚴。所以爲中興之勢者在此。其所謂田者。異乎尋常之田矣首章泛言將往東都也慶源輔氏曰。車以堅緻爲善。馬以齊同爲盛。首章既言其攻與同矣。故二章但言其善與盛也。○豐城朱氏曰。車攻馬同。泛言其軍實之盛也。四牡龐龐。則自君子所乘者言之也。軍政脩治於閑暇之時。而四牡充實於起行之日。則可以駕言而徂東矣

○田車既好。叶許厚反四牡孔阜。符有反東有甫草。叶此苟反駕言行狩叶始九反

賦也。田車。田獵之車。好。善也。阜。盛大也。甫草。甫田也。後

爲鄭地今開封府中牟縣西圃田澤是也宣王之時未有鄭國圃田屬東都畿內故往田也安成劉氏曰宣王嘗封庶弟於西都咸林之地是爲鄭桓公其子武公當平王時徙封于東都然後圃田爲鄭地○開封府中牟縣今隸河南○

此章指言將往狩于圃田也

○之子于苗叶音毛選徒囂囂五刀反建旐設旄搏音傅獸于敖

賦也之子有司也朱子曰不敢斥王故以有司言之苗狩獵之通名也選數也囂囂聲衆盛也數車徒者其聲囂囂則車徒之衆可知且車徒不譁而惟數者有聲又見其靜治也敖近滎陽地名也東萊呂氏曰敖山名晉師救鄭在敖鄗之間士季設七覆於敖前則敖山之下平曠可以屯兵翳薈可以設伏所謂東有甫草即此地也○此章言至東都而選徒

以獵也孔氏曰言選車徒備器械搏取禽獸于敖地也○東萊呂氏曰宣王往東都以會諸侯爲主而二章三章先言田獵者蓋有司先爲戒具以待會同畢而田獵也○慶源輔氏曰選徒囂囂言其衆且肅也既選其車徒矣則建設其旗旄焉見其序且整也方選徒以獵而遽曰搏獸于敖言其士衆之勇而氣大事小也徒手曰搏

○駕彼四牡四牡奕奕赤芾金舄會同有繹

賦也奕奕連絡布散之貌赤芾諸侯之服臨川王氏曰人君宜朱芾而此赤芾者會同故也汝其臣庶則朱芾君道也故方叔服其命服則朱芾會同於王則赤芾臣道也故此會同則赤芾也金舄赤舄而加金飾亦諸侯之服也鄭氏曰金舄黃朱色也時見曰會殷見曰同鄭氏曰時見言無常期殷衆也繹陳列聯屬之貌也○此章言諸侯來會朝於東都也盧陵曹氏曰此章言諸侯來朝

會於東都。車馬盛而服飾嚴。會同絡繹不絕。此可見人心之齊也。使其人心之未合。則諸侯或不至。安能聯屬如此之盛乎。東都洛邑。本諸侯朝覲之地。而夷厲以來。此禮久廢。宣王中興復古。再見斯會。詩人所以美之也

○決拾既佽。音次。與柴叶弓矢既調。讀如同。與同叶射夫既同。助我舉柴。子智反

賦也。決以象骨爲之。著於右手大指。所以鉤弦開體。拾以皮爲之。著於左臂以遂弦。故亦名遂。華谷嚴氏曰。決即衛芄蘭所謂韘也。○孔氏曰。周禮繕人注云。拾。講扞也。著左臂裹佽。比也。鄭氏曰。謂手指相次比也調。謂弓強弱與矢輕重相得也。疊山謝氏曰。弓既上弦。必審視之端正則可用。微有偏斜。必加矯揉。此弓之調也。矢之輕重。必視弓力之強弱。弓強而矢輕則不中。弓弱而矢重亦不中。此矢之調也射夫。蓋諸侯來會者。孔氏曰。射夫。即諸侯以下也。夫。男子之總名同。協也。柴。說

文作㨁謂積禽也。使諸侯之人。助而舉之。言獲多也。○此章言既會同而田獵也

○四黃既駕。兩驂不倚。於寄於箇二反不失其馳。叶徒臥反舍音捨矢如破。彼寄普過二反

賦也。倚偏倚不正也。馳驅馳驅之法也安成劉氏曰。五御之目。三曰過君表五曰逐禽左。即御田車馳驅之法也舍矢如破。巧而力也。蘇氏曰。不善射御者。詭遇則獲。不然不能也。今御者不失其馳驅之法而射者舍矢如破。則可謂善射御矣慶源輔氏曰。首章云既同。則齊其足矣。而此又曰四黃。與六月比物四驪同義。可見其馬之有餘矣。○臨川王氏曰。向曰四牡。既言力之強。今曰四黃。又言色之純也。兩驂不倚。御能正其馬也。不失其馳車行節而法也。舍矢如破。矢行巧而力也。○鄭氏曰。射

者之工。矢發明中。如推碎物也。○此章言田獵而見其射御之善也

○蕭蕭馬鳴。悠悠斾旌。徒御不驚。大庖蒲交反不盈

賦也。蕭蕭悠悠。皆閑暇之貌。孔氏曰。軍旅齊肅。唯聞蕭蕭然馬鳴之聲。見悠悠然斾旌之狀。無有諠譁者徒步卒也。御。車御也。驚。如漢書夜軍中驚之驚。漢景帝三年。周亞夫引兵擊吳楚。深壁而守。夜軍中驚。內相攻擊。擾亂至帳下。亞夫堅臥不起。頃之復定不驚。言比匹志反至也卒事終事也不喧譁也。大庖。君庖也。不盈。言取之有度。不極欲也。蓋古者田獵獲禽面傷不獻。踐音翦毛不獻。孔氏曰。面傷。謂當面射之。翦毛。謂在傍而逆射之。不獻者。嫌誅降之義不成禽不獻。孔氏曰。惡其害幼小擇取三等。自左膘音縹而射之。達于右腢音愚爲上殺。以爲乾豆奉宗廟。釋文曰。膘。脅後髀前肉也。腢。肩前。上殺中

心死疾。鮮潔也。達右耳本者次之。以爲賓客。孔氏曰。亦自左射之。達右耳本。以其遠心死稍遲。肉已微惡。射左髀。補爾步米二反。達于右髃。音杳。爲下殺。以充君庖。孔氏曰。髀。股外。髃。水膁音嗛也。右髃。右脅髃。下殺。以其中脅死最遲。肉又益惡。每禽取三十焉。每等得十。其餘以與士大夫。習射於澤宮中者取之。禮記射義注曰。澤。宮名。所以擇士也。士謂諸侯朝者諸臣及貢士也。皆先令習射於澤。已乃射於射宮。課中否也〇穀梁傳曰。射而中。田不得禽。則得禽。田得禽而射不中。則不得禽。是以知古之貴仁義而賤勇力也是以獲雖多而君庖不盈也。張子曰。饌雖多而無餘者均及於衆而有法耳。凡事有法則何患乎不均也。舊說不驚驚也。不盈盈也。亦通鄭氏曰。反其言而美之○此章言其終事嚴。而須禽均也慶源輔氏曰。蕭蕭馬鳴。悠悠旆旌。見其整暇無始終之異也。徒御不驚。見

其卒事而不驚擾也。大庖不盈。見其循禮守法。而不從欲以取也。夫力足以多取。而不盡用焉。此所以爲王者之事也

○之子于征。有聞音問無聲。允矣君子。展也大成

賦也。允。信。展。誠也。聞師之行而不聞其聲。言至肅也。信矣其君子也。誠哉其大成也。慶源輔氏曰。聞師之行而不聞其聲。則可見其師律之嚴肅。大凡行軍用師。要須如此方可。不然。皆苟道也。○章末二句。乃美宣王也。大成。言其事之有始有終也。廬陵彭氏曰。宣王治兵之法。其見於田獵已如此。詩人固信其大有成也。

○此章總敘其事之始終而深美之也安成劉氏曰。楚辭集注云。凡作篇章既成。撮其大要以爲亂辭。今此詩言田事。以上七章。既序其始終。以成篇矣。此章又言其始事之整肅。終事之有成。以深美之。亦猶楚辭之有亂辭也。車舝公劉。卒章皆然。○豐城朱氏曰。存於中而有興衰撥亂之志。施於外而有內脩外攘之事。如此得

不謂之君子乎。靜治於往狩之初。嚴肅於旋歸之際。如此得不謂之大成乎。此王道之所以爲大。而詩人所以贊美之也

車攻八章章四句

以五章之下考之。恐當作四章章八句安成劉氏曰。五章六章。通言其田獵射御。七章八章。通言其始終整肅。而且音韻各相諧叶。故疑其當以八句成章。以此推之。則合首章二章八句。通言車馬盛備將往東都圃田之地。合三章四章八句。通言天子諸侯來會東都之事。總爲四章章八句也

吉日維戊叶莫吼反既伯既禱叶丁口反田車既好叶許口反四牡孔阜。符有反升彼大阜。從其羣醜

賦也。戊。剛日也。伯。馬祖也。謂天駟房星之神也。晉天文志曰。房。

四星亦曰天駟爲天馬主車駕○孔氏曰伯者長也馬之祖始是長也夏官校人春祭馬祖天駟龍爲天馬故房四星謂之天駟醜，衆也。謂禽獸之羣衆也。○此亦宣王之詩。言田獵將用馬力，故以吉日祭馬祖而禱之。孔氏曰常祭在春將用馬力則又備禮禱之既祭而車牢馬健，於是可以歷險而從禽也。以下章推之，是日也，其戊辰歟？

○吉日庚午，既差我馬。叶滿浦反獸之所同，麀音憂鹿麌麌。愚甫反漆沮七徐反之從，天子之所。

賦也。庚午亦剛日也。毛氏曰外事以剛日○禮記曲禮注曰出郊爲外事差，擇齊其足也。安成劉氏曰此言差馬猶車攻言我馬既同也同，聚也。鹿牝曰麀。麌麌，衆多也。漆沮，水名，在西都畿内，涇渭之北，所謂洛水，今自延韋流入鄜（音孚）坊。至同州入河也。（三山李氏曰。書疏云。漆沮在涇水之東。一名洛水。職方氏所謂雍州。其浸渭洛。非河南之洛也。○安成劉氏曰。此言漆沮之從。猶車攻言甫草敖地。彼則狩于東都。此則狩于西都也。）○戊辰之日既禱矣。越三日庚午。遂擇其馬而乘之。視獸之所聚。麀鹿最多之處而從之。惟漆沮之旁爲盛。宜爲天子田獵之所也

○瞻彼中原。其祁孔有。（叶羽已反）儦儦（表驕反）俟俟。（叶于紀反）或羣或友。（叶羽已反）悉率左右。（叶羽已反）以燕天子。（叶獎里反）

賦也。中原。原中也。祁。大也。趨則儦儦。行則俟俟。獸三曰羣。二曰友。燕。樂也。○言從王者。視彼禽獸之多。於是率其同事之人。各共其事。以樂天子也。（安成劉氏曰。此言率左右以樂天子）

猶車攻之射夫同而助舉柴也

○旣張我弓。旣挾子洽户頰二反我矢發。彼小豝。音巴殪。於計反此大兕。徐履反以御賓客。且以酌醴

賦也。發。發矢也。豕牝曰豝。一矢而死。曰殪。兕。野牛也。言能中微而制大也孔氏曰。小豝云發。言發則中之。大兕言殪。言躲著即死。○安成劉氏曰。此言躲者之善。猶車攻言舍矢如破也。御。進也。醴。酒名。周官五齊去聲二曰醴齊。注曰。醴成而汁滓相將。如今甜酒也。五齊。周禮酒正。一曰泛齊。二曰醴齊。三曰盎齊。四曰緹齊。五曰沈齊。注。醴猶體也。此齊熟時。上下一體。汁滓相將。故名○言射而獲禽。以爲俎實。進於賓客而酌醴也。疊山謝氏曰。田而得禽。天子不以自奉。故大庖不盈。命有司以進賓客。且以酌醴。燕諸侯及羣臣也。先王體羣臣。懷諸侯。常有恩惠。其用心公溥而

均齊。常以一人養天下。不以天下奉一人也。○安成劉氏曰。此言進禽於賓客。亦猶車攻言大庖不盈之意也

吉日四章章六句

慶源輔氏曰。一章言祭禱馬祖。以爲田獵之備也。二章言取擇其地。以爲田獵之所也。三章言相與悉力以共田獵之事。爲天子之樂也。四章言旣獵。而以其所得之獻供俎實。使天子得與賓客燕飲也

東萊呂氏曰。車攻吉日。所以爲復古者何也。蓋蒐狩之禮。可以見王賦之復焉。可以見軍實之盛焉。可以見師律之嚴焉。可以見上下之情焉。可以見綜理之周焉。欲明文武之功業者。此亦足以觀矣

慶源輔氏曰。東萊之說固善。而朱子又改動數字尤切。王賦。謂車馬之出。軍實。謂軍器之數。師律謂進退之度。上下之情。諸侯及左右之人。相率以共其事。而天子又與之燕飲以爲樂也。綜理之周。祭

禱必講。獮地必擇。車馬有備。射御有法。終事嚴整。頒禽之均。酌醴之厚。無一不至也。○安成劉氏曰。宣王所以復文武功業者。固不止於二詩所言蒐狩之事。然即二詩而觀之。則其車馬徒御之所出。可見王賦之復也。旌旄車旆之備。決拾弓矢之精。可見軍實之盛也。選徒則囂囂。徒御則不驚。行者有聞而無聲。又可見師律之嚴也。會同有繹。而助我舉柴。悉率左右。而以燕天子。又可見其上下之情也。將用馬力。而既伯既禱。頒禽之均。而大庖不盈。又見其綜理之周密。蓋一事之間。而五美具焉。即此推之。則其餘可知矣

鴻鴈于飛。肅肅其羽。之子于征。劬其俱反勞于野。叶上與反爰及矜棘冰反人。哀此鰥寡。叶果五反

興也。大曰鴻。小曰鴈。孔氏曰。俱是水鳥。其實鴻大而鴈小。肅肅。羽聲也。之子。流民自相謂也。征。行也。劬。勞病苦也。矜。憐也。老而無

妻曰鰥。老而無夫曰寡。○舊說周室中衰。萬民離散。而宣王能勞來還定安集之（臨川王氏曰。勞者勞之。來者來之。往者還之。擾者定之。危者安之。散者集之）故流民喜之而作此詩。追敘其始而言曰。鴻鴈于飛。則肅肅其羽矣。之子于征。則劬勞于野矣（眉山蘇氏曰。人民離散。譬如鴻鴈之飛。四方無所不往。徒聞其羽聲肅肅。未知所止也）且其劬勞者皆鰥寡可哀憐之人也（慶源輔氏曰。爰及矜人。哀此鰥寡。又言其所與行者無非可憐之人。而就其中。又惟鰥寡之可哀也）然今亦未有以見其爲宣王之詩。後三篇放此

○鴻鴈于飛。集于中澤。（叶徒洛反）之子于垣。（音袁）百堵（丁古反）皆作。雖則劬勞。其究安宅。（叶達各反）

興也。中澤。澤中也。一丈爲板。五板爲堵。孔氏曰。板廣二尺。故周禮說一堵之牆。長丈。高一丈。究。終也。○流民自言鴻鴈集于中澤以興已之得其所止。而築室以居。今雖勞苦。而終獲安定也

○鴻鴈于飛。哀鳴嗸嗸。五刀反維此哲人。謂我劬勞。維彼愚人。謂我宣驕。叶音高

比也。流民以鴻鴈哀鳴自比。而作此歌也。哲。知。宣。示也知者聞我歌。知其出於劬勞。不知者謂我閒暇而宣驕也。韓詩云。勞者歌其事。魏風亦云。我歌且謠。不知我者。謂我士也驕。大抵歌多出於勞苦。而不知者常以爲驕也慶源輔氏曰。蓋非明知者。眞能體卹我前日之情。則亦焉能知其病苦之實哉。若但見其今日之安定。則

必以我之此歌。爲閒暇而宣驕矣

鴻鴈三章章六句豐城朱氏曰。惠鮮鰥寡。文王之所以興也。哿矣富人。哀此煢獨。幽王之所以亡也。爰及矜人。哀此鰥寡。宣王之所以中興也。夫鰥寡孤獨。乃天民之窮而無告者。聖人一視同仁。雖無一物而不在所愛。而其發政施仁。則必自鰥寡孤獨始。誠使鰥寡孤獨各得其所。則天下之民。無不被其澤者矣。宣王之勞來還定安集其有得於文王之家法也歟。劬勞于野。自其始之流散而言也。百堵皆作。自其中之還歸而言也。其究安宅。自其終之安定而言也。此詩不作於流離之時。而作於安定之日。蓋痛定思痛者。是以知者以爲勞苦。而不知者則反以爲宣驕也

夜如何其。音基夜未央。庭燎之光。君子至止。鸞聲將將。七羊反

賦也。其語辭。央中也。渤海胡氏曰。說文云。央中央也。廣雅云。央極中也。秦風云。宛在水中央。央亦中也庭燎大燭也。諸侯將朝。則司烜音毀以物百枚。并

而束之。設於門內也孔氏曰。庭燎者。樹之於庭。燎之光明。司烜供之。樹於門外曰大燭。門內曰庭燎。郊特牲注曰。庭燎之差。公五十。侯伯子男皆三十。是天子用百。以物百枚并而纏束之。今則用松葦竹。灌以脂膏也君子。諸侯也。將將。鸞鑣聲。○王將起視朝。不安於寢。而問夜之早晚曰。夜如何哉。夜雖未央。而庭燎光矣。朝者至。而聞其鸞聲矣

○夜如何其。夜未艾。音乂。又如字庭燎晣晣。之世反與艾叶君子至止。鸞聲噦噦。呼會反

賦也。艾。盡也。晣晣。小明也臨川王氏曰。其光衰也噦噦。近而聞其徐行聲有節也安成劉氏曰。首章述王初問此章再問。恐亦如齊風雞鳴之例也

○夜如何其。夜鄉晨。許亮反庭燎有煇。詩云反君子至止。言觀

其旂叶渠斤反

賦也。鄉晨近曉也。渤海胡氏曰。從夜未中至未盡。從未盡至鄉明也煇火氣也

天欲明而見其煙光相雜也朱子曰。此是吳才老之說。說此一字有功既至

而觀其旂。則辨色矣鄭氏曰。見其旂。是朝之時也。朝禮別色始入

庭燎三章章五句安成劉氏曰。列女傳云宣王嘗晏起。姜后脫簪珥。待罪於永巷。宣王感悟。於是勤於政事。早朝晏起。卒成中興之名。以此証之。或果宣王詩也

沔綿善反彼流水。朝直遙反宗于海。叶虎洧反鴥惟必反彼飛隼。息允反載飛載止。嗟我兄弟。邦人諸友。叶羽軌反莫肯念亂。誰無父母。叶滿洧反

興也。沔水流滿也。諸侯春見天子曰朝。夏見曰宗。孔氏曰。朝

朝也。欲其來之早。宗。尊也。欲其尊王○九峯蔡氏曰。水勢橫趨於海。猶諸侯朝宗于王也○此憂亂之詩。言流水猶朝宗于海。飛隼猶或有所止。而我之兄弟諸友。乃無肯念亂者。誰獨無父母乎。亂則憂或及之是豈可以不念哉疊山謝氏曰。一身之遇亂不足惜。父母之遇亂深可憂。誰無父母。不爲一身謀。獨不爲父母謀乎。爲父母謀。則當念亂。則必思所以捄亂也

○沔彼流水。其流湯湯。失羊反鴥彼飛隼。載飛載揚。念彼不蹟井亦反載起載行。叶戶郎反心之憂矣。不可弭忘

興也。湯湯。波流盛貌。不蹟。不循道也。載起載行。言憂念之深。不遑寧處也。弭。止也。水盛隼揚。以興憂亂之不能忘也慶源輔氏曰。不循道理。則危亂之由也。載起載行。則憂思之深也

○鴥彼飛隼。率彼中陵。民之訛言。寧莫之懲。我友敬矣。讒言其興

興也。率。循。訛。偽。懲。止也○隼之高飛。猶循彼中陵。而民之訛言。乃無懲止之者。然我之友誠能敬以自持矣。則讒言何自而興乎。始憂於人。而卒反諸已也慶源輔氏曰。衰亂之世。訛言繁興。使人無所適從。而卒歸於危亡禍敗。此所以嘆其寧莫之懲也。我友敬矣。讒言其興。此必有所指而言。其興則是無自而興也。先生所謂始憂於人。而卒反諸已者。深得其意。凡有不得者。皆反求諸已。此自脩之事也

沔水三章二章章八句一章六句定宇陳氏曰。始念亂而憂及父母。終憂讒而敬以反身。憂念之中。不忘孝敬。詩人忠厚之意也

疑當作三章章八句。卒章脫前兩句耳

鶴鳴于九皐。聲聞音問于野。叶上與反魚潛在淵。或在于渚。樂音洛彼之園。爰有樹檀。叶徒沿反其下維蘀。音託他山之石。可以爲錯。七落反

比也。鶴。鳥名。長頸竦身。高脚。頂赤身白。頸尾黑。其鳴高亮。聞八九里。皐。澤中水溢出所爲坎。從外數至九。喻深遠也。釋文曰。韓詩云。九皐九折之澤。○濮氏曰。澤曲曰皐。見楚辭注。蘀落也。藍田呂氏曰落葉穢雜錯。礪石也。○此詩之作。不可知其所由。然必陳善納誨之辭也。慶源輔氏曰。然不正言其事。而必比物而爲言者。正所謂風刺上者。皆不主於正事。而主於文詞。不以正諫而托物以諫也蓋鶴鳴于九皐。而聲聞于野。言誠之

不可揜也慶源輔氏曰。所以風王之誠身也魚潛在淵而或在于渚。言理之無定在也慶源輔氏曰。所以風王之明善也園有樹檀而其下維蘀。言愛當知其惡也。他山之石而可以爲錯。言憎當知其善也慶源輔氏曰。所以風王力去私欲之蔽也。夫必能去私欲之蔽。然後可以明善而誠身。此其序則由大以至小也由是四者引而伸之。觸類而長之。天下之理其庶幾乎廬陵曹氏曰。天下之理。散於萬事。若能反於身而求之。觸類而長之。未有不可爲吾之益者也。鶴鳴。所以喻誠身。魚潛。所以喻明理。檀蘀石錯。又所以正人心好惡之偏。因物而推。皆可以反求諸身者也

○鶴鳴于九皋。聲聞于天。叶鐵因反魚在于渚。或潛在淵。叶一均反樂彼之園。爰有樹檀。其下維穀。他山之石。可以攻玉。

比也。穀。一名楮。惡木也孔氏曰。陸氏云。幽州人謂之穀桑。荆揚交廣謂之穀。中州人謂之楮。殷中宗時穀桑共生是也。今江南人績其皮以爲布。又擣以爲紙。樹皮斑者是楮。白者是穀攻錯也。○程子曰。玉之温潤。天下之至美也。石之麄厲。天下之至惡也。然兩玉相磨。不可以成器。以石磨之。然後玉之爲器得以成焉。猶君子之與小人處也。横逆侵加。然後脩省畏避。動心忍性。增益預防。而義理生焉。道德成焉。吾聞諸邵子云朱子曰。邵子云云。有才之正者。有才之不正者。他山之石。其小人之才乎。○疊山謝氏曰。邪類與善類非同氣。猶玉石不同山。石而攻玉。猶小人謗君子之無德。所以儆君子而進於德歟君子之無才。所以儆君子而勉爲全才也

鶴鳴二章章九句朱子曰。鶴鳴做得巧。含蓄意思。全不發露。○三山李氏曰。二章殊無

一句露已意。其詩最爲難曉。○豐城朱氏曰。知誠之不可揜。則知念慮方萌。而鬼神已知。形迹欲揜。而肺肝已見。所以不可無誠身之功也。知理之無定在。則知事有精粗。而理無精粗。事有大小。而理無大小。所以不可無明善之功也。知愛當知其惡。憎當知其善。則知親愛賤惡之不可以或偏。哀矜敖惰之不可以自恣。所以於應接之間。尤不可不去其私欲之蔽也。能是數者。則知行並進。而明誠兩立。好惡不偏。而人已兼盡。其於治天下不難矣。此所以爲陳善納誨之辭也歟

彤弓之什十篇四十章二百五十九句

疑脫兩句。當爲二百六十一句

詩傳大全卷之十

詩傳大全卷之十一

祈父之什二之四

祈（勤衣反）父（音甫）予王之爪牙（叶五胡反）胡轉予于恤靡所止居

賦也。祈父。司馬也。職掌封圻之兵甲。故以爲號。酒誥曰圻父薄違是也（孔氏曰。古者祈圻畿字通用。故此作祈。書作圻○九峯蔡氏曰。圻父。迫逐違命者也）予六軍之士也。或曰。司右虎賁（音奔）之屬也（董氏曰。司馬之屬。有司右。虎賁。旅賁。皆奉事王之左右者也。故司右曰。凡國之勇力之士。能用五兵者屬焉。虎賁曰。掌先後王而趨以卒伍。旅賁曰。掌執戈盾夾王車。此所謂爪牙者也）爪牙。鳥獸所用以爲威者也（孔氏曰。鳥用爪。獸用牙。以防衛。此人自謂王之爪牙。以鳥獸爲喻也）恤。憂也○軍士怨於久役。故呼祈父而告之曰。予乃王之爪牙。汝何轉我於憂恤之地。使我無所止居乎鄭氏曰。此責司馬之辭。謂見使從軍也。六軍之士。出自六鄉。法不取於王之爪牙之士。○張子曰。禁衛。天子之爪牙。而使之遠戍。所謂轉予於恤也。古人容易出一句。便不可及。詩人造理深。其辭儘難學

○祈父。予王之爪士。鉏里反胡轉予于恤。靡所底之履反止

賦也。爪士。爪牙之士也。底。至也

○祈父。亶不聰。胡轉予于恤。有母之尸饔

賦也。亶。誠。尸。主也。饔。熟食也。言不得奉養而使母反主勞苦之事也○東萊呂氏曰。越勾踐伐吳。有父母耆老而無昆弟者。皆遣歸。魏公子無忌救趙。亦令獨子無兄弟者。歸養。則古者有親老而無兄弟。其當免征役。必有

成法。故責司馬之不聰。其意謂此法。人皆聞之。汝獨不聞乎。乃驅吾從戎。使吾親不免薪水之勞也。責司馬者不敢斥王也安成劉氏曰。不斥王而責司馬。此詩人之忠厚也。亦若北山所謂大夫不均之意

祈父三章章四句慶源輔氏曰。上兩章言我乃王之爪牙。汝何轉我於憂恤之地。使我無所止居。如此則是自戕其上之衛。末章言汝乃驅吾從戎。而使吾親不免薪水之勞。如此則是不體其下之情。其言之序。亦先公而後私也。不戕其上之衛。則上得以安。必體夫下之情。則下不忘其死。勾踐無忌之事。其用兵猶有古之遺法。自秦而下。不復如此矣○豐城朱氏曰。先王之制。諸侯有故。則方伯連帥以諸侯之師討之。王室有故。則方伯連帥以諸侯之師救之。司馬所掌封圻之兵甲。不過衛王室而已。此詩前二章責司馬。不當以王之爪牙。而遠從征役。後章責司馬。不當以國之孤子。而遠從征役。使王而自棄其爪牙。則謂之不智。使司馬棄王之爪牙。則謂之不忠。至於使孤子

之無以爲養。則又謂之不仁。一事而三失具焉。其刺之也宜哉

序以爲刺宣王之詩。說者又以爲宣王三十九年。戰于千畝。王師敗績于姜氏之戎。故軍士怨而作此詩。東萊呂氏曰。太子晉諫靈王之詞曰。自我先王厲宣幽平而貪天禍。至于今未弭。宣王中興之主也。至與幽厲並數色主反之。其詞雖過。觀是詩所刺。則子晉之言。豈無所自歟東萊呂氏曰。讀是詩。見宣王變古制者二焉。前兩章。刺其以宿衛之士從征役。末章。見其有親老而無他兄弟者當免征役。乃驅之從戎也但今考之詩文。未有以見其必爲宣王耳。下篇放此

皎皎古了反白駒。食我場苗。縶陟立反之維之。以永今朝。所謂伊人。於焉逍遥。

賦也。皎皎。潔白也。張子曰。以表賢者潔白之意 駒。馬之未壯者。謂賢者所乘也。場。圃也。孔氏曰。苗而云場者。以場圃同地。對則異名。散則通 縶。絆音半 其足。維。繫其靷音引。在胷曰靷 也。永。久也。伊人。指賢者也。逍遥。遊息也。藍田呂氏曰。徘徊少留之貌 ○爲此詩者。以賢者之去而不可留也。故託以其所乘之駒。食我場苗而縶維之。庶幾以永今朝。使其人得以於此逍遥而不去。若後人留客。而投其轄於井中也。前漢書曰。陳遵每大飲。輒閉門。取客車轄投井中。雖有急。終不得去

○皎皎白駒。食我場藿。火郭反 縶之維之。以永今夕。叶祥龠反 所

謂伊人。於焉嘉客。叶克各反

賦也。藿猶苗也。華谷嚴氏曰。藿。豆葉。用以作羹。夕。猶朝也。嘉客猶逍遥也。疊山謝氏曰。賢者高蹈遠引。吾知其不可留矣。猶欲縶維其白駒以强留之。雖一朝一夕。亦滿吾意。好德之彝性。尊賢之良心。在人自不能泯也。

○皎皎白駒。賁彼義反又音奔然來叶云俱反思。爾公爾侯。叶洪孤反逸豫無期。慎爾優游。叶汪胡反勉爾遁思。叶新齋反

賦也。賁然。光采之貌也。疊山謝氏曰。賁者華采也。賢人所過之地。山川草木皆有精采。蓬户蓽門。皆有輝華也。或以爲來之疾也。朱子曰。王氏讀爲奔字。言其來之速也。思。語詞也。爾指乘駒之賢人也。慎。勿過也。勉。毋決也。遁思。猶言去意也。○言此乘白駒者若其肯來。則以爾爲公

以爾爲侯。而逸樂無期矣。猶言横來。大者王。小者侯也史記。田横故齊王族。自立爲齊王。戰敗入居海島。漢高帝遣使召之曰云云。安成劉氏曰。蓋謂之大者是王。小者是侯。招横使來也豈可以過於優游。決於遁思。而終不我顧哉慶源輔氏曰。此章則又原賢者欲去之意。而反其說以留之。謂賢者之所以欲去者。不過欲優游自適而已。若一旦肯賁然而來。則當以爾爲公。以爾爲侯。而逸豫無有期限也。何必過於優游。決其去意而不肯留哉。賁然來思。猶今人言光訪寵賁之意蓋愛之切而不知好爵之不足縻。留之苦而不恤其志之不得遂也安成劉氏曰。此章上四句見其愛之切。末二句見其留之苦

○皎皎白駒。在彼空谷。生芻楚俱反一束。其人如玉。毋金玉爾音。而有遐心

賦也。賢者必去而不可留矣。於是歎其乘白駒入空谷。束生芻以秣之。而其人之德美如玉也。蓋已邈乎其不可親矣。然猶冀其相聞而無絶也。故語之曰。毋貴重爾之音聲。而有遠我之心也。孔氏曰。毋得自愛音聲貴如金玉。不以遺問我。○慶源輔氏曰。此章則賢者既去。而好賢之誠終無已也。夫見賢而好之。固人之情也。至於賢者已去。而眷戀之情不已。且祝其無貴重其音聲以有遠我之心焉。夫然後見其好賢之誠也

白駒四章章六句

黃鳥黃鳥。無集于穀。無啄陟角反我粟。此邦之人。不我肯穀。言旋言歸。復我邦族

比也。穀。木名。穀。善。安成劉氏曰。此二穀字異義。然據韻則一從木。一從禾旋。回。復。

反也○民適異國。不得其所。故作此詩。託爲呼其黃鳥而告之曰。爾無集于穀。而啄我之粟。苟此邦之人不以善道相與。則我亦不久於此而將歸矣

○黃鳥黃鳥無集于桑。無啄我粱。此邦之人。不可與明。叶謨郎反言旋言歸。復我諸兄。叶虛王反

比也。東萊呂氏曰。人之所以相依者。以其明足以知其緩急休戚故也。不可與明。則不可與處矣

○黃鳥黃鳥無集于栩。況甫反無啄我黍。此邦之人。不可與處。言旋言歸。復我諸父。扶雨反

比也。新安王氏曰。不我肯穀。則不相恤矣。不可與明。則不相知矣。是以不可與處也○慶源輔氏曰。首言復我邦族而已。中言復我諸兄。末言復我諸父。人情困苦之極。則愈益思其親者焉

黃鳥三章章七句

東萊呂氏曰。宣王之末。民有失所者。意他國之可居也。及其至彼。則又不若故鄉焉。故思而欲歸。使民如此。亦異於還定安集之時矣。今按詩文未見其爲宣王之世。下篇亦然

我行其野。蔽必制反芾方味反其樗。敕雩反昏姻之故。言就爾居。爾不我畜。復我邦家。叶古胡反

賦也。樗。惡木也。三山李氏曰。樗。不才之木。莊子云。大枝擁腫而不中繩墨。小枝卷曲而不中規矩。壻之父。婦之父。相謂曰婚姻。爾雅曰。壻之父爲姻。婦之父爲婚。又曰。婦之父母。壻之父母。相謂爲婚姻畜。養也。○民適異國。依其婚姻而不見收

卹。故作此詩。言我行於野中。依惡木以自蔽。於是思婚姻之故而就爾居。而爾不我畜也。則將復我之邦家矣

○我行其野。言采其蓫。（敕六反）昏姻之故。言就爾宿。爾不我畜。言歸思復

賦也。蓫。牛蘈。（音頹）惡菜也。今人謂之羊蹄菜（陸氏曰。似蘆菔而葉長赤）

○我行其野。言采其葍。（音福叶筆力反）不思舊姻。求我新特。成（論語作誠）不以富。亦秖（音支）以異。（叶逸織反）

賦也。葍。蔔。（浮去聲）惡菜也。特。匹也。○言爾之不思舊姻而求新匹也。雖實不以彼之富而厭我之貧。亦秖以其新而異於故耳。此詩人責人忠厚之意。（慶源輔氏曰。常人之情。有不得已來）

依親舊。而不見收卹。則怨怒形於色辭。苛責痛詆。無所不至。而此詩但言爾不我畜。則復我邦家而已。至其末章。則又原其情實而歸之忠厚焉。此情性之正。而詩之所謂可以怨者。於此見矣

我行其野三章章六句

王氏曰。先王躬行仁義以道民厚矣猶以爲未也。又建官置師。以孝友睦姻任卹。六行教民爲其有父母也。故教以孝。爲其有兄弟也。故教以友。爲其有同姓也。故教以睦。爲其有異姓也。故教以姻。爲隣里鄉黨相保相愛也。故教以任。相賙音周贍也相救也。故教以卹。建安熊氏曰。孝。順於父母。友。和於兄弟。睦。睦於宗族。姻。親於外親。任。信於朋友。卹。周於隣里鄉黨以爲徒教之。或不率也。故使官師以

時書其德行而勸之。以爲徒勸之或不率也。於是乎有不孝不睦不婣不弟不任不卹之刑焉。建安何氏曰。鄭氏云。制刑之意終不爲甲者而罪其長。故六行則教兄以友。而制刑則謂之不弟。使少者不敢陵長也。賈氏云。此不弟即六行之友。上文言友在睦婣之上。專施於兄弟。此變言弟退在睦婣之下。兼施於師長。方是時也安有如此詩所刺之民乎。慶源輔氏曰。孝友睦婣任卹。人之道也。故先王脩之以爲教。使人各自盡以相生相養於天地之間而異於物。其仁天下至矣。今觀黃鳥我行其野二詩所刺。則其民之泮渙離散不相管顧如此。其亦何異於禽獸夷狄也哉

秩秩斯干。叶居焉反幽幽南山。叶所旃反如竹苞叶補苟反矣。如松茂叶莫口反矣。兄及弟矣。式相好。呼報反叶許厚反矣。無相猶叶余久反矣。

賦也。秩秩，有序也。斯，此也。干，水涯也。南山，終南之山也。長樂劉氏曰：南山在鎬京之南。苞，叢生而固也。猶，謀也。○此築室既成而燕飲以落之，因歌其事。言此室臨水而面山，其下之固如竹之苞，其上之密如松之茂，又言居是室者兄弟相好而無相謀，則頌禱之辭，猶所謂聚國族於斯者也。華谷嚴氏曰：宣王作室之地，在秩秩然整齊之干岸，面對幽幽然深遠之南山，言地勢之壯也。其盤基之厚如竹之叢生，其結架之密如松之茂盛，言宮室之美也。於是頌禱之，願其入居此室之後，兄弟各相和好，無有相圖者矣。○盧陵歐陽氏曰：古人成室而落之，必有稱頌祝禱之言，如記檀弓晉獻文子成室，張老曰：美哉輪焉，美哉奐焉，歌於斯，哭於斯，聚國族於斯。君子謂之善頌善禱者是矣。張子曰：猶，似也。人情大抵施之不報則輟，故恩不能終。兄弟之間各盡己之所宜施者。無學其不相報而廢恩也。君臣父子朋友之間。亦莫不用此道。盡已而已。愚按此於文義或未必然。然意則善矣問横渠說不要相學。指何事而言。朱子曰。不要相學不好處。且如兄能友其弟。弟却不能恭其兄。兄豈可學弟之不恭。而遂亦不友。如弟能恭其兄。兄乃不友其弟。爲弟者豈可亦因兄之不友。而遂忘其其恭。然詩之本意。猶字作相圖謀說。○慶源輔氏曰。言兄弟相好者。恐與蓼蕭三章同意。天子諸侯繼立。多與兄弟相疑忌。所以祝其相好而無相謀也或曰。猶當作尤

○似續妣必履反祖。築室百堵。西南其户。胡五反爰居爰處。爰笑爰語

賦也。似。嗣也。妣先於祖者。協下韻爾。或曰。謂姜嫄后稷也南豐曾氏曰。似續妣祖。以生民閟宫之詩考之。豈謂姜嫄后稷歟西南其户。天子之

宮。其室非一。在東者西其戶。在北者南其戶。猶言南東其畝也。爰。於也。慶源輔氏曰。大凡人之爲居室。未有不欲爲子孫計。而使之繼嗣其祖妣之業者也。西南其戶者。舉西南以見東北也。爰笑爰語。則所謂歌於斯者也

○約之閣閣。椓陟角反之橐橐。音託風雨攸除。直慮反鳥鼠攸去。君子攸芋。香於反叶王遇反

賦也。約。束板也。閣閣。上下相乘也。華谷嚴氏曰。即所謂束板以載也椓。築也。橐橐。杵聲也。除。亦去也。無風雨鳥鼠之害。言其上下四旁。皆牢密也。芋。尊大也。君子之所居。以爲尊且大也。濮氏曰。此以下。由外而內。由垣墻而堂寢。次第當然也。○安成劉氏曰。此章言其墻壁之美。而爲君子尊大之居也。蓋古人築垣爲壁。堂上東西墻謂之序。室房及夾室謂之墉。堂下謂之壁。謂之墻。其實一也。隨所在

而異其名。考於儀禮可見

○如跂音企斯翼。如矢斯棘。如鳥斯革。叶訖力反如翬音輝斯飛。君子攸躋子西反

賦也。跂。竦立也。孔氏曰。如跂。如人跂足直立翼。敬也。棘。急也。矢行緩則枉。急則直也。革。變。翬。雉。鄭氏曰。伊洛而南。雉素質五采皆備成章曰翬躋。升也。○言其大勢嚴正。如人之竦立。而其恭翼翼也。其廉隅整飭。如矢之急而直也。其棟宇峻起。如鳥之警而革也。其簷阿華采而軒翔。如翬之飛而矯其翼也。藍田呂氏曰。如翬斯飛。覆以甍而加丹雘。有文采而勢騫舉也蓋其堂之美如此。而君子之所升以聽事也

○殖殖市力反其庭。有覺其楹。噲噲音快其正。叶音征噦噦呼會反其冥。君子攸寧

賦也。殖殖。平正也。庭。宮寢之前庭也盧陵李氏曰。堂下至門謂之庭。庭三堂之深覺。高大而直也。楹。柱也。噲噲。猶快快也。正。向明之處也。噦噦。深廣之貌。冥。奧窔音要之間也臨川王氏曰。噲噲其正。則知噦噦其冥是偏也。噦噦其冥。則知噲噲其正是明也○董氏曰。正。所謂陽室也。冥。所謂陰室也○盧陵李氏曰。室中西南隅謂之奧。邢昺云。室戸不當中而近東。西南隅最爲深隱。故謂之奧。東南隅謂之窔。郭氏云。窔亦隱闇言其室之美如此。而君子之所休息以安身也

○下莞音官上簟。叶徒檢徒錦二反乃安斯寢。叶于檢于錦二反乃寢乃興。乃占我夢。叶彌登反吉夢維何。維熊維羆。彼宜反叶彼何反維虺許鬼反

維蛇市奢反叶于其土何二反

賦也。莞。蒲席也。竹葦曰簟。孔氏曰。西方人呼蒲爲莞蒲。司几筵有莞筵蒲筵。則兩種席也。○濮氏曰。莞又云燈心草。生池澤中。即苻蘺也。下莞則鋪席。其上則竹葦之簟。所以覆席羆。似熊而長頭高脚。猛憨呼談切憾平聲多力能拔樹。本草曰。熊類大豕而性輕健。好攀緣上高木。○孔氏曰。羆黄白文黄白色虺。蛇屬。細頸大頭。色如文綬。大者長七八尺。○祝其君安其室居。夢兆而有祥。亦頌禱之詞也。下章放此廬陵歐陽氏曰。下至卒章。盛陳占夢生子之事者。謂安此寢而生男女。男則世爲君王。女子宜人之家室。皆頌禱之詞也。○華谷嚴氏曰。設爲之辭。非實有是夢也

○大音泰人占之。維熊維羆。男子之祥。維虺維蛇。女子之祥。

賦也。大人。大卜之屬。占夢之官也安成劉氏曰。周禮大卜爲卜筮官之長。凡

卜師。卜人。龜人。菙氏。占人。簭人。占夢。皆其官屬也菙音水簭音筮熊羆。陽物在山。彊力壯毅。男子之祥也。虺蛇。陰物穴處。柔弱隱伏。女子之祥也〇或曰。夢之有占何也。曰。人之精神。與天地陰陽流通。故晝之所爲。夜之所夢。其善惡吉凶。各以類至。是以先王建官設屬。使之觀天地之會。辨陰陽之氣。周禮占夢注曰。天地之會。建厭所處之日辰。陰陽之氣。休王前後厭音琰王音旺以日月星辰。占六夢之吉凶。占夢曰。一曰正夢。二曰噩夢。三曰思夢。四曰寤夢。五曰喜夢。六曰懼夢。注曰。日月星辰。謂日月之行。及合辰所在也。正夢。無所感動。平安自夢。噩夢。驚愕而夢。思夢。覺時所思念之而夢。寤夢。覺時道之而夢。喜夢。喜說而夢。懼夢。恐懼而夢噩音愕獻吉夢。贈惡夢。占夢曰。季冬。獻吉夢于王。乃舍萌于四方。以贈惡夢。注云。獻群臣之吉夢于王。詩云牧人乃夢。此所獻吉夢也。舍。讀爲釋。舍萌。猶釋菜。萌。菜始生也。

贈送也。欲以新善去故惡。其於天人相與之際察之詳而敬之至矣。慶源輔氏曰。詳占夢之意。則先王致察於天人之際可謂密矣。情乎其法之不傳也。然後世之人。情性不治。晝之所爲。猶且昏惑瞀亂。而不自知覺。則其見於夢寐者。率多紛紜乖戾。未必與天地之氣相流通。其閒縱有徵兆之可驗者。亦須迂回隱約。必待其既驗而後可知。極有未易遽曉者。想古占法雖存。亦未必能盡也。故曰王前巫而後史。宗祝瞽侑皆在左右。王中心無爲也。以守至正。西山眞氏曰。巫掌祀。以鬼神之事告王。史掌書。以三皇五帝之事告王。掌卜筮者。以吉凶諫王。瞽矇之叟。以歌詩諫王。一人之身。而左右前後挾而維之。以引以翼。有孝有德。雖欲斯須自放。得乎。故王中心他無所爲。惟守至正而已。

○乃生男子。載寢之牀。載衣於既反之裳。載弄之璋。其泣喤喤。華彭反。叶胡光反。朱芾音弗斯皇。室家君王。

賦也。半圭曰璋。喤大聲也。芾。天子純朱。諸侯黃朱。東萊呂氏曰。白虎通云。芾者。蔽也。行以蔽前。天子朱芾。諸侯赤芾。以韋爲之。上廣一尺。下廣二尺皇猶煌煌也。君諸侯也。○寢之於牀。尊之也。衣之以裳。服之盛也。弄之以璋。尚其德也。言男子之生。於是室者。皆將服朱芾煌煌然。有室有家。爲君爲王矣

○乃生女子。載寢之地。載衣之裼。他計反載弄之瓦。叶魚位反無非無儀。叶音義唯酒食是議。無父母詒。以之反罹。叶音麗

賦也。裼。褓音保也。孔氏曰。裼。縛兒被也瓦。紡塼也。朱子曰。瓦。紡時所用之物。舊見人畫列女傳。漆室女手執一物。如今銀子樣者。意其爲紡塼也。然未可必儀。善。罹。憂也。○寢之於地。卑之也。衣之以裼。即其用而無加也。弄之以瓦。習

其所有事也。有非。非婦人也。有善。非婦人也。蓋女子以順爲正。無非足矣。有善。則亦非其吉祥可願之事也。唯酒食是議。而無遺父母之憂。則可矣。易曰。無攸遂。在中饋貞吉。易家人六二爻。程子曰。柔順中正。婦人之道也。婦人居中而主饋者也。故曰中饋○安成劉氏曰。婦人於事無所敢自遂。正位乎內。事在饋食之間而已。六二陰爻居陰位。則柔順得正。居下體之中。則得中。故其象爲無攸遂在中饋。而其占者能如此。則爲得正。而吉。無攸遂。即無非無儀也。在中饋。即唯酒食是議也。而孟子之母亦曰。婦人之禮。精五飯。冪音密酒漿。養舅姑縫衣裳而已矣。故有閨門之脩。而無境外之志。此之謂也。禮記月令。五飯。春食麥。夏食菽。食稷。秋食麻。冬食黍○列女傳。孟子曰。今道不用而母老。是以憂也。母曰。夫婦人之禮云云。易曰在中饋。無攸遂。詩曰無非無儀。以言婦人無擅制之義也。子行乎子義。吾行乎吾禮而

已。君子謂孟母知婦道

斯干九章四章章七句五章章五句

藍田呂氏曰。一章願其保兄弟於斯。二章願其繼祖妣於斯。三章四章五章。願其安身體於斯。自六章以至末章。願其傳于孫於斯

○慶源輔氏曰。一章則言其宮之面勢。而禱其兄弟之相好也。一章則言其宮之寬廣。而禱其祖妣之是嗣也。三章則言其宮之成。而禱其君子所居以爲尊大也。四章則言其堂之美。而禱其君子所躋升以聽事也。五章則言其室之美。而禱其君子所休息以安身也。六章以至九章。則禱其身安夢兆。於是而生男。則室家君王。於是而生女。則無遺父母之憂也。頌禱之詞。始於兄弟之和睦。而終於兒女之賢善。家道之成。無踰此者也○豐城朱氏曰。古人築室既成而落之。必有頌美禱祝之詞。如美哉輪焉。美哉奐焉。則所謂頌美之詞也。歌於斯哭於斯。聚國族於斯。則所謂禱祝之詞也。此詩。言其基址之廣厚。結構之周密。垣墻之堅固。堂室之高遠。則美輪美奐之類也。上有以續祖妣之業。下

有以開子孫之祥。兄弟之相好。室家之和安。則歌哭聚族之類也。堂之高也以聽事。室之深也以安身。至於寢而夢。興而占。男子之爲君爲王。女子之無非無儀。則皆自夫君子攸寧而推言之也。其必首及夫兄弟者。人之居室。兄弟之好未易完也。兄弟之相好而無相猶。則非篤天倫之親者不能也。果能篤於兄弟之好。則宜爾室家。樂爾妻孥。和氣之益充。大福之益集。而子孫之繁衍。基業之昌盛。有不可勝言者矣。此所以爲善頌善禱歟。

舊說。厲王既流于彘。宮室圮部鄙反壞。安成劉氏曰。厲王出居于彘。凡十四年。而後宣王立。故疑其國都宮室之壞也。故宣王即位。更平聲作宮室。既成而落之。今亦未有以見其必爲是時之詩也。或曰。儀禮下管新宮。春秋傳宋元公賦新宮。恐即此詩。然亦未有明證。朱子曰。儀禮燕禮曰。下管新宮。大射儀曰。乃新宮三終。李寶之云。昭公二十五年。宋公享叔孫昭子賦新宮。與此所笙奏。或謂即斯干詩○慶源輔氏曰。若以儀禮之下管新宮當之。則此詩非宣王之詩矣

誰謂爾無羊。三百維群。誰謂爾無牛。九十其犉。而純反爾羊來思。其角濈濈。莊立反爾牛來思。其耳濕濕。始立反

賦也。黃牛黑脣曰犉。羊以三百爲羣。其羣不可數也。牛之犉者九十。非犉者尚多也。董氏曰。三百維羣以羣計也。九十其犉以犉計也。黑脣爲犉。則黑皆爲牰。黑耳爲犚。赤以其數也。皆音砌。牰音柚。犚音尉各聚其角而息濈濈然。呞同音齝而動其耳濕濕然。釋文曰。呞食巳復出嚼之也。王氏曰。濈濈和也。羊以善觸爲患。故言其和。謂聚而不相觸也。濕濕潤澤也。牛病則耳燥。安則潤澤也。山陰陸氏曰。古之視牛者以耳祭義所謂

大夫袒而毛牛尚耳○此詩言牧事有成而牛羊衆多也

○或降于阿。或飲于池。叶唐何反或寢或訛。爾牧來思。何何可反蓑素多反何笠。音立或負其餱。音侯三十維物。叶微律反爾牲則具。叶居律反

賦也。訛。動。何。揭音竭擔也也。蓑笠。所以備雨。三十維物。齊其色而別之。凡爲色三十也。○言牛羊無驚畏。鄭氏曰。降阿飲池。或寢或訛者。美其無所驚畏也而牧人持雨具。齊飲食。從其所適。以順其性。是以生養蕃息。至於其色無所不備。而於用無所不有也。豐城朱氏曰。降阿飲池。寢處訛動。物之適其性也。蓑笠以禦暑雨。餱糧以備飲食。人之勤於事也。色之無不備。用之無不有。則以其效而言也

○爾牧來思。以薪以蒸。之承反以雌以雄。叶于陵反爾羊來思。矜矜兢兢。不騫不崩。麾之以肱。畢來既升。

賦也。麤曰薪。細曰蒸。雌雄。禽獸也。矜矜兢兢。堅强也。騫。虧也。崩。羣疾也。臨川王氏曰。矜矜兢兢。牧之者不失其性。而至堅强也。不騫不崩。言羊得其性。而無耗敗也。言羊而不言牛者。羊善耗敗。則牛可知矣○埤雅曰。羊死善耗敗。故於不騫不崩。本羊言之。六畜之死。皆善耗敗。而羊爲甚。○要術曰。羊有疾。輒相汙。○徐鉉曰。羊以瘦爲病。故羸從羊。詩曰不騫。爲是故也肱。臂也。既。盡也。升。入牢也。防獸閑也○言牧人有餘力。則出取薪蒸。搏禽獸。其羊亦馴擾從人。不假箠主永反楚。但以手麾之。使來則畢來。使升則既升也。豐城朱氏曰。薪蒸以供爨燎。雌雄以備飲食。見牧人不特勤於事。又有餘力。以及乎他也。言堅强之力。無虧崩之患。見牛羊不特順其性。又無疾病

以致其損也。麾之以肱。畢來既升。見人識物情。物解人意。而無事乎奔走追逐之勞也

○牧人乃夢。衆維魚矣。旐音兆維旟音餘矣。大人占之。衆維魚矣。實維豐年。叶尼因反旐維旟矣。室家溱溱。側巾反

賦也。占夢之說未詳。溱溱。衆也。或曰。衆謂人也。旐。郊野所建。統人少。旟。州里所建。統人多。周禮大司馬曰。郊野載旐。司常曰。州里建旟。蓋人不如魚之多。旐所統不如旟所統之衆。故夢人乃是魚。則爲豐年。旐乃是旟。則爲人衆毛氏曰。陰陽和。則魚衆多。○埤雅曰。俗云。春魚遺子。如粟埋於泥中。明年水及故岸。則皆化而爲魚。如遇旱乾。水不及故岸。則其子爲日暴。乃生飛蝗。故說者以爲陰陽和則魚多。豐年夢魚。理或然也。○三山李氏曰。此章亦如斯干言占夢之事也。○東萊呂氏曰。以斯干無羊之卒章觀之。所願乎上者。子孫昌盛。所願乎下者。歲熟民滋。皆不願乎其外也。○華谷

嚴氏曰。考牧之詩。亦當有頌禱之語以終之。宣王承饑饉離散之後。所願者年豐民庶。故就牧事設夢。以頌禱之耳

無羊四章章八句 黄氏曰。古人以畜之多寡。而卜其人之盛衰。故奉牲以告曰。博碩肥腯。謂民力之普存也。謂其備腯咸有也。於是民和而神降之福。此禱頌之詞。所以詳及於牛羊之衆多。牧人之安逸。以見民物富庶之效也。斯干無羊之夢。皆是設辭。非果有是事

節音截下同彼南山。維石巖巖。赫赫師尹。民具爾瞻。叶側銜反憂心如惔。徒藍反不敢戲談。國既卒。子律反斬。叶側銜反何用不監。古銜反

興也。節。高峻貌。巖巖。積石貌。赫赫。顯盛貌。師尹。大音泰師尹氏也。大師。三公。尹氏。蓋吉甫之後。春秋書尹氏卒。公羊子以爲譏世卿者即此也隱公三年。公羊傳曰。其稱尹氏何。譏世卿。注世卿者。

父死子繼也。言氏者。起其世也。若曰世世尹氏也。○三山李氏曰。春秋後又書尹氏立王子朝。則尹氏之爲世卿。其來甚久

具俱瞻視惔燔卒終斬絶監視也○此詩家父音甫所作。刺王用尹氏以致亂。言節彼南山。則維石巖巖矣。赫赫師尹。則民具爾瞻矣。而其所爲不善。使人憂心如火燔灼。又畏其威而不敢言也。然則國旣終斬絶矣。汝何用而不察哉慶源輔氏曰。以南山積石之高峻。興師尹位望之尊崇。以見望旣重則責亦深。固不可以冒處而竊據也。憂心如惔。憂之甚也。不敢戲談。畏其威也。戲談猶且不敢。而況敢正言其失。直指其非乎。小人而居高位。縱欲戕理。以致禍亂。其終未有不厲威肆虐以箝人之口者。然國旣終將斬絶矣。汝何用而不察哉。蓋事已至此。而在家父則又有不得而不言者也○華谷嚴氏曰。言師尹失民望。鎬京面對終南。故以所見起興

○節彼南山，有實其猗。於宜反，叶於何反 赫赫師尹，不平謂何。天方薦瘥，祖殿反 才何反 喪息浪反亂弘多。民言無嘉，叶居何反 憯七感反莫懲嗟。叶遭哥反

興也。有實其猗，未詳其義。傳曰：實，滿；猗，長也。箋云：猗，倚也。言草木滿其旁倚之畎谷也。或以爲草木之實猗猗然。皆不甚通。慶源輔氏曰：有實其猗，先生以爲諸說皆不甚通者，蓋與不平之意不相似耳。然鄭氏之意太鑿，而或者之說似可通。故蘇氏亦云：草木，山之實也。山之生物，平均如一。凡草木之生於上者，無不猗猗其長也。如此，則與不平之意相近矣。○安成劉氏曰：以左傳我落其實與衛風綠竹猗猗之語觀之，或可爲集傳第三說之証。薦，荐通，重直用反也。瘥，病。弘，大。憯，曾。懲，創也。○節然南山，則有實其猗矣。赫赫師尹，而不平其心，則謂

之何哉。蘇氏曰。爲政者不平其心。則下之榮瘁勞佚有大相絶者矣。是以神怒而重之以喪去聲亂。人怨而謗讟徒谷反其上。然尹氏曾不懲創咨嗟求所以自改也

○尹氏大音泰師。維周之氐。丁禮反叶都黎反秉國之均。四方是維。天子是毗。婢尸反俾民不迷。不弔昊天。不宜空我師叶霜夷反

賦也。氐。本。均。平。朱子曰。均。本當從金。如所謂泥之在鈞者。不知鈞是何物。潘時舉曰。恐只是爲瓦器者所謂車盤是也。蓋運得愈急。則其成器愈快。曰。秉國之均。只是此義。今訓平者。此物亦惟平乃能運也維持。毗。輔。弔。愍。空。窮。師。衆也。○言尹氏大師維周之氐。臨川王氏曰。京室以大族爲氏。朝廷以尊官爲氏。氏者。安危存亡所出也。尹氏。大族也。大師。尊官也。而秉國之均。則是宜有以維持四方。毗輔天子。而使民不迷

乃其職也。今乃不平其心。而既不見愍弔於昊天矣。則不宜久在其位。使天降禍亂。而我衆并及空窮也。東萊呂氏曰。空我師。如空其國。空其地之類。蓋曰人之類將滅矣。甚言之也。

○弗躬弗親。庶民弗信。叶斯人反 弗問弗仕。鉏里反下同 勿罔君子。叶奬里反 式夷式已。無小人殆。叶養里反 瑣瑣素火反 姻亞。則無膴音武仕。

賦也。仕。事。罔。欺也。君子。指王也。夷。平。已。止。臨川王氏曰。已。廢退也。孟子所謂士師不能治士則已之。與此已同義。殆。危也。瑣瑣。小貌。壻之父曰姻。兩壻相謂曰亞。孔氏曰。言每一人娶姊。一人娶妹。相亞次也。膴。厚也。○言王委政於尹氏。尹氏又委政於姻婭之小人。而以其未嘗問。未嘗事者欺其君也。故戒之曰。汝之弗躬弗親。庶民已不信矣。其所弗問弗事。則豈可以罔君子哉。當平其心。視所任之人有不當者則已之。無以小人之故而至於危殆其國也。瑣瑣姻婭而必皆膴仕。則小人進矣。朱子曰。自古小人。其初只是他自竊國柄。少間又引得別人來。一齊不好了。如尹氏太師。却只是他一箇不好。到那瑣瑣姻婭處。是幾箇人不好了。○慶源輔氏曰。小人而濫居要職。躐處高位。其智識既不能以照察幾微。其才力又不能以綜理事務。則其勢必至於分委姻婭之人以任政。而小人因得以並進矣。鑿空妄說。誕慢相欺。必至於以其未嘗問未嘗仕者欺其君。而政荒事廢。召禍致災。無所不至。當是之時。是宜反躬自責。而私欲昏蔽。迷惑不反。不至於危殆其國家則不已者。此小人之常態也。若能平其心。視所任之人有不當者則已之。瑣瑣姻婭。悉皆屏去。而無使汙縉紳而盜名器焉。則何至於危殆其國家也哉

○昊天不傭。敕龍反降此鞫訩。九六反。訩音凶昊天不惠。降此大戾。君子如屆。音戒叶居例反俾民心闋。古穴反叶苦桂反君子如夷。惡烏路反怒是違。

賦也。傭，均。鞫，窮。訩，亂。戾，乖。屆，至。闋，息。違，遠也。○言昊天不均，而降此窮極之亂。昊天不順，而降此乖戾之變。華谷嚴氏曰：羅師尹之禍，而歸之於天，曰降此鞫訩，降此大戾。謂天生小人以禍天下也。然所以靖之者，亦在夫人而已。君子無所苟而用其至，則必躬必親，而民之亂心息矣。君子無所偏而平其心，則式夷式已，而民之惡怒遠矣。傷王與尹氏之不能也。夫爲政不平以召禍亂者，人也。而詩人以爲天實爲之者，蓋無所歸咎而歸之天也。抑有以見君臣隱諱之義焉。有以見天人合一之理焉。後皆放此。慶源輔氏曰。鞫訩大戾。不過如二章所言天怒人怨之事也。然其所以銷去之者。亦在夫人而已矣。故君子如屆。俾民心闋。君子如夷。惡怒是違。不啻如反手之易。初言天而後止言人者。天人一理。人心說。則天意解矣。先生發明有以見君臣隱諱之義。有以見天人合一之理之說。先儒所不及。施之變雅刺詩。皆可通也○安成劉氏曰。此詩後章言不弔不平。正月言天之扤我。天夭是椓。十月之交。言天命不徹。雨無正言降喪疾威。小旻言旻天疾威。小弁言天之生我。我辰安在。巧言言昊天已威。昊天泰憮。以及變大雅板言上帝板板。天之方難。方蹶。方虐。方懠。蕩言疾威上帝。天降滔德。瞻卬言不惠而降厲。召旻言疾威而降喪。皆與此章言天之意同一致者。其詩人之情性有同然者歟○豐城朱氏曰。國之危亡盡以爲人事歟。則日月剥蝕。山崩川竭。將興必有禎祥。將亡必有妖孼。固未可盡責之人也。盡以爲天意歟。則武丁因桑穀之祥而戒懼。以復成湯之業。宣王因雲漢之災而戒懼。以繼文武之功。又未可盡歸之天也。大抵人事之有得失。氣化之有盛衰。此皆治亂之所由。惟君子爲能以人合天。不諉於天。以義制命。不委於命。則可以轉禍而爲福。轉災而爲祥。轉凶而爲吉。轉亂而爲治。天也。有人焉。君子不純以爲天也。使王能平其心以任尹氏。尹氏能平其心以用在朝之君子。而不以小人間之。則豈至於危亡而不可救哉。故善爲國者。亦反求諸已而已矣

○不弔昊天。叶鐵因反亂靡有定。叶唐丁反式月斯生。叶桑經反俾民不寧。憂心如酲。音呈誰秉國成。不自爲政。叶諸盈反卒勞百姓。叶桑經反

賦也。酒病曰酲。成。平。卒。終也。○蘇氏曰。天不之恤。故亂未有所止。而禍患與歲月增長。上聲君子憂之曰。誰秉國成者。華谷嚴氏曰。憂心如酲。猶黍離言中心如醉。○新安胡氏曰。秉國成。即上章秉國均。斥尹氏也乃不自爲政。而以付之姻婭之小人。其卒使民爲去聲之受

其勞弊以至此也

○駕彼四牡。四牡項領。我瞻四方。蹙蹙子六反靡所騁敕領反

賦也。項。大也。蹙蹙。縮小之貌○言駕四牡而四牡項領可以騁矣。而視四方則皆昏亂。蹙蹙然無可往之所。亦將何所騁哉。東萊呂氏曰。本根病。則枝葉皆瘁。是以無可往之地也華谷嚴氏曰。家父駕此四牡。其四牡大領非不肥壯。然視四方。蹙蹙然縮小。無可馳騁之地。是以留而不去。蓋世亂則若見天地之狹也

○方茂爾惡。相息亮反爾矛矣。既夷既懌。如相醻市由反矣

賦也。茂。盛。相。視。懌。悅也○言方盛其惡以相加。則視其矛戟。如欲戰鬬。及既夷平悅懌。則相與歡然如賓主而

相醻酢。不以爲怪也。蓋小人之性無常。而習於鬭亂。其喜怒之不可期如此。是以君子無所適而可也

○昊天不平。我王不寧。不懲其心。覆芳服反怨其正叶諸盈反

賦也。尹氏之不平。若天使之。故曰昊天不平。若是。則我王亦不得寧矣。然尹氏猶不自懲創其心。乃反怨人之正已者。則其爲惡何時而已哉東萊呂氏曰。篇將終矣。復歎曰昊天其使尹氏不平乎。我王其不得安寧乎。今尹氏不懲創其惡。覆怨正人之攻已者。方且報復而未已。吾是以憂吾君之不得寧也。此憂豈爲身哉○慶源輔氏曰。不懲其心。覆怨其正。自古小人處禍亂之常態。凡有不得者。皆反求諸已。其身正而天下歸之。則君子已亂之要術也

○家父音甫作誦。叶疾容反以究王訩。式訛爾心。以畜許六反萬邦

叶卜工反

賦也。家氏父字。周大夫也。究。窮。訛。化。畜。養也。○家父自言作爲此誦。以窮究王政昏亂之所由。冀其改心易慮以畜養萬邦也。陳氏曰。尹氏厲威。使人不得戲談。而家父作詩。乃復自表其出於己。以身當尹氏之怒而不辭者。蓋家父周之世臣。義與國俱存亡故也。孔氏曰。詩人之情不一。或微加諷諭。或指斥愆咎。或隱匿姓名。或自顯官字。家父盡忠竭誠。不憚誅罰。故自載字。寺人孟子。亦此類也東萊呂氏曰。篇終矣。故窮其亂本而歸之王心焉。致亂者雖尹氏。而用尹氏者則王心之蔽也慶源輔氏曰。東萊謂篇終矣。故窮其亂本而歸之王心焉。此說當矣。故直至此章。方說箇王字。蓋言至此。則王亦不得不任其責。前章雖嘗譏尹氏之用小人而不及王。然王之所以用尹氏者。亦不能逃其責矣李氏曰。孟子曰。人不足與適陟革反也。政不足與閒去聲也。惟大人爲能格君心之非。蓋用人之失。政事之過。雖皆君之非。然不必先論也。惟格君心之非。則政事無不善矣。用人皆得其當矣

節南山十章六章章八句四章章四句

序以此爲幽王之詩。而春秋桓十五年。有家父來求車。於周爲桓王之世。上距幽王之終。已七十五年。不知其人之同異。大抵序之時世皆不足信。今姑闕焉可也安成劉氏曰。春秋隱公三年三月平王崩。而四月尹氏卒。桓公八年桓王使家父來聘。十五年使家父來求車。計家父來聘之時。上距尹氏之卒。才十七年。恐即此詩之尹氏

家父也。且此詩刺尹氏爲政不平。而曰國既卒斬。何用不監。曰喪亂弘多。憯莫懲嗟。曰降此鞠訩。降此大戾等語。皆以亂亡以後之詞。疑此或東遷後詩也

正音政月繁霜。我心憂傷。民之訛言。亦孔之將。念我獨兮。憂心京京。叶居良反哀我小心。癙音鼠憂以痒。音羊

賦也。正月。夏之四月。謂之正月者。以純陽用事。爲正陽之月也。繁。多。訛。僞。將。大也。京京。亦大也。癙憂。幽憂也。痒。病也。○此詩亦大夫所作。言霜降失節。不以其時。華陽范氏曰。正月。長養之月也。繁霜。肅殺之氣也。既使我心憂傷矣。而造爲姦僞之言。以惑羣聽者。又方甚大。東萊呂氏曰。凡譸張爲幻。以罔上惑衆者。皆謂之訛言。○董氏曰。霜降非時。災降于上也。訛言非常。禍起于下也。上下如此。則國亡無日矣然衆人莫以

爲憂。故我獨憂憂之。以至於病也。慶源輔氏曰。正月而繁霜。則災之降於天者甚矣。訛言而孔將。則亂之起於人者深矣。天災人禍。雜然並見。而當時君臣上下。恬然不以爲憂。是皆所謂安其危而利其菑者也。惟作此詩之大夫。獨以爲憂。故曰念我獨兮。憂心京京。

○父母生我。胡俾我瘉。音庾不自我先。不自我後。叶下五反好言自口。叶孔五反下同莠餘久反言自口。憂心愈愈。是以有侮。

賦也。瘉。病。自。從。莠。醜也。臨川王氏曰。莠。惡也。穀謂之善。則莠惡可知。愈愈。益甚之意。○疾痛故呼父母。而傷己適丁是時也。訛言之人。虛僞反覆。言之好醜。皆不出於心。而但出於口。是以我之憂心益甚。而反見侵侮也。慶源輔氏曰。夫君子之處亂世。彼以爲是而已以爲非。彼以爲樂而已以爲憂。動與衆違。此所以反見侵侮也。○豐城朱氏曰。使亂而在我之先。則吾有所不及見。罔可以無憂也。使亂而在我之後。則我有所不及知。亦可以無憂也。今不先不後。而使我適當是時。則安能以無憂乎。虛僞之言。但出於口。而不出於心。則聞其善言而不足以爲喜。聞其惡言而不足以爲怒。以其反覆而不可懲也。是以使我憂之至於甚病。而彼反見侵侮也

○憂心惸惸（其營反）念我無祿。民之無辜。并（必政反）其臣僕。哀我人斯。于何從祿。瞻烏爰止。于誰之屋

賦也。惸惸憂意也。無祿猶言不幸爾。辜罪。并俱也。古者以罪人爲臣僕。亡國所虜。亦以爲臣僕。箕子所謂商其淪喪我罔爲臣僕是也。○言不幸而遭國之將亡。與此無罪之民。將俱被囚虜而同爲臣僕。未知將復從何人而受祿。疊山謝氏曰。忠臣不事二君。義士不食周粟。所可哀者。一世之人。不知當從何人而受祿乎。○

慶源輔氏曰民指在下之民人則并上下而言之如視烏之飛不知其將止於誰之屋也豐城朱氏曰念我無祿傷己之不幸也并其臣僕傷斯民之俱不幸也于何從祿未知其所從之人也此哀國之將亡而無所定之詞也

○瞻彼中林侯薪侯蒸之丞反民今方殆視天夢夢莫工反叶莫登反既克有定靡人弗勝音升有皇上帝伊誰云憎

興也中林林中也侯維殆危也夢夢不明也皇大也上帝天之神也程子曰以其形體謂之天以其主宰謂之帝○言瞻彼中林則維薪維蒸分明可見也安成劉氏曰大者為薪細者為蒸甚分明也民今方危殆疾痛號訴於天而視天反夢夢然若無意於分別善惡者然此特值其未定之時爾

及其既定。則未有不爲天所勝者也。夫天豈有所憎而禍之乎。福善禍淫。亦自然之理而已。申包胥曰。人衆則勝天。天定亦能勝人。疑出於此史記。吳入楚。伍子胥鞭平王尸。申包胥使人謂之曰。子之報讎。其已甚乎。吾聞云云○豐城朱氏曰。福善而禍淫。此天之常理也。善者未必福。淫者未必禍。則以氣化自盛而趨於衰。則常者有時而變。此正其未定之時也。方其未定。則人或能以勝天。及其既定。則天必能以勝人。然則今日之受禍者。安知其不爲他日之福。而今日之受福者。又安知其不爲他日之禍乎

○謂山蓋卑。爲岡爲陵。民之訛言。寧莫之懲。召彼故老。訊音信之占夢。叶莫登反具曰予聖。誰知烏之雌雄叶胡陵反

賦也。山脊曰岡。廣平曰陵。懲。止也。故老。舊臣也。訊。問也。占夢。官名。掌占夢者也。具。俱也。烏之雌雄。相似而難辨

者也盧陵歐陽氏曰。凡禽鳥雌雄。多以百尾毛色不同別之。烏之首尾毛色。雌雄不異。人所難別○謂山蓋卑。而其實則岡陵之崇也。今民之訛言如此矣。而王猶安然莫之止也。及其詢之故老。訊之占夢。則又皆自以爲聖人。亦誰能別其言之是非乎慶源輔氏曰。故老舊臣。可以決事理之是非者也。占夢之官。可以決徵兆吉凶者也。今也不平心據實而言。但皆自以爲聖人而已耳。誰能別其言之果是果非乎○豐城朱氏曰。訛言之人。是而謂之非。非而謂之是。其虛僞反覆甚矣。非有明哲之君。孰能辨而懲之哉。故老明於臧否者也。占夢明於吉凶者也。此國之所賴以止訛者也。今問之故老。故老曰予聖矣。而未必明於臧否之理。問之占夢。占夢亦曰予聖矣。而未必明於吉凶之兆。則亦誰能別其言之是非乎子思言於衛侯曰。君之國事將日非矣。公曰。何故。對曰。有由然焉。君出言。自以爲是。而卿大夫莫敢矯其非。

卿大夫出言亦自以爲是。而士庶人莫敢矯其非。君臣既自賢矣。而群下同聲賢之。賢之則順而有福。矯之則逆而有禍。如此。則善安從生。詩曰具曰予聖。誰知烏之雌雄。抑亦似君之君臣乎

○謂天蓋高。不敢不局。（叶居亦反）謂地蓋厚。不敢不蹐。（井亦反）維號（音豪）斯言。有倫有脊。哀今之人。胡爲虺（叶吁鬼反）蜴。（星歷反）

賦也。局。曲也。（孔氏曰。曲身也）蹐。累足也。（說文曰。小步也）號。長言之也。脊。理。蜴。螈（音原）也。虺蜴。皆毒螫（音釋）之蟲也。（孔氏曰。釋魚云蠑螈蜥蜴也。蠑音榮蜥音昔蜴音亦）○言遭世之亂。天雖高而不敢不局。地雖厚而不敢不蹐。其所號呼而爲此言者。又皆有倫理而可考

也。哀今之人。胡爲肆毒以害人。而使之至此乎。臨川王氏曰。人號呼而出斯局蹐之言者。非誕也。乃有倫序。有脊理。○疊山謝氏曰。身在天地間。如無所容。則人之害人者。爲虺爲蜴。世道亦可哀矣。○慶源輔氏曰。所謂此者。即上所言局蹐而不敢自安者也

○瞻彼阪音反田。有菀音鬱其特。天之扤五忽反我。如不我克。彼求我則。如不我得。執我仇仇。亦不我力

興也。阪田。崎嶇音歆嶇。山險也墝埆音敲殼。瘠薄也之處。菀。茂盛之貌。特。特生之苗也。扤。動也。新安胡氏曰。扤。有齟齬頓挫之意力。謂用力。○瞻彼阪田。猶有菀然之特。而天之扤我。如恐其不我克。何哉。亦無所歸咎之詞也。夫始而求之以爲法則。惟恐不我得也。及其得之。則又執我堅固如仇讎然。終亦

莫能用也。求之甚艱。而棄之甚易。其無常如此鄭氏曰。言有貪賢之名。無用賢之實。○眉山蘇氏曰。書云。凡人未見聖。若不克見。既見聖。亦弗克由聖。此之謂也

○心之憂矣。如或結之。今茲之正。胡爲厲叶音桀反矣。燎力詔反之方揚。寧或滅之。赫赫宗周。褒姒音似烕呼悅反之

賦也。正。政也。厲。暴惡也。火田爲燎。揚。盛也。宗周。鎬京也褒姒。幽王之嬖妾。褒國女。姒姓也朱子曰。褒人有罪。入此女以贖罪。是爲褒姒。幽王爲廢申后。及太子。而立以爲后烕。亦滅也。○言我心之憂。如結者。爲國政之暴惡故也。燎之方盛之時。則寧有能撲而滅之者乎。然赫赫然之宗周。而一褒姒足以滅之。蓋傷之也。時宗周未滅。以褒姒淫妒讒諂而王惑之。知其必滅

周也廬陵歐陽氏曰。此上七章。皆述王信讒言亂政。至此始言滅周主於褒姒者。謂王溺女色而致昏惑。推其禍亂之本以歸罪也○豐城朱氏曰。桀之亡也。非湯滅之也。妹喜實滅之也。紂之亡也。非武王滅之也。妲已實滅之也。幽王之亡也。非申侯犬戎滅之也。褒姒實滅之也。然桀亡於妹喜。而天下遂爲商者。以其有湯也。紂亡於妲已。而天下遂爲周者。以其有武王也。幽王亡於褒姒。而天下不至於易姓者。以雖有褒姒以滅之。而無德如湯武以繼之也。亦以見文武成康之遺澤。其在人者未泯也。噫。當是時。天命之眷眷於周者未釋也。民心之眷眷於周者未散也。而幽王則用嬖妾以亂於內。用群小以亂於外。而先自絕于天。結怨于民。則足以滅其身而已矣

或曰。此東遷後詩也。時宗周已滅矣。其言褒姒威之。有監戒之意。而無憂懼之情。似亦道已然之事。而非慮其將然之詞。今亦未能必其然否也安成劉氏曰。章末四句。語意反覆相應。其言燎之難滅。正以傷嘆宗周之易威。眞似道已然之事。竊恐或說爲長。且使宗周未滅。褒姒方

寵則詩人之言未應指斥如是也若以下篇豔妻煽方處之語証之彼詞則又微婉雖作於褒姒嬖盛之時固無嫌也

○終其永懷又窘（求隕反）陰雨其車既載（才再反）乃棄爾輔（叶扶雨反）載（如字）輸爾載（才再反）將（七羊反）伯助予（叶演女反）

比也。陰雨則泥濘（寧去聲）而車易以陷也。載車所載也。輔如今人縛杖於輻以防輔車也。（孔氏曰輔是可解脫之物）輸墮（音隳）也。將請也。伯或者之字也。○蘇氏曰王爲淫虐譬如行險而不知止。君子永思其終知其必有大難故曰終其永懷又窘陰雨王又不虞難之將至而棄賢臣焉故曰乃棄爾輔君子求助於未危故難不至苟其載之既墮而

後號伯以助予則無及矣

○無棄爾輔員音云于爾輻方六反叶筆力反屢顧爾僕不輸爾載叶節力反終踰絕險曾是不意叶乙力反

比也。員益也。輔所以益輻也。屢數。顧視也。僕將車者也

○此承上章言若能無棄爾輔以益其輻而又數數顧視其僕則不墮爾所載而踰於絕險若初不以爲意者。蓋能謹其初則厥終無難也華陽范氏曰。治天下者。任重道遠。故以將車爲喻○豐城朱氏曰。輻以固轂。輔以益輻。僕以將車。三者皆備。然後可以不墮所載。苟始之不謹。則終之敗也必矣

一說。王曾不以是爲意乎新安胡氏曰。苟能如上文所戒。尚可以踰歷絕險之地而保其終也。顧乃曽是不以爲意乎

○魚在于沼（之紹反叶音灼）亦匪克樂（音洛）潛雖伏矣亦孔之炤（音灼）憂心慘慘（七感反當作懆七各反）念國之爲虐

比也。沼池也。炤明易見也。○魚在于沼其爲生已蹙矣其潛雖深然亦炤然而易見言禍亂之及無所逃也

華谷嚴氏曰。魚相忘於江湖者也。今在池沼。非所樂矣。喻君子立亂朝亦非所樂也。魚雖藏伏。然沼之水淺。亦甚炤然易見。無所逃於罔罟之害。喻君子雖自韜晦。亦未必能避患也

○彼有旨酒又有嘉殽（戶交反。無韻未詳）洽比（毗志反）其鄰昏姻孔云念我獨兮憂心慇慇

賦也。洽比皆合也。云旋也（三山李氏曰。與其親戚周旋也）慇慇然痛也

○言小人得志有旨酒嘉殽以合比其鄰里怡懌其昏

姻。而我獨憂心。至於疾痛也臨川王氏曰。君子困瘁。而小人得志也○慶源輔氏曰。此章則又曰。彼得志之小人。惟與其姻親隣里。洽濡以相樂。而我獨憂心之甚。然彼之所以自樂者。亦豈能長保其樂哉○豐城朱氏曰。旨酒嘉殽。以合比其隣里。怡懌其昏姻。惟優游無事者能之。若憂亂畏禍之人。則其家之不能恤。而何以合比其隣里。其身之不能保。而何以怡懌其昏姻。此君子之憂。所以至於疾痛而自嘆小人之不如也昔人有言。燕雀處堂。母子相安。自以爲樂也。突決棟焚。而怡然不知禍之將及。其此之謂乎孔叢子論勢篇。子順曰云云。子順。名斌。孔子六世孫。將相魏安僖王○三山李氏曰。國勢如此。而小人徒乃羣居飲酒以相樂。殆燕雀之類也

○佌佌音此彼有屋。蔌蔌音速方有穀。民今之無祿。夭夭於遙反是椓。陟角反叶都木反哿哥我反矣富人。哀此惸獨

賦也。仳仳。小貌。蔌蔌。窶音巨。陋貌。指王所用之小人也。穀祿。夭。禍。椓。害。哿。可。獨。單也。○仳仳然之小人。既已有屋矣。蔌蔌窶陋者。又將有穀矣。而民今獨無祿者。是天禍椓喪之耳。亦無所歸咎之詞也。亂至於此。富人猶或可勝。惸獨甚矣。三山李氏曰。衰亂之世。要其極也。貧富俱受其禍。言其一時之虐政。富者之財。猶可以勝其求。貧者愈不堪也。○東萊呂氏曰。勞役之甚者。自較其輕重。故曰土國城漕。我獨南行。困苦之甚者。自較其淺深。故曰哿矣富人。哀此惸獨。使民至是。蓋甚可憐矣。○新安胡氏曰。前章念我獨兮。憂心慇慇。若唯及其私矣。此章哿矣富人。哀此惸獨。其不忘天下之情如此。○豐城朱氏曰。仳仳而有屋。則卑小者而豐大矣。蔌蔌而有穀。則窶陋者而富足矣。而民今之無祿。則是天獨椓喪於庶民也。均之爲椓喪也。富者優於財而裕於力。猶未至於甚困。惸獨者。罷於力而傷於財。則豈不可哀之甚哉 此孟子所以言文王

發政施仁。必先鰥寡孤獨也

正月十三章章八句五章章六句

十月之交。朔日辛卯。叶莫後反日有食之。亦孔之醜。彼月而微。此日而微。今此下民。亦孔之哀。叶於希反

賦也。十月。以夏正言之。建亥之月也。交。日月交會。謂晦朔之閒也。曆法。周天三百六十五度四分度之一。左旋於地。一晝一夜。則其行一周而又過一度問周天之度。是自然。是強分。朱子曰。天一晝夜。行一周。又過一度。以其行過處一日作一度。三百六十五度四分度之一。方是一周也○鄱陽董氏曰。沈存中云。天何嘗有度。以其行三百六十五日而一朞。強謂之度。以步日月五星行度而已。陳尚德云。天日者。氣數之始。其毋日之進退。既有常則。故一日之進退。遂爲一度。三百六十五日。四分日之一。進退

一周。而周天之數。遂爲三百六十五度四分度之一。凡星辰遠近之相去。月與五星之行。皆以其度爲度焉。度數也。則也。天本無度。以與日離合而成。天日東西行。其周布本東西。而縱横南北。皆以其度爲數○安成劉氏曰。古曆法。每度九百四十分。四分度之一。該九百四十分内之二百三十五分。然天之爲體。即星辰次舍。周布之定體也。天之爲度。即二十八宿。縱横布列之度數也。天之左行。一日一周而過一度。即其星辰次舍度數之全體。旋轉於太虛空中。既一周匝。而復過其既匝之西。以度準之。適滿一度。是一日内共該行過三百六十六度。二百三十五分也

日月皆右行於天。一晝一夜。則日行一度。月行十三度十九分度之七

鄱陽董氏曰。書傳謂日月亦左旋。横渠曰。天左旋。處其中者順之。故日月五星亦左旋。此洞見天道之流行。就地面而順觀之也。論語或問曰。經星隨天左旋。日月五緯右旋。詩傳曰。日月右行於天。此步占日月之躔次於天度而逆取之也。儒家論天道。則皆順而左旋。曆家考天度。則日月五星逆而右轉也○安成劉氏曰。十九分度之七者。以月行第十四度。分爲十九分。而月又行及其

七分也。每分四十九分四釐七毫三絲六忽八微四塵有奇。七分共計三百四十六分三釐一毫五絲七忽八微九塵有奇。但先儒以爲日月皆左行於天。今以昏旦之中星驗之。則知日實右行。以每夜月躔之宿度驗之。則知月實右行。若據左行之說推之。日行一日一周天。則一時當行三十度有奇。假如堯時冬至日在天之虛。計其日自子時。天與日並行起。至申時日沒。則天之虛淪於申位。日之行。當躔畢宿。而張宿昏中矣。安得堯典以爲星昴乎。今日星昴。則是昏時日仍躔虛。其爲右行而一日一度者。可知矣。又以今冬至日在箕八度而昏中壁驗之。亦是右行無疑。至於月之左行。一日不及天十三度十九分度之七。則是一日行及三百五十一度有奇。一時當行二十九度有奇。假令某日酉時月初出躔其宿。計其行至子時。當踰本宿之西一百一十六度之外矣。嘗試驗之。而月躔仍在本宿之傍不遠。則是右行而一日止行十三度有餘者。又可知矣。

故日一歲而一周天。月二十九日有奇居奇反而一周天。又逐及於日而與之會。一歲凡十二會。九峯蔡氏曰。日行積三百六十五日。九百四十分。日之二百三十五而與天會。是一歲日行之數也。月行積二十九日。九百四十分。日之四百九十九而與日會也。方會。則月光都盡而爲晦。後漢律歷志曰。以速及舒。光盡體伏謂之晦。已會。則月光復蘇而爲朔。安成劉氏曰。朔之爲言蘇也。朔後晦前。各十五日。日月相對。則月光正滿而爲望。安成劉氏曰。彭魯叔曰。月行與日對。相去百八十二度六十二分有奇。分天之中謂之望。望在十五日。其常也。或進在十四日。或退在十六日。其變也。望之無定日者。由合朔之日時有蚤暮也。然凡望時。必各在其月朔後晦前之十五日也。晦朔而日月之合。東西同度。南北同道。則月揜日。而日爲之食。望而日月之對。同度同道。則月亢苦浪反日而月爲之食。是皆有常度矣。朱子曰。天止如一圓匣。赤道是匣子相合縫處。在天之中。黃道半在赤道內。半在赤道外。東西兩處。與赤道相交。度却是將天橫分爲許多度數。會時日月在黃赤道相交處相撞著。望時日月正相向。如一在子一在午。日所以食於朔者。日常在上。會時月在下面遮了日。故日食。月食謂之闇虛。蓋火日外影。其中實闇。至明中有闇虛。其虛至微。望時月與之對。無分毫相差。爲闇虛所射。故食○安成劉氏曰。黄祥翁曰。唐一行日議云。日行黄道。月有九道。遇交則有薄食之變。至於合朔如合璧則不食。其交不軌道則食也。故驗日食者。必以日躔月道之交驗之耳。月不行黄道。只行其餘八道。但此八道。皆斜出入於黄道内外。月一次經天。則一次入。一次出。一歲凡十三次經天。二十六次。出入於黄道。惟有兩次與日會。故跡云通計一百七十三有餘而有一交。於此時方有食 然王者脩德行政。用賢去奸。能使陽盛足以勝陰。陰衰不能侵陽。則日月之行。雖或當食而月常避日。故其遲速高下。必有參初簪反差。又宜反而不正相合。不正相對者。所以當食而不食也。若國無政。不用善。使臣子背君父。妾婦乘其夫。小人陵君子。夷狄侵中國。則陰盛陽微。當食必食。雖曰行有常度。而實爲非常之變矣。疊山謝氏曰。陰盛陽微。而日爲之食。幽王之時。臣欺君。妾惑主。小人陵君子。犬戎侵中國。陰道長。陽道消。人事所感。天象示之。此日所以微也。安成劉氏曰。黃祥翁曰。杜預云。日月動物。雖行度有大量。不能不小有盈縮。故雖有交會而不食者。或有頻交而食者。然日月同度同道之際。行有分數。則食亦有分數也。若以常度論之。一歲兩交。當兩食。而春秋二百四十二年。日食三十六。唐二百九十年食百餘者。此所謂雖交而不食。或頻交而食者也。在乎人君行事之所感召耳蘇氏曰。日食。天變之大者也。然正陽之月。古尤忌之。夏之四月爲純陽。故謂之正月。十月純陰。疑其無陽。故謂之陽月。純陽而食。陽弱之甚也。純陰而食。陰壯之甚也。微。虧也。彼月則宜有時而虧矣。此日不宜虧而今亦虧。是亂亡之兆也疊山謝氏曰。日。衆明之本。而爲陰所食。其惡甚矣。非日之醜。乃天之變。國之災也。國亡。則民受禍烈矣。今此下民。亦可哀之甚也○三山李氏曰。唐志云。十月之交。以曆推之。在幽王之六年

○日月告凶。不用其行。叶戶郎反四國無政。不用其良。彼月而食。則維其常。此日而食。于何不臧

賦也。行。道也○凡日月之食。皆有常度矣。而以爲不用其行者。月不避日。失其道也。然其所以然者。則以四國無政。不用善人故也左傳昭公七年。晉士文伯曰。國無政。不用善。則自取謫、于日月之災如此。則日月之食皆非常矣。而以月食爲其常。日食爲不臧者。陰亢陽而不勝。猶可言也。陰勝陽而揜之。不可言也臨川王氏曰。月食非其常也。然比日食則以陽侵陰。猶爲常也。此日而食。則爲變大矣故春

秋日食必書。而月食則無紀焉。亦以此爾三山李氏曰。春秋月食未嘗書。豈月未嘗食耶。亦以爲常故耳

○爗爗丁輒反震電。不寧不令。叶虛經反百川沸騰。山冢崒徂恤反崩。高岸爲谷。深谷爲陵。哀今之人。胡憯七感反莫懲

賦也。爗爗。電光貌。震。雷也。寧。安徐也。令。善前漢李尋傳注曰。雷電失序。不安不善沸。出。騰。乘也。山頂曰冢。崒。崔嵬也。高岸崩陷。故爲谷。深谷塡塞。故爲陵。憯。曾也。○言非但日食而已。十月而雷電。山崩水溢。亦災異之甚者。是宜恐懼脩省。改紀其政。而幽王曾莫之懲也疊山謝氏曰。災異如此。幽王之心曾不懲創。詩人不指幽王。而曰哀今之人。微而婉也。○華谷嚴氏曰。十月雷電。天道乖矣。川沸山崩。陵谷遷變。地道亂矣。胡爲莫

懲創也　董子曰。國家將有失道之敗。而天乃先出災異以譴告之。不知自省。又出怪異以警懼之。尚不知變。而傷敗乃至。此見天心仁愛人君。而欲止其亂也　前漢孔光曰。皇極之道不立。則咎徵荐臻。天右與王者。故災異數。見以譴告之。欲其改更。若不畏懼而輕忽簡誣。則凶罰加焉。詩曰畏天之威。于時保之。皆謂不懼者凶。懼之則吉也

○皇父音甫卿士。番維司徒。家伯冢宰。仲允膳夫。聚側留反子內史。蹶俱衛反維趣七走反馬。叶滿補反楀音矩維師氏。豔餘贍反妻煽音扇方處

賦也。皇父家伯仲允皆字也。番聚蹶楀皆氏也　孔氏曰。父及伯仲。是字之義。番聚蹶楀單言。又聚子以子配之。若曾子閔子然。故知皆氏　卿士。六卿之外。更

爲都官。以總六官之事也。或曰。卿士。蓋卿之士。周禮太
宰之屬。有上中下士。周禮。太宰卿一人。宰夫上士八人。中士十六人。下士三十二人公
羊所謂宰士。公羊傳隱元年。謂宰咺爲宰士左氏所謂周公以蔡仲爲
己卿士。是也九峯蔡氏曰。周公爲冢宰。食邑於畿內。畿內諸侯孟仲二卿。故周公用仲爲卿也
蓋以宰屬而兼總六官。位卑而權重也安成劉氏曰。以宰屬而總六官。
固位卑權重矣。如前說爲都官以總六卿。亦位卑而權重也。故詩人首言之焉司徒。掌邦教。冢
宰。掌邦治。皆卿也周禮。天官太宰卿一人。地官大司徒卿一人膳夫。上士。掌
王之飲食音嗣膳羞者也天官。膳夫上士二人。鄭氏曰。食。飯也。飲。酒漿也。膳。牲肉也。羞。有
滋味者內史。中大夫。掌爵祿廢置殺生予奪之法者也春官。
內史中大夫一人。掌王八柄之法趣馬。中士。掌王馬之政者也。師氏亦

中大夫。掌司朝得失之事者也地官。師氏中大夫一人。居虎門之左。司王朝。掌國得失之事。注曰。司。猶察也。察王視朝。若有善道可行者。則以詔王。記君得失。若春秋是也美色曰豔。豔妻。即褒姒也。煽。熾也臨川王氏曰。言其勢盛。若火之煽然方處。方居其所未變徙也○言所以致變異者。由小人用事於外。而嬖妾蠱惑王心於內以爲之主。故也三山李氏曰。此上三章言災異之事。下五章言災異之由。由所用非人也。故責外所用之人。又責其內寵。言所以致之之由也○豐城朱氏曰。兼總六官者。卿士之職也。而皇父實爲之。敷五典。擾兆民者。司徒之職也。而番實爲之。統百官。均四海者。冢宰之職也。而家伯實爲之。內史掌八法之廢置。師氏掌朝政之得失。皆輔導王者也。而以付之楀與聚子。膳夫掌王之飲食。趣馬掌王之馬政。皆親近王者也。而以付之蹶與仲允。則小人之黨盛矣。后妃主內者也。當求窈窕貞淑。以爲君子之配。而以豔妻爲之。則嬖妾之熖熾矣。有嬖妾以蠱惑於內。有小人以扇亂於外。此災異之所

以繁興。而亂亡之所以莫救也

○抑此皇父。豈曰不時。胡爲我作。不卽我謀。叶謨悲反徹我牆屋。田卒汙萊。汙音烏萊叶陵之反曰予不戕。在良反禮則然矣。叶於姬反

賦也。抑。發語詞。時。農隙之時也。作。動。卽。就。卒。盡也。汙。停水也。萊。草穢也。孔氏曰。汙者。記曰汙其宮而瀦焉是也。萊者。楚茨云田萊多荒是也戕。害也。○言皇父不自以爲不時。欲動我以徙而不與我謀。乃遽徹我牆屋。使我田不獲治。卑者汙而高者萊。又曰非我戕汝。乃下供上役之常禮耳盧陵彭氏曰。三代之君。不敢鄙夷其民。以從己之欲。每有興作。謀及庶民。如盤庚遷殷。登進厥民而告之。三代世守此道。故詩人曰。胡爲我作。不卽我謀

○孔氏曰。皇父以親寵封於圻內。築都邑令邑人居之。役之不以其時。先毀牆屋。而後令遷邑。人廢其家業。故

述其情如此。○疊山謝氏曰。皇父使民無以爲生矣。乃曰予不戕虐汝也。下供上役。禮則當然。其不仁甚矣。○臨川王氏曰。此章專言皇父專恣。而害及于民也。○豐城朱氏曰。徹我墻屋。則無以安其身。田卒汙萊。則無以食其力。如是而猶曰非我戕汝。乃禮之當然也。夫下供上役。固禮之常也。然豈有作大事。動大衆。而不通衆志。不盡下情者哉。

○皇父孔聖。作都于向。式亮反下同擇三有事。亶侯多藏。才浪反不憖魚覲反遺一老。俾守我王。叶于放反擇有車馬。以居徂向。

賦也。孔。甚也。聖。通明也。臨川王氏曰。皇父自謂甚聖。故因而譏之曰孔聖也。都。大邑也。周禮畿內大都方百里。小都方五十里。皆天子公卿所封也。向。地名。在東都畿內。今孟州河陽縣是也。孟州即今懷慶府孟縣。隸河南。三有事。三卿也。孔氏曰。皇父封圻內。當二卿。今立三卿。以比列國也。

亶信。侯維。藏蓄也。憖者。心不欲而自强之詞。有車馬者亦富民也。徂。往也。○言皇父自以爲聖而作都則不求賢而但取富人以爲卿。又不自强留一人以衛天子但有車馬者。則悉與俱往。不忠於上。而但知貪利以自私也。疊山謝氏曰。皇父棄舊臣耆德而不用。不能勉强留一老以守我王。其不忠甚矣。平王東遷。作文侯之命推原召亂之由。亦曰罔有耆壽俊在厥服。西周之亡實兆於此。使皇父秉政之時。能留一老以守我王。如周召之師保。如仲山甫之保王躬。則幽王有馮有翼。未至於身辱國亡也。皇父之罪。莫大於此

○黽民允反勉從事。不敢告勞。無罪無辜。讒口囂囂。五刀反下民之孽。魚列反匪降自天。叶鐵因反噂子損反沓徒合反背蒲昧反憎職競由人

賦也。囂囂，衆多貌。孽，災害也。噂，聚也。沓，重複也。職，主。競，力也。○言黽勉從皇父之役，未嘗敢告勞也。猶且無罪而遭讒。眉山蘇氏曰：無罪而且見讒，而况敢告勞乎。然下民之孽，非天之所爲也。噂噂沓沓，多言以相說，悅同而背則相憎，專力爲此者，皆由讒口之人耳。永嘉陳氏曰：噂，聚談也。沓，猥并也。小人相見之狀如此，背則憎疾也。用如此小人在位，所以興孽，未可歸於天也。

○悠悠我里，亦孔之痗。莫背反，叶呼洧反四方有羨，徐面反我獨居憂，民莫不逸，我獨不敢休。天命不徹，叶直質反我不敢傚我友自逸。

賦也。悠悠，憂也。里，居。痗，病。羨，餘。逸，樂。徹，均也。○當是之時。天下病矣。而獨憂我里之甚病。且以爲四方皆有餘而我獨憂。衆人皆得逸豫而我獨勞者。以皇父病之。而被禍尤甚故也。然此乃天命之不均。吾豈敢不安於所遇。而必傚我友之自逸哉

疊山謝氏曰。君子不以一身之憂勤爲賢。亦不以衆人之逸樂爲非。凡人命有窮通。我之憂勤。乃天之所付者如是。安之而已。不敢效我友之自逸也。其辭甚婉。其志堅而不可變也○安成劉氏曰。上章既言匪降自天。而此復以勞役不均。歸於天命者。亦無所歸咎之詞也

十月之交八章章八句

新安胡氏曰。王氏云。此詩前三章言災異之變。四章言致災由於小人。而皇父小人之魁也。故五六章專言皇父之惡。七章言小人在位。天降之災。則天變生於人妖也。八章言已之憂勞。而一篇之義終矣

浩浩昊天。不駿其德。降喪息喪反饑饉。其靳反斬伐四國。叶于逼反

旻_{密巾反}天疾威。弗慮弗圖。舍_{音赦}彼有罪。既伏其辜。若此無罪。淪胥以鋪_{普烏反}

賦也。浩浩。廣大貌。昊。亦廣大之意。駿。大。德。惠也。穀不熟曰饑。蔬（爾雅注。凡菜可食者。通名爲蔬）不熟曰饉。疾威。猶暴虐也。慮圖。皆謀也。舍。置。淪。陷。胥。相。鋪。徧也。○此時饑饉之後。羣臣離散。其不去者作詩以責去者。故推本而言昊天不大其惠。降此饑饉。而殺伐四國之人。如何旻天曾不思慮圖謀而遽爲此乎。（安成劉氏曰。首章推本而言天變也。元氣廣大爲昊天。仁覆閔下爲旻天。故此章以昊天言不駿其德。以旻天言其疾威。天非有二也。蓋亦無所歸咎。而各以義類歸怨於天耳）彼有罪而饑死。則是既伏其辜矣。舍之可也。此無罪者亦相與而陷於死亡。則如之何哉豐城朱氏曰。昊天之廣大也。而饑饉以斬伐。則是不大其惠也。昊天之仁覆閔下也。而有罪無罪。俱陷死亡。則是不溥其仁也。此章姑爲怨天之辭以發端也

○周宗既滅。靡所止戾。正大夫離居。莫知我勩。夷世反三事大夫。莫肯夙夜。叶弋灼反邦君諸侯。莫肯朝夕。叶祥龠反庶曰式臧。覆芳服反出爲惡

賦也。宗。族姓也。戾。定也。正。長也。周官八職。一曰正。謂六官之長。皆上大夫也。離居。蓋以饑饉散去。而因以避讒譖之禍也。我。不去者自我也。勩。勞也。三事。三公也。鄱陽董氏曰。陳壽翁云。如漢魏以來史云位登三事。皆指爲三公大夫。六卿及中下大夫也。臧。善。覆。反也。○言將有易姓之禍。其兆已見。而天變人

離又如此。安成劉氏曰。易姓之禍。言周宗之滅也。天變。上章所言是也。人離。此章所言是也。庶幾曰王改而爲善。乃覆出爲惡而不悛也。華陽范氏曰。靡所止戾。未知天之所命。民之所定也。莫肯夙夜。無在公之節也。莫肯朝夕。無尊王之禮也。○三山李氏曰。時王上爲天所怒。下爲民所怨。内則宗族破滅。外則羣臣諸侯携貳。孤立而不懼。此所謂安其危而利其菑。樂其所以亡者。○華谷嚴氏曰。二章言人心離散也。○豐城朱氏曰。周宗既滅。言君有敗亡之兆也。正大夫離居。言臣有離散之心也。人臣之義。有與君同休戚者。有與國同休戚者。與君同休戚者。君憂則與之同其憂。與國同休戚者。國亡則與之同其亡。今而曰正大夫離居。則非特無與國同休戚者。亦無與君同休戚者矣。然衆人皆去而已獨居則衆人皆逸而已獨勞。雖有黽勉從事之勤。孰得而知之哉。三事大夫。有官守者也。而莫肯夙夜。邦君諸侯。有民社者也。而莫肯朝夕。則雖未至於離居。而已莫有任其責者矣。上章言饑饉。天之變也。此章言離居。人之離也。天之變既如彼。人之離又如此。則敗亾之兆。即此而可見矣。庶幾王改而爲善。乃覆出而爲惡。則天意豈可得而回。人心豈可得而輓哉　或曰。疑此亦東遷後詩也　潛室陳氏曰。亦字乃因前正月篇而言耳○安成劉氏曰。詩言周宗既滅。似亦道已然之事。而非慮其將然之辭。似果作於東遷之後也

○如何昊天。叶鐵因反下同　辟言不信。叶斯人反　如彼行邁。則靡所臻。凡百君子。各敬爾身。胡不相畏。不畏于天

賦也。如何昊天。呼天而訴之也。辟。法。臻。至也。凡百君子指羣臣也○言如何乎昊天也。法度之言而不聽信。則如彼行往而無所底至也。然凡百君子。豈可以王之爲惡。而不敬其身哉。不敬爾身。不相畏也。不相畏。不畏天也　眉山蘇氏曰。君子呼天而告之曰。奈何哉法度之言王終莫肯信者。如人恣行而忘反。我不知其所至矣○臨川王氏曰。世雖昏亂。君子不可以爲惡。自敬故也畏人故也。畏天故也○慶源輔氏曰。法度之言。聽而行

之。則績效隨見。有所底止。今既不聽法度之言。則如猖狂妄行者。亦將何所底至哉。常人之情。無持操者。見王所爲如此。則皆從風而靡。故戒之曰。凡百君子。各敬爾身。豈可因王之爲惡。而遽自放逸以棄其身哉。人惟一心而已。能敬其身。則能敬人。能敬天矣。詩人發此意。至爲深切。學者不可不深體而力行也。○安成劉氏曰。三章言王不見聽而已不可忘其忠敬也

○戎成不退。叶吐類反下同飢成不遂。曾在登反我暬思列反御憯憯于感反日瘁。徂醉反凡百君子。莫肯用訊。叶息悴反聽言則答。譖言則退。

賦也。戎。兵。遂。進也。易曰。不能退。不能遂。是也。易大壯上六曰。羝羊觸藩。不能退。不能遂。暬御。近侍也。國語曰。居寢有暬御之箴。安成劉氏曰。楚語暬作褻。注云近也。蓋如漢侍中之官也。漢百官表。侍中加官得入禁中。應劭曰。入

侍天子。故曰侍中憯憯憂貌。瘁病。訊。告也。○言兵寇已成。而王之爲惡不退。飢饉已成。而王之遷善不遂。使我贄御之臣。憂之而慘慘日瘁也。凡百君子。莫肯以是告王者。雖王有問而欲聽其言。則亦答之而已。不敢盡言也。一有譖言及已。則皆退而離居。莫肯夙夜朝夕於王矣。其意若曰。王雖不善。而君臣之義。豈可以若是恝訖黠反。無憂貌乎

慶源輔氏曰。聽言則答。譖言則退。則皆不敢其身者。聽言則答。面從者也。譖言則退。畏罪者也。面從者不盡其情。畏罪者惟知有已。皆不能敬也。○須溪劉氏曰。聽言則答。譖言則退。八字極臣下落落之態。○安成劉氏曰。四章言王爲不善。而羣臣無忠告也。○豐城朱氏曰。兵已成矣。而爲惡不退。則人離而寇亂將益進矣。飢已成矣。而遷善不遂。則天怒而饑饉將益甚矣。贄御者。王之近臣。任涵養薰陶之責者也。故憂之而慘慘日瘁。然凡

百君子莫肯以是告王則即上章正大夫之離居邦君大夫之莫肯夙夜朝夕者也聽言則答謂告君不盡其誠也譖言則退謂引身遠避其禍也斯人也愛君不如愛身之厚憂國不如憂家之深其自爲計則得矣而以君臣之大義責之能無愧乎

○哀哉不能言匪舌是出尺遂反維躬是瘁哿矣能言巧言如流俾躬處休

賦也出出之也瘁病哿可也○言之忠者當世之所謂不能言者也故非但出諸口而適以瘁其躬佞人之言當世所謂能言者也故巧好其言如水之流無所凝滯而使其身處於安樂之地蓋亂世昏主惡忠直而好諛佞類如此詩人所以深歎之也慶源輔氏曰上章既責諸臣故此下兩章則又

體其情而言之。此章言彼其所以離散而去者。蓋亦有不得已者。蓋言之忠者。則非但出諸口。適以病其身。至於巧言如流。順從而不逆者。乃使其身得處於休逸之地。則彼其所以流散而去者。是豈得已哉。其志亦可哀也已○新安胡氏曰。五章言忠佞不分。禍福反易也○安成劉氏曰。哀哉二字見詩人深歎之意

○維曰于仕。鉏里反 孔棘且殆。叶養里反 云不可使。得罪于天子。叶獎里反 亦云可使。怨及朋友。叶羽已反

賦也。于。往。棘。急。殆。危也○蘇氏曰。人皆曰往仕耳。曾不知仕之急且危也。當是之時。直道者王之所謂不可使。而枉道者王之所謂可使也。直道者得罪于君。而枉道者見怨于友。此仕之所以難也 孔氏曰。朋友之道相切以善。今從君爲惡。故朋友怨之○慶源輔氏曰。此章則又言人皆曰往仕。而不知仕之急且危也。何者。直道而盡言者。則得罪於其君。

巧言以徇人者。則見怨於其友。蓋朋友以相切磋爲道。若枉道以從君。則朋友必見棄絕矣。以是言之。則當時之仕。又豈易爲哉。忠言獲罪。而巧言處休。直道見抑。而枉道見容。皆亂世之常事也。○華谷嚴氏曰。六章言亂世進退皆有咎也。從道則違時。從時則違道。寧得罪於天子。不可得罪於公議也。○豐城朱氏曰。君子之仕。將以行其道也。若其甚急且危。則其身之不能保。而其志焉得而遂哉。是故將欲直道以事君。則君旣以爲怒。將欲枉道以從人。則友復以爲責。此仕於亂世者。所以進退皆病。無所適而可也。

○謂爾遷于王都。曰予未有室家。叶古胡反鼠思息嗣反泣血。叶虛屈反無言不疾。昔爾出居。誰從作爾室。

賦也。爾。謂離居者。鼠思。猶言癙憂也。藍田呂氏曰。癙憂。幽憂也。與鼠思義同○當是時。言之難能。而仕之多患如此。安成劉氏曰。此承上文五章六章而言也故羣臣有去者。有居者。居者不忍王之無臣。已之無徒。則告去者使復還於王都。去者不聽。而托於無家以拒之。至於憂思泣血。建安何氏曰。孔氏云。人淚必因悲聲而出。若血出則不由聲也。今無聲而涕出。如血之出。故曰泣血有無言而不痛疾者。蓋其懼禍之深。至於如此。然所謂無家者。則非其情也故詰之曰。昔爾之去也。誰爲爾作室者。而今以是辭我哉慶源輔氏曰。此章則又盡言已意以告諸離居者。使之復反於王都。彼既不從。則又言其痛切之情爲可念者。而猶盡言以詰之。而庶其或見聽。可謂既能盡人之情。而又能盡已之志也。然則此暬御之臣。蓋亦非常人矣○華谷嚴氏曰。七章責引去者也

雨無正七章二章章十句二章章八句三章章六句

歐陽公曰。古之人於詩多不命題。而篇名往往無

義例。其或有命名者。則必述詩之意。如巷伯常武之類是也。今雨無正之名。據序所言。與詩絶異。當闕其所疑。元城劉氏曰。嘗讀韓詩有雨無極篇。序云雨無極。正大夫刺幽王也。至其詩之文。則比毛詩篇首多雨無其極傷我稼穡八字。愚按劉說似有理。然第一二章本皆十句。今遽增之。則長短不齊。非詩之例。又此詩實正大夫離居之後。暬御之臣所作。其曰正大夫刺幽王者。亦非是。且其爲幽王詩。亦未有所考也。安成劉氏曰。詩文四章。章言曾我暬御。憯憯日瘁。固可見其作於暬御之臣矣。但二章首言周宗既滅。繼言正大夫離居。卒章又言謂爾遷于王都。曰予未有室家。似是東遷之際。羣臣懼禍者。因以離居不復隨王同遷于東都。故見於詩詞如此。而文侯之命。亦曰即我御事。罔或耆壽俊在厥服。則其驗也。愚考正月所謂赫赫宗周。褒姒威之。及節南山國既卒斬。何用不監等語。疑此三詩。猶皆爲東周之變雅。其後雅亡於上。而國風作於下。於是春秋託始於隱公。實爲平王之四十九年也

祈父之什十篇六十四章四百二十六句

詩傳大全卷之十一

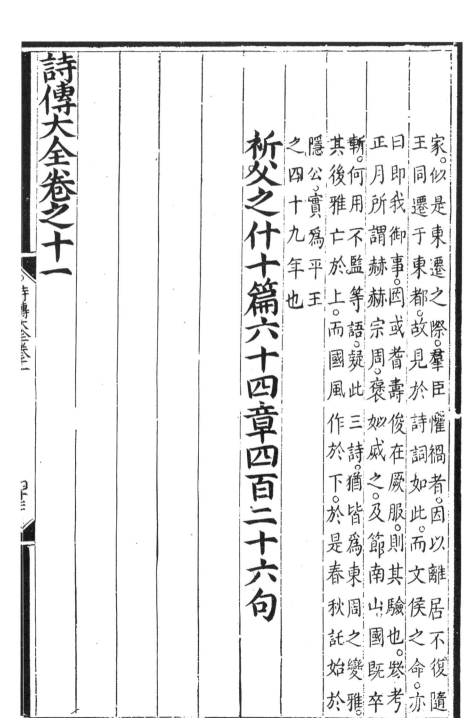

詩傳大全卷之十二

小旻之什二之五

旻天疾威。敷于下土。謀猶回遹。音聿何日斯沮。在呂反謀臧不從。不臧覆用。叶于封反我視謀猶。亦孔之邛。其凶反

賦也。旻。幽遠之意。敷。布。猶。謀。回。邪。遹。辟。沮。止。臧。善。覆。反。邛。病也○大夫以王惑於邪謀。不能斷以從善。而作此詩。言旻天之疾威。布于下土。使王之謀猶邪辟。無日而止。安成劉氏曰。此章稱天之意。亦可見君臣隱諱之義。天人合一之理謀之善者則不從。而其不善者反用之。故我視其謀猶。亦甚病也慶源輔氏曰。昏亂之世。庸暗之君。謀猶邪辟。無日而沮止者。故無所歸咎而歸之天也。夫爲國者。固不可以無謀猶也。然觀其

於謀之善者則不從。其不善者則反用之。則我已甚病矣。不待其謀之敗。而禍之來也○豐城朱氏曰。謀臧不從。所謂惡人之所好也。不臧覆用。所謂好人之所惡也。此之謂拂人之性。菑必逮夫身。故我視其謀猶。亦甚病也

○潝潝許急反訿訿。音紫亦孔之哀。叶於希反謀之其臧。則具是違。謀之不臧。則具是依。我視謀猶伊于胡底。之履反。叶都黎反

賦也。潝潝相和也。訿訿相詆也。具俱。底至也○言小人同而不和。其慮深矣。前漢劉向曰。言衆小在位。而從邪議。歙歙相是而背君子。然於謀之善者則違之。其不善者則從之。亦何能有所定乎

豐城朱氏曰。謀之其臧。則具是違。即所謂謀臧不從也。謀之不臧。則具是依。即所謂不臧覆用也。但上章指王而言。此章指小人而言

○我龜既厭。不我告猶。叶于救反 謀夫孔多。是用不集。韓詩作就。叶疾救反 發言盈庭。誰敢執其咎。叶巨又反 如匪行邁謀。是用不得于道。叶徒候反

賦也。集。成也。○卜筮數。音朔 則瀆而龜厭之。故不復告其所圖之吉凶。謀夫衆。則是非相奪。而莫適。音嫡 所從。故所謀終亦不成。蓋發言盈庭。各是其是。無肯任其責而決之者。○慶源輔氏曰。洪範云。謀及卜筮。夫謀貴乎博。故謀及卿士。謀及庶民。今乃以謀夫孔多是用不集者。蓋彼之所以謀。不過盡衆人之情。而主之者。則一人而已。而此之所謂謀夫。則是各主其謀。故是非相奪。莫知適從。所以其謀終亦無所成就也。發言盈庭。誰敢執其咎。此亂世爲謀之常態。上無聽言之明。則人人得以肆其說。而已亦終莫能決其是非。故無肯任其成敗之責者。猶不行不邁。而坐謀所適。

謀之。雖審。而亦何得於道路哉孔氏曰。謀而不行。則於道不進。言而無決。則於事不成

○哀哉爲猶。匪先民是程。匪大猶是經。維邇言是聽。叶平聲維邇言是爭。叶側陘反如彼築室于道謀。是用不潰于成

賦也。先民。古之聖賢也。程。法。猶。道。安成劉氏曰。詩中猷猶字通用。故前章猶訓謀。此訓道。而徽猷與秩秩大猷。又皆作猷。亦訓道經。常。潰。遂也。○言哀哉今之爲謀。不以先民爲法。不以大道爲常。其所聽而爭者。皆淺末之言。以是相持。如將築室而與行道之人謀之。人人得爲異論。其能有成也哉。古語曰。作舍道邊。三年不成。蓋出於此

○國雖靡止。或聖或否。方九反叶補美反 民雖靡膴。火吳反 或哲或謀。叶莫徒反 或肅或艾。音乂 如彼流泉。無淪胥以敗。叶蒲寐反

賦也。止。定也。聖。通明也。膴。大也。多也。艾。與乂同。治也。淪。陷。胥。相也。○言國論雖不定。然有聖者焉。有否者焉。民雖不多。然有哲者焉。有謀者焉。有肅者焉。有艾者焉。但王不用善。則雖有善者。不能自存。將如泉流之不反。而淪胥以至於敗矣。聖哲謀肅艾。即洪範五事之德。豈作此詩者。亦傳箕子之學也與。慶源輔氏曰。子曰。十室之邑。必有忠信。天下豈有無才之世哉。故告之以國論雖未定。而人民之中。有聖與否者焉。人民雖不多。而有哲謀肅艾者焉。但患王不能用之耳。王不能用。則雖有五者之才。皆將如泉流之不反。而相與淪陷於敗。故以是戒王。庶其能愛護而扶持

之。無使至于此極也。由是觀之。則作是詩之大夫。其心量之廣大。志慮之深長。學問之博洽。皆可見矣。觀此章及第三章。則其有得於箕子之學蓋深矣。○安成劉氏曰。箕子陳洪範九疇。其二爲貌言視聽思之五事。貌之德恭而作肅。言之德從而作乂。視之德明而作哲。聽之德聰而作謀。思之德睿而作聖。其次序與此不同者。彼以人事發見先後爲序。此則便文以叶韻耳

○不敢暴虎。不敢馮（皮冰反）河。人知其一。莫知其他。（湯河反）戰戰兢兢。如臨深淵。（叶一均反）如履薄冰。

賦也。徒搏曰暴。徒涉曰馮。如馮几然也。戰戰。恐也。兢兢。戒也。如臨深淵。恐墜也。如履薄冰。恐陷也。○衆人之慮。不能及遠。暴虎馮河之患。近而易見。則知避之。喪國亡家之禍。隱於無形。則不知以爲憂也。故曰戰戰兢兢。如

臨深淵。如履薄冰。懼及其禍之詞也

小旻六章三章章八句三章章十句

蘇氏曰。小旻。小宛。小弁。小明。四詩皆以小名篇。所以別其爲小雅也。其在小雅者謂之小。故其在大雅者謂之召旻。大明。獨宛弁闕焉。意者孔子刪之矣。雖去其大。而其小者猶謂之小。蓋即用其舊也

宛（於阮反）彼鳴鳩。翰（胡旦反）飛戾天（叶鐵因反）我心憂傷。念昔先人。明發不寐。有懷二人

興也。宛。小貌。鳴鳩。斑鳩也（陸氏曰。似鷙鳩。項有綉）翰。羽。戾。至也。明發。謂將旦而光明開發也。二人。父母也○此大夫遭時

之亂。而兄弟相戒以免禍之詩。故言彼宛然之小鳥。亦翰飛而至于天矣。則我心之憂傷。豈能不念昔之先人哉。是以明發不寐。而有懷乎父母也。言此以爲相戒之端。慶源輔氏曰。兄弟相戒以免禍。則發言而首及於父母者宜也

○人之齊聖。飲酒溫克。彼昏不知。壹醉日富。叶筆力反各敬爾儀。天命不又。叶夷益反

賦也。齊。肅也。聖。通明也。克。勝也。富。猶甚也。又。復也。○言齊聖之人。雖醉猶溫恭自持以勝。所謂不爲酒困也。彼昏然而不知者。則一於醉而日甚矣。於是言各敬謹爾之威儀。天命已去。將不復來。不可以不恐懼也。時王以

酒敗德。臣下化之。故此兄弟相戒。首以爲說慶源輔氏曰。時人方化上所爲。昏亂於酒。則此兄弟相戒。而首及於此者。亦宜也。昏亂於酒。則必自喪其威儀。故相戒各自敬謹我身之威儀。天命不又。蓋言不可恃天之常如此。會有禍亂生也。人能敬我身之威儀。則能敬天矣。天豈在外哉。此義精矣○豐城朱氏曰。齊則整肅。聖則通明。整肅者。必不以酒而喪儀。通明者。必不以酒而敗德。此所以能溫恭自持以勝也。彼昏不知者反是。吾兄弟安可以不敬乎。敬則天命爲可保。不敬則天命爲難恃。其戒深遠矣

○中原有菽音叔。庶民采叶此禮反之。螟音冥蛉音零有子。蜾音果蠃力果反負叶蒲美反之。教誨爾子。式穀似叶養里反之

興也。中原。原中也。菽。大豆也。螟蛉。桑上小青蟲也。似步屈。蜾蠃。土蜂也。似蜂而小腰。取桑蟲負之於木空上聲中。

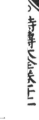

七日而化爲其子。釋文曰。螺蠃即細腰蜂○本草注曰。雖名土蜂。不就土中爲窟。謂摙土作房耳。細腰物無雌。皆取青蟲教祝。變成己子。嘗拆窠而視之。亦生子如半粟米大。所負蟲却在子下摙音璉祝音呪式用。穀善也○中原有菽。則庶民采之矣。以興善道。人皆可行也。螟蛉有子。則螺蠃負之。以興不似者。可教而似也。教誨爾子。則用善而似之可也。善也。似也。終上文兩句所興而言也。戒之以不惟獨善其身。又當教其子。使爲善也慶源輔氏曰。善道人皆可行。不似者可教而似。同一秉彝故也。兄弟相戒以免禍。而上念其父母。下慮及其子。則其意可謂懇至矣

○題大計反彼脊令。音零載飛載鳴。我日斯邁。而月斯征。夙興夜寐。無忝爾所生。叶桑經反

興也。題。視也。脊令飛則鳴。行則搖。載則。而汝。忝辱也。○視彼脊令。則且飛而且鳴矣。我既日斯邁。則汝亦月斯征矣。言當各務努力。不可暇逸取禍。恐不及相救恤也。夙興夜寐。各求無辱於父母而已。慶源輔氏曰。以脊令之載飛載鳴。興兄弟之各有所進之道。雖或不同。然俱求無忝辱於父母可也。先生嘗因人讀詩而務快。不子細。戒之曰。今人看文字斂底一揭開版便曉。但於意味却不曾得。而今便只管看時也。只是恁地。但百遍自是強五十遍時。二百遍自是強一百遍時。題彼脊令。載飛載鳴。我日斯邁。而月斯征。夙興夜寐。無忝爾所生。這箇看時也只是恁地。但裏面意思却有說不得底。解不得底意思却在說不得底意思裏面。

○交交桑扈。音户率場啄粟。哀我填都田反寡。宜岸宜獄。握粟出卜。自何能穀。

興也。交交，往來之貌。桑扈，竊脂也。俗呼青觜，肉食，不食粟。孔氏曰：俗呼青雀，喜盜脂膏食之，因以名云。○埤雅曰：桑扈有二種。青質者觜曲食肉，好盜脂膏。素質者其翅與領皆有文章，所謂率場啄粟，有鶯其羽者也。○東萊呂氏曰：淮南子云：馬不食脂，桑扈不食粟。瘨與瘨同。病也。岸，亦獄也。韓詩作犴。鄉亭之繫曰犴，安成劉氏曰：字書云，犴一作豻。豻，胡地犬也。野犬所以守，故以獄爲犴。朝廷曰獄。○扈不食粟而今則率場啄粟矣。病寡不宜岸獄，今則宜岸宜獄矣。言王不恤鰥寡，喜陷之於刑辟也。然不可不求所以自善之道，故握持其粟出而卜之曰：何自而能善乎？言握粟以見其貧窶之甚。慶源輔氏曰：貧窶如是，而猶不忘所以自善之道，然後爲君子也。

○溫溫恭人，如集于木。惴惴之瑞反小心，如臨于谷。戰戰兢兢。如履薄冰。

賦也。温温。和柔貌。如集于木。恐隊音墜也。如臨于谷。恐隕也。鄭氏曰。衰亂之世。賢人君子。雖無罪猶恐懼。○慶源輔氏曰。温温恭人。惴惴小心。皆指他人言也。戰戰兢兢。則自謂也。言今處亂世。温柔恭敬之人。則如集于木而恐墜也。惴惴小心之人。則如臨于谷而恐隕也。我其可不戰戰兢兢。如履薄冰哉

小宛六章章六句

此詩之詞。最爲明白。而意極懇至。說者必欲爲刺王之言。故其說穿鑿破碎。無理尤甚。今悉改定。讀者詳之。慶源輔氏曰。一章言思念父母。以發相戒之端。二章言時俗所習。以致相戒之意。三章則相戒相勉。以教其子。四章則欲各自努力。以無遺父母之羞。其意可謂懇至矣。五章則又言王

不恤貧困鰥寡。如我之病困孤獨。當今之世。或不免於羅織之禍。故握粟出卜。以求自善之道。六章又言當世賢者。尚且兢畏如此。況我則又當如何哉。○濮氏曰此詩兄弟相戒之辭。或是其人嘗有酒德之敗。序謂刺王非矣。感念存沒。意極懇至。每誦之令人悽愴

弁薄干反彼鷽音豫斯。叶先齊反歸飛提提。是移反民莫不穀。我獨于罹。何辜于天。我罪伊何。心之憂矣。云如之何

興也。弁。飛拊翼貌。鷽。雅烏也。小而多羣。腹下白。江東呼爲鵯音疋。又音甲烏。斯。語詞也。孔氏曰。猶蓼彼蕭斯。菀彼柳斯。提提。羣飛安閒之貌。穀。善。罹。憂也○舊說幽王太子宜臼。被廢而作此詩。言弁彼鷽斯。則歸飛提提矣。民莫不善。而我獨于憂。則鷽斯之不如也。何辜于天。我罪伊何者。怨而慕也。

舜號泣于旻天。曰父母之不我愛。於我何哉。蓋如此矣。

慶源輔氏曰。怨者。怨咎已之不得其親。慕者。思慕其親不能忘也。○問伊川謂小弁之怨。與舜不同何也。朱子曰。舜之怨。反諸身以求其所未至。小弁則自以爲無罪矣。此其所以不同也歟。問此詩只我罪伊何一句。與舜於我何哉之意同。至後面君子秉心。維其忍之。君子不惠。不舒究之。分明是怨其親。却與舜不同。曰。作小弁者。自是未到得舜地位。蓋亦常人之情耳。只我罪伊何上面說何辜于天。亦似自以爲無罪相似。未可與舜同日語也

心之憂矣。云如之何。則知其無可奈何。而安之之詞也

○踧踧(徒歷反)周道。(叶徒苟反)鞫(九六反)爲茂草。(叶此苟反)我心憂傷。惄(乃歷反)焉如擣。(丁老反。叶丁口反)假寐永嘆。維憂用老。(叶魯口反)心之憂矣。疢(丑覲反)如疾首。

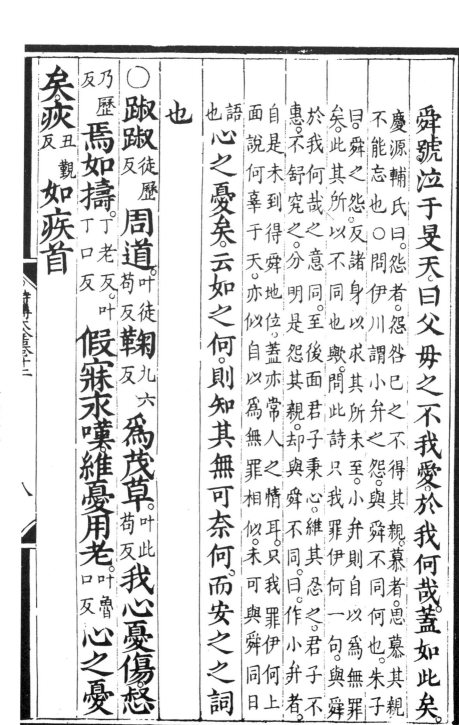

興也。踧踧，平易也。周道，大道也。鞫，窮。惄，思。擣，舂也。不脫衣冠而寐曰假寐。疢，猶疾也。○踧踧周道，則將鞫爲茂草矣。我心憂傷，則惄焉如擣矣。精神憒眊，至於假寐之中而不忘永嘆，憂之之深，是以未老而老也。疢如疾首，則又憂之甚矣。疊山謝氏曰：惄焉如擣，深悲至痛，如有物之擣其心也。事關心者，夢中亦長吁，故曰假寐永嘆。憂愁多者，年少而髮白，故曰維憂用老。○孔氏曰：疢首，頭痛也。○慶源輔氏曰：維憂用老，維憂能老人。非特能老人也，又能使人病，故又繼之以疢如疾首。頭痛最叵忍，疢如疾首，則其病甚矣。○豐城朱氏曰：此章憂之一字，凡三言之。惄焉如擣，憂之而至於痛也。維憂用老，憂之而至於衰也。疢如疾首，憂之而至於病也。

○維桑與梓，叶獎里反必恭敬止。靡瞻匪父，靡依匪母。叶滿彼反不

屬。音燭于毛。不離于裏。天之生我。我辰安在。叶此里反

興也。桑梓二木。古者五畝之宅。樹之墻下以遺子孫。給蠶食。具器用者也。安成劉氏曰、古者一夫受五畝宅。二畝半在邑。二畝半在田。四圍墻下植木、桑以給蠶食、梓以具器用。然此民居之制也。蓋託以起興耳。瞻者。尊而仰之。依者。親而倚之。屬。連也。毛。膚體之餘氣末屬殊玉反也。離。麗也。裏心腹也。辰。猶時也。○言桑梓父母所植。尚且必加恭敬。況父母至尊至親。宜莫不瞻依也。疊山謝氏曰、桑梓父母所植以遺子孫。見其樹則思其人。思其人則愛其樹。所以必恭必敬也。敬其桑梓。豈敢忘其父母乎。然父母之不我愛。豈我不屬于父母之毛乎。豈我不離于父母之裏乎。孔氏曰、太子爲父所放耳。并言母者。以人皆有父母之恩。故連言之。無所歸咎。則推之

於天曰。豈我生時不善哉。何不祥至是也。疊山謝氏曰。父母不我愛求其說而不可得。曰不知天生我之時果在何歟。不可得而知也

○菀音鬱彼柳斯。鳴蜩音條嘒嘒。呼惠反有漼千罪反者淵。萑音丸葦韋鬼反淠淠。孚計反譬彼舟流。不知所屆。音戒。叶居氣反心之憂矣。不遑假寐

興也。菀。茂盛貌。蜩。蟬也。嘒嘒。聲也。漼。深貌。淠淠。衆也。屆。至。遑。暇也○菀彼柳斯。則鳴蜩嘒嘒矣。有漼者淵。則萑葦淠淠矣。今我獨見棄逐。如舟之流于水中。不知其何所至乎。臨川王氏曰。舟流者。蕩漾而無所止也。所謂若窮人無所歸也○慶源輔氏曰。見物之大者無所不容。以興今王乃不能容其子。使如舟之流於水中而無所屆。何哉是以憂之之深。昔

猶假寐。而今不暇也

○鹿斯之奔。維足伎伎。（其宜反）雉之朝雊。（古豆反）尚求其雌。（叶千西反）譬彼壞木。（胡罪反）疾用無枝。心之憂矣。寧莫之知

興也。伎伎。舒貌。宜疾而舒。留其羣也。雊。雉鳴也。壞。傷病也。寧。猶何也。○鹿斯之奔。則足伎伎然。雉之朝雊。亦知求其妃（音配）匹。（眉山蘇氏曰。鹿走而留其羣。雉鳴而求其雌。物無不有恩於其親者。今王獨棄其子。何哉）今我獨見棄逐。如傷病之木。憔悴而無枝。是以憂之。而人莫之知也（慶源輔氏曰。以見夫物無不顧其親者。以與已獨見棄逐。如病木之悴而無枝。何哉。其意又切於前章矣）

○相（息亮反）彼投兔。尚或先（蘇薦反。叶蘇晉反）之。行有死人。尚或墐

音覲之。君子秉心。維其忍之。心之憂矣。涕既隕音蘊之。

興也。相視。投奔。行道。墐埋。秉執。隕墜也。○相彼被逐而投人之兔。尚或有哀其窮而先脫之者。道有死人。尚或有哀其暴步木反露而埋藏之者。蓋皆有不忍之心焉。今王信讒棄逐其子。曾視投兔死人之不如。則其秉心亦忍矣。是以心憂而涕隕也

○君子信讒。如或醻市由反，叶市救反之。君子不惠。不舒究之。伐木掎寄彼反，叶居何反矣。析薪杝敕氏反，叶湯何反矣。舍音捨彼有罪。予之佗吐賀反，叶湯何反矣。

賦而興也。醻報。惠愛。舒緩。究察也。掎倚也。以物倚其巔

也。杝。隨其理也。佗。加也〇言王惟讒是聽。如受醻爵得即飲之。孔氏曰。醻酬古字通用。此喻得讒即受而行之。如旅酬也曾不加惠愛。舒緩而究察之。夫苟舒緩而究察之。則讒者之情得矣。伐木者尚倚其巔。析薪者尚隨其理。皆不妄挫折之。今乃捨彼有罪之譖人。而加我以非其罪。曾伐木析薪之不若也。此則興也豐城朱氏曰。讒者之言。未遽可信。骨肉之親。未必可踈。使王而加惠愛焉。則猶有惻隱之心也。舒徐而究察之。則猶有是非之心也。今於我則不加愛。是無復惻隱之心。於讒者又信之而不加察。是無復是非之辨矣。故人之有罪。則捨之而不問。我之無罪者。則加之而不恤。則其窮困亦甚矣

〇莫高匪山。叶所旃反莫浚蘇俊反匪泉。君子無易夷豉反由言。耳屬音燭于垣。無逝我梁。無發我笱。我躬不閱。遑恤我後

賦而比也。山極高矣。而或陟其巔。泉極深矣。而或入其底。故君子不可易於其言。恐耳屬于垣者。有所觀望左右而生讒譖也問此四句。莫是以上兩句。興下兩句耶。朱子曰。此只是賦。蓋以爲莫高如山。莫浚如泉。而君子亦不可易而言。亦恐有人聞之也○永嘉陳氏曰。王無輕發言。小人之爲讒者。尚屬耳於垣壁間以窺伺之。讒賊之生也。亦伺君子之向背如何耳王於是卒以褒姒爲后。伯服爲太子。故告之曰。毋逝我梁。毋發我笱。我躬不閱。遑恤我後。蓋比詞也臨川王氏曰。毋逝梁發笱者。太子放逐而其憂終不忘國也。我躬不閱。遑恤我後者。無如之何。自決之辭東萊呂氏曰。唐德宗將廢太子而立舒王。李泌諫之且曰。願陛下還宮勿露此意。左右聞之。將樹功於舒王。太子危矣。此正君子。無易由言。耳屬于垣之謂也。小弁之作。太子既廢矣。而猶云爾者。蓋推本亂之所由生。言語以爲階也慶源輔氏曰。此章則總其始終言之。申后之黜。宜臼之逐。雖主於褒姒伯服之讒。意者幽王之昏暴。必先嘗泄此意於言語之間。故其左右得以附會而成之。自古如是多矣。東萊先生。以爲推本其亂之所由生。言語以爲階者。是也。無逝我梁。以下四句。則事已決後。絕意之辭耳

小弁八章章八句

幽王娶於申。生太子宜臼。後得褒姒而惑之。生子伯服。信其讒。黜申后。逐宜臼。而宜臼作此以自怨也。序以爲太子之傅。述太子之情。以爲是詩。不知其何所據也。傳曰。高子曰。小弁。小人之詩也。孟子曰。何以言之。曰。怨。曰。固哉高叟之爲詩也朱子曰。固。謂執

滯不通也。為猶治也。有人於此。越人關音彎弓而射之。則已談笑而道之。無他。疏之也。其兄關弓而射之。則已垂涕泣而道之。無他。戚之也。小弁之怨。親親也。親親。仁也。朱子曰。親親之心。仁之發也固矣夫。高叟之為詩也。曰。凱風何以不怨。曰。凱風。親之過小者也。小弁。親之過大者也。親之過大而不怨。是愈疏也。親之過小而怨。是不可磯也。愈疏。不孝也。不可磯。亦不孝也。朱子曰。磯。水激石也。不可磯。言微激之而遽怒也孔子曰。舜其至孝矣。五十而慕。朱子曰。言舜猶怨慕。小弁之怨。不為不孝也○格庵趙氏曰。生之膝下。一體而分。喘息呼吸。氣通於親。當親而疏。怨慕號天。是以小弁之怨。未足以為愆也。○南軒張氏曰。小弁怨慕。所以為親親。故引關弓之疏戚爲喻。以見其爲親親者焉。凱風之作。則以母氏不安于室而已。七子引罪自責。以爲使母之不安。則已之故。辭氣不迫。蓋與小弁異也。當小弁之事。而怨慕不形。則是漠然而不知者也。當凱風之事。而遽形於怨。則是激於情而莫過也。此則皆失親親之義。故皆以不孝斷之。於是舉舜之孝以爲法焉。高子徒見小弁之怨。遂以爲小人之詩。不即其事。而體其親親之心。亦可謂固矣。○豐城朱氏曰。小弁之詩。處父子之變。白華之詩。處夫婦之變。聖人備録於經。所以著周室禍敗之由。又以見大理民彝之不容泯也。然嘗考之。小弁之詩。其前六章皆興。白華之詩。其八章皆比。小弁之詞婉而切。猶有望之之意。處父子之間則然也。白華之詞簡而莊。不無責之之意。處夫婦間則然也。小弁之詩。其哀痛迫切之意。具於首章。其下不過自此而推之耳。又曰。舜之怨。怨已之不得乎親。小弁之怨。怨親之不容乎已。雖所怨不同。然以孟子之言推之。親之過大而不怨。則是恝然無情也。恝然無情者。視其至親。猶路人也。其爲罪不愈大乎。宜曰中人之資。聖人亦姑取其一節之可

觀耳。匡不敢以大舜之事望之也

悠悠昊天。曰父母且。[子餘反]無罪無辜。亂如此憮。[火吳反]昊天已威。[叶紆胃反]予慎無罪。[叶音悴]昊天泰憮。予慎無辜

賦也。悠悠遠大之貌。且語詞。憮大也。已泰皆甚也。慎審也。○大夫傷於讒無所控告而訴之於天曰悠悠昊天。爲人之父母胡爲使無罪之人。遭亂如此其大也。昊天之威已甚矣。我審無罪也。昊天之威甚大矣。我審無辜也。此自訴而求免之詞也[華谷嚴氏曰。首章傷已被讒也]

○亂之初生。譖[側蔭反]始既涵。[音含]亂之又生。君子信讒。君子如怒。[叶奴五反]亂庶遄[市專反]沮。[慈呂反]君子如祉。[音恥]亂庶遄已

賦也。譖始不信之端也。涵容受也。君子指王也。遄疾。沮止也。祉。猶喜也○言亂之所以生者。由讒人以不信之言始入。而王涵容不察其眞僞也。亂之又生者。則旣信其讒言而用之矣。君子見讒人之言。若怒而責之。則亂庶幾遄沮矣。見賢者之言。若喜而納之。則亂庶幾遄已矣。今涵容不斷。讒信不分。是以讒者益勝。而君子益病也。蘇氏曰。小人爲讒於其君。必以漸入之。其始也進而嘗之。君容之而不拒。知言之無忌。於是復進。旣而君信之。然後亂成　華谷嚴氏曰。次章言亂生於讒。讒生於優柔不斷。所謂懷狐疑之心者。來讒賊之口。持不斷之意者。開羣枉之門也。今忠讒不分。是以邪正渾淆。是非易位。而亂天下也

○君子屢盟。叶謨郎反亂是用長。丁丈反。叶直良反君子信盜。亂是用暴。盜言孔甘。亂是用餤。音談匪其止共。音恭維王之邛。其恭反

賦也。屢。數也。盟。邦國有疑。則殺牲歃音霎血。告神以相要束也周禮司盟註曰。盟者。書其辭於策。殺牲取血。坎其牲加書於上而埋之。有疑。不協也○三山李氏曰。考之春秋傳。如伯有之亂。鄭伯與其臣下盟。蓋盟者。生於君臣相疑而致也盜指讒人也西山真氏曰。讒人乘間伺隙以中君子。如穿窬之盜然餤進。邛病也○言君子不能已亂。而屢盟以相要。則亂是用長矣。君子不能堲音即韻註曰。疾也讒。而信盜以爲虐。則亂是用暴矣。讒言之美。如食之甘。使人嗜之而不厭。則亂是用進矣。然此讒人不能供其職事。徒以爲王之病而已。夫良藥苦口而利於病

忠言逆耳而利於行。維其言之甘而悅焉。則其國豈不殆哉華谷嚴氏曰。三章言信讒致亂也○安成劉氏曰。此上三章。先刺聽讒者。下三章則專刺讒人

○奕奕寢廟。君子作之。秩秩大猷。聖人莫之。他人有心。予忖七損反度音鐸之。躍躍他歷反毚士咸反兔。遇犬獲叶黄郭反之

興而比也。奕奕。大也。秩秩。序也。猷。道。莫。定也。躍躍。跳疾貌。毚。狡也○奕奕寢廟。則君子作之。秩秩大猷。則聖人莫之。以興他人有心。則予得而忖度之朱子曰。詩人所見極大。如此章本意。只是惡巧言讒譖之人。却以奕奕寢廟。秩秩大猷起興。便見其所見極大。形於言者。無非義理之極致也。潘時舉對云。此亦是先王之澤未泯。禮義根於其心。故其形於是言者。自無非義理也而又以躍躍毚兔。遇犬獲之比焉。反覆興比。以見讒人之心。我皆

得之不能隱其情也慶源輔氏曰躍躍有跳梁恣肆之意讒者方且跳梁恣肆以害人自謂人莫得而知已也一旦遇智者臨之則其情僞顯露有不可得而隱者誠有似乎毚兔之躍躍而忽遇犬焉則無所逃矣○華谷嚴氏曰四章言已知讒人之情也

○荏而甚反染柔木君子樹叶上主反之往來行言心焉數所主反之蛇蛇以支反碩言出自口叶孔五反矣巧言如簧顏之厚叶胡五反矣

興也荏染柔貌柔木桐梓之屬可用者也行言行道之言也數辨也蛇蛇安舒也碩大也謂善言也顏厚者頑不知恥也○荏染柔木則君子樹之矣往來行言則心能辨之矣若善言出於口者宜也巧言如簧則豈可出

於口哉言之徒可羞愧而彼顏之厚不知以爲耻也孟子曰爲機變之巧者無所用耻焉其斯人之謂與西山真氏曰憸巧之言悅可人聽如笙簧然使其知愧則不爲矣○安成劉氏曰五章言讒人出言無耻也

○彼何人斯居河之麋音眉無拳音權無勇職爲亂階叶居奚反既微且尰市勇反爾勇伊何爲猶將多爾居徒幾音紀叶居希反何

賦也何人斥讒人也此必有所指矣賤而惡之故爲不知其姓名而曰何人也斯語辭也水草交謂之麋三山李氏曰左氏所謂孟諸之麋是也拳力階梯也骭音限瘍音羊爲微腫足爲尰孔氏曰郭璞云骭脚脛也瘍瘡也膝脛之下有瘡腫是涉水所爲猶謀將大也○言此讒人居下濕之地雖無拳勇可以爲亂而讒口交鬬專

爲亂之階梯。又有微尰之疾。亦何能勇哉。而爲讒謀則大且多如此。是必有助之者矣。然其所與居之徒衆。幾何人哉。言亦不能甚多也華谷嚴氏曰。卒章斥讒人而賤惡之也。○慶源輔氏曰。東萊以爲非特賤之。且言其本亦易驅除。特王不悟耳者是也。四章五章。言讒言之本不難辨。讒人之本不難除也

巧言六章章八句

以五章巧言二字名篇

彼何人斯。其心孔艱。叶居銀反胡逝我梁。不入我門。叶眉貧反伊誰云從。維暴之云

賦也。何人。亦若不知其姓名也。孔。甚。艱。險也。我。舊說以

爲蘇公也。暴。暴公也。皆畿内諸侯也○舊說暴公爲卿士而譖蘇公。故蘇公作詩以絶之。然不欲直斥暴公。故但指其從行者而言。彼何人者。其心甚險。胡爲往我之梁而不入我之門乎。既而問其所從。則暴公也。夫以從暴公而不入我門。則暴公之譖已也明矣。但舊說於詩無明文可考。未敢信其必然耳慶源輔氏曰。彼何人斯。其心孔艱。責之也。而不爲已甚之辭。胡逝我梁。不入我門。疑之也。而猶有望之之意。伊誰云從。維暴之云。始明言之。而其情既不得而遁。然亦無忿懟之辭也。可謂忠厚矣

○二人從行。誰爲此禍。胡果反胡逝我梁。不入唁我。始者不如今。云不我可

賦也。二人。暴公與其徒也。唁弔失位也。○言二人相從而行。不知誰譖已而禍之乎。既使我得罪矣。而其逝我梁也。又不入而唁我。汝始者與我親厚之時。豈嘗如今。不以我爲可乎　慶源輔氏曰。雖已明知其人之譖已。而猶爲不知之辭曰。二人從行。誰人譖我而爲此禍。今乃逝我之梁。而不入唁我乎。大抵讒人者。自是無面目以見人。然其所以自解者。則必曰。我之所以不見此人者。以此人之不足見也。故詰之曰。爾始者與我親厚之時。豈嘗如今不以我爲可乎

○彼何人斯。胡逝我陳。我聞其聲。不見其身。不愧于人。不畏于天　叶鐵因反

賦也。陳。堂塗也。堂下至門之徑也　廬陵李氏曰。其北當階。其南接門內霤也

○在我之陳。則又近矣。聞其聲而不見其身。言其蹤跡

之詭秘也。不愧于人。則以人爲可欺也。天不可欺。女獨不畏于天乎。奈何其譖我也

慶源輔氏曰。知其逝我梁逝我陳。是聞其聲。而不入見我。是不見其身。故因其實而言之。又以見蹤跡之詭秘。是以人爲可欺也。人或可欺。而天其可欺乎。爾獨不畏于天而譖我如是也。古人責人。往往至天而極。如雨無正。所謂胡不相畏。不畏于天。亦是意也

○彼何人斯。其爲飄風。叶孚愔反 胡不自北。胡不自南。叶尼心反 胡逝我梁。祇音支 攪交卯反 我心

賦也。飄風。暴風也。攪。擾亂也 ○言其往來之疾。若飄風然。自北自南。則與我不相值也。今則逝我之梁。則適所以攪亂我心而已

○爾之安行。亦不遑舍。叶商居反 爾之亟紀力反 行。遑脂爾車。壹

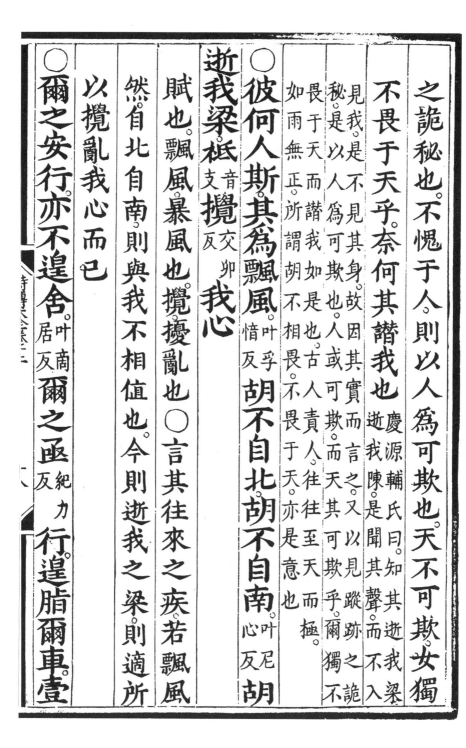

者之來云何其盱況于反
賦也。安。徐。遑。暇。舍。息。亟。疾。盱。望也。字林云。盱。張目也。易曰盱豫悔豫六三爻本義曰。盱。上視也。陰不中正而近於四。故六三上視於四。而下溺於豫。宜有悔者也三都賦云。盱衡而誥是也安成劉氏曰。左太沖魏都賦云。魏國先生乃盱衡而誥。注。盱。張目也。眉上曰衡。謂舉眉揚目也。誥。告也○言爾平時徐行。猶不暇息。而況亟行。則何暇脂其車哉。今脂其車。則非亟也。乃託以亟行而不入見我。則非其情矣。何不一來見我。如何使我望汝之切乎

○爾還而入我心易以豉反。叶以支反也。還而不入否難知也。壹者之來俾我祇也

賦也。還，反。易，說。祇，安也。○言爾之往也，既不入我門矣，儻還而入，則我心猶庶乎其說也。還而不入，則爾之心我不可得而知矣。何不一來見我，而使我心安乎。三山李氏曰：亦以見讒譖之人，愧不敢來也。董氏曰：是詩至此，其詞益緩，若不知其爲譖矣。

○伯氏吹壎，況袁反。仲氏吹篪。音池。及爾如貫，諒不我知。出此三物，以詛爾斯。側助反。叶先齎反。

賦也。伯仲，兄弟也。俱爲王臣，則有兄弟之儀矣。樂器，土曰壎，大如鵝子，銳上平底，似稱錘，六孔。孔氏曰：壎，周禮小師職作塤，古今字異耳。注云燒土爲之。竹曰篪，長尺四寸，圍三寸，七孔。一孔上出，徑三分。凡八孔。橫吹之。如貫。如繩之貫物也。言相連屬。音燭也。諒誠也。三物。犬豕雞也。刺其血以詛盟也孔氏曰。詛小於盟。左傳襄公十一年。季武子作三軍。盟諸僖閎。詛諸五父之衢。定公六年。既逐陽虎。盟國人於亳社。詛諸五父之衢。○臨川王氏曰。三物。如鄭莊公令出雞犬豭以詛射潁考叔者。毛遂取雞狗馬之血以盟也。蓋古盟詛如此○伯氏吹壎。而仲氏吹篪。言其心相親愛。而聲相應和也。與汝如物之在貫。孔氏曰。與汝義如兄弟。和如壎篪。勢相次比。如物之相貫。豈誠不我知而譖我哉。苟曰誠不我知。則出此三物。以詛之可也

○爲鬼爲蜮。音域則不可得。有靦土典反面目。視人罔極。作此好歌。以極反側

賦也。蜮。短狐也。江淮水皆有之。能含沙以射水中人影。其人輒病。而不見其形也孔氏曰。蜮如鱉三足。陸璣云。一名射影。含沙射影。其瘡如疥○埤雅曰。有長角橫在口前如弩檐。臨其角端。曲如上弩。以氣爲矢。因水勢以射人。俗呼水弩。鵝能食之靦面。見人之貌也。好。善也。反側。反覆不正直也○言汝爲鬼爲蜮。則不可得而見矣。女乃人也。靦然有面目。與人相視。無窮極之時。豈其情終不可測哉。是以作此好歌。以究極爾反側之心也臨川王氏曰。作此詩將以絕之。而曰好歌者。有欲其悔悟之心焉爾

何人斯八章章六句

此詩與上篇文意相似。疑出一手。但上篇先刺聽

者。此篇專責讒人耳。王氏曰。暴公不忠於君。不義於友。所謂大故也。故蘇公絶之。然其絶之也。不斥暴公。言其從行而已。不著其譖也。示以所疑而已。既絶之矣。而猶告以壹者之來。俾我祇也。蓋君子之處已也忠。其遇人也恕。使其由此悔悟。更以善意從我。固所願也。雖其不能如此。我固不爲已甚。豈若小丈夫然哉。一與人絶。則醜詆固拒。唯恐其復合也。

萋七西反兮斐孚匪反兮。成是貝錦。彼譖人者。亦已大音泰甚食荏反比也。萋斐。小文之貌。貝。水中介蟲也。有文彩似錦。孔氏曰。錦而連貝。故知爲貝之文。其文彩之異。小大之殊甚衆。古者貨貝是也。○埤雅曰。錦文如貝謂之貝錦。貝中肉如科斗而有首尾。以其背用謂之貝。貝背也。○時有遭讒而被宮刑爲巷伯者作此詩。鄭氏曰。宮者割其勢。若今宦者也。言因萋斐之形。而文致之以成貝錦。以比讒人者。因人之小過而飾成大罪也。彼爲是者。亦已大甚矣。

○哆昌者反兮侈尺是反兮成是南箕。彼譖人者。誰適丁歷反。下同與謀。叶謨悲反

比也。哆侈。微張之貌。南箕四星。二爲踵。二爲舌。安成劉氏曰。即箕星也。常見於南方。故謂南箕。其踵狹而舌廣。則大張矣。適。主也。誰適

與謀言其謀之闕也豐城朱氏曰。萋斐以成貝錦。俞讒人者。能因細小而飾成大罪也。哆侈以成南箕。俞讒人者。能因疑似而構成實罪也。始則以小而成大。終則以虛而爲實。此讒人者。所以能傾人之家國也

○緝緝七立反翩翩音篇。叶批賓反謀欲譖人。愼爾言也。謂爾不信叶斯人反

賦也。緝緝。口舌聲。或曰緝緝。人之罪也。或曰有條理貌。皆通。翩翩。往來貌。華谷嚴氏曰。讒人情狀。接續增益。緝緝然如女之績。往來輕飄。翩翩然如鳥之飛。相與經營。謀爲讒譖而已譖人者自以爲得意矣。然不愼爾言。聽者有時而悟。且將以爾爲不信矣

○捷捷幡幡芳煩反。叶芬邅反謀欲譖言。豈不爾受。旣其女遷音汝

賦也。捷捷、儇血平聲利貌。幡幡、反覆貌。王氏曰：上好譖，則固將受女。然好譖不已，則遇譖之禍亦既遷而及女矣。華谷嚴氏曰：汝能譖人，人亦能譖汝。其禍將遷及汝矣。曾氏曰：上章及此皆忠告之詞。慶源輔氏曰：愼爾言也，謂爾不信，自譖者而言也。豈不爾受？既其女遷，自聽者而言也。皆所必至之理。故以之忠告於爲譖者，庶乎其知所畏而不敢肆耳。

○驕人好好，勞人草草。蒼天蒼天，叶鐵因反視彼驕人，矜此勞人。

賦也。好好，樂也。草草，憂也。驕人，譖行而得意。勞人，遇譖而失度。其狀如此。新安胡氏曰：王氏云：蒼天蒼天，蓋以王之不明，無所告愬而告之於天也。○慶源輔氏曰：視彼驕人，庶乎有以抑遏沮止之也。矜此勞人，庶乎有以扶持安之也。

○彼譖人者。叶掌與反誰適與謀。叶滿補反取彼譖人投畀豺土皆反虎。豺虎不食。投畀有北。有北不受。叶承呪反投畀有昊。叶許候反

賦也。再言彼譖人者。誰適與謀者。甚嫉之。故重言之也。或曰。衍文也。投。棄也。說文曰。豺。狼屬。狗聲。北。北方寒涼不毛之地也。安成劉氏曰。窮北之地多寒。不生草木五穀。投棄讒人於彼。使凍饑之也。不食。不受。言讒譖之人。物所共惡也。昊。昊天也。投畀昊天。使制其罪。○此皆設言以見欲其死亡之甚也。故曰。好賢如緇衣。惡惡如巷伯。埤雅曰。豺虎以殺爲性。則宜無所不食。有北以載爲德。則宜無不受者。今曰不食不受。且付昊天。使制其罪。則惡之甚也。○東萊呂氏曰。記緇衣云。好賢如緇衣。惡惡如巷伯。則爵不瀆而民愿。刑不試而民咸服。○西山眞氏曰。讒人爲害至深。故詩人疾之亦甚。舜之治四凶也。以禦魑魅。而大學於不仁之

人。欲屛諸四夷。詩人之情亦若是也。

○楊園之道。猗於綺反于畝丘。叶法奇反寺人孟子。作爲此詩。凡百君子。敬而聽之。

興也。楊園。下地也。猗。加也。畝丘。高地也。寺人。內小臣。蓋以讒被宮而爲此官也。安成劉氏曰。周禮天官寺人之官凡五人。寺之言侍也。侍王於路寢。而掌王之內人。及女宮之戒令。蓋奄人也。孟子。其字也。○楊園之道。而猗于畝丘。以興賤者之言。或有補於君子也。蓋譖始於微者。而其漸將及於大臣。故作詩使聽而謹之也。劉氏曰。其後王后太子及大夫。果多以譖廢者。慶源輔氏曰。譖始於微者。進而嘗之也。君若受之。則譖者之氣益壯而心益大。末流之禍豈止及其大臣而已哉。雖王后太子。或有所不免。故曁讒必折其芽。辨於微小可也。然非明且遠者不能焉○董氏曰。幽王之世。大臣傷於讒者如蘇公。小臣傷於讒如寺人孟子。則上下其得以免乎○安成劉氏曰。劉氏此言。蓋從小序以此爲幽王時詩也。集傳既引其說。而未嘗明言其爲幽王詩。讀者當自得之

巷伯七章四章章四句一章五句一章八句一章六句定宇陳氏曰。巧言何人斯巷伯三篇。其述讒言之禍。與讒人之情狀。可謂極矣

巷是宮內道名。秦漢所謂永巷是也安成劉氏曰。三輔黃圖云。永。長也。宮中之長巷。幽閉宮女之有罪者。武帝時改爲掖庭。周宣王姜后嘗待罪永巷。是也伯。長也。主宮內道官之長。即寺人也。故以名篇。曹氏曰。巷者。內人之所居。伯者。長也。其官爲寺人而職掌永巷。故稱巷伯焉班固司馬遷贊云。迹其所以自傷悼小雅巷伯之倫。其意亦謂巷

伯本以被譖而遭刑也。而楊氏曰。寺人內侍之微者。出入於王之左右。親近於王而日見之。宜無間之可伺矣。今也亦傷於讒。則疏遠者可知。故其詩曰凡百君子。敬而聽之。使在位知戒也。其說不同。然亦有理。姑存於此云

習習谷風。維風及雨。將恐(丘勇反)將懼。維予與女。(音汝)將安將樂。(音洛)女轉棄予。(叶演女反)

興也。習習。和調貌。谷風。東風也。將。且也。恐懼。謂危難憂患之時也。○此朋友相怨之詩。故言習習谷風。則維風及雨矣。將恐將懼之時。則維予與女矣。奈何將安將樂

而安轉棄予哉

○習習谷風。維風及頹。徒雷反 將恐將懼。寘之豉反予于懷。叶胡隈反將安將樂。棄予如遺。叶夷回反

興也。頹。風之焚輪者也。孔氏曰。迴風從上下曰頹 寘與置同。置于懷親之也。如遺。忘去而不復存省也。疊山謝氏曰。寘予于懷。是進人若將加諸膝。棄予如遺。是退人若將墜諸淵

○習習谷風。維山崔徂回反嵬。五回反 無草不死。無木不萎。叶於回反忘我大德。思我小怨。叶韻未詳

比也。崔嵬。山巔也 ○習習谷風。維山崔嵬。則風之所被者廣矣。然猶無不死之草。無不萎之木。況於朋友。豈可

以忘大德而思小怨乎。或曰興也慶源輔氏曰。大德。謂朋友之義。出於天者。小怨。謂懟語忿色。生於人者。忘大德思小怨。必是當時人有如此實事。故末章因風以爲比而明言之。以戒其不可如是也。或以爲興者。拘於例耳。然不若以爲比之是也

谷風三章章六句藍田呂氏曰。急則相求。緩則相棄。恩厚不知。怨小必記。皆小人之交也

蓼蓼音六者莪五河反匪莪伊蒿呼毛反哀哀父母生我劬勞

比也。蓼。長大貌。莪。美菜也。蒿。賤草也華谷嚴氏曰。莪。蘿蒿也。蒿。草中之高者也。管子云。嘉穀不生而蓬蒿蔟藜秀○人民勞苦。孝子不得終養而作此詩。言昔謂之莪。而今非莪也。特蒿而已。以比父母生我以爲美材。可賴以終其身。而今乃不得其養以死。於

是乃言父母生我之劬勞而重自哀傷也

○蓼蓼者莪匪莪伊蔚（音尉）哀哀父母生我勞瘁（以醉反）

比也蔚牡菣（音僅）也三月始生七月始華如胡麻華而紫赤八月爲角似小豆角鋭而長（華谷嚴氏曰一名馬薪蒿蒿之尤麤大者也）瘁病也

○缾之罄矣維罍之恥鮮（息淺反）民之生不如死之久（叶舉里反）矣無父何怙無母何恃出則銜恤入則靡至

比也缾小罍大皆酒器也罄盡鮮寡恤憂靡無也○言缾資於罍而罍資缾猶父母與子相依爲命也故缾罄矣乃罍之恥猶父母不得其所乃子之責（安成劉氏曰以缾比父母

以罍比子。但取其相資之義，而不取義於缾罍之小大也。如左傳昭公二十四年，鄭子大叔引此而曰：王室之不寧，晉之恥也。以缾喻周，以罍喻晉，亦不取小大之義也。所以窮獨之民，生不如死也。蓋無父則無所怙，無母則無所恃，是以出則中心銜恤，入則如無所歸也。慶源輔氏曰：玩此四句，真能道孝子之情，非身履而親歷之，不知其味也。

○父兮生我，母兮鞠我。拊音撫我畜喜六反我，長丁丈反我育我。顧我復我，出入腹我。欲報之德，昊天罔極。

賦也。生者，本其氣也。鞠、畜，皆養也。拊，拊循也。長樂劉氏曰：防其驚也，則拊之。育，覆育也。孔氏曰：謂其寒暑，或身休嫗之，覆近而愛育之。顧，旋視也。孔氏曰：謂去之而反顧也。復，反覆也。丘氏曰：不能暫捨也。腹，懷抱也。孔氏曰：謂置之於懷抱。罔無極窮也○言父母之恩如此。疊山謝氏曰。此章形容父母愛子之心盡之矣。生我。如天之生物也。鞠我。如地之養物也。拊者。撫厚其身體。察其肥瘠。憂其疥癬也。畜者。謹其出入。察其起居。藏之堂奧之中。不敢縱之門庭之外。惟恐其病疾也。長者。如南風之長養萬物。調和其身體。滋養其血氣。日夜望其長大。育者。如易曰育德。孟子曰。教育英才。涵養其德性。發舒其志氣。開導其聰明。日夜望其成人也。顧者父母行而兒不隨。則回顧之也。復者。兒行而父母不隨。則追喚之也。腹者。懷抱於腹間也。父母有所往將出門。懷抱其子而未忍捨。父母自外歸既入門。懷抱其子。而未肯置。人能深思九字之義。必不忘父母之恩矣欲報之以德。而其恩之大。如天無窮。不知所以爲報也慶源輔氏曰。此章則賦父母之恩。末乃嘆其如天之無窮。無物可以爲報之意。故嘗爲之說曰。臣之於君。其忠有盡子之於親。其孝無窮

○南山烈烈。飄風發發。民莫不穀。我獨何害叶音曷

興也。烈烈。高大貌。發發。疾貌。穀。善也○南山烈烈。則飄風發發矣。民莫不善。而我獨何爲。遭此害也哉華谷嚴氏曰。孝子念親之沒。瞻南山之烈烈。感飄風之發發。觸目皆悲傷也。故嘆民莫不得以養其父母。我獨何爲遭此害而不得終養乎

○南山律律。飄風弗弗。叶分聿反民莫不穀。我獨不卒

興也。律律。猶烈烈也。弗弗。猶發發也。卒。終也。言終養也慶源輔氏曰。我獨何爲而遭此害也哉。我獨何爲而不得養也哉。此兩句最宜玩。蓋末後方及其所以不得終養之意

蓼莪六章。四章章四句。二章章八句

晉王裒以父死非罪。廬陵羅氏曰。魏嘉平四年。詔司馬昭爲監軍攻吳。吳諸葛

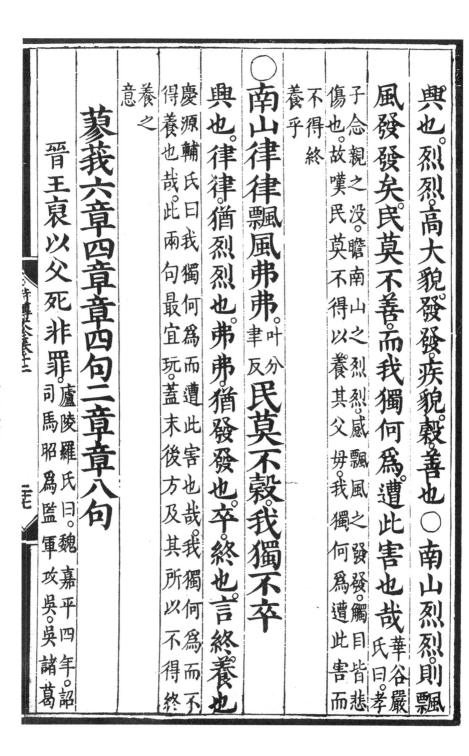

恪敗之。死者數萬人。昭問曰。今日之事。誰任其咎。
司馬王儀對曰。責在元帥。招怒曰。司馬欲委罪於
孤耶。遂斬之。子裒痛父非命。隱居教授。三徵七辟
皆不就。廬于墓側。旦夕常至墓所。拜跪悲號。讀詩
至此。三復流涕。後司馬昭子炎簒魏爲
晉。裒終身未甞西向而坐。以示不臣 每讀詩至
哀哀父母。生我劬勞。未甞不三復流涕。受業者爲
廢此篇。詩之感人如此 慶源輔氏曰。先生載王裒
一事。以見詩之感人如此。
必如是然後爲善讀詩也。以至解頤手舞足蹈皆
實有是理。但患人不善讀耳。○永嘉陳氏曰。此詩
孝子行役。而喪其親者之所作。其詞深而切。○三
山李氏曰。凱風。母不安其室之詩也。小弁。太子見
棄之詩也。蓼莪。孝子不得終養之詩也。故其咎責
怨慕哀痛如此。苟不爲母所棄。不爲父所逐。不困
於行役而得終養。則其歡欣可知矣。觀詩者當以
此類求之。○豐城朱氏曰。孝子行役。不得以養其
父母。而形於嗟詠者。如陟岵鴇羽皆是也。而蓼莪
之詩。獨使人誦之者。流涕嗚咽而不能止。何也。曰

陟岵鴇羽。思念於父母尚存之日。蓼莪之詩。感傷於父母既沒之後。父母尚存。則雖曠廢於今日。而猶幸來日之可繼也。則是猶有望也。若父母之既沒。容貌之不可以復見。音響之不可以復聞。雖有甘旨輕暖。無所奉之也。念生育之艱。思顧復之勤。罔極之恩。既不可得而報。則無涯之悲。亦孰得而止之也。此蓼莪之所以作也。噫彼父母俱存者。猶未知是詩之悲也。若父母既沒。誦是詩而不三復流涕者。是亦非人子也

有饛音蒙簋音軌飧音孫。有捄音求棘匕。必履反周道如砥之履反。其直如矢。君子所履。小人所視。叶善止反睠音眷言顧之。潸所奸反焉出涕音體

興也。饛。滿簋貌。飧。熟食也。孔氏曰。禮。簋盛黍稷。捄。曲貌。棘匕。以棘爲匕。所以載鼎肉而升之於俎也。儀禮特牲注曰。匕用棘心。○孔氏曰。雜記

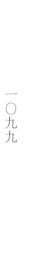

云。七用桑。長三尺。吉禮則用棘砥。礪石。言平也。矢言直也。君子在位履。行。小人。下民也。睠反顧也。潸涕下貌○序以爲東國困於役而傷於財。譚大夫作此以告病。孔氏曰。譚國在京師之東言有饛簋飧。則有捄棘匕。周道如砥。則其直如矢。是以君子履之。而小人視焉。今乃顧之而出涕者。則以東方之賦役。莫不由是而西輸於周也慶源輔氏曰。周道只道路之道。與下章周行一意。故集解以爲東方之賦役。莫不由是而西輸於周。是即指道路而言也。然以上四句正直履視之義觀之。則又似指周之王道而言。豈本意只是指道路而言。而其中亦含此意耶

○小東大東。叶都即反杼直呂反柚音逐其空。叶枯郎反糾糾葛屨。可以履霜。佻佻徒彫反公子。行彼周行。叶戶郎反既往既來。叶六直反使我

心疚〔叶訖力反〕

賦也。小東大東東方小大之國也。自周視之則諸侯之國皆在東方。杼持緯〔音渭〕者也。〔曹氏曰梭也〕柚受經者也。空盡也。佻輕薄不奈勞苦之貌。公子諸侯之貴臣也。周行大路也。疚病也。○言東方小大之國。杼柚皆已空矣。至於以葛屨履霜。而其貴戚之臣。奔走往來。不勝其勞。使我心憂而病也〔慶源輔氏曰。糾糾葛屨。可以履霜。舉其甚者言之也。以葛屨履霜。則冬裘之不備可知矣。既往既來。則言其來往之不一也。周道一也。方其盛時。君子履之。而小人視焉。及其衰也。公子行之。而人心病焉。時移事變。而人心所感不同如此〕

○有洌〔音列〕氿〔音軌〕泉。〔叶才勻反〕無浸穫薪。契契〔苦計反〕寤歎。哀我憚

丁佐反人。薪是穫薪。尚可載叶節力反也。哀我憚人。亦可息也

興也。冽。寒意也。側出曰氿泉。穫。艾也。契契。憂苦也。憚。勞也。尚。庶幾也。載。載以歸也。○蘇氏曰。薪已穫矣。而復漬之則腐。民已勞矣。而復事之則病。故已艾則庶其載而畜之。已勞則庶其息而安之。慶源輔氏曰。上兩章既言傷於財。故此章推本其困於役而言之耳

○東人之子。職勞不來音賚叶六直反西人之子。粲粲衣服叶蒲北反

舟人之子。熊羆是裘叶渠之反私人之子。百僚是試叶申之反

賦也。東人。諸侯之人也。職。專主也。來。慰撫也。西人。京師人也。粲粲。鮮盛貌。舟人。舟楫之人也。熊羆是裘。言富也。

私人。私家皁隸之屬也。僚。官。試。用也。舟人。私人。皆西人也。○此言賦役不均。羣小得志也。三山李氏曰。此章言東人之勞。西人之逸。小人得志。綱紀敗壞。無復王室之舊也。

○或以其酒。不以其漿。鞙鞙胡犬反佩璲。音遂不以其長。維天有漢。監古暫反亦有光。跂丘豉反彼織女。終日七襄。

賦也。鞙鞙。長貌。璲。瑞也。鄭氏曰。佩璲者。以瑞玉爲佩。漢。天河也。孔氏曰。漢水之精也。氣發而升。精華浮上。宛轉隨流。名曰天河。一曰雲漢。跂。隅貌。織女。星名。在漢旁。三星跂然如隅也。東陽許氏曰。織女三星。鼎足而成三角。在天市垣北。七襄。未詳。傳曰。反也。箋云。駕也。駕謂更其肆也。蓋天有十二次。日月所止舍。所謂肆也。經星一晝一夜。左旋一周而有餘。則終日之間。自卯至酉。當更七次也。孔氏曰。在天爲次，在地爲辰。星之行。晝夜雖各六辰。數者舉其終始。故七。即自卯至酉也。○安成劉氏曰。日月五星爲緯。其餘皆爲經星。經星周布。與天爲體。所謂經星一晝夜左旋一周天而有餘者。即天之旋一周而又過一度者也。然周天十二次。一晝夜十二時。則一時當歷一次。故終其晝日之間。自卯至酉凡七時。織女星當歷七次也○言東人或饋之以酒。而西人曾不以爲漿。東人或與之以鞙然之佩。而西人曾不以爲長。維天之有漢。則庶乎其有以監我。廬陵歐陽氏曰。言我民困矣。天之雲漢有光。亦能下降我民乎。其不言日月之明。而言雲漢之光者。謂不能下監也而織女之七襄。則庶乎其能成文章以報我矣。無所赴愬而言。惟天庶乎其恤我耳。慶源輔氏曰。侯邦供王賦役。固其職也。然爲王者當有以體恤之。不敢易視而輕用之可也。觀禹貢之底慎財賦。無逸之惟正之供。則必不至於易視而輕用之矣。今也東國財力俱困。而饋西人以酒。則視之曾不如漿。與之以鞙然之佩。則視之曾不以爲長。易視之如此。則輕用之必矣。此東國之所以怨病而怨之於天也。○豐城朱氏曰。酒之厚而不以爲漿。佩之鞙鞙而不以爲長。其出之也甚艱。其視之也甚賤。蓋其意氣驕溢類如此。然則貧富勞逸之不均。吾將曷怨哉。亦惟怨之於天而已。漢之有光。其亦能監視我也耶。織女之七襄。其亦能成文章以報我也耶。其詞之婉而不迫如此。詩之忠厚。亦可見矣

○雖則七襄。不成報章。睆華板反彼牽牛。不以服箱。東有啓明。叶謨郎反西有長庚。叶古郎反有捄天畢。載施之行。戶郎反

賦也。睆。明星貌。牽牛。星名。爾雅曰。何鼓謂之牽牛何胡可反服。駕也。箱。車箱也。孔氏曰。兩較之間謂之箱。是車内容物之處較音角啓明。長庚。皆金星也。以其先日而出。故謂之啓明。以其後日而入。故謂之長

庚。毛氏曰。庚。續也○長樂劉氏曰。金星朝在東。所以啓日之明。夕在西。所以續日之長蓋金水二星。常附日行。而或先或後。但金大水小。故獨以金星爲言也安成劉氏曰。金水附日。而行無定在。或一在日先。一在日後。或俱在日先。或俱在日後。金星行在日後。則晨見而昏不見。行在日先。則昏見而晨又不見也天畢。畢星也。狀如掩兔之畢。行。行列也○言彼織女。不能成報我之章。牽牛不可以服我之箱。而啓明長庚天畢者。亦無實用。但施之行列而已。廬陵歐陽氏曰。雖有織女。不能爲我織而成章。雖有牽牛。不能爲我駕車而輸物。雖有啓明長庚。不能助日爲晝。俾我營作。雖有天畢。不能爲我掩捕鳥獸至是則知天亦無若我何矣

○維南有箕。不可以簸波我反揚。維北有斗。不可以挹音揖酒

漿。維南有箕。載翕其舌。許急反維北有斗。西柄之揭音許

賦也。箕斗二星。以夏秋之間見於南方。安成劉氏曰。六七月間見於南方者。指當時昏見爲言也云北斗者。以其在箕之北也安成劉氏曰。此謂南斗。即上文夏秋之間。見南方者也或曰。北斗。常見不隱者也。翕。引也。舌。下二星也。南斗柄固指西。若北斗而西柄。則亦秋時也董氏曰。箕。其踵似箕。且有舌。斗。其方如斗。且有柄。箕四星。二爲踵。二爲舌。踵狹而舌廣。故曰翕。斗四星爲斗。三星爲柄○言南箕既不可以簸揚糠粃。北斗既不可以挹酌酒漿。三山李氏曰。古人多以箕斗爲虛名。蓋此數星皆人間器用之物。有名而無實。故以爲喻而箕引其舌。反若有所吞噬。斗西揭其柄。反若有所挹取於東。是天非徒無若我何。乃亦若助西人而見困。甚怨之

詞也盧陵歐陽氏曰。自維天有漢以下。皆述譚人仰訴於天之詞。其意言我譚人。困於供億。取資於地者。皆已竭矣。欲取於天。又不可得也。末言箕斗。非徒不可用。箕反若有所噬。斗反若有所挹取於東。是皆怨諷之詞也。○慶源輔氏曰。二章三章以下。文意奇逸。其詞雖若闊踈。而意脉實相連屬。作此詩者。非唯怨得其正。其亦老於文墨者歟

大東七章章八句

四月維夏叶後五反六月徂暑。先祖匪人。胡寧忍予叶演女反

興也。徂。往也。四月六月。亦以夏正數之。建巳建未之月也。○此亦遭亂自傷之詩。言四月維夏。則六月徂暑矣。我先祖豈非人乎。何忍使我遭此禍也。無所歸咎之詞也

○秋日淒淒。十西反百卉許貴反具腓。芳菲反亂離瘼音莫矣爰家語作奚其適歸

興也。淒淒。涼風也。卉。草。腓。病。離。憂。瘼。病。奚。何。適。之也。○秋日淒淒。則百卉俱腓矣。亂離瘼矣。則我將何所適歸乎哉東萊呂氏曰。秋日冬日。猶云秋時冬時也

○冬日烈烈。飄風發發。民莫不穀。我獨何害叶音曷

興也。烈烈。猶栗烈也。發發。疾貌。穀。善也三山李氏曰。天下莫不被害。乃云民莫不善者。此據作詩者之言也○夏則暑。秋則病。冬則烈。言禍亂日進。無時而息也華陽范氏曰。言夏秋冬。獨不及春。蓋天氣和暢。萬物發育。治之象也。自古治世少。亂世多。觀四時可知矣。○慶源輔氏曰。此章亦興也。而先生但連上二章爲說。云夏則暑。秋則病。冬則烈。言

禍亂日進。無時而息。如此說。則却似賦體。其不解所以爲興者。蓋此章之說。已見於蓼莪篇矣。○廬陵彭氏曰。天地之運。隨時變遷。四時之景。本無美惡。惟夫歡樂者。遇之則爲美景。憂愁者。觸之則爲惡況。今四月之大夫。夏則苦徂暑之薰灼。秋則悲百卉之凋瘁。冬則傷飄風之迅急。是皆遇景生悲。觸緒增感。其心無一時得以自寬焉。吟咏其詞。可見當時之亂矣

○山有嘉卉。侯栗侯梅。叶莫悲反 廢爲殘賊。莫知其尤。叶于其反

興也。嘉。善。侯。維。廢。變。尤。過也。○山有嘉卉。則維栗與梅矣。錢氏曰。卉。草也。通言之。則草木皆卉也 在位者變爲殘賊。則誰之過哉

○相息亮反 彼泉水。載清載濁。叶殊玉反 我日構禍。曷云能穀

興也。相。視。載。則。構。合也。○相彼泉水。猶有時而清。有時而濁。而我乃日日遭害。則曷云能善乎

○滔滔（吐刀反）江漢。南國之紀。盡瘁以仕。寧莫我有（叶羽已反）

興也。滔滔。大水貌。江漢。二水名。紀。綱紀也。謂經帶包絡之也。瘁。病也。有。識有也。○滔滔江漢。猶爲南國之紀。今也盡瘁以仕。而王何其不我有哉

○匪鶉（徒丸反）匪鳶。（以專反。叶以旬反）翰飛戾天。（叶鐵因反）匪鱣（張連反）匪鮪（于軌反）潛逃于淵（叶一均反）

賦也（慶源輔氏曰。此章本亦興體。但有所託之物。而無所興之辭。故不可謂之興。又有四箇匪字。故亦不可謂之比。而只得以爲賦也）鶉。鵰也（埤雅曰。鵰能食草。似鷹而大。黑色。俗呼爲皇鵰）鳶亦鷙鳥也。其飛上薄雲漢。鱣鮪。大魚也○鶉鳶則能翰飛戾天。鱣鮪則能潛逃于淵。我非是四者。則亦無所逃矣（永嘉

陳氏曰：言雖欲高飛深藏，而不可得也。

○山有蕨薇，隰有杞桋。（音夷）君子作歌，維以告哀。（叶於希反）

興也。杞，枸（音苟）檵（音計）也。（本草曰：枸杞一名地骨。春夏採葉，秋採莖實，冬採根，皆可食）桋，赤楝（音色）也。樹葉細而岐銳，皮理錯戾，好叢生山中，中爲車輞。○山則有蕨薇，隰則有杞桋。君子作歌，則維以告哀而已。（慶源輔氏曰：維以告哀而已。無他事也，則其情切矣）

四月八章，章四句。

小旻之什十篇，六十五章，四百十四句。

詩傳大全卷之十二

詩傳大全卷之十三

北山之什二之六

陟彼北山。言采其杞。偕偕士子。叶奬里反朝夕從事。叶上止反王事靡盬。憂我父母。叶滿彼反

賦也。偕偕。強壯貌。士子。詩人自謂也○大夫行役而作此詩。自言陟北山而采杞以食者。皆強壯之人。而朝夕從事者也。蓋以王事不可以不勤。是以貽我父母之憂耳○鄭氏曰。王事不可以不堅固。故我當盡力勤勞於役。久不得歸。父母思己而憂○安成劉氏曰。此章可見詩人忠孝之心也

○溥音普天之下。叶後五反莫非王土。率土之濱。莫非王臣。大夫

不均。我從事獨賢。叶下珍反

賦也。溥。大。率。循。濵。涯也。○言土之廣。臣之衆。而王不均平。使我從事獨勞也。雙峯饒氏曰。無才者多逸。有才者多勞。以其能任事故也。言凡爲王臣者。皆當任王事。何獨使我爲賢而勞之乎。○疊山謝氏曰。自古君子常任其勞。小人常處其逸。君子常任其憂。小人常享其樂。雖曰役使不均。我獨賢勞。然君子本心。亦不願逸樂也。不斥王而曰大夫。不言獨勞。而曰獨賢。詩人之忠厚如此

○四牡彭彭。叶鋪郎反王事傍傍。布彭反叶布光反嘉我未老。鮮息淺反我方將。旅力方剛。經營四方

賦也。彭彭然不得息也。傍傍然不得已也。嘉。善。鮮。少也。以爲少而難得也。將。壯也。旅。與膂同。○言王之所以使

我者善我之未老而方壯旅力可以經營四方耳猶上章之言獨賢也疊山謝氏曰。此詩本爲役使不均。獨勞於王事而作。此章乃曰。天子嘉我之未老。善我之方壯。喜我之旅力方剛。而可以經營四方。故獨見任使。反以王爲知己。忠厚之至也○安成劉氏曰。此章言所以從事獨賢之意

○或燕燕居息或盡瘁事國叶越逼反或息偃在牀或不已于行叶戶郎反

賦也燕燕安息貌瘁徂醉反病已止也○言役使之不均也下章放此慶源輔氏曰。此章而下。則方言其不均之實。然亦不過以其勞逸者對言之。使上之人自察耳。但言之重。辭之復。則其望於上者亦切矣。詩可以怨。謂此類也○安成劉氏曰。以下三章凡十二句爲偶。皆以他人之逸樂對已之憂勞。所以形容不均之意

○或不知叫號（戸刀反）或慘慘（七感反）劬勞或栖（音西）遲偃仰或王事鞅（於兩反）掌

賦也不知叫號深居安逸不聞人聲也鞅掌失容也言事煩勞不暇爲儀容也

○或湛（都南反）樂飲酒或慘慘畏咎（巨九反）或出入風（音諷）議（叶魚羈反）或靡事不爲

賦也咎猶罪過也出入風議言親信而從（七恭反）容也慶源輔氏曰燕安也重言之見安之甚也或燕燕而自居於休息或盡瘁而力爲國事或息偃在牀以自逸或不已於行以自苦或深居而不接人聲或憂慘而自極劬勞或栖遲於家而偃仰自適或煩勞於國而儀容不整或躭樂飲酒以自樂或慘慘畏咎以自憂或出入風議而親近從容或靡事不爲而疏遠勞勤

北山六章。三章章六句。三章章四句。三山李氏曰。孔子云。公則說。若不均。則雖征役未甚勞苦。而人亦怨矣。觀大東之詩。則有粲粲衣服者。有葛屨履霜者。北山之詩。則有息偃在牀者。有不已於行者。則天下安得而說服哉。○新安胡氏曰。補傳云。大東言賦之不均。北山言役之不均。

無將大車。祇音支自塵兮。無思百憂。祇自疧劉氏曰。當作疷。與痻同。眉貧反兮。

興也。將。扶進也。大車。平地任載之車。駕牛者也。祇。適。疧。釋文都禮反病也。○此亦行役勞苦而憂思者之作。言將大車。則塵污之。思百憂。則病及之矣。慶源輔氏曰。夫行役者。進而有王事之期程。唯恐其有不期之悔。退而有家事之多端。唯恐其有意外之虞。所可憂者。固不一而足也。故曰百憂。戒之以

無思者言姑置之勿以爲念可也不然適所以自病而已矣

○無將大車維塵冥冥叶莫迥反無思百憂不出于熲古迥反

興也冥冥昏晦也熲與耿同小明也在憂中耿耿然不能出也

○無將大車維塵雝於勇於容二反兮無思百憂祇自重直勇直龍二反兮

興也雝猶蔽也重猶累也

無將大車三章章四句

明明上天照臨下土我征徂西至于艽音求野叶上與反二月初吉載離寒暑心之憂矣其毒大音泰苦念彼共音恭下章並同人涕

涕零如雨。豈不懷歸。畏此罪罟。音古

賦也。征。行。徂。往也。艽野。地名。蓋遠荒之地也。二月。亦以夏正數色主反之。建卯月也。初吉。朔日也。孔氏曰。君子舉事尚早。故以朔爲吉。周禮正月之吉。亦朔日也。毒。言心中如有藥毒也。共人。僚友之處者也。懷。思。罟。網也。○大夫以二月西征。至于歲暮而未得歸。故呼天而訴之。慶源輔氏曰。明明上天。照臨下土。宜無不察也。故呼而訴之。復念其僚友之處者。且自言其畏罪而不敢歸也。疊山謝氏曰。僚友雖以恭敬自持。然上無明君。下無賢輔。無愛惜善類。不知果能免禍否。所以念之深。至於涕零也。○慶源輔氏曰。言其涉行之遠。歷時之久。故其心之憂。如中藥之毒而甚苦也。共人。即靖共爾位之僚友也。僚友不一而足。有出者。有處者。宜也。已之征役。固勞苦矣。然以其所謂罪罟譴怒蹙急反覆觀之。則僚友之處者。亦豈有樂事哉。此所以思之而涕零如雨。又自言我亦豈不懷歸而相與共事哉。正以畏不測之罪。而不敢歸爾。罪罟。言其以罪而加人。如網罟之取物。而物有不及知者也。不言思其室家而欲歸。乃言思其僚友者。善爲辭也。然室家之思。固亦在其中矣

○昔我往矣。日月方除。直慮反 曷云其還。歲聿云莫。音暮 念我獨兮。我事孔庶。心之憂矣。憚丁佐反 我不暇。叶胡故反 念彼共人。睠睠音眷 懷顧。豈不懷歸。畏此譴怒。

賦也。除。除舊生新也。謂二月初吉也。庶。衆。憚。勞也。睠睠。勤厚之意。譴詰戰反 怒。罪責也。○言昔以是時往。今未知何時可還。而歲已莫矣。蓋身獨而事衆。是以勤勞而不暇也。慶源輔氏曰。睠睠懷顧。言己之於僚友。勤厚。睠睠然懷思而顧念之也。譴怒則明言其罪責之及耳。

○昔我往矣日月方奧(於六反)曷云其還政事愈蹙(子六反)歲聿云莫采蕭穫菽心之憂矣自詒伊戚(叶子六反)念彼共人興言出宿豈不懷歸畏此反覆(芳福反)

賦也奧煖(孔氏曰卽春溫亦謂二月也)蹙急詒遺(丁季反)戚憂興起也反覆傾側無常之意也○言以政事愈急是以至此歲暮而猶不得歸(慶源輔氏曰采蕭穫菽則歲莫之事也)又自咎其不能見幾遠去而自遺此憂至於不能安寢而出宿於外也(鄭氏曰夜卧起宿於外憂不能宿於內也○疊山謝氏曰興言出宿又不止於睠睠懷顧矣)

○嗟爾君子無恒安處靖共爾位正直是與神之聽之式穀以女(音汝)

賦也。君子亦指其僚友也。疊山謝氏曰。即所謂共人也。恒常也。靖與靜同。疊山謝氏曰。靖。如自靖自獻之靖。凡事謀之心而安也。共。如溫共朝夕之共。凡事共敬而不敢慢也。君子本共。又勉之以靖共也。與猶助也。穀祿也。以。猶與也○上章既自傷悼此章又戒其僚友曰。嗟爾君子。無以安處爲常。言當有勞時。勿懷安也。當靖共爾位。惟正直之人是助。則神之聽之。而以穀祿與女矣

○嗟爾君子。無恒安息。靖共爾位。好呼報反是正直。神之聽之。介爾景福叶筆力反

賦也。息。猶處也。好是正直。愛此正直之人也。介景皆大也。慶源輔氏曰。居亂朝事暗主。與回邪之人共處。易得隨風而靡。惡直醜正。故戒之以正直是與。好是正直。

則神明所佑而福禄至焉。不必求之於人也

小明五章三章章十二句二章章六句東萊呂氏曰。前三章皆悔仕亂世。厭於勞役。欲安處休息而不可得。故每章有懷歸之嘆。然而知其不可歸矣。故四章遠戒其同列。卒章則又申言之。○新安胡氏曰。此詩豈西征之大夫。寄其僚友之處者乎。○廬陵歐陽氏曰。大雅明明在上。謂之大明。小雅明明上天。謂之小明。自是名篇者。偶爲誌别爾。了不關詩義也。○定宇陳氏曰。此詩因已之久役於外。而思僚友之安處於内者。且於已無賢勞之恨。而謂憂慼之自詒於彼無憎疾之辭。而勉以爲正直之是助。哀而不傷。怨而不怒。視北山之詩。稍庶幾焉。豈賦北山者有父母。故其辭極哀怨。賦小明者已無父母。故其辭頗平和也歟

鼓鐘將將。七羊反淮水湯湯。音傷憂心且傷。淑人君子。懷允不忘

賦也。將將聲也。淮水出信陽軍桐栢山。至楚州漣水軍入海。信陽軍即今汝寧府信陽縣，隸河南。漣水軍即今淮安府安東縣，直隸。湯湯沸騰之貌。淑善。懷思。允信也。○此詩之義未詳。王氏曰。幽王鼓鐘淮水之上。爲流連之樂。久而忘反。聞者憂傷。三山李氏曰。聲之所感。皆因人之哀樂。將亡之政。其民困。故聞其聲以悲。以見樂與政通。而不專係於音也。而思古之君子。不能忘也。慶源輔氏曰。懷允不忘。言其傷今思古。而信不能忘也。

○鼓鐘喈喈。音皆，叶居奚反。淮水湝湝。戶皆反，叶賢鷄反。憂心且悲。淑人君子。其德不回。叶乎爲反。

賦也。喈喈猶將將。湝湝猶湯湯。悲猶傷也。回。邪也。慶源輔氏曰。悲甚於傷。樂所以象德。其德不回。則古之君子。樂與德稱也。

○鼓鐘伐鼛古毛反叶居尤反淮有三洲憂心且妯敕畱反淑人君子其德不猶

賦也鼛大鼓也周禮作皐云皐鼓尋有四尺安成劉氏曰集傳所引周禮考工記韗人文也然地官鼓人又云以鼛鼓鼓役事則字亦作鼛矣注云長丈二尺即尋有四尺也三洲淮上地東萊呂氏曰三洲作詩者賦當時所見也蘇氏曰始言湯湯水盛也中言湝湝水流也終言三洲水落而洲見也言幽王之久於淮上也妯動猶若也言不若今王之荒亂也慶源輔氏曰伐鼛舉樂器之大者言之以見其樂之盛也妯甚於悲謂常動而不息也其德不猶言與今之君子不相似也將將喈喈伐鼛言其樂之盛也湯湯湝湝三洲言其時之久也且傷且悲且妯言其憂之甚也樂之盛作之久也而民心之憂益甚則與古之王者憂民之憂樂民之樂者異矣

○鼓鍾欽欽。鼓瑟鼓琴。笙磬同音。以雅以南。叶尼心反以籥以灼反不僭。子念反叶七心反

賦也。欽欽。亦聲也。磬。樂器。以石爲之。琴瑟在堂。笙磬在下。同音。言其和也。雅。二雅也。南。二南也。籥。籥舞也。僭。亂也。言三者皆不僭也○蘇氏曰。言幽王之不德。豈其樂非古歟。樂則是而人則非也濮氏曰。但時非古之時。聞其樂。祇見其可傷也。孟子告齊宣王者。可以觀矣

鼓鍾四章章五句

此詩之義有不可知者。今姑釋其訓詁名物。而略以王氏蘇氏之說解之。未敢信其必然也新安胡氏曰。歐

公云。鼓鐘序但言刺幽王。不知刺何事。據詩文則是作樂於淮上矣。然旁考詩書史記皆無幽王東巡之事。書曰徐夷並興。蓋自成王時。徐夷及淮夷已皆不爲周臣。宣王時嘗遣將征之。亦不自往。初無幽王東至淮徐之事。然則不得作樂於淮上矣。當闕其所未詳。嚴氏謂古事亦有不見於史。而因經以見者。詩即史也。其論固當。然而詩文亦不明言其爲幽王也。故集傳以爲未詳。又曰未敢信其必然。得之矣。

楚楚者茨。言抽敕留反其棘。自昔何爲。我蓺魚世反黍稷。我黍與與。音餘我稷翼翼。我倉既盈。我庾維億。以爲酒食。以饗以祀。叶逸織反以妥湯果反以侑。音又。叶夷益反以介景福。叶筆力反

賦也。楚楚。盛密貌。茨。蒺藜也。廬陵羅氏曰。蒺藜布地蔓生。細葉。子有三角抽除也。我。爲有田祿而奉祭祀者之自稱也。與與翼翼皆

蕃盛貌。露積如字又音漬曰庾。孔氏曰。甫田言曾孫之庾。如坻如京。是積粟也。故曰露積。周語云。野有庾積十萬曰億。饗獻也。妥安坐也。禮曰詔妥尸禮記郊特牲注曰。尸始入。祝則詔王人拜安尸。使之坐蓋祭祀筮族人之子爲尸廬陵李氏曰。曲禮云。爲人子者。祭祀不爲尸。則尸筮無父者。皆用孫之倫有爵者爲之既奠迎之使處神坐。而拜以安之也儀禮少牢禮曰。祝設几於筵上。祝酌奠。主人西面再拜。祝出迎尸於廟門外。尸入升筵。祝主人皆拜安尸。尸不言答拜遂坐。○廬陵李氏曰。祭統云。君迎牲而不迎尸。別嫌也。尸在廟門外。則疑於臣。在廟則全於君侑勸也。恐尸或未飽。祝侑之曰。皇尸未實也少牢曰。尸告飽。祝獨侑曰。皇尸未實。侑尸又食。主人不言拜侑。尸又三飯介大也。景亦大也○此詩述公卿有田禄者。力於農事。以奉其宗廟之祭問自后稷以農事肇祀。其詩未嘗不惓惓於此。孟子亦曰。禮曰。諸侯耕助。以供粢盛。粢盛不潔。不敢以祭。古之人未有不先成民而後致力於神者。恐不必專指公卿言之。朱子曰。此諸篇在小雅。而非天子之詩。故止得以公卿言之。蓋皆畿內諸侯矣

故言蒺藜之地。有抽除其棘者。古人何乃爲此事乎。蓋將使我於此蓺黍稷也慶源輔氏曰。首四句推本而言。以見其不忘所自也。王氏以爲我倉既盈。則無所藏之。而露積爲庾。其數至億者。是也。然此亦甚言之。以見有餘之意耳故我之黍稷既盛。倉庾既實。則爲酒食以饗祀妥侑。而介大福也豐城朱氏曰。力於農事。所以致其勤也。以奉宗廟。所以致其孝也。惟勤故致力於民者盡。惟孝故致力於神者詳。此古之賢公卿。所以爲不可及也

○濟濟子禮反蹌蹌。七羊反絜爾牛羊。以往烝嘗。或剝或亨。普庚反叶鋪郎反或肆或將。祝祭于祊。補彭反叶補光反祀事孔明。叶謨郎反先祖是皇。神保是饗。叶虛良反孝孫有慶。叶祛羊反報以介福。萬壽無

疆

賦也。濟濟蹌蹌。言有容也慶源輔氏曰。古之祭祀用人甚多。此言濟濟蹌蹌者。謂凡與祭之人。皆有容儀也冬祭曰烝。進品物也秋祭曰嘗。嘗新穀也剥。解剥其皮也。亨。煑熟之也。肆。陳之也眉山蘇氏曰。肆。謂陳其骨體於俎也將。奉音捧持而進之也慶源輔氏曰。剥亨肆將。各有其人。皆蒙濟濟蹌蹌一句祊。廟門內也。孝子不知神之所在。故使祝愽求之於門內待賓客之處也禮記郊特牲曰。索祭祝於祊。不知神之所在。於彼乎。於此乎。注云。索。求神也○安成劉氏曰。門內待賓之處。恐即大門之內。屏墻之外。人君生時所宁立見賓之地。在寢謂之宁。在廟謂之祊。恐其神或在此。故使祝祭於其處也○慶源輔氏曰。王氏云。凡祀裸鬯則求諸陰。焫蕭則求諸陽。索祭祀于祊。則求諸陰陽之間。蓋神無不之。神無不在。求之之備如此孔。甚也。明。猶備也。著也。皇。大也。君也。

慶源輔氏曰，君也者，如府君之謂，所以尊之也。保，安也。神保，蓋尸之嘉號。楚詞所謂靈保，亦以巫降神之稱也。朱子曰：靈保，神巫也。神降而託於巫，巫蓋身則巫而心則神也。今詩中不說巫，當便是尸也。○安成劉氏曰：祖考之神降而安於尸之身，故因以號尸也。孝孫，主祭之人也。慶，猶福也。

○執爨七亂反踖踖，七亦反，叶七略反為俎孔碩。叶常約反或燔音煩或炙，之敕反，叶陟畧反君婦莫莫，音麥，叶木各反為豆孔庶。叶陟畧反為賓為客。叶克各反獻酬市由反交錯，禮儀卒度。叶徒洛反笑語卒獲。叶黃郭反神保是格。叶剛鶴反報以介福，萬壽攸酢。

賦也。爨，竈也。毛氏曰：饔爨、廩爨也。○孔氏曰：饔爨以煮肉，廩爨以炊米。少牢云：饔爨在門東南，北上，廩爨在饔爨之北。踖踖，敬也。俎，所以載牲體也。碩，大也。燔，燒肉也。炙炙肝也。皆所以從獻也。特牲主人獻尸。賓長以肝從。主婦獻尸。兄弟以燔從是也朱子曰。燔者。火燒之名。炙者遠火之稱。以難熟者近火。易熟者遠之。故肝炙而肉燔也○儀禮特牲饋食曰。主人洗爵酌酳尸。賓長以肝從。主婦洗爵酌亞獻尸。兄弟以燔從○孔氏曰。從獻。謂既獻酒。即以此燔炙從之而置之在俎也○廬陵李氏曰。羞肝亦以俎君婦主婦也。莫莫清靜而敬至也臨川王氏曰。執爨。賤者也。賤者踖踖則貴者可知也。君婦尊者也。尊者莫莫。則卑者可知也○慶源輔氏曰。莫莫有冲漠之意。唯清靜而敬之至者。方有此意思。曰君婦者。君即主婦也。又所以尊稱之也豆。所以盛內羞庶羞。主婦薦之也鄭氏曰。二羞所以盡歡心。內羞則酏食糝食。庶羞羊臐豕膮皆有胾醢。酏音移。臐音熏。膮音枵。胾音志○廬陵李氏曰。內羞穀物。庶羞牲物庶多也。賓客筮而戒之使助祭者慶源輔氏曰。爲俎爲豆。爲賓爲客。四爲字之意。皆有爲之之意。故先生解爲賓爲客云筮而戒之使助祭者是也既獻尸而遂與之相獻酬也。主人酌賓曰獻。賓飲主人曰酢。主人又自飲而復飲賓曰酬。賓受之奠於席前而不舉。至旅而後少長相勸而交錯以徧也。安成劉氏曰：特牲主人酳尸。主婦亞獻。賓三獻畢。主人遂酌以獻賓。賓飲獻爵。主人飲酢爵。遂以觶酌于西方之尊以酬賓。又自飲再酌飲賓。賓奠觶于尊南。至旅酬乃舉其觶酬長兄弟。長兄弟遂自飲。更酌于東方之尊以飲長兄弟。長兄弟卒觶酌于西方之尊以飲受旅者。其衆賓及衆兄弟交錯以徧。皆如初儀。交錯。猶東西也。卒。盡也。度。法度也。獲。得其宜也。廬陵李氏曰：笑語得宜者。古者於旅也語。格。來。酢。報也。慶源輔氏曰：禮儀卒度。言其禮儀盡合法度也。笑語卒獲。言其於旅而語之時。其笑語無不得其宜也。此神保之所以來格。介福之所以來報。萬壽之所以來酢也。

○我孔熯而善反矣。式禮莫愆。叶起巾反工祝致告。徂賚孝孫。叶須倫反苾蒲必反芬孝祀。叶逸織反神嗜飲食。卜爾百福。叶筆力反如幾音機如式。既齊既稷。既匡既敕。永錫爾極。時萬時億。

賦也。熯。竭也。善其事曰工。苾芬。香也。卜。予與同也。幾。期也。春秋傳曰易幾而哭是也。式。法。齊。整。稷。疾。匡。正。敕。戒。極。至也。○禮行既久。筋力竭矣。而式禮莫愆。敬之至也。於是祝致神意。以嘏音假主人慶源輔氏曰。徂賚孝孫。鄭氏以爲徂。往也。賚。予也。所以重釋上句致告之義。如言以其所致告者。往而予孝孫也。集傳失解此二字曰。爾飲食芳潔。故報爾以福祿。使其來如幾。其多如法。爾禮容莊敬。故報爾以衆善之極。使爾無一事而不得乎此。慶源輔氏曰。禮容莊敬。解既齊既稷。既匡既敕二句。故報爾以衆善之極。解永錫爾極一句。使爾無一事而不得乎此。解時萬時億一句各隨其事而報之以其類也廬陵李氏曰。工祝致告以下。皆序嘏主人之詞少牢嘏詞少牢曰。主人酳尸。尸酢主人。佐食取黍授尸。尸執以命祝。祝受以東北面嘏主人曰云云曰。皇尸命工祝承致多福無疆于女音汝孝孫注曰承猶傳也來注曰讀曰釐。賜也○廬陵李氏曰。亦若賚女孝孫使女受祿于天。宜稼于田。眉壽萬年勿替引之注曰。引。長也。言無廢止時。長如是也此大夫之禮也安成劉氏曰。牢豕曰少牢。少牢饋食。諸侯之大夫祭禮也。曲禮又曰。凡祭大夫以索牛者。謂天子之大夫也。此詩爲天子公卿之禮。故有絜爾牛羊之文也

○禮儀既備。叶蒲北反鐘鼓既戒。叶訖力反孝孫徂位。叶力入反工祝致告。叶古得反神具醉止。皇尸載起。鼓鐘送尸。神保聿歸。諸宰君婦廢徹叶直列反不遲。諸父兄弟備言燕私。叶息夷反

賦也。戒。告也。慶源輔氏曰。禮儀既備。言其禮之無不舉也。鐘鼓既戒。言其樂之無不奏也。如此。則祭事以畢矣徂位。祭事既畢。主人往阼階下西面之位也。致告。祝傳尸意告利成於主人。言孝子之利養成畢也。少牢曰。主人出立于阼階上西面。祝出西階東面告利成。注曰。利。猶養也。成。畢也於是神醉而尸起。送尸而神歸矣。孔氏曰。尸與神爲節度者也。神無形故尸象焉。少牢曰。告利成畢。祝入。主人降立於阼階東西面。尸遂出於廟門外。○廬陵李氏曰。尸在廟門外則疑於臣。故送迎尸皆以廟門爲斷曰皇尸者。尊稱之也。鼓鐘者。尸出入奏肆夏也。周禮大司樂曰。尸出入奏肆夏。鐘師注曰。先擊鐘。次擊鼓。以奏時邁也鬼神無形。言其醉而歸者。誠敬之至。如見之也。諸宰。家宰。非一人之稱也。廢。去也。鄭氏曰。諸宰徹去諸饌。君婦籩豆而已不遲。以疾爲敬。亦不留神惠之意也。祭畢。既歸賓客之俎。同姓。則留與之燕。以盡私恩。所以尊賓客。親骨肉也安成劉氏曰。儀禮。主人之俎。佐食徹之。尸俎。則佐食徹而有司歸之。賓俎。則有司徹而歸之。祝及兄弟衆賓之俎。則皆自徹而出。拜賓于門外而不敢留。歸賓俎而不敢後。所以尊賓也。主人以胙俎豆籩及尸祝兄弟之庶羞宴族人於堂。主婦以祝豆籩及姑姊妹之俎。宴内兄弟於房。所以親親也

○樂具入奏。叶音族以綏後禄。爾殽既將。莫怨具慶。叶祛羊反既醉既飽。叶補苟反小大稽首。神嗜飲食。使君壽考。叶去九反孔惠孔時。維其盡之。叶子忍反子子孫孫。勿替引之。叶天帝反

賦也。凡廟之制。前廟以奉神。後寢以藏衣冠安成劉氏曰。廟及寢皆南向。廟屋五架。中架以南通謂之堂。以北則分其東西爲房。西爲室。此大夫之制也。室有户牖。户東而牖西。牖

之内爲奥。神位所在也。房之東。室之西。近南各有廂。爾雅所謂室有東西廂曰廟者是也。廟之後。别爲寢以藏祖宗之遺衣冠。祭時則授尸以服之。其寢如廟之制。而無東西廂。爾雅所謂室無東西廂曰寢者是也祭於廟而燕於寢。故於此將燕。而祭時之樂。皆入奏於寢也孔氏曰。上章云備言燕私。此章即言燕私之事。又曰。燕祭不得同樂。而云皆入者。歌詠雖異。樂器則同。故皆入也且於祭既受祿矣。故以燕爲將受後祿而綏之也。爾殽既進。與燕之人。無有怨者。而皆歡慶醉飽。稽首董氏曰。稽首。頭拜至地也而言曰。向者之祭。神既嗜君之飲食矣。是以使君壽考也。又言君之祭祀。甚順甚時。無所不盡董氏曰。内盡禮。外盡物子子孫孫。當不廢而引長之也

楚茨六章章十二句

呂氏曰。楚茨極言祭祀所以事神受福之節。致詳致備。所以推明先王致力於民者盡。則致力於神者詳。觀其威儀之盛。物品之豐。所以交神明。逮羣下。至於受福無疆者。非德盛政脩。何以致之慶源輔氏曰。一章言黍稷既成。爲酒食以祭祖考。二章言絜牛羊以爲牲。求陰陽以備著。三章言俎豆有碩多之實。主婦有靜敬之德。賓客之賢。獻酬之禮。四章言行禮之久。筋力雖竭。而式禮莫愆。祝致神意。以嘏予主人之事。五章言禮樂備舉。祭事既畢。留同姓而燕之事。六章則言燕私之事。而幷載燕者之慶辭也○安成劉氏曰。詩中言濟濟蹌蹌。踖踖莫莫。卒度卒獲。式禮莫愆。齊稷匡敕者。威儀之盛。此德盛所致也。倉庾之積。牛羊之絜。俎豆之碩庶。飲食之苾芬者。物品之豐。此政脩所致也。德與政。儀與物。內外兩盡。而本末兼備。故以之交神明。則爲妥侑。爲烝嘗。以之逮羣下。則爲獻酬。爲燕私。曰萬壽無疆。曰萬壽攸酢。曰卜爾百福。曰以綏後祿所謂受福無疆也。又按周禮樂師之教樂儀。大馭之馭玉路。記玉藻言君子佩玉。皆曰行以肆夏。趨以采薺。或謂采薺。即楚茨也

信彼南山。維禹甸田見反叶徒鄭反之。畇畇音匀原隰。曾孫田叶地因反之。我疆我理。南東其畝。叶滿彼反

賦也。南山。終南山也。甸。治也。畇畇。墾辟音闢貌。孔氏曰。墾耕其地。闢除其萊。以成柔田也曾孫。主祭者之稱。曾。重也。自曾祖以至無窮。皆得稱之也。疆者。爲之大界也。理者。定其溝塗也長樂劉氏曰。疆。謂有夫。有畛。有塗。有道。有路。以經界之也。理。謂有遂。有溝。有洫。有澮。有川。以疏道之也畝。壟音隴也。長樂劉氏曰。其遂東入于溝。則畝南矣。其遂南入于溝。則其畝東矣周禮。土田之制。百畝爲夫。夫間有遂。十夫有溝。遂則深廣各二尺。溝則深廣各

四尺○此詩大指與楚茨畧同。此即其篇首四句之意也

慶源輔氏曰。此詩亦是詩人述公卿有田禄者。力於農事以奉宗廟之祭也 言信乎此南山者本禹之所治董氏曰。雍州之山。荆岐旣旅。終南惇物則禹固治之矣○華谷嚴氏曰。言禹甸之。則平水患。理溝洫。皆在其中○安成劉氏曰。禹平水土。大舜美其功曰。地平天成。萬世永賴。今考於詩尤信也。其見於小雅。則有此詩。大雅則曰。豐水東注。維禹之績。又曰奕奕梁山。維禹甸之。魯頌則曰。纘禹之緒。商頌則曰。禹敷下土方。又曰設都于禹之績。可以見禹功之在人心。可以見人心之知所本也 故其原隰墾闢。而我得田之。於是爲之疆理。而順其地勢水勢之所宜。或南其畝。或東其畝也安成劉氏曰。地之勢東南下。水勢皆趨之。故順其勢以縱爲遂。以横爲溝。而或南其畝。東其畝也○豐城朱氏曰。疆之。所以順地勢之所宜也。理之。所以順水勢之所宜也

○上天同雲。雨（于付反）雪雰雰。（敷云反）益之以霡（亡華反）霂。（音木）既優既渥。（叶烏谷反）既霑既足。生我百穀。

賦也。同雲。雲一色也。將雪之候如此。雰雰。雪貌。霡霂。小雨貌。（山陰陸氏曰。三農之事。雪則欲盛而徧。故言雰雰。雨欲微而潤。故言霡霂。）優。渥。霑。足。皆饒洽之意也。冬有積雪。春而益之以小雨。潤澤則饒洽矣。（廬陵彭氏曰。上章言地利。此章言天時。俗云蝗產子於地中。至春夏而出地。若冬有雪。寒氣逼之深入於地。春夏不能出矣。一雪入地三尺。三雪則入地九尺。故三白爲豐年之兆也）

○疆場（音亦）翼翼。黍稷彧彧。（于六反。叶于逼反）曾孫之穡。以爲酒食。畀（必寐反）我尸賓。壽考萬年。（叶泥因反）

賦也。場。畔也。翼翼。整飭貌。彧彧。茂盛貌。畀。與也。○言其田整飭而穀茂盛者。皆曾孫之穡也安成劉氏曰。詩人本欲言此章之事。而先言首章田畝之墾闢疆理。次章雨雪之滋生百穀。而以此章首二句。承上章之意言之也於是以爲酒食。而獻之於尸及賓客也丘氏曰。與尸。謂獻熟食并酳齊獻尸是也。與賓謂助祭之賓酳齊獻尸。尸酳酢賓。并祭末燕同姓於寢是也。此祭始終用酒食之事○安成劉氏曰。三獻尸之後。主人亦有獻賓之禮陰陽和。萬物遂。而人心歡悅。以奉宗廟。則神降之福。故壽考萬年也慶源輔氏曰。首章言我之得以墾闢夫田者。禹之功也。二章言我之得以生長夫穀者。天之賜也。此章首句則重言首章之意。二句則重言二章之意。可見其不忘所自也。第三句方言此乃曾孫之穡。鄭氏謂斂獲曰穡是也。曾孫既有此穡。則以爲酒食。奉祭祀以盡我之孝心。又皆不忘其本之意也。至於遠不忘乎大禹甸治之功。近不忘乎上天饒洽之賜。與夫孝奉宗廟之祭。是又皆可以膺受多福而不忝○安成劉氏曰。集傳所謂陰陽和者。亦承上章雨雪饒洽之意也

○中田有廬。疆場有瓜。叶攻乎反是剝是菹。側居反獻之皇祖。曾孫壽考。叶孔五反受天之祜。侯古反

賦也。中田。田中也。菹。酢音醋菜也。祜。福也。○一井之田。其中百畝爲公田。內以二十畝分八家爲廬舍。以便田事。董氏曰。每家廬舍二畝半。○孔氏曰。古者宅在都邑。農時則出而就田。須有廬舍。○後漢書注曰。井田法。人受私田一百畝。公田十畝。廬舍在內。貴人也。公田次之。重公也。私田在外。賤私也。於畔上種瓜。以盡地利。臨川王氏曰。地無遺利也。瓜成。剝削淹漬以爲菹而獻皇祖。貴四時之異物。順孝子之心也。

○祭以清酒。從以騂牡。息營反享于祖考。叶去久反執其鸞刀。以啓其毛。取其血膋。音聊叶音勞

賦也。清酒。清潔之酒。鬱鬯之屬也華容嚴氏曰。猶鳧鷖言爾酒既清。烈祖既載清酤也○朱子曰。鬱鬯者。禮家以爲釀秬爲酒。煮鬱金香草和之。其氣芬芳而條暢也騂赤色。周所尚也孔氏曰。三代各用其所尚之毛色祭禮。先以鬱鬯灌地。求神於陰鄱陽董氏曰。酒以灌地降神。取其馨香下達然後迎牲。執者主人親執也。鸞刀。刀有鈴也。膋脂膏也孔氏曰。刀環有鈴。其聲中節。膋者。腸間脂也啓其毛。以告純也。取其血。以告殺也。取其膋以升臭也。合之黍稷實之於蕭而燔之。以求神於陽也孔氏曰。楚語云毛以示物。物色也。是毛以告純。以脂膏合之黍稷實之蕭。乃以火燒之。合其馨香之氣。是升臭也○疊山謝氏曰。祭祀之事。各有司存。執刀啓毛取血膋必躬親之。何也。事死如事生。事亡如事存。子孫之養祖考。必身親其勞。自致其力。然後盡其心焉記曰。周人尚臭。灌用鬯臭。絕句鬱合如字一音合鬯。絕句臭陰達於淵泉。灌以圭璋。用玉氣也。既灌然後迎牲。致陰氣也。鄭氏曰。灌以圭瓚酌鬯。始降神也。巳乃迎牲於庭殺之。天子諸侯之禮也。蕭合黍稷臭陽達於墻屋。故既奠。然後焫音爇蕭合羶馨同薌。香同○鄭氏曰。奠謂薦熟時也。蕭。即蒿也染以脂。合黍稷燒之也凡祭慎諸此。魂氣歸于天。形魄歸于地。故祭求諸陰陽之義也。朱子曰。天地陰陽之氣。交合便成人。氣便是魂。精便是魄。到得將死。熱氣上出。所謂魂升。下體漸冷。所謂魄降。所以祭祀燎以求諸陽。灌以求諸陰也。問祖先已死。以何而求。曰。只是以我之氣。承接其氣。便是有求底道理。古人於祭祀極重。直是要求而得之。商人求諸陽。便先作樂發散。即陽氣以求之。周人求諸陰。便焚燎鬱鬯。以陰去求之。又曰。如言徂落。徂升也。是魂之遊。落是魄之降。祭求諸陽。所以求其魂。求諸陰。所以求其魄

○是烝是享。叶虛良反苾苾芬芬。祀事孔明。叶謨郎反先祖是皇。報

以介福。萬壽無疆

賦也。烝。進也。或曰冬祭名華谷嚴氏曰。烝畀祖妣之烝。不必謂烝嘗之烝○慶源輔氏曰。若以爲冬祭。則其義亦如楚茨二章董氏說。上章既言有酒有牲。以享於祖考。故此章於是言以是牲酒。爲冬祭之烝。而飲食苾芬。祭事備著。先祖於是既大且尊。而降福無疆也

信南山六章章六句

倬陟角反彼甫田叶地因反歲取十千叶倉新反我取其陳。食音嗣我農人。自古有年叶泥因反今適南畝叶滿彼反或耘或耔音子叶奬里反黍稷薿薿魚起反攸介攸止。烝我髦音毛士鉏里反

賦也。倬。明貌。甫。大也。十千。謂一成之田。地方十里。爲田九萬畝。而以其萬畝爲公田。蓋九一之法也鄭氏曰。井田之法。九

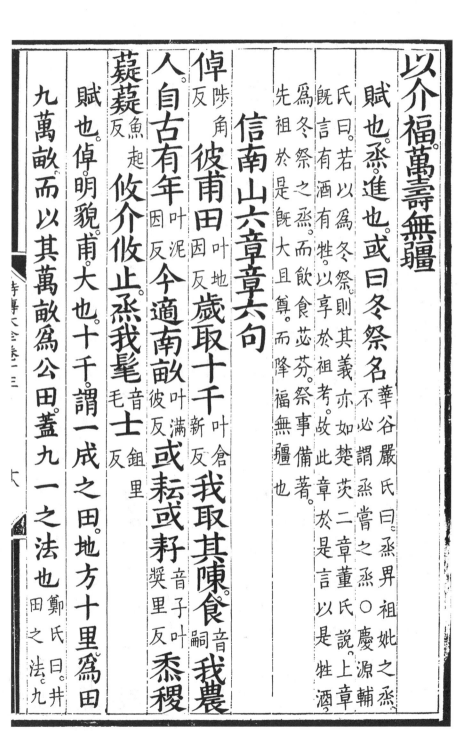

夫爲井。井稅一夫。其田百畝。井十爲通。通稅十夫。其田千畝。通十爲成。成方十里。成稅百夫。其田萬畝我。食祿主祭之人也。陳舊粟也。農人。私百畝而養公田者也。有年豐年也。適往也。耘除草也。耔雝音壅本也。蓋后稷爲田。一畝三畎。廣去聲尺深去聲尺。而播種上聲於其中。苗葉以上。稍耨奴豆反鉏也壠草因壝愈水以醉二反其土以附苗根。壠盡畎平。則根深而能耐音耐風與旱也。薿茂盛貌潛室陳氏曰。按漢書曰。趙過能爲代田。一畮三畎。歲代處。故曰代田。古法也。耔。附根也。言苗稍壯。每耨輒附根。比盛暑。壠盡而根深。能風與旱。故薿薿而盛也介大烝進髦俊也。俊士秀民也。古者士出於農。而工商不與焉。管仲曰。農之子恒爲農。野處而不暱。其秀民之能爲士者。必足賴也。即謂此也國語。管仲曰。農從事於田野。少而習焉。其心安焉。不見異物而遷焉。故其父兄之教。不肅而成。子弟之學。不勞而能。故農之子云云。注曰。暱。近也。秀民。民之秀出者也○慶源輔氏曰。言農夫而終之以髦士。所以重農也

○此詩述公卿有田禄者。力於農事。以奉方社田祖之祭慶源輔氏曰。楚茨信南山二詩皆是述公卿有田禄者。力於農事。以奉其宗廟之祭。故首皆推言昔人墾闢之功。而我得以耕治以奉祭祀之意。甫田之詩乃述公卿有田禄者。力於農事。以奉方社田祖之祭。故首言有年之多。與蓄積之富。以見於神不可不報之意故言於此大田。歲取萬畝之入。以爲禄食。及其積之久而有餘。則又存其新。而散其舊。以食農人。補不足。助不給也。蓋以自古有年。是以陳陳相因。所積如此。然其用之之節。又合宜而有序如此。所以粟雖甚多。而無紅腐不可食之患也疊山謝氏曰。民生於三代之前。其命制乎君。民

生於三代之後。其命制乎天。吾求其所以制命之道矣。取民常少。與民常多。斂散得宜。豐凶有備。新者方收入廩。陳者即取以食農人。補不足。助不給。皆取其陳者也。從古以來。豈無水旱霜蝗。吾民常如有年者。上之人斂散得其道也。○安成劉氏曰。歲取萬畝之入。取之有常也。積粟有餘。而能散以周農。則用之合宜也。於有餘之中。必散舊而存新。則用之有序也。存新散舊。而無紅腐之患。又見其不至於暴棄天物也。又言自古旣有年矣。今適南畝。農人方且或耘或耔。而其黍稷又已茂盛。則是又將復有年矣。故於其所美大止息之處。進我髦士而勞之也。豐城朱氏曰。歲取十千。言其賦斂之常也。食我農人。言其周給之仁也。今適南畝。言其巡省之勤也。烝我髦士。言其勸相之備也。

○以我齊音咨明叶謨郎反與我犧羊。以社以方。我田旣臧。農夫之慶。叶祛羊反琴瑟擊鼓。以御叶牙嫁反田祖。以祈甘雨。以介我稷

黍以穀我士女

賦也。齊與粢同。曲禮曰。稷曰明粢。此言齊明。便文以協韻耳。犧羊。純色之羊也。社。后土也。以句（音勾）龍氏配（孔氏曰。后土者。地之大名也。鄭云。社者。五方之神。能生萬物者也。以古之有大功者配之。祭法。共工氏之霸九州也。其子曰句龍。能平九州。死以配神社而祭之）方。秋祭四方。報成萬物。周禮所謂羅弊獻禽以祀祊（音方）是也（周禮夏官大司馬曰。中秋獮田羅弊致禽以祀祊。注云。羅弊。罔止也。秋田用罔。皆殺而罔止。衆皆獻其所獲禽焉。祊。當爲方。聲之誤也。秋田主祭四方。報成萬物）臧。善。慶。福。御。迎也。田祖。先嗇也。謂始耕田者。即神農也。周禮籥章。凡國祈年于田祖。則吹豳雅。擊土鼓。以樂田畯是也（孔氏曰。謂神農始教造田。謂之田祖。先爲稼穡。謂之先嗇。神其農業。謂之神農。名殊而實同也）穀養也。又曰善也。言倉廩實而知禮節也○言奉其齊音咨盛音成犧牲以祭方社。而曰我田之所以善者。非我之所能致也。乃賴農夫之福而致之耳。又作樂以祭田祖而祈雨。庶有以大其稷黍。而養其民人也新安胡氏曰。此章分兩節。農夫之慶以上。秋報也。琴瑟擊鼓以下。又是春祈也○廬陵彭氏曰。齊明犧羊。此祀方社之禮也。鼓鍾琴瑟。此祀田祖之樂也。我田既臧。農夫之慶。此報於社方者然也。以祈甘雨。介稷黍。穀士女。此祈於田祖者然也○豐城朱氏曰。上五句。言報成之祭。下五句。言祈年之祭。齊明犧羊。禮之盛也。禮以備物。故於報成之祭言之。琴瑟擊鼓。樂之盛也。樂以達和。故於祈年之祭言之。上言方社而不及田祖。因方社以見田祖也。下言田祖而不及方社。舉田祖以見方社也。上言農夫之慶。歸其功於民也。下言穀我士女。溥其惠於下也

○曾孫來止。以其婦子叶獎里反饁于輒反彼南畝叶滿彼反田畯音俊

至喜。攘如羊反其左右。叶羽已反嘗其旨否。叶補美反禾易以豉反長畝。同上終善且有。叶羽已反曾孫不怒。農夫克敏。叶毋鄙反

賦也。曾孫，主祭者之稱。非獨宗廟為然，曲禮外事曰曾孫某侯某，武王禱名山大川曰有道曾孫周王發，是也。饁，餉。攘，取。旨，美。易，治。長，竟。有，多。敏，疾也。○曾孫之來，適見農夫之婦子來饁耘者，於是與之偕至其所，而田畯亦至而喜之，乃取其左右之饋而嘗其旨否，言其上下相親之甚也。慶源輔氏曰：旨則幸而喜矣，否則慘然爲之不樂也。不曰取而曰攘者，以公卿之貴而食農者之粗糲，彼必有所不敢獻者，故攘而取之，以見上下相親，如家人父子之無間也。○東萊呂氏曰：此言省耕之時，曾孫在上，耕者在下，田畯往來其間，勸勞而撫摩之，熙然其若一家也。曰攘者，喜之甚而取之疾。

以言其相親無間也旣又見其禾之易治。竟畝如一。而知其終當善而且多。是以曾孫不怒。而其農夫益以敏於其事也廬陵彭氏曰。喜怒非自外至。田畯言喜。曾孫言不怒。則其上下相與。皆誠心之至也。○慶源輔氏曰。於田畯曰喜。於曾孫曰不怒。互文以見意也。田畯見之而喜。曾孫見之而不怒。則農夫益以敏於其事矣。謂不待督趣而自勸也

○曾孫之稼。如茨才私反如梁。曾孫之庾。羊主反如坻直基反如京。叶居良反乃求千斯倉。乃求萬斯箱。黍稷稻粱。農夫之慶。叶祛羊反報以介福。萬壽無疆。

賦也。茨。屋蓋。言其密比毗至反也孔氏曰。謂以茅覆屋。言其積聚高大。如屋茨耳梁。車梁。言其穹隆也安成劉氏曰。小戎所謂梁輈是也坻。水中之高地

也。京。高丘也。箱車箱也○此言收成之後。禾稼既多。則求倉以處之。求車以載之。而言凡此黍稷稻粱。皆賴農夫之慶而得之。是宜報以大福。使之萬壽無疆也。其歸美於下。而欲厚報之如此 華谷嚴氏曰。未刈之禾曰稼。露積之禾曰庾○慶源輔氏曰。夫以時斂散。補助不足。而勞來勸相。以致農夫之敏者。固賴乎上之人。而火耕水耘。沾體塗足。勞苦自竭。以致禾稼之登者。則實農夫之力也。歸美於彼而欲報之厚。宜矣。夫用其力。享其奉。而曰予不戕。禮則然矣。則是末世薄俗之所爲。古無是事

甫田四章章十句

大田多稼。既種章勇反既戒。既備乃事叶上止反。以我覃以冉反耜。俶叶養里反載南畝叶滿彼反。播厥百穀叶工洛反。既庭且碩叶常約反。曾孫

是若

賦也。種擇其種也。戒飭其具也。覃利。俶始。載事。庭直。碩大。若順也○蘇氏曰。田大而種多。故於今歲之冬。具來歲之種。戒來歲之事。凡既備矣。然後事之。取其利耜而始事於南畝。臨川王氏曰。畝大抵以南爲正。故曰南畝既耕而播之。其耕之也勤。而種之也時。故其生者皆直而大。以順曾孫之所欲。慶源輔氏曰。農夫以百穀庭碩。爲順曾孫之欲。則上之意孚於下。而下之意順乎上矣此詩爲農夫之詞。以頌美其上。若以答前篇之意也。東萊呂氏曰。大田多稼。總言之也。以下至卒章。自始及末。以次陳之○安成劉氏曰。此章言田事備飭。而苗生盛美也○豐城朱氏曰。大田多稼。總言其事以發端也。既種既戒。善其備於往歲也。既備乃事。致其力於今歲也。以我覃耜。利其器

也。儆載南畝。耕之勤也。播厥百穀。種之時也。既庭且碩。生之盛也。凡此皆以順曾孫之所欲也。此言其處已之勤。而事上之忠也

○既方既皁。叶子苟反既堅既好。叶許苟反不稂音郎不莠。餘久反去起呂反其螟莫廷反螣音特及其蟊莫侯反賊。無害我田穉。音稚田祖有神。秉畀炎火叶虎委反

賦也。方。房也。謂孚甲始生而未合時也孔氏曰。穗上已有孚甲。孚者米外之粟皮。甲者在孚外。若鎧甲之在人表實未堅者曰皁長樂劉氏曰。穀粒之生。而未充滿曰皁稂童梁。莠似苗。皆害苗之草也孔氏曰。稂莠苗既似禾。實亦似粟○董氏曰。莠稗草也食心曰螟。食葉曰螣。食根曰蟊。食節曰賊。皆害苗之蟲也孔氏曰。此四種蟲。皆蝗也穉。幼禾也孔氏曰。蟲災禾。穉者偏甚○言其

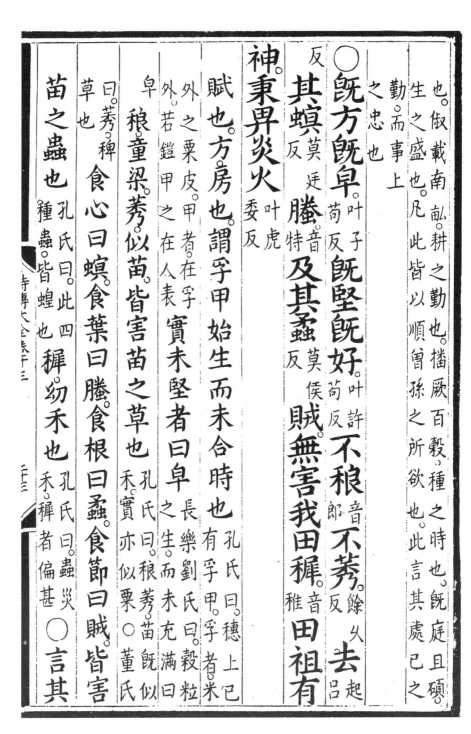

苗既盛矣鄭氏曰。盡生房矣。盡成實矣。盡堅孰矣。盡齊好矣。而無稂莠。擇種之善。民力之專。時氣之和所致之又必去此四蟲。然後可以無害田中之禾。然非人力所及也。故願田祖之神。爲我持此四蟲。而付之炎火之中也慶源輔氏曰。既方既皁。既堅既好。自禾之秀而言。以至於成實也。其察之密矣。又必無稂莠以分其土力。無蟲蝗以戕其根株。然後害不及其稺禾。稺禾猶且不害。則其庭碩者可知矣。然稂莠則人力足以除之。蟲蝗則非人力所及也。故願田祖之神。持此四蟲。付之炎火之中也姚崇遣使捕蝗。引此爲證。夜中設火。火邊掘坑。且焚且瘞於曳反蓋古之遺法如此安成劉氏曰。此章言苗既秀實。而願其無損也

○有渰於檢反萋萋七西反興雨祁祁。雨于付反我公田。遂及我私叶息夷反彼有不穫穉。此有不斂力檢反穧才計反彼有遺秉。此

有滯穗。伊寡婦之利

賦也。渰雲興貌。萋萋盛貌。祁祁徐也。雲欲盛盛則多雨。雨欲徐徐則入土。公田者方里而井。井九百畝。其中爲公田。八家皆私百畝。而同養公田也朱子曰。方一里爲井。其田九百畝。中百畝爲公田。外八百畝爲私田。公田以爲君子之祿。而私田野人之所受也。○安成劉氏曰。司馬法。以六尺爲步。步百爲畝。畝百爲夫。是一畝之田。實積百步而方十步。一夫之田。實積百畝而方十畝。爲方一百步。以九夫爲一井。則方三夫爲方三百步。古者以三百步作一里。所謂方一里爲一井也穧束。秉把也。滯亦遺棄之意也長樂劉氏曰。穧。謂穗之低小。刈穫之所不及者。穧。謂刈而遺忘。秉縛之所不及者。秉。謂束而輦載之所不盡者。滯。謂刈而折亂。秉穫之所不逮者。皆緣豐稔故也○言農夫之心。先公後私。故望此雲雨。而曰天其雨我公田。而遂及我之私田乎。冀怙君德。而蒙其餘惠。使收成之際。彼有不及穫之穉禾。此有不及斂之穧束。彼有遺棄之禾把。此有滯漏之禾穗。而寡婦尚得取之以爲利也。此見其豐成有餘。而不盡取。又與鰥寡共之。既足以爲不費之惠。而亦不棄於地也。不然。則粒米狼戾。不殆於輕視天物而慢棄之乎疊山謝氏曰。三代盛時。君之愛民。無所不用其極。民之愛君。亦無所不用其極。農夫望雨。如飢渴之望飲食也。惟願其田中之洋溢。今所願者。公田之雨。優渥霑足。其餘波及我私田也。尊君親上之心亦厚矣。穉有不穫。穧有不斂。秉有遺。穗有滯。此樂歲粒米狼戾之時也。農夫何見。而乃能留有餘不盡之利。以養鰥寡。此上好仁而下好義也。○慶源輔氏曰。既無稂莠之害。又無蟲蝗之害。則其不可無者雨而已。故此章又言其望雲與雨。先公田而後私田。如此。則成有年矣。鰥寡孤獨。聖人雖不欲有此等人。然亦不能使其無也。但發政施仁。則先及之而已。雨我公田。尊君之義也。伊寡婦之利。及衆之仁也〇定宇陳氏曰。此章欲雨公田。不至知有己而不知有君。利及寡婦。不至知有己而不知有人。忠厚若此。其豳風之氣象乎〇安成劉氏曰。此章復願其雨澤溥及。而收成有餘也

〇曾孫來止。以其婦子。饁彼南畝。子畝並見前篇 田畯至喜。來方禋音因祀叶逸織反 以其騂黑。與其黍稷。以享以祀同上 以介景福叶筆力反

賦也。精意以享。謂之禋〇農夫相告曰。曾孫來矣長樂劉氏曰。曾孫以其西成。乃出郊省民之斂也〇安成劉氏曰。此詩爲農夫之詞。故以此爲農夫相告。言曾孫之來省斂。與上篇章旨不同也 於是與其婦子。饁彼南畝之穫者。而田畯亦至而喜之也臨川王氏曰。喜其趨穫事也 曾孫之來。又禋祀四方

之神。而賽禱焉。四方各用其方色之牲。此言騂黑。舉南北以見其餘也東萊呂氏曰。南方用騂。北方用黑。孔氏所謂畧舉二方。以爲韻句。是也以介景福。農夫欲曾孫之受福也安成劉氏曰。卒章言其收穫之後。而報祀獲福也

大田四章二章章八句二章章九句

前篇有擊鼓以御田祖之文。故或疑此楚茨信南山甫田大田四篇即爲豳雅。其詳見於豳風之末。亦未知其是否也朱子曰。楚茨以下四篇即豳雅。反覆讀之。其辭氣與七月載芟良耜等篇大抵相類。斷無可疑然前篇上之人以我田既臧。爲農夫之慶。而欲報之以介福。此篇農夫以雨我公田。

遂及我私。而欲其享祀以介景福。上下之情。所以相賴而相報者如此。非盛德其孰能之慶源輔氏曰。上之欲報其下者如此。則是君以民爲體也。下之欲報其上者如此。則是民以君爲心也。上下之情。相賴以爲一。則君之德固厚。而民之德亦厚也○三山李氏曰。楚茨信南山甫田大田。其始皆言黍稷。次言祭祀。乃以福禄終之○張氏曰。受莫大之福。而其君有安寧壽考之樂。此天下至美極治之時也。而其本於倉廪之盈。原隰之治。田廬之脩。耕耘之時。而後及於祭祀禮樂之事也。蓋田事備。則衣食足。衣食足而禮樂備。禮樂備而和平興。和平興而人君有壽考安樂之盛。此詩人探其本而要其終。言之序如此

瞻彼洛矣。維水泱泱於良反無韻未詳君子至止。福禄如茨。韎音昧韐音閤有奭許力反以作六師

賦也。洛。水名。在東都。會諸侯之處也問洛水或云兩處。朱子曰。此只就洛邑言之泱泱。深廣也。君子。指天子也。茨。積也。韎。茅蒐所染色也盧陵李氏曰。茅蒐。一名蒨。可以染絳。韋昭謂急疾呼茅蒐成韎。故因以名其所染也韐。韠也。合韋爲之孔氏曰。是蔽膝之衣。○廬陵李氏曰。合韋爲之。故謂之韐周官所謂韋弁。兵事之服也安成劉氏曰。韋弁。詳見六月常服注奭。赤貌。作。猶起也。六師。六軍也。天子六軍安成劉氏曰。天子六軍。出自六鄉。蓋一萬二千五百家爲鄉。凡起徒役。毋過家一人。故一萬二千五百家爲一軍。六軍。總七萬五千人也○此天子會諸侯于東都。以講武事。而諸侯美天子之詩。言天子至此洛水之上。御戎服而起六師也

○瞻彼洛矣。維水泱泱。君子至止。鞞補頂反琫必孔反有珌賓一

反

君子萬年。保其家室

賦也。鞞容刀之鞞。今刀鞘音笑也。琫上飾。珌下飾。亦戎服也毛氏曰。天子玉琫而珧珌。諸侯璗琫而璆珌。珧音遥璗音蕩璆音求孔氏曰。珧。蜃甲也。黄金謂之璗

○瞻彼洛矣。維水泱泱。君子至止。福禄既同。君子萬年。保其家邦叶卜工反

賦也。同。猶聚也

瞻彼洛矣三章章六句朱子曰。詩多有酬酢應答之篇。瞻彼洛矣。是臣歸美其君。君子。指君也。當時朝會於洛水之上。而臣祝其君如此。裳裳者華。又是君報其臣。桑扈鴛鴦皆然。○定宇陳氏曰。講武事而不忘武備。乃所以久福禄而保國家之道也。如此。則後世之廢武備而不戒不虞。如晉武者。其不能久安長治。宜也

裳裳者華。其葉湑思呂反兮。我覯之子。我心寫叶想與反兮。我心寫兮。是以有譽處兮。

興也。裳裳。猶堂堂。董氏云。古本作常。常棣也。湑。盛貌。覯。見。處。安也。○此天子美諸侯之辭。蓋以答瞻彼洛矣也。言裳裳者華。則其葉湑然而美盛矣。我覯之子。則其心傾寫而悅樂之矣。夫能使見者悅樂之如此。則其有譽處宜矣。此章與蓼蕭首章。文勢全相似。慶源輔氏曰。爲諸侯而使天子見之悅樂如此。是以有譽處矣。先生正以此章與蓼蕭首章文勢相似。故知其爲天子美諸侯之詩。以答瞻彼洛矣也。

○裳裳者華。芸其黃矣。我覯之子。維其有章矣。維其有章

矣是以有慶（叶墟羊反）矣

興也芸黃盛也章文章也有文章斯有福慶矣（慶源輔氏曰文章則德之蘊中而彪外者德之彰著如此則固宜其有福慶也）

○裳裳者華或黃或白（叶僕各反）我覯之子乘其四駱乘其四駱六轡沃若

興也言其車馬威儀之盛

○左（叶祖戈反）之左（同上）之君子宜（叶牛何反）之右（叶羽已反）之右（同上）之君子有（叶羽已反）之維其有（同上）之是以似（叶養里反）之

賦也言其才全德備以左之則無所不宜以右之則無所不有維其有之於內是以形之於外者無不似其所

有也

裳裳者華四章章六句

北山之什十篇四十六章三百三十四句

詩傳大全卷之十三

詩傳大全卷之十四

桑扈之什二之七

交交桑扈侯古反有鶯其羽君子樂音洛胥叶思吕反受天之祜侯古反

興也交交飛往來之貌桑扈竊脂也鶯然有文章也君子指諸侯胥語詞祜福也○此亦天子燕諸侯之詩言交交桑扈則有鶯其羽矣君子樂胥則受天之祜矣頌禱之詞也慶源輔氏曰四章雖皆頌禱之辭然亦寓期望戒勵之意○安成劉氏曰此章及三四章末句皆所謂頌禱之詞也

○交交桑扈有鶯其領君子樂胥萬邦之屏甲郢反

興也。領，頸。屛，蔽也。言其能爲小國之藩衛。蓋任方伯連帥所類反之職者也。禮記。王制。千里之外。十國以爲連。連有帥。二百一十國以爲州。州有伯。○臨川王氏曰。屛之爲物。衛外以蔽內也

○之屛之翰。叶胡見反百辟音璧爲憲。不戢莊立反不難。叶乃多反受福不那

賦也。翰，幹也。所以當墻兩邊障土者也。辟，君。憲，法也。言其所統之諸侯，皆以之爲法也。戢，斂。難，愼。那，多也。不戢戢也。不難，難也。不那，那也。蓋曰豈不斂乎，豈不愼乎，其受福豈不多乎慶源輔氏曰。此章又言不獨爲萬邦之屛翰。其所統之諸侯。又皆以其所爲爲法。則其德亦盛矣。方且戢且斂而不敢自恃。其難其愼而不敢少忽。則其受福又豈不多乎哉。百辟爲憲。有期

之之意。不戢不難。有戒之之意。○臨川王氏曰。戢則不肆。不放逸。難則不易。不傲慢。然則受福豈不多也。○新安胡氏曰。此亦戒之之詞也。古語聲急而然也。後放此。安成劉氏曰。菀柳云不尚。文王云不顯不時。大明韓奕皆云不顯其光。生民云不寧不康。清廟云不顯不承。以至崧高維天之命。烈文執競。皆言不顯。並倣此義

○兕徐履反觥古横反其觩。音求旨酒思柔。彼交匪敖。五報反萬福來求。

賦也。兕觥。爵也。觩。角上曲貌。周頌作捄旨。美也。思。語詞也。敖。傲通。交際之間。無所傲慢。則我無事於求福。而福反來求我也。慶源輔氏曰。彼交匪敖。亦有戒意

桑扈四章章四句定宇陳氏曰。即維周之翰。四國于蕃。文武吉甫。萬邦爲憲等語參之。

則此爲天子燕諸侯而頌禱之詩無疑也

鴛鴦于飛畢之羅之君子萬年福禄宜之叶牛何反

興也鴛鴦匹鳥也鄭氏曰言其止則相偶飛則爲雙性馴偶也畢小罔長柄者也羅罔也孔氏曰謂之畢則執以掩物謂之羅則張以待鳥君子指天子也○此諸侯所以荅桑扈也鴛鴦于飛則畢之羅之矣君子萬年則福禄宜之矣亦頌禱之詞也安成劉氏曰四章皆爲頌禱之詞

○鴛鴦在梁戢其左翼君子萬年宜其遐福叶筆力反

興也石絶水爲梁戢斂也張子曰禽鳥並棲一正一倒戢其左翼以相依於内舒其右翼以防患於外蓋左不

用而右便故也。遐。遠也。久也

○乘繩證反馬在廄。音救摧采臥反之秣音末叶莫佩反之。君子萬年。福祿艾魚蓋反叶魚肺反之

興也。摧。莝。秣。粟。釋文曰摧莝蒭也。秣穀飼馬也艾。養也。蘇氏曰。艾。老也。言以福祿終其身也。亦通○乘馬在廄。則摧之秣之矣

君子萬年。則福祿艾之矣

○乘馬在廄。秣之摧叶徂爲采臥二反之。君子萬年。福祿綏叶宣隹士果二反之

興也。綏。安也

鴛鴦四章章四句慶源輔氏曰。鴛鴦之詩。乃下禱上之辭。故尤更明易。上之禱下。猶且

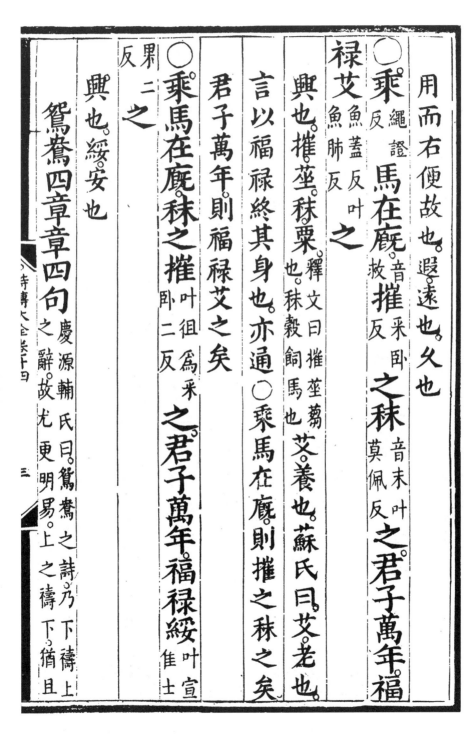

述其德。桑扈是也。下之禱上。則亦無此意。但極其頌禱之情而已。鴛鴦是也。若不敢有擬議其德者。敬之至也。

有頍缺婢反者弁。實維伊何。爾酒既旨。爾殽既嘉。叶居何反豈伊異人。兄弟匪他。湯何反蔦音鳥與女蘿。力多反施于松柏。以豉反叶逋莫反未見君子。憂心奕奕。叶弋灼反既見君子。庶幾說音悅懌。叶弋灼反

賦而興又比也。安成劉氏曰。此章諸本皆作賦而比。今詳章首六句。曰弁曰酒曰殽曰兄弟。皆述宴時之實事。其體屬賦。而其六句之中。實維伊何與豈伊異人。語意相應。又似興體。七句八句則皆屬比。疑此章當爲賦而興又比。及考輔氏童子問本正作賦而興又比。今從之。○慶源輔氏曰。首言與燕者其弁頍然只是賦體。又貼一句實維伊何。則以興起下二句豈頍伊異人兄弟匪他也。此則興體。至於蔦蘿則爲比也

弁貌。或曰舉首貌。弁。皮弁孔氏曰。弁者。冠之大名。爵弁則士祭服。皮弁即戎冠。弁。從

弁。非常服也。惟皮弁上下通服。故知皮弁也嘉。旨皆美也。匪他。匪他人也。蔦寄生也。葉似當盧。子如覆盆子。赤黑甜美。本草曰。一名寓木。凡桑槲樹櫸柳楊楓等樹上皆有之。此物自感造化之氣而生。別是一物也女蘿。兔絲也。蔓連草上。黃赤如金。釋文曰。在草曰兔絲。在木曰菸蘿此則比也。君子。兄弟為賓者也。奕奕。憂心無所薄。泊傳二音也。○此亦燕兄弟親戚之詩。故言有頍者弁。實維伊何乎。爾酒既旨。爾殽既嘉則豈伊異人乎。乃兄弟而匪他也。又言蔦蘿施於木上以比兄弟親戚。纏綿依附之意。是以未見而憂。既見而喜也

○有頍者弁。實維何期。爾酒既旨。爾殽既時。豈伊異人。兄

弟具來叶陵之反蔦與女蘿施于松上叶時亮反未見君子憂心怲
怲兵命反叶兵旺反既見君子庶幾有臧叶才浪反
賦而興又比也何期猶伊何也時善慶源輔氏曰以時爲善何也蓋物得
其時則善矣與維其時矣之時同具俱也怲怲憂盛滿也臧善也
○有頍者弁實維在首爾酒既旨爾殽既阜方九反豈伊異
人兄弟甥舅巨九反如彼雨雪于付反先集維霰蘇薦反死喪去聲
無日無幾相見居豈反樂酒今夕音洛君子維宴
賦而興又比也阜猶多也甥舅謂母姑姊妹妻族也爾雅
曰謂我舅者吾謂之甥母之昆弟爲舅母之從父昆弟
爲從舅妻之父爲外舅姑之子爲甥舅之子爲甥妻之
兄弟爲甥姊妹之子爲甥霰雪之始凝者也將大雨雪必先微溫雪

自上下。遇溫氣而摶。謂之霰。久而寒勝。則大雪矣。孔氏曰。大戴禮曾子曰。陽之專氣爲霰。蓋盛陰之氣。在雨水則凝滯而爲雪。陽氣摶而脅之不相入。則消散而下。因水而爲霰

言霰集則將雪之候。以比老至則將死之徵也。須溪劉氏曰。霰則知有雪矣。老則知有死矣。相會之始。爲此危語相感動以極歡趍耳

故卒言死喪無日。不能久相見矣。但當樂飲以盡今夕之歡。篤親親之意也。豐城朱氏曰。推親親之恩。由兄弟以及甥舅。亦其親踈之殺也。蓋君子之於兄弟親戚。其相與之情無窮。而相見之日有限。以無窮之情。乘有限之日。則其飲食聚會。亦真情之所不能已也。死喪無日。無幾相見。此與唐風宛其死矣。他人入室。辭旨畧同。而意則異。彼欲及時以自娛樂。此欲及時以相親愛也

頍弁三章章十二句

間關車之舝胡瞎下介二反兮。思孌力兖反季女逝石列石例二反兮。匪飢

匪渴。德音來括。雖無好友。叶羽已反式燕且喜。

賦也。間關。設舝聲也。舝車軸頭鐵也。無事則脫。行則設之。昏禮親迎者乘車。孌。美貌。逝。往。括。會也。○此燕樂其新昏之詩。故言間關。然設此車舝者。蓋思彼孌然之季女。故乘此車往而迎之也。匪飢也。匪渴也。望其德音來括而心如飢渴耳。雖無他人。亦當宴飲以相喜樂也。

○依彼平林。有集維鷮。音驕辰彼碩女。令德來教。叶居爻反式燕且譽。好。呼報反爾無射。音亦叶都故反

興也。依。茂木貌。鷮。雉也。微小於翟。走而且鳴。其尾長。肉甚美。埤雅曰。鷮尾六尺。字從喬者。尾長而走且鳴。則其首尾喬如也。○孔氏曰。語云四足之美有麃。兩足

之美有鷮辰時。碩，大也。爾，即季女也。射，厭也。○依彼平林，則有集維鷮。辰彼碩女，則以令德來配，已而教誨之。慶源輔氏曰：辰彼碩女，令德來教，言碩女適及其時，而以美德來配，已而教誨之也。是以式燕且譽，而悅慕之無厭也。

○雖無旨酒，式飲庶幾。雖無嘉殽，式食庶幾。雖無德與女，音汝式歌且舞。

賦也。旨、嘉，皆美也。女，亦指季女也。○言我雖無旨酒嘉殽美德以與女，女亦當飲食歌舞以相樂也。

○陟彼高岡，析星歷反其柞才落反薪。叶音襄析其柞薪，其葉湑思呂反兮。鮮息淺反我覯爾，我心寫叶想羽反兮。

興也。陟登。柞櫟。湑盛。鮮少。覯見也。○陟岡而析薪則其葉湑兮矣。我得見爾則我心寫兮矣

○高山仰叶五剛反止。景行行叶戶郎反止。四牡騑騑叶孚非反六轡如琴。覯爾新昏。以慰我心

興也。仰瞻望也。景行大道也。如琴謂六轡調和如琴瑟也。慰安也。○高山則可仰。景行則可行。馬服御良則可以迎季女而慰我心也。此又舉其始終而言也。表記曰。小雅曰高山仰止景行行止。子曰詩之好仁如此須溪劉氏曰。此二句極思慕之情。而好仁者以之。此古人善讀詩也。鄉音向道而行。中道而廢鄭氏曰。廢。喻力極罷頓。不能復行則止也。○豐城朱氏曰。高山仰止。景行行止。於六義屬興。而斷章取義。則於行道

進德之喻尤爲切至。蓋知高山之可仰。則知聖德之可慕矣。知景行之可行。則知大道之可由矣。由聖人之道。以求至聖人之所止。則所謂至善不外是矣。然則仁之不如堯也。孝之不如舜也。學之不如孔子也。猶之陟高山而不陟其巔。行大道而不達乎國都也。是即所謂半塗而廢也。豈不惜哉

忘身之老也。不知年數之不足也。俛焉日有孳孳。斃而後已 慶源輔氏曰。表記之言。雖非詩之本旨。然讀者能如此。則能有益於已矣。時過而學者。可常常涵泳此數語以自警

車舝五章章六句 慶源輔氏曰。一章言其望之甚切。故得之甚喜也。二章言其德之來教。故好之無厭也。三章自謙之辭。言我雖無以與女。而女則宜有以相樂也。四章則言我心傾寫于之。以見誠之至也。五章則舉其始終。而言之。上四句言其始。下四句言其終。前已極言之矣。故此但言其畧耳○安成劉氏曰。此詩皆言慕悅賢女之意。故其未得之也。望其德音來括而心如飢渴。既得之也。喜其令德來教。而心如輸寫。至於宴樂之也。又歎爲歡之無美具。而且恐無德以相與。證之

關雎。亦可謂得性情之正者也

營營青蠅。止于樊。音煩叶汾乾反豈弟君子。無信讒言。

比也。營營。往來飛聲。亂人聽也。青蠅汙穢。能變白黑。廬陵歐陽氏曰。齊詩匪鷄則鳴。蒼蠅之聲。蓋其飛聲之衆。可以亂聽。猶言聚蚊成雷也。○鄭氏曰。蠅之爲蟲。汙白使黑。汙黑使白。喻佞人變亂善惡也。○永嘉陳氏曰。青蠅穢物。驅之使去而復還。以比小人態狀可惡而又難遠也樊。藩也。君子。謂王也。○詩人以王好聽讒言。故以青蠅飛聲比之。而戒王以勿聽也永嘉陳氏曰。讒言多由持心傾險而後入。故君子當持心樂易。不聽讒言也

○營營青蠅。止于棘。讒人罔極。交亂四國。叶越逼反

興也。棘。所以爲藩也。極。猶已也

○營營青蠅。止于榛。士巾反 讒人罔極。構古豆反我二人。

興也。構。合也。猶交亂也。已與聽者爲二人。定宇陳氏曰。讒人罔極之禍。其末至於亂四國。其始先於構二人。聽者察於其始而早絕之。庶乎不至於罔極也

青蠅三章。章四句。安成劉氏曰。首章以青蠅與君子對言。故知以蠅聲比讒言。下二章以青蠅與讒人對言。故知屬興。此比興相似而不同者。凱風詩亦然

賓之初筵。左右秩秩。無韻未詳。後三四章倣此 籩豆有楚。殽戶交反核戶革反維旅。酒既和旨。飲酒孔偕。音皆叶舉里反 鐘鼓既設。叶書質反 舉醻市由反逸逸。大侯既抗。叶居郎反 弓矢斯張。射夫既同。獻爾發功。發彼有的。叶丁藥反 以祈爾爵。

賦也。初筵。初即席也。孔氏曰。鋪陳曰筵。藉之曰席。左右。筵之左右也。

丘氏曰。謂筵上左右之人秩秩。有序也。楚。列貌。殽。豆實也。核。籩實也。鄭氏曰。豆實。菹醢也。籩實。桃梅之屬○孔氏曰。殽是總名。此文殽核與籩豆相對。故分之耳。其實殽亦爲核旅。陳也。和。旨。調美也。孔。甚也。偕。齊一也。設。宿設而又遷于下也。大射樂人宿縣。厥明將射。乃遷樂于下。以避射位是也鄭氏曰。鐘鼓於是言既設者。將射改縣也。○安成劉氏曰。大射儀有樂人宿縣之文。蓋將射於學宮。先一宿各縣鐘磬鼓鏄於堂下東西北三面。鄉射禮則有樂正命遷樂于下之文。集傳所引。乃叅酌大射鄉射禮文。以明此鐘鼓既設之義耳。射皆用樂者。蓋諸侯之射。則先行燕禮。大夫士之射。則先行鄉飲禮故也。然此章乃言人君燕射。燕在路寢。自有常縣之樂。謂宿設者。先儒以爲更整理之耳舉醻舉所奠之醻爵也朱子曰。按儀禮主人酌賓曰獻。賓既酢主人。主人又自飲而獻賓。曰醻。賓受之。奠於席前。而不舉。至旅而遂舉所奠之爵。交錯以徧也逸逸。往來有序也安成劉氏曰。往來者。東西交錯也大侯君侯也。天子熊侯白質。諸侯麋侯赤質。大夫布侯畫以虎豹。士布侯畫以鹿豕。鄭氏曰。所謂獸侯也。燕射則張之。熊麋虎豹鹿豕。皆正面畫其頭象於正鵠之處耳。君畫一。臣畫二。陽奇陰耦之數也。其畫皆毛物也。○廬陵李氏曰。言質者。以白與赤采其地。而後畫。布侯者直畫而已天子侯身一丈。其中三分居一。白質畫熊。其外則丹地畫以雲氣。安成劉氏曰。凡侯有中有身。有上下舌。獸侯以布爲之。天子與所外諸侯。皆用布九幅。每幅闊二尺。其高一丈八尺。九幅之布廣一丈八尺。最中一幅。即所謂中也。中之上下各二幅。連中幅共高一丈。所謂身也。身之上下。又各二幅以爲舌。據侯中之廣一丈八尺。以三分之一爲正鵠。則正鵠當廣六尺。此燕射之侯。不設正鵠。則於正鵠之處。以白采其地。而畫熊爲的。又於其側。以丹色爲質。畫雲氣爲飾。自麋侯以下。其飾皆然抗張也。凡射張侯而不繫左下綱。中掩束之鄉射禮註曰。綱持舌繩也。不繫者事未至也。○廬陵李氏曰。舌維持侯者。綱。所以繫之於植者。侯向堂。以西爲左。掩向東也。植音值至將射。司馬命張侯。弟子脫束。遂繫下綱也。安成劉氏曰。侯有上下左右舌。故有左右上下綱。綱出於舌外。以持舌而繫之也。又有維以綴侯身侯舌之四角而繫之。大侯張而弓矢亦張。節也。射夫既同。比毗至反其耦也。○鄭氏曰。比。選次其才相近者也。廬陵李氏曰。射每二人相對以決勝負。曰耦。射禮選群臣爲三耦。廬陵李氏曰。三耦。使大夫士爲之。若燕射。則天子諸侯同一侯三耦。三耦之外。其餘各自取匹。謂之衆耦。獻猶奏也。發。發矢也。的。質也。孔氏曰。侯中所射之處爲質也。祈。求也。爵射不中者飲豐上之觶音寘也。儀禮曰。卒射司射命設豐。弟子奉豐升設于西楹之西。勝者之弟子洗觶升酌奠于豐上。不勝者進取觶少退立卒觶。進奠于豐下。註曰。豐形蓋似豆而卑。○衛武公飲酒悔過而作此詩。此章言因射而飲者。初筵禮儀之盛

安成劉氏曰。左右有序者。儀之盛也。籩豆酒殽陳列者。禮之盛也。而武公於立言之首。特以初筵發之者。若將不保其終也

酒既調美。而飲者齊一。至於設鐘鼓。舉醻爵。

安成劉氏曰。燕射主於飲酒。而於獻酢旅醻之後。司射乃命納射器。司馬命張侯。樂正命遷樂。於是乃射。故此言大侯既抗於設鐘鼓舉醻爵之後也

抗大侯。張弓矢。而衆耦拾〔鉗入聲〕發。

孔氏曰。拾。更也。射者更代發矢

各心競云。我以此求爵汝也

○籥舞笙鼓。樂既和奏。〔叶宗五反〕烝衎〔苦旦反〕烈祖。以洽百禮。百禮既至。有壬有林。錫爾純嘏。子孫其湛。〔都南反叶持林反〕其湛曰樂。〔音洛〕各奏爾能。〔叶奴金反〕賓載手仇。〔音拘叶求其二音〕室人入又。〔叶由怡二音〕酌彼康爵。以奏爾時。〔叶酬時二音〕

賦也。籥。舞文舞也。烝。進。衎。樂。烈。業。洽。合也。百禮。言其備

也。孔氏曰。百禮事神之衆禮也壬。大。林。盛也。言禮之盛大也。錫。神錫之也。爾。主祭者也。嘏。福。湛。樂也。各奏爾能。謂子孫各酌獻尸。尸酢而卒爵也。安成劉氏曰。特牲。三獻之後。長兄弟洗觶獻尸。尸飲畢酢之。長兄弟受而卒爵。少牢下篇。三獻之後。亦有二人洗觶酌獻之禮。各奏爾能之義。其謂此類歟仇。讀曰㪺。音拘。挹取酒也室人。有室中之事者謂佐食也孔氏曰。佐食謂於賓客之中。取人命佐主人爲尸設饌食之人又。復也。賓手挹酒。室人復酌爲加爵也儀禮特牲曰。衆賓長爲加爵。注曰。獻禮既成。多之爲加也。○須溪劉氏曰。入又者。更迭再酌也康。安也。酒所以安體也。或曰。康。讀曰抗。記曰。崇坫康音抗圭。玉藻注曰。崇。高也。爲高坫亢所受圭奠於上焉此亦謂坫上之爵也。時。時祭也。蘇氏曰。時物也○此言因祭而飲者。始時禮樂之盛如此也臨川王氏曰。先王用酒常以祭祀。必有禮樂。有大禮斯有大樂以和之。有備樂斯有備禮以成之。籥舞笙鼓。有備樂也。以洽百禮。有備禮也○慶源輔氏曰。毛氏謂籥舞笙鼓者。謂秉籥而舞與笙鼓相應○長樂劉氏曰。言文舞則武舞可見矣。言笙鼓則八音舉矣。因射而飲者。飲在射先。因祭而飲者。飲在祭後。上二章皆言凡飲之初。禮樂之盛如此。則必不至於亂也○安成劉氏曰。此言祭宴禮樂之盛。亦蒙上章初筵之意。然武公因酒過作詩。宜於深自懲創。若大禹惡而絕之也。今二章乃皆盛陳飲酒之禮者。蓋酒非有過也。飲者常至於過也。飲者之於初筵亦未有過也。其終既醉。則不能無過也。公之自悔自戒。亦慎終如始而已。豈必廢燕射祭祀之禮而後免於酒禍哉

○賓之初筵。溫溫其恭。其未醉止。威儀反反。叶分邅反曰既醉止。威儀幡幡。叶分邅反舍音捨其坐遷。屢舞僊僊。其未醉止。威儀抑抑。曰既醉止。威儀怭怭。毗必反是曰既醉。不知其秩

賦也。反反，顧禮也。幡幡，輕數（音朔下同）也。遷，徙。屢，數也。僊僊軒舉之狀。抑抑，慎密也。（孔氏曰：慎密，謂慎禮而密靜）怭怭，媟（音薛）嫚（音慢）也。秩，常也。○此言凡飲酒者，常始乎治，而卒乎亂也。（莊子曰：以禮飲酒者，始乎治，常卒乎亂。注云：治，初筵溫溫秩秩之時也。亂，幡幡怭怭載號載呶之時也。○慶源輔氏曰：溫溫其恭，威儀反反，抑抑，始乎治也。幡幡怭怭，屢遷屢舞，終乎亂也。纔飲酒稍不謹，必至於此）

○賓既醉止，載號（乎毛反）載呶（女交反），亂我籩豆，屢舞僛僛（起其反）。是曰既醉，不知其郵（叶王其反）。側弁之俄，屢舞傞傞（素多反）。既醉而出，並受其福（叶筆力反）。醉而不出，是謂伐德。飲酒孔嘉（叶居何反），維其令儀（叶牛何反）。

賦也。號，呼。呶，讙也。（孔氏曰：唱叫也）僛僛，傾側之狀。郵，與尤同。過也。側，傾也。俄，傾貌。傞傞，不止也。出，去。伐，害。孔，甚。令，善也。

○此章極言醉者之狀。因言賓醉而出，則與主人俱有美譽。醉至若此，是害其德也。慶源輔氏曰：僛僛比僊僊則甚矣。側弁之俄，屢舞傞傞，則又甚也。不知其郵，亦甚於不知其秩。飲酒之所以甚美者，以其有令儀爾。今若此，則無復有儀矣。眉山蘇氏曰：此章申言其亂而終誨之也。

○凡此飲酒，或醉或否。叶補美反既立之監，或佐之史。彼醉不臧，不醉反恥。式勿從謂，無俾大音泰怠。叶養里反匪言勿言，匪由勿語。由醉之言，俾出童羖。音古三爵不識。叶失志二音矧失引反敢多又。叶夷益、夷豉二反

賦也。監、史，司正之屬。燕禮、鄉射，恐有解音懈倦失禮者，立

司正以監之察儀法也朱子曰。鄉飲酒禮鄉射禮。皆曰相爲司正。燕禮曰射人爲司正○東萊呂氏曰。淳于髡云。賜酒大王之前。執法在傍。御史在後。此言人君燕飲之制。猶存於戰國者也。或立之監。即執法也。鄉射注所謂立司正以監察儀法者也。或佐之史。即御史也。董氏所謂佐之史以書之者也。謂告。由。從也。童羖無角之羖羊。必無之物也。識。記也○言飲酒者或醉或不醉。故既立監而佐之以史。則彼醉者所爲不善而不自知。使不醉者反爲之羞愧也。安得從而告之。使勿至於大怠乎。告之若曰。所不當言者勿言。所不當從者勿語慶源輔氏曰。欲其不至於昏醉。而但告之使勿大怠者何也。蓋凡溺於酒者。其病根只在一怠字上。稍自謹飭者。便不至若是。漢人謂無事故飲者亦此意也。無事則怠矣。匪言勿言。匪從勿語。應前章則號呼讙呶而云也。言。自言也。語。與人語也。苟不可從。則豈可語人哉醉而妄言

則將罰女使出童羖矣。設言必無之物以恐之也。女飲至三爵。已昏然無所記矣。況敢又多飲乎。又丁寧以戒之也

賓之初筵五章十四句

毛氏序曰。衛武公刺幽王也。韓氏序曰。衛武公飲酒悔過也。今按此詩意與大雅抑戒相類。安成劉氏曰。此詩之意。欲以自警。抑詩之意。亦以自警也。此詩之意。恐醉酒而伐德。猶抑詩所謂顛覆厥德。荒湛于酒也。此詩之意。反覆以威儀爲言。猶抑詩言抑抑威儀。敬愼威儀。敬爾威儀。不愆于儀也。此詩言載號載呶。勿言勿語之意。猶抑詩言愼爾出話。無易由言也。以至此詩有童羖之語。抑詩亦有彼童而角之喻。其語意多相類也。然抑詩凡言女言爾。集傳以爲武公使誦詩者命己之詞。今按此詩凡言

賓言爾者。恐亦武公自謂也必武公自悔之作。當從韓義鄱陽董氏曰。史鴻漸云。衛人何其服酒誥之訓。世守於無窮也。始也商俗淫湎。武王以酒誥戒之。幽王之世。上下沈湎。武公飲酒自悔。作賓之初筵。見衛人非特一時聞訓。不敢自越於禁防。又能以其所以禁防者。傳爲子孫法焉○安成劉氏曰。酒誥言謹酒之意。以爲父母慶克羞耇羞饋祀則皆可用酒。乃若反開飲酒之端者。亦若武公謹酒而言因射而飲。因祭而飲之意也。夫酒之爲禍。內則喪人之德。外則喪人威儀。謹酒之要。亦惟致力於二者而已。故此詩言德者一。而言威儀者五。酒誥言德者八。而言威儀者一。詳畧可互相備矣。武公此詩。其眞有得於武王康叔之家法歟

魚在在藻。有頒符云反其首。王在在鎬。豈苦在反樂音洛飲酒。

興也。藻。水草也。頒。大首貌。豈。亦樂也。○此天子燕諸侯。而諸侯美天子之詩也。言魚何在乎。在乎藻也。則有頒

其首矣。王何在乎在乎鎬京也。則豈樂飲酒矣

○魚在在藻有莘（所巾反）其尾王在在鎬飲酒樂豈（叶去幾反）

興也。莘長也

○魚在在藻依于其蒲。王在在鎬有那（乃多反）其居

興也。那安。居處也

慶源輔氏曰。此詩與鴛鴦相類。辭雖簡而意則切矣。下頌其德者。德盛而非言之所能盡。亦尊敬之至。而不敢加以形容也。但美其樂飲。安居其位。則非盛德其孰能之

魚藻三章章四句

采菽采菽筐（音匡）之筥（音舉）之。君子來朝（音潮）何錫予（音與）之。雖無予之路車乘（繩證反）馬（叶滿補反）又何予之玄袞（古本反）及黼（音甫）

興也。菽大豆也。君子諸侯也。路車金路。以賜同姓。象路

以賜異姓也周禮巾車曰。金路鉤樊纓九就。同姓以封。象路朱樊纓七就。異姓以封。注云。金路。以金飾諸末。鉤。婁頷之鉤。以金爲之。樊。馬大帶也。纓。馬鞅。樊纓皆以五采罽飾之而九成。象路以象飾。無鉤以朱飾勒而已。其樊纓飾七成。樊音盤。罽音計。玄衮。玄衣而畫以卷音衮龍也。黼。如斧形。刺。七亦反之於裳也孔氏曰。以龍首卷然謂之衮○東萊呂氏曰。玄者衣之色。衮畫於衣。九章之第一章也。黼繡於裳。九章之第八章也。上公之服周制。諸侯衮冕九章。已見九罭篇鄭氏曰。一曰龍。二曰山。三曰華蟲。四曰火。五曰宗彝。皆畫。六曰藻。七曰粉米。八曰黼。九曰黻。皆繡。衣五章。裳四章侯伯鷩音鷩冕七章。則自華蟲以下。鄭氏曰。鷩畫以雉。謂華蟲也。其衣三章。裳四章子男毳尺銳反冕五章。衣自宗彝以下而裳黼黻。鄭氏曰。毳畫虎蜼。謂宗彝也。其衣三章。裳二章孤卿絺知上聲冕三章。則衣粉米而裳黼黻。鄭氏曰。絺刺粉米。無畫也。衣一章。裳二章大夫玄冕。則玄衣黻裳而已鄭氏曰。玄者。衣無文。裳刺黻而已。是以謂玄焉。凡冕服皆玄衣纁裳。五服同冕者。首飾尊也○此天子所以答魚藻也。采菽采菽。則必以筐筥盛之。君子來朝。則必有以錫予之。又言今雖無以予之然已有路車乘馬玄衮及黼之賜矣。其言如此者。好之無已。意猶以爲薄也永嘉陳氏曰。雖無予之者。好之之心無已也。上公九章。其服用衮。諸侯豈皆上公而有是賜哉。詩人取其錫予之至厚者爾○豐城朱氏曰。予之以車馬。所以爲之乘。予之以衮黼所以爲之衣。其禮亦已厚矣。而猶以爲薄者。蓋以車馬衣服之賜。自先王以來。所以懷諸侯者如此。吾遵而行之。非能有加於常禮之外也。則其歎然不自足之意可見矣

○觱音必沸音弗檻胡覽反泉叶才匀反言采其芹巨斤反君子來朝。言觀其旂巨依反叶巨斤反其旂淠淠匹弊反。鸞聲嘒嘒呼惠反。載驂七南

反載駟。君子所届（叶居氣反）

興也。觱沸。泉出貌。檻泉。正出也。（孔氏曰。正出。涌泉也。○三山李氏曰。水泉從下上出曰涌泉）芹。水草可食。（埤雅曰。水菜一名水英。爾雅謂之水葵）淠淠。動貌。嘒嘒。聲也。（臨川王氏曰。嘒嘒。言其聲之細。無敢馳驅故也）届。至也。○觱沸檻泉。則言采其芹。諸侯來朝。則言觀其旂。見其旂。聞其鸞聲。又見其馬。則知君子之至於是也

○赤芾（音弗）在股。邪幅在下。（叶後五反）彼交匪紓。（音舒。叶上與反）天子所予。（音與）樂（音洛）只（音止）君子。天子命（叶彌幷反）之。樂只君子。福禄申之

賦也。脛本曰股。邪幅。偪也。邪纏於足。如今行縢。所以束脛在股下也。（孔氏曰。縢。緘也。名行縢者。言行而緘束之也。○鄭氏曰。偪束其脛。自足至膝。故曰在）

下○廬陵彭氏曰。陳氏云。帶裳幅舄。昭其度也。幅雖微而有等差之度。故併觀之交。交際也。紓緩也。○言諸侯服此芾偪見于天子。恭敬齊咨齋二音遬不敢紓緩。則爲天子所與。而申之以福祿也豐城朱氏曰。禮以齊遬爲敬。彼交匪敖。則萬福之所求。彼交匪紓。則天子之所予。天子之所予。即福祿之所申也

○維柞之枝。其葉蓬蓬。樂只君子。殿多見反天子之邦。叶卜工反樂只君子。萬福攸同。平平婢延反左右。亦是率從

興也。柞見車舝篇。蓬蓬。盛貌。殿。鎮也孔氏曰。軍行在後曰殿。取鎮重之義。故曰殿鎮也平平。辯治也。左右。諸侯之臣也。率。循也。○維柞之枝。則其葉蓬蓬然。樂只君子。則宜殿天子之邦。而爲萬福之所聚。又言其左右之臣。亦從之而至此也

○汎汎芳劍反楊舟。紼音弗纚力馳反維之。樂只君子。天子葵之。樂只君子。福祿膍頻尸反之。優哉游哉。亦是戾叶郎之反矣

興也。紼繂音律也。孔氏曰。孫炎云。繂大索也。李巡云。所以維持舟者纚維皆繫也。言以大索纚其舟而繫之也。葵揆也。揆猶度也。膍厚。戾至也。○汎汎楊舟。則必以紼纚維之。樂只君子。則天子必葵之。慶源輔氏曰。天子葵之。言天子能葵度諸侯之心。而知其底蘊也福祿必膍之。於是又歎其優游而至於此也

采菽五章章八句慶源輔氏曰。首章之意至矣。言其寵錫之厚。而心猶以爲不足也。二章則言其始來之時。見其車旂而喜其至。三章則言其始見天子時恭敬齊遫。而爲天子之所予。四章則言其德足以鎭天子之邦。爲萬福之所聚。而又喜其左右之臣。相從而至。五章則申言之。而又

嘆其至也。優游自適。而無勉強不得已之意。一有勉強之心則怠矣

騂騂息營反角弓。翩翩匹然反其反叶分邅反矣。兄弟昏姻。無胥遠叶於圓反矣

興也。騂騂弓調和貌。角弓以角飾弓也。孔氏曰。弓人以六材爲弓。謂幹角筋膠絲漆也翩反貌。弓之爲物。張之則內向而來。弛之則外反而去。有似兄弟昏姻親疏遠近之意。胥相也。○此刺王不親九族而好讒佞。使宗族相怨之詩。言騂騂角弓。既翩然而反矣。兄弟昏姻。則豈可以相遠哉廬陵歐陽氏曰。弓之爲物。其體往來。詩人以興九族之親。王若親之以恩則內附。若不以仁恩結之。則亦離叛而去矣

○爾之遠叶於圓反矣。民胥然矣。爾之教矣。民胥傚矣

賦也。爾，王也。上之所爲，下必有甚者。廬陵歐陽氏曰：王與骨肉如此，則下民亦將傚上之所爲也。○慶源輔氏曰：王位在德元，風俗之樞機也。故爾遠則民然，爾教則民傚，其應甚速，不可不謹也。遠字承上章而言

○此令兄弟，綽綽有裕。預與二音不令兄弟，交相爲瘉。同上

賦也。令，善。綽，寬。裕，饒。瘉，病也。○言雖王化之不善，然此善兄弟則綽綽有裕而不變，彼不善之兄弟則由此而交相病矣。蓋指讒己之人而言也

○民之無良，相怨一方。受爵不讓，叶如羊反至于已斯亡。

賦也。一方，彼一方也。○相怨者各據其一方耳。若以責人之心責己，愛己之心愛人，使彼己之間交見而無蔽，

慶源輔氏曰。即大學絜矩之道也則豈有相怨者哉臨川王氏曰。民喪其良心。不恭彼已之曲直。則各相怨於一方況兄弟相怨相讒。以取爵位。而不知遜讓終亦必亡而已矣慶源輔氏曰。此章始則語之以相怨之由。終則戒之以不遜之禍。其曉之也切矣○廬陵歐陽氏曰。貪爭不已。至於亡身也○須溪劉氏曰。末句猶云至于亡斯已也

○老馬反爲駒叶去聲不顧其後。叶下故反如食宜饇。於據反如酌孔取叶音娶

比也。饇。飽。孔。甚也○言其但知讒害人以取爵位。而不知其不勝任。如老馬憊蒲拜反矣。而反自以爲駒。不顧其後。將有不勝任之患也。又如食之已多而宜飽矣。酌之所取亦已甚矣慶源輔氏曰。老馬反爲駒。不顧其後。此必指當時實事而言。蓋時有讒己以取

其爵位。而不度其己之不勝任者。如食宜饇。以比其貪饕之無厭。如酌孔取。以比其攫取之太甚

○毋教猱升木。如塗塗附。君子有徽猷。小人與屬。音蜀叶殊遇反

比也。猱。獼猴也。陸氏曰。楚人謂之沐猴。老者爲玃。長臂者爲猿。性善升木。不待教而能也。塗。泥。附。著。徽。美。猷。道。屬。附也○言小人骨肉之恩本薄。王又好讒佞以來之。是猶教猱升木。又如於泥塗之上。加以泥塗附之也。苟王有美道。則小人將反爲善以附之。不至於如此矣長樂劉氏曰。小人樂於不善。今王又踈薄骨肉以倡之。是教猱升木也。小人樂於不善。而王又益之以不善之教。是以塗塗附其墍。且相著不可脫矣。非所以爲上之道也。故陳爲上之道曰。君子有徽猷。小人與屬也。先王有至德要道。民用和睦。正其五品。爲之孝友。是之謂徽猷○東萊呂氏曰。上之化下。速於影響。導之以惡。旣易如此。況於有善道以化之。小民其有不與屬者乎○

新安胡氏曰。毋教云者。申二章爾教之義而禁止之也。君子小人。以位言○慶源輔氏曰。君者民之表。上者下之倡。民之善惡。亦惟其上之所道耳。罪不在於民也。望於上者切。而責於人者恕。詩人之情當理矣○安成劉氏曰。大學傳曰。上老老而民興孝。上長長而民興弟。上恤孤而民不倍。上有徼猷。而下之與屬者。其機蓋如此

○雨（于付反）雪瀌瀌（符驕反）見晛（乃見反）曰（音越韓詩劉向作聿下章倣此）消莫肯下（遐稼反）遺式居婁（力住反荀子作屢）驕

比也。瀌瀌盛貌。晛日氣也。張子曰。讒言遇明者當自止。（安成劉氏曰。盛雪見日氣當自消。正如此也）而王甫信之。不肯貶下而遺棄之。更益以長慢也

○雨雪浮浮。見晛曰流。如蠻如髦（叶莫侯反）我是用憂

比也。浮浮猶瀌瀌也。流流而去也。蠻南蠻也。髦夷髦也。

書作髳孔氏曰。髳西夷之別名。牧誓曰。及庸蜀髳微盧彭濮人。彼髳此髦音義同言其無禮義而相殘賊也臨川王氏曰。粲然有文以相接。驩然有恩以相愛。中國之道也。中國道盡。則如蠻如髦矣。是大亂之道也。故我是用憂也

角弓八章章四句安成劉氏曰。堯之協和萬邦。必以親九族爲本。中庸之九經。必以親親爲先。所係之大如此。而其道則唯在於尊其位。重其祿。同其好惡。此先王所以有常棣伐木頍弁行葦諸詩之深仁厚澤也。今若此詩所刺。則喪其治國平天下之本矣。詩人所以於卒章。深致其憂也

有菀音鬱者柳。不尚息焉。上帝甚蹈。戰國策作上天甚神無自暱焉。俾予靖之。後予極焉

比也。柳。茂木也。尚。庶幾也。上帝。指王也。蹈。當作神。言威

靈可畏也。暱。近。靖。安也。極。求之盡也○王者暴虐。諸侯不朝而作此詩。言彼有菀然茂盛之柳。行路之人。豈不庶幾欲就止息乎。以比人誰不欲朝事王者。而王甚威神。使人畏之而不敢近耳。使我朝而事之。以靖王室。後必將極其所欲以求於我。蓋諸侯皆不朝而已獨至。則王必責之無已。如齊威王朝周而後反爲所辱也史記魯仲連曰。齊威王朝周。居歲餘。周烈王崩。齊後往。周怒於齊曰。天崩地折。天子下席。東藩之臣。因齊後至則斮。威王怒曰。叱嗟而母婢也。卒爲天下笑。故生則朝之。死則叱之。誠不忍其求也或曰興也。下章放此慶源輔氏曰。前章只是比體。以人願息於柳陰。以比人願庇於王者耳。若以爲興。則不尚息焉。無自暱焉。兩句意思各別

○有菀者柳。不尚愒欺例反焉。上帝甚蹈見上無自瘵側界反叶子例反焉戰國策作也俾予靖之。後予邁叶力制反焉

比也。愒息瘵病也。邁過也。求之過其分也

○有鳥高飛。亦傅音附于天叶鐵因反彼人之心。于何其臻。曷予靖之。居以凶矜

興也。傅臻皆至也。彼人。斥王也。居。猶徒然也。凶矜。遭凶禍而可憐也○鳥之高飛。極至於天耳。彼王之心。於何所極乎。言其貪縱無極。求責無已。人不知其所至也。如此。則豈予能靖之乎。乃徒然自取凶矜耳

菀柳三章章六句

桑扈之什十篇四十三章二百八十二句

詩傳大全卷之十四

明永樂内府本詩傳大全

第五册

明 胡廣等撰

明永樂十三年内府刻本

山東人民出版社·濟南

詩傳大全卷之十五

都人士之什二之八

彼都人士。狐裘黃黃。其容不改。出言有章。行歸于周。萬民所望。叶音亡

賦也。都。王都也。黃黃。狐裘色也。孔氏曰。狐之黃者多。不改。有常也。章。文章也。周。鎬京也。○亂離之後。人不復見昔日都邑之盛。人物儀容之美。而作此詩以歎惜之也。慶源輔氏曰。容則德之符也。言則德之發也。容言如是。則其德可知。故爲萬民所仰望也。或曰。先王以此詩爲亂離之後所作。如此則東遷之後詩也。曰。厲王流死于彘之後。都邑豈能如舊哉。何必東遷之後乎。故先王但以周爲鎬京也。

○彼都人士。臺笠緇撮。七活反叶祖悅反 彼君子女。綢直留反 直如

髮叶方月反我不見兮我心不說音悅

賦也臺夫音扶須也可以爲簑笠陸氏曰莎草也緇撮緇布冠也其制小僅可撮其髻也孔氏曰緇布冠制小故爲撮若是帛爲玄冠則有制度不得言撮○臨川王氏曰臺笠緇撮在野與衆偕作之服君子女都人貴家之女也綢直如髮未詳其義然以四章五章推之亦言其髮之美耳盧陵羅氏曰說文綢密也解頤新語其首飾綢直如髮之本然謂不用髮髢爲高髻之類

○彼都人士充耳琇音秀實彼君子女謂之尹吉我不見兮我心苑於粉反結叶緣質反

賦也琇美石也以美石爲瑱尹吉未詳鄭氏曰吉讀爲姞其入聲尹氏姞氏周之昏姻舊姓也人見都人之女咸

謂尹氏姞氏之女言其有禮法也孔氏曰常武曰王謂尹氏春秋昭二十三年尹氏立王子朝世爲公卿周之舊族也韓奕云爲韓姞相攸汾王之甥左傳鄭石癸曰姞吉人也后稷之元妃也是姞與周室爲昏姻也世貴舊姓昏連王室故見都人之女有禮法者謂之尹姞也李氏曰所謂尹吉猶晉言王謝唐言崔盧也安成劉氏曰晉之江左王謝唐之山東崔盧皆一時之望族爲世所稱也苑猶屈也積也

○彼都人士垂帶而厲叶落蓋反彼君子女卷音權髮如蠆初邁反我不見兮言從之邁

賦也厲垂帶之貌孔氏曰禮大帶垂三尺卷髮鬢傍短髮不可斂者曲上卷然以爲飾也蠆螫音釋蟲也尾末揵音虔然似髮之曲上者釋文曰揵舉也長尾爲蠆短尾爲蠍邁行也蓋曰是不可得見

也。得見。則我從之邁矣。思之甚也

○匪伊垂之。帶則有餘。匪伊卷之。髮則有旟。我不見兮。云何盱喜俱反矣

賦也。旟。揚也。盱。望也。說見何人斯篇。○此言士之帶。非故垂之也。帶自有餘耳。女之髮。非故卷之也。髮自有旟耳。言其自然閑美。不假修飾也。然不可得而見矣。則如何而不望之乎

都人士五章章六句

終朝采綠。不盈一匊弓六反。予髮曲局。薄言歸沐

賦也。自旦至食時爲終朝。綠。生芻也。爾雅注。菉。蓐也。今呼鴟脚莎。兩

手曰匊。局。卷音權也。猶言首如飛蓬也。疊山謝氏曰。婦人夫不在。不事容飾故伯兮曰自伯之東。首如飛蓬○婦人思其君子而言終朝采綠而不盈一匊者。思念之深不專於事也埤雅曰。藍綠皆易得之物。今以憂思貳之。故雖終朝采掇。而不盈一匊一襜也又念其髮之曲局。於是舍之而歸沐以待其君子之還也慶源輔氏曰。薄言歸沐。恐君子之或歸也。好飾者婦人之性

○終朝采藍盧談反不盈一襜。尺占反。叶都甘反五日為期。六日不詹音占。叶多甘反

賦也。藍。染草也濮氏曰。藍可以為靛。染青以之。靛音奠衣蔽前謂之襜。即蔽膝也。詹與瞻同。五日為期。去時之約也。六日不詹。過期而不見也長樂劉氏曰。既踰於期。猶未瞻見也。六日不詹。未久也。尚且望而憂之。又況於遲久

而弗歸耶

○之子于狩。尺救反言韔敕亮反其弓。叶姑弘反之子于釣。言綸之繩。

賦也。之子。謂其君子也。理絲曰綸。○言君子若歸而欲往狩耶。我則爲之韔其弓。欲往釣耶。我則爲之綸其繩。望之切。思之深。欲無往而不與之俱也。丘氏曰。今遠行從役。久而不歸。思其如此而不可得也○慶源輔氏曰。狩而韔弓。釣而綸繩。本非婦人之事。望之切。思之深。設言其如此。以見其欲無往而不與之俱。是雖夫婦之正情。然使其形於言焉。則怨曠甚矣

○其釣維何。維魴音房及鱮。音敘。叶音湑維魴及鱮。薄言觀者。叶掌與反

賦也。於其鈎而有獲也。又將從而觀之。亦上章之意也

慶源輔氏曰。此章承上章末句而言。亦喜幸之詞也

采綠四章章四句

芃芃（蒲東反）黍苗陰雨膏（古報反）之。悠悠南行召伯勞（力報反）之

興也。芃芃長大貌。悠悠遠行之意。○宣王封申伯於謝命召穆公往營城邑。故將徒役南行。而行者作此。言芃芃黍苗則唯陰雨能膏之。悠悠南行則唯召伯能勞之也

○我任（音壬）我輦（力展反）我車我牛。（叶魚其反）我行既集。蓋云歸哉（叶將黎反）

賦也。任。負任者也。孔氏曰。謂器物人所負持輦。人輓音晚車也。周禮鄉師注曰。輦車人輓行。所以載任器也。止以爲蕃營。輦一斧一斤一鑿一梩一鉏。周加二版二築。以十五人而輦。○安成劉氏曰。我任我輦。載任器於輦車也牛。所以駕大車也。安成劉氏曰。我車我牛。駕牛於重載之車也集。成也。營謝之役既成而歸也臨川王氏曰。此章見召伯之遇役夫如此

○我徒我御。我師我旅。我行既集。蓋云歸處。

賦也。徒。步行者。御。乘車者。五百人爲旅。五旅爲師。春秋傳曰。君行師從。卿行旅從。孔氏曰。旅屬於師。徒行御車。乃是師旅之人。別而言之。歷數以類上章也。○臨川王氏曰。此章見召伯之遇征夫如此

○肅肅謝功。召伯營之。烈烈征師。召伯成之。

賦也。肅肅嚴正之貌。謝邑名。申伯所封國也。今在鄧州信陽軍。今河南有鄧州。及信陽縣是也功工役之事也。營治也。烈烈威武貌。征。行也慶源輔氏曰。言其師旅之所以得如是烈烈然威武者。皆召伯有以成之也。然則兵豈能自爲強弱哉。顧上之人。所以御之者如何耳

○原隰既平。泉流既清。召伯有成。王心載寧

賦也。土治曰平。水治曰清。○言召伯營謝邑。相其原隰之宜。通其水泉之利。疊山謝氏曰。疆其土田。事畢則原隰平矣。治其溝洫。事畢則泉流清矣此功既成。宣王之心則安也東萊呂氏曰。申伯之體勢不重。則無以鎮定南服。召穆公身爲卿士。豈得辭其憂責哉。宣王雖深居九重。宵旰之慮。固未嘗一日忘之也。必待召公告厥成功。而王心始寧焉。此眞知職分者也

黍苗五章章四句

此宣王時詩與大雅崧高相表裏

隰桑有阿。其葉有難。乃多反旣見君子。其樂。音洛下同如何

興也。隰。下濕之處。宜桑者也孔氏曰桑宜在濕潤之所。隰之近畔宜桑阿。美貌。難。盛貌。皆言枝葉條垂之狀○此喜見君子之詩。言隰桑有阿。則其葉有難矣。旣見君子。則其樂如何哉。詞意大槩與菁莪相類。然所謂君子。則不知其何所指矣。或曰比也。下章放此安成劉氏曰。所謂下章者指二章三章也。所謂比者蓋以隰桑枝葉之盛。比君子容貌威儀顔色之美。亦與菁莪比意相類

○隰桑有阿。其葉有沃。烏酷反叶鬱縛反旣見君子。云何不樂。

興也。沃。光澤貌。長樂劉氏曰。光潤如膏之沃也

○隰桑有阿。其葉有幽。叶於交反既見君子。德音孔膠。音交

興也。幽。黑色也。膠。固也

○心乎愛矣。叶許既反遐不謂矣。中心藏之。何日忘之

賦也。遐。與何同。表記作瑕。鄭氏註曰。瑕之言胡也。謂猶告也。○言我中心誠愛君子。而既見之。則何不遂以告之。而但中心藏之。將使何日而忘之耶。丘氏曰。詩人自道其愛賢之意如此。○臨川王氏曰。所謂盛德至善不能忘也。楚辭所謂思公子兮未敢言。意蓋如此。愛之根於中者深。故發之遲。而存之久也

隰桑四章章四句

白華音花菅音姦兮。白茅束兮。之子之遠。俾我獨兮

比也。白華野菅也。已漚爲菅。孔氏曰。漚之柔韌。異其名謂之爲菅。因謂在野未漚者，爲野菅耳之子，斥幽王也。俾使也。我申后自我也○幽王娶申女以爲后。又得褒姒而黜申后。故申后作此詩。言白華爲菅。則白茅爲束。二物至微。猶必相須爲用。何之子之遠。而俾我獨耶朱子曰。讀詩之法。且如此章。蓋言白華與茅尚能相依。而我與子乃相去之遠。何哉

○英英白雲。露彼菅茅。叶莫侯反天步艱難。之子不猶

比也。英英輕明之貌。白雲水上輕清之氣。當夜而上騰者也。露。卽其散而下降者也永嘉陳氏曰。雲爲質。而露爲澤步行也。天

步。猶言時運也。猶圖也。或曰。猶。如也 ○ 言雲之澤物無微不被。今時運艱難而之子不圖。不如白雲之露菅茅也 張子曰。英英白雲。且均露及菅茅。何天步艱難。而之子不若是乎

○滮 符彪反 池北流浸彼稻田。叶地因反 嘯歌傷懷念彼碩人

比也。滮流貌。北流。豐鎬之間。水多北流。碩人。尊大之稱亦謂幽王也 ○ 言小水微流。尚能浸灌。王之尊大。而反不能通其寵澤。所以使我嘯歌傷懷而念之也 疊山謝氏曰。嘯歌傷懷。所謂長歌之哀。過於慟哭也

○樵 徂焦反 彼桑薪。卬 五綱反 烘 火東反 于煁。市林反 維彼碩人實勞我心

比也。樵采也。桑薪。薪之善者也。卬我烘燎也。煁無釜之竈。可燎而不可烹飪者也孔氏曰。無釜之竈。其上燃火謂之烘。本爲此竈止以燃火照物。若今火爐也○桑薪宜以烹飪。而但爲燎燭。以比嫡后之尊。而反見卑賤也

○鼓鍾于宮。聲聞音問于外。念子懆懆七到反。視我邁邁

比也。懆懆憂貌。邁邁不顧也○鼓鍾于宮。則聲聞于外矣。念子懆懆。而反視我邁邁何哉程子曰。此章自傷其誠意之不能動王也。懆懆然憂戚。而曾不能感動。視我邁邁而去

○有鶖音秋在梁。有鶴在林。維彼碩人。實勞我心

比也。鶖禿鶖也埤雅曰。一名扶老。狀如鶴而大。長頸赤目。頭高八尺梁。魚梁也○

蘇氏曰。鶖鶴皆以魚爲食。然鶴之於鶖。清濁則有間矣。今鶖在梁而鶴在林。鶖則飽而鶴則飢矣。幽王進襃姒而黜申后。譬之養鶖而棄鶴也

○鴛鴦在梁。戢其左翼。之子無良。二三其德

比也。戢其左翼。言不失其常也安成劉氏曰。戢其左翼。以相依於內。舒其右翼以防患於外。此禽鳥匹偶並棲之常也良。善也。二三其德。則鴛鴦之不如也臨川王氏曰。鴛鴦能好其匹。雄雌相從。不失其性也。幽王無良。不一其德。鴛鴦之不如也。○疊山謝氏曰。鴛鴦不失其匹偶。幽王乃喪其良心。嬖妾廢后。有愧於鴛鴦矣。衛詩云。士也罔極。二三其德。亦刺夫婦之相乖背也。與此意合

○有扁步典反斯石。履之卑兮。之子之遠。俾我疷都禮反叶喬移反

兮

比也。扁卑貌。俾使。疷病也。○有扁然而卑之石。則履之者亦卑矣。如妾之賤。則寵之者亦賤矣安成劉氏曰。夫之有婦。所以相配。故寵賤者以配己。則己亦賤矣。程子嘗論娶孀婦。而曰娶失節者以配身。是己失節。亦此章之意也是以之子之遠。而俾我疷也

白華八章章四句慶源輔氏曰。一章則言夫婦之常理。二章則言時運之使然。三章姑言其體尊勢大而反不如小水之尚能漑物。四章然後自歎其以嫡后之尊。而反見卑賤。其言亦可謂有序矣。五章又疑已雖念王。而王不顧己。何哉。六章始以鶖比褒姒。而歎王之舉措取舍之非宜。七章則遂言王之二三其德。曾不若鴛鴦之有常。八章方極其意。而謂王不自愛重。寵嬖賤妾以輕賤其身。所以使我憂之而成病。其言有序而不亂。其怨有則而不流。即其言以觀其人。則申后其亦

賢矣哉○三山李氏曰。此詩大抵與綠衣相類。彼專以綠衣取譬。此則多譬喻。體雖不同。而發明嫡妾之分則一也○安成劉氏曰。此詩章多而句少。八章皆爲比體。一章以一事爲喻。反覆諷詠以泄其情。而猶不能絶念於王。可謂怨而不怒者矣。一詩之中。首以之子稱王。斥之也。繼稱碩人。尊之也。繼而稱子。親之也。繼又稱碩人。又稱之子。怨者之詞。固有不暇整也

緜蠻黃鳥。止于丘阿。道之云遠。我勞如何。飲於鴆反之食音嗣之。教之誨之。命彼後車。謂之載之

比也。緜蠻。鳥聲。阿。曲阿也。孔氏曰。卷阿云。有卷者阿。如丘阿。是丘之曲中也後車。副車也○此微賤勞苦。而思有所託者。爲鳥言以自比也。蓋曰。緜蠻之黃鳥。自言止於丘阿。而不能前。蓋道遠而勞甚矣。當是時也。有能飲之食之教之誨之。又命

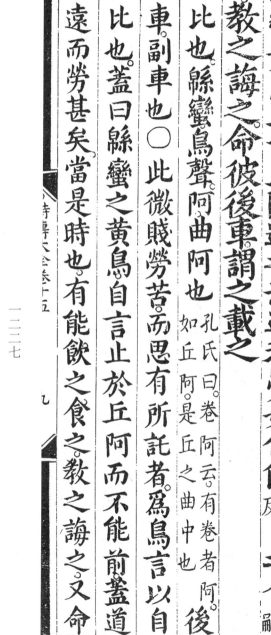

後車以載之者乎

○緜蠻黄鳥。止于丘隅。豈敢憚行。畏不能趨。飲之食之。教之誨之。命彼後車。謂之載之

比也。隅角。朱子曰丘隅岑蔚之處 憚畏也。趨疾行也

○緜蠻黄鳥。止于丘側。豈敢憚行。畏不能極。飲之食之。教之誨之。命彼後車。謂之載之

比也。側傍。極至也。國語云。齊朝駕則夕極于魯國

緜蠻三章章八句

幡幡孚煩反瓠葉。采之亨之。叶鋪郎反君子有酒。酌言嘗之

賦也。幡幡瓠葉貌。○此亦燕飲之詩。言幡幡瓠葉。采之

亨之至薄也三山李氏曰瓠葉新生可以爲葅然君子有酒則亦以是酌而嘗之蓋述主人之謙詞言物雖薄而必與賓客共之也

○有兎它故反斯首炮白交反之燔音煩叶汾乾反之君子有酒酌言獻叶虛言反之

賦也有兎斯首一兎也猶數魚以尾也毛曰炮加火曰燔亦薄物也獻獻之於賓也疊山謝氏曰瓠葉以爲葅不必嘉蔬一兎以爲殽不必異膳先王之燕賓客眞德實意而已矣

○有兎斯首燔之炙音隻叶陟畧反之君子有酒酌言酢才洛反之

賦也炕音抗火曰炙謂以物貫之而舉於火上以炙之酢

報也。賓既卒爵而酢主人也

○有兎斯首。燔之炮之。叶蒲侯君子有酒。酌言醻之。市周反

賦也。醻。導飲也。朱子曰。主人酌以獻賓曰獻。賓酢主人。主人又自飲而復飲賓曰醻。其主人又自飲者。是導賓使飲也。但賓受之却不飲。奠於席前。○新安胡氏曰。主人既飲酢爵。欲以醻賓。又酌而先自飲以導之。然後復酌而進於賓。故謂之醻

瓠葉四章章四句定宇陳氏曰。燕飲之禮。在誠不在物。此聊舉一二以見其微薄。謙詞耳。燕飲之詩有盛言其豐者。魚麗是也。有謙言其薄者。此詩是也

漸漸並士銜反下同之石。維其高矣。山川悠遠。維其勞矣。武人東征。不遑朝叶直高反矣

賦也。漸漸。高峻之貌。武人。將帥也。遑。暇也。言無朝旦之

暇也○將帥出征。經歷險遠。不堪勞。苦而作此詩也廬陵歐陽氏曰。漸漸高石。悠遠山川。序其所經歷險阻遠道之勞耳

○漸漸之石。維其卒。在律反矣。山川悠遠。曷其沒。叶莫筆反矣。武人東征。不遑出矣

賦也。卒。崔嵬也。謂山巔之末也。曷。何。沒。盡也。言所登歷何時而可盡也。不遑出。謂但知深入。不暇謀出也

○有豕白蹢。音的烝涉波矣。月離于畢。俾滂普郎反沱徒何反矣。武人東征。不遑他湯何反矣

賦也。蹢。蹄。烝。衆也。離。月所宿也。畢。星名。豕涉波。月離畢。將雨之驗也埤雅曰。馬喜風。豕喜雨。故天將雨。則豕進涉水波也。○朱子曰。畢是漉魚底叉網。漉

魚則其汁水淋漓而下。若雨然。畢。星名。義蓋取此。今畢星上有一柄。下開兩叉。形亦類畢。故月宿之則雨。○新安胡氏曰。畢星好雨。月。水之精。離畢而雨。星象相感如此 ○張子曰。豕之負塗曳泥。其常性也。今其足皆白。衆與涉波而去。水患之多可知矣。此言久役又逢大雨。甚勞苦而不暇及他事也 廬陵歐陽氏曰。履險遇雨。征行所尤苦。故以爲言

漸漸之石三章章六句 慶源輔氏曰。不遑朝矣。猶可言也。至於不遑出。不遑他。則其情危而可哀甚矣。方采薇出車之詩作時。豈容有此事哉。世之治也。固未嘗無征伐之詩也。然行者之勞。未嘗自言。而上之人。則汲汲然以言其勞之可念。世之亂也。上之人未嘗念其勞而言之也。而行者則自言其勞苦而不置焉。夫使勞者自言。而上之人不加恤焉。則烏在其爲民之父母也

苕音條之華。音花芸音云其黃矣。心之憂矣。維其傷矣

比也。苕陵苕也。本草云。即今之紫葳。蔓生附於喬木之上。其華黃赤色。亦名凌霄本草注曰。紫葳。一名陵苕。蔓生依大木。歲久延引至巔。有花。其花夏乃盛。○安成劉氏曰。芸者。黃之盛也○詩人自以身逢周室之衰。如苕附物而生。雖榮不久。故以爲比。而自言其心之憂傷也

○苕之華。其葉青青。子零反知我如此。不如無生。叶桑經反

比也。青青。盛貌。然亦何能久哉

○牂子桑反羊墳扶云反首。三星在罶。音柳人可以食。鮮息淺反可以飽。叶補苟反

賦也。牂羊。牝羊也。墳。大也。羊瘠則首大也。莆田鄭氏曰。牝羊本首小。

今也羸瘰反首大而身小罶，笱也。罶中無魚而水靜，但見三星之光而已。○言饑饉之餘，百物彫耗如此。苟且得食足矣，豈可望其飽哉。

苕之華三章，章四句

陳氏曰：此詩其詞簡，其情哀。周室將亡，不可救矣。詩人傷之而已。

何草不黃，何日不行。叶戶郎反 何人不將，經營四方。

興也。草衰則黃。將，亦行也。○周室將亡，征役不息，行者苦之，故作此詩。言何草而不黃，何日而不行，何人而不將以經營於四方也哉。

○何草不玄。叶胡匀反何人不矜。古頑反韓詩作鰥叶居陵反哀我征夫。獨爲匪民。

興也。玄。赤黑色也。既黃而玄也。無妻曰矜。言從役過時而不得歸。失其室家之樂也。哀我征夫。豈獨爲非民哉。

疊山謝氏曰。東山采薇出車杕杜諸詩。序情閔勞。皆以室家之望者爲說。同爲天民。血氣嗜欲。豈有異哉。先王以民待民。幽王之待民如犬馬耳。故曰哀我征夫。獨爲匪民

○匪兕徐履反匪虎。率彼曠野。叶上與反哀我征夫。朝夕不暇。叶後五反

賦也。率。循。曠。空也。○言征夫非兕非虎。何爲使之循曠野。而朝夕不得閒暇也

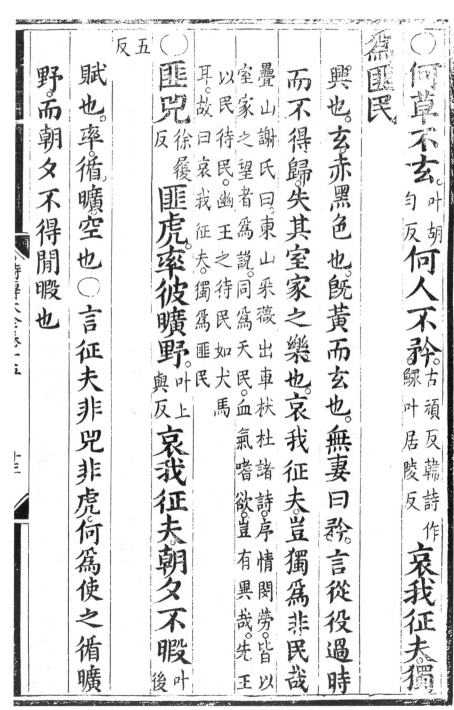

○有芃薄工反者狐。與車反率彼幽草。有棧士板反之車。行彼周道。

興也。芃。尾長貌。棧車。役車也。周道。大道也。言不得休息也。

何草不黃四章章四句

慶源輔氏曰。苕之華。言國家之衰微。時物之凋耗。人民不聊其生。天運窮矣。何草不黃。言士民役使之繁數。征行之勞苦。上之人視之。與禽獸無異。人事極矣。周室至是無可爲矣。此黍離之所以降爲國風也

都人士之什十篇四十三章二百句

詩傳大全卷之十五

詩傳大全卷之十六

大雅三

論見小雅 朱子曰。大雅非聖賢不能爲。平易明白。正大光明。○勿軒熊氏曰。按小雅集傳云。正大雅會朝之樂。受釐陳戒之辭。文王大明緜三篇。國語皆以爲兩君相見之樂。朱子謂特舉其一端而言其實天子諸侯會朝之樂也。今誦其詩。則於其詠歌洋溢之中。而凛然有嚴重齊莊之意。猶使人有所興起。況親聞其樂者乎。皇矣。追述太王王季之德業。與大明。緜詩同意。生民。又推本后稷。所以積行累功之由。朱子疑爲郊祀之後。受釐頒胙之詩。旱麓詩中。有享祀神勞等語。或亦受釐之樂。思齊。追述太任太姒太姜之德。言文王御家在宮之事爲詳。疑此入而燕處之樂。靈臺豈亦出而遊觀之樂乎。若棫樸言文王之德。下武有聲。皆兼言武王之事。其樂或用之宗廟或用之朝廷。今皆不可知。若行葦以下四篇。爲受釐之辭。公劉以下三篇。爲陳戒之辭。則又明白曉然者矣。惜其被之聲歌者。其音節已不復存。然善觀詩者

但玩其辭氣亦足以識先王之雅道矣

文王之什三之一

文王在上於音烏昭于天叶鐵因反周雖舊邦其命維新有周不顯帝命不時叶上紙反文王陟降在帝左右叶羽已反

賦也於歎辭昭明也命天命也不顯猶言豈不顯也安成劉氏曰雅頌稱不顯凡十二此詩三大明及崧高韓奕清廟維天之命執競烈文各一皆與此詩同義思齊抑各一則辭指有不同者帝上帝也不時猶言豈不時也左右旁側也○周公追述文王之德明周家所以受命而代商者皆由於此以戒成王新安胡氏曰此篇周公作於成王之時推本周家受天命之由而歸美文王之詞○安成劉氏曰周家受命始於文王固由文王之德所致一章二章三章則專言受命之事也周

家代商。始於武王。亦由文王之德所致。四章以下。則兼言代商之事也

此章言文王既沒。而其神在上。昭明于天。是以周邦雖自后稷始封千有餘年。而其受天命。則自今始也。華谷嚴氏曰。文王未嘗稱王。曰文王者。追稱之也○鄱陽董氏曰。朱漢上云。人之死。各返其根。體魄陰也。故降而在下。魂氣陽也。故升而在上。況聖人清明在躬。志氣如神。故其沒也。精神在天。與天爲一。文王在上。尊瞻之辭也。於昭于天。嘆其德之昭明上徹于天。與天同德也○問受天命如何。朱子曰。命如何受於天。只是人與天同。周自后稷以來。積仁累義。到此時人心奔趨。自有不容已

夫文王在上而昭于天。則其德顯矣。周雖舊邦而命則新。則其命時矣。故又曰。有周豈不顯乎。帝命豈不時乎。臨川王氏曰。不顯。所以甚言其顯。不時。所以甚言其時。唯其德之顯。所以爲命之時

蓋以文王之神在天。一升一降。無時不在上帝之左右。是以

子孫掌其福澤。而君有天下也眉山蘇氏曰。聖人先天而天弗違。後天而奉天時。與天如一。故詩於天人之際。多以陟降言之○朱子曰。言文王德合乎天。與天同運而無違也。問文王陟降曰。理是如此。若道真箇一上一下則不可○慶源輔氏曰。文王在上。於昭于天。文王陟降。在帝左右。正與中庸所謂洋洋乎如在其上。如在其左右之意同。蓋非貌說實理然也○新安胡氏曰。文王之靈。一陟一降。在帝左右。若陰、有以相之。是以子孫掌其福澤以有天下。蓋歸美文王之德。而武王由之代商以有天下也○豐城朱氏曰。此章之意。約言之而四句已足。惟周公告戒其君。言有盡而意無窮。故反覆申言之。其德之顯。即於昭之謂也。其命之時。即維新之謂也。其陟降在帝左右。即文王在上之謂也。然於昭以言其神。而不顯又言其德。何也。其德之顯。自其在人者言之也。其神之昭。自其在天者言之也春秋傳。天王追命諸侯之詞曰。叔父陟恪。在我先王之左右。以佐事上帝。語意與此正相似。左傳昭公七年衛襄公卒。王使成簡公如衛弔。且追命襄公云云或疑

恪亦降字之誤。理或然也

○亹亹音尾文王。令聞音問不已。陳錫哉周。侯文王孫子。叶獎里反

文王孫子。本支百世。凡周之士。不顯亦世

賦也。亹亹強勉之貌。令聞善譽也。陳猶敷也。哉語辭。侯維也。本宗子也。支庶子也孔氏曰。適譬本榦。庶譬其枝也○文王非有所勉也。純亦不已。而人見其若有所勉耳。其德不已。故今既沒。而其令聞猶不已也三山李氏曰。惟文王亹亹故其令聞亦不已。蓋有實者必有名也。苟爲無本。安能不已乎○華谷嚴氏曰。文王之誠不已。而令聞亦不已。此誠之著也令聞不已。是以上帝敷錫于周。維文王孫子。則使之本宗百世爲天子。支庶百世爲諸侯。而又及其臣子。使凡周之

士孔氏曰。士者。下至諸侯及王朝公卿大夫總稱亦世世修德。與周匹休焉。慶源輔氏曰。臣之傳世既顯。則周之傳世亦顯矣。上天以文王之故。敷錫周家之子孫。而又及其臣子。則君臣同體。亦可見矣○三山李氏曰。非特文王之子孫也。凡周之士。亦皆世世而顯。天之所以敷錫文王。可謂至矣。不顯亦世。猶曰豈不顯乎。其亦世也。蓋言其傳世永久。而以不顯二字嘆之。以足其辭也○黃氏曰。文王德澤廣及其臣士。非惟周召。尚父。泰顛。散宜生之徒。與周相爲無窮。而其餘者亦皆世守爵祿。世竭忠誠。以輔周家之子孫○華谷嚴氏曰。使周之臣子。皆光明俊偉。其德甚顯。亦世世相傳。與周匹休焉。此述文王德澤之遠也○廬陵彭氏曰。亹亹者。不已之體也。令聞。則不已之形見也。陳錫于周。子孫百世。仕者世祿。不已之效驗也○豐城朱氏曰。上章言文王之德之神。此章以下。專言德者周公告戒成王。固欲其法先王之顯德。保上天之顯命。非但欲其求之窈冥恍惚而已也

○世之不顯。厥猶翼翼。思皇多士。生此王國。叶于逼反王國克

生。維周之楨。音貞濟濟。子禮反多士。文王以寧

賦也。猶謀。翼翼。勉。敬也。慶源輔氏曰。勉則無怠。敬則無他。謀猶如此。則其忠誠可知矣思。語辭。皇。美。楨。幹也。朱子曰。幹者。版築之楨幹。今人築牆。必立一木於中爲骨。謂之夜义木。橫曰楨。直曰幹濟濟多貌○此承上章而言其傳世豈不顯乎。而其謀猷安成劉氏曰。兩其字。皆指周士皆能勉敬如此也。美哉此衆多之賢士。而生於此文王之國也。文王之國。能生此衆多之士。則足以爲國之榦。而文王亦賴以爲安矣慶源輔氏曰。多士之生於周國。乃所以爲周國之楨幹也。二程子論治天下之道。未始不以求賢才爲先務者以此。然則天之所以使周士傳世之顯者。非所以爲周之士。乃所以爲周之國也。自文王之時言之。則文王之身固以多士寧矣。自成王之時言之。則文王之神亦以多士寧也○華谷嚴氏曰。牆恃榦而立。國恃人而立。此章述

周士之盛○長樂劉氏曰多士本由文王教化陶範而後生也而文王之國又待多士以爲安焉猶人勤於菑田反以自養樂於植材反以自庇○豐城朱氏曰美哉此衆多之賢士而生於此文王之國也以多士而生王國謂非天命之保佑不可以王國而克生此多士謂非聖化之造就不可由天命之保佑而多士以生由聖化之造就而王國克生則信乎足以爲周之楨幹矣牆非幹無以立國非人無以立此濟濟然之多士乃文王之所賴以安也蓋言文王得人之盛而宜其傳世之顯也安成劉氏曰言賢才之益於國者如此宜其子孫傳世之顯也

○穆穆文王於緝七入反熙敬止假古雅反哉天命有商孫子

商之孫子其麗不億上帝既命侯于周服叶蒲北反

賦也穆穆深遠之意緝續熙明亦不已之意朱子曰緝如緝麻之緝連緝不已之意止語辭假大麗數也不億不止於億也侯維

也。○言穆穆然文王之德。不已其敬如此。華谷嚴氏曰。文王德容穆穆然可見。故穆穆足以形容之。所難言者。心之敬也。故緝熙不足以發。而又以於發之。緝熙敬止者。中庸之至誠無息也。是以大命集焉。以有商孫子觀之。則可見矣。蓋商之孫子。其數不止於億。然以上帝之命集於文王。而今皆維服于周矣。孔氏曰。此作在成王之時。從後見其歸周。推本而美之耳。○慶源輔氏曰。先生謂四章。始言文王之所以聖。與夫上昭于天。不已其令聞者。止在於敬之緝續熙明不已而已。可謂深得周公之心。及文王之德也。程先生曰。毋不敬。可以對越上帝。觀文王之詩。則可見矣。○華谷嚴氏曰。此章述文王。以敬德爲受命代商之由也。

○侯服于周。天命靡常。殷士膚敏。祼古亂反將于京。叶居良反厥作祼將。常服黼音甫冔。况甫反王之藎才刃反臣。無念爾祖。

賦也。諸侯之大夫入天子之國曰某士。則殷士者商孫子之臣屬也。鄱陽董氏曰。葉氏云春秋傳晉士起是也。膚美敏疾也。祼灌鬯也。將行也。酌而送之也。孔氏曰。小宰云。凡祭祀贊祼將之事。以將爲送。言灌時送爵行之也。於禮。王正祼。后亞祼。而殷士助祭。行灌鬯耳。○華谷嚴氏曰。洛誥王入太室祼。謂以圭瓚酌於爵以獻尸。尸受酒不飲。灌於地。故謂灌。祼灌。古字通用。宗廟有祼。天地大神不灌。京周之京師也。黼黼裳也。冔殷冠也。董氏曰。黼繡於裳。雖章數不同。皆以黼爲裳。○孔氏曰。祭服不止於黼。舉一章以表之耳。○華谷嚴氏曰。黼裳商周所同。黼裳而冔冠則商之制也。○毛氏曰。夏后氏曰收。周曰冕。蓋先代之後。統承先王。修其禮物。作賓于王家。九峯蔡氏曰。修其先王典禮文物。不使廢壞。以備一王之法也。賓。以客禮遇之也。○勿軒熊氏曰。此見周家忠厚之至。一代之興。雖改正朔。易服色。以示作新之政。然考之詩書。則一代之禮樂。固未嘗廢也。常服黼冔。猶用商之衣冠也。王訪于箕子。稱十有三祀。奔走臣我監稱五祀。猶用商之紀年也。一則曰商王士。二則曰殷多士。何嘗敢有一毫鄙夷之心。其視後世亡人之國。則絶人之祀。衣冠禮樂。能存先代之舊亦鮮矣。此皆出於疑慮之過。而不知以公天下爲心者。周家忠厚之澤。所以爲不可及也夫。時王不敢變焉而亦所以爲戒也。王指成王也。藎進也。言其忠愛之篤進進無已也。無念猶言豈得無念也。爾祖文王也。○言商之孫子而侯服于周。以天命之不可常也。臨川王氏曰。天嘗命商使有九有之師矣。今服于周。所謂靡常也。故殷之士。助祭於周京。而服商之服也。於是呼王之藎臣而告之曰。得無念爾祖文王之德乎。蓋以戒王。而不敢斥言。猶所謂敢告僕夫云爾。左傳襄公四年注曰。告僕夫。不敢斥尊也。○華谷嚴氏曰。不以文王爲念。則將墜厥緒。周之孫子臣士。又將服周之服。而助祭於他人之廟矣。

此章述殷士祼將之事以爲戒也。○安成劉氏曰。呼藎臣告僕夫。其皆因卑達尊之義乎。劉向曰。孔子論詩至於殷士膚敏。祼將于京。喟然嘆曰。大哉天命。善不可不傳于後嗣。是以富貴無常。蓋傷微子之事周而痛殷之亡也。慶源輔氏曰。殷士雖膚敏而祼將于周京。天命所在。不敢違也。此盛德之事。漢唐以下。皆不及矣。夫以殷士服殷之服而助祭于周焉。最可念也。最可警也。故於此呼王之藎臣而告之。使念文王之德焉。劉向所述孔子之言。使人讀之。憂思慘怛有不能堪者。蓋孔子乃殷後。而向亦宗室也。○西山眞氏曰。以商之孫子。而爲周之諸侯。以商之美士。而奔走周廟之祭。天命何常之有哉。成湯惟其仁也。故天命歸于商。紂惟其不仁。故天命轉而歸周也。

○無念爾祖。聿（于筆反）修厥德。永言配命。自求多福。（叶筆力反）殷之未喪（息浪反）師。克配上帝。宜鑒于殷。駿（音峻）命不易。（以豉反）

賦也。聿，發語辭。永，長。配，合也。命，天理也。師，衆也。上帝，天之主宰也。駿，大也。不易，言其難也。○言欲念爾祖，在於自修其德，而又常自省察，使其所行無不合於天理，則盛大之福自我致之，有不外求而得矣。三山李氏曰：成王欲念爾祖，則在乎聿修厥德而已。能修德，則可以長合天理，而福祿自來矣。孟子曰：禍福無不自己求之者。商自求禍，周自求福耳，天何容心於其間哉。○臨川王氏曰：以德求福，則非有待於外也。○華谷嚴氏曰：自求多福，謂求諸己而不求諸天也。又言殷未失天下之時，其德足以配乎上帝矣。今其子孫乃如此，宜以爲鑒而自省焉，則知天命之難保矣。大學傳曰：得衆則得國，失衆則失國。此之謂也。漢書翼奉曰：成王有上賢之才，因文武之業，然周公猶作詩書深戒成王，恐失天下。書則曰：王毋若殷王紂。詩則曰宜鑒于殷。駿命不易。○華谷嚴氏曰。德者民之所歸。得民斯得天。不修厥德。則失其民而天命去之。故宜以殷爲鑒也。此章戒成王念祖而鑒殷也

○命之不易。無遏爾躬。叶姑弘反宣昭義問。有虞殷自天。叶鐵因反上天之載。無聲無臭。叶初尤反儀刑文王。萬邦作孚。叶房尤反

賦也。遏。絕。宣。布。昭。明。義。善也。問。聞通。有。又通。虞。度。載。事儀。象。刑。法。孚。信也。○言天命之不易保。故告之使無若紂之自絕于天。廬陵歐陽氏曰。知天命之不易。無使天命至爾躬而止。○朱子曰。武王數紂云。自絕于天。廿節之問。無遏爾躬。曰。無自過絕於爾躬。如家自毀。國自伐而布明其善譽於天下。又度殷之所以廢興者而折之於天。然上天之事。無聲無臭。不可得而度也。惟取法於文王。則萬邦作而

信之矣禮記緇衣注曰。儀法文王之德而行之。則天下無不信者也○藍田呂氏曰。凡欲配天命者當法天。然天無聲臭可求。苟儀刑文王。則天德全矣。此萬邦所以作孚○華谷嚴氏曰。七章。申六章監殷法祖之意也○新安胡氏曰。天無聲臭之可尋。文王陟降。在帝左右。文王即天矣。但以爾祖文王爲法。則萬邦自孚信之。天命庶乎其可保。不至爾躬而遏絕也。味此辭旨。凜乎其嚴哉

子思子曰。維天之命。於穆不已。蓋曰天之所以爲天也。於乎不顯。文王之德之純。蓋曰文王之所以爲文也。純亦不已。夫知天之所以爲天。又知文王之所以爲文。則夫與天同德者可得而言矣。是詩首言文王在上。於昭于天。文王陟降。在帝左右。而終之以此。其旨深矣慶源輔氏曰。文王之詩七章。以一章言之。首尾只是言文王與天爲一。以一篇言之。首尾亦是言文王與天爲一。但首章則專說文王。末章則欲成王之法文王耳。

○新安胡氏曰。此篇首言文王陟降在帝左右。終言天無聲臭儀刑文王。天其文王乎。文王其天乎。○安成劉氏曰。天高在上。而文王之神亦在上。帝爲天之主宰。而文王之神。則升降乎帝之左右。是天帝所在。即文王所在也。何以知文王之能然哉。以其與天同德而已。天之德。於穆不已。所以爲天。文王之德。純亦不已。所以爲文。於穆不已者。天之誠也。純亦不已者。文王之誠也。是文王之德。即天之德。儀刑文王。即儀刑於天也。天與文王。一而已矣

文王七章章八句

東萊呂氏曰。呂氏春秋引此詩以爲周公所作。味其詞意。信非周公不能作也。○今按此詩。一章言文王有顯德。而上帝有成命也。二章言天命集於文王。則不唯尊榮其身。又使其子孫百世爲天子

諸侯也。三章言命周之福。不唯及其子孫。而又及其羣臣之後嗣也。四章言天命既絕於商。則不唯誅罰其身。又使其子孫亦來臣服于周也。五章言絕商之禍。不唯及其子孫。而又及其羣臣之後嗣也。六章言周之子孫臣庶。當以文王爲法。而以商爲鑒也。七章又言當以商爲鑒。而以文王爲法也。其於天人之際。興亡之理。丁寧反覆。至深切矣。故立之樂官。而因以爲天子諸侯朝會之樂。蓋將以戒乎後世之君臣。而又以昭先王之德於天下也。國語以爲兩君相見之樂。特舉其一端而言耳 慶源輔氏曰。天人之際。指文王與天而言也。反覆丁寧。言七章相粘綴而說。不一而足也。周公作此本以戒成王。立之樂官。而因以爲天子諸侯朝會之樂。則又將以戒乎後世之君臣也○安成劉氏曰。一章以文王之德。與上帝之命對言也。二章言天之命周。與四章言天之絶商爲對。三章言命周之羣臣後嗣。與五章言絶商之羣臣後嗣爲對。六章先言法文王。後言鑒商。七章先言鑒商。後言法文王。亦對舉而互言之。周公既以文王之德。播之聲詩以戒成王矣。而復叶之音律。以爲朝會通用之樂。則又以告成王者。告諸天下後世焉。其意遠矣哉

然此詩之首章言文王之昭于天。而不言其所以昭。次章言其令聞不已。而不言其所以聞。至於四章。然後所以昭明而不已者。乃可得而見焉 安成劉氏曰。四章所謂熙者。光明也。即所以昭明于天之本也。所謂緝者。繼續也。即所以不已其聞之本也。文王之生也。繼續光明而不已其敬。故其沒也。昭

明于天而不已其聞焉然亦多詠嘆之言而語其所以爲德之實則不越乎敬之一字而已然則後章所謂修厥德而儀刑之者豈可以他求哉亦勉於此而已矣

慶源輔氏曰敬之一字聖學之所以爲始終者又可見於此二程先生挈出此一字以詔後學其有功於聖學多矣學者舍是實無以爲進德之階也○安成劉氏曰敬者千聖傳心之法即所謂欽也虞書五篇言欽者十有三言敬者七唐虞君臣相傳相戒固惟在於此也故仲虺告湯亦曰欽崇天道尚父告武王亦曰敬勝怠者吉是創業垂統者固在於此敬而持盈守成者尤在於此敬也然則成王所以念祖修德儀刑文王之事者誠不可以他求亦惟法文王之敬德而已又若召誥召公告王亦曰曷其奈何弗敬又曰王敬作所又曰不可不敬德又曰王其疾敬德又兩曰惟不敬厥德乃早墜厥命又曰肆惟王其疾敬德其語意尤爲諄復剴切也成王之爲令主也宜哉

明明在下，赫赫在上。叶辰羊反 天難忱市林反斯，不易以豉反維王。天位殷適音的，使不挾子燮反四方。

賦也。明明，德之明也。赫赫，命之顯也。忱，信也。不易，難也。天位，天子之位也。殷適，殷之適嗣也。挾，有也。○此亦周公戒成王之詩。將陳文武受命，故先言在下者有明明之德，則在上者有赫赫之命。達于上下，去就無常。華谷嚴氏曰：明明在下，君之善德，不可掩也。赫赫在上，天之眷顧爲甚嚴也。在下而明明，則達乎上；在上而赫赫，則達乎下。天人相與之際，甚可畏也。此天之所以難忱，而爲君之所以不易也。紂居天位，爲殷嗣，乃使之不得挾四方而有之，蓋以此爾。臨川王氏曰：令紂所居之尊，則天位也；所傳之正，則殷適也。使不挾四方，其不可深恃如此。○東萊呂氏曰。天位殷適。使不挾四方。則下章所陳眷顧周家。有加而無已者。非天私我有周也。栽者培之。傾者覆之。因其材而篤焉耳。○華谷嚴氏曰。首章專述天命喪殷之事。○豐城朱氏曰。天果不可信乎。在下者有明明之德。則在上者有赫赫之命。未嘗不可信也。天果可信乎。夏有昏德而商受之。商有昏德。而周受之。其去就無常。又未嘗必可信也。惟天之不可信。此爲君之所以不易也。紂居天位爲殷之正適。而乃使之不得挾四方而有之者。蓋天命未絶。則爲天子。天命既絶。則爲獨夫。故也。

○摯音至仲氏任音壬自彼殷商。來嫁于周。曰嬪毗申反于京。叶居良反乃及王季。維德之行。叶戶郎反大音泰任有身。叶戶羊反生此文王。

賦也。摯。國名。仲。中直衆反女也。任。摯國姓也。殷商。商之諸侯也。嬪。婦也。京。周京也。曰嬪于京。疊言以釋上句之意。猶曰釐降二女于嬀音規汭。嬪于虞也。九峯蔡氏曰。釐。理。降。下也。言堯治裝。

下嫁二女于嬀汭。使爲舜婦于虞氏之家也王季。文王父也。身。懷孕也○將言文王之聖。而追本其所從來者如此。蓋曰自其父母而已然矣曹氏曰。摯仲氏任。繫於姓而言之。以爲王季之配也。今曰太任。繫其子而言之。以爲文王之母也○列女傳曰。太任端一誠莊。惟德之行。及其娠文王。目不視惡色。耳不聽淫聲。口不出敖言。生文王而明聖。太任教之以一而識百。卒爲周宗。君子謂太任爲能胎教○慶源輔氏曰。維德之行。所謂以成德爲行也。只此一句。足以盡王季太任之事。可謂辭約而義博也○華谷嚴氏曰。次章述太任生文王也○長樂劉氏曰。乾健而不息。坤順以相承。物理自然也。王季有太任以配其德。故克生文王焉○定宇陳氏曰。聖賢之生。不偶然也。有配偶之賢。而後有嗣續之賢。故詩推本聖賢之生。往往自其所從來。如生民言稷而及姜嫄。此言文王而及太任。下章言武王而及太姒。皆是也。其意深矣

○維此文王。小心翼翼。昭事上帝。聿懷多福。叶筆力反厥德不

回。以受方國。叶越逼反

賦也。小心翼翼。恭愼之貌。即前篇之所謂敬也。文王之德。於此爲盛。昭明。懷來。回。邪也。方國。四方來附之國也

慶源輔氏曰。前篇釋厥猶翼翼爲勉敬。此篇説小心翼翼爲恭愼。其義雖一而有在臣在君之不同。此須是以心體之。則自見其有廣狹也。昭事上帝。言文王之敬。洞洞屬屬。終日對越上帝也。如此。則盛大之福自然來集。而文王之敬。直上直下。更無回曲之時。所以又能受四方來附之國也。一有回曲。則此心便息。此理便絶。天人上下。皆不相管攝矣○華谷嚴氏曰。三章言文王之德。天人所與也。小心恭敬。明事上帝。至誠之運。與天周旋也。遂能懷來多福。蓋其德不邪。故能受此四方侯國之歸。有一毫覬倖之心則邪矣○豐城朱氏曰。聖人之德敬爲大。泛言之而爲德。切言之而爲敬。敬者德之輿也。無敬則德不行。聖人之敬。上與天心合。下與人心合。故以之事天。非有心於求福也。而自足以求多福。以之治人。非有心於求媚也。而自足以受方國。其德之不回。即

其心之敬者爲之也。使此心之敬。有一毫之空闕。一息之間斷。則不可謂之不回矣

○天監在下。有命既集。叶昨合反文王初載。天作之合。在洽之陽。在渭之涘。音士。叶羽已反文王嘉止。大邦有子。叶獎里反

賦也。監。視。集。就。載。年。合。配也。洽。水名。本在今同州郃音洽陽夏陽縣。今流已絕。故去水而加邑。渭水亦逕此入河也。嘉。婚禮也。大邦。莘國也。子。大姒也。○將言武王伐商之事。故此又推其本而言。天之監照。實在於下。其命既集於周矣。故於文王之初年而黙定其配。所以洽陽渭涘。王氏曰。莘國所在也當文王將昏之期。而大邦有子也。蓋曰非人之所能爲矣華谷嚴氏曰四章述天生太姒以配文王也○安成劉氏曰二章言王季太任

之德以及文王。故言自其父母而已。然。此言天命旣集。天作之合。故以爲非人之所能爲。然則六章之所以篤生武王者。又豈人之所能爲哉

○大邦有子。俔牽遍反天之妹。文定厥祥。親迎魚敬反于渭。造舟爲梁。不顯其光。

賦也。俔。磬也。韓詩作磬。說文云。俔。譬也。孔氏曰。如今俗語譬喻物曰磬作然也。文。禮。祥。吉也。言卜得吉而以納幣之禮定其祥也。王氏曰。譬天之妹。言其德可以繼天也。上天之載。無聲無臭。儀刑文王。萬邦作孚。然則非德可以繼天。孰能爲之配。太姒能爲之配。故備其禮以定其祥造。作。梁。橋也。作船於水。比之而加版於其上。以通行者。即今之浮橋也。傳曰。天子造舟。諸侯維舟。大夫方舟。士特舟。爾雅注曰。造舟。比船

爲橋。維舟。維連四船。方舟。併兩船。特舟。單船。張子曰。造舟爲梁。文王所制。而周世遂以爲天子之禮也。華谷嚴氏曰。五章述文王親迎之事也。

○有命自天。命此文王。于周于京。叶居良反纘子管反女維莘。所巾反長丁丈反子維行。叶戶郎反篤生武王。保右音祐命爾燮伐大商。

賦也。纘。繼也。莘。國名。長子。長女大姒也。行。嫁。篤。厚也。言既生文王。而又生武王也。臨川王氏曰。生文王又生武王。是之謂篤。中庸曰。天之生物。必因其材而篤焉。○雙峯饒氏曰。文王生於祖甲之三十一年。武王後文王二十年生。是商道始微之際。二人已生矣右。助。燮。和也。新安胡氏曰。陳氏云。燮有和順之意。○言天既命文王於周之京矣。而克纘大任之女事者。維此莘國。以其長女來嫁于我也。丘氏曰。將言篤生武王之事。故又本而發之天又篤厚之使生武王。保之助之命之。而使之順天命以伐商也。慶源輔氏曰。天監在下。有命既集。言其始也。有命自天。命此文王言其終也。天之生聖人者。其用力多矣。既以篤生之。故保護之。右助之。所謂栽者培之。所以命之爕伐大商也。征伐本非和者之事。而曰爕伐者。所謂剛中而應。行險而順者也。○華谷嚴氏曰。因天人之所欲。是之謂爕伐。此章述太姒生武王也。○須溪劉氏曰。爕伐者。當伐則伐也。古人厚。故稱大商。○豐城朱氏曰。有太任爲之母。復有太姒爲之婦。故謂之纘。言女德之有繼也。既生文王於前。又生武王於後。故謂之篤。言天命之匪解也。其伐商也。上以順乎天。下以應乎人。故謂之爕。言其無慙德也

○殷商之旅。其會如林。矢于牧野。維予侯興。叶音歆 上帝臨女音汝 無貳爾心

賦也。如林。言衆也。書曰受率其旅若林。矢。陳也。牧野。在

朝歌南七十里。侯。維。貳。疑也。爾。武王也○此章言武王伐紂之時。紂衆會集如林以拒武王。而皆陳于牧野。則維我之師。爲有興起之勢耳。然衆心猶恐武王以衆寡之不敵而有所疑也。故勉之曰上帝臨女。毋貳爾心。蓋知天命之必然而贊其決也。然武王非必有所疑也。設言以見衆心之同。非武王之得已耳東萊呂氏曰。紂以如林之衆來戰。武王苟較强弱而計衆寡。其心必疑矣。然當是時。武王方一心以奉天討。若上帝實臨之。較計之私。豈得而容哉。此蓋設爲勉之之詞。以形容武王奉天討之心也○慶源輔氏曰。上帝臨女。無貳爾心。女與爾雖皆指武王。其實則是設言以見衆心之同。非武王之得已也。然辭意嚴恪。洋洋乎如在其上。如在其左右。學者當常常涵泳此二句。以存心養性而事天也○安成劉氏曰。武王誓師曰。紂有臣億萬。惟億萬心。予有臣三千。惟一心。商罪貫盈。天命誅之。又曰朕夢協朕卜。襲于休祥。戎商必克。又曰雖有周親。不如仁人。觀是語也。則武王固知上帝之監臨矣。固知衆寡之不足疑矣。○華谷嚴氏曰。七章述武王伐商也

○牧野洋洋。檀車煌煌。駟騵音元彭彭。叶鋪郎反維師尚父。時維鷹揚。涼音亮彼武王。肆伐大商。會朝清明。叶謨郎反

賦也。洋洋。廣大之貌。檀。堅木。宜爲車者也。煌煌。鮮明貌。駟馬白腹曰騵。孔氏曰。檀弓亦言戎事乘騵。因武王所乘。遂爲一代常法彭彭。强盛貌。師尚父。大公望爲大師而號尚父也。鷹揚。如鷹之飛揚而將擊。言其猛也。涼。漢書作亮。佐助也。王莽傳注曰。亮。助也。肆。縱兵也。會朝。會戰之旦也。○此章言武王師衆之盛。將帥之賢。鄭氏曰。戰地寬廣。兵車鮮明。馬又强盛。尚父佐武王爲之上將伐商以除穢濁。

不崇朝而天下清明孔氏曰。王肅云。不崇朝而殺紂。天下方大清明。無復濁亂。○廬陵彭氏曰。當癸亥之夕。俟天休命之前。猶有如陰曀之中。及甲子昧爽一戰之後。民情大悅。向者昏亂穢濁之氣。一洗而出之。豈不快哉。○安成劉氏曰。天下本清。而紂汩濁之。故伯夷太公。避之以待其清。及去紂。則源清而流悉清矣。故武王泰誓。以永清四海爲已任。詩人歌之。亦以會朝清明。歎其撥亂反正之神速。蓋知其心。唯在於清四海而已。○豐城朱氏曰。此章述牧野之事。然言其檀車之煌煌而已。不及乎矛戟之利。則是無待於擊刺也。言其駟騵之彭彭而已。不及乎弓矢之良。則是無待於貫革也。言尚父之鷹揚而已。不及乎徒御之衆。則是無待於選鋒陷陣之勇也。所以然者。殷周之不敵久矣。孔子曰。仁不可爲衆也。孟子曰。征之爲言正也。各欲正已也。焉用戰。皆此意也。會朝清明。所謂一戎衣而天下定也。

所以終首章之意也華谷嚴氏曰。八章。終上章伐紂之事也。○定宇陳氏曰。篇首之明明。以德之明言之也。篇末之清明。以治象之明言之也。然不崇朝而天下清明。非德之明者能之乎。○安成劉氏曰。此章可以見天位殷適而不挾四方焉。可以見天之難信。而爲君之不易焉。又可以見有明明之德。則有赫赫之命焉。首章開其端。此章終其意。雖以紂與武王觀之。則成王之所當鑒者夫豈遠哉

大明八章四章章六句四章章八句

名義見小旻篇三山李氏曰。大雅之詩。則謂之大明。小雅之詩。則謂之小明一章言天命無常。惟德是與。二章言王季大任之德以及文王。三章言文王之德。四章五章六章言文王大姒之德以及武王。七章言武王伐紂。八章言武王克商以終首章之意華谷嚴氏曰。首章泛言天人之理。見殷亡之由。爲美文武張本。次章乃述太任生文王。其後乃又述文王生武王。及伐殷之事。以成首章之意。其言皆有次序也。○慶源輔氏曰。君有明德。則天有明命。有王季文王。則有太任太姒。有王季太任。則有

文王。有文王太姒則有武王。有武王之君。則有太公之臣。讀大明之詩。則當知天人夫婦父子君臣之際。安危治亂廢興存亡之機。如影響形聲之相似。皆非苟然也。又曰。此詩周公作以戒成王。前五章言周三王積德之盛。而天命之積。亦非一日。有人力之所不得與者。後兩章言武王順天應人以伐紂而克之。有非得已者。成王聞之。思天命之不苟集。祖宗之於天下也非苟得。則兢兢業業以保守之自有不能已者矣

其章以六句八句相間。又國語以此及下篇皆爲兩君相見之樂。說見上篇安成劉氏曰。事見外傳魯語。叔孫穆子之言也

緜緜瓜瓞田節反民之初生。自土沮七余反漆音七古公亶都但反父音甫陶音桃復音福陶穴。叶戶橘反未有家室

比也。緜緜。不絕貌。大曰瓜。小曰瓞。瓜之近本初生者常

小。其蔓不絕。至末而後大也。民。周人也。自。從。土。地也。沮漆。二水名。在豳地。古公。號也。亶父。名也。或曰字也。後乃追稱大王焉（格菴趙氏曰。古公。猶言先公也。蓋未追王前之本號。古公當殷末時猶尚質。故亶父以名言）陶窰竈也（孔氏曰。陶。瓦器。竈也。蓋以陶去其土而爲之。故謂之陶）復。重窰也。穴。土室也。家門內之通名也。豳地近西戎而苦寒。故其俗如此○此亦周公戒成王之詩。追述大王始遷岐周以開王業（安成劉氏曰八章以上所言是也）而文王因之以受天命也。（安成劉氏曰。八章以下所言是也）此其首章言瓜之先小後大。以比周人始生於漆沮之上（曹氏曰。公劉以前。微弱甚矣。僅能不絕其緒。故以緜緜況之○臨川王氏曰。周國嘗幾亡矣。其後土漆沮而國復興。故以爲民之初生也○孔氏曰。周語云。我先王不窋用失其官而自竄於戎狄之間。公劉之篇。說公劉適邠。其言甚詳。蓋不窋已甞失官逃竄。至公劉往居焉○安成劉氏曰。周人之生。盛於岐周豐鎬之時。而始於公劉居邠之日。公劉以前。固生於后稷。而不窋奔竄。周民幾無生矣。故厥初生民。時維姜嫄。此一初也。民之初生。自土沮漆。又一初也。而古公之時。居於窰竈土室之中。其國甚小。至文王而後大也 華谷嚴氏曰。首章述太王初居邠之事也

○古公亶父。來朝走馬。叶滿補反 率西水滸。呼五反 至于岐下。叶後五反 爰及姜女。聿來胥宇

賦也。朝。早也。走馬。避狄難也 東萊呂氏曰。來朝走馬。形容其初遷之時。略地相宅。精神風采也 滸。水厓也。漆沮之側也。岐下。岐山之下也 廬陵羅氏曰。岐山。地理考異。亦名天柱山。在鳳翔府。岐山縣東北十里 姜女。大王妃也。胥。相。宇。

宅也。孟子曰。大王居邠。狄人侵之。事之以皮幣珠玉犬馬而不得免。乃屬其耆老而告之曰。狄人之所欲者吾土地也。吾聞之也。君子不以其所以養人者害人。二三子何患乎無君。我將去之。去邠。踰梁山。邑于岐山之下居焉。邠人曰。仁人也。不可失也。從之者如歸市

朱子曰。皮。謂虎豹麋鹿之皮也。幣。帛也。屬。會集也。土地本生物以養人。今爭地而殺人。是以其所以養人者害人也。邑。作邑。歸市。人衆而爭先也。○南軒張氏曰。大王於狄人。事以皮幣犬馬珠玉。本期以保民也。而狄人侵陵不已。是欲吾土地也。曰君子不以其所養人者害人。其言何其忠厚而不迫邪。大王之遷。本以全民。不敢必民之歸而强民以從。特曰二三子何患乎無君。此天地之心。眞保民之主也。民心自不庸釋乎大王。非特斯言有以感動之。蓋民之戴其仁有素矣。曰如歸市。以見其誠心樂趨。無一毫强勉之意也。○張子曰。書稱大王肇基王迹。蓋見得

民心之始也。方其去邠。民皆携持而隨之。固未甞率之也。王迹之始。莫大於此。蓋民歸之。則天命之矣

○周原膴膴。音武堇音謹荼如飴。音移爰始爰謀。叶謀悲反爰契苦計反我龜曰止曰時。築室于兹。叶津之反

賦也。周。地名。在岐山之南。廣平曰原。膴膴。肥美貌。堇。烏頭也。荼。苦菜。蓼屬也。飴。餳夕清反也。本草曰。烏頭與附子同根。形似烏鳥之頭。蜀人謂烏頭。苗爲堇草○孔氏曰。餳。乾糖也契。所以然火而灼龜者也。儀禮所謂楚焞音寸。又音暾是也孔氏曰。春官菙氏。掌共燋契以待卜事。注云。士喪禮曰。楚焞置于燋在龜東。楚焞即契也。楚。荊也。卜者以楚焞之木。燒之於燋炬之火。既然執之以灼龜。菙垂上聲燋音爵或曰。以刀刻龜甲欲鑽之處也前漢書注曰。挈。刻也。詩曰爰契我龜。言刻開之。灼而卜之挈音契○言周原土地之美。雖物之苦者亦甘。於是

大王始與豳人之從已者謀居之。又契龜而卜之。華谷嚴氏曰。爰始。謀及乃心也。爰謀。謀及卿士庶人也。契龜。謀及卜筮也。○三山林氏曰。太王遷岐。衞文遷楚丘。未嘗不卜。然君臣既有定議乃卜。洪範所以先乃心卿士庶人而後卜筮也。○杜氏曰。言先人事後卜筮既得吉兆。乃告其民曰。可以止於是而築室矣。或曰。時謂土功之時也。臨川王氏曰。曰止。則命其臣民止于茲也。曰時。則命其臣民以土功之時也。既命其土功之時。遂築室也。○華谷嚴氏曰。三章述大王定宅於岐也。

○迺慰迺止。迺左迺右。叶羽已反迺疆迺理。迺宣迺畝。叶滿彼反自西徂東。周爰執事。叶上止反

賦也。慰。安。止。居也。左右。東西列之也。孔氏曰。據公宫在中。民居左右。故王肅云。乃左右開地置邑以居其民疆。謂畫其大界。理。謂别其條理也。宣。

布散而居也。或曰導其溝洫也。畝。治其田疇也。自西徂東。自西水滸而徂東也。周。徧也。言靡事不爲也。慶源輔氏曰。第一二句。則民居各有定而得以營立矣。三四句。則民田各有分而得以耕治矣。五六句。總言其從西水滸而徂東。凡經始之事所當爲者無不盡也。○華谷嚴氏曰。四章述定民居。治田畝也。

○乃召司空。乃召司徒。俾立室家。叶古胡反其繩則直。縮色六反版以載。叶節力反作廟翼翼。

賦也。司空。掌營國邑。司徒。掌徒役之事。孔氏曰。司空之屬。有匠人。掌營國廣狹之度。廟社朝市之位。司徒之屬。有小司徒。凡用衆庶。則掌其政教。○曹氏曰。量地以制邑。度地以居民。司空之職。故先召之。致衆庶。令徒役。司徒之職。故次召之。繩。所以爲直。凡營度位處皆先以繩正之。既正則束版而築也。孔氏曰。位處者。即匠人所謂左祖右社。面朝後市之類。是也。○朱子曰。人君國都如井田樣畫爲九區。面朝背市。左祖右社。中間一區則君之宮室。宮室前一區爲外朝。凡朝會藏庫之屬皆在焉。後一區爲市。市四面有門。左右各三區。皆民所居。而外朝一區左則宗廟。右則社稷焉。此國君都邑規模之大槩也。縮束也。載上下相承也。言以索束版。投土築訖。則升下而上。以相承載也。長樂劉氏曰。築宗廟之垣墉墻壁也。君子將營宮室。宗廟爲先。廄庫爲次。居室爲後。翼翼嚴正也。曹氏曰。此章俾立室家。則定其規模而已。若其營作則先於廟。故其序如此。○華谷嚴氏曰。五章述將營宮室。先作宗廟也。○長樂劉氏曰。二章言遷。三章四章言先營民之居處。授民之耕種。此章始營公室焉。

○捄音俱之陾陾耳升反度待洛反之薨薨築之登登削屢馮馮扶冰反百堵丁古反皆興鼛音皐鼓弗勝音升

賦也。捄，盛土於器也。陾陾，衆也。度，投土於版也。薨薨，衆聲也。登登，相應聲。削屢，墻成而削治重複也。馮馮，墻堅聲。眉山蘇氏曰：既成而削之，其聲馮馮然堅也。○長樂劉氏曰：謂墻成脱版，削其堅凸以就平直。凸音迭

五版爲堵。興，起也。此言治宫室也。鼛鼓，長一丈二尺，以鼓役事。弗勝者，言其樂事勸功，鼓不能止也。考索曰：鼓人云：以鼛鼓鼓役事。春秋傳云：胥人之臯。蓋臯者，緩也。役事以弗亟爲義，故以臯鼓節之。古者上之使下以仁，常欲緩而不迫，故名鼓以臯。臯下之事上以義，常欲敏而有功，以鼓節之而弗止，故曰鼛鼓弗勝。○安成劉氏曰：古人以墻爲壁，故於作室多言版築之事。○慶源輔氏曰：此又承上章而言治宫室。其獨詳於版築之事者，蓋垣墻所以圍乎外。舉此則其中衆役可知。又版築，比之其他工役爲最勞。至於百堵皆興，鼛鼓弗勝，則人之樂事於是爲至矣。

○迺立皐門皐門有伉（苦浪反叶苦郎反）迺立應門應門將將（七羊反）迺立冢土戎醜攸行（叶戶郎反）

賦也傳曰王之郭門曰皐門伉高貌王之正門曰應門將將嚴正也大王之時未有制度特作二門其名如此及周有天下遂尊以爲天子之門而諸侯不得立焉（朱子）曰書言天子有應門春秋書魯有雉門禮記云魯有庫門家語云衞有庫門皆無云諸侯有皐應者則皐應爲天子之門明矣○新安胡氏曰毛氏因戴記明堂位言魯以庫門爲天子皐門雉門爲天子應門遂謂天子郭門爲皐正門爲應而諸侯門當名庫雉朱子取毛說證之書春秋禮記家語而斷之曰太王初作皐應二門後尊爲天子之制諸侯不得立焉當矣○考索曰天子五門皐者遠也明最在外故曰皐庫門則有藏於此故也雉門者取其文明也應門者則居此以應治也路門則取其大也此五門各有其義然書又有畢門南門則路

門之別名也。周禮又有中門。則雉門之別名也。爾雅有正門。則應門之別名也。若諸侯三門。鄭氏以爲庫雉路也。

冢土。大音泰社也。亦大王所立。而後因以爲天子之制也。朱子曰。太王立岐周之社。武王既有殷國。遂通立周之社於天下。以爲太社。猶漢初令民立漢社稷也。○臨川王氏曰。宗廟宮室。內事也。自內及外。故於卒言立冢土也。戎醜。大衆也。起大事。動大衆。必有事乎社而後出。謂之宜。爾雅曰。宜。祭名。以兵凶戰危。慮有負敗。祭之以求福。宜。故謂之宜。○慶源輔氏曰。二門既立。而太社遂立。太社既立。而大衆攸行。周家之勢。至是蓋勃勃然有不可得而禦者矣。昆夷其得而不服哉。百堵皆興。鼛鼓弗勝。則人心之樂事勸功可知矣。迺立冢土。戎醜攸行。則征伐之事。蓋有不容已者矣。○孔氏曰。宜。祭社之名也。○安成劉氏曰。上四章之序。營立宗廟居室社稷。皆在居民之後。先王重民之意如此。蓋國以民爲本也

○肆不殄田典反厥慍。紆問反亦不隕韻敏反厥問。作子洛反棫音域

拔蒲貝反矣行道兌吐外反矣混音昆夷駾徒對反矣維其喙吁貴反矣

賦也肆故今也猶言遂也承上起下之辭殄絕慍怒隕墜也問聞通謂聲譽也柞櫟也枝長葉盛叢生有刺棫白桵音緌也小木亦叢生有刺爾雅注曰實如耳璫紫赤可啖○東陽許氏曰材理全白直理易破可爲犢車輞又可爲矛戟矜矜音芹柄也拔挺拔而上不拳曲蒙密也兌通也始通道於柞棫之間也駾突喙息也藍田呂氏曰喙張喙而息也奔趨者其狀如此○言大王雖不能殄絕混夷之慍怒亦不隕墜已之聲聞蓋雖聖賢不能必入之不怒已但不廢其自修之實耳慶源輔氏曰肆不殄厥慍不責夫人之厲己也亦不隕厥問唯盡夫自治

之道而已。若專於治人而不反之身。與雖務反身而不免責於人者。皆非聖人事也。自修之實。而但言其聲問者。有其實。則有其名也。其與後世所謂以虛聲恐喝之者不同矣

然大王始至此岐下之時。林木深阻。人物鮮少。至於其後。生齒漸繁。歸附日衆。則木拔道通。昆夷畏之。而奔突竄伏。維其喙息而已

慶源輔氏曰。四箇矣字。可見不期然而然之意

言德盛而混夷自服也。蓋已爲文王之時矣

東萊呂氏曰。此章或以爲專指太王。或以爲專指文王。義皆未安。孟子曰。文王事昆夷。文王猶事昆夷。則太王安得有昆夷駾矣。維其喙矣之事乎。皇矣曰。帝省其山。柞棫斯拔。松柏斯兌。帝作邦作對。自太伯王季。然則柞棫拔。行道兌。安可指爲文王之時乎。蓋總敘周家王業積施屈伸之理。始於太王。而終於文王耳。○華谷嚴氏曰。八章言太土文王調服昆夷也。陳氏謂孟子借此章首二句。以說文王。鄭氏踵之。遂誤專以爲文王之詩焉。○安成劉氏曰。下章之首。即言虞芮質成之事。則此章之末。固通文王而言矣。蓋其

始也。昆夷不服。而太王不隆其聞。及其終也。文王德盛。而昆夷自服。一章之間。神祖聖孫。實相首尾。集傳旣曰太王始至。又曰至於其後。又曰已爲文王之時。則其歷年亦久矣。若以皇矣三章及天作之頌證之。則此章通言太王王季文王之事明矣。○豐城朱氏曰太王之去邠。避獫狁之難也。及其至岐。則又有昆夷之慍焉。昆夷之慍。患之自外至者也。內治之修。政之由中出者也。自外至者。聖賢之所不能必。由中出者。聖賢必加勉焉。蓋君子創業垂統。爲其可繼者而已。若夫成功。則固有天命存焉。然積累之旣久。培植之旣厚。至於木拔道通。則屈不終屈而必於伸。晦不終晦而必於顯。昆夷之竄。自有不期然而然者矣

○虞芮如銳反質厥成。文王蹶居衛反厥生。叶桑經反予曰有疏附。叶上聲予曰有先息薦反後。胡豆反。叶下五反予曰有奔奏。與走通。叶宗五反予曰有禦侮

賦也。虞芮。二國名。質。正。成。平也。華谷嚴氏曰。曲直得其平。則無爭也。傳曰。

虞芮之君。相與爭田。久而不平。乃相與朝周。入其境。則耕者讓畔。行者讓路。建安熊氏曰。畔。謂田之疆界。讓畔。則兩界之地。耕墾皆不及。讓路。如少避長。賤避貴之類。入其邑。男女異路。孔氏曰。邑。謂城中。如王制云。道路男子由右。婦人由左。注云。以爲地道尊右故也。斑白不提挈。孔氏曰。年老其髮白黑雜。提挈有少者代之也。入其朝。士讓爲大夫。大夫讓爲卿。建安熊氏曰。古者任官。必推其人才可以爲卿則爲卿。才止於大夫者。不敢居卿之位。可以爲大夫則爲大夫。才止於士者。不敢居大夫之位。無躁競之風。有遜讓之實。二國之君感而相謂曰。我等小人。不可以履君子之境。乃相讓以其所爭田。爲閒田而退。天下聞之而歸者四十餘國。建安熊氏曰。被文王之化。自然興起而歸附之。三分天下有其二。而說者以虞芮質成之年。爲文王受命之年。亦以此歟。○新安胡氏曰。來歸者四十餘國。要亦道化之所漸被。非謂有其疆土版圖也蘇氏曰。虞在陜之平陸。芮在同之馮翊。平陸有閒原焉。則虞芮之所讓也曹氏曰。虞芮皆在岐周之東蹶生未詳其義。或曰。蹶動而疾也。生猶起也朱子曰。蹶。動也。生。是興起之意。當是一日之間。虞芮質成。而來歸者四十餘國。其勢張盛。忽然見之如跳起予詩人自予也。率下親上曰疏附。相道前後曰先後。喻德宣譽曰奔奏孔氏曰。喻天下以王德。宣揚王之聲。使天下皆奔走而歸趨之武臣折衝曰禦侮孔氏曰。武力之臣。能折止敵人之衝突者○言昆夷既服。而虞芮來質其訟之成。於是諸侯歸周者衆。而文王由此動其興起之勢。是雖其德之盛。然亦由有此四臣之助而然。故各以予曰起之。其辭繁而不殺者。所以深歎其得人之盛也慶源輔氏曰。質虞芮之訟。初非期於興起也。而其興起之勢。蹶然而動焉。此聖人之事也。然亦豈一已所能獨致哉。故周公以爲四臣之助爲多。其辭諄複。深歎其得人之盛。其意深矣。其所以戒成王者切矣。所謂四臣者。謂有此四等之臣耳。固非止於四人而已也。○豐城朱氏曰。虞芮之質成。是訟獄者不之商而之文王也。歸者四十餘國。是朝覲者不之商而之文王也。文王之德。其孚於人也久矣。至是而始動其興起之勢者。譬之弩機之既張。是惟無發。發則沛然而不可禦矣。詩人推本言之。以爲由有此四臣之助而然。蓋舜之德。雖非五臣之所能及。而非五臣。則亦無以佐其治也。文王之德。雖非四臣之所能及。而非四臣。則亦無以宣其化也。書亦曰無能往來茲迪彝教。文王蔑德降于國人。知此。則知文王得人之盛。而人材之爲聖化之助亦大矣。或者乃謂文王之化。非四臣之所能爲。豈不異哉

緜九章章六句

一章言在豳。二章言至岐。三章言定宅。四章言授田居民。五章言作宗廟。六章言治宮室。七章言作

門社。八章言至文王而服混夷孟子曰。肆不殄厥慍。亦不隕厥問。文王也。朱子曰。本言太王事混夷。雖不能殄絕其慍怒。亦不自墜其聲問之美。孟子以爲文王之事可以當之九章遂言文王受命之事。安成劉氏曰。所謂受命者。蓋諸侯歸文王。則文王於天命。以有不得而辭者矣。然亦推原之詞耳。非謂其有改元稱王之事也。餘說見上篇慶源輔氏曰。以上三篇。皆周公作以戒成王之詩。文王。則專美文王之德。大明。則追述王季太任文王太姒。以及武王之德。緜。則又追述太王太姜文王之德。而其意。則蓋歷述其先王積累德業之盛。以見成王之任大責重。不可不謹戒而保守之耳

芃芃薄紅反棫不逼反樸音卜薪之槱音酉之濟濟子禮反辟音壁王左右趣叶此苟反之

興也。芃芃。木盛貌。樸。叢生也。言根枝迫迮音窄相附著直略

反也。槱積也。華谷嚴氏曰。積以待其乾而用之濟濟容貌之美也。辟君也。君王。謂文王也○此亦以詠歌文王之德。言芃芃棫樸。則薪之槱之矣。濟濟辟王。則左右趣之矣。蓋德盛而人心歸附趨向之也

濟濟辟王。左右奉璋。奉璋峩峩。玉歌反髦士攸宜叶牛向反

賦也。半圭曰璋。祭祀之禮。王祼以圭瓚。諸臣助之。亞祼以璋瓚。孔氏曰。玉人云。大璋中璋邊璋。皆是璋瓚也。郊特牲曰。灌以圭璋。故知璋爲璋瓚。祭統云。君執圭瓚祼尸。大宗伯執璋瓚亞祼。小宰云。凡祭祀贊祼將之事。是助行祼事。非獨一人左右奉之。其判在內。亦有趣向之意。峩峩。盛壯也錢氏曰。衣冠偉壯之貌髦俊也慶源輔氏曰。此章則因首章所言。而賦以足成其意俊髦之士。至誠一意。於奉璋助祭之時。峩峩然無不

得其所宜。此則尤可見其趣向之意。

○淠（匹世反）彼涇（音經）舟，烝徒楫（音接，叶籍入反）之。周王于邁，六師及之。

興也。淠，舟行貌。涇，水名。（臨川王氏曰：涇在周地，與所見也。）烝，衆。楫，櫂。于，往。邁，行也。六師，六軍也。（華谷嚴氏曰：文王未有六軍，以大雅皆述王者之事，故言六軍。）○言淠彼涇舟，則舟中之人無不楫之；周王于邁，則六師之衆追而及之。蓋衆歸其德，不令而從也。（北溪陳氏曰：汲汲然而及之，不待戒命而至。○慶源輔氏曰：此章又見不徒奉璋助祭之士歸向之如此，至於文王一有所往，則六軍之衆亦必追而及之，則人心之歸向又可見矣。于邁，謂有所征往也，如伐崇與密須及戡黎之事皆是也。助祭，內事也；于邁，外事也。或外或內，而人心之歸向無異焉，則文王之振作綱紀之道至矣。故下兩章遂言之。○）

豐城朱氏曰。國之大事。在祀與戎。上章言人心之趣向。見於祭祀之時。此章言人心之趣向。見於征伐之日也

○倬陟角反彼雲漢。爲章于天。叶鐵因反周王壽考。遐不作人

興也。倬大也。雲漢天河也。在箕斗二星之間。其長竟天。爾雅注曰。箕龍尾。斗。南斗。天漢之津梁也。章文章也。文王九十七乃終。故言壽考。遐與何同。朱子曰。遐。古注并諸家皆作遠字。甚無道理。禮記注云胡字甚好。○須溪劉氏曰遐不。何不也。作人。謂變化鼓舞之也朱子曰。鼓之舞之之謂作。如擊鼓然。自然使人跳舞踴躍。又曰。此章只是說雲漢爲章于天。周王壽考豈不能作人也。上二句。皆是引起下面說。略有些意思傍著。不須深求。只如此讀過便得。○曹氏曰。作者。鼓舞振動之意。商之末世。士氣卑弱甚矣。非鼓舞振動之。烏能自奮而有成哉。○慶源輔氏曰。此章方言人心之所以歸向於文王者。文王能有以振作之故也。作人非一日偶然之可爲也。必積累漸漬之久。乃底于成。故曰。周王壽考。遐不作人。先生嘗語學者曰。此等語言。自有箇

血脉流通。但涵詠久之。自然見得條暢浹洽。不必多引外來道理言語。却壅滯了詩人說底意思也。周王既是壽考。豈不作成人才。此事已自分明。更著箇倬彼雲漢爲章于天。喚起來。便愈見活潑潑地。此六義所謂興也。興乃興起之義。凡言興者。皆當以此例觀之。易以言不盡意而立象以盡意。蓋亦如此。○華谷嚴氏曰。雲漢倬然明大。爲文章于天矣。文王自少至老。所以興起人者多矣。人心之善。作之則興。凡自暴自棄習俗益流於下者者。由上之人無以興起之耳。故孟子曰。待文王而後興者。凡民也。蓋人同此心。心同此理。非外立一道以强其興所無。特作而興之。使之自不能已。不知所以然而然。如樂則生矣。生則烏可已。不知手之舞之足之蹈之也。○永嘉陳氏曰。聖人久於其道而天下化成也。

○追對迴反琢陟角反其章。金玉其相。勉勉我王。綱紀四方。

興也。追。雕也。金曰雕。玉曰琢。孔氏曰。此經上下相承。所追琢者即金玉也。相。質也。勉勉。猶言不已也。凡網罟張之爲綱。理之爲紀。孔氏曰綱者網之大繩舉綱爲張網之目故張之爲綱紀者別理絲縷故理之爲紀○須溪劉氏曰綱紀即是作人之意○追之琢之則所以美其文者至矣金之玉之則所以美其質者至矣勉勉我王則所以綱紀乎四方者至矣朱子曰遐不作人只是說他鼓舞作興底事功夫容齋處又在此一章如曰勉勉我王綱紀四方四方都綱在他綫索內牽著都動問勉勉即是純亦不已否曰然問傳曰追琢其章所以美其文金玉其相所以美其質然不知所美之人爲誰曰追琢金玉以興我王之勉勉爾

棫樸五章章四句

此詩前三章言文王之德爲人所歸後二章言文王之德有以振作綱紀天下之人而人歸之慶源輔氏曰四章言振作五章言綱紀振作謂變化鼓舞之不容怠廢也綱紀謂統括維繫之不容渙散也此

天下之人。奉璋之士。六軍之衆。四方之民。所以無不歸附趣向之也○安成劉氏曰。一章二章則言左右近臣歸向文王。三章則言六軍之衆歸向文王也。四章言文王振作天下之人也。五章言文王綱紀天下之人也。然歸向之者不離於前後左右則其振作綱紀於人者無不至也。振作綱紀之者至於久遠。則其歸向之者益以衆也 自此以下至假樂皆不知何人所作。疑多出於周公也

瞻彼旱麓。音鹿 榛音秦楛音户濟濟。子禮反 豈弟君子。干祿豈弟

興也。旱。山名。麓。山足也。榛似栗而小。楛似荊而赤。濟濟衆多也。豈弟。樂易也。君子。指文王也○此亦以咏歌文王之德。言旱山之麓。則榛楛濟濟然矣。豈弟君子。則其干祿也豈弟矣。干祿豈弟。言其干祿之有道。猶曰其爭

也君子云爾北溪陳氏曰。君子求福也亦樂易而已。其諸異乎人之求歟○華谷嚴氏曰。豈弟者德盛仁熟。和順充積之謂也。干禄非文王之心。詩人言干禄者。謂在我有以致之。猶曰自求多福。非有心求之也。首章言文王受禄以德也○慶源輔氏曰。樂易則無汲汲勞苦之意。蓋優游寬裕以自盡其在我之理而已。是非有意於干禄也。自詩人詠歌之。則以爲得所以干禄之道云爾

○瑟所乙反彼玉瓚才旱反黄流在中。豈弟君子福禄攸降叶呼攻反

興也。瑟縝密貌。玉瓚圭瓚也。以圭爲柄。黄金爲勺。青金爲外而朱其中也孔氏曰。圭以玉爲之。指其體謂之玉瓚。據成器謂之圭瓚。瓚盛鬯酒。以黄金爲勺。有鼻口。酒從中流出。玉人云。裸圭尺有二寸。有瓚以祀宗廟。典瑞注引漢禮。瓚槃大五升。口徑八寸。下有槃口徑一尺。則瓚如勺爲槃以承之也黄流鬱鬯也。釀秬黍爲酒。築鬱金

煑而和之。使芬芳條鬯。以瓚酌而祼之也。孔氏曰。秬黑黍。一秠二米者也。釀秬爲酒。以鬱金和之。草名鬱金。則黄如金色。酒在器流動。故曰黄流。○周禮。鬱人掌和鬱鬯。注。鬱草名。十葉爲貫。百二十貫爲築。以煑之鐎中。秬鬯是不和鬱者。○本草注曰。鬱金草。其花十二葉。爲百草之英。三月有花。狀如紅藍。煑之用爲鬯。合而釀酒以降神也

攸所降下也。○言瑟然之玉瓚。則必有黄流在其中。豈弟之君子。則必有福禄下其躬。明寶器不薦於褻味。而黄流不注於瓦缶。則知盛德必享於禄壽。而福澤不降於淫人矣。華谷嚴氏曰。言各以類應也。次章言盛德必得其福。○慶源輔氏曰。此又承上章。言豈弟君子。則福禄自然降下其躬。蓋亦不待乎求之之意

○鳶弋專反飛戾天叶鐵因反魚躍于淵。叶一均反豈弟君子。遐不作人

與也。鳶鴟類。戾至也。李氏曰。抱朴子曰。鳶之在下無力。及至乎上。聳身直翅而已。蓋鳶之飛。全不用力。亦如魚躍怡然自得。而不知其所以然也。遐何通。○言鳶之飛則戾于天矣。魚之躍則出于淵矣。豈弟君子而何不作人乎。言其必作人也。華谷嚴氏曰。三章言作人之妙也。鳶飛魚躍。言天壤之內。莫不自得其性。而不知所以然也。豈弟文王。何不作人乎。言必有以興起之。而使之不自已也。○上蔡謝氏曰。鳶飛戾天。魚躍于淵。猶韓愈謂魚川泳而鳥雲飛。上下各得其所也。詩人言如此氣象。周家作人似之。○慶源輔氏曰。棫樸之詩。言文王德盛。而人心自然歸向之。旱麓之詩。言文王之德盛。而上天自然福祿之。如此。則棫樸之詩。言作人可也。而旱麓亦言作人之事者。何哉。愚讀洪範五皇極章有曰。皇建其有極。斂時五福。用敷錫厥庶民。蓋言人君能建其極。則爲五福之所聚。而又有以使民觀感而化焉。則是又能布此福而與其民也。大抵其一章首尾。皆以成就天下人才爲說。由是推之。則旱麓之詩亦以作人爲言者。亦宜矣。蓋聖人之得名位者。豈以其身自歛其福禄哉。必使天下之人。各修其行而邦其昌。然後爲福也

○清酒既載。叶節力反騂息營反牡既備。叶蒲北反以享以祀。叶逸織反以介景福。叶筆力反

賦也。載。在尊也。備。全具也。承上章言有豈弟之德則祭必受福也三山李氏曰。君子之受福。豈以騂牡之故而得之哉。古人奉牲以告。所謂馨香無讒慝也。故有豈弟之德則受福

○瑟彼柞棫。民所燎力召反矣。豈弟君子。神所勞力報反矣

興也。瑟。茂密貌。安成劉氏曰。上章玉瓚。故言縝密。此章柞棫。故言茂密燎。爨也。或曰。熂燎除其旁草。使木茂也。程子曰。今人種榆。亦焚之使茂。○華谷嚴氏曰。箋以

爲柞棫所以茂者。乃人熂燎。除其旁草。治之勞慰撫也。
使無害。不若以爲民取以供燎。不費詞也。
孔氏曰。上言祭以受福。此言得福之事。君子所以得福
者。正以爲神所勞求。○慶源輔氏曰。此章又承上章而
言豈弟君子。必爲神所慰撫。則祭必受福。亦
其宜也。○華谷嚴氏曰。五章言受福之本也

○莫莫葛藟（力軌反）施（以豉反）于條枚（莫回反）。豈弟君子。求福不
回

興也。莫莫。盛貌。回。邪也。鄭氏曰。言文王之求福。修德以
俟之。不爲回邪之行以要之也
○華谷嚴氏曰。六章言求福之心也。文王樂易求福不
回。表記言得之自是。不得自是。以聽天命。遂引此章。蓋
有一毫覬倖
之心。則邪矣

旱麓六章章四句

思齊（側皆反）大（音泰）任。文王之母。（莫後反）思媚（美記反）周姜。京室之

（媚房九反）大（同上）姒嗣徽音。則百斯男。（叶尼心反）

賦也。思語辭。齊莊。媚愛也。周姜大王之妃大姜也。京周也。大姒文王之妃也。（孔氏曰。太姜太任大姒皆稱太。明皆尊而稱之。唯武王之妃邑姜不稱太。蓋避太姜故也。）徽美也。百男舉成數而言其多也。（朱子曰。按春秋傳云管蔡郕霍魯衛毛聃郜雍曹滕畢原豐郇文之昭也。并伯邑考武王十八人。然此特其見於書傳者耳。亦可見其多也。）○此詩亦歌文王之德而推本言之曰。此莊敬之大任。乃文王之母。實能媚于周姜。而稱其爲周室之婦。（臨川王氏曰。齊者母道也。媚者婦道也。爲人母盡母道。爲人婦盡婦道者。太任也。）至於大姒。又能繼其美德之音。而子孫衆多。上有聖母。所以成之者遠。内有賢妃。所以助之者深也。（三山李氏曰。觀列女傳載胎教。則文王由太任）

而成德可知矣○須溪劉氏曰母妻如此所以有文王也美之至也○慶源輔氏曰棫樸詩言文王德盛而人歸之旱麓言文王德盛而天福之思齊又推本而言文王之所以德盛者由聖母賢妃成之之遠助之之深而然也○東嘉陳氏曰此詩言文王之聖本於太任太姒或曰使文王以頑爲父以嚚爲母將不得其聖乎曰瞽瞍頑嚚舜之所以始而終之者孝也舜終不倦而瞽瞍豫此舜之所以聖也舜文王一也文王處其易舜處其難文王處君臣之難舜處其易

○惠于宗公神罔時怨神罔時恫音通刑于寡妻至于兄弟以御牙嫁反于家邦叶卜工反

賦也惠順也宗公宗廟先公也恫痛也刑儀法也止齋陳氏曰古人於夫婦之分極加嚴焉刑于寡妻刑于二女刑之一言蓋其法近於忍不止於巽與也○新安王氏曰太姒雖賢非文王有以儀刑之豈能全此婦德之懿乎寡妻猶言寡小君也御迎

也華谷嚴氏曰。御。鄭讀如字。訓治也。○孔氏曰。王肅云。以迎治天下國家○言文王順于先公。而鬼神歆之無怨恫者。其儀法內施於閨門。而至于兄弟。以御于家邦也慶源輔氏曰。此章則言文王之德。足以和神人。治家國。以足前章之意。其序則先尊而後卑。先親而後疏也孔子曰。家齊而後國治安成劉氏曰。大學傳齊家治國章。引詩文。始言家人。次言兄弟。終言四國。朱子亦嘗謂即刑寡妻至兄弟御家邦之意孟子曰。言舉斯心加諸彼而已南軒張氏曰。文王之刑寡妻至兄弟御家邦。亦舉斯心。加諸彼而已。蓋無非是心之所存也。聖人雖無事乎推。然其自身以及家。自家以及國。亦固有序矣張子曰。言接神人。各得其道也豐城朱氏曰。先神而後人。尊卑之序也。先家而後國。親疏之殺也。誠以事神。而神無不格。誠以治人。而人罔不孚。此所謂接神人。各得其道也

○雝雝於容反在宮。肅肅在廟。叶音貌不顯亦臨。無射音亦亦保

叶音鮑

賦也。雝雝，和之至也。肅肅，敬之至也。不顯，幽隱之處也。射，與斁同，厭也。保，守也。○言文王在閨門之內，則極其和。在宗廟之中，則極其敬。雖居幽隱，亦常若有臨之者。雖無厭射，亦常有所守焉。其純亦不已蓋如是。華谷嚴氏曰：在宮則和，在廟則敬。其誠隨所寓而形見也。不顯之處，人所不見，而亦若有所臨。洋洋乎如在上也。無厭之時，踐履已熟，而亦自保守。悠久無間也。○永嘉陳氏曰：皆文王之誠也。○東萊呂氏曰：聖人，神人之主也。如前章所載神人孚格，可謂得爲主之道矣。欲求所以格孚者，當於此章觀之。○勿軒熊氏曰：此承上章而言。雝雝在宮，即刑于寡妻以下之事。肅肅在廟，即惠于宗公以下之事。○豐城朱氏曰：雝雝，和之至也，所以爲治人之本也。肅肅，敬之至也，所以爲事神之本也。不顯，自其在己者言之。亦臨，則指其在神者而言也。無射，自其在人者言之。亦保則指其在已者而言也。已之所處雖在於幽隱而心之戒懼則常若有臨之者。人之於我。雖無所厭射而心之操存則常若有所守焉。所以爲純亦不已之實也

○肆戎疾不殄。烈假古雅反不瑕。不聞亦式。不諫亦入。此與下章用韻參詳

賊也。肆故今也。戎大也。疾猶難也。大難如羑里之囚及昆夷玁狁之屬也。殄絕。烈光。假大。瑕過也。此兩句與不殄厥愠。不隕厥問相表裏安成劉氏曰。不殄厥愠。不隕厥問。太王事也。文王戎疾不殄。烈假不瑕。可謂繩其祖武。然則不殄厥愠。不隕厥問。文王之事。固在其中矣。其後周公遭變。孫碩膚而德音不瑕。雖其天縱之聖。抑亦有得於家庭之訓化歟聞前聞也。式法也○承上章言文王之德如此。故其大難雖不殄絕而光大亦無玷

缺東萊呂氏曰。文王之德。如上章所陳。故雖遭大難而不失其聖。光大不缺也雖事之無所前聞者。而亦無不合於法度。雖無諫諍之者。而亦未嘗不入於善。傳所謂性與天合是也慶源輔氏曰。此章則據其所遭之實事言之。如昆夷玁狁之伐。羑里之囚。皆所謂戎疾也。大難之來。是亦定數。雖聖人有所不能免。特處之有道爾。故言其大難。雖不能殄絶之而使無。而在我光大之德。終無瑕玷焉。此樂天之事。非聖人不能也。不聞亦式。從心所欲不踰矩之事。不諫亦入。所謂不思不勉。從容中道也。文王之德。至是則無以復加矣○三山李氏曰。其性德不勉而中。不思而得。豈待於有所聞。有所諫。而後中道哉○華谷嚴氏曰。此章言從容中道也

○肆成人有德。小子有造。古之人無斁。音亦譽髦斯士

賦也。冠以上爲成人。小子。童子也。造。爲也。古之人。指文王也東萊呂氏曰。典謨作於虞夏。其稱堯舜禹臯陶。已曰稽古。則以文王爲古之人。復何疑哉譽。名。

髦。俊也○承上章言文王之德。見於事者如此須溪劉氏曰。兩章兩肆。皆言其效故一時人材。皆得其所成就孔氏曰。言長者道德已成。幼者有業學習蓋由其德純亦不已。故令此士。皆有譽於天下。而成其俊乂之美也慶源輔氏曰。此章則遂言其德盛而無斁。故天下人才。無小無大。皆有所觀感。而蒙其成就。是以令其爲士者。得其名譽於天下。而成其俊乂之美也。以上三詩。皆言文王之德之盛。而皆及於作成人才之事。以是觀之。則聖人之德。必見於作成一世之人才者。然後爲至。在易觀卦曰。觀我生。君子无咎。象曰。象我生。觀民也。意蓋如此○華谷嚴氏曰。此章言至誠爲能化也○東萊呂氏曰。聖人流澤萬世者。無有大於作人。所以續天地生生之大德也。故此詩以是終焉。文王之無斁。夫子之誨人不倦。其心一也○臨川王氏曰。初言太姒。則化成乎內也。終言譽髦斯士。則化成乎天下也

思齊五章二章章六句三章章四句定宇陳氏曰。文王之聖。生之者

聖母。助之者賢妃。然文王固不能不資助於太姒。而實能脩身以刑于寡妻。三四章皆言脩身事也。末章。則不特成己。而且能成物矣

皇矣上帝。臨下有赫。叶黒各反監觀四方。求民之莫。維此二國。其政不獲。叶胡郭反維彼四國。爰究爰度。待洛反上帝耆之。憎其式廓。乃眷西顧。此維與宅。叶達各反

賦也。皇。大。臨。視也。赫。威明也。監。亦視也。莫。定也。二國。夏商也。不獲。謂失其道也。四國。四方之國也。究。尋。度。謀也。耆。憎。式廓。未詳其義。或曰。耆。致也。程子曰。頌云耆定爾功。毛氏傳曰。耆。致也。○安成劉氏曰。耆釋文音鬐。集傳疑訓爲致。則當音指。讀如耆定爾功之耆憎。當作增。式廓。猶言規模也。慶源輔氏曰。式。如式樣之式。廓。如匡廓之廓此謂岐周之地也。

○此詩敘大王大伯王季之德以及文王伐密伐崇之事也（安成劉氏曰二章至四章敘太王太伯王季之德五章至八章則敘文王之德業）此其首章先言天之臨下甚明但求民之安定而已彼夏商之政既不得矣故求於四方之國（程子曰此泛言天佑下民作之君長使得安定也天惟求民所定故君不善則絕之如彼夏商二國不得其政則於四方之國求謀有德之君使王天下○孔氏曰紂既喪殷桀亦亡夏其惡既等故配而言之猶崧高之美申伯而及甫侯也）苟上帝之所欲致者則增大其疆境之規模於是乃眷然顧視西土以此岐周之地與大王為居宅也（慶源輔氏曰皇矣上帝臨下有赫者言天之威明可畏也監觀四方求民之莫者言天之心意所在也夏商之政不得其道則遂舍之而不顧四國之君則於是尋究於是謀度然後予之而不敢輕易焉大抵天之為道栽培之者難傾覆之者易也）

○作之屏必領反之其菑莊持反其翳一計反脩之平之其灌其栵音例啓之辟婢亦反之其檉丑貞反其椐羌居反叶紀庶反攘之剔它歷反之其檿烏剱反其柘章夜反叶都故反帝遷明德串古患反夷載路天立厥配受命既固

賦也作拔起也屏去之也菑木立死者也翳自斃者也孔氏曰立死之木妨他木生長爲木之害故曰菑生木自倒枝葉覆地爲陰翳故曰翳或曰小木蒙密蔽翳者也脩平皆治之使疏密正直得宜也灌叢生者也栵行生者也啓辟芟除也檉河柳也似楊赤色生河邊爾雅注曰今河傍赤莖小楊○陸氏曰生水傍皮正赤如絳一名雨師松葉似松椐樻音匱也腫節似扶老可爲杖者也陸氏曰節中腫似扶老即今靈壽是也今人以

爲馬鞭及杖攘剔謂穿剔去其繁冗使成長也檿山桑也與柘皆美材可爲弓幹又可蠶也本草曰柘木裏有紋亦可旋爲器明德謂明德之君即大王也串夷載路未詳或曰串夷即混夷載路謂滿路而去所謂混夷駾矣者也配賢妃也謂大姜○此章言大王遷於岐周之事蓋岐周之地本皆山林險阻無人之境而近於昆夷大王居之人物漸盛然後漸次開闢如此廬陵歐陽氏曰此章本周作宅之始岐周之民樂就有德皆共刊除樹木而營理邑居乃上帝遷此明德之君使居其地而昆夷遠遁天又爲之立賢妃以助之是以受命堅固而卒成王業也慶源輔氏曰此章首八句人事也後四句天命也由天命時故人事應由人事治故天命從也菑翳

則因其死斃而拔去之。灌栵。則因其叢列而脩治之。檉椐凡木。則芟除之。檿柘美材。則攘剔之。蓋順理而爲之。舉此開辟林木一事言之。則餘可知矣○廬陵彭氏曰。太王之遷。從之者如歸市。非人之所能爲也。必有主宰之者。故詩人託辭以爲帝遷之。帝遷之。則天命之。蓋帝所以主宰乎天者也。書言昭受上帝。而後言天其申命用休。言帝休而後言天乃大命文王。皆此類也

○帝省(息井反)其山。柞棫斯拔。(蒲貝反)松栢斯兌。(徒外反)帝作邦作對。自大(音泰)伯王季。維此王季。因心則友。(叶羽已反)則友其兄。(叶虛王反)則篤其慶。(叶祛羊反)載錫之光。受祿無喪。(息喪反叶平聲)奄有四方

賦也。拔兌見緜篇。此亦言其山林之間。道路通也。對。猶當也。作對。言擇其可當此國者。以君之也。大伯。大王之

長子。王季大王之少子也。因心非勉强也。華谷嚴氏曰。李氏云。孝悌之道。豈可以僞爲哉。因其心而然耳。生而無不知愛其親。長而無不知敬其兄。本於良知良能。豈非因心而然哉。善兄弟曰友。兄謂大伯也。篤厚。載則也。奄字之義在忽遂之間。○言帝省其山。而見其木拔道通。則知民之歸之者益衆矣。於是既作之邦。又與之賢君以嗣其業。蓋自其初生大伯王季之時而已定矣。廬陵彭氏曰。柞棫斯拔。松栢斯兌。精神氣象。見於林木之間。有方興未艾之象。夫以周之建國。既得其地。而爲君者。又得其人。皆非人力所能爲。故詩人又託詞以爲帝省帝作。蓋有主宰之者也。於是大伯見王季生文王。又知天命之有在。故適吳不反。大王沒而國傳於王季。及文王而周道大興也。朱子曰。太王欲傳位季歷以及昌。太伯知之。逃之荊蠻。於是太王乃立季歷。傳國至昌。是爲文王。又曰。太王欲立賢子聖孫。爲其道足以濟天下。而非有愛憎之閒。利欲之私也。是以泰伯去之而不爲狷。王季受之而不爲貪。蓋處君臣父子之變。而不失乎中庸。此所以爲至德也。○勉齋黄氏曰。泰伯知王季之後。又有文王之聖。必能基成王業。從而讓之。亦太王之志也。是泰伯之讓。上以繼太王之志。下以成王季之業。無非爲天下之公。而不爲一身之私也。然以太伯而避王季。則王季疑於不友。故又特言王季所以友其兄者。乃因其心之自然。而無待於勉强。西山眞氏曰。王季之友太伯。蓋其因心之本然。非以其遜已而後友之。使太伯未甞有遜國之事。王季所以友之者。亦若是而已。旣受太伯之讓。則益脩其德。以厚周家之慶。而與其兄以讓德之光。猶曰彰其知人之明。不爲徒讓耳。廬陵彭氏曰。太伯以天下讓。王季乃能脩其德而有以篤其慶。使太伯讓國之美。赫然光顯於後世者。王季與之也。其德如是。故能受天禄而不失至于文武而奄有四方也豐城朱氏曰王業之成雖在於武王得天下之時而天命之定已見於太伯讓王季之日太伯讓焉而無迹王季受之而無愧此王業之所由基也文王創造於前武王繼續於後此王業之所由成也太伯當立而不立文王可爲而不爲故皆謂之至德非王季之友無以成太伯之志非武王之孝無以成文王之功武王之孝易知也王季之友難知也此因心則友則友其兄則篤其慶載錫之光詩人所以再三嘆詠於王季也

○維此王季帝度待洛反其心貊武伯反其德音其德克明克明克類克長丁丈反克君如字或于況反王此大邦克順克比必里反比毗至反于文王其德靡悔叶虎洧反既受帝祉音恥施以豉反于孫子叶獎里反

賦也度能度物制義也貊春秋傳樂記皆作莫謂其莫

然清靜也。克明。能察是非也。克類。能分善惡也。克長。教誨不倦也。克君。賞慶刑威也。言其賞不僭。故人以爲慶。刑不濫。故人以爲威也。順。慈和徧服也。比。上下相親也比于。至于也。悔。遺恨也。○言上帝制王季之心。使有尺寸能度義。朱子曰。猶言天誘其衷。能使制義也。○慶源輔氏曰。孟子曰。權然後知輕重。度然後知長短。物皆然。心爲甚。先生解以爲人心有本然之權度者。蓋謂是也。○豐城朱氏曰。帝度其心。使之能權也。夫惟能權。故能受太伯之讓。而篤周家之慶也。又清靜其德音。使無非間之言。是以王季之德能此六者華谷嚴氏曰。明類是一意。長君是一意。順比是一意。類者明之充。君者長之推。比者順之積也。○盧陵彭氏曰。克長。則出於其類也。克君。則居人上而爲之君也。王此大邦。則可以朝諸侯有天下。由小至大。其序如此。○孔氏曰。王季君其國耳。以其追號爲王。故以王言之。○莆田鄭氏曰。能爲人長。能爲人君。故使之王此大邦。又能惠順親比其民人也至於文王。而其德尤無遺恨。是以既受上帝之福。而延及于子孫也華谷嚴氏曰。此及文王。其德無有可悔。人有過則悔恨。靡悔則無過。從容中道。無毫髮之歉也。言王季之德。傳于文王而益盛故能受天之福。而延于子孫也○豐城朱氏曰。此章專美王季之德。故言之特詳。至于文王。則但言其德之靡悔而已。然謂之靡悔。則其德之純一無間。亦可見矣。惟其德之無間。是以其福之無窮也

○帝謂文王。無然畔援。于願反無然歆羨。餞面反誕先登于岸。叶魚戰反密人不恭。敢距大邦。叶卜攻反侵阮魚宛反徂共。音恭王赫斯怒。叶暖五反爰整其旅。以按音遏徂旅。以篤于周祜。候五反以對于天下叶後五反

賦也。帝謂文王。設爲天命文王之詞。如下所言也朱子曰。天

豈諄諄然命之。只是文王要恁地。便是理合恁地。便是天命之也○華谷嚴氏曰。天不言。以意謂之也。必謂之帝謂者。言文王之心。天實知之也無然猶言不可如此也。畔。離畔也。援。攀援也。言舍此而取彼也。歆。欲之動也。羨。愛慕也。言肆情以徇物也。岸。道之極至處也。密。密須氏也。姞其入聲姓之國。在今寧州。阮國名。在今涇州。徂。往也。共。阮國之地名。今涇州之共池是也。寧州。涇州。即今平涼府靜寧州涇州。並隸陝西其旅周師也。按。遏也。徂旅。密師之往共者也。安成劉氏曰。二旅字。所指不同祜福。對。答也○人心有所畔援。有所歆羨。則溺於人欲之流。而不能以自濟。文王無是二者。故獨能先知先覺。以造道之極至。蓋天實命之。而非人力之所及也廬陵彭氏曰。無畔援則中正而不溺於私。無歆羨。則闊大而不溺於欲。故能造道之極也。○長樂王氏曰。人心未嘗不正也。有所畔援。則不得其正。有所歆羨。則不得其正。無畔援歆羨。則使之正其心也。○慶源輔氏曰。人心一有畔援歆羨。則流於私欲。凡所云爲。必不能先知先覺。又焉能有所濟乎。况於用兵行師之際。情欲易縱之時。而二病不去。幾何而不流於窮黷也哉。故此章將言文王之征伐。而先言文王之無此病也。誕先登于岸。以涉水爲譬也

是以密人不恭。敢違其命。而擅興師旅。以侵阮。而往至于共。則赫怒整兵而往遏其衆。以厚周家之福。而答天下之心。蓋亦因其可怒而怒之。初未嘗有所畔援歆羨也

藍田呂氏曰。雖赫怒用兵。皆出於無心也。畔援歆羨。皆有心者也。○臨川王氏曰。有所畔援歆羨。不得其欲而怒。則其怒也私而已。文王之怒。是乃與民同怒。而異乎人之私怒也。○朱子曰。此詩稱文王德處。是從無然畔援歆羨上說起。後面却說不識不知。順帝之則。見得文王先有箇工夫。此心無一毫之私。故見於伐崇伐密。皆

是道理合著恁地。初非聖人之私怒也○豐城朱氏曰。密之敢距大邦。不知有事大之禮也。侵阮徂共。不知有恤小之義也。此天理之所當怒。而王法之所當誅也。故赫怒整兵以遏其衆　此文王征伐之始也　新安胡氏曰。此是文王興師之始。詩人必原於天之所命。以見文王之怒。非出於己私也

○依其在京。叶居良反　侵自阮疆。陟我高岡。無矢我陵。我陵我阿。無飲我泉。我泉我池。叶徒何反　度待洛反　其鮮息淺反　原。居岐之陽。在渭之將。萬邦之方。下民之王

賦也。依。安貌。京。周京也。矢。陳。鮮。善。將。側。方。鄉也　孔氏曰。鄉。人嚮望之也○言文王安然在周之京。而所整之兵。既遏密人。遂從阮疆而出以侵密　華谷嚴氏曰。侵自阮疆。謂自阮疆而侵密。猶春秋書公至自晉。密。阮。接境也○安成劉氏曰。春秋書法。潛師掠境曰。侵聲罪致討曰伐。此詩於密言侵。於崇言伐。固非如春秋

書法例。然其師既按徂共之衆。則密人退歸矣。故周師既出阮疆而遂侵之。蓋亦出其不意而謂之侵也。所陟之岡。即爲我岡。而人無敢陳兵於陵。飲水於泉。以拒我也。華谷嚴氏曰。文王以西伯討密之罪。豈有一毫畔援之私耶。阮不幸而與密爲鄰。幸而遇文王爲伯也。伐崇有訊馘伐肆之事。而伐密不言者。是師次其境而密人即服。不待戰也。於是相其高原而徙都焉。所謂程邑也。慶源輔氏曰。文王之兵侵密。乃遽曰我陵我阿我泉我池。無敢陳其兵。飲其水者。辭直理正。威靈氣燄。莫有敵者。所謂帝王之道。出萬全者也。程邑。在岐山之南。渭水之側。爲萬邦之所趨向。下民之所歸往。○華谷嚴氏曰。文王用心廣大。威德暢洽。歸者益衆。非舊邑所能容故也。○新安胡氏曰。度其鮮原以下。即上章以篤周祜。以對天下之實事也。其字。指密而言。○孔氏曰。程邑。在岐山之陽。是去舊都不遠也。○安成劉氏曰。文王伐密之後而作程邑。亦猶伐崇之後。而作豐邑。方其伐之。討罪而已。固未嘗先有作邑之心也。自常情觀之。必謂貪其土地矣。詩人知其心之無私。故言伐密伐崇之事。皆先以帝命

發之其地於漢爲扶風安陵。今在京兆府咸陽縣即今西安府咸陽縣。隸陝西

○帝謂文王。予懷明德。不大聲以色。不長丁丈反夏以革。不識不知。順帝之則。帝謂文王。詢爾仇方。同爾兄弟。以爾鉤援。音爰與爾臨衝。以伐崇墉

賦也。予設爲上帝之自稱也。懷眷念也。明德文王之明德也。以猶與也。夏革未詳東萊呂氏曰。此句雖難强通。然與不大聲以色立文既同。訓詁亦當相類。聲以色。謂聲音與笑貌。夏以革。謂侈大與變革也則法也。仇方讐國也丘氏曰。即崇也兄弟與國也廬陵彭氏曰。以諸侯之國爲兄弟。亦未嘗稱王一驗也鉤援。鉤梯也。所以鉤引上城。所謂雲梯者也。臨。臨車也。在上

臨下者也。衝。衝車也。從旁衝突者也。皆攻城之具也。崇國名。在今京兆府鄠縣。鄠縣。即今西安府鄠縣。亦隸陝西墉。城也。史記崇侯虎譖西伯於紂。紂囚西伯於羑里。西伯之臣閎夭之徒。求美女奇物善馬以獻紂。紂乃赦西伯。賜以弓矢鈇鉞。得專征伐。曰。譖西伯者崇侯虎也。西伯歸三年。伐崇侯虎而作豐邑。○言上帝眷念文王。而言其德之深微。不暴著其形迹。程子曰。天謂文王。予懷爾之明德。不大其聲色而人化。夫聖人之誠感無不通。故所過者化。所存者神。豈暴著其形迹也哉。是不發見大其聲色也。故曰。聲色之於以化民。末也。○東萊呂氏曰。不大聲以色。則不事外飾。不長夏以革。則不縱私意。明德之實也。○安成劉氏曰。明德者。文王之德。所得乎天之本體也。不大不長者。文王之心。不暴其德之形迹也。又能不作聰明。以循天理［華谷嚴氏曰。不識不知。不作聰明也。天理自然謂之則。謂理之不可踰也。］故又命之以伐崇也［朱子曰。詩人稱伐密伐崇事。皆以帝謂文王言之。若曰此蓋天意云爾。］呂氏曰。此言文王德不形而功無迹。與天同體而已。雖興兵以伐崇。莫非順帝之則而非我也［慶源輔氏曰。文王之明德。上則與天為一。下則三分天下有其二。可謂至矣。然未甞暴著於聲色之間。其所云為但不識不知。順帝之則而已。此天所以又命之使伐仇方也。夫文王之以崇為仇。蓋亦天理之當然也。○華谷嚴氏曰。崇侯譖文王。而文王伐之。疑於報私怨者。然虎倡紂為不道。乃天人之所共怒。文王奉天討罪。何容心哉。蓋由其心純乎天理。故喜怒皆與天合。所仇者非私怨。所同者非苟合也。］

○臨衝閑閑。［叶胡員反］崇墉言言。執訊［音信］連連。攸馘［古獲反］安安。［叶於肩反］是類是禡。［馬嫁反叶滿補反］是致是附。［叶上聲］四方以無侮。臨

衝茀茀。音弗。叶分聿反崇墉仡仡。魚乞反是伐是肆。是絶是忽。叶虛屈反四方以無拂。叶分聿反

賦也。閑閑。徐緩也。言言。高大也。連連。屬續狀。馘。割耳也。軍法獲者不服。則殺而獻其左耳。孔氏曰。玉藻云。聽鄉任左。故不服者殺而獻其左耳曰馘。罪其不聽命服罪。故取其耳以計功也安安。不輕暴也。類。將出師祭上帝也。禡。至所征之地而祭始造軍法者。謂黃帝及蚩尤也。考索曰。漢書稱高祖祠黃帝蚩尤於沛庭。管仲稱蚩尤作劒戟。史記稱黃帝與蚩尤戰于阪泉。豈軍法之興始於此。故後世祭之歟致。致其至也。附。使之來附也。茀茀。强盛貌。仡仡。堅壯貌。肆。縱兵也。忽滅。拂。戾也。春秋傳曰。文王伐崇。三旬不降。退脩教而復伐之。因壘而降。孔氏曰。僖十九

年左傳云。因壘而降。則似兵合不戰。此言孰䤵。必當戰矣。蓋知戰不敵。然後乃降。○言文王伐崇之初。緩攻徐戰。告祀羣神。程子曰。暴明其罪。告之神明。伐而告神明。其伐合神明之道也。以致附來者。而四方無不畏服。及終不服。則縱兵以滅之。而四方無不順從也。慶源輔氏曰。是致是附。仁也。是絕是忽。義也。仁以附之。天下畏之而不敢侮。仁之至也。義以絕之。天下從之而不敢拂。義之至也。非文王與天同德者其孰能之。○三山李氏曰。文王所伐者崇耳。而四方之國無不服從。以文王之伐。當其罪故也。夫始攻之緩。戰之徐也。非力不足也。非示之弱也。將以致附而全之也。安成劉氏曰。此其三旬不降之時乎。及其終不下而肆之也。則天誅不可以留。而罪人不可以不得故也。安成劉氏曰。此其復伐之日乎。此所謂文王之師也。程子曰聖人之伐。未有不俟其革心順服者。既不服。然後攻之也。

皇矣八章章十二句

一章二章言天命大王。華谷嚴氏曰。首章言天初眷大王之意。次章述大王遷岐也○安成劉氏曰。兩章稱帝者三。稱天者一。可見天之所以命大王者矣。蓋其始去邠。則邠人從之。其居于岐。則四方歸之。民之歸往如此。即太王已受天命矣。然而求大王之所以得乎天者。則以帝遷明德而然也

三章四章言天命王季。華谷嚴氏曰。三章述太伯王季相遜之事。爲文王張本。四章則述王季之德。以及文王也○安成劉氏曰。三四章言帝者四。可見天之命王季者矣。然而王季之所以得乎天者。則以其德克明而然也

五章六章言天命文王伐密。七章八章言天命文王伐崇。程子曰。文王之伐始於密。王功之始也。終於崇。天下遂無不服。王功之成也○朱子曰。詩自從大王說來。如云至于大王。實始翦商。如文王伐崇一節。不是小小侵掠詢爾仇方。同爾兄弟。以爾鉤援。與爾臨衝。以伐崇

墉。此見大段動衆。岐山之下。與崇相去。自是多少里。因甚如此。這般處。要做文王無意出做事都不得。又如說侵自阮疆。陟我高岡。我陵我阿。我泉我池。這看見都自據有其土地。這自大段施張了。或云。紂命文王。得專征伐。紂不得已授之。文王不得已受之。橫渠云。不以聲色爲政。不以革命有中國。默順帝則。而天下歸焉。其惟文王乎。若如此說。恰似內無純臣之義。外亦不屬於商。這也未必如此。只是事勢。自是不可已。當商之季。上下崩頹。忽於岐山下。突出許多人。也是誰當得。文王之事惟孟子識之。故七篇之中。所以告列國之君。莫非勉之以王道。○安成劉氏曰。五章至八章言帝者四。而帝之所以命文王者。唯拳拳於武功。求其所以然者。則又以帝之懷其明德也。唯其祖父子孫相傳一德。是以天之眷命。有加而無替。及至商罪貫盈。而天又命武王誅之。天豈私於有周也哉

經始靈臺。叶田飴反經之營之。庶民攻之。不日成之。經始勿亟。居力反庶民子來。叶六直反

賦也。經。度也。靈。臺。文王所作。謂之靈者。言其倏然而成。如神靈之所爲也毛氏曰。神之精明者。稱靈。四方而高曰臺○安成劉氏曰。文王之臺。其名如此。豈至周有天下。遂以爲天子之臺。而諸侯別名觀臺也歟營表。攻。作也。不日。不終日也。亟。急也○國之有臺。所以望氛祲。音侵察災祥。時觀游節勞佚也東萊呂氏曰。作臺主於望氛祲。觀民俗。以察天人之意。因以疏瀹精神。宣節勞佚。蓋一弛一張。無非事也○安成劉氏曰。韻注。氛。祥氣。祲。妖氣。蓋察災祥。則於此望氣。節勞佚。則於此遊觀。皆取其高明也文王之臺。方其經度營表之際。而庶民已來作之。所以不終日而成也。雖文王心恐煩民。戒令勿亟。而民心樂之。如子趣父事。不召自來也慶源輔氏曰。經始勿亟。庶民子來。兩句乃申說上四句意○定宇陳氏曰。不欲其急而過於勞者。愛民之仁。子來而忘其勞者。事君之義。未有上好仁而下不好義也○南軒張氏曰文王則勿亟庶民則子來君民之相與如此○三山李氏曰速成出於民之意則可出於君之意則不可出於君之意則爲勤民出於民之意則見其得民心也勤焦上聲○華谷嚴氏曰首章述作臺之功 孟子曰文王以民力爲臺爲沼而民歡樂之謂其臺曰靈臺謂其沼曰靈沼此之謂也 朱子曰言文王雖用民力而民反歡樂之加以美名也

○王在靈囿叶音郁 麀音憂鹿攸伏麀鹿濯濯直角反 白鳥翯翯戶角反 王在靈沼叶音灼 於音烏牣音刃魚躍

賦也靈囿臺之下有囿所以域養禽獸也 孔氏曰築墻爲界域禽獸在其中 麀牝鹿也伏言安其所處不驚擾也 長樂劉氏曰鹿易逸王在靈囿徒御非少乃不驚不逸而攸伏也 濯濯肥澤貌翯翯潔白貌靈沼囿

之中有沼也。物滿也。魚滿而躍。言多而得其所也。曾氏曰。鹿自如而不驚。鳥翔集而不去。魚亦跳躍而自適。則文王既之時。飛潛走伏。皆遂其性也。○華谷嚴氏曰。次章言作臺而遊焉。夫車馬羽旄。一也。有見之而欣欣喜色者。有見之而疾首蹙頞者。由人心之樂不樂也。文王鳥獸魚鱉何以異於人哉。特民心樂之耳。孟子最善說詩。只民樂其有麋鹿魚鱉一語。道盡一詩意。○豐城朱氏曰。臺下有囿。則從而謂之靈囿。囿中有沼。則從而謂之靈沼。王而時在靈囿也。則見其鹿之攸伏。言其性之適也。見其鹿之濯濯。言其體之肥也。見其鳥之翯翯。言其色之潔也。此飛走者樂其爲飛走也。王而時在靈沼也。則既見其魚之物。而其多可知也。復見其魚之躍。而其適可知也。此鱗介者樂其爲鱗介也已。

○虡音巨業維樅七凶反賁扶云反鼓維鏞音庸於論盧門反鼓鐘於樂音洛辟音璧廱

賦也。虡。植木以懸鐘磬。其橫者曰栒音筍業。栒上大版。刻之棲業如鋸齒者也孔氏曰。兩端有植木。其上有橫木。謂直立者爲虡。謂橫牽者爲栒。栒上加大版。刻版如鋸齒爲節。○鄭氏曰。虡也。栒也。所以懸鐘鼓也。樅業上懸鐘磬處。以綵色爲崇牙。其狀樅樅然者也。孔氏曰。以綵色爲之。其狀隆然。謂之崇牙。○段氏曰。鐘虡飾以臝屬。磬虡飾以羽屬。器異異虡故也。鐘磬之筍。皆飾以鱗屬。其文若竹之有筍然。筍兩端又有璧翣。鄭氏謂戴璧垂羽是也。蓋簨虡所以架鐘磬。崇牙璧翣翣所以飾筍虡。夏后氏飾以龍而無崇牙。商飾以崇牙而無璧翣。至周則極文。而三者具矣。此有瞽所以言設業設虡。崇牙樹羽也。賁大鼓也。釋文曰。賁亦作鼖。長八尺。鼓四尺。安成劉氏曰。賁鼓身高八尺。而其鼓之面皮所冒者徑四尺也。中圍加三之一。安成劉氏曰。中圍者。謂鼓腹也。鼓面徑四尺。則其圍十二尺。鼓腹之圍加以三之一。則其圍十六尺。而徑五尺三寸三分寸之一也。鏞大鐘也。論倫也。言得其倫理也。黃氏曰。樂之不能已。而言之不能盡。故曰於論於樂。於。漢辭也。辟廱通。廱澤也。辟廱。

天子之學。大射行禮之處也。水旋丘如璧。以節觀者。故曰辟雍孔氏曰。璧體圓而內有孔。此水亦圓而內有地猶璧然。以水繞丘。所以節約觀者令在外觀也○朱子曰。振鷺之詩曰。于彼西雍。說者以廱爲澤。蓋即旋丘之水。而其學即所謂澤宮也。孟子所謂序者射也。則學蓋有以射爲主者矣。蘇氏引莊周言文王有辟雍之樂。則是又以爲習樂之所也。張子亦曰辟雍古無此名。其制蓋始於此。及周有天下。遂以名天子之學。而諸侯不得立焉○華谷嚴氏曰。三章。四章。皆述辟雍作樂之事。文王既遊囿沼。遂於辟雍作樂也○安成劉氏曰。古之教者。固不廢樂。而大射之禮。亦先用樂。作樂於辟雍。無可疑者。此後兩章。自說辟雍作樂之事。前兩章。自說遊觀靈臺之事也

○於論鼓鐘。於樂辟廱。鼉徒河反鼓逢逢薄紅反。矇音蒙瞍音叟奏公。

賦也。鼉似蜥蜴。長丈餘。皮可冒鼓。逢逢。和也埤雅曰。夏小正云。剥

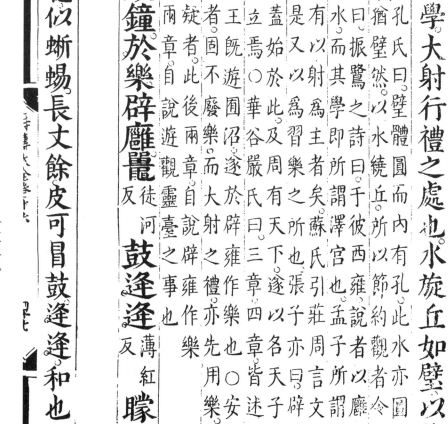

鼉以爲鼓。其皮堅厚。取以冒鼓。故曰鼉鼓。鼉鼓非特有取於皮。亦其鼓聲逢逢然象鼉之鳴。續博物志曰。鼉長一丈。其聲如鼓

有眸子而無見曰矇。無眸子曰瞍。古者樂師皆以瞽者爲之。以其善聽而審於音也。公事也。聞鼉鼓之聲。而知矇瞍方奏其事也。

華谷嚴氏曰。申言鐘鼓辟廱之樂。詠嘆不能已。樂之更端曰奏。故九成謂之九奏。言方奏其事。樂之不厭之詞也

靈臺四章二章章六句二章章四句

東萊呂氏曰。前二章。樂文王有臺池鳥獸之樂也。後二章。樂文王有鐘鼓之樂也。皆述民樂之詞也。

孔氏曰。鄭氏云。韓詩說辟廱者。天子之學。所以教天下春射秋饗尊事三老五更。在南方七里之內。左氏說天子靈臺在太廟之中。壅之以靈沼。謂之辟廱。皆無明文。玄按靈臺一篇。有靈臺。有靈囿。有

靈沼。有辟雍。則辟雍及三靈或同處矣○黃氏曰。民樂其有靈臺沼囿。而亦樂其有麀鹿魚鱉。所謂愛人而及其物也○雙峯饒氏曰。文王未嘗無靈臺靈沼。然與民同樂。便是天理。文王畢竟自朝至于日中昃。不遑暇食。用咸和萬民。人必得所。然後有此樂○華谷嚴氏曰。文王始作靈臺。民樂成之其游於囿沼也。又樂其有鳥獸魚鱉。其作樂於辟雍也。又樂其有鐘鼓之音。所謂聞王鼓樂於此。欣欣然有喜色也。言之不能盡。而嗟嘆之不能已。則民之愛戴者深矣○定宇陳氏曰。靈臺一詩。辟雍之教寓焉。臺池鳥獸鐘鼓之樂。樂之形也。其樂也外。辟雍教化道義之樂。樂之本也。其樂也內。民樂其樂蓋至此矣○豐城朱氏曰。前二章言靈臺之遊觀。後二章言辟雍之教育。遊觀而必言其物之盛者。以見蕃育長養之有其素也。教育而必言其樂之和者。以見鼓舞作興之有其術也。然則臺池鳥獸之樂。固與百姓共之。而鐘鼓之樂殆將與賢者共之也

下武維周。世有哲王。三后在天。王配于京叶居良反

賦也。下義未詳。或曰字當作文。言文王武王實造周也。哲王。通言大王王季也。三后。大王王季文王也。在天。既没而其精神上與天合也。慶源輔氏曰。下箇精神字甚有意。須深思之。王。武王也。配。對也。謂繼其位以對三后也。京。鎬京也。北溪陳氏曰。哲王之在天。則太王王季文王也。其在鎬京者。則武王也。在鎬京者足以配彼在天者。○此章美武王能纘大王王季文王之緒。而有天下也。豐城朱氏曰。聖人與王之業。非先后固無以基之於前。而先后在天之神。非聖人無以配之於下。蓋一代興王之業。必世德之相承。有以基之於其始。而後聖德之受命。有以成之於其終也。周之王業。自文王而始著。自武王而始成。是文王武王實造周矣。然推原其始。則文王之前固有王季也。王季之前又有太王也。謂王業之所基。不在於是而可乎。夫惟太王王季文王既没。而其精神上與天合也。是以武王繼之。實能配彼在天之靈於鎬京焉。則武王之繼三后

謂非王業之所成而可乎。詩人於此原其始而歸美於三后。要其終而歸功於武王。則夫任繼述之責者。其必知所法矣

○王配于京。世德作求。求言配命。成王之孚。叶孚尨反

賦也。言武王能繼先王之德。三山李氏曰。武王所以配三后者。則以維世德之求故也。起而求以繼之也。○三山林氏曰。作起而求之。如斂以求之之求。○華谷嚴氏曰。康誥曰。我時其惟殷先哲王。德用康乂民作求而長言合於天理。故能成王者之信於天下也。若暫合而遽離。暫得而遽失。則不足以成其信矣。慶源輔氏曰。永言配命。已解於文王詩。此章言武王得以對彼在天三王於鎬京者。以其能起求先世之德而繼之。此乎字。與書所謂作周孚先之孚同。夫王者之信。豈一朝一夕之所能成哉○華谷嚴氏曰。武王所求者。先世之德。故能長配天命。有天下而傳無窮。遂成王者之信也。王者之事業莫大於信。信則天下心服而王也

○定宇陳氏曰。配祖宗而與世德一。即配天而與天理一者。命原於天。而三后亦在天。配三后。即配天矣。配命則必能配三后矣○豐城朱氏曰。此章二配字不同。王配于京。是以下而對乎上之辭。永言配命。是以人而合乎天之辭。有以配對於下。而已之德既與先王而爲一。有以配合乎天。而已之心復與天理而爲一。此所以能成王者之信。而爲天下之法也。然則王者之信。豈可以他求哉。亦在乎求世德。配天命而已。蓋世德皆實心之形著。而天命即實理之流行。既有以配對於先王。復有以配合乎天命。則王者之德著於下。而天下之心應乎上。上下交孚。而其爲信也成矣

○成王之孚。下土之式。永言孝思。孝思維則

賦也。式。則皆法也○言武王所以能成王者之信。而爲四方之法者。以其長言孝思而不忘。是以其孝可爲法耳。朱子曰。求其世德而成王之孚。孝思之至。孰大於是○長樂王氏曰。武王作求。至于成王之孚。下土之式。

則亦維先人之故。繼其志述其事也○永嘉陳氏曰。王者之德著於人而可信者謂之孚。存於心而不忘者謂之孝。天下皆知法武王之德。而不知德之可法者本於聖人之孝○安成劉氏曰。武王之孝可爲天下之法。此所以爲達孝所謂德教加于百姓。刑于四海。此天子之孝是也若有時而忘之。則其孝者僞耳何足法哉

○媚茲一人。應侯順德。永言孝思。昭哉嗣服叶蒲北反

賦也。媚。愛也。一人。謂武王。應。如丕應徯志之應。侯。維。服。事也○言天下之人。皆愛戴武王以爲天子。而所以應之。維以順德。是武王能長言孝思。而明哉其嗣先王之事也華谷嚴氏曰。天下媚愛武王。而應之以順德。謂天下化之也。孝者德之順。故又言武王永有孝思。昭昭然能嗣其先世之事也。序所謂能昭先人之功也○慶源輔氏曰。下武六章。下章都疊上章一句說。獨四章

不然者。蓋承上二章三章兩章而言。武王既能成王者之信。又能使天下以其孝思爲法。故天下之人皆戴武王。而所以應之維是順德焉。順德即孝之所感也。上以孝感。故下以順德焉。至此然後再疊上章一句來言孝思說起。而又言明乎其嗣先王之事也。夫嗣先王之事。即是世德作求。世德作求。昭哉嗣服。又皆是孝。孝即是順德。上以孝感。下以順德。尤非一朝一夕。暫行復輟者之所能致也。○新安王氏曰。武王之順德在於繼志。而天下應之。則其孝能嗣先王之事者不可掩矣

○昭茲來許。繩其祖武。於萬斯年。受天之祜（侯古反）

賦也。昭茲。承上句而言。茲哉聲相近。古蓋通用也（朱子曰。昭茲。漢碑作昭哉。洪氏隸釋茲哉叶韻）來。後世也。許。猶所也。繩。繼。武。迹也。○言武王之道昭明如此。來世能繼其迹。則久荷天祿而不替矣（慶源輔氏曰。此章又言武王既明乎其繼先王之事。來世能繼武王之迹。則於萬斯年。永受天

禄而不替。又不止此四王太王王季文王武王而已也○豐城朱氏曰。繩祖武者。欲後人繼武王之迹也。武王之道。惟信與孝而已。然武王之信。乃王者之大信。固非暫焉作輟之所能。武王之孝。乃天下之達孝。尤非暫焉勉强之所能也。然則如之何。曰。法武王之信。在乎天命之永配。法武王之孝。在乎世德之是求。如是而不受上天之祜者。未之有也

○受天之祜四方來賀於萬斯年不遐有佐

賦也。賀。朝賀也。周末秦强。天子致胙。諸侯皆賀黃氏曰。孝弟之至。則通于神明。光于四海。而得萬國之歡心。此所以受天之祜。四方來賀也。○安成劉氏曰。事見周顯王二十六年。此借引之。故朱子初解此下。有曰其事則猶此也。但秦以力。周以德耳遐。何。通。佐。助也。蓋曰豈不有助乎云爾新安王氏曰。受天之福。則四方諸侯皆來朝賀。雖千萬年相與佐助也。○慶源輔氏曰。豈不有助乎者。言天下皆來朝賀於周。則豈不有助乎周家也哉。○定宇陳氏曰。天且

福之。人將焉往。宜來世之得人與得天相爲長久也。不徒賀之。而尤佐之。見人心蕃屏王室之至也

下武六章章四句慶源輔氏曰。首章言武王能纘太王王季文王之緒。而有天下。中三章言武王善繼善述之孝。又有常永不已之誠。故能成王者之信。爲天下之法。以致天下之愛戴如此。末兩章又言武王之成效大驗如此。則其後世子孫。亦將善繼其先人之緒。而久受上天之福。多得天下之助也○定宇陳氏曰。此詩美武王繼三后於已往。開後嗣於方來。惟以求世德。永孝思。而上合天理。下孚人心者爲之本耳

或疑此詩有成王字。當爲康王以後之詩。然考尋文意。恐當只如舊說。且其文體。亦與上下篇血脉通貫。非有誤也。黃氏曰。中庸言武王纘太王王季文王之緒。身不失天下之顯名。而此詩言武王得天下。亦言其配三后之德。故中庸言達孝。而此詩言其孝思。中庸言孝者善繼志述事。而此詩言孝亦曰成王之孚也

文王有聲。遹尹橘反駿音峻有聲。遹求厥寧。遹觀厥成。文王烝哉

賦也。遹義未詳。疑與聿同。發語詞。駿。大。烝。君也。○此詩言文王遷豐。武王遷鎬之事。安成劉氏曰。四章以上。言文王遷豐。六章以下。言武王遷鎬而首章推本之曰。文王之有聲也。鄭氏曰。聲。令聞也甚大乎其有聲也。蓋以求天下之安寧。而觀其成功耳。曹氏曰。文王之道。務在安民而已。是以視民如傷。○藍田呂氏曰。文王征伐。皆求所以安民。皆觀所以成業之效文王之德如是。信乎其克君也哉慶源輔氏曰。文王之所以大有聲者。本由於征伐。而其所以征伐者。不過是求天下安寧。而觀其功底于成耳。此其所以克君也哉

○文王受命。有此武功。既伐于崇。作邑于豐。文王烝哉

賦也。伐崇事見皇矣篇。作邑。徙都也。豐。即崇國之地。在今鄠縣杜陵西南。孔氏曰。武功非獨伐崇而已。所伐邪者容須昆夷之屬皆是也。別言伐崇者。以其功最大。其伐最後。故特言之。爲作邑張本。言功成乃作邑也。○華谷嚴氏曰。文王受天命以討罪。不容自已。故有此征伐之功。最後伐崇。威德益著。國勢寖盛。程邑又不足容。乃作豐邑居之。誠得人君之道也。○豐城朱氏曰。大命自文王而始集。故武功自文王而始成。伐崇所以除天下之暴。作豐所以立天下之本。有以除天下之暴。則人心服。有以立天下之本。則人心歸。此文王之所以克君也

○築城伊淢。況域反作豐伊匹。匪棘居力反其欲。禮記作猶遹追來孝。叶許六反。或呼候反王后烝哉。

賦也。淢。城溝也。方十里爲成。成間有溝。深廣並去聲各八尺。匹。稱。棘。急也。王后。亦指文王也。慶源輔氏曰。王。王也。追稱也。后。君也。本稱

也○眉山蘇氏曰。克崇作豐而王業成。故以王后稱之

○言文王營豐邑之城。因舊溝爲限而築之。其作邑居亦稱其城而不侈大。孔氏曰。此述作豐之制皆非急成已之所欲也。特追先人之志而來致其孝耳慶源輔氏曰。作城而限於域。作豐而稱其城。則其規模本不大也。然亦非是文王急於成已之欲而苟作之也。特以追先王之志而來致其孝耳○定宇陳氏曰。上章言作豐受命于天。此章言作豐追孝于前。以見作豐乃天與前人之心也○華谷嚴氏曰。此明作豐之心也○安成劉氏曰。孝者善繼志善述事者也。故文王之孝。在於伐崇作豐。武王之孝。在於成王之孚。文王所求乎子。即文王所以事父者也。故曰。父作之。子述之○豐城朱氏曰。遹追來孝。文王之孝也。亦言孝思。武王之孝也。文王之孝。有以追先人之志。武王之孝。有以成文王之功。此周之王業所以盛也

○王公伊濯。直角反維豐之垣。音袁四方攸同。王后維翰。叶胡田反

王后烝哉

賦也。公，功也。濯，著明也。藍田呂氏曰：濯如滌，言明白而不昧。○王之功所以著明者，以其能築此豐之垣，故爾四方於是來歸而以文王爲楨幹也。藍田呂氏曰：文王建都邑，而天下知所歸往，皆倚以爲幹。○龍舒王氏曰：維豐之垣，有形之勢；王后維翰，無形之勢也。

○豐水東注，維禹之績。四方攸同，皇王維辟。皇王烝哉

賦也。豐水東北流，徑豐邑之東，入渭而注于河。績，功也。皇王，有天下之號，指武王也。華谷嚴氏曰：皇，大也。一統天下，其事又大。辟，君也。○言豐水東注，由禹之功。董氏曰：周之建都，豐水正在其傍，於是思禹之故績。而見周之成功也。○孔氏曰：左傳劉定公見雒水曰：美哉禹之功也。此亦見豐水而思禹。故四方得

以來同於此而以武王爲君。華谷嚴氏曰。豐水所以東注于河者。是禹之功也。四方之所以同歸周者。以武王爲天下之君也。蓋以武王之功配禹。皆除害濟民也此武王未作鎬京時也豐城朱氏曰。豐水東注。言其水勢之順也。四方攸同。言其人心之合也。即水勢之順。而有以見神禹之功。即人心之合。而有以見武王之德。則武王不惟近無愧於文王。而且遠無愧於神禹也

○鎬京辟廱。自西自東。自南自北。無思不服。叶蒲北反皇王烝哉。

賦也。鎬京。武王所營也。在豐水東。去豐邑二十五里。張子曰。周家自后稷居邰。公劉居豳。大王邑岐。而文王則遷于豐。至武王又居于鎬。安成劉氏曰。先儒謂岐在邰西北四百餘里。豐在岐山東南二百餘里當是時。民之歸者日衆。其地有不能容。不得不

遷也朱子曰。秦始皇營朝宮渭南。史以爲咸陽人多先王之宮庭小。故作之。想遷鎬之意。亦是如此○長樂劉氏曰。武王以諸侯之朝覲。四夷之來王。非豐邑可容也。故作鎬京焉辟廱。說見前篇。張子曰。靈臺辟廱。文王之學也。鎬京辟廱。武王之學也。至此始爲天子之學矣。無思不服。心服也。孟子曰。天下不心服而王者。未之有也○此言武王徙居鎬京。講學行禮。而天下自服也廬陵彭氏曰。建國君民。教學爲先。故遷鎬而成辟廱○劉氏曰。都鎬而先建學。首善之地。教化之源也○華谷嚴氏曰。四方之服也久矣。此言辟廱之化深入其心也。四方先言西。鎬京在西。近者先被其化也。繼伐之詩而言教化者。見武王德化流行。而人心服也○慶源輔氏曰。見武王得天下以教化爲先務也。先生謂以見武王之得天下非以力取之者。是也○豐城朱氏曰。四方攸同。皇王維辟。見武王之盡君道也。鎬京辟廱。無思不服。見武王之盡師道也。君以治之。而四方無不於此乎攸同。師以教之。而四

方無不於此乎心服。則其尚德而不尚力。於此亦可見矣

○考卜維王。宅是鎬京。叶居良反維龜正叶諸盈反之。武王成之。武王烝哉

賦也。考稽。董氏曰。卜筮之道。必先斷於心。故曰考卜維王。則王志先定矣。其考卜者。所以齊衆志也。洪範稽疑以汝則從爲主宅。居。正。決也。成之。作邑居也慶源輔氏曰。言武王居鎬稽決於龜。而成其居邑。亦非私意之所爲。與三章言文王匪棘其欲之意同張子曰。此舉謚者。追述其事之言也安成劉氏曰。此詩五章六章。先稱武王爲皇王。至此章以後乃舉武王之謚。故朱子引橫渠說。明此詩爲追述武王之事。以證其後所論鄭譜之誤爾○豐城朱氏曰。武王之遷鎬非以徇一已之私也。必考之於卜以定其宅焉。惟龜爲能致其決。惟武王爲能成其事。則武王之遷。固將上以承天意。下以順民心。前以成先王之志。後以開無窮之基。信乎其克君也哉

○豐水有芑。武王豈不仕。鉏里反詒厥孫謀。以燕翼子。叶獎里反武王烝哉

興也。芑。草名。仕。事。詒。遺。燕。安。翼。敬也。子。成王也。○鎬京猶在豐水下流。故取以起興。言豐水猶有芑。武王豈無所事乎。孔氏曰。豐水猶以潤澤生芑菜。況武王豈不以澤及後人爲事乎詒厥孫謀。以燕翼子。則武王之事也。謀及其孫。則子可以無事矣臨川王氏曰。雖詒之以謀。非翼子亦不能以燕也或曰。賦也。言豐水之傍生物繁茂。武王豈不欲有事於此哉。但以欲遺孫謀。以安翼子。故不得而不遷耳慶源輔氏曰。此章兩說雖不同。然以遺孫謀安翼子爲武王之事則同也。第二說雖覺輕快。然首句著箇豐水有芑一句。畢竟以興體

文王有聲八章章五句

此詩以武功稱文王。至于武王則言皇王維辟。無思不服而已。蓋文王既造其始。則武王續而終之無難也。又以見文王之文。非不足於武。而武王之有天下。非以力取之也

慶源輔氏曰。每章皆言烝哉以結之者。不獨以見其歎美無已之意。又以示後世子孫。使之知其必加文王武王之爲。然後於君天下爲宜也。故其丁寧不一而足耳○孔氏曰。上四章言文王之事。下四章言武王君天下。服四方。定鎬京。安後世之事○問使文王更在十三四年。將終事紂乎。抑爲武王牧野之舉乎。朱子曰。詩中言武功。都是文王做來。詩載武王武功却少。但卒其伐功耳。觀文王氣勢如此。度必不終竟休了。一似果實。文王待他黄熟自落下來○東萊呂氏曰。此詩未嘗一言及武王伐功何耶。蓋創業而貽厥孫謀。固非大告武功之

前所能致也。詩人亦有言其意而略其事者矣。不可一體求也○安成劉氏曰。允文文王。而有此武功。則非不足於武也。桓桓武王。而鎬京辟廱。則非不足於文也。所謂一張一弛。文武之道也

文王之什十篇六十六章四百一十四句

鄭譜此以上爲文武時詩。以下爲成王周公時詩。今按文王首句。即云文王在上。則非文王之詩矣。又曰。無念爾祖。則非武王之詩矣。大明有聲。幷言文武者非一。安得爲文武之時所作乎。蓋正雅皆成王周公以後之詩。但此什皆爲追述文武之德。故譜因此而誤耳

詩傳大全卷之十六

詩傳大全卷之十七

生民之什三之二

厥初生民。時維姜嫄。音原。叶魚倫反 生民如何。克禋音因 克祀。叶養里反 以弗無子。叶奬里反 履帝武敏。叶母鄙反 歆。攸介攸止。載震載夙。叶相即反 載生載育。叶曰逼反 時維后稷

賦也。民。人也。謂周人也。時。是也。姜嫄。炎帝後姜姓。有邰氏女。名嫄。爲高辛之世妃。孔氏曰。鄭氏謂姜嫄爲高辛氏後世子孫之妃。未知其爲幾世。故直以世言之 精意以享謂之禋。祀。祀郊禖也。弗之言祓音弗除也 也。祓無子。求有子也。古者立郊禖。蓋祭天於郊。而以先媒配也。變媒言禖者。神之也。其禮以玄鳥至之日。用

大牢祀之顏氏曰。祠以仲春。正其候也。祭以太牢。尊其禮也。祀以南郊。重其事也。然祠禖之禮不知所始。詩傳曰。簡狄從帝而祀郊禖。則是帝嚳簡狄之時已有神矣。○孔氏曰。燕來主爲產乳滋蕃。故重其初至之日。用牛羊豕祀郊禖。至高辛之世。以有吞卵之事。以爲禖之嘉祥。又以高辛之世禖配祭。故改爲高禖。天子親往。后率九嬪音頻御。孔氏曰。天子親往。敬其事。后妃率九嬪從之。侍御於祭焉。乃禮天子所御。帶以弓韣音獨授以弓矢。于郊禖之前也。孔氏曰。禮天子所御幸者。使太祝酌醴酒飲之於郊禖之庭。以神惠光顯之也。弓矢者。男子之事。使之帶弓衣執弓矢。冀其所生爲男也。○鄭氏曰。韣。弓衣也。以緇布爲之。○安成劉氏曰。此上所言祭郊禖之禮。乃通言古者天子有此禮耳。非專指姜嫄之事也。履。踐也。帝。上帝也。武。迹。敏。拇。足大指。○朱子曰。敏字當爲絕句。叶上韻爾。歆。動也。猶驚異也。介。大也。震。娠音身。懷孕也也。孔氏曰。左傳云。邑姜方震。太叔后緡方震。皆謂有身爲震也。夙。肅也。生子者及月

㞐。居側室也 禮記內則注曰。側室。謂夾室也。燕寢也 育。養也〇姜嫄出祀

郊禖。見大人迹而履其拇。 鄭氏曰。時有大人迹。姜嫄履之。足不能滿。履其拇指之處

〇安成劉氏曰。姜嫄以高辛子孫之妃而得祀郊禖。豈古禮簡質。天子諸侯皆用其禮歟 遂歆歆然

如有人道之感。於是即其所大所止之處而震動有娠。

乃周人所由以生之始也 華谷嚴氏曰。生后稷。所以生此民也〇臨川王氏曰。縣所謂民之初生。則本由太王之興。此所謂厥初生民。則本由后稷而起也 周公制禮尊后稷

以配天 孔氏曰。周公以王功起於后稷。故推舉之以配郊天焉。禮記稱萬物本乎天。人本乎祖。俱為其本可以相配。故王者可以祖配天 故作此詩以推本其始生之祥。明其

受命於天。固有以異於常人也 慶源輔氏曰。初生周人者。實姜嫄也。生民如何。是又問其所以然也。以下則述其所以然。而終結之以時維后稷一句。蓋言其所生之子實后稷也。后稷始教

民播種而利及萬世。非天所命而何。宜其始生之靈異乎○華谷嚴氏曰。首章述姜嫄禱而生后稷也然巨跡之說先儒或頗疑之。朱子曰。後世所謂祥瑞。固多偽妄。然豈可因後世偽妄。而并真實者皆以爲無乎。鳳鳥不至。河不出圖。孔子之言。不成亦以爲非而張子曰。天地之始。固未嘗先有人也。則人固有化而生者矣。蓋天地之氣生之也。蘇氏亦曰。凡物之異於常物者。其取天地之氣常多。故其生也或異。麒麟之生異於犬羊。蛟龍之生異於魚鼈。物固有然者矣雙峯饒氏曰。天地泰和元氣之會。鍾爲麟鳳。非是有種而生神人之生而有以異於人。何足怪哉。斯言得之矣朱子曰。天下之理一而已。而有常變之不同。夫二氣交感。化生萬物者。理之常也。若姜嫄簡狄之生稷契。此理之變也。又曰。履巨跡之事有此理。且如契之生。詩中亦云玄鳥降而生商。蓋以爲稷契皆天生之耳。非有人道之感。

非可以常理論也。漢高祖之生亦類此。此等不可以言盡，當意會之可也。

○誕彌厥月，先生如達。（他末反） 不坼（敕宅反）不副，（孚逼反，叶孚迫反） 無菑（音災）無害。（叶音曷） 以赫厥靈，上帝不寧。不康禋祀，（叶養里反） 居然生子。（叶奬里反）

賦也。誕，發語辭。彌，終也。終十月之期也。先生，首生也。達，小羊也。羊子易生，無留難也。（本草曰：生物中羊產最易。） 坼副，皆裂也。赫，顯也。不寧，寧也。不康，康也。居然，猶徒然也。○凡人之生，必坼副災害其母，而首生之子尤難。今姜嫄首生后稷，如羊子之易，無坼副災害之苦，是顯其靈異也。上帝豈不寧乎，豈不康我之禋祀乎，而使我無人道而徒然生是子也華谷嚴氏曰次章述稷生之易也○慶源輔氏曰首章言其受孕之祥此章言其降生之異受孕既本於天則降生必異於人也上帝不寧不康禋祀乃指首章所言郊禖之事也

○誕寘之隘於懈反巷牛羊腓符非反字之誕寘之平林會伐平林誕寘之寒氷鳥覆敷救反翼叶音異之鳥乃去矣后稷呱叶去聲矣實覃實訏叶去聲厥聲載路

賦也隘狹腓芘字愛新安胡氏曰集傳於采薇小人所腓引程子曰腓隨動也如足之腓足動則隨而動如是則正與易咸其腓同義意者牛羊見稷以足肚遮芘之如有愛之之意故謂之腓字會值也值人伐木而收之覆蓋翼藉也以一翼覆之以一翼藉之也呱啼聲也覃長訏大載滿也滿路言其聲之大也○無人道而生子或者以爲不祥故棄之而有此

異也。於是始收而養之華谷嚴氏曰。三章述稷生而見棄之事。○豐城朱氏曰。人同類者也。物異類者也。而無不有愛護之意。以見天之所生。固非人之所能棄也。

○誕實匍音蒲匐。蒲北反克岐克嶷。魚極反以就口食。蓺之荏而甚反菽。荏菽旆旆。禾役穟穟。音遂麻麥幪幪。莫孔反瓜瓞唪唪。布孔反

賦也。匍匐。手足並行也。岐嶷。峻茂之狀曹氏曰。岐嶷言其能立就。向也。口食。自能食也。蓋六七歲時也。蓺。樹也。荏菽。大豆也。旆旆。枝旟揚起也。役。列也。穟穟。苗美好之貌也。幪幪然茂密也。唪唪然。多實也錢氏曰。旆旆。如旗之旆。○長樂劉氏曰。旆旆穟穟幪幪唪唪。言皆異於常人所種○言后稷能食時。已有種殖之志。蓋其天

性然也。史記曰。棄爲兒時。其遊戲好（去聲下同）種殖麻麥。麻麥美。及爲成人。遂好耕農。堯舉以爲農師（慶源輔氏曰。此章則言后稷之於種殖。蓋天性自然生知。非從習得。皆所以終首章之意也○華谷嚴氏曰。四章述稷幼。好種殖之事○廬陵曹氏曰。聖人一種殖之間。而嘉種各遂其性。則所禀之異可知矣）

○誕后稷之穡。有相（息亮反）之道。（叶徒口反）茀（音弗）厥豐草。（叶此苟反）種（去聲）之黃茂。（叶莫口反）實方實苞。（叶補苟反）實種（上聲）實褎。（叶徐久反）實發實秀。（叶忽久反）實堅實好。（叶許口反）實穎（營井反）實栗。即有邰（他來反）家室。

賦也。相。助也。言盡人力之助也。（張子曰。有相之道。贊化育之一端也。今農民未見致力於田者。或有一耕即種。其收即天幸也。惟后稷則盡人力之助也○華谷嚴氏曰。即茀草一端。可以類見。）茀。治也。（臨川王氏曰。草盛曰茀。治草亦謂之茀）種。布之也。黃茂。嘉穀也。

方，房也。苞，甲而未拆也。此漬疾賜反其種也。種，甲拆而可爲種也。褎，漸長也。華谷嚴氏曰：以上言禾之苗也。發，盡發也。秀，始穟也。華谷嚴氏曰：以上言禾之秀也。堅，其實堅也。好，形味好也。穎，實繁碩而垂末也。栗，不秕補履反也。既收成，見其實皆栗栗然不秕也。華谷嚴氏曰：以上言禾之實也。邰，后稷之毋家也。孔氏曰：杜預云武功縣所治斄城是也。斄與邰同。豈其或滅或遷，而遂以其地封后稷與？○言后稷之穡如此。華谷嚴氏曰：所以詳言其成熟之次序者，見稼穡之艱難，非一日所能致。或苗而不秀，或秀而不實。滅裂耕者，報之亦滅裂；鹵莽耘者，報之亦鹵莽。今后稷能教民以盡人事，故其穡如此。○慶源輔氏曰：夫自浸種以至收成，無非盡人力以相助之，而但曰穡者，要其成而言之耳。故堯以其有功於民，封於邰，使即其毋家而居之，以主姜嫄之祀，故周人亦世祀姜嫄焉華谷嚴氏曰五章述后稷掌稼穡而封邰也○曹氏曰生民之功本於姜嫄不可弗祀乃特立廟祀之故周官大司樂奏夷則歌小呂舞大濩以享先妣而序於先祖之上尊之也

○誕降嘉種維秬音巨維秠孚鄙反維穈音門維芑音起恒古鄧反之秬秠是穫是畝叶蒲洧反恒之穈芑是任音壬是負叶扶委反以歸肇祀叶養里反

賦也降降是種於民也書曰稷降播種是也孔叢子魏王問子順曰寡人聞昔者上天神異后稷而爲之下嘉穀答曰天雖至神未聞下穀與人也詩美后稷能大教民種嘉穀以利天下故曰誕降嘉種猶書所謂稷降播種農植嘉穀也秬黑黍也秠黑黍一稃音孚二米者也穈赤粱粟也芑白粱粟也恒徧也謂徧種之也任肩任也負背負也既成則穫而棲之於畝任負

而歸以供祭祀也。秬秠言穫畝，穈芑言任負，互文耳。肇，
始也。稷始受國爲祭主，故曰肇祀。華谷嚴氏曰：六章述后稷教人種嘉穀以
供祭祀也。○安成劉氏曰：后稷得國而始主祭，則宗廟羣神之祀，皆始此矣。○豐城朱氏曰：稷之降種其名不
一。而此獨以秬秠穈芑言者，自其種之嘉而可以供祭祀者言之也。
○誕我祀如何？或舂傷容反或揄，音由或簸波我反或蹂，音柔釋之
叟叟，所留反烝之浮浮。載謀載惟，取蕭祭脂，取羝都禮反以軷。
蒲末反。叶蒲昧反載燔載烈，如字，叶力制反以興嗣歲。叶音雪，又如字
賦也。我祀，承上章而言后稷之祀也。揄，抒音署臼也。孔氏曰：謂
抒米以出口也簸揚去糠也。蹂，蹂禾取穀以繼之也。釋，淅音昔。洮米
也米也。叟叟，聲也。浮浮，氣也。謀，卜日擇士也。安成劉氏曰：周禮太

宰及儀禮必宰饋食皆前期十日帥執事而卜祭日之吉凶。又按射義將祭必先習射以擇士。射中者得與於祭。所擇之士。謂諸侯諸臣及所貢士也

惟齊戒具脩也安成劉氏曰。大宰掌百官之誓戒與其具修。齊者散齊七日。戒者致齊三日。具。謂所當供。脩。謂掃除糞洒也

蕭蒿也。脂膟音律膋音聊也。宗廟之祭。取蕭合音閤膟膋爇如劣反之。使臭達墻屋也鄭氏曰。膟膋腸間脂也。與蕭合燒之

羝牡羊也孔氏曰。祭不用牝也

軷祭行道之神也鄭氏曰。山行曰軷。封土爲山象。以菩芻棘柏爲神主。既祭。以車轢之而去。菩音倍。轢音洛

燔傳諸火也。烈貫之而加于火也曹氏曰。宗廟與軷皆有尸。燔烈所以爲尸羞也

四者皆祭祀之事。所以興來歲而繼往歲也華谷嚴氏曰。七章述后稷祭祀之事。總說宗廟及軷祭也○廬陵曹氏曰。朱子謂四者皆祭祀之事。雖只指取蕭以下四者而言。然春簸以及謀惟。亦莫非祭祀時事。特春簸以及謀惟。乃將祭時事。取蕭以及燔烈。則臨祭時事。祭祀以農事而始興

則亦以農事而迭舉。今歲豐年而祭。所以報也。亦所以祈也。於是豐年之祥無或間斷。往歲之豐登可繼。來歲之豐登又與矣。可見后稷之謹祭祀而重農事也如此

○卬五郎反盛音成于豆。于豆于登。其香始升。上帝居歆。下與今叶胡臭亶時。叶上止反后稷肇祀。叶養里反庶無罪悔。叶呼委反以迄許乙反于今上與歆叶

賦也。卬。我也。木曰豆。以薦菹醢也。瓦曰登。以薦大音泰羹也。孔氏曰。天官醢人掌四豆之實。皆有菹醢。是豆爲薦羞菹醢也。公食大夫禮。大羹湆不和實於登。是登爲盛大羹也。大古之羹。不調以鹽菜。湆者肉汁也。湆音泣○臨川王氏曰。釋之烝之。簠簋尊爵之實也。瓶俎實也。豆登。則實以菹醢大羹之器也。或言其器。或言其實。互相備也○廬陵羅氏曰。卬盛于豆登。則親執其勞。而非委之他人也 居。安也。鬼神食氣曰歆。疊山謝氏曰。天地間惟理與氣。有此理。則有此

氣。有此氣。則有此理。鬼神無形無聲。惟有理有氣。在冥漠之間耳。凡祭皆以心感神。以氣合神者也。黍稷必馨香。酒穀必芬芳。用椒用桂用蕭用鬱金草。皆以香氣求神。神以歆饗此氣耳胡。何。臭。香。亶。誠也。時。言得其時也。庶。近。迄。至也○此章言其尊祖配天之祭。三山李氏曰。前章言后稷肇祀。爲祭宗廟羣神。此章言後世既有天下。郊天配以后稷也○華谷嚴氏曰。末章言尊后稷以配天也其香始升。而上帝已安而饗之。言應之疾也。此何但芳臭之薦。信得其時哉。蓋自后稷之肇祀則庶無罪悔而至于今矣華谷嚴氏曰。言天之所享不在物也。蓋后稷能教民稼穡以相天。故以功封邰而祀宗廟。天心眷之久矣。子孫世脩其業。不敢失墜以獲罪于天。遂至今日得以成王業而郊天。天之歆饗蓋在此耳。○曹氏曰。犬羹不和。陶瓦無文。至薄也。而上帝則居然歆之。蓋自后稷肇祀宗廟社稷以來。世世克脩其業。是以上帝眷顧無窮也曾氏曰。自后稷肇祀以來。前

後相承。兢兢業業。惟恐一有罪悔。獲戾于天。閱數百年而此心不易。故曰。庶無罪悔以迄于今。言周人世世用心如此也

慶源輔氏曰。此章方言周家尊后稷以配天之祭。既言天之所以應荅者甚疾矣。於是遂言自后稷至成王。只是兢兢一心。唯恐有罪悔。以承天之休而不敢少替。此即曾子戰兢之心也。但其用有廣狹耳〇豐城朱氏曰。上章言后稷之祀。此章遂言今日尊祖配天之祭。夫莫高於天。莫尊於帝。若不可得而感格也。而香之始升。上帝已安而饗之。豈爲其芳臭之薦得其時而已哉。蓋自后稷之肇祀也。載謀載惟之致其誠。取蕭取羝之致其謹。載燔載烈之致其戒。固未嘗有一毫之罪悔。由后稷而公劉。公劉之心無以異於后稷也。由公劉而大王。大王之心無以異於公劉也。由大王而文武。文王武王之心又無以異於大王也。今至於後王之時。而此心之敬畏猶前日也。則上帝之饗之也。豈徒以其物哉。正以周人之用心。同一敬畏之相傳也

生民八章四章章十句四章章八句

此章未詳所用。豈郊祀之後。亦有受釐音僖須胙之禮也歟慶源輔氏曰。先生疑此詩專言后稷而不及於天。則固非可用於郊祀上帝之時矣。若郊祀後有受釐須胙之禮。則用此詩可也。按漢書注。如淳曰。釐。福也。應邵曰。祭餘肉也。顏師古曰。字本作禧。假借用耳○新安胡氏曰。段氏云。郊祀后稷樂歌已見於頌。郊祀主於嚴肅。故其辭簡。此殆大臣因祀事之餘。推原其所以尊者耳舊說第三章八句。第四章十句。今按第三章當爲十句。第四章當爲八句。則去呱訏路音韻諧協。呱聲載路文勢通貫。而此詩八章皆以十句八句相間爲次。又二章以後。七章以前。每章章之首皆有誕字朱子曰。生民是序事詩。序那首尾要盡。下武有聲等詩。却有反覆歌詠意思。○安成劉氏曰。此詩前三章。言后稷之所以生。四章五章。言后稷樹蓺五穀之美。六章七章言后稷耕穫以供羣祀。卒章遂說歸成王祀天之事。而推原其自后稷以來。未嘗獲戾于天也。雖未明言尊稷配天之事。而一詩之意實爲尊稷配天而推本言之。以爲受釐之樂歌也

敦徒端反彼行葦。牛羊勿踐履。方苞方體。維葉泥泥。乃禮反戚戚兄弟。待禮反莫遠具爾。或肆之筵。或授之几

興也。敦聚貌。勾萌之時也。鄭氏曰。勾屈生也。芒而直曰萌行道也。勿戒止之詞也。苞甲而未坼也。體成形也。泥泥柔澤貌。戚戚親也。莫猶勿也。具俱也。爾與邇同。肆陳也。鄭氏曰。稚者設筵。老者加之以几。○長樂劉氏曰。肆筵。行燕禮也。授几。優尊也○疑此祭畢而燕父兄耆老之詩。故言敦彼行葦。而牛羊勿踐履。則方苞方體。而葉

泥泥矣戚戚兄弟。莫遠具爾。則或肆之筵。而或授之几矣朱子曰。此詩上四句本是興起下四句。以行葦興兄弟。勿踐。是勿遠意也○慶源輔氏曰。敦然始勾萌之行葦。勿使牛羊踐履之。則自然漸漸甲坼成形。而其葉泥泥然柔澤矣。以興戚戚然之兄弟。莫使之相遠而常相親近。則自然或肆之筵。或授之几矣。兄弟親戚。恩意本厚。其所以至於薄者。只緣相遠而相踈故耳。若常使相近相見。情意浹洽。則相親相敬。相與燕樂。其於肆筵授几之事。自然有不容已者矣。此爲首章。一篇之意皆具於此。最當玩味此方言其開燕設席之初。而慇懃篤厚之意藹然已見於言語之外矣。讀者詳之東萊呂氏曰。敦彼行葦。其可使牛羊踐履之乎。戚戚兄弟。其可踈遠而不親近之乎。忠厚之意。藹然見於言語之外矣

○肆筵設席叶祥勺反授几有緝御叶魚駕反或獻或酢才落反洗爵奠斝古雅反。叶居訝反醓他感反醢以薦叶即畧反或燔或炙叶陟畧反嘉殽

脾（婢支反）臄（渠畧反）或歌或咢（五洛反）

賦也。設席重（平聲）席也。孔氏曰。筵亦席也。鋪陳曰筵。藉之曰席。在下爲鋪陳。在上人所蹈藉也。緝續。御侍也。有相續代而侍者。言不乏使也。長樂劉氏曰。更其僕御。所以優老。不暫闕其侍從。○慶源輔氏曰。肆筵設席授几。有緝御二句。承上章而言。肆筵授几之際。其意有加無已也。進酒於客曰獻。客荅之曰酢。主人又洗爵醻（市流反）客。客受而奠之不舉也。斝爵也。夏曰醆（阻限反）。殷曰斝。周曰爵。孔氏曰。斝畫禾稼也。醓醢之多汁者也。孔氏曰。醓肉汁也。蓋用肉爲醢。特有多汁。醓所以濡菹。有醓必有菹。燔用肉。炙用肝。臄口上肉也。歌者比（音備）於琴瑟也。孔氏曰。諸言歌者。皆以絃和之。徒擊鼓曰咢。○言侍御獻醻飲食歌樂之盛也。豐城朱氏曰。侍御之盛。言其人之不乏也。獻醻之盛。言其禮之無闕也。飲

食之盛。言其物之豐也。歌樂之盛。言其聲之備也

○敦音雕。下同弓既堅。叶古因反四鍭音侯既鈞。舍音捨矢既均。序賓以賢。叶下珍反敦弓既句。古候反叶古侯反既挾。子協反四鍭。四鍭如樹。叶上主反序賓以不侮

賦也。敦雕通。畫也。天子雕弓。孔氏曰。雕。是畫飾之義。弓惟用漆。漆上又畫之。荀子云。天子雕弓。諸侯彤弓。大夫黑弓　堅。猶勁也。鍭。金鏃翦羽矢也。鏃宗入聲○孔氏曰。鏃者鐵鏃之矢名也　鈞。參音驂亭也。謂三分之一在前。二在後。三訂之而平者。前有鐵重也。舍。釋也。謂發矢也。均。皆中也。賢。射多中也。投壺曰。其賢於其若干純。音全奇音畸則曰奇。均則曰左右均。是也。禮記投壺曰。司射執筭曰。左右卒投。請數。二筭爲純。一純以取。一筭

爲奇。遂以奇筭告曰云云。注曰。一勝爲賢。尚技藝也。純，並音全○儀禮鄉射禮曰。若右勝。則曰。右賢於左。若左勝。則曰。左賢於右。以純數告。若有奇者。亦曰奇。若左右均。則左右皆執一筭以告曰左右均。注曰。賢。猶勝也。言賢者。射以中爲雋也。純並如字

句。彀通謂引滿也。射禮搢音晉三挾音浹一。既挾四鍭。則徧釋矣。孔氏曰。搢者插也。挾。謂手挾之。射用四矢。故插三於帶間。挾一以扣弦而射也。射禮每挾一矢。今言挾四鍭。故知巳徧釋之也。按大射禮。搢三挾一。蓋謂卿大夫。若其君。則使人屬矢。不親挾也

如樹。如手就樹之。言貫革而堅正也。不侮敬也。令弟子辭。所謂無憮音呼無敖音傲無偝音佩立。無踰言者也。投壺注曰。弟子。賓黨主黨年穉者也。爲其立堂下相褻慢。司射戒令之。無敖。慢也。偝立。不正向前也。踰言。遠談語也

或曰。不以中病不中者也。射以中多爲雋祖峻反以不侮爲德○言既燕而射以爲樂也。慶源輔氏曰。此言既燕而射以爲樂。前四

句。言射而中。又以中多爲賢。後四句。言射而貫革。又以不侮爲德。中多則藝精。不侮則德盛。○廬陵李氏曰。大射主於射。故大夫未舉旅則射。燕射主於飲酒。故王肅以此爲燕射。於燕旅酬後爲之。○東萊呂氏曰。按儀禮。燕射如鄉射之禮。射雖畢而宴未終。舉觶無筭爵。獻酌尚多。故言酌大斗。祈黃耇於旣射之後

○曾孫維主。如字。或叶當口反 酒醴維醹。如主反。或叶奴口反 酌以大斗。叶腫庚反。或如字 以祈黃耇。叶果五反。或如字 黃耇台。叶湯來反 背。叶必墨反 以引以翼。壽考維祺。音其 以介景福。叶筆力反

賦也。曾孫。主祭者之稱。今祭畢而燕。故因而稱之也。朱子曰。此詩作於成王之時。蓋謂成王也。而說者於他詩所謂曾孫。皆以爲成王。則誤矣。○埤雅曰。周官王燕。則膳夫爲獻主。臣莫敢與君抗禮。今此曾孫維主。則以尊事黃耇。所以爲厚也。醹。厚也。大斗。柄長三尺。孔氏曰。漢禮器制度注。勺五升。徑六寸。長三尺。所謂大斗也。此蓋從大器挹之於樽。用此勺耳。其在

樽中。不當如此之長勺也祈求也。黃耇老人之稱。以祈黃耇。猶曰以介眉壽云耳。古器物款識音誌云。用蘄音祈萬壽考古圖。伯百父敦銘曰云云。百音首。又讀如冏敦。音對用蘄眉壽。永命多福考古圖。齊豆銘曰云云用蘄眉壽。萬年無疆考古圖。召仲丂父壺銘曰云云。伯戔頞盤銘亦曰云云丂。音考。頞。音會皆此類也。台鮐湯來反也。大老則背有鮐文孔氏曰。老人氣衰。皮膚消瘠。背若鮐魚也引導翼輔。祺吉也○此頌禱之詞。欲其飲此酒而得老壽。又相引導輔翼。以享壽祺。介景福也慶源輔氏曰。此則頌禱之辭。尤見親愛無窮之意。曰黃耇。曰台背。曰壽考。曰壽祺者。則可見其爲燕父兄耆老之詩也。台背。則老又甚於黃耇也。相引導。則不昧於所適。相輔翼。則不怠於所行。相與年高而德卲也

行葦四章章八句

毛七章。二章章六句。五章章四句。鄭八章。章四句。

毛首章以四句興二句不成文理。二章又不恊韻。

鄭首章有起興而無所興皆誤。今正之如此　慶源輔氏曰。先儒分章之誤。皆由不知比興之體。音韻之節故也。是以先生於序說。不得不明辯之。○豐城朱氏曰。前兩章未射而飲。燕之始也。故備言其禮樂之盛。後二章既射而飲。燕之終也。故惟致其頌禱之誠。言之固有序也

既醉以酒。既飽以德。君子萬年。介爾景福。叶筆力反

賦也。德。恩惠也。君子。謂王也。爾。亦指王也。○此父兄所以荅行葦之詩。言享其飲食恩意之厚　永嘉陳氏曰。燕接之間。恩澤充足。故言飽德　而願其受福如此也　疊山謝氏曰。臣子愛君。願其壽考。又願天助以大福。

祝頌之辭也〇慶源輔氏曰醉酒飽德則行葦所謂侍御獻酬飲食歌樂之盛皆舉之矣但言德者蓋德寓於物言德則可該之行葦末句云以介景福者泛禱之之辭也此言介爾景福者特禱其君之辭也

〇既醉以酒爾殽既將君子萬年介爾昭明叶謨郎反

賦也殽俎實也孔氏曰以牲體實之於俎也將行也亦奉持而進之意昭明猶光大也曹氏曰老將至而耄及之古人所病天既錫王以壽考又大之以昭明則受福無窮也〇豐城朱氏曰上章言介其景福此章言介爾昭明則昭明者亦指福之高明光大而言耳

〇昭明有融高朗令終令終有俶尺六反公尸嘉告叶姑沃反

賦也融明之盛也春秋傳曰明而未融朗虛明也令終善終也洪範所謂考終命九峯蔡氏曰考終命者順受其正也〇豐城朱氏曰昭明高朗言其德之光大令終言其福之悠久此詩之言昭明高朗猶天保之言單厚多益若以德言而實以福言

也古器物銘。所謂令終令命。是也。考古圖。㬅敦銘曰。萬年無疆。令終令命。㬅音寔。敦。音對俶。始也。公尸。君尸也。周稱王而尸但曰公尸。蓋因其舊。如秦已稱皇帝。而其男女。猶稱公子公主也。嘉告。以善言告之。謂嘏辭也。蓋欲善其終者。必善其始。今固未終也。而既有其始矣。於是公尸以此告之。黃氏曰。宗祝傳公尸之辭。以告主人也。○東萊呂氏曰。自既醉以酒至此。皆祭畢而燕臣下報上頌禱之詞也。自公尸嘉告至卒章。皆追道祭之受福。以明頌禱之實也

○其告維何。籩豆靜嘉。叶居何反朋友攸攝。攝以威儀。叶牛何反

賦也。靜嘉。清潔而美也。長樂劉氏曰。靜。言。其滌濯且敬也。嘉。言其新美而時也。朋友。指賓客助祭者。說見楚茨篇。安成劉氏曰。將祭之先。筮其臣之吉者戒之。使

之助祭。爲祼獻之事。謂之賓客。謂之朋友。皆尊之之詞。所以重祭事也

攝檢也○公尸告以汝之祭祀籩豆之薦既靜嘉矣

臨川王氏曰。其設之也至謹。而爲之也至美。與執爨踖踖。爲俎孔碩。君婦莫莫。爲豆孔庶。同意

而朋友相攝佐者。又皆有威儀當神意也

孔氏曰。各有收斂。以相佐助爲威儀之事。祭義所謂濟濟漆漆是也漆音切○臨川王氏曰。攝以威儀。則其助祭也。莫或敢慢。與既齊既稷。既匡既飭同意○慶源輔氏曰。其告維何。問尸告之辭若何也。籩豆之靜嘉。德之寓於物也。朋友之攝檢以威儀。德之寓於人也。祭祀之事。無大於此二者。人纔敬則自然收斂。而相攝佐以威儀矣

自此至終篇皆述尸告之辭

安成劉氏曰。此章述尸告其儀物之盛也

○威儀孔時。叶上止反君子有孝子。叶獎里反孝子不匱。求位反永錫爾類

賦也。孝子。主人之嗣子也。儀禮。祭祀之終。有嗣舉奠。安成劉氏曰。特牲。祝酌酒奠于神席前。祝祭告畢。迎尸入。至獻尸而旅酬。主人嗣子入。尸執前所奠觶飲之。嗣子卒飲。洗。酌酒酢尸。尸啐酒。仍奠其觶○鄭氏曰。舉。猶飲也匱。竭。類。善也○言汝之威儀既得其宜曹氏曰。祭義以爲主人。則其親也。慤。其行也趨趨以數。賓客則濟濟漆漆然。各致其至。故威儀甚得其時也又有孝子以舉奠藍田呂氏曰。孝子飲奠。所以致其傳付祖考德澤之意深矣孝子之孝。誠而不竭。則宜永錫爾以善矣。東萊呂氏曰。君子既孝。而嗣子又孝。其孝可謂源源不竭矣

盧陵彭氏曰。觀其威儀孔時。可以見成王之奉先孝矣。固宜有孝子繼於其後。永久不匱。代代相傳。蓋天之錫君。以類相從。必然之理也。後漢柳氏事姑孝。姑曰。我老無以報婦。願汝生孝子。即此公尸嘉告之意也。於是下章言胤嗣。而卒之以從以孫子。皆永錫爾類之驗也○安成劉氏曰。此述尸告其嗣子之孝也○豐城朱氏曰。

上章言籩豆靜嘉孝誠之著於物也朋友攸攝孝誠之見於人也此言孝子不匱孝誠之傳於後嗣也下三章言室家之壼孝誠之形於內助也錫爾以祚所以厚其身也錫爾以胤所以昌厥後也釐爾女士則室家以深遠而嚴肅者非止於一世也從以孫子則嗣子之孝誠不竭者非止於一人也此皆述尸告之詞也

○其類維何室家之壼苦本反叶苦俊反君子萬年永錫祚才故反胤羊刃反

賦也壼宮中之巷也言深遠而嚴肅也祚福祿也胤子孫也錫之以善莫大於此慶源輔氏曰此又問其所謂善者如何則云使爾居於深遠嚴密之宮室無有外虞歷萬年之永而長錫以福祿與子孫也○孔氏曰七章所言即祚也八章所言即胤也此章舉其目下章分說之○安成劉氏曰此章述尸告以錫善之意由其儀物之盛美也故錫之以祚由其嗣子之盡孝也故錫之以胤蓋亦各以其類爲報如楚茨工祝致告之意也

○其胤維何。天被皮寄反爾祿。君子萬年。景命有僕

賦也。僕。附也。孔氏曰。僕御必附近於人○言將使爾有子孫者。先當使爾被天祿。而爲天命之所附屬。孔氏曰。此章因其句末而轉之。故云其胤維何。其實先言祚耳下章乃言子孫之事。安成劉氏曰。上章言錫善而兼舉祚胤。此章述尸告錫祚之事。而必發之以其胤維何。下章述尸告錫胤之事。而必發之以其僕維何。蓋錫以胤者。必錫以祚。得其祚者。必得其胤。反覆互言。以見二者相因而兼備也

○其僕維何。釐力之反爾女士。鉏里反釐爾女士。從以孫子叶獎里反

賦也。釐。予音與也。女士。女之有士行者。謂生淑媛音院美女也使爲之妃音配也。從。隨也。謂又生賢子孫也。慶源輔氏曰。此又問天命

之所附屬者何事。則云天命有所附屬。則不過予爾以賢女。使爲之妃。又隨之而生賢子孫焉耳。所謂天命之附屬者。莫大於此。觀周家自大王大姜以來之事。則可見矣○鄭氏曰。天既予汝以女而有士行者。又使生賢智之子孫以隨之。謂傳世也

既醉八章章四句 天台潘氏曰。古人祝頌。多以壽考及子孫衆多爲言。如華封人祝堯。以爲願聖人壽。願聖人多男子。亦此詩之意。又曰。觀行葦既醉二詩。見人君盡其誠敬於祭祀之時。極其恩義於燕飲之際。凡父兄耆老。所以祝願之者如此。則其獲福也宜矣。此所謂福無不自己求之者也○定宇陳氏曰。由君子之有孝子。故世世予以女士而生孫子。國家千萬世無窮之福。其基本實在於此。父兄之意遠矣

鳧音扶鷖於雞反在涇。公尸來燕來寧。爾酒既清。爾殽既馨。公尸燕飲。福祿來成

興也。鳧。水鳥。如鴨者。孔氏曰。長尾。背上有文。青色。卑脚。短喙。水鳥之謹愿者也。○本草曰。野鴨爲鳧。鷖。鷗也。涇。水名。爾。自歌工而指主人也。馨。香之遠聞也。○此祭之明日。繹而賓尸之樂。廬陵李氏曰。繹。尋繹前祭也。○朱子曰。古者宗廟之祭有尸。既祭之明日。則煖其祭食。以燕爲尸之人。故有此詩。故言鳧鷖則在涇矣。公尸則來燕來寧矣。酒清殽馨。則公尸燕飲而福祿來成矣。慶源輔氏曰。賓尸者。以賓禮燕尸也。此乃繹祭燕尸之樂歌。故不及其他。但重疊言之。以極其尊敬頌禱之誠耳。來。如董子所謂福祿自來之來。成。就也。言福祿來成就乎尸也。

○鳧鷖在沙。叶桑何反公尸來燕來宜。叶牛何反爾酒既多。爾殽既嘉。叶居何反公尸燕飲。福祿來爲。叶吾禾反

興也。爲。猶助也。

○鳧鷖在渚。公尸來燕來處。爾酒既湑。息汝反 爾殽伊脯。公尸燕飲。福祿來下。叶後五反

興也。渚。水中高地也。湑。酒之泲躋上聲者也。釋文曰。湑與左傳縮酒同義。謂以茅泲之而去其糟也

○鳧鷖在潨。在公反 公尸來燕來宗。既燕于宗。福祿攸降。叶乎攻反 公尸燕飲。福祿來崇。

興也。潨。水會也。說文曰。小水入大水也 來宗之宗。尊也。于宗之宗廟也。安成劉氏曰。二宗字虛實不同 崇。積而高大也。

○鳧鷖在亹。音門 公尸來止熏熏。叶眉貧反 旨酒欣欣。燔炙芬芬。叶豐勻反 公尸燕飲。無有後艱。叶居銀反

興也。亹水流峽中兩岸如門也。廬陵歐陽氏曰。鳧鷖在涇在沙。每章言各不同者謂水鳥在水中及水旁得其所耳熏熏和說也。欣欣樂也。芬芬香也

鳧鷖五章章六句。慶源輔氏曰。寧安也。宜稱也。處居也。宗尊也。成就也。爲助也。下自上而下。易辭也。降與下同。崇則積而極其高大也。皆後言之漸重。來爲來下俶同。來崇皆指今日言爾無有後艱。則言其後日永無艱難也。夫人之享福克保其後。至于無有後艱。則積而高大者。可以常保而無隳矣

假中庸春秋傳皆作嘉今當作嘉樂音洛君子。叶音則顯顯令德宜民宜人。受祿于天。叶鐵因反保右音又命叶彌幷反之自天申之

賦也。嘉美也。君子指王也。民庶民也。人在位者也。申重也。○言王之德既宜民人。而受天祿矣。而天之於王猶

反覆眷顧之不厭既保之右之命之而又申重之也慶源輔氏曰假樂君子是作詩者美而樂之也惟其美之故樂之顯顯是明而可見之意令德顯然明著故民人皆宜之宜謂心愜之人愜之故天祿之也保安也右助也命命之爲天子也自天申之則又眷顧無窮之意在已之德不已則在天之命無窮也○藍田呂氏曰既有顯顯之令德而又有宜民人之大功此宜受天祿矣故天既保右之又申命之也○朱子曰我有受福祿之理故天既右之又申之也董仲舒曰爲政而宜於民故當受祿於天雖只是疊將來說然玩味之覺他說得自有意思○疊山謝氏曰天心之眷成王無窮既保之又右助之既命之又申命之詩人善於形容天眷之厚也○安成劉氏曰此與天保二章文意相似○豐城朱氏曰嘉樂言德之可嘉可樂明則光輝而不昧令則純粹而無瑕此其德之所以爲美也受祿于天此自其已然者言之也保右命之自天申之此自其無窮者言之也

疑此即公尸之所以答鳧鷖者也

○干禄百福。叶筆力反子孫千億。穆穆皇皇。宜君宜王。不愆不忘。率由舊章。

賦也。穆穆敬也。皇皇美也。君諸侯也。王天子也。愆過。率循也。舊章先王之禮樂政刑也○言王者干禄而得百福。故其子孫之蕃。至于千億。適丁歷反爲天子。庶爲諸侯。無不穆穆皇皇。以遵先王之法者

朱子曰。上二句。是願其子孫之多。下四句。是願其子孫之賢。又曰。此詩次章不説其他。但願其子孫之衆且賢。此意甚好○廬陵彭氏曰。君之福禄莫大於子孫衆多。然非賢。則不足以膺受畀付。至於違越法度。非所以爲福矣。故言王者子孫衆多者。必曰宜君宜王。又曰率由舊章。如春秋之時。晉侯請隧。襄王以王章而不許。魯災命藏象魏。而季武子以爲舊章之不可忘。蓋成王周公制禮作樂。秩然成章。傳之萬世。可以遵守○疊山謝氏曰。不愆則無聰明亂舊章之過。不忘則常

有繼志述事之心。○慶源輔氏曰：此說王者干祿而得百福。然却不說其他。只說其子孫之多且賢者。蓋福祿無盛于此也。有能敬可美之德。則自然宜君宜王矣。不愆不忘。率由舊章。又是詠上兩句。不過乎理。不忘乎心。只是敬也。能敬。則能遵先王之法矣。孟子引之。甚得詩意。○定宇陳氏曰：上章言今王之顯德。固所以受福。未若後嗣之多賢。所以久其福也。

○威儀抑抑。德音秩秩。無怨無惡。烏路反率由群匹。受福無疆。四方之綱。

賦也。抑抑。密也。秩秩。有常也。匹。類也。○言有威儀聲譽之美。又能無私怨惡以任衆賢。是以能受無疆之福。爲四方之綱。慶源輔氏曰：威儀。以其見於容止者而言。德音。以其形於聲譽者而言。容止抑抑然甚密而無間。聲譽秩秩然有常而不替。其德可謂全矣。能如此。則自然無私怨惡矣。率由舊章。能循用先王之法也。

率由羣匹。能盡用天下之賢也。人君而能如此。則宜其受無疆之福。爲四方之綱也。綱乃網之大繩。此與下章皆稱願其子孫之辭也。黃氏曰。此章上四句。即所以爲綱之道也。是故元氣不存。雖盛且壯。不足爲一身之福。綱紀不立。雖強且富。不足爲人君之福。詩人以無疆之福祝其子孫。而繼之曰四方之綱。又繼之曰。之綱之紀。其意不亦淵乎。○安成劉氏曰。上章願王子孫之多且賢。兼適庶而言。此及下章稱願之詞。則皆但言其適。爲天子者。蓋主爲王言之也。而上章則願其子孫之法祖。此章又願其子孫之法賢也○豐城朱氏曰。前章干祿百福。子孫千億。則言王者之福本乎天。而有以及後世。所以爲祝頌之辭也。此章受福無疆。四方之綱。則言其子孫之福本乎德。而有以及天下。又所以爲稱願之辭也。或曰。無怨無惡。不爲人所怨惡也

○之綱之紀。燕及朋友。叶羽已反百辟卿士。鉏里反媚眉備反于天子。叶奬里反不解佳賣反于位。民之攸塈許旣反

賦也。燕。安也。朋友。亦謂諸臣也東萊呂氏曰。泰誓云友邦冢君。酒誥曰大史友內史友。則朋友者。合百辟卿士言之也。○安成劉氏曰。集傳言亦者。蓋此詩指諸臣謂朋友亦如既醉。指助祭之臣。爲朋友也解。惰。墮。息也○言人君能綱紀四方。而臣下賴之以安。則百辟卿士。媚而愛之。維欲其不解于位。而爲民所安息也朱子曰。此章承上章之意。故上云四方之綱。即繼之曰之綱之紀。蓋張之爲綱。理之爲紀。下面百辟卿士。至於庶民。皆是賴君以爲綱。所謂不解于位者。蓋欲綱常張而不弛也。○慶源輔氏曰。之綱二字。又疊上章末句。而併言之。紀者。凡綱罟張之爲綱。理之爲紀也。人君能綱紀四方。則臣下自然賴之以爲安。若在上者。管束不來。則臣下何恃以爲安也。下賴以爲安。故皆知愛媚于其上。如此。上下之情。綢繆如一。而血脉自相貫通。故在上者。不解于位。則在下者。所由以休息也東萊呂氏曰。君燕其臣。臣媚其君。此上下交而爲泰之時也。泰之時。所憂者怠荒而已。此詩所以終于不解于位。民之攸塈也。方嘉之。又規之者。蓋皐陶賡歌之意也書益稷。皐陶乃賡載歌曰。元首明哉。股肱良哉。庶事康哉。又歌曰。元首叢脞哉。股肱惰哉。萬事墮哉。九峯蔡氏曰。皐陶續歌之意。言君明則臣良。而衆事皆安。所以勸之也。君行臣職。煩瑣細碎。則臣下懈怠。不肯任事。而萬事廢壞。所以戒之也。○廬陵曹氏曰。此二章。朱子定爲稱願子孫之辭。則是以當然之事。爲將然之期。上章既極其稱願之意矣。下章乃又於稱願之中。而寓規警焉。蓋人君居天下之尊。而使治效及於臣下。信可稱也。如或爲之臣者。但知己之得其安。而所以愛君者。不知致勉。而使民生之舉安。是豈公尸之所願哉。此其規戒之意。有默寓焉者矣民之勞逸在下。而樞機在上。上逸則下勞矣。上勞則下逸矣。不解于位。乃民之所由休息也

假樂四章章六句安成劉氏曰。首章之言。乃一詩之大旨。二章之不愆不忘。三章之威

儀德音。所以爲顯顯令德也。三章四方之綱。四章之綱之紀。而民之攸塈。所以宜民也。二章之無怨無惡。率由羣匹。四章燕及朋友。媚于天子。所以宜人也。至於二章之干祿百福。子孫千億。三章之受福無疆者。又皆所謂受祿于天。而自天申之者也

篤公劉。匪居匪康。迺埸（音易）迺疆。迺積迺倉。迺裹（音果）餱（音侯）糧。（音良）于槖（他洛反）于囊（乃郎反）。思輯（音集）用光。弓矢斯張。干戈戚揚。爰方啓行（叶戶郎反）

賦也。篤。厚也。公劉。釋文曰。王肅云公號。劉名。尚書傳。公爵。劉名 后稷之曾孫也。事見豳風。孔氏曰。后稷生不窋。不窋生鞠陶。鞠陶生公劉。是后稷之曾孫也 居。安。康。寧也。埸。疆。田畔也。董氏曰。疆者。田之大界。埸是小界。今之小田塍也。塍音丞 積。露積也。餱。食。糧。糗（丘上聲）也。華谷嚴氏曰。餱。乾食。糧。米食 無底曰槖。有底曰

囊。朱子曰。皆所以盛餱糧也。輯和。戚斧。揚鉞。孔氏曰。鉞大而斧小。太公六韜云。大柯斧重八斤。一名天鉞。方始也。○舊說召康公名奭以成王將涖政。當戒以民事。故詠公劉之事以告之。臨川王氏曰。周之有公劉。言乎其時則甚微。言乎其事則甚勤。稱時之甚微。以戒其盈。稱事之甚勤。以懲其逸。蓋召公之志也。○黃氏曰。言公劉者。蓋以乃祖乃父之事。乃人之所素信也。七月之詩。必以后稷公劉爲戒。無逸之書。必以太王王季文王爲說。善進戒於君者。皆如是也。曰厚哉公劉之於民也。疊山謝氏曰。周人以忠厚爲家法。此詩六章。皆曰篤公劉。篤者。厚之至也。言公劉之厚。子孫不可忘也。其在西戎不敢寧居。治其田疇。實其倉廩。既富且强。於是裹其餱糧。思以輯和其民人。而光顯其國家。然後以其弓矢斧鉞之備。爰始啓行。而遷都於豳焉。蓋亦不出其封內也。慶源輔氏曰。此章總言公劉能足食足兵。然後遷豳之事。夫公劉失職。而自竄於西戎。固安能鬱鬱久居此乎。是宜其匪居匪康也。思輯用光者。乃其匪居匪康之效驗也。其遷都也。經理之勤。積累之久。糗糧兵器之備如此。則公劉之厚於民可知矣。其後武王之治內治外。宣王之內脩外攘。皆同此一轍耳○黃氏曰。公劉不輕於用民也。必先有以蓄民之財。洽民之情。而後可以用民之力。其篤於爲民之心可見矣。孟子曰。故居者有積倉。行者有裹糧也。然後可以爰方啓行。然後可三字。可見公劉之心。○南軒張氏曰。公劉遷國。已與百姓俱無不足之患也○東萊呂氏曰。公劉內治既備。然後拓大境土。國都雖遷。向之疆埸積倉。固在其封內也

○篤公劉。于胥斯原。既庶既繁。叶紛乾反既順迺宣。而無永嘆。叶他安反陟則在巘。魚輦反叶魚軒反復降在原。何以舟叶之遙反之。維玉及瑤。音遙鞞必頂反琫必孔反容刀。叶徒招反

賦也。胥。相去聲也。庶。繁。謂居之者衆也。順。安。宣。徧也。言居

之偏也。無永嘆。得其所。不思舊也。巘。山頂也。舟。帶也。鞞。刀鞘音笑也。琫。刀上飾也。容刀。容飾之刀也。或曰。容刀。如言容臭。謂鞞琫之中。容此刀耳。朱子曰。容臭。如今香囊是也。○安成劉氏曰。臭者香物。若茝蘭之屬。亦以香囊之中。容此香物。而謂之容臭耳○言公劉至豳欲相土以居曹氏曰。公劉相廣平之地。民之從遷者。十有八國。可謂衆且繁矣。○鄭氏曰。厚哉公劉之相此原以居民。民既衆矣。既多矣。既順矣。皆安今之居。而無長嘆思其舊也。○問二章說既庶既繁既順乃宣。而四章方說居邑之成。不知未成居邑之時。何以得民居繁庶。朱子曰。公劉始於草創。而人之從之者。已若是其盛。是以居邑由是而成也。○安成劉氏曰。此章之庶繁順宣者。民之居也。下章言居邑之成者。君之居也。其亦猶緜詩四章言居民。而五章六章言作宗廟居室也歟而帶此劒佩。以上下於山原也。東萊呂氏曰。以如是之佩服。而親如是之勞苦。斯其所以爲厚於民也歟慶源輔氏曰既庶既繁者言民之來遷者既衆且多也既順迺宣者言民之來居者既安而遂徧也如此則得其所而無永嘆也宜矣此章前五句言相土而居以後事後五句言相土以居初時事言其後民之所以即其安者由公劉初時躬執其勞如此故也

○篤公劉逝彼百泉瞻彼溥音普原迺陟南岡乃覯于京叶居良反京師之野叶上與反于時處處于時廬旅于時言言于時語

賦也溥大覯見也京高丘也師衆也京師高山而衆居也董氏曰所謂京師者蓋起於此其後世因以所都爲京師也董氏曰曰嬪于京依其在京則岐州之京也王配于京則鎬京也春秋所書京師則洛邑也皆仍其本號而稱之猶晉云新絳故絳也○安成劉氏曰洛邑亦謂之洛師正京師之意○廬陵彭氏曰公劉營

(邑于邠亦是人煙繁盛之地故曰京師之野。蓋山川盤結風氣所萃亦一都會也)時是也。處處居室也。廬寄也。旅賓旅也。直言曰言。論難(並去聲)曰語。○此章言營度(待洛反)邑居也(王氏曰。上章先定民居。而此章乃相宇。亦厚於民故也)自下觀之。則往百泉而望廣原。自上觀之。則陟南岡而覯于京。於是為之居室。於是廬其賓旅。於是言其所言。於是語其所語。無不於斯焉

○篤公劉。于京斯依。(叶於豈反)蹌蹌(七羊反)濟濟。(子禮反)俾筵俾几。既登乃依。(同上)乃造(七到反)其曹。執豕于牢。酌之用匏。(步交反)食(音嗣)之飲(於鴆反)之。君之宗之(就用之字為韻)

賦也。依安也。蹌蹌濟濟。羣臣有威儀貌。(孔氏曰。曲禮。凡行容。大夫濟濟

士蹌蹌俾使也。使人爲之設筵几也。登登筵也。依依几也。安成劉氏曰。二依字義不同曹羣牧之處也廬陵李氏曰。牢。閑也以豕爲殽。用匏爲爵。儉以質也。臨川王氏曰。其飲也酌之以匏而已。其食也執豕于牢而已。其儉如此。厚民故也宗尊也。主也。嫡子孫主祭祀。而族人尊之以爲主也。○此章言宮室既成而落之。廬陵羅氏曰。宮室既成而祭之曰落。左氏傳。願與諸侯落之既以飲食勞去聲其羣臣。而又爲之君。爲之宗焉。

東萊呂氏曰。既饗燕而定經制。以整屬音燭其民。上則皆統於君。下則各統於宗。蓋古者建國立宗。其事相須。楚執戎蠻子事見左哀五年而致邑立宗。以誘其遺民。即其事也朱子曰。東萊以爲爲之立君立宗。恐未必是如此。只是公劉自爲君宗耳。蓋此章言其一時燕饗。恐未說及立宗事也。○三山李氏曰。周禮宗子有五。大宗子一。小宗子四。別子爲祖。繼別爲宗。百世不遷者。大宗也。繼禰之宗。繼祖之宗。繼曾祖之宗。繼高祖之宗。五世則遷者。小宗也。皆所以主祭祀而統族人。如有國有家之重者也

○篤公劉。既溥既長。既景迺岡。相息亮反其陰陽。觀其流泉。其軍三單。音丹。叶多涓反度待洛反其隰原。徹田爲糧。度同上其夕陽。豳居允荒。

賦也。溥。廣也。言其芟夷墾辟。土地既廣而且長也。廬陵羅氏曰。東西爲廣。南北爲長。景。考日景以正四方也。孔氏曰。民居田畝。或南或北。皆須正其方面。故以日景定之。岡。登高以望也。相。視也。陰陽。向背蒲妹反寒暖之宜也。孔氏曰。山南爲陽。山北爲陰。廣谷大川。有寒有暖不同。所宜則異。故相之也。流泉。水泉灌漑之利也。三單未詳。徹。通也。一井之田九百畝。

八家皆私百畝同養公田。耕則通力而作。收則計畝而分也。問以孟子考之。只曰八家皆私百畝。同養公田。又公羊云。公田不治則非民。私田不治則非吏。恐未必是計畝而分。朱子曰。亦不可詳知。但因洛陽議論中通徹而耕之說推之耳。或但耕則通力而耕。收則各得其畝。亦未可知也。周之徹法自此始。其後周公蓋因而脩之耳。安成劉氏曰。蘇老泉嘗謂井田唐虞啓之。夏商稍稍葺治。至周而大備。蓋周之徹法。鄉遂用貢法。十夫有溝。都鄙用助法。八家同井。總謂之徹也。○新安王氏曰。大國三軍之法以治兵。徹田什一之法以儲粟。周家軍制徹法皆起於此。山西曰夕陽。盧陵羅氏曰。山西夕始得陽。故曰夕陽。允信。荒大也。

○此言辨土宜以授所徙之民。定其軍賦與其稅法。又度山西之田以廣之。而豳人之居於此益大矣。安成劉氏曰。觀其流泉以上。言辨土宜也。其軍三單以下。言定賦稅也。而以邠居允荒一語。賛其盛也。

○篤公劉，于豳斯館。（叶古玩反）涉渭爲亂，（叶丁亂反）取厲取鍛。止基迺理，爰衆爰有。（叶羽已反）夾其皇澗，遡其過澗。（古禾反）止旅迺密，芮鞫（居六反）之即。

賦也。館，客舍也。亂，舟之截流横渡者也。厲，砥。鍛，鐵。止，居。基，定也。理，疆理也。衆，人多也。有，財足也。遡，鄉也。皇、過，二澗名。芮，水名，出吳山西北，東入涇。周禮職方作汭。（朱子曰：職方氏曰：雍州，其川涇汭。注云在邠地，即此也。）鞫，水外也。○此章又總敘其始終，言其始來未定居之時，涉渭取材，而爲舟以來往，取厲取鍛而成宮室。（段氏曰：史記言自漆沮渡渭取材用，即此事也。○安成劉氏曰：此以上叙其始之定居也。）既止基於此矣，乃疆理其田野，則日益繁庶富足其居有夾澗者有遡澗者其止居之衆日以益密乃復即芮鞫而居之而豳地日以廣矣東萊呂氏曰風氣日開民編日衆規模日廣有方興未艾之象焉周之王業兆於此矣○安成劉氏曰此以上叙其終之富盛也○慶源輔氏曰上五章既言其自始而終矣故末章總叙其始終也其始來未有定居也故于豳且客寓焉截水橫渡亦始至時草創也宮室所須固不專在於厲鍛然伐木作材則始於此舉其始以該其終也止基乃理既已定其所居則疆理其田畝民事不敢緩也後五句則言其終之廣大耳

公劉六章章十句

問此詩與七月皆言公劉得民之盛想周自后稷以來至公劉始稍盛耳朱子曰自后稷之後不窋蓋已失其官守至公劉乃始復脩其業故周室以興也○永嘉陳氏曰七月言先公風化公劉則言建國君民之事風雅之不同如此

泂音迥酌彼行潦音老挹音揖彼注茲可以餴甫云反饎尺志反叶昌里反

豈弟君子。民之父母。叶滿彼反

興也。泂。遠也。行潦。流潦也。餴。烝米一熟而以水沃之。乃再烝也。饎。酒食也。君子。指王也。○舊說以爲召康公戒成王。言遠酌彼行潦。挹之於彼而注之於此。尚可以餴饎。曹氏曰。道上流潦。黃濁不可飲。然蓄之大器。澄停旣久。挹取其清者而注之於此。尚有用也況豈弟之君子。豈不爲民之父母乎。傳曰。豈以强如字又上聲教之。弟以悅安之。民皆有父之尊。有母之親。禮記表記注曰。謂其尊親已如父母也又曰。民之所好好之。民之所惡惡之。此之謂民之父母。朱子曰。能以民心爲己心。則是愛民如子。而民愛之如父母矣。○慶源輔氏曰。每章上三句。有遠近相須。彼此相益。貴賤相資之意。故以興下兩句。豈以强教之。故有父之尊。弟以悅安之。故有母之親。此以成民之才而言也。民之所好好之。民之所惡惡之。此以體民之心而言也。既有以成其才。又有以體其心。則能盡教育之道矣。此其所以爲民之父母也

○泂酌彼行潦挹彼注茲可以濯罍音雷豈弟君子民之攸歸叶古回反

興也。濯滌也

○泂酌彼行潦挹彼注茲可以濯漑。古愛反。叶古氣反豈弟君子。民之攸塈許旣反

興也。漑亦滌也。塈息也。慶源輔氏曰。攸歸謂爲民之所歸往也。攸塈謂爲民之所安息也。皆所以終首章父母之義也

泂酌三章章五句

有卷音權者阿。與歌叶飄風自南。叶尼心反豈弟君子來游來歌。與阿叶以矢其音

賦也。卷。曲也。阿。大陵也。豈弟君子。指王也。曹氏曰。豈弟君子。樂於循理而已。平易近民。人君之德也。故詩人美人君之德。必以豈弟言之。矢。陳也○此詩舊說亦召康公作。疑公從成王游歌於卷阿之上。因王之歌而作此以爲戒。此章總叙以發端也。慶源輔氏曰。此是賦體。皆言其實。有卷者阿。言其地也。飄風自南。言其時也。豈弟君子來游來歌。以矢其音。言其事也。召公從成王來游於卷阿之上。時有飄風自南而來。成王樂而歌之。故公因陳此詩以爲戒○豐城朱氏曰。天下之可樂者莫如泰和盛治之時。而所可慮者亦莫如泰和盛治之時。曷爲其可樂而又可慮也。蓋泰和盛治之時。以三光則得其明。以四時則得其序。以庶類則得其所。是誠可樂也。然治極而不戒。則亂亦於此乎兆。天地盈虛。與時消息。而謂治可

保其常不亂乎。此其所可慮也。夫惟慮於極治之時。此有虞所以有皐陶之賡歌。有周所以有召公之卷阿也

○伴音判奐音喚爾游矣。優游爾休矣。豈弟君子。俾爾彌爾性。似先公酋有由反矣

賦也。伴奐優游。閑暇之意。爾。君子。皆指王也。彌。終也。性。猶命也。酋。終也。○言爾既伴奐優游矣。又呼而告之言使爾終其壽命。似先君善始而善終也。東萊呂氏曰。國家閑暇。君臣游衍。可謂伴奐而優游矣。所願乎成王者。惟終其性。似先公之善終而已。俾爾者。祝辭也。祝之。所以戒之也。○慶源輔氏曰。伴奐爾游矣。言成王當此閑暇而來游于此也。優游爾休矣。言成王於此優游而自得其休也。豈弟君子。呼成王以爲樂易君子也。觀成王閑暇優游於此。則其樂易可知矣。俾爾。東萊先生以爲祝辭是也。彌爾性。謂終其壽考。似先公酋矣。謂如周之先公以來。善始善終也。既曰祝辭。則祝其壽考福祿宜也。然於此見召

公得保傅之體。不過稱。不溢美之意。自此至第四章皆極言壽考福祿之盛。以廣王心而歆動之。五章以後。乃告以所以致此之由也。黃氏曰。漢文之時。賈誼爲之痛哭流涕。如禍患之迫乎其後。誼之憂國誠深矣。然其言太過。而無優游不迫之意。帝退而觀天下之勢。不至於此。則一不之信。然後知康公之戒君。其言亦有法也。○豐城朱氏曰。伴奐以游。優游以休。則是當閑暇之時。享和平之福。此其已然者也。又當使爾終其壽命。似先君善始而善終。則所以保之於無窮也。成王以持盈守成之主。而欲似先公之善始善終。則所以致此者。必有其道矣。此所以廣王心而歆動之也

○爾土宇昄章符版反亦孔之厚叶很口下主二反矣。豈弟君子。俾爾彌爾性。百神爾主叶當口腫麌二反矣

賦也。昄章。大明也。或曰。昄。當作版。版章。猶版圖也。○言

爾土宇昄章既甚厚矣又使爾終其身常爲天地山川鬼神之主也

○爾受命長矣茀（芳弗反）祿爾康矣豈弟君子俾爾彌爾性純嘏爾常矣

賦也茀嘏皆福也常常享之也東萊呂氏曰自二章至此皆嘆美之詞雖未及於求賢然成王所以彌爾性而似先公主百神而常純嘏者果何以致之乎○慶源輔氏曰言爾之受命既已長矣爾之享其福祿既已安矣因又祝之壽考而常保其純嘏也福祿致之若易保之尤難上三章皆極言其壽考福祿以廣王心而歆動之然後五章以下乃告以所以致此之由則其言入之易而感之深也召公可謂能盡師保之道者矣

○有馮（符氷反）有翼有孝有德以引以翼豈弟君子四方爲

則

賦也。馮謂可爲依者。翼謂可爲輔者。孝謂能事親者。德謂得於已者。安成劉氏曰。謂行道而有得於已也引導其前也。翼相其左右也。東萊呂氏曰。賢者之行非一端。必曰有孝有德。何也。蓋人主常與慈祥篤實之人處。其所以興起善端。涵養德性。鎮其躁而消其邪。日改月化。有不在言語之間者矣。疊山謝氏曰。求賢不取非常之才。而止曰有孝有德。何也。曰。孝於親者必忠於君。取其孝正求其忠也。唐虞以上。取人以德。無才德之分。如皋陶九德。皆才也。舜舉八元八愷之才。皆德也。有德。則才在其中矣

○言得賢以自輔如此。則其德日脩而四方以爲則矣

自此章以下。乃言所以致上章福祿之由也。慶源輔氏曰。以引以

翼。引如引君以當道之引。翼如予欲有爲汝翼之翼。呂氏所謂慈祥者。能孝之人也。所謂篤實者。有德之人也。得如是之人以引翼之。則王德無愆。王德無愆。則四方以爲法則。四方以爲法則。則可以居大位而無忝。受天禄而無窮矣。○東萊呂氏曰。是詩雖戒求賢。而其詞從容不迫。至此章始明言賢者之益焉。○天台潘氏曰。詩。中凡稱頌人君福禄。必歸於得人之盛。故既醉云君子萬年。介爾景福。而必曰朋友攸攝。攝以威儀。假樂言受天之禄與干禄百福。而必曰率由群匹。與百辟卿士媚于天子。蓋人君所以致福禄者。未有不自得人始也

○顒顒卬卬。如圭如璋。令聞音問令望叶無方反豈弟君子。四方爲綱

賦也。顒顒魚容反卬卬。五岡反尊嚴也。如圭如璋。純潔也。令聞。善譽也。令望。威儀可望法也。鄭氏曰。人聞之則有善聲譽。人望之則有善威儀。德行相副

○承上章言得馮翼孝德之助。則能如此。東萊呂氏

曰有馮有翼有孝有德以引以翼則顒顒卬卬如圭如璋令聞令望矣而四方以爲綱矣慶源輔氏曰此章乃足上章之義顒顒卬卬體貌之尊嚴也如圭如璋德行之溫純也令聞聲譽之美也令望表儀之善也夫如是然後爲人君之全德非得賢而引翼之何以臻此四方爲綱四方以爲綱領也

○鳳凰于飛翽翽呼會反其羽亦集爰止藹藹王多吉士鉏里反維君子使媚于天子

興也鳳凰靈鳥也說文曰神鳥也其像鴻前麐後蛇頸魚尾鸛顙鴛思龍文龜背燕頷雞喙五色備舉出於東方君子之國見則天下安寧飛則羣鳥從以萬數麐麟同雄曰鳳雌曰凰翽翽羽聲也鄭氏以爲因時鳳凰至故以爲喻理或然也九峯蔡氏曰是時周方隆盛鳴鳳在郊鳴于高岡者乃咏其實也藹藹衆多也媚順愛也○鳳凰于飛則翽翽其羽而集於其所止矣藹藹

王多吉士。則維王之所使。而皆媚于天子矣。既曰君子。又曰天子。猶曰王于出征。以佐天子云爾。東萊呂氏曰。自此以下。廣言人材之盛。○定宇陳氏曰。吉人吉士。即前所謂有孝有德也。孝者德之本。百行之原也。既有孝德。其爲吉德莫大焉

○鳳凰于飛。翽翽其羽。亦傅音附于天。叶鐵因反藹藹王多吉人。維君子命。叶彌并反媚于庶人。

興也。媚于庶人。順愛于民也。疊山謝氏曰。媚于天子。愛君也。媚于庶人。愛其民也。○慶源輔氏曰。上二章乃因時鳳凰之至。而以興賢者之來集也。維君子使。維君子命。謂委質于君。一聽其使令也。媚于天子。則見賢者無勉强不得已之意。媚于庶人。則見賢者有維持浹洽之德。後世多以鳳比賢人。蓋本於此

○鳳凰鳴矣。于彼高岡。梧桐生矣。于彼朝陽。菶菶（布孔反）萋萋。（七西反）雝雝喈喈（叶居奚反）

比也。永嘉陳氏曰。比賢者。必聚於有道之朝也。○劉氏曰。鳳隱見以時。類賢者之出處也。○安成劉氏曰。高岡之鳳凰者。高世之賢才也。朝陽之梧桐者。治朝之賢君也。梧之菶菶萋萋者。人君待賢之盛禮也。鳳之雝雝喈喈者。羣賢和集之德音也。比意蓋如此。又以興下章之事也。山之東曰朝陽。孔氏曰。朝先見日也。鳳凰之性。非梧桐（爾雅櫬梧。又曰榮桐木。注即梧桐。埤雅號曰青桐。櫜鄂皆五。其子似乳。綴於櫜鄂。櫜音羔。櫬。所覲反）不棲。非竹實不食。菶菶萋萋梧桐生之盛也。雝雝喈喈鳳凰鳴之和也。段氏曰。劉氏云。惟其梧桐菶菶萋萋。是以鳳凰雝雝喈喈。由此觀之。則君臣感會之機可想矣。○慶源輔氏曰。此賢者之來集王朝。而王朝之禮遇賢者。兩得其宜也。

○君子之車，既庶且多。君子之馬，既閑且馳。叶唐何反矢詩不多，維以遂歌。

賦也。承上章之興也。菶菶萋萋，則雝雝喈喈矣。君子之車馬，則既衆多而閑習矣。其意若曰：是亦足以待天下之賢者而不厭其多矣。東萊吕氏曰：今王之車馬既多既閑，苟得賢以載之，其光華和樂，殆非形容所及也。有其時，有其具，召公所以欲成王勉乎此也。遂歌，蓋繼王之聲而遂歌之，猶書所謂賡載歌也。新安胡氏曰：言車多馬閑，亦應前來游之意。言矢詩遂歌，亦應前來歌之意。矢詩，即矢音也。若曰今所陳之詩雖不多，亦維以遂歌之，而致其詠嘆進戒之意而已。○龍舒王氏曰：此詩非不多也，召公以爲不多者，愛君之心無已也。○廬陵彭氏曰：此詩以章計十，以言計五十四，而猶云不多，誠以言之感人有限，聲之入人無窮，維以遂歌，庶乎朝夕聞之，優游浸漬，自足以興起其心而不忘也○慶源輔氏曰。此章則又承上章之興。而言王朝之車馬。既衆多而閑習。則足以爲招來待遇賢者之具矣。其所以望於王。蓋有不待言而可知者。詩所以言其志。而音則聲之成文者。其實一也。先言以矢其音。即其歌而言之也。終言矢詩不多者。即其實而言之也

卷阿十章六章章五句四章章六句　慶源輔氏曰。首章則總叙以發端。二三四章。則極道其壽考福禄之盛。以廣王心而歆動其意。五章以下。則告以所以致上章福禄之由。五章六章。則言王能用賢。則可以成德。七章八章。則因鳳凰之來以興賢者之集。九章則以鳳凰之鳴得其依。比賢者之至得其所。至末章然後風王以今既有車馬衆多而且閑習。將安所用乎。亦惟招延禮待賢者於無窮可也。不明言其事。而遂曰矢詩不多維以遂歌者。此意最好。蓋欲王自得之也。召公可謂善於開導誘掖其君者矣

民亦勞止。汔許乙反可小康。惠此中國。以綏四方。無縱詭居毀

反

隨以謹無良式遏寇虐憯七感反不畏明叶謨郎反柔遠能邇以定我王

賦也。汔，幾音祈也。中國，京師也。安成劉氏曰：詩人指京師爲中國，故三章又曰惠此京師，謂之中者，以其在諸夏之中。四方，諸夏也。京師，諸夏之根本也。詭隨，不顧是非而妄隨人也。華谷嚴氏曰：詭隨者，心知其非而懷詐以從，此奸人也。書所謂面從，孟子所謂面諛也。○東萊呂氏曰：一言而喪邦，曰予言而莫予違，則詭隨之人，誠覆邦家之人也。謹，斂束之意。憯，曾也。明，天之明命也。柔，安也。能，順習也。九峯蔡氏曰：柔者，寬而撫之也。能者，擾而習之也。遠近之勢如此。○序說以此爲召穆公刺厲王之詩。以今考之，乃同列相戒之詞耳，未必專爲刺王而發。然其憂時感事之意，亦可見矣。華谷嚴氏曰：朱子此

說是也。詩言以定我王。以爲王休。又言戎雖小子。王欲玉女。皆謂同列之詞。以時之亂戒同列。所以刺王也

蘇氏曰。人未有無故而妄從人者。維無良之人。將悅其君而竊其權。以爲寇虐則爲之。故無縱詭隨。則無良之人肅。而寇虐無畏之人止。然後柔遠能邇。而王室定矣

慶源輔氏曰。厲王。暴虐之君也。則民之勞苦可知矣。汔可小康者。猶言庶幾其可使之小康也。夫暴虐之君在上。則時必有無良之人。肆爲詭隨之計。以行其寇虐者。故同列之君子。專以此相戒。無縱詭隨。則無良之人不敢肆。而寇虐無忌憚之人。亦且消沮退縮而無所容。如是。然後遠者自然得其安。近者亦自然順習而無所乖忤。而王室定矣。若肆詭隨寇虐之人。則國家日益多事。而遠近皆不聊生矣。王室何由安定乎。詭隨者。必無良之人也。寇虐者。必無忌憚之人也。柔遠能邇。與惠此中國。以綏四方二句相應○濮氏曰。每章首言民今勞弊可少休息。京師者。諸夏之本。欲安四方之民。當自恤京師始○廬陵彭氏曰。民勞甚矣。未能遽望其太平也。但

庶幾小康耳。故教以惠中國。而綏四方。然所以惠綏者豈有他哉。其本在朝廷之上。毋使小人亂政。則柔遠能邇。而我王定矣。先言惠中國以綏四方。此出治之序也。後言柔遠能邇。此成治之效也。書言柔遠能邇。而必曰難任人。詩言柔遠能邇。而必曰謹無良。皆有常戒懼之意。**穆公名虎。康公之後。**孔氏曰。康公十六世孫也。**厲王名胡。成王七世孫也。**孔氏曰。世本及周本紀皆云。成王生康王。康王生昭王。昭王生穆王。穆王生恭王。恭王生懿王及孝王。孝王生夷王。夷王生厲王。凡九世。從成王言之。不數成王及孝王。故七世也。

○民亦勞止。汔可小休。惠此中國。以爲民逑。無縱詭隨。以謹惛怓。女交反。叶尼猶反**式遏寇虐。無俾民憂。無棄爾勞。以爲王休。**

賦也。逑。聚也。惛音昏怓。猶讙歡喧二音譁也。華谷嚴氏曰。惛怓。惑亂主聽也。勞。

猶功也。言無棄爾之前功也。鄭氏曰。言無廢汝始時勤政事之功。誘掖之也。○慶源輔氏曰。以爲民逑者。蓋中國者。民之所聚也。讙譁。乃詭隨者之態也。上有寇虐之臣。則下有憂苦之夫矣。無棄爾勞者。蓋同列平時相與爲國家慮者。固已有定說矣。休美也。曹氏曰。自二章而下。皆衍而成篇以暢其意。不甚相遠也。○安成劉氏曰。章内二休字異義

○民亦勞止。汔可小息。惠此京師。以綏四國。叶于逼反無縱詭隨。以謹罔極。式遏寇虐。無俾作慝。吐得反敬愼威儀。以近有德。

賦也。罔極。爲惡無窮極之人也。有德。有德之人也。慶源輔氏曰。罔極。亦是詭隨者之證。以妄隨人。則爲惡豈有窮極也。無縱詭隨。式遏寇虐。是防禁小人也。敬愼威儀。以近有德。是親近賢者也。徒欲防禁小人。而不知親近有德。則無以增益其知識。開廣其心志矣。然欲近賢者。則須

先謹其威儀。威儀不謹。則賢者將望望然去之矣。豈可得而親之乎。○華谷嚴氏曰。非脩身則賢不可得而親。故必敬慎威儀。然後可以近有德也。○疊山謝氏曰。威儀所以定命也。有德之士。未有無威儀。若不敬謹威儀。則驕淫傲惰何所不爲。侮老成。遠耆德。則賢者不能相親矣。○東萊呂氏曰。此章言當遠小人近君子也。○豐城朱氏曰。敬慎威儀。欲其脩身也。以近有德。欲其親賢也。脩身以爲之本。親賢以爲之輔。則必不至於縱詭隨而爲寇虐矣

○民亦勞止。汔可小愒。起例反惠此中國。俾民憂泄。以世反無縱詭隨。以謹醜厲。式遏寇虐。無俾正敗。叶蒲寐反戎雖小子。而式弘大。叶特計反

賦也。愒。息。泄。去。厲。惡也。正敗。正道敗壞也。戎。汝也。言汝雖小子。而其所爲甚廣大。不可不謹也。華谷嚴氏曰。舊說以此詩戎雖

小子。及板小子蹻蹻。皆指王也。小子非君臣之詞。二詩皆戒責同寮。故稱小子耳○慶源輔氏曰。以小子稱同列。必是長老者之辭。觀下篇可見。以身言之。則是小子。以職言之。則是王官。故曰戎雖小子而式弘大。言所爲甚廣大。欲其加謹之辭也。併觀下篇第四章。則所謂少年小子。必王所寵任之人也

○民亦勞止。汔可小安。惠此中國。國無有殘。無縱詭隨。以謹繾綣。式遏寇虐。無俾正反。王欲玉女。音汝是用大諫。春秋傳荀子書並作簡音簡

賦也。繾綣。小人之固結其君者也。慶源輔氏曰。惟詭隨之人。方能委曲逢迎以自固結於君也○華谷嚴氏曰。詩言無良惛怓罔極醜厲繾綣。皆極小人之情狀。而總之以詭隨。蓋小人之媚君子。其始皆以詭隨入之。其終無所不至。孔子所謂佞人殆也正反。反於正也。慶源輔氏曰。正反。又甚於正敗○臨川王氏曰。正敗者。敗而已。未盡反而爲不正。若正反。則無正也○廬陵彭氏曰。正反。

則善惡曲直。無不倒置。天下其可得而正邪。毎章言愈切而意愈深

玉。寶愛之意。言王欲以女爲玉而寶愛之。故我用王之意。大諫正於女。蓋託爲王意以相戒也

民勞五章章十句

藍田呂氏曰。五章章之始皆言民亦勞止惠此中國者。欲息民而固根本也。中言無縱詭隨式遏寇虐者。欲謹察小人將以害政也。章末之言。皆丁寧反復勸之之詞。使之去危即安。去惡從善也。○廬陵彭氏曰。此詩以寬治民。以嚴取友。曰綏曰惠。寬而不擾也。曰無縱曰以謹曰式遏。嚴而不怒也。○天台潘氏曰。第二章末謂無棄爾勞以爲王休。蓋以爲王者之休莫大於得人。惟羣臣無棄其功。然後可以爲王之休美。第三章後二句謂敬愼威儀以近有德。蓋以爲既能拒絶小人。必須自反於己。又不可以不親有德之人。不然。則雖欲絶去小人。未必有以服其心也。後二章無俾正敗無俾正反。尤見詩人憂慮之深。蓋正敗。則惟敗壞吾之正道。而正反。則全然反

乎正矣。其憂慮之意。蓋一章切於一章也

上帝板板。下民卒癉。當簡反出話不然。爲猶不遠。靡聖管管。不實於亶。猶之未遠。是用大諫。叶音簡

賦也。板板。反也。卒。盡。癉。病。猶。謀也。管管。無所依也。亶。誠也。○序以此爲凡伯刺厲王之詩。今考其意。亦與前篇相類。但責之益深切耳。華谷嚴氏曰。朱子以此詩爲切責僚友用事之人。而義歸於刺王。與上篇同。味詩意信然。○新安胡氏曰。厲王無道。召穆凡伯以親賢之故。宜極言而力救之。顧乃不直致其諫。而姑責同僚以使之聞之者。豈非亦以監謗之故。不欲嬰其鋒以陷於罪。而甚吾君之惡也邪。吁。二公忠愛之懷。於此益可見矣此章首言天反其常道。而使民盡病矣。而女音汝。四章同之出言皆不合理。爲謀又不久遠。其心以爲無

復聖人。但恣己妄行而無所依據。又不實之於誠信。豈其謀之未遠而然乎慶源輔氏曰。正者常道也。循其常則民安。反其常則民病。今天既盡反其常道。則民亦安得而不盡病乎。話者。言語也。猶者。謀慮也。不然。則背理傷道也。不遠。則但爲目前之計也。人心知有聖人。則動作皆有所依據。故出話不敢不然。爲謀不至不遠。今也出話則不然。爲猶則不遠。則靡聖管管可知矣。既已靡聖管管。則所爲皆是虛妄。故曰不實於亶。不然不遠。皆虛妄者之所爲也。○三山李氏曰。愛民者。天之常道耳。今天使下民皆病。則反其常道矣。言爲猶不遠。又言猶之未遠。蓋反覆言之。自下文以至末章。皆是大諫也。○疊山謝氏曰。朱子初解云。人苟知聖人之度。則必戰戰兢兢。不敢苟作。此心若無聖人矣。則管管然無所依據。矯誣詐僞。何所不至。其出言行事。不以眞實而歸於誠信。無怪也。世亂乃人所爲。而曰上帝板板者。無所歸咎之詞耳

○天之方難。叶泥涓反無然憲憲。叶虛言反天之方蹶。俱衛反無然泄

泄。以世反辭之輯音集，叶祖合反矣民之洽矣辭之懌叶弋灼反矣民之莫矣

賦也。憲憲，欣欣也。蹶，動也。泄泄，猶沓沓也。蓋弛緩之意。孟子曰：事君無義，進退無禮，言則非先王之道者，猶沓沓也。朱子曰：天方艱難，則人當憂懼也，今乃欣欣然自以爲適。天方蹶動，則人當斂飭也，今乃弛緩而不以爲事。則是自絕于天矣。始也不有夫聖，終也自絕于天，則何以能立於人之朝哉。蹶，顛覆之意。泄泄，怠緩悅從之貌，言天欲顛覆周室，羣臣無得泄泄然不急救正之。沓沓，即泄泄之意。蓋孟子時人語如此，非詆毀也。○慶源輔氏曰：天之方蹶，而國家有傾覆之勢，常情處此，消索震懾，易得怠緩苟從，故戒羣臣以無得泄泄然，不急救正之。當此之際，自非君臣上下力加振作，於此奮發，則何能救正也。輯，和。洽，合。懌，悅。莫，定也。辭輯而懌，則言必以先王之道矣。所以民無不合

無不定也。慶源輔氏曰。又教以先謹其言而不妄發。爾辭能和則民自合。爾辭能悅則民自定。辭和與懌則合乎理。而異於不然者矣。民合且定。則前所謂卒癉者其有瘳乎○豐城朱氏曰。輯者。和也。言於天理無所逆也。此民之所以洽也。懌者。悅也。言於人情無所咈也。此民之所以定也○華谷嚴氏曰。首章責同僚出話不然爲猶不遠。故二章因戒之以言論之間。宜相和協。庶可措民於安。然愚而自用者終不能舍己從人。故三章言聽我囂囂。四章言匪我言耄爾用憂謔。五章言無爲夸毗善人載尸也。皆說朋友議論不相協。猶小旻詩凡六章。其間五章皆說謀猶之不臧也

○我雖異事。及爾同僚。我即爾謀。聽我囂囂。許驕反我言維服。勿以爲笑。叶思邀反先民有言。詢于芻初俱反蕘。如謠反

賦也。異事。不同職也。同僚。同爲王臣也。春秋傳曰。同官爲僚。定宇陳氏曰。觀此言。則其爲同列相戒甚明即。就也。囂囂。自得不肯受

言之貌服事也猶曰我所言者乃今之急事也先民古之賢人也芻蕘采薪者古人尚詢及芻蕘況其僚友乎

慶源輔氏曰第一第二句言其同有恩義也三四句言其不有於我也五六句冀其察也七八句欲其警也○豐城朱氏曰我之於爾其職分雖不同而其爲王臣則一故就爾而謀之將以輸其忠也而爾乃囂囂然自得而不肯受然我所言者乃今日之急務汝其可以爲笑乎古人所以詢及芻蕘者誠以淺近之言至理存焉不可以其人之賤而忽之也況於寮友之言其可忽而不聽乎

○天之方虐無然謔謔虛虐反老夫灌灌小子蹻蹻其略反匪我言耄莫報反叶毛博反爾用憂謔多將熇熇叶許各反不可救藥

賦也謔戲侮也老夫詩人自稱灌灌款款也蹻蹻驕貌三山李氏曰說文蹻蹻舉足高也以足高之意觀之是驕之意耄老而昏也熇熇熾盛

也○蘇氏曰老者知其不可而盡其欵誠以告之少去聲者不信而驕之故曰非我老耄而妄言乃汝以憂爲戲耳夫憂未至而救之猶可爲也苟俟其益多則如火之盛不可復救矣

慶源輔氏曰此章責之又深矣一二句戒其不可慢天也三四句戒其不可忽已也五六句斥其病也七八句危其禍也○臨川王氏曰列子云會不發藥乎左氏曰不如聞而藥之也與此救藥同意○豐城朱氏曰老夫灌灌知天命之可畏而盡誠以相告也小子蹻蹻不知天命之可畏而大言以相欺也匪我言耄自老夫灌灌者言之也爾用憂謔自小子蹻蹻者言之也夫憂不可戲也苟以憂爲謔則積之之多將如火之燎於原不可得而撲滅矣

○天之方懠才細反叶箋西反無爲夸苦花反毗威儀卒迷善人載尸民之方殿屎許伊反則莫我敢葵喪息浪反亂蔑資叶箋西反曾

莫惠我師叶霜夷反

賦也。懠。怒。夸。大。毗。附也。小人之於人。不以大言夸之。則以諛言毗之也。尸。則不言不爲飲食而已者也。殿都甸反屎。呻吟也。葵。揆也。蔑。猶滅也。資。與咨同。嗟嘆聲也。惠。順。師。衆也。○戒小人毋得夸毗。使威儀迷亂。而善人不得有所爲也濮氏曰。威儀盡亂。侮老慢賢。善人則如尸不復言矣又言民方愁苦呻吟。而莫敢揆度其所以然者。是以至於散亂滅亡。而卒無能惠我師者也慶源輔氏曰。此章又言上天方怒。而戒小人不可行其常態也。夫大言以夸人。則人或以爲眞能而信之。諛言以毗人。則人或以爲愛己而親之。是以威儀迷亂而不分善惡。卒至於使善人反不得有所爲也。夫小臣用事而善人不得有所爲。此民之所以病苦而呻吟也。然君臣上下。方且迷亂

暴虐。無敢揆度其所以然者。故雖至於喪亂滅亡而嗟嘆之聲盈耳。而卒無有順我衆之意者也。自此而下。則其所譏刺漸及於君矣

○天之牖民。如壎。許元反如篪。音池如璋如圭。如取如攜。攜無曰益。牖民孔易。以豉反叶夷益反民之多辟。匹亦反下同無自立辟

賦也。牖。開明也。程子曰。牖。開通之義。室之暗也。故設牖以通明猶言天啓其心也。壎唱而篪和。璋判而圭合。孔氏曰。半珪爲璋。合二璋而成珪取。求。攜得。而無所費。安成劉氏曰。言求之即得。而無費於已以益之也皆言易也。辟。邪也。○言天之開民。其易如此。以明上之化下。其易亦然。今民既多邪辟矣。豈可又自立邪辟以道之邪。定宇陳氏曰。上之於下。開其本明之天性者固甚易。導之以邪辟之人僞者亦不難。因開之易而謹導之方可也。豈可導以邪

僻邪○東萊呂氏曰亂雖極矣導之者固有簡易之理不作聰明爲邪僻以亂之行其所無事斯可矣○慶源輔氏曰此章與七章分明是譏及於王也故先生於民勞首章言此二詩雖不專爲刺王而發然其憂時感事之意亦可見矣

○价人維藩音介叶分邅反大師維垣大邦維屏大宗維翰叶胡田反懷德維寧宗子維城無俾城壞叶胡罪胡威二反無獨斯畏叶紆會於非二反

賦也价大也大德之人也藩籬師衆垣牆也大邦强國也屏樹也所以爲蔽也安成劉氏曰所謂樹塞門也大宗强族也翰幹也宗子同姓也○言是六者皆君之所恃以安而德其本也三山李氏曰王所恃以衛國家者在此數者苟懷之以德則無不寧矣詩人以懷德惟寧間於

中。則宗子惟城亦當以德懷之也。左氏曰。君其脩德以固宗子。何城如之。所謂宗子維城是也。○董氏曰。藩垣屏翰。皆以衛王畿也。蓋藩在外。屏在內。垣限內外。恃翰以爲築。王者之固其國如此。懷德維寧。則懷諸侯者在德。若宗子則爲城以禦患者也。○廬陵彭氏曰。王者之治。親親爲大。雖用人以爲藩垣屏而資同姓以爲翰。翰者。所資以立也。又必待同姓以爲城。城者。所恃以固也。曰大宗。曰宗子。其意反覆言同姓之至重至切。蓋垣重於藩。屏不可以無翰。而城又大而且重焉。然在人者皆有形之勢。而德之在我乃無形之勢也。故獨曰維寧焉

有德則得是五者之助。不然則親戚叛之而城壞。城壞則藩垣屏翰皆壞而獨居。獨居而所可畏者至矣

慶源輔氏曰。自价人維藩至大邦維屏。是自內說及外。大宗維翰宗子維城。又自疎說及親。自价人至大宗。皆王所恃以爲藩垣屏翰者。然維德之懷。則王得其所恃以爲安。不惟如是。而同姓宗子亦且爲我之城矣。言城則藩垣屏翰之功皆包之矣。王若不務德以爲本。則城壞矣。城壞。而藩垣屏蔽亦皆傾圮而禍亂至矣

○敬天之怒，無敢戲豫。敬天之渝，（用朱反）無敢馳驅。昊天曰明，（叶謨郎反）及爾出王。（音往，叶如字）昊天曰旦，（叶得絹反）及爾游衍。（叶怡戰反）

賦也。渝，變也。朱子曰：如迅雷風烈必變之變。王，往通。言出而有所往也。旦，亦明也。朱子曰：旦與明只一意。衍，寬縱之意。○言天之聰明無所不及，不可以不敬也。板板也，難也，蹶也，虐也，懠也，其怒而變也甚矣，而不之敬也，亦知其有日監在茲者乎？

朱子曰：才有些放肆，則他便知。所以曰日監在茲。○慶源輔氏曰：此又專戒其同列也。囂囂也，謔謔也，蹻蹻也，憂謔也，皆戲豫之事也。管管也，憲憲也，泄泄也，夸毗也，皆馳驅之類也。後四句熟讀而詳玩之，可見天之於人，無所不體，而與起人心畏天之誠。洋洋乎如在其上，如在其左右，不可度思，矧可射思，豈可一毫一息而不敬乎哉。

張子曰：天體物而不遺，猶仁體事而無不在也。（問天體物而不遺。是指理而言。仁體事而無不在。是指人而言否。朱子曰。體事而無不在。是指心而言也。天下一切事。皆此心發見耳。問天體物仁體事。以見物物各有天理。事事皆有仁。曰然。天體在物上。仁體在事上。猶言天體於物。仁體於事。本是言物以天爲體。事以仁爲體。緣須著從上說。故如此下語。又問與體物而不可遺一般否。曰。然

禮儀三百。威儀三千。無一事而非仁也。昊天曰明。及爾出王。昊天曰旦。及爾游衍。無一物之不體也問此莫是言人之所以爲人者。皆天之所爲。故雖起居動作之頃。而所謂天者未嘗不在也。朱子曰。公說天體物而不遺既說得是。則所謂仁體事而無不在者。亦不過如此。天與仁非有二也。○豐城朱氏曰。天之怒。不可不敬也。汝其敢戲豫乎。天之變。不可不敬也。汝其敢馳驅乎。昊天曰明及爾出王。言一出入之際。而天必與之俱也。昊天曰旦及爾游衍。言一動息之頃。而天必與之同也。此所謂陟降厥士。日監在茲也。此君子之學。所以必戒懼慎獨之爲貴也

板八章章八句華谷嚴氏曰。一章至五章。皆切責僚友之詞。六章至八章。皆責僚友而因以戒王也

生民之什十篇六十一章四百三十三句

詩傳大全卷之十七

明永樂内府本詩傳大全

第六册

明 胡廣等撰

明永樂十三年内府刻本

山東人民出版社·濟南

詩傳大全卷之十八

蕩之什三之三

蕩蕩上帝。下民之辟。必亦反 疾威上帝。其命多辟。匹亦反 天生烝民。其命匪諶。市林反。或叶市隆反 靡不有初。鮮克有終。叶諸深反。或如字

賦也。蕩蕩，廣大貌。辟，君也。疾威，猶暴虐也。多辟，多邪辟也。烝，衆。諶，信也。○言此蕩蕩之上帝，乃下民之君也。今此暴虐之上帝，其命乃多邪僻者，何哉？蓋天生衆民，其命有不可信者，蓋其降命之初，無有不善，而人少能以善道自終，是以致此大亂，使天命亦罔克終，如疾威而多僻也。蓋始爲怨天之辭，而卒自解之如此。慶源輔氏曰：蕩蕩與

蕩蕩乎民無能名焉之蕩蕩同。言其廣大而無有限量也。蕩蕩上帝，本自下民之君，而今也疾威而多僻，何哉。此怨天之詞也。以下四句，則復解之。所以云然者，蓋天生衆民，其命有不可信者，其初無有不善，而人少能以善自終，率多敗以取禍耳。以此言之，則非上帝之疾威、天命之多僻也，皆人自取耳。○華谷嚴氏曰：疾威者，厲王所爲，而天實命之，是天爲此疾威，天實爲之，則無所歸咎。然天亦豈欲令厲王爲惡乎。天生衆民，其命有不可信者，其初皆善，而其終鮮善，是人自暴自棄，非天使之然。王自不爲善，豈天賦予以惡哉。

劉康公曰：建安熊氏曰：劉，采邑名。康，謚也。康公，定王同母弟，所謂王季子也。

民受天地之中以生，所謂命也。能者養之以福，不能者敗以取禍，此之謂也。建安熊氏曰：天地之中，猶言天地之性也。以此理無過不及而言，故謂之中。人之生，必禀受此理而俱生。此乃所賦之命也。能順其則，順天地之命者也，所以得福。不能循其則，逆天之命者也，所以得禍。○臨川王氏曰：受天地之中一也，則靡不有初，敗以取禍者衆，則鮮克有終。鮮克有終，則命靡諶矣。○豐城朱氏曰：此章正意。在靡不有初。鮮克有終二句。夫人其初而言之。人性皆善。厲王之性。亦文武成康之性也。而何不善之有。要其終而觀之。則文武成康若彼其仁厚。而厲王若彼其暴虐。何也。蓋文王性之者也。武王身之者也。成康困知勉行者也。厲王自暴自棄者也。惟其自暴自棄也。故與之言仁義之言。則拒之而不信。與之行仁義之行。則絕之而不爲。然則非天命之多辟也。乃王之逆天命而自底於多僻也。非天命之匪諶也。乃王之逆天命。而自爲是匪諶也。非天命之多辟。非天命之匪諶。則其蕩蕩者。固自若也。而豈可以疾威言之哉。固知其爲怨天之辭。而非天之實有是也。

○文王曰咨。咨女音汝殷商。曾是彊禦。曾是掊蒲侯反克。曾是在位。曾是在服。叶蒲北反天降慆他刀反德。女興是力。

賦也。此設爲文王之言也。咨。嗟也。殷商。紂也。曹氏曰。自契始封商。地在上洛。湯受命亳。殷地在蒙。今曰殷商。幷舉之也。彊禦。暴虐之臣也。疊山謝氏曰。彊。彊梁。

禦。如禦人於國門之外之禦掊克。聚斂之臣也。服。事也。慆慢。興。起也。力。如力行之力○詩人知厲王之將亡。故爲此詩。託於文王所以嗟嘆殷紂者華谷嚴氏曰。二章以下。設爲文王之詞。蓋陳厲王之失。而託之商也。所謂借秦爲諭耳言此暴虐聚斂之臣。在位用事。乃天降慆慢之德而害民。臨川王氏曰。彊禦。掊克。是爲慆慢○慶源輔氏曰。此章以下。託爲文王嘆紂之詞者。蓋厲王暴虐。詩人不敢直刺其惡故耳。且厲王之虐。大略似紂。以謂與亂同事罔不亡也。自古危亂之君。率是暴虐。與聚斂之臣並用。蓋此兩等人。實相須也。非暴虐則無以爲聚斂之資。非聚斂則無以極暴虐之惡也。慆德。謂慢天之人。即暴虐聚斂之臣也。所以敢爲暴斂之事者。只緣慢天故爾然非其自爲之也。乃汝興起此人。而力爲之耳豐城朱氏曰。厲王之惡。貪暴而已。惟暴也。故所用皆彊禦之人。惟貪也。故所用皆掊克之人。曾是在位。謂以之而居公卿百執事之位也。曾是在服。謂以之而任公卿百執事之事也。彊禦也。掊克也。即所謂惛德也。而以爲天降之者。世之有治有亂。雖本於人事之得失。亦關於氣化之盛衰。然則汝之與起此人而力爲之也。果孰使之然哉。亦不得而歸於天矣

○文王曰咨。咨女殷商。而秉義類。彊禦多懟。直類反流言以對。寇攘式內。侯作侯祝。側慮反 周救反靡屆靡究

賦也。而亦女也。義善。懟怨也。流言浮浪不根之言也。侯維也。作讀爲詛。詛祝怨謗也。○言汝當用善類。而反任此暴虐多怨之人。使用流言以應對新安胡氏曰。彊禦多懟流言以對者。正如所謂禦人以口給之意。彊禦與前章相應。指所用之人也則是爲寇盜攘竊而反居內矣。是以致怨謗之無極也慶源輔氏曰。暴虐之人。自以人多怨己。而恐禍之及也。故詭謀譎計。採取浮浪不根之言。以應對於上。而惑亂其聰明。以自揜其惡。上之人。用是而反親信之。

則是爲寇盜攘竊之人。而反使之居内矣。詛祝。指厲王而言。人君好用暴斂多怨之人。則怨謗必將反移於巳也。吕正獻公言小人聚斂以佐人主之欲。而不知其終爲害也。賞其納忠。而不知其大不忠也。嘉其任怨。而不知其怨歸於上也。正謂此也。

○文王曰咨。咨女殷商。女炰白交反烋火交反于中國。叶于逼反斂怨以爲德。不明爾德。時無背布内反無側。爾德不明。以無陪蒲回反無卿。

賦也。炰烋。氣健貌。疊山謝氏曰。以傲狠作氣勢。以暴虐作威聲。如虎狼炰烋之狀斂怨以爲德。多爲可怨之事。而反自以爲德也。背。後。側。傍。陪貳也。孔氏曰。陪貳謂副貳王者。則三公也言前後左右公卿之臣。皆不稱其官。如無人也。慶源輔氏曰。此又承上章怨謗而言。厲王資稟既暴虐矣。而又用暴虐之人。盛其氣力以肆行於中國。方且斂衆怨而自以爲德焉。此皆由不明在我固有之德故也。而其所以不明其德。則又以王之前後左右。公卿陪臣。皆暴虐聚斂之人。而無一人稱其官者故也

○文王曰咨。咨女殷商。天不湎面善反爾以酒。不義從式。叶式吏反既愆爾止。靡明靡晦。叶呼洧反式號式呼。火故反俾晝作夜。叶羊茹反

賦也。湎。飲酒變色也。式。用也。言天不使爾沈湎於酒。而惟不義是從而用也。止。容止也。○慶源輔氏曰。此章則言厲王之嗜酒。與紂無異。王既沈湎於酒。則所從所用。自然不善。此固王所自爲也。而以爲非天使之然者。應首章末四句而言耳。既愆爾止。則所謂威儀幡幡。威儀怭怭也。靡明靡晦。則無間於明晦也。式號式呼。則所謂載號載呶也。人當晝日有所作爲。今俾晝作夜。則渾不視事也。○華谷嚴氏曰。非天使之。是汝自爲惡也。不之容止。既自取愆過。又無明

無晦。而飲酒不息。叶號讙呼。使晝作夜。荒亂甚矣。○豐城朱氏曰。人君荒湛于酒。則必信任小人。於是而慾爾止則威儀之迷亂也。於是而號且呼。則言語之讙譁也。窮日夜以娛樂。棄國事而不恤。所謂俾晝作夜。靡明靡晦也

○文王曰咨。咨女殷商。如蜩如螗。音唐 如沸如羹。叶盧當反 小大近喪。息浪反 叶平聲 人尚乎由行。叶戶郎反 內奰皮器反 于中國。覃及鬼方

賦也。蜩、音條 螗、皆蟬也。如蟬鳴。如沸羹。皆亂意也。小者大者幾於喪亡矣。尚且由此而行。不知變也。新安胡氏曰。所謂安其危而利其菑。樂其所以亡者也 奰。怒。覃。延也。鬼方。遠夷之國也。新安胡氏曰。夏曰獯鬻。商曰鬼方。周曰。玁狁。漢曰。匈奴。魏曰。突厥。見唐高祖紀。其實一國而異其名也。言自近及

遠無不怨怒也慶源輔氏曰小大近喪即言如蜩如螗如沸如羹也人情怨亂如蟬之鳴如羹之沸則小者大者皆幾於喪亡矣乃尚不知變而由行於惡不已其亦不仁甚矣則人之怨怒豈有既哉内奰于中國覃及鬼方所以極言之也

○文王曰咨咨女殷商匪上帝不時叶上止反殷不用舊叶巨已反雖無老成人尚有典刑曾是莫聽湯經反大命以傾

賦也老成人舊臣也典刑舊法也疊山謝氏曰三代而上國有大政有大議有大疑皆決於老成人之言曰圖任舊臣人共政殷先王所以立國也曰人惟求舊曰無侮老成人盤庚所以興也曰汝惟商老成人宅心知訓周公所以誥康叔也犂老播棄格人罔敢知吉紂所以亡也在位罔有耆舊俊在厥服平王所以東遷也○言非上帝爲此不善之時但以殷不用舊致此禍爾雖無老成人與圖先王舊政然典刑尚

在可以循守乃無聽用之者是以大命傾覆而不可救也慶源輔氏曰匪上帝不時不時猶言不辰也王自不能用舊爾王能用舊則時亦當如舊矣程子曰自是無人豈是無時者正謂是也正使無老成人可用而先王之政法尚存獨不可爲扶持憑藉之資乎唯其并人與法皆莫之聽用夫然後大命從而傾覆也

○文王曰咨咨女殷商人亦有言顛沛之揭紀竭去例二反枝葉未有害許曷瑕憩二反本實先撥蒲末反叶方吠筆烈二反殷鑒不遠在夏后之世叶始制私列二反

賦也顛沛音貝仆拔皮八本末二反也揭本根蹶音厥起之貌撥猶絕也鑒視也夏后桀也○言大木揭然將蹶枝葉未有折傷而其根本之實巳先絕然後此木乃相隨而顛拔

爾。蘇氏曰。商周之衰。典刑未廢。諸侯未畔。四夷未起。而其君先爲不義。以自絶於天。莫可救止。正猶此爾。華谷嚴氏曰。王者。天下之本也。天下未有禍敗。而王身無道。本先撥矣。枝葉蓋將從之也。殷鑒在夏。蓋爲文王嘆紂之辭。然周鑒之在殷。亦可知矣。廬陵歐陽氏曰。非獨周之監殷。殷之監夏。後之興者。當又鑒厲王也。○慶源輔氏曰。如大木之揭然蹶起。枝葉固未有害也。而根本先自撥絶矣。紂與厲王之世。政如此也。每章必以文王咨商爲言者。蓋欲厲王之知所畏。知所警也。其末又云。殷鑒不遠。在夏后之世者。則其感發於王者尤切矣

蕩八章。章八句。天台潘氏曰。首章前四句。有怨天之辭。後四句。乃解前四句。謂天之降命。本無不善。惟人不以善道自終。故天命亦不克終。如疾威而多邪僻也。此章意既如此。故自次章以下。托文王告紂之詞。皆就人君身上說。使知其非天之過。如汝興是力。汝德不明。與天不湎爾以酒。

匪上帝不時之類皆是發首章之意○廬陵彭氏曰板蕩之詩深刺其君之惡蓋大臣憂國愛君之心不敢不如是也

抑抑威儀，維德之隅。人亦有言，靡哲不愚。庶人之愚，亦職維疾。叶集二反哲人之愚，亦維斯戾。

賦也。抑抑，密也。隅，廉角也。孔氏曰：隅者角也，廉者稜也，角必有稜，故曰廉隅。鄭氏曰：人密審於威儀者，是其德必嚴正也。故古之賢者道行心平，可外占而知內，如宮室之制，內有繩直，則外有廉隅也。東萊呂氏曰：此詩以威儀爲主，修身之道，至切至近，莫過於此也。○臨川王氏曰：德譬則宮城也，儀譬則隅也。視其隅，則宮城之中可知矣。○華谷嚴氏曰：首章第一義，言威儀之當愼。威儀云者，聲音笑貌云乎哉？容貌顏色，曾子所謂道；動容周旋中禮，孟子所謂盛德也。○廬陵彭氏曰：惟德之隅，蓋有諸中必形於外也。制於外。所以養其中也。觀曾子所言正顏色。動容貌。孟子所言見於面。盎於背。是也哲。知。庶衆。職。主。疾反也。○衛武公作此詩使人日誦於其側以自警。華谷嚴氏曰。詩皆自警之言。修身治國平天下之道。與中庸大學相表裏言抑抑威儀。乃德之隅。則有哲人之德者。固必有哲人之威儀矣。而今之所謂哲者。未嘗有其威儀。則是無哲而不愚矣。慶源輔氏曰。德與威儀。內外之符也。哲與愚。德性之反也。觀賓之初筵一詩。則當時習俗。都無威儀可知矣。此所以有靡哲不愚之歎也夫衆人之愚。蓋有稟賦之偏。宜有是疾。不足爲怪。臨川王氏曰。庶人之愚。則天性之疾也。孔子曰民有三疾哲人而愚。則反戾其常矣

○無競維人。四方其訓之。有覺德行。下孟反四國順之。訏況于

反謨定命。遠猶辰告。叶古得反敬慎威儀。維民之則。

賦也。競。強也。覺。直大也。訏。大。謨。謀也。大謀謂不爲一身之謀。而有天下之慮也。東萊呂氏曰。所謀不止於一身。而計天下之安危也。定。審定不改易也。命。號令也。猶。圖也。遠謀謂不爲一時之計。而爲長久之規也。東萊呂氏曰。所謀不止於一時。而鑒百世之損益也。辰。時。告。戒也。辰告。謂以時播告也。則。法也。○言天地之性。人爲貴。故能盡人道。則四方皆以爲訓。有覺德行。則四國皆順從之。故必大其謀。定其命。遠圖時告。敬其威儀。然後可以爲天下法也。疊山謝氏曰。人君以一身之法。爲天下之法也

○其在于今。叶經音興迷亂于政。叶征音顛覆厥德。荒湛都南反。下

同于酒。叶子小反女音汝雖湛樂音洛從。弗念厥紹。市沼反罔敷求先王克共。九勇反明刑。叶胡光反

賦也。今武公自言已今日之所爲也。興尚也鄭氏曰。興猶尊尚也女武公使人誦詩而命已之詞也。後凡言女言爾言小子者放此。問抑詩東萊硬要做刺厲王。緣以爾汝字礙朱子曰。如幕中之辯。人反以女爲叛臺中之評。人反以汝爲傾等類。亦是自謂古人此樣亦多湛樂從。言惟湛樂之是從也。紹謂所承之緒也。敷求先王廣求先王所行之道也。共執。刑法也慶源輔氏曰。此章言所承之緒甚重。而不可不思念也。先王之法甚明。而不可不求執也。人惟耽樂之從。則於此皆不暇顧矣。是豈可不自警也哉

○肆皇天弗尚。叶平聲如彼流泉。無淪胥以亡。夙興夜寐。洒

埽廷内。維民之章。脩爾車馬弓矢戎兵。叶晡亡反用戒戎作。用逷他歷反蠻方

賦也。弗尚厭棄之也。淪陷。胥相。章表。戒備。戎兵。作起。逷遠也。○言天所不尚則無乃淪陷相與而亡。如泉流之易乎。是以内自庭除之近。外及蠻方之遠。細而寢興酒埽之常。大而車馬戎兵之變。慮無不周。備無不飭也。慶源輔氏曰。此承上章而言所爲如此。則必爲天所厭棄矣。無乃淪胥以亡。如泉流之不可止歟。是豈可不自警乎。故必無内外。無近遠。無細大。無常變。皆當整辦飭備。如此。然後庶幾近而吾民有所儀表。遠而蠻方有所畏避也　上章所謂訏謨定命。遠猶辰告者。於此見矣　豐城朱氏曰。夙興夜寐。脩身之事也。洒埽廷内。齊家之事也。身者。民之主。家者。國之則。身脩而家齊。是豈不足以爲民之章乎。

車馬所以安身也。固不可以不脩。弓矢戎兵所以防患也。尤不可以不戒。在我者既不至於妄動。則在彼者亦不敢以輕侮。此又治國之要也。詳於内而不遺乎外。謹於大而不忽乎細。地有遠近之不同。而慮之無不周。事有常變之不同。而備之無不飭。此所以爲訏謨定命。遠猶辰告之實也歟

○質爾人民。謹爾侯度。用戒不虞。（叶元具反）愼爾出話。敬爾威儀。（叶牛何反）無不柔嘉。（叶居何反）白圭之玷。（丁簟反）尚可磨也。斯言之玷。不可爲（叶吾禾反）也

賦也。質。成也。定也。（慶源輔氏曰。質訓成與定。惟成而後能定也）侯度。諸侯所守之法度也。虞。慮。話。言。柔。安。嘉。善。玷。缺也。○言既治民守法。防意外之患矣。（眉山蘇氏曰。苟失其民心。慢其侯度。則將有不虞之禍起。○慶源輔氏曰。益之告舜。以儆戒無虞。亦以罔失法度爲先。能謹我之法度。則可以免不虞之患矣）又當謹其

言語。蓋玉之玷缺。尚可磨鑢。良豫反使平。言語一失。莫能救之。其戒深切矣慶源輔氏曰。上三句。治國之事也。中三句。治己之事也。身正而后國治。此尤不可不謹。前但言威儀而已。至此章又兼話言言之。威儀。形於身者。言語。出於口者。皆德之符也。下四句。又極言其言語之不可不慎也○定宇陳氏曰。上以出話威儀對言。下專以言語言。蓋容貌辭氣。皆德之符。其不可不謹一也。故此詩於威儀凡六言之。而其言語亦三致意焉。前章之命告。此章之言玷。下章之無易由言是也○段氏曰。言行均不可以有失。而言之失尤易。能謹其易者。則行可知也。故此章末。唯戒夫斯言之玷

故南容一日三去聲復此章。而孔子以其兄之子妻去聲之家語曰。獨居思仁。公居言義。一日三復白圭之玷。是宮縚之行也○朱子曰。不是一日讀此。乃是日日讀之。玩味此詩而欲謹言也。又曰。南容深有意於謹言。此邦有道所以不廢。邦無道所以免禍。故孔子以兄子妻之○勉齋黃氏曰。三復。謂每誦至此。再三反覆以識之。非謂一次三復。亦非謂只一日三次誦之也

○無易以豉反由言無曰苟矣此二句不用韻莫捫音門朕舌言不可逝叶音折與舌叶矣無言不讎叶市又反無德不報叶蒲救反惠于朋友叶羽已反庶民小子叶獎里反子孫繩繩萬民靡不承

賦也易輕捫持逝去讎答承奉也○言不可輕易其言蓋無人爲我執持其舌者故言語由己易致差失常當執持不可放去也慶源輔氏曰此章又承上章愼言之意而戒其言不可輕出而章末又言謹言之效以歆動之無易由言者戒其不可輕易也無曰苟矣者戒其不可苟發也至於莫捫朕舌言不可逝矣其言愈切而其戒愈至也常詠此二句則知所以謹於言語矣○華谷嚴氏曰由言者由己言之也且天下之理無有言而不讎無有德而不報者若爾能惠于朋友孔氏曰朋友謂卿大夫等庶民小子則子孫繩繩華谷嚴氏曰繩繩如

繩之牽連不絕也而萬民靡不承矣皆謹言之效也

○視爾友君子，輯音集柔爾顔叶魚堅反，不遐有愆相息亮反。在爾室，尚不愧于屋漏。無曰不顯，莫予云覯。神之格叶剛鶴反思，不可度待洛反思，矧可射音亦，叶弋灼反思。

賦也。輯，和也。遐，何通。愆，過也。尚，庶幾也。屋漏，室西北隅也。盧陵李氏曰：曾子問謂之當室之白。孫炎云：當室之白，日光所漏入也。覯，見也。格，至。度，測。矧，況也。射，斁通，厭也。○言視爾友於君子之時，和柔爾之顔色，其戒懼之意，常若自省曰：豈不至於有過乎。蓋常人之情，其脩於顯者，無不如此。然視爾獨居於室之時，亦當庶幾不愧于屋漏，然後可爾。無曰此非明顯

之處。而莫予見也。當知鬼神之妙。無物不體。其至於是有不可得而測者。不顯亦臨。猶懼有失。况可厭射而不敬乎

慶源輔氏曰。輯柔爾顏。言其顏色之溫柔也。不遐有愆。言其心思之警懼也。有是心。則有是顏。此亦內外之符也。常能如是。則豈至於有過失乎。然人心操則存。舍則亡。天理存亡。只在敬肆之間。須當於暗室屋漏之中。不睹不聞之際。常若十手所指。十目所視。兢兢業業之心。不可有一息之間斷。方可。若曰此非顯明之處。人莫予見也。此心一萌。則便間斷矣。所以如此者。蓋鬼神體物而不遺。洋洋乎如在其上。如在其左右。其至也。尚不可測度。况可厭射之乎。唯不敢有所厭斁。則此心。始無間斷也。○朱子曰。相在爾室以下。只是做存養工夫

此言不但脩之於外。又當戒謹恐懼乎其所不睹不聞也

廬陵彭氏曰。視爾友君子以下。以誠而交於人。脩之於顯也。相在爾室以下。以誠而對乎天。愼之於靜也。○東萊呂氏曰。此章教以內外交脩也。○疊山謝氏曰。莊子云。爲不善於顯明之中者。人得而非之。爲不

善於幽暗之中者。鬼神得而責之。君子無人非。無鬼責。亦此意也。子思子曰。君子不動而敬。不言而信。朱子曰。君子之戒謹恐懼。無時不然。不待言動而後敬信也。○北溪陳氏曰。屋漏。人迹不到之地。須是戒懼。方無愧怍。君子不待於動而應事接物。方始敬。未接物之前。已無非敬矣。不待發言而後信。實未發言之前。本來眞實。無非信矣。又曰。夫微之顯。誠之不可揜如此。北溪陳氏曰。此理雖隱微而甚顯。以陰陽之往來屈伸。皆是眞實而無妄。所以發見之不可揜如此。此正心誠意之極功。而武公及之。則亦聖賢之徒矣。安成劉氏曰。不遐有愆者。是省察之功。所以遏人欲於將萌。即中庸之內省不疚。而慎獨之事也。能慎獨。則意無不誠矣。所不愧屋漏者。是存養之功。所以存天理之本然。即中庸之不睹不聞。而戒懼之事也。能戒懼。則心無不正矣。所謂正心誠意之極功者也。蓋由武公本亦聖賢之徒。宜其所言。合乎聖賢之道也。

○辟爾爲德。俾臧俾嘉。叶居何反淑慎爾止。不愆于儀。叶牛何反不

僭不賊。鮮息淺反不爲則。投我以桃。報之以李。彼童而角。實虹戶公反小子。叶奬里反

賦也。辟君也。指武公也。安成劉氏曰。此章之中。首言辟者。自君臣親密言之也。繼言爾者。武公自君道言之也。末言小子。則公之謙詞也。止容止也。僭差。賊害。則法也。無角曰童。虹。訌同。潰亂也。華谷嚴氏曰。虹。謂幻惑也。如蝃蝀不正之氣。暫見于天。須臾散滅。○既戒以脩德之事。東萊呂氏曰。戒以君爾爲德。俾臧俾嘉。欲其盡君德之善也。淑愼爾止。不愆于儀。此詩以威儀爲主。故屢言之。而又言爲德而人法之。猶投桃報李之必然也。慶源輔氏曰。不僭。則又言永無差謬。不賊。則又言永無虧損。如是則鮮有不爲人所法則者。此必然之效也。彼謂不必脩德而可以服人者。是牛羊之童者。而求其角也。亦徒潰亂汝而已。豈可得哉。黃氏曰。武

公極言君臣相應之機。必即物理之易見者言之。○豐城朱氏曰。言爾爲人君之德。當使無一事之不善。無一事之不嘉。容止之不可以不愼。威儀之不可以不謹。不僭。則於事無所差。不賊。則於理無所害。夫如是。鮮不爲民之則矣。投桃報李。言理之必有者以勉之也。彼童而角。言理之必無者以戒之也。夫昧之以理之所無者。將以潰亂汝也。而豈可以莫之察乎

○荏而甚反染而漸反柔木。言緡之絲。叶新夷反溫溫恭人。維德之基。其維哲人。告之話言。順德之行。叶與言其維愚人。覆謂我僭。叶七尋反民各有心

興也。荏染。柔貌。柔木。柔忍音刃之木也。緡。綸也。被之綸以爲弓也張子曰。柔和之木。乃弓之材。溫恭之人。乃德之基。○慶源輔氏曰。武公三以溫柔爲言。無不柔嘉也。輯柔爾顏也。至此又明言溫柔爲進德之基。蓋人纔溫柔。則便是消磨了那客氣。消磨得客氣。則其德方

可進。故明道謂義理與客氣常相勝。只看消長分數。爲君子小人之別。消盡者爲大賢。而橫渠亦言學者先須去其客氣。惟溫柔則可以進學。○西山眞氏曰。溫者和易之意。築室者以基爲固。脩身者以敬爲本。故此溫溫恭謹之人。有立德之基也。首章驗其德之隅。此章立其德之基。熟味其辭。武公作聖之功。於是焉在

話言。古之善言也。覆猶反也。僭不信也。民各有心。言人心不同。愚智相越之遠也。東萊呂氏曰。言人之質。有美有惡。故有可告語者。有不可告語者。

○於音烏乎音呼小子。叶獎里反未知臧否。音鄙匪手攜之。言示之事。叶上止反匪面命之。言提其耳。借曰未知。亦既抱子。同上民之靡盈。誰夙知而莫音慕成。

賦也。非徒手攜之也。而又示之以事。非徒面命之也。而又提其耳。所以諭之者詳且切矣。華谷嚴氏曰。曲禮云。長者與之提攜。則兩

手奉長者之手。負劍辟咡詔之。注云。傾頭與語。又云。口耳之間曰咡。是攜手提耳。皆長者教誨小子之常。假令言汝未有知識。則汝既長大而抱子。宜有知矣。慶源輔氏曰。武公老矣。而使人謂其小子。可謂不自盈滿矣。只此便見其溫柔之意。言示之事。諭之明也。言提其耳。告之切也。告之者既明且切。則宜有警矣。而猶不知覺。何哉。借曰未有知識。則亦既抱子矣。況耄期之年乎。則是宜有警也。人若不自盈滿。能受教戒。則豈有既早知而反晚成者乎。

○昊天孔昭。叶音灼我生靡樂。音洛視爾夢夢。莫公反我心慘慘。當作懆。七到反。叶七各反誨爾諄諄。之純反聽我藐藐。美角反匪用為教。叶入聲覆用為虐。借曰未知。亦聿既耄。叶音茨

賦也。夢夢。不明。亂意也。慘慘。憂貌。諄諄。詳熟也。藐藐。忽

耄貌耄老也八十九十曰耄左史所謂年九十有五時也

○於乎小子見上章告爾舊止聽用我謀庶無大悔音虎委反天方艱難曰喪息浪反厥國叶于逼反取譬不遠昊天不忒他得反回遹于橘反其德俾民大棘

賦也舊舊章也或曰久也止語詞庶幸悔恨忒差遹僻棘急也○言天運方此艱難將喪厥國矣我之取譬夫豈遠哉觀天道禍福之不差忒則知之矣今汝乃回遹其德而使民至於困急則喪厥國也必矣

抑十二章三章章八句九章章十句

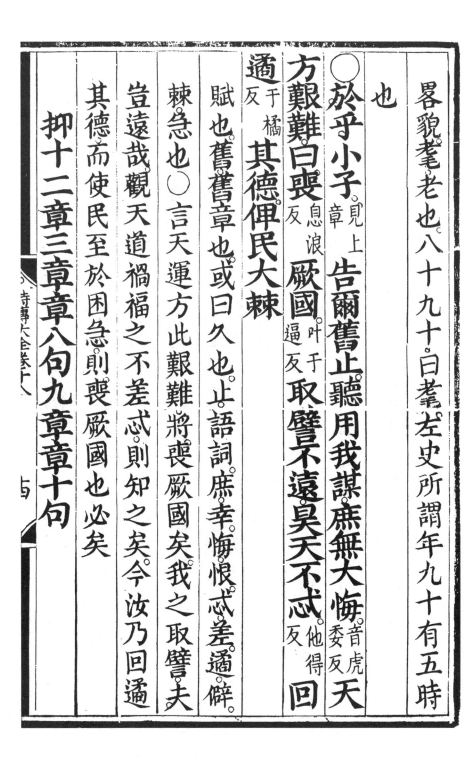

楚語左史倚相曰昔衛武公年數九十五矣猶箴儆於國曰自卿以下至于師長士西山真氏曰卿者執政之官師長官師之長士謂上中下士苟在朝者無謂我老耄而舍我必恭恪於朝夕以交戒我在輿有旅賁之規周禮旅賁氏掌執戈盾夾車而趨車止則持輪位宁有官師之典國語註中庭之左右謂之位門屏之間謂之宁倚几有誦訓之諫西山真氏曰誦訓主誦書之官居寢有暬音薛御之箴西山真氏曰暬御謂近習也臨事有瞽史之道西山真氏曰瞽史知天道者宴居有師工之誦西山真氏曰師工樂官史不失書矇不失誦以訓御之於是作懿戒以自儆及其沒也謂之睿聖武公西山真氏曰自卿以下無一人不使任箴規之職自

在輿以下。無一處不欲聞箴規之言。猶且作抑詩。使人誦之。不離其側。如是而意不誠。心不正者。未之有也

韋昭曰。懿讀爲抑。即此篇也 朱子曰。左史所云。箴諫之詞。或即謂此詩耳

董氏曰。侯包 盧陵羅氏曰。包撰韓詩翼要十卷 言武公行年九十有五。猶使人日誦是詩。而不離去聲於其側

然則序說。爲刺厲王者誤矣 慶源輔氏曰。衛武公可謂老而好學不厭者也。其所以至於睿聖者。蓋本於此。一詩之中。曲折次第。唯篤志力行者。當自知之。未死之前。誓當以此自警也○新安胡氏曰。抑詩國語之說既明賓之初筵。韓詩作飲酒悔過。皆爲有據矣。但不知二雅。王者事也。何武公二詩。獨得入二雅乎○安成劉氏曰。周之諸侯。唯衛武公。於國風二雅皆有詩。淇澳。則見公之可美。賓筵及此。則見公之所脩固可以爲聖賢之徒矣。風有淇澳。無可疑也。賓筵抑詩。所以得入二雅者。豈公作此二詩。在於爲王朝卿士之日。而二詩之體製音節。又有合於大小

雅乎。然而二詩。但得列於變雅。則與先王雅樂亦自無相亂矣

菀（音鬱）彼桑柔。（與劉憂叶。篇內多放此）其下侯旬。捋（力活反）采其劉。瘼（音莫）此下民。不殄心憂。倉（初亮反）兄（與怳同）填（舊說古塵字）兮。倬彼昊天。（叶鐵因反）寧不我矜

比也。菀。茂。旬。徧。劉。殘。殄。絕也。倉兄。與愴（音創）怳（音況）同。悲閔之意也。填未詳。舊說與陳塵同。蓋言久也。或疑與瘨（音顛）字同。爲病之義。但召旻篇內二字並出。又恐未然。今姑闕之。（新安胡氏曰。填。滿也。積也。倉兄。填兮。言悲閔積滿於中之意）倬明貌。○舊說此爲芮伯刺厲王而作。春秋傳亦曰。芮良夫之詩。則其說是也。（孔氏曰。芮伯。周同姓國。杜預云。芮國在馮翊臨晉縣。則在西都之畿內也。左氏引大風有隧。以爲芮

良夫之詩以桑爲比者。桑之爲物其葉最盛。然及其采之也。一朝而盡無黄落之漸。故取以比周之盛時。如葉之茂。其蔭無所不偏。至於厲王。肆行暴虐。以敗其成業。王室忽焉凋弊。如桑之既采。民失其蔭。而受其病。故君子憂之不絕於心。悲閔之甚。而至於病。遂號天而訴之也。安成劉氏曰。呼天者。亦無所歸咎之意也。後章言天之意皆然

○四牡騤騤。旟旐有翩。叶批賓反亂生不夷。靡國不泯。叶彌鄰反民靡有黎。具禍以燼。叶咨辛反於音烏乎音呼有哀。叶音依國步斯頻。

賦也。夷。平。泯。滅。黎。黒也。謂黒首也。臨川王氏曰。周曰黎民。秦曰黔首。黎則黔首之謂也。民靡有黎。則是黔首靡有子遺也。具。俱也。燼。灰燼也。步。猶運也。頻。

急蹙也。○厲王之亂。天下征役不息。故其民。見其車馬旌旗而厭苦之

慶源輔氏曰。王者豈能無所征役。但出於不得已。則民將悅而從之。以忘其勞今也使人見其車馬旌旗而厭苦若是。則民不可得而用矣。亂生不夷。亂日生而無平定之期也。無國不滅。無民不燼。則甚言之耳。君子之哀。則哀其國家運祚之急蹙也○豐城朱氏曰。車馬之盛。旌旗之美。一也。而在正雅則爲美。在變雅則爲怨者。亦猶聞鐘鼓管籥之音。其欣欣喜色而相告者。以其君能與民同樂也。其疾首蹙頞而相告者。以其君不能與民同樂也。身之所遇。有勞逸之殊。而心之所感。有悲喜之異。然則爲人君者。其可不以絜矩爲心。而與民同好惡也哉

自此至第四章。皆征役者之怨辭也

安成劉氏曰。皆芮伯述怨者之詞也

○國步蔑資。天不我將。叶子兩反 靡所止疑。魚乞反。叶如字 云徂何往。

君子實維。秉心無競。叶其兩反 誰生厲階。叶居奚反 至今爲梗。古杏反。叶

古黨反賦也。蔑。滅資咨。將養也。㢑讀如儀禮疑立之㢑。定也。儀禮士昏禮注曰。疑。立。正立自定之貌徂亦往也。競爭。厲惡。梗。病也。錢氏曰。梗水上浮木壅水者。斷梗也○言國將危亡。天不我養。居無所定。徂無所往。三山李氏曰。無所逃於天地之間矣然非君子之有爭心也。誰實爲此禍階。使至今爲病乎。蓋曰禍有根原。其所從來也遠矣慶源輔氏曰。居無所定。則無以自安也。徂無所往。則無以避患也。凡爲君子。則其心自無所爭耳。然不知誰實爲此厲階。而使至今爲病乎。此則指厲王言之也。其辭婉矣

○憂心慇慇。念我土宇。我生不辰。逢天僤都但反怒。叶暖五反自西徂東。叶音丁靡所定處。多我覯痻。武巾反孔棘我圉

賦也土鄉宇居辰時僤厚覯見痻病棘急圉邊也或曰禦也鄭氏曰禦禦寇之事也多矣我之見病也急矣我之在邊也鄭氏曰此士卒厭苦自傷之言○東萊呂氏曰一章至四章皆極言其亂也○慶源輔氏曰土宇謂鄉里與室家也周在西故曰自西徂東前三章雖皆是征役者怨詞然二章則言亂生不已而要其禍亂之終三章則言行止無定而原其禍亂之始四章則言多矣我之見病也急矣我之在邊也情益切而辭益哀矣

○爲謀爲毖叶音必亂況斯削告爾憂恤誨爾序爵誰能執熱逝不以濯其何能淑載胥及溺叶奴學反

賦也毖慎況滋也序爵辨別賢否之道也三山李氏曰爵自有序上賢則加以上爵中賢則次之下賢則又次之若小加大淫破義則失其序矣○曹氏曰外之公侯伯子男內之公卿大夫士皆爵也執熱手執熱物也朱子曰逝語詞也○蘇氏曰王豈

不謀且慎哉。然而不得其道。適所以長亂而自削耳。故告之以其所當憂。而誨之以序爵。且曰誰能執熱而不濯者。賢者之能已亂。猶濯之能解熱耳。不然。則其何能善哉。相與入於陷溺而已鄭氏曰。我語汝以天下之憂。教汝以次序賢能之爵。其爲之當如手執熱物之用濯。謂治國之道。當用賢者

○如彼遡風。叶孚音反亦孔之僾。音愛民有肅心。荓普耕反云不逮。好。呼報反是稼穡力民。代食。稼穡維寶。代食維好。

賦也。遡。鄉。音向僾。唈。烏合反○孔氏曰。嗚唈。短氣也肅。進。荓。使也。○蘇氏曰。君子視厲王之亂。悶然如遡風之人。唈而不能息。孔氏曰。風唈人氣。故不能喘息雖有欲進之心。皆使之曰。世亂矣。非吾所

能及也。於是退而稼穡。盡其筋力。與民同事。以代祿食而已。當是時也。仕進之憂。甚於稼穡之勞。故曰稼穡維寶。代食維好。言雖勞而無患也

○天降喪息浪反亂。滅我立王。降此蟊賊。稼穡卒痒。音羊哀恫音通中國。具贅之芮反卒荒。靡有旅力。以念穹蒼

賦也。恫。痛。具。俱也。贅。屬音燭也。言危也。春秋傳曰。君若綴旒然。與此贅同春秋公羊傳。襄公十六年。會于溴梁。大夫盟。君若贅旒然。註。旒。旗旒。贅。繫屬之辭。溴音扃入聲　卒。盡。荒。虛也。旅。與膂同。穹蒼。天也。穹。言其形。蒼。言其色○言天降喪亂。固已滅我所立之王矣。又降此蟊賊。則我之稼穡又病。而不得以代食矣。哀此中國。皆

危盡荒是以危困之極無力以念天禍也豐城朱氏曰上章言稼穡以代祿食則朝廷雖不可以留田野猶可得而處也今曰降此蟊賊稼穡卒痒則中國之皆危無可安之所矣中國之盡荒無可食之資矣所以危困之極無力以念天禍也此詩之作不知的在何時其言滅我立王則疑在共和之後也廬陵羅氏曰厲王三十七年國人畔襲王出奔彘召公周公二相行政號曰共和○三山李氏曰太子靜匿召穆公家國人圍之召公乃以其子代太子太子卒得脫穆公乃與周公行政謂之共和共和十四年厲王死於彘乃立太子靜是爲宣王○安成劉氏曰此詩果作於共和之時則厲王尚在故詩人得以追敘其事而刺之也

○維此惠君民人所瞻叶側姜反秉心宣猶考慎其相息亮反叶平聲維彼不順自獨俾臧自有肺腸俾民卒狂

賦也惠順也順順於義理也宣徧猶謀相輔狂惑也○言

彼順理之君。所以爲民所尊仰者。以其能秉持其心。周徧謀度。考擇其輔相。必衆以爲賢而後用之。彼不順理之君。則自以爲善而不考衆謀。自有私見而不通衆志。所以使民眩惑。至於狂亂也。豐城朱氏曰。秉心宣猶。言其存心之公也。考慎其相。言其用人之當也。彼順理之君。其於擇相也。必衆以爲可。而後用之。衆以爲否。而後退之。惟從乎衆論之公。而不間以一己之私。此所以爲民所瞻也。彼不順理之君。則是其所是。而不復察衆謀之臧否。好其所好。而不復審衆志之從違。其使民眩惑。而至於狂亂也。厥有由矣

○瞻彼中林。甡甡所巾反其鹿。朋友已譖。子念反。叶子林反不胥以穀。人亦有言。進退維谷。

興也。甡甡。衆多並行之貌。譖。不信也。胥。相。穀。善。谷。窮也。

言朋友相譖不能相善曾鹿之不如也曹氏曰。不如鹿性善群。得食則相呼而共之。慮患則環居以禦之也○言上無明君下有惡俗是以進退皆窮也東萊呂氏曰。此言君暗於上。俗毀於下。自傷處斯世之難也○慶源輔氏曰。朋友既相譖毀。則不復相與以善也。上無明君。則人倫攸斁。故朋友道絕。此所以進退皆窮也

○維此聖人瞻言百里維彼愚人覆狂以喜匪言不能胡斯畏忌叶巨已反

賦也聖人炳於幾先所視而言者無遠而不察愚人不知禍之將至而反狂以喜今用事者蓋如此我非不能言也如此畏忌何哉言王暴虐人不敢諫也慶源輔氏曰。聖人明睿所照。物無遁情。故其所視所言。無遠不察。愚人則安危利菑。冥行倒曳。不惟不覺。而更狂以喜。我非愚也。於

此豈不能一言哉。但無如此畏忌何耳。○華谷嚴氏曰。厲王得衛巫。使監謗者。以告則殺之。國人莫敢言。道路以目。王喜。告召公曰。吾能弭謗矣。召公曰。是障之也。防民之口。甚於防川。川壅而潰。傷人必多。民亦如之。是故爲川者决之使通。爲民者宣之使言。故天子聽政。使公卿至於列士獻詩。瞽獻曲。史獻書。師箴瞍賦矇誦。百工諫。庶人傳語。近臣盡規。親戚補察。瞽史教誨。耆艾脩之。而後王斟酌焉。是以事行而不悖。王不聽。於是國人莫敢出言

○維此良人。弗求弗迪。叶徒沃反維彼忍心。是顧是復。房六反民之貪亂。寧爲荼毒。

賦也。迪。進也。忍。殘忍也。顧。念也。復。重也。荼。苦菜也。味苦氣辛。能殺物。故謂之荼毒也。○言不求善人而進用之。其所顧念重復而不已者。乃忍心不仁之人。豐城朱氏曰。良人者。國之

寶也。則棄之而如遺。忍心者。國之賊也。則念之而不已。民不堪命。所以肆行貪亂而安爲荼毒也。東萊呂氏曰。言王棄君子而厚小人。民不堪命而王不知也。○慶源輔氏曰。上章之聖人愚人。乃泛言之以刺厲王耳。此章之良人忍心。則指當時士大夫言也。

○大風有隧音遂有空大谷。維此良人。作爲式穀。維彼不順。征以中垢。古口反。叶居六反。

興也。隧。道。式。用。穀。善也。征以中垢。未詳其義。或曰。征。行也。中。隱暗也。垢。汙穢也。○大風之行有隧。蓋多出於空谷之中。以興下文君子小人所行亦各有道耳。慶源輔氏曰。此章以風之行有道。以興君子小人之所行。亦各有道也。作。起也。良人則起而爲者。皆用善道。不順。則違道悖理之人也。其所行者。唯以隱暗汙穢而已。大抵君子之所爲必光明。小人之所爲必隱暗。君子之所行必高潔。小

人之所行必汙穢。光明高潔。即所謂善道也

○大風有隧。貪人敗類。聽言則對。誦言如醉。匪用其良。覆俾我悖（叶蒲寐反）

興也。敗類猶言圮（音痞）族也（九峯蔡氏曰。圮。敗。族。類也。言與衆不和。傷人害物也）。王使貪人爲政。我以其或能聽我之言而對之。然亦知其不能聽也。故誦言而中心如醉。由王不用善人。而反使我至此悖眊（音耄）也（慶源輔氏曰。上章以上兩句。興下四句。此章則以上一句。興下一句耳。大風則有隧矣。貪人則敗類矣。聽言則對四句。集傳以爲一串說。都載在下句我字上）。厲王說（音悅）榮夷公。芮良夫曰。王室其將卑乎。夫榮公好（去聲）專利而不備大難（去聲）。夫利。百物之所生也。天地之所載也。而或專之其害多矣此詩所謂貪人其榮公也與芮伯之憂非一日矣豐城朱氏曰厲王之惡極矣而一言以蔽之曰貪曰暴而已惟貪也故所用皆聚斂之臣惟暴也故所用皆暴虐之臣此詩所謂維彼忍心是顧是復則其用暴虐之證也所謂貪人敗類職盜爲寇則其用聚斂之證也蕩詩言曾是彊禦即忍心之謂曾是掊克即貪人之謂貪人用則必至於竭人之財暴人用則必至於竭人之力民財竭而愁怨之聲作民力竭而謗讟之患起而後國隨以亡則君子之憂將何時而息哉

○嗟爾朋友予豈不知而作如彼飛蟲時亦弋獲叶胡郭反既之陰于鴆反女音汝反予來赫叶黑各反

賦也如彼飛蟲時亦弋獲言己之言或亦有中猶曰千慮而一得也之往陰覆也赫威怒之貌我以言告女是往陰覆於女女反來加赫然之怒於己也張子曰陰往

密告於女反謂我來恐動也亦通安成劉氏曰釋文陰或音如字赫本亦作嚇音睱莊子云以梁國嚇我是也張子之說蓋用釋文二字之意

○民之罔極職涼善背叶必墨反爲民不利如云不克民之回遹職競用力

賦也職專也涼義未詳傳曰涼薄也鄭讀作諒信也疑鄭說爲得之善背工爲反覆也克勝也回遹邪僻也○言民之所以貪亂而不知所止者專由此人名爲直諒而實善背又爲民所不利之事如恐不勝而力爲之也又言民之所以邪僻者亦由此輩專競用力而然也反覆其言所以深惡之也

〇民之未戾職盜爲寇涼曰不可覆背善詈。力智反 雖曰匪予既作爾歌 叶韻未詳

賦也。戾定也。民之所以未定者由有盜臣爲之寇也。蓋其爲信也亦以小人爲不可矣。及其反背也。則又工爲惡言以詈君子。是其色厲内荏。音稔 眞可謂穿窬之盜矣。然其人又自文音問飾以爲此非我言也。則我已作爾歌矣。言得其情且事已著明。不可揜覆也

桑柔十六章八章章八句八章章六句

新安王氏曰。風雅未有如此詩十六章者。其言反覆不已而有倫次。大意在於刺王用小人。一章言其無以芘民。二章言其征役不息。三四章皆言其亂離。五章告以救亂。六章言仕於朝則有禍。七章言退處田野。亦不能安存。

八章刺其獨用小人。九章并刺在位之不善。十章十一章。以聖愚善惡相對言之。所以刺愚人不能遠慮忍人不可信用也。十二章言民之不善。十三章言王之不善。皆由在位之不賢也。十四章至十六章。則皆規諷其僚友之詞也

倬彼雲漢。昭回于天。叶鐵因反王曰於音烏乎。音呼何辜今之人。天降喪息浪反亂。饑饉薦在甸反臻。靡神不舉。靡愛斯牲。叶桑經反圭璧既卒。寧莫我聽。吐丁反

賦也。雲漢。天河也。昭。光。回。轉也。言其光隨天而轉也。曹氏曰。漢在天。似雲非雲。故曰雲漢也。漢者水之精。而雨者水之施也。天將雨。其兆先見於漢。故閔雨則望雲漢而占之也。天漢起於東方。經尾箕之間。是爲漢津。委蚱向西南行。至七星南而没。此其回旋之度也。薦荐通。重也。臻。至也。靡神不舉。所謂國有凶荒。則索鬼神而

祭之也孔氏曰求廢祀而脩之也圭璧禮神之玉也孔氏曰春官大宗伯以蒼璧禮天黃琮禮地以青圭禮東方赤璋禮南方白琥禮西方玄璜禮北方典瑞云四圭有邸以祀天兩圭有邸以祀地裸圭有瓚以肆先王圭璧以祀日月星辰璋邸射以祀山川皆祭祀所用言圭璧總稱卒盡盧陵羅氏曰牲用不可盡故言無愛圭璧少而易竭故言旣盡寧猶何也○舊說以爲宣王承厲王之烈暴虐也內有撥亂之志撥治也遇烖而懼側身脩行欲消去上聲之天下喜於王化復扶又反行百姓見憂孔氏曰側者反側也憂不自安故處身反側也王之憂旱正爲百姓是天下百姓見被憂矜○朱子曰百姓見憂見憂恤於王也故仍叔作此詩以美之孔氏曰仍氏叔字春秋桓公五年天王使仍叔之子來聘上距宣王之崩七十餘年至其初則百餘也春秋之世晉知氏世稱伯趙氏世稱孟仍氏或亦世稱言雲漢者夜晴則天河明故述王仰訴於天之詞如

此也曹氏曰。雲漢昭回。則其非雨之候可知矣。○臨川王氏曰。瞻卬昊天。不見雨候。於是歎傷人之無辜而遇此喪亂飢饉也。○疊山謝氏曰。桑柔以稼穡卒痒。爲天降喪亂。雲漢以飢饉薦臻。爲天降喪亂。王以民爲天。民以食爲天。民無食。皆可言天降喪亂也。古人之重民食如此。○豐城朱氏曰。王曰於乎何辜今之人。此哀矜惻怛。不能自已之誠。所以消裁弭禍之本也。靡神不舉。言於神無不求也。靡愛斯牲。言於牲無所愛也。圭璧既卒。言群祀徧舉。而於玉無所吝也。而何爲其莫我聽乎

○旱既大音泰甚。蘊隆蟲蟲。不殄禋祀。自郊徂宮。上下奠瘞。靡神不宗。后稷不克。上帝不臨。叶力中反耗斁丁故反下土。寧丁我躬

賦也。蘊。蓄。隆。盛也。蟲蟲。熱氣也曹氏曰。蘊者。陽氣之蓄積也。隆者。陽氣之驕亢也。蟲蟲者。鬱積驕亢之氣。熏炙而病人者也。○濮氏曰。蟲與爞同。旱熱熏人殄。絶也。郊。祀天

地也宮宗廟也上祭天下祭地奠其禮瘞其物臨川王氏曰天神地祇人鬼內外上下無不禋祀矣○孔氏曰奠謂置之於地瘞謂埋之於地禮與物皆謂禮神之物酒食牲玉之屬也天言奠其禮地言瘞其物互以相通○濮氏曰祭畢凡幣帛祝冊之屬燎而瘞之劉氏曰前曰靡神不舉則秩而祭之後曰靡神不宗則尊而事之宗奠也克勝也言后稷欲救此旱災而不能勝也臨享也稷以親言帝以尊言也曹氏曰宮之神莫親於后稷固肯臨我而其力不足以勝旱災郊之神莫尊於上帝其力能勝旱災而不肯臨我○慶源輔氏曰先郊後宮先尊而後親也上下先天而後地也靡神不宗徧舉所祭之鬼神也前言舉舉其禮此言宗極其尊后稷不克上帝不臨先親而後尊也不言地及他鬼神者舉尊親以該之也斁敗丁當也何以當我之身而有是災也或曰與其耗斁下土寧使裁害當我身也亦通

○旱既大甚。則不可推。吐雷反兢兢業業。如霆如雷。周餘黎民。靡有孑遺。叶弗回反。下同昊天上帝。則不我遺。胡不相畏。先祖于摧。在雷反

賦也。推。去也。兢兢。恐也。業業。危也。如霆如雷。言畏之甚也。孑。無右臂貌。遺。餘也。言大亂之後。周之餘民。無復有半身之遺者。孟子曰。說詩者不以文害辭。不以辭害志。以意逆志。是爲得之。如以辭而已矣。雲漢之詩曰。周餘黎民。靡有孑遺。信斯言也。是周無遺民也。朱子曰。若但以其辭而已。則如雲漢之言。是周之民眞無遺種矣。惟以意逆志。則知作詩者之志。在於憂旱。而非眞無遺民也而上天又降旱災。使我亦不見遺。摧。滅也。言先祖之祀。將自此而滅也。豐城朱氏曰。靡有孑遺。則其民之不可保也。則不我遺。則其身之不可保也。先祖于摧。則其宗社之不可保也

〇旱既大甚，則不可沮。在呂反赫赫炎炎，云我無所。大命近止，靡瞻靡顧。叶果五反羣公先正，則不我助。叶牀所反父母先祖，胡寧忍予。叶演女反

賦也。沮，止也。赫赫，旱氣也。炎炎，熱氣也。無所，無所容也。大命近止，死將至也。瞻，仰。顧，望也。羣公先正，月令所謂雩祀百辟卿士之有益於民者，以祈穀實者也。孔氏曰：正者，長也。先世爲官之長。月令注云：百辟卿士，古之上公以下，勾龍、后稷之類也。於羣公先正，但言其不見助。至父母先祖，則以恩望之矣。所謂垂涕泣而道之也。慶源輔氏曰：上章兢兢業業，如霆如雷者，言我心極於危懼，而天怒未之息也。此章赫赫炎炎，云我無所者，言天旱方甚未已，而我身無所容也。大命近止，即上章所謂則不我遺也。靡瞻靡顧，言天不覆佑

而無所瞻仰顧望也。羣公先正。則不我助。父母先祖。胡寧忍予。所以望之者。各有輕重之不同也。○安成劉氏曰。忍之一辭。可見望之以恩之意

○旱既大甚。滌滌徒歷反山川。叶樞倫反旱魃蒲末反為虐。如惔音談如焚。叶符匀反我心憚暑。憂心如熏。羣公先正。則不我聞。叶微匀反昊天上帝。寧俾我遯。叶徒匀反

賦也。滌滌。言山無木。川無水。如滌而除之也。魃。旱神也。孔氏曰。神異經云。南方有人。長二三尺。袒身而目在頂上。走行如風。名魃。所見之國大旱。一名旱母。蓋是鬼魅之物。惔。燎之也。憚。勞也。畏也。熏。灼。遯。逃也。言天又不肯使我得逃遯而去也

○旱既大甚。黽勉畏去。胡寧瘨都田反我以旱。憯七感反不知

其故祈年孔夙。方社不莫。音慕昊天上帝。則不我虞。叶元具反敬恭明神。宜無悔怒。

賦也。黽勉畏去。出無所之也。瘨。病。憯。曾也。祈年孟春祈穀于上帝。孟冬祈來年于天宗是也。方。祭四方也。社。祭土神也。曹氏曰。月令祈穀。註云。謂以上辛郊祀天也。天宗。註云。謂日月星辰也。夫自去歲之孟冬。已祈今歲之豐稔。可謂夙矣。○疊山謝氏曰。古之聖王。無一日不爲民慮。稼之方納。預祈來年於天宗。農之始耕。先祈穀于上帝。春祈社稷。已願百穀之堅實。秋報社稷。又願嗣歲之豐登。所謂孔夙不莫也。虞。度。悔。恨也。言天曾不度我之心。如我之敬事明神。宜可以無恨怒也。慶源輔氏曰。言欲去。則出無所之。故復黽勉而不敢去也。蘇氏以畏爲不敢。甚當。胡寧瘨我以旱。憯不知其故。祈年則孔夙。方社則不莫。皆自反之辭也。我雖自反如此。而天則不我虞度也。然我之敬恭明神。不

敢少怠則明神宜亦無所恨怒也

○旱既大甚散無友紀鞫居六反哉庶正疚哉冢宰叶獎里反趣音七口反馬師氏膳夫左右叶羽已反靡人不周無不能止瞻卬仰昊天云如何里

賦也友紀猶言綱紀也孔氏曰散無友紀者由困於飢不能如常相紀故謂之散或曰友疑作有鞫窮也庶正衆官之長也疚病也冢宰又衆長之長也趣馬掌馬之官師氏掌以兵守王門者膳夫掌食之官也歲凶年穀不登孔氏曰四時一終曰歲取歲星行一次也年取穀一熟也歲凶謂此歲凶也年穀不登謂此年之穀不成熟也則趣馬不秣孔氏曰不以粟秣養其馬師氏弛其兵孔氏曰弛廢其兵不用馳道不除去聲○朱子曰秦漢謂天子所

行之道爲馳道○孔氏曰。所馳驅之大道。不使人除治之祭事不縣。音懸○孔氏曰。祭祀不懸其樂。
膳夫徹膳。孔氏曰。減徹王之膳食左右布而不脩。孔氏曰。左右之官。布列於位。不
令有所脩造大夫不食粱。士飲酒不樂。孔氏曰。凡此皆當先有成文。故毛傳引以
明凶年之禮○鄭氏曰。以上皆自爲貶損憂民也周救也。無不能止。言諸臣無
有一人不周救百姓者。無有自言不能而遂止不爲也。
里憂也。東萊呂氏曰。釋文云。里本作瘇。爾雅作悝。釋詁云。悝憂也與漢書無俚之俚
同。聊賴之意也。慶源輔氏曰。瞻卬昊天。云如何里。蓋又呼天而訴之。言其如我之憂何也。此亦
人窮則反本之意○安成劉氏曰。孟子稽大不理於口。集註訓賴。亦引季布傳無俚之俚爲証。然則里理俚蓋
通用
○瞻卬昊天。有嘒。呼惠反其星。大夫君子。昭假。音格無贏。音盈大

命近止。無棄爾成。何求爲于偽反我。以戾庶正。叶諸盈反瞻卬昊天。曷惠其寧。

賦也。嘒。明貌。昭。明。假。至也。○久旱而仰天以望雨。則有嘒然之明星。未有雨徵也。然群臣竭其精誠。而助王以昭假于天者。已無餘矣。雖今死亡將近。而不可以棄其前功。當益求所以昭假者而脩之。固非求爲我之一身而已。乃所以定衆正也。眉山蘇氏曰。未有民不寧。而庶官定者也。於是語終。又仰天而訴之曰。果何時而惠我以安寧乎。張子曰。不敢斥言雨者。畏懼之甚。且不敢必云爾。豐城朱氏曰。始言有嘒其星。嘆其雨之不可必。終言曷惠其寧。幸其雨之或可必。上言大命近止。靡瞻靡顧。求其助於神。此言大命近止。無棄爾成。盡其責於已。惟其責之在已者。不可以不盡。故當益求所以昭假者而脩之。凡若此者。非以爲一人也。固以定衆志也。余讀是詩。見宣王有事天之敬。有事神之誠。有恤民之仁

雲漢八章章十句

段氏曰。李氏云。宣王之旱告於上天。又告於父母先祖。又告於百官以見情之切。念之深也○三山李氏曰。春秋傳宋大水。公子御說對魯數語耳。而臧孫達曰。是宜爲君。有恤民之心。宣王之憂民如此。而不中興乎○東萊呂氏曰。宣王小雅。始於六月。言其功也。大雅始於雲漢。言其心也。無是心。安有是功哉

崧息中反高維嶽。駿音峻極于天。叶鐵因反維嶽降神。生甫及申。維申及甫。維周之翰。叶胡千反四國于蕃。叶分邅反四方于宣

賦也。山大而高曰崧。嶽。山之尊者。東岱。南霍。西華。胡化反北恒是也。爾雅注曰。岱宗。泰山也。霍。即天柱山。潛水所出。華。華陰山。恒。常山也。駿。大也。甫。

甫侯也。即穆王時作呂刑者。孔氏曰。孔安國云呂侯後爲甫侯。故詩及禮記作甫。尚書與外傳作呂○三山林氏曰。呂與甫。猶荆與楚。商與殷或曰。此是宣王時人。而作呂刑者之子孫也東萊呂氏曰。甫申。意者皆宣王時賢諸侯。同有功於王室者。甫雖不見於經。以文意考之。蓋當如此。鄭氏乃遠取甫侯。殆非也申。申伯也。皆姜姓之國也三山李氏曰。申。侯爵。以其爲方伯。故謂之申伯○朱子曰。南陽有申城。申伯國也。甫侯未知其國所在翰幹。蕃蔽也○宣王之舅申伯。出封于謝。而尹吉甫作詩以送之。言嶽山高大。而降其神靈和氣。以生甫侯申伯。實能爲周之楨幹屏蔽。而宣其德澤於天下也孔氏曰。此詩送申伯而及甫侯者。美其上世。俱出四嶽。故連言之蓋申伯之先。神農之後。爲唐虞四嶽。總領方嶽諸侯。而奉嶽神之祭。能脩其職。嶽神

享之故。此詩推本申伯之所以生。以爲嶽降神而爲之
也。黃氏曰。維嶽降神。乃詩人形容之辭。以見上天興周之意。不必泥其有無也。○慶源輔氏曰。申伯甫侯。皆四嶽之子孫也。而爲周室之世臣。今申伯又以元舅之尊。而出封于謝。功業之盛。富貴之極。是豈無自而然哉。故吉甫作詩以送之。而推本其所以生者。以爲嶽降神而然也。其旨深矣

○亹亹申伯。王纘祖管反之事。于邑于謝。南國是式。叶失吏反
命召伯。叶逋莫反定申伯之宅。叶達各反登是南邦。叶上工反世執其功

賦也。亹亹。強上聲勉之貌。朱子曰。與亹亹文王者異矣纘。繼也。使之繼其先世之事也。慶源輔氏曰。申伯之亹亹。乃大禹孜孜之心也。惟其有是心。故王使之繼其先世之事邑。國都之處也。謝。在今鄧州南陽縣。周之南土也。南陽縣。今屬南陽府。隸河南。○曹氏曰。漢地理志。南陽宛縣。有申伯國。棘陽縣東北百里有謝城。其地蓋相近。

申伯先封于申宣王使紹封于謝也式使諸侯以爲法也。孔氏曰申伯之賢當使南國法之召伯召穆公虎也。登成也。世執其功言使申伯後世常守其功也盧陵彭氏曰申伯之先已爲諸侯故王使繼其事而邑于謝式于南邦此加地進律之賞也故曰登是南邦世執其功子子孫孫與國咸休也或曰大封之禮召公之世職也孔氏曰王肅云召公司空主繕治營築城郭召伯所主其事也○華谷嚴氏曰次章述封謝也○安成劉氏曰如或說則此章前四句述王褒封申伯之事後四句述王命穆公爲申伯定邑居常守康公之職也

○王命申伯式是南邦。叶卜功反因是謝人以作爾庸王命召伯徹申伯土田叶地因反王命傅御遷其私人

賦也庸城也言因謝邑之人而爲國也釋文曰庸亦作墉鄭氏曰庸功也爲國以起其功也徹定其經界正其賦稅也

錢氏曰厲王後徹法漸壞故使召伯正之○疊山謝氏曰由漢以來功臣賜田地者多矣未聞天子命元勳重德董其事者定申伯宅徹申伯土田皆曰王命召伯蓋申伯必有非常之功爲天下所敬仰者惜乎經史皆不載也

傅御申伯家臣之長也私人家人遷使就國也 慶源輔氏曰庸恐只是言城定居宅作城郭徹土田王皆使召伯先營之居宅定然後築城郭城郭立然後徹土田觀下章有俶其城則城亦召伯爲之也王命傅御遷其私人者申伯爲卿大夫時蓋必有家臣今出封于謝不敢自與之往也故王命其家臣之長使遷之○豐城朱氏曰徹土田王者之大法故以命之大臣遷私人王者之私恩故以命之傅御則王之所以待申伯者厚矣

漢明帝送侯印與東平王蒼諸子而以手詔賜其國中傅蓋古制如此 漢東平王蒼來朝歸帝乃遣使手詔賜東平國中傅曰今送列侯印十九枚諸王子年五歲以上能趨拜者皆令帶之

○申伯之功召伯是營有俶尺叔反其城寢廟既成既成藐

藐王錫申伯叶逋各反四牡蹻蹻渠畧反鉤膺濯濯

賦也俶始作也藐藐深貌蹻蹻壯貌濯濯光明貌慶源輔氏曰申伯之功召伯是營言凡申伯之功皆召伯所營也有俶其城者言城則始作若寢廟則先居宅而成之矣召公既迄事而告王故王錫申伯以車馬而使之就國也

○王遣申伯路車乘繩證反馬叶蒲補反我圖爾居莫如南土錫爾介圭以作爾寶叶補音往近鄭音記按說文從辵從斤今從斤誤王舅南土是保叶補音

賦也介圭諸侯之封圭也東萊呂氏曰韓奕云以其介圭入覲于王則是諸侯之端圭介之爲言大也非周官之介圭也○鄭氏曰圭長尺二寸謂之介非諸侯之圭故以爲寶近辭也朱子曰讀如彼巳之子之巳○安成劉氏曰玉篇注趣行也○華谷嚴氏曰五章述遺之也○慶源輔氏曰此

章言王遣申伯之有禮也。路車乘馬所以終上章之意。我圖爾居。莫如南土。非苟封之謝也。錫爾介圭。以作爾寶。非苟與之圭也。往近王舅。南土是保。欲其保障此南土也

○申伯信邁。王餞（淺賤反）于郿。（芒悲反）申伯還南。謝于誠歸。王命召伯。徹申伯土疆。以峙（直里反）其粻。（音張）式遄（市專反）其行。（叶戶郎反）

賦也。郿在今鳳翔府郿縣。（今隸陝西）在鎬京之西。岐周之東。而申在鎬京之東南。時王在岐周。故餞于郿也。（孔氏曰。自鎬適申。則塗不經郿。時宣王蓋省視岐周。故餞之于郿。既餞。還經於鎬而後適申也）言信邁誠歸。以見王之數（音朔）留。疑於行之不果故也。（孔氏曰。謝于誠歸。古人語多倒）峙。積。粻。糧。遄。速也。召伯之營謝也。則已斂其稅賦。積其餱

糧。使廬市有止宿之委去聲積。音恣故能使申伯無留行也

東萊吕氏曰。是詩載封申伯。如遷其私人以峙其粻。莫不曲盡宣王之待元舅其恩意周浹。綜理微密如此○華谷嚴氏曰。六章述申伯往謝也○慶源輔氏曰。此章言王餞申伯之誠意也。王先使召伯爲之定居宅作城郭以成其國。徹土田。遷私人。以分其業。終又斂賦稅。積餱糧。而後申伯之行。無道路留滞之虞。於是以禮餞之。則王之待申伯者可謂至矣

○申伯番番。音波。叶分邅反既入于謝。徒御嘽嘽。叶丹反周邦咸喜。戎有良翰叶胡干反不顯申伯。王之元舅。文武是憲叶虛言反

賦也。番番。武勇貌。嘽嘽。衆盛也。戎。女也。申伯既入于謝。周人皆以爲喜而相謂曰。汝今有良翰矣。元。長。憲。法也。言文武之士。皆以申伯爲法也。或曰。申伯能以文王武

王爲法也慶源輔氏曰。不顯申伯。言申伯之甚顯也。親則爲王之元舅。賢則爲文武之士之法。則始言番番。但見其武。故終則并文言之。○南豐曾氏曰。此章所謂文武。後章所謂柔惠且直。辭異而實同。皆美其全德耳。○華谷嚴氏曰。七章述申伯至謝。此方送行而豫道其事也

○申伯之德。柔惠且直。揉汝又反此萬邦。聞音問于四國。叶于逼反吉甫作誦。其詩孔碩。其風肆好。以贈申伯

賦也。揉。治也。吉甫。尹吉甫。周之卿士孔氏曰。吉甫之先嘗爲尹官。因氏焉誦。工師所誦之詞也孔氏曰。詩者。工師樂人誦之以爲樂曲碩。大。風。聲。肆。遂也疊山謝氏曰。此雅也。正言其事。形容宣王眷遇申伯之意。有風人之體。故曰風。○慶源輔氏曰。柔惠。柔德之善也。直。剛德之善也。其德剛柔相濟。文武兼資。故能治萬邦。而名聞著于四方之侯國。此尹吉甫之詩。所以不容不作也

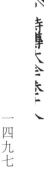

崧高八章章八句

華谷嚴氏曰。此詩多申複之辭。既曰王命召伯。定申伯之宅。又曰申伯之功。召伯是營。既曰南國是式。又曰式是南邦。既曰于邑于謝。又曰因是謝人。既曰王命召伯。徹申伯土田。又曰王命召伯。徹申伯土疆。既曰謝于誠歸。又曰既入于謝。既曰登是南邦。又曰南土是保。既曰四牡蹻蹻。鉤膺濯濯。又曰路車乘馬。每事申言之。寓丁寧鄭重之意。自是一體。難以一一穿鑿分別也○問崧高烝民二詩。皆是遣大臣出爲諸侯築城。朱子曰。此也曉不得。封諸侯固是大事。看黍苗詩當初召伯帶領許多車徒人馬去。也自勞攘○新安胡氏曰。崧高與黍苗相表裏。黍苗不過述召伯營謝之功。崧高則尹吉甫送申伯。雖美申伯。多述王命。故雅有大小不同也

天生烝民。有物有則。民之秉彝。音夷好。呼報反是懿德。天監有周。昭假音格于下。叶後五反保茲天子。生仲山甫

賦也。烝。衆。則。法。秉。執。彝。常。懿。美。監。視。昭。明。假。至。保。祐也。

仲山甫樊侯之字也孔氏曰。周語稱樊仲山甫諫宣王。是山甫爲樊國之君也。樊邑在東都畿內○宣王命樊侯仲山甫築城于齊。而尹吉甫作詩以送之。言天生衆民。有是物必有是則。蓋自百骸九竅苦弔反五臟而達之君臣父子夫婦長幼朋友。無非物也。而莫不有法焉。如視之明。聽之聰。貌之恭。言之順。君臣有義。父子有親之類是也。是乃民所執之常性。故其情無不好此美德者。朱子曰。天之生此物。必有箇當然之則。故民執之以爲常道。所以無不好此懿德者。物物有則。止於仁。君之則也。止於敬。臣之則也。視遠惟明。目之則也。聽德惟聰。耳之則也。從作乂。言之則也。恭作肅。貌之則也。四肢百骸萬物萬事。莫不各有當然之則○西山眞氏曰。盈天地之間。莫非物也。人亦物也。事亦物也。有此物則具此理。是所謂則也。則者凖則之謂。一定而不可易也。彝而言秉者。渾然一理具於吾心。不可移奪。若秉執然。爲其有此。故於美德無不知好之者。仁義忠孝。所謂美德也。人無賢愚。莫不好之也。而況天之監視有周。能以昭明之德。感格于下。故保祐之。而爲之生此賢佐。曰仲山甫焉。慶源輔氏曰。天祐人君。莫先於生賢佐。莫切於生賢子孫。則所以鍾其秀氣。而全其美德者。又非特如凡民而已也。華谷嚴氏曰。民皆秉此常性。故皆好此懿德。於均稟同賦之中。而有賢者獨鍾氣之粹焉。是以關於國家盛衰之數。而非偶然也。〇豐城朱氏曰。天監有周。謂上天之明命。有以視于下也。昭假于下。謂宣王之明德。有以格于天也。惟天子有昭明之德。格于天。而天天有保祐之命。故賢佐鍾粹美之德。其天性之本善者。雖賢愚之所同。而氣稟之獨厚者。乃賢哲之所以異於人也。昔孔子讀詩至此。而贊之曰。爲此詩者。其知道乎。故有物必有則。民之秉彝也。故好是懿德。而孟子引之以證性善之說。其旨深矣讀者其致思焉覺軒蔡氏曰天命所賦謂之則人性所禀謂之彝存於心而有所得者謂之德其實一而已矣孔子又加一必字於有則之上加一故字於好是之上其旨愈明矣孟子舉此詩蓋謂秉彝好德心之所好處即是性之發動處就性初發動處指出以示人方見得此性之本善○龜山楊氏曰孟子所引詩於其本文加四字而已而詩語自分明今之說詩者殊不知此○慶源輔氏曰首四句尹吉甫亦是平說將下來而包涵至大義味淵永使孔子讀之而贊其知道而孟子又引以爲性善之證其旨深矣所謂有德者之言也宣王之臣有尹吉甫之學問文章以宣揚道達上下之情有仲山甫之才德功業以輔贊彌縫宣勞內外則其致中興也宜哉○定宇陳氏曰天之生人氣以成形理亦賦焉氣之成形者物也理之成性者則也自性之確然有定者言之謂之則自性之秩然有常者言之謂之彝自其行道而得此性理於心者言之謂之德好以情言也惟其有此則是以秉此彝惟其性秉此彝是以情好此德情之所發好善如此則性之本善可知矣此言賦受性情至精至微之理三百篇第一義也

○仲山甫之德。柔嘉維則。令儀令色。小心翼翼。古訓是式。威儀是力。天子是若。明命使賦。叶韻若賦未詳

賦也。嘉美。令善也。儀威儀也。色顔色也。翼翼恭敬貌。古訓先王之遺典也。式法。力勉。若順。賦布也。○東萊呂氏曰。柔嘉維則。不過其則也。過其則斯爲弱。不得謂之柔嘉矣。令儀令色。小心翼翼。言其表裏柔嘉也。古訓是式威儀是力。言其學問進脩也。天子是若。明命使賦。言其發而措之事業也。此章蓋備舉仲山甫之德慶源輔氏曰。令儀令色。柔嘉之發於外也。小心翼翼。柔嘉之存於内也。古訓是式。學問之不忘也。威儀是力。進脩之不怠也。其措之事業。則上以承順乎天子。下以布宣乎王命。是皆柔嘉之德致然也。○問五章云。柔亦不茹。剛亦不吐。言仲山

甫之德。剛柔不偏也。而二章首舉仲山甫之德。獨以柔嘉維則蔽之。崧高稱申伯番番。終論其德。亦曰柔惠且直。然則入德之方。其可知矣。朱子曰。如此。則乾卦不用得了。人之資禀自有柔德勝者。自有剛德勝者。如范文正富鄭公輩。是以剛德勝。如范忠宣范淳夫趙清獻蘇子容輩。是以柔德勝。只是他却柔得好。如山甫令儀令色。小心翼翼。却是柔。但其中自有骨子。不是一向柔去。看文字。要得言外之意。若以柔嘉維則爲入德之方。則不可。人之進德須要剛健不息

○王命仲山甫。式是百辟。音壁。無韻未詳 纘戎祖考。王躬是保。出納王命。王之喉舌。賦政于外。四方爰發。叶方月反

賦也。式。法。戎。女也。王躬是保。所謂保其身體者也。然則仲山甫蓋以冢宰兼大保。而大保抑其世官也與。朱子曰。其言式是百辟。則是爲宰相可知。其曰保兹天子。王躬是保。則是爲太保可知。此正召康公之舊職 出承

而布之也納行而復之也新安胡氏曰如書出納朕命蓋謹審上之命令命之善者宣出之不善者繳納之如後世封還詞頭之類喉舌所以出言也發發而應之也○東萊呂氏曰仲山甫之職外則總領諸侯黃氏曰天子之職論一相宰相之職統百官故一時諸侯得山甫以爲之式内則輔養君德入則典司政本出則經營四方慶源輔氏曰式是百辟與崧高言式是南邦同謂爲諸侯之所法也此言冢宰之事纘戎祖考王躬是保此言太保之職出納王命王之喉舌所謂典司政本也賦政于外四方爰發此言經營四方也至於今玆築城于齊則亦經營之一事也○廬陵彭氏曰纘祖考保王躬蓋欲其以孝於父祖者而忠於君出納王命賦政于外蓋使之以忠於君者而及於民○新安胡氏曰出納則居中以通達上下之情賦政則出外以經營四方之治此章蓋備舉仲山甫之職

○肅肅王命仲山甫將之邦國若否音鄙仲山甫明叶謨郎反之

旣明且哲以保其身夙夜匪解佳賣反以事一人

賦也肅肅嚴也將奉行也若順也順否猶臧否音鄙也鄭氏曰猶善惡也明謂明於理哲謂察於事保身蓋順理以守身非趨利避害而偷以全軀之謂也朱子曰只是上文肅肅王命仲山甫將之邦國若否仲山甫明之便是明哲所謂明哲者只是曉天下事理順理而行自然災害不及其身可以保其祿位今人以邪心讀詩謂明哲知幾知微先去占取便宜如楊子雲謂明哲煌煌旁燭無疆遜于不虞以保天命便是占便宜底說話所以他一生被這幾句誤然明哲保身亦只是常法若到那舍生取義處又不如此論又曰無一理不明即是明哲若只見得一偏便有蔽便不能見得理盡便不可謂之明哲學至明哲只是依本分行去無一事不當理即是保身之道今人皆將私看了必至於孔光之徒而後已○雙峯饒氏曰明者大無不照之謂哲者微無不察之謂也保身者其中庸不驕不倍足與足容之謂乎

解怠也一人天

子也慶源輔氏曰。肅肅。尊嚴之意。王命之尊嚴如此。山甫則奉而行之。邦國則有順有否。山甫則能明而辨之。此則承上章賦政于外。四方爰發而言之也。大凡徇外者多忘乎內。而山甫又能以明哲而保其身。守巳者或簡於人。山甫又能夙夜匪解。以事一人。此其爲全德也歟

○人亦有言。柔則茹忍與反之。剛則吐之。維仲山甫。柔亦不茹。剛亦不吐。不侮矜古頑反寡。叶果五反不畏彊禦。

賦也。人亦有言。世俗之言也。茹。納也。曹氏曰。茹者。吞啗之名。若茹草茹毛然○不茹柔。故不侮矜寡。不吐剛。故不畏彊禦。孔氏曰。茹柔吐剛。喻見寡弱者則侵侮之。彊盛者則畏避之。惟山甫則不然也。不侮不畏。即是不茹不吐。既言其喻。又言其實以充之以此觀之。則仲山甫之柔嘉。非軟美之謂。而其保身。未嘗枉道以徇人可知矣上蔡謝氏曰。柔不茹。剛不吐。此彊之寬。仁之勇。柔嘉

維則者也○慶源輔氏曰二章既稱仲山甫之德柔嘉故此章又以其剛亦不吐不畏彊禦者言之柔而不過乎則則時當剛而剛矣先生謂柔嘉非軟美保身不枉道者併上章以保其身而言之也○安成劉氏曰周子以柔善爲慈祥柔惡爲懦弱剛惡爲彊梁剛善爲嚴毅山甫不茹不侮則有柔善而無剛惡也不吐不畏則有剛善而無柔惡也有柔善而復有剛善故其柔嘉不爲軟美無剛惡又無柔惡故其保身不至枉道蓋其剛柔合德而發皆中節也○豐城朱氏曰常人之情因物有遷而惟君子之守則不以物情之異而或變

○人亦有言德輶羊久反如毛民鮮息淺反克舉之我儀圖叶丁五反之維仲山甫舉之愛莫助叶牀五反之袞職有闕維仲山甫補之

賦也輶輕劉氏曰駟驖曰輶車者亦取其馳逐之輕故輶有輕之義儀度徒洛反圖謀也袞職王職也天子龍袞不敢斥言王闕故曰袞職有

闕也○言人皆言德甚輕而易以豉反舉然人莫能舉也慶源輔氏曰。德者。人之固有。自一身而言之。隨用而足。故舉之甚易。不啻如一毛之輕。只爲氣質物欲爲之遮蔽。故懵然不知。非知至意誠者莫能舉也我於是謀度其能舉之者鄭氏曰。我吉甫自我也則惟仲山甫而已。是以心誠愛之。而恨其不能有以助之。蓋愛之者。秉彝好德之性也。而不能助者。能舉與否。在彼而已。固無待於人之助。而亦非人之所能助也黃氏曰。助者。生於有所不足。今山甫能舉衆人不能舉之德。則無所不足。何助之有。故雖愛之而莫能助之也至於王職有闕失。亦維仲山甫獨能補之。蓋惟大人然後能格君心之非。未有不能自舉其德。而能補君之闕者也華谷嚴氏曰。此推尊其德足以格君也○慶源輔氏曰。舉在我之德。補在君之德。此亦非彊立者不能。山甫之德。至是又不可獨以柔稱矣○豐城朱氏曰。舉已之德者。所以立本。補君之闕者。所以致用。卽上章所謂能保身而後能事君也

○仲山甫出祖。四牡業業。征夫捷捷。在接反 每懷靡及。叶極業反 四牡彭彭。叶鋪郎反 八鸞鏘鏘。七羊反 王命仲山甫。城彼東方。

賦也。祖。行祭也。曹氏曰。顔師古云。祖者。送行之祭。因享飲焉。昔黃帝之子纍祖好遠遊。而死於道。故後人祭之以爲行神。其祭設軷於門外。是出門而後祖祭。故云出祖也 業業。健貌。捷捷。疾貌。曹氏曰。車徒之行。如是其速。而山甫每以不及事爲懷。蓋言其忠也○慶源輔氏曰。每懷靡及。應四章之夙夜匪解也 東方。齊也。傳曰。古者諸侯之居逼隘。則王者遷其邑而定其居。蓋去薄姑而遷於臨菑也。孔氏曰。史記齊獻公元年。徙薄姑都治臨菑 廬陵羅氏曰。齊世家太公封營丘。至五世

胡公徙都薄姑。子獻公徙治臨菑　計獻公當夷王之時。與此傳不合。豈
徙於夷王之時。至是而始備其城郭之守歟

○四牡騤騤。（求龜反）八鸞喈喈。（音皆叶居奚反）仲山甫徂齊。式遄其歸。吉甫作誦。穆如清風。（叶孚愔反）仲山甫永懷。以慰其心

賦也。式遄其歸。不欲其久於外也。穆。深長也。清風。清微之風。化養萬物者也。以其遠行而有所懷思。故以此詩慰其心焉。曾氏曰。賦政于外。雖仲山甫之職。然保王躬。補王闕。尤其所急。城彼東方。其心永懷。蓋有所不安者。尹吉甫深知之。作誦而告以遄歸。所以安其心也。慶源輔氏曰。人不足適。政不足間。惟大人爲能格君心之非。山甫内外之事。無不綜理。而其輕重緩急之序。則於心自有

定見吉甫知之故告以遄歸焉所以安其心也穆如清風者言如清微之風化養萬物感而入之意味深長也

烝民八章章八句朱子曰看烝民詩左傳國語周人說底話多好處也是文武周公立學校教養得許多人如烝民詩大故細膩○定宇陳氏曰首章推原天生衆人稟氣受性之所同而仲山甫則鍾氣之秀而全性之德者篇內諸章多與開端之語相應柔嘉維則之則即有物有則之則儀色之令威儀之力皆所以全物中之則柔不茹剛不吐則剛柔不過其則也民之稟氣受性雖同而氣未必皆秀性未必皆全故德雖易舉而不能舉也山甫鍾其秀氣而全其美德是以獨能舉此德而異於凡民耳

奕奕梁山維禹甸之有倬其道下與考叶**韓侯受命王親命之纘戎祖考**上與道叶**無廢朕命夙夜匪解**音懈叶訖力反**虔共爾位朕命不易榦**古旦反**不庭方以佐戎辟**音壁

賦也。奕奕大也。梁山韓之鎮也。今在同州韓城縣今隸陝西西安府甸治也須溪劉氏曰將言韓侯而先言禹甸賦之紆餘深遠如此倬明貌韓國名侯爵武王之後也受命蓋即位除喪以士服入見天子而聽命也纘繼戎女也言王錫命之使繼世而爲諸侯也虔敬易改黄氏曰君之於臣任之不專信之不篤則彼亦將無以自安也榦正也鄭氏曰作楨榦而正之也不庭方不來庭之國辟君也鄭氏曰戎辟汝君王自謂此又戒之以脩其職業之詞也○韓侯初立來朝始受王命而歸詩人作此以送之朱子曰將言韓侯故先序其國曰梁山之下有倬然之道此韓侯之所從朝周以受命者也纘戎祖考以下述王親命之詞也○慶源輔氏曰夙夜匪懈勤也虔共爾位敬也爲諸侯而能勤與敬若此則能無廢朕命矣榦不庭方以佐戎辟言我既信任於汝如此之篤則韓侯自可力脩其職業有不來庭之諸侯則助王以榦正之也以未章觀之則其所正者亦追貊之國耳○豐城朱氏曰朕命不易示之以信也榦不庭方以佐戎辟又欲其有以敵王之愾也序亦以爲尹吉甫作今未有據下篇云召穆公凡伯者放此

○四牡奕奕孔脩且張韓侯入覲以其介圭入覲于王王錫韓侯淑旂綏章簟茀錯衡叶戶郎反玄衮赤舄鉤膺鏤音漏錫音羊鞹苦郭反鞃苦弘反淺幭莫歷反鞗音條革金厄叶於栗反

賦也脩長張大也介圭封圭執之爲贄以合瑞于王也孔氏曰崧高以介圭爲所執之瑞此介圭亦爲瑞也○曹氏曰周官典瑞五等諸侯各執其圭璧以朝覲宗遇會同于王既覲則王班而復之乃以車馬旂服賜之如下所云也淑善也交龍曰旂綏音緌章染鳥羽或旄牛尾爲之注於旂竿之首爲表章者

也孔氏曰。夏采注云。徐州貢夏翟之羽。有虞以爲綏。後世或無染鳥羽。或旄牛尾爲之。綴於幢上。然則綏者。即交龍旂竿所建。與旂共一竿。爲貴賤之表章。故云綏章鏤。刻金也。馬眉上飾曰錫。今當盧也孔氏曰。以鏤金加於馬面之錫。當盧者。當馬之額。盧在眉眼之上鞹。去上聲毛之革也。鞃。式中也。謂兩較音角之間。橫木可憑者。以鞹持之使牢固也孔氏曰。以去毛之皮。施於軾之中央。持車使牢固也淺。虎皮也毛氏曰。虎皮。淺毛也幭。覆式也。字一作幦。文作幎。以有毛之皮覆式上也孔氏曰。幭幦幎。字異而義同。玉藻云。有羔幦鹿幦。春官巾車。犬複豻複。皆以有毛之皮爲幦。幦是蓋覆之名。覆在式上也鞗革。轡首也曹氏曰。以鞗皮爲轡。其有餘而垂者。謂之革也金厄。以金爲環。纏搤轡首也釋文曰。搤。厄同。○新安王氏曰。此章乃言所錫之多。以見恩寵之厚也

○韓侯出祖。出宿于屠。顯父音甫餞之。清酒百壺。其殽維何。

炰白交反鼈鮮魚。其蔌音速維何。維筍恤尹反及蒲。其贈維何。乘馬路車。籩豆有且。子余反侯氏燕胥。繩證反

賦也。既覲而反國必祖者。尊其所往。去則如始行焉。孔氏曰。始行為祖祭者。為尊其所往也。反則自歸其國。非復所尊。而亦祖祭。故云尊其所往。如始行焉。祖於國外。畢乃出宿。屠地名。或曰即杜也。在陝西西安府鄠縣。○杜詩注曰。漢志注云。古杜伯國。漢宣帝葬其地。因曰杜陵。在長安南五十里。顯父周之卿士也。疊山謝氏曰。申伯之行。王親餞之。韓侯之行。王使顯父餞之。禮亦有等差也。蔌菜殽也。朱子曰。對肉殽。故云菜殽。謂菹也。筍竹萌也。蒲。蒲蒻音弱也。孔氏曰。醢人加豆之實。有深蒲筍菹。蒲始生水中。取其中心入地蒻。大如七柄。正白。生噉之甘脆。○慶源輔氏曰。酒之多。及衆也。殽之薄。示儉也。贈之厚。示恩也。且多貌。侯氏覲禮諸侯來朝者之稱。東萊呂氏曰。覲禮來朝之諸侯。皆曰侯氏。此則指韓

(侯也)胥相也。或曰語辭。(新安王氏曰。此章言已覲而返也)

○韓侯取(七住反)妻。汾(符云反)王之甥。蹶(俱衛反)父(音甫)之子。(叶奬里反)韓侯迎(魚覲反)止。于蹶之里。百兩(音亮。又如字)彭彭。(叶鋪郎反)八鸞鏘鏘。不顯其光。諸娣(大計反)從之。祁祁(巨移反)如雲。韓侯顧之。爛其盈門。(叶眉貧反)

賦也。此言韓侯既覲而還。遂以親迎也。汾王。厲王也。厲王流于彘。在汾水之上。故時人以目王焉。猶言莒郊公。黎比(音毗)公也。(華谷嚴氏曰。解頤新語云。晉侯居翼。謂之翼侯。晉人納諸鄂。謂之鄂侯。鄭叔段居京。謂之京城大叔。及出奔共。謂之共叔。其皆汾王之類乎)蹶父。周之卿士。姞(音極)姓也。諸娣。諸侯一娶九女。二國媵(音孕)之。皆有娣姪(音迭。又音秩)也。(盧陵羅氏曰。妻之女弟曰娣。公羊傳云。媵者何。諸侯娶一國。則二國往媵之。以姪娣從。姪者何。兄之子。娣者何。弟也。○安成劉氏曰。嫡妻有娣有姪同姓二國之媵。亦有娣有姪。則九女也。

祁祁徐靚音淨也。安成劉氏曰。徐言其行動。靚言其容飾。如雲衆多也。慶源輔氏曰。此章言韓侯覲禮既畢。而遂就王國親迎以歸也。韓侯取妻。汾王之甥。蹶父之子。由是推之。則蹶父者。厲王之壻。又周之賢卿士也。此詩韓姞家世之貴盛也。韓侯迎止。于蹶之里。蹶父時爲卿士。其里必在京師也。此言親迎之得禮也。百兩彭彭。八鸞鏘鏘。不顯其光。言韓侯車馬輿衛之光顯也。諸娣從之。祁祁如雲。韓侯顧之。爛其盈門。言韓姞娣姪之盛。儀容之美。亦有以當韓侯之心也。

○蹶父孔武。靡國不到。爲于僞反韓姞其一反相息亮反攸。莫如韓樂音洛。叶力告反。孔樂韓土。川澤訏訏况甫反。魴鱮甫甫。麀鹿噳噳愚甫反。有熊有羆。有貓苗茅二音有虎。慶既令居。叶斤御斤於二反韓

姑燕譽叶羊如羊諸二反

賦也。韓姑蹶父之子韓侯妻也。臨川王氏曰。婦人稱姓。今以姓配夫之國。故謂之韓姑相攸擇可嫁之所也。訏訏甫甫大也。噳噳衆也。安成劉氏曰。吉日噳作麌貓似虎而淺毛。爾雅曰。虎竊毛謂之虦貓。淺。竊淺也。虦音棧慶喜。令善也。喜其有此善居也。燕安譽樂也。慶源輔氏曰。此章言蹶父能爲其女擇所居也。蹶父孔武。靡國不到者。言其武勇健敏其爲卿士出使侯國所歷之多。而爲其子韓姑擇可嫁之所。莫如韓國之樂也。重言甚樂之韓土。有川澤之訏訏。北地少得川澤。而獨韓之川澤訏訏然大也。既言川澤之大。故遂言魴鱮甫甫然之大。麀鹿噳噳然之衆。不惟水陸所産如此衆多。而又有熊有羆。有貓有虎。又見其深山大澤。多出此等猛獸也。其國所産之物且如此。則其所居之人。又當如何哉。慶既令居。韓姑燕譽者。言既喜韓姑之有此善居。則韓姑之安與樂也可知矣。上章言韓侯之迎韓姑。有以當其心。此章則言韓姑之歸韓國。有以適其意。男女相稱。夫婦咸和。則家道正矣。家齊而國治。此固天子之所喜。而王朝之臣所贊詠也○疊山謝氏曰。此章專言韓姞從夫而樂其家○曹氏曰。此章與碩人卒章意同。齊近河。韓多山。各賦其所有。一則美其父母之國。一則美其所嫁之國也

○溥彼韓城。燕因肩反師所完。以先祖受命。因時百蠻。王錫韓侯。其追其貊。母伯反奄受北國。因以其伯。實墉實壑。實畝實籍。獻其貔音毗皮。赤豹黃羆

賦也。溥。大也。燕。召公之國也。師。衆也。追貊。夷狄之國也。墉城。壑池。籍稅也孔氏曰。公羊傳曰。什一而籍。是籍爲稅之義也。貔。猛獸名。孔氏曰。一名執夷。虎豹之屬也○陸氏曰。貔似虎。或曰似熊赤豹。毛赤而文黑。羆。大於熊。有黃羆赤羆。貔言皮。則豹羆亦獻皮也○韓初封時。召公爲司空。王命以其衆爲築此

城。如召伯營謝。山甫城齊。春秋諸侯城邢城楚丘之類也。孔氏曰。左傳云。邢晉應韓。武之穆也。是韓侯之先。武王之子也。其封當在成王時。命爲侯也。○朱子曰。不知當初何故不教本土人築。又須去別處發人來。豈不大勞擾。古人重勞民。如此等事。却又不然。更不可曉。强說便成穿鑿。如漢築長安城。却去別處調人來。如今建州南劔。上下築城。却去建康府發人來。這般却曉不得。○東萊呂氏曰。春秋之時。城邢城楚丘城緣陵城杞之類。皆合諸侯爲之。霸令尚如此。則周之盛時。命燕城韓固常政也。王以韓侯之先因是百蠻而長之。故錫之追貊。使爲之伯。三山李氏曰。因以其伯。即上文纘戎祖考也。以脩其城池。治其田畝。正其稅法。而貢其所有於王也。疊山謝氏曰。高城深池。可以固圉。徹田爲粮。可以足食。宣王爲邊方慮亦詳矣。○慶源輔氏曰。此章則又言王之委重於韓侯。而勉以强於自治。而脩其職貢於王也。但言三獸之皮者。猛獸韓國所富有。故令貢其皮焉。亦以見不强責其所無也。○豐城朱氏曰。彼韓城之廣而大者。乃召康公之所營也。昔先祖之受命。既因百蠻而爲之長。今韓侯之受命。復因追貊以爲之伯。則脩城池。治田畝。正稅法。貢土物。皆脩其職業之謂。以終首章之意也

韓奕六章章十二句

江漢浮浮。武夫滔滔。叶他侯反匪安匪遊。淮夷來求。既出我車。既設我旟。匪安匪舒。淮夷來鋪

賦也。浮浮。水盛貌。滔滔。順流貌。眉山蘇氏曰。自周而南出於江漢之閒。召公率兵循江而下也。淮夷。夷之在淮上者也。孔氏曰。召公伐淮夷。當在淮南。曾僖伐淮夷。應在淮北。淮之南北。皆有夷也。○永嘉陳氏曰。淮夷之地不一。徐州有夷。則在淮北者也。楊州有夷。則在淮南者也。江漢常武二篇。同言淮夷。以地理考之。曰江漢之滸者。是淮南之夷也。若在淮北。則江漢非所由入之路也。曰率彼淮浦。省此徐土者。是淮北之夷也。若在淮南。則徐土非聯接之地矣。○東萊呂氏曰。江漢合流之處。在

今漢陽軍之大別山下。但去淮夷絕遠。或者會江漢之師以伐之歟鋪陳也陳師以伐之也○宣王命召穆公平淮南之夷。詩人美之。此章總序其事。言行者皆莫敢安徐而曰吾之來也惟淮夷是求是伐耳慶源輔氏曰。其志專。其氣銳。有不戰。戰必勝矣

○江漢湯湯。書羊反武夫洸洸。音光經營四方。告成于王。四方既平。王國庶定。叶唐丁反時靡有爭。叶甾陘反王心載寧

賦也。洸洸。武貌。庶。幸也廬陵彭氏曰。用兵非人主之美事。不得已而興師。故召公告成于王曰。王國庶定。庶云者。幸其僅然。非以是爲美也○此章言既伐而成功也曹氏曰。宣王厲志開復。北伐玁狁。南征蠻荊。至於常武江漢而夷之居淮南北。悉已討定。故召伯以經營四方之功。告成于王也○華谷嚴氏曰。首章言王師之持重。二章則言告成。蓋淮夷望風而服。不待戰也○慶源輔氏曰。

四方既平。則王國庶可平定。所謂柔遠能邇也。時靡有爭。王心載寧。又見宣王之以天下爲心。一有爭鬬。則王心之不安也。讀此章見宣王能以天下之心爲心。而召公又能以宣王之心爲心也。○豐城朱氏曰。經營者。召虎之職。告成者。召虎之功。四方之既平。則時靡有爭矣。王國之庶定。則王心載寧矣。天下之所以未平者。以爭心之未息。而爭心之所以未息者。以王化之未孚也。彼見利則奪。見便則乘者。固夷狄之常情。而轉逆以爲順。轉危而爲安者。乃王者之盛心。故必使天下無有爭心。而後大臣之功成。而王者之心亦安矣

○江漢之滸。音虎王命召虎。式辟音闢四方。徹我疆土。匪疚匪棘。王國來極。于疆于理。至于南海。叶虎委反

賦也。虎。召穆公名也。辟。與闢同。徹。井其田也。疚。病。棘。急也。極。中之表也。居中而爲四方所取正也。○言江漢既平。王又命召公。朱子曰。再言江漢之滸者。繫上事。起下事也。○永嘉陳氏曰。非謂宣王臨江漢

之滸而命召虎也闢四方之侵地而治其疆界非以病之非以急之也但使其來取正於王國而已於是遂疆理之盡南海而止也華谷嚴氏曰古人伐叛討貳之後必去其苛政平其賦斂以慰民心故此章言徹法之事然武事僅定即行疆理稅賦之法疑於病民且疑於急迫矣宣王謂我非疚也非棘也蓋什一天下之中正乃我周之定制欲天下皆於王國來取中焉耳召公於是往而疆之以正其疆界往而理之以分其土宜推而至於南海之遠淮夷在南故曰至于南海○慶源輔氏曰辟其侵地治其疆界井其田畝豈無以爲病者淮夷甫平而遽然爲此豈無以爲急者而王之心則不然也但欲反舊而使之取正於王國之法度耳○安成劉氏曰此章言穆公因平淮夷而又成開復之功也

○王命召虎來旬來宣文武受命召公維翰叶胡千反無曰予小子叶獎里反召公是似叶養里反肇敏戎公用錫爾祉

賦也。旬徧三山李氏曰。十日爲旬。則旬訓徧明甚宣布也。自江漢之滸言之。故曰來。召公。召康公奭音適也。翰。幹也。予小子。王自稱也。肇。開。戎。女。公。功也。○又言王命召虎來此江漢之滸徧治其事。以布王命。而曰昔文武受命。惟召公爲楨幹。今女音汝無曰以予小子之故也。但自爲嗣女召公之事耳。能開敏女功。則我當錫女以祉福。如下章所云也。鄭氏曰。此述其祖之功以勸之也。○安成劉氏曰。此章追述王命召公之詞。以終上章所言經營疆理之意。而起下章所序賞賜之事。○豐城朱氏曰。昔先王受命。有如召公。曰辟國百里。則召公者實文武之楨幹也。我之命虎以來旬來宣也。豈惟一人之爲。亦惟先人之功業是繼。果能以繼先人之業爲心。則淮夷之未服。豈惟虎之責。抑亦虎之恥也。汝能開敏汝功。則我固當錫汝以祉福矣。勉之以先人之業。期之以後日之報。宣王眞得待世

臣之體也哉

○釐力之反爾圭瓚才旱反秬音巨鬯初亮反一卣音酉無韻未詳告于文人錫山土田叶地因反于周受命叶滿并反下同自召祖命虎拜稽首天子萬年叶彌因反

賦也釐賜卣尊也廬陵羅氏曰爾雅彝卣罍注尊彝為上罍為下卣居中○孔氏曰釋器云卣中尊按鬱人掌和鬱鬯以實彝而陳之則鬯當在彝而此及尚書左傳皆云秬鬯一卣者當祭之時乃在彝未祭則在卣賜時未祭故卣盛之文人先祖之有文德者謂文王也周岐周也召祖穆公之祖康公也○此序王賜召公策命之詞孔氏曰上言用錫爾祉此言賜之之事言錫爾圭瓚秬鬯者使之以祀其先祖又告于文人而錫之山川土田以廣其封邑

蓋古者爵人必於祖廟示不敢專也孔氏曰。祭統云。賜爵祿必於大廟又使往受命於岐周從其祖康公受命於文王之所以寵異之孔氏曰。虎祖康公在岐周事文武有功而受采地。今虎嗣其業。功與之等。故往岐周命之。○豐山謝氏曰。錫山川土田。必使召虎受賜於岐周。用文武封康公之禮以待之。此時此意。賞非宣王之賞。如禀命於乃祖文武也。功非召虎之功。如受教於乃祖康公也。召虎思文武之德。思康公之德。必能盡心盡力以報宣王之德矣。三代令王。不責臣子以事功。惟勉臣子以忠孝。本於人心天理而感動之也。盤庚亦得此意而召公拜稽首以受王命之策書也人臣受恩無可以報謝者但言使君壽考而已豐城朱氏曰。釐爾圭瓚秬鬯一卣。所以厚其禮也。告于文人。錫山土田。所以廣其封也。若虎之受賜則如之何。亦惟曰拜稽首以致其敬。天子萬年以致其祝而已

○虎拜稽首對揚王休。叶虛反反作召公考。叶去久反天子萬壽。叶殖

酉反明明天子叶奬里反令聞音問不已。矢其文德。洽此四國叶越逼反

賦也。對。答。揚。稱。休。美。考。成。矢。陳也○言穆公旣受賜。遂答稱天子之美命作康公之廟器。而勤王策命之詞以考其成。且祝天子以萬壽也安成劉氏曰。上章虎拜稽首。天子萬年者。述穆公受冊書而祝謝其君之詞也。此復言虎拜稽首。天子萬壽者。述穆公銘祖廟器而祝君之詞也。以考古圖觀之。疑此章皆是述其勒銘廟器之詞古器物銘云。郍音弁拜稽首。敢對揚天子休命。用作朕皇考龔音恭伯尊敦音對。郍其眉壽萬年無疆。語正相類。但彼自祝其壽。而此祝君壽耳朱子曰。此章大抵類古器物銘識。蓋古人文字之常體也○考古圖曰。郍。周大夫也。有功錫命。爲其考作祭器也。郍拜稽首。對揚天子休命。用作皇考龔伯尊敦者。古者爵有德。祿有功。必賜於太廟。祭之日一獻。君行立于阼階之南。南向。所命者北

面。史由君右執策命之。再拜稽首受書以歸。而舍奠于其廟也。此策命之禮。所圖器多有是詞。既又美其君之令聞而進之以不已。勸其君以文德而不欲其極意於武功。古人愛君之心。於此可見矣。慶源輔氏曰。穆公本以平淮夷而受賜。今乃不言其武功。而但願天子陳其文德以洽四方之國。則用兵豈聖人之得已哉。而穆公愛君之忠誠亦至矣。○安成劉氏曰。上章王命穆公。則欲其於召公是似而肇敏戎功。此章穆公祝君。則欲其長保令聞而陳其文德。上下之情。可謂交相愛矣。○豐城朱氏曰。上四句爲祝頌之詞。下四句乃勸勉之語。祝頌者。所以答君之賜。勸勉者。所以進君於道。夫淮夷之服。王則有令聞矣。然猶願其令聞之不已焉。四方之平。王則有武功矣。然猶願其文德之洽焉。若召穆公可謂愛君之至矣。

江漢六章章八句。黄氏曰。此詩乃召公奏凱之日所作也。初則整師而往。非爲邀功。特以淮夷作患。不能自安耳。次則淮夷之患除。而其功成。次則安民之政舉。而其功廣。次則即功而論賞。次則論定而賞行。次則人臣報塞之義也○華谷嚴氏曰。周與西北。岐豐去江漢最遠。故淮夷難服。從化則後。倡亂則先。周人經理淮夷。用力最多。成王初年。淮夷同三監以叛。其後又同奄國以叛。伯禽就封。又同徐戎以叛。宣王一命吉甫。北方旋定。繼命方叔伐蠻荆。後命召公平淮南之夷。又命皇甫平淮北之夷。蓋南方之役。至再至三。淮夷未定。則一方倡亂。天下皆危。故至淮夷平。然後四方定。此江漢常武所以爲宣王之終事。而繫之於宣王大雅之末也○龜山楊氏曰。聖主得賢臣而弘功業。古人皆然也。昔宣王中興。有吉甫召虎仲山甫之徒。以之伐玁狁。以之平淮夷。卒致再造之業。諸臣之力居多。宣王何力哉。易未濟六五之光。亦九四震用伐鬼方之力也。五何力哉。三年有賞于大國。此詩之末。所以言宣王之錫命也

赫赫明明。王命卿士。叶音所 南仲大音泰下同祖。大師皇父。音甫 整我六師。以脩我戎。叶音汝 既敬既戒。叶訖力反 惠此南國。叶越逼反

賦也。卿士即皇父之官也。南仲見出車篇。大祖。始祖也。大師皇父之兼官也。永嘉陳氏曰。自冢宰而下。謂之六卿。大師而下。謂之三公。既曰王命卿士。又曰大師皇父。周家不特設三公。皆兼職而已。如周公以冢宰兼大師也。○孔氏曰。十月之交。皇父。與此皇父得爲一人。或皇氏父字。傳世稱之。亦未可知也。我。爲宣王之自我也。戎。兵器也。○宣王自將以伐淮北之夷。而命卿士之謂南仲爲大祖。兼大師而字皇父者。整治其從行之六軍。脩其戎事。以除淮夷之亂。而惠此南方之國。董氏曰。師嚴器備。當恭敬以臨之。戒懼以處之。伐其暴亂。所以惠之也。○慶源輔氏曰。既敬既戒。臨事而懼也。敬戒乃用兵第一義。能如是。則成功可必。而南國可惠矣。南方之國。則淮南諸國也。蓋徐州之夷南侵。諸國爲之不安。故其言如此。○新安胡氏曰。既敬則不敢輕肆。既戒則不敢妄殺。此其所以爲王者之師。嚴重詳審。而爲南國之惠也。詩人作此以美之。必言南仲大祖者。稱其世功以美大之也 疊山謝氏曰。宣王命將。多取之世臣。何也。文事武備。素講於家庭。定亂持危。常在其念慮。一日用之。必老成持重。不以輕易悞國事矣。○慶源輔氏曰。稱其世功以美大之者。見當時之重世臣也

○王謂尹氏。命程伯休父。左右陳行。戶郎反 戒我師旅。率彼淮浦。省此徐土。不留不處。三事就緒 象呂反

賦也。尹氏。吉甫也。蓋爲內史掌策命卿大夫也。程伯休父。周大夫 孔氏曰。楚語云。重黎氏世敘天地。其在周程伯休父其後也。當宣王時。失其官守而爲司馬氏。則是宣王始命程伯休父爲司馬也。程。國。伯。爵。休父。字也。○濮氏曰。程。畿內邑在豐 三事未詳。或曰三農之事也 朱子曰。三農上中下農夫也。○曹氏曰。師之所處。荊棘生焉。故必不留不處。然後三農得以就緒。○臨川王氏曰。此所謂耕者不廢也 ○言王詔尹氏策命程

伯休父爲司馬，使之左右陳其行列，循淮浦而省徐州之土，蓋伐淮北徐州之夷也。朱子曰：下章所謂徐方、徐國，亦即此爾。○曹氏曰：徐州南至淮，淮夷則東夷之種，散處於淮浦者爾。上章既命皇父，而此章又命程伯休父者，蓋王親命大師以三公治其軍事，而使內史命司馬以六卿副之耳。慶源輔氏曰：天子親命大師以三公出將，又使內史命司馬以六卿副之，皆所以重其事。命大將則曰：整我六師，以脩我戎，既敬既戒，惠此南國。命其副則曰：左右陳行，戒我師旅，率彼淮浦，省此徐土，不留不處，三事就緒者，宜也。大將則總其綱，副將則詳其目也。兵以速爲上，久則毒民而傷財。○鄭氏曰：軍禮，司馬掌其戒誓。○安成劉氏曰：此上兩章皆言命戒將士之事。

○赫赫業業，叶宜却反。有嚴天子。王舒保作，匪紹匪遊。徐方繹騷，叶蘇侯反。震驚徐方。如雷如霆，徐方震驚。

賦也。赫赫。顯也。業業。大也。嚴。威也。天子自將。其威可畏也。慶源輔氏曰。赫赫業業。言有嚴天子之威靈氣焰。烜赫而盛大如此也。王舒保作。未詳其義。或曰。舒。徐。保。安。作。行也。言王師舒徐而安行也。曹氏曰。雖以天子之威靈如此。亦安徐詳諦而後動。紹。糾緊也。遊。遨遊也。繹。連絡也。騷擾動也○夷厲以來。周室衰弱。至是而天子自將。以征不庭。其師始出。不疾不徐。而徐方之人。皆已震動。如雷霆作於其上。不遑安矣。臨川王氏曰。江漢曰匪安匪舒。此曰王舒保作。蓋江漢武夫之事。此則王者之事也。如雷如霆。先加以聲也。如震如怒。復致其實也○安成劉氏曰此章言王師在道。而徐夷已震恐也○豐城朱氏曰。用兵之法。攻心爲上。徐方繹騷。徐方震驚。雖未即順從。而已先服其心矣

○王奮厥武。如震如怒。叶暖五反 進厥虎臣。闞呼檻反如虓火交反

虎鋪（普吳反）敦淮濆（符云反）仍執醜虜截彼淮浦王師之所

賦也。進，鼓而進之也。闞，奮怒之貌。虓，虎之自怒也。（埤雅曰：虎之自怒虓然。闞如虓虎，以言將帥之勇發於忠毅，非激而怒之也。）鋪，布也。布其師旅也。敦，厚也。厚集其陳也。仍，就也。老子曰：攘臂而仍之。截截然不可犯之貌。（慶源輔氏曰：言王師在淮浦之上，有截然不可犯之勇也。○安成劉氏曰：此言王師至徐，布陳而制勝也。）

○王旅嘽嘽（吐丹反）如飛如翰如江如漢如山之苞（叶鋪鉤反）如川之流緜緜翼翼不測不克濯征徐國（叶越逼反）

賦也。嘽嘽，衆盛貌。翰，羽。苞，本也。如飛如翰，疾也。如江如漢，衆也。如山，不可動也。如川，不可禦也。（孔氏曰：兵法有動有靜，靜則不可驚動。故以山喻。動則不可禦。故以川喻。緜緜不可絶也。翼翼不可亂也。不測不可知也。不克不可勝也。濯大也。慶源輔氏曰。此章則承上章而言王旅之盛如此。疾言其栗。衆言其盛。不可動言其靜。不可禦言其强。不可絶言其續。不可亂言其整。不可知言其深。不可勝言其無敗之形。以此濯征徐夷。焉得而不服乎○安成劉氏曰。此章極言王師之無敵也

○王猶允塞。徐方既來。叶六直反徐方既同。天子之功。四方既平。徐方來庭。徐方不回。王曰還歸。叶古回反

賦也。猶道。允信。塞實。庭朝。回違也。還歸。班師而歸也。○前篇召公帥師以出。歸告成功。故備載其襃賞之詞。此篇王實親行。故於卒章反復其詞。以歸功於天子。言王道甚大。而遠方懷之。非獨兵威然也。序所謂因以爲戒

者是也慶源輔氏曰言猶王道之信大故徐夷自然來服非獨兵威使然也甫得其不相違悖王則振旅而歸無求多之意旣盡歸美之義而又寓規戒之忠焉○曹氏曰宣王待夷狄以誠實之道不用詭詐徐方於是服而來歸來未必同也至於上下內外咸服而無二心然後謂之同徐方來同則由宣王推赤心置其腹中故也故以爲天子之功宣王北伐玁狁西征羌戎南威蠻荆獨徐方未服今來朝於王庭則四方旣平矣於是王命凱旋而行飲至策勳之禮焉○華谷嚴氏曰宣王憤揮天戈克淮服徐無不如意召公慮其狃勝而喜功也故因美而戒之○安成劉氏曰此言王師成功而歸因戒之以王猶允塞亦若上篇卒章言矢其文德也○豐城朱氏曰首章言敬戒卒章言允塞蓋不言敬戒無以見軍律之嚴不言允塞無以見王道之大惟其軍律之嚴所以戰而必勝惟其王道之大所以不戰而自服也始而來來而同人以爲天子之功也而不知宣王初未嘗以兵力服之也終而曰不回則王道之大信有以服其心矣宣王於此夫何爲哉可以班師振旅而歸矣斯時也其即武王戢干戈而櫜弓矢求懿德而肆時夏之時乎故曰因以爲戒者戒其武功之不可黷而勉

其文德之不可以不脩也

常武六章章八句

瞻卬音仰昊天則不我惠孔填舊說古塵字不寧降此大厲邦靡有定士民其瘵側界反叶側例反蟊音牟賊蟊疾靡有夷屆音戒叶居氣反罪罟不收靡有夷瘳敕留反

賦也填久厲亂瘵病也蟊賊害苗之蟲也疾害夷平屆極罟網也○此刺幽王嬖褒姒任奄人盧陵羅氏曰奄人周禮司刑注男女不以義交者其刑宮酒人注奄精氣閉藏者內門則用奄以守之奄釋文掩艶二音說文作閹音淹與此通用以致亂之詩首言昊天不惠而降亂無所歸咎之詞也蘇氏曰國有所定則民受其福無所定則受其病於

是有小人爲之蟊賊。刑罪爲之網罟。凡此皆民之所以病也。慶源輔氏曰。瞻卬昊天。而天則不我惠顧也。固已甚病而不寧矣。又降此大亂。使國家之勢揑杌不安。而士與民皆病也。小人而爲之蟊賊者。無有平夷屆止之期。刑罪而爲之網罟者。無有平夷瘳愈之望。則士民之病未已也。此蓋極言天下之病。○鄭氏曰。如蟊賊之害禾稼。無有息時。施刑罪以羅網天下而不收斂。亦無止息時。

○人有土田。女音汝反有酉由二音之。人有民人。女覆奪徒活反之。此宜無罪。女反收殖酉殖由二反之。彼宜有罪。女覆說音脫之。

賦也。反覆。劉氏曰。女反有之奪之。言王削黜諸侯及卿大夫無罪者。收。拘。說。赦也。疊山謝氏曰。宜無罪者反拘之。宜有罪者反赦之。亂世昏君。刑罰不中。皆此類也。○慶源輔氏曰。上四句。承上章蟊賊之言。而述其侵牟奪取於人者。反覆無常也。下四句。則承上章罪罟之言。而述其拘繫縱釋於人者。反覆不

當也

○哲夫成城哲婦傾城懿厥哲婦爲梟(古堯反)爲鴟(處之反)婦有長舌維厲之階(叶居奚反)亂匪降自天(叶鐵因反)生自婦人匪教匪誨(叶呼位反)時維婦寺

賦也哲知也城猶國也哲婦蓋指褒姒也傾覆懿美也梟鴟惡聲之鳥也(山陰陸氏曰說文云梟不孝鳥也梟食母破獍食父鴟怪鴟鴞也鵬也鵂鶹也卽墓門有鴞萃止也)長舌能多言者也階梯也寺奄人也○言男子正位乎外爲國家之主故有知則能立國婦人以無非無儀爲善無所事哲哲則適以覆國而已故此懿美之哲婦而反爲梟鴟蓋以其多言而能爲禍亂之梯

也。若是。則亂豈眞自天降。如首章之說哉。特由此婦人而已。蓋其言雖多。而非有教誨之益者。是惟婦人與奄人耳。豈可近哉。臨川王氏曰。幽王如上所刺。則荒昏故也。其荒昏。則婦言是用故也。上文但言婦人之禍。末句兼以奄人爲言。蓋二者常相倚而爲奸。不可不并以爲戒也。歐陽公嘗言宦者之禍甚於女寵。其言尤爲深切。有國家者可不戒哉。廬陵歐陽氏曰。女色而已。宦者之害。非一端也。女色之惑。不幸而不悟。則禍斯及矣。使其一悟。猝而去之可也。宦者之爲禍。雖欲悔悟。而勢有不得而去也。唐昭宗之事是矣。○慶源輔氏曰。此則始言其致亂之由。哲夫成城。哲婦傾城。便判得男女之德不同。婦人而有男子之德。未必不爲禍也。懿厥哲婦。指褒姒。非不美也。非不哲也。而爲梟爲鴟。非不能言也。而適爲亂階。厲字便應首章厲字說。故下文便說亂匪降自天。生自婦人也。匪教匪誨。時維婦寺者。又所以結工文長舌之言。他人之多言。則有教誨於人之益。若婦寺之多言則非誣譖夫人。則戕敗於已而已。豈可近也。先生發明婦寺相倚而爲奸之意。而併取歐陽公之說。以爲有國家者之戒。其意切矣。○孔氏曰。奄人防守門閤。親迎人主。庸君以其少小貫習朝夕給使顧訪無猜憚之心。恩狎有可悅之色。且其人久處宮掖頗曉舊章。探知主意。或乃色和貌厚。挾術懷奸。或乃捷對敏才。飾巧亂實。遂能迷罔視聽。愚主信而任之。國之滅亡。多由此作

○鞫人忮（之豉反）忒譖（子念反）始竟背（音佩。叶必墨反）豈曰不極伊胡爲慝如賈（音古）三倍君子是識婦無公事休其蠶織

賦也。鞫窮。忮害。忒變也。譖不信也。竟終。背反。極已。慝惡也。賈居貨者也。三倍獲利之多也。公事朝廷之事。蠶織婦人之業。○言婦寺能以其智辯窮人之言。其心忮害

而變詐無常。新安胡氏曰。此章極言婦寺之惡也。鞫如鞫獄之鞫。推勘窮究之意。婦寺所以鞫人者。其心忮害變忒而已。既以譖妄倡始於前。而終或不驗於後。則亦不復自謂其言之放恣。無所極已。而反曰是何足爲慝乎。慶源輔氏曰。知則哲也。辯則長舌也。此章亦承上章而言婦寺而有知辯者之爲害也。以其知辯窮人之言。用心忮害而變詐讒懟。不知自咎責。而但曰不爲害。此說盡婦寺之情狀。夫商賈之利。非君子之所宜識。如朝廷之事。非婦人之所宜與去聲也。今賈三倍而君子識其所以然。婦人無朝廷之事。而舍上聲其蠶織以圖之。則豈不爲慝哉。新安胡氏曰。譬如君子當求仁義。賈利三倍。不當君子是識。婦人當事蠶織。朝廷公事。不當婦人是預。今也不惟使之預於公事。又且聽其譖毀。惟婦言是用。其欲不速亡得乎

○天何以刺（叶音砌）何神不富（叶方味反）舍（音捨）爾介狄。維予胥忌。不弔不祥。威儀不類。人之云亡。邦國殄瘁。

賦也。刺。責。介。大。胥。相。弔。閔也。○言天何用責王。神何用不富王哉。凡以王信用婦人之故也。是必將有夷狄之大患。今王舍之不忌。而反以我之正言不諱爲忌。何哉。

慶源輔氏曰。夷狄。陰類也。自古寵任婦者。多致夷狄之禍。危亂之君。大抵不忌其所當忌。而惟忌忠臣義士之正己者。此其所以淪胥于滅亡也。

夫天之降不祥。庶幾王懼而自脩。今王遇災而不恤。又不謹其威儀。又無善人以輔之。則國之殄瘁宜矣。

疊山謝氏曰。君有君之威儀。臣有臣之威儀。今幽王自亂于威儀。不類乎人君之威儀矣。又曰。國有賢人。如一身之有元氣。元氣亡。則身必喪。賢人亡。則國必危。殄如脉絶。瘁如病危。

或曰

介狄。即指婦寺。猶所謂女戎者也國語。晉獻公伐驪戎。獲驪姬歸。史蘇曰。有男戎。必有女戎。晉以男戎勝戎。而戎亦必以女戎勝晉。注云戎。兵也。女兵言其禍猶兵也

○天之降罔。維其優矣。人之云亡。心之憂矣。天之降罔。維其幾矣。人之云亡。心之悲矣

賦也。罔。罟。優。多。幾。近也。蓋承上章之意而重言之。以警王也東萊呂氏曰。前章曰不弔不祥。威儀不類。故此曰維其優矣。維其幾矣。前章曰人之云亡。邦國殄瘁。故此曰。心之憂矣。心之悲矣

○觱音必沸音弗檻胡覽反泉。維其深矣。心之憂矣。寧自今矣。不自我先。不自我後。叶下五反藐藐昊天。無不克鞏。叶音古無忝皇祖。式救爾後同上

興也。觱沸。泉涌貌。檻泉。泉正出者。藐藐。高遠貌。鞏。固也
○言泉水瀵甫問反涌上出。其源深矣。我心之憂。亦非適
今日然也。然而禍亂之極。適當此時。蓋以無可爲者。惟
天高遠。雖若無意於物。然其功用神明不測。雖危亂之
極。亦無不能鞏固之者。幽王苟能改過自新。而不忝其
祖。則天意可回。來者猶必可救。而子孫亦蒙其福矣

瞻卬七章。三章章十句。四章章八句

昊天疾威。天篤降喪息浪反。叶桑郎反。瘨都田反我饑饉。民卒流亡。
我居圉魚呂反卒荒

賦也。篤。厚。瘨。病。卒。盡也。居。中國也。圉。邊陲也。○此刺幽

王任用小人以致饑饉侵削之詩也慶源輔氏曰言天之威怒甚爲急疾故其所降之喪亂甚厚病我以饑饉使斯民盡以流亡皆內而國中外而邊境悉皆荒虛也此與瞻卬首章同皆極言其喪亂也○安成劉氏曰此詩刺王而首言昊天疾威又言天篤降喪下章又言天降罪罟者固爲無所歸咎之詞矣而首章則言饑饉之災卒章則言侵削之事餘章則皆言用小人之意也

○天降罪罟蟊賊內訌戶工反昏椓丁角反靡共音恭潰潰回遹實靖夷我邦叶卜工反

賦也訌潰也昏椓昏亂椓喪之人也共與恭同一說與供同謂共其職也潰潰亂也回遹邪僻也靖治夷平也○言此蟊賊昏椓者新安胡氏曰犬戎之害在外小人之害在內幽王之亂其國乃在內之小人耳故詩人形容之曰蟊賊內訌蓋蟊賊之害稼亦在內而不在外也指昏椓而言并閹宦在其中矣

皆潰亂邪僻之人。而王乃使之治平我邦。所以致亂也

慶源輔氏曰。此章則言致亂之由。蟊賊之人。內潰其心腹。昏椓之人。靡供其職業。但相與爲潰亂邪僻之行。而王乃使之治平我之邦國。則豈不至於危亂乎○臨川王氏曰。言所使靖夷我邦者。非其人也

○皐皐訿訿。音紫曾不知其玷。丁險反兢兢業業。孔塡。已見上篇不寧我位孔貶

賦也。皐皐。頑慢之意。訿訿。務爲謗毀也。玷。缺也。塡。久也

○言小人在位。所爲如此。而王不知其缺。至於戒敬恐懼甚久而不寧者。其位乃更見貶黜。其顚倒錯亂之甚如此

慶源輔氏曰。此又言王之舉措顚倒錯謬。用者不賢。而賢者不用。夫小人之不可用。亦明矣。而昏亂之君。所以必用夫小人者。蓋以其心實不知其惡耳。然亦皐皐訿訿者。善於毀人以自蓋故也。立亂人之朝。而

獨戒敬恐懼。甚久而不寧。則豈容獨立哉。終必爲人所擠排也

○如彼歲旱草不潰集註作遂茂。如彼棲音西苴。七如反我相息亮反此邦無不潰止叶韻未詳

賦也。潰遂也。棲苴水中浮草棲於木上者。言枯槁無潤澤也。相。視。潰。亂也。慶源輔氏曰。以旱草喩其國之無生意終必潰亂而已○華谷嚴氏曰。谷風有洸有潰。潰怒也。小旻是用不潰于成。召旻草不潰茂。潰遂也。潰潰回遹。無不潰止。潰亂也。項氏一云。水之潰者。其勢橫暴而四出。故怒之甚。甚者爲潰怒。遂之甚者爲潰遂。亂之甚者爲潰亂。皆一理也

○維昔之富。不如時。維今之疚。不如茲。彼疏斯粺。薄賣反胡不自替職兄音況斯引叶韻未詳

賦也。時。是。疚。病也。疏。糲音辣也。粺則精矣。朱子曰。九章粟米之法。糲十。粺

九鑿八。侍御七。糲米一斛。治而成粺。則九斗矣。鑿音作替。廢也。兄。怳同。引。長也。○言昔之富。未嘗若是之疚也。而今之疚。又未有若此之甚也。彼小人之與君子。如疏與粺。其分審矣。而曷不自替以避君子乎。而使我心專爲此故。至於愴怳引長而不能自已也慶源輔氏曰。愴怳。謂憂亂而無情緒之意

○池之竭矣。不云自頻。泉之竭矣。不云自中。叶諸仍反溥斯害矣。職兄斯弘。不烖我躬叶姑弘反

賦也或問此章疑是比體如何。朱子曰。作比爲是頻。厓。溥。廣。弘。大也。○池。水之鍾也。泉。水之發也。故池之竭。由外之不入。泉之竭。由內之不出。言禍亂有所從起。而今不云然也朱子曰。看詩不須著。

意去訓解只平平地涵泳自好因舉池之竭矣四句吟咏久之此其爲害亦已廣矣是
使我心專爲此故至於愴怳日益弘大而憂之曰是豈
不裁及我躬也乎
○昔先王受命有如召公日辟（音闢）國百里今也日蹙（子六反）
國百里於（音烏）乎（音呼）哀哉維今之人不尚有舊（叶巨己反）
賦也先王文武也召公康公也辟開蹙促也○文王之
世周公治內召公治外故周人之詩謂之周南諸侯之
詩謂之召南所謂日辟國百里云者言文王之化自北
而南至於江漢之間服從之國日以益衆及虞芮質成
而其旁諸侯聞之相帥歸周者四十餘國焉今謂幽王

之時。促國。蓋犬戎內侵諸侯外畔也。又嘆息哀痛而言。今世雖亂。豈不猶有舊德可用之人哉。言有之而不用耳 慶源輔氏曰。此則明言先王用得其人而興。今日用非其人而亂。任用一乖。而效驗大異。因歎今世雖亂。而豈不猶有舊德可用之人乎○華谷嚴氏曰。此章思召公而惜王之不用舊人也○曹氏曰。當是時。禍亂雖已窮極。然去宣王中興之日不遠。其舊臣故老。無尚存者乎○定宇陳氏曰。此詩及前篇末。皆有拳拳望治之意。前詩望其改過而無忝皇祖。此詩望其改圖而擢用舊人。審如是。則否猶可泰。危猶可安也。豈至有犬戎禍哉

召旻七章四章章五句三章章七句

因其首章稱旻天。卒章稱召公。故謂之召旻以別小旻也 止齋陳氏曰。周南係於周公。召南係於召公。豈非化之盛者。必有待乎二公也。至於

風之終係以邠。雅之終係以召旻。豈非化之衰者。必有思乎二公也○安成劉氏曰。此詩之次居變雅之終。而第七章又居此詩之終。慨然有懷文武召公之盛。以見亂極思治之理。然亦猶下泉之終變風歟

蕩之什十一篇九十二章七百六十九句

詩傳大全卷之十八

詩傳大全卷之十九

頌四

頌者。宗廟之樂歌。大序所謂美盛德之形容。以其成功。告于神明者也。蓋頌與容。古字通用。故序以此言之孔氏曰。頌之言容。歌成功之容狀也周頌三十一篇。多周公所定。而亦或有康王以後之詩朱子曰。周公相武王成王。天下既平。作爲樂章薦之郊廟。所謂周頌也。然其篇第之先後。則不可究矣。又其間多闕文疑義焉○安成劉氏曰。康王以後之詩。昊天有成命。及執競噫嘻是也魯頌四篇。商頌五篇。因亦以類附焉孔氏曰。雅不言周。頌言周者。以別商魯。三頌之名雖同。而其體制各別也○新安胡氏曰。補傳云。商周二頌皆以告神。而魯頌用以頌禱。後世文人獻頌。特效魯耳○止齋陳氏曰。別以尊卑之禮。故魯頌以諸侯而後於周。間以親踈之義。故商頌以先代而後於魯凡五卷安成劉氏曰。雅頌無諸國別。元以十篇爲一卷。故此分周頌三什爲四之一。四之二。四之三。魯頌四篇爲四之四。商頌五篇爲四之五。通爲五卷

周頌清廟之什四之一

於音烏穆清廟。肅雝顯相。息亮反濟濟子禮反多士。秉文之德。對越在天。駿奔走在廟。不顯不承。無射音亦。與斁同於人斯周頌多不叶韻。未詳其說

賦也。於。歎辭。穆。深遠也。清。清靜也三山李氏曰。事神之道尚潔。故曰清廟。○鄭氏曰。廟之言貌也。死者不可得見。故立宮室象貌之耳肅。敬。雝。和。顯。明。相。助也。謂助祭之公卿諸侯也東萊呂氏曰。士虞禮祝詞曰。孝子某顯相夙興。然則主人之外。餘皆顯相也。成王祭主也。周公及助祭之諸侯。皆顯相也。○華谷嚴氏曰。稱助祭之人曰顯相者。謂其有顯著之德。

美稱之也濟濟衆也。多士。與音預祭執事之人也。越。於也。駿。大而疾也孔氏曰。疾奔走言勸事也承尊奉也。斯語辭○此周公既成洛邑而朝諸侯。因率之以祀文王之樂歌曹氏曰。洛誥周公告王曰。王肇稱殷禮。祀于新邑。予齊百工。伻從王于周。則是成王就新邑祀文武。周公率諸侯以從之耳。明堂位所謂周公朝諸侯。踐天子位者。皆漢儒之妄也○東萊呂氏曰。朝諸侯者。特相成王以朝諸侯而已。周公非自居南面而受諸侯之朝。率以祀文王者。洛誥所謂王在新邑。烝祭歲。是也言於穆哉此清靜之廟。其助祭之公侯。皆敬且和東萊呂氏曰。言顯相之肅雝。則成王穆然奉祭之氣象。不言可見矣而其執事之人。又無不執行文王之德。既對越其在天之神。而又駿奔走其在廟之主臨川王氏曰。肅雝秉德。故能對越文王。奔走在廟。以承清廟之事也○華谷嚴氏曰。對越在天之靈。謂如見文王洋洋在上也。疾奔走於在廟之事。謂敏於趨事也如此。則是文王之德豈不顯乎。豈不承乎。信乎其無有厭斁於人也臨川王氏曰。於是文王之德可謂顯矣。成王率諸侯多士。駿奔走在廟。則可謂承矣。顯也承也如此。無射於人矣〇新安胡氏曰。此詩唯一句說廟。後皆從與祭者身上說。詩雖未嘗明頌文王之德。自有隱然見於言意之表者。何則。文王往矣。今助祭之公侯。執事之人。所對越奔走而敬恭嚴事者。無厭斁乃如此。於此可以見盛德至善。淪肌浹髓。沒世自有不能忘者矣〇慶源輔氏曰。文王之德不可明言。凡一時在位之人。所以能敬且和。與執行文王之德者。即文王盛德之所在也。必於其不可容言之中。而見其不可揜之實。則詩人之意得矣。讀此詩想當時聞其歌者。眞若洋洋乎如在其上。如在其左右。又何待多著言語。委曲形容。而後足以見之哉〇豐城朱氏曰。於穆哉此清靜之廟。所以祀文王也。文王遠矣。不可得而見矣。今助我而祭文王者。尊而爲公侯。則肅雝顯相。肅雝。即文德之謂也。卑而爲多士。則秉文之德。文德。即肅雝之謂也。文王之神雖在天。而文王之主則在廟。對越其在天之神。即所以事其在廟之主也。駿奔走其在廟之主。即所以事其在天之神也。

清廟一章八句

書稱王在新邑。烝祭歲。文王騂牛一。武王騂牛一。實周公攝政之七年。而此其升歌之辭也。九峯蔡氏曰。王在洛。舉烝祭之禮。曰歲云者。歲舉之祭也。○東萊呂氏曰。按洛誥云。在十有二月。惟周公誕保文武受命惟七年。則是周公成洛邑。而作此詩。在於七年也。○安成劉氏曰。書言烝祭文武。而此樂歌止頌文王之德者。父子並祭。統於尊也。書大傳曰。周公升歌清廟。苟在廟中。嘗見文王者。愀然如復見文王焉。孔氏曰。記每云升歌清廟。然則祭宗廟之盛。歌文王之德。莫重於清廟。故爲周頌之首。○定宇陳氏曰。雝雝肅肅。乃文王盛德輝光形於外者。今助祭者有肅雝之德。執事者秉文王之德。足以配對文王。則是文王盛德之容。宛然如在目中矣。嘗見文王者。愀然如復見文王。斯言殆非虛也樂記曰清廟之瑟。朱弦而疏越。戶括反壹倡而三嘆。有遺音者矣。鄭氏曰。朱弦練盧陵羅氏曰。煮漚熟絲也朱弦練則聲濁。越瑟底孔也。疏之使聲遲也。倡發歌句也。三嘆三人從歎之耳孔氏曰。一倡。謂一人始倡歌。三嘆。謂三人讚歎也。樂歌文王之道。不極音聲。故但以熟弦廣孔少倡寡和。此音有德傳於無窮。是有餘音不已也。○朱子曰。一倡三歎者。一人倡之。三人和之。如今人換歌之類漢因秦樂。乾豆上。奏登歌通典注曰。乾豆脯羞之類獨上歌。不以筦管同絃亂人聲。欲在位者徧聞之。猶古清廟之歌也安成劉氏曰。堂上之樂。以人聲爲貴。故舜之韶樂。鳴球琴瑟以詠。清廟之瑟。朱弦而疏越。秦漢之薦乾豆。亦唯堂上獨奏登歌之曲。謂之登歌。豈以堂上特歌而名之歟

維天之命於（音烏）穆不已於（同上）乎（音呼）不顯文王之德之純

賦也。天命即天道也。（程子曰。言天之自然者曰天道。言天之賦予萬物者曰天命）不已言無窮也（程子曰。自是理自相續不已。非人爲之。如使可爲。須使百般安排。也須有息時。只爲無爲故不息）純不雜也（程子曰。不已則無間。天之道也。純則不二。文王之德也。文王其猶天歟）

○此亦祭文王之詩。言天道無窮。而文王之德純一不雜。與天無間。以贊文王之德之盛也。子思子曰。維天之命。於穆不已。蓋曰天之所以爲天也。於乎不顯。文王之德之純。蓋曰文王之所以爲文也。純亦不已（華谷嚴氏曰。凡言聖人如天者。以此擬彼。天與聖人猶爲二也。此詩但以天命之不已。與文德之純。對立而並言之。蓋有不容擬議者。子思又發明之如此。其旨深矣）程子曰。天道不已。文王純於天道亦不已。純則無二無雜。不已則無間斷先後西山真氏曰。純是至誠。無一毫人僞。維其純誠無雜。自然能不已。如天之春而夏。夏而秋。秋而冬。晝而夜。夜而晝。循環運轉。一息不停。以其誠也。聖人之自壯而老。自始而終。無一息之懈。亦以其誠也。既誠自然能不已

假春秋傳作何以溢春秋傳作恤我我其收之駿惠我文王曾孫篤之

何之爲假聲之轉也。恤之爲溢字之訛也。收受。駿大。惠順也。曾孫。後王也鄭氏曰。自孫之下皆稱曾孫。安成劉氏曰。後王主祭者皆得稱曾孫篤厚也東萊呂氏曰。毛氏謂能厚行之。然詩人之意。本勉後人篤厚之而不忘。所謂行者固亦在其中矣○言文王之神將何以恤我乎。有則我當受之以大順文王之道。後王又當篤厚之而不忘也華谷嚴氏曰。我既以大惠

文王自勉。繼自今爲子孫者。當世世篤厚之勿忘
也。去聖浸遠。典刑易墜。非用意篤厚。不能守也

維天之命一章八句華谷嚴氏曰。頌者。成功告神。必言子孫勉力保守。以慰祖考之意。故此詩曰曾孫篤之。天作曰子孫保之○慶源輔氏曰。上四句言文王之德。與天爲一也。後四句言已與後王。皆當法文王不已之德也。何以恤我。不敢自必之辭也。我其收之。幸之之辭也。駿惠我文王。自期之辭也。曾孫篤之。又望于後人之辭也○定宇陳氏曰。此詩言文王純一之德。上配天道之無窮。下被及子孫於無窮。子孫當順惠之而不逆。篤厚之而不忘也

維清緝熙。文王之典。肇禋音因迄許乞反用有成。維周之禎

賦也。清。清明也。緝。續。熙。明。肇。始。禋。祀。迄。至也○此亦祭文王之詩。言所當清明而緝熙者。文王之典也。故自始祀至今有成。實維周之禎祥也。華谷嚴氏曰。清則絜靜而不雜。緝則悠久而不

已。熙則廣大而光明。而以典言之者。謂其德寓於法也。文王有典以貽後人。故自始祀至其後而有成焉。是文王之典。爲周之禎祥也。祥者吉之先見也。○曹氏曰。文王之法。實啓有周之祥也

然此詩疑有闕文焉 慶源輔氏曰。典。謂法度典章。所謂祀典。蓋亦在其中。故下文便說肇禋。周之祀典。自文王始之。至周公而成之。文王之典。實維周之禎祥者可知矣。不以符瑞爲祥。而以典法爲禎。蓋有是典法。然後有是盛效。此其爲禎祥也大矣

維清一章五句

烈文辟音壁下同公。錫茲祉福。惠我無疆。子孫保之

賦也。烈。光也。辟。公。諸侯也 新安王氏曰。爲國君。故稱辟。舉五等之貴。故稱公 ○此祭於宗廟。而獻助祭諸侯之樂歌。言諸侯助祭。使我獲福。則是諸侯錫此祉音恥福。而惠我以無疆。使我子孫

保之也 華谷嚴氏曰。助祭諸侯。錫我以此福矣。豈徒目前淺近計哉。蓋惠我周家以無疆之休。使我子孫世世永保之也

無封靡于爾邦。維王其崇之。念茲戎功。繼序其皇之

封靡之義未詳。或曰。封專利以自封殖承職反也。靡汰音泰侈也。崇尊尚也。戎大。皇大也 ○ 言汝能無封靡于汝邦。則王當尊汝 臨川王氏曰。戒其無封以專利。無靡以傷財。則爲王之所崇也 又念汝有此助祭錫福之大功。則使汝之子孫。繼序而益大之也 豐城朱氏曰。烈文。美其德也。錫福。美其功也。無封靡。所以致其戒也。崇之皇之。所以厚其報也。諸侯助祭。而有錫福之功。王者報功。而有以及其後嗣。此所以爲忠厚之至也。

無競維人。四方其訓之。不顯維德。百辟其刑之。於音烏乎音呼

前王不忘

又言莫强於人。莫顯於德。先王之德。所以人不能忘者。用此道也。此戒飭而勸勉之也黃氏曰。此成王感發諸侯不盡之意中庸引不顯惟德。百辟其刑之。而曰故君子篤恭而天下平朱子曰。不顯。猶言豈不顯也。此借引以爲幽深玄遠之意。言天子有不顯之德。而諸侯法之。則其德愈深而效愈遠矣。篤。厚也。篤恭。言不顯其敬也。篤恭而天下平。乃聖人至德淵微。自然之應也。○問不顯維德。按詩中例言豈不顯也。今借引此詩。眞作不顯說。如何。曰。是箇幽深玄遠意。是不顯中之顯大學引於乎前王不忘。而曰君子賢其賢。而親其親。小人樂其樂。而利其利。此以沒世不忘也朱子曰。於戲。嘆詞。前王。謂文武也。君子。謂後賢後王。小人。謂後民也。此言前王所以新民者止於至善。能使天下後世。無一物不得其所。所以既沒世而人思慕之。愈久而不忘也。又曰。賢其賢者。聞而知之。仰其德業之盛也。親其親者。子孫保之。思其覆育之恩也。樂其樂者。含哺鼓腹而安其樂也。利其利者。耕田鑿井而享其利也。此皆先王盛德至善之餘澤。故雖已沒世。而人猶思之。愈久而不能忘也

烈文一章十三句

此篇以公疆兩韻相叶。未審當從何讀。意亦可互用也安成劉氏曰。第一句。與第六第七句相叶。第三句。與第五第八第十三句相叶。亦隔互叶韻也

天作高山。大音泰王荒之。彼作矣。文王康之。彼徂矣。岐沈括曰。後漢書。西南夷傳。作彼岨者岐。今按彼書岨但作徂。而引韓詩薛君章句。亦但訓爲往。獨矣正作者如沈氏說。然其注末。復云岐雖阻僻。則似又有岨意。韓子亦云彼岐有岨。疑或別有所据。故今從之。而定讀岐字絕句有夷之

行。叶戶郎反子孫保之

賦也。高山。謂岐山也。荒。治。康。安也。岨。險僻之意也。夷。平。行。路也。○此祭大王之詩。言天作岐山。而大王始治之。大王既作。而文王又安之。於是彼險僻之岐山。人歸者衆。而有平易之道路。子孫當世世保守而不失也。黄氏曰。遷岐之役。曰帝省其山。曰帝遷明德。曰帝作邦作對。又曰天作。似以岐可興周。而天故使大王之遷岐也。然其一篇。則在於太王之荒。文王之康。子孫之保。而不獨歸之於天也。○段氏曰。劉氏云。其始作之。固自乎天。其終保之。亦繫乎人。○華谷嚴氏曰。作者。造立之言也。遷岐非得已。而周以岐興。詩人以爲是非人所能爲。故言此岐山。天實爲之也。又曰。太王文王之業。子孫當保守而不墜也。成功告神明之頌。多言子孫當保守之意。蓋子孫能保守。則可以慰祖宗之心矣。○慶源輔氏曰。高山大川。皆天造地設也。大禹但能奠之耳。故曰天作。治荒謂之荒。猶治亂謂之亂也。太王治荒之，而亦曰彼作矣者，推太王與天同功也。祖先所以經理其始，討安其後者，既已甚艱勤矣，則子孫固宜世世保守之而不失也。

天作一章七句

昊天有成命，二后受之。成王不敢康，夙夜基命宥密。於音烏緝熙單厥心，肆其靖之。

賦也。二后，文武也。成王，名誦，武王之子也。安成劉氏曰：朱子於下武詩成王二字，則辨先儒之誤，而謂非王誦之謚。於此詩成王字，則正先儒之誤，而以爲謚名。固各有當也。基，積累于下，以承藉乎上者也。宥，宏深也。密，靜密也。於，歎詞。靖，安也。○此詩多道成王之德，疑祀成王之詩也。言天祚周以天下，既有定命，而文武受之矣。成王繼之，又能不敢康寧。而其夙夜積德。以承藉天命者。又宏深而靜密。是能繼續光明文武之業而盡其心。故今能安靖天下。而保其所受之命也慶源輔氏曰。不敢康。戒謹恐懼也。不宏則體不盡。不深則見不徹。不靜則不能到沖漠無眹處。不密則不能到萬象森具處。宏深。陽之德也。靜密。陰之德也。合是二德。則能承藉乎天之命我者也。夙夜。無間斷也。能夙夜基命宥密。則能繼續光明文武之業而盡其心。才有間斷。則文武之業。便有蔽昧處。而已之心亦不能盡矣。天命也。文武之業也。已之心也。天下之安也。皆是一統底事。○黃氏曰。文武受天命興王業者如此。則成王所以基而承之。繼而廣之者。亦惟盡此心而已。蓋文武以上天之心爲心。後王以文武之心爲心。無愧於文武之心。而後能安文武之天下。無負於天命。而後無愧於文武也○曹城朱氏曰。不敢康。以心言。宥密。以德言。以不敢康寧之心。成宏深靜密之德。以宏深靜密之德。成繼續光明之業。則所以基上天之命者在是。所以繼先王之業者在是。而皆不外乎此心。故又以單厥心終焉。我今日所以能安靖天下而保其所受之命者是又成王之賜也國語叔向引此詩而言曰是道成王之德也成王能明文昭定武烈者也以此證之則其爲祀成王之詩無疑矣

昊天有成命一章七句

此康王以後之詩問康王何緣無詩朱子曰昊天有成命之類便是康王詩而今却要解那成王做成王業費盡氣力要從王業上說去不知怎生地

我將我享維羊維牛維天其右叶音由之

賦也將奉享獻右尊也神坐東向在饌之右所以尊之也問所解右字與舊說不同朱子曰周禮有享右祭祀之文如詩中此例亦多如既右烈考亦右文母之類如我將所云作保佑更難方說維羊維牛如何便說保佑到伊嘏文王既右享之也說未得佑助之佑○安成

劉氏曰。古人以右爲尊。如云位在其右。尤出其右。故右有尊義○此宗祀文王於明堂以配上帝之樂歌。言奉其牛羊以享上帝。而曰天庶其降而在此牛羊之右乎。蓋不敢必也東萊呂氏曰。明堂祀上帝而文王配焉。故先言祀天而次言祀文王。此段言祀天也。後段言祀文王也○安成劉氏曰。天比文王爲尊。以尊事之。故不敢必天之享。而以其字言之

儀式刑文王之典。日靖四方。伊嘏古雅反文王既右享叶虛良反之

儀式刑。皆法也華谷嚴氏曰。累言之者。謂法之不已也○須溪劉氏曰。諄復言之。以見取法之甚也○慶源輔氏曰。儀。以爲儀也。式。以爲式也。刑。以爲法也。疊言此三字。以見凡所云爲動作不敢忘也。嘏錫福也孔氏曰。特牲少牢。皆載祝以神詞嘏主人。與之以福○言我儀式刑文王

之典。以靖天下。則此能錫福之文王。既降而在此之右。以享我祭。若有以見其必然矣慶源輔氏曰。亦洋洋乎如在其上如在其左右之意○安成劉氏曰。文王比天帝爲親。以親望之。故知文王之必享我祭。而以既字言之○豐城朱氏曰。承上文而言。雖不敢必於天。而實可必於文王。文王之典。安靖天下之典也。我惟於文王之典儀式刑焉。以之而日安靖乎四方。則所以感格之者有其素矣。今而將是羊牛。則此能錫福之文王。豈不降而右享我乎。其者辭之疑。既者辭之決。所以疑者尊之而不敢必也。所以決者。親之而可必也。

我其夙夜畏天之威于時保之

又言天與文王。既皆右享我矣。則我其敢不夙夜畏天之威。以保天與文王所以降鑒之意乎三山李氏曰。雖曰享吾之祭。亦豈可自滿哉。故當夙興夜寐。亹亹怵惕。畏天之威○慶源輔氏曰。我其夙夜畏天之威。則儀式刑文王者益至。

而安靖四方者益久。此其所以能保天與文王降鑒之意也

我將一章十句

程子曰。萬物本乎天。人本乎祖。故冬至祭天而以祖配之。以冬至氣之始也。萬物成形於帝。而人成形於父。故季秋享帝而以父配之。以季秋成物之時也。陳氏曰。古者祭天於圜與圓同丘。掃地而行事。器用陶匏蒲交反。牲用犢。其禮極簡。聖人之意。以爲未足以盡其意之委曲。故於季秋之月。有大享之禮焉。濮氏曰。文王之祀。既不敢同后稷於郊。又無屈天神於宗廟之理。故特尊其祀於明堂也。斯其爲曲盡矣天。即帝也。郊而曰天。所以尊之也。故以后

稷配焉。后稷遠矣。配稷於郊。亦以尊稷也。明堂而曰帝。所以親之也。以文王配焉。文王親也。配文王於明堂。亦以親文王也。問帝即是天。天即是帝。却分祭何也。朱子曰。爲壇而祭。故謂之天。祭於屋下而以神祇祭之。故謂之帝。又曰。后稷生於姜嫄。以上更推不去。故配天須以稷。然上帝即天也。聚天之神而言之。則曰上帝。此武王祀文王。推父以配上帝者。配帝須以父也。○曹氏曰。以天道事之。則藁秸以爲席。陶匏以爲器。繭栗之牲。埽地而祭。所以尊之也。以帝道事之。則牛羊以爲牲。簠簋以爲器。鼎俎之實。其薦用熟。所以親之也。尊尊而親親。周道備矣。然則郊者古禮。而明堂者周制也。周公以義起之也。問祀文王於明堂。周公以義起之。非古禮也。不知周公以後。將以文王配耶。以時王之父配耶。朱子曰。諸儒正持此二義。至今不決。且周公制禮。不知在武王之時。成王之時。若在成王時則文王乃其祖也又問繼周公者當何如曰只以有功者配之又曰昔者周公宗祀文王於明堂乃不言武王者以禮樂出於周公制作故以作禮樂者言之東萊吕氏曰於天維庶其饗之不敢加一詞焉於文王則言儀式其典日靖四方天不待贊法文王所以法天也卒章惟言畏天之威而不及文王者統於尊也畏天所以畏文王也天與文王一也

時邁其邦昊天其子之

賦也邁行也邦諸侯之國也周制十有二年王巡守殷國柴望祭告諸侯畢朝周禮大行人曰十有二歲王巡守殷國注云殷猶衆也○書周官曰六年五服一朝又六年王乃時巡諸侯各朝於方嶽○九峯蔡氏曰柴燔柴以祀天也望望秩以祀山川

也。五嶽四瀆之屬望而祭之。故曰望。而新安胡氏曰。望祭各設於巡守之方。具位茅以辨之。而植表於中。周禮所謂旁招以茅。晉語所謂置茅蕝設表望是也○此巡守而朝會祭告之樂歌也孔氏曰。武王巡守至于方岳。乃作告至之樂歌也○安成劉氏曰。此雖武王初定天下而巡守所作之歌。其後王之巡守者因而皆用之歟言我之以時巡行諸侯也。天其子我乎哉。蓋不敢必也徐氏曰。子者。親而愛之也○華谷嚴氏曰。有天下曰天子。子之。謂使其王也○安成劉氏曰。所謂不敢必者。亦以其字言之。蓋初爲疑辭也。下文言允王維后。允王保之者。則終之以決辭也。然此二句總言巡守之事以發端也

實右序有周。薄言震之。莫不震疊。懷柔百神。及河喬嶽。允王維后

右尊序次。曹氏曰。序者。帝王之傳序也○錢氏曰。謂以周繼夏商也震。動。疊。懼。懷。來。

柔。安、允。信也○既而曰天實右序有周矣。是以使我薄言震之。而四方諸侯。莫不震懼。又能懷柔百神。曹氏曰。祭法云。有天下者祭百神。故巡守所至。百神皆祭焉以至于河之深廣嶽之崇高而莫不感格。則是信乎周王之爲天下君矣華谷嚴氏曰。天實右序有周矣。武王之巡守也。於諸侯薄警動之而莫不震懼。又所至方嶽之下。懷百神。祀河嶽。其人神之受職非人所能爲也。天實右序之也。故天下莫不信武王之宜君天下也○三山李氏曰。以諸侯則莫不威畏。以百神則莫不懷柔。人神各得其所。信乎王能盡爲君之道也○安成劉氏曰。此一節言巡守而祭告百神之事也

明昭有周。式序在位。載戢側立反干戈。載櫜古刀反弓矢。我求懿德。肆于時夏。户雅反允王保之

戢。聚。櫜。韜。孔氏曰。櫜。弓衣。一名韜。故納弓於衣謂韜弓肆。陳也。夏。中國也○

又言明昭乎我周也。既以慶讓黜陟之典。式序在位之諸侯三山李氏曰。孟子載巡守之事。入其疆而慶讓行。王制言不順不敬有黜地削爵之罰。有功德於民者。有加地進律之賞。凡此皆所以按諸侯之功罪而升黜之。所謂式序在位也又收歛其干戈弓矢。而益求懿美之德。以布陳于中國。則信乎王之能保天命也三山李氏曰。武王取天下矣。必求文德以施中國。則可以保天下也○安成劉氏曰。天既右序我周。使人神受職。則我周王固爲天下之君而爲天之子矣。我周既式序諸侯。而以德化中國。則信爲天之子而保天之命也。然此一節。則言巡守朝會黜陟之事也或曰。此詩即所謂肆夏。以其有肆于時夏之語而命之也國語注云。夏。樂章之名○慶源輔氏曰。昊天其子之。不敢必也。然細思之。則知天實右序于我周也。故諸侯莫不震懼而畢朝。百神莫不感格而來享。蓋王巡狩殷國。則諸侯畢朝。群祀具舉故也。信乎周王之爲天下君。則昊天誠子之矣。自實右序有周而下。則言已然之事。自明昭有周而下。則言已後之事。自期其當如此也。式序在位。所以對天之右序有周也。懿德。文德也。此與諸侯相期以文德治乎諸夏。而無或相尋於干戈弓矢之中也。所謂偃武修文者是也。如此則信乎王之能保受於天命矣。雖詰爾戎兵。張皇六師設司馬以教閱。在周自有不可廢者。而與諸侯相期之志。則固不在也

時邁一章十五句

春秋傳曰。昔武王克商。作頌曰載戢干戈而外傳又以爲周文公之頌。則此詩乃武王之世周公所作也。永嘉陳氏曰。武王凱歌方終而有方岳之行。觀此詩是告方岳以革命之事。因其時而震服諸侯。故其詩與他廟樂不同。○黄氏曰。時邁之作。見武王所以得天下所以保天下者。皆無愧也。武王巡守之事。詩有時邁。書有武成。時邁。告祭之樂章也。武成。識其政事以示天下來世也。庚戌柴

望大告武成。此告祭懷柔之實也。昭我周王天休震動。此莫不震疊之實也。廢邦冢君。暨百工受命于周。此式序在位之實也。偃武修文。歸馬放牛。此非戢櫜之意乎。建官位事。重民五教。惇信明義。崇德報功。此非懿德以保之乎

外傳又曰。金奏肆夏樊遏渠。天子以饗元侯也鄭氏曰。以鍾鎛播之。鼓磬應之。所謂金奏也韋昭注云。肆夏一名樊。韶夏一名遏。納夏一名渠。即周禮九夏之三也。呂叔玉云。肆夏。時邁也。樊遏。執競也。渠。思文也顏氏曰。三夏者。歌之大也。天子享元侯用之。故尸出入奏肆夏。牲出入奏韶夏。四方賓來奏納夏。其聲載於樂章。其職掌於鍾師。然杜預韋昭之說。與呂叔玉雖不同。而時邁執競思文。即三夏之異名也。又曰。三夏之外。又有所謂王夏章夏齊夏族夏祴夏驁夏。是總爲九夏之名。齊音齋祴音該驁音遨○鄭氏曰。九夏疑皆詩篇名。頌之類也。載在樂章。樂崩。亦從而亡。是以頌不能具○安

成劉氏曰。時邁思文。皆周公所作。而周禮九夏。亦制作於周公。固可以時邁爲肆夏。思文爲納夏矣。至於執競。則昭王以後之詩。而乃以爲韶夏。左傳國語之注。恐難盡信

執競武王。無競維烈。不顯成康。上帝是皇

賦也。此祭武王成王康王之詩。競。強也。言武王持其自強不息之心。故其功烈之盛。天下莫得而競三山李氏曰。易曰天行健。君子自強不息。人君亦自強。然後可以成功豈不顯哉。成王康王之德。亦上帝之所君也

自彼成康。奄有四方。斤斤紀覲反其明叶謨郎反

斤斤。明之察也。言成康之德。明著如此也三山李氏曰。言照臨四方。無所不察也

鐘鼓喤喤。華彭反。叶胡光反 磬筦音管將將。七羊反 降福穰穰如羊反

喤喤。和也。將將。集也。穰穰。多也。言今作樂以祭而受福也。華谷嚴氏曰。此言樂作而神福之也

降福簡簡。威儀反反。既醉既飽。福祿來反

簡簡。大也。反反。謹重也。反。覆也。言受福之多而愈益謹重。是以既醉既飽。而福祿之來。反覆而不厭也。三山李氏曰。既醉既飽。蓋祭終而飲福耳。上言祭時樂備而和。故神降之福。此言祭終而飲。威儀備具。此福祿所以反覆日至而未艾也。○華谷嚴氏曰。此言禮行而神申福之也

執競一章十四句

慶源輔氏曰。武王能持自强之心而不息。故天下莫能强於功烈之盛。此蓋內外之符也。成王康王之德所以顯明而上帝之所以君之者。豈無自而然哉。此四句皆主

武王而言之也。自彼成康。奄有四方。乃專言成康之德。斤斤訓明與察。亦有不已無間斷之意。應上顯字而言。鐘鼓喤喤。磬筦將將。降福穰穰。則言作樂以祭。樂聲之和而受福之多。降福簡簡而下四句。又言既祭而燕。威儀謹重。故福祿之來。反覆無厭。所以然者。皆由武王之自强不息。成康之明。斤斤不已之故

此昭王以後之詩。國語說見前篇

思文后稷。克配彼天。立我烝民。莫匪爾極。貽我來牟。帝命率育。叶曰逼反無此疆爾界。叶訖力反陳常于時夏

賦也。思。語詞。文。言有文德也慶源輔氏曰。聖人之德。文武最盛。文。陽也。武。陰也。而文取數尤多。舍刑威征討之外。皆文也。○西山眞氏曰。聖人盛德蘊於中而光輝發於外。如威儀之中度。語言之當理。皆文也。堯之文思。舜之文明。孔子稱堯曰。煥乎其有文章。子貢曰夫子之文章。皆此之謂也立。粒通。極。至也。德之至也。貽。遺也。來。小麥。牟。大麥也本草曰。小麥味

甘。大麥味鹹。爲五穀長。注。大麥。今裸麥。一名麳麥。形似小麥。皮厚。故謂大麥 率。徧。育。養也。○

言后稷之德。眞可配天。安成劉氏曰。眞可配天。故謂之克配。如文王之克明德也 蓋使我烝民得以粒食者。莫非其德之至也。朱子曰。立。即書所謂烝民乃粒。爾。指后稷而言。蓋曰使我烝民得以粒食者。莫非爾后稷之所立者是望耳。極字非指所受之中也○曹氏曰。天地能生之而不能養之。苟不得其養。則亦弗克遂其生矣。惟后稷能以粒食養人。故其德足以配天

且其貽我民以來牟之種。乃上帝之命。以此徧養下民者 華谷嚴氏曰。后稷遺我民以二麥之種。此乃天命后稷徧養斯民也。然稷播百穀。獨擧來牟者。以其先熟。濟民之食尤切也○段氏曰。詩言來牟者二。蓋麥者五穀成熟之最先。一歲豐稔之占。又正闕乏之時。故養民者以此爲善也 是以無有遠近彼此之殊。而得以陳其君臣父子之常道於中國也 慶源輔氏曰。帝命以此徧養下民。故稷因以敎民稼穡。種藝遍于天

下。無有疆界之限。民既得以生養。君臣父子之常道。因
可以陳布于中國也。孟子論稷教稼穡。契教人倫之事。
蓋夫生育之道。無此疆爾界之殊。至於五常之敎。則止
可及中國而已。夷狄則固有所不能受也○三山李氏
曰。此所謂富而敎之也。若民無恒產因無恒心矣
或曰。此所謂納夏者。亦以其
有時夏之語而命之也

思文一章八句

國語說見時邁篇東萊呂氏曰。國語以此爲周文公之頌。是此篇亦周公所作○
濮氏曰。此郊祀獻后稷之樂歌。祭天宜有詩而今
亡矣。決不可以昊天有成命當之○孔氏曰。后稷
之配南郊。與文王之配明堂。其義一也。而我將主
言文王享其祭祀。不說文王可以配上帝。此篇主
說后稷有德可以配天。不說
后稷享其祭祀。非有異也

清廟之什十篇十章九十五句

周頌臣工之什四之二

嗟嗟臣工。敬爾在公。王釐（力之反）爾成。來咨來茹。（如預反）

賦也。嗟嗟，重（去聲）歎以深敕之也。臣工，羣臣百官也。公，公家也。釐，賜也。成，成法也。茹，度（待洛反）也。○此戒農官之詩。先言王有成法以賜女（音汝，下同）。女當來咨度也。慶源輔氏曰：命他官皆無詩，而特命農官則有詩者，想是周人以農事開國。故成王周公特作詩以戒飭之，以重其事也。蓋周家當時每事皆有成法布在天下。況於后稷教民稼穡之事乎。羣臣百官或有所不知，故命之來咨來度也。

嗟嗟保介。維莫（音暮）之春。亦又何求。如何新畬（音余）。於（音烏）皇來牟。將受厥明。明昭上帝。迄用康年。命我衆人。庤（持耻反）乃錢（子淺反）鎛（音博）。奄觀銍（珍栗反）艾。（音刈）

保介見月令呂覽。安成劉氏曰。呂覽。即呂氏春秋月令。亦呂氏春秋十二紀之首也其說不同。然皆爲籍田而言。蓋農官之副也慶源輔氏曰。保介。助王耕籍田者。介有副意。故以爲農官之副莫春。斗柄建辰。夏正之三月也。畬三歲田也曹氏曰。凡田一歲曰菑。初反草也。二歲曰新田。始爲田也。三歲曰畬。乃成熟也於皇嘆美之詞。來牟。麥也。明。上帝之明賜也。言麥將熟也。迄。至也。康年。猶豐年也。衆人。甸徒也。庤。具。錢。銚音挑鎛。鉏。皆田器也。銍。穫禾短鎌也孔氏曰。鎛。耨也。柄長尺。其耨六寸。所以入苗間。管子曰。一農之事。必有一銍一耨一挑。然後成農。三者皆田器也艾。穫也○此乃言所戒之事。言三月則當治其新畬矣。今如何哉慶源輔氏曰。維暮之春。亦又何求。戒之使及時務農也。又問所治之新畬今如何。新田則費工多。故舉新而該舊也○華谷嚴氏曰。新墾之田。用力尤艱。

故首問之然麥已將熟。則可以受上帝之明賜。而此明昭之上帝又將賜我新畬以豐年也。於是命甸徒。具農器以治其新畬。而又將忽見其收成也臨川王氏曰。治其事於前。則收其功於後。不可不勉也○三山李氏曰。惟能庤乃錢鎛。乃能有銍艾之望也○豐城朱氏曰。此詩兩言嗟嗟。嗟嗟臣工。謂凡百官之事。皆不可以不敬也。嗟嗟保介。謂爾農官之事。尤不可以不敬也。先王之於百官。皆有成法以賜之。有官守者。固當來咨來度也。况我周家以農事開國。其法尤爲詳備。爾農官其可不來咨而來度乎。於是戒之曰。時至於暮春。則當治其新畬矣。爾毋謂其田之難治。其效之難見也。况來牟將熟。既可以受明賜於已然。即來牟以爲嘉穀之占。又可以徯豐年於後日。爾農官固不可不致其勸相之勤。而爲甸徒者亦不可不致其耕治之力也。當知錢鎛之用。雖在於春暮之時。而銍艾之收。已在於孟秋之際。特奄忽之間耳。豈可以爲久而難待哉。言豐穰之必然以勸勉之也

臣工一章十五句華谷嚴氏曰。既嗟嘆而告臣工。又嗟嘆而戒保介。皆以重農之意告之也○須溪劉氏曰。嗟嗟臣工。至來咨來茹。未有所言也。至嗟嗟保介。則進其從者而與之言。亦惟閔其農事而已。能知民事艱難而問之曰如何新如何畬。其下則又述其相與贊喜勞勸之意焉

噫嘻成王。既昭假音格爾。率時農夫。播厥百穀。駿發爾私。終三十里。亦服爾耕。十千維耦。叶音擬

賦也。噫嘻亦嘆詞也。昭。明。假。格也。爾。田官也。時。是。駿。大。發。耕也。私。私田也。三十里。萬夫之地。四旁有川。內方三十三里有奇。言三十里。舉成數也周禮遂人。夫間有遂。萬夫有川。○孔氏曰。一夫百畝方百步。積萬夫方之。是廣長各百夫。以百乘百。是萬也。夫有百步。三夫為一里。則百夫為三十三里。餘百步。即三分里之一。為小半里也耦。二人並耕也○此連上篇亦戒農

官之詞。昭假爾猶言格汝衆庶。蓋成王始置田官而嘗戒命之也。爾當率是農夫。播其百穀。使之大發其私田。皆服其耕事。萬人爲耦而並耕也。蓋耕本以二人爲耦。今合一川之衆爲言。故云萬人畢出。并力齊心。如合一耦也。新安胡氏曰。十千維耦者。蓋萬夫合耦而耕。實五千耦耳。五千耦而并力齊心。如一耦也。此必鄉遂之官。司稼之屬。其職以萬夫爲界者。溝洫用貢法。無公田。故皆謂之私。北溪陳氏曰。周制國中鄉遂之地用貢法。田不井授。但爲溝洫。一夫受田百畝。與同溝之人。通力合作。計畝均收。大率十而賦其一。○格菴趙氏曰。陳器之云。鄉遂用貢法。周禮遂人是也。按遂人云。百夫有洫。十夫有溝。竊意鄉遂之地。在近郊遠郊之間。六軍之所從出。必是平原廣野。可畫爲萬夫之田。有溝有洫。又有途路也。蘇氏曰。民曰雨我公田。遂及我私。而

君曰駿發爾私。終三十里。其上下之間交相忠愛如此

豐城朱氏曰。此詩舉成王之謚。則成王以後之詩也。成王既置田官而戒命之。後王復遵其法而重戒之。率時農夫。農官之職也。播厥百穀。農夫之事也。終三十里。欲其地之無遺利也。十千維耦。欲其人之無遺力也。地無遺利。人無遺力。此豐穰之所以可必也

噫嘻一章八句

慶源輔氏曰。臣工。是成王戒農官之辭。噫嘻。疑是康王戒農官之辭。既昭假爾。言昔時成王嘗進爾農官而戒命之矣。三爾字皆指農官而言。其職既以萬夫爲界。則萬夫之發私田。服耕事。皆農官之已事也

振鷺于飛。于彼西雝。我客戾止。亦有斯容

賦也。振。羣飛貌。鷺。白鳥。雝。澤也

王氏曰。辟雝有水。鷺所集也。在西郊。故曰西雝

客。謂二王之後。夏之後杞。商之後宋。於周爲客。天子有

事膰焉。有喪拜焉者也。孔氏曰。客者敵主之言。先代之後。時王偏所尊敬。特謂之客也。又曰。史記杞世家云。武王求禹後。得東樓公。封於杞。其殷後。則初封武庚。後以叛而誅之。更封微子於宋。○三山李氏曰。我客云者。不純臣待之。如所謂虞賓在位。作賓王家也。

祭之詩。言鷺飛于西雝之水。而我客來助祭者。其容貌

○此二王之後來助

脩整。亦如鷺之潔白也。華谷嚴氏曰。振振然羣飛之鷺。集于西郊辟雝之澤。其羽毛潔白。容止舒閑可觀也。杞宋之君。皆來助祭於此。亦有此容也。

或曰。興也

在彼無惡烏路反。在此無斁叶丁故反。庶幾夙夜叶羊茹反。以永終譽。

彼。其國也。在國無惡之者。在此無厭之者。如是則庶幾

其能夙夜以永終此譽矣。三山李氏曰。庶幾終譽。此所謂愛人以德也。成王告微子曰。與國咸休。永世無窮。又曰。俾我有周無斁。皆此意也。

陳氏曰。在彼不以我革其

命而有惡於我。知天命無常。惟德是與。其心服也。在我不以彼墜其命而有厭於彼。崇德象賢。統承先王。忠厚之至也 慶源輔氏曰。在彼無惡。其心公也。在此無斁。其心厚也。公則順天。厚則盡道。必如是然後可以夙夜以永終此譽也。尊之曰客。又以鷺比。所謂譽也。庶幾。不敢必之辭也。夙夜。無或息之意也。永。長也。終。竟也○安成劉氏曰。所引陳說在彼無惡之意。與上文傳意微異。故朱子初解舊本於此說之下有亦通二字

振鷺一章八句 三山李氏曰。杞宋天子後也。其禮加於諸侯。故特爲此詩也 ○問振鷺詩不是正祭之樂歌。乃獻助祭之臣。未審如何。朱子曰。看此文意。都無告神之語。恐是獻助祭之臣。古者祭每一受胙。主與賓尸皆有獻酬之禮。既畢。然後亞獻。至獻畢。復受胙。如此禮意甚好。有接續意思。到唐時尚然。今併受胙於諸獻既畢之後。王與賓意思皆隔了。古者一祭之中。所以多事 ○曹氏曰。必存二代之後者。所以尊其先世受命之君。俾承祀而不廢。且示天下公器。又使時君常以覆車

爲鑒耳

豐年多黍多稌。音杜亦有高廩。力錦反萬億及秭。咨履反爲酒爲醴。烝畀祖妣。以洽百禮。降福孔皆。叶舉里反

賦也。稌。稻也。黍宜高燥而寒。稌宜下濕而暑。黍稌皆熟。則百穀無不熟矣三山李氏曰。稌。粳也。職方氏謂雍冀高燥。其穀宜黍。荆揚下濕。其穀宜稻。是黍利高燥。稌利下濕也。豐年之時。或高或下。無所不熟亦。助語辭。數。色主反下同萬至萬曰億。數億至億曰秭。烝。進。畀。予。洽。備。皆。徧也○此秋冬報賽田事之樂歌。蓋祀田祖先農方社之屬也新安胡氏曰。按濮氏謂此年穀始登而薦宗廟之樂歌。豈非以其有烝畀祖妣之辭歟○安成劉氏曰。序以噫嘻爲春夏祈。此詩爲秋冬報。載芟爲春祈。良耜爲秋報。朱子初解。皆用其說。今此集傳。乃其改本。於彼三詩傳文及序說。

既皆不取小序獨此篇於序說亦謂其誤而傳猶用序意者豈後來所改有未盡歟然得濮氏胡氏之說亦足以補之矣

言其收入之多至於可以供祭祀備百禮而神降之福將甚徧也豐城朱氏曰此詩朱子謂報賽田事之樂歌集傳神字正指田祖先農方社而言蓋言收入之多而得以供祭祀備百禮者皆豐年之所致而田祖先農方社之所賜也故報賽之際以降福孔皆歸功於其神焉○廬陵曹氏曰以洽百禮非特言祭祀而已而養耆老享賓客皆在其中矣

豐年一章七句

有瞽有瞽在周之庭

賦也瞽樂官無目者也鄭氏曰瞽矇也目無所見於音聲審也周禮上瞽四十人中瞽百人下瞽百六十人有眡瞭者相之眡瞭音視了○序以此爲始作樂而合乎祖之詩濮氏曰王者功成作樂而始合奏于祖廟此工歌也○朱子曰祖通言先祖兩句總

序其事也慶源輔氏曰瞽言作樂之人也庭言作樂之處也兩句總序其事是也○豐城朱氏曰重言有瞽見其非一人而皆在於周之庭矣

設業設虡音巨崇牙樹羽應田縣鼓鞉音桃磬柷尺叔反圉魚女反既備乃奏叶音祖簫管備舉以上叶瞽字

業虡崇牙見靈臺篇樹羽置五采之羽於崇牙之上也孔氏曰植者爲虡橫者爲栒大板謂之業所以飾此栒而爲崇牙刻之如鋸齒捷業然故曰業其形卷然可以縣鼓磬樹五采之羽以爲文畫繒爲翣戴以壁樹翣於栒之角明堂位所謂周之壁翣應小鞞田大鼓也孔氏曰釋樂云小鼓謂之應大射禮云應鞞在建鼓東自爲一器故知應小鞞也應既是小田宜爲大鄭氏曰田當作輮音胤小鼓也孔氏曰以經傳皆無田鼓之名而大師職云奏鼓輮注云爲大鼓先引故知田當作輮縣鼓周制也夏后氏足鼓殷楹

鼔。周。縣鼔。禮記明堂位注曰。足。謂四足。楹。謂之柱。貫中上出也。縣。縣之簨虡也○曹氏曰。足鼓則以跗承之。楹鼓則以柱貫之。周鼓始垂於簨虡故謂之縣鼓也鞉。如鼓而小。有柄兩耳。持其柄搖之。則旁耳還自擊。磬。石磬也。柷。狀如漆桶。以木爲之。中有椎。連底挏杜孔反。動也之。令左右擊。以起樂者也。圉。亦作敔。狀如伏虎。背上有二十七鉏鋙。刻。以木長尺。櫟歷畧二音之。以止樂者也孔氏曰。釋樂云。所以鼓柷謂之止。所以鼓敔謂之籈。郭璞云。柷。方二尺四寸。深一尺八寸。中有柄椎連底挏之。止其椎名也。敔。以木長尺櫟之。籈其名也。籈音眞挏音同○考索曰。柷方二尺四寸。陰也。敔二十七鉏鋙。陽也。樂作陽也。以陰數成之。樂止陰也。以陽數成之。固天地自然之理也簫。編小竹管爲之。管。如篴。音笛併兩而吹之者也臨川王氏曰。簫大者編二十三管。長尺四寸。小者十六管。長尺二寸。參差象鳳翼○孔氏曰。小師注云。管如篴。形小。

一五九八

蓋並吹兩管也

喤喤音橫厥聲。肅雝和鳴。先祖是聽。我客戾止。永觀厥成以上叶庭字

我客。二王後也。觀。視也。成。樂闋也。如簫韶九成之成。朱子曰。成。樂之一終也。○九峯蔡氏曰。樂者象成者也。故曰成。○曹氏曰。永觀厥成。觀之無厭斁也

獨言二王後者。猶言虞賓在位。我有嘉客。蓋尤以是爲盛耳疊山

謝氏曰。舜作樂而曰虞賓在位。祖考來格。成王合樂而曰先祖是聽。我客戾止。以先代之後與先祖並言。尊之至也。書曰。崇德尚賢。統承先王。修其禮物。非尊其後。尊聖帝明王也。○安成劉氏曰。虞賓在位。則舜之作樂以此爲盛。我有嘉客。則商人作樂以此爲盛。我客戾止。則周人作樂以此爲盛也。○豐城朱氏曰。樂聲喤喤而和鳴。故先祖是聽。幽有以感乎神也。我客戾止。永觀厥成。明有以感乎人也

有鬵一章十三句濮氏曰。始言樂官。中言樂器。終言樂聲之美

猗於宜反與音余漆沮。七余反潛有多魚。有鱣張連反有鮪。叶于軌反鰷音條鱨音常鰋音偃鯉。以享以祀。叶逸織反以介景福叶筆力反

賦也。猗與。歎詞。潛。槮也音滲爾雅曰。魚之所息謂之㯯。㯯音譖。㯯。槮也。字林作罧。罧音心去聲蓋積柴養魚。使得隱藏避寒。因以薄圍取之也。或曰藏之深也華谷嚴氏曰。王氏以爲潛藏之潛言取之深也。解頤新語云。魚喜潛鰷。白鰷也陸氏曰。鰷形狹而長。若條然月令季冬命漁師始漁。天子親往。乃嘗魚。先薦寢廟鄭氏曰。天子必親往視漁。明漁非常事。重之也。此時魚潔美季春薦鮪于寢廟鄭氏曰進時美物此其樂歌也廬陵彭氏曰。子孫之祭其先祖。九州之美味莫不畢備。然其樂歌必言其所興之地。取其所產之物而薦之者。以示不忘本之意。抑亦思其所嗜之意

潛一章六句慶源輔氏曰。魚乃澤物之美者。故薦之宗廟以致其孝心焉。今月令但有季冬至寢廟之文而已。季春薦鮪。乃序說也

有來雝雝與公叶篇內同至止肅肅。相息亮反維辟音壁公。天子穆穆

賦也。雝雝和也。肅肅敬也。相助祭也。辟公諸侯也。穆穆天子之容也朱子曰。其助祭者公侯其主祭者天子也○此武王祭文王之詩。言諸侯之來皆和且敬。安成劉氏曰。諸侯之來者非一。故以雝雝言其和。其至止於廟中也。故以肅肅言其敬○慶源輔氏曰。來而不和。則有勉強不得已之心。至而不敬。則有怠緩不敏事之意以助我之祭事而天子有穆穆之容也

於音烏薦廣牡。相同上予肆祀叶養里反假古雅反哉皇考。叶音口綏予孝子叶獎里反

於。歎詞。廣。牡。大牲也。臨川王氏曰。碩大肥腯之謂也。肆陳。假大也。皇考。文王也。綏。安也。孝子。武王自稱也。○言此和敬之諸侯。薦大牲以助我之祭事。華谷嚴氏曰。言得天下之歡心以奉其先王也。而大哉之文王。庶其享之。以安我孝子之心也

宣哲維人。文武維后。燕及皇天。叶鐵因反 克昌厥後

宣。通。哲。知。燕。安也。○此美文王之德。宣哲則盡人之道。文武則備君之德。故能安人以及于天。曹氏曰。安及皇天。則陰陽和而風雨時。日月光而星辰靜。無錯行妄動之變 而克昌其後嗣也 慶源輔氏曰。言文王之安于人而格于天。所以能昌盛我後嗣之人也。人爲萬物之靈。維通與知。所以盡人之道。文武之德。所該者甚衆。故曰備君之德。堯之德廣運。亦曰乃武乃文而已。人道立。故天道成。是以能安人者。則能燕及於天也。天之佑

君者莫大於予以賢子孫是以能燕及於天則能昌我後嗣也蘇氏曰。周人以諱事神文王名昌而此詩曰克昌厥後。何也。曰周之所謂諱不以其名號之耳。不遂廢其文也。諱其名而廢其文者周禮之末失也三山李氏曰。周人以諱事神者如稱文王則不敢斥之曰文王昌。書稱惟爾元孫某。史官不敢斥其名故也。如穆王名滿。當時亦有王孫滿。襄王名鄭。當時亦有衛侯鄭。魯武公名敖。而後世之臣有公孫敖。觀此則知此詩克昌厥後。噫嘻言駿發爾私。皆未嘗諱也。孔子作春秋。如匡王名班而書曹伯班。簡王名夷而書晉侯夷吾。皆未嘗諱

綏我眉壽。叶殖酉反介以繁祉。既右。音又烈考。叶音口亦右文母叶滿彼反

右。尊也。周禮所謂享右祭祀是也周禮春官大祝掌辨九𢷎以享右祭祀。𢷎

音拜烈考。猶皇考也。文母。大姒也。新安胡氏曰。以文母證之。則烈考爲文王無疑。此詩爲武王祭文王之詩無疑○言文王昌厥後而安之以眉壽助之以多福。使我得以右乎烈考文母也慶源輔氏曰。綏我眉壽下四句。則承上文而言所以綏我之實如此。故我所以得享右乎烈考與文母也○安成劉氏曰。先儒於介字皆訓助。朱傳於此章亦然。而於他詩皆訓大。其義可互見也○豐城朱氏曰。莫强於人。而文王之宣哲有以盡人之道。莫顯於德。而文王之文武有以備君之德。其道德之效。下有以安乎人。上有以及乎天。遠有以昌厥後。則文王之所被者廣矣。故能安我以眉壽。介我以繁祉。使我得以享右乎烈考文母。愈久而不替。即綏予孝子克昌厥後之實也

雝一章十六句

周禮樂師及徹。帥學士而歌徹。說者以爲即此詩。

鄭氏曰。學士。國子也。徹者歌雍。論語亦曰以雍徹。朱子曰徹。祭畢而收其俎也。天子宗廟之祭則歌雍以徹。然則此蓋徹祭所歌而亦名爲徹也

載見賢遍反。下同辟音壁王曰求厥章。龍旂陽陽。和鈴央央。於良反鞗音條革有鶬七羊反休有烈光

賦也。載。則也。發語辭也。章。法度也。交龍曰旂。陽。明也。軾前曰和。旂上曰鈴。孔氏曰。和。亦鈴也。○爾雅曰。有鈴曰旂。郭璞云。縣鈴於竿。畫交龍於旂央央。有鶬。皆聲和也。休。美也。○此諸侯助祭于武王廟之詩。先言其來朝。稟受法度。曹氏曰。操慶賞刑威以制萬國者。辟王也。故諸侯來朝。就求典章焉其車服之盛如此

率見昭考。以孝以享叶虛良反

昭考武王也。廟制。太祖居中。左昭右穆。周廟文王當穆。武王當昭。故書稱穆考文王。而此詩及訪落皆謂武王爲昭考。朱子曰。太祖廟在北。昭穆各以次而南。廟皆南向。羣廟之列。左爲昭而右爲穆也。若武王謂文王爲穆考。成王稱武王爲昭考。則自其始祔而然。蓋但以左右爲昭穆。而不以昭穆爲尊卑也○安成劉氏曰。后稷爲始封之君。其廟居中。自二世爲昭。三世爲穆。遞數至十五世而文王廟次當穆。十六世而武王廟次當昭也。此乃言王率諸侯以祭武王廟也。豐城朱氏曰。諸侯之來朝。將以稟受法度也。而我乃率之以祀武王何也。蓋先王者法度之所從出。而宗廟者又禮法之所由施也

以介眉壽。永言保之。思皇多祜。後五反烈文辟公。綏以多福。俾緝熙于純嘏。叶音古

思。語辭。皇。大也。美也○又言孝享以介眉壽而受多福。

是皆諸侯助祭有以致之。使我得繼而明之。以至於純嘏也。蓋歸德于諸侯之詞。猶烈文之意也慶源輔氏曰。我當長言保之。以有此既大且多之福。然凡若此者。皆是有德之諸侯助祭以致之安。我以是多福。而使我繼續以明之至于純嘏。純嘏則又全備於多福也

載見一章十四句廬陵彭氏曰。諸侯來朝。意氣懽悅。車服鮮明。所謂保有烈光也。率之以見于昭考之廟。以致孝享之禮。以助眉壽之福。凡今所以永保多祜。皆爾羣公有以綏之。而使得以緝熙于純嘏也

有客有客。亦白其馬。叶滿補反有萋有且。七序反敦都回反琢其旅

賦也。客微子也曹氏曰。封於微而爵爲子。微蓋商圻內國名周既滅商。封微子於宋以祀其先王。而以客禮待之。不敢臣也東萊呂氏曰。成

王殺武庚。叛者殺之爾。封微子。賢者封之爾○孔氏曰。客止一人而重言之。是丁寧殊異以尊大之也亦。語辭也。殷尚白。修其禮物。仍殷之舊也九峯蔡氏曰。修其典禮文物。不使廢壞。以備一代之法也萋且未詳。傳曰。敬慎貌。敦琢。選擇也。旅。其卿大夫從行者也孔氏曰。敦琢是治玉之名。人而言敦琢。故爲選擇。明尊其所往。故擇其卿大夫之賢者。與之朝王○此微子來見祖廟之詩。孔氏曰。命微子爲宋公代殷後乃來朝而見於周之祖廟而此一節。言其始至也黃氏曰。馬有潔白之色。人有萋且之敬。旅有敦琢之賢。則周人之於微子。無往而不見其可愛也

有客宿宿。有客信信。言授之縶。陟立反以縶其馬同上

一宿曰宿。再宿曰信。東萊呂氏曰。譙郡張氏云。宿宿者。凡一宿者再也。信信者。凡再宿者再也○華谷嚴氏曰。樂其留之久也縶其馬。愛之不欲其去也華谷嚴氏曰。恐其去

之速也此一節言其將去也

薄言追之左右綏之既有淫威降福孔夷

追之已去而復還之愛之無已也左右綏之言所以安而留之者無方也淫威未詳舊說淫大也統承先王用天子禮樂所謂淫威也夷易也大也此一節言其留之也曹氏曰威等威也微子用其先王之車服禮樂其等威之大異乎列國之諸侯矣○臨川王氏曰既有淫威則所享宜盛大故降福孔夷也○段氏曰劉氏云有德而神降之福故以降福終焉

有客一章十二句慶源輔氏曰萋且敬慎貌又似有文章貌敦琢選擇也亦有整飭之意其始至也慎重其事如此非以媚乎周也誠之至也所謂在彼無惡也宿宿一宿而又一宿信信再宿而又再宿愛之而不欲其去也去而復追還之所以安而留之者又無方焉慇懃之意如此非

以私商也。厚之至也。所謂在此無斁也。既與之以甚大之威儀。則其降之以甚大之福祉可知矣。此則慰安而勸勉之辭也

於音烏皇武王。無競維烈。允文文王。克開厥後。嗣武受之。勝殷遏劉。耆音指定爾功

賦也。於。歎辭。皇。大。遏。止。劉。殺。耆。致也。○周公象武王之功。爲大武之樂。曾氏曰。伐紂以除害。樂其能成武功也言武王無競之功。實文王開之。而武王嗣而受之。勝殷止殺以致定其功也黄氏曰。止殺。如武成所謂以遏亂畧是也。○三山李氏曰。大武之意在於止戈。大武之詩在於止殺也。○華谷嚴氏曰。信乎文王有文德以開後人之基緒矣。然殷虐未除。則文德未能盡達於天下。故武王繼之以武而受之。伐紂以止殺。然後致定其功。所以歸重武王之功。明非武王之武。無以成文王之文也。○定宇陳氏曰。

武王之烈。實丕承乎文王之德。故不以武爲武而以止殺致定爲武。武烈之中實有文德寓焉○慶源輔氏曰。武王故稱其莫强之烈。文王故稱其信有之文。父子一心。文武一道。但文王開始。武王成終。有先後之次耳。勝殷止殺以致定其功。所謂神武不殺者也。此詩與書武成所載文王克成厥勳。予小子其承厥志之意同。世儒執以爲文王全無取天下之心者。不幾於固乎○豐城朱氏曰。武王之功。所以天下莫强者。以文王開之於前而武王受之於後也。於勝殷以見其伐暴之義。於遏劉以見其止殺之仁。仁義之師。王者之師也。此大功之所由定。而大業之所由成也

武一章七句

春秋傳以此爲大武之首章也濮氏曰。左傳宣十二年以此詩爲大武之首章。賚爲第三章。桓爲第六章。然周頌皆一章而已。無疊章也。或者後世取而用之於其事。不可知也

大武。周公象武王武功之舞。歌此詩以奏之

曹氏曰。孔子語賓牟賈以武樂。始於總干而山立。終於周道四達。禮樂交通。豈止於武功而已哉

禮曰。朱干玉戚。冕而舞大武。禮記明堂位曰。下管象。朱干玉戚。冕而舞大武。注云。象。周頌武詩也。以管播之。朱干赤大盾也。戚。斧也。冕。冠名。祭統注云。管象。吹管而舞武象之樂也。干戚。武象之舞所執也。○建安何氏曰。內則成童舞象。象舞。武舞也。謂干戈之小舞也。象用兵刺伐之舞。蓋象武王伐紂而成功也然傳以此詩爲武王所作。則篇內已有武王之謚。而其說誤矣

臣工之什十篇十章一百六句

周頌閔予小子之什四之三

閔予小子。遭家不造。叶徂候反嬛嬛其傾反在疚。音救於音烏乎音呼皇考。叶祛候反永世克孝叶呼候反

賦也。成王免喪。始朝于先王之廟而作此詩也。閔病也。予小子。成王自稱也。造。成也。嬛與煢同。無所依怙之意。疚。哀病也。匡衡曰。煢煢在疚。言成王喪畢思慕意氣未能平也。蓋所以就文武之業。崇大化之本也。三山李氏曰。嬛與哀此煢獨之義同。嬛。孤獨也。左傳亦有在疚之文。亦是居喪之稱也。王雖朝于廟。然去喪未甚遠。故猶以死喪爲言皇考武王也。歎武王之終身能孝也安成劉氏曰。此釋經文第四第五句。○慶源輔氏曰。周至成王之時。可謂成矣。而曰遭家不造者。王業雖成。天下雖治。而成王之心常若未成未治也。如此。然後能保其成。若自謂已成已治。則殆矣。匡衡可謂善說詩也。喪畢思慕所以釋煢煢字。意氣未能平。所以釋在疚字。蓋所以就文武之業。崇大化之本。則又以言其效驗也。惟成王之能如此。所以知武王之所以繼志述事者爲終身能孝也

念茲皇祖陟降庭叶去聲止維予小子夙夜敬止

皇祖。文王也。承上文言武王之孝。思念文王。常若見其陟降於庭。猶所謂見堯於墻。見堯於羹也後漢書李固曰。堯沒舜仰慕三年。坐則見堯於墻。食則見堯於羹楚詞云。三公揖讓。登降堂只。音紙與此文勢正相似。而匡衡引此句。顏注亦云若神明臨其朝廷是也朱子曰。匡衡時未行毛說。顏監又精史學。而不梏於專經之陋。故其言獨得經之本旨也。余舊讀詩而愛顏說。然尚疑其無據。及讀此詞乃有登降堂只之文。於是益信陟降庭止之爲古語也○安成劉氏曰。大招曰。三公穆穆。登降堂只。其言三公登降堂。正猶此言皇祖陟降庭。其言只爲語已詞。正猶此言止也。但集傳所引揖讓二字。彼文正作穆穆。則此或傳寫之誤也

於乎二字同上皇王。繼序思不忘

皇王。兼指文武也。承上文言我之所以夙夜敬止者。思繼此序而不忘耳。三山李氏曰。武王能以念茲皇祖爲孝。則成王亦當以思繼祖考爲孝○安成劉氏曰。成王因見于廟。對越祖考。惻然自念而歎。旣曰於乎皇考。又曰於乎皇王。所感之意深矣

閔予小子一章十一句 定宇陳氏曰。思親而見其如在者。此人子終身慕親之孝。當親沒而愈篤者也。記曰。致愛則存。致慤則著。著存不忘乎心。夫安得不敬乎。惟武王之孝於文王者有此心。故成王之孝於武王者。亦惟致敬以不忘乎此心。此武王之達孝。所以上無愧於文王。而下可示法於成王也

此成王除喪朝廟所作。疑後世遂以爲嗣王朝廟之樂。後三篇放此 安成劉氏曰。此篇及訪落敬之小毖。四詩詞意相表裏。如云遭家不造。率時昭考。未堪家多難。及懲創管蔡之事。皆可驗其爲成王之詩。而小序於四詩皆泛言嗣王。故又疑其後爲嗣王朝廟通用之樂歌也

訪予落止。率時昭考。於音烏乎音呼悠哉。朕未有艾。五蓋反將予就之。繼猶判渙。維予小子。未堪家多難。乃旦反紹庭上下。陟降厥家。休矣皇考。以保明其身。

賦也。訪。問。落。始。曹氏曰。凡宮室始成則落之。故以落爲始悠。遠也。艾。如夜未艾之艾。判。分。渙。散。保。安。明。顯也。臨川王氏曰。保安則無危亡之憂。明顯則無昏塞之患○成王既朝音潮于廟。因作此詩。以道延訪羣臣之意。言我將謀之於始。以循我昭考武王之道。然而其道遠矣。予不能及也。將使予勉强上聲以就之。而所以繼之者。猶恐其判渙而不合也。則亦繼其上時掌反下遐嫁反於庭。陟降於家。庶幾賴皇考之休。有以保明吾身而已矣。

慶源輔氏曰。延訪羣臣。所以盡下情。率時昭考。所以守家法。二者相資。盡下情而不守家法。則內無主。守家法而不盡下情。則外無助。於乎悠哉。朕未有艾。又嘆武王之道甚遠。而恐在我有所不能及也。味此意。則成王固已默識夫武王之道。若不曾用工夫。則便以爲易矣。豈識此味哉。將予就之。繼猶判渙。言將使我勉强以就之。猶恐其力量不足。意思不能接續。或至於判渙。不能收拾聚蓄其道於我之一身也。於是又歎以爲予乃幼冲小子。未能任國家之多難。此蓋指武庚之事而言。則亦當繼紹武王內外所行之事。上下於庭。指其外事也。陟降于家。指其內事也。庶幾賴武王之休。以保安明顯我之身而已。○三山李氏曰。自訪予落止至繼猶判渙。皆是仰先王之盛德。嘆眇躬之涼薄。若前哲之高遠也。○新安胡氏曰。自繼猶判渙而上。猶言皇皇如有求而弗獲之意。自維予小子而下。則焄蒿悽愴如或見之也。誦其詩。想其形容。成王之思慕皇考。爰繼爰述。何其微婉懇切。反覆曲盡。有無窮之嘆詠也哉

訪落一章十二句

說同上篇定宇陳氏曰。武王之道若悠遠而難繼。而武王之上下於庭。陟降於家者。其迹未遠。則近而可繼。成王紹武王之上下陟降於家庭者。是即武王念文王而見其陟降於庭者也。如此之紹庭上下陟降厥家者。豈不由於前詩之夙夜敬止繼序思不忘哉。維其能敬以思繼武王念文王之心。所以能以武王之如見文王於庭者而紹武王於家庭也。二詩語意相照應如此。○眉山蘇氏曰。上篇言將繼其祖考之詩也。訪落謀所以繼之之詩也。○黃氏曰。上篇言陟降庭止。而此言紹庭上下。陟降厥家。上篇言繼序思不忘。而此言休矣皇考。以保明其身。皆是一時所作。○三山李氏曰。人君者。天下之本也。始即位臨政者。又人君之本也。故伊尹告太甲以嗣王新服厥命惟新厥德。召公亦曰王乃初服。此訪落所由作也。○安成劉氏曰。夫子稱武王善繼志善述事。而以爲踐其位。行其禮。奏其樂。事死如生。事亡如存。固可見武王之達孝矣。即前篇所謂永世克孝者也。成王之繼武王。而曰繼序思不忘。曰繼猶判渙。曰紹庭上下。無非繼述之心。其孝可謂不匱矣

敬之敬之。天維顯思。叶新夷反命不易。以豉反哉。叶獎黎反無曰高高在上。陟降厥士。日監在茲。叶津之反

賦也。顯。明也。思。語辭也。士。事也。○成王受羣臣之戒而述其言曰。敬之哉。敬之哉。天道甚明。其命不易保也。華谷嚴氏曰。敬而又敬者。誠之不已也。蓋以天道甚明。禍福不爽。故予奪無常。其命難保也。○三山李氏曰。善則福之。淫則禍之。栽者培之。傾者覆之。未有善而不獲福。未有惡而不獲禍。天之道蓋顯矣。故其命靡常所以爲不易也。無謂其高而不吾察。當知其聰明明畏。常若陟降於吾之所爲。而無日不臨監于此者。不可以不敬也。慶源輔氏曰。毋不敬。可以對越上帝。天道之明命不易保。唯敬則能對越之。若曰高高在上。則便是不敬。不敬則自絕于天矣。常敬。則見其陟降於已所爲之事。日監在此也。陟降厥士。即所謂昊天曰明及爾出王。昊天曰旦及爾游

行也

維予小子。叶獎里反不聰敬止。日就月將。學有緝熙于光明。叶謨郎反佛符弗反又音弼時仔音茲肩示我顯德行。下孟反。叶戶郎反

將進也朱子曰。日就月將。是日成月長。就成也。將大也。佛。弼通。鄭氏曰。輔也○華谷嚴氏曰。佛謂之弼者。言正救其失。不專順從之也。學記云其求之也佛。佛。不順也。猶孟子所謂法家佛士也仔肩。任也華谷嚴氏曰。仔肩爲負荷之意。故爲任○此乃自爲答之之言曰。我不聰而未能敬也。然願學焉。庶幾日有所就。月有所進。續而明之以至于光明。又賴羣臣輔助我所負荷合可何佐二反之任。而示我以顯明之德行。則庶乎其可及爾。慶源輔氏曰。不聰。知有所不及之事。不敬。行有所未至之事。日就就事上言。月將就大本上言。成王自知其知與行皆有

所未至。故欲勉學問。庶幾日於事上有所就。月於本上有所將。繼續不已以至於光明。又賴羣臣助我所任之事。而示我以顯明之德行。則庶乎其可及耳。日就月將。學有緝熙于光明。所以自責於已。佛時仔肩。示我顯德行。所以外資於人。責於已者盡。資於人者廣。則大學明明德以至於平天下之事。庶乎其可及矣。故先生嘗語學者曰。詩中說得學有緝熙于光明。此句最好。蓋心地本自光明。只被利欲昏了。今所以爲學者。要令其光明處轉光明。所以下緝熙。緝。如緝麻之緝。連緝不已之意。熙則訓明字。心地光明。則此事有此理。此物有此理。自然見得。且如人心未嘗不光明。見他人做得是便道是。做得不是便道不是。何嘗不光明。只是才明便昏了。

敬之一章十二句 定宇陳氏曰。戒王以天之當敬者。臣之忠也。答羣臣以未能敬者。君之謙也。憂其未能敬而內爲學於已。外求助於臣。是即求所以盡此敬也。學求造於光明。而臣復示我以德之顯明。則天不在高高在上之天。而在吾心之天矣。其爲敬天孰大於是

予其懲直升反。而毖後患。莫予荓普經反。蜂自求辛螫。施隻反。肇

允彼桃蟲。拚芳煩反飛維鳥。未堪家多難。乃旦反予又集于蓼。音了

賦也。懲有所傷而知戒也。毖慎。荓使也。蜂小物而有毒。臨川王氏曰。蜂善辛螫。肇始。允信也。桃蟲鷦鷯。力么反小鳥也。拚飛貌。鳥大鳥也。鷦鷯之雛化而爲鵰。故古語曰鷦鷯生鵰。言始小而終大也。山陰陸氏曰。說苑云。鷦鷯巢於葦苕。繫之以髮。其巢至精密。以麻紩之。如刺襪然。故一名襪雀。化輒爲鵰。○埤雅曰。俗呼巧婦。一名工雀。一名女匠。蓼辛苦之物也。○此亦訪落之意。成王自言予何所懲而謹後患乎。荓蜂而得辛螫。信桃蟲而不知其能爲大鳥。此其所當懲者。蓋指管蔡之事也。眉山蘇氏曰。成王始信管蔡而疑周公。既而悟其姦。故曰予其懲而謹後

患也○朱子曰。蜂不可使而使之。則是自求辛螫矣。始信其爲桃蟲。及其拚飛則維鳥矣。以比信二叔則其禍如此也○安成劉氏曰。朱子以此詩作於成王免喪之際。則是武王崩後之三年也。按書曰周公位冢宰正百工。羣叔流言。則是武王方崩。流言即興。周公避而居東。二年之後。天有雷風之變。於是王迎公歸。明年免喪朝廟。而此四詩繼作。故此篇深懲管蔡之事也

然我方幼冲。未堪多難。而又集于辛苦之地。羣臣柰何捨我而弗助哉

小毖一章八句

蘇氏曰。小毖者。謹之於小也。謹之於小。則大患無由至矣 安成劉氏曰。謹之於小者。即謹之於始也。即所謂訪落之意也。謹之於始不以蜂爲小而使之。則其後無辛螫之患矣。不信其爲桃蟲之小。則其後無拚飛大鳥之患矣。名篇者特於毖字上加一小字。其意深矣

載芟載柞。側百反。叶疾各反 其耕澤澤。音釋。叶徒洛反

賦也。除草曰芟。除木曰柞。秋官柞氏掌攻草木是也。曹氏曰。秋官薙氏掌殺草。秋繩而芟之。是除草曰芟。薙音弟。繩音孕。舍實曰繩。澤澤。解上聲散也。釋文曰。土解也。○華谷嚴氏曰。專言新墾之田者。其用力尤難故也。○安成劉氏曰。第一節言墾土也。

千耦其耘。徂隰徂畛。音真

耘。去苗間草也。安成劉氏曰。朱子初解嘗從鄭箋以耘爲除根株。蓋除草木之根株也。今此傳改爲去苗間草。然以下文之次序觀之。恐此句未遽說耘苗也。故曹氏以爲反土之後。草木根株有芟柞不盡者則復耘之也。隰。爲田之處也。華谷嚴氏曰。下濕曰隰。畛。田畔也。王氏曰。千。言其多也。耦。言並耕也。或徂隰。或徂畛。言耕夫遍野無曠土也。○安成劉氏曰。第二節言治田也。

侯主侯伯。侯亞侯旅。侯彊侯以。有嗿他感反其饁。于輒反思媚

其婦。有依其士。叶與以有略其耜。叶養里反俶載南畝。叶滿委反

主。家長也。伯。長子也。亞。仲叔也。三山李氏曰亞。伯之次也旅。衆子弟也。彊。民之有餘力而來助者。遂人所謂以彊予音與任甿音垠者也孔氏曰謂其人强壯治一夫之田有餘力能佐助他事者也能左右之曰以。太宰所謂閒音閑民轉移執事者。鄭氏曰閒民謂無事業者轉移爲人執事若今時傭力之人。隨主人所左右者也華谷嚴氏曰言衆力競勸無游民也嗿。衆飲食聲也。媚。順。依。愛。士。夫也。言餉婦與耕夫相慰勞去聲也三山李氏曰婦人行饁夫則順其婦婦亦依其夫也○曹氏曰士不辭耕稼之勞而知愛其婦婦不憚饁餉之煩而知依其夫有和樂之風焉○華谷嚴氏曰夫耕婦饁驩然相愛見治世之氣象焉略。利。曹氏曰耜耒首斲木爲之利則入土也深俶。始。載。事也曹氏曰前曰其耕澤澤初反土也今

曰。俶載南畝。則將種矣○安成劉氏曰。第三節言男女長幼齊力於始耕也

播厥百穀。實函斯活叶呼酷反

函。含。活。生也。既播之。其實含氣而生也曹氏曰。百穀之性各有所宜。而水旱豐凶不可預料。故悉種之。所以爲備也○鄭氏曰。實。種子也○安成劉氏曰。第四節言苗生也

驛驛其達叶佗悅反**有厭其傑**

驛驛。苗生貌。達。出土也。厭。受氣足也。傑。先長者也安成劉氏曰。第五節言苗生之盛也

厭厭其苗。緜緜其麃表驕反

緜緜。詳密也。麃。耘也臨川王氏曰。前曰千耦其耘。則既耕而耘。今曰緜緜其麃。則既苗而耘也。既苗而耘。則以緜緜爲善。恐傷苗也○華谷嚴氏曰。芟。耘。麃。皆除草也。芟與柞並言。是新闢田除地上之

草也。既耕而言耘。是反土而除土中之草根也。既苗而言麃。是除苗間之草也。○安成劉氏曰。第六節言耘苗也

載穫濟濟子禮反 **有實其積**子賜反叶上聲 **萬億及秭。爲酒爲醴。烝畀祖妣。以洽百禮**

濟濟。人衆貌。實。積之實也。積。露積也 新安胡氏曰。酒。三酒。醴。五齊。祭祀則酒正供之。祭有十倫。其禮實繁。而皆以酒行之。故祭可以洽百禮。○臨川王氏曰。以洽百禮。既烝畀祖妣。而達之祭祀賓客無所不洽也。○安成劉氏曰。第七節言收入之多以供祭祀也

有飶蒲即反 **其香。邦家之光。有椒其馨。胡考之寧**

飶。芬香也。未詳何物。豐城朱氏曰。皆酒醴芬芳之氣也 胡。壽也 孔氏曰。周書謚法。保民耆艾曰胡。○三山李氏曰。胡。耇老也 以燕享賓客。則邦家之所以光

也。以共養耆老。則胡考之所以安也（安成劉氏曰。第八節又言可以待賓養老也）

匪且有且。匪今斯今（叶音經）振古如茲（無韻未詳）

且。此。振。極也。言非獨此處有此稼穡之事。非獨今時有今豐年之慶。蓋自極古以來。已如此矣。猶言自古有年也。（永嘉陳氏曰。振古以來。皆如上文之所謂也。華谷嚴氏曰。自古以來皆如此。繼此以往。尤願勿替也。安成劉氏曰。第九節則追言田事之所由來者遠矣）

載芟一章三十一句

此詩未詳所用。然辭意與豐年相似。其用應亦不殊（安成劉氏曰。朱子既辨此詩無祈田之意。又以豐年之序所謂秋冬報者爲誤矣。而又謂此詩之用。當與豐年不殊。蓋據此篇第七節而言也。然則此詩所謂爲酒醴。畀祖妣。其亦秋成之際。薦新於宗廟而歌之也歟。○新安胡氏曰。此與良耜二詩。誠不見其祈報之意。不過閔其耕種之勞。序其饋餉之情。論其禾黍茂盛收穫之富。或爲酒醴以祀祖妣而爲邦家胡考之光寧。或爲百室盈婦子寧殺犉牡以嗣以續。此皆田家勤勞安逸之事。而非告神之樂歌也。豈與七月楚茨信南山甫田大田等詩。同一歌詠其事。以寓其鼓舞神化之道。而堅其樂事赴功之心也耶。若拘拘於祈報。則感發之意微矣

畟畟楚側反**良耜**。叶養里反**俶**尺叔反**載南畝**。叶蒲委反

賦也。畟畟。嚴利也。孔氏曰。是刃利之狀。○安成劉氏曰。第一節言始耕也

播厥百穀。實函斯活。叶呼酷反

說見前篇。安成劉氏曰。第二節言苗生也

或來瞻女音汝載筐及筥。其饟式亮反伊黍

或來瞻女。婦子之來饁者也。筐筥饟具也。三山李氏曰。此言婦子行饁之器。與所盛之物也。○廬陵彭氏曰。其饟伊黍。無珍味也。○安成劉氏曰。第三節言餉田也

其笠伊糾叶其了反其鎛音博斯趙。直了反以薅呼毛反荼蓼

糾然笠之輕舉也。毛氏曰。笠。所以禦暑雨。趙。刺入聲薅。去上聲也。荼陸草。蓼水草。一物而有水陸之異也。孔氏曰。田有原有隰。故並舉水陸之草也。今南方人猶謂蓼爲辣盧達反荼。或用以毒溪取魚。即所謂荼毒也。廬陵彭氏曰。此見其無華飾。無怠力。所以記畊氏之狀也。○安成劉氏曰。第四節言耘苗也

荼蓼朽止。黍稷茂叶莫口反止

毒草朽。則土熱而苗盛。安成劉氏曰。第五節言苗盛也

穫之挃挃。珍栗反 積之栗栗。其崇如墉。其比毗志反如櫛。側瑟反以開百室。

挃挃。穫聲也。栗栗。積之密也。櫛。理髮器。言密也。百室。一族之人也。五家爲比。五比爲閭。四閭爲族。族人輩作相助。故同時入穀也。鄭氏曰。如墉如櫛。言積之高大且相比近也。一族同時納穀。親親也。百室者。出必共洫間而畊。入必共族中而居也。○安成劉氏曰。第六節言收穫之多而齊也

百室盈止。婦子寧止。

盈。滿。寧。安也。三山李氏曰。百室既盈。婦子於是寧。蓋農事勤動。不得安寧。今農事已畢。故各享其樂也。○安成劉氏曰。第七節言共樂豐稔也

殺時犉（如純反）牡，有捄（音求）其角。（叶盧谷反）以似以續，續古之人。（無韻）

未詳

黄牛黒脣曰犉。捄，曲貌。續，謂續先祖以奉祭祀。（眉山蘇氏曰。以似以續，與來歲繼往歲也。續古之人，庶幾不替其先也。○安成劉氏曰，篇末言田事畢而以祭祀也。其曰續古之人，亦上篇振古如兹之意）

良耜一章二十三句

或疑思文、臣工、噫嘻、豐年、載芟、良耜等篇，即所謂豳頌者，其詳見於豳風及大田篇之末，亦未知其是否也。（眉山蘇氏曰。聖人之爲詩，道其畊耨播種之勤，而述其終歲倉廩豐實、婦子喜樂之際，以感動其意。夫詩之可以興者，所以感發人之善志也。先言勤勞，後言逸樂，使勤者可以自忘其

勞而怠者亦知以自奮也

絲衣其紑孚浮反載弁俅俅音求自堂徂基自羊徂牛鼐乃代反

鼐鼎及鼒叶津之反兕觥其觩音求旨酒思柔不吳音話不敖音傲胡考

之休

賦也。絲衣祭服也。紑潔貌。載戴也。弁爵弁也。士祭於王

之服。孔氏曰。爵弁之服。玄衣纁裳皆絲爲之。故曰絲衣。雜記云。士弁而祭於公。士冠禮注云。爵弁。其色赤

而微黑。如爵頭然○曹氏曰。餘皆用布。惟冕與爵弁服用絲。大夫以上祭服謂之冕。士祭服謂之弁。其首服弁。

則衣用絲。故知絲衣爲助祭之服也俅俅恭順貌。孔氏曰。人貌恭順基門塾之基。

安成劉氏曰。門側之堂謂之塾。蓋門之內外夾其東西皆有塾。一門凡四塾。外兩塾南向。內兩塾比向。謂之堂

則宜有基矣。詩所指則內塾之基矣鼐。大鼎。鼒。音兹○爾雅曰。鼎圜弇上謂之鼒。注云。歛上而小口

者弇古掩字小鼎也。思。語辭。柔。和也。吳。譁也三山李氏曰。大聲也○此亦祭而飲酒之詩。言此服絲衣爵弁之人。升門堂視壺濯籩豆之屬。降往於基告濯具。又視牲從羊至牛。反告充。已乃舉鼎冪與鼏同莫狄反告潔。禮之次也。又能謹其威儀。不諠譁。不怠傲。故能得壽考之福安成劉氏曰。儀禮士之祭。前祭一日夕時。主人及賓皆入分立堂下東西。宗人升自西階。視壺濯於堂上東序。視豆籩鉶於房東。視几席及敦於西廂。反降而告祭器之濯溉几席之備具。於是賓主皆出即位于門東西。鼎在門外北面北上。牲在鼎西南。北首東足東上。宗人往視牲反位。告其充肥。遂舉冪告鼎之潔。其禮亦若此詩之次也。○孔氏曰。堂基但言所往之處。牛羊但言所視之物。互相及也。○段氏曰。告濯具。省器也。告充。省牲也。告潔。省鑊也。○臨川王氏曰。自羊徂牛。先小後大也。鼐鼎及鼒。先大後小也。先後反覆展視。所以致勤敬也。○三山李氏曰。上五句未祭之先。整潔謹敕如此。下四句既祭之後。敬謹如此。則祭時謹禮可知矣。○慶源輔氏曰。第一二句言其衣冠鮮潔而整肅也。三四五句言其行禮順習而有序也。六七句言其酒器如式而酒味和旨也。八九句言其威儀敬靜而謹飭也。如是。則宜乎得壽考之福矣。玩此一詩眞可畫也

絲衣一章九句

此詩或紑俅牛鼒柔休並叶基韻。或基鼒並叶紑韻

於音烏鑠式灼反王師。遵養時晦。時純熙矣。是用大介。我龍受之。蹻蹻居表反王之造。叶徂候反載用有嗣。叶音祠實維爾公允師

賦也。於。歎辭。鑠。盛。遵。循。熙。光。介。甲也。所謂一戎衣也。龍。寵也。蹻蹻。武貌。造。爲。載。則。公。事。允。信也。○此亦頌武王

之詩。言其初有於鑠之師而不用。退自循養與時皆晦。既純光矣。然後一戎衣而天下大定。後人於是寵而受此蹻蹻然王者之功。其所以嗣之者。亦維武王之事是師爾

慶源輔氏曰。此詩頌武王之武功。言其初雖有甚盛之師。而退自循養與時俱晦。不見其有跡。直至時節到來。既純光矣。然後一著戎衣而天下翕然大定。此其所以爲武王之武也。後王於是寵而受此蹻蹻然之武功。其所以嗣之者。亦惟武王之事是師可也。不先時而動。不後時而靡。君之用武也能如是。是亦武王也已

酌一章八句

酌。即勺音酌也。内則十三舞勺。即以此詩爲節而舞也

建安何氏曰。勺籥也。舞籥。文舞也。孔氏云。籥舞不用兵器。以其尚幼。故習小舞也。賈氏云。詩爲

樂章與舞人爲節。故以詩爲舞也○儀禮燕禮曰。若舞則勺。注曰。勺。頌篇也。萬舞而奏之。所以勸有功也然此詩與賚般音盤皆不用詩中字名篇。眉山蘇氏曰。方其不可而遵養時晦。見其可而後爲之。此所以爲酌也○華谷嚴氏曰。初則遵養。繼則蹻蹻。酌其時措之宜也疑取樂節之名。如曰武宿夜云爾禮記曰。舞莫重於武宿夜。注云。武曲名。正義云。武王至商郊。停止宿夜。士卒皆歡樂歌舞以待旦。故名焉

綏萬邦。屢力注反豐年。天命匪解。佳賣反桓桓武王。保有厥士。于以四方。克定厥家。於音烏昭于天。皇以閒之

賦也。綏。安也。桓桓。武貌。大軍之後。必有凶年。而武王克商。則除害以安天下。故屢獲豐年之祥。傳所謂周饑克殷而年豐是也臨川王氏曰。師之所處。荊棘生焉。而曰屢豐年。則其爲武也。異乎人之武矣○

三山李氏曰。武王用兵爲天下除害。故能召和氣也。左傳僖公十九年衛大旱。甯莊子曰。昔周饑克殷而年豐

然天命之於周。久而不厭也。故此桓桓之武王。保有其士而用之於四方曹氏曰。今年豐屢應。則天之眷佑有周固匪解矣。然武王之所以致此者。由得士以爲之用也以定其家。其德上昭于天也豐城朱氏曰。武王之綏萬邦。所謂一戎衣而天下定也。其屢獲豐年之祥。則以人心和於下。天時應於上也。所以然者。由上天有匪解之命。故武王有桓桓之德。惟其有是德也。故於多士濟濟之盛。則保而有之。任而用之於四方焉。蓋天子以天下爲家者也。必有以安定乎四方。而後有以克定乎厥家。此其德所以上昭于天。而遂君天下以代商也。詩言於昭于天者二。大雅所謂於昭。以文王之神言也。此所謂於昭。以武王之德言也。惟文王之神昭于天也。故周有維新之命。惟武王之德昭于天也。故周有代商之命。其實武王之德即文王之德。而武王之命即文王之命也

閒字之義未詳。傳曰。閒。代也。言君天下以代商也華谷嚴氏

曰。多方云。此亦頌武王之功 慶源輔氏曰。綏萬邦者。武王之大志也。屢豐年者。上天之嘉應也。有是志則有是應。先天而天弗違也。天命匪解者。天命之無厭也。桓桓武王者。武王之無怠也。天命之無厭。乃武王之無怠也。後天而奉天時也。天命武王。不閒毫髮。保有厥士。于以四方。克定厥家。此武王之武所成就也。是以其德上昭於天。而君天下以代乎商也

桓一章九句

春秋傳以此爲大武之六章。則今之篇次蓋已失其舊矣。又篇内已有武王之謚。則其謂武王時作者亦誤矣 華谷嚴氏曰。解頤新語云。武王有其事。成王制作。於是作詩歌其事以告于武王耳 序以爲講武類禡馬嫁反之詩。豈後世取其義而用之於其事也歟

文王既勤止我應受之敷時繹思我徂維求定時周之命

於音烏繹思

賦也應當也敷布時是也繹尋繹也於歎辭繹思尋繹而思念也○此頌文武之功而言其大封功臣之意也言文王之勤勞天下至矣其子孫受而有之然而不敢專也布此文王功德之在人而可繹思者以賚有功而往求天下之安定臨川王氏曰大賚善人封建以爲諸侯與共天下則所以求天下之定也又以爲凡此皆周之命而非復商之舊矣遂歎美之而欲諸臣受封賞者繹思文王之德而不忘也慶源輔氏曰武王之封賞功臣人見其爲武王之恩也自武王之心言之乃是文王功德之在人心而可思繹者耳非已之恩也以

是而往求天下之安定。則庶乎其可矣。然則受其封賞者又可以不思繹文王之德哉。時周之命。集傳以爲凡此皆周之命而非復商之舊者是矣。此又提起來說。以興起人心也。大封功臣于廟而歌此詩。其言只止於此。而都不及車服錫予之物。蓋以是爲重而不以物爲重也

賚一章六句

春秋傳以此爲大武之三章。而序以爲大封於廟之詩。說同上篇安成劉氏曰。大武作於武王崩後。此頌爲武樂第三章。故詩中皆述武王封賞之意。而推本文王之德。朱傳所謂頌文武之功。亦若大武首章兼頌文武之德也歟

於音烏皇時周。陟其高山。嶞吐果反山喬嶽。允猶翕許及反河。敷天之下。裒蒲侯反時之對。時周之命

賦也。高山。泛言山耳。嶞。則其狹而長者。喬。高也。嶽。則其

高而大者。允猶未詳。或曰。允。信也。猶。與由同。翕。河。河善泛溢。今得其性。故翕而不爲暴也。裒。聚也。對。答也。言美哉此周也。其巡守而登此山以柴望。又道於河以周四嶽。凡以敷天之下。莫不有望於我。故聚而朝之方嶽之下。以答其意耳。黃氏曰。得天下必告于名山大川。禮也。舜受天下於堯。猶必望于山川。徧于羣神。受命之始。不得不然也。而況武王革命之主乎。故此詩首末皆言是周之受命也。○安成劉氏曰。上四句言巡守而祭告河嶽之事也。下三句言巡守而朝會諸侯之事也

般音盤一章七句

般義未詳。曹氏曰。說文云。般。旋也。象舟之旋。從舟從殳。殳所以旋也。今名篇曰般。取盤旋之義。巡守而遍乎四岳。所謂盤旋也。○眉山蘇氏曰。般。遊也。○華谷嚴氏曰。朱傳以桓賚皆大武篇

中之一章。又以酌賚般名篇取樂節之名。如曰武宿夜云耳。然則酌與賚般一體。亦大武篇中之一章歟

閔予小子之什十一篇一百三十六句

詩傳大全卷之十九

詩傳大全卷之二十

魯頌四之四

魯少(去聲)皞之墟。在禹貢徐州蒙羽之野。成王以封周公長(知文反)子伯禽。今襲慶東平府沂密海等州。即其地也。(襲慶府。今兗州府。東平府。今東平州。海州今寧海州。密州。今高密縣。與沂州並隸山東)成王以周公有大勲勞於天下。故賜伯禽以天子之禮樂。魯於是乎有頌以爲廟樂。其後又自作詩以美其君。亦謂之頌。(新安王氏曰。魯頌皆以美其君。於宗廟無預。其詩似用以燕樂此頌之變也○問頌是告於神明。魯頌中如戎狄是膺。荊舒是懲。僖公豈有是事。朱子曰。是頌禱之詞耳○華谷嚴氏曰。魯頌。頌之變也。周之衰也。風變而雅頌亡。頌聲之息。前乎風雅

之變矣。越桓莊僖惠至襄而魯乃有頌。是故雅變而亡。頌亡而變。雅之亡甚於變。頌之變甚於亡也

舊說皆以爲伯禽十九世孫僖公申之詩孔氏曰。從周公數之。故爲十九世今無所考。獨閟宮一篇爲僖公之詩無疑耳。夫以其詩之僭如此。然夫子猶錄之者。蓋其體固列國之風。而所歌者乃當時之事。則猶未純於天子之頌孔氏曰。雖名爲頌而體實國風。非告神之歌。又曰。頌咏魯公功德。纔如變風之美者耳○曹氏曰。今以其體觀之。分章斷句。實國風之流耳若其所歌之事。又皆有先王禮樂教化之遺意焉。則其文疑若猶可予與同也。況夫子魯人。亦安得而削之哉。然因其實而著之。而其是非得失自有不可揜者。亦春秋

之法也朱子曰。著之於篇。所以見其僭也。春秋書郊禘大雩雉門兩觀。猶是意也。削之則沒其實矣。蓋其文予之而實則不予也○考索曰。亦如存淫亂之詩。使後世有見其非耳。非謂其言之當也或曰。魯之無風。何也。先儒以爲時王襃周公之後比於先代。故巡守不陳其詩。而其篇第不列於大師之職。是以宋魯無風。其或然歟眉山蘇氏曰。春秋之際。大國皆有變風。宋魯獨無風有頌。鄭氏云。宋。王者之後。魯。聖人之後。是以天子巡狩不陳其詩。所以禮之也或謂夫子有所諱而削之。則左氏所記當時列國大夫賦詩。及吳季子觀周樂。皆無曰魯風者。其說不得通矣

駉駉古熒反牡馬叶滿補反在坰古熒反之野。叶上與反薄言駉者。叶章與反

有驈戶橘反有皇有驪力知反有黃以車彭彭叶鋪郎反思無疆思馬斯臧

賦也。駉駉腹幹幹，脅也肥張貌。邑外謂之郊。郊外謂之牧。牧外謂之野。野外謂之林。林外謂之坰。鄭氏曰：必牧於坰野者，避民居與良田也。驪馬白跨曰驈。孔氏曰：驪，黑色。跨，髀間。黃白曰皇孔氏曰：黃而微白色雜名皇純黑曰驪孔氏曰：檀弓云夏后氏尚黑，戎事乘驪，故知純黑曰驪黃騂曰黃。孔氏曰：騂者赤色。謂黃而微赤者也彭彭，盛貌。思無疆，言其思之深廣無窮也。臧，善也。○此詩言僖公牧馬之盛，由其立心之遠慶源輔氏曰：僖公當作魯侯。前去唯閟宮一篇爲僖公之詩。餘則無所考，則不應於此定以爲僖公也。夫人立心既遠，則所成必厚。大凡富厚之事，率非輕易浮淺者之所能致故美之曰。

思無疆。則思馬斯臧矣。衛文公秉心塞淵。而騋牝三千。亦此意也藍田呂氏曰。僖公脩政以誠心行之。故言思無疆。思無期。思無斁。思無邪。馬之所以臧才作徂者。其效也。與衛風秉心塞淵騋牝三千之意同。古之賢君誠心以行善政。其效皆若此。非獨牧馬而已。○段氏曰。苟思馬而馬善。則凡其思慮之所及者無不善矣○埤雅曰。百里奚爵祿不入於心。故飯牛而牛肥。思無疆思馬斯臧。殆此之謂也○安成劉氏曰。美文公之馬。則言其騋而牝者有三千之衆。美僖公之馬。則言其駉而牡者有十六種之毛色。蓋各極其盛而言。皆以見其國之殷富也

○駉駉牡馬。在坰之野。薄言駉者。有騅音佳有駓符悲反有騂有騏。以車伾伾。符丕反思無期。思馬斯才。叶前西反

賦也。蒼白雜毛曰騅。孔氏曰。雜毛。是二色相間雜。上云黃白曰皇。黃騂曰黃。此止一毛色之中自有淺深。與此二色者異。故不言雜毛也黃白雜毛曰駓。孔氏曰。今桃華馬也赤黃

曰騂。孔氏曰。周人尚赤而牲用騂。是騂爲純赤。言赤黃而微赤。此云赤黃。其色鮮明者。上云黃騂曰黃。謂黃曰騂。謂赤而微黃 青黑曰騏。孔氏曰。青而微黑。今之騏馬也 伾伾。有力也。無期。猶無疆也。才。材力也

○駉駉牡馬。在坰之野。薄言駉者。有驒徒河反 有駱。有駵音留 有雒。以車繹繹。叶弋灼反 思無斁。叶弋灼反 思馬斯作

賦也。青驪驎良忍良辰二反 曰驒。色有深淺。斑駁北角反 如魚鱗今之連錢驄也。白馬黑鬣力輒反 曰駱。赤身黑鬣曰駵。孔氏曰。鬣。馬騣。駵爲赤色。若身鬣俱赤則騂馬。故赤身黑鬣曰駵 黑身白鬣曰雒。音洛 繹繹不絕貌。斁。厭也。作。奮起也

○駉駉牡馬。在坰之野。薄言駉者。有駰音因 有騢。音遐。叶洪孤反 有

驔音簟有魚以車祛祛。起居反思無邪叶祥余反思馬斯徂

賦也。陰白雜毛曰駰。陰淺黑色。今泥驄也。彤白雜毛曰

騢。孔氏曰。彤赤也。今赭黃馬也豪骭閑去聲曰驔。毫在骭而白也孔氏曰。骭

脚脛。蓋膝下之名二目白曰魚。似魚目也孔氏曰。爾雅云。一目白瞯。二目白魚祛

祛。彊健也。徂。行也。孔子曰。詩三百一言以蔽之。曰思無

邪。蓋詩之言美惡不同。或勸或懲。皆有以使人得其情

性之正朱子曰。如正風雅頌等語。可以起人善心。如變風刺淫等詩。可以使人知戒懼。人讀好底詩固

是知勸。若讀不好底詩。便知得此心不可如此。所以讀詩者。便思無邪也。蓋詩之功用如此。又曰。所謂得情性

之正者。情性是貼思字。正是貼無邪字。此乃做時文相似然其明白簡切通于上下。

未有若此言者。故特稱之。以爲可當三百篇之義。以其

要爲不過乎此也。學者誠能深味其言。而審於念慮之間。必使無所思而不出於正。則日用云爲。莫非天理之流行矣廬陵彭氏曰。夫子教人學詩之法。思無邪一言。乃學者之樞要也○安成劉氏曰。詩之爲教。無非欲人得其情性之正。然就詩經而指其要以示人。則唯思無邪之語。既明白簡切。而足明各詩之直指。又通于上下而足該衆詩之全體。比於其他詩詞。則多微婉而或不能明白簡切。各言一事而或不能通于上下。故夫子獨稱思無邪之一言。以示學詩者守約施博之道。誠意正心之方也蘇氏曰。昔之爲詩者未必知此也。孔子讀詩至此。而有合於其心焉。是以取之。蓋斷章云爾

駉四章章八句

有駜蒲必反有駜有駜。駜彼乘繩證反黃。夙夜在公。在公明明。叶謨郎反

振振鷺。鷺于下。叶後五反鼓咽咽。烏玄反醉言舞。于胥樂音洛兮

興也。駜馬肥强貌。明明辨治也。廬陵歐陽氏曰。明明修明其職也。振振羣飛貌。鷺鷺羽舞者所持。或坐或伏。如鷺之下也。咽咽與淵同。鼓聲之深長也。或曰。鷺亦興也。毛氏曰。鷺興潔白之士也。○廬陵歐陽氏曰。取其修潔翔集有威儀也。○鄭氏曰。潔白之士。羣集于朝。君與之飲酒。以鼓節之咽咽然。胥相也。醉而起舞以相樂也。此燕飲而頌禱之詞也。安成劉氏曰。此爲燕飲之詩。唯卒章自今以始以下。則頌禱之辭也。

○有駜有駜。駜彼乘牡。夙夜在公。在公飲酒。振振鷺。鷺于飛。鼓咽咽。醉言歸。于胥樂兮

興也。鷺于飛。舞者振作。鷺羽如飛也。曹氏曰。上章醉言舞。以樂成之也。此

章醉言歸。以禮節之也

○有駜有駜。駜彼乘駽。呼縣反夙夜在公。在公載燕。自今以始。歲其有。叶羽已反君子有穀。詒孫子。叶奬里反于胥樂兮

興也。青驪曰駽。今鐵驄也。載則也。有。有年也。穀。善也。曹氏曰。君民如此。治道得矣。復何爲哉。若自此年穀常登。子孫相承。力於爲善。則無疆之休也。或曰。祿也。貽遺去聲也眉山蘇氏曰。願其君富且有後也頌禱之辭也

有駜三章。章九句慶源輔氏曰。駜彼乘黃。恐是指來燕者所乘之馬。故因以起興。在公明明。所謂精白一心。以承休德也。自今以始歲其有。爲庶民之慮切矣。君子有穀詒孫子。爲後世之慮深矣。此可謂善頌善禱矣

思樂音洛泮普半反水。薄采其芹。其斤反魯侯戾止。言觀其旂。叶其

斤反其旂茷茷蒲害反鸞聲噦噦呼會反無小無大從公于邁賦其事以起興也。思發語辭也。泮水泮宮之水也。諸侯之學鄉射之宮。謂之泮宮。其東西南方有水形如半璧。以其半於辟廱故曰泮水而宮亦以名也毛氏曰天子辟廱諸侯泮宮○鄭氏曰辟廱者築土雝水之外圓如璧四方來觀者均也。泮之言半也。泮水者蓋東西門以南通水北無也芹水菜也本草曰水蔪一名水英可作菹味甘戾至也。茷茷飛揚也。噦噦和也三山李氏曰無小無大從公于邁。國人無長幼皆從公而往。以見國人從僖公之樂也。又曰如漢明帝開辟廱冠帶縉紳之人圜橋門而觀聽者蓋億萬計此飲於泮宮而頌禱之詞也安成劉氏曰首章本其始而言魯侯與其衆至泮宮也。三章以後然後言飲酒頌禱之事

○思樂泮水薄采其藻魯侯戾止其馬蹻蹻居表反其馬蹻

蹻其音昭昭。叶之繞反載色載笑匪怒伊教

賦其事以起興也。蹻蹻盛貌。色。和顏色也慶源輔氏曰。其音昭昭。集傳遺此一句解。鄭氏謂僖公之德音者是也。故下面說載色載笑。匪怒伊教。以見善於教人。載色載笑。王氏以爲洪範所謂而康而色者亦是也。○黃氏曰。魯人非樂乎泮水也。樂乎僖公之賢。而人才所賴以長育成就也。芹藻。微物也。而樂之有餘。所樂者在僖公。而寓於芹藻也。樂心一生。則烏可已。觀其旂。則樂其茷茷。聞其鸞。則樂其噦噦。見其馬。則樂其蹻蹻。人之樂之也如此。僖公何以得此於魯人哉。載色載笑。即之也溫。匪怒伊教。循循善誘。僖公之育才可見矣。○安成劉氏曰。二章言魯侯至泮而和其笑語也

○思樂泮水。薄采其茆。叶謨九反魯侯戾止。在泮飲酒。既飲旨酒。永錫難老。叶魯吼反順彼長道。叶徒吼反屈此群醜

賦其事以起興也。茆。鳧葵也。葉大如手。赤圓而滑。江南

人謂之蓴菜者也本草注曰。蓴菜三四月後通名絲蓴。味甜體軟。霜降以後名瑰蓴。味苦體

謚長道。猶大道也。屈。服。醜。衆也盧陵彭氏曰。唯難老。則可以順長道而服羣衆也○臨川王氏曰。順從君子之長道。而屈服此魯國之羣衆也此章以下。皆頌禱之詞也慶源輔氏曰。首祈其壽考。次祈其功業。亦可謂善頌善禱矣。羣醜。雖言羣衆。便已含淮夷在其中○安成劉氏曰。三章頌魯侯享壽考而盡君道也

○穆穆魯侯。敬明其德。敬慎威儀。維民之則。允文允武。昭假音格烈祖。靡有不孝。自求伊祜候五反

賦也。昭。明也。假。與格同。烈祖。周公魯公也三山李氏曰。內能慎其明德。外能慎其威儀。表裏盡善。此民所以則之也○曹氏曰。載色載笑。匪怒伊教。所謂允文也。順彼長道。屈此羣醜。所謂允武也○慶源輔氏曰。此章則專頌魯侯之德。以爲能盡孝道。以自求多福。威儀者。君德之符。文武者。

君德之備也。○安成劉氏曰。四章頌公之化其民。孝其祖。以享福祿也

○明明魯侯。克明其德。既作泮宮。淮夷攸服。叶蒲北反 矯矯虎臣。在泮獻馘。古獲反。叶况壁反 淑問如皐陶。叶夷周反 在泮獻囚。

賦也。矯矯。武貌。馘。所格者之左耳也。淑。善也。問。訊囚也。囚。所虜獲者 孔氏曰。馘。臨陣格殺之而取其耳也。所馘者是不服之人。須武臣之力殺取其耳。故武臣如虎者獻之。所囚者服罪之人。察獄之吏受其詞而斷其罪。故善聽獄如皐陶者獻之 蓋古者出兵。受成於學。禮記王制注曰。定兵謀也 及其反也。釋奠於學而以訊馘告 王制注曰。釋菜奠幣。禮先師也。訊馘。所生獲斷耳者。○安成劉氏曰司馬公曰。受成獻馘。莫不在學。所以然者。欲其先禮義而後勇力也。君子有勇而無義爲亂。小人有勇而無義爲盜。若專訓之以勇力。而不使之知禮義。奚所不爲矣 故詩人因魯侯在泮。而願其有是功也

三山李氏曰。古者建學。養才在此。飲酒在此。受成在此。獻功在此。則學校之制不爲徒設。有補於風化多矣。○慶源輔氏曰。序以爲修泮宮者。正以此章既作泮宮一句生義。將以作爲創造。則又恐魯不應舊來無學。故遂以爲修耳。殊不知此乃魯侯與羣臣燕飲泮宮之詩。而詩人頌禱欲其有以終獲淮夷之服耳。故云魯國既作泮宮。則淮夷既服其文德矣。故于此下遂言願其獻馘獻囚之事也。○安成劉氏曰。五章頌願魯侯以德服人而獻功於學也

○濟濟子禮反多士。克廣德心。桓桓于征。狄他歷反彼東南。叶尼心反烝烝皇皇。不吳音話不揚。不告于訩。音凶在泮獻功

賦也。廣。推而大之也。德心。善意也。狄。猶逷也。釋文曰。狄。遠也。○臨川王氏曰。攘而逷之也東南。謂淮夷也孔氏曰。淮夷在魯之東南○豐城朱氏曰。徂茲淮夷徐戎並興。見於費誓之書。則淮夷之爲魯患。自伯禽受封之時而已然矣。故詩人頌禱其君。必至於狄彼東南。

而後可以無愧於烈祖伯禽焉

烝烝皇皇，盛也。曹氏曰：其並進而向敵也，烝烝然；其合而大之也，皇皇然。不吳不揚，肅也。不告于訩，師克而和，不爭功也。鄭氏曰：訩，訟也。無以爭訟之事告於治獄之官者。○三山李氏曰：征伐有交爭者，必告治獄之官，伯州黎之事是也。又曰：人心可謂廣矣，惟爲血氣所使，一有毫髮之利，則忿而爭，其心於是乎隘矣。惟其心廣，故其征伐有狄遠淮夷之功，烝烝皇皇，不吳不揚，未嘗爭訟，惟在泮獻功而已。○安成劉氏曰：六章須願公之臣士皆有才德以立功也。

○角弓其觩，音求束矢其搜。色留反戎車孔博，徒御無斁。叶弋灼反旣克淮夷，孔淑不逆。叶宜脚反式固爾猶，淮夷卒獲。叶黄郭反

賦也。觩，弓健貌。鄭氏曰：言持弦急也。五十矢爲束，或曰百矢也。孔氏曰：荀卿論兵，操十二石之弩，負矢五十箇，是一弩用五十矢。大司寇云：入束矢於朝。注：古者一弓百矢，與書及

左傳所言賜諸侯彤弓一彤矢百。故又謂束矢當百箇搜矢疾聲也孔氏曰。其發則搜然而勁疾博。廣大也。無斁。音亦言競勸也。逆。違命也。蓋能審固其謀猶。則淮夷終無不獲矣眉山蘇氏曰。公之兵戎精繕士卒競勸。故能克淮夷甚善而不逆。○臨川王氏曰。孔淑不逆。言無復作慝而順以服也。○鄭氏曰。堅固其軍謀謂度己之德。慮彼之罪以出兵也。○慶源輔氏曰。此章又願其器械修整。卒乘競勸。既勝淮夷甚善而無有違命者。章末又致戒以爲苟能審固其謀猷。則淮夷豈終不可獲哉。以詩意觀之。是時魯國想必爲淮夷所擾而未有以勝之也○安成劉氏曰。七章願公之兵徒精好。謀慮審固。而終服淮夷也

○翩彼飛鴞吁驕反集于泮林。食我桑黮。戶荏反懷我好音。憬九永反彼淮夷。來獻其琛。敕金反元龜象齒。大賂南金

興也。鴞。惡聲之鳥也。黮。桑實也曹氏曰。傳云桑黮甘甜。鴟鴞革響。是知鴞食桑

黮。則其音變而美也。泮林有黮。鴞來食之。歸我好音。憬則淮夷被泮宮禮義之化。其有不革面而柔服者哉

覺悟也。琛寶也。元龜尺二寸○史記曰。龜千歲滿尺二寸孔氏曰。漢志云。龜不盈尺不得爲寶賂遺去聲也。南金荊揚之金也鄭氏曰。荊揚貢金三品○孔氏曰。禹貢徐州淮夷蠙珠暨魚。則淮夷其土不出龜象。其國不屬荊揚。而獻龜象南金者。非謂淮夷之地出此物也○三山李氏曰。書載伯禽宅曲阜。徐戎並興。是淮夷世爲魯患。故願僖公能使之順服貢獻如此也此章前四句與後四句。如行葦首章之例也安成劉氏曰。卒章又願魯公常使淮夷順服而來獻也

泮水八章章八句新安胡氏曰。蘇公以爲泮宮。僖公因舊而修。是以不見於春秋。至於克淮夷則亦以爲疑。而朱子於三章以下。以爲頌禱之詞。蓋以爲僖公存日之詩也。竊謂春秋經也。魯頌亦經也。今幸有魯頌以補春秋之闕。誦其詩者。尚何過疑之有哉○安成劉氏曰。朱子以作泮

宮克淮夷之事他無所考故不質其爲僖公之詩而且以克服淮夷爲頌禱之詞以愚考之春秋不書常事則夫作泮宮之事十二公之經固疑皆無所見也至於僖公克服淮夷雖亦不見於春秋而僖公十三年嘗從齊桓會于鹹爲淮夷之病杞十六年嘗從齊桓會于淮爲淮夷之病鄫矣但此詩所言不無過其實者要當爲頌禱之溢詞也

閟筆位反宮有侐況域反實實枚枚赫赫姜嫄音元其德不回上帝是依叶音喂無災無害彌月不遲叶陳回反是生后稷降之百福叶筆力反黍稷重直龍反穋音六叶六直反稙徵力反稺菽麥叶訖力反奄有下國叶于逼反俾民稼穡有稷有黍有稻有秬求許反奄有下土纘禹之緒象呂反

賦也閟深閉也宮廟也藍田呂氏曰魯廟非姜嫄廟也侐清靜也實實

鞏固也。枚枚。礱盧紅反密也。孔氏曰。枚枚者。細密之意。故云礱密。晉語及書傳說天子廟飾。皆云斲其林而礱之。加密石焉。是礱密之事也時蓋修之。故詩人歌詠其事。以爲頌禱之詞。而推本后稷之生。而下及于僖公耳。孔氏曰。作者將美僖公。追述遠祖。上陳姜嫄后稷至于太王文武。爰及成王封建之辭。魯公受賜之命。言其所以有魯之由回。邪也。依。猶眷顧也。說見生民篇。先種曰稙。後種曰稺。孔氏曰。重穋稙稺。生熟早晚之異稱。非穀名。奄有下國。封於邰也。華谷嚴氏曰。劉氏云。奄有下國。所以原其始。奄有下土。所以要其終。緒。業也。禹治洪水既平。后稷乃播種百穀。孔氏曰。禹能平水土。稷能播種。二者俱以利民。故謂之繼禹之事。稷之播種。種禹所治之地也○慶源輔氏曰。奄有下土。指教民稼穡之事而言也。使天下之民皆得以稼穡於其土地。則是后稷奄有其土也。禹稷之功相爲終始。相繼以相成。無稷。則禹之平水土何益。無禹。則稷之教稼穡何施○三山李氏曰。禹之平水土。稷之教稼穡。其事雖不同。其實相終始也。非禹平水土。雖稷教民種。何自而施其功。非稷教民種。雖禹治水民何自食。惟前後相承。故云纘也○安成劉氏曰。首章推本僖公所奉閟宮之祖上出於后稷也

○后稷之孫。實維大音泰王。居岐之陽。實始翦商。至于文武。纘大王之緒。致天之屆。于牧之野。叶上與反無貳無虞。上帝臨女。音汝敦都回反商之旅。克咸厥功。叶居古反王曰叔父。扶雨反建爾元子。叶子古反俾侯于魯。大啓爾宇。爲周室輔。扶雨反

賦也。翦。斷音短也。大王自豳徙居岐陽。四方之民。咸歸往之。於是而王迹始著。蓋有翦商之漸矣格庵趙氏曰。蔡節齋云。太王雖未始有翦商之志。然太王始得民心。王業之成實基於此○雙峯饒氏曰。非謂太王有翦商之志也。言翦商雖

在武王之時。而太王實基王迹。乃翦商之所從始爾○南豐曾氏曰。太王蓋諸侯之能興邦者。本不必云肇基王迹也。武王既有天下。推其寖盛之由。故曰肇基王迹。所謂實始翦商者。殆因肇王迹之語而言之過耳

屆極也。猶言窮極也。虞慮也。無貳無虞。上帝臨女。猶大明云上帝臨女。無貳爾心也。敦治之也。咸同也。言輔佐之臣同有其功。而周公亦與焉也。王成王也。叔父周公也。元子。魯公伯禽也三山李氏曰。謂長子爲元子啓。開。宇。居也慶源輔氏曰。無貳無虞。上帝臨女。一有貳心他慮。則便與天爲二。不足以致天之屆矣。所謂能治商之衆。皆君臣上下一德一心之功。爲周室輔。則封魯公。不特爲魯公計。乃所以爲周家計矣○安成劉氏曰。此章推言后稷以下至于周公伯禽也

○乃命魯公。俾侯于東。錫之山川。土田附庸。周公之孫。莊

公之子。叶奬里反龍旂承祀。叶養里反六轡耳耳。春秋匪解。音懈叶訖力反

享祀不忒。皇皇后帝。皇祖后稷。享以騂犧。虛宜虛何二反是饗是

宜。牛奇牛何二反降福既多。章移當何二反周公皇祖。亦其福女。音汝

賦也。附庸猶屬城也。小國不能自達於天子而附於大國也。上章既告周公以封伯禽之意。此乃言其命魯公而封之也。

朱子曰。小國之地不足五十里者。不能自達於天子。因大國以姓名通。謂之附庸。若春秋邾儀父之類是也。○問顓臾亦魯附庸。在魯地七百里之中。從孟子百里之說。則魯安得七百里之地。曰。是禮記說封周公曲阜之地七百里。所謂錫之山川土田附庸。其勢必不止於百里。○安成劉氏曰。周室封建之法。當以武成分土惟三者爲正。魯侯爵。地方百里。以司馬法及小司徒之制推之。地方百里者積田萬井。萬井之地。以開方之法通筭。實占地三百萬里。此蓋班祿之制。所謂錫之土田者也。故南軒張氏以爲分土三等。皆以

其田言之。地雖有山川相間。廣狹不齊。而制田之多寡則自若也。故其山川城郭宮室塗巷。皆在百里田制之外。即所謂錫之山川者也。若邾若須句若顓臾。又皆魯之附庸。即所謂錫之附庸者。蓋亦在百里田制之外。是魯之疆域固不止百里矣。然作明堂位者。遽妄爲七百里之說。孔氏乃附會之。以爲封魯五百里之上。加以九同七同五同二同四等附庸。共爲方百里者二十四。并魯方百里者二十五。積四十九同。開方之得七百里。其說恐難信也。

莊公之子。其一閔公。其一僖公。知此是僖公者。閔公在位不久。未有可頌。此必是僖公也。安成劉氏曰。閔公名啓方。在位二年。僖公以庶兄繼立。在位三十三年。

耳耳。柔從也。春秋。錯舉四時也。忒。過差也。成王以周公有大功於王室。故命魯公以夏正孟春。郊祀上帝。配以后稷。牲用騂牡。曹氏曰。司常言日月爲常。王建之。交龍爲旂。諸侯建之。僖公雖僭郊禮而猶以龍旂承祀。不敢全僭天子禮也。明堂位乃曰魯公乘大路。載弧韠。旂十有二旒日月之常。祀帝于郊。則過矣。皇祖。謂羣公。安成劉氏曰。上言皇祖在后稷上。則是指后稷爲皇祖。此言皇祖在周公下。故知是指羣公。此章以後。皆言僖公致敬郊廟。而神降之福。國人稱願之如此也。安成劉氏曰。此章言自伯禽封魯。以至僖公致敬郊廟而獲福也。

○秋而載嘗。夏而楅衡。叶戶郎反白牡騂剛。犧尊將將。七羊反毛炰薄交反胾側吏反羹。叶盧當反籩豆大房。此下當脫一句。如鍾鼓喤喤之類萬舞洋洋。孝孫有慶。叶祛羊反俾爾熾而昌。俾爾壽而臧。保彼東方。魯邦是常。不虧不崩。不震不騰。三壽作朋。如岡如陵。

賦也。嘗。秋祭名。楅衡。施於牛角。所以止觸也。周禮封人云。凡祭飾其牛牲設其楅衡是也。孔氏曰。楅設於角。衡設於鼻。秋將嘗而夏楅衡其牛。言夙戒也。白牡。周公之牲也。騂剛。魯公之牲也。白牡。殷牲也。周公有王禮。故不敢與文武同。魯公則無所嫌。故用騂剛孔氏曰。公羊傳云。周公用白牡。魯公用騂剛。羣公不毛。不毛。不純色也。剛。特也。白牡。謂白特。騂剛亦特也。○安成劉氏曰。不敢使與文武同。故牲用殷人所尚之色犧素何反尊。畫牛於尊腹也。或曰。尊作牛形。鑿其背以受酒也孔氏曰。阮諶禮圖云。犧尊飾以牛。腹上畫牛形。又大和中魯郡於地中得齊大夫子尾送女器有犧尊。以犧牛爲尊也毛炰。周禮封人祭祀有毛炰之豚。注云爓似鹽反。湯中瀹肉去上聲其毛而炰之也。胾。切肉也。羹。大羹。鉶音刑羹也。

大羹。大古之羹。湆欽入聲煮肉汁不和。去聲盛平聲之以登。貴其質也儀禮。設大羹湆于醢北。注云。設之所以敬尸也。不祭不齊大羹不爲神。非盛者也鉶羹。

肉汁之有菜和者也。盛之鉶器。故曰鉶羹。大房。半體之俎。足下有跗。音敷如堂房也。孔氏曰。明堂位云。周房俎。房謂足下跗也。上下相間有似於堂房然。知是半體者。周語云。郊禘之事則有全烝。王公立飫則有房烝。親戚燕享則有殽烝。全烝。謂全載牲體。殽烝謂體解節析。則房烝是半體可知萬舞名。震騰驚動也。曹氏曰。不虧。如日常盈。不崩。如山常固。不震。如地常靜。不騰。如水常平。自俾爾熾而昌以下。皆嘏辭三壽。未詳。鄭氏曰。三卿也華谷嚴氏曰。願有壽考之三卿爲朋友。皆如岡陵之固。祝其君臣同慶也或曰。願公壽與岡陵等而爲三也安成劉氏曰。此章專言僖公致敬宗廟。而祝願其獲福壽也

○公車千乘。繩證反。叶神陵反朱英綠縢。徒登反二矛重直龍反弓。叶姑弘反公徒三萬。貝冑朱綅。息廉反。叶息稜反烝徒增增。戎狄是膺。荊舒是懲。則莫我敢承。俾爾昌而熾。俾爾壽而富。叶方未反黃髮

台背叶蒲寐反。壽胥與試。俾爾昌而大叶特計反。俾爾耆而艾五蓋反。叶五計反。萬有千歲。眉壽無有害叶暇憩反。

賦也。千乘。大國之賦也。成方十里。出革車一乘。甲士三人。左持弓。右持矛。中人御。步卒七十二人。將重車者二十五人。千乘之地。則三百十六里有奇音箕也。三山李氏曰。按司馬法六尺爲步。步百爲畝。畝百爲夫。夫三爲屋。屋三爲井。井十爲通。通十爲成。成出革車一乘。則千乘之地方三百一十六里有奇。若以孟子所言周公封魯地方百里。則無緣有千乘。司馬法之言不足信也。包氏註論語。以爲古者井田方里爲井。十井爲乘。百里之國通計萬井。則魯地百里當有千乘矣。合從包氏說。○安成劉氏曰。王制謂公侯之田皆方百里。以武成列爵分土之說推之與王制合。是魯當有百里之土田明矣。而古者以田賦出兵。據司馬法及小司徒之說推之。則成方十里爲田百井。出車一乘。每乘馬四疋。甲士步卒合七十五人。

外牛十二頭。駕重車在後。炊家子十人。固守衣裝五人。廐養五人。樵汲五人。合二十五人也。同方百里爲田萬井。止出車百乘。積十同爲十萬井。始得出車千乘。其十萬井開方。則方三萬一千六百井餘一萬八千畝有奇。爲方三百十六里餘六十步有奇。然其里數增多不合於侯封百里之制。故李氏以爲當從包氏之說。雖與集傳不合。然朱子注孟子千乘之國。亦嘗以爲地方百里出車千乘矣

朱英。所以飾矛。緣縢。所以約弓也 安成劉氏曰。縢。茹緄縢之縢

二矛。夷矛酋矛也。重弓備折壞也。徒步卒也。三萬舉成數也。車千乘法當用十萬人。而爲步卒者七萬二千人。然大國之賦適滿千乘。苟盡用之。是舉國而行也。故其用之大國三軍而已。三軍爲車三百七十五乘。三萬七千五百人。其爲步卒不過二萬七千人。舉其中而以成數言。故曰三萬也 華谷嚴氏曰。魯

須多夸大之詞。曰千乘。曰三萬。不必求其數之盡合也貝胄貝飾胄也。朱綅所以綴也孔氏曰。貝者。水蟲甲有文章。胄。謂兜鍪。以貝爲飾。說文云。綅。綫。朱綅。赤綫也。謂以朱綫綴甲增增衆也。戎。西戎。狄。北狄。膺。當也。荊。楚之別號。舒。其與國也。懲。艾。承。禦也。僖公嘗從齊桓公伐楚。故以此美之孔氏曰。僖四年公會齊侯等伐楚。楚一名荊。舒是楚之與國。故連言荊舒。其伐戎狄則無文○三山李氏曰。泮水美僖公能服淮夷。皆無是事而美之。則膺戎狄懲荊舒。未必不如其服淮夷也。蓋祝頌之詞例如此○安成劉氏曰。荊者楚之本號。蓋以荊山而得名。春秋莊公十年始書荊。以正其夷狄之號。至僖公元年乃改稱楚。四年僖公從齊伐楚。遂盟召陵。僖公雖不得專其功而詩人之詞。容有溢美。讀者當不以詞害意而祝其昌大壽考也。壽胥與試之義未詳。王氏曰。壽考者。相與爲公用也。蘇氏曰。願其壽而相與試其才力以爲用也曹氏曰。老壽者相與試用。則不特三壽作朋而已。所用皆老成人也○考索曰。此詩曰天錫公純嘏。眉壽保魯。復周公之宇。與夫萬有千歲。眉壽無有害。皆是祝頌之詞。若非祝頌之詞。則是僖公果萬有千歲乎○華谷嚴氏曰。萬有千歲。猶曰千歲萬歲也○安成劉氏曰。此章承前章祭祀獲福之意。而美公以武功。祝公以福壽也

○泰山巖巖叶魚枚反魯邦所詹。奄有龜蒙。遂荒大東。至于海邦叶卜工反淮夷來同。莫不率從。魯侯之功

賦也。泰山。魯之望也。詹與瞻同孔氏曰。泰山在齊魯之界。其陽則魯。其陰則齊二國皆以爲望也龜蒙。二山名。廬陵羅氏曰。郡國志。泰山郡博縣有龜山。蒙陰縣有蒙山。在西南○孔氏曰。春秋齊人來歸鄆讙龜陰之田。謂龜山之北田也。論語説顓臾云。昔者先王以爲東蒙主。是魯之境內有此二山。故言奄有○曹氏曰。龜。則鄒之龜山。蒙。則費之東蒙山荒。奄也。大東。極東也。海邦。近海之國也曹氏曰。淮夷來同。則淮浦諸夷在魯之南者。同來會盟。莫敢不率循

而順從也。安成劉氏曰。此亦承上章祭祀獲福之意而言。願公治其境內以服遠國也。遂荒以下。皆斯望之詞。下章放此

○保有鳧繹。叶弋灼反遂荒徐宅。叶達各反至于海邦。淮夷蠻貊。叶莫博反及彼南夷。莫不率從。莫敢不諾。魯侯是若

賦也。鳧繹二山名。三山李氏曰。禹貢徐州嶧陽孤桐。此繹。即嶧陽也。廬陵羅氏曰。地理攷異。鳧山在兖州鄒縣東南三十里。嶧山一名鄒山。在鄒縣南二十二里宅。居也。謂徐國也。諾。應辭。若。順也。○泰山龜蒙鳧繹魯之所有。其餘則國之東南。勢相連屬。音燭可以服從之國也。臨川王氏曰。言魯之治。東及于海邦。南及于蠻貊。安成劉氏曰。泰山曰所詹。龜蒙曰奄有。鳧繹曰保有。皆以魯地而言也。其餘作魯所有。則皆以遂荒總發其詞。而致其願望於公也

○天錫公純嘏。叶果五反眉壽保魯。居常與許。復周公之宇。魯侯燕喜。令妻壽母。叶滿委反宜大夫庶士。鉏里反邦國是有。叶羽已反既多受祉。黃髮兒齒。

賦也。常或作嘗。在薛之旁。許。許田也。魯朝音潮宿之邑也。皆魯之故地。見侵於諸侯而未復者。故魯人以是願僖公也。曹氏曰。漢地理志魯有薛縣。而齊孟嘗君食邑於薛。則嘗先當屬魯〇孔氏曰。桓元年鄭伯以璧假許田。杜預注。成王營王城。故賜周公許田以爲魯國朝宿之地。其地近鄭。故鄭易之也令妻。令善之妻。聲姜也。壽母。壽考之母。成風也。安成劉氏曰。僖公娶齊女姜姓曰聲姜。其母風姓曰成風。爲莊公之妾。薨於文公四年閔公八歲被弑。必是未娶。其母叔姜亦應未老。安成劉氏曰。閔公在位二年。爲慶父所弑。其母叔姜。莊公夫人哀姜之娣也。此言令妻壽母。又可見公爲僖公無疑也。有。常有也。

兒齒。齒落更生細者。亦壽徵也。眉山蘇氏曰。願公壽考以復魯之侵地。宜其室家臣庶。以保有其國也。○安成劉氏曰。此章稱願僖公享壽富康寧之福。有夫妻子母之樂。皆承前章祭祀獲福之意也。

○徂來之松。新甫之栢。叶逋莫反是斷音短是度。待落反是尋是尺。叶尺約反松桷音角有舃。叶七約反路寢孔碩。叶常約反新廟奕奕。叶弋灼反奚斯所作。孔曼音萬且碩。同上萬民是若。

賦也。徂來。新甫。二山名。廬陵羅氏曰。地理攷異。徂來亦曰尤來。在兗州乾封縣。新甫山在汝陽縣。八尺曰尋。舃。大貌。路寢。正寢也。安成劉氏曰。路亦訓大。新廟。僖公所修之廟。安成劉氏曰。即前所謂閟宮也。奚斯。公子魚也。作者教

護屬（音燭）功課章程也（孔氏曰。公子魚爲之主帥。教令工匠。監護其事。屬付二役。課其章程）

曼長碩大也。萬民是若。順萬民之望也（慶源輔氏曰。九章則本其所以作是頌者。言之。取木於二山。斷而度之。或長或短。而松之爲椽桷者猶舄然而大。則其爲梁爲柱者可知。既成廟後之正寢又甚宏大。則僖公所修之廟大矣。又言其教護屬功董工其役之人。而曰此實奚斯所作。其制度甚長且大。以順萬民之望也。有所興作而不順民心。則興怨讟矣。安能致彼如斯之頌禱哉　○安成劉氏曰。此章復詳言修廟之事。與篇首兩句之意相首尾也）

閟宮九章五章章十七句（内第四章脫一句）二章章八句二章章十句

舊說八章。二章章十七句。一章十二句。一章三十八句。二章章八句。二章章十句。多寡不均。雜亂無亥。蓋不知第四章有脱句而然。今正其誤新安胡氏曰。竊謂閟宫是依倣殷武而作。殷武首言高宗伐荆楚。次言侯國服從。方及於壽考且寧。遽結之以作寢廟。朱子釋廟中之寢所以安高宗之神。得之矣。閟宫首原僖公家世。次及承祭祀攘夷狄復境土極頌其壽考。亦遽結之以作新廟。與殷武如出一手。特殷武簡而嚴。閟宫張而夸耳。故朱子於殷武之末。謂與閟宫卒章文意略同。但先儒因此詩服淮夷蠻貊等事春秋所不載。皆不能無疑。故黄氏以爲未然之期望。朱子以爲頌禱之辭也○眉山蘇氏曰。詩人願僖公上爲神之所福。内爲國人之所安。外爲鄰國之所懷。而修舊起廢。治其寢廟。以順萬民之所望也○定宇陳氏曰。僖公修閟宫。以其新修。故又曰新廟。而路寢即廟中之正寢也。毛鄭以閟宫爲姜嫄廟者固非。毛又以新廟爲閔公廟者尤非也

魯頌四篇二十四章二百四十三句考索曰。駉詩言牧馬之事。

有駜言君臣宴飲。泮水言其修泮宮服淮夷。所褒之事猶爲可褒也。至於閟宮則毁譽失真。且如言姜嫄后稷至於文武。與夫郊天之祭。魯以諸侯而乃盛稱以示誇耀。不亦過乎○臨川王氏曰。周頌之辭約。約所以爲嚴。盛德故也。魯頌之詞侈。侈所以爲夸。德不足故也。

商頌四之五

契爲舜司徒而封於商。傳十四世而湯有天下。其後三宗迭興。孔氏曰。契爲司徒有五教之功。乃賜姓曰子。而封於商。從契至湯爲十四世也○釋文曰。商者契所封之地名。湯有天下遂以爲國名○安成劉氏曰。湯後九世至大戊而商道興。廟號中宗。大戊後十三世至武丁商道復興。廟號高宗。武丁再傳而至祖甲。所謂三宗迭興也。蓋商人宗之。皆爲百世不遷之廟。故周公作無逸歷舉言之。但祖甲親盡之際。適以國亡。故未有宗號也歟 及紂無道。爲武王所滅。封其庶兄微子啓於宋。脩其禮樂以奉商後。吳氏曰。武王克殷。封武庚於殷墟。封微子於宋。及武庚叛。成王殺之。始即微子已封之宋。建之爲上公。以奉湯祀。作微子之命以申之其地在禹貢徐州泗濱西及豫州盟音孟猪之野。孔氏曰。宋之封域東至泗濱。西至孟猪也其後政衰。商之禮樂日以放失。七世至戴公時。孔氏曰。自微子至戴公凡十君。除二兄弟同世外。是七世至戴公也大夫正考甫。得商頌十二篇於周大師。歸以祀其先王。至孔子編詩而又亡其七篇。然其存者亦多闕文疑義。今不敢強通也孔氏曰。正考甫生孔父嘉。孔父嘉生木金父。木金父生初父。初父生防叔。防叔遷魯爲防大夫。故曰防叔。生伯夏。伯夏生叔梁紇。叔梁紇生仲尼。則正考甫是孔子七世之祖。周用六代之樂。故有商頌○問商頌恐是宋作。朱子曰。宋襄一伐楚而已。其事可考。安有莫敢不來享等事。又問恐是宋人作之。追述往事以祀其先王。若是商時所作。商尚質。不應商頌反多於周頌。曰。商頌雖多如周頌。覺得文勢自别。周頌雖簡。文自平易。商頌自是奥古。非宋人所能作○鄭氏曰。列國政衰。則變風作。宋何獨無乎。曰。有焉。乃不錄之。王者之後。時王所客也。巡守不陳其詩

商都亳。宋都商丘。皆在今應天府亳州界應天府。今改歸德州。隸河南。亳州。今亳縣。屬直隸鳳陽府潁州○曹氏曰。契封商。今上雒商是也。至湯凡八遷徙居亳。從先王居。帝嚳都也。湯十九世至盤庚其間又五遷。後居河南亳。殷即湯故都。故後世或稱商。或稱殷。或兼稱殷商

猗於宜反與音余那與。置我鞉音桃鼓。奏鼓簡簡。衎我烈祖

賦也。猗。歎詞。那。多。○臨川王氏曰。美商之樂。歎而多之也○曹氏曰。言其美之不足。故嗟歎而多之也置。陳也廬陵歐陽氏曰。陳鞉與鼓。書曰。下管鞉鼓。蓋虞夏以來舊物常用之簡簡。和

大也。衎。苦旦反樂也。烈祖。湯也。毛氏曰。有功烈之祖也記曰。商人尚聲。臭味未成。滌。音狄蕩其聲。樂三闋。苦穴反然後出迎牲。即此是也。禮記郊特牲注曰。滌蕩。猶搖動也。○安成劉氏曰。凡聲屬陽。故曰樂由陽來。商人祭祀尚聲。所以先求諸陽者也舊說以此爲祀成湯之樂也

湯孫奏假。音格綏我思成。鞉鼓淵淵。叶於巾反嘒嘒管聲。旣和且平。依我磬聲。於。音烏赫湯孫。叶思倫反穆穆厥聲

湯孫。主祀之時王也。廬陵歐陽氏曰。自太甲以下至紂皆可爲湯孫。但不知所序者何王耳假。與格同。言奏樂以格于祖考也。綏。安也。思成。未詳。鄭氏曰。安我以所思而成之人。謂神明來格也。禮記曰。齊。音齋之日。思其居處。思其笑語。思其志意。思其所樂。去聲

聲思其所嗜。齊三日。乃見其所爲齊者孔氏曰。所思五事。先思居處。後思樂嗜者。先粗而後精。自外而入內也。○建安何氏曰。慕容氏云。親之居處笑語志意樂嗜往而不反。非有實也。夫豈形體之所能交哉。思之所至。足以通之矣。齊之三日。思之之至。雖親之不可見者如見其存。微之顯。誠之不可揜也如此○朱子曰。見所爲齊者。思之熟。若見其所爲齊之親也祭之日。入室僾音愛然。必有見乎其位。孔氏曰。入室。初入廟室。僾然。髣髴見也。如見親之在神位也周旋出戶。肅然必有聞乎其容聲。孔氏曰。孝子薦俎酌獻。行步周旋或出戶。當此時必有悚息。肅肅然如聞舉動容止之聲也出戶而聽。愾門代反然必有聞乎其歎息之聲。朱子曰。設祭既畢。孝子出戶而聽也○建安何氏曰。馬氏云僾然言其貌。肅然言其容。愾然言其氣也。輔氏云。既曰必有。又曰僾然肅然愾然。蓋誠之不可揜也此之謂思成。蘇氏曰。其所見聞本非有也。生於思耳。此二說近是。蓋齊而思之。祭而如有見聞。則成此人矣。華谷嚴氏曰。若神不來格。則所思不遂。今神明來格。是安我以所思而成之人也鄭注頗有脫誤。今正之。慶源輔氏曰。商人尚聲。於那可見。綏我思成。又見其尚鬼淵淵。深遠也。嘒嘒。呼惠反清亮也。磬。玉磬也。堂上升歌之樂。非石磬也。孔氏曰。磬非樂之主。而云依我磬聲。明此異於常磬。非石磬也○張子曰。玉磬。聲之最和平者。可以養心。其聲一定。始終如一。無隆殺也○臨川王氏曰。依我磬聲。言與堂上之樂諧也穆穆。美也鄭氏曰。於盛矣。湯孫此樂之美其聲也○安成劉氏曰。既言管聲。又言磬聲。又言穆穆厥聲。盛稱聲樂。見商人之尚聲。連叶三聲字。又見商人之質也○慶源輔氏曰。穆穆厥聲。亦是言樂。言於赫哉之湯孫。其樂聲甚美也

庸鼓有斁。萬舞有奕。我有嘉客。亦不夷懌。

庸鏞通。毛氏曰。大鍾曰庸斁。斁然盛也。奕。奕然有次序也。濮氏曰。周

人之樂。執籥秉翟者。文舞也。朱干玉戚者。武舞也。萬舞二舞之總也。故邶風有公庭萬舞。魯頌有萬舞洋洋。春秋楚子元有振萬。蓋時王樂也。諸侯卿大夫士所得同用之。特自八以下。佾數有差等耳。今言萬舞有奕。正謂文武迭用而有序。豈天下未爲周。而是舞之名。已見於前代乎

蓋上文言鞉鼓管籥作於堂下。其聲依堂上之玉磬。無相奪倫者。至於此。則九獻之後。鍾鼓交作。萬舞陳于庭。而祀事畢矣

安成劉氏曰。周制宗廟九獻之次。尸未入前。王祼於奥以降神。一獻也。后亞祼。二獻也。尸入薦血腥後。王酌泛齊獻尸。所謂朝踐。三獻也。后酌醴齊亞獻。亦爲朝踐。四獻也。薦熟畢。王酌盎齊獻尸。五獻也。后酌緹齊亞獻。六獻也。皆所謂饋獻也。尸乃食訖。王更酌朝踐之泛齊以酳尸。所謂朝獻。七獻也。后更酌饋獻之緹齊以亞酳。所謂再獻。八獻也。又有諸臣爲賓者之一獻。凡九獻。則未有考

嘉客先代之後來助祭者也。夷。悅也。亦不夷懌乎。言皆悅懌也

豐城朱氏曰。湯孫奏假。綏我思成。始焉人

固因樂以致其感格之效也。於赫湯孫。穆穆厥聲。終焉樂固因人而成其和聲之美也。至於鏞鼓之斁斁然而盛也。萬舞之奕奕然有次序也。則不特幽有以感乎神。而嘉賓在位亦無不夷懌者矣。獨言嘉客者。尊之也

自古在昔。先民有作。溫恭朝夕。執事有恪

恪。敬也。言恭敬之道。古人所行。不可忘也。閔馬父國語魯語註。馬父。魯大夫曰。先聖王之傳恭。猶不敢專。稱曰自古。古曰在昔。昔曰先民慶源輔氏曰。馬父解自古在昔先民有作。深得其肯。可以涵詠。便見得敬是徹頭徹尾。成始成終之意。○國語注曰。有作。言先聖人行此恭敬之道久矣。不敢言創之於己。乃云受之於先古也。此其不敢專也

顧予烝嘗。湯孫之將

將。奉也。言湯其尚顧我烝嘗哉。此湯孫之所奉者。致其

丁寧之意庶幾其顧之也安成劉氏曰此詩章首兩以湯孫聞稱於聲樂之間者所以重嘆其樂之美所謂尚聲者然也章末結之以湯孫之將者又所以備見其禮之至也

那一章二十二句

閔馬父曰正考甫校商之名頌孔氏曰魯語注云名頌頌之美者考父恐其舛繆故就大師校之以那爲首其輯之亂曰云云即此詩也廬陵羅氏曰輯成也凡作篇章義既成撮其大要以爲亂辭

嗟嗟烈祖有秩斯祜候五反申錫無疆及爾斯所

賦也烈祖湯也秩常申重也爾主祭之君蓋自歌者指之也安成劉氏曰頌詩所以美盛德告成功而皆自歌工以導達主祭者之意也歌工自巳身而指主祭者則曰爾自先祖之身而指主祭者則曰湯孫自主祭者之身而言則曰我曰予立言雖殊所指之人則一如

上篇所稱亦然也。又如周頌雝詩既稱天子。則固自歌工之身而指主祭者矣。下文又稱孝子。亦若此詩稱湯孫也。又稱予稱我。亦若此詩稱予我也

斯所。猶言此處也○此亦祀成湯之樂。言嗟嗟烈祖華谷嚴氏曰。補傳云。言烈祖而云嗟嗟。以簡朴故也。若周頌則言於穆於皇。近於文矣有秩秩無窮之福。可以申錫於無疆。是以及於爾今王之所。而脩其祭祀。如下所云也東萊呂氏曰。及爾斯所。言流慶無窮。今方於爾之所。其後猶未艾也。所謂申錫無疆○豐城朱氏曰。成湯以盛德而受天命。故有秩秩無窮之福。可以申錫於無窮。爾後人所以得入烈祖之廟以奉烈祖之祭者。是即其福之所及也。言此以起下文之意

既載清酤。叶候五反賚我思成。叶音常亦有和羹。叶音郎既戒既平。叶音旁鬷中庸作奏。今從之假音格無言。叶音昂時靡有爭。叶音章綏我眉壽。黃耇無疆

酤酒。曹氏曰。清酒。冬釀夏成賚與也。思成。義見上篇。和羹。味之調節也鄭氏曰。和羹者。五味調腥熟得節也○曹氏曰。鉶羹也戒夙戒也。平。猶和也。儀禮於祭祀燕享之始。每言羹定。音訂蓋以羹熟爲節。然後行禮。朱子曰。鄉飲酒禮。鄉射禮。燕禮。大射儀。公食大夫禮。少牢饋食。皆曰羹定。鄭氏曰。定。猶熟也○廬陵李氏曰。不敢預勞賓。故以羹定爲速賓。行禮之節○東萊呂氏曰。清酤和羹。皆言祭之始也定。即戒平之謂也。鬷。中庸作奏。正與上篇義同。蓋古聲奏族相近。族聲轉平而爲鬷耳。無言無爭。肅敬而齊一也。慶源輔氏曰。先酒而後羹。亦其序也。無言則是肅敬。無爭則是齊一。是乃諸福之所會也○豐城朱氏曰。酒之清者方載而在樽。則未獻之時也。而烈祖之神。已與我以所思而成之人。言鬷之疾也。至於羹定。則薦熟之時也。既戒既平。誠意之寓於物也。無言無爭。誠意之存乎人也。言其載清酤而既與我以思成矣。及進和羹而肅敬之至。則又安我以眉壽黃耇之福也。廬陵歐陽氏曰。上言既載清酤。下文亦有和羹。乃是直陳祭時酒與羹爾。而執事總無諠譁。又不交侵其職位。以見在廟之人。皆肅敬而舉動得禮。所以神明錫以眉壽黃耇之福也

約軝祈支反錯衡。叶戶郎反八鸞鶬鶬。七羊反以假音格以享。叶虛良反我受命溥將。自天降康。豐年穰穰。來假音格來饗。叶虛良反降福無疆

約軝錯衡八鸞。見采芑篇。鶬見載見篇。鄭氏曰。約軝。轂飾也。鸞在鑣。四馬則八鸞。諸侯來助祭者。乘篆轂錯衡之車。駕四馬。其鸞鶬鶬然聲和。○安成劉氏曰。采芑作八鸞瑲瑲。烝民韓奕作八鸞鏘鏘。此詩作鶬鶬。載見曰鞗革有鶬。字雖不同。皆言其聲也言助祭之諸侯乘是車以假以享于祖宗之廟也慶源輔氏曰。約軝錯衡。八鸞鶬鶬。總言助祭之

諸侯。那則專言先代之後耳。亦其序也

溥。廣。將。大也。穰穰。多也。言我受命既廣大。而天降以豐年黍稷之多。使得以祭也

曹氏曰。諸侯助祭者如此。是我之受命之大。得天人之助也。得萬國之歡心以事其先王。所謂得人也。降康豐年。所謂得天也。○東萊呂氏曰。豐年穰穰。言時和歲豐。祭禮得成。所謂可以備物者也。

假之而祖考來假。享之而祖考來享

新安胡氏曰。歐陽氏云。上言以享者。謂諸侯來助致享於神也。下云來饗者。謂神來至而歆享也。以假來假。其義亦然

則降福無疆矣

顧予烝嘗。湯孫之將

說見前篇

眉山蘇氏曰。上言人既助之。天又應之。然後祖宗來格而享其祭。報之以福。故此曰其尚顧予烝嘗哉。此湯孫之所奉也

烈祖一章二十二句

廬陵彭氏曰。上篇言鞉鼓管籥與執競之頌意同。此篇言清酤

和羹。而不詳於樂。則與那執競。異也。○慶源輔氏曰。那與烈祖皆祀成湯之樂。然那詩則專言樂聲至烈祖則及夫酒饌焉。商人尚聲。豈始作樂之時則歌那。既祭而後歌烈祖歟。大抵商頌簡古難看。辭斷而意續。熟讀自見

天命玄鳥。降而生商。宅殷土芒芒。古帝命武湯。正域彼四方

賦也。玄鳥。鳦烏拔反也。孔氏曰。燕色玄。故又名玄鳥。春分玄鳥降。高辛氏之妃有娀息容反氏女。簡狄。祈于郊禖。鳦遺卵。簡狄吞之而生契。其後世遂爲有商氏。以有天下。事見史記 孔氏曰。玄鳥至日。以太牢祀高禖。記其祈福之時。故言天命玄鳥。玄鳥來而謂之降者。重之若自天來然。○華谷嚴氏曰。契封於商。後因以爲一代之號。言生商。謂生契也。生契。所以生商也。○史記殷本紀曰。玄鳥翔水遺卵。娀

簡狄取而吞之。三代世表曰。契稷之父。皆黃帝子孫。詩言契生於卵。后稷人迹者。見其有天命精誠之意耳。奈何無父而生乎。故詩人美契曰天命玄鳥降而生商。美稷曰厥初生民

宅。居也。殷。地名。芒芒大貌。古。猶昔也。帝。上帝也。武湯。以其有武德號之也

曹氏曰。書曰惟我商王。布昭聖武。長發曰武王載旆有虔秉鉞。湯曰吾甚武。自號曰武王。故此稱爲武湯也

正。治也。域。封境也

眉山蘇氏曰。湯始受命正域於四方之諸侯也

○此亦祭祀宗廟之樂。而追叙商人之所由生。以及其有天下之初也

安成劉氏曰。此詩推本商人生於玄鳥。猶生民推本周人生於帝武。此詩追叙契之生。以及於湯有天下。猶閟宫追叙后稷之生以及文武也○豐城朱氏曰。天命玄鳥降而生商。推契之所以生。固本於天命也。古帝命武湯。原湯之所以興。亦本於天命也。宅殷土芒芒。言契之受天命而奄有乎一國也。正域彼四方。言湯之受天命而奄有乎天下也。非有契以開之於前。無以爲有商受命之基。非有湯以繼之於後。無以成有商興王之

業。此詩人於契與湯。所以必並致其尊美而無異辭也

方命厥后。奄有九有。叶羽已反商之先后。受命不殆。叶養里反在武丁孫子叶獎里反

方命厥后。四方諸侯無不受命也。九有。九州也華谷嚴氏曰。域彼四方。則九州在其中矣。天命湯以四方爲域。湯能命其諸侯而奄有九有。成天意也武丁高宗也鄭氏曰。武丁脩德。殷道復興。故表顯之號爲高宗言商之先后。受天命不危殆。故今武丁孫子。猶賴其福廬陵歐陽氏曰。武丁孫子。謂武丁之孫子也

武丁孫子。武王靡不勝。音升龍旂十乘。繩證反大糦尺志反是承

武王湯號。而其後世亦以自稱也。龍旂。諸侯所建交龍之旂也華谷嚴氏曰。龍旂十乘。舉諸侯之尊者言之耳大糦黍稷也。承。奉也○

言武丁孫子。今襲湯號者。其武無所不勝。於是諸侯無不奉黍稷以來助祭也豐城朱氏曰。方命厥后奄有九有。則諸侯之受命於商王者。固非止於一國也。商之先后受命不殆。則商王之受命於天者。亦非止於一世也。惟其歷世受命而不危殆。故至於武丁孫子。猶得以賴其福焉。惟武丁孫子襲湯號而有天下者。其武無所不勝。故諸侯莫不秉其車馬。奉是黍稷。來助祭於商焉

邦畿千里。維民所止。肇域彼四海叶虎洧反

止。居。肇。開也。言王畿之內。民之所止。不過千里。而其封域則極乎四海之廣也華谷嚴氏曰。京師諸夏之本。王圻之內。人心安止。則四海之大。皆在統理之內也

四海來假音格。下同來假祁祁。景員維河。殷受命咸宜叶牛何反百

祿是何（音荷叶如字）

假與格同祁祁衆多貌景員維河之義未詳或曰景山名商所都也見殷武卒章春秋傳亦曰商湯有景亳之命是也員與下篇幅隕義同蓋言周也河大河也言景山四周皆大河也何任也（鄭氏曰百祿是何謂檐負天之多福）春秋傳作荷（上聲○華谷嚴氏曰章末總美殷家前後相承受天之命無有不宜能負荷天之百福謂成湯至高宗以後也○慶源輔氏曰此又承上而言四海之遠諸侯無不來至而至者祁祁然衆多見商之所都所謂景山者四周皆大河其形勢之盛而居之安如此故又歎殷之受命無所不宜此所以能負荷其百福也）

玄鳥一章二十二句

濬哲維商長發其祥洪水芒芒禹敷下土方（絶句楚辭天問禹降省下

土方。蓋用此語外大國是疆。幅隕音員既長。有娀息容反方將。帝立子

生商

賦也。濬。深。哲。知。三山李氏曰。正猶書所謂濬哲文明也長。久也。方。四方也。

外大國。遠諸侯也。幅。猶言邊幅也。隕。讀作員。謂周也華谷嚴氏曰。自其直方言之曰幅。自其周圍言之曰員有娀。契之母家也朱子曰。舊說有娀國在西周之北。恐不應絕遠如此○史記正義曰。有娀當在蒲州將。大也。○言商世世有濬哲之君孔氏曰。總嘆商家深智。不揹斥一人也。○三山李氏曰。惟其德之深。故不溺於褊淺。惟其德之明。故不至於昏塞。商之先世皆有深智之德。○安成劉氏曰。泛言濬哲之君。蓋自湯以上。契以下。皆是也其受命之祥。發見也久矣。方禹治洪水。以外大國爲中國之竟境同而幅員廣大之時。有娀氏始大。故帝立其女

之子而造商室也。蓋契於是時。始爲舜司徒掌布五教于四方。而商之受命實基於此曹氏曰。契雖未能有天下。然其有天下之祥。既已於堯舜之時發見矣。○慶源輔氏曰。長發其祥。則言商受天命。其發見之祥。既已遠矣。自洪水芒芒下六句。則皆述此句。猶言天之栽培我商也久矣。○豐城朱氏曰。有商受命之祥。雖在於濬哲相繼之時。而有商受命之基。實定於有娀生商之日。必言有娀者。以契固商人之所由生。而有娀又商人之所自出。猶云稷固周人之所由生。而有邰又周人之所自出也

○玄王桓撥叶必烈反受小國是達叶他悅反受大國是達。率履不越。遂視既發叶方月反相息亮反土烈烈。海外有截

賦也。玄王。契也。玄者。深微之稱。或曰以玄鳥降而生也。王者。追尊之號孔氏曰。國語。玄王勤商。十四世而興。玄王爲契明矣。又云昔我先王后稷。我先

王不窋。韋昭注。商頌亦以契爲玄王。是其爲王之祖。故呼王。非號王也。○廬陵歐陽氏曰。書稱格王寧王。蓋古人往往以美稱加王爾。玄者深微之稱。老氏言玄之又玄是也。不必爲黑也

桓武撥治。達通也。受小國大國無所不達。言其無所不宜也。率循履禮。越過。發應也。言契能循禮不過越。遂視其民。則既發以應之矣。相土。契之孫也

孔氏曰。契子昭明。昭明子相土

截整齊也。至是而商益大。四方諸侯歸之。截然整齊矣。其後湯以七十里起。豈嘗中衰也與

慶源輔氏曰。契爲司徒。初不見有武之事。然文武乃君之德。既封爲國君。則是當有武德也。撥即撥亂之撥。乃武德之驗也。既有武德。又能撥亂以爲治。則其所受之國。隨其大小而無所不宜。又能循行禮法無或過越。則其所以爲下民之儀式者無所不備矣。宜乎遂視其民則既發以應之也。至于其孫相土之時。則商益以烈烈然光大。諸侯率皆歸之。而極于海外莫不截然齊整也。此章又叙契

及相土之時

○帝命不違。至于湯齊。湯降不遲。聖敬日躋。子兮反昭假音格遲遲。上帝是祗。帝命式于九圍

賦也。湯齊之義未詳。蘇氏曰。至湯而王業成。與天命會也。降猶生也。遲遲久也。祗音支敬。式法也。九圍九州也。孔氏曰。謂九圍爲九州者。蓋九分天下各爲九處。若規圍然。故謂之九圍也。○商之先祖既有明德。天命未嘗去之。以至於湯華谷嚴氏曰。商自契以來。天命所向。至湯而後與天齊。謂王業至此成。天命至此集。天人適相符合也湯之生也。應期而降。適當其時。其聖敬又日躋子兮反升廬陵彭氏曰。聖敬日躋。即至誠無息也。○華谷嚴氏曰。苟日新。日日新。又日新。是聖敬日躋之實。即文王之純亦不已也。○朱子曰。湯工夫全在敬字上。看來大段

是一箇脩飭底人。又曰。成湯之聖。稱其德者有曰不邇聲色。不殖貨利。又曰以義制事。以禮制心。有曰從諫弗咈。改過不吝。又曰與人不求備。檢身若不及。此皆足以見其日新之實。至於所謂聖敬日躋云者。則其言愈約而意愈切矣

以至昭假于天。久而不息。惟上帝是敬。故帝命之以爲法於九州也。慶源輔氏曰。聖敬云者。言湯之敬。乃聖人之敬也。無一毫虧缺。無一息間斷。故能昭假于天。與天爲一也。以此觀之。則敬之一字。乃入聖之門。而學者成始成終之道可見矣

○受小球音求大球。爲下國綴張衛反旒。音流何音賀天之休。不競不絿。音求不剛不柔。敷政優優。百祿是遒子由反

賦也。小球大球之義未詳。或曰。小國大國所贄之玉也。鄭氏曰。小球。鎮圭。尺有二寸。大球。大圭。三尺也。皆天子之所執也。曹氏曰。王藻云。笏。天子以球玉。美玉也○周禮典瑞曰。王搢大圭。執鎮圭。注鎮圭尺二寸。

以四鎮之山爲瑑飾。所以鎮安四方。大圭三尺。杼上終葵首。明無所屈也。下國。諸侯也。綴。猶結也。旒。旗之垂者也。孔氏曰。大行人及考工記說旌旗之事。皆云九旒七旒。是旌旗垂者。名爲旒也。言爲天子而爲諸侯所係屬。音燭如旗之縿。音衫爲旒所綴著長入聲也。華谷嚴氏曰。詩考云。旗所垂爲旒。衆旒所著爲縿。何。荷。競。强。絿。緩也。優優。寬裕之意。遒。聚也。慶源輔氏曰。言湯能爲天子受大國小國所執之玉。則爲諸侯所附屬。如斿旒之與縿然。此皆上帝休美之命使然也。然湯之負荷天休者。非有他也。本其聖敬。只中道上行。更無偏倚。故其爲政。不强不弱。不剛不柔。優游寬裕。此固百福之所聚也。

○受小共音恭。叶居勇反大共。爲下國駿音峻厖。莫邦反。叶莫孔反何天之龍。叶丑勇反敷奏其勇。不震不動。叶德總反不戁奴版反不竦。小勇反百祿是總子孔反賦也。小共大共駿厖之義未詳。或曰。小國大國所共之貢也。鄭氏曰。共。上聲執也。猶小球大球也安成劉氏曰。鄭意以小共爲王所執鎮圭。大共爲王所執之大圭也蘇氏曰共。珙通。合珙之玉也。傳曰。駿大也。厖。厚也華谷嚴氏曰。湯受小國大國之共貢。惟溥取之。所以大厚天下也董氏曰。齊詩作駿駹。謂馬也新安胡氏曰。駿駹。是喻其有力量。能負重致遠之意。下國皆於我乎負載也龍。寵也。敷奏其勇。猶言大進其武功也。戁。恐。竦。懼也慶源輔氏曰。駿厖作大厚無意味。當從董氏說作駿厖謂馬也。如此。則與上章綴旒義相類。皆是譬喻。綴旒以喻爲諸侯附著。駿厖以喻能乘載諸侯也。此維德厚者能之。上章言政事。此章言武功。先能自治。然後能進其武功也。不震動不戁竦。即周頌所謂無貳無虞之意。臨大事固不可不懼。然神武不殺者。自能不震動不戁竦。荷天之休。則脩政事。荷天之寵。則進武功。亦其宜也

○武王載旆，有虔秉鉞（音越），如火烈烈，則莫我敢曷（漢書作遏，阿葛反，叶阿竭反）。苞有三蘖（五葛反，叶五竭反），莫遂莫達（叶他悅反）。九有有截，韋顧既伐（叶房越反），昆吾夏桀。

賦也。武王，湯也（曹氏曰：湯以武定亂，故號武王）。虔，敬也。言恭行天討也（三山李氏曰：顏師古云：湯雖秉鉞，以敬爲先）。曷，遏通。或曰：曷，誰何也。苞，本也。蘖，旁生萌蘖也。言一本生三蘖也。本則夏桀，蘖則韋也，顧也，昆吾也，皆桀之黨也。鄭氏曰：韋，彭姓。顧、昆吾，己（紀杞二音）姓（孔氏曰：鄭語云：祝融其後八姓，己姓昆吾、顧、溫，彭姓豕韋，則商滅之）。○言湯既受命，載旆秉鉞以征不義，桀與三蘖皆不能遂其惡，而天下截然歸商矣（段氏曰：截者，定于一之謂也）。初伐韋，次伐顧，次伐昆吾。

乃伐夏桀當時用師之序如此慶源輔氏曰載旆秉鉞不敢不虔即所謂臨事而懼也此與不震動不戁悚並行而不相悖如火烈烈言其氣勢之盛也則莫我敢曷言舉天下莫能當也如此則有首出庶物之勢矣湯之興是甚麼氣勢天下安敢不截然齊整以歸商桀與三蘖安得不自然以次而消靡乎

○昔在中葉有震且業允也天子叶獎里反降予卿士鉏里反實維阿衡叶戶郎反實左音佐右音又商王

賦也葉世震懼業危也承上文而言昔在則前乎此矣豈謂湯之前世中衰時與允也天子指湯也降言天賜之也卿士則伊尹也言至於湯得伊尹而有天下也阿衡伊尹官號也慶源輔氏曰昔在中葉有震且業分明是指相土之後成湯以前中衰之時言

也。允也天子。言湯之爲天子當乎人心。降于卿士。言伊尹不徒出。乃天爲湯而錫之也。左右商王。謂輔佐成湯以成王道也。○孔氏曰。言卿士者。三公兼卿士也。阿。依。衡。平。伊尹。湯所依倚而取平。故以爲官名。○九峯蔡氏曰。言天下之所倚平也。或曰伊尹之號。○豐城朱氏曰。前章言湯降不遲。是湯之生。不先不後。而適當其期。乃天實立之以爲興王之君也。此章言降于卿士。是尹之生。亦不先不後。而適當乎夏商革命之際。乃天實賜之以爲興王之佐也。使生湯而不生尹。則是有君無臣。而何以成興王之業。惟有湯以爲之君。而又有尹以爲之佐。此天命之所以集。而王業之所以成也。已上四章。皆頌成湯功烈。至此乃以左右商王一語歸之阿衡。則湯固爲百世不遷之烈祖。而商之子孫。凡有大享於先王。則伊尹以佐命元臣。得與於享無疑矣

長發七章一章八句四章章七句一章九句一章六句

序以此爲大禘之詩。蓋祭其祖之所出。而以其祖

配也（張子曰其祖之所自出則帝嚳也）蘇氏曰大禘之祭所及者遠故其詩歷言商之先后又及其卿士伊尹蓋與祭於禘者也商書曰茲予大享于先王爾祖其從與享之是禮也豈其起於商之世歟今按大禘不及羣廟之主此宜爲祫祭之詩（濮氏曰序以爲大禘則禘不及羣廟之主無因言相土若以爲祫祭則羣廟之主在焉而言湯事特詳末乃及伊尹相湯嘗意其爲合祀宗廟而以阿衡配食之樂歟）然經無明文不可考也（定宇陳氏曰此詩頌湯之興而推本於契之始然湯武德之盛如此本其所以聖者不越乎敬而已是敬也即契率履不越之心也率履不越之心其即舜命之以敬敷五教之心歟）

撻（他達反）彼殷武奮伐荆楚罙（面規反）入其阻裒（蒲侯反）荆之旅

有截其所。湯孫之緒。象呂反

賦也。撻。疾貌。曹氏曰。言其兵威神速。殷武。殷王之武也。罙。冒。裒。聚。湯孫。謂高宗。○舊說以此爲祀高宗之樂。蓋自盤庚沒而殷道衰。楚人叛之。高宗撻然用武以伐其國。三山李氏曰。楚爲夷狄之國。世亂則先叛。世治則後服。商室中微。往往爲患。高宗所以討之。○孔氏曰。周始封熊繹爲楚子。於武丁之世。不知楚君何人。○曹氏曰。楚蓋荊州之楚地。故或謂之荊楚。猶商稱殷商也。○華谷嚴氏曰。解頤新語云。或謂成王始封熊繹於荊。至魯僖公元年始有楚號。遂疑商時未有荊楚。乃欲假此以實韓詩宋襄公時作商頌之說。殊不思禹貢有荊州。即荊楚也。又有荊岐。則雍州之荊。詩人故以荊楚別荊岐耳。孰謂周始有荊楚哉入其險阻。以致其衆。盡平其地。使截然齊一。皆高宗之功也。慶源輔氏曰。撻彼殷武。言高宗能疾於用武也。奮伐荊楚。知所怒也。罙入其阻。不憚勞也。裒荊

之旅。不縱殺也。有截其所。使之截然齊一各居其所也。此其所以爲高宗之功緒也易曰。高宗伐

鬼方。三年克之。蓋謂此歟易既濟九三爻傳曰。天下之事既濟而遠伐暴亂也。三年

而克之。事之至難也○豐城朱氏曰。自古中興之君。未有不以武德勝者。蓋繼衰亂之後。內之則法度之既弛。紀綱之既壞。外之則諸侯之既叛。四夷之既起。自非以武德勝之。則安能舉王綱於已墜。合人心於已離。撥亂而復反於正哉。若殷之高宗是已。信乎其無愧於爲湯之孫矣

○維女音汝荊楚。居國南鄉。昔有成湯。自彼氐都嗁反羌。莫敢不來享。叶虛良反莫敢不來王。曰商是常

賦也。氐羌。夷狄國。在西方曹氏曰。漢志隴西郡有氐道縣。羌即西域婼羌之屬也。婼音綽享。獻也。世見曰王。孔氏曰。遠夷一世而一見於王。秋官大行人云。九州外謂之蕃國。世一見。謂其父死子繼。及嗣王即位。乃來朝。謂之世見也○蘇氏曰。既克之。則告之

曰爾雖遠亦居吾國之南耳曹氏曰商居河洛之間則荊楚在國南鄉昔成湯之世雖氐羌之遠猶莫敢不來朝曰此商之常禮也況汝荊楚曷敢不至哉孔氏曰首章言伐楚之功二章言責楚之義

○天命多辟音璧設都于禹之績歲事來辟勿予禍適直革反稼穡匪解音解叶訖力反

賦也多辟諸侯也來辟來王也適讁通○言天命諸侯各建都邑于禹所治之地曹氏曰說命云明王奉若天道建邦設都則多辟雖受封於天子實天所命也益稷云禹荒度土功弼成五服至于五千州十有二師外薄四海咸建五長則諸侯設都之地皆禹之功也而皆以歲事來至于商以祈王之不譴曰我之稼穡不敢解也庶可以免咎矣言荊楚既平而諸侯

畟服也三山李氏曰。言夷狄率服。則天下無事。所先者農事耳。觀孟子載天子巡守。惟以土地田野爲慶讓之先。誠以農事爲重也。○容齋項氏曰。言以歲事來享於君。而冀以免於禍謫。奉其稼穡而不敢解也。○朱子曰。頌中有全篇句句是韻。如殷武之類無兩句不是韻。到稼穡匪解自是欠了一句。前輩分章全曉不得。其細讀。方知是欠了一句。○豐城朱氏曰。諸侯之立國。其始雖本於天命。而歲事之共。尤不可不奉乎王命焉。觀勿予禍謫之辭。乃其兢惕戒懼之誠。所以奉王命保天命。而君國子民之本也。蓋君國子民之道。莫先於稼穡。農事之不脩。則國用之不給。上無以供朝貢而盡臣職。內無以供祭祀而盡孝道。故田野不闢。則天子巡守而責讓加焉。稼穡匪懈。則朝貢祭祀無不存以供歲事之常。其得免於罪愆宜矣

○天命降監下與濫叶下民有嚴叶五剛反不僭不濫。不敢怠遑。命于下國叶越逼反封建厥福叶筆力反

賦也。監。視。嚴。威也。僭。賞之差也。濫。刑之過也。遑。暇。封。大

也○言天命降監。不在乎他。皆在民之視聽。則下民亦有嚴矣。惟賞不僭。刑不濫。而不敢怠遑。則天命之以天下而大建其福。此高宗所以受命而中興也慶源輔氏曰。此章則又言高宗所以致中興之道。曰。天雖高而實下其監視。甚可畏也。民雖卑而天實以爲視聽。不可忽也。惟高宗上畏天。下敬民。而見於刑賞者未嘗有僭濫之失。存於中心者不敢有怠遑之意。故天命之以天下而大建其福○豐城朱氏曰。高宗之賞不僭。於其建邦設都見之。刑不濫。於其伐鬼方見之。不敢怠遑。又於書之不敢荒寧見之

○商邑翼翼。四方之極。赫赫厥聲。濯濯厥靈。壽考且寧。以保我後生叶桑經反

賦也。商邑。王都也。翼翼。整敕貌。極。表也華谷嚴氏曰。言政教取正於此

也。赫赫。顯盛也。濯濯。光明也。言高宗中興之盛如此。壽考且寧云者。蓋高宗之享國五十有九年。（三山李氏曰。書云嘉靖殷邦。至於小大無時或怨。肆高宗之享國五十有九年。非壽考且寧而何）我後生。謂後嗣子孫也。（慶源輔氏曰。商之都亳固有自來矣。然盤庚之後。殷道既衰。則人亦易而視之矣。至于高宗中興。王都始復。翼翼然爲四方之儀表。是蓋有以使之然者矣。不獨是也。又有赫赫然風聲之盛。濯濯然威靈之光。此高宗所以享國長久。而又有以保安其後嗣子孫也）

○陟彼景山。（叶所旃反）松柏丸丸。（叶胡員反）是斷（音短）是遷。方斲（陟角反）是虔。松桷（音角）有梴。（五連反）旅楹有閑。（叶胡田反）寢成孔安。（叶於連反）

賦也。景山。名。商所都也。（朱子曰。春秋傳云。商湯有景亳之命。而此言陟彼景山。蓋商所都之山名。衛詩亦言景山。乃商舊都也）丸丸。直也。遷。徙也。方。正也。虔。亦截也。

梴長貌。旅衆也。閑閑然而大也。疊山謝氏曰。登彼景山而選材。取松柏之易直者斷之遷之。以繩墨取方正而斲削之。以松爲椽桷。有梴然而長。以松柏爲衆楹。有閑然而大寢廟中之寢也。安所以安高宗之神也。此蓋特爲百世不遷之廟。不在三昭三穆之數。既成始祔而祭之之詩也慶源輔氏曰。材植之美。規模之宏。此高宗之神之所安也。言其有以當之矣。其與閟宮之卒章文義略同者。蓋俱爲宗廟治成而祭之詩。豈作閟宮者亦取法於是詩乎○安成劉氏曰。商書曰。七世之廟可以觀德。蓋天子七廟。三昭三穆與太祖之廟而七。八世九世而後。隨其昭穆親盡。迭遷其主而祧於太祖之廟。其有功德之君則後世宗之。雖親盡而不祧。别立百世不遷之廟而特祔其主焉。凡有功德者皆然。初不可預限其數。而商則止有三宗。高宗即其一也。然嘗疑三宗之廟。未知立於何所。三宗之後昭穆當祧者。未知入于何廟。竊意所立三宗。中宗當穆。高宗祖甲當昭。各隨昭穆之位。特列其廟于太祖廟之兩傍。三昭三穆之上。如周文武世室之位也。中宗之後。則羣穆繼之者皆祧于其廟。高宗祖甲之後。則羣昭繼之者皆祧于其廟。如周自文王以後。羣穆祧于文世室。自武王以後。羣昭祧于武世室也

然此章與閟宮之卒章文意略同。未詳何謂

殷武六章三章章六句二章章七句一章五句

安成劉氏曰。篇內第三章爲五句。朱子疑其脫一句。則此詩當作四章章六句。一章章七句。然此詩與閟宮全篇文意皆有相似者。但閟宮爲頌僖公修宗廟而作。殷武爲宗武丁特立廟而作。故閟宮所以頌僖公服夷蠻享福壽者。皆未然之期望。而此詩所以頌武丁服夷夏享福壽者。皆已然之實事。卒章則皆述其作廟之事以結之

商頌五篇十六章一百五十四句

張子曰。商頌之詞粹○濮氏曰。嘗謂魯頌之非頌。孔氏已言之。而商頌後三篇但稱述前王功德。殊不及告祭之意。亦自與前

二篇異耳。疊章非周頌也。而其鋪敘事實。全類大雅諸詩。每讀而疑。因志于此○通典曰。殷周之雅頌。上本有娀姜嫄契稷相土公劉古公大伯王季姜女大任大姒之德。乃及成湯文武受命。武丁成康宣王中興。下及輔佐阿衡。周召太公申伯召虎仲山甫之屬。君臣男女有功德者。靡不褒揚於聲樂之間也

詩傳大全卷之二十